第十五卷

中华经典藏书

北京出版社

史学经典（四）

本 卷 目 录

史学经典（四）

史学经典

（四）

（四）

梁　书

（选录）

〔唐〕姚思廉　撰

武帝本纪上

　　高祖武皇帝讳衍，字叔达，小字练儿，南兰陵中都里人，汉相国何之后也。何生酂定侯延，延生侍中彪，彪生公府掾章，章生皓，皓生仰，仰生太子太傅望之，望之生光禄大夫育，育生御史中丞绍，绍生光禄勋闳，闳生济阴太守阐，阐生吴郡太守冰，冰生中山相苞，苞生博士周，周生蛇丘长矫，矫生州从事遽，遽生孝廉休，休生广陵郡丞豹，豹生太中大夫裔，裔生淮阴令整，整生济阴太守辖，辖生州治中副子，副子生南台治书道赐。道赐生皇考讳顺之，齐高帝族弟也。参预佐命，封临湘县侯。历官侍中，卫尉，太子詹事，领军将军，丹阳尹，赠镇北将军。

　　高祖以宋孝武大明八年甲辰岁生于秣陵县同夏里三桥宅。生而有奇异，两骱骈骨，顶上隆起，有文在右手曰"武"。帝及长，博学多通，好筹略，有文武才干，时流名辈咸推许焉。所居室常若云气，人或过者，体辄肃然。

　　起家巴陵王南中郎法曹行参军，迁卫将军王俭东阁祭酒。俭一见深相器异，谓庐江何宪曰："此萧郎三十内当作侍中，出此则贵不可言。"竟陵王子良开西邸，招文学，高祖与沈约、谢朓、王融、萧琛、范云、任昉、陆倕等并游焉，号曰八友。融俊爽，识鉴过人，尤敬异高祖。每谓所亲曰："宰制天下，必在此人。"累迁随王镇西谘议参军，寻以皇考艰去职。隆昌初，明帝辅政，起高祖为宁朔将军，镇寿春。服阕，除太子庶子、给事黄门侍郎，入直殿省。预萧谌等定策勋，封建阳县男，邑三百户。

　　建武二年，魏遣将刘昶、王肃帅众寇司州，以高祖为冠军将军、军主，隶江州刺史王广为援。距义阳百余里，众以魏军盛，趑趄莫敢前①。高祖请为先启，广即分麾下精兵配高祖。尔夜便进②，去魏军数里，迳上贤首山。魏军不测多少，未敢逼。黎明，城内见援至，因出军攻魏栅，高祖帅所领自外进战。魏军表里受敌，乃弃重围退走。军罢，以高祖为右军晋安王司马、淮陵太守。还为太子中庶子，领羽林监。顷之，出镇石头。

　　四年，魏帝自率大众寇雍州，明帝令高祖赴援。十月，至襄阳，诏又遣左民尚书崔慧景总督诸军，高祖及雍州刺史曹虎等并受节度。明年三月，慧景与高祖进行邓城，魏主帅十万余骑奄至。慧景失色，欲引退，高祖固止之，不从，乃狼狈自拔。魏骑乘之，于是大败。高祖独帅众距战，杀数十百人，魏骑稍却，因得结阵断后，至夕得下船。慧景军死伤略尽，惟高祖全师而归。俄以高祖行雍州府事。

　　七月，仍授持节、都督雍梁南北秦四州郢州之竟陵司州之随郡诸军事、辅国将军、雍州刺史。其月，明帝崩，东昏即位，扬州刺史始安王遥光、尚书令徐孝嗣、尚书右仆射江祏、右将军萧坦之、侍中江祀、卫尉刘暄更直内省，分日帖敕。高祖闻之，谓从舅张弘策曰："政出多门，乱其阶矣。《诗》云：'一国三公，吾谁适从？'况今有六，而可得乎！嫌隙若成，方相诛灭，当今避祸，惟有此地。勤行仁义，可坐作西伯。但诸弟在都，恐罹世患，须与益州图之耳。"

　　时高祖长兄懿罢益州还，仍行郢州事，乃使弘策诣郢，陈计于懿曰："昔晋惠庸主，诸王争权，遂内难九兴，外寇三作③。今六贵争权，人握王宪，制主画敕，各欲专威，睚眦成憾，理相屠灭。且嗣主在东宫本无令誉，媟近左右，蜂目忍人，一总万机，恣其所欲，岂肯虚坐主诺，委政朝臣。积相嫌贰，必大诛戮。始安欲为赵伦，形迹已见，蹇人上天，信无此理。且性甚猜狭，徒取乱机。所可当轴，惟有江、刘而已。祐怯而无断，暗弱而不才，折鼎覆悚，翘足可待。萧坦之胸怀猜忌，动言相伤，徐孝嗣才非柱石，听人穿鼻④，若隙开衅起，必中外土崩。今得守外藩，幸图身计，智者见机，不俟终日。及今猜防未生，宜召诸弟以时聚集。后相防疑，拔足无路。郢州控带荆、湘，西注汉、沔；雍州士马，呼吸数万，虎睨其间⑤，以观天下。世治则竭诚本朝，时乱则为国翦暴，可得与时进退，此盖万全之策。如不早图，悔无及也。"懿闻之变色，心弗之许。弘策还，高祖乃启迎弟伟及憺，是岁至襄阳。于是潜造器械，多伐竹木，沉于檀溪，密为舟装之备。时所住斋常有五色回转，状若蟠龙，其上紫气腾起，形如缴盖⑥，望者莫不异焉。

　　永元二年冬，懿被害信至，高祖密召长史王茂、中兵吕僧珍、别驾柳庆远、功曹史吉士瞻等谋之。既定，以十一月乙巳召僚佐集于厅事，谓曰："昔武王会孟津，皆曰：'纣可伐'。今昏主恶稔⑦，穷虐极暴，诛戮朝贤，罕有遗育，生民涂炭，天命殛之。卿等同心疾恶，共兴义举，公侯将相，良在兹日，各尽勖效，我不食言。"是日建牙⑧。于是收集得甲士万余人，马千余匹，船三千艘，出檀溪竹木装舰。

　　先是，东昏以刘山阳为巴西太守，配精兵三千，使过荆州就行事萧颖胄以袭襄阳。高祖知其谋，乃遣参军王天虎、庞庆国诣江陵，遍与州府书。及山阳西上，高祖谓诸将曰："荆州本畏襄阳人；加唇亡齿寒，自有伤弦之急，宁不暗同邪？我若总荆、雍之兵，扫定东夏，韩、白重出，不能为计。况以无算之昏主，役御刀应敕之徒哉？我能使山阳至荆，便即授首，诸君试观何如。"及山阳至巴陵，高祖复令天虎赍书与颖胄兄弟。去后，高祖谓张弘策曰："夫用兵之道，攻心为上，攻城次之，心战为上，兵战次之，今日是也。近遣天虎往州府，人皆有书。今段乘驿甚急，止有两封与行事兄弟，云：'天虎口具'；及问天虎而口无所说，行事不得相闻，不容妄有所道。天虎是行事心膂，彼闻必谓行事与天虎共隐其事，则人人生疑。山阳惑于众口，判相嫌贰，则行事进退无以自明，必漏吾谋内。是驰两空函定一州矣。"山阳至江安，闻之，果疑不上。颖胄大惧，乃斩天虎，送首山阳。山阳信之，将数十人驰入，颖胄伏甲斩之，送首高祖。仍以南康王尊号之议来告，且曰："时月未利，当须来年二月；遽便进兵，恐非庙算。"高祖答曰："今坐甲十万，粮用自竭，况所藉义心，一时骁锐，事事相接，犹恐疑怠；若顿兵十旬，必生悔吝。童儿立异，便大事不成。今太白出西方，仗义而动，天时人谋，有何不利？处分已定，安可中息？昔武王伐纣，行逆太岁，复须待年月乎？"竟陵太守曹景宗遣杜思冲劝高祖迎南康王都襄阳，待正尊号，然后进军，高祖不从。王茂又私于张弘策曰："我奉事节下，义无进退，然今者以南康置人手中，彼便挟天子以令诸侯，而节下前去为人所使，此岂岁寒之计？"弘策言之，高祖曰："若使前途大事不捷，故自兰艾同焚；若功业克建，威誉四海⑨，号令天下，谁敢不从！岂是碌碌受人处分？待至石城，当面晓王茂、曹景宗也。"于沔南立新野郡，以集新附。

　　三年二月，南康王为相国，以高祖为征东将军，给鼓吹一部。戊申，高祖发襄阳。留弟伟守襄阳城，总州府事，弟憺守垒城，府司马庄丘黑守樊城，功曹史吉士询兼长史，白马戍主黄嗣祖兼司马，郡令杜永兼别驾，小府录事郭俨知转漕。移檄京邑曰：

　　"夫道不常夷，时无永化，险泰相沿，晦明非一，皆屯困而后亨，资多难以启圣。故昌邑悖德，孝宣聿兴，海西乱政，简文升历，并拓绪开基，绍隆宝命，理验前经，事昭往策。

　　独夫扰乱天常，毁弃君德，奸回淫纵，岁月滋甚。挺虐于髫龀之年，植险于髦丱之日⑩。猜忌凶毒，触途而著，暴戾昏荒，与事而发。自大行告渐，喜容前见，梓宫在殡，觍无哀色，欢娱游宴，有过平常，奇服异衣，更极夸丽。至于选采妃嫔，姊妹无别，招侍巾栉，姑侄草辫，掖庭有裨贩之名，姬姜被干殳之服⑪。至乃形体宣露，亵衣颠倒，斫斲其间⑫，以为欢笑。骈胁淫放，驱屏郊邑。老弱波流，士女涂炭。行产盈路，舆尸竞道，母不及抱，子不遑哭。劫掠剽虏，以日继夜。昼伏宵游，曾无休息。淫酗菅肆⑬，酣歌庐邸。宠恣愚竖，乱惑妖孽⑭。梅虫儿、茹法珍臧获厮小，专制威柄，诛翦忠良，屠灭卿宰。刘镇军舅氏之尊，尽忠奉国；江仆射外戚之重，竭诚事上；萧领军葭莩之宗⑮，志存柱石；徐司空、沈仆射搢绅冠冕，人望攸归。或《渭阳》余感，或勋庸允穆，或诚著艰难，或勤劳王室，并受遗托，同参顾命，送往事居，俱竭心力。宜其庆溢当年，祚隆后裔；而一朝葅粉，孩稚无遗。人神怨结，行路嗟愤。萧令君忠公干伐，诚贯幽显。往年寇贼游魂，南郑危逼，拔刃飞泉，孤城独振。及中流逆命，凭陵京邑，谋猇禁省，指授群帅，克翦鲸鲵⑯，清我王度。崔慧景奇锋迅骇，兵交象魏，武力丧魂，义夫夺胆，投名送款，比屋交驰，负粮影从，愚智竞赴。复誓旅江甸，奋不顾身，奖厉义徒，电掩强敌，克歼大憝⑰，以固皇基。功出桓、文，勋超伊、吕；而劳谦省己，事昭心迹，功遂身退，不祈荣满。敦赏未闻，祸酷遄及，预禀精灵，孰不冤痛！而群孽放命，蜂虿怀毒，乃遣刘山阳驱扇遄逃，招逼亡命，潜图密构，规见掩袭。萧右军、夏侯征虏忠断夙举，义形于色，奇谋宏振，应手枭悬，天道祸淫，罪不容戮。至于悖礼违教，伤比虐人，射天弹路，比之犹善，刳胎斮胫，方之非酷，尽鄠县之竹，未足纪其过，穷山泽之兔，不能书其罪。自草昧以来，图牒所记，昏君暴后，未有若斯之甚者也。

　　既人神乏主，宗稷阽危，海内沸腾，氓庶板荡，百姓懔懔，如崩厥角，苍生喁喁，投足无地。幕府荷眷前朝，义均休戚，上怀委付之重，下惟在原之痛，岂可卧薪引火，坐观倾覆！至尊体自高宗，特钟慈宠，明并日月，粹昭灵神，祥启元龟，符验当璧，作镇陕藩，化流西夏，讴歌攸奉，万有乐推。右军萧颖胄、征虏将军夏侯详并同心翼戴，即宫旧楚，三灵再朗，九县更新，升平之运，此焉复始，康哉之盛，在乎兹日。然帝德虽彰，区宇未定，元恶未黜，天邑犹梗。仰禀宸规，率前启路。即日遣冠军、竟陵内史曹景宗等二十军主，长槊五万，骥骋为群，鹗视争先，龙骧并驱，步出横江，直指朱雀。长史、冠军将军、襄阳太守王茂等三十军主，戈船七万，乘流电激，推锋扼险，斜趣白城。南中郎谘议参军、军主萧伟等三十九军主，巨舰迅楫，冲波噎水，旗鼓八万，焱集石头。南中郎谘议参军、军主萧憺等四十二军主，熊罴之士，甲楯十万，沿波驰艓⑱，掩据新亭。益州刺史刘季连、梁州刺史柳惔、司州刺史王僧景、魏兴太守裴师仁、上庸太守韦睿、新城太守崔僧季，并肃奉明诏，龚行天罚。蜀、汉果锐，沿流而下；淮、汝劲勇，望波遄骛。幕府总率貔狁，骁勇百万，缋甲燕弧，屯兵冀马，拟金沸地⑲，鸣鞞聒天，霜锋曜日，朱旗绛寓，方舟千里，骆驿系进。萧右军讦谟上才⑳，兼资文武，英略峻远，执钧匡世。拥荆南之众，督四方之师，宣赞中权㉑，奉卫舆辇。旆麾所指㉒，威棱无外，龙骧虎步，并集建业。黜放愚狡，均礼海昏，廓清神甸，扫定京宇。譬犹崩泰山而压蚁壤，决悬河而注燺烬㉓，岂有不殄灭者哉！

　　今资斧所加㉔，止梅虫儿、茹法珍而已。诸君咸世胄羽仪，书勋王府，皆俯眉奸党，受制凶威。若能因变立功，转祸为福，并晋河、岳，永纡青紫。若执迷不悟，距逆王师，大众一临，刑兹罔赦，所谓火烈高原，芝兰同泯。勉求多福，无贻后悔。赏罚之科，有如白水。"

　　高祖至竟陵，命长史王茂与太守曹景宗为前军，中兵参军张法安守竟陵城。茂等至汉口，轻兵济江，逼郢城。其刺史张冲置阵据石桥浦，义师与战不利，军主朱僧起死之。诸将议欲并军围郢，分兵以袭西阳、武昌。高祖曰："汉口不阔一里，箭道交至，房僧寄以重兵固守，为郢城人掎角。若悉众前进，贼必绝我军后，一朝为阻，则悔无所及。今欲遣王、曹诸军济江，与荆州军相会，以逼贼垒。吾自后围鲁山，以通沔、汉。郧城、竟陵间粟，方舟而下；江陵、湘中之兵，连旗继至。粮食既足，士众稍多，围守两城，不攻自拔，天下之事，卧取之耳。"诸将皆曰：

"善"。乃命王茂、曹景宗帅众济岸，进顿九里。其日，张冲出军迎战，茂等邀击，大破之，皆弃甲奔走。荆州遣冠军将军邓元起、军主王世兴、田安等数千人，会大军于夏首。高祖筑汉口城以守鲁山，命水军主张惠绍、朱思远等游遏江中，绝郢、鲁二城信使。

三月，乃命元起进据南堂西陼，田安之顿城北，王世兴顿曲水故城。是时张冲死，其众复推军主薛元嗣及冲长史程茂为主。

乙巳，南康王即帝位于江陵，改永元三年为中兴元年，遥废东昏为涪陵王。以高祖为尚书左仆射，加征东大将军、都督征讨诸军事，假黄钺。西台又遣冠军将军萧颖达领兵会于军。是日，元嗣军主沈难当率轻舸数千，乱流来战，张惠绍等击破，尽擒之。

四月，高祖出沔，命王茂、萧颖达等进军逼郢城。元嗣战颇疲，因不敢出。诸将欲攻之，高祖不许。

五月，东昏遣宁朔将军吴子阳、军主光子衿等十三军救郢州，进据巴口。

六月，西台遣卫尉席阐文劳军，赍萧颖胄等议，谓高祖曰："今顿兵两岸，不并军围郢，定西阳、武昌，取江州，此机已失；莫若请救于魏，与北连和，犹为上策。"高祖谓阐文曰："汉口路通荆、雍，控引秦、梁，粮运资储，听此气息，所以兵压汉口，连络数州。今若并军围城，又分兵前进，鲁山必阻沔路，所谓扼喉。若粮运不通，自然离散，何谓持久？邓元起近欲以三千兵往定寻阳，彼若欢然悟机，一郇生亦足；脱距王师②，故非三千能下。进退无据，未见其可。西阳、武昌，取便得耳，得便应镇守。守两城不减万人，粮储称是，卒无所出。脱贼军有上者，万人攻一城，两城势不得相救。若我分军应援，则首尾俱弱；如其不遣，孤城必陷。一城既没，诸城相次土崩，天下大事于是去矣。若郢州既拔，席卷沿流，西阳、武昌，自然风靡，何遽分兵散众，自贻其忧！且丈夫举动，言静天步；况拥数州之兵以诛群竖，悬河注火，奚有不灭？岂容北面请救，以自示弱！彼未必能信，徒贻我丑声。此之下计，何谓上策？卿为我白镇军：前途攻取，但以见付，事在目中，无患不捷，恃镇军靖镇之耳。"

吴子阳等进军武口，高祖乃命军主梁天惠、蔡道祐据渔湖城，唐修期、刘道曼屯白阳垒，夹两岸而待之。子阳又进据加湖，去郢三十里，傍山带水，筑垒栅以自固。鲁山城主房僧寄死，众复推助防孙乐祖代之。七月，高祖命王茂帅军主曹仲宗、康绚、武会超等潜师袭加湖，将逼子阳。水涸不通舰，其夜暴长，众军乘流齐进，鼓噪攻之，贼俄而大溃，子阳等窜走，众尽溺于江。王茂虏其余而旋。于是郢、鲁二城相视夺气。

先是，东昏遣冠军将军陈伯之镇江州，为子阳等声援。高祖乃谓诸将曰："夫征讨未必须实力，所听威声耳。今加湖之败，谁不弭服。㉓陈虎牙即伯之子，狼狈奔归，彼间人情，理当悢惧㉔，我谓九江传檄可定也。"因命搜所获俘囚，得伯之幢主苏隆之，厚加赏赐，使致命焉。鲁山城主孙乐祖、郢城主程茂、薛元嗣相继请降。初，郢城之闭，将佐文武男女口十余万人，疾疫流肿死者十七八，及城开，高祖并加隐恤，其死者命给棺槥㉕。

先是，汝南人胡文超起义于滠阳，求讨义阳、安陆等郡以自效，高祖又遣军主唐修期攻随郡，并克之。司州刺史王僧景遣子贞孙入质。司部悉平。

陈伯之遣苏隆之反命，求未便进军。高祖曰："伯之此言，意怀首鼠，及其犹豫，急往逼之，计无所出，势不得暴。"乃命邓元起率众，即日沿流。八月，天子遣黄门郎苏回劳军。高祖登舟，命诸将以次进路，留上庸太守韦睿守郢城，行州事。邓元起将至寻阳，陈伯之犹猜惧，乃收兵退保湖口，留其子虎牙守盆城。及高祖至，乃束甲请罪。九月，天子诏高祖平定东夏，并以便宜从事。是月，留少府、长史郑绍叔守江州城。前军次芜湖，南豫州刺史申胄弃姑孰走，至是时大军进据之。仍遣曹景宗、萧颖达领马步进顿江宁。东昏遣征虏将军李居士率步军迎战，景宗击走之。于是王茂、邓元起、吕僧珍进据赤鼻逻，曹景宗、陈伯之为游兵。是日，新亭城主江道林率兵出战，众军擒之于阵。大军次新林，命王茂进据越城，曹景宗据皂荚桥，邓元起据道士墩，陈伯之据篱门。道林余众退屯航南，义军迫之，因复散走，退保朱爵，凭淮以自固。时李居士犹据新亭垒，请东昏烧南岸邑屋以开战场。自大航以西、新亭以北，荡然矣。

十月，东昏石头军主朱僧勇率水军二千人归降。东昏又遣征房将军王珍国率军主胡虎牙等列阵于航南大路，悉配精手利器，尚十余万人。阉人王伥子持白虎幡督率诸军，又开航背水，以绝归路。王茂、曹景宗等掎角奔之，将士皆殊死战，无不一当百，鼓噪震天地。珍国之众，一时土崩，投淮死者，积尸与航等，后至者乘之以济，于是朱爵诸军望之皆溃。义军追至宣阳门，李居士以新亭垒、徐元瑜以东府城降，石头、白下诸军并宵溃。壬午，高祖镇石头，命众军围六门，东昏悉焚烧门内，驱逼营署、官府并入城，有众二十万。青州刺史桓和给东昏出战，因以其众来降。高祖命诸军筑长围。

初，义师之逼，东昏遣军主左僧庆镇京口，常僧景镇广陵，李叔献屯瓜步，及申胄自姑孰奔归，又使屯破墩以为东北声援。至是，高祖遣使晓喻，并率众降。乃遣弟辅国将军秀镇京口，辅国将军恢屯破墩，从弟宁朔将军景镇广陵。吴郡太守蔡夤弃郡赴义师。

十二月丙寅旦，兼卫尉张稷、北徐州刺史王珍国斩东昏，送首义师。高祖命吕僧珍勒兵封府库及图籍，收擎妾潘妃及凶党王咺之以下四十一人属吏，诛之。宣德皇后令废涪陵王为东昏侯，依汉海昏侯故事。授高祖中书监、都督扬南徐二州诸军事、大司马、录尚书、骠骑大将军、扬州刺史，封建安郡公，食邑万户，给班剑四十人，黄钺、侍中、征讨诸军事并如故；依晋武陵王遵承制故事。

己卯，高祖入屯阅武堂。下令曰："皇家不造，遭此昏凶，祸挺动植，虐被人鬼，社庙之危，蠢焉如缀。吾身籍皇宗，曲荷先顾，受任边疆，推毂万里，眷言瞻乌，痛心在目，故率其尊主之情，厉其忘生之志。虽宝历重升，明命有绍，而独夫丑纵，方煽京邑。投袂援戈，克弭多难。虐政横流，为日既久，同恶相济，谅非一族。仰禀朝命，任在专征，思播皇泽，被之率土。凡厥负衅，咸与惟新。可大赦天下；唯王咺之等四十一人不在赦例。"

又令曰："夫树以司牧，非役物以养生；视民如伤㉒，岂肆上以纵虐。废主弃常，自绝宗庙。穷凶极悖，书契未有。征赋不一，苛酷滋章。缇绣土木，菽粟犬马，征发闾左，以充缮筑。流离寒暑，继以疫疠，转死沟渠，曾莫救恤，朽肉枯骸，乌鸢是厌。加以天灾人火，屡焚宫掖，官府台寺，尺椽无遗，悲甚《黍离》，痛兼《麦秀》。遂使亿兆离心，疆徼侵弱，斯人何辜，离此涂炭！今明昏递运，大道公行，思治之氓，来苏兹日。猥以寡薄，属当大宠，虽运距中兴，艰同草昧，思阐皇休，与之更始。凡昏制、谬赋、淫刑、滥役，外可详检前源，悉皆除荡。其主守散失，诸所损耗，精立科条，咸从原例。"

又曰："永元之季，乾维落纽。政实多门，有殊卫文之代；权移于下，事等曹恭之时。遂使阉尹有翁媪之称，高安有法尧之旨。鬻狱贩官，锢山护泽，开塞之机，奏成小丑。直道正义，拥抑弥年，怀冤抱理，莫知谁诉。奸吏因之，笔削自己㉓。岂直贾生流涕，许伯哭时而已哉！今理运惟新，政刑得所，矫革流弊，实在兹日。可通检尚书众曹，东昏时诸诤讼失理及主者淹停不时施行者，精加讯辨，依事议奏。"

又下令，以义师临阵致命及疾病死亡者，并加葬敛，收恤遗孤。又令曰："朱爵之捷，逆徒送死者，特许家人殡葬；若无亲属，或有贫苦，二县长尉即为埋掩。建康城内，不达天命，自取沦灭，亦同此科。"

二年正月，天子遣兼侍中席阐文、兼黄门侍郎乐法才慰劳京邑。追赠高祖祖散骑常侍左光禄大夫，考侍中丞相。

高祖下令曰：“夫在上化下，草偃风从，世之浇淳，恒由此作。自永元失德，书契未纪，穷凶极悖，焉可胜言。既而琁室外构㉛，倾宫内积，奇技异服，殚所未见。上慢下暴，淫侈竞驰。国命朝权，尽移近习。贩官鬻爵，贿货公行。并甲第康衢，渐台广室。长袖低昂，等和戎之赐；珍羞百品，同伐冰之家。愚民因之，浸以成俗。骄艳竞爽，夸丽相高。至乃市井之家，貂狐在御；工商之子，缇绣是袭。日入之次，夜分未反，昧爽之朝，期之清旦。圣明肇运，厉精惟始，虽曰缵戎㉜，殆同创革。且淫费之后，继以兴师，巨桥、鹿台，凋罄不一。孤忝荷大宠，务在澄清，思所以仰述皇朝大帛之旨，俯厉微躬鹿裘之义，解而更张，斫雕为朴。自非可以奉粢盛，修绂冕，习礼乐之容，缮甲兵之备，此外众费，一皆禁绝。御府中署，量宜罢省。掖庭备御妾之数，大予绝郑卫之音。其中有可以率先卿士，准的畎庶㉝，菲食薄衣，请自孤始。加群才并轨，九官咸事，若能人务退食，竞存约己，移风易俗，庶期月有成。昔毛玠在朝，士大夫不敢靡衣偷食。魏武叹曰：‘孤之法不如毛尚书。’孤虽德谢往贤，任重先达，实望多士得其此心。外可详为条格。”

戊戌，宣德皇后临朝，入居内殿。拜帝大司马，解承制，百僚致敬如前。诏进高祖都督中外诸军事，剑履上殿，入朝不趋，赞拜不名。加前后部羽葆鼓吹。置左右长史、司马、从事中郎、掾、属各四人，并依旧辟士，余并如故。诏曰：

“夫日月丽天，高明所以表德；山岳题地，柔博所以成功。故能庶物出而资始，河海振而不泄。二象贞观，代之者人。是以七辅、四叔，致无为于轩、昊；韦、彭、齐、晋，靖衰乱于殷、周。

大司马攸纵自天，体兹齐圣，文洽九功，武苞七德。钦惟厥始，徽猷早树，诚著艰难，功参帷幄，锡赋开壤，式表厥庸。建武升历，边隙屡启。公释书辍讲，经营四方。司、豫悬切，樊、汉危殆，覆强寇于沔滨，僵胡马于邓沔。永无肇号，难结群丑，专威擅虐，毒被含灵，溥天惴惴，命悬晷刻。否终有期，神谟载挺，首建大策，惟新鼎祚。投袂勤王，沿流电举，鲁城云撤，夏汭雾披，加湖群盗，一鼓殄拔，姑孰连旅，倏焉冰泮。取新垒其如拾芥，扑朱爵其犹扫尘。霆电外骇，省闼内倾，余丑纤蠹，蚳蝝必尽㉞。援彼已溺，解此倒悬，涂欢里抃，自近及远。畿甸夷穆，方外肃宁，解兹虐纲，被以宽政。积弊穷昏，一朝载廓，声教遐渐，无思不被。虽伊尹之执兹壹德，姬旦之光于四海，方斯蔑如也。

昔吕望翼佐圣君，犹享四履之命；文侯立功平后，尚荷二弓之锡，况于盛德元勋，超迈自古。黔首悁悁㉟，待以为命，救其已然，拯其方斯，式间表墓，未或能比；而大辂渠门，辍而莫授，眷言前训，无忘终食。便宜敬升大典，式允群望。其进位相国，总百揆，扬州刺史；封十郡为梁公，备九锡之礼，加玺绂远游冠，位在诸王上，加相国绿綟绶。其骠骑大将军如故。依旧置梁百司。”

策曰：

“二仪寂寞㊱，由寒暑而代行，三才并用，资立人以为宝，故能流形品物，仰代天工。允兹元辅，应期挺秀，裁成天地之功，幽协神明之德。拨乱反正㊲，济世宁民，盛烈光于有道，大勋振于无外，虽伊陟之保乂王家，姬公之有此丕训，方之蔑如也。今将授公典策，其敬听朕命：

上天不造，难钟皇室，世祖以休明早崩，世宗以仁德不嗣，高宗袭统，宸居弗永，虽凤夜劬劳，而隆平不洽。嗣君昏暴，书契弗睹。朝权国柄，委之群孽。剿戮忠贤，诛残台辅，含冤抱痛，嗟类靡余㊳。实繁非一，并专国命。噸笑致灾㊳，睚眦及祸。严科毒赋，载离比屋，溥天熬熬，置身无所。冤颈引决，道树相望，无近无远，号天靡告。公藉昏明之期，因兆民之愿，援帅群后，朔成中兴，宗社之危已固，天人之望允塞，此实公纽我绝纲，大造皇家者也。

永明季年，边隙大启，荆河连率，招引戎荒，江、淮扰逼，势同履虎。公受言本朝，轻兵赴袭，縻以长算，制之环中。排危冒险，强柔递用，坦然一方，还成藩服。此又公之功也。在昔隆昌，洪基已谢，高宗虑深社稷，将行权道。公定策帷帐，激扬大节，废帝立王，谋猷深著。此又公之功也。建武阐业，厥猷虽远，戎狄内侵，凭陵关塞，司部危逼，沦陷指期。公治兵外讨，卷甲长骛，接距交绥，电激风扫，摧坚覆锐，咽水涂原，执俘象魏，献馘海渚⑩，焚庐毁帐，号哭言归。此又公之功也。樊、汉阽切，羽书续至。公星言鞭旅，禀命徂征，而军机戎统，事非己出，善策嘉谋，抑而莫允。邓城之役，胡马卒至，元帅潜及，不相告报，弃甲捐师，饵之虎口。公南收散卒，北御雕骑，全众方轨，案路徐归，拯我边危，重获安堵。此又公之功也。汉南迥溺，咫尺勍寇，兵粮盖阙，器甲靡遣。公作藩爰始，因资靡托，整兵训卒，搜狩有序，俾我危城，翻为强镇。此又公之功也。永元纪号，瞻乌已及，虽废昏有典，而伊、霍称难。公首建大策，爰立明圣，义逾邑纶，勋高代入，易乱以化，俾昏作明。此又公之功也。文王之风，虽被江、汉，京邑蠢动，湮为洪流，句吴、于越，巢幕匪喻。公投袂万里，事惟拯溺，义声所覃，无思不赜。此又公之功也。鲁城、夏汭，梗据中流，乘山置垒，蒙川自固。公御此乌集，陵兹地险，顿兵坐甲，寒往暑移，我行永久，士忘归愿，经以远图，御以长策，费无遗矢，战未穷兵，践华之固，相望俱拔。此又公之功也。惟此群凶，同恶相济，缘江负险，蚁聚加湖。水陆盘据，规援夏首，桴艃一临⑪，应时褫溃。此又公之功也。奸孽震皇，复怀举斧，蓄兵九派，用拟勤王。公棱威直指，势逾风电，旌旆小临，全州稽服。此又公之功也。姑孰冲要，密迩京畿，凶徒炽聚，断塞津路。公偏师启涂，排方继及，兵威所震，望旗自骇，焚舟委壁，卷甲宵遁。此又公之功也。群竖猖狂，志在借一，豕突淮涘，武骑如云。公爰命英勇，因机骋锐，气冠版泉，势逾洹水，追奔逐北，奄有通津，熊耳比峻，未足云拟，睢水不流，曷其能及。此又公之功也。琅邪、石首，襟带岨固，新垒、东埔，金汤是埒。凭险作守，兵食兼资，风激电骇，莫不震叠；城复于隍，于是乎在。此又公之功也。独夫昏很，凭城靡惧，鼓钟鞉鞈⑫，憿若有余。狎是邪孽，忌斯冠冕，凶狡因之，将逞孥戮。公奇谟密运，盛略潜通，忠勇之徒，得申厥效，白旗宣室，未之或比。此又公之功也。

公有拯亿兆之勋，重之以明德，爰初厉志，服道儒门，濯缨来仕，清猷映代。时运艰难，宗社危殆，昆岗已燎，玉石同焚。驱率貔貅，抑扬霆电，义等南巢，功齐牧野。若夫禹功寂漠，微管谁嗣，拯其将鱼，驱其被发，解兹乱网，理此棼丝，复礼衽席，反乐河海。永平故事，闻之者叹息；司隶旧章，见之者陨涕。请我民命，还之斗极。悯悯搢绅，重荷戴天之庆；哀哀黔首，复蒙履地之恩。德逾嵩、岱，功邻造物，超哉邈矣，越无得而言焉。

朕又闻之：畴庸命德，建侯作屏，咸用克固四维，永隆万叶。是以《二南》流化，九伯斯征，王道淳洽，刑措罔用。覆政弗兴，历兹永久，如毁既及，晋、郑靡依。惟公经纶天地，宁济区夏，道冠乎伊、稷，赏薄于桓、文，岂所以宪章齐、鲁，长辔宇宙。敬惟前烈，朕甚惧焉。今进授相国，改扬州刺史为牧，以豫州之梁郡历阳、南徐州之义兴、扬州之淮南宣城吴吴兴会稽新安东阳十郡，封公为梁公。锡兹白土，苴以白茅，爰定尔邦，用建冢社。在昔旦、奭，入居保佑，逮于毕、毛，亦作卿士，任兼内外，礼实宜之。今命使持节兼太尉王亮授相国扬州牧印绶，梁公玺绂；使持节兼司空王志授梁公茅土，金虎符第一至第五左，竹使符第一至第十左。相国位冠群后，任总百司，恒典彝数，宜与事革。其以相国总百揆，去录尚书之号，上所假节、侍中貂蝉、中书监印、中外都督大司马印绶、建安公印策、骠骑大将军如故。又加公九锡，其敬听后命：以公礼律兼修，刑德备举，哀矜折狱，罔不用情，是用锡公大辂、戎辂各一，玄牡二驷。公劳心稼穑，念在民天，丕崇本务，惟谷是宝，是用锡公衮冕之服，赤舄副焉⑬。公熔钧所被，变风以雅，易俗陶民，载和邦国，是用锡公轩悬之乐，六佾之舞。公文德广覃，义声远洽，椎髻鬌首⑭，夷歌请吏，是用锡公朱户以居。公扬清抑浊，官方有序，多士聿兴，《棫朴》流咏，是用锡公纳陛以登。公正色御下，以身轨物，式遏不虞，折冲惟远，是用锡公虎贲之士三百人。公威同夏日，志清奸宄，放命圮族，刑兹罔赦，是用锡公铁、钺各一。公跨蹑嵩溟，陵厉区宇，譬诸日月，容光必至，是用锡公彤弓一，彤矢百；卢弓十，卢矢千。公永言惟孝，至感通神，恭严祀典，祭有余敬，是用锡公秬鬯一卣，圭瓒副焉。梁国置丞相以下，一遵旧式。钦哉！其敬循往策，祗服大礼，封扬天眷，用膺多福，以弘我太祖之休命！"

高祖固辞。府僚劝进曰："伏承嘉命，显至伫策。明公逡巡盛礼，斯实谦尊之旨，未穷远大之致。何者？嗣君弃常，自绝宗社，国命民主，鬻为仇雠，折栋崩榱⑮，压焉自及，卿士怀脯胾之痛，黔首惧比屋之诛。明公亮格天之功，拯水火之切，再躔日月，重缀参辰，反龟玉于涂泥，济斯民于坑岸⑯，使夫匹妇童儿，羞言伊、吕，乡校里塾，耻谈五霸。而位卑乎阿衡，地狭于曲阜，庆赏之道，尚其未洽。夫大宝公器，非要非距，至公至平，当仁谁让？明公宜祗奉天人，允膺大礼。无使后予之歌，同彼胥怨，兼济之人，翻为独善。"公不许。

二月辛酉，府僚重请曰："近以朝命蕴策，冒奏丹诚，奉被还令，未蒙虚受，搢绅颙颙，深所未达。盖闻受金于府，通人弘致，高蹈海隅，匹夫小节，是以履乘石而周公不以为疑，赠玉璜而太公不以为让。况世哲继轨，先德在民，经纶草昧，叹深微管。加以朱方之役，荆河是依，班师振旅，大造王室。虽复累茧救宋，重胝存楚，居今观古，曾何足云。而惑甚盗钟，功疑不赏，皇天后土，不胜其酷。是以玉马骏奔，表微子之去；金板出地，告龙逢之冤。明公据鞍辍哭，厉三军之志，独居掩涕，激义士之心，故能使海若登祇，馨图效祉，山戎、孤竹，束马影从，伐罪吊民，一匡静乱，匪叨天功，实勤濡足。且明公本自诸生，取乐名教，道风素论，坐镇雅俗，不习孙、吴，遭兹神武。驱尽诛之氓，济必封之俗，龟玉不毁，谁之功与？独为君子，将使伊、周何地？"于是始受相国梁公之命。

是日，焚东昏淫奢异服六十二种于都街。湘东王宝晊谋反，赐死。诏追赠梁公故夫人为梁妃。

乙丑，南兖州队主陈文兴于桓城内凿井，得玉镂骐驎、金镂玉璧、水精环各二枚。又建康令羊瞻解称凤皇见悬之桐下里。宣德皇后称美符瑞，归于相国府。

丙寅，诏："梁国初建，宜须综理，可依旧选诸要职，悉依天朝之制。"高祖上表曰：

"臣闻以言取士，士饰其言；以行取人，人竭其行。所谓才生于世，穷达惟时；而风流遂往，驰骛成俗，媒孽夸炫，利尽锥刀⑰，遂使官人之门，肩摩毂击。岂直暴盖露冠，不避寒暑，遂乃戢履杖策，风雨必至。良由乡举里选，不师古始，称肉度骨，遗之管库。加以山河梁毕，阙舆征之恩；金、张、许、史，忘旧业之替。吁，可伤哉！且夫谱牒讹误，诈伪多绪，人物雅俗，莫肯留心。是以冒袭良家，即成冠族；妄修边幅，便为雅士；负俗深累，遽遭宠擢；墓木已拱，方被徽荣。故前代选官，皆立选簿，应在贯鱼，自有铨次。胄籍升降，行能臧否，或素定怀抱，或得之余论，故得简通宾客，无事扫门。顷代陵夷，九流乖失。其有勇退忘进，怀质抱真者，选部或以未经朝谒，难于进用。或有晦善藏声，自埋衡荜，又以名不素著，绝其阶绪。必须画刺投状，然后弹冠，则是驱迫廉捴⑱，奖成浇竞。愚谓自今选曹宜精隐括，依旧立簿，使冠屦无爽，名实不违，庶人识崖涘⑲，造请自息。

且闻中间立格，甲族以二十登仕，后门以过立试吏，求之愚怀，抑有未达。何者？设官分职，惟才是务。若八元立年，居皂隶而见抑；四凶弱冠，处鼎族而宜甄。是则世禄之家，无意为善；布衣之士，肆心为恶。岂所以弘奖风流，希向后进？此实巨蠹，尤宜刊革。不然，将使周人有路傍之泣，晋臣兴渔猎之叹。且俗长浮竞，人寡退情，若限岁登朝，必增年就宦，故貌实昏童，籍已逾立，淬秽名教，于斯为甚。

臣总司内外，忧责是任，朝政得失，义不容隐。伏愿陛下垂圣淑之姿，降听览之末，则彝伦自穆，宪章惟允。”

诏依高祖表施行。

丙戌，诏曰：

“嵩高惟岳，配天所以流称；大启南阳，霸德所以光阐。忠诚简帝，番君膺上爵之尊；勤劳王室，姬公增附庸之地。前王令典，布诸方策，长祚字甿，罔不由此。

相国梁公，体兹上哲，齐圣广渊。文教内洽，武功外畅。推毂作藩，则威怀被于殊俗；治兵教战，则霆雷赫于万里。道丧时昏，逸邪孔炽。岂徒宗社如缀、神器莫主而已哉！至于兆庶歼亡，衣冠殄灭，余类残喘，指命崇朝，含生业业，投足无所，遂乃山川反覆，草木涂地。与夫仁被行苇之时，信及豚鱼之日，何其辽敻相去之远欤⑩！公命师鞠旅，指景长骛。而本朝危切，樊、邓逼远，凶徒盘据，水陆相望，爰自姑孰，届于夏首，严城劲卒，凭川为固。公沿汉浮江，电激风扫，舟徒水覆，地险云倾，藉兹义勇，前无强阵，拯危京邑，清我帝畿，扑既燎于原火，免将诛于比屋。悠悠兆庶，命不在天；茫茫六合，咸受其赐。匡俗正本，民不失职。仁信并行，礼乐同畅。伊、周未足方轨，桓、文远有惭德。而爵后藩牧，地终秦、楚，非所以式酬光烈，允答元勋。实由公履谦为本，形于造次，嘉数未申，晦朔增仁。便宜崇斯礼秩，允副遐迩之望。可进梁公爵为王。以豫州之南谯庐江、江州之寻阳、郢州之武昌西阳、南徐州之南琅邪南东海晋陵、扬州之临海永嘉十郡，益梁国，并前为二十郡。其相国、扬州牧、骠骑大将军如故。”

公固辞。有诏断表。相国左长史王莹等率百僚敦请。

三月辛卯，延陵县华阳逻主戴车牒称云：“十二月乙酉，甘露降茅山，弥漫数里。正月己酉，逻将潘道盖于山石穴中得毛龟一。二月辛酉，逻将徐灵符又于山东见白獐一⑪。丙寅平旦，山上云雾四合，须臾有玄黄之色，状如龙形，长十余丈，乍隐乍显，久乃从西北升天。”丁卯，兖州刺史马元和签：“所领东平郡寿张县见驺虞一⑫。”

癸巳，受梁王之命。令曰：“孤以虚昧，任执国钧，虽夙夜勤止，念在兴治，而育德振民，邈然尚远。圣朝永言旧式，隆此眷命。侯伯盛典，方轨前烈；嘉锡隆被，礼数昭崇。徒守愿节，终隔体谅。群后百司，重兹敦奖，勉兹厚颜，当此休祚。望昆、彭以长想，钦桓、文而叹息，思弘政涂，莫知津济。邦甸初启，藩宇惟新，思覃嘉庆，被之下国。国内殊死以下，今月十五日昧爽以前，一皆原赦。鳏寡孤独不能自存者，赐谷五斛。府州所统，亦同蠲荡。”

丙午，命王冕十有二旒，建天子旌旗，出警入跸，乘金根车，驾六马，备五时副车，置旄头云罕，乐舞八佾，设钟虡宫县。王妃王子王女爵命之号，一依旧仪。

丙辰，齐帝禅位于梁王。诏曰：

“夫五德更始，三正迭兴，驭物资贤，登庸启圣，故帝迹所以代昌，王度所以改耀。革晦以明，由来尚矣。齐德沦微，危亡荐袭。隆昌凶虐，实违天地；永元昏暴，取紊人神。三光再沉，七庙如缀。鼎业几移，含识知泯。我高、明之祚，眇焉将坠。永惟屯难，冰谷载怀。

相国梁王，天诞睿哲，神纵灵武，德格玄祇，功均造物。止宗社之横流，反生民之涂炭。扶倾颓构之下，拯溺逝川之中。九区重缉，四维更纽⑬。绝礼还纪，崩乐复张。文馆盈绅，戎亭息警。浃海宇以驰风，罄轮裳而禀朔。八表呈祥，五灵效祉。岂止鳞羽祯奇，云星瑞色而已哉！勋茂于百王，道昭乎万代，固以明配上天，光华日月者也。河岳表革命之符，图谶纪代终之运。乐推之心，幽显共积；歌颂之诚，华裔同著。昔水政既微，木德升绪，天之历数，实有所归，握镜琁枢，允集明哲。

朕虽庸蔽，暗于大道，永鉴崇替，为日已久，敢忘列代之高义，人祇之至愿乎！今便敬禅于梁，即安姑孰，依唐虞、晋宋故事。"

四月辛酉，宣德皇后令曰："西诏至，帝宪章前代，敬禅神器于梁。明可临轩遣使，恭授玺绂，未亡人便归于别宫。"壬戌，策曰：

"咨尔梁王：惟昔邃古之载，肇有生民，皇雄、大庭之辟，赫胥、尊卢之后，斯并龙图鸟迹以前，慌忽杳冥之世，固无得而详焉。洎乎农、轩、炎、皞之代，放勋、重华之主，莫不以大道君万姓，公器御八纮。居之如执朽索，去之若捐重负。一驾汾阳，便有窅然之志㉝；暂适箕岭，即动让王之心。故知戴黄屋，服玉玺，非所以示贵称尊；乘大辂，建旗旌，盖欲令归趣有地。是故忘己而字兆民，殉物而君四海。及于精华内竭，畚橇外劳，则抚兹归运，惟能是与。况兼乎笙管革文，威图启瑞，摄提夜朗，荧光昼发者哉！四百告终，有汉所以高揖；黄德既谢，魏氏所以乐推。爰及晋、宋，亦弘斯典。我太祖握《河》受历，应符启运，二叶重光，三圣系轨。嗣君丧德，昏弃纪度，毁粢天纲，凋绝地纽，茫茫九域，蒭为仇雠，溥天相顾，命悬晷刻。斩涉刲孕，于事已轻；求鸡征杖，曾何足譬。是以谷满川枯，山飞鬼哭，七庙已危，人神无主。

惟王体兹上哲，明圣在躬，禀灵五纬㉟，明并日月。彝伦攸序，则端冕而协邕熙；时难孔棘，则推锋而拯涂炭。功逾造物，德济苍生，泽无不渐，仁无不被，上达苍昊，下及川泉。文教与鹏翼齐举，武功与日车并运。固以幽显宅心，讴讼斯属；岂徒枹鼓播地，卿云丛天而已哉！至如昼睹争明，夜飞枉矢，土沦彗刺，日既星亡，除旧之征必显，更姓之符允集。是以义师初践，芳露凝甘，仁风既被，素文自扰，北阙薰街之使，风车火徽之民，膜拜稽首，愿为臣妾。钟石毕变，事表于迁虞；蛟鱼并出，义彰于事夏。若夫长民御众，为之司牧，本同己于万物，乃因心于百姓。宝命无常主，帝王非一族。今仰祇乾象，俯藉人愿，敬禅神器，授帝位于尔躬。大祚告穷，天禄永终。于戏！王允执其中，式遵前典，以副昊天之望。禋上帝而临亿兆，格文祖而膺大业，以传无疆之祚，岂不盛欤！"

又玺书曰：

"夫生者天地之大德，人者含生之通称，并首同本，未知所以异也。而禀灵造化，贤愚之情不一；托性五常，强柔之分或舛。群后靡一，争犯交兴，是故建君立长，用相司牧。非谓尊骄在上，以天下为私者也。兼以三正迭改，五运相迁，绿文赤字，征《河》表《洛》。在昔勋、华，深达兹义，眷求明哲，授以蒸民。迁虞事夏，本因心于百姓；化殷为周，实受命于苍昊。爰自汉、魏，罔不率由；降及晋、宋，亦遵斯典。我高皇所以格文祖而抚归运，畏上天而恭宝历者也。至于季世，祸乱荐臻，王度纷纠，奸回炽积。亿兆夷人，刀俎为命，已然之逼，若线之危，局天蹐地㊱，逃形无所。群凶挟煽，志逞残戮，将欲先珍衣冠，次移龟鼎。衡、保、周、召，并列宵人。巢幕累卵，方此非切。自非英圣远图，仁为己任，则鸥枭厉吻，蔑焉已及。

惟王崇高则天，博厚仪地，熔铸六合，陶甄万有。锋驲交驰㊲，振灵武以遐略；云雷方扇，鞠义旅以勤王。扬斾旆于远路㊳，戮奸宄于魏阙。德冠往初，功无与二。弘济艰难，缉熙王道。怀柔万姓，经营四方。举直措枉，较如画一。待旦同乎殷后，日昃过于周文。风化肃穆，礼乐交畅。加以赦过宥罪，神武不杀，盛德昭于景纬，至义感于鬼神。若夫纳彼大麓，膺此归运，烈风不迷，乐推攸在。治五鸷于已乱，重九鼎于既轻。自声教所及，车书所至，革面回首，讴吟德泽。九山灭浸，四渎安流㊴，祥风扇起，淫雨静息。玄甲游于芳荃，素文驯于郊苑。跃九川于清汉，鸣六象于高岗。灵瑞杂沓，玄符昭著。至于星孛紫宫，水效孟月，飞鸿满野，长彗横天，取新之应既昭，革故之征必显。加以天表秀特，轩状尧姿；君临之符，谅非一揆。《书》云：'天鉴阙德，用集大命。'《诗》云：'文王在上，于昭于天。'所以二仪乃眷，幽明允叶，岂惟宅是万邦，缉兹讴讼而已哉！

朕是用拥璇沉首，属怀圣哲。昔水行告厌，我太祖既受命代终；在日天禄云谢，亦以木德而传于梁。远寻前典，降惟近代，百辟遐迩，莫达朕心。今遣使持节、兼太保、侍中、中书监、兼尚书令汝南县开国侯亮，兼太尉、散骑常侍、中书令新吴县开国侯志，奉皇帝玺绂。受终之礼，一依唐虞故事。王其陟兹元后，君临万方，式传洪烈，以答上天之休命。"

高祖抗表陈让，表不获通。于是，齐百官豫章王元琳等八百一十九人，及梁台侍中臣云等一百一十七人，并上表劝进，高祖谦让不受。是日，太史令蒋道秀陈天文符谶六十四条，事并明著；群臣重表固请，乃从之。

---

①趑趄：想前进又不敢前进。

②尔：这，那。

③外寇：泛指敌兵。

④穿鼻：语出《南史》："徐孝嗣村非柱石，听人穿鼻。"意为如同牛一样被人牵着，不能自主。

⑤睐："视"的异体字。

⑥繖："伞"的异体字。

⑦稔（rěn，音忍）：原指庄稼成熟，引申为事物酝酿成熟。任昉《奏弹刘整》："恶积衅稔。"

⑧建牙：武臣出镇守边关，掌武备，犹如猛兽以爪牙自卫，故军前大旗为牙旗。出师则称建牙。

⑨兰艾同焚：兰比君子，艾比小人。古有"兰艾同烬"语。　　慑（zhé，音折）：恐惧。

⑩挻（shān，音山）：引诱，篡取。　　鬌（duǒ，音朵）：幼儿剪发所留者，"剪发为鬌"。　　翦同"剪"。　　髫（tiáo，音条）：古代指孩子下垂之发。丱（guàn，音灌）：儿童束发成两角的样子。

⑪殳：古代的一种兵器，用竹竿制成，有棱无刃。

⑫斮（zhóu，音轴）：斩，削。

⑬酳（yǒng，音勇）：酗酒至乱。

⑭孽：同"孽"。古时指庶子，即妾媵所生之子。此处引申为奸佞之臣。

⑮葭莩：芦苇茎中的薄膜。比喻关系疏远的亲戚。

⑯鲵鲵：大鲵，小鲵之统称。鲵，两栖动物，大鲵俗称"娃娃鱼"，眼小，口大，四肢短，尾巴扁，生活在淡水中。

⑰憝（duì，音兑）：坏，恶。

⑱艓：小船。

⑲貔貅：原指古书上说的一种猛兽，这里比喻勇猛的军队。　　枞（chuāng，音窗）：用手或器具撞击物体。

⑳讦谟：大谋。

㉑中权：本意为主帅所在之中军，引申为政治中心，中枢。

㉒旍麾：作战时之指挥旗。

㉓熛：火焰。烬：物体燃烧之剩余物。

㉔资斧：行旅之资费。又称齐斧，用以断物者。

㉕距：通"拒"。

㉖弭：平息，消灭。

㉗怵：恐惧，惊骇。

㉘椟：制作粗糙的小棺材。

㉙缇（tí，音提）：橘红色。指古时军服颜色，常用以代指武装人员。

㉚笔削：笔为记载，削为删除。古用竹简作书，有所修改，则削去。今以诗文就正于人，称笔削。

㉛璇：同"璇"。璇（xuán，音旋）：美玉。璇室：《淮南子》："桀纣为璇宫瑶台，象廊玉床。"

㉜缵：继承。

㉝甿：古代称百姓为甿（多指外来的）。亦作萌。

㉞蚳（chí，音池）：蚁卵，古代取以为酱供食用。蝝（yuán，音元）：蝗之幼虫。张衡《西京赋》："护胎拾卵，蚳蝝尽取。"

㉟惵：恐惧，害怕。

㊱二仪：即两仪，天地为二仪。

㊲拨乱反正：治乱世使其回归正道。《公羊传》："拨乱世反诸正，莫近于春秋。"

㊳噍（jiào，音教）：能吃东西的动物，特指活着的人。

㊴嚬：同"颦"。颦，皱眉。

㊵馘（guó，音国）：古时作战所割俘虏之左耳，用以计功。

㊶桴：小筏子。旝（kuài，音快）：古时旗的一种。一说为作战中发射的石块。

㊷鞺鞳：鼓声。

㊸舄（xì，音戏）：鞋。古代一种复底鞋。以木置于履下，干腊不畏泥湿。

㊹髻（jì，音记）：挽束在头顶的头发。髽（zhuā，音抓）：露髻。梳在头顶两旁的髻叫做"髽髻"。

㊺栋：房屋的脊檩，正梁。榱（cuī，音崔）：屋顶上的椽子。

㊻躔：天体运行。

㊼ 锥刀：形容微利。

㊽ 扮：谦逊，如㧑谦。

㊾ 涘（sì，音俟）：水边。

㊿敻：通"迥"。远。

(51)麞：即獐。头上无角的小鹿。雄性齿发达形成"獠牙"，露出嘴外。

(52)驺虞：兽名。又作驺吾。白质黑文，尾长于躯干，其齿前后若一，齐等无牙，故又名驺牙，不食生物，不履生草。

(53) 九区即九州。　四维：语出《管子》："礼义廉耻，国之四维，四维不张，国乃灭亡。"维用以系纲，四角系之，则纲举目张。喻维持国家之具。

(54)窅（yǎo，音咬）：形容深远。

(55)五纬：金木水火土五星之总称。旧说以28宿左转为经，五星右旋为纬，故曰五纬。

(56)蹐（jí，音急）：紧跟。

(57)驲（rì，音日）：古时驿站用的马车。

(58)旍旆：即"旌旆"。旌旗。

(59) 九山：指会稽，泰山、王屋、首山，太华、岐山、太行、羊肠、孟门。祲（jìn，音近）：俗谓不祥之气。　四渎：江淮河济合称四渎。今淮夺于运，济夺于河，仅存二渎。

武帝本纪中

天监元年夏四月丙寅，高祖即皇帝位于南郊。设坛柴燎，告类于天曰："皇帝臣衍，敢用玄牡，昭告于皇天后帝：齐氏以历运斯既，否终则亨，钦若天应，以命于衍。夫任是司牧，惟能是授；天命不于常，帝王非一族。唐谢虞受，汉替魏升，爰及晋、宋，宪章在昔。咸以君德驭四海，元功子万姓，故能大庇氓黎，光宅区宇。齐代云季，世主昏凶，狡焉群慝，是崇是长，肆厥奸回暴乱，以播虐于我有邦，俾溥天惴惴，将坠于深壑。九服八荒之内，连率岳牧之君，蹶角顿颡，匡救无术，卧薪待然，援天靡诉。衍投袂星言，推锋万里，厉其挂冠之情，用拯兆民之切。衔胆誓众，覆锐屠坚，建立人主，克翦昏乱。遂因时来，宰司邦国，济民康世，实有厥劳。而晷纬呈祥，川岳效祉，朝夕坰牧①，日月郊畿。代终之符既显，革运之期已萃，殊俗百蛮，重译献款，人神远迩，罔不和会。于是群公卿士，咸致厥诚，并以皇乾降命，难以谦拒。齐帝脱屣万邦，授以神器。衍自惟匪德，辞不获许，仰追上玄之眷，俯惟亿兆之心，宸极不可久旷，民神不可乏主，遂藉乐推，膺此嘉祚。以兹寡薄，临御万方，顾求夙志，永言祗惕。敬简元辰，恭兹大礼，升坛受禅，告类上帝，克播休祉，以弘盛烈，式传厥后，用永保于我有梁。惟明灵是飨。"

礼毕，备法驾即建康宫，临太极前殿。诏曰："五精递袭，皇王所以受命；四海乐推，殷、周所以改物。虽禅代相舛，遭会异时，而微明迭用，其流远矣。莫不振民育德，光被黎元。朕以寡暗，命不先后，宁济之功，属当期运，乘此时来，因心万物，遂振厥弛维，大造区夏，永言前踪，义均惭德。齐氏以代终有征，历数云改，钦若前载，集大命于朕躬。顾惟菲德，辞不获命，寅畏上灵，用膺景业。执禋柴之礼[2]，当与能之祚，继迹百王，君临四海，若涉大川，罔知攸济。洪基初兆，万品权舆，思俾庆泽，覃被率土。可大赦天下。改齐中兴二年为天监元年。赐民爵二级；文武加位二等；鳏寡孤独不能自存者，人谷五斛。逋布、口钱、宿债勿复收。其犯乡论清议，赃污淫盗，一皆荡涤，洗除前注，与之更始。"

封齐帝为巴陵王，全食一郡。载天子旌旗，乘五时副车。行齐正朔。郊祀天地，礼乐制度，皆用齐典。齐宣德皇后为齐文帝妃，齐后王氏为巴陵王妃。

诏曰："兴运升降，前代旧章。齐世王侯封爵，悉皆降省。其有效著艰难者，别有后命。惟宋汝阴王不在除例。"

又诏曰："大运肇升，嘉庆惟始，劫贼余口没在台府者，悉可蠲放。诸流徙之家，并听还本。"

追尊皇考为文皇帝，庙曰太祖；皇妣为献皇后。追谥妃郗氏为德皇后。追封兄太傅懿为长沙郡王，谥曰宣武；齐后军谘议敷为永阳郡王，谥曰昭；弟齐太常畅为衡阳郡王，谥曰宣；齐给事黄门侍郎融为桂阳郡王，谥曰简。

是日，诏封文武功臣新除车骑将军夏侯详等十五人为公侯，食邑各有差。以弟中护军宏为扬州刺史，封为临川郡王；南徐州刺史秀安成郡王；雍州刺史伟建安郡王；左卫将军恢鄱阳郡王；荆州刺史憺始兴郡王。

丁卯，加领军将军王茂镇军将军。以中书监王亮为尚书令、中军将军，相国左长史王莹为中书监、抚军将军，吏部尚书沈约为尚书仆射，长兼侍中范云为散骑常侍、吏部尚书。

诏曰："宋氏以来，并恣淫侈，倾宫之富，遂盈数千。推算五都，愁穷四海[3]，并婴罗冤横，拘逼不一。抚弦命管，良家不被蠲；织室绣房，幽厄犹见役。弊国伤和，莫斯为甚。凡后宫乐府，西解暴室，诸如此例，一皆放遣。若衰老不能自存，官给廪食。"

戊辰，车骑将军高句骊王高云进号车骑大将军。镇东大将军百济王余大进号征东大将军。安西将军宕昌王梁弥颌进号镇西将军。镇东大将军倭王武进号征东大将军。镇西将军河南王吐谷浑休留代进号征西将军。巴陵王薨于姑孰，追谥为齐和帝，终礼一依故事。

己巳，以光禄大夫张瓌为右光禄大夫。庚午，镇南将军、江州刺史陈伯之进号征南将军。

诏曰："观风省俗，哲后弘规；狩岳巡方，明王盛轨。所以重华在上，五品聿修；文命肇基，四载斯履。故能物色幽微，耳目屠钓，致王业于缉熙，被淳风于遐迩。朕以寡薄，昧于治方，藉代终之运，当符命之重，取监前古，懔若驭朽[4]。思所以振民育德，去杀胜残，解网更张，置之仁寿；而明惭照远，智不周物，兼以岁之不易，未遑卜征，兴言夕惕，无忘鉴寐。可分遣内侍，周省四方，观政听谣，访贤举滞。其有田野不辟，狱讼无章，忘公殉私，侵渔是务者，悉随事以闻。若怀宝迷邦，蕴奇待价，蓄响藏真，不求闻达，并依名腾奏，罔或遗隐。使辕轩所届，如朕亲览焉。"

又诏曰："金作赎刑，有闻自昔，入缣以免，施于中世，民悦法行，莫尚乎此。永言叔世，偷薄成风，婴愆入罪⑤，厥涂匪一。断弊之书，日缠于听览；钳钛之刑，岁积于牢犴。死者不可复生，刑者无因自返，由此而望滋实，庸可致乎？朕夕惕思治，念崇政术，斟酌前王，择其令典，有可以宪章邦国，罔不由之。释愧心于四海，昭情素于万物。俗伪日久，禁网弥繁。汉文四百，邈焉已远。虽省事清心，无忘日用，而委衔废策，事未获从。可依周、汉旧典，有罪入赎，外详为条格，以时奏闻。"

辛未，以中领军蔡道恭为司州刺史。以新除谢沐县公萧宝义为巴陵王，以奉齐祀。复南兰陵武进县，依前代之科。征谢朏为左光禄大夫、开府仪同三司，何胤为右光禄大夫。改南东海为兰陵郡。土断南徐州诸侨郡县。

癸酉，诏曰："商俗甫移，遗风尚炽，下不上达，由来远矣。升中驭索，增其懔然。可于公车府谤木肺石傍各置一函。若肉食莫言，山阿欲有横议，投谤木函。若从我江、汉，功在可策，犀兕徒弊，龙蛇方县；次身才高妙，摈压莫通，怀傅、吕之术，抱屈、贾之叹，其理有皦然，受困包瓯⑥；夫大政侵小，豪门陵贱，四民已穷，九重莫达。若欲自申，并可投肺石函。"

甲戌，诏断远近上庆礼。

又诏曰："礼闱文阁，宜率旧章，贵贱既位，各有差等，俯仰拜伏，以明王度，济济洋洋，具瞻斯在。顷因多难，治纲弛落，官非积及，荣由幸至。六军尸四品之职，青紫治白薄之劳。振衣朝伍，长揖卿相，趋步广阔⑦，并驱丞郎。遂冠履倒错，珪甋莫辨⑧。静言疚怀，思返流弊。且玩法惰官，动成逋弛，罚以常科，终未惩革。夫榗楚申威⑨，盖代断趾，笞捶有令，如或可从。外详共平议，务尽厥理。"

癸未，诏"相国府职吏，可依资劳度台；若职限已盈，所度之余，及骠骑府，并可赐满。"

闰月丁酉，以行宕昌王梁弥邕为安西将军、河凉二州刺史，正封宕昌王。壬寅，以车骑将军夏侯详为右光禄大夫。

诏曰："成务弘风，肃厉内外，实由设官分职，互相惩纠。而顷壹拘常式，见失方奏，多容违惰，莫有执咎，宪纲日弛，渐以为俗。今端右可以风闻奏事，依元熙旧制。"

五月乙亥夜，盗入南、北掖，烧神虎门、总章观，害卫尉卿张弘策。戊子，江州刺史陈伯之举兵反，以领军将军王茂为征南将军、江州刺史，率众讨之。

六月庚戌，以行北秦州刺史杨绍先为北秦州刺史、武都王。是月，陈伯之奔魏，江州平。前益州刺史刘季连据成都反。

八月戊戌，置建康三官。乙巳，平北将军、西凉州刺史象舒彭进号安西将军，封邓至王。丁未，诏中书监王莹等八人参定律令。是月，诏尚书曹郎依昔奏事。林邑、干陁利国各遣使献方物。

冬十一月己未，立小庙。甲子，立皇子统为皇太子。

十二月丙申，以国子祭酒张稷为护军将军。辛亥，护军将军张稷免。

是岁大旱，米斗五千，人多饿死。

二年春正月甲寅朔，诏曰："三讯五听，著自圣典，哀矜折狱，义重前诰，盖所以明慎用刑，深戒疑枉，成功致治，罔不由兹。朕自藩部，常躬讯录，求理得情，洪细必尽。末运弛纲，斯政又阙，牢犴沉壅，申诉靡从。朕属当期运，君临兆亿，虽复斋居宣室，留心听断；而九牧遐荒⑩，无因临览。深惧怀冤就鞫，匪惟一方。可申敕诸州，月一临讯，博询择善，务在确实。"乙卯，以尚书仆射沈约为尚书左仆射；吏部尚书范云为尚书右仆射；前将军鄱阳王恢为南徐州刺史；尚书令王亮为左光禄大夫；右卫将军柳庆远为中领军。丙辰，尚书令、新除左光禄大夫王亮免。

夏四月癸卯，尚书删定郎蔡法度上《梁律》二十卷、《令》三十卷、《科》四十卷。

五月丁巳，尚书右仆射范云卒。乙丑，益州刺史邓元起克成都，曲赦益州。壬申，断诸郡县献奉二宫。惟诸州及会稽，职惟岳牧，许荐任土，若非地产，亦不得贡。

六月丁亥，诏以东阳、信安、丰安三县水潦，漂损居民资业，遣使周履，量蠲课调。是夏多疠疫。以新除左光禄大夫谢朏为司徒、尚书令。甲午，以中书监王莹为尚书右仆射。

秋七月，扶南、龟兹、中天竺国各遣使献方物。

冬十月，魏寇司州。

十一月乙卯，雷电大雨，晦。是夜又雷。乙亥，尚书左仆射沈约以母忧去职。

三年春正月戊申，后将军、扬州刺史临川王宏进号中军将军。癸丑，以尚书右仆射王莹为尚书左仆射，太子詹事柳惔为尚书右仆射，前尚书左仆射沈约为镇军将军。

二月，魏陷梁州。

三月，陨霜杀草。

五月丁巳，以扶南国王㤭陈如阇耶跋摩为安南将军。

六月丙子，诏曰：“昔哲王之宰世也，每岁卜征，躬事巡省，民俗政刑，罔不必逮。末代风凋，久旷兹典，虽欲肆远忘劳，究临幽仄，而居今行古，事未易从，所以日晏踟蹰，情同再抚。总总九州，远近民庶，或川路幽遐，或贫羸老疾，怀冤抱理，莫由自申，所以东海匹妇，致灾邦国，西土孤魂，登楼请诉。念此于怀，中夜太息。可分将命巡行州部，其有深冤钜害，抑郁无归，听诣使者，依源自列。庶以矜隐之念，昭被四方，遂听远闻⑪，事均亲览。”癸未，大赦天下。

秋七月丁未，以光禄大夫夏侯详为车骑将军、湘州刺史，湘州刺史杨公则为中护军。甲子，立皇子综为豫章郡王。

八月，魏陷司州，诏以南义阳置司州。

九月壬子，以河南王世子伏连筹为镇西将军、西秦河二州刺史、河南王。北天竺国遣使献方物。

冬十一月甲子，诏曰：“设教因时，淳薄异政，刑以世革，轻重殊风。昔商俗未移，民散久矣，婴网陷辟，日夜相寻。若悉加正法，则赭衣塞路⑫；并申弘宥，则难用为国，故使有罪入赎，以全元元之命。今遏迤知禁，囹圄稍虚⑬，率斯以往，庶几刑措。金作权典，宜在蠲息。可除赎罪之科。”

是岁多疾疫。

四年春正月癸卯朔，诏曰：“今九流常选，年未三十，不通一经，不得解褐。若有才同甘、颜，勿限年次。”置《五经》博士各一人。以镇北将军、雍州刺史建安王伟为南徐州刺史，南徐州刺史鄱阳王恢为郢州刺史，中领军柳庆远为雍州刺史。丙午，省《凤皇衔书伎》⑭。戊申，诏曰：“夫禋郊飨帝，至敬攸在，致诚尽悫⑮，犹惧有违；而往代多令宫人纵观兹礼，帷宫广设，辎軿耀路⑯，非所以仰虔苍昊，昭感上灵。属车之间，见讥前世，便可自今停止。”辛亥，舆驾亲祠南郊，赦天下。

二月壬午，遣卫尉卿杨公则率宿卫兵塞洛口。壬辰，交州刺史李凯据州反，长史李畟讨平之。曲赦交州。戊戌，以前郢州刺史曹景宗为中护军。是月，立建兴苑于秣陵建兴里。

夏四月丁巳，以行宕昌王梁弥博为安西将军、河凉二州刺史、宕昌王。是月，自甲寅至壬戌，甘露连降华林园。

五月辛卯，建康县朔阴里生嘉禾⑰，一茎十二穗。

六月庚戌，立孔子庙。壬戌，岁星昼见。

秋七月辛卯，右光禄大夫张璝卒。

八月庚子，老人星见。

冬十月丙午，北伐，以中军将军、扬州刺史临川王宏都督北讨诸军事，尚书右仆射柳惔为副。是岁，以兴师费用，王公以下各上国租及田谷，以助军资。

十一月辛未，以都官尚书张稷为领军将军。甲午，天晴朗，西南有电光，闻如雷声三。

十二月，司徒、尚书令谢朏以所生母忧，去职。

是岁大穰，米斛三十。

五年春正月丁卯朔，诏曰："在昔周、汉，取士方国。顷代凋讹，幽仄罕被，人孤地绝，用隔听览，士操沦胥，因兹靡劝。岂其岳渎纵灵，偏有厚薄，实由知与不知、用与不用耳。朕以菲德，君此兆民，而兼明广照，屈于堂户，飞耳长目，不及四方，永言愧怀，无忘旦夕。凡诸郡国旧族邦内无在朝位者，选官搜括⑱，使郡有一人。"乙亥，以前司徒谢朏为中书监、司徒、卫将军，镇军将军沈约为右光禄大夫，豫章王综为南徐州刺史。丁丑，以尚书左仆射王莹为护军将军，仆射如故。甲申，立皇子纲为晋安郡王。丁亥，太白昼见。

二月庚戌，以太常张充为吏部尚书。

三月丙寅朔，日有蚀之。癸未，魏宣武帝从弟翼率其诸弟来降。辅国将军刘思效破魏青州刺史元系于胶水。丁亥，陈伯之自寿阳率众归降。

夏四月丙申，卢陵高昌之仁山获铜剑二，始丰县获八目龟一。甲寅，诏曰："朕昧旦斋居，惟刑是恤，三辟五听⑲，寝兴载怀。故陈肺石于都街，增官司于诏狱，殷勤亲览，小大以情。而明慎未洽，囹圄尚壅，永言纳隍，在予兴愧。凡犴狱之所，可遣法官近侍，递录囚徒，如有枉滞，以时奏闻。

五月辛未，太子左卫率张惠绍克魏宿预城。乙亥，临川王宏前军克梁城。辛已，豫州刺史韦睿克合肥城。丁亥，庐江太守裴邃克羊石城；庚寅，又克霍丘城。辛卯，太白昼见。

六月庚子，青、冀二州刺史桓和前军克朐山城。

秋七月乙丑，邓至国遣使献方物。

八月戊戌，老人星见。辛酉，作太子宫。

冬十一月甲子，京师地震。乙丑，以师出淹时，大赦天下。魏寇钟离，遣右卫将军曹景宗率众赴援。

十二月癸卯，司徒谢朏薨。

六年春正月辛酉朔，诏曰："径寸之宝，或隐沙泥；以人废言，君子斯戒。朕听朝晏罢，思阐政术，虽百辟卿士，有怀必闻，而蓄响边遐，未臻魏阙。或屈以贫陋，或间以山川，顿足延首，无因奏达。岂所以沉浮靡漏，远迩兼得者乎？四方士民，若有欲陈言刑政，益国利民，沦碍幽远，不能自通者，可各诠条布怀于刺史二千石。有可申采，大小以闻。"己卯，诏曰："夫有天下者，义非为己。凶荒疾疠，兵革水火，有一于此，责归元首。今祝史请祷，继诸不善，以朕身当之，永使灾害不及万姓，俾兹下民稍蒙宁息。不得为朕祈福，以增其过。特班远迩，咸令遵奉。"

二月甲辰，老人星见。

三月庚申朔，陨霜杀草。是月，有三象入京师。

夏四月壬辰，置左右骁骑、左右游击将军官。癸巳，曹景宗、韦睿等破魏军于邵阳洲，斩获万计。癸卯，以右卫将军曹景宗为领军将军、徐州刺史。己酉，以江州刺史王茂为尚书右仆射，中书令安成王秀为平南将军、江州刺史。分湘广二州置衡州。丁巳，以中军将军、扬州刺史临川王宏为骠骑将军、开府仪同三司，抚军将军建安王伟为扬州刺史，右光禄大夫沈约为尚书左仆射，尚书左仆射王莹为中军将军。

五月己未，以新除左骁骑将军长沙王深业为中护军。癸亥，以侍中袁昂为吏部尚书。己巳，置中卫、中权将军，改骁骑为云骑，游击为游骑。辛未，右将军、扬州刺史建安王伟进号中权将军。

六月庚戌，以车骑将军、湘州刺史夏侯详为右光禄大夫，新除金紫光禄大夫柳恢为安南将军、湘州刺史。新吴县获四目龟一。

秋七月甲子，太白昼见。丙寅，分广州置桂州。丁亥，以新除尚书右仆射王茂为中卫将军。

八月戊子，赦天下。戊戌，大风折木。京师大水，因涛入，加御道七尺。

九月，嘉禾一茎九穗，生江陵县。乙亥，改阅武堂为德阳堂，听讼堂为仪贤堂。丙戌，以左卫将军吕僧珍为平北将军、南衮州刺史，豫章内史萧昌为广州刺史。

冬十月壬寅，以五兵尚书徐勉为吏部尚书。

闰月乙丑，以骠骑将军、开府仪同三司临川王宏为司徒、行太子太傅，尚书左仆射沈约为尚书令、行太子少傅，吏部尚书袁昂为右仆射。戊寅，平西将军、荆州刺史始兴王憺进号安西将军。甲申，以右光禄大夫夏侯详为尚书左仆射。

十二月丙辰，尚书左仆射夏侯详卒。乙丑，魏淮阳镇都军主常邕和以城内属。分豫州置霍州。

七年春正月乙酉朔，诏曰："建国君民，立教为首。不学将落，嘉植靡由。朕肇基明命，光宅区宇，虽耕耘雅业，傍阐艺文，而成器未广，志本犹阙，非所以熔范贵游，纳诸轨度。思欲式敦让齿，自家刑国。今声训所渐，戎夏同风，宜大启庠斅，博延胄子，务彼十伦，弘此三德，使陶钧远被，微言载表。"中卫将军、领太子詹事王茂进号车骑将军。戊戌，作神龙、仁虎阙于端门、大司马门外。壬子，以领军将军曹景宗为中卫将军，卫尉萧景兼领军将军。

二月乙卯，庐江灊县获铜钟二。新作国门于越城南。乙丑，增置镇卫将军以下各有差。庚午，诏于州郡县置州望、郡宗、乡豪各一人，专掌搜荐。乙亥，以车骑大将军高丽王高云为抚东大将军、开府仪同三司，平北将军、南兖州刺史吕僧珍为领军将军。丙子，以中护军长沙王深业为南衮州刺史，兼领军将军萧景为雍州刺史，雍州刺史柳庆远为护军将军。

夏四月乙卯，皇太子纳妃，赦大辟以下，颁赐朝臣及近侍各有差。辛未，秣陵县获灵龟一。戊寅，余姚县获古铜剑二。

五月己亥，诏复置宗正、太仆、大匠、鸿胪，又增太府、太舟，仍先为十二卿。癸卯，以平南将军、江州刺史安成王秀为平西将军、荆州刺史，安西将军、荆州刺史始兴王憺为护军将军，中卫将军曹景宗为安南将军、江州刺史。

六月辛酉，复建、修二陵周回五里内居民，改陵监为令。

秋七月丁亥，月犯氐。

八月癸丑，安南将军、江州刺史曹景宗卒。丁巳，赦大辟以下未结正者。甲戌，平西将军、荆州刺史安成王秀进号安西将军，云麾将军、郢州刺史鄱阳王恢进号平西将军。老人星见。

九月丁亥，诏曰："刍牧必往，姬文垂则；雉兔有刑，姜宣致贬。薮泽山林，毓材是出，斧斤之用，比屋所资。而顷世相承，并加封固，岂所谓与民同利，惠兹黔首？凡公家诸屯戍见封炀者[20]，可悉开常禁。"壬辰，置童子奉车郎。癸巳，立皇子绩为南康郡王。己亥，月犯东井。

冬十月丙寅，以吴兴太守张稷为尚书左仆射。丙子，魏阳关主许敬珍以城内附。诏大举北伐。以护军将军始兴王憺为平北将军，率众入清；车骑将军王茂率众向宿预。丁丑，魏悬瓠镇军主白皂生、豫州刺史胡逊以城内属，以皂生为镇北将军、司州刺史，逊为平北将军、豫州刺史。

十一月辛巳，鄞县言甘露降。

八年春正月辛巳，舆驾亲祠南郊，赦天下，内外文武各赐劳一年。壬辰，魏镇东参军成景俊斩宿预城主严仲宝，以城内属。

二月壬戌，老人星见。

夏四月，以北巴西郡置南梁州。戊申，以护军将军始兴王憺为中卫将军，司徒、行太子太傅临川王宏为司空、扬州刺史，车骑将军、领太子詹事王茂即本号开府仪同三司。丁卯，魏楚王城主李国兴以城内附。丙子，以中军将军、丹阳尹王莹为右光禄大夫。

五月壬午，诏曰："学以从政，殷勤往哲，禄在其中，抑亦前事。朕思阐治纲，每敦儒术，轼闾辟馆，造次以之。故负帙成风㉑，甲科间出，方当置诸周行，饰以青紫。其有能通一经、始末无倦者，策实之后，选可量加叙禄㉒。虽复牛监羊肆，寒品后门，并随才试吏，勿有遗隔。"

秋七月癸巳，巴陵王萧宝义薨。

八月戊午，老人星见。

冬十月乙巳，以中军将军始兴王憺为镇北将军、南兖州刺史，南兖州刺史长沙王深业为护军将军。

九年春正月乙亥，以尚书令、行太子少傅沈约为左光禄大夫，行少傅如故，右光禄大夫王莹为尚书令，行中抚将军建安王伟领护军将军，镇北将军、南兖州刺史始兴王憺为镇西将军、益州刺史，太常卿王亮为中书监。丙子，以轻车将军晋安王纲为南兖州刺史。庚寅，新作缘淮塘，北岸起石头迄东冶，南岸起后渚篱门迄三桥。

三月己丑，车驾幸国子学，亲临讲肆，赐国子祭酒以下帛各有差。乙未，诏曰："王子从学，著自礼经，贵游咸在，实惟前诰，所以式广义方，克隆教道。今成均大启，元良齿让，自斯以降，并宜肄业。皇太子及王侯之子，年在从师者，可令入学。"于阗国遣使献方物。

夏四月丁巳，革选尚书五都令史用寒流㉓。林邑国遣使献白猴一。

五月己亥，诏曰："朕达听思治，无忘日昃，而百司群务，其途不一，随时适用，各有攸宜，若非总会众言，无以备兹亲览。自今台阁省府州郡镇戍应有职僚之所，时共集议，各陈损益，具以奏闻。"中书监王亮卒。

六月癸丑，盗杀宣城太守朱僧勇。癸酉，以中抚将军、领护军建安王伟为镇南将军、江州刺史。

闰月己丑，宣城盗转寇吴兴县，太守蔡撙讨平之。

秋七月己巳，老人星见。

冬十二月癸未，舆驾幸国子学，策试胄子，赐训授之司各有差。

十年春正月辛丑，舆驾亲祠南郊，大赦天下，居局治事赐劳二年。癸卯，以尚书左仆射张稷为安北将军、青冀二州刺史，鄞州刺史鄱阳王恢为护军将军。甲辰，以南徐州刺史豫章王综为鄞州刺史，轻车将军南康王绩为南徐州刺史。戊申，驺虞一，见荆州华容县。以左民尚书王暕为吏部尚书。辛酉，舆驾亲祠明堂。

三月辛丑，盗杀东莞、琅邪二郡太守邓哲，以朐山引魏军，遣振远将军马仙琕讨之。是月，魏徐州刺史卢昶帅众赴朐山。

夏五月癸酉，安丰县获一角玄龟。丁丑，领军吕僧珍卒。己卯，以国子祭酒张充为尚书左仆射，太子詹事柳庆远为领军将军。

六月乙酉，嘉莲一茎三花生乐游苑。

秋七月丙辰，诏曰："昔公卿面陈，载在前史，令仆陛奏，列代明文，所以厘彼庶绩，成兹群务。晋氏陵替，虚诞为风，自此相因，其失弥远，遂使武帐空劳，无汲公之奏，丹墀徒辟，阙郑生之履。三槐八座，应有务之百官，宜有所论，可入陈启，庶藉周爰，少匡寡薄。"

九月丙申，天西北隆隆有声，赤气下至地。

冬十二月癸酉，山车见于临城县。庚辰，马仙琕大破魏军，斩馘十余万，克复朐山城。

是岁，初作宫城门三重楼及开二道。宕昌国遣使献方物。

十一年春正月壬辰，诏曰："夫刑法悼眊，罪不收孥，礼著明文，史彰前事，盖所以申其哀矜，故罚有弗及。近代相因，厥网弥峻，鬈年华发，同坐入愆。虽惩恶劝善，宜穷其制，而老幼流离，良亦可愍。自今逋谪之家及罪应质作，若年有老小，可停将送。"加左光禄大夫、行太子少傅沈约特进。镇南将军、江州刺史建安王伟仪同三司。司空、扬州刺史临川王宏进位为太尉。骠骑将军王茂为司空。尚书令、云麾将军王莹进号安左将军。安北将军、青冀二州刺史张稷进号镇北将军。

二月戊辰，新昌、济阳二郡野蚕成茧。

三月丁巳，曲赦扬、徐二州。筑西静坛于钟山。庚申，高丽国遣使献方物。

四月戊子，诏曰："去岁朐山大歼丑类，宜为京观，用旌武功；但伐罪吊民，皇王盛轨，掩骼埋胔㉔，仁者用心。其下青州悉使收藏。"百济、扶南、林邑国并遣使献方物。

六月辛巳，以司空王茂领中权将军。

九月辛亥，宕昌国遣使献方物。

冬十一月乙未，以吴郡太守袁昂兼尚书右仆射。己酉，降太尉、扬州刺史临川王宏为骠骑将军、开府同三司之仪。癸丑，齐宣德太妃王氏薨。

十二月己未，以安西将军、荆州刺史安成王秀为中卫将军，护军将军鄱阳王恢为平西将军、荆州刺史。

十二年春正月辛卯，舆驾亲祠南郊，赦大辟以下。

二月辛酉，以兼尚书右仆射袁昂为尚书右仆射。丙寅，诏曰："掩骼埋胔，义重周经，椹棳有加㉕，事美汉策。朕向隅载怀，每勤造次，收藏之命，亟下哀矜；而寓县遐深，遵奉未洽，骸然路隅㉖，往往而有，言愍沉枯，弥劳伤恻。可明下远近，各巡境界，若委骸不葬，或陈衣莫改，即就收敛，量给棺具。庶夜哭之魂斯慰，霄霜之骨有归。"辛巳，新作太极殿，改为十三间。

三月癸卯，以湘州刺史王珍国为护军将军。

闰月乙丑，特进、中军将军沈约卒。

夏四月，京邑大水。

六月癸巳，新作太庙，增基九尺。庚子，太极殿成。

秋九月戊午，以镇南将军、开府仪同三司、江州刺史建安王伟为抚军将军，仪同如故；骠骑将军、开府同三司之仪、扬州刺史临川王宏为司空；领中权将军王茂为骠骑将军、开府同三司之仪、江州刺史。

冬十月丁亥，诏曰："明堂地势卑湿，未称乃心。外可量就埤起㉗，以尽诚敬。"

十三年春正月壬戌，以丹阳尹晋安王纲为荆州刺史。癸亥，以平西将军、荆州刺史鄱阳王恢为镇西将军、益州刺史。丙寅，以翊右将军安成王秀为安西将军、郢州刺史。

二月丁亥，舆驾亲耕籍田，赦天下，孝悌力田赐爵一级。老人星见。

三月辛亥，以新除中抚将军、开府仪同三司建安王伟为左光禄大夫。

夏四月辛卯，林邑国遣使献方物。壬辰，以郢州刺史豫章王综为安右将军。

五月辛亥，以通直散骑常侍韦睿为中护军。

六月己亥，以南兖州刺史萧景为领军将军，领军将军柳庆远为安北将军、雍州刺史。

秋七月乙亥，立皇子纶为邵陵郡王，绎为湘东郡王，纪为武陵郡王。

八月癸卯，扶南、于阗国各遣使献方物。

是岁作浮山堰。

十四年春正月乙巳朔，皇太子冠，赦天下，赐为父后者爵一级，王公以下班赉各有差，停远近上庆礼。丙午，安左将军、尚书令王莹进号中权将军。以镇西将军始兴王憺为中抚将军。辛亥，舆驾亲祠南郊。诏曰："朕恭祗明祀，昭事上灵，临竹宫而登泰坛，服裘冕而奉苍璧，柴望既升，诚敬克展，思所以对越乾元，弘宣德教；而缺于治道，政法多昧，实伫群才，用康庶绩。可班下远近，博采英异。若有确然乡党，独行州闾，肥遁丘园，不求闻达，藏器待时，未加收采；或贤良、方正、孝悌、力田，并即腾奏，具以名上。当擢彼周行，试以邦邑，庶百司咸事，兆民无隐。又世轻世重，随时约法，前以剕墨，用代重辟，犹念改悔，其路已壅，并可省除。"丙寅，汝阴王刘胤薨。

二月庚寅，芮芮国遣使献方物。戊戌，老人星见。辛丑，以中护军韦睿为平北将军、雍州刺史，新除中抚将军始兴王憺为荆州刺史。

夏四月丁丑，骠骑将军、开府同三司之仪、江州刺史王茂薨。

五月丁巳，以荆州刺史晋安王纲为江州刺史。

秋八月乙未，老人星见。

九月癸亥，以长沙王深业为护军将军。狼牙修国遣使献方物。

十五年春正月己巳，诏曰："观时设教，王政所先，兼而利之，实惟务本，移风致治，咸由此作。顷因革之令，随事必下，而张弛之要，未臻厥宜，民瘼犹繁，廉平尚寡，所以伫旐旷而载怀，朝玉帛而兴叹。可申下四方，政有不便于民者，所在具条以闻。守宰若清洁可称，或侵渔为蠹，分别奏上，将行黜陟。长吏劝课㉒，躬履堤防，勿有不修，致妨农事。关市之赋，或有未允，外时参量，优减旧格。"

三月戊辰朔，日有蚀之。

夏四月丁未，以安右将军豫章王综兼护军。高丽国遣使献方物。

五月癸未，以司空、扬州刺史临川王宏为中书监，骠骑大将军、刺史如故。

六月丙申，改作小庙毕。庚子，以尚书令王莹为左光禄大夫、开府仪同三司，尚书右仆射袁昂为尚书左仆射，吏部尚书王暕为尚书右仆射。

秋八月，老人星见。芮芮、河南遣使献方物。

九月辛巳，左光禄大夫、开府仪同三司王莹薨。壬辰，赦天下。

冬十月戊午，以丹阳尹长沙王深业为湘州刺史。

十一月丁卯，以兼护军豫章王综为安前将军。交州刺史李畟斩交州反者阮宗孝，传首京师。曲赦交州。壬午，以雍州刺史韦睿为护军将军。

十六年春正月辛未，舆驾亲祠南郊。诏曰："朕当扆思治，政道未明，昧旦劬劳㉓，亟移星纪。今太皞御气，句芒首节，升中就阳，禋敬克展，务承天休，布兹和泽。尤贫之家，勿收今年三调。其无田业者，所在量宜赋给。若民有产子，即依格优蠲。孤老鳏寡不能自存，咸加赈恤。班下四方。诸州郡县，时理狱讼，勿使冤滞，并若亲览。"

二月庚戌，老人星见。甲寅，以安前将军豫章王综为南徐州刺史。

三月丙子，河南王遣使献方物。

夏四月甲子，初去宗庙牲。潮沟获白雀一。

六月戊申，以庐陵王续为江州刺史。

七月丁丑，以郢州刺史安成王秀为镇北将军、雍州刺史。

八月辛丑，老人星见。扶南、婆利国各遣使献方物。

冬十月，去宗庙荐修，始用蔬果。

十七年春正月丁巳朔，诏曰："夫乐所自生，含识之常性；厚下安宅，驭世之通规。朕矜此庶氓，无忘待旦，亟弘生聚之略，每布宽恤之恩；而编户未滋，迁徙尚有，轻去故乡，岂其本志？资业殆阙，自返莫由，巢南之心，亦何能弭。今开元发岁，品物惟新，思俾黔黎，各安旧所。将使郡无旷土，邑靡游民，鸡犬相闻，桑柘交畛㉚。凡天下之民，有流移他境，在天监十七年正月一日以前，可开恩半岁，悉听还本，蠲课三年。其流寓过远者，量加程日。若有不乐还者，即使著土籍为民，准旧课输。若流移之后，本乡无复居宅者，村司三老及余亲属㉛，即为诣县，占请村内官地官宅，令相容受，使恋本者还有所托。凡坐为市埒诸职割盗衰减应被封籍者，其田宅车牛，是民生之具，不得悉以没入，皆优量分留，使得自止。其商贾富室，亦不得顿相兼并。逋叛之身，罪无轻重，并许首出，还复民伍。若有拘限，自还本役。并为条格，咸使知闻。"

二月癸巳，镇北将军、雍州刺史安成王秀薨。甲辰，大赦天下。乙卯，以领石头戍事南康王绩为南兖州刺史。

三月甲申，老人星见。丙申，改封建安王伟为南平王。

夏五月戊寅，骠骑大将军、扬州刺史临川王宏免。己卯、干陁利国遣使献方物。以领军将军萧景为安右将军，监扬州。辛巳，以临川王宏为中军将军、中书监。

六月乙酉，以益州刺史鄱阳王恢为领军将军。中军将军、中书监临川王宏以本号行司徒。癸卯，以国子祭酒蔡撙为吏部尚书。

秋八月壬寅，老人星见。诏以兵驺奴婢，男年登六十，女年登五十，免为平民。

冬十月乙亥，以中军将军、行司徒临川王宏为中书监、司徒。

十一月辛亥，以南平王伟为左光禄大夫、开府仪同三司。

十八年春正月甲申，以领军将军鄱阳王恢为征西将军、开府仪同三司、荆州刺史，荆州刺史始兴王憺为中抚将军、开府仪同三司、领军。以尚书左仆射袁昂为尚书令，尚书右仆射王暕为尚书左仆射，太子詹事徐勉为尚书右仆射。辛卯，舆驾亲祠南郊，孝悌力田赐爵一级。

二月戊午，老人星见。

四月丁巳，大赦天下。

秋七月甲申，老人星见。于阗、扶南国各遣使献方物。

---

① 坰：野外。

② 禋烟之礼：升烟以祭。古时祭天的典礼。禋就是烟，表示祭祀的虔诚。

③ 五都：汉魏以长安、谯、许昌、邺、洛阳为五都。　　四海：《尔雅》："九夷八狄，七戎六蛮谓之四海。"

④ 懔若驭朽：危惧，戒惧。《书·五子之歌》："懔乎若朽索之驭六马。"

⑤ 愆：过失、延误。

⑥ 皦（jiǎo，音矫）然：清白。　　匦（guǐ，音轨）：匣子，小箱子。

⑦ 闼（tà，音踏）：小门。

⑧ 珪：同"圭"。古代帝王、诸侯举行礼仪时所用之玉器，其状上尖下方。又指圭表，圭臬。　　甑（zèng，音赠）：古代

炊具，底部有许多小孔，放在鬲上蒸食物。

⑨槚（jiǎ，音甲）：古书上指楸树或茶树。

⑩九牧：九州之长。

⑪逖：远。

⑫赭（zhě，音者）衣：古时罪犯穿的赤褐色的囚服，因而以此为罪人的代称。

⑬圄：囹圄（líng yǔ，音零雨）：监狱。　　犴：狴犴，借指监狱。原是传说中的一种走兽，古时常把它的形象画在监狱的门上。

⑭省（xǐng，音醒）：察看、检查。

⑮悫（què，音确）：诚实。

⑯辎：辎车，有帷子的车。　　軿：古代妇女所乘坐有帷幕的车。

⑰嘉禾：生长特别苗壮之禾稻，古人视为瑞兆。《论衡·讲瑞》："嘉禾生于禾中，与禾中异穗，谓之嘉禾。"

⑱搜括：搜索，寻求。

⑲三辟：三代之刑法。夏之禹刑，商之汤刑，周之九刑。　　五听：《周礼》以五声听狱讼，求民情。一曰词听，观其出言，不直则烦；二曰色听，观其颜色，不直则赧然；三曰气听，观其气息，不直则喘；四曰耳听，观其听聆，不直则惑；五曰目听，观其眸子视，不直则眊然。眊：眼睛看不清楚。

⑳火气（xì，音戏）：用火烧杂草。除去杂草，以利农作物生长。

㉑帙（zhì，音至）：包书的套子，用布帛制成。

㉒叙录：授职录用。

㉓寒流：寒士。

㉔掩胳埋骴：骨枯曰胳，肉腐曰骴（zì，音字）。

㉕椟（dú，音独）：榨木。

㉖骹（xiāo，音肖）：枯骨暴露之状。

㉗埤（pí，音皮）：增加

㉘长吏：县吏中之尊者。《汉书公卿百官表》："县令长皆有丞尉，秩四百石至二百石，是为长吏。"

㉙劬（qú，音渠）劳：劳累。

㉚柘（zhè，音浙）：是一种贵重木材，叶可饲蚕。　　畛（zhěn，音枕）：田间小路。引申为界限。

㉛三老：掌教化的乡官。三老本秦制，汉初乡三老外，并置县三老。

武帝本纪下

普通元年春正月乙亥朔，改元，大赦天下，赐文武劳位，孝悌力田爵一级，尤贫之家，勿收常调，鳏寡孤独，并加赡恤。丙子，日有蚀之。己卯，以司徒临川王宏为太尉、扬州刺史，安右将军、监扬州萧景为安西将军、郢州刺史。尚书左仆射王暕以母忧去职，金紫光禄大夫王份为尚书左仆射。庚子，扶南、高丽国各遣使献方物。

二月壬子，老人星见。癸丑，以高丽王世子安为宁东将军、高丽王。

三月丙戌，滑国遣使献方物。

夏四月甲午，河南王遣使献方物。

六月丁未，以护军将军韦睿为车骑将军。

秋七月己卯，江、淮、海并溢。辛卯，以信威将军邵陵王纶为江州刺史。

八月庚戌，老人星见。甲子，新除车骑将军韦睿卒。

九月乙亥，有星晨见东方，光烂如火。

冬十月辛亥，以宣惠将军长沙王深业为护军将军。辛酉，以丹阳尹晋安王纲为平西将军、益州刺史。

二年春正月甲戌，以南徐州刺史豫章王综为镇右将军。新除益州刺史晋安王纲改为徐州刺史。辛巳，舆驾亲祠南郊，诏曰："春司御气，虔恭报祀，陶匏克诚①，苍璧礼备，思随乾覆，布兹亭育。凡民有单老孤稚不能自存，主者郡县咸加收养，赡给衣食，每令周足，以终其身。又于京师置孤独园，孤幼有归，华发不匮。若终年命，厚加料理。尤穷之家，勿收租赋。"戊子，大赦天下。

二月辛丑，舆驾亲祠明堂。

三月庚寅，大雪，平地三尺。

夏四月乙卯，改作南北郊。丙辰，诏曰："夫钦若昊天，历象无违，躬执耒耜，尽力致敬，上协星鸟，俯训民时，平秩东作，义不在南。前代因袭，有乖礼制，可于震方，简求沃野，具兹千亩，庶允旧章。"

五月癸卯，琬琰殿火，延烧后宫屋三千间。丁巳，诏曰："王公卿士，今拜表贺瑞，虽则百辟体国之诚，朕怀良有多愧。若其泽漏川泉，仁被动植，气调玉烛，治致太平，爰降嘉祥，可无惭德；而政道多缺，淳化未凝，何以仰叶辰和②，远臻冥贶③？此乃更彰寡薄，重增其尤。自今可停贺瑞。"

六月丁卯，信威将军、义州刺史文僧明以州叛入于魏。

秋七月丁酉，假大匠卿裴邃节，督众军北讨。甲寅，老人星见。魏荆州刺史桓叔兴帅众降。

八月丁亥，始平郡中石鼓村地自开成井，方六尺六寸，深三十二丈。

冬十一月，百济、新罗国各遣使献方物。

十二月戊辰，以镇东大将军百济王余隆为宁东大将军。

三年春正月庚子，以尚书令袁昂为中书监，吴郡太守王暕为尚书左仆射，尚书左仆射王份为右光禄大夫。庚戌，京师地震。己未，以宣毅将军庐陵王续为雍州刺史。

三月乙卯，巴陵王萧屏薨。

夏四月丁卯，汝阴王刘端薨。

五月壬辰朔，日有蚀之，既。癸巳，赦天下，并班下四方，民所疾苦，咸即以闻，公卿百僚各上封事，连率郡国举贤良、方正、直言之士。

秋八月辛酉，作二郊及籍田并毕，班赐工匠各有差。甲子，老人星见。婆利、白题国各遣使献方物。

冬十月丙子，加中书监袁昂中卫将军。

十一月甲午，抚军将军、开府仪同三司、领军将军始兴王憺薨。辛丑，以太子詹事萧渊藻为领军将军。

四年春正月辛卯，舆驾亲祠南郊，大赦天下，应诸穷疾，咸加赈恤，并班下四方，时理狱讼。丙午，舆驾亲祠明堂。

二月庚午，老人星见。乙亥，躬耕籍田。诏曰："夫耕籍之义大矣哉！粢盛由之而兴，礼节因之以著，古者哲王咸用此作。眷言八政④，致兹千亩，公卿百辟，恪恭其仪，九推毕礼，馨香靡替。兼以风云叶律，气象光华，属览休辰，思加奖劝。可班下远近，广辟良畴，公私畎亩⑤，务尽地利。若欲附农而粮种有乏，亦加贷恤，每使优遍。孝悌力田赐爵一级。预耕之司，克日劳酒。"

三月壬寅，以镇右将军豫章王综为平北将军、南兖州刺史。

六月乙丑，分益州置信州，分交州置爱州，分广州置成州、南定州、合州、建州，分霍州置义州。

秋八月丁卯，老人星见。

冬十月庚午，以中书监、中卫将军袁昂为尚书令，即本号开府仪同三司。己卯，护军将军昌义之卒。

十一月癸未朔，日有蚀之。太白昼见。甲辰，尚书左仆射王暕卒。

十二月戊午，始铸铁钱。狼牙修国遣使献方物。

五年春正月，以左光禄大夫、开府仪同三司南平王伟为镇卫大将军，改领右光禄大夫，仪同三司如故。征西将军、开府仪同三司、荆州刺史鄱阳王恢进号骠骑大将军。太府卿夏侯亶为中护军。右光禄大夫王份为左光禄大夫，加特进。辛卯，平北将军、南兖州刺史豫章王综进号镇北将军。平西将军、雍州刺史晋安王纲进号安北将军。

二月庚午，特进、左光禄大夫王份卒。丁丑，老人星见。

三月甲戌，分扬州、江州置东扬州。

夏四月乙未，以云麾将军南康王绩为江州刺史。

六月乙酉，龙斗于曲阿王陂，因西行至建陵城。所经处树木倒折，开地数十丈。戊子，以会稽太守武陵王纪为东扬州刺史。庚子，以员外散骑常侍元树为平北将军、北青兖二州刺史，率众北伐。

秋七月辛未，赐北讨义客位一阶。

八月庚寅，徐州刺史成景隽克魏童城。

九月戊申，又克睢陵城。戊午，北兖州刺史赵景悦围荆山。壬戌，宣毅将军裴邃袭寿阳，入罗城，弗克。

冬十月戊寅，裴邃、元树攻魏建陵城，破之。辛巳，又破曲木。扫虏将军彭宝孙克琅邪。甲申，又克檀丘城。辛卯，裴邃破狄城。丙申，又克霭城，遂进屯黎浆。壬寅，魏东海太守韦敬欣以司吾城降。定远将军（阙二字）太守曹世宗破魏曲阳城。甲辰，又克秦墟。魏郿、潘溪守悉皆弃城走。

十一月丙辰，彭宝孙克东莞城。壬戌，裴邃攻寿阳之安城，克之。丙寅，魏马头、安城并来降。

十二月戊寅，魏荆山城降。乙巳，武勇将军李国兴攻平静关，克之。辛丑，信威长史杨法乾攻武阳关；壬寅，攻岘关，并克之。

六年春正月丙午，安北将军晋安王纲遣长史柳津破魏南乡郡，司马董当门破魏晋城。庚戌，又破马圈、雕阳二城。辛亥，舆驾亲祠南郊，大赦天下。庚申，魏镇东将军、徐州刺史元法僧以彭城内附。己巳，雍州前军克魏新蔡郡。诏曰："庙谟已定，王略方举。侍中、领军将军西昌侯渊藻，可便亲戎，以前启行；镇北将军、南兖州刺史豫章王综董驭雄桀，风驰次迈；其余众军，计日差遣，初中后师，善得严办。朕当六军云动，龙舟济江。"癸酉，克魏郑城。甲戌，以魏镇东将军、徐州刺史元法僧为司空。

二月丁丑，老人星见。庚辰，南徐州刺史庐陵王续还朝，禀承戎略。乙未，赵景悦下魏龙亢城。

三月丙午，岁星见南斗。赐新附民长复除，应诸罪失一无所问。己酉，行幸白下城，履行六军顿所⑥。乙丑，镇北将军、南兖州刺史豫章王综权顿彭城，总督众军，并摄徐州府事。己巳，以魏假平东将军元景隆为衡州刺史，魏征虏将军元景仲为广州刺史。

夏五月己酉，筑宿预堰，又修曹公堰于济阴。太白昼见。壬子，遣中护军夏侯亶督寿阳诸军事，北伐。

六月庚辰，豫章王综奔于魏，魏复据彭城。

秋七月壬戌，大赦天下。

八月丙子，以散骑常侍曹仲宗兼领军。壬午，老人星见。

十二月戊子，邵陵王纶有罪，免官，削爵土。壬辰，京师地震。

七年春正月辛丑朔，赦殊死以下⑦。丁卯，滑国遣使献方物。

二月甲戌，北伐众军解严⑧。河南王遣使献方物。丁亥，老人星见。

三月乙卯，高丽国遣使献方物。

夏四月乙酉，太尉临川王宏薨。南州津改置校尉，增加俸秩。诏在位群臣，各举所知，凡是清吏，咸使荐闻，州年举二人，大郡一人。

六月己卯，林邑国遣使献方物。

秋九月己酉，骠骑大将军、开府仪同三司、荆州刺史鄱阳王恢薨。

冬十月辛未，以丹阳尹湘东王绎为荆州刺史。

十一月庚辰，大赦天下。是日，丁贵嫔薨。辛巳，夏侯亶、胡龙牙、元树、曹世宗等众军克寿阳城。丁亥，放魏扬州刺史李宪还北。以寿阳置豫州，合肥改为南豫州。以中护军夏侯亶为豫、南豫二州刺史。平西将军、郢州刺史元树进号安西将军。魏新野太守以郡降。

大通元年春正月乙丑，以尚书左仆射徐勉为尚书仆射、中卫将军。诏曰："朕思利兆民，惟日不足，气象环回，每弘优简。百官俸禄，本有定数，前代以来，皆多评准，顷者因循，未遑改革。自今已后，可长给见钱，依时即出，勿令逋缓。凡散失官物，不问多少，并从原宥。惟事涉军储，取公私见物，不在此例。"辛未，舆驾亲祠南郊。诏曰："奉时昭事，虔荐苍璧，思承天德，惠此下民。凡因事去土，流移他境者，并听复宅业，蠲役五年。尤贫之家，勿收三调。孝悌力田赐爵一级。"是月，司州刺史夏侯夔进军三关，所至皆克。

三月辛未，舆驾幸同泰寺舍身⑨。甲戌，还宫，赦天下，改元。以左卫将军萧渊藻为中护军。林邑、师子国各遣使献方物。

夏五月丙寅，成景隽克魏临潼、竹邑。

秋八月壬辰，老人星见。

冬十月庚戌，魏东豫州刺史元庆和以涡阳内属。甲寅，曲赦东豫州。

十一月丁卯，以中护军萧渊藻为北讨都督、征北大将军，镇涡阳。戊辰，加尚书令、中卫将军、开府仪同三司袁昂为中书监。以涡阳置西徐州。高丽国遣使献方物。

二年春正月庚申，司空元法僧以本官领中军将军。中书监、尚书令、中卫将军、开府仪同三司袁昂进号中抚大将军。卫尉卿萧昂为中领军。乙酉，芮芮国遣使献方物。

二月甲午，老人星见。是月，筑寒山堰。

三月壬戌，以江州刺史南康王绩为安右将军。

夏四月辛丑，魏郢州刺史元愿达以义阳内附，置北司州。时魏大乱，其北海王元颢、临淮王元彧、汝南王元悦并来奔；其北青州刺史元世隽、南荆州刺史李志亦以地降。

六月丁亥，魏临淮王元彧或还本国，许之。

冬十月丁亥，以魏北海王元颢为魏主，遣东宫直阁将军陈庆之卫送还北。魏豫州刺史邓献以地内属。

中大通元年正月辛酉，舆驾亲祠南郊，大赦天下，孝悌力田赐爵一级。甲子，魏汝南王元悦求还本国，许之。辛巳，舆驾亲祠明堂。

二月甲申，以丹阳尹武陵王纪为江州刺史。辛丑，芮芮国遣使献方物。

三月丙辰，以河南王阿罗真为宁西将军、西秦河沙三州刺史。庚辰，以中护军萧渊藻为中权将军。

夏四月癸未，以安右将军南康王绩为护军将军。癸巳，陈庆之攻魏梁城，拔之；进屠考城，擒魏济阴王元晖业。

五月戊辰，克大梁。癸酉，克虎牢城。魏主元子攸弃洛阳，走河北。乙亥，元颢入洛阳。

六月壬午，大赦天下。辛亥，魏淮阴太守晋鸿以湖阳城内属。

闰月己未，安右将军、护军南康王绩薨。己卯，魏尒朱荣攻杀元颢，复据洛阳。

秋九月辛巳，朱雀航华表灾[①]。以安北将军羊侃为青、冀二州刺史。癸巳，舆驾幸同泰寺，设四部无遮大会，因舍身，公卿以下，以钱一亿万奉赎。

冬十月己酉，舆驾还宫，大赦，改元。

十一月丙戌，加中抚大将军、开府仪同三司袁昂中书监。加镇卫大将军、开府仪同三司南平王伟太子少傅。加金紫光禄大夫萧琛、陆杲并特进。司空、中军将军元法僧进号车骑将军。中权将军萧渊藻为中护军将军。中领军萧昂为领军将军。戊子，魏巴州刺史严始欣以城降。

十二月丁巳，盘盘国遣使献方物。

二年春正月戊寅，以雍州刺史晋安王纲为骠骑大将军、扬州刺史，南徐州刺史庐陵王续为平北将军、雍州刺史。癸未，老人星见。

夏四月庚申，大雨雹。壬申，以河南王佛辅为宁西将军、西秦河二州刺史。

六月丁巳，遣魏太保汝南王元悦还北为魏主。庚申，以魏尚书左仆射范遵为安北将军、司州牧，随元悦北讨。林邑国遣使献方物。壬申，扶南国遣使献方物。

秋八月庚戌，舆驾幸德阳堂，设丝竹会[①]，祖送魏主元悦。山贼聚结，寇会稽郡所部县。

九月壬午，假超武将军湛海珍节以讨之。

三年春正月辛巳，舆驾亲祠南郊，大赦天下，孝悌力田赐爵一级。丙申，以魏尚书仆射郑先护为征北大将军。

二月辛丑，舆驾亲祠明堂。甲寅，老人星见。乙卯，特进萧琛卒。乙丑，以广州刺史元景隆为安右将军。

夏四月乙巳，皇太子统薨。

六月丁未，以前太子詹事萧渊猷为中护军。尚书仆射徐勉加特进、右光禄大夫。丹丹国遣使献方物。癸丑，立昭明太子子南徐州刺史华容公欢为豫章郡王，枝江公誉为河东郡王，曲阿公詧为岳阳郡王。

秋七月乙亥，立晋安王纲为皇太子。大赦天下，赐为父后者及出处忠孝文武清勤，并赐爵一级。乙酉，以侍中、五兵尚书谢举为吏部尚书。庚寅，诏曰："推恩六亲，义彰九族，班以侯爵，亦曰惟允。凡是宗戚有服属者，并可赐沐食乡亭侯，各随远近以为差次。其有暗亲，自依旧章。"壬辰，以吏部尚书何敬容为尚书右仆射。癸巳，老人星见。

九月庚午，以太子詹事萧渊藻为征北将军、南兖州刺史。戊寅，狼牙修国奉表献方物。

冬十月己酉，行幸同泰寺，高祖升法座，为四部众说《大般若涅盘经》义，迄于乙卯。前乐山县侯萧正则有罪流徙，至是招诱亡命，欲寇广州，在所讨平之。

十一月乙未，行幸同泰寺，高祖升法座，为四部众说《摩诃般若波罗蜜经》义，迄丁十二月辛丑。

是岁，吴兴郡生野谷，堪食。

四年春正月丙寅朔，以镇卫大将军、开府仪同三司南平王伟进位大司马，司空元法僧进位太尉，尚书令、中权大将军、开府仪同三司袁昂进位司空。立临川靖惠王宏子正德为临贺郡王。戊辰，以丹阳尹邵陵王纶为扬州刺史。太子右卫率薛法护为平北将军、司州牧，卫送元悦入洛。庚午，立嫡皇孙大器为宣城郡王。癸未，魏南兖州刺史刘世明以城降，改魏南兖州为谯州，以世明为刺史。

二月壬寅，老人星见。新除太尉元法僧还北，为东魏主。以安右将军元景隆为征北将军、徐州刺史，云麾将军羊侃为安北将军、兖州刺史，散骑常侍元树为镇北将军。庚戌，新除扬州刺史邵陵王纶有罪，免为庶人。壬子，以江州刺史武陵王纪为扬州刺史，领军将军萧昂为江州刺史。丙辰，邵陵县获白鹿一。

三月庚午，侍中、领国子博士萧子显上表置制旨《孝经》助教一人，生十人，专通高祖所释《孝经义》。

夏四月壬申，盘盘国遣使献方物。

秋七月甲辰，星陨如雨。

八月丙子，特进陆杲卒。

九月乙巳，以太子詹事南平王世子恪为领军将军，平北将军、雍州刺史庐陵王续为安北将军，西中郎将、荆州刺史湘东王绎为平西将军，司空袁昂领尚书令。

十一月己酉，高丽国遣使献方物。

十二月庚辰，以太尉元法僧为骠骑大将军、开府同三司之仪、郢州刺史。

五年春正月辛卯，舆驾亲祠南郊，大赦天下，孝悌力田赐爵一级。先是一日丙夜，南郊令解涤之等到郊所履行，忽闻空中有异香三随风至，及将行事，奏乐迎神毕，有神光满坛上，朱紫黄白杂色，食顷方灭。兼太宰武陵王纪等以闻。戊申，京师地震。己酉，长星见。辛亥，舆驾亲祠明堂。癸丑，以宣城王大器为中军将军。河南国遣使献方物。

二月癸未，行幸同泰寺，设四部大会，高祖升法座，发《金字摩诃波若经》题，讫于己丑。老人星见。

三月丙辰，大司马南平王伟薨。

夏四月癸酉，以御史中丞臧盾兼领军。

五月戊子，京邑大水，御道通船。

六月己卯，魏建义城主兰宝杀魏东徐州刺史，以下邳城降。

秋七月辛卯，改下邳为武州。

八月庚申，以前徐州刺史元景隆为安右将军。老人星见。甲子，波斯国遣使献方物。甲申，中护军萧渊猷卒。

九月己亥，以轻车将军、临贺王正德为中护军。甲寅，以尚书令、司空袁昂为特进、左光禄大夫，司空如故。盘盘国遣使献方物。

冬十月庚申，以尚书右仆射何敬容为尚书左仆射，吏部尚书谢举为尚书右仆射，侍中、国子祭酒萧子显为吏部尚书。

六年春二月癸亥，舆驾亲耕籍田，大赦天下，孝悌力田赐爵一级。

三月己亥，以行河南王可沓振为西秦河二州刺史、河南王。甲辰，百济国遣使献方物。

夏四月丁卯，荧惑在南斗。

秋七月甲辰，林邑国遣使献方物。

八月己未，以南梁州刺史武兴王杨绍先为秦、南秦二州刺史。

冬十月丁卯，以信武将军元庆和为镇北将军，率众北伐。

闰十二月丙午，西南有雷声二。

大同元年春正月戊申朔，改元，大赦天下。

二月己卯，老人星见。辛巳，舆驾亲祠明堂。丁亥，舆驾躬耕籍田。辛丑，高丽国、丹丹国各遣使献方物。

三月辛未，滑国王安乐萨丹王遣使献方物。

夏四月庚子，波斯国献方物。甲辰，以魏镇东将军刘济为徐州刺史。壬戌，以安北将军庐陵王续为安南将军、江州刺史。

秋七月乙卯，老人星见。辛卯，扶南国遣使献方物。

冬十月辛卯，以前南兖州刺史萧渊藻为护军将军。

十一月丁未，中卫将军、特进、右光禄大夫徐勉卒。壬戌，北梁州刺史兰钦攻汉中，克之，魏梁州刺史元罗降。癸亥，赐梁州归附者复除有差。甲子，雄勇将军、北益州刺史阴平王杨法深进号平北将军。月行左角星。

十二月乙酉，以魏北徐州刺史羊徽逸为平北将军。戊戌，以平西将军、秦南秦二州刺史武兴王杨绍先进号车骑将军，平北将军、北益州刺史阴平王杨法深进号骠骑将军。辛丑，平西将军、荆州刺史湘东王绎进号安西将军。

二年春正月甲辰，以兼领军臧盾为中领军。

二月乙亥，舆驾躬耕籍田。丙戌，老人星见。

三月庚申，诏曰："政在养民，德存被物，上令如风，民应如草。朕以寡德，运属时来，拨乱反正，倏焉三纪。不能使重门不闭，守在海外，疆场多阻，车书未一。民疲转输，士劳边防。彻田为粮，未得顿止。治道不明，政用多僻，百辟无沃心之言，四聪阙飞耳之听⑫，州辍刺举，郡忘共治。致使失理负谤，无由闻达，侮文弄法，因事生奸，肺石空陈，悬钟徒设。《书》不云乎：'股肱惟人，良臣惟圣。'实赖贤佐，匡其不及。凡厥在朝，各献谠言，政治不便于民者，可悉陈之。若在四远，刺史二千石长吏，并以奏闻。细民有言事者，咸为申达。朕将亲览，以纾其过。文武在位，举尔所知，公侯将相，随才擢用，拾遗补阙，勿有所隐。"

夏四月乙未，以骠骑大将军、开府同三司之仪元法僧为太尉，领军师将军。

先是，尚书右丞江子四上封事，极言政治得失。五月癸卯，诏曰："古人有言，屋漏在上，知之在下。朕所钟过，不能自觉。江子四等封事如上，尚书可时加检括，于民有蠹患者，便即勒停，宜速详启，勿致淹缓。"乙巳，以魏前梁州刺史元罗为征北大将军、青冀二州刺史。

六月丁亥，诏曰："南郊、明堂、陵庙等令，与朝请同班，于事为轻，可改视散骑侍郎。"

冬十月乙亥，诏大举北伐。

十一月己亥，诏北伐众班师。辛亥，京师地震。

十二月壬申，魏请通和，诏许之。丁酉，以吴兴太守、驸马都尉、利亭侯张缵为吏部尚书。

三年春正月辛丑，舆驾亲祠南郊，大赦天下；孝悌力田赐爵一级。是夜，朱雀门灾。壬寅，天无云，雨灰，黄色。癸卯，以中书令邵陵王纶为江州刺史。

二月乙酉，老人星见。丁亥，舆驾亲耕籍田。己丑，以尚书左仆射何敬容为中权将军，护军将军萧渊藻为安右将军、尚书左仆射。以尚书右仆射谢举为右光禄大夫。庚寅，以安南将军庐陵王续为中卫将军、护军将军。

三月戊戌，立昭明太子子誉为武昌郡王，詧为义阳郡王。

夏四月丁卯，以南琅邪彭城二郡太守河东王誉为南徐州刺史。

五月丙申，以前扬州刺史武陵王纪复为扬州刺史。

六月，青州朐山境陨霜。

秋七月癸卯，魏遣使来聘。己酉，义阳王䜣薨。是月，青州雪，害苗稼。

八月甲申，老人星见。辛卯，舆驾幸阿育王寺，赦天下。

九月，南兖州大饥。是月，北徐州境内旅生稻稗二千许顷。

闰月甲子，安西将军、荆州刺史湘东王绎进号镇西将军，扬州刺史武陵王纪为安西将军、益州刺史。

冬十月丙辰，京师地震。

是岁，饥。

四年春正月庚辰，以中军将军宣城王大器为中军大将军、扬州刺史。

二月己亥，舆驾亲耕籍田。

三月戊寅，河南国遣使献方物。癸未，芮芮国遣使献方物。

五月申戌，魏遣使来聘。

秋七月己未，以南琅邪彭城二郡太守岳阳王詧为东扬州刺史。癸亥，诏以东冶徒李胤之降如来真形舍利，大赦天下。

八月甲辰，诏：“南兖、北徐、西徐、东徐、青、冀、南北青、武、仁、潼、睢等十二州，既经饥馑，曲赦逋租宿责，勿收今年三调。”

冬十二月丁亥，兼国子助教皇侃表上所撰《礼记义疏》五十卷。

五年春正月乙卯，以护军将军庐陵王续为骠骑将军、开府仪同三司，安右将军、尚书左仆射萧渊藻为中卫将军、开府仪同三司。中权将军、丹阳尹何敬容以本号为尚书令，吏部尚书张缵为尚书仆射，都官尚书刘孺为吏部尚书。丁巳，御史中丞、参礼仪事贺琛奏：“今南北二郊及籍田往还并宜御辇，不复乘辂。二郊请用素辇，籍田往还乘常辇，皆以侍中陪乘，停大将军及太仆。”诏付尚书博议施行。改素辇名大同辇。昭祀宗庙乘玉辇。辛未，舆驾亲祠南郊，诏孝悌力田及州间乡党称为善人者，各赐爵一级，并勒属所以时腾上。

三月己未，诏曰：“朕四聪既阙，五识多蔽，画可外牒，或致纰缪。凡是政事不便于民者，州郡县即时皆言，勿得欺隐。如使怨讼，当境任失。而今而后，以为永准。”

秋七月己卯，以骠骑将军、开府仪同三司庐陵王续为荆州刺史，湘东王绎为护军将军、安右将军。

八月乙酉，扶南国遣使献生犀及方物。

九月庚申，以都官尚书到溉为吏部尚书。

冬十一月乙亥，魏遣使来聘。

十二月癸未，以吴郡太守谢举为中书监，新除中书令鄱阳王范为中领军。

六年春正月庚戌朔，曲赦司、豫、徐、兖四州。

二月己亥，舆驾亲耕籍田。丙午，以江州刺史邵陵王纶为平西将军、郢州刺史，云麾将军豫章王欢为江州刺史。秦郡献白鹿一。

夏四月癸未，诏曰：“命世兴王，嗣贤传业，声称不朽，人代徂迁^⑬，二宾以位，三恪义在，时事浸远，宿草榛芜，望古兴怀，言念怆然。晋、宋、齐三代诸陵，有职司者勤加守护，勿令细民妄相侵毁。作兵有少，补使充足。前无守视，并可量给。”

五月戊寅，以前青、冀二州刺史元罗为右光禄大夫。己卯，河南王遣使献马及方物。

· 六月丁未，平阳县献白鹿一。

秋七月丁亥，魏遣使来聘。

八月戊午，赦天下。辛未，诏曰："经国有体，必询诸朝，所以尚书置令、仆、丞、郎，旦旦上朝，以议时事，前共筹怀，然后奏闻。顷者不尔，每有疑事，倚立求决。古人有云，主非尧舜，何得发言便是。是故放勋之圣，犹咨四岳，重华之睿，亦待多士。岂朕寡德，所能独断。自今尚书中有疑事，前于朝堂参议，然后启闻，不得习常。其军机要切，前须谘审，自依旧典。"盘盘国遣使献方物。

九月，移安州置定远郡，受北徐州都督，定远郡改属安州。始平太守崔硕表献嘉禾一茎十二穗。戊戌，特进、左光禄大夫、司空袁昂薨。

冬十一月己卯，曲赦京邑。

十二月壬子，江州刺史豫章王欢薨。以护军将军湘东王绎为镇南将军、江州刺史。置桂州于湘州始安郡，受湘州督；省南桂林等二十四郡，悉改属桂州。

七年春正月辛巳，舆驾亲祠南郊，赦天下，其有流移及失桑梓者，各还田宅，蠲课五年。辛丑，舆驾亲祠明堂。

二月乙巳，以行宕昌王梁弥泰为平西将军、河凉二州刺史、宕昌王。辛亥，舆驾躬耕籍田。乙卯，京师地震。丁巳，以中领军、鄱阳王范为镇北将军、雍州刺史。

三月乙亥，宕昌王遣使献马及方物。高丽、百济、滑国各遣使献方物。

夏四月戊申，魏遣使来聘。

五月癸巳，以侍中南康王会理兼领军。

秋九月戊寅，芮芮国遣使献方物。

冬十月丙午，以侍中刘孺为吏部尚书。

十一月丙子，诏停在所役使女丁。丁丑，诏曰："民之多幸，国之不幸，恩泽屡加，弥长奸盗，朕亦知此之为病矣。如不优赦，非仁人之心。凡厥訾耗逋负，起今七年十一月九日昧爽以前，在民间无问多少，言上尚书督所未入者，皆赦除之。"又诏曰："用天之道，分地之利，盖先圣之格训也。凡是田桑废宅没入者，公创之外，悉以分给贫民，皆使量其所能以受田分。如闻顷者，豪家富室，多占取公田，贵价僦税，[14]以与贫民，伤时害政，为蠹已甚。自今公田悉不得假与豪家；已假者特听不追。其若富室给贫民种粮共营作者，不在禁例。"己丑，以金紫光禄大夫藏盾为领军将军。

十二月壬寅，诏曰："古人云，一物失所，如纳诸隍，未是切言也。朕寒心消志，为日久矣，每当食投箸，方眠彻枕，独坐怀忧，愤慨申旦，非为一人，万姓故耳。州牧多非良才，守宰虎而傅翼，杨皋是故忧愤，贾谊所以流涕。至于民间诛求万端，或供厨帐，或供厩库，或遣使命，或待宾客，皆无自费，取给于民。又复多遣游军，称为遏防，奸盗不止，暴掠繁多，或求供设，或责脚步。又行劫纵，更相枉逼，良人命尽，富室财殚。此为怨酷，非止一事。亦频禁断，犹自未已。外司明加听采，随事举奏。又复公私传、屯、邸、冶，爰至僧尼，当其地界，止应依限守视；乃至广加封固，越界分断水陆采捕及以樵苏，遂致细民措手无所。凡自今有越界禁断者，禁断之身，皆以军法从事。若是公家创内，止不得辄自立屯，与公竞作以收私利。至百姓樵采以供烟爨者，悉不得禁；及以采捕，亦勿诃问。若不遵承，皆以死罪结正。"魏遣使来聘。丙辰，于宫城西立士林馆，延集学者。

是岁，交州土民李贲攻刺史萧谘，谘输赂，得还越州。

八年春正月，安成郡民刘敬躬挟左道以反，内史萧说委郡东奔，敬躬据郡，进攻庐陵，取豫章，妖党遂至数万，前逼新淦、柴桑。

二月戊戌，江州刺史湘东王绎遣中兵曹子郢讨之。

三月戊辰，大破之，擒敬躬送京师，斩于建康市。是月，于江州新蔡、高塘立颂平屯，垦作蛮田。遣越州刺史陈侯、罗州刺史宁巨、安州刺史李智、爱州刺史阮汉，同征李贲于交州。

九年春闰月丙申，地震，生毛。

二月甲戌，使江州民三十家出奴婢一户，配送司州。

三月，以太子詹事谢举为尚书仆射。

夏四月，林邑王破德州，攻李贲，贲将范修又破林邑王于九德，林邑王败走。

冬十一月辛丑，安西将军、益州刺史武陵王纪进号征西将军、开府仪同三司。

十二月壬戌，领军将军臧盾卒；以轻车将军河东王誉为领军将军。

十年春正月，李贲于交阯窃位号，署置百官。

三月甲午，舆驾幸兰陵，谒建陵。辛丑，至修陵。

壬寅，诏曰："朕自违桑梓，五十余载，乃眷东顾，靡日不思。今四方款关，海外有截，狱讼稍简，国务小闲，始获展敬园陵，但增感恸。故乡老少，接踵远至，情貌孜孜，若归于父，宜有以慰其此心。并可锡位一阶，并加颁赉。所经县邑，无出今年租赋。监所责民，蠲复二年。并普赉内外从官军主左右钱米各有差。"因作《还旧乡》诗。

癸卯，诏园陵职司，恭事勤劳，并锡位一阶，并加沾赉⑮。丁未，仁威将军、南徐州刺史临川王正义进号安东将军。己酉，幸京口城北固楼，改名北顾。庚戌，幸回宾亭，宴帝乡故老及所经近县奉迎候者少长数千人，各赉钱二千。

夏四月乙卯，舆驾至自兰陵。诏鳏寡孤独尤贫者赡恤各有差。

五月丁酉，尚书令何敬容免。

秋九月己丑，诏曰："今兹远近，雨泽调适，其获已及，冀必万箱，宜使百姓因斯安乐。凡天下罪无轻重，已发觉未发觉，讨捕未擒者，皆赦宥之。侵割耗散官物，无问多少，亦悉原除。田者荒废、水旱不作、无当时文列，应追税者，并作田不登公格者，并停。各备台州以文最遍殿，罪悉从原。其有因饥逐食，离乡去土，悉听复业，蠲课五年。"

冬十二月，大雪，平地三尺。

十一年春三月庚辰，诏曰："皇王在昔，泽风未远，故端居玄扆，拱默岩廊。自大道既沦，浇波斯逝，动竞日滋，情伪弥作。朕负扆君临，百年将半。宵漏未分，躬劳政事；白日西浮，不遑飧饭。退居犹被布素，含咀匪过藜藿。宁以万乘为贵，四海为富；唯欲亿兆康宁，下民安义。虽复三思行事，而百虑多失。凡远近分置、内外条流、四方所立屯、传、邸、冶、市肆、桁渡、津税⑯、田园，新旧守宰，游军戍逻，有不便于民者，尚书州郡各速条上，当随言除省，以舒民患。"

夏四月，魏遣使来聘。

冬十月己未，诏曰："尧、舜以来，便开赎刑，中年依古，许罪身入赀，吏下因此，不无奸猾，所以一旦复敕禁断⑰。川流难壅，人心惟危，既乖内典慈悲之义，又伤外教好生之德。《书》云：'与杀不辜，宁失不经。'可复开罪身，皆听入赎。"

中大同元年春正月丁未，曲阿县建陵隧口石骐驎动，有大蛇斗隧中，其一被伤奔走。癸丑，交州刺史杨瞟克交阯嘉宁城，李贲窜入屈獠洞，交州平。

三月乙巳，大赦天下：凡主守割盗、放散官物，及以军粮器甲，凡是赦所不原者，起十一年正月以前，皆悉从恩，十一年正月已后，悉原加赉；其或为事逃叛流移，因饥以后亡乡失土，可听复业，蠲课五年，停其徭役；其被拘之身，各还本郡，旧业若在，皆悉还之。庚戌，法驾出同泰寺大会，停寺省讲《金字三慧经》。

夏四月丙戌，于同泰寺解讲，设法会。大赦，改元。孝悌力田为父后者赐爵一级，赉宿卫文武各有差。是夜，同泰寺灾。

六月辛巳，竟天有声，如风雨相击薄。

秋七月辛酉，以武昌王礬为东扬州刺史。甲子，诏曰："禽兽知母而不知父，无赖子弟过于禽兽，至于父母并皆不知。多触王宪，致及老人。耆年禁执，大可伤愍。自今有犯罪者，父母祖父母勿坐。唯大逆不预今恩。"丙寅，诏曰："朝四而暮三，众狙皆喜⑱，名实未亏，而喜怒为用。顷闻外间多用九陌钱⑲，陌减则物贵，陌足则物贱，非物有贵贱，是心有颠倒。至于远方，日更滋甚。岂直国有异政，乃至家有殊俗，徒乱王制，无益民财。自今可通用足陌钱。令书行后，百日为期，若犹有犯，男子谪运⑳，女子质作，并同三年。"

八月丁丑，东扬州刺史武昌王礬薨。以安东将军、南徐州刺史临川王正义即本号东扬州刺史，丹阳尹邵陵王纶为镇东将军、南徐州刺史。甲午，渴槃陁国遣使献方物。

冬十月癸酉，汝阴王刘哲薨。乙亥，以前东扬州刺史岳阳王礬为雍州刺史。

太清元年正月壬寅，骠骑大将军、开府仪同三司、荆州刺史庐陵王续薨；以镇南将军、江州刺史湘东王绎为镇西将军、荆州刺史。辛酉，舆驾亲祠南郊，诏曰："天行弥纶，覆焘之功博；乾道变化，资始之德成。朕沐浴斋宫，虔恭上帝，祗事樵燎，高爂太一㉑，大礼克遂，感庆兼怀，思与亿兆，同其福惠。可大赦天下，尤穷者无出即年租调；清议禁锢，并皆宥释；所讨通叛，巧籍隐年，暗丁匿口，开恩百日，各令自首，不问往罪；流移他乡，听复宅业，蠲课五年；孝悌力田赐爵一级；居局治事赏劳二年。可班下远近，博采英异，或德茂州闾，道行乡邑，或独行特立，不求闻达，咸使言上，以时招聘。"甲子，舆驾亲祠明堂。

二月己卯，白虹贯日。庚辰，魏司徒侯景求以豫、广、颍、洛、阳、西扬、东荆、北荆、襄、东豫、南兖、西兖、齐等十三州内属。壬午，以景为大将军，封河南王，大行台承制，如邓禹故事。丁亥，舆驾躬耕籍田。

三月庚子，高祖幸同泰寺，设无遮大会，舍身，公卿等以钱一亿万奉赎。甲辰，遣司州刺史羊鸦仁、兖州刺史桓和、仁州刺史湛海珍等应接北豫州。

夏四月丁亥，舆驾还宫，大赦天下，改元，孝悌力田为父后者赐爵一级，在朝群臣宿卫文武并加颁赉。

五月丁酉，舆驾幸德阳堂，宴群臣，设丝竹乐。

六月戊辰，以前雍州刺史鄱阳王范为征北将军，总督汉北征讨诸军事。

秋七月庚申，羊鸦仁入悬瓠城。甲子，诏曰："二豫分置，其来久矣。今汝、颍克定，可依前代故事，以悬瓠为豫州，寿春为南豫，改合肥为合州，北广陵为淮州，项城为殷州，合州为南合州。"

八月乙丑，王师北伐，以南豫州刺史萧渊明为大都督。诏曰："今汝南新复，嵩、颍载清，瞻言遗黎，有劳鉴寐，宜覃宽惠，与之更始。应是缘边初附诸州部内百姓，先有负罪流亡，逃叛入北，一皆旷荡，不问往愆，并不得挟以私雠而相报复。若有犯者，严加裁问。"戊子，以大将军侯景录行台尚书事。

九月癸卯，王游苑成。庚戌，舆驾幸苑。

冬十一月，魏遣大将军慕容绍宗等至寒山。丙午，大战，渊明败绩，及北兖州刺史胡贵孙等并陷魏。绍宗进围谯州。

十二月戊辰，遣太子舍人元贞还北为魏主。辛巳，以前征北将军鄱阳王范为安北将军、南豫州刺史。

二年春正月戊戌，诏在位各举所知。己亥，魏陷涡阳。辛丑，以尚书仆射谢举为尚书令，守吏部尚书王克为尚书仆射。甲辰，豫州刺史羊鸦仁、殷州刺史羊思达，并弃城走，魏进据之。乙卯，以大将军侯景为南豫州牧，安北将军、南豫州刺史鄱阳王范为合州刺史。

三月甲辰，抚东将军高丽王高延卒，以其息为宁东将军②、高丽王、乐浪公。己未，以镇东将军、南徐州刺史邵陵王纶为平南将军、湘州刺史、同三司之仪，中卫将军、开府仪同三司萧渊藻为征东将军、南徐州刺史。是日，屈獠洞斩李贲，传首京师。

夏四月丙子，诏在朝及州郡各举清人任治民者，皆以礼送京师。戊寅，以护军将军河东王誉为湘州刺史。

五月辛丑，以新除中书令邵陵王纶为安前将军、开府仪同三司，前湘州刺史张缵为领军将军。辛亥，曲赦交、爱、德三州。癸丑，诏曰："为国在于多士，宁下寄于得人。朕暗于行事，尤阙治道，孤立在上，如临深谷。凡尔在朝，咸思匡救，献替可否，用相启沃②。班下方岳，傍求俊义，穷其屠钓，尽其岩穴，以时奏闻。"是月，两月夜见。

秋八月乙未，以右卫将军朱异为中领军。戊戌，侯景举兵反，擅攻马头、木栅、荆山等戍。甲辰，以安前将军、开府仪同三司邵陵王纶都督众军讨景。曲赦南豫州。

九月丙寅，加左光禄大夫元罗镇右将军。

冬十月，侯景袭谯州，执刺史萧泰。丁未，景进攻历阳，太守庄铁降之。戊申，以新除光禄大夫临贺王正德为平北将军，都督京师诸军，屯丹阳郡。己酉，景自横江济于采石。辛亥，景师至京，临贺王正德率众附贼。

十一月辛酉，贼攻陷东府城，害南浦侯萧推、中军司马杨曒。庚辰，邵陵王纶帅武州刺史萧弄璋、前谯州刺史赵伯超等入援京师，顿钟山爱敬寺。乙酉，纶进军湖头，与贼战，败绩。丙戌，安北将军鄱阳王范遣世子嗣、雄信将军裴之高等帅众入援，次于张公洲。

十二月戊申，天西北中裂，有光如火。尚书令谢举卒。丙辰，司州刺史柳仲礼、前衡州刺史韦粲、高州刺史李迁仕、前司州刺史羊鸦仁等并帅军入援，推仲礼为大都督。

三年春正月丁巳朔，柳仲礼帅众分据南岸。是日，贼济军于青塘，袭破韦粲营，粲拒战死。庚申，邵陵王纶、东扬州刺史临成公大连等帅兵集南岸。乙丑，中领军朱异卒。丙寅，以司农卿傅岐为中领军。戊辰，高州刺史李迁仕、天门太守樊文皎进军青溪东，为贼所破，文皎死之。壬午，荧惑守心。乙酉，太白昼见。

二月丁未，南兖州刺史南康王会理、前青冀二州刺史湘潭侯萧退帅江州之众，顿于兰亭苑。庚戌，安北将军、合州刺史鄱阳王范以本号开府仪同三司。

三月戊午，前司州刺史羊鸦仁等进军东府北，与贼战，大败。己未，皇太子妃王氏薨。丁卯，贼攻陷宫城，纵兵大掠。己巳，贼矫诏遣石城公大款解外援军。庚午，侯景自为都督中外诸军事、大丞相、录尚书。辛未，援军各退散。丙子，荧惑守心。壬午，新除中领军傅岐卒。

夏四月己丑，京师地震。丙申，地又震。己酉，高祖以所求不供，忧愤寝疾。是月，青冀二州刺史明少遐、东徐州刺史湛海珍、北青州刺史王奉伯各举州附于魏。

五月丙辰，高祖崩于净居殿，时年八十六。辛巳，迁大行皇帝梓宫于太极前殿。

冬十一月，追尊为武皇帝，庙曰高祖。乙卯，葬于修陵。

高祖生知淳孝。年六岁，献皇太后崩，水浆不入口三日，哭泣哀苦，有过成人，内外亲党，咸加敬异。及丁文皇帝忧，时为齐随王谘议，随府在荆镇，仿佛奉闻，便投劾星驰，不复寝食，倍道就路，愤风惊浪，不暂停止。高祖形容本壮，及还至京都，销毁骨立，亲表士友，不复识焉。望宅奉讳，气绝久之，每哭辄欧血数升㉔。服内不复尝米，惟资大麦，日止二溢，拜扫山陵，涕泪所洒，松草变色。及居帝位，即于钟山造大爱敬寺，青溪边造智度寺，又于台内立至敬等殿。又立七庙堂，月中再过，设净馔。每至展拜，恒涕泗滂沲㉕哀动左右。加以文思钦明，能事毕究，少而笃学，洞达儒玄。虽万机多务，犹卷不辍手，燃烛侧光，常至戊夜。造《制旨孝经义》，《周易讲疏》，及六十四卦、二《系》、《文言》、《序卦》等义，《乐社义》，《毛诗答问》，《春秋答问》，《尚书大义》，《中庸讲疏》，《孔子正言》，《老子讲疏》，凡二百余卷，并正先儒之迷，开古圣之旨。王侯朝臣皆奉表质疑，高祖皆为解释。修饰国学，增广生员，立五馆，置《五经》博士。天监初，则何佟之、贺玚、严植之、明山宾等覆述制旨，并撰吉凶军宾嘉五礼，凡一千余卷，高祖称制断疑。于是穆穆恂恂㉖，家知礼节。大同中，于台西立士林馆，领军朱异、太府卿贺琛、舍人孔子祛等递相讲述。皇太子、宣城王亦于东宫宣猷堂及扬州廨开讲，于是四方郡国，趋学向风，云集于京师矣。兼笃信正法，尤长释典，制《涅盘》、《大品》、《净名》、《三慧》诸经义记，复数百卷。听览余闲，即于重云殿及同泰寺讲说，名僧硕学、四部听众，常万余人。又造《通史》，躬制赞序，凡六百卷。天情睿敏，下笔成章，千赋百诗，直疏便就，皆文质彬彬，超迈今古。诏铭赞诔，箴颂笺奏，爰初在田，洎登宝历，凡诸文集，又百二十卷。六艺备闲，棋登逸品，阴阳纬候，卜筮占决，并悉称善。又撰《金策》三十卷。草隶尺牍，骑射弓马，莫不奇妙。勤于政务，孜孜无怠。每至冬月，四更竟，即敕把烛看事，执笔触寒，手为皴裂。纠奸摘伏，洞尽物情，常哀矜涕泣，然后可奏。日止一食，膳无鲜腴，惟豆羹粝食而已。㉗。庶事繁拥，日傥移中，便嗽口以过。身衣布衣，木绵皂帐，一冠三载，一被二年。常克俭于身，凡皆此类。五十外便断房室。后宫职司贵妃以下，六宫袆褕三翟之外㉘，皆衣不曳地，傍无锦绮。不饮酒，不听音声，非宗庙祭祀、大会飨宴及诸法事，未尝作乐。性方正，虽居小殿暗室，恒理衣冠，小坐押褵，盛夏暑月，未尝褰袒㉙。不正容止，不与人相见，虽觌内竖小臣㉚，亦如遇大宾也。历观古昔帝王人君，恭俭庄敬，艺能博学，罕或有焉。

史臣曰：齐季告终，君临昏虐，天弃神怒，众叛亲离。高祖英武睿哲，义起樊、邓，仗旗建号，濡足救焚，总苍兕之师㉛，翼龙豹之阵，云骧雷骇，翦暴夷凶，万邦乐推，三灵改卜。于是御凤历，握龙图，辟四门弘招贤之路，纳十乱引谅直之规㉜。兴文学，修郊祀，治五礼，定六律，四聪既达，万机斯理，治定功成，远安迩肃。加以天祥地瑞，无绝岁时。征赋所及之乡，文轨傍通之地，南超万里，西拓千行。其中瓌财重宝，千夫百族，莫不充牣王府㉝，蹶角阙庭。三四十年，斯为盛矣。自魏、晋以降，未或有焉。及乎耄年，委事群幸。然朱异之徒，作威作福，挟朋树党，政以贿成，服冕乘轩，由其掌握，是以朝经混乱，赏罚无章。"小人道长"，抑此之谓也。贾谊有云："可为恸哭者矣"。遂使滔天羯寇，承间掩袭，鸱羽流王屋，金契辱乘舆，涂炭黎元，黍离宫室。呜呼！天道何其酷焉。虽历数斯穷，盖亦人事然也。

---

①匏（páo，音袍）：葫芦之属。八音之一。

②叶：古"协"字。辅助之意。

③贶（kuàng，音况）：赐与，赠送。

④八政：一曰食，二曰货，三曰祀，四曰司空，五曰司徒，六曰司寇，七曰宾，八曰师。

⑤畎（quǎn，音犬）亩：田间，田地。

⑥顿（dú，音毒）：通"屯"。顿音"毒"。

⑦殊死：斩首之刑。殊者，断、绝也。

⑧解严：敌人既退，我解弛防务之谓。

⑨舍身：信佛教者自愿以己身布施三宝，谓之舍身。六朝时此风颇炽。梁武帝、陈武帝皆多次舍身寺中为奴。

⑩华表：柱识。又墓上石柱亦称华表。又称望柱。

⑪丝竹：音乐的总称。丝谓琴瑟，竹谓萧管。

⑫飞耳：喻能听到远处的声音。《管子》："一曰长目，二曰飞耳，三曰树明。"

⑬徂：过去，逝去。

⑭僦（jiù，音就）：租赁。

⑮赉：赐，给。

⑯传：驿站。　　邸：国宾馆，诸侯来朝所住的地方。　　桁：同"航"，浮桥渡口。　　津：渡口

⑰敕（chì，音赤）：皇帝的诏令。

⑱狙：古书中所说的一种猴子。见于《庄子·齐物论》"朝三暮四"之典。

⑲九陌钱：陌同"佰"。以九十为一百也。

⑳谪：罚，流放。

㉑槱（yǒu，音酉）：聚集木材以备燃烧。熛：火焰。

㉒息：后代，子息。

㉓启沃：意即开陈善之道以告皇帝。所谓"启乃心，沃朕心"即是。

㉔欧：同"呕"。

㉕泗：鼻涕。滂沲，沲：同"沱"。泪如雨下。

㉖穆：恭顺、严肃。恂：诚顺，恭顺。

㉗粝：糙米。

㉘袆（huī，音灰）：古时王后的一种礼服。　　褕（yú，音于）：短便服。

㉙襈：束腰的带子。　　褰：撩起、揭起（衣服）。　　袒：脱去或敞开上衣，露出身体的一部分。

㉚觌（dí，音迪）：见

㉛兕：雌性犀牛。

㉜觌：同"规"。

㉝充牣（rèn，音认）：充满。

侯景列传

　　侯景字万景，朔方人，或云雁门人。少而不羁①，见惮乡里。及长，骁勇有膂力，善骑射。以选为北镇戍兵，稍立功效。魏孝昌元年，有怀朔镇兵鲜于修礼，于定州作乱，攻没郡县；又有柔玄镇兵吐斤洛周，率其党与②，复寇幽、冀，与修礼相合，众十余万。后修礼见杀，部下溃散，怀朔镇将葛荣因收集之，攻杀吐斤洛周，尽有其众，谓之"葛贼"。四年，魏明帝殂，其后胡氏临朝，天柱将军尔朱荣自晋阳入弑胡氏，并诛其亲属。景始以私众见荣，荣甚奇景，即委以军事。会葛贼南逼，荣自讨，命景先驱，至河内击大破之，生擒葛荣，以功擢为定州刺史、大行台，封濮阳郡公。景自是威名遂著。

　　顷之，齐神武帝为魏相，又入洛诛尔朱氏，景复以众降之，仍为神武所用。景性残忍酷虐，驭军严整；然破掠所得财宝，皆班赐将士，故咸为之用，所向多捷。总揽兵权，与神武相亚。魏以为司徒、南道行台，拥众十万，专制河南。及神武疾笃，谓子澄曰："侯景狡猾多计，反覆难知，我死后，必不为汝用"。乃为书召景。景知之，虑及于祸，太清元年，乃遣其行台郎中丁和来上表请降曰：

臣闻股肱体合，则四海和平；上下猜贰，则封疆幅裂。故周、邵同德，越常之贡来臻；飞、恶离心，诸侯所以背叛。此盖成败之所由，古今如画一者也。

臣昔与魏丞相高王并肩戮力，共平灾衅，扶危戴主，匡弼社稷。中兴以后，无役不从，天平及此，有事先出。攻城每陷，野战必殄。筋力消于鞍甲，忠贞竭于寸心。乘藉机运，位阶鼎辅。宜应誓死馨节，仰报时恩，陨首流肠，溘焉罔贰。何言翰墨，一旦论此？臣所恨义非死所，壮士弗为，臣不爱命，但恐死之无益耳。

而丞相既遭疾患，政出子澄。澄天性险忌，触类猜嫉，谄谀迭进，共相构毁。而部分未周，累信赐召，不顾社稷之安危，惟恐私门之不植。甘言厚币，规灭忠梗。其父若殒，将何赐容。惧逭畏戮，拒而不返，遂观兵汝、颍，拥斾周、韩。乃与豫州刺史高成、广州刺史暴显、颍州刺史司马世云、荆州刺史郎椿、襄州刺史李密、兖州刺史邢子才、南兖州刺史石长宣、齐州刺史许季良、东豫州刺史丘元征、洛州刺史可朱浑愿、扬州刺史乐恂、北荆州刺史梅季昌、北扬州刺史元神和等，皆河南牧伯，大州帅长，各阴结私图，克相影会，秣马潜戈，待时即发。函谷以东，瑕丘以西，咸愿归诚圣朝，息肩有道，戮力同心，死无二志。惟有青、徐数州，仅须折简[3]，一驿走来，不劳经略。

且臣与高氏衅隙已成，临患赐征，前已不赴，纵其平复，终无合理。黄河以南，臣之所职，易同反掌，附化不难。群臣颙仰[4]，听臣而唱。若齐、宋一平，徐事燕、赵。伏惟陛下天网宏开，方同书轨，闻兹寸款，惟应需然。

丁和既至，高祖召群臣廷议，尚书仆射谢举及百辟等议[5]，皆云纳侯景非宜，高祖不从是议而纳景。

及齐神武卒，其子澄嗣，是为文襄帝。高祖乃下诏封景河南王、大将军、使持节、董督河南南北诸军事、大行台，承制辄行，如邓禹故事，给鼓吹一部[6]。齐文襄遣大将军慕容绍宗围景于长社，景请西魏为援，西魏遣其五城王元庆等率兵救之，绍宗乃退。景复请兵于司州刺史羊鸦仁，鸦仁遣长史邓鸿率兵至汝水，元庆军又夜遁。于是据悬瓠、项城，求遣刺史以镇之。诏以羊鸦仁为豫、司二州刺史，移镇悬瓠；西阳太守羊思建为殷州刺史，镇项城。

魏既新丧元帅，景又举河南内附，齐文襄虑景与西、南合从，方为己患，乃以书喻景曰：

“盖闻位为大宝，守之未易；仁诚重任，终之实难。或杀身成名，或去食存信，比性命于鸿毛，等节义于熊掌。夫然者，举不失德，动无过事，进不见恶，退无谤言。

先王与司徒契阔夷险，孤子相于，偏所眷属，缱绻衿期[7]，绸缪寤语，义贯终始，情存岁寒。司徒自少及长，从微至著，共相成生，非无恩德。既爵冠通侯，位标上等，门容驷马，室飨万钟，财利润于乡党，荣华被于亲戚。意气相倾，人伦所重，感于知己，义在忘躯。眷为国士者，乃立漆身之节[8]；馈以壶飧者，便致扶轮之效。若然尚不能已，况其重于此乎？

幸以故旧之义，欲持子孙相托，方为秦晋之匹，共成刘范之亲。假使日往月来，时移世易，门无强荫，家有幼孤，犹加璧不遗，分宅相济，无忘先德，以恤后人。况闻负仗行歌，便已狼顾犬噬[9]，于名无所成，于义无所取，不蹈忠臣之迹，自陷叛人之地。力不足以自强，势不足以自保，率乌合之众，为累卵之危。西求救于黑泰，南请援于萧氏，以狐疑之心，为首鼠之事[10]。入秦则秦人不容，归吴则吴人不信。当今相视，未见其可，不知终久，持此安归。相推本心，必不应尔。当是不逞之人[11]，曲为口端之说，逐怀市虎之疑，乃致投杼之惑耳[12]。

比来举止，事已可见，人相疑误，想自觉知，合门大小，并付司寇。近者，聊命偏师，前驱致讨，南兖、扬州，应时克复。即欲乘机，长驱悬瓠；属以炎暑，欲为后图。方凭国灵，龚行天罚，器械精新，士马强盛。内外感德，上下齐心，三令五申，可蹈汤火。若使旗鼓相望，埃尘相接，势如沃雪，事等注萤。

夫明者去危就安，智者转祸为福。宁使我负人，不使人负我。当开从善之门，决改先迷之路。今刷心荡意；除嫌去恶，想犹致疑，未便见信。若能卷甲来朝，垂橐还阙者⑬，当授豫州刺史。即使终君之世，所部文武更不追摄。进得保其禄位，退则不丧功名。君门眷属，可以无恙，宠妻爱子，亦送相还。仍为通家⑭，卒成亲好。所不食言，有如皎日。

君既不能东封函谷，南向称孤，受制于人，威名顿尽。空使兄弟子侄，足首异门，垂发戴白，同之涂炭，闻者酸鼻，见者寒心，矧伊骨肉⑮，能无愧也？

孤子今日不应方遣此书，但见蔡遵道云：司徒本无归西之心，深有悔祸之意，闻西兵将至，遣遵道向崤中参其多少；少则与其同力，多则更为其备。又云：房长史在彼之日，司徒尝欲遣书启，将改过自新，已差李龙仁，垂欲发遣，闻房已远，逐复停发。未知遵道此言为虚为实；但既有所闻，不容不相尽告。吉凶之理，想自图之。"

景报书曰：

"盖闻立身扬名者，义也；在躬所宝者，生也。苟事当其义，则节士不爱其躯；刑罚斯舛⑯，则君子实重其命。昔微子发狂而去殷，陈平怀智而背楚者，良有以也。

仆乡曲布衣⑰，本乖艺用。初逢天柱，赐忝帷幄之谋；晚遇永熙，委以干戈之任。出身为国，绵历二纪，犯危履难，岂避风霜。遂得躬被衮衣，口飨玉食⑱，富贵当年，光荣身世。何为一旦举旌旆，援枹鼓⑲，而北面相抗者，何哉？实以畏惧危亡，恐招祸害，捐躯非义，身名两灭故耳。何者？往年之暮，尊王遘疾⑳，神不祐善，祈祷莫瘳。遂使嬖幸擅威权，阉寺肆诡惑㉑，上下相猜，心腹离贰。仆妻子在宅，无事见围，段康之谋，莫知所以，庐潜入军，未审何故。翼翼小心，常怀战栗，有靦面目，宁不自疑。及回师长社，希自陈状，简书未达，斧钺已临。既旌旗相对，咫尺不远，飞书每奏，兼申鄙情；而群率恃雄，眇然不顾㉒，运载推锋，专欲屠灭。筑围堰水，三板仅存㉓，举目相看，命悬晷刻，不忍死亡，出战城下。禽兽恶死，人伦好生，送地拘秦，非乐为也。但尊王平昔见与，比肩共奖帝室，虽形势参差，寒暑小异，丞相司徒，雁行而已。福禄官荣，自是天爵，劳而后受，理不相干，欲求吞炭，何其谬也！然窃人之财，犹谓为盗，禄去公室，相为不取。今魏德虽衰，天命未改，祈恩私第，何足关言。

赐示'不能东封函谷，受制于人'。当似教仆贤祭仲而襃季氏㉔。无主之国，在礼未闻，动而不法，何以取训？窃以分财养幼，事归令终，舍宅存孤，谁云隙末。

复言仆'众不足以自强，危如累卵'。然纣有亿兆夷人，卒降十乱，桀之百克，终自无后。颍川之战，即是殷监。轻重由人，非鼎在德。苟能忠信，虽弱必强。殷忧启圣，处危何苦。况今梁道邕熙㉕，招携以礼，被我虎文，縻之好爵。方欲苑五岳而池四海，扫夷秽以拯黎元，东羁瓯越，西通沔、陇。吴、楚剽劲，带甲千群；吴兵冀马，控弦十万。兼仆所部义勇如林，奋义取威，不期而发，大风一振，枯干必摧，凝霜暂落，秋蒂自殒㉖，此而为弱，谁足称强！

又见诬两端，受疑二国。斟酌物情，一何至此。昔陈平背楚，归汉则王；百里出虞，入秦斯霸。盖昏明由主，用舍在时，奉礼而行，神其庇也。

书称士马精新，克日齐举，夸张形胜，指期荡灭。窃以寒飚白露㉗，节候乃同，秋风扬尘，马首何异㉘。徒知北方之力争，未识西、南之合从，苟欲徇意于前途，不觉坑阱在其侧。若云去危令归正朔，转祸以脱网罗，彼既嗤仆之愚迷，此亦笑君之晦昧。今已引二邦，扬旌北讨，熊虎齐奋，克复中原，荆、襄、广、颍已属关右，项城、悬瓠亦奉南朝，幸自取之，何劳恩赐。然权变不一，理有万途。为君计者，莫若割地两和，三分鼎峙，燕、卫、晋、赵足相奉禄，齐、曹、宋、鲁悉归大梁，使仆得输力南朝，北敦姻好，束帛交行，戎车不动。仆立当世之功，君卒祖称之业，各保疆界，躬享岁时，百姓乂宁，四民安堵。孰若驱农夫于陇亩，抗勍敌于三方，避干戈于首尾，当锋镝于心腹。纵太公为将，不能获存，归之高明，何以克济。

复寻来书云，仆妻子悉拘司寇。以之见要，庶其可反。当是见疑褊心，未识大趣。何者？昔王陵附汉，母在不归，太上囚楚，乞羹自若，矧伊妻子，而可介意。脱谓诛之有益，欲止不能，杀之无损，徒复坑戮，家累在君，何关仆也。

而遵道所传，颇亦非谬；但在缧绁㉒，恐不备尽，故重陈辞，更论款曲。所望良图，时惠报旨。然昔与盟主，事等琴瑟㉚，谗人间之，翻为雠敌。抚弦掷矢㉛，不觉伤怀，裂帛还书，知何能述。"

十二月，景率军围谯城不下，退攻城父，拔之。又遣其行台左丞王伟、左民郎中王则诣阙献策㉜，求诸元子弟立为魏主，辅以北伐，许之。诏遣太子舍人元贞为咸阳王，须渡江，许即伪位，乘舆副御以资给之。

齐文襄又遣慕容绍宗追景，景退入涡阳，马尚有数千匹，甲卒数万人，车万余两，相持于涡北。景军食尽，士卒并北人，不乐南渡，其将暴显等各率所部降于绍宗。景军溃散，乃与腹心数骑自峡石济淮，稍收散卒，得马步八百人，奔寿春，监州韦黯纳之。景启求贬削，优诏不许，仍以为豫州牧，本官如故。

景既据寿春，遂怀反叛，属城居民，悉召募为军士，辄停责市估及田租㉝，百姓子女悉以配将卒。又启求锦万匹，为军人袍，领军朱异议，以御府锦署止充颁赏远近，不容以供边城戎服，请送青布以给之。景得布，悉用为袍衫，因尚青色。又以台所给仗，多不能精，启请东冶锻工，欲更营造，敕并给之。景自涡阳败后，多所征求，朝廷含弘，未尝拒绝。

先是，豫州刺史贞阳侯渊明督众军围彭城，兵败没于魏，至是，遣使还述魏人请追前好。二年二月，高祖又与魏连和。景闻之惧，驰启固谏，高祖不从。尔后表疏跋扈，言辞不逊。鄱阳王范镇合肥，及司州刺史羊鸦仁俱累启称景有异志，领军朱异曰："侯景数百叛房，何能为役。"并抑不奏闻，而逾加赏赐，所以奸谋益果。又知临贺王正德怨望朝廷，密令要结，正德许为内启。八月，景遂发兵反，攻马头、木栅，执太守刘神茂、戍主曹璆等。于是诏合州刺史鄱阳王范为南道都督，北徐州刺史封山侯正表为北道都督，司州刺史柳仲礼为西道都督，通直散骑常侍裴之高为东道都督，同讨景，济自历阳；又令开府仪同三司、丹阳尹、邵陵王纶持节，董督众军。

十月，景留其中军王显贵守寿春城，出军伪向合肥，遂袭谯州，助防董绍先开城降之。执刺史丰城侯泰。高祖闻之，遣太子家令王质率兵三千巡江遏防。景进攻历阳，历阳太守庄铁遣弟均率数百人夜斫景营，不克，均战没，铁又降之。萧正德先遣大船数十艘，伪称载荻㉞，实装济景。景至京口，将渡，虑王质为梗，俄而质无故退，景闻之尚未信也，乃密遣觇之㉟。谓使者曰："质若审退㊱，可折江东树枝为验。"觇人如言而返，景大喜曰："吾事办矣。"乃自采石济，马数百匹，兵千人，京师不之觉。景即分袭姑孰，执淮南太守文成侯宁，遂至慈湖。于是诏以扬州刺史宣城王大器为都督城内诸军事，都官尚书羊侃为军师将军以副焉；南浦侯推守东府城，西丰公大春守石头城，轻车长史谢禧守白下。

既而景至朱雀航，萧正德先屯丹阳郡，至是，率所部与景合。建康令庾信率兵千余人屯航北，见景至航，命彻航，始除一舫，遂弃军走南塘，游军复闭航渡景。皇太子以所乘马授王质，配精兵三千，使援庾信。质至领军府，与贼遇，未阵便奔走，景乘胜至阙下。西丰公大春弃石头城走，景遣其仪同于子悦据之。谢禧亦弃白下城走。景于是百道攻城，持火炬烧大司马、东西华诸门。城中仓卒，未有其备，乃凿门楼，下水沃火㊲，久之方灭。贼又斫东掖门将开，羊侃凿门扇，刺杀数人，贼乃退。又登东宫墙，射城内，至夜，太宗募人出烧东宫，东宫台殿遂尽。景又烧城西马厩、士林馆、太府寺。明日，景又作木驴数百攻城，城上飞石掷之，所值皆碎破。景苦攻不克，伤损甚多，乃止攻，筑长围以绝内外，启求诛中领军朱异、太子右卫率陆验、兼少府卿徐驎、制局监周石珍等。城内亦射赏格出外："有能斩景首，授以景位，并钱一亿万，布绢各万匹，女乐二部㊳。"

十一月，景立萧正德为帝，即伪位于仪贤堂，改年曰正平。初，童谣有"正平"之言，故立号以应之。景自为相国、天柱将军。正德以女妻之。

景又攻东府城，设百尺楼车，钩城堞尽落，城遂陷。景使其仪同卢晖略率数千人，持长刀夹城门，悉驱城内文武裸身而出，贼交兵杀之，死者二千余人。南浦侯推是日遇害。景使正德子见理、仪同卢晖略守东府城。

景又于城东西各起一土山以临城内，城内亦作两山以应之，王公以下皆负土。初，景至，便望克定京师，号令甚明，不犯百姓；既攻城不下，人心离阻㊴，又恐援军总集，众必溃散，乃纵兵杀掠，交尸塞路，富室豪家，恣意哀剥㊵，子女妻妾，悉入军营。及筑土山，不限贵贱，昼夜不息，乱加殴棰，疲羸者因杀之以填山，号哭之声，响动天地。百姓不敢藏隐，并出从之，旬日之间，众至数万。

景仪同范桃棒密遣使送款乞降，会事泄见杀。至是，邵陵王纶率西丰公大春、新淦公大成、永安侯确、超武将军南安乡侯骏、前谯州刺史赵伯超、武州刺史萧弄璋、步兵校尉尹思合等，马步三万，发自京口，直据钟山。景党大骇，具船舟咸欲逃散，分遣万余人距纶，纶击大破之，斩首千余级。旦日，景复陈兵覆舟山北，纶亦列阵以待之。景不进，相持。会日暮，景引军还，南安侯骏率数十骑挑之，景回军与战，骏退。时赵伯超陈于玄武湖北，见骏急，不赴，乃率军前走，众军因乱，遂败绩。纶奔京口。贼尽获辎重器甲，斩首数百级，生俘千余人，获西丰公大春、纶司马庄丘惠达、直阁将军胡子约、广陵令霍俊等，来送城下徇之㊶，逼云"已擒邵陵王"。俊独云"王小小失利，已全军还京口，城中但坚守，援军寻至。"贼以刀殴之，俊言辞颜色如旧，景义而释之。

是日，鄱阳世子嗣、裴之高至后渚，结营于蔡洲。景分军屯南岸。

十二月，景造诸攻具及飞楼、橦车、登城车、钩堞车、阶道车、火车㊷，并高数丈，一车至二十轮，陈于阙前，百道攻城并用焉。以火车焚城东南隅大楼，贼因火势以攻城，城上纵火，悉焚其攻具，贼乃退。又筑土山以逼城，城内作地道以引其土山，贼又不能立，焚其攻具，还入于栅。材官将军宋嶷降贼，因为立计，引玄武湖水灌台城，城外水起数尺，阙前御街并为洪波矣。又烧南岸民居营寺，莫不咸尽。

司州刺史柳仲礼、衡州刺史韦粲、南陵太守陈文彻、宣猛将军李孝钦等，皆来赴援。鄱阳世子嗣、裴之高又济江。仲礼营朱雀航南，裴之高营南苑，韦粲营青塘，陈文彻、李孝钦屯丹阳郡、鄱阳世子嗣营小航南，并缘淮造栅。及晓，景方觉，乃登禅灵寺门楼望之，见韦粲营垒未合，先渡兵击之，粲拒战败绩，景斩粲首徇于城下。柳仲礼闻粲败，不遑贯甲，与数十骑驰赴之，遇贼交战，斩首数百，投水死者千余人。仲礼深入，马陷泥，亦被重创。自是贼不敢济岸。

邵陵王纶与临城公大连等自东道集于南岸，荆州刺史湘东王绎遣世子方等、兼司马吴晔、天门太守樊文皎下赴京师，营于湘子岸前，高州刺史李迁仕、前司州刺史羊鸦仁又率兵继至。既而鄱阳世子嗣、永安侯确、羊鸦仁、李迁仕、樊文皎率众渡淮，攻贼东府城前栅，破之，遂结营于青溪水东。景遣其仪同宋子仙顿南平王第，缘水西立栅相拒。景食稍尽，至是米斛数十万，人相食者十五六。

初，援兵至北岸，百姓扶老携幼以候王师，才得过淮，便竞剥掠，贼党有欲自拔者，闻之咸止。贼之始至，城中才得固守，平荡之事，期望援军；既而四方云合，众号百万，连营相持，已月余日，城中疾疫，死者太半。

景自岁首以来乞和，朝廷未之许，至是事急乃听焉。请割江右四州之地，并求宣城王大器出送，然后解围济江；仍许遣其仪同于子悦、左丞王伟入城为质。中领军傅岐议，以宣城王嫡嗣之重，不容许之。乃请石城公大款出送，诏许焉。遂于西华门外设坛，遣尚书仆射王克、兼侍中上甲乡侯韶、兼散骑常侍萧瑳与于子悦、王伟等，登坛共盟。左卫将军柳津出西华门下，景出其栅门，与津遥相对，刑牲歃血。

南兖州刺史南康嗣王会理、前青冀二州刺史湘潭侯退、西昌侯世子彧率众三万，至于马邛州。景虑北军自白下而上，断其江路，请悉勒聚南岸，敕乃遣北军进江潭苑。景启称"永安侯、赵威方频隔栅见诉臣，云'天子自与汝盟，我终当逐汝'。乞召入城，即当进发。"敕并召之。景又启云："西岸信至，高澄已得寿春、钟离，便无处安足，权借广陵、谯州，须征得寿春、钟离，即以奉还朝廷。"

初，彭城刘邈说景曰："大将军顿兵已久，攻城不拔，今援众云集，未易而破；如闻军粮不支一月，运漕路绝，野无所掠，婴儿掌上，信在于今。未若乞和，全师而返，此计之上者。"景然其言，故请和。后知援军号令不一，终无勤王之效；又闻城中死疾转多，必当有应之者。景谋臣王伟又说曰："王以人臣举兵背叛，围守宫阙，已盈十旬，逼辱妃主，凌秽宗庙，今日持此，何处容身，愿王且观其变。"景然之，乃抗表曰：

"臣闻'书不尽言，言不尽意。'然则意非言不宣，言非笔不尽，臣所以含愤蓄积，不能默已者也。窃惟陛下睿智在躬，多才多艺。昔因世季，龙翔汉、沔，夷凶剪乱，克雪家怨，然后踵武前王，光宅江表，宪章文、武，祖述尧、舜。兼属魏国凌迟，外无勍敌，故能西取华陵，北封淮、泗，结好高氏，辐轩相属[43]，疆场无虞，十有余载。躬览万机，劬劳治道。刊正周、孔之遗文，训释真如之秘奥。享年长久，本枝盘石。人君艺业，莫之与京。臣所以踊跃一隅，望南风而叹息也。岂图名与实爽[44]，闻见不同。臣自委质策名，前后事迹，从来表奏，已具之矣。不胜愤懑，复为陛下陈之：

陛下与高氏通和，岁逾一纪，舟车往复，相望道路，必将分灾恤患，同休等戚；宁可纳臣一介之服，贪臣汝、颍之地，便绝好河北，檄暨高澄，聘使未归，陷之虎口，扬兵击鼓，侵逼彭、宋。夫敌国相伐，闻丧则止，匹夫之交，托孤寄命；岂有万乘之主，见利忘义若此者哉。其失一也。

臣与高澄，既有仇憾，义不同国，归身有道。陛下授以上将，任以专征，歌钟女乐，车服弓矢。臣受命不辞，实思报效。方欲挂斾嵩、华，悬旌冀、赵，刘夷荡涤[45]，一匡宇内；陛下朝服济江，告成东岳，使大梁与轩黄等盛，臣与伊、吕比功，垂裕后昆，流名竹帛，此实生平之志也。而陛下欲分其功，不能赐任，使臣击河北，欲自举徐方，遣庸懦之贞阳，任骄贪之胡、赵，裁见旗鼓，鸟散鱼溃，慕容绍宗乘胜席卷，涡阳诸镇靡不弃甲。疾雷不及掩耳，散地不可固全，使臣狼狈失据，妻子为戮，斯实陛下负臣之深。其失二也。

韦黯之守寿阳，众无一旅，慕容凶锐，欲饮马长江，非臣退保淮南，其势未之可测；既而逃遁，边境获宁，令臣作牧此州，以为蕃捍。方欲收合余烬，劳来安集，励兵秣马，克申后战，封韩山之尸，雪涡阳之耻。陛下丧其精魄，无复守气，便信贞阳谬启，复请通和。臣频陈执，疑闭不听。翻覆若此，童子犹且羞之；况在人君，二三其德。其失三也。

夫畏懦逗留，军有常法。子玉小败，见诛于楚；王恢失律，受戮于汉。贞阳精甲数万，器械山积，慕容轻兵，众无百乘，不能拒抗，身受囚执[46]。以帝之犹子，而面缚敌庭，实宜绝其属籍，以衅征鼓。陛下曾无追责，怜其苟存，欲以微臣，规相贸易。人君之法，当如是哉？其失四也。

悬瓠大藩，古称汝、颍。臣举州内附，羊鸦仁固不肯入；既入之后，无故弃之，陛下曾无嫌责，使还居北司。鸦仁弃之，既不为罪，臣得之不以为功。其失五也。

臣涡阳退衄，非战之罪，实由陛下君臣相与见误。乃还寿春，曾无悔色，祗奉朝廷，掩恶扬善。鸦仁自知弃州，切齿叹恨，内怀惭惧，遂启臣欲反。欲反当有形迹，何所征验？诬陷顿尔，陛下曾无辩究，默而信纳。岂有诬人莫大之罪，而可并肩事主者乎？其失六也。

赵伯超拔自无能，任居方伯，惟渔猎百姓，多蓄士马，非欲为国立功，直是自为富贵。行货权幸，徼买声名，朱异之徒，积受金贝，遂使咸称胡、赵，比昔关、张，诬掩天听[47]，谓为真实。韩山之役，女妓自随，裁闻敌鼓，与姜俱逝，不待贞阳，故只轮莫返。论其此罪，应诛九族；而纳贿中人，还处州任。伯超无罪，臣功何论？赏罚无章，何以为国。其失七也。

臣御下素严，无所侵物，关市征税，咸悉停原，寿阳之民，颇怀优复。裴之悌等助戍在彼，惮臣检制，遂无故遁归；又启臣欲反。陛下不责违命离局，方受其浸润之谮。处臣如此，使何地自安。其失八也。

臣虽才谢古人，实颇更事，抚民率众，自幼至长，少来运动[48]，多无遗策。及归身有道，罄竭忠规，每有陈奏，恒被抑遏。朱异专断军旅，周石珍总尸兵仗[49]，陆验、徐驎典司谷帛，皆明言求货，非令不行。境外虚实，定计于舍人之省；举将出师，责奏于主者之命。臣无赂于中，故恒被抑折。其失九也。

鄱阳之镇合肥，与臣邻接，臣推以皇枝，每相祗敬；而嗣王庸怯，虚见备御，臣有使命，必加弹射，或声言臣反，或启臣纤介。招携当须以礼，忠烈何以堪于此哉。其失十也。

其余条目，不可具陈。进退惟谷，频有表疏。言直辞强，有忤龙鳞，遂发严诏，便见讨袭。重华纯孝，犹逃凶父之杖；赵盾忠贤，不讨杀君之贼。臣何亲何罪，而能坐受歼夷？韩信雄桀，亡项霸汉，末为女子所烹，方悔蒯通之说。臣每览书传，心常笑之。岂容遵彼覆车，而快陛下佞臣之手。是以兴晋阳之甲，乱长江而直济，愿得升赤墀，践文石，口陈枉直，指画臧否，诛君侧之恶臣，清国朝之秕政[50]，然后还守藩翰，以保忠节，实臣之至愿也。"

三月朔旦，城内以景违盟，举烽鼓噪，于是羊鸦仁、柳敬礼、鄱阳世子嗣进军于东府城北。栅垒未立，为景将宋子仙所袭，败绩，赴淮死者数千人。贼送首级于阙下。

景又遣于子悦至，更请和。遣御史中丞沈浚至景所，景无去意，浚固责之。景大怒，即决石阙前水，百道攻城，昼夜不息，城遂陷。于是悉掳掠乘舆服玩[51]，后宫嫔妾，收王侯朝士送永福省，撤二宫侍卫。使王伟守武德殿，于子悦屯太极东堂，矫诏大赦天下，自为大都督、督中外诸军事、录尚书，其侍中、使持节、大丞相、王如故。初，城中积尸不暇埋瘗[52]，又有已死而未敛，或将死而未绝，景悉聚而烧之，臭气闻十余里。尚书外兵郎鲍正疾笃，贼曳出焚之，宛转火中，久而方绝。于是援兵并散。

景矫诏曰："日者，奸臣擅命，几危社稷，赖丞相英发，入辅朕躬，征镇牧守可各复本任。"降萧正德为侍中、大司马，百官皆复其职。

景遣董绍先率兵袭广陵，南兖州刺史南康嗣王会理以城降之。景以绍先为南兖州刺史。

初，北兖州刺史定襄侯祗与湘潭侯退，及前潼州刺史郭凤同起兵，将赴援，全是，凤谋以淮阴应景，祗等力不能制，并奔于魏。景以萧弄璋为北兖州刺史，州民发兵拒之，景遣厢公丘子英、直阁将军羊海率众赴援，海斩子英，率其军降于魏，魏遂据其淮阴。

景又遣仪同于子悦、张大黑率兵入吴，吴郡太守袁君正迎降。子悦等既至，破掠吴中，多自调发，逼掠子女，毒虐百姓，吴人莫不怨愤，于是各立城栅拒守。

是月，景移屯西州，遣仪同任约为南道行台，镇姑孰。

五月，高祖崩于文德殿。初，台城既陷，景先遣王伟、陈庆入谒高祖，高祖曰："景今安在？卿可召来。"时高祖坐文德殿，景乃入朝，以甲士五百人自卫，带剑升殿。拜讫，高祖问曰："卿在戎日久，无乃为劳？"景默然。又问："卿何州人，而敢至此乎？"景又不能对，从者代对。及出，谓厢公王僧贵曰："吾常据鞍对敌，矢刃交下，而意气安缓，了无怖心。今日见萧公，使人自慑㊳，岂非天威难犯。吾不可再见之。"高祖虽外迹已屈，而意犹忿愤，时有事奏闻，多所遣却。景深敬惮，亦不敢逼。景遣军人直殿省内，高祖问制局监周石珍曰："是何物人？"对曰："丞相。"高祖乃谬曰："何物丞相？"对曰："是侯丞相。"高祖怒曰："是名景，何谓丞相！"是后，每所征求，多不称旨，至于御膳亦被裁抑，遂忧愤感疾而崩。

景乃密不发丧，权殡于昭阳殿，自外文武咸莫知之。二十余日，升梓宫于太极前殿㊴，迎皇太子即皇帝位。于是矫诏赦北人为奴婢者，冀收其力用焉。

又遣仪同来亮率兵攻宣城，宣城内史杨华诱亮斩之；景复遣其将李贤明讨华，华以郡降。

景遣仪同宋子仙等率众东次钱塘，新城戍主戴僧易据县拒之。

是月，景遣中军侯子鉴入吴军，收于子悦、张大黑还京诛之。

时东扬州刺史临城公大连据州，吴兴太守张嵊据郡，自南陵以上，皆各据守。景制命所行㊵，惟吴郡以西，南陵以北而已。

六月，景以仪同郭元建为尚书仆射、北道行台、总江北诸军事，镇新秦。

郡人陆缉、戴文举等起兵万余人，杀景太守苏单于，推前淮南太守文成侯宁为主，以拒景。宋子仙闻而击之，缉等弃城走。景乃分吴郡海盐、胥浦二县为武原郡。

至是，景杀萧正德于永福省。封元罗为西秦王，元景龙为陈留王，诸元子弟封王者十余人。以柳敬礼为使持节、大都督，隶大丞相，参戎事。

景遣其中军侯子鉴、监行台刘神茂等军东讨，破吴兴，执太守张嵊父子送京师，景并杀之。

景以宋子仙为司徒，任约为领军将军，尒朱季伯、叱罗子通、彭俊、董绍先、张化仁、于庆、鲁伯和、纥奚斤、史安和、时灵护、刘归义，并为开府仪同三司。

是月，鄱阳嗣王范率兵次栅口，江州刺史寻阳王大心要之西上。景出顿姑孰，范将裴之悌、夏侯威生以众降景。

十一月，宋子仙攻钱塘，戴僧易降。景以钱塘为临江郡，富阳为富春郡。以王伟、元罗并为仪同三司。

十二月，宋子仙、赵伯超、刘神茂进攻会稽，东扬州刺史临城公大连弃城走；遣刘神茂追擒之。景以裴之悌为使持节、平西将军、合州刺史，以夏侯威生为使持节、平北将军、南豫州刺史。

是月，百济使至，见城邑丘墟，于端门外号泣，行路见者莫不洒泪。景闻之大怒，送小庄严寺禁止，不听出入。

大宝元年正月，景矫诏自加班剑四十人，给前后部羽葆鼓吹㊶，置左右长史、从事中郎四人。

前江都令祖皓起兵于广陵，斩景刺史董绍先，推前太子舍人萧勔为刺史；又结魏人为援，驰檄远近㊷，将以讨景。景闻之大惧，即日率侯子鉴等出自京口，水陆并集。皓婴城拒守，景攻城，陷之。景车裂皓以徇，城中无少长皆斩之。以侯子鉴监南兖州事。

是月，景召宋子仙还京口。

四月，景以元思虔为东道行台，镇钱塘。以侯子鉴为南兖州刺史。

文成侯宁于吴西乡起兵，旬日之间，众至一万，率以西上。景厢公孟振、侯子荣击破之，斩宁，传首于景。

七月，景以秦郡为西兖州，阳平郡为北兖州。

任约、卢晖略攻晋熙郡，杀鄱阳世子嗣。

景以王伟为中书监。

任约进军袭江州，江州刺史寻阳王大心降之。世祖时闻江州失守，遣卫军将军徐文盛率众军下武昌，拒约。

景又矫诏自进位为相国，封泰山等二十郡为汉王，入朝不趋，赞拜不名，剑履上殿，如萧何故事。

景以柳敬礼为护军将军，姜询义为相国左长史，徐洪为左司马，陆约为右长史，沈众为右司马。

是月，景率舟师上皖口。

十月，盗杀武林侯谘于广莫门。谘常出入太宗卧内，景党不能平，故害之。

景又矫诏曰：“盖悬象在天，四时取则于辰斗；群生育地，万物仰照于大明。是以垂拱当宸，则八纮共辖⑱；负图正位，则九域同归。故乃云名水号之君，龙官人爵之后，莫不启符河、洛，封禅岱宗⑲。奔走四夷，来朝万国。逖听虞、夏，厥道弥新。爰及商、周，未之或改。逮幽、厉不竞，戎马生郊⑳；惠、怀失御，胡尘犯跸。遂使豺狼肆毒，侵穴伊、瀍；猃狁孔炽，巢栖咸、洛。自晋鼎东迁，多历年代，周原不复，岁实永久㉑。虽宋祖经略，中息远图；齐号和亲，空劳冠盖。我大梁膺符作帝，出震登皇。浃寓归仁，绵区饮化。开疆辟土，跨瀚海以扬镳；来庭入觐，等涂山而比辙。玄龟出洛，白雉归丰。鸟塞同文，胡天共轨。不谓高澄跋扈，虔刘魏邦，扇动华夷，不供王职，遂乃狼顾北侵，马首南向。值天厌昏伪，丑徒数尽，龙豹应期，风云会节。相国汉王，上德英姿，盖惟天授；雄谟勇略，出自怀抱。珠鱼表应，辰昴叶晖；剖析六韬，锱铢四履㉒。腾文豹变，凤集虬翔；奋翼来仪，负图而降。爰初秉律，实先启行，奉兹庙算㉓，克除獯丑。直以鼎湖上征，六龙晏驾；干戈暂止，九伐未申。而恶稔贯盈，元凶殒毙，弟洋继逆，续长乱阶。异彼洋音，同兹荐食㉔；偷窃伪号，心希举斧。丰水君臣，奉图乞援，关河百姓，泣血请师，咸愿承奉国灵，思睹王化。朕以寡昧，纂戎下武，庶拯尧黎，冀康禹迹。且夫车服以庸，名因事著。周师克殷，鹰扬创自尚父；汉征戎狄，明友实始度辽。况乃神规睿算㉕，眇乎难测，大功懋绩，事绝言象，安可以习彼常名，保兹守固。相国可加宇宙大将军、都督六合诸军事，余悉如故。”以诏文呈太宗，太宗惊曰：“将军乃有宇宙之号乎㉖！”

齐遣其将辛术围阳平，景行台郭元建率兵赴援，术退。

徐文盛入贝矶，任约率水军逆战，文盛大破之，仍进军大举口。

时景屯于皖口，京师虚弱，南康王会理及北兖州司马成钦等将袭之。建安侯贲知其谋，以告景，景遣收会理与其弟祈阳侯通理、柳敬礼、成钦等，并害之。

十二月，景矫诏封贲为竟陵王，赏发南康之谋也。

是月，张彪起义于会稽，攻破上虞，景太守蔡台乐讨之，不能禁。至是，彪又破诸暨、永兴等诸县，景遣仪同田迁、赵伯超、谢答仁等东伐彪。

二年正月，彪遣别将寇钱塘、富春，田迁进军与战，破之。

景以王克为太师，宋子仙为太保，元罗为太傅，郭元建为太尉，张化仁为司徒，任约为司空，于庆为太子太师，时灵护为太子太保，纥奚斤为太子太傅，王伟为尚书左仆射，索超世为尚书右仆射。

北兖州刺史萧邕谋降魏，事泄，景诛之。

是月，世祖遣巴州刺史王珣等率众下武昌助徐文盛。任约以西台益兵，告急于景。三月，景自率众二万，西上援约。四月，景次西阳，徐文盛率水军邀战，大破之。景访知郢州无备，兵少，又遣宋子仙率轻骑三百袭陷之，执刺史方诸、行事鲍泉，尽获武昌军人家口。徐文盛等闻之，大溃，奔归江陵，景乘胜西上。

初，世祖遣领军王僧辩率众东下代徐文盛，军次巴陵，会景至，僧辩因坚壁拒之。景设长围，筑土山，昼夜攻击，不克。军中疾疫，死伤太半。世祖遣平北将军胡僧祐率兵二千人救巴陵，景闻，遣任约以精卒数千逆击僧祐，僧祐与居士陆法和退据赤亭以待之，约至与战，大破之，生擒约。景闻之，夜遁。以丁和为郢州刺史，留宋子仙、时灵护等助和守，以张化仁、阎洪庆守鲁山城，景还京师。王僧辩乃率众东下，次汉口，攻鲁山及郢城，皆陷之。自是众军所至皆捷。

景乃废太宗，幽于永福省。作诏草成，逼太宗写之，至"先皇念神器之重㊿，思社稷之固"，歔欷呜咽，不能自止。是日，景迎豫章王栋即皇帝位，升太极前殿，大赦天下，改元为天正元年。有回风自永福省㊿，吹其文物皆倒折，见者莫不惊骇。

初，景既平京邑，便有篡夺之志，以四方须定，且未自立；既巴陵失律，江、郢丧师，猛将外歼，雄心内沮，便欲伪僭大号，遂其奸心。其谋臣王伟云"自古移鼎，必须废立"，故景从之。其太尉郭元建闻之，自秦郡驰还，谏景曰："四方之师所以不至者，政为二宫万福；若遂行弑逆，结怨海内，事几一去，虽悔无及。"王伟固执不从。景乃矫栋诏，追尊昭明太子为昭明皇帝，豫章安王为安皇帝，金华敬妃为敬皇后，豫章国太妃王氏为皇太后，妃张氏为皇后；以刘神茂为司空，徐洪为平南将军，秦晃之、王晔、李贤明、徐永、徐珍国、宋长宝、尹思合并为仪同三司。

景以哀太子妃赐郭元建，元建曰："岂有皇太子妃而降为人姜。"竟不与相见。

十月壬寅夜，景遣其卫尉彭俊、王修纂奉酒于太宗曰："丞相以陛下处忧既久，故令臣等奉进一觞㊿。"太宗知其将弑。乃大酣饮酒，既醉还寝，修纂以帕盛土加于腹，因崩焉。敛用法服，以薄棺密瘗于城北酒库。

初，太宗久见幽絷㊿，朝士莫得接觐，虑祸将及，常不自安；惟舍人殷不害后稍得入，太宗指所居殿谓之曰："庞涓当死此下。"又曰："吾昨夜梦吞土，卿试为思之。"不害曰："昔重耳馈块，卒反晋国，陛下所梦，将符是乎？"太宗曰："傥幽冥有征，冀斯言不妄耳。"至是见弑，实以土焉。

是月，景司空东道行台刘神茂、仪同尹思合、刘归义、王晔、云麾将军桑乾王元颎等据东阳归顺，仍遣元颎及别将李占、赵惠朗下据建德江口。尹思合收景新安太守元义，夺其兵。

张彪攻永嘉，永嘉太守秦远降彪。

十一月，景以赵伯超为东道行台，镇钱塘，遣仪同田迁、谢答仁等将兵东征神茂。

景矫萧栋诏，自加九锡之礼㊿，置丞相以下百官。陈备物于庭，忽有野鸟翔于景上，赤足丹嘴，形似山鹊，贼徒悉骇，竞射之不能中。景以刘劝、戚霸、朱安王为开府仪同三司，索九升为护军将军。南兖州刺史侯子鉴献白獐，建康获白鼠以献，萧栋归之于景。景以郭元建为南兖州刺史，太尉、北行台如故。

景又矫萧栋诏，追崇其祖为大将军，考为丞相㊿。自加冕，十有二旒，建天子旌旗，出警入跸，乘金根车，驾六马，备五时副车，置旄头云罕，乐舞八佾，钟虡宫悬之乐㊿，一如旧仪。

景又矫萧栋诏，禅位于己。于是南郊，柴燎于天㊿，升坛受禅文物，并依旧仪。以辇车床载鼓吹，橐驼负牺牲，辇上置筌蹄⑮，垂脚坐。景所带剑水精标无故堕落，手自拾之。将登坛，有兔自前而走，俄失所在。又白虹贯日。景还升太极前殿，大赦，改元为太始元年。封萧栋为淮阴王，幽于监省。伪有司奏改"警跸"为"永跸"，避景名也。改梁律为汉律，改左民尚书为殿中尚书，五兵尚书为七兵尚书，直殿主帅为直寝。景三公之官动置十数，仪同尤多，或匹马孤行，自执羁绊。其左仆射王伟请立七庙。景曰："何谓为七庙？"伟曰："天子祭七世祖考，故置七庙。"并请七世之讳，敕太常具祭祀之礼。景曰："前世吾不复忆，惟阿爷名标。"众闻咸窃笑之。景党有知景祖名周者，自外悉是王伟制其名位，以汉司徒侯霸为始祖，晋征士侯瑾为七世祖。于是追尊其祖周为大丞相，父标为元皇帝。

十二月，谢答仁、李庆等至建德，攻元頵、李占栅，大破之，执頵、占送景。景截其手足徇之，经日乃死。

景二年正月朔，临轩朝会⑯。景自巴丘挫衄，军兵略尽，恐齐人乘衅与西师掎角⑰，乃遣郭元建率步军趣小岘，侯子鉴率舟师向濡须，曜兵肥水，以示武威。子鉴至合肥，攻罗城，克之。郭元建、侯子鉴俄闻王师既近，烧合肥百姓邑居，引军退，子鉴保姑孰，元建还广陵。

时谢答仁攻刘神茂，神茂别将王晔、丽通并据外营降答仁。刘归义、尹思合等惧，各弃城走。神茂孤危，复降答仁。

王僧辩军至芜湖，芜湖城主宵遁。景遣史安和、宋长贵等率兵二千，助子鉴守姑孰。追田迁等还京师。是月，景党郭长献马驹生角。三月，景往姑孰，巡视垒栅，又诫子鉴曰："西人善水战，不可与争锋；往年任约败绩，良为此也。若得马步一交，必当可破，汝但坚壁以观其变。"子鉴乃舍舟登岸，闭营不出。僧辩等遂停军十余日，贼党大喜，告景曰："西师惧吾之强，必欲遁逸，不击，将失之。"景复命子鉴为水战之备。子鉴乃率步骑万余人渡洲，并引水军俱进，僧辩逆击，大破之，子鉴仅以身免。景闻子鉴败，大惧涕下，覆面引衾以卧，良久方起，叹曰："误杀乃公！"

僧辩进军次张公洲。景以卢晖略守石头，纥奚斤守捍国城。悉逼百姓及军士家累入台城内。僧辩焚景水栅，入淮，至禅灵寺渚⑱，景大惊，乃缘淮立栅，自石头至朱雀航。僧辩及诸将遂于石头城西步上连营立栅，至于落星墩。景大恐，自率侯子鉴、于庆、史安和、王僧贵等，于石头东北立栅拒守。使王伟、索超世、吕季略守台城，宋长贵守延祚寺。遣掘王僧辩父墓，剖棺焚尸。王僧辩等进营于石头城北，景列阵挑战。僧辩率众军奋击，大破之。侯子鉴、史安和、王僧贵各弃栅走。卢晖略、纥奚斤并以城降。

景既退败，不入宫，敛其散兵，屯于阙下，遂将逃窜。王伟揽辔谏曰："自古岂有叛天子！今宫中卫士，尚足一战，宁可便走，弃此欲何所之。"景曰："我在北打贺拔胜，破葛荣，扬名河、朔，与高王一种人。今来南渡大江，取台城如反掌，打邵陵王于北山，破柳仲礼于南岸，皆乃所亲见。今日之事，恐是天亡。乃好守城，我当复一决耳。"仰观石阙，逡巡叹息久之。乃以皮囊盛二子挂马鞍，与其仪同田迁、范希荣等百余骑东奔。王伟委台城窜逸。侯子鉴等奔广陵。

王僧辩遣侯瑱率军追景。景至晋陵，劫太守徐永东奔吴郡，进次嘉兴，赵伯超据钱塘拒之。景退还吴郡，达松江，而侯瑱军掩至，景众未阵，皆举幡乞降⑲。景不能制，乃与腹心数十人单舸走⑳，推堕二子于水，自沪渎入海。至壶豆洲，前太子舍人羊鲲杀之，送尸于王僧辩。传首西台。曝尸于建康市，百姓争取屠脍啖食，焚骨扬灰。曾罹其祸者，乃以灰和酒饮之。及景首至江陵，世祖命枭之于市，然后煮而漆之，付武库。

景长不满七尺，而眉目疏秀。性猜忍，好杀戮。刑人或先斩手足，割舌劓鼻㉛，经日方死。曾于石头立大舂碓，有犯法者，皆舂杀之，其惨虐如此。自篡立后，时著白纱帽，而尚披青袍，或以牙梳插髻。床上常设胡床及筌蹄，著靴垂脚坐。或匹马游戏于宫内，及华林园弹射鸟鸟。谋臣王伟不许轻出，于是郁怏，更成失志。所居殿常有鸺鹠鸟鸣②，景恶之，每使人穷山野讨捕焉。普通中，童谣曰："青丝白马寿阳来。"后景果乘白马，兵皆青衣。所乘马，每战将胜，辄踟蹰嘶鸣，意气骏逸；其奔衄，必低头不前。

初，中大同中，高祖尝夜梦中原牧守皆以地来降，举朝称庆，寤甚悦之。旦见中书舍人朱异，说所梦，异曰："此岂宇内方一，天道前见其征乎？"高祖曰："吾为人少梦，昨夜感此，良足慰怀。"及太清二年，景果归附，高祖欣然自悦，谓与神通，乃议纳之，而意犹未决。曾夜出视事，至武德阁，独言："我家国犹若金瓯③，无一伤缺，今便受地，讵是事宜；脱致纷纭，非可悔也。"朱异接声而对曰："圣明御宇，上应苍玄，北土遗黎，谁不慕仰，为无机会，未达其心。今侯景据河南十余州，分魏土之半，输诚送款，远归圣朝，岂非天诱其衷，人奖其计，原心审事，殊有可嘉。今若拒而不容，恐绝后来之望，此诚易见，愿陛下无疑。"高祖深纳异言，又信前梦，乃定议纳景。及贞阳覆败，边镇恇扰④，高祖固已忧之，曰："吾今段如此，勿作晋家事乎？"

先是，丹阳陶弘景隐于华阳山，博学多识，尝为诗曰："夷甫任散诞，平叔坐谈空，不意昭阳殿，化作单于宫。"大同末，人士竞谈玄理，不习武事；至是，景果居昭阳殿。

天监中，有释宝志曰："掘尾狗子自发狂，当死未死啮人伤，须臾之间自灭亡，起自汝阴死三湘。"又曰："山家小儿果攘臂，太极殿前作虎视。"掘尾狗子，山家小儿，皆猴状。景遂覆陷都邑，毒害皇室。

大同中，太医令朱眈尝直禁省⑤，无何，夜梦犬羊各一在御坐，觉而恶之，告人曰："犬羊者，非佳物也。今据御坐，将有变乎？"既而天子蒙尘⑥，景登正殿焉。

及景将败，有僧通道人者，意性若狂，饮酒啖肉，不异凡等，世间游行已数十载，姓名乡里，人莫能知。初言隐伏，久乃方验，人并呼为阇梨⑦，景甚信敬之。景尝于后堂与其徒共射，时僧通在坐，夺景弓射景阳山，大呼云"得奴已"。景后又宴集其党，又召僧通，僧通取肉搵盐以进景⑧。问曰："好不？"景答："所恨太咸。"僧通曰："不咸则烂臭。"果以盐封其尸。

王伟，陈留人，少有才学，景之表、启、书、檄，皆其所制。景既得志，规摹篡夺，皆伟之谋。及囚送江陵，烹于市。百姓有遭其毒者，并割炙食之。

史臣曰：夫道不恒夷，运无常泰，斯则穷通有数，盛衰相袭，时屯阳九，盖在兹焉。若乃侯景小竖⑨，叛换本国，识不周身，勇非出类，而王伟为其谋主，成此奸慝。驱率丑徒，陵江直济，长戟强弩，沦覆宫阙，祸缠宸极，毒遍黎元⑩，肆其恣睢之心，成其篡盗之祸。呜呼！国之将亡，必降妖孽。虽曰人事，抑乃天时？昔夷羿乱夏，犬戎厄周，汉则莽、卓流灾，晋则敦、玄构祸⑪，方之羯贼，有逾其酷，悲夫！

---

①不羁：不受约束，放荡不羁。

②党与：同党的人。

③折简：裁纸书写。古人以竹简作书，故称折简。

④颙：仰慕。

⑤百辟：诸侯。此处指群臣。

⑥鼓吹：原指汉乐列于殿廷者。后以赐有功之臣。

⑦缱绻（qiǎn quǎn，音浅犬）：形容情意缠绵，感情好得离不开。衿：衣襟。

⑧漆身之节：典出《战国策》。豫让更刺杀赵襄子为知伯报仇，乃漆身为厉，以变其容，吞炭为哑，以变其音。厉，原指

厉鬼。此处意为使形象丑陋。

⑨狼顾：狼性怯，行走时反顾，用以喻人有所畏惧。或喻人有异相，首能反顾似狼。

⑩首鼠：亦作首施。踌躇，进退不定。鼠性疑，出穴多不果，故持两端者，谓之首鼠。

⑪不逞之人：不得志的人。

⑫投杼之惑：《战国策》，人有与曾参同姓名者，杀人。人告曾子母，曾母曰：吾子不杀人。织自若。到第三次有人同样告曾母。母惧，投杼逾墙而走。可见，以曾子之贤，与母之信，三人疑之，虽慈母不能不惑也。杼，织布之梭也。

⑬垂櫜还阙：櫜（gāo，音高），古代盛放衣甲或弓箭之器。《左传·昭公元年》："伍举知其有备也，请垂櫜而入。"

⑭通家：两家交谊甚好。

⑮矧（shěn，音沈）：况且。《诗》："矧伊人矣，不求发生。"

⑯舛：错乱。相违背。

⑰乡曲：乡里，亦称穷乡僻壤。因偏处一隅，故称乡曲。

⑱衮：古代皇帝及上公的礼服。　　飧（sūn，音孙）：晚饭，引申为熟食。朝曰饔（yōng，音拥），夕曰飧。

⑲援桴鼓：桴（fú，音浮）：鼓槌。援：拿起。

⑳遘：遭遇。

㉑阍（hūn，音昏）：守门吏。

㉒眇：瞎了一只眼。

㉓三板：即舢板。

㉔褒：赞扬。

㉕邕熙：魏鼓吹曲之名。据《晋书·乐志》：改汉芳树为邕熙，言魏氏临其国，君臣邕穆，庶绩咸熙。

㉖蔕：通"蒂"。

㉗飂（liú，音刘）：高风。

㉘马首：马首是瞻，进退从己。语出《左传》，比喻服从某人指挥或甘愿追随某人。

㉙缧绁（léi xiè，音雷谢）：拘禁，囚禁。

㉚琴瑟：两种乐器合奏，声音和谐，用以比喻感情融洽。

㉛搦（nuò，音诺）：拿。

㉜阙（què，音确）：原指皇宫前两旁的楼台，中间有道路。或指宫殿。引申为朝廷之意。

㉝责：通"债"。估：通"贾"。物价。

㉞荻（dí）：是一种多年生草本植物，形似芦苇，茎可用以编织席箔。

㉟觇：看；窥看。

㊱审：确实。

㊲沃：灌，淹。

㊳女乐：古豪贵之家所养的歌伎。

㊴离阻：离散；不相合。

㊵裒：聚敛。

㊶徇：对众宣众。

㊷飞楼：古攻城工具。可避弓矢。橦车：陷阵车。火车：古代一种作战工具。东魏高岳，唐马燧均曾用以攻敌。

㊸辎轩：古天子使臣所乘之轻车。

㊹爽：违背。

㊺刘：杀也。

㊻囚执：囚，禁锢。执，拘捕。

㊼天听：天子之视听。

㊽运动：始出自董仲舒雨雹对："运动抑扬。"意指为达一目的而游说他人。或钻营奔走。

㊾总尸兵仗：尸，主管，主持。此处指主管军事之意。

㊿赤墀：天子宫殿之阶地皆涂以丹漆，故称丹墀。　　亦称赤墀。臧否（pǐ，音匹）：评价人物之好坏、善恶、得失。秕政：不良之政。不成粟曰秕，借喻弊端。

(51)掳：掠夺。

(52)瘗（yì，音意）：埋葬。

(53)慑：害怕。

(54)梓宫：皇帝之灵柩。

(55)制命：军队以命令为重，所以主帅有节制之权。

(56)羽葆：见《贾充》注⑪。

(57)驰檄：迅速传达文书信息。檄：古代用以征召、声讨之文书。

(58)扆（yǐ，音以）：屏风。

(59)封禅岱宗：古代帝王在泰山（岱宗）筑坛祭天的活动。

(60)戎马生郊：语出《老子》第46章。喻战乱频繁。

(61)岁：收成。

(62)锱铢四履：锱，古代重量单位，一说六铢为一锱，四锱为一两。铢，古重量单位，二十四铢为一两。锱铢：比较极微小的数量。近来考古发现，南朝官铸钱遗迹，“梁五铢”钱范的钱径约2.4厘米。这是建国以来首次发现的南朝官铸钱遗迹。四履：指诸侯疆士的四至（语出《左传》）。

(63)庙算：见《谢安》注(78)。

(64)荐食：蚕食。

(65)睿算：通达，看得深远。

(66)宇宙：①宇，屋檐；宙，栋梁，故宇宙有居所之意。②宇为空间，宙为时间。

(67)神器：见《苻坚（上）》注②。

(68)回风：飘风，暴起之风。

(69)觞（shāng，音商）：古代饮酒用的器具。

(70)絷（zhí，音直）：拘囚。

(71)九锡之礼：见《王导》注⑰。

(72)考：死去的父亲。

(73)金根车：孝经援神契，德至山林，则山生根车，根车即《礼记》所云山出器车。秦汉以金饰之，为乘舆，谓之金根车。驾六马：古制天子之车驾六马。虡：见《贾充》注㊱。

(74)柴燎：见《晋武帝》注③。

(75)筌蹄：筌（quán，音全）：原指用竹或草编成的捕鱼器具。成语有“得鱼忘筌”。筌蹄，据说类似麈尾一类物品。语出《庄子》：“筌者所以在鱼，得鱼而忘筌。蹄者所以在兔，得兔而忘蹄。”

(76)临轩：见《石勒（下）》注㊹。

(77)掎角：见《石勒（上）》注⑱。

(78)渚：见《苻坚（上）》注㉜。

(79)幡：挑起来直着挂的长条形旗帜。

(80)舸：大船。

(81)劓（yì，音义）：古代一种割掉鼻子的酷刑。

(82)鸺鹠（xiū liú，音休留）：鸟名。羽毛棕褐色，腿部白毛。外形似鸱鸺。捕食鼠、兔。也称枭。

(83)金瓯：比喻国家疆土完整，巩固。

(84)恇：恐惧。

(85)禁省：即禁中。汉制，皇帝所居之处曰禁中。因避讳，禁中亦称省中。故并而言之为禁省。

(86)蒙尘：皇帝失位，奔走四方。

(87)阇（shé，音舌）：梵语高僧。

(88)搵：用手指按，揩拭。

(89)小竖：见《晋武帝》注㊼。

(90)黎元：庶民百姓。黎者黎民，黎即黑，后世称黔首。元者，善，古称人为善人。故称百姓为黎元。又称黎首。

(91)构：构成。

陈　书

（选录）

〔唐〕姚思廉　撰

后主本纪

后主讳叔宝①，字元秀，小字黄奴，高宗嫡长子也。梁承圣二年十一月戊寅生于江陵。明年，江陵陷，高宗迁关右，留后主于穰城。天嘉三年，归京师，立为安成王世子。天康元年，授宁远将军，置佐史。光大二年，为太子中庶子，寻迁侍中，余如故。太建元年正月甲午，立为皇太子。

十四年正月甲寅，高宗崩。乙卯，始兴王叔陵作逆，伏诛。丁巳，太子即皇帝位于太极前殿。诏曰："上天降祸，大行皇帝奄弃万国，攀号擗踊②，无所逮及。朕以哀茕③，嗣膺宝历，若涉巨川，罔知攸济，方赖群公，用匡寡薄。思播遗德，覃被亿兆，凡厥遐迩，咸与惟新。可大赦天下。在位文武及孝悌力田为父后者，并赐爵一级。孤老鳏寡不能自存者，赐谷人五斛、帛二匹。"癸亥，以侍中、翊前将军、丹阳尹长沙王叔坚为骠骑将军、开府仪同三司、扬州刺史，右卫将军萧摩诃为车骑将军、南徐州刺史，镇西将军、荆州刺史樊毅进号征西将军，平南将军、豫州刺史任忠进号镇南将军，护军将军沈恪为特进、金紫光禄大夫，平西将军鲁广达进号安西将军，仁武将军、丰州刺史章大宝为中护军。乙丑，尊皇后为皇太后，宫曰弘范。景寅，以冠军将军晋熙王叔文为宣惠将军、丹阳尹。丁卯，立弟叔重为始兴王，奉昭烈王祀。己巳，立妃沈氏为皇后。辛未，立皇弟叔俨为寻阳王，皇弟叔慎为岳阳王，皇弟叔达为义阳王，皇弟叔熊为巴山王，皇弟叔虞为武昌王。壬申，侍中、中权将军、开府仪同三司鄱阳王伯山进号中权大将军，军师将军、尚书左仆射晋安王伯恭进号翊前将军，侍中、翊右将军、中领军庐陵王伯仁进号安前将军，镇南将军、江州刺史豫章王叔英进号征南将军，平南将军、湘州刺史建安王叔卿进号安南将军。以侍中、中书监、安右将军徐陵为左光禄大夫，领太子少傅。甲戌，设无导大会于太极前殿④。

三月辛亥，诏曰："躬推为劝，义显前经，力农见赏，事昭往诰。斯乃国储是资，民命攸属，丰俭隆替⑤，靡不由之。夫入赋自古，输薬惟旧，沃饶贵于十金，硗确至于三易，腴堉既异⑥，盈缩不同。诈伪日兴，簿书岁改。稻田使者，著自西京，不实峻刑，闻诸东汉。老农惧于祗应，俗吏因以侮文。辍末成群，游手为伍，永言妨蠹，良可太息。今阳和在节，膏泽润下，宜展春耨，以望秋坻⑦。其有新辟塍畎⑧，进垦蒿莱，广袤勿得度量，征租悉皆停免。私业久废，咸许占作，公田荒纵，亦随肆勤。偨良守教耕，淳民载酒，有兹督课，议以赏擢。外可为格班下，称朕意焉。"癸亥，诏曰："夫体国经野，长世字氓，虽因革偨殊，弛张或异，至于旁求俊乂，爰逮侧微，用适和羹，是隆大厦，上智中主，咸由此术。朕以寡薄，嗣膺景祚，虽哀疚在躬，情虑愍然，而宗社任重，黎庶务殷，无由自安拱默，敢忘康济，思所以登显髦彦，式备周行。但空劳宵梦，屡勤史卜，五就莫来，八能不至。是用申旦凝虑，景夜损怀。岂以食玉炊桂，无因自达？将怀宝迷邦，咸思独善？应内外众官九品已上，可各荐一人，以会汇征之旨。且取备实难，举长或易，小大之用，明言所施，勿得南箕北斗⑨，名而非实。其有负能仗气，摈压当时，著《宾戏》以自怜，草《客嘲》以慰志，人生一世，逢遇诚难，亦宜去此幽谷，翔兹天路，趋铜驼以观国，望金马而来庭，便当随彼方圆，饬之矩镬⑩。"又诏曰："昔睿后宰民，哲王御寓，虽德称汪濊，明能普烛，犹复纡己乞言，降情访道，高咨岳牧，下听舆台⑪，故能政若神明，事无悔吝。朕纂承丕绪，思隆大业，常惧九重已邃，四聪未广，欲听昌言，不疲痹足，若逢廷折，无惮批鳞⑫。而口柔之辞，傥闻于在位，腹诽之意，或隐于具僚，非所以弘理至公，缉熙帝载者也。内外卿士文武众司，若有智周政术，心练治体，救民俗之疾苦，辩禁网之疏密者，各进忠谠，无所隐讳。朕将虚己听受，择善而行，庶深鉴物情，匡我王度。"已巳，以侍中、尚书左仆射、新除翊前将军晋安王伯恭为安南将军、湘州刺史，新除翊左将军、永阳王伯智为尚书仆射，中护军章大宝为丰州刺史。

夏四月景申，立皇子永康公胤为皇太子，赐天下为父后者爵一级，王公已下赍帛各有差⑬。庚子，诏曰："朕临御区宇，抚育黔黎，方欲康济浇薄，蠲省繁费，奢僭乖衷，实宜防断。应镂金银薄及庶物化生土木人彩花之属，及布帛幅尺短狭轻疏者，并伤财废业，尤成蠹患。又僧尼道士，挟邪左道，不依经律，民间淫祀祅书诸珍怪事，详为条制，并皆禁绝。"癸卯，诏曰："中岁克定淮、泗，爰涉青、徐，彼土酋豪，并输罄诚款，分遣亲戚，以为质任。今旧土沦陷，复成异域，南北阻远，未得会同，念其分乖，殊有爱恋。夷狄吾民，斯事一也，何独讥禁，使彼离析？外可即检任子馆及东馆并带保任在外者，并赐衣粮，颁之酒食，遂其乡路，所之阻远，便发遣船仗卫送，必令安达。若已预仕宦及别有事义不欲去者，亦随其意。"

六月癸酉朔，以明威将军、通直散骑常侍孙玚为中护军。

秋七月辛未，大赦天下，是月，江水色赤如血，自京师至于荆州。

八月癸未夜，天有声如风水相击。乙酉夜亦如之。景戌，以使持节、都督缘江诸军事、安西将军鲁广达为安左将军。

九月景午，设无导大会于太极殿，舍身及乘舆御服，大赦天下。辛亥夜，天东北有声如虫飞，渐移西北。乙卯，太白昼见。景寅，以骠骑将军、开府仪同三司、扬州刺史长沙王叔坚为司空，征南将军、江州刺史豫章王叔英即本号开府仪同三司。

至德元年春正月壬寅，诏曰："朕以寡薄，嗣守鸿基，哀茕切虑，疹恙缠织，训俗少方，临下靡筹，惧甚践冰，栗同驭朽，而四气易流，三光遄至，缥绂列陛，玉帛充庭，具物匪新，节序疑旧，缅思前德，永慕昔辰，对轩闼而哽心，顾扆筵而憭气⑭。思所以仰遵遗构，俯励薄躬，陶铸九流，休息百姓，用弘宽简，取叶阳和。可大赦天下，改太建十五年为至德元年。"以征南将军、江州刺史、新除开府仪同三司豫章王叔英为中卫大将军，骠骑将军、开府仪同三司、扬州刺史长沙王叔坚为江州刺史，征东将军、开府仪同三司、东扬州刺史司马消难进号车骑将军，宣惠将军、丹阳尹晋熙王叔文为扬州刺史，镇南将军、南豫州刺史任忠为领军将军，安左将军鲁广达为平南将军、南豫州刺史，祠部尚书江总为吏部尚书。癸卯，立皇子深为始安王。

二月丁丑，以始兴王叔重为扬州刺史。

夏四月戊辰，交州刺史李幼荣献驯象。已丑，以前轻车将军、扬州刺史晋熙王叔文为江州刺史。

秋八月丁卯，以骠骑将军、开府仪同三司长沙王叔坚为司空。

九月丁巳，天东南有声如虫飞。

冬十月丁酉，立皇弟叔平为湘东王，叔敖为临贺王，叔宣为阳山王，叔穆为西阳王。戊戌，侍中、安右将军、左光禄大夫、太子少傅徐陵卒。癸丑，立皇弟叔俭为南安王，叔澄为南郡王，叔兴为沅陵王，叔韶为岳山王，叔纯为新兴王。

十二月景辰，头和国遣使献方物。司空长沙王叔坚有罪免。戊午夜，天开自西北至东南，其内有青黄色，隆隆若雷声。

二年春正月丁卯，分遣大使巡省风俗。平南将军、豫州刺史鲁广达进号安南将军。癸巳，大赦天下。

夏五月戊子，以尚书仆射永阳王伯智为平东将军、东扬州刺史，轻车将军、江州刺史晋熙王叔文为信威将军、湖州刺史，仁威将军、扬州刺史始兴王叔重为江州刺史，信武将军、南琅邪彭城二郡太守南平王嶷为扬州刺史，吏部尚书江总为尚书仆射。

秋七月戊辰，以长沙王叔坚为侍中、镇左将军。壬午，太子加元服，在位文武赐帛各有差，孝悌力田为父后者各赐一级，鳏寡癃老不能自存者人谷五斛[15]。

九月癸末，太白昼见。

冬十月己酉，诏曰：“耕凿自足，及曰淳风，贡赋之兴，其来尚矣。盖《由庚》极务，不获已而行焉。但法令滋章，奸盗多有，俗尚浇诈，政鲜惟良。朕日旰夜分[16]，矜一物之失所，泣辜罪己，愧三千之未措。望订初下，使强荫兼出，如闻贫富均起，单弱重弊，斯岂振穷扇暍之意欤[17]？是乃下吏箕敛之苛也[18]。故云‘百姓不足，君孰与足’。自太建十四年望订租调逋未入者，并悉原除。在事百僚，辩断庶务，必去取平允，无得便公害民，为己声绩，妨紊政道。”

十一月景寅，大赦天下。壬申，盘盘国遣使献方物。戊寅，百济国遣使献方物。

三年春正月戊午朔，日有蚀之。庚午，以镇左将军长沙王叔坚即本号开府仪同三司，征西将军、荆州刺史樊毅为护军将军，守吏部尚书、领著作陆琼为吏部尚书，金紫光禄大夫袁敬加特进。

三月辛酉，前丰州刺史章大宝举兵反。

夏四月庚戌，丰州义军主陈景详斩大宝，传首京师。

秋八月戊子夜，老人星见。己酉，以左民尚书谢伷为吏部尚书。

九月甲戌，特进、金紫光禄大夫袁敬卒。

冬十月己丑，丹丹国遣使献方物。

十一月己未，诏曰：“宣尼诞膺上哲，体资至圣，祖述宪章之典，并天地而合德，乐正《雅颂》之奥，与日月而借明，垂后昆之训范，开生民之耳目。梁季湮微，灵寝忘处，鞠为茂草，三十余年，敬仰如在，永惟忾息[19]。今《雅》道雍熙，《由庚》得所，断琴故履，零落不追，阅箪开书[20]，无因循复。外可详之礼典，改筑旧庙，蕙房桂栋，咸使惟新，芳鬃洁潦，以时飨奠。”辛巳，舆驾幸长干寺，大赦天下。

十二月丙戌，太白昼见。辛卯，皇太子出太学，讲《孝经》，戊戌，讲毕。辛丑，释奠于先师，礼毕，设金石之乐，会宴王公卿士。癸卯，高丽国遣使献方物。

是岁，萧岿死，子琮代立。

四年春正月甲寅，诏曰：“尧施谏鼓，禹拜昌言，求之异等，久著前无，举以淹滞，复闻昔典，斯乃治道之深规，帝王之切务。朕以寡昧，丕承鸿绪，未明虚己，日旰兴怀，万机多紊，四聪弗达，思闻謇谔[21]，采其谋计。王公已下，各荐所知，旁询管库，爰及舆皂，一介有能，片言可用，朕亲加听览，亡于启沃。”中权大将军、开府仪同三司鄱阳王伯山进号镇卫将军，中卫大将军、开府仪同三司豫章王叔英进号骠骑大将军，镇左将军、开府仪同三司长沙王叔坚进号中军大将军，安南将军晋安王伯恭进号镇右将军，翊右将军宜都王叔明进号安右将军。

二月景戌，以镇右将军晋安王伯恭为特进。景申，立皇弟叔谟为巴东王，叔显为临江王，叔坦为新会王，叔隆为新宁王。

夏五月丁巳，立皇子庄为会稽王。

秋九月甲午，舆驾幸玄武湖，肆舻舰阅武，宴群臣赋诗。戊戌，以镇卫将军、开府仪同三司鄱阳王伯山为东扬州刺史，智武将军岳阳王叔慎为丹阳尹。丁未，百济国遣使献方物。

冬十月癸亥，尚书仆射江总为尚书令，吏部尚书谢伷为 尚书仆射。

十一月己卯，诏曰："惟刑止暴，惟德成物，三才是资②，百王不改。而世无抵角，时鲜犯鳞，渭桥惊马，弗闻廷争，桃林逸牛，未见其旨。虽剽悍轻侮，理从钳钦，惷愚杜默③，宜肆矜弘，政乏良哉，明惭则哲，求诸刑措，安可得乎？是用属瘝痹以轸怀，负黼扆而于邑。复兹合璧轮缺，连珠纬舛，黄钟献吕，和气始萌，玄英告中，履长在御，因时宥过，抑乃斯得。可大赦天下。"

祯明元年春正月景子，以安前将军衡阳王伯信进号镇前将军，安东将军、吴兴太守庐陵王伯仁为特进，智武将军、丹阳尹岳阳王叔慎为湘州刺史，仁武将军义阳王叔达为丹阳尹。戊寅，诏曰："柏皇、大庭，鼓淳和于曩日，姬王、嬴后，被浇风于末载，刑书已铸，善化匪融，礼义既乖，奸宄斯作。何其淳朴不反，浮华竞扇者欤？朕居中御物，纳隍在眷，频恢天网，屡绝三边，元元黔庶④，终罹五辟。盖乃康哉寡薄，抑焉法令滋章。是用当宁弗怡，矜此向隅之意。今三元具序，万国朝辰，灵芝献于始阳，膏露凝于聿岁，从春施令，仰乾布德，思与九有，惟新七政⑤。可大赦天下，改至德五年为祯明元年。"乙未，地震。癸卯，以镇前将军衡阳王伯信为镇南将军、西衡州刺史。

二月丁未，以特进、镇右将军晋安王伯恭进号中卫将军，中书令建安王叔卿为中书监。丁卯，诏至德元年望订租调逋未入者，并原之。

秋八月癸卯，老人星见。丁未，以车骑将军萧摩诃为骠骑将军。

九月乙亥，以骠骑将军、开府仪同三司豫章王叔英为骠骑大将军。庚寅，萧琮所署尚书令、太傅安平王萧岩，中军将军、荆州刺史义兴王萧瓛，遣其都官尚书沈君公，诣荆州刺史陈纪请降。辛卯，岩等率文武男女十万余口济江。甲午，大赦天下。

冬十一月乙亥，割扬州吴郡置吴州，割钱塘县为郡，属焉。景子，以萧岩为平东将军、开府仪同三司、东扬州刺史，萧瓛为安东将军、吴州刺史。丁亥，以骠骑大将军、开府仪同三司豫章王叔英兼司徒。

十二月景辰，以前镇卫将军、开府仪同三司、东扬州刺史鄱阳王伯山为镇卫大将军、开府仪同三司，前中卫将军晋安王伯恭为中卫将军、右光禄大夫。

二年春正月辛巳，立皇子恮为东阳王，恬为钱塘王。是月，遣散骑常侍周罗睺帅兵屯峡口。

夏四月戊申，有群鼠无数，自蔡洲岸入石头渡淮，至于青塘两岸，数日死，随流出江。戊午，以左民尚书蔡征为吏部尚书。是月，郢州南浦水黑如墨。

五月壬午，以安前将军庐陵王伯仁为特进。甲午，东冶铸铁，有物赤色如数斗，自天坠熔所㉖，有声隆隆如雷，铁飞出墙外烧民家。

六月戊戌，扶南国遣使献方物。庚子，废皇太子胤为吴兴王，立军师将军、扬州刺史始安王深为皇太子。辛丑，平南将军、江州刺史南平王嶷进号镇南将军；忠武将军、南徐州刺史永嘉王彦进号安北将军；会稽王庄为翊前将军、扬州刺史；宣惠将军、尚书令江总进号中权将军；云麾将军、太子詹事袁宪为尚书仆射；尚书仆射谢伷为特进；宁远将军、新除吏部尚书蔡征进号安右将军。甲辰，以安右将军鲁广达为中领军。丁巳，大风至自西北激涛水入石头城，淮渚暴溢，漂没舟乘。

冬十月己亥，立皇子蕃为吴郡王。辛丑，以度支尚书、领大著作姚察为吏部尚书。己酉，舆驾幸莫府山，大校猎。

十一月丁卯，诏曰："夫议狱缓刑，皇王之所垂范，胜残去杀，仁人之所用心。自画冠既息，刘吏斯起，法令滋章，手足无措。朕君临区宇，属当浇末㉗，轻重之典，在政未康，小大之情，兴言多愧。眷兹狴犴⑳，有轸哀矜，可克日于大政殿讯狱。"壬申，以镇南将军、江州刺史南平王嶷为征西将军、郢州刺史，安北将军、南徐州刺史永嘉王彦为安南将军、江州刺史，军师将军南海王虔为安北将军、南徐州刺史。景子，立皇弟叔荣为新昌王，叔匡为太原王。是月，隋遣晋王广众军来伐，自巴、蜀、沔、汉下流至广陵，数十道俱入，缘江镇戍，相继奏闻。时新除湘州刺史施文庆、中书舍人沈客卿掌机密用事，并抑而不言，故无备御。

　　三年春正月乙丑朔，雾气四塞。是日，隋总管贺若弼自北道广陵济京口，总管韩擒虎趋横江，济采石，自南道将会弼军。景寅，采石戍主徐子建驰启告变。丁卯，召公卿入议军旅。戊辰，内外戒严，以骠骑将军萧摩诃、护军将军樊毅、中领军鲁广达并为都督，遣南豫州刺史樊猛帅舟师出白下，散骑常侍皋文奏将兵镇南豫州。庚午，贺若弼攻陷南徐州。辛未，韩擒虎又陷南豫州，文奏败还。至是隋军南北道并进。后主遣骠骑大将军、司徒豫章王叔英屯朝堂，萧摩诃屯乐游苑，樊毅屯耆阇寺，鲁广达屯白土冈，忠武将军孔范屯宝田寺。己卯，镇东大将军任忠自吴兴入赴，仍屯朱雀门。辛巳，贺若弼进据钟山，顿白土冈之东南。甲申，后主遣众军与弼合战，众军败绩。弼乘胜至乐游苑，鲁广达犹督散兵力战，不能拒。弼进攻宫城，烧北掖门。是时韩擒虎率众自新林至于石子冈，任忠出降于擒虎，仍引擒虎经朱雀航趋宫城，自南掖门而入。于是城内文武百司皆遁出，唯尚书仆射袁宪在殿内。尚书令江总、吏部尚书姚察、度支尚书袁权、前度支尚书王瑗、侍中王宽居省中。后主闻兵至，从宫人十余出后堂景阳殿，将自投于井，袁宪侍侧，苦谏不从，后阁舍人夏侯公韵又以身蔽井，后主与争久之，方得入焉。及夜，为隋军所执。景戌，晋王广入据京城。

　　三月己巳，后主与王公百司发自建邺，入于长安。隋仁寿四年十一月壬子，薨于洛阳，时年五十二。追赠大将军，封长城县公，谥曰炀，葬河南洛阳之芒山。

　　史臣侍中郑国公魏徵曰：

　　"高祖拔起垅亩，有雄桀之姿。始佐下藩，奋英奇之略，弭节南海，职思静乱。援旗北迈，义在勤王，扫侯景于既成，拯梁室于已坠。天网绝而复续，国步屯而更康，百神有主，不失旧物。魏王之延汉鼎祚，宋武之反晋乘舆，懋绩鸿勋，无以尚也。于时内难未弭，外邻勍敌，王琳作梗于上流，周、齐摇荡于江、汉，畏首畏尾，若存若亡，此之不图，遽移天历，虽皇灵有眷，何其速也？然志度弘远，怀抱豁如，或取士于仇雠，或擢才于亡命，掩其受金之过，宥其吠尧之罪，委以心腹爪牙，咸能得其死力，故乃决机百胜，成此三分，方诸鼎峙之雄，足以无惭权、备矣。

　　世祖天姿睿哲⑳，清明在躬，早预经纶，知民疾苦，思择令典，庶几至治。德刑并用，戡济艰虞，群凶授首，强邻震慑。虽忠厚之化未能及远，恭俭之风足以垂训，若不尚明察，则守文之良主也。

　　临川年长于成王，过微于太甲。宣帝有周公之亲，无伊尹之志，明辟不复，桐宫遂往，欲加之罪，其无辞乎！

　　高宗爱自在田，雅量宏廓，登庸御极，民归其厚。惠以使下，宽以容众。智勇争奋，师出有名，扬旆分麾，风行电扫，辟土千里，奄有淮、泗，战胜攻取之势，近古未之有也。既而君侈民劳，将骄卒惰，帑藏空竭⑳，折衄师徒，于是秦人方强，遂窥兵于江上矣。李克以为吴之先亡，由乎数战数胜，数战则民疲，数胜则主骄，以骄主御疲民，未有不亡者也。信哉言乎！高宗始以宽大得人，终以骄侈致败，文、武之业，坠于兹矣。

　　后主生深宫之中，长妇人之手，既属邦国殄瘁，不知稼穑艰难。初惧阽危㉛，屡有哀矜之诏，后稍安集，复扇淫侈之风。宾礼诸公，唯寄情于文酒，昵近群小，皆委之以衡轴。谋谟所及，遂无骨鲠之臣，权要所在，莫匪侵渔之吏㉜。政刑日紊，尸素盈朝㉝，耽荒为长夜之饮，嬖宠同艳妻之孽，危亡弗恤，上下相蒙，众叛亲离，临机不寤，自投于井，冀以苟生，视其以此求全，抑亦民斯下矣。

遐观列辟，纂武嗣兴，其始也皆欲齐明日月，合德天地，高视五帝，俯协三王，然而靡不有初，克终盖寡，其故何哉？并以中庸之才，怀可移之性，口存于仁义，心忲于嗜欲。仁义利物而道远，嗜欲遂性而便身。便身不可久违，道远难以固志。佞谄之伦，承颜候色，因其所好，以悦导之，若下坂以走丸，譬顺流而决壅。非夫感灵辰象，降生明德，孰能遗其所乐，而以百姓为心哉？此所以成、康、文、景千载而罕遇，癸、辛、幽、厉靡代而不有，毒被宗社，身婴戮辱㉞，为天下笑，可不痛乎！古人有言，亡国之主，多有才艺，考之梁、陈及隋，信非虚论。然则不崇教义之本，偏尚淫丽之文，徒长浇伪之风㉟，无救乱亡之祸矣。"

史臣曰：后主昔在储宫，早标令德，及南面继业，寔允天人之望矣㊱。至于礼乐刑政，咸遵故典，加以深弘六艺，广辟四门，是以待诏之徒㊲，争趋金马，稽古之秀，云集石渠。且梯山航海，朝贡者往往岁至矣。自魏正始、晋中朝以来，贵臣虽有识治者，皆以文学相处，罕关庶务，朝章大典，方参议焉，文案簿领，咸委小吏，浸以成俗，迄至于陈。后主因循，未遑改革，故施文庆、沈客卿之徒，专掌军国要务，奸黠左道㊳，以哀刻为功，自取身荣，不存国计，是以朝经堕废，祸生邻国。斯亦运钟百六，鼎玉迁变，非唯人事不昌，盖天意然也。

---

①讳（huì，音会）：封建社会称死去的帝王或尊长的名。

②擗（pǐ，音匹）踊：悲痛时捶胸顿足。

③茕（qióng，音琼）：孤独无依靠。

④导："碍"之讹字。

⑤隆替：兴废，盛衰。

⑥硗（qiāo，音悄）：土地坚硬而贫瘠。确：同"埆"，土地不肥沃。　　腴（yú，音于）：肥美，丰裕。堉（jǐ，音挤）：瘠薄的土地。硗确的薄地。

⑦秋坻：坻（chí，音迟），水中高地。《诗·小雅·甫田》："曾孙之庾，如坻如京。"后以坻京形容丰年堆积如山的谷物。此处意为春天的劳作，企盼着秋天的丰收。

⑧塍（chéng，音成）：田间之土埂。　　畎（quǎn，音犬）：田间的水渠、垄沟。

⑨南箕北斗：箕、斗均为星宿名。前者像簸箕，后者似盛酒的斗，当它们同时出现于南方时，箕在南斗在北。喻有名无实。

⑩矩矱（jǔ yuē，音举曰）：法度。

⑪洧（wèi，音位）：深广。　　纡：屈曲，绕弯子。　　岳牧：四岳十二牧，如后世之公卿诸侯。　　舆台：奴隶中的两个等级，后泛指奴仆。

⑫痹（bì，音必）：中医指由风、寒、湿等引发的肢体疼痛，麻木之病。　　批鳞：敢于触怒皇帝称批逆鳞。古称皇帝如同龙一样，喉下有逆鳞，人若碰它，就要杀人。又称犯鳞。

⑬赍：以物送人。

⑭惸（qióng，音琼）：亦作茕。本意为无兄弟，引申为孤独无依靠之意。古时无兄弟曰惸，无子孙曰独。　　筭（suàn，音算）：原指计算时间用的筹码，多为竹制。通"算"。　　缨：系在脖子上的帽带。　　绂（fú，音伏）：系印章或佩玉的丝带，绂之颜色依官位而异。轩：窗户或门。　　闼（tà，音踏）：门。　　扆（yǐ，音椅）：屏风。　　摽：同"剽"。

⑮癃（lóng，音龙）：衰弱多病。

⑯旰（gàn，音绀）：晚。

⑰暍（yè，音业）：中暑。

⑱箕敛：苛敛民财。

⑲忔（xì，音戏）：叹息。

⑳笥（sì，音四）：盛饭、衣物的竹器。圆形的为箪（dān，音单），方形曰笥。

㉑蹇（jiǎn，音检）：口吃。　谔：言语正直。

㉒三才：天地人称三才。

㉓钳钛：古刑具。在颈曰钳，在足曰钛（dì，音地）。　憃（chōng，音冲）：愚蠢。

㉔黔庶：黔，黔首；庶，黎庶。平民百姓的意思。

㉕九有：即九州。见《苻坚载记（上）》注㊶。　七政：日月五星称七政。日月运行，各有限节，犹如国家之政。

㉖熔所：融化金属的地方。

㉗浇末：浇薄衰落的时代。

㉘狴犴（bì àn，音毕岸）：监狱。

㉙哲：旧时颂扬帝王的用语，谓明智。

㉚帑：国家收藏钱财的仓库。

㉛阽（diàn，音店）：危险。

㉜谟：计谋，谋略。　侵渔：盗窃、侵夺公共财物。

㉝尸素：见《苻坚载记（下）》注㊿。

㉞婴：羁绊。

㉟浇伪：浇薄虚伪的风气。

㊱储宫：见《贾充列传》注⑫。　南面：古代皇帝之位南向，因此称皇帝的统治曰南面。　寔（shí）：实。实在。

㊲六艺：礼乐射御书数。　《周礼》：六艺，一曰五礼，二曰六乐，三曰五射，四曰五御，五曰六书，六曰九数。

待诏：①官名。汉代征士凡特别优异者待诏于金马门。北齐后主置文林馆，引文学之士充之，称为待诏。②待命供奉内廷的人。

㊳奸黠：狡猾。黠，古劫人者寇，杀人者贼。在外曰奸，在内曰宄。

魏　书

（选录）

〔北齐〕魏收　撰

太祖纪

太祖道武皇帝，讳珪，昭成皇帝之嫡孙，献明皇帝之子也。母曰献明贺皇后。初因迁徙，游于云泽，既而寝息，梦日出室内，寤而见光自牖属天，欻然有感①。以建国三十四年七月七日，生太祖于参合陂北，其夜复有光明。昭成大悦，群臣称庆，大赦，告于祖宗。保者以帝体重倍于常儿，窃独奇怪。明年有榆生于埋胞之坎，后遂成林。弱而能言，目有光曜，广颡大耳，众咸异之。年六岁，昭成崩。苻坚遣将内侮，将迁帝于长安，既而获免。语在《燕凤传》。坚军既还，国众离散。坚使刘库仁、刘卫辰分摄国事。南部大人长孙嵩及元他等，尽将故民南依库仁，帝于是转幸独孤部。

元年，葬昭成皇帝于金陵，营梓宫，木柹尽生成林②。帝虽冲幼，而嶷然不群。库仁常谓其子曰："帝有高天下之志，兴复洪业，光扬祖宗者，必此主也。"

七年，冬十月，苻坚败于淮南。是月，慕容文等杀库仁，库仁弟眷摄国部。

八年，慕容暐弟冲僭立。姚苌自称大单于、万年秦王。慕容垂僭称燕王。

九年，库仁子显杀眷而代之，乃将谋逆。商人王霸知之，履帝足于众中，帝乃驰还。是时故大人梁盖盆子六眷，为显谋主，尽知其计，密使部人穆崇驰告。帝乃阴结旧臣长孙犍、元他等。秋八月，乃幸贺兰部。其日，显果使人求帝，不及。语在《献明太后传》。是岁，鲜卑乞伏国仁私署大单于。苻坚为姚苌所杀，子丕僭立。

登国元年春正月戊申，帝即代王位，郊天，建元，大会于牛川。复以长孙嵩为南部大人，以叔孙普洛为北部大人。班爵叙勋，各有差。二月，幸定襄之盛乐。息众课农。三月，刘显自善无南走马邑，其族奴真率所部来降。

夏四月，改称魏王。五月，车驾东幸陵石。护佛侯部帅侯辰、乙弗部帅代题叛走。诸将追之，帝曰："侯辰等世修职役，虽有小愆，宜且忍之。当今草创，人情未一，愚近者固应越起，不足追也。"

秋七月己酉，车驾还盛乐。代题复以部落来降，旬有数日，亡奔刘显。帝使其孙倍斤代领部落。是月，刘显弟肺泥率骑掠奴真部落，既而率以来降。初，帝叔父窟咄为苻坚徙于长安，因随慕容永，永以为新兴太守。八月，刘显遣弟亢泥迎窟咄，以兵随之，来逼南境。于是诸部骚动，人心顾望。帝左右于桓等，与诸部人谋为逆以应之。事泄，诛造谋者五人，余悉不问。帝虑内难，乃北逾阴山，幸贺兰部，阻山为固。遣行人安同、长孙贺使于慕容垂以征师，垂遣使朝贡，并令其子贺驎帅步骑以随同等。

冬十月，贺驎军未至而寇已前逼，于是北部大人叔孙普洛等十三人及诸乌丸亡奔卫辰。帝自弩山迁幸牛川，屯于延水南，出代谷，会贺驎于高柳，大破窟咄。窟咄奔卫辰，卫辰杀之，帝悉收其众。十二月，慕容垂遣使朝贡，奉帝西单于印绶，封上谷王。帝不纳。

是岁，慕容垂僭称皇帝于中山，自号大燕。苻丕死，苻登自立于陇东。姚苌称皇帝于长安，自号大秦。慕容冲为部下所杀。慕容永僭立。

二年春正月，班赐功臣长孙嵩等七十三人各有差。二月，帝幸宁川。

夏五月，遣行人安同征兵于慕容垂，垂使子贺驎率众来会。六月，帝亲征刘显于马邑南，追至弥泽，大破之，显南奔慕容永，尽收其部落。

秋八月，帝至自伐显。

冬十月癸卯，幸濡源，遣外朝大人王建使于慕容垂。十一月，遂幸赤城。十有二月，巡松漠，还幸牛川。

三年春二月，帝东巡。

夏四月，幸东赤城。五月癸亥，北征库莫奚。六月，大破之，获其四部杂畜十余万，渡弱落水。班赏将士各有差。

秋七月庚申，库莫部帅鸠集遗散，夜犯行宫。纵骑扑讨，尽杀之。其月，帝还赤城。八月使九原公元仪使于慕容垂。

冬十月，慕容垂遣使朝贡。十有二月辛卯，车驾西征，至女水，讨解如部，大破之，获男女杂畜十数万。

是岁，乞伏国仁死，弟乾归立，私署河南王。

四年春正月甲寅，袭高车诸部落，大破之。二月癸巳，至女水，讨叱突邻部，大破之。戊戌，贺染干兄弟率诸部来救，与大军相遇，逆击走之。

夏四月，行还赤城。五月，陈留公元虔使于慕容垂。

冬十月，垂遣使朝贡。

是岁，氐吕光自称三河王，遣使朝贡。

五年春三月甲申，帝西征，次鹿浑海，袭高车袁纥部，大破之，虏获生口③、马牛羊二十余万。慕容垂遣子贺驎率众来会。

夏四月丙寅，行幸意辛山，与贺驎讨贺兰、纥突邻、纥奚诸部落，大破之。六月，还幸牛川。卫辰遣子直力鞮寇贺兰部，围之。贺讷等请降，告困。秋七月丙子，帝引兵救之，至羊山，直力鞮退走。

八月，还幸牛川。遣秦王觚使于慕容垂。九月壬申，讨叱奴部于襄曲河，大破之。

冬十月，迁云中，讨高车豆陈部于狼山，破之。十有一月，纥奚部大人库寒举部内属。十有二月，纥突邻大人屈地鞮举部内属。帝还次白漠。

六年春二月，幸纽垤川。三月，遣九原公元仪、陈留公元虔等西讨黜弗部，大破之。

夏四月，祠天。六月慕容贺驎破贺讷于赤城。帝引兵救之，驎退走。

秋七月壬申，讲武于牛川，行还纽垤川。慕容垂止元觚而求名马，帝绝之。乃遣使于慕容永，永使其大鸿胪慕容钧奉表劝进尊号。其月，卫辰遣子直力鞮出楛杨塞，侵及黑城。九月，帝袭五原，屠之。收其积谷，还纽垤川。于楛杨塞北，树碑记功。

冬十月戊戌，北征蠕蠕，追之，及于大碛南床山下，大破之，班赐从臣各有差。其东西二部主匹候跋及缊纥提，斩别帅屋击于。事具《蠕蠕传》。

十有一月戊辰，还幸纽垤川。戊寅，卫辰遣子直力鞮寇南部。己卯，车驾出讨。壬午，大破直力鞮军于铁歧山南，获其器械辎重，牛羊二十余万。戊子，自五原金津南渡河。辛卯，次其所居悦跋城，卫辰父子奔遁。壬辰，诏诸将追之，擒直力鞮。十有二月，获卫辰尸，斩以徇，遂灭之。语在《卫辰传》。卫辰少子屈丐，亡奔薛干部。车驾次于盐池。自河已南，诸部悉平。簿其珍宝畜产④，名马三十余万匹，牛羊四百余万头。班赐大臣各有差。收卫辰子弟宗党无少长五千余人，尽杀之。山胡酋大幡颓、业易于等率三千余家降附，出居于马邑。

是岁，起河南宫。

七年春正月，幸木根山，遂次黑盐池。飨宴群臣，观诸国贡使。北之美水。三月甲子，宴群臣于水滨，还幸河南宫。西部泣黎大人茂鲜叛走，遣南部大人长孙嵩追讨，大破之。

夏五月，班赐诸官马牛羊各有差。

秋八月，行幸漠南，仍筑巡台。

冬十有二月，慕容永遣使朝贡。

是岁，皇子嗣生。

八年春正月，帝南巡。二月，幸殺羊原，赴白楼。三月，车驾西征侯吕邻部。

夏四月，至苦水，大破之。五月，还幸白楼。慕容垂讨慕容永于长子。六月。车驾北巡。永来告急，遣陈留公元虔、将军庾岳率骑五万东度河救之。破类拔部帅刘曜等，徙其部落。元虔等因屯秀容，慕容垂遂围长子。

秋七月，车驾临幸新坛。庚寅，宴群臣，仍讲武。先是，卫辰子屈丐奔薛干部，征之不送。八月，帝南征薛干部帅太悉佛于三城，会其先出击曹覆，帝乘虚屠其城，获太悉佛子珍宝，徙其民而还。太悉佛闻之，来赴不及，遂奔姚兴。九月，还幸河南宫。

是岁，姚苌死。

九年春三月，帝北巡。使东平公元仪屯田于河北五原，至于棝杨塞外。

夏五月，田于河东。

秋七月，还幸河南宫。

冬十月，蠕蠕社仑等率部落西走。事具《蠕蠕传》。

是岁，姚苌子兴僭立，杀苻登。慕容垂灭永。

十年春正月，太悉佛自长安还岭北，上郡以西皆应之。

夏五月，幸盐池。六月，还幸河南宫。

秋七月，慕容垂遣其子宝来寇五原，造舟收谷。帝遣右司马许谦征兵于姚兴。东平公元仪徙据朔方。八月，帝亲治兵于河南。九月，进师，临河筑台告津⑤，连旌沿河东西千里有余。是时，陈留公元虔五万骑在东，以绝其左，元仪五万骑在河北，以承其后，略阳公元遵七万骑塞其中山之路。

冬十月辛未，宝烧船夜遁。十一月己卯，帝进军济河。乙酉夕，至参合陂。丙戌，大破之。语在《宝传》。生擒其陈留王绍、鲁阳王倭奴、桂林王道成、济阴公尹国、北地王世子钟葵、安定王世子羊儿以下文武将吏数千人，器甲辎重、军资杂财十余万计。于俘虏之中擢其才识者贾彝、贾闰、晁崇等与参谋议，宪章故实⑥。班赏大臣将校各有差。十有二月，还幸云中之盛乐。

皇始元年春正月，大蒐于定襄之虎山⑦，因东幸善无北陂。三月，慕容垂来寇桑乾川。陈留公元虔先镇平城，时征兵未集，虔率麾下邀击，失利死之。垂遂至平城西北，逾山结营，闻帝将至，乃筑城自守。疾甚，遂遁走，死于上谷。子宝匿丧而还，至中山乃僭立。

夏六月癸酉，遣将军王建等三军讨宝广宁太守刘亢泥，斩之，徙其部落。宝上谷太守慕容普邻，捐郡奔走⑧。丁亥，皇太后贺氏崩。是月，葬献明太后。

秋七月，左司马许谦上书劝进尊号，帝始建天子旌旗，出入警跸，于是改元。八月庚寅，治兵于东郊。己亥，大举讨慕容宝，帝亲勒六军四十余万⑨，南出马邑，逾于句注，旌旗骆驿二千余里，鼓行而前，民屋皆震。别诏将军封真等三军，从东道出袭幽州，围蓟。九月戊午，次阳曲，乘西山，临观晋阳，命诸将引骑围胁，已而罢还。宝并州牧辽西王农大惧，将妻子弃城夜出，东遁，并州平。初建台省，置百官，封拜公侯、将军、刺史、太守，尚书郎已下悉用文人。帝初拓中原，留心慰纳，诸士大夫诣军门者，无少长，皆引入赐见，存问周悉，人得自尽，苟有微能，咸蒙叙用。已未，诏辅国将军奚牧略地晋川，获慕容宝丹阳王买得等于平陶城。

冬十月乙酉，车驾出井陉，使冠军将军王建、左军将军李栗五万骑先驱启行。十有一月庚子朔，帝至真定。自常山以东，守宰或捐城奔窜，或稽颡军门，唯中山、邺、信都三城不下。别诏征东大将军东平公仪五万骑南攻邺，冠军将军王建、左军将军李栗等攻信都，军之所行，不得伤民桑枣。戊午，进军中山；己未，引骑围之。帝谓诸将曰："朕量宝不能出战，必当凭城自守，偷延日月，急攻则伤士，久守则费粮，不如先平邺、信都，然后还取中山，于计为便。若移军远去，宝必散众求食民间，如此，则人心离阻，攻之易克。"诸将称善。丁卯，车驾幸鲁口城。

是岁，司马昌明死，子德宗僭立，遣使朝贡。吕光僭称天王，号大凉，遣使朝贡。

二年春正月己亥朔，大飨群臣于鲁口。慕容宝遣其左卫将军慕容腾寇博陵，杀中山太守及高阳诸县令长，抄掠租运。是时信都未下，庚申，乃进军。壬戌，引骑围之。其夜，宝冀州刺史宜都王慕容凤逾城奔走，归于中山。癸亥，宝辅国将军张骧、护军将军徐超率将吏已下举城降。宝闻帝幸信都，乃趣博陵之深泽，屯呼沱水，遣弟贺麟寇杨城，杀常山守兵三百余人。宝悉出珍宝及宫人招募郡县，群盗无赖者多应之。

二月己巳，帝进幸杨城。丁丑，军于钜鹿之柏肆坞，临呼沱水。其夜，宝悉众犯营，燎及行宫，兵人骇散。帝惊起，不及衣冠，跣出击鼓。俄而左右及中军将士，稍稍来集。帝设奇陈，列烽营外，纵骑冲之，宝众大败，斩首万余级，擒其将军高长等四千余人。戊寅，宝走中山，获其器仗辎重数十万计。宝尚书闵亮、秘书监崔逞、太常孙沂、殿中侍御史孟辅等并降。降者相属，赐拜职爵各有差。平原徐超聚众反于畔城，诏将军奚辱捕斩之。并州守将封真率其种族与徒何为逆，将攻刺史元延，延讨平之。

是时，柏肆之役，远近流言，贺兰部帅附力眷、纥突邻部帅匿物尼、纥奚部帅叱奴根聚党反于阴馆，南安公元顺率军讨之；不克，死者数千。诏安远将军庚岳总万骑，还讨叱奴根等，灭之。

三月己酉，车驾次于卢奴。宝遣使求和，请送元觚，割常山以西奉国，乞守中山以东，帝许之。已而宝背约。辛亥，车驾次中山，命诸将围之。是夜，宝弟贺麟将妻子出走西山。宝见贺麟走，恐先据和龙，壬子夜，遂将其妻子及兄弟宗族数千骑北遁。宝将李沈、王次多、张超、贾归等来降。遣将军长孙肥追之，至范阳，不及而还。城内共立慕容普邻为主。

夏四月，帝以军粮未继，乃诏征东大将军东平公元仪罢邺围，徙屯钜鹿，积租杨城。普邻出步卒六千余人，伺间犯诸屯兵，诏将军长孙肥等轻骑挑之，帝以虎队五千横截其后，斩首五千，生房七百人，宥而遣之。

夏五月庚子，大赏功臣。帝以中山城内为普邻所胁，而大军迫之，欲降无路，乃密招喻之。甲辰，曜兵扬威以示城内，命诸军罢围南徙以待其变。甲寅，以东平公元仪为骠骑大将军、都督中外诸军事、兖豫雍荆徐扬六州牧、左丞相，封卫王。襄城公元题，进封为王。

秋七月，普邻遣乌丸张骧率五千余人出城求食，寇常山之灵寿，杀害吏民。贺麟自丁零中入于骧军，因其众，复入中山，杀普邻而自立。帝还幸鲁口，遣将军长孙肥一千骑袭中山，入其郛而还。

八月丙寅朔，帝自鲁口进军常山之九门。时大疫，人马牛多死。帝问疫于诸将，对曰："在者才十四五。"是时中山犹拒守，而饥疫并臻，群下咸思还北。帝知其意，因谓之曰："斯固天命，将若之何！四海之人，皆可与为国，在吾所以抚之耳，何恤乎无民！"群臣乃不敢复言。遣抚军大将军略阳公元遵袭中山，芟其禾菜⑩，入其郛而还。

九月，贺麟饥穷，率三万余人出寇新市。甲子晦，帝进军讨之，太史令晁崇奏曰："不吉。"帝曰："其义云何？"对曰："昔纣以甲子亡，兵家忌之。"帝曰："纣以甲子亡，周武不以甲子胜乎?"崇无以对。

冬十月丙寅，帝进军新市，贺麟退阻泒水，依渐洳泽以自固。甲戌，帝临其营，战于义台坞，大破之，斩首九千余级。贺麟单马走西山，遂奔邺，慕容德杀之。甲申，其所署公卿、尚书、将吏、士卒降者二万余人。其将张骧、李沈、慕容文等先来降，寻皆亡还，是日复获之，皆赦而不问。获其所传皇帝玺绶、图书、府库、珍宝，簿列数万。班赐功臣及将士各有差。中山平。乙酉，襄城王题薨。丁亥，遣三万骑赴卫王仪，将以攻邺。

是岁，鲜卑秃发乌孤私署大单于、西平王。

天兴元年春正月，慕容德走保滑台，仪克邺，收其仓库。诏赏将士各有差。仪追德至于河，不及而还。庚子，车驾自中山行幸常山之真定，次赵郡之高邑，遂幸于邺。民有老不能自存者，诏郡县赈恤之。帝至邺，巡登台榭，遍览宫城，将有定都之意。乃置行台，以龙骧将军日南公和跋为尚书，与左丞贾彝率郎吏及兵五千人镇邺。车驾自邺还中山，所过存问百姓。诏大军所经州郡，复赀租一年，除山东民租赋之半。车驾将北还，发卒万人治直道，自望都铁关凿恒岭至代五百余里。帝虑还后山东有变，乃置行台于中山，诏左丞相、守尚书令、卫王仪镇中山，抚军大将军、略阳公元遵镇勃海之合口。右军将军尹国先督租于冀州，闻帝将还，谋反，欲袭信都，安南将军长孙嵩执送，斩之。辛酉，车驾发自中山，至于望都尧山。徙山东六州民吏及徒何、高丽杂夷三十六万，百工伎巧十万余口，以充京师。车驾次于恒山之阳。博陵、勃海、章武群盗并起，略阳公元遵等讨平之。广川太守贺卢杀冀州刺史王辅，驱勒守兵，抄掠阳平、顿丘诸郡，遂南渡河，奔慕容德。

二月，车驾自中山幸繁畤宫，更选屯卫。诏给内徙新民耕牛，计口受田。

三月，离石胡帅呼延铁、西河胡帅张崇等聚党数千人叛，诏安远将军庾岳讨平之。渔阳群盗库傉官韬聚众反。诏中坚将军伊谓讨之。征左丞相、卫王仪还京师，诏略阳公遵代镇中山。

夏四月壬戌，进遵封常山王，南安公元顺进封毗陵王，征虏将军历阳公穆崇为太尉，安南将军钜鹿公长孙嵩为司徒。帝祠天于西郊，麾帜有加焉。广平太守、辽西公元意烈谋反，于郡赐死，原其妻子⑪。鄡城屠各董羌、杏城卢水郝奴、河东蜀薛榆、氐帅符兴，各率其种内附。

六月丙子，诏有司议定国号。群臣曰："昔周秦以前，世居所生之土，有国有家，及王天下，即承为号。自汉以来，罢侯置守，时无世继，其应运而起者，皆不由尺土之资⑫。今国家万世相承，启基云代。臣等以为若取长远，应以代为号。"诏曰："昔朕远祖，总御幽都，控制遐国，虽践王位，未定九州。逮于朕躬，处百代之季，天下分裂，诸华乏主。民俗虽殊，抚之在德，故朕率六军，扫平中土，凶逆荡除，遐迩率服。宜仍先号，以为魏焉。布告天下，咸知朕意。"

秋七月，迁都平城，始营宫室，建宗庙，立社稷。渔阳乌丸库傉官韬复聚党为寇。诏冠军将军王建讨平之。

八月，诏有司正封畿，制郊甸，端径术，标道里，平五权，较五量，定五度。遣使循行郡国，举奏守宰不法者，亲览察黜陟之。

九月，乌丸张骧子超，收合亡命，聚党三千余家，据勃海之南皮，自号征东大将军、乌丸王，抄掠诸郡。诏将军庾岳讨之。

冬十月，起天文殿。

十有一月辛亥，诏尚书吏部郎中邓渊典官制，立爵品，定律吕，协音乐；仪曹郎中董谧撰郊庙、社稷、朝觐、飨宴之仪；三公郎中王德定律令，申科禁；太史令晁崇造浑仪，考天象；吏部尚书崔玄伯总而裁之。

闰月，左丞相、骠骑大将军、卫王仪及诸王公卿士，诣阙上书曰："臣等闻宸极居中，则列宿齐其晷；帝王顺天，则群后仰其度。伏惟陛下德协二仪，道隆三五，仁风被于四海，盛化塞于大区，泽及昆虫，恩沾行苇，讴歌所属，八表归心，军威所及，如风靡草，万姓颙颙，咸思系命。而躬履谦虚，退身后己，宸仪未彰，衮服未御，非所以上允皇天之意，下副乐推之心。宜光崇圣烈，示轨宪于万世。臣等谨昧死以闻。"帝三让乃许之。

十有二月己丑，帝临天文殿，太尉、司徒进玺绶，百官咸称万岁。大赦，改年。追尊成帝已下及后号谥。乐用《皇始》之舞。诏百司议定行次，尚书崔玄伯等奏从土德，服色尚黄，数用五，未祖辰腊，牺牲用白，五郊立气，宣赞时令，敬授民时，行夏之正。徙六州二十二郡守宰、豪杰、吏民二千家于代都。

是岁，兰汗杀慕容宝而自立，宝子盛杀汗僭立。慕容德自称燕王。

二年春正月甲子，初祠上帝于南郊，以始祖神元皇帝配，降坛视燎，成礼而反。乙丑，曲赦京师。始制三驾之法。庚午，车驾北巡，分命诸将大袭高车，大将军、常山王遵等三军从东道出长川，镇北将军高凉王乐真等七军从西道出牛川，车驾亲勒六军从中道自驳𩢍水西北。

二月丁亥朔，诸军同会，破高车杂种三十余部，获七万余口，马三十余万匹，牛羊百四十余万。骠骑大将军、卫王仪督三万骑别从西北绝漠千余里，破其遗迸七部，获二万余口，马五万余匹，牛羊二十余万头，高车二十余万乘，并服玩诸物。还次牛川及薄山，并刻石记功，班赐从臣各有差。庚戌，征虏将军庾岳破张超于勃海。超走平原，为其党所杀。以所获高车众起鹿苑，南因台阴，北距长城，东包白登，属之西山，广轮数十里，凿渠引武川水注之苑中，疏为三沟，分流宫城内外。又穿鸿雁池。

三月己未，车驾至自北伐。甲子，初令《五经》群书各置博士，增国子太学生员三千人。是月，氐人李辩叛慕容德，求援于邺行台尚书和跋，跋轻骑往应之，克滑台，收德宫人府藏；又破德桂林王镇及郎吏将士千余人。丙子，遣建义将军庾真、越骑校尉奚斤讨库狄部帅叶亦干、宥连部帅窦羽泥于太浑川，破之，库狄憨支子沓亦干率其部落内附。真等进破侯莫陈部，获马牛羊十余万头，追殄遗迸，入大峨谷。中山太守仇儒亡匿赵郡，推群盗赵准为主，号使持节、征西大将军、冀青二州牧、钜鹿公，仇儒为准长史，聚党扇惑。诏中领军长孙肥讨平之。

夏四月，前清河太守傅世聚党千余家，自号抚军将军。五月癸亥，征虏将军庾岳讨破之。

秋七月，起天华殿。辛酉，大阅于鹿苑，飨赐各有差。陈郡、河南流民万余口内徙，遣使者存劳之。姚兴遣众围洛阳，司马德宗将辛恭靖请救。八月，遣太尉穆崇率骑六千往赴之。增启京师十二门。作西武库。除州郡民租赋之半。辛亥，诏礼官备撰众仪，著于新令。范阳人卢溥，聚众海滨，称使持节、征北大将军、幽州刺史，攻掠郡县，杀幽州刺史封沓干。慕容盛辽西太守李朗，举郡内属。西河胡帅护诺于、丁零帅翟同、蜀帅韩砻，并相率内附。

冬十月，太庙成，迁神元、平文、昭成、献明皇帝神主于太庙⑬。十有二月甲午，慕容盛征虏将军、燕郡太守高湖，率户三千内属。辛亥，诏材官将军和突讨卢溥。天华殿成。

是岁，吕光立其子绍为天王，自称太上皇。光死，庶子纂杀绍僭立。秃发乌孤死，弟鹿孤代立，遣使朝贡。

三年春正月戊午，和突破卢溥于辽西，生获溥及其子焕，传送京师，辒之⑭。癸亥，有事于北郊。分命诸官循行州郡，观民风俗，察举不法。赐群臣布帛各有差。二月丁亥，诏有司祀日于东郊。始耕籍田。壬寅，皇子聪薨。三月戊午，立皇后慕容氏。是月，穿城南渠通于城内，作东西鱼池。

夏四月，姚兴遣使朝贡。五月戊辰，诏谒者仆射张济使于姚兴。己巳，车驾东巡，遂幸涿鹿，遣使者以太牢祠帝尧、帝舜庙。西幸马邑，观灅源。

秋七月壬子，车驾还宫。起中天殿及云母堂、金华室。

十有一月，高车别帅敕力犍，率九百余落内属。

十有二月乙未，诏曰："世俗谓汉高起于布衣而有天下，此未达其故也。夫刘承尧统，旷世继德，有蛇龙之征，致云彩之应，五纬上聚，天人俱协，明革命之主，大运所钟，不可以非望求也。然狂狡之徒，所以颠蹶而不已者，诚惑于逐鹿之说，而迷于天命也。故有踵覆车之轨，蹈衅逆之踪，毒甚者倾州郡，害微者败邑里，至乃身死名颓，殃及九族，从乱随流，死而不悔，岂不痛哉！《春秋》之义，大一统之美，吴楚僭号，久加诛绝，君子贱其伪名，比之尘垢。自非继圣载德，天人合会，帝王之业，夫岂虚应。历观古今，不义而求非望者，徒丧其保家之道，而伏刀锯之诛。有国有家者，诚能推废兴之有期，审天命之不易，察征应之潜授，杜竞逐之邪言，绝奸雄之僭肆，思多福于止足，则几于神智矣。如此，则可以保荣禄于天年，流余庆于后世。夫然，故祸悖无缘而生，兵甲何因而起？凡厥来世，勖哉戒之，可不慎欤！"

时太史屡奏天文错乱，帝亲览经占，多云改王易政，故数革官号，一欲防塞凶狡，二欲消灾应变。已而虑群下疑惑，心谤腹非，丙申复诏曰："上古之治，尚德下名，有任而无爵，易治而事序，故邪谋息而不起，奸慝绝而不作。周姬之末，下凌上替，以号自定，以位制禄，卿世其官，大夫遂事，阳德不畅，议发家陪，故衅由此起，兵由此作。秦汉之弊，舍德崇侈，能否混杂，贤愚相乱，庶官失序，任非其人。于是忠义之道寝，廉耻之节废，退让之风绝，毁誉之议兴，莫不由乎贵尚名位，而祸败及之矣。古置三公，职大忧重，故曰'待罪宰相'，将委任责成，非虚宠禄也。而今世俗，金以台辅为荣贵，企慕而求之。夫此职司，在人主之所任耳，用之则重，舍之则轻。然则官无常名，而任有定分，是则所贵者至矣，何取于鼎司之虚称也。夫桀纣之南面，虽高而可薄；姬旦之为下，虽卑而可尊。一官可以效智，荜门可以垂范。苟以道德为实，贤于覆餗蔀家矣[15]。故量己者，令终而义全；昧利者，身陷而名灭。利之与名，毁誉之疵竞；道之与德，神识之家宝。是故道义，治之本；名爵，治之末。名不本于道，不可以为宜；爵无补于时，不可以为用。用而不禁，为病深矣。能通其变，不失其正者，其惟圣人乎？来者诚思成败之理，察治乱之由，鉴殷周之失，革秦汉之弊，则几于治矣。"

是岁，乞伏乾归为姚兴所破，李暠私署凉州牧、凉公。

四年春正月，高车别帅率其部三千余落内附。二月丁亥，命乐师入学习舞，释菜于先圣、先师[16]。丁酉，分命使者循行州郡，听察辞讼，纠劾不法。三月，帝亲渔，荐于寝庙[17]。

夏四月辛卯，罢邺行台。诏有司明扬隐逸。五月，起紫极殿、玄武楼、凉风观、石池、鹿苑台。

秋七月，诏镇远将军、衮州刺史长孙肥步骑二万南徇许昌、彭城。诏赐天下镇戍将士布帛各有差。

冬十二月辛亥，诏征西大将军、常山王遵等率众五万讨破多兰部帅木易于，材官将军和突率骑六千袭黜弗、素古延等诸部。集博士儒生，比众经文字，义类相从，凡四万余字，号曰《众文经》。

是岁，慕容盛死，宝弟熙僭立。吕光弟子隆杀纂自立。卢水胡沮渠蒙逊私署凉州牧、张掖公。蒙逊及李暠并遣使朝贡。

五年春正月丁丑，慕容熙遣将寇辽西，虎威将军宿沓干等拒战不利，弃令支而还。帝闻姚兴将寇边，庚寅，大简舆徒，诏并州诸军积谷于平阳之乾壁。戊子，材官将军和突破黜弗、素古延等诸部，获马三千余匹，牛羊七万余头。辛卯，蠕蠕社仑遣骑救素古延等，和突逆击破之于山南河曲，获铠马二千余匹。班师。赏赐将士各有差。

二月癸丑，征西大将军、常山王遵等至安定之高平，木易于率数千骑与卫辰、屈丐弃国遁走，追至陇西瓦亭，不及而还。获其辎重库藏，马四万余匹，骆驼、牦牛三千余头，牛、羊九万余口。班赐将士各有差。徙其民于京师。沙门张翘自号无上王，与丁零鲜于次保聚党常山之行唐。夏四月，太守楼伏连讨斩之。

五月，姚兴遣其弟安北将军、义阳公平率众四万来侵，平阳乾壁为平所陷。六月，治兵于东郊⑬，部分众军，诏镇西大将军毗陵王顺、长孙肥等三将六万骑为前锋。

秋七月戊辰朔，车驾西讨。八月乙巳，至于柴壁，平固守，进军围之，姚兴悉举其众来救。甲子，帝渡蒙坑，逆击兴军，大破之。

冬十月，平赴水而死，俘其余众三万余人。语在《兴传》。获兴征虏将军、尚书右仆射狄伯支，越骑校尉唐小方，积弩将军姚梁国，建忠将军雷星、康官，北中郎将康猥，平从弟伯禽已下、四品将军已上四十余人。获先亡臣王次多、靳勒，并斩以徇。兴频使请和，帝不许。群臣劝进平蒲坂，帝虑蠕蠕为难，戊申，班师。十有一月，车驾次晋阳。征相州刺史庾岳为司空。遣左将军莫题讨上党群盗秦颇、丁零翟都于壶关。丁丑，上党太守捕颇，斩之，都走林虑。十有二月辛亥，至自西征。蠕蠕社仑犯塞，诏常山王遵追之，不及而还。越勤莫弗率其部万余家内属，居五原之北。

是岁，秃发鹿孤病死，弟傉檀统任，遣使朝贡。

六年春正月辛未，朔方尉迟部别帅率万余家内属，入居云中。

夏五月，大简舆徒，将略江淮，平荆扬之乱。

秋七月，镇西大将军、司隶校尉、毗陵王顺有罪，以王还第。戊子，车驾北巡，筑离宫于豺山，纵士校猎，东北逾崞岭，出参合、代谷。九月，行幸南平城，规度灅南，面夏屋山，背黄瓜堆，将建新邑。辛未，车驾还宫。

冬十月，起西昭阳殿。乙卯，立皇子嗣为齐王，加车骑大将军，位相国；绍为清河王，加征南大将军；熙为阳平王；曜为河南王。封故秦愍王子夔为豫章王，陈留王子右将军悦为朱提王。丁巳，诏将军伊谓率骑二万北袭高车。司马德宗遣使朝贡。十有一月庚午，伊谓大破高车。

是年，岛夷桓玄废其主司马德宗而自立，僭称大楚。

天赐元年春正月，遣离石护军刘托率骑三千袭蒲子。三月丙寅，擒姚兴宁北将军、泰平太守衡谭，获三千余口。初限县户不满百罢之。

夏四月，诏尚书郎中公孙表使于江南，以观桓玄之衅也。值玄败而还。蠕蠕社仑从弟悦伐大那等谋杀社仑而立大那。发觉，来奔。五月，置山东诸冶，发州郡徒谪造兵甲。

秋九月，帝临昭阳殿，分置众职，引朝臣文武，亲自简择，量能叙用；制爵四等，曰“王、公、侯、子，”除伯、男之号；追录旧臣，加以封爵，各有差。是秋，江南大乱，流民襁负而奔淮北，行道相寻⑲。

冬十月辛巳，大赦，改元。筑西宫。十有一月，上幸西宫，大选朝臣，令各辨宗党，保举才行，诸部子孙失业赐爵者二千余人。十有二月戊辰，车驾幸豺山宫。

是岁，岛夷刘裕起兵诛桓玄。

二年春二月癸亥，车驾还宫。

夏四月，车驾有事于西郊，车旗尽黑。

是岁，司马德宗复僭立。慕容德死，兄子超僭立。

三年春正月甲申，车驾北巡，幸豺山宫。校猎，至屋孤山。二月乙亥，幸代园山，建五石亭。三月庚子，车驾还宫。

夏四月庚申，复幸豺山宫。占授著作郎王宜弟造《兵法孤虚立成图》三百六十时。遂登定襄角史山，又幸马城。甲午，车驾还宫。是月，蠕蠕寇边，夜召兵，将旦，贼走，乃罢。六月，发八部五百里内男丁筑灅南宫，门阙高十余丈；引沟穿池，广苑囿；规立外城，方二十里，分置市里，经涂洞达。三十日罢。

秋七月，太尉穆崇薨。八月甲辰，行幸豺山宫，遂至青牛山。丙辰，西登武要北原，观九十九泉，造石亭，遂之石漠。九月甲戌朔，幸漠南盐池。壬午，至漠中，观天盐池；度漠，北之吐盐池。癸巳，南还长川。丙申，临观长陂。

冬十月庚申，车驾还宫。

四年春二月，封皇子脩为河间王，处文为长乐王，连为广平王，黎为京兆王。

夏五月，北巡。自参合陂东过蟠羊山，大雨，暴水流辎重数百乘，杀百余人。遂东北逾石漠，至长川，幸濡源。常山王遵有罪赐死。

秋七月，车驾自濡源西幸参合陂。筑北宫垣，三旬而罢，乃还宫。八月，幸豺山宫。是月，诛司空庾岳。

冬十有一月，车驾还宫。

是岁，慕容宝养子高云杀熙自立，赫连屈丐自称大单于、大夏天王。

五年春正月，行幸豺山宫，遂如参合陂，观渔于延水，至宁川。三月，姚兴遣使朝贡。

是岁，皇孙焘生。

六年夏，帝不豫。初，帝服寒食散②，自太医令阴羌死后，药数动发，至此逾甚。而灾变屡见，忧懑不安，或数日不食，或不寝达旦。归咎群下，喜怒乖常，谓百僚左右人不可信，虑如天文之占，或有肘腋之虞。追思既往成败得失，终日竟夜独语不止，若旁有鬼物对扬者。朝臣至前，追其旧恶皆见杀害，其余或以颜色变动，或以喘息不调，或以行步乖节，或以言辞失措，帝皆以为怀恶在心，变见于外，乃手自殴击，死者皆陈天安殿前。于是朝野人情各怀危惧，有司懈怠，莫相督摄，百工偷劫，盗贼公行，巷里之间人为希少。帝亦闻之，曰："朕纵之使然，待过灾年，当更清治之尔。"

秋七月，慕容支属百余家，谋欲外奔，发觉，伏诛，死者三百余人。八月，卫王仪谋叛，赐死。

冬十月戊辰，帝崩于天安殿，时年三十九。永兴二年九月甲寅，上谥宣武皇帝，葬于盛乐金陵，庙号太祖。泰常五年，改谥曰道武。

史臣曰：晋氏崩离，戎羯乘衅，僭伪纷纠，豺狼竞驰。太祖显晦安危之中，屈伸潜跃之际，驱率遗黎，奋其灵武，克剪方难，遂启中原，朝拱人神，显登皇极。虽冠履不暇，栖惶外士②，而制作经谟，咸存长世。所谓大人利见，百姓与能，抑不世之神武也。而屯厄有期，祸生非虑，将人事不足，岂天实为之。呜呼！

①歘：同"欻"。忽然。

②杮：即"柿"字。

③生口：俘虏。后以俘虏为奴隶，即用作奴隶的称呼。

④簿：登记。

⑤津：济渡之处。

⑥宪章故实。宪章：效法。故实，亦称固实。意即典故，故事，史实。《国语·周语上》："赋事行刑必问于遗训，而咨于故实。"韦昭注："故实，故事之是者。"

⑦蒐：即"搜"。

⑧捐：舍弃。

⑨勒：统率。

⑩茉（hé，音合）：草名。

⑪原：赦罪。

⑫尺土：形容土地狭小。

⑬神主：古时为已死的君主、诸侯做的牌位，用木或石制成。天子长尺二寸，诸侯长一尺。

⑭轘（huàn，音焕）：古代"车裂"之酷刑。

⑮餗（sù，音素）：鼎中的食物。　鄁（bù，音布）：遮蔽。

⑯释菜：亦作"舍采"。古时读书人入学时以苹蘩之属祭祀先圣先师的典礼。

⑰荐：卧席。莞曰席，藁曰荐。

⑱治兵：古时兵出叫做治兵，入曰振旅。又解为训练军队。

⑲襁：同"襁"，背孩子用的宽带子。

⑳寒食散：又名五石散。由石钟乳，石硫黄，白石英，紫石英，赤石脂组成。魏晋时流行吃寒石散，有如清末之吸食鸦片。参见鲁迅《魏晋风度及文章与药及酒之关系》一文。

㉑恓惶：形容惊慌、烦恼之状。

世祖纪上

世祖太武皇帝，讳焘，太宗明元皇帝之长子也。母曰杜贵嫔，天赐五年生于东宫，体貌瑰异，太祖奇而悦之，曰："成吾业者，必此子也。"泰常七年四月，封泰平王，五月，为监国。太宗有疾，命帝总摄百揆，聪明大度，意豁如也。八年十一月壬申，即皇帝位，大赦天下。十有二月，追尊皇妣为密皇后，进司徒长孙嵩爵为北平王，司空奚斤为宜城王，蓝田公长孙翰为平阳王，其余普增爵位各有差。于是除禁锢，释嫌怨，开仓库，赈穷乏，河南流民相率内属者甚众。

始光元年春正月丙寅，安定王弥薨。

夏四月甲辰，东巡，幸大宁。

秋七月，车驾还宫。八月，蠕蠕率六万骑入云中，杀掠吏民，攻陷盛乐宫。楮阳子尉普文率轻骑讨之，虏乃退走。诏平阳王长孙翰等击蠕蠕别帅，破之，杀数千人，获马万余匹。语在《蠕蠕传》。九月，大简舆徒，治兵于东郊，部分诸军五万骑，将北讨。

冬十有二月，遣平阳王长孙翰等讨蠕蠕。车驾次柞山，蠕蠕北遁，诸军追之，大获而还。

是年，刘义符为其臣徐羡之等所废杀，立义符弟义隆。

二年春正月己卯，车驾至自北伐，以其杂畜班赐将士各有差。二月，慕容渴悉邻反于北平，攻破郡治，太守与守将击败之。三月丙辰，尊保母窦氏曰保太后。丁巳，以北平王长孙嵩为太尉，平阳王长孙翰为司徒，宜城王奚斤为司空。庚申，营故东宫为万寿宫，起永安、安乐二殿，临望观、九华堂。初造新字千余，诏曰："在昔帝轩，创制造物，乃命仓颉因鸟兽之迹以立文字。自兹以降，随时改作，故篆隶草楷，并行于世。然经历久远，传习多失其真，故令文体错谬，会义不惬，非所以示轨则于来世也。孔子曰，名不正则事不成，此之谓矣。今制定文字，世所用者，颁下远近，永为楷式。"

夏四月，诏龙骧将军步堆、谒者仆射胡觌使于刘义隆。五月，诏天下十家发大牛一头，运粟塞上。

秋九月，永安、安乐二殿成，丁卯，大飨以落之。

冬十月，治兵于西郊。癸卯，车驾北伐，平阳王长孙翰等绝漠追之，蠕蠕北走。事具《蠕蠕传》。

是年，赫连屈丐死，子昌僭立。

三年春正月壬申，车驾至自北伐。班军实以赐将士，行、留各有差。乞伏炽磐遣使朝贡，请讨赫连昌。二月，起太学于城东，祀孔子，以颜渊配。

夏五月辛卯，中山公元纂进爵为王，南安公元素复先爵常山王。六月，幸云中旧宫，谒陵庙；西至五原，田于阴山；东至和兜山。

秋七月，筑马射台于长川①，帝视登台观走马；王公诸国君长驰射，中者赐金锦缯絮各有差。八月，车驾还宫。刘义隆遣使朝贡。帝以屈丐既死，诸子相攻，九月，遣司空奚斤率义兵将军封礼、雍州刺史延普袭蒲坂，宋兵将军周几率洛州刺史于栗磾袭陕城。

冬十月丁巳，车驾西伐，幸云中，临君子津。会天暴寒，数日冰结。十有一月戊寅，帝率轻骑二万袭赫连昌，壬午，至其城下，徙万余家而还。语在《昌传》。至祚山，班所房获以赐将士各有差。奚斤未至蒲坂，昌守将赫连乙升弃城西走。昌弟助兴守长安，乙升复与助兴自长安西走安定。奚斤遂入蒲坂。十有二月，诏斤西据长安。秦雍氐、羌皆叛昌诣斤降。武都氐王杨玄及沮渠蒙逊等皆遣使内附。

四年春正月乙酉，车驾至自西伐，赐留台文武生口、缯帛、马牛各有差。从人在道多死，其能到都者才十六七。己亥，行幸幽州。赫连昌遣其弟平原公定率众二万向长安。帝闻之，乃遣就阴山伐木，大造攻具。二月，车驾还宫。三月丙子，遣高凉王礼镇长安。诏执金吾桓贷造桥于君子津。丁丑，广平王连薨。

夏四月丁未，诏员外散骑常侍步堆、谒者仆射胡觐等使于刘义隆。是月，治兵讲武，分诸军，司徒长孙翰、廷尉长孙道生、宗正娥清三万骑为前驱，常山王素、太仆丘堆、将军元太毗步兵三万为后继，南阳王伏真、执金吾桓贷、将军姚黄眉步兵三万部攻城器械，将军贺多罗精骑三千为前候。五月，车驾西讨赫连昌。辛巳，济君子津。三城胡酋鹊子相率内附。帝次拔邻山，筑城，舍辎重，以轻骑三万先行。戊戌，至于黑水，帝亲祈天告祖宗之灵而誓众焉。六月甲辰，昌引众出城，大破之。事在《昌传》。昌将麾下数百骑西南走，奔上邽，诸军乘胜追至城北，死者万余人，临阵杀昌弟河南公满及其兄子蒙逊。会日暮，昌尚书仆射问至拔城，夜将昌母出走。乙巳，车驾入城，房昌群弟及其诸母、姊妹、妻妾、宫人万数，府库珍宝车旗器物不可胜计，擒昌尚书王买、薛超等及司马德宗将毛脩之、秦雍人士数千人，获马三十余万匹，牛羊数千万。以昌宫人及生口、金银、珍玩、布帛班赉将士各有差。昌弟平原公定拒司空奚斤于长安城，娥清率骑五千讨之，西走上邽。辛酉，班师，留常山王素、执金吾桓贷镇统万。

秋七月己卯，筑坛于祚岭，戏马驰射，赐射中者金锦缯絮各有差。蠕蠕寇云中，闻破赫连昌，惧而还走。八月壬子，车驾至自西伐，饮至策勋②，告于宗庙，班军实以赐留台百僚，各有差。九月丁酉，安定民举城归降。

冬十有一月，以氐王杨玄为都督荆梁益宁四州诸军事、假征南大将军、梁州刺史、南秦王。十有二月，行幸中山，守宰贪污者十数人。癸卯，车驾还宫。复所过田租之半。

神䴥元年春正月，以天下守令多行非法，精选忠良悉代之。辛未，京兆王黎薨。二月，改元。赫连昌退屯平凉。司空奚斤进军安定，将军丘堆为昌所败，监军侍御史安颉出战，擒昌。昌余众立昌弟定为王，走还平凉。三月癸酉，诏侍中古弼迎赫连昌。辛巳，弼等以昌至于京师。司空奚斤追定于平凉马髦岭，为定所擒。丘堆先守辎重在安定，闻斤败，弃甲东走蒲坂。帝闻大怒，诏安颉斩堆。

夏四月，赫连定遣使朝贡，帝诏谕之。壬子，西巡。戊午，田于河西。大赦天下。南秦王杨玄遣使朝贡。六月丁酉，并州胡酋卜田谋反伏诛，余众不安。诏淮南公王倍斤镇虑虒，抚慰之。甲寅，行幸长川。

秋七月，车驾还宫。八月，东幸广宁，临观温泉。以太牢祭黄帝、尧、舜庙。蠕蠕大檀遣子将万余骑入塞。事具《蠕蠕传》。上郡休屠胡酋金崖率部内属。九月，车驾还宫。上洛巴渠泉午触等万余家内附。

冬十月甲辰北巡。壬子，田于牛川。刘义隆淮北镇将王仲德遣步骑二千余人寇济阳、陈留。是月，车驾还宫。闰月辛巳，义隆又遣将王玄谟、兖州刺史竺灵秀步骑二千人寇荥阳，将袭虎牢。豫州遣军逆击走之。上郡屠各隗诘归率万余家内属。定州丁零鲜于台阳、翟乔等二千余家叛入西山，劫掠郡县，州军讨之，失利。诏镇南将军、寿光侯叔孙建击之。十有一月，行幸河西，大校猎。十有二月甲申，车驾还宫。

是岁，皇子晃生。乞伏炽磐死，子暮末僭立。沮渠蒙逊遣使朝贡。

二年春正月，赫连定弟酒泉公俊自平凉来奔。丁零鲜于台阳等归罪，诏赦之。二月，上党李禹聚众杀太守，自称无上王，署置将帅。河内守将击破之。禹亡走入山，为人执送，斩之。

夏四月，治兵于南郊。刘义隆遣使朝贡。庚寅，车驾北伐，以太尉、北平王长孙嵩，卫尉、广陵公楼伏连留守京师，从东道与长孙翰等期会于贼庭。五月丁未，次于沙漠，舍辎重，轻骑兼马，至栗水，蠕蠕震怖，焚烧庐舍，绝迹西走。事具《蠕蠕传》。是月，赫连定来侵统万，东至侯尼城而还。

秋七月，车驾东辕。至黑山，校数军实，班赐王公将士各有差。八月，帝以东部高车屯巳尼陂，诏左仆射安原率骑万余讨之。事具《蠕蠕传》。

冬十月，振旅凯旋于京师，告于宗庙。列置新民于漠南，东至濡源，西暨五原、阴山，竟三千里。诏司徒平阳王长孙翰、尚书令刘洁，左仆射安原、侍中古弼镇抚之。十有一月，西巡狩，田于河西，至祚山而还。

三年春正月庚子，车驾还宫。壬寅，大赦天下。癸卯，行幸广宁，临温泉，作《温泉之歌》。二月丁卯，司徒、平阳王长孙翰薨。戊辰，车驾还宫。三月壬寅，进会稽公赫连昌为秦王。癸卯，云中、河西敕勒千余家叛。尚书令刘洁追灭之。帝闻刘义隆将寇边，乃诏冀、定、相三州造船三千艘，简幽州以南戍兵集于河上以备之。

夏四月甲子，行幸云中。敕勒万余落叛走。诏尚书封铁追讨灭之。五月戊戌，诏曰："夫士之为行，在家必孝，处朝必忠，然后身荣于时，名扬后世矣。近遣尚书封铁剪除亡命，其所部将士有尽忠竭节以殒躯命者，今皆追赠爵号；或有蹈锋履难以自效者，以功次进位；或有故违军法私离幢校者③，以军法行戮。夫有功蒙赏，有罪受诛，国之常典，不可暂废。自今以后，不善者可以自改。其宣敕内外，咸使闻知。"六月，诏平南大将军、假丹阳王太毗屯于河上，以司马楚之为安南大将军、琅邪王，屯颍川。

秋七月己亥，诏曰："昔太祖拨乱，制度草创，太宗因循，未遑改作，军国官属，至乃阙然。今诸征镇将军、王公仗节边远者，听开府辟召；其次，增置吏员。"庚子，诏大鸿胪卿杜超假节、都督冀、定、相三州诸军事、行征南大将军、太宰，进爵为王，镇邺，为诸军节度。八月，清河群盗杀太守。刘义隆将到彦之，自清水入河，溯流西行④。帝以河南兵少，诏摄四镇。乃治兵，将西讨。丙寅，到彦之遣将渡河攻冶坂，冠军将军安颉督诸军击破之，斩首五千余级，投水死者甚众。甲戌，行幸南宫，猎于南山。戊寅，诏征西大将军长孙道生屯于河上。九月己丑，赫连定遣弟谓以代寇鄜城，平西将军、始平公隗归等率诸军讨之，擒贼将王卑，杀万余人。谓以代遁走。癸卯，立密皇太后庙于邺。甲辰，行幸统万，遂征平凉。

冬十月庚申，到彦之、王仲德沿河置守，还保东平。乙亥，冠军将军安颉济河，攻洛阳，丙子，拔之，擒义隆将二十人，斩首五千级。时河北诸军会于七女津，彦之恐军南度，遣将王蟠龙溯流欲盗官船，征南大将军杜超等击破，斩之。辛巳，安颉平虎牢，义隆司州刺史尹冲坠城死。

十有一月乙酉，车驾至平凉。先是，赫连定将数万人东御于鄜城，留其弟上谷公社于、广阳公度洛孤城守。帝至平凉，登北原⑤，使赫连昌招谕之，社于不降。诏安西将军古弼等击安定，攻平凉。定闻之，弃鄜城，入于安定，自率步骑三万从鹑觚原将救平凉，与弼相遇，弼击之，杀数千人，乃还走。诏诸军四面围之。

甲午，寿光侯叔孙建、汝阴公长孙道生济河，到彦之、王仲德从清入济，东走青州，义隆兖州刺史竺灵秀弃须昌，南奔湖陆。

丁酉，定乏水，引众下原，诏武卫将军丘眷击之，定众大溃，死者万余人。定中重创，单骑遁走。获定弟丹阳公乌视拔、武陵公秃骨及公侯百余人。是日，诸将乘胜进军，遂取安定。定从兄东平公乙升弃城奔长安，劫掠数千家，西奔上邽。

戊戌，叔孙建大破竺灵秀于湖陆，杀获五千余人。

己亥，帝幸安定，获乞伏炽磐质子及定车旗，簿其生口、财畜，班赐将士各有差。庚子，帝自安定还临平凉，遂掘堑围守之。行幸纽城，安慰初附，赦秦雍之民，赐复七年。定陇西守及将士数千人来降。

辛丑，冠军将军安颉率诸军攻滑台。琅邪王司马楚之破刘义隆将于长社。沮渠蒙逊遣使朝贡。壬寅，封寿光侯叔孙建为丹阳王。

十有二月丁卯，定弟社于、度洛孤面缚出降，平凉平，收其珍宝。定长安、临晋、武功守将皆奔走，关中平。壬申，车驾东还，留巴东公延普等镇安定。

是岁，冯跋死，弟文通僭立。

四年春正月壬午，车驾次于木根山，大飨群臣，赐布帛各有差。丙申，刘义隆将檀道济、王仲德从清水救滑台，丹阳王叔孙建、汝阴公长孙道生拒之，道济等不敢进。是月，乞伏慕末为赫连定所灭。二月辛酉，安颉、司马楚之平滑台，擒义隆将朱脩之、李元德及东郡太守申谟。癸酉，车驾还宫，饮至策勋，告于宗庙，赐留台百官各有差，战士赐复十年。丁丑，行幸南宫。定州民饥，诏启仓以赈之。义隆将檀道济、王仲德东走，诸将追之，至历城而还。三月庚戌，冠军将军安颉献义隆俘万余人，甲兵三万。

夏五月庚寅，行幸云中。六月，赫连定北袭沮渠蒙逊，为吐谷浑慕璝所执。闰月乙未，蠕蠕国遣使朝献。诏散骑侍郎周绍使于刘义隆。

秋七月己酉，行幸河西，起承华宫。八月乙酉，沮渠蒙逊遣子安周入侍。吐谷浑慕璝遣使奉表，请送赫连定。己丑，以慕璝为大将军、西秦王。九月癸丑，车驾还宫。庚申，加太尉长孙嵩柱国大将军，特进、左光禄大夫崔浩为司徒，征西大将军长孙道生为司空。癸亥，诏兼太常李顺持节拜河西王沮渠蒙逊为假节，加侍中，都督凉州及西域羌戎诸军事、行征西大将军、太傅、凉州牧、凉王。

壬申，诏曰："顷逆命纵逸，方夏未宁，戎车屡驾，不遑休息。今二寇摧殄，士马无为，方将偃武修文⑥，遵太平之化。理废职，举逸民，拔起幽穷，延登俊义，昧旦思求，想遇师辅，虽殷宗之梦板筑⑦，罔以加也。访诸有司，咸称范阳卢玄、博陵崔绰、赵郡李灵、河间邢颖、勃海高允、广平游雅、太原张伟等，皆贤俊之胄，冠冕州邦，有羽仪之用。《诗》不云乎，'鹤鸣九皋，声闻于天'，庶得其人，任之政事，共臻邕熙之美。《易》曰：'我有好爵，吾与尔縻之。'如玄之比，隐迹衡门、不耀名誉者，尽敕州郡以礼发遣。"遂征玄等及州郡所遣，至者数百人，皆差次叙用⑧。

冬十月戊寅，诏司徒崔浩改定律令。行幸漠南。十一月丙辰，北部敕勒莫弗库若于，率其部数万骑，驱鹿数百万，诣行在所，帝因而大狩以赐从者，勒石漠南⑨，以记功德。宜城王奚斤，坐事降爵为公。十二月丁丑，车驾还宫。

延和元年春正月丙午，尊保太后为皇太后，立皇后赫连氏，立皇子晃为皇太子，谒于太庙，大赦，改年。

己巳，诏曰："朕以眇身，获奉宗庙，思阐洪基，廓清九服。遭值季运⑩，天下分崩。是用屡征，罔或宁息，自始光至今，九年之间，戎车十举。群帅文武，荷戈被甲，栉风沐雨⑪，蹈履锋刃，与朕均劳，赖神祇之助，将士宣力，用能摧折强竖，克剪大憝⑫。兵不极武，而二寇俱灭；师不违律，而遐方以宁。加以时气和洽，嘉瑞并降，遍于郡国，不可胜纪，岂朕一人，独应此祐，斯亦群后协同之所致也。公卿因兹，稽诸天人之会，请建副贰。夫庆赏之行，所以褒崇勋旧，旌显贤能，以永无疆之休，其王公将军以下，普增爵秩，启国承家，修废官，举俊逸，蠲除烦苛，更定科制，务从轻约，除故革新，以正一统。群司当深思效绩，直道正身，立功立事，无或懈怠，称朕意焉。"

二月丙子，行幸南宫。三月丁未，追赠夫人贺氏为皇后。壬申，西秦王吐谷浑慕璝，送赫连定于京师。

夏五月，大简舆徒于南郊，将讨冯文通。刘义隆遣使朝贡。六月庚寅，车驾伐和龙。诏尚书左仆射安原等屯于漠南，以备蠕蠕。辛卯，兼散骑常侍邓颖使于刘义隆。

秋七月己未，车驾至濡水。庚申，遣安东将军、宜城公奚斤发幽州民及密云丁零万余人，运攻具，出南道，俱会和龙。帝至辽西，文通遣其侍御史崔聘奉献牛酒。己巳，车驾至和龙，临其城。文通石城太守李崇、建德太守王融十余郡来降，发其民三万人穿围堑以守之。是月，筑东宫。八月甲戌，文通使数万人出城挑战，昌黎公元丘与河间公元齐击破之，死者万余人。文通尚书高绍率万余家保羌胡固。己卯，车驾讨绍，辛巳，斩之。诏平东将军贺多罗攻文通带方太守慕容玄于猴固，抚军大将军、永昌王健攻建德，骠骑大将军、乐平王丕攻冀阳，皆拔之，虏获生口，班赐将士各有差。九月乙卯，车驾西还。徙营丘、成周、辽东、乐浪、带方、玄菟六郡民三万家于幽州，开仓以赈之。

冬十月癸酉，车驾至濡水。吐谷浑慕璝遣使朝贡。十有一月乙巳，车驾至自伐和龙。十有二月己丑，冯文通长乐公崇及其母弟朗、朗弟邈，以辽西内属。文通遣将封羽围辽西。

先是，辟召贤良，而州郡多逼遣之。诏曰："朕除伪平暴，征讨累年，思得英贤，缉熙治道，故诏州郡搜扬隐逸，进举贤俊。古之君子，养志衡门，德成业就，才为世使。或雍容雅步，三命而后至；或栖栖遑遑，负鼎而自达。虽徇尚不同，济时一也。诸召人皆当以礼申谕，任其进退，何逼遣之有也！此刺史、守宰宣扬失旨，岂复光益，乃所以彰朕不德。自今以后，各令乡闾推举，守宰但宣朕虚心求贤之意。既至，当待以不次之举⑬，随才文武，任之政事。其明宣敕，咸使闻知。"

是年，秃发傉檀子保周弃沮渠蒙逊来奔，以保周为张掖公。

二年春正月乙卯，抚军大将军、永昌王健督诸军救辽西。丙寅，以乐安王范为假节、加侍中、都督秦、雍、泾、梁、益五州诸军事、卫大将军、仪同三司，镇长安。二月庚午，诏兼鸿胪卿李继，持节假冯崇车骑大将军、辽西王，承制听置尚书已下；赐崇功臣爵秩各有差。征西将军金崖与安定镇将延普及泾州刺史狄子玉争权构隙，举兵攻普，不克，退保胡空谷，驱掠平民，据险自固。诏散骑常侍、平西将军、安定镇将陆俟讨获之。壬午，行幸河西。诏兼散骑常侍宋宣使于刘义隆。丙申，冯崇母弟朗来朝。三月，司马德宗骠骑将军司马元显子天助来降。壬子，车驾还宫。

夏五月己亥，行幸山北。六月，遣抚军大将军、永昌王健，尚书左仆射安原督诸军讨和龙。将军楼勃别将五千骑围凡城，文通守将封羽以城降，收其民三千余家。辛巳，诏乐安王範发秦、雍兵一万人，筑小城于长安城内。

秋八月，辽西王冯崇上表，求说降其父，帝不听。九月，刘义隆遣使朝贡，奉驯象一。戊午，诏兼大鸿胪卿崔颐持节拜征虏将军杨难当为征南大将军、仪同三司，封南秦王。

冬十月，南秦王杨难当率众围汉中。十有一月甲寅，车驾自山北还宫。十有二月己巳，大赦天下。辛未，幸阴山之北。陇西休屠王弘祖率众内属。金崖既死，部人立崖从弟当川领其众。诏兼散骑常侍卢玄使于刘义隆。

是岁，沮渠蒙逊死，以其子牧犍为车骑将军，改封河西王。

三年春正月乙未，车驾次于女水，大飨群臣，班赐各有差。戊戌，冯文通遣其给事黄门侍郎伊臣乞和，帝不许。丙辰，金当川反。杨难当克汉中，送雍州流民七千家于长安。二月丁卯，蠕蠕吴提奉其妹，并遣其异母兄秃鹿傀及左右数百人朝贡，献马二千匹

戊寅，诏曰："朕承统之始，群凶纵逸，四方未宾，所在逆僭。蠕蠕陆梁于漠北，铁弗肆虐于三秦。是以旰食忘寝，抵掌扼腕，期在扫清逋残，宁济万宇。故频年屡征，有事西北，运输之役，百姓勤劳，废失农业，遭离水旱，致使生民贫富不均，未得家给人足，或有寒穷不能自赡者，朕甚愍焉。今四方顺轨，兵革渐宁，宜宽徭赋，与民休息。其令州郡悬隐括贫富，以为三级，其富者租赋如常，中者复二年，下穷者复三年。刺史守宰当务尽平当，不得阿容以罔政治。明相宣约，咸使闻知。"辛卯，车驾还宫。

三月甲寅，行幸河西。闰月甲戌，秦王赫连昌叛走。丙子，河西候将格杀之。验其谋反，群弟皆伏诛。己卯，车驾还宫。彭城公元栗进爵为王。辛巳，冯文通遣尚书高颙上表称蕃，诏征其侍子。戊子，金当川率其众围西川侯彭文晖于阴密。

夏四月乙未，诏征西大将军常山王素讨当川。丁未，行幸河西。壬戌，获当川，斩之于长安以徇。六月甲辰，车驾还宫。辛亥，抚军大将军、永昌王健，司空、汝阴公长孙道生，侍中古弼，督诸军讨和龙。芟其禾稼，徙民而还。

秋七月辛巳，东宫成，备置屯卫，三分西宫之一。壬午，行幸美稷，遂至隰城。命诸军讨山胡白龙于西河。九月戊子，克之，斩白龙及其将帅，屠其城。

冬十月癸巳，蠕蠕国遣使朝贡。甲午，破白龙余党于五原。诏山胡为白龙所逼及归降者，听为平民。诸与白龙同恶，斩数千人，虏其妻子，班赐将士各有差。十有一月，车驾还宫。十有二月甲辰，行幸云中。

太延元年春正月壬午，降死刑已下各一等。癸未，出太祖、太宗宫人，令得嫁。甲申，大赦，改年。二月庚子，蠕蠕、焉耆、车师诸国各遣使朝献。诏长安及平凉民徙在京师，其孤老不能自存者，听还乡里。丁未，车驾还宫。三月癸亥，冯文通遣大将渴烛通朝献，辞以子疾。

夏五月庚申，进宜都公穆寿为宜都王，汝阴公长孙道生为上党王，宜城公奚斤为恒农王，广陵公楼伏连为广陵王，本官各如故。遣使者二十辈使西域。甲戌，行幸云中。

六月甲午，诏曰："顷者寇逆消除，方表渐晏，思崇政化，敷洪治道，是以屡诏有司，班宣

恩惠，绥理百揆。群公卿士师尹牧守，或未尽导扬之美，致令阴阳失序，和气不平，去春小旱，东作不茂。忧勤克己，祈请灵祇，上下咸秩。岂朕精诚有感，何报应之速，云雨震洒，流泽沾渥⑭。有鄙妇人持方寸玉印，诣潞县侯孙家，既而亡去，莫知所在。玉色鲜白，光照内映。印有三字，为龙鸟之形，要妙奇巧，不类人迹，文曰'旱疫平'。推寻其理，盖神灵之报应也。朕用嘉焉。比者已来，祯瑞仍臻：所在甘露流液，降于殿内；嘉瓜合蒂，生于中山；野木连理，殖于魏郡，在先后载诞之乡；白燕集于盛乐旧都，玄鸟随之，盖有千数；嘉禾频岁合秀于恒农；白雉、白兔并见于勃海，白雉三只又集于平阳太祖之庙。天降嘉贶，将何德以酬之。所以内省惊震，欣惧交怀。其令天下大酺五日，礼报百神，守宰祭界内名山大川，上答天意，以求福禄。"丙午，高丽、鄯善国并遣使朝献。戊申，诏骠骑大将军、乐平王丕等五将率骑四万东伐文通。

秋七月，田于栢杨。己卯，丕等至于和龙，徙男女六千口而还。八月丙戌，遂幸河西。粟特国遣使朝献。九月甲戌，车驾还宫。

冬十月癸卯，尚书左仆射安原谋反伏诛。甲辰，行幸定州，次于新城宫。十有一月乙丑，行幸冀州。己巳，校猎于广川。丙子，行幸邺，祀密太后庙。诸所过，对问高年，褒礼贤俊。

十有二月甲申，诏曰："操持六柄，王者所以统摄；平政理讼，公卿之所司存；劝农平赋，宰民之所专急；尽力三时⑮，黔首之所克济。各修其分，谓之有序，今更不然，何以为治？越职侵局，有紊纲纪；上无定令，民知何从？自今以后，亡匿避难，羁旅他乡，皆当归还旧居，不问前罪。民相杀害，牧守依法平决，不听私辄报复，敢有报者，诛及宗族；邻伍相助，与同罪。州郡县不得妄遣吏卒，烦扰民庶。若有发调，县宰集乡邑三老计赀定课，裒多益寡，九品混通，不得纵富督贫，避强侵弱。太守覆检能否，核其殿最，列言属州。刺史明考优劣，抑退奸吏，升进贞良，岁尽举课上台。牧守荷治民之任，当宣扬恩化，奉顺宪典，与国同忧。直道正身，肃居官次，不亦善乎？"癸卯，遣使者以太牢祀北岳。

二年春正月甲寅，车驾还宫。二月戊子，冯文通遣使朝贡，求送侍子，帝不许。壬辰，遣使者十余辈诣高丽、东夷诸国，诏谕之。三月丙辰，刘义隆遣使朝贡。辛未，平东将军娥清、安西将军古弼，率精骑一万讨冯文通，平州刺史元婴又率辽西将军会之。文通迫急，求救于高丽，高丽使其大将葛蔓卢以步骑二万人迎文通。甲戌，以□镇虎牢。

夏四月甲申，皇子小儿、苗儿并薨。五月乙卯，冯文通奔高丽。戊午，诏散骑常侍封拨使高丽，征送文通。丁卯，行幸河西。

赫连定之西也，杨难当窃据上邽。秋七月庚戌，诏骠骑大将军、乐平王丕等督河西、高平诸军讨之。诏散骑侍郎、广平子游雅等使于刘义隆。八月丁亥，遣使六辈使西域。帝校猎于河西。诏广平公张黎发定州七郡一万二千人，通莎泉道。甲辰，高车国遣使朝献。九月庚戌，骠骑大将军乐平王丕等至略阳，难当奉诏摄上邽守。高丽不送文通，遣使奉表，称当与文通俱奉王化。帝以高丽违诏，议将击之，纳乐平王丕计而止。

冬十有一月己酉，行幸栢杨，驱野马于云中，置野马苑。闰月壬子，车驾还宫。乙丑，颖川王提改封武昌王。河西王沮渠牧犍，遣使朝贡。

是岁，吐谷浑慕璝死。

三年春正月癸未，征东大将军中山王纂薨。戊子，太尉、北平王长孙嵩薨。乙巳，镇南大将军、丹阳王叔孙建薨。二月乙卯，行幸幽州，存恤孤老，问民疾苦；还幸上谷，遂至代。所过复田租之半。高丽、契丹国并遣使朝献。三月丁丑，以南平王浑为镇东大将军、仪同三司，镇和龙。己卯，舆驾还宫。癸巳，龟兹、悦般、焉者、车师、粟特、疏勒、乌孙、渴槃陁、鄯善诸国各遣使朝献。丁酉，刘义隆遣使朝贡。

夏五月己丑，诏曰："方今寇逆消殄，天下渐晏。比年以来，屡诏有司，班宣惠政，与民宁息。而内外群官及牧守令长，不能忧勤所司，纠察非法，废公带私，更相隐置，浊货为官，政存苟且。夫法之不用，自上犯之，其令天下吏民，得举告守令不如法者。"丙申，行幸云中。

秋七月戊子，使抚军大将军、永昌王健，司空、上党王长孙道生，讨山胡白龙余党于西河，灭之。八月甲辰，行幸河西。九月甲申，车驾还宫。丁酉，遣使者拜西秦王慕璝弟慕利延为镇西大将军、仪同三司，改封西平王。

冬十月癸卯，行幸云中。十有一月壬申，车驾还宫。甲申，破洛那、者舌国各遣使朝献，奉汗血马。

是岁，河西王沮渠牧犍世子封坛来朝。

四年春三月庚辰，鄯善王弟素延耆来朝。癸未，罢沙门年五十已下。江阳王根薨。是月，高丽杀冯文通。

夏五月戊寅，大赦天下。丙申，行幸五原。

秋七月壬午，车驾北伐。事具《蠕蠕传》。

冬十月乙丑，大飨六军。十二月丁巳，车驾至自北伐。上洛巴泉蕈等相率内附。诏兼散骑常侍高雅使刘义隆。

五年春正月庚寅，行幸定州。三月丁卯，诏卫大将军、乐安王范遣雍州刺史葛那取上洛，刘义隆上洛太守镡长生弃郡走。辛未，车驾还宫。庚寅，以故南秦王世子杨保宗为征南大将军、秦州牧、武都王，镇上邽。

夏四月丁酉，鄯善、龟兹、疏勒、焉耆诸国遣使朝献。五月丁丑，治兵于西郊。癸未，遮逸国献汗血马。六月甲辰，车驾西讨沮渠牧犍，侍中、宜都王穆寿辅皇太子决留台事；大将军、长乐王嵇敬，辅国大将军、建宁王崇二万人屯漠南，以备蠕蠕。

秋七月己巳，车驾至上郡属国城，大飨群臣，讲武马射[1]。壬午，留辎重，分部诸军：抚军大将军、永昌王健，尚书令、钜鹿公刘洁督诸军，与常山王素二道并进，为前锋；骠骑大将军、乐平王丕，太宰、阳平王杜超，督平凉、鄜城诸军为后继。八月甲午，永昌王健获牧犍牛马畜产二十余万。牧犍遣弟董来率万余人拒战于城南，望尘退走。丙申，车驾至姑臧，牧犍兄子祖逾城来降，乃分军围之。九月丙戌，牧犍兄子万年率麾下来降。是日，牧犍与左右文武五千人面缚军门，帝解其缚，待以藩臣之礼。收其城内户口二十余万，仓库珍宝不可称计。进张掖公秃发保周爵为王，与龙骧将军穆罴、安远将军源贺分略诸郡，杂人降者亦数十万。牧犍弟张掖太守宜得，烧仓库，西奔酒泉；乐都太守安周南奔吐谷浑。遣镇南将军奚眷讨张掖，遂至酒泉，牧犍弟酒泉太守无讳及宜得复奔晋昌。使弋阳公元洁守酒泉。镇北将军封沓讨乐都，掠数千家而还。班赐将士各有差。戊子，蠕蠕犯塞，遂至七介山，京师大骇。皇太子命上党王长孙道生等拒之。事具《蠕蠕传》。

冬十月辛酉，车驾东还，徙凉州民三万余家于京师。留骠骑大将军、乐平王丕，征西将军贺多罗镇凉州。癸亥，遣张掖王秃发保周谕诸部鲜卑，保周因率诸部叛于张掖。十有一月乙巳，刘义隆遣使朝献，并献驯象一。是月，高丽及粟特、渴盘陁、破洛那、悉居半诸国各遣使朝献。十有二月壬午，车驾至自西伐，饮至策勋，告于宗庙。杨难当寇上邽，镇将元勿头击走之。

是岁，鄯善、龟兹、疏勒、焉耆、高丽、粟特、渴盘陁、破洛那、悉居半等国并遣使朝贡。

---

①马射台：据《通典》："长安二年教人习武艺，穿土为埒，其长与埒均，缀皮为两鹿，历置其上，驰马射之，名曰马射。"

即后世习武之骑射。

②饮至策勋：策勋，书其功于策而命之。《左传》："策勋饮至。"

③幢校：泛指军队。幢：古军队之旗帜。校：将校号令之所在。

④溯：逆水流方向行走。

⑤原：同"塬"。我国西北黄土高原地区，因流水冲刷形成的一种地貌，呈台状，四周陡峭，顶上平坦。

⑥偃武修文：偃，停止；修，修明，致力于。意即停止战斗活动或武备，转而致力于文教。语出：《尚书·武成》。

⑦板筑：古筑墙者一丈为板。

⑧叙用：任用。

⑨勒石：刻石。

⑩季：末。

⑪栉风沐雨：栉（zhì，音志），梳头发；沐，洗头发。以风梳发，用雨水洗头。形容旅途奔波之辛劳。语出《三国志·魏志·鲍勋传》。

⑫克翦大憝：翦，同"剪"。大憝（duì，音兑）：大恶。

⑬不次之举：不次，不依寻常之等次。

⑭渥（wò，音握）：沾湿，沾润。

⑮三时：春夏秋农事活动。一说夏至后半月为三时，头时三日，中时五日，三时七日。

世 祖 纪 下

太平真君元年春正月己酉，沮渠无讳围酒泉。辛亥，分遣侍臣巡行州郡，观察风俗，问民疾苦。壬子，无讳诱执弋阳公元洁。二月己巳，诏假通直常侍邢颖使于刘义隆。发长安五千人浚昆明池。三月，酒泉陷。

夏四月庚辰，无讳寇张掖，秃发保周屯于删丹。丙戌，诏抚军大将军、永昌王健等督诸军讨保周。五月辛卯，行幸北部。乙巳，无讳复围张掖，不克，退还。丙辰，车驾还宫。六月丁丑，皇孙濬生，大赦，改年。

秋七月，行幸阴山。己丑，永昌王健至番禾，破保周，保周遁走。丙申，皇太后窦氏崩于行宫。癸丑，保周自杀，传首京师。八月甲申，无讳降，送弋阳公元洁及诸将士。九月壬寅，车驾还宫。

冬十有一月丁亥，行幸山北。十二月，车驾还宫。

是岁，州镇十五民饥，开仓赈恤。以河南王曜子羯儿为河间王，后改封略阳王。

二年春正月癸卯，拜沮渠无讳为征西大将军、凉州牧、酒泉王。甲辰，行幸温泉。二月壬戌，车驾还宫。三月辛卯，葬惠太后于崞山。庚戌，新兴王俊、略阳王羯儿有罪，并黜为公。辛亥，封蠕蠕郁久闾乞列归为朔方王，沮渠万年为张掖王。

夏四月丁巳，刘义隆遣使朝贡。庚辰，诏镇南将军、南阳公奚眷征酒泉。五月辛卯，行幸山北。

秋八月辛亥，诏散骑侍郎张伟等使刘义隆。行幸河西。九月戊戌，抚军大将军、永昌王健薨。

冬十有一月庚子，镇南将军奚眷平酒泉，获沮渠天周、臧嗟、屈德，男女四千口。十有二月甲戌，车驾还宫。丙午，刘义隆遣使朝贡。

三年春正月甲申，帝至道坛，亲受符箓，备法驾，旗帜尽青。语在《释老志》。三月壬寅，北平王长孙颓有罪，削爵为侯。

夏四月，无讳走渡流沙，据鄯善。李暠孙宝据敦煌，遣使内附。五月，行幸阴山之北。闰月，刘义隆龙骧将军裴方明、梁州刺史刘康祖寇南秦，南秦王杨难当败，奔于上邽。六月丙戌，难当朝于行宫。先是，起殿于阴山之北，殿始成而难当至，因名曰广德焉。

秋七月丙寅，诏安西将军、建兴公古弼督陇右诸军及殿中虎贲与武都王杨保宗等从祁山南入，征西将军、淮阳公皮豹子与琅邪王司马楚之等督关中诸军从散关西入，俱会仇池；郁林公司马文思为征南大将军，进爵谯王，督洛豫诸军事南趣襄阳；征南将军东安公刁雍东趣广陵，邀方明归路。

冬十月己卯，封皇子伏罗为晋王，翰为秦王，谭为燕王，建为楚王，余为吴王。十有二月辛巳，侍中、太保、襄城公卢鲁元薨。丁酉，车驾还宫。李宝遣使朝贡，以宝为镇西大将军、开府仪同三司、沙州牧，封敦煌公。

四年春正月己巳，征西将军皮豹子等大破刘义隆将于乐乡，擒其将王奂之、王长卿等，强玄明、辛伯奋弃下辨遁走，追斩之，尽虏其众。庚午，行幸中山。二月丙子，车驾至于恒山之阳，诏有司刊石勒铭。是月，克仇池。三月庚申，车驾还宫。壬戌，乌洛侯国遣使朝贡。

夏四月，武都王杨保宗谋反，诸将擒送京师；诸氐、羌复推保宗弟文德为主，围仇池。丁酉，大赦天下。己亥，行幸阴山。五月，将军古弼大破诸氐，解仇池围。六月庚寅，诏曰："朕承天子民，忧理万国，欲令百姓家给人足，兴于礼义。而牧守令宰不能助朕宣扬恩德，勤恤民隐，至乃侵夺其产，加以残虐，非所以为治也。今复民赀赋三年，其田租岁输如常。牧守之徒，各厉精为治，劝课农桑，不听妄有征发，有司弹纠，勿有所纵。"癸巳，大阅于西郊。

秋九月辛丑，行幸漠南。甲辰，舍辎重，以轻骑袭蠕蠕，分军为四道。事具《蠕蠕传》。镇北将军封沓亡入蠕蠕。

冬十一月，将军皮豹子等追破刘义隆将于浊水。甲子，车驾至于朔方。诏曰："朕承祖宗重光之绪，思阐洪基，恢隆万世。自经营天下，平暴除乱，扫清不顺，二十年矣。夫阴阳有往复，四时有代谢。授子任贤，所以休息，优隆功臣，式图长久，盖古今不易之令典也。其令皇太子副理万机，总统百揆。诸朕功臣，勤劳日久，皆当以爵归第，随时朝请，飨宴朕前，论道陈谟而已，不宜复烦以剧职。更举贤俊，以备百官。主者明为科制，以称朕心。"十二月辛卯，车驾至自北伐。

五年春正月壬寅，皇太子始总百揆。侍中、中书监、宜都王穆寿，司徒、东郡公崔浩，侍中、广平公张黎，侍中、建兴公古弼，辅太子以决庶政。诸上书者皆称臣，上疏仪与表同。

戊申，诏曰："愚民无识，信惑妖邪，私养师巫，挟藏谶记、阴阳、图纬、方伎之书[①]；又沙门之徒，假西戎虚诞，生致妖孽。非所以壹齐政化，布淳德于天下也。自王公已下至于庶人，有私养沙门、师巫及金银工巧之人在其家者，皆遣诣官曹，不得容匿。限今年二月十五日，过期不出，师巫、沙门身死，主人门诛。明相宣告，咸使闻知。"庚戌，诏曰："自顷以来，军国多事，未宣文教，非所以整齐风俗，示轨则于天下也。今制自王公已下至于卿士，其子息皆诣太学。其百工伎巧、驺卒子息，当习其父兄所业。不听私立学校。违者师身死，主人门诛。"

二月辛未，中山王辰等八将，以北伐后期，斩于都南。癸酉，骠骑大将军、乐平王丕薨。庚辰，行幸庐□。三月戊戌，大会于那南池。遣使者四辈使西域。甲辰，车驾还宫。癸丑，诏征西大将军、司空、上党王长孙道生镇统万。

夏四月乙亥，侍中、太宰、阳平王杜超为帐下所杀[②]。五月丁酉，行幸阴山之北。六月，北部民杀立义将军、衡阳公莫孤，率五千余落北走。追击于漠南，杀其渠帅，余徙居冀、相、定三州为营户。西平王吐谷浑慕利延杀其兄子纬代。是月，纬代弟叱力延等来奔，乞师。以叱力延为归义王。

秋七月癸卯，东雍州刺史沮渠秉谋叛伏诛。八月乙丑，田于河西。壬午，诏员外散骑常侍高济使于刘义隆。晋王伏罗督高平、凉州诸军讨吐谷浑慕利延。九月，帝自河西至马邑，观于崞川。己亥，车驾还宫。丁未，行幸漠南。

冬十月癸未，晋王伏罗大破慕利延，慕利延走奔白兰。慕利延从弟伏念、长史鷎鸠梨、部大崇娥等率其部一万三千落内附。十一月，刘义隆遣使朝贡。十二月，粟特国遣使朝贡。丙戌，车驾还宫。

六年春正月辛亥，车驾行幸定州，引见长老，存问之③。诏兼员外散骑常侍宋愔使刘义隆。二月，遂西幸上党，观连理树于泫氏。西至吐京，讨徙叛胡，出配郡县。三月庚申，车驾还宫。诏诸有疑狱皆付中书，以经义量决。是月，酒泉公郝温反于杏城，杀守将王幡。县吏盖鲜率宗族讨温，温弃城走，自杀，家属伏诛。

夏四月庚戌，征西大将军、高凉王那等讨吐谷浑慕利延于阴平白兰。诏秦州刺史、天水公封敕文击慕利延兄子什归于枹罕，散骑常侍、成周公万度归乘传发凉州以西兵袭鄯善。六月壬辰，车驾北巡。什归闻军将至，弃城夜遁。

秋八月丁亥，封敕文入枹罕，分徙千家还上邽。壬辰，度归以轻骑至鄯善，执其王真达以诣京师，帝大悦，厚待之。车驾幸阴山之北，次于广德宫。诏发天下兵，三分取一，各当戒严，以须后命。徙诸种杂人五千余家于北边。令民北徙畜牧至广漠，以饵蠕蠕。壬寅，高凉王那军到曼头城，慕利延驱其部落西渡流沙，那急追。故西秦王慕璝世子被囊逆军拒战，那击破之，被囊轻骑遁走，中山公杜丰精骑追之，度三危，至雪山，生擒被囊、什归及炽磐子成龙，送于京师。慕利延遂西入于阗国。

九月，卢水胡盖吴聚众反于杏城。冬十月戊子，长安镇副将元纥率众讨之，为吴所杀。吴党遂盛，民皆渡渭奔南山。于是诏发高平敕勒骑赴长安，诏将军叔孙拔乘传领摄并、秦、雍兵屯渭北。

十有一月，高凉王那振旅还京师。己未，遣那及殿中尚书安定公韩茂率骑屯相州之阳平郡，发冀州民造浮桥于碻磝津。

盖吴遣其部落帅白广平西掠新平，安定诸夷酋皆聚众应之，杀汧城守将。吴遂进军李闰堡，分兵掠临晋巴东。将军章直与战，大败之，兵溺死于河者三万余人。吴又遣兵西掠至长安，将军叔孙拔与战于渭北，大破之，斩首三万余级。

庚申，辽东王窦漏头薨。

河东蜀薛永宗聚党盗官马数千匹，驱三千余人入汾曲，西通盖吴，受其位号。秦州刺史、金城公周鹿观率众讨之，不克而还。庚午，诏殿中尚书、扶风公元处真，尚书、平阳公慕容嵩二万骑讨薛永宗；诏殿中尚书乙拔率五将三万骑讨盖吴，西平公寇提三将一万骑讨吴党白广平。盖吴自号天台王，署置百官。

辛未，车驾还宫。选六州兵勇猛者二万人，使永昌王仁、高凉王那分领，为二道，各一万骑，南略淮、泗以北，徙青、徐之民以实河北。癸未，车驾西巡。

七年春正月戊辰，车驾次东雍州。庚午，围薛永宗营垒。永宗出战，大败，六军乘之，永宗众溃。永宗男女无少长赴汾水死。辛未，车驾南幸汾阴。庚辰，帝临戏水。盖吴退走北地。二月丙戌，幸长安，存问父老。丁亥，幸昆明池。丙申，幸盩厔，诛叛民耿青、孙温二垒与盖吴通谋者。军次陈仓，诛散关氏害守将者。还幸雍城，田于岐山之阳。北道诸军乙拔等大破盖吴于杏城，吴弃马遁走。

永昌王仁至高平，擒刘义隆将王章，略金乡、方与，迁其民五千家于河北。高凉王那至济南东平陵，迁其民六千余家于河北。

三月，诏诸州坑沙门，毁诸佛像。徙长安城工巧二千家于京师。车驾旋轸④，幸洛水，分军诛李闰叛羌。

是月，金城边冏、天水梁会反，据上邽东城。秦州刺史封敕文击之，斩冏，众复推会为帅。

夏四月甲申，车驾至自长安。戊子，邺城毁五层佛图，于泥像中得玉玺二，其文皆曰"受命于天，既寿永昌"，其一刻其旁曰"魏所受汉传国玺"。

五月癸亥，安丰公闾根率骑诣上邽，与敕文讨梁会，会走汉中。

盖吴复聚杏城，自号秦地王，假署山民，众旅复振。于是遣永昌王仁、高凉王那督北道诸军同讨之。六月甲申，发定、冀、相三州兵二万人屯长安南山诸谷，以防越逸。丙戌。发司、幽、定、冀四州十万人筑畿上塞围，起上谷，西至于河，广袤皆千里⑤

秋八月，盖吴为其下人所杀，传首京师。永昌王仁平其遗烬⑥。高凉王那破盖吴党白广平；生擒屠各路那罗于安定，斩于京师。复略阳公羯儿王爵。

八年春正月，吐京胡阻险为盗。诏征东将军武昌王提、征南将军淮南王他讨之，不下。山胡曹仆浑等渡河西，保山以自固，招引朔方诸胡。提等引军讨仆浑。二月己卯，高凉王那等自安定讨平朔方胡，因与提等合军，共攻仆浑，斩之，其众赴险死者以万数。癸未，行幸中山，颁赐从官文武各有差。高阳易县民不从官命，讨平之，徙其余烬于北地。三月，河西王沮渠牧犍谋反，伏诛。徙定州丁零三千家于京师。

夏五月，车驾还宫。六月，西征诸将扶风公元处真等八将坐盗没军资，所在虏掠，赃各千万计，并斩之。八月，卫大将军、乐安王范薨。

冬十月，侍中、中书监、宜都王穆寿薨。十二月，鄯善、遮逸国并遣子朝献。晋王伏罗薨。

九年春正月，刘义隆遣使朝贡。氐杨文德受义隆官号，守葭芦城，招诱武都、阴平五部氐民。诏仇池镇将皮豹子讨之，文德弃城南走，擒其妻子僚属。义隆白水太守郎启玄率众救文德，豹子逆击，大破之，启玄、文德走还汉中。宕昌羌酋梁瑾慈遣使内附，并贡方物。二月癸卯，行幸定州。山东民饥，启仓赈之。罢塞围作。遂西幸上党，诛潞叛民二千余家，徙西河离石民五千余家于京师。诏于壶关东北大王山累石为三封，又斩其北凤皇山南足以断之。三月，车驾还宫。

夏五月甲戌，以交趾公韩拔为假节、征西将军、领护西戎校尉、鄯善王，镇鄯善，赋役其民，比之郡县。六月辛酉，行幸广德宫。丁卯，悦般国遣使求与王师俱讨蠕蠕，帝许之。

秋八月，诏中外诸军戒严。九月乙酉，治兵于西郊。丙戌，上幸阴山。是月，成周公万度归千里驿上，大破焉耆国，其王鸠尸卑那奔龟兹。

冬十月辛丑，恒农王奚斤薨。癸卯，以婚姻奢靡，丧葬过度，诏有司更为科限。癸亥，大赦天下。十有二月，诏成周公万度归自焉耆西讨龟兹。皇太子朝于行宫，遂从北讨，至于受降城，不见蠕蠕，因积粮城内，留守而还。北平王长孙敦坐事降爵为公。

十年春正月戊辰朔，帝在漠南，大飨百僚，班赐有差。甲戌，北伐。二月，蠕蠕渠帅尒绵他拔等率其部落千余家来降，蠕蠕吐贺真恐惧远遁。事具《蠕蠕传》。三月，遂蒐于河西。庚寅，车驾还宫。

夏五月庚寅，行幸阴山。

秋七月，浮图沙国遣使贡献。九月，阅武碛上⑦，遂北伐。事具《蠕蠕传》。

冬十月庚子，皇太子及群官奉迎于行宫。壬午，大飨，班赐所获及布帛各有差。十有一月，龟兹、疏勒、破洛那、员阔诸国各遣使朝献。十有二月戊申，车驾至自北伐。己酉，以平昌公元托真为中山王。

十一年春正月乙酉，行幸洛阳，所过郡国，皆亲对高年⑧，存恤孤寡。以高凉王那为仪同三司。二月甲午，大蒐于梁川。皇子真薨。是月，大治宫室，皇太子居于北宫。车驾遂征悬瓠，益遣使者安慰境外之民，其不服者诛之。永昌王仁大破刘义隆将刘坦之、程天祚于汝东，斩坦之，擒天祚。

夏四月癸卯，舆驾还宫，赐从者及留台郎吏已上生口各有差。六月己亥，诛司徒崔浩。辛丑，北巡阴山。

秋七月，义隆遣其辅国将军萧斌之率众六万寇济州，刺史王买得弃州走，斌之遂入城，仍使宁朔将军王玄谟西攻滑台。诏枋头镇将、平南将军、南康公杜道俊助守兖州。八月癸亥，田于河西⑨。癸未，治兵于西郊。九月辛卯，舆驾南伐。癸巳，皇太子北伐，屯于漠南，吴王余留守京都。庚子，曲赦定、冀、相三州死罪已下。发州郡兵五万分给诸军。

冬十月癸亥，车驾止枋头。诏殿中尚书长孙真率骑五千自石济渡，备玄谟遁走。乙丑，车驾济河，玄谟大惧，弃军而走，众各溃散，追蹑斩首万余级，器械山积。帝遂至东平。萧斌之弃济州，退保历城。乃命诸将分道并进：使征西大将军永昌王仁自洛阳出寿春，尚书长孙真趋马头，楚王建趋钟离，高凉王那自青州趋下邳。车驾自中道，十有一月辛卯，至于邹山，刘义隆鲁郡太守崔邪利率属城降。使使者以太牢祀孔子。壬子，次于彭城，遂趋盱眙。颇盾国献师子一⑩。十有二月丁卯，车驾至淮。诏刘蕫苇，泛筏数万而济。义隆盱眙守将臧质闭门拒守。将军胡崇之等率众二万援盱眙。燕王谭大破之，枭崇之等，斩首万余级，淮南皆降。是月，永昌王仁攻悬瓠，拔之，获义隆守将赵淮，送京师斩之。过定项城，及淮西，大破义隆将刘康祖，斩之，并虏将军胡盛之、王罗汉等，传致行宫。癸未，车驾临江，起行宫于瓜步山。永昌王仁自历阳至于江西，高凉王那自山阳至于广陵，诸军皆同日临江，所过城邑，莫不望尘奔溃，其降者不可胜数。甲申，义隆使献百牢，贡其方物，又请进女于皇孙以求和好。帝以师婚非礼，许和而不许婚，使散骑侍郎夏侯野报之。诏皇孙为书致马通问焉。

正平元年春正月丙戌朔，大会群臣于江上，班赏各有差，文武受爵者二百余人。丁亥，舆驾北旋。是月，破洛那、罽宾、迷密诸国各遣使朝献。二月戊寅，车驾济河。癸未，次于鲁口。皇太子朝于行宫。三月己亥，车驾至自南伐，饮至策勋，告于宗庙。以降民五万余家分置近畿。赐留台文武所获军资生口各有差。

夏五月壬寅，大赦。六月壬戌，改年。车师国王遣子入侍。诏曰："夫刑网太密，犯者更众，朕甚愍之。有司其案律令，务求厥中。自余有不便于民者，依比增损。"诏太子少傅游雅、中书侍郎胡方回等改定律制。略阳王羯儿，仪同三司、高凉王那有罪赐死。戊辰，皇太子薨。壬申，葬景穆太子于金陵。

秋七月丁亥，行幸阴山。省诸曹吏员三分之一⑪。九月癸巳，车驾还宫。

冬十月庚申，行幸阴山。刘义隆遣使朝贡。诏殿中将军郎法祐使于义隆。己巳，司空、上党王长孙道生薨。十有二月丁丑，车驾还宫。封皇孙濬为高阳王。寻以皇孙世嫡⑫，不宜在藩，乃止。封秦王翰为东平王，燕王谭为临淮王，楚王建为广阳王，吴王余为南安王。

二年春正月庚辰朔，南来降民五千余家于中山谋叛，州军讨平之。冀州刺史、张掖王沮渠万年与降民通谋，赐死。

三月甲寅，帝崩于永安宫，时年四十五。秘不发丧，中常侍宗爱矫皇后令，杀东平王翰，迎南安王余入而立之，大赦，改元为永平，尊皇后赫连氏为皇太后。三月辛卯，上尊谥曰太武皇帝，葬于云中金陵，庙号世祖⑬。

夏六月，刘义隆将檀和之寇济州，梁坦及鲁安生军于京索，庞萌、薛安都寇弘农。

秋七月，征南将军安定公韩元兴讨之，和之退，梁坦、安生亦走。八月，冠军将军封礼率骑二千从浢津南渡赴弘农。九月，司空高平公儿乌干屯潼关，平南将军昌黎公元辽屯河内。

冬十月丙午朔，余为宗爱所贼。殿中尚书长孙渴侯与尚书陆丽迎立皇孙，是为高宗焉。

帝生不逮密太后，及有所识，言则悲恸，哀感傍人，太宗闻而嘉叹。暨太宗不豫，衣不释带。性清俭率素，服御饮膳，取给而已，不好珍丽，食不二味，所幸昭仪、贵人，衣无兼彩。群臣白帝更峻京邑城隍，以从《周易》设险之义，又陈萧何壮丽之说。帝曰："古人有言，在德不在险。屈丐蒸土筑城，而朕灭之，岂在城也？今天下未平，方须民力，土功之事，朕所未为，萧何之对，非雅言也。"每以财者军国之本，无所轻费，至赏赐，皆是死事勋绩之家，亲戚爱宠未曾横有所及。临敌常与士卒同在矢石之间，左右死伤者相继，而帝神色自若，是以人思效命，所向无前。命将出师，指授节度，从命者无不制胜，违爽者率多败失。性又知人，拔士于卒伍之中，惟其才效所长，不论本末。兼甚严断，明于刑赏。功者赏不遗贱；罪者刑不避亲，虽宠爱之，终不亏法。常曰："法者，朕与天下共之，何敢轻也。"故大臣犯法，无所宽假。雅长听察，瞬息之间，下人无以措其奸隐。然果于诛戮，后多悔之。司徒崔浩既死之后，帝北伐，时宣城公李孝伯疾笃，传者以为卒也。帝闻而悼之，谓左右曰："李宣城可惜。"又曰："朕向失言。崔司徒可惜，李宣城可哀。"褒贬雅意，皆此类也。

恭宗景穆皇帝讳晃，太武皇帝之长子也，母贺夫人。延和元年春正月丙午，立为皇太子，时年五岁。明慧强识，闻则不忘。及长，好读经史，皆通大义。世祖甚奇之。世祖东征和龙，诏恭宗录尚书事；西征凉州，诏恭宗监国。

初，世祖之伐河西也，李顺等咸言姑臧无水草，不可行师。恭宗有疑色。及车驾至姑臧，乃诏恭宗曰："姑臧城东西门外涌泉合于城北，其大如河。自余沟渠流入泽中，其间乃无燥地。泽草茂盛，可供大军数年。人之多言，亦可恶也。故有此敕，以释汝疑。"恭宗谓宫臣曰："为人臣不实若此，岂是忠乎？吾初闻有疑，但帝决行耳。几误人大事，言者复何面见帝也。"

真君四年，恭宗从世祖讨蠕蠕，至鹿浑谷，与贼相遇，虏惶怖，部落扰乱。恭宗言于世祖曰："今大军卒至，宜速进击，奄其不备，破之必矣。"尚书令刘洁固谏，以为尘盛贼多，出至平地，恐为所围，须军大集，然后击之可也。恭宗谓洁曰："此尘之盛，由贼怔扰，军人乱故，何有营上而有此尘？"世祖疑之，遂不急击，蠕蠕远遁。既而获虏候骑⑭，世祖问之，对曰："蠕蠕不觉官军卒至，上下惶惧，引众北走，经六七日，知无追者，始乃徐行。"世祖深恨之，自是恭宗所言军国大事，多见纳用，遂知万机。

初，恭宗监国，曾令曰："《周书》言：'任农以耕事，贡九谷⑮；任圃以树事，贡草木；任工以余材，贡器物；任商以市事，贡货贿；任牧以畜事，贡鸟兽；任嫔以女事，贡布帛；任衡以山事，贡其材；任虞以泽事，贡其物。'其制有司课畿内之民，使无牛家以人牛力相贸⑯，垦殖锄耨。其有牛家与无牛家一人种田二十二亩，偿以私锄功七亩，如是为差，至与小、老无牛家种田七亩，小、老者偿以锄功二亩。皆以五口下贫家为率。各列家别口数，所劝种顷亩，明立簿目。所种者于地首标题姓名，以辨播殖之功。"又禁饮酒、杂戏、弃本沽贩者。垦田大为增辟。

正平元年六月戊辰，薨于东宫，时年二十四。庚午，册曰："呜呼！惟尔诞资明睿，岐嶷凤成。正位少阳，克荷基构。宾于四门⑰，百揆时叙；允厘庶绩，风雨不迷。宜享无疆，隆我皇祚，如何不幸，奄焉徂殒，朕用悲恸于厥心！今使使持节兼太尉张黎、兼司徒窦瑾奉策，即枢赐谥曰

'景穆'，以显昭令德。魂而有灵，其尚嘉之。"高宗即位，追尊为景穆皇帝，庙号恭宗。

史臣曰：世祖聪明雄断，威灵杰立，藉二世之资，奋征伐之气，遂戎轩四出，周旋险夷。扫统万，平秦陇，翦辽海，荡河源，南夷荷担，北蠕削迹，廓定四表，混一戎华，其为功也大矣。遂使有魏之业，光迈百王，岂非神睿经纶，事当命世。至于初则东储不终，末乃衅成所忽。固本贻防，殆弗思乎？恭宗明德令闻，夙世徂夭，其戾园之悼欤？

---

①方伎：医卜星相之属。

②帐下：军吏。军中张帐幕以居，故云帐下吏。

③存问：遣使往问候，曰存问。

④轸（zhěn，音枕）：车后横木，借指车。

⑤广袤：土地的长和宽。东西之长度曰"广"，南北的长度曰"袤"。

⑥遗烬：又作"余烬"。遗民也。

⑦碛（qì，音气）：沙漠。

⑧高年：老年人。

⑨田：猎也。

⑩师子：狮子。古皆写作"师子"。

⑪曹：古代分科办事的官署。

⑫寻：旋，不久。

⑬庙号：我国封建时代，皇帝驾崩后，在太庙立室奉祀时特起的名号，如太祖、世祖等。

⑭候骑：执行侦察任务的骑兵。

⑮九谷：稷，秫，黍，稻，麻，大豆，小豆，大麦，小麦。稷即高粱。秫，黏高粱，可酿酒。

⑯贸：易，交换。

⑰四门：语出《书》："宾于四门，四门穆穆。"

高祖纪上

高祖孝文皇帝，讳宏，显祖献文皇帝之长子，母曰李夫人。皇兴元年八月戊申，生于平城紫宫，神光照于室内，天地氤氲①，和气充塞。帝生而洁白，有异姿，襁褓岐嶷②，长而渊裕仁孝，绰然有君人之表。显祖尤爱异之。三年夏六月辛未，立为皇太子。

五年秋八月丙午，即皇帝位于太华前殿。大赦，改元延兴元年。丁未，刘彧遣使朝贡。九月壬戌，诏在位及民庶直言极谏。有利民益治，损政伤化，悉心以闻。壬午，青州高阳民封辩自号齐王，聚党千余人，州军讨灭之。高丽民奴久等相率来降，各赐田宅。

冬十月丁亥，沃野、统万二镇敕勒叛。诏太尉、陇西王源贺追击，至枹罕，灭之。斩首三万余级；徙其遗进于冀、定、相三州为营户③。庚寅，以征东大将军、南安王桢为假节、都督凉州及西戎诸军事、领护西域校尉、仪同三司，镇凉州。朔方民曹平原招集不逞④，破石楼堡，杀军将。刘彧将垣崇祖率众二万自郁洲寇东兖州，屯于南城固。十有一月，刺史于洛侯讨破之，崇祖还郁洲。妖贼司马小君聚众反于平陵，齐州刺史、武昌王平原讨擒之。十有二月，乙酉，以驸马都尉穆亮为赵郡王。壬辰，诏访舜后，获东莱郡民妫苟之，复其家毕世，以彰盛德之不朽。复前濮阳王孔雀本封。辛丑，赵郡王穆亮徙封长乐王。

二年春正月乙卯，统万镇胡民相率北叛。诏宁南将军、交址公韩拔等追灭之。大阳蛮酋桓诞率户内属，拜征南将军，封襄阳王。曲赦京师及河西，南至秦泾，西至枹罕，北至凉州诸镇。诏假员外散骑常侍邢祐使于刘彧。二月乙巳，诏曰："尼父禀达圣之姿，体生知之量，穷理尽性，道光四海。顷者淮徐未宾，庙隔非所，致令祠典寝顿，礼章殄灭，遂使女巫妖觋，淫进非礼，杀生鼓舞，倡优媟狎⑤，岂所以尊明神敬圣道者也。自今已后，有祭孔子庙，制用酒脯而已⑥，不听妇女合杂，以祈非望之福。犯者以违制论。其公家有事，自如常礼。牺牲粢盛⑦，务尽丰洁。临事致敬，令肃如也。牧司之官，明纠不法，使禁令必行。"蠕蠕犯塞。太上皇帝次于北郊，诏诸将讨之。虏遁走。其别帅阿大干率千余落来降。东部敕勒叛奔蠕蠕，太上皇帝追之，至石碛，不及而还。壬子，高丽国遣使朝贡。三月，太上皇帝至自北讨。戊辰，以散骑常侍、驸马都尉万安国为大司马、大将军，封安城王。庚午，车驾耕于藉田⑧。石城郡获曹平原，送京师，斩之。连川敕勒谋叛，徙配青、徐、齐、兖四州为营户。

夏四月庚子，诏工商杂伎，尽听赴农。诸州郡课民益种菜果。辛亥，刘彧遣使朝贡。癸酉，诏沙门不得去寺⑨，浮游民间，行者仰以公文。是月，刘彧死，子昱僭立。五月丁巳，诏军警给玺印、传符，次给马印⑩。六月，安州民遇水雹，丐租赈恤⑪。丙申，诏曰："顷者州郡选贡，多不以实，硕人所以穷处幽仄，鄙夫所以超分妄进⑫，岂所谓旌贤树德者也。今年贡举，尤为猥滥⑬。自今所遣，皆门尽州郡之高，才极乡闾之选。"闰月壬子，蠕蠕寇敦煌，镇将尉多侯击走之。又寇晋昌，守将薛奴击走之。戊午，行幸阴山。

秋七月，光州民孙晏等聚党千余人叛，通刘昱，刺史叔孙瓒讨平之。辛丑，高丽国遣使朝贡。壬寅，诏州郡县各遣二人才堪专对者，赴九月讲武，当亲问风俗。八月丙辰，百济国遣使奉表请师伐高丽。辛酉，地豆于、库莫奚国遣使朝贡，昌亭国遣使献蜀马。河西费也头反，薄骨律镇将击走之。九月辛巳，车驾还宫。戊申，统万镇将、河间王闾虎皮坐贪残赐死⑭。己酉，诏以州镇十一水，丐民田租，开仓赈恤。又诏流迸之民，皆令还本，违者配徙边镇。

冬十月，蠕蠕犯塞，及于五原。十有一月，太上皇帝亲讨之，将度漠袭击，蠕蠕闻军至，大惧，北走数千里。以穷寇远遁，不可追，乃止。丁亥，封皇叔略为广川王。壬辰，分遣使者巡省风俗，问民疾苦。帝每月一朝崇光宫。

十有二月庚戌，诏曰："《书》云：'三载一考，三考黜陟幽明⑮。'顷者已来，官以劳升，未久而代，牧守无恤民之心，竞为聚敛，送故迎新，相属于路，非所以固民志，隆治道也。自今牧守温仁清俭、克己奉公者，可久于其任。岁积有成，迁位一级。其有贪残非道、侵削黎庶者，虽在官甫尔，必加黜罚。著之于令，永为彝准⑯。"诏以代郡事同丰沛，代民先配边戍者皆免之。

三年春正月庚辰，诏员外散骑常侍崔演使于刘昱。丁亥，改崇光宫为宁光宫。戊戌，太上皇帝还至云中。是月，相州执送妖人荣永安于京师，斩之。诏赦其支党。二月戊申，高丽、契丹国并遣使朝贡。癸丑，诏牧守令长，勤率百姓，无令失时。同部之内，贫富相通。家有兼牛⑰，通借无者，若不从诏，一门之内终身不仕。守宰不督察，免所居官。戊午，太上皇帝至自北讨，饮至策勋，告于宗庙。死王事者复其家。诏畿内民从役死事者，郡县为迎丧，给以葬费。甲戌，诏县令能静一县劫盗者，兼治二县，即食其禄；能静二县者，兼治三县，三年迁为郡守。二千石能静二郡，上至三郡，亦如之，三年迁为刺史。三月壬午，诏诸仓囷谷麦充积者，出赐贫民。

夏四月戊申，诏假司空、上党王长孙观等讨吐谷浑拾寅。壬子，契丹国遣使朝贡。诏以孔子二十八世孙鲁郡孔乘为崇圣大夫，给十户以供洒扫。六月甲子，诏曰："往年县召民秀二人，问以守宰治状，善恶具闻，将加赏罚。而赏者未几，罪者众多。肆法伤生，情所未忍。今特垂宽恕之恩，申以解网之惠⑱。诸为民所列者，特原其罪，尽可贷之。"

秋七月，诏河南六州之民，户收绢一匹，绵一斤，租三十石。乙亥，行幸阴山⑲。蠕蠕寇敦煌，镇将乐洛生击破之。事具《蠕蠕传》。刘昶遣将寇缘淮诸镇，徐州刺史、淮阳公尉元击走之。八月己酉，高丽、库莫奚国并遣使朝献。庚申，帝从太上皇帝幸河西。拾寅谢罪请降，许之。九月辛巳，车驾并还宫。乙亥，刘昶遣使朝贡。己亥，诏曰："自今京师及天下之囚，罪未分判，在狱致死无近亲者，公给衣衾棺椁葬埋之⑳，不得曝露。"辛丑，诏遣使者十人循行州郡，检括户口㉑。其有仍隐不出者，州、郡、县、户主并论如律。库莫奚国遣使朝献。

冬十月，太上皇帝亲将南讨，诏州郡之民，十丁取一以充行，户收租五十石，以备军粮。悉万斤国遣使朝献。武都王反，攻仇池。诏长孙观仍回师讨之。十有一月戊寅，诏以河南七州牧守多不奉法，致新邦之民莫能上达，遣使者观风察狱，黜陟幽明。其有鳏寡孤独贫不自存者，复其杂徭，年八十已上，一子不从役；力田孝悌㉒，才器有益于时，信义著于乡闾者，具以名闻。癸巳，太上皇帝南巡，至于怀州。所过问民疾苦，赐高年、孝悌力田布帛。十有二月庚戌，诏关外苑囿听民樵采㉓。壬子，蠕蠕犯边，柔玄镇二部敕勒叛应之。癸丑，沙门慧隐谋反，伏诛。

是岁，州镇十一水旱，丐民田租，开仓赈恤。相州民饿死者二千八百四十五人。吐谷浑部内羌民钟岂渴干等二千三百户内附。

是年，妖人刘举自称天子，齐州刺史、武昌王平原捕斩之。

四年春正月丁丑，侍中、太尉、陇西王源贺以病辞位。辛巳，粟特国遣使朝献。二月甲辰，太上皇帝至自南巡。辛亥，吐谷浑拾寅遣子费斗斤入侍，并献方物㉔。辛未，禁断寒食㉕。三月丁亥，诏员外散骑常侍许赤虎使于刘昶。高丽、吐谷浑、曹利诸国各遣使朝贡。

夏五月甲戌，蠕蠕国遣使朝贡。六月乙卯，诏曰："朕应历数开一之期，属千载光熙之运，虽仰严海，犹惧德化不宽，至有门房之诛㉖。然下民凶戾，不顾亲戚，一人为恶，殃及合门。朕为民父母，深所愍悼㉗。自今已后，非谋反、大逆、干纪、外奔，罪止其身而已。今德被殊方，文轨将一，宥刑宽禁，不亦善乎？"阗悉国遣使朝贡。

秋七月庚午，高丽国遣使朝献。己卯，曲赦仇池。癸巳，蠕蠕寇敦煌，镇将尉多侯大破之。八月庚子，吐谷浑国遣使朝献。戊申，大阅于北郊㉘。九月，以刘昶内相攻战，诏将军元兰等五将三万骑及假东阳王丕为后继，伐蜀汉。丙子，契丹、库莫奚、地豆于诸国各遣使朝献。

冬十月庚子，刘昶遣使朝贡。十有一月，分遣侍臣循河南七州，观察风俗，抚慰初附。戊寅，吐谷浑国遣使朝献。是岁，州镇十三大饥，丐民田租，开仓赈之。十有二月，诏西征吐谷浑兵在句律城初叛军者斩，次分配柔玄、武川二镇。斩者千余人。

五年春二月庚子，高丽国遣使朝献。癸丑，诏定考课，明黜陟。闰月戊午，吐谷浑国遣使朝献。

夏四月丁丑，龟兹国遣使朝献。癸未，诏天下赋调，县专督集，牧守对检送京师，违者免所居官。诏禁畜鹰鹞，开相告之制。五月丁酉，契丹、库莫奚国各遣使献名马。丙午，诏员外散骑常侍许赤虎使于刘昶。丁未，幸武州山。辛酉，幸车轮山。六月庚午，禁杀牛马。壬申，曲赦京师死罪，遣备蠕蠕。

秋八月丁卯，高丽、吐谷浑、地豆于诸国遣使朝献。九月癸卯，洛州人贾伯奴，豫州人田智度聚党千余人，伯奴称恒农王，智度称上洛王，夜攻洛州。州郡击之。斩伯奴于缑氏，执智度送京师。

冬十月，蠕蠕国遣使朝献。太上皇帝大阅于北郊。十有二月丙寅，建昌王长乐改封安乐王。己丑，城阳王长寿薨。庚寅，刘昶遣使朝贡。

承明元年春二月，蠕蠕、高丽、库莫奚、波斯诸国并遣使朝贡。是月，司空、东郡王陆定国坐事免官爵为兵。

夏五月，冀州武邑民宋伏龙聚众，自称南平王。郡县捕斩之。蠕蠕国遣使朝贡。六月甲子，诏中外戒严，分京师见兵为三等，第一军出，遣第一兵，二等兵亦如之。辛未，太上皇帝崩。壬申，大赦，改年。大司马、大将军、安城王万安国坐矫诏杀神部长奚买奴于苑中，赐死。戊寅，征西大将军、安乐王长乐为太尉；尚书左仆射、南平公目辰为司徒，进封宜都王；南部尚书李䜣为司空。尊皇太后为太皇太后，临朝称制㉘。

秋七月甲辰，追尊皇姒李贵人为思皇后。以汝阴王天赐为征西大将军、仪同三司。高丽、库莫奚国并遣使朝贡。濮阳王孔雀有罪赐死。八月甲子，诏曰：“朕猥承前绪，纂戎洪烈，思隆先志，缉熙政道。群公卿士，其各勉厥心，匡朕不逮。诸有便民利国者，具状以闻。”壬午，蠕蠕国遣使朝贡。甲申，以长安二蚕多死，丐民岁赋之半。九月丁亥，曲赦京师。高丽、库莫奚、契丹诸国并遣使朝献。癸丑，宕昌、悉万斤国并遣使朝贡。

冬十月丁巳，起七宝永安行殿。乙丑，进征西大将军、假东阳王元丕爵为正王。己未，诏曰：“朕纂承皇极，照临万方。思阐遐风，光被兆庶，使朝有不讳之音，野无自蔽之响，畴咨帝载，询及刍荛㉙。自今已后，群官卿士下及吏民，各听上书，直言极谏，勿有所隐。诸有便宜，益治利民，可以正风俗者，有司以闻。朕将亲览，与三事大夫论其可否，裁而用之。”辛未，舆驾幸建明佛寺，大宥罪人。济南公罗拔进爵为王。十有一月，蠕蠕国遣使朝贡。戊子，以太尉、安乐王长乐为定州刺史，京兆王子推为青州刺史，司空李䜣为徐州刺史，并开府仪同三司。

太和元年春正月乙酉朔，诏曰：“朕夙承宝业，惧不堪荷，而天贶具臻，地瑞并应，风和气㜢㉚，天人交协，岂朕冲昧所能致哉㉛？实赖神祇七庙降福之助。今三正告初，祗感交切，宜因阳始，协典革元，其改今号为太和元年。”辛亥，诏曰：“今牧民者，与朕共治天下也。宜简以徭役，先之劝奖，相其水陆，务尽地利，使农夫外布，桑妇内勤。若轻有征发，致夺民时，以侵擅论。民有不从长教，惰于农桑者，加以罪刑。”起太和、安昌二殿。己酉，秦州略阳民王元寿聚众五千余家，自号为冲天王。云中饥，开仓赈恤。二月丙寅，汉川民泉会、谭西等相率内属，处之并州。辛未，秦益二州刺史、武都公尉洛侯讨破元寿，获其妻子，送京师㉜。癸未，高丽、契丹、库莫奚国各遣使朝献。三月庚子，征征西大将军、雍州刺史、东阳王丕为司徒。丙午，诏曰：“朕政治多阙，灾眚屡兴㉝。去年牛疫，死伤太半，耕垦之利，当有亏损。今东作既兴，人顼肄业㉞。其敕在所督课田农，有牛者加勤于常岁，无牛者倍庸于余年。一夫制治田四十亩，中男二十亩，无令人有余力，地有遗利。”库莫奚、契丹国各遣使朝献。

夏四月丙寅，蠕蠕国遣使朝贡。丁卯，幸白登山。壬申，幸崞山。乐安王良薨。诏复前东郡王陆定国官爵，五月乙酉，车驾祈雨于武州山，俄而澍雨大洽㉟。蠕蠕国遣使朝贡。

秋七月壬辰，侍中、开府仪同三司、青州刺史、京兆王子推薨。庚子，定三等死刑。己酉，太和、安昌二殿成。起朱明、思贤门。是月，刘昱死，弟准僭立。八月壬子，大赦天下。丙子，诏曰：“工商皂隶，各有厥分，而有司纵滥，或染清流。自今户内有工役者，推上本部丞，已下准次而授。若阶藉元勋、以劳定国者不从此制。”戊寅，刘准遣使朝贡。九月癸未，蠕蠕国遣使朝贡。乙酉，诏群臣定律令于太华殿。辛卯，高丽国遣使朝贡。庚子，起永乐游观殿于北苑，穿神渊池，车多罗、西天竺、舍卫、叠伏罗诸国各遣使朝贡。

冬十月癸酉，宴京邑耆老年七十已上于太华殿，赐以衣服。是月，库莫奚、契丹国各遣使朝献。又诏七十已上一子不从役。龟兹国遣使朝献。刘准葭芦戍主杨文度遣弟鼠袭陷仇池。丙子，诛徐州刺史李䜣。库莫奚、契丹国各遣使朝贡。十有一月癸未，诏征西将军、广川公皮惧喜，镇西将军梁丑奴，平西将军杨灵珍等率众四万讨杨鼠。乙酉，吐谷浑国遣使朝献，丁亥，怀州民伊祁苟初自称尧后应王，聚众于重山。洛州刺史冯熙讨灭之。闰月，惧喜等军到建安，杨鼠弃城南走。癸亥，粟提婆国遣使朝献。庚子，诏员外散骑常侍李长仁使于刘准。十有二月壬寅，惧喜攻陷葭芦，斩文度，传首京师。甲辰，员阔、吐谷浑国并遣使朝贡。丁未，诏以州郡八水旱蝗，民饥，开仓赈恤。以安定王休为仪同三司。

二年春正月丁巳，封昌黎王冯熙第二子始兴为北平王。戊午，吐谷浑遣使朝献。二月丁亥，行幸代之汤泉。所过问民疾苦，以宫人赐贫民无妻者。戊戌，蠕蠕国遣使朝献。癸卯，车驾还宫。三月丙子，以河南公梁弥机为宕昌王。

夏四月甲申，幸崞山。丁亥，还宫。己丑，刘准遣使朝贡。京师旱。甲辰，祈天灾于北苑，亲自礼焉。减膳，避正殿。丙午，澍雨大洽。曲赦京师，五月，诏曰："婚娉过礼，则嫁娶有失时之弊；厚葬送终，则生者有糜费之苦。圣王知其如此，故申之以礼数，约之以法禁。乃者，民渐奢尚，婚葬越轨，致贫富相高，贵贱无别，又皇族贵戚及士民之家，不惟氏族，下与非类婚偶。先帝亲发明诏，为之科禁，而百姓习常，仍不肃改。朕今宪章旧典，祇案先制，著之律令，永为定准。犯者以违制论。"六月己丑，幸鹿野苑。庚子，皇叔若甍。

秋七月戊辰，龟兹国遣使献名驼七十头。刘准遣将寇仇池，阴平太守杨广香击走之。八月，分遣使者考察守宰，问民疾苦。丙戌，诏罢诸州禽兽之贡。丁亥，勿吉国遣使朝献。九月丙辰，曲赦京师。龟兹国遣使献大马、名驼、珍宝甚众。

冬十月壬辰，诏员外散骑常侍郑羲使于刘准，十有一月庚戌，诏曰："悬爵于朝，而有功者必縻其赏；悬刑于市，而有罪者必罹其辜。斯乃古今之成典，治道之实要。诸州刺史，牧民之官，自顷以来，遂各怠慢，纵奸纳赂，背公缘私，致令贼盗并兴，侵劫兹甚，奸宄之声屡闻朕听㊲。朕承太平之运，属千载之期，思光洪绪，惟新庶绩；亦望蕃翰群司敷德宣惠，以助冲人，共成斯美。幸克己复礼，思愆改过，使寡昧无愧于祖宗，百姓见德於当世。有司明为条禁，称朕意焉。"十有二月癸巳，诛南郡王李惠。

是岁，州镇二十余水旱，民饥，开仓赈恤。

三年春正月癸丑，坤德六合殿成。庚申，诏罢行察官。二月辛巳，帝、太皇太后幸代郡温泉，问民疾苦，鳏贫者以宫女妻之。己亥，还宫。壬寅，乾象六合殿成。三月甲辰，曲赦京师。戊午，吐谷浑、高丽国各遣使朝献。

夏四月壬申，刘准遣使朝献。癸未，乐良王乐平甍。辛卯，蠕蠕国遣使朝献。丙申，幸崞山。己亥，还宫。庚子，淮阳公尉元进爵为王。吐谷浑国遣使献牦牛五十头。雍州刺史、宜都王目辰有罪赐死。五月丁巳，帝祈雨于北苑，闭阳门，是日澍雨大洽，辛酉，诏曰："昔四代养老，问道乞言。朕虽冲昧，每尚其美。今赐国老各衣一袭㊳，绵五斤，绢布各五匹。"六月辛未，以雍州民饥，开仓赈恤。起文石室、灵泉殿于方山。

秋七月壬寅，诏宫人年老及疾病者，免之。八月壬申，诏群臣直言尽规，靡有所隐。乙亥，幸方山，起思远佛寺。丁丑，还宫。九月壬子，以侍中、司徒、东阳王丕为太尉；侍中、尚书右仆射、赵郡公陈建为司徒，进爵魏郡王；侍中、尚书、河南公苟颓为司空，进爵河东王；侍中、尚书、太原公王睿进爵中山王；侍中、尚书、陇东公张祐进爵新平王。己未，定州刺史、安乐王长乐有罪，征诣京师，赐死。庚申，陇西王源贺甍。高丽、吐谷浑、地豆于、契丹、库莫奚、龟兹诸国各遣使朝献。

冬十月己巳朔，大赦天下。十有一月癸卯，赐京师贫穷、高年、疾患不能自存者衣服布帛各有差。癸丑，进假梁郡公元嘉爵为假王，督二将出淮阴；陇西公元琛三将出广陵；河东、公薛虎子三将出寿春。蠕蠕率骑十余力南寇，至塞而述。十有二月，粟特、州逸、河莫、叠伏罗、员阔、悉万斤诸国各遣使朝贡。

是年，岛夷萧道成废其主刘准而僭立，自号曰齐。

四年春正月癸卯，乾象六合殿成。洮阳羌叛，枹罕镇将讨平之。陇西公元琛等攻克萧道成马头戍。乙卯，广川王略薨。雍州氐齐男王反，杀美阳令，州郡捕斩之。丁巳，罢畜鹰鹞之所，以其地为报德佛寺。戊午，襄城王韩颓有罪，削爵徙边。萧道成徐州刺史崔文仲寇淮北，陷茬眉戍。二月，遣尚书游明根率骑二千南讨。癸巳，诏曰："朕承乾绪，君临海内，夙兴昧旦，如履薄冰。今东作方兴，庶类萌动，品物资生，膏雨不降，岁一不登，百姓饥乏，朕甚惧焉。其敕天下，祀山川群神及能兴云雨者，修饰祠堂，荐以牲璧。民有疾苦，所在存问。"三月丙午，诏车骑大将军冯熙督众迎还假梁郡王嘉等诸军。乙卯，蠕蠕国遣使朝贡。

四月己卯，幸廷尉、籍坊二狱，引见诸囚。诏曰："廷尉者，天下之平，民命之所悬也。朕得惟刑之恤者，仗狱官之称其任也。一夫不耕，将或受其馁；一妇不织，将或受其寒。今农时要月，百姓肆力之秋，而愚民陷罪者甚众。宜随轻重决遣，以赴耕耘之业。"辛巳，幸白登山。甲申，赐天下贫人一户之内无杂财谷帛者廪一年㊴。五月丙申朔，幸火山。壬寅，还宫。六月丁卯，以澍雨大洽，曲赦京师，以绅绫绢布百万匹及南伐所俘赐王公已下。

秋七月辛亥，行幸火山。壬子，改作东明观，诏会京师耆老，赐锦彩、衣服、几杖、稻米、蜜、面，复家人不徭役㊵。悉万斤国遣使朝贡。闰月丁亥，幸虎圈，亲录囚徒㊶，轻者皆免之。壬辰，顿丘王李钟葵有罪赐死。萧道成角城戍主请举城内属。八月丁酉，诏徐州刺史、假梁郡王嘉赴接之。又遣平南将军郎大檀三将出朐城，将军白吐头二将出海西，将军元泰二将出连口，将军封匹四三将出角城，镇南将军贺罗出下蔡。甲辰，幸方山。戊申，幸武州山石窟寺。庚戌，还宫。乙卯，诏诸州置冰室㊷。萧道成梁州刺史崔慧景遣长史裴叔保率众寇武兴，关城氐帅杨鼠击破之，叔保还南郑。九月，萧道成汝南太守常元真、龙骧将军胡青苟率户内属。乙亥，思义殿成。壬午，东明观成。戊子，诏曰："隆寒雪降，诸在徽纆及转输在都或有冻馁，朕用愍焉。可遣侍臣诣廷尉狱及有囚之所，周巡省察，饥寒者给以衣食，桎梏者代以轻锁㊸。"假梁郡王嘉破萧道成将卢绍之、玄元度于朐山，其下蔡戍主弃城遁走。

冬十月丁未，诏昌黎王冯熙为西道都督，与征南将军桓诞出义阳；镇南将军贺罗，自下蔡东出钟离。兰陵民桓富杀其县令，与昌虑桓和北连太山群盗张和颜等，聚党保五固，推司马朗之为主。诏淮阳王尉元等讨之。

是岁，诏以州镇十八水旱，民饥，开仓赈恤。

五年春正月己卯，车驾南巡。丁亥，至中山。亲见高年，问民疾苦。二月辛卯朔，大赦天下。赐孝悌力田、孤贫不能自存者谷帛有差；免宫人年老者还其所亲。丁酉，车驾幸信都，存问如中山。癸卯，还中山。己酉，讲武于唐水之阳。庚戌，车驾还都。沙门法秀谋反，伏诛。南征诸将击破萧道成游击将军桓康于淮阳。道成豫州刺史垣崇祖寇下蔡，昌黎王冯熙击破之。假梁郡王嘉大破道成将，俘获三万余口送京师。三月辛酉朔㊹，车驾幸肆州。癸亥，讲武于云水之阳。所经，考察守宰，加以黜陟。己巳，车驾还宫。诏曰："法秀妖诈乱常，妄说符瑞，兰台御史张求等一百余人，招结奴隶，谋为大逆，有司科以族诛，诚合刑宪。且矜愚重命，犹所弗忍。其五族者，降止同祖；三族，止一门；门诛，止身。"

夏四月己亥，行幸方山，建永固石室于山上，立碑于石室之庭，又铭太皇太后终制于金册㊺，又起鉴玄殿。壬子，以南俘万余口班赐群臣。甲寅，诏曰："时雨不沾，春苗萎悴。诸有骸骨之处，皆敕埋藏，勿令露见。有神祇之所㊻，悉可祷祈。"任城王云薨。五月庚申朔，诏曰："乃者边兵屡动，劳役未息，百姓因之，轻陷刑网，狱讼烦兴，四民失业，朕每念之，用伤怀抱。

农时要月，民须肆力，其敕天下，勿使有留狱久囚。”壬戌，邓至国遣使朝贡。庚午，青州主簿崔次恩聚众谋叛，州军击之，次恩走郁洲。六月甲辰，中山王睿薨。戊午，封皇叔简为齐郡王，猛为安丰王。

秋七月甲子，萧道成遣使朝贡。辛酉，蠕蠕别帅他稽率众内附。甲戌，班乞养杂户及户籍之制五条。九月庚子，阅武于南郊，大飨群臣。萧道成使车僧朗以班在刘准使殷灵诞之后，辞不就席。刘准降人解奉君，刃僧朗于会中。诏诛奉君等。乙亥，封昌黎王冯熙世子诞为南平王。兖州斩司马朗之，传首京师。

冬十月癸卯，蠕蠕国遣使朝贡。十有二月癸巳，诏以州镇十二民饥，开仓赈恤。

六年春正月甲戌，大赦天下。二月辛卯，诏曰：“灵丘郡土既褊塉 47，又诸州路冲，官私所经，供费非一，往年巡行，见其劳瘁，可复民租调十五年。”癸巳，白兰王吐谷浑翼世以诬罔伏诛。乙未，诏曰：“萧道成逆乱江淮，戎旗频举，七州之民既有征运之劳，深乖轻徭之义，朕甚愍之。其复常调三年。”戊申，地豆于国遣使朝贡。癸丑，赐王公已下清勤著称者谷帛有差。三月庚辰，行幸虎圈，诏曰：“虎狼猛暴，食肉残生，取捕之日，每多伤害，既无所益，损费良多，从今勿复捕贡。”辛巳，幸武州山石窟寺，赐贫老者衣服。壬午，幸方山。是月，萧道成死，子赜僭立。

夏四月甲辰，赐畿内鳏寡孤独不能自存者粟帛有差。六月，蠕蠕国遣使朝贡。

秋七月，发州郡五万人治灵丘道。八月癸未朔，分遣大使，巡行天下遭水之处，丐民租赋，贫俭不自存者，赐以粟帛。庚子，罢山泽之禁。九月辛酉，以氐杨后起为武都王。

冬十有一月已卯，吐谷浑国遣使朝贡。十有二月丁亥，诏曰：“朕以寡薄，政缺平和，不能仰缉纬象，蠲兹六沴 48。去秋淫雨，洪水为灾，百姓嗷然 49，朕用嗟愍，故遣使者循方赈恤。而牧守不思利民之道，期于取办。爱毛反裘，甚无谓也。今课督未入及将来租算，一以丐之。有司勉加劝课，以要来穰 50，称朕意焉。”

七年春正月庚申，诏曰：“朕每思知百姓之所疾苦，以增修宽政，而明不烛远，实有缺焉。故具问守宰苛虐之状于州郡使者、秀孝、计掾，而对多不实，甚乖朕虚求之意。宜案以大辟，明罔上必诛。然情犹未忍，可恕罪听归。申下天下，使知后犯无恕。”丁卯，诏青、齐、光、东徐四州之民，户运仓粟二十石，送瑕丘、琅邪，复租算一年。三月甲戌，以冀定二州民饥，诏郡县为粥于路以食之，又弛关津之禁，任其去来。

夏四月庚子，幸峄山，赐所过鳏寡不能自存者衣服粟帛。壬寅，车贺还宫。闰月癸丑，皇子生，大赦天下。五月戊寅朔，幸武州山石窟佛寺。六月，定州上言，为粥给饥人，所活九十四万七千余口。

秋七月丁丑，帝、太皇太后幸神渊池。甲申，幸方山。诏假员外散骑常侍李彪、员外郎兰英使于萧赜。济南王罗拔改封赵郡王。九月壬寅，诏曰：“朕承祖宗，夙夜惟惧，然听政之际，犹虑未周，至于案文审狱，思闻己过。自今群官奏事，当献可替否，无或面从，俾朕之过，彰于远近。”冀州上言，为粥给饥民，所活七十五万一千七百余口。

冬十月戊午，皇信堂成。十有一月辛丑，萧赜遣使朝贡。十有二月癸丑，诏曰：“淳风行于上古，礼化用乎近叶。是以夏殷不嫌一族之婚，周世始绝同姓之娶。斯皆教随时设，治因事改者也。皇运初基，中原未混，拨乱经纶，日不暇给，古风遗朴，未遑厘改，后遂因循，迄兹莫变。朕属百年之期，当后仁之政，思易质旧，式昭惟新。自今悉禁绝之，有犯以不道论。”庚午，开林虑山禁，与民共之。诏以州镇十三民饥，开仓赈恤。

八年春正月，诏陇西公元琛、尚书陆睿为东西二道大使，褒善罚恶。二月，蠕蠕国遣使朝献。

夏四月甲寅，幸方山。戊午，车驾还宫。庚申，行幸旋鸿池，遂幸崞山。丁卯，还宫。五月己卯，诏赈赐河南七州戍兵。甲申，诏员外散骑常侍李彪、员外郎兰英使于萧赜。六月丁卯，诏曰："置官班禄，行之尚矣。《周礼》有食禄之典，二汉著受俸之秩。逮于魏晋，莫不聿稽往宪，以经纶治道。自中原丧乱，兹制中绝，先朝因循，未遑厘改。朕永鉴四方，求民之瘼⑪，夙兴昧旦，至于忧勤。故宪章旧典，始班俸禄。罢诸商人，以简民事。户增调三匹、谷二斛九斗，以为官司之禄。均预调为二匹之赋，即兼商用。虽有一时之烦，终克永逸之益。禄行之后，赃满一匹者死。变法改度，宜为更始，其大赦天下，与之惟新。"戊辰，武州水泛滥，坏民居舍。

秋七月乙未，行幸方山石窟寺。

八月甲辰，诏曰："帝业至重，非广询无以致治；王务至繁，非博采无以兴功。先王知其如此，故虚己以求过，明恕以思咎。是以谏鼓置于尧世，谤木立于舜庭⑫，用能耳目四达，庶类咸熙。朕承累圣之洪基，属千载之昌运，每布遐风，景行前式。承明之初，班下内外，听人各尽规，以补其阙。中旨虽宣，允称者少。故变时法，远遵古典，班制俸禄，改更刑书。宽猛未允，人或异议，思言者莫由申情，求谏者无因自达，故令上明不周，下情壅塞。今制百辟卿士，工商吏民，各上便宜。利民益治，损化伤政，直言极谏，勿有所隐，务令辞无烦华，理从简实。朕将亲览，以知世事之要，使言之者无罪，闻之者足以为戒。"九月甲午，萧赜遣使朝贡。戊戌，诏曰："俸制已立，宜时班行，其以十月为首，每季一请。"于是内外百官，受禄有差。

冬十月，高丽国遣使朝贡。萧赜双城戍主王继宗内属。十有一月乙未，诏员外散骑常侍李彪、员外郎兰英使于萧赜。十有二月，诏以州镇十五水旱，民饥，遣使者循行，问所疾若，开仓赈恤。

九年春正月戊寅，诏曰："图谶之兴⑬，起于三季。既非经国之典，徒为妖邪所凭。自今图谶、祕纬及名为孔子《闭房记》者，一皆焚之。留者以大辟论。又诸巫觋假称神鬼，妄说吉凶，及委巷诸卜非坟典所载者，严加禁断。"癸未，大飨群臣于太华殿，班赐《皇诰》。二月己亥，制皇子封王者、皇孙及曾孙绍封者、皇女封者岁禄各有差。以广阳王建第二子嘉绍建后，为广阳王。乙巳，诏曰："昔之哲王，莫不博采下情，勤求箴谏，建设旌鼓，询纳刍荛。朕班禄删刑，虑不周允，虚怀谠直。思显洪猷。百司卿士及工商吏民，其各上书极谏，靡有所隐。"三月丙申，宕昌国遣使朝贡。封皇弟禧为咸阳王，幹为河南王，羽为广陵王，雍为颍川王，勰为始平王，详为北海王。

夏四月癸丑，幸方山。甲寅，还宫。五月，高丽国及萧赜并遣使朝贡。六月辛亥，幸方山，遂幸灵泉池。丁巳，还宫。

秋七月丙寅朔，新作诸门。癸未，遣使拜宕昌王梁弥机兄子弥承为其国王。戊子，幸鱼池，登青原冈。甲午，还宫。

八月己亥，行幸弥泽。甲寅，登牛头山。庚申，诏曰："数州灾水，饥馑荐臻，致有卖鬻男女者。天之所遣，在予一人，而百姓无辜，横罹艰毒，朕用殷忧夕惕，忘食与寝。今自太和六年已来，买定、冀、幽、相四州饥民良口者，尽还所亲，虽娉为妻妾⑭，遇之非理，情不乐者亦离之。"甲子，还宫。

冬十月丁未，诏曰："朕承乾在位，十有五年。每览先王之典，经纶百氏，储畜既积，黎元永安。爰暨季叶，斯道陵替，富强者并兼山泽，贫弱者望绝一廛，致令地有遗利，民无余财，或争亩畔以亡身⑮，或因饥馑以弃业，而欲天下太平，百姓丰足，安可得哉？今遣使者，循行州郡，与牧守均给天下之田，还受以生死为断，劝课农桑，兴富民之本。"戊申，高丽、吐谷浑国并遣使朝贡。辛酉，侍中、司徒、魏郡王陈建薨。诏员外散骑常侍李彪、尚书郎公孙阿六头使萧赜。十有二月乙卯，侍中、淮南王他为司徒。蠕蠕犯塞，诏任城王澄率众讨之。

是年，京师及州镇十三水旱伤稼。宕昌、高丽、吐谷浑等国并遣使朝贡。

---

①氛氲（yūn，音晕）：烟云缭绕。

②襁褓（qiǎng bǎo，音抢宝）：襁，包裹婴儿的被子。褓，带子，幅八寸，长一丈二尺。　　巍（nì，音昵）：幼小时即聪慧。

③营户：兵制，以五百人为一营。

④不逞：不得志的人。

⑤寝顿：见《晋武帝》注⑮。　　殄灭：见《石勒载记（上）》注⑪。　　妖觋（xí，音习）：男巫。　　媟：同"亵"。

⑥脯（fǔ，音府）：肉干。

⑦粢盛（zī chéng，音资成）：祭品。黍稷叫做粢。放在器皿里叫做盛。

⑧藉田：见《武帝纪》注⑲。

⑨沙门：佛教称僧人为沙门。梵语为劝息之意，劝修善法，止息恶行。

⑩马印：据《唐六典》：诸牧监凡在牧之马皆印。印各不同，若形容端正拟送上乘者，以飞字印印其左髀髆（bì bó，大腿，肩部）。官马赐人者以赐字印。如此等等。

⑪丐：见《苻坚载记（上）》注③。

⑫硕人：隐士。　　鄙夫：庸恶陋劣之人。

⑬贡举：原指献物于朝，此处指向朝廷举荐人才。　　狠：多。

⑭坐：犯罪，定罪。

⑮黜陟：见《苻坚载记（上）》注⑬。

⑯彝：法，常法，如彝宪。

⑰兼：多余的。

⑱解网：解田猎之网，不忍尽杀。此处比喻减轻刑罚。

⑲行幸：特指皇帝出行到某地。

⑳衾（qín，音芹）：丧礼殓尸之具，加于殓衣之外者。　　椟（dú，音独）：棺材。

㉑检括：尽取其物，靡有孑遗，凡军行抄掠谓检括。

㉒力田：勤于农事。

㉓苑囿：畜养禽兽处，古称囿，汉称苑。

㉔方物：见《武帝纪》注㉖。

㉕寒食：节令名，清明前一天（一说为清明前两天）。相传起于晋文公悼念介之推事。以介抱木焚死，乃定于是日禁火禁食。

㉖门房之诛：门房，宗族之意。门房之诛是说刑及族人。

㉗愍（mǐn，音敏）：哀怜，怜悯。

㉘大阅：简军实，检阅军队的武器装备。

㉙称制：太后临朝曰称制。天子之言，一曰制书，谓为制度之命，非皇后所得称。今太后临朝行天子事，断决万机，故称制。

㉚刍荛：刍，刈草；荛，析（劈）薪。泛指樵夫。《诗经》："询于刍荛。"此处喻向下征询意见。

㉛贶（kuàng，音况）：赐也。　　晼（wǎn，音晚）：太阳将下山之际，喻人年老。

㉜冲昧：年轻无知。

㉝京师：国都。

㉞眚（shěng，音省）：灾祸。

㉟东作：春耕时节。　　頯：古"沬"（mèi，音妹）。疑为"须"之讹字。　　肄业：修习其业。肄，劳苦。

㊱澍：及时雨。洽：大雨。

㊲宄（guǐ，音鬼）：犯上作乱的人。

㊳国老：卿大夫致仕（退休）者。袭，量词，一套。

㊴廪：见《石勒载记（下）》注㉗。

㊵几杖：几，古人设于座侧，倦则凭之。大曰案，小曰几。赐几杖，古人以之尽敬老之礼也。　　复：免除赋税徭役。

㊶录囚徒：见《武帝纪》注㉑。

㊷冰室：据《周礼》：藏冰之所。

㊸桎梏（zhì gù，音至固）：刑具。桎，脚镣；梏，手铐。

㊹朔：阴历的每月初一。

㊺终制：终三年之丧。

㊻祇（qí，音奇）：地神。

㊼褊塮（biǎn jǐ，音扁挤）：狭小，贫瘠。

㊽蠲（juān，音捐）：免除。　　沴（lì，音力）：古代迷信说的灾气。所谓气相伤谓之沴，天气不和。

㊾嗷：哀鸣声。

㊿穰：兴盛，庄稼丰收。

51瘼：见《武帝纪》注⑤

52谤木：立木于朝，任人书政治之缺失。

53图谶：见《苻坚载记（上）》注㉘

54坟典：坟指三坟，书名，也有人认为是伪书。有人认为：以三坟为三礼，礼为大防，而坟即大防之义。三礼，天地人之礼。也有人认为，三坟为三气，阴阳始生天地人之气。典，五典，一说父义母慈兄友弟恭子孝；另一说，少昊，颛顼，高辛，唐，虞之书谓五典。

55娉：貌美。

56亩畔：亩，田垄；畔，田界。此处喻为争地界而发生冲突。

高祖纪下

十年春正月癸亥朔，帝始服衮冕①，朝飨万国。壬午，蠕蠕犯塞。二月甲戌，初立党、里、邻三长，定民户籍。三月丙申，蠕蠕国遣使朝贡。庚申，萧赜遣使朝贡。

夏四月辛酉朔，始制五等公服②。甲子，帝初以法服御辇③，祀于西郊。癸酉，幸灵泉池。戊寅，车驾还宫。是月，高丽、吐谷浑国并遣使朝贡。六月辛酉，幸方山。己卯，名皇子曰恂，大赦天下。

秋七月戊戌，幸方山。八月乙亥，给尚书五等品爵已上朱衣、玉珮、大小组绶④。九月辛卯，诏起明堂、辟雍。

冬十月癸酉，有司议依故事，配始祖于南郊。十有一月，议定州郡县官依户给俸。十有二月壬申，蠕蠕犯塞。癸未，勿吉国遣使朝贡。乙酉，诏以汝南、颍川大饥，亏民田租，开仓赈恤。

十有一年春正月丁亥朔，诏定乐章，非雅者除之。二月甲子，诏以肆州之雁门及代郡民饥，开仓赈恤。

夏四月己未，吐谷浑国遣使朝贡。五月壬辰，幸灵泉池，遂幸方山。癸巳，南平王浑薨。甲午，车驾还宫。诏复七庙子孙及外戚缌服已上⑤，赋役无所与。诏南部尚书公孙文庆、上谷张伏千率众南讨舞阴。山□高丽、吐谷浑国遣使朝贡。六月辛巳，秦州民饥，开仓赈恤。癸未，诏曰："春旱至今，野无青草。上天致谴，实由匪德。百姓无辜，将罹饥馑。瘼寐思求，罔知所益。公卿内外股肱之臣，谋猷所寄⑥，其极言无隐，以救民瘼。"

秋七月己丑，诏曰："今年谷不登，听民出关就食，遣使者造籍，分遣去留，所在开仓赈恤。"八月壬申，蠕蠕犯塞，遣平原王陆睿讨之。事具《蠕蠕传》。庚辰，大议北伐，进策者百有余人。辛巳，罢山北苑，以其地赐贫民。悉万斤国遣使朝献。九月庚戌，诏曰："去夏以岁旱民饥，须遣就食，旧籍杂乱，难可分简，故依局割民，阅户造籍，欲令去留得实，赈贷平均。然乃者以来，犹有饿死衢路，无人收识。良由本部不明，籍贯未实，廪恤不周，以至于此，朕猥居民上⑦，闻用慨然。可重遣精检，勿令遗漏。"

冬十月辛未，诏罢起部无益之作，出宫人不执机杼者⑧。甲戌，诏曰："乡饮礼废，则长幼之叙乱。孟冬十月⑨，民闲岁隙，宜于此时导以德义。可下诸州，党里之内，推贤而长者，教其里人，父慈、子孝、兄友、弟顺、夫和、妻柔。不率长教者，具以名闻。"十有一月丁未，诏罢尚方锦绣绫罗之工，四民欲造，任之无禁，其御府衣服、金银、珠玉、绫罗、锦绣，太官杂器，太仆乘具，内库弓矢，出其太半，班赍百官及京师士庶⑩，下至工商皂隶，逮于六镇戍士，各有差。戊申，诏曰："朕惟上政不明，令民陷身罪戾。今寒气劲切，杖捶难任。自今月至来年孟夏，不听拷问罪人。又岁既不登，民多饥窘，轻系之囚，宜速决了，无令薄罪久留狱犴⑪"。十有二月，诏祕书丞李彪、著作郎崔光改析国记，依纪传之体。

是岁大饥，诏所在开仓赈恤。

十有二年春正月辛巳朔，初建五牛旌旗。乙未，诏曰："镇戍流徙之人，年满七十，孤单穷独，虽有妻妾而无子孙，诸如此等，听解名还本⑫。诸犯死刑者，父母、祖父母年老，更无成人子孙，旁无期亲者，具状以闻。"二月壬戌，高丽国遣使朝贡。三月丁亥，宕昌国遣使朝献。中散梁众保等谋反，伏诛。

夏四月，高丽、吐谷浑国并遣使朝贡。萧赜将陈显达等寇边。甲寅，诏豫州刺史元斤率众御之。甲子，大赦天下，乙丑，幸灵泉池；丁卯，遂幸方山。己巳，还宫。陈显达攻陷醴阳，左仆射、长乐王穆亮率骑一万讨之。五月丁酉，诏六镇、云中、河西及关内六郡，各修水田，通渠溉灌。壬寅，增置彝器于太庙⑬。六月甲寅，宕昌国遣使朝贡。

秋七月己丑，幸灵泉池，遂幸方山，己亥，还宫。八月甲子，勿吉国贡楛矢石砮⑭。九月，吐谷浑、宕昌国遣使朝贡。甲午，诏曰："日月薄蚀，阴阳之恒度耳，圣人惧人君之放怠，因之以设诚，故称'日蚀修德，月蚀修刑'。乃癸巳夜，月蚀尽。公卿已下，宜慎刑罚以答天意。"丁酉，起宣文堂、经武殿。癸卯，侍中、司徒、淮南王他薨。吐谷浑、宕昌、武兴诸国各遣使朝贡。闰月甲子，帝观筑圆丘于南郊⑮。乙丑，高丽国遣使朝贡。辛未，幸灵泉池。癸酉，还宫。

十有一月，诏以二雍、豫三州民饥，开仓赈恤。梁州刺史临淮王提坐贪纵，徙配北镇。十有二月，蠕蠕伊吾戍主高羔子率众三千以城内附。以侍中、安丰王猛为开府仪同三司。

十有三年春正月辛亥，车驾有事于圆丘。于是初备大驾。乙丑，兖州民王伯恭聚众劳山，自称齐王。东莱镇将孔伯孙讨斩之。戊辰，萧赜遣众寇边，淮阳太守王僧俊击走之。二月壬午，高丽国遣使朝献。庚子，引群臣访政道得失损益之宜。三月甲子，吐谷浑国遣使朝献。夏州刺史章武王彬以贪赇削封⑯。

夏四月丁丑，诏曰："升楼散物，以赍百姓，至使人马腾践，多有毁伤，今可断之，以本所费之物，赐穷老贫独者。"丁亥，幸灵泉池，遂幸方山。己丑，还宫。吐谷浑国遣使朝贡。州镇十五大饥，诏所在开仓赈恤。五月庚戌，车驾有事于方泽。六月，汝阴王天赐、南安王桢并坐赃贿免为庶人。高丽国遣使朝贡。

秋七月甲辰，阴平国遣使朝贡。丙寅，幸灵泉池，与群臣御龙舟，赋诗而罢。立孔子庙于京师。八月乙亥，诏兼员外散骑常侍邢产、兼员外散骑侍郎侯灵绍使于萧赜。戊子，诏诸州镇有水田之处，各通溉灌，遣匠者所在指授。中尺国遣使朝贡。九月丁未，吐谷浑、武兴、宕昌诸国各遣使朝献。出宫人以赐北镇人贫鳏无妻者。

冬十月甲申，高丽国遣使朝贡。十有一月己未，安丰王猛薨。十有二月丙子，侍中、司空、河东王苟颓薨。甲午，萧赜遣使朝贡。己亥，以尚书令尉元为司徒，左仆射穆亮为司空。

是岁，蠕蠕别帅叱吕勤率众内附。

十有四年春正月乙丑，行幸方山。二月辛未，行幸灵泉池，壬申，还宫。戊寅，初诏定起居注制⑰。己卯，诏遣侍臣循行州郡，问民疾苦。三月壬申，吐谷浑、宕昌、武兴、阴平诸国并遣使朝贡。

夏四月，地豆于频犯塞，甲戌，征西大将军、阳平王颐击走之。甲午，诏兼员外散骑常侍邢产、兼员外散骑侍郎苏季连使于萧赜。五月己酉，库莫奚犯塞，安州都将楼龙儿击走之。沙门司马惠御自言圣王，谋破平原郡。擒获伏诛。

秋七月甲辰，诏罢都牧杂制。丙午，行幸方山；丙辰，遂幸灵泉池。高丽国遣使朝贡。八月丙寅朔，车驾还宫。辛卯，宕昌国遣使朝贡。诏议国之行次。九月癸丑，太皇太后冯氏崩。壬戌，高丽国遣使朝贡。诏听蕃镇曾经内侍者前后奔赴。

冬十月戊辰，诏曰："自丁荼苦，奄逾晦朔。仰遵遗旨，祖奠有期。朕将亲侍龙舆，奉诀陵隧⑱。诸常从之具，悉可停之。其武卫之官，防侍如法。"癸酉，葬文明太皇太后于永固陵。甲戌，车驾谒永固陵。群臣固请公除，帝不许。己卯，车驾谒永固陵。庚辰，帝居庐，引见群僚于太和殿，太尉、东阳王丕等据权制固请，帝引古礼往复，群臣乃止。语在《礼志》。京兆王太兴有罪，免官削爵。

诏曰："公卿屡依金册遗旨，中代权式，请过葬即吉。朕思遵远古，终三年之制⑲。依礼，既虞卒哭。此月二十一日授服，以葛易麻。既衰服在上，公卿不得独释于下，故于朕之授服，变从练礼，已下复为节降，斟酌今古，以制厥衷，且取遗旨速除之一端。粗申臣子罔极之巨痛。"癸未，诏曰："朕远遵古式，欲终三年之礼。百辟群官，据金册顾命，将夺朕心，从先朝之制。朕仰惟金册，俯自推省，取诸二衷，不许众议，以衰服过期，终四节之慕。又奉圣训，聿修诰旨，不敢暗默自居，以旷机政。庶不愆遗令之意，差展哀慕之情。普下州镇，长至三元，绝告庆之礼。"甲申，车驾谒永固陵。辛卯，诏曰："群官以万机事重，请求听政。朕仰祗遗命，亦思无怠。但哀慕缠绵，心神迷塞，未堪自力以亲政事。近侍先掌机衡者，皆谋猷所寄，且可任之，如有疑事，当时与论决。"十有一月甲寅，诏曰："垂及至节，感慕崩摧，凡在臣列，谁不哽切。内外职人先朝班次及诸方杂客，冬至之日，尽听入临。三品已上衰服者至夕复临，其余，唯旦临而已。其拜哭之节，一依别仪。"丁巳，萧赜遣使朝贡。

十有二月壬午，诏依准丘井之式⑳，遣使与州郡宣行条制，隐口漏丁，即听附实。若朋附豪势㉑，陵抑孤弱，罪有常刑。

十五年春正月丁卯，帝始听政于皇信东室。初分置左右史官。吐谷浑国遣使朝贡。二月已亥，枹罕镇将长孙百年请讨吐谷浑所置洮阳、泥和二戍，许之。己丑，萧赜遣使朝贡。三月甲辰，车驾谒永固陵。己酉，悉万斤等五国遣使朝贡。

夏四月癸亥，帝始进蔬食。乙丑，谒永固陵。自正月不雨，至于癸酉。有司奏祈百神，诏曰："昔成汤遇旱，齐景逢灾，并不由祈山川而致雨，皆至诚发中，澍润千里。万方有罪，在予一人。今普天丧恃，幽显同哀，神若有灵，犹应未忍安飨，何宜四气未周，便欲祀事。唯当考躬责己，以待天谴。"甲戌，诏员外散骑常侍李彪、尚书郎公孙阿六头使于萧赜。己卯，经始明堂，改营太庙。五月己亥，议改律令，于东明观折疑狱。乙卯，百年攻洮阳、泥和二戍，克之，俘获三千余人，诏悉免归。高丽国遣使朝献。丙辰，诏造五辂②。六月丁未，济阴王郁以贪残赐死。

秋七月乙丑，谒永固陵，规建寿陵。戊寅，吐谷浑国遣使朝贡。己卯，诏议祖宗，以道武为太祖。乙酉，车驾巡省京邑，听讼而还③。八月壬辰，议养老，又议肆类上帝、禋于六宗之礼④，帝亲临决。诏郡国有时物可以荐宗庙者，贡之。戊戌，移道坛于桑乾之阴，改曰崇虚寺。己亥，诏诸州举秀才，先尽才学。乙巳，亲定禘祫之礼⑤。丁巳，议律令事，仍省杂祀。九月辛巳，萧赜遣使朝贡。壬午，吐谷浑、高丽、宕昌、邓至诸国并遣使朝献。

冬十月庚寅，车驾谒永固陵，是月，明堂、太庙成。十有一月丁卯，迁七庙神主于新庙，乙亥，大定官品。戊寅，考诸牧守。诏假通直散骑常侍李彪、假散骑侍郎蒋少游使萧赜。丙戌，初罢小岁贺。丁亥，诏二千石考在上上者，假四品将军，赐乘黄马一匹；上中者，五品将军；上下者，赐衣一袭。十有二月壬辰，迁社于内城之西。癸巳，颁赐刺史已下衣冠。以安定王休为太傅，齐郡王简为太保。帝为高丽王琏举哀于城东行宫。己酉，车驾迎春于东部。辛亥，诏简选乐官⑥。

十有六年春正月戊午朔，飨群臣于太华殿。帝始为王公兴，悬而不乐。己未，宗祀显祖献文皇帝于明堂，以配上帝。遂升灵台⑦，以观云物；降居青阳左个，布政事。每朔，依以为常。辛酉，始以太祖配南郊。壬戌，诏定行次，以水承金。甲子，诏罢祖裸⑧。乙丑，制诸远属非太祖子孙及异姓为王，皆降为公，公为侯，侯为伯，子男仍旧，皆除将军之号，戊辰，帝临思义殿，策问秀孝。丙子，始以孟月祭庙。二月戊子，帝移御永乐宫。庚寅，坏太华殿，经始太极。辛卯，罢寒食飨。壬辰，幸北部曹，历观诸省，巡省京邑，听理冤讼。甲午，初朝日于东郊，遂以为常。丁酉，诏祀唐尧于平阳，虞舜于广宁，夏禹于安邑，周文于洛阳。丁未，改谥宣尼曰文圣尼父，告谥孔庙。三月丁卯，巡省京邑。癸酉，省西郊郊天杂事。乙亥，车驾初迎气南郊，自此为常。辛巳，以高丽王琏孙云为其国王。萧赜遣使朝贡。是月，高丽、邓至国并遣使朝贡。

四月丁亥朔，班新律令，大赦天下。癸巳，契喀国遣使朝贡。甲寅，幸皇宗学㉙，亲问博士经义。五月癸未，诏群臣于皇信堂更定律条，流徒限制，帝亲临决之。六月己丑，高丽国遣使朝贡。甲辰，诏曰：“务农重谷，王政所先；劝率田畴，君人常事。今四气休序，时泽滂润，宜用天分地，悉力东亩。然京师之民，游食者众，不加督劝，或芸耨失时㉚。可遣明使检察勤惰以闻。”

秋七月庚申，吐谷浑世子贺虏头来朝。壬戌，诏曰：“王者设官分职，垂拱责成㉛，振网举纲，众目斯理。朕德谢知人，岂能一见鉴识，徒乖为君委授之义。自今选举，每以季月，本曹与吏部铨简。”甲戌，诏兼员外散骑常侍宋弁、兼员外散骑侍郎房亮使于萧赜。八月庚寅，车驾初夕月于西郊，遂以为常。辛卯，高丽国遣使朝贡。乙未，诏阳平王颐、左仆射陆睿督十二将七万骑北讨蠕蠕。丙午，宕昌王梁弥承来朝。司徒尉元以老逊位。己酉，以尉元为三老，游明根为五更。又养国老、庶老。将行大射之礼㉜，雨，不克成。

癸丑，诏曰：“文武之道，自古并行，威福之施，必也相藉。故三、五至仁，尚有征伐之事；夏殷明睿，未舍兵甲之行。然则天下虽平，忘战者殆，不教民战，可谓弃之。是以周立司马之官，汉置将军之职，皆所以辅文强武，威肃四方者矣。国家虽崇文以怀九服㉝，修武以宁八荒㉞，然于习武之方，犹为未尽。今则训文有典，教武阙然。将于马射之前，先行讲武之式，可敕有司豫修场埒㉟。其列阵之仪，五戎之数㊱，别俟后敕。”九月甲寅朔，大序照穆于明堂，祀文明太皇太后于玄室。辛未，帝以文明太皇太后再周忌日，哭于陵左，绝膳二日，哭不辍声。辛巳，武兴王杨集始来朝。

冬十月乙酉，邓至国遣使朝献。己亥，以太傅、安定王休为大司马，特进冯诞为司徒。甲辰，诏以功臣配飨太庙。丙午，高丽国遣使朝献。庚戌，太极殿成，大飨群臣。十有一月乙卯，依古六寝，权制三室，以安昌殿为内寝，皇信堂为中寝，四下为外寝。十有二月，赐京邑老人鸠杖㊲。是月，萧赜遣使朝贡。

十有七年春正月壬子朔，帝飨百僚于太极殿。乙丑，诏曰："夫骏奔入觐㊳，臣下之常式；锡马赐车，君人之恒惠。今诸边君蕃胤，皆虔集象魏，趋锵紫庭。贡飨既毕，言旋无远。各可依秩赐车旗衣马，务令优厚。其武兴、宕昌，各赐锦缯纩一千㊴；吐谷浑世子八百；邓至世子，虽因缘至都，亦宜赉及，可赐三百。命数之差，皆依别牒。"诏兼员外散骑侍郎刘承叔使于萧赜。乙亥，勿吉国遣使朝献。丙子，以吐谷浑伏连筹为其国王。庚辰，蠲大司马、安定王休，太保、齐郡王简朔望之朝，二月乙酉，诏赐议律令之官各有差。己丑，车驾始籍田于都南。三月戊辰，改作后宫，帝幸永兴园，徙御宣文堂。吐谷浑国遣使朝献。

夏四月戊戌，立皇后冯氏。是月，萧赜征虏将军、直阁将军、蛮酋田益宗率部落四千余户内属。五月乙卯，宕昌、阴平、契丹、库莫奚诸国并遣使朝献。壬戌、宴四庙子孙于宣文堂，帝亲与之齿㊵，行家人之礼。甲子，帝临朝堂，引见公卿已下，决疑政，录囚徒。丁丑，以旱撤膳。襄阳蛮酋雷婆思等率一千三百余户内徙，居于太和川。六月丙戌，帝将南伐，诏造河桥。己丑，诏免徐、南豫、陕、岐、东徐、洛、豫七州军粮。丁未，讲武。乙巳，诏曰："六职备于周经，九列炳于汉晋㊶，务必有恒，人守其职。比百秩虽陈，事典未叙。自八元树位㊷，躬加省览，远依往籍，近采时宜，作《职员令》二十一卷。事迫戎期，未善周悉。虽不足纲范万度，永垂不朽，且可释滞目前，厘整时务㊸。须待军回，更论所阙，权可付外施行。其有当局所疑而令文不载者，随事以闻，当更附之。"立皇子恂为皇太子。戊申，高丽国遣使朝献。

秋七月癸丑，以皇太子立，诏赐民为人后者爵一级，为公士；曾为吏属者爵二级，为上造；鳏寡孤独不能自存者，人粟五斛。戊午，中外戒严。是月，萧赜死，孙昭业僭立。八月乙酉，三老、山阳郡公尉元薨。丙戌，车驾类于上帝。遂临尉元丧。丁亥，帝辞永固陵。己丑，车驾发京师，南伐，步骑百余万。太尉丕奏请以宫人从，诏曰："临戎不语内事，宜停来请。"壬寅，车驾至肆州，民年七十已上，赐爵一级。路见眇跛者，停驾亲问，赐衣食终身。戊申，幸并州。亲见高年，问所疾苦。九月壬子，诏兼员外散骑常侍高聪、兼员外散骑侍郎贾祯使于萧昭业。丁巳，诏以车驾所经，伤民秋稼者，亩给谷五斛。戊辰，济河。诏洛、怀、并、肆所过四州之民：百年以上假县令，九十以上赐爵三级，八十以上赐爵二级，七十以上赐爵一级；鳏寡孤独不能自存者，粟人五斛，帛二匹；孝悌廉义、文武应求者，皆以名闻。又诏厮养之户不得与士民婚㊹；有文武之才，积劳应进者同庶族例，听之。庚午，幸洛阳，周巡故宫基趾㊺。帝顾谓侍臣曰："晋德不修，早倾宗祀，荒毁至此，用伤朕怀。"遂咏《黍离》之诗，为之流涕。壬申，观洛桥，幸太学，观《石经》。乙亥，邓至王像舒彭遣子旧诣阙朝贡，并奉表，求以位授旧，诏许之。丙子，诏六军发轸㊻。丁丑，戎服执鞭，御马而出，群臣稽颡于马前㊼，请停南伐，帝乃止。仍定迁都之计。

冬十月戊寅朔，幸金墉城。诏征司空穆亮与尚书李冲、将作大匠董爵经始洛京。己卯，幸河南城。乙酉，幸豫州。癸巳，次于石济。乙未，解严，设坛于滑台城东，告行庙以迁都之意。大赦天下，起滑台宫。又诏京师及诸州从戎者赐爵一级，应募者加二级，主将加三级。癸卯，幸邺城。乙巳，诏安定王休率从官迎家于代京，车驾送于漳水上。初，帝之南伐也，起宫殿于邺西；十有一月癸亥，宫成，徙御焉。十有二月戊寅，巡省六军。庚寅，阴平国遣使朝贡。乙未，诏隐恤军士㊽，死亡疾病务令优给。

十有八年春正月丁未朔，朝群臣于邺宫澄鸾殿。丁巳，高丽国遣使朝献。癸亥，车驾南巡。

诏相、兖、豫三州：百年以上假县令，九十以上赐爵二级，七十以上赐爵一级；孤老鳏寡不能自存者，赐粟五石、帛二匹；孝悌廉义、文武应求者，皆以名闻。戊辰，经殷比干之墓，祭以太牢[49]。乙亥，幸洛阳西宫。二月乙丑，行幸河阴，规建方泽之所[50]。丙申，河南王干徙封赵郡，颍川王雍徙封高阳。壬寅，车驾北巡。癸卯，济河。萧昭业遣使朝贡。甲辰，诏天下，喻以迁都之意。闰月癸亥，次句注陉南，皇太子朝于蒲池。壬申，至平城宫。癸酉，临朝堂，部分迁留。甲戌，谒永固陵。三月庚辰，罢西郊祭天。壬辰，帝临太极殿，谕在代群臣以迁移之略。

夏五月乙亥，诏罢五月五日、七月七日飨。六月己巳，诏兼员外散骑常侍卢昶、兼员外散骑侍郎王清石使于萧昭业。

秋七月乙亥，以宋王刘昶为大将军。壬午，侍中、大司马、安定王休薨。辛卯，高丽国遣使朝贡。壬辰，车驾北巡。戊戌，谒金陵。辛丑，幸朔州。是月，岛夷萧鸾杀其主萧昭业，立昭业弟昭文。八月癸卯，皇太子朝于行宫。甲辰，行幸阴山，观云川。丁未，幸阅武台，临观讲武。癸丑，幸怀朔镇。己未，幸武川镇。辛酉，幸抚冥镇。甲子，幸柔玄镇。乙丑，南还。所过皆亲见高年，问民疾苦，贫窭孤老赐以粟帛。丙寅，诏六镇及御夷城人，年八十以上而无子孙兄弟，终身给其廪粟；七十以上家贫者，各赐粟十斛，又诏诸北城人，年满七十以上及废疾之徒，校其元犯，以准新律，事当从坐者，听一身还乡，又令一子扶养，终命之后，乃遣归边；自余之处，如此之犯，年八十以上，皆听还。戊辰，车驾次旋鸿池。庚午，谒永固陵。辛未，还平城宫。九月壬申朔，诏曰："三载考绩，自古通经；三考黜陟，以彰能否。今若待三考然后黜陟，可黜者不足为迟，可进者大成赊缓[51]。是以朕今三载一考，考即黜陟，欲令愚滞无妨于贤者，才能不壅于下位[52]。各令当曹考其优劣，为三等。六品以下，尚书重问；五品以上，朕将亲与公卿论其善恶。上上者迁之，下下者黜之，中中者守其本任。"壬午，帝临朝堂，亲加黜陟。壬辰，阴平王杨炅来朝。

冬十月甲辰，以太尉、东阳王丕为太傅。戊申，亲告太庙，奉迁神主。辛亥，车驾发平城宫。壬戌，次于中山之唐湖。乙丑，分遣侍臣巡问民所疾苦。己巳，幸信都。庚午，诏曰："比闻缘边之蛮，多有窃掠，致有父子乖离，室家分绝，既亏和气，有伤仁厚。方一区宇，子育万姓，若苟如此，南人岂知朝德哉？可诏荆、郢、东荆三州勒敕蛮民，勿有侵暴。"是月，萧鸾废杀其主萧昭文而僭立。十有一月辛未朔，诏冀、定二州民：百年以上假以县令，九十以上赐爵三级，八十以上赐爵二级，七十以上赐爵一级；鳏寡孤独不能自存者，赐以谷帛；孝义廉贞、文武应求者具以名闻。丁丑，车驾幸邺。甲申，经比干之墓，伤其忠而获戾，亲为吊文，树碑而刊之。己丑，车驾至洛阳。萧鸾雍州刺史曹虎据襄阳请降。十有二月辛丑朔，遣行征南将军薛真度督四将出襄阳，大将军刘昶出义阳，徐州刺史元衍出钟离，平南将军刘藻出南郑。壬寅，革衣服之制。癸卯，诏中外戒严。戊申，优复代迁之户租赋三岁。己酉，诏王、公、侯、伯、子、男开国食邑者：王食半，公三分食一，侯伯四分食一，子男五分食一。辛亥，车驾南伐。丁卯，诏郢豫二州之民：百龄以上假县令，九十以上赐爵三级，八十以上赐爵二级，七十以上赐爵一级；孤寡鳏老不能自存者，赐以谷帛；缘路之民复田租一岁；孝悌廉义、文武应求具以名闻。戊辰，车驾至悬瓠。己巳，诏寿阳、钟离、马头之师所获男女之口皆放还南。

十有九年春正月辛未朔，朝飨群臣于悬瓠。癸酉，诏禁淮北之民不得侵掠，犯者以大辟论。甲戌，檄喻萧鸾。丙子，鸾龙阳县开国侯王朗自涡阳来降。壬午，讲武于汝水之西，大赉六军。丙申，平南将军王肃频破萧鸾将，擒其宁州刺史董峦。己亥，车驾济淮。二月甲辰，幸八公山。路中雨甚，诏去盖；见军士病者，亲隐恤之。戊申，车驾巡淮而东，民皆安堵，租运属路。壬子，高丽国遣使朝献。丙辰，车驾至钟离。戊午，军士擒萧鸾三千卒，帝曰："在君为君，其民何罪。"于是免归。辛酉，车驾发钟离，将临江水。司徒冯诞薨。壬戌，乃诏班师。丁卯，遣使临江数萧鸾杀主自立之罪恶。三月戊寅，幸邵阳。戊子，太师冯熙薨。乙未，幸下邳。邓至国遣使朝贡。

夏四月庚子，车驾幸彭城，辛丑，帝为太师冯熙举哀于行在所。丁未，曲赦徐豫二州，其运漕之士，复租赋三年。辛亥，诏赐百岁以上假县令，九十以上赐爵三级，八十以上赐爵二级，七十以上赐爵一级；孤寡老疾不能自存者，赐以谷帛；德著丘园者具以名闻㊶；萧鸾民降者，给复十五年。癸丑，幸小沛，遣使以太牢祭汉高祖庙。己未，行幸瑕丘，遣使以太牢祠岱岳。诏宿卫武官增位一级。庚申，行幸鲁城，亲祠孔子庙。辛酉，诏拜孔氏四人、颜氏二人为官。诏兖州刺史举部内士人才堪军国及守宰治行，具以名闻。又诏赐兖州民爵及粟帛如徐州。又诏选诸孔宗子一人，封崇圣侯，邑一百户，以奉孔子之祀。又诏兖州为孔子起园柏，修饰坟垄㊴，更建碑铭，褒扬圣德。戊辰，行幸碻磝。太和庙成。五月己巳，城阳王鸾赭阳失利，降为定襄县王。广川王谐薨。庚午，迁文成皇后冯氏神主于太和庙。甲戌，行幸滑台。丙子，次于石济。庚辰，皇太子朝于平桃城。高丽、吐谷浑国并遣使朝贡。癸未，车驾至自南伐，告于太庙。甲申，减闲官禄以裨军国之用。乙酉，行饮至之礼，班赐有差。甲午，皇太子冠于庙。六月己亥，诏不得以北俗之语言于朝廷，若有违者，免所居官。辛丑，诏复军士从驾渡淮者租赋三年。癸卯，诏皇太子赴平城宫。壬子，诏济州、东郡、荥阳及河南诸县车驾所经者，百年以上赐假县令，九十以上赐爵三级，八十以上赐爵二级，七十以上赐爵一级；孤老鳏寡不能自存，赐以谷帛；孝悌廉义、文武应求者具以名闻。癸丑，诏求天下遗书，秘阁所无、有裨益时用者加以优赏。乙卯，曲赦梁州，复民田租三岁。丙辰，诏迁洛之民，死葬河南，不得还北。于是代人南迁者，悉为河南洛阳人。戊午，诏改长尺大斗，依《周礼》制度，班之天下。

八月甲辰，幸西宫，路见坏冢露棺，驻辇殣之㊵。乙巳，诏选天下武勇之士十五万人为羽林、虎贲，以充宿卫㊶。丁巳，诏诸从兵从征被伤者皆听还本。金墉宫成。甲子，引群臣历宴殿堂。九月庚午，六宫及文武尽迁洛阳㊷。丙戌，行幸邺。丁亥，诏曰；"诸有旧墓，铭记见存，昭然为时人所知者，三公及位从公者去墓三十步，尚书令仆、九列十五步，黄门、五校十步，各不听垦殖。"壬辰，遣黄门郎以太牢祭比干之墓。乙未，车驾还宫。

冬十月甲辰，曲赦相州。民百年以上假郡守，九十以上假县令，八十以上赐爵三级，七十以上赐爵二级；孤老痼疾不能自存者，赐以谷帛。丙辰，车驾至自邺。辛酉，诏州郡诸有士庶经行修敏、文思遹逸，才长吏治、堪干政事者，以时发遣。壬戌，诏诸州牧精品属官，考其得失，为三等之科以闻，将亲览而升降焉。诏徐、兖、光、南青、荆、洛六州纂严戒备，应须赴集。十有一月，行幸委粟山。议定圆丘。甲申，有事于圆丘。丙戌，大赦天下。十有二月乙未朔，引见群臣于光极堂，宣示品令，为大选之始。辛酉，骠骑大将军、司州牧、咸阳王禧为长兼太尉，前南安王桢复本封，以特进、广陵王羽为征东大将军、开府仪同三司、青州刺史。甲子。引见群臣于光极堂，班赐冠服㊸。

二十年春正月丁卯，诏改姓为元氏。壬辰，改封始平王勰为彭城王，以定襄县王鸾复封城阳王。二月辛丑，帝幸华林，听讼于都亭㊹。壬寅，诏自非金革，听终三年丧。丙午，诏畿内七十以上暮春赴京师㊿，将行养老之礼。庚戌，幸华林，听讼于都亭。癸丑，诏介山之邑，听为寒食，自余禁断。三月丙寅，宴群臣及国老、庶老于华林园。诏曰："国老黄耇以上㊱，假中散大夫、郡守；耆年以上，假给事中、县令；庶老，直假郡县。各赐鸠杖、衣裳。"丁丑，诏诸州中正各举其乡之民望，年五十以上守素衡门者㊲，授以令长。

夏四月甲辰，广州刺史薛法护南叛。五月丙子，诏曰："农惟政首，稷实民先，澍雨丰洽，所宜敦励。其令畿内严加课督，惰业者申以楚挞㉓，力田者具以名闻。"丙戌，初营方泽于河阴。遣使者以太牢祭汉光武及明、章三帝陵。又诏汉、魏、晋诸帝陵，各禁方百步不得樵苏践蹋㉔。丁亥，车驾有事于方泽。

七月，废皇后冯氏。戊寅，帝以久旱，咸秩群神；自癸未不食至于乙酉，是夜澍雨大洽。

丁亥，诏曰："炎阳爽节，秋零卷澍，在予之责，实深悚慄㉕，故辍膳三晨，以命上诉。灵鉴诚款，曲流云液。虽休勿休，宁敢愆怠。将有贤人湛德，高士凝栖，虽加铨采，未能招致。其精访幽谷，举兹贤彦，直言极谏，匡予不及。又邪佞毁朝，固唯治蠹；贪夫窃位，大政以亏，主者弹劾不肖，明黜盗禄。又法为治要，民命尤重，在京之囚，悉命条奏㉖，朕将亲案，以时议决。又疾苦六极㉗，人神所矜，宜时访恤，以拯穷废。鳏寡困乏、不能自存者，明加矜恤，令得存济。又轻徭薄赋，君人常理，岁中恒役，具以状闻。又夫妇之道，生民所先，仲春奔会，礼有达式，男女失时者以礼会之㉘。又京民始业，农桑为本，田稼多少，课督以不，具以状言。"

八月壬辰朔，幸华林园，亲录囚徒，咸降本罪二等决遣之。戊戌，车驾幸嵩高。甲寅，还宫。丁巳，南安王桢薨。幸华林园听讼。九月戊辰，车驾阅武于小平津。癸酉，还宫。丁亥，将通洛水入谷，帝亲临观。

冬十月戊戌，以代迁之士皆为羽林、虎贲；司州之民，十二夫调一吏，为四年更卒，岁开番假，以供公私力役。己酉，曲赦京师。十有一月乙酉，复封前汝阴王天赐孙景和为汝阴王，前京兆王太兴为西河王。闰月丙辰，右将军元隆大破汾州叛胡。十有二月甲子，以西北州郡旱俭，遣侍臣循察，开仓赈恤。乙丑，开盐池之禁，与民共之。丙寅，废皇太子恂为庶人；丁卯，告太庙。戊辰，置常平仓㉙。恒州刺史穆泰等在州谋反，遣行吏部尚书任城王澄案治之。乐陵王思誉坐知泰阴谋不告，削爵为庶人。

二十有一年春正月丙申，立皇子恪为皇太子，赐天下为父后者爵一级。己亥，遣兼侍中张彝、崔光，兼散骑常侍刘藻，巡方省察，问民疾苦，黜陟守宰，宣扬风化。乙巳，车驾北巡。二月壬戌，次于太原。亲见高年，问所不便。乙丑，诏并州士人年六十已上，假以郡守。先是，定州民王金钩讹言惑众，自称应王。丙寅，州郡捕斩之。癸酉，车驾至平城。甲戌，谒永固陵。癸未，行幸云中。三月庚寅，车驾至自云中。辛卯，谒金陵。乙未，车驾南巡。己酉，次离石。叛胡归罪，宥之。甲寅，诏汾州民百年以上假县令，九十以上赐爵三级，八十以上赐爵二级，七十以上赐爵一级。丙辰，车驾次平阳，遣使者以太牢祭唐尧。

夏四月庚申，幸龙门，遣使者以太牢祭夏禹。癸亥，行幸蒲坂，遣使者以太牢祭虞舜。戊辰，诏修尧、舜、夏禹庙。辛未，行幸长安。壬申，武兴王杨集始来朝。乙亥，亲见高年，问所疾苦。丙子，遣侍臣分省县邑，赈赐谷帛。戊寅，幸未央殿、阿房宫，遂幸昆明池。癸未，大将军、宋王刘昶薨。丙戌，遣使者以太牢祀汉帝诸陵。五月丁亥朔，卫大国遣使朝贡。己丑，车驾东旋，泛渭入河。庚寅，诏雍州士人百年以上假华郡太守，九十以上假荒郡，八十以上假华县令，七十以上假荒县；庶老以年各减一等，七十以上赐爵三级；其营船之夫，赐爵一级，孤寡鳏贫、穷痾废疾㉚，各赐帛二匹，谷五斛；其孝友德义、文学才干，悉仰贡举。壬辰，遣使者以太牢祭周文王于酆，祭武王于镐。癸卯，遣使祭华岳。六月庚申，车驾至自长安。壬戌，诏冀、定、瀛、相、济五州发卒二十万，将以南讨。癸亥，司空穆亮逊位。丁卯，部分六师，以定行留。

秋七月甲午，立昭仪冯氏为皇后。戊辰，以前司空穆亮为征北大将军、开府仪同三司、冀州刺史。甲寅，帝亲为群臣讲丧服于清徽堂。八月丙辰，诏中外戒严。壬戌，立皇子愉为京兆王，怿为清河王，怀为广平王。壬申，行幸河南城。甲戌，讲武于华林园。庚辰，车驾南讨。九月丙申，诏曰："哀贫恤老，王者所先，鳏寡六疾㊆，尤宜矜愍。可敕司州洛阳之民，年七十已上无子孙，六十以上无期亲，贫不自存者，给以衣食；及不满六十而有废痼之疾，无大功之亲，穷困无以自疗者，皆于别坊遣医救护，给医师四人，豫请药物以疗之。"丁酉，诏河南尹李崇讨梁州叛羌，受征西源怀节度。辛丑，帝留诸将攻赭阳，引师而南。癸卯，至宛城，夜袭其郛㊁，克之。丁未，车驾发南阳，留太尉咸阳王禧、前将军元英攻之。己酉，车驾至新野。

冬十月丁巳，四面进攻，不克，诏左右军筑长围以守之。乙亥，追废贞皇后林氏为庶人。十有一月甲午，萧鸾前军将军韩秀方、弋阳太守王副之、后军将军赵祖悦等十五将来降。丁酉，大破贼军于沔北，获其将军王伏保等。于是民皆复业，九十以上假以郡守，六十五以上假以县令。新野民张睹栅万余家，拒守不下，十有二月庚申，破之，俘斩万余。丁卯，诏流徒之囚，皆勿决遣㊂，有登城之际，令其先锋自效。庚午，车驾临沔，遂巡沔东还。戊寅，车驾还新野。己卯，亲行营垒，隐恤六军。萧鸾将王昙纷等万余人寇南青州黄郭戍，戍主崔僧渊击破之，悉虏其众。以齐郡王子琛绍河间王若后。高昌国遣使朝贡。

二十有二年春正月癸未朔，朝飨群臣于新野行宫。丁亥，拔新野，获萧鸾辅国将军、新野太守刘忌，斩之于宛。戊子，鸾湖阳戍主蔡道福弃城遁走。辛卯，鸾赭阳戍主成公期，军主胡松弃城遁走。壬辰，鸾辅国将军、舞阴戍主黄瑶起及直阁将军、台军主鲍举，南乡太守席谦相寻遁走，瑶起、鲍举为军人所获送。庚戌，行幸南阳。二月乙卯，进攻宛北城。甲子，拔之，鸾冠军将军南阳太守房伯玉面缚出降。庚午，车驾幸新野。辛未，诏以穰民首归大顺终始若一者，给复三十年，标其所居曰"归义乡"；次降者给复十五年。三月壬午朔，大破鸾平北将军崔惠景、黄门郎萧衍军于邓城，斩获首虏二万有余。庚寅，行幸樊城，观兵襄沔，耀武而还。曲赦二荆、鲁阳郡。镇南将军王肃攻鸾义阳。鸾遣将裴叔业寇涡阳。乙未，诏将军郑思明、严虚敬、宇文福等三军继援。辛丑，行幸湖阳。乙未，次比阳。戊申，诏荆州诸郡之民，初降次附，复同穰县。辛亥，行幸悬瓠。

夏四月甲寅，从征武直之官进位三阶，文官二级，外官一阶。庚午，发州郡兵二十万人，限八月中旬集悬瓠。赵郡王幹薨。五月丙午，诏在征身丧者，四品已下及卑兼之职给帛有差。六月庚申，诏诸王将士战没皆加优赠。

秋七月壬午，诏曰："朕以寡德，属兹靖乱，实赖群英，凯清南夏，宜约躬赏效，以劝茂绩。后之私府，便可损半；六宫嫔御，五服男女，常恤恒供，亦令减半；在戎之亲，三分省一。"是月，萧鸾死，子宝卷僭立。八月辛亥，皇太子自京师来朝。壬子，萧宝卷奉朝请邓学拥其齐兴郡内属。敕勒树者相率反叛。诏平北将军、江阳王继都督北讨诸军事以讨之。壬午，高丽国遣使朝献。九月己亥，帝以萧鸾死，礼不伐丧，乃诏反旆㊃。庚子，仍将北伐叛房。丙午，车驾发悬瓠。

冬十月己酉朔，曲赦二豫殊死已下，复民田租一岁。十有一月辛巳，幸邺。十有二月甲寅，以江阳王继定敕勒，乃诏班师。

二十有三年春正月戊寅朔，朝群臣，以帝疾瘳上寿，大飨于澄鸾殿。壬午，幸西门豹祠，遂历漳水而还。萧宝卷遣太尉陈显达寇荆州。癸未，诏前将军元英讨之。乙酉，车驾发邺。戊戌，至自邺。庚子，告于庙社。癸卯，行饮至策勋之礼。甲辰，大赦天下。太保、齐郡王简薨。二月辛亥，以长兼太尉、咸阳王禧为正太尉。癸亥，以中军大将军、彭城王勰为司徒，复乐陵王思誉本封。癸酉，显达攻陷马圈戍。三月庚辰，车驾南伐。癸未，次梁城。甲申，以顺阳被围危急，诏振武将军慕容平城率骑五千赴之。丙戌，帝不豫㊄，司徒、彭城王勰侍疾禁中，且摄百揆㊅。丁酉，车驾至马圈。诏镇南大将军、广阳王嘉断均口，邀显达归路。戊戌，频战破之，其夜，显达及崔惠景、曹虎等宵遁。己亥，收其戎资亿计，班赐六军。诸将追奔及于汉水，斩获及赴水而死者十八九，斩宝卷左军将军张于达等。贼将蔡道福、成公期率数万人弃顺阳遁走。

庚子，帝疾甚，车驾北次榖塘原。甲辰，诏赐皇后冯氏死。诏司徒勰征太子于鲁阳践阼⑦。诏以侍中、护军将军、北海王详为司空公，镇南将军王肃为尚书令，镇南大将军、广阳王嘉为尚书左仆射，尚书宋弁为吏部尚书，与侍中、太尉公禧，尚书右仆射、任城王澄等六人辅政。顾命辞辅曰：“粤尔太尉、司空、尚书令、左右仆射、吏部尚书，惟我太祖丕丕之业，与四象齐茂⑱，累圣重明，属鸿历于寡昧。兢兢业业，思纂乃圣之遗踪。迁都嵩极，定鼎河瀍，庶南荡瓯吴，复礼万国，以仰光七庙⑲，俯济苍生。困穷早灭，不永乃志。公卿其善毗继子，隆我魏室，不亦善欤？可不勉之！”夏四月丙午朔，帝崩于榖塘原之行宫，时年三十三。秘讳，至鲁阳发哀，还京师。上谥曰孝文皇帝，庙曰高祖。五月丙申，葬长陵。

帝幼有至性，年四岁，显祖曾患痈，帝亲自吮脓。五岁受禅，悲泣不能自胜。显祖问帝，帝曰：“代亲之感，内切于心。”显祖甚叹异之。文明太后以帝聪圣，后或不利于冯氏，将谋废帝。乃于寒月，单衣闭室，绝食三朝，召咸阳王禧，将立之，元丕、穆泰、李冲固谏，乃止。帝初不有憾，唯深德丕等。抚念诸弟，始终曾无纤介，惇睦九族⑳，礼敬俱深。虽于大臣持法不纵，然性宽慈，每垂矜舍。进食者曾以热羹伤帝手，又曾于食中得虫秽之物，并笑而恕之。宦者先有谮帝于太后，太后大怒，杖帝数十，帝默然而受，不自申明。太后崩后，亦不以介意。

听览政事，莫不从善如流。哀矜百姓，恒思所以济益，天地、五郊、宗庙二分之礼，常必躬亲，不以寒暑为倦。尚书奏案，多自寻省。百官大小，无不留心，务于周洽。每言：凡为人君，患于不均，不能推诚御物，苟能均诚，胡越之人亦可亲如兄弟。常从容谓史官曰：“直书时事，无讳国恶。人君威福自己，史复不书，将何所惧。”南北征巡，有司奏请治道，帝曰：“粗修桥梁，通舆马便止，不须去草划令平也㉑。”凡所修造，不得已而为之，不为不急之事损民力也。巡幸淮南，如在内地，军事须伐民树者，必留绢以酬其直，民稻粟无所伤践。诸有禁忌禳厌之方非典籍所载者，一皆除罢。

雅好读书，手不释卷，《五经》之义，览之便讲，学不师受，探其精奥。史传百家，无不该涉。善谈庄老，尤精释义。才藻富赡，好为文章，诗赋铭颂，任兴而作。有大文笔，马上口授，及其成也，不改一字。自太和十年已后诏册，皆帝之文也。自余文章，百有余篇。爱奇好士，情如饥渴。待纳朝贤，随才轻重，常寄以布素之意㉒。悠然玄迈，不以世务婴心，又少而善射，有膂力，年十余岁，能以指弹碎羊髆骨。及射禽兽，莫不随所志毙之。至年十五，便不复杀生，射猎之事悉止。性俭素，常服浣濯之衣㉓，鞍勒铁木而已。帝之雅志，皆此类也。

史臣曰：有魏始基代朔，廓平南夏，辟壤经世，咸以威武为业，文教之事，所未遑也。高祖幼承洪绪，早著睿圣之风。时以文明摄事，优游恭己，玄览独得，著自不言，神契所标，固以符于冥化。及躬总大政，一日万机，十许年间，曾不暇给，殊途同归，百虑一致，至夫生民所难行，人伦之高迹，虽尊居黄屋，尽蹈之矣。若乃钦明稽古，协御天人，帝王制作，朝野轨度，斟酌用舍，焕乎其有文章，海内生民咸受耳目之赐。加以雄才大略，爱奇好士，视下如伤，役己利物，亦无得而称之。其经纬天地，岂虚谥也。

---

①衮冕（gǔn miǎn，音滚免）：衮，古代帝王、三公（古代最高的官吏）穿的礼服。冕，古代大夫以上贵族所戴的礼帽，此处特指孝文帝的礼服。

②公服：旧称官吏之制服。即朝廷之服，分五等：朱、紫、绯（红色）、绿、青。”

③服御辇：辇，原指人力拉的车，秦汉以后专指皇帝的车。古时的交通工具还有轺（yáo，音摇）是一种轻便、快速的马车。舆，原指车箱，后泛指车，也指轿子。服：乘坐。

④组绶：组，丝带。绶，也是丝带，常用以拴玉和印。

⑤缌（sī，音司）：细的麻布。"缌麻"是丧服名。古丧服曰服，斩衰、齐衰、大功、小功、缌麻为五服，以别亲疏有差。衰，同缞（cuī，音崔）。

⑥猷（yóu，音由）：计谋，谋划，方法。

⑦猥（wěi，音委）：谦词。表示谦虚。

⑧机杼：杼（zhù，音注），原指织机之梭。机杼，机以转轴，杼以持纬。又引申为文章之构思布局。此处指减少宫中不需之人。

⑨孟：四季中月份在开头的。

⑩班赉：班，分给。赉（lài，音赖），赐与。

⑪犴（àn，音按）：乡间的牢狱。

⑫听：任凭。

⑬彝器：古青铜器之通称，多指宗庙祭祀之礼器。

⑭楛矢石砮：见《晋武帝》注③。

⑮圆丘：圆，通"圜"。冬至祭天之所。天坛。

⑯赇（qiú，音求）：贿赂。

⑰起居注：我国古代帝王言行录。汉武帝有《禁中起居注》。魏晋以下设著作郎、起居舍人、起居郎等官职以编撰起居注。元以下制度虽存，而记录渐简。

⑱陵隧：陵，皇室之坟墓。隧，墓道。

⑲三年之制：古官吏父母死，要去职三年丁忧。丁，遭遇。

⑳丘井之式：古分田之法，八家同井，四井为邑，四邑为丘。

㉑朋附：朋，群聚，依附。

㉒辂（lù，音路）：原指绑在车辕上用以牵引车子的横木，此处指一种车子。

㉓听讼：听，断也。《礼记》："以听狱讼。"

㉔禋于六宗：禋（yīn，音印），古代祭天的祭名，泛指祭祀。"禋于六宗"语出《书》。六宗，神名。具体说法不一。有人认为是：震、巽、坎、离、艮、兑乾坤六子。

㉕禘祫（dì xiá，音弟侠）：古代帝王将远近祖先的牌位集合于太祖庙举行合祭之礼。五岁一禘，三岁一祫。也有人认为禘帝、祫是一回事。

㉖简选：选拔。

㉗灵台：见《石勒（下）》注㉚。

㉘裸（guàn，音贯）：祭祀时斟酒浇地以降神。

㉙宗学：皇室和功臣子弟学校。

㉚游食：浮食，不事生产的人。芸耨：除草。

㉛垂拱：见《晋武帝》注㉒。

㉜大射之礼：《仪礼》有大射篇。其说不一。有人认为是指诸侯与群臣饮酒而行习射之礼。

㉝九服：据《周礼》乃辨九服之邦国，方千里曰王畿，其外方五百里曰侯服，以次递推为甸服、男服，采服，卫服，蛮服，夷服，镇服，藩服，共九服。服者，服事天子之谓。

㉞八荒：八方之荒远处。四方四维谓之八方。

㉟埒：堤坝。

㊱五戎：即五兵。弓矢、殳、矛、戈、戟。

㊲鸠杖：古年七十者，授以玉杖，杖端以鸠鸟装饰。因为鸠鸟不噎，企盼老人不噎也。

㊳觐（jìn，音近）：拜见。"觐"原指诸侯在秋天朝见天子。"朝"则指诸侯在春天朝见天子，后泛指朝见帝王。

㊴缯：丝织品之总称。　纩：绵帛。

㊵齿：此处指皇帝亲自为排座次。

㊶九列：九卿之位。据《通典》，周之九卿即：少师，少傅，少保，冢宰，司徒，宗伯，司马，司寇，司空。后历代有改动。

㊷八元：据《左传》，高辛氏有才子八人，即伯奋，仲堪，叔献，季仲，伯虎，仲熊，叔豹，季貍。

㊸厘整：改正。

㊹厮养之户：析（劈）薪养马之役曰厮，给事烹炊之役曰养。指仆从。

㊺基趾：居下承上者。

㊻轸（zhěn，音枕）：车子。转动。此处指出兵。

㊼稽颡：居丧时期拜宾客之礼。以额触地。

㊽隐：通“殷”。盛也。

㊾太牢：牛羊豕（猪）三牲为太牢。

㊿方泽：地坛。

(51)大成赊缓：大成，见《孟子》：“孔子之谓集大成。”赊缓，慢也。

(52)壅：塞。此处意为人才被压制在下面，不能脱颖而出。

(53)丘园：隐居之地。

(54)垄：坟。

(55)殣：饿死。

(56)宿卫；在宫禁中值宿警卫。

(57)六宫：古时天子后立六宫。皇后正寝一，燕寝五，是为六宫。

(58)冠服：古官吏之礼服。

(59)都亭：都城之亭，洛阳二十街，街一亭，二十城门，门一亭。

(60)暮春：春末，农历三月。

(61)黄耇：耇（gǒu，音苟），形容长寿者。《朱熹集传》：“黄，老人发复黄也；耇，老人面冻梨色，如浮垢也。”

(62)衡门：见《谢安》注⑧。

(63)楚：见《苻坚（下）》注(60)

(64)樵苏：取薪曰樵，取草曰苏。

(65)悚慓：恐惧。害怕得发抖。

(66)条奏：条，条陈。

(67)六极：《书》：凶短折，疾，忧，贫，恶，弱为六极。又四方上下亦称六极。

(68)失时，后于时机。

(69)常平仓：见《晋武帝》注㉝。

(70)痌：同“痌”。病。

(71)六疾：据《左传》，淫生六疾，阴淫寒疾，阳淫热疾，风淫末疾，雨淫腹疾，晦淫惑疾，明淫心疾。以上阴，阳，风，雨，晦，明叫做六气。淫，过度，无节制也。

(72)郛：见《苻坚（上）》注㉞。

(73)决：疾、快。

(74)反旆：旆（pèi，音配），归。皇帝下令收兵。

(75)不豫：生病。

(76)百揆：见《石勒（下）》注㊺。

(77)践阼：见《晋武帝》注⑦。

(78)丕丕之业：丕，大业。《史记》：“天下之壮观，王者之丕业。”　　四象：太阳，太阴，少阳，少阴。《易》：太极生两仪，两仪生四象，四象生八卦。

(79)七庙：据《礼记》，天子七庙，三昭三穆与太祖之庙，合称七庙。所谓照穆是宗庙之制，太祖之庙居中，二、四、六世居左谓之昭；三、五、七世居右曰穆。

(80)九族：有广狭两种解释。①父族四，母族三，妻族二合称九族。②本宗高祖至玄孙为九族。即以己为本位，直系亲上下各推四世，上至高祖下至玄孙。

(81)刬（chǎn，音产）：铲去，削平。

(82)布素：布衣朴素的人。布衣，普通百姓。

(83)浣濯之衣：洗旧了的衣服。

北齐书

（选录）

〔唐〕李百药　撰

文 宣 帝 纪

　　显祖文宣皇帝，讳洋，字子进，高祖第二子，世宗之母弟。后初孕，每夜有赤光照室，后私尝怪之。初，高祖之归尒朱荣，时经危乱，家徒壁立，后与亲姻相对，共忧寒馁。帝时尚未能言，欻然应曰"得活"，太后及左右大惊而不敢言。鳞身，重踝，不好戏弄，深沉有大度。晋阳曾有沙门，乍愚乍智，时人不测，呼为阿秃师。帝曾与诸童共见之，历问禄位，至帝，举手再三指天而已，口无所言。见者异之。高祖尝试观诸子意识，各使治乱丝，帝独抽刀斩之，曰："乱者须斩。"高祖是之。又各配兵四出，而使甲骑伪攻之。世宗等怖挠，帝乃勒众与彭乐敌，乐免胄言情，犹擒之以献。后从世宗行过辽阳山，独见天门开，余人无见者。内虽明敏，貌若不足，世宗每嗤之，云："此人亦得富贵，相法亦何由可解。"唯高祖异之，谓薛琡曰："此儿意识过吾。"幼时师事范阳卢景裕，默识过人，景裕不能测也。天平二年，授散骑常侍、骠骑大将军、仪同三司、左光禄大夫、太原郡开国公。武定元年，加侍中。二年，转尚书左仆射、领军将军。五年，授尚书令、中书监、京畿大都督。

　　武定七年八月，世宗遇害。事出仓卒，内外震骇，帝神色不变，指麾部分，自脔斩群贼而漆其头，徐宣言曰："奴反，大将军被伤，无大苦也。"当时内外莫不惊异焉。乃赴晋阳，亲总庶政，务从宽厚，事有不便者咸蠲省焉。

　　冬十月癸未朔，以咸阳王坦为太傅，潘相乐为司空。

　　十一月戊午，吐谷浑国遣使朝贡。梁齐州刺史茅灵斌、德州刺史刘领队、南豫州刺史皇甫眘等并以州内属。

　　十二月己酉，以并州刺史彭乐为司徒，太保贺拔仁为并州刺史。

　　八年春正月庚申，梁楚州刺史宋安顾以州内属。辛酉，魏帝为世宗举哀于东堂。梁定州刺史田聪能、洪州刺史张显等以州内属。戊辰，魏诏进帝位使持节、丞相、都督中外诸军事、录尚书事、大行台、齐郡王，食邑一万户。甲戌，地豆于国遣使朝贡①。

　　三月辛酉，又进封齐王，食冀州之渤海长乐安德武邑、瀛州之河间五郡，邑十万户。自居晋阳，寝室夜有光如昼。既为王，梦人以笔点己额，且以告馆客王昙哲曰："吾其退乎？"昙哲再拜贺曰："王上加点，便成主字，乃当进也。"

　　夏五月辛亥，帝如邺。甲寅，进相国，总百揆②，封冀州之渤海长乐安德武邑、瀛州之河间高阳章武、定州之中山常山博陵十郡，邑二十万户，加九锡，殊礼，齐王如故。魏帝遣兼太尉彭城王韶、司空潘相乐册命曰：

　　"于戏，敬听朕命！夫惟天为大，列晷宿而垂象；谓地盖厚，疏川岳以阜物。所以四时代序，万类骈罗，庶品得性，群形不夭。然则皇王统历，深视高居，拱默垂衣，寄成师相，此则夏伯、殷尹竭其股肱，周成、汉昭无为而治。顷者天下多难，国命如旒③，则我建国之业将坠于地。齐献武王奋迅风云，大济艰危，爰翼朕躬，国为再造，经营庶土，以至勤忧。及文襄承构，愈广前业，康邦夷难，道格穹苍。王纵德应期，千龄一出，惟几惟深，乃神乃圣，大崇霸德，实广相猷。虽冥功妙实，藐绝言象，标声示迹，典礼宜宣。今申后命，其敬虚受：

　　王抟风初举④，建旗上地⑤，庇民立政，时雨滂流，下识廉耻，仁加水陆，移风易俗，自齐变鲁，此王之功也。仍摄天台，总参戎律，策出若神，威行朔土，引弓窜迹，松塞无烟，此又王之功也。逮光统前绪，持衡匡合，华戎混一，风海调夷，日月光华，天地清晏，声接响随，无思不偪，此又王之功也。逖矣炎方，遘违正朔，怀文曜武，授略申规，淮楚连城，潏然桑落，此又王之功也。关、岘衿带，跨蹑萧条，肠胃之地，岳立鸱跱，偏师才指，涣同冰散，此又王之功也。晋熙之所，险薄江雷，迥隔声教，迷方未改，命将鞠旅，覆其巢穴，威略风腾，倾慑南海，此又王之功也。群蛮跋扈，世绝南疆，摇荡边垂，亟为尘梗，怀德畏威，向风请顺，倾陬尽落，其至如云，此又王之功也。胡人别种，延蔓山谷，酋渠万族，广袤千里，凭险不恭，恣其桀黠，有乐淳风，相携叩款，粟帛之调，王府充积，此又王之功也。茫茫涉海，世敌诸华，风行鸟逝，倏来忽往，既饮醇醪，附同胶漆，毡裘委伈，奇兽衔尾，此又王之功也。秦川尚阻，作我仇雠，爰把椒兰，飞书请好，天动其衷，辞卑礼厚，区宇乂宁，遐迩毕至，此又王之功也。江阴告祸，民无适归，萧宗子弟，尚相投庇，如鸟还山，犹川赴海，荆、江十部，俄而献割，乘此会也，将混朱方，此又王之功也。天平地成，率土咸茂，祯符显见，史不停笔，既连百木，兼呈九尾，素过秦雀，苍比周鸟，此又王之功也。搜扬管库，衣冠获序，礼云乐云，销沉俱振，轻徭彻赋，矜狱宽刑，大信外彰，深仁远洽，此又王之功也。王有安日下之大勋，加以表光明之盛德，宣赞洪猷，以左右朕言。昔旦、奭外分，毛、毕入佐，出内之任，王宜总之。

人谋鬼谋，两仪协契，锡命之行，义申公道。以王践律蹈礼，轨物苍生，圆首安志，率心归道，是以锡王大路、戎路各一，玄牡二驷。王深重民天，唯本是务，衣食之用，荣辱所由，是用锡王衮冕之服，赤舄副焉。王深广惠和，易调风化，神祇且格，功德可象，是用锡王轩悬之乐，六佾之舞。王风声振赫，九域咸绥，远人率俾，奔走委贽，是用锡王朱户以居。王求贤选众，草莱以尽，陈力就列，冈非其人，是用锡王纳陛以登。王英图猛概，抑扬千品，毅然之节，肃是非违，是用锡王武贲之士三百人。王兴亡所系，制极幽显，纠行天讨，罪人咸得，是用锡王钺钺各一。王鹰扬豹变，实扶下土，狼顾鸱张，冈不弹射，是用锡王彤弓一、彤矢百、卢弓十、卢矢千。王孝悌之至，通于神明，率民兴行，感达区宇，是用锡王秬鬯一卣，珪瓒副焉。往钦哉。其祗顺往册，保弼皇家，用终尔休德，对扬我太祖之显命。"

魏帝以天人之望有归，丙辰，下诏曰：

"三才剖判，百王代兴；治天静地，和神敬鬼；庇民造物，咸自灵符，非一人之大宝，实有道之神器。昔我宗祖应运，奄一区宇，历圣重光，暨于九叶。德之不嗣，仍离屯圮，盗名字者遍于九服，擅制命者非止三公，主杀朝危，人神靡系，天下之大，将非魏有。赖齐献武王奋扬灵武，克剪多难，重悬日月，更缀参辰，庙以扫除，国由再造，鸿勋巨业，无德而称。逮文襄承构，世业逾广，迩安远服，海内晏如，国命已康，生生得性。迄相国齐王，纬文经武，统兹大业，尽睿穷几，研深测化，思随冥运，智与神行，恩比春天，威同夏日，坦至心于万物，被大道于八方，故百僚师师，朝无秕政，网疏泽洽，率土归心。外尽江淮，风靡屈膝，辟地怀人，百城奔走，关陇慕义而请好，瀚漠仰德而致诚。伊所谓命世应期，实抚千载。祯符杂遝，异物同途，讴颂填委，殊方一致，代终之迹斯表，人灵之契已合，天道不远，我不独知。

朕入纂鸿休，将承世祀，籍援立之厚，延宗社之算。静言大运，欣于避贤，远惟唐、虞禅代之典，近想魏、晋揖让之风，其可昧兴替之礼，稽神祇之望？今便逊于别宫，归帝位于齐国，推圣与能，眇符前轨。主者宣布天下，以时施行。"

又使兼太尉彭城王韶、兼司空敬显俊奉册曰：

"咨尔相国齐王：大气分形化，物系君长，皇王递兴，人非一姓。昔放勋驭世，沉璧属子；重华握历，持衡拥璇。所以英贤茂实，昭晰千古，岂盛衰有运，兴废在时，知命不得不授，畏天不可不受。是故汉刘告否，当涂顺民，曹历不永，金行纳禅，此皆重规袭矩，率由旧章者也。

我祖宗光宅，混一万宇，迄于正光之末，奸孽乘权，厥政多僻，九域离荡。永安运穷，人灵殄瘁，群逆滔天，割裂四海，国土臣民，行非魏有。齐献武王应期授手，风举龙骧，举废极以立天，扶倾柱而镇地，剪灭黎毒，匡我坠历，有大德于魏室，被博利于苍生。及文襄继轨，诞光前业，内剿凶权，外摧侵叛，遐迩肃晏，功格上玄。王神祇协德，舟梁一世，体文昭武，追变穷微。自举迹藩旟，颂歌总集，入统机衡，风猷弘远。及大承世业，扶国昌家，相德日跻，霸风愈邈，威灵斯畅则荒远奔驰，声略所播而邻敌顺款。以富有之资，运英特之气，顾盼之间，无思不服。图谍潜蕴，千祀彰明，嘉祯幽秘，一朝纷委，以表代德之期，用启兴邦之迹。苍苍在上，照临不远。朕以虚昧，犹未逡巡，静言愧之，坐而待旦。且时来运往，妫舜不暇以当阳；世革命改，伯禹不容于北面，况于寡薄，而可踟蹰。是以仰协穹昊，俯从百姓，敬以帝位式授于王。天禄永终，大命格矣。于戏！其祇承历数，允执其中，对扬天休，斯年千万，岂不盛欤！"

又至玺书于帝，遣兼太保彭城王韶、兼司空敬显俊奉皇帝玺绶，禅代之礼一依唐虞、汉魏故事。又尚书令高隆之率百僚劝进。戊午，乃即皇帝位于南郊，升坛柴燎告天曰：

"皇帝臣洋敢用玄牡，昭告于皇皇后帝：否泰相沿，废兴迭用，至道无亲，应运斯辅。上览唐、虞，下稽魏、晋，莫不先天揖让，考历归终。魏氏多难，年将三十，孝昌已后，内外去之。世道横流，苍生涂炭。赖我献武，拯其将溺，三建元首，再立宗祧，扫绝群凶，芟夷奸宄，德被黔黎，勋光宇宙。文襄嗣武，克构鸿基，功浃寰宇，威棱海外，穷发怀音，西寇纳款，青丘保候，丹穴来庭，扶翼危机，重匡颓运，是则有大造于魏室也。

魏帝以卜世告终，上灵厌德，钦若昊天，允归大命，以禅于臣洋。夫四海至公，天下为一，总民宰世，树之以君。既川岳启符，人神效祉，群公卿士，八方兆庶，金曰皇极乃顾于上，魏朝推进于下，天位不可以暂虚。遂逼群议，恭膺大典。猥以寡薄，托于兆民之上，虽天威在颜，咫尺无远，循躬自省，实怀祇惕。敬简元辰，升坛受禅，肆类上帝，以答万国之心，永隆嘉祉，保祐有齐，以被于无穷之祚。"

是日，京师获赤雀，献于南郊。事毕，还宫，御太极前殿。诏曰："无德而称，代刑以礼，不言而信，先春后秋。故知恻隐之化，天人一揆，弘宥之道，今古同风。朕以虚薄，功业无纪。昔先献武王值魏世不造，九鼎行出，乃驱御侯伯，大号燕、赵，拯厥颠坠，俾亡则存。文襄王外挺武功，内资明德，纂戎先业，辟土服远。年逾二纪，世历两都，狱讼有适，讴歌斯在。故魏帝俯遵历数，爰念塞裳，远取唐、虞，终同脱屣。实幽忧未已，志在阳城，而群公卿士诚守愈切，遂属代终，居于民上，如涉深水，有眷终朝。始发晋阳，九尾呈瑞，外坛告天，赤雀效祉。惟尔文武不贰心之臣，股肱爪牙之将，左右先王，克隆大业，永言诚节，共斯休祉，思与亿兆同始兹日。其大赦天下，改武定八年为天保元年。其百官进阶，男子赐爵，鳏寡六疾义夫节妇旌赏各有差。"

己未，诏封魏帝为中山王，食邑万户；上书不称臣，答不称诏，载天子旌旗，行魏正朔，乘五时副车；封王诸子为县公，邑一千户；奉绢万匹，钱千万，粟二万石，奴婢二百人，水碾一具，田百顷，园一所。诏追尊皇祖文穆王为文穆皇帝，妣为文穆皇后，皇考献武王为献武皇帝，皇兄文襄王为文襄皇帝，祖宗之称，付外速议以闻。辛酉，尊王太后为皇太后。乙丑，诏降魏朝封爵各有差。其信都从义及宣力霸朝者，及西来人并武定六年以来南来投化者，不在降限。辛未，遣大使于四方，观察风俗，问民疾苦，严勒长吏，厉以廉平，兴利除害，务存安静。若法有不便于时，政有未尽于事者，具条得失，还以闻奏。甲戌，迁神主于太庙。

六月己卯，高丽遣使朝贡。辛巳，诏曰："顷者风俗流宕⑥，浮竞日滋，家有吉凶，务求胜异。婚姻丧葬之费，车服饮食之华，动竭岁资，以营日富。又奴仆带金玉，婢妾衣罗绮，始以创出为奇，后以过前为丽，上下贵贱，无复等差。今运属惟新，思蠲往弊，反朴还淳，纳民轨物。可量事具立条式，使俭而获中。”又诏封崇圣侯邑一百户，以奉孔子之祀，并下鲁郡以时修治庙宇，务尽褒崇之至。诏分遣使人致祭于五岳四渎，其尧祠舜庙，下及孔父、老君等载于祀典者，咸秩罔遗。诏曰：“冀州之渤海、长乐二郡，先帝始封之国，义旗初起之地。并州之太原、青州之齐郡，霸业所在，王命是基。君子有作，贵不忘本，思申恩洽，蠲复田租。齐郡、渤海可并复一年，长乐复二年，太原复三年。”

诏故太傅孙腾、故太保尉景、故大司马娄昭、故司徒高昂、故尚书左仆射慕容绍宗、故领军万俟干、故定州刺史段荣、故御史中尉刘贵、故御史中尉窦泰、故殷州刺史刘丰、故济州刺史蔡俊等并左右先帝，经赞皇基，或不幸早徂，或殒身王事，可遣使者就墓致祭，并抚问妻子，慰逮存亡。又诏封宗室高岳为清河王，高隆之为平原王，高归彦为平秦王，高思宗为上洛王，高长弼为广武王，高普为武兴王，高子瑗为平昌王，高显国为襄乐王，高睿为赵郡王，高孝绪为脩城王。又诏封功臣厍狄干为章武王，斛律金为咸阳王，贺拔仁为安定王，韩轨为安德王，可朱浑道元为扶风王，彭乐为陈留王，潘相乐为河东王。癸未，诏封诸弟青州刺史浚为永安王，尚书左仆射淹为平阳王，定州刺史浟为彭城王，仪同三司演为常山王，冀州刺史涣为上党王，仪同三司淯为襄城王，仪同三司湛为长广王，湝为任城王，湜为高阳王，济为博陵王，凝为新平王，润为冯翊王，洽为汉阳王。

丁亥，诏立王子殷为皇太子，王后李氏为皇后。庚寅，诏以太师厍狄干为太宰，司徒彭乐为太尉，司空潘相乐为司徒，开府仪同三司司马子如为司空。辛卯，以前太尉、清河王岳为使持节、骠骑大将军、司州牧。壬辰，诏曰：“自今已后，诸有文启论事并陈要密，有司悉为奏闻。”己亥，以皇太子初入东宫，赦畿内及并州死罪已下，余州死降，徒流已下，一皆原免。

秋七月辛亥，诏尊文襄妃元氏为文襄皇后，宫曰静德。又诏封文襄皇帝子孝琬为河间王，孝瑜为河南王。乙卯，以尚书令、平原王隆之录尚书事，尚书左仆射、平阳王淹为尚书令。又诏曰：“古人鹿皮为衣，书囊成帐，有怀盛德，风流可想。其魏御府所有珍奇杂采常所不给人者，徒为蓄积，命宜悉出，送内后园，以供七日宴赐。”

八月，诏郡国修立黌序，广延髦俊，敦述儒风。其国子学生亦仰依旧铨补，服膺师说，研习《礼经》。往者文襄皇帝所运蔡邕石经五十二枚，即宜移置学馆，依次修立。又诏曰：“有能直言正谏，不避罪辜，謇謇若朱云，谔谔若周舍，开朕意，沃朕心，弼于一人，利兼百姓者，必当宠以荣禄，待以不次。”又曰：“诸牧民之官，仰专意农桑，勤心劝课，广收天地之利，以备水旱之灾。”庚寅，诏曰：“朕以虚寡，嗣弘王业，思所以赞扬盛绩，播之万古。虽史官执笔，有闻无坠，犹恐绪言遗美，时或未书。在位王公文武大小，降及民庶，爰至僧徒，或亲奉音旨，或承传傍说，凡可载之文籍，悉宜条录封上。”甲午，诏曰：“魏世议定《麟趾格》，遂为通制，官司施用，犹未尽善。可令群官更加论究。适治之方，先尽要切，引纲理目，必使无遗。”

九月癸丑，以散骑常侍、车骑将军、领东夷校尉、辽东郡开国公、高丽王成为使持节、侍中、骠骑大将军、领护东夷校尉，王、公如故。诏梁侍中、使持节、假黄钺、都督中外诸军事、大将军、承制、邵陵王萧纶为梁王。庚午，帝如晋阳，拜辞山陵。是日皇太子入居凉风堂，监总国事。

冬十月己卯，备法驾，御金辂，入晋阳宫，朝皇太后于内殿。辛巳，曲赦并州太原郡晋阳县及相国府四狱囚。癸未，茹茹国遣使朝贡。乙酉，以特进元韶为尚书左仆射，并州刺史段韶为尚书右仆射。丙戌，吐谷浑国遣使朝贡。壬辰，罢相国府，留骑兵、外兵曹，各立一省，别掌机密。

十一月，周文帝率众至陕城，分骑北渡，至建州。甲寅，梁湘东王萧绎遣使朝贡。丙寅，帝亲戎出次城东。周文帝闻帝军容严盛，叹曰："高欢不死矣！"遂退师。庚午，还宫。

十二月丁丑，茹茹、库莫奚国并遣使朝贡。辛丑，帝至自晋阳。

二年春正月丁未，梁湘东王萧绎遣使朝贡。辛亥，有事于圆丘，以神武皇帝配。癸亥，亲耕籍田于东郊。乙酉，前黄门侍郎元世宝、通直散骑侍郎彭贵平谋逆，免死配边。有事于太庙。甲戌，帝泛舟于城东。

二月壬辰，太尉彭乐谋反，伏诛。壬寅，茹茹国遣使朝贡。

三月丙午，襄城王淯薨。己未，诏梁承制湘东王绎为梁使持节、假黄钺、相国，建梁台，总百揆，承制。梁交州刺史李景盛、梁州刺史马嵩仁、义州刺史夏侯珍洽、新州刺史李汉等并率州内附。庚申，司空司马子如坐事免。

夏四月壬辰，梁王萧绎遣使朝贡。

闰月乙丑，室韦国遣使朝贡。

五月丙戌，合州刺史斛斯显攻克梁历阳镇。丁亥，高丽国遣使朝贡。是月，侯景废梁简文，立萧栋为主。

六月庚午，以前司空司马子如为太尉。

七月壬申，茹茹遣使朝贡。癸酉，行台郎邢景远破梁龙安戍，获镇城李洛文。己卯，改显阳殿为昭阳殿。

九月壬申，诏免诸伎作、屯、牧、杂色役隶之徒为白户。癸巳，帝如赵、定二州，因如晋阳。

冬十月戊申，起宣光、建始、嘉福、仁寿诸殿。庚申，萧绎遣使朝贡。丁卯，文襄皇帝神主入于庙。

十一月，侯景废梁主，僭即伪位于建邺，自称曰汉。

十二月，中山王殂。

三年春正月丙申，帝亲讨库莫奚於代郡，大破之，获杂畜十余万，分赉将士各有差。以奚口付山东为民。

二月，茹茹主阿那瓌为突厥虏所破，瓌自杀，其太子庵罗辰及瓌从弟登注俟利发、注子库提并拥众来奔。茹茹余众立注次子铁伐为主。辛丑，契丹遣使朝贡。

三月戊子，以司州牧清河王岳为使持节、南道大都督，司徒潘相乐为使持节、东南道大都督，及行台辛术率众南伐。癸巳，诏进梁王萧绎为梁主。

夏四月壬申，东南道行台辛术于广陵送传国玺。甲申，以吏部尚书杨愔为尚书右仆射。丙申，室韦国遣使朝贡。

六月乙亥，清河王岳等班师。丁未，帝至自晋阳。乙卯，帝如晋阳。

九月辛卯，帝自并州幸离石。

冬十月乙未，至黄栌岭，仍起长城，北至社干戍四百余里，立三十六戍。

十一月辛巳，梁王萧绎即帝位于江陵，是为元帝，遣使朝贡。

十二月壬子，帝还宫。戊午，帝如晋阳。

四年春正月丙子，山胡围离石。戊寅，帝讨之，未至，胡已逃窜，因巡三堆戍，大狩而归。戊寅，库莫奚遣使朝贡。己丑，改铸新钱，文曰"常平五铢"。

二月，送茹茹主铁伐父登注及子库提还北。铁伐寻为契丹所杀，国人复立登注为主，仍为其大人阿富提等所杀，国人复立库提为主。

夏四月戊戌，帝还宫。戊午，西南有大声如雷。

五月庚午，帝校猎于林虑山。戊子，还宫。

九月，契丹犯塞。壬午，帝北巡冀、定、幽、安，仍北讨契丹。

冬十月丁酉，帝至平州，遂从西道趣长堑，诏司徒潘相乐率精骑五千自东道趣青山。辛丑，至白狼城。壬寅，经昌黎城，复诏安德王韩轨率精骑四千东趣，断契丹走路。癸卯，至阳师水，倍道兼行，掩袭契丹。甲辰，帝亲逾山岭，为士卒先，指麾奋击，大破之，虏获十万余口、杂畜数十万头。乐又于青山大破契丹别部。所虏生口皆分置诸州。是行也，帝露头袒膊，昼夜不息，行千余里，唯食肉饮水，壮气弥厉。丁未，至营州。丁巳，登碣石山，临沧海。

十一月己未，帝自平州，遂如晋阳。

闰月壬寅，梁帝遣使来聘。

十二月己未，突厥复攻茹茹，茹茹举国南奔。癸亥，帝自晋阳北讨突厥，迎纳茹茹。乃废其主库提，立阿那瓌子庵罗辰为主，置之马邑川，给其禀饩缯帛。亲追突厥于朔州，突厥请降，许之而还。于是贡献相继。

五年春正月癸巳，帝讨山胡，从离石道。遣太师、咸阳王斛律金从显州道，常山王演从晋州道，掎角夹攻，大破之，斩首数万，获杂畜十余万，遂平石楼。石楼绝险，自魏世所不能至。于是远近山胡莫不慑服。是月周文帝废西魏主，立齐王廓，是为恭帝。

三月，茹茹庵罗辰叛，帝亲讨，大破之，辰父子北遁。太保贺拔仁坐违节度，除名。

夏四月，茹茹寇肆州。丁巳，帝自晋阳讨之，至恒州黄瓜堆，虏骑走。时大军已还，帝率麾下千余骑，遇茹茹别部数万，四面围逼。帝神色自若，指画形势，虏众披靡，遂纵兵溃围而出，虏乃退走。追击之，伏尸二十里，获庵罗辰妻子及生口三万余人。

五月丁亥，地豆干、契丹等国并遣使朝贡。丁未，北讨茹茹，大破之。

六月，茹茹率部众东徙，将南侵，帝率轻骑於金山下邀击之，茹茹闻而远遁。

秋七月戊子，肃慎遣使朝贡。壬辰，降罪人。庚戌，帝至自北伐。

八月丁巳，突厥遣使朝贡。庚子，以司州牧、清河王岳为太保，司空尉粲为司徒，太子太师侯莫陈相为司空，尚书令、平阳王淹录尚书事，常山王演为尚书令，中书令、上党王涣为尚书左仆射。乙亥，仪同三司元旭以罪赐死。丁丑，帝幸晋阳。己卯，开府仪同三司、录尚书事、平原王高隆之薨。是月，诏常山王演、上党王涣、清河王岳、平原王段韶等率众于洛阳西南筑伐恶城、新城、严城、河南城。

九月，帝亲自临幸，欲以致周师。周师不出，乃如晋阳。

冬十月，西魏伐梁元帝于江陵。诏清河王岳、河东王潘相乐、平原王段韶等率众救之，未至而江陵陷，梁元帝为西魏将于谨所杀。梁将王僧辩在建康，共推晋安王萧方智为太宰、都督中外诸军，承制置百官。

十二月庚申，帝北巡至达速岭，览山川险要，将起长城。

六年春正月壬寅，清河王岳以众军渡江，克夏首。送梁郢州刺史陆法和。诏以梁散骑常侍、贞阳侯萧明为梁主，遣尚书左仆射、上党王涣率众送之。

二月甲子，以陆法和为使持节、都督荆雍江巴梁益湘万交广十州诸军事、太尉公、大都督、西南道大行台，梁镇北将军、侍中、荆州刺史宋茝为使持节、骠骑大将军、郢州刺史。甲戌，上党王涣克谯郡。

三月丙戌，上党王涣克东关，斩梁将裴之横，俘斩数千。丙申，帝至自晋阳。封世宗二子孝珩为广宁王，延宗为安德王。戊戌，帝临昭阳殿听狱决讼。

夏四月庚申，帝如晋阳。丁卯，仪同萧轨克梁晋熙城，以为江州。戊寅，突厥遣使朝贡。梁反人李山花自号天子，逼鲁山城。

五月乙酉，镇城李仲侃击斩之。庚寅，帝至自晋阳。萧明入于建邺。丁未，茹茹遣使朝贡。

六月壬子，诏曰："梁国遘祸，主丧臣离，逼彼炎方⑦，尽生荆棘，兴亡继绝，义在于我，纳以长君，拯其危弊，比送梁主，已入金陵。藩礼既修，分义方笃；越鸟之思，岂忘南枝，凡是梁民，宜听反国，以礼发遣。"丁卯，帝如晋阳。壬申，亲讨茹茹。甲戌，诸军大会于祁连池。乙亥，出塞，至犀狄谷，百余里内无水泉，六军渴乏，俄而大雨。戊寅，梁主萧明遣其子章、兼侍中袁泌、兼散骑常侍杨裕奉表朝贡。

秋七月己卯，帝顿白道，留辎重，亲率轻骑五千追茹茹。壬午，及于怀朔镇。帝躬当矢石，频大破之，遂至沃野，获其俟利蔼焉力娄阿帝、吐头发郁久闾状延等，并口二万余，牛羊数十头。茹茹俟利郁久闾李家提率部人数百降。壬辰，帝还晋阳。

九月乙卯，帝至自晋阳。

冬十月，梁将陈霸先袭王僧辩，杀之，废萧明，复立萧方智为主。辛亥，帝如晋阳。

十一月丙戌，高丽遣使朝贡。梁秦州刺史徐嗣辉、南豫州刺史任约等袭据石头城，并以州内附。壬辰，大都督萧轨率众至江，遣都督柳达摩等渡江镇石头。东南道行台赵彦深获秦郡等五城，户二万余，所在安辑之。己亥，太保、司州牧、清河王岳薨。是月，柳达摩为霸先攻逼，以石头降。

十二月戊申，库莫奚遣使朝贡。

是年，发夫一百八十万人筑长城，自幽州北夏口至恒州九百余里。

七年春正月甲辰，帝至自晋阳。于邺城西马射，大集众庶而观之。

二月辛未，诏常山王演等于凉风堂读尚书奏按，论定得失，帝亲决之。

三月丁酉，大都督萧轨等率众济江。

夏四月乙丑，仪同娄睿率众讨鲁阳蛮，大破之。丁卯，诏造金华殿。

五月丙申，汉阳王洽薨。是月，帝以肉为断慈，遂不复食。

六月乙卯，萧轨等与梁师战于钟山之西，遇霖雨，失利。轨及都督李希光、王敬宝、东方老、军司裴英起并没，士卒散还者十二三。乙丑，梁湘州刺史王琳献驯象。

是年，修广三台宫殿。

秋七月己亥，大赦天下。

八月庚申，帝如晋阳。

九月甲辰，库莫奚遣使朝贡。

冬十月丙戌，契丹遣使朝贡。是月，发山东寡妇二千六百人以配军士，有夫而滥夺者五分之一。是月，周文帝殂。

十一月壬子，诏曰："岷山作镇，厥号神州；瀛海为池，是称赤县。蒸民乃粒，司牧存焉。王者之制，沿革迭起，方割成灾，肇分十二，水土既平，还复九州。道或繁简，义在通时，殷因于夏，无所改作。然则日月缠于天次，王公国于地野，皆所以上叶玄仪，下符川岳。逮于秦政，鞭挞区宇，罢侯置守，天下为家。洎两汉承基，曹、马属统，其间损益，难以胜言。魏自孝昌之季，数钟浇否，禄去公室，政出多门，衣冠道尽，黔首涂炭。铜马、铁胫之徒，黑山、青犊之侣，枭张晋、赵，豕突燕、秦，纲纪从兹而颓，彝章因此而紊。是使豪家大族，鸠率乡部，托迹勤王，规自署置。或外家公主，女谒内成，昧利纳财，启立州郡。离大合小，本逐时宜，剖竹分符，盖不获已。牧守令长，虚增其数，求功录实，谅足为烦，损害公私，为弊殊久，既乖为政之礼，徒有驱羊之费。自尔因循，未遑删改。朕寅膺宝历，恭临八荒，建国经野，务存简易。将欲镇躁归静，反薄还淳，苟失其中，理从刊正。傍观旧史，遂听前言，周曰成、康，汉称文、景，编户之多，古今为最。而丁口减于畴日，守令倍于昔辰，非所以驭俗调风，示民轨物。且五岭内宾，三江回化，拓土开疆，利穷南海。但要荒之所，旧多浮伪，百室之邑，便立州名；三户之民，空张郡目。譬诸木犬，犹彼泥龙，循名督实，事归乌有。今所并省，一依别制。"

于是并省三州、一百五十三郡、五百八十九县、二镇二十六戍。又制刺史，令尽行兼，不给干物。

十二月，西魏相宇文觉受魏禅。先是，自西河总秦戍筑长城东至于海，前后所筑东西凡三千余里，率十里一戍，其要害置州镇，凡二十五所。

八年春三月，大热，人或暍死。

夏四月庚午，诏诸取虾蟹蚬蛤之类，悉令停断，唯听捕鱼。乙酉，诏公私鹰鹞俱亦禁绝。以太师、咸阳王斛律金为右丞相，前大将军、扶风王可朱浑道元为太傅，开府仪同三司贺拔仁为太保，尚书令、常山王演为司空、录尚书事，长广王湛为尚书令，尚书右仆射杨愔为尚书左仆射，以并省尚书右仆射崔暹为尚书右仆射，上党王涣录尚书事。是月，帝在城东马射，敕京师妇女悉赴观，不赴者罪以军法，七日乃止。

五月辛酉，冀州民刘向于京师谋逆，党与皆伏诛。

秋八月己巳，库莫奚遣使朝贡。庚辰，诏丘、郊、禘、祫、时祀，皆仰市取，少牢不得剖割，有司监视，必令丰备；农社先蚕，酒肉而已；雩、禖、风、雨、司民、司禄、灵星、杂祀，果饼酒脯，唯当务尽诚敬，义同如在。

自夏至九月，河北六州、河南十二州、畿内八郡大蝗。是月，飞至京师，蔽日，声如风雨。甲辰，诏今年遭蝗之处免租。是月，周冢宰宇文护杀其主闵帝而立帝弟毓，是为明帝。

冬十月乙亥，陈霸先弑其主方智自立，是为陈武帝，遣使称藩朝贡。

是年，于长城内筑重城，自库洛拔而东至于坞纥戍，凡四百余里。

九年春二月丁亥，降罪人。己丑，诏限仲冬一月燎野，不得他时行火，损昆虫草木。

三月丁酉，帝至自晋阳。

夏四月辛巳，大赦。是夏，大旱。帝以祈雨不应，毁西门豹祠，掘其冢。山东大蝗，差夫役捕而坑之。是月，北豫州刺史司马消难以城叛，入于周。

五月辛丑，尚书令、长广王湛录尚书事，骠骑大将军、平秦王归彦为尚书左仆射。甲辰，以前尚书左仆射杨愔为尚书令。

六月乙丑，帝自晋阳北巡。己巳，至祁连池。戊寅，还晋阳。

秋七月辛丑，给京畿老人刘奴等九百四十三人版职及杖帽各有差。戊申，诏赵、燕、瀛、定、南营五州及司州广平、清河二郡去年蠡涝损田，兼春夏少雨，苗稼薄者，免今年租赋。

八月乙丑，至自晋阳。甲戌，帝如晋阳。是月，陈江州刺史沈泰以三千人内附。先是，发丁匠三十余万营三台于邺下，因其旧基而高博之，大起宫室及游豫园。至是，三台成，改铜爵曰金凤，金兽曰圣应，冰井曰崇光。

十一月甲午，帝至自晋阳，登三台，御乾象殿，朝宴群臣，并命赋诗。以新宫成，丁酉，大赦，内外文武普泛一大阶。丁巳，梁湘州刺史王琳遣使请立萧庄为梁主，仍以江州内属，令庄居之。

十二月癸酉，诏梁土萧庄为梁土，进居九派。戊寅，以太傅可朱浑道元为太师，司徒尉粲为太尉，冀州刺史段韶为司空，录尚书事、常山王演为大司马，录尚书事、长广王湛为司徒。是月，起大庄严寺。

是年，杀永安王浚、上党王涣。

十年春正月戊戌，以司空侯莫陈相为大将军。甲寅，帝如辽阳甘露寺。乙卯，诏于麻城置衡州。

二月丙戌，帝于甘露寺禅居深观，唯军国大政奏闻。

三月戊戌，以侍中高德政为尚书右仆射。丙辰，帝至自辽阳。是月，梁主萧庄至郢州，遣使朝贡。

闰四月丁酉，以司州牧、彭城王浟为司空，侍中、高阳王湜为尚书右仆射。乙巳，以司空、彭城王浟兼太尉，封皇子绍廉为长乐郡王。

五月癸未，诛始平公元世、东平公元景式等二十五家，特进元韶等十九家并令禁止。

六月，陈武帝殂，兄子蒨立，是为文帝。

秋八月戊戌，封皇子绍义为广阳郡王，以尚书右仆射、河间王孝琬为尚书左仆射。癸卯，诏诸军民或有父祖改姓冒入元氏，或假托携认，妄称姓元者，不问世数远近，悉听改复本姓。

九月己巳，帝如晋阳。是月，使郦怀则、陆仁惠使于萧庄。

冬十月甲午，帝暴崩于晋阳宫德阳堂，时年三十一。遗诏："凡诸凶事一依俭约。三年之丧，虽曰达礼，汉文革创，通行自昔，义有存焉，同之可也，丧月之断限以三十六日。嗣主、百僚、内外遐迩奉制割情，悉从公除。"癸卯，发丧，敛于宣德殿。十一月辛未，梓宫还京师。十二月乙酉，殡于太极前殿。乾明元年二月丙申，葬于武宁陵，谥曰文宣皇帝，庙号威宗。武平初，又改为文宣，庙号显祖。

帝少有大度，志识沉敏，外柔内刚，果敢能断。雅好吏事，测始知终，理剧处繁，终日不倦。初践大位，留心政术，以法驭下，公道为先。或有违犯宪章，虽密戚旧勋，必无容舍，内外清靖，莫不祗肃。至于军国几策，独决怀抱，规模宏远，有人君大略。又以三方鼎跱⑧，诸夷未宾，修缮甲兵，简练士卒，左右宿卫置百保军士。每临行阵，亲当矢石，锋刃交接，唯恐前敌之不多，屡犯艰危，常致克捷。尝于东山游宴，以关陇未平，投杯震怒，召魏收于御前，立为诏书，宣示远近，将事西伐。是岁，周文帝殂，西人震恐，常为度陇之计。

既征伐四克，威振戎夏。六七年后，以功业自矜，遂留连耽湎，肆行淫暴。或躬自鼓舞，歌讴不息，从旦通宵，以夜继昼。或袒露形体，涂傅粉黛，散发胡服，杂衣锦彩，拔刃张弓，游于市肆，勋戚之第，朝夕临幸。时乘牝驼牛驴，不施鞍勒，盛暑炎赫，隆冬酷寒，或投日中暴身，去衣驰骋，从者不堪，帝居之自若。亲戚贵臣，左右近习，侍从错杂，无复差等。征集淫妪，分付从官，朝夕临视，以为娱乐。凡诸杀害，多令支解，或焚之于火，或投之于河。沉酗既久，弥以狂惑，至于末年，每言见诸鬼物，亦云闻异音声。情有蒂芥，必在诛戮，诸元宗室咸加屠剿，永安、上党并致冤酷，高隆之、高德政、杜弼、王元景、李庶之等皆以非罪加害。尝在晋阳以稍戏刺都督尉子耀，应手即殒。又在三台大光殿上，以镶镶都督穆嵩，遂至于死。又尝幸开府暴显家，有都督韩悊无罪，忽于众中唤出斩之。自余酷滥，不可胜纪。朝野慴慴，各怀怨毒。而素以严断临下，加之默识强记，百僚战栗，不敢为非，文武近臣朝不谋夕。又多所营缮，百役繁兴，举国骚扰，公私劳弊。凡诸赏赉，无复节限，府藏之积，遂至空虚。自皇太后诸王及内外勋旧，愁惧危悚，计无所出。暨于末年，不能进食，唯数饮酒，曲蘗成灾，因而致毙。

论曰：高祖平定四胡，威权延世，迁邺之后，虽主器有人，号令所加，政皆自出。显祖因循鸿业，内外协从，自朝及野，群心属望。东魏之地，举世乐推，曾未期月，玄运集已。始则存心政事，风化肃然，数年之间，翕斯致治。其后纵酒肆欲，事极猖狂，昏邪残暴，近世未有。飨国弗永，实由斯疾，胤嗣殄绝，固亦余殃者也。

赞曰：天保定位，受终攸属。奄宅区夏，爰膺帝箓。势叶讴歌，情毁龟玉。始存政术，闻斯德音。罔遵克念，乃肆其心。穷理残虐，尽性荒淫。

----

①地豆于国：国名。

②百揆：百官。

③旒（liú，音流）：旌旗下边悬垂的饰物；古代帝王冕冠前后悬垂的玉串。

④抟风：奋力上进。

⑤旟（yú，音于）：古代军旗的一种。

⑥流宕：放荡。

⑦逷（tì，音替）：同"逖"。远。

⑧跨：同"崎"。

周　书

（选录）

〔唐〕令狐德棻等　撰

孝闵帝纪

　　孝闵皇帝讳觉，字陁罗尼，太祖第三子也。母曰元皇后。大统八年，生于同州官舍。九岁，封略阳郡公。时有善相者史元华见帝，退谓所亲曰："此公子有至贵之相，但恨其寿不足以称之耳。"魏恭帝三年三月，命为安定公世子。四月，拜大将军。十月乙亥，太祖崩。丙子，嗣位太师、大冢宰。十二月丁亥，魏帝诏以岐阳之地封帝为周公。庚子，禅位于帝。诏曰："予闻皇天之命不于常，惟归于德。故尧授舜，舜授禹，时其宜也。天厌我魏邦，垂变以告，惟尔罔弗知。予虽不明，敢弗龚天命①，格有德哉。今踵唐虞旧典，禅位于周，庸布告遐迩焉②。"使大宗伯赵贵持节奉册书曰："咨尔周公，帝王之位弗有常，有德者受命，时乃天道。予式时庸，荒求于唐虞之彝踵③。曰我魏德之终旧矣，我邦小大罔弗知，今其可久怫于天道而不归有德欤④。时用询谋⑤。金曰公昭考文公，格勋德于天地，丕济生民。洎公躬⑥，又宜重光。故玄象征见于上，讴讼奔走于下，天之历数，用实在焉。予安敢弗若。是以钦祗圣典，逊位于公。公其享兹大命，保有万国，可不慎欤。"魏帝临朝，遣民部中大夫、济北公元迪致皇帝玺绂。固辞。公卿百辟劝进，太史陈祥瑞，乃从之。是日，魏帝逊于大司马府。

　　元年春正月辛丑，即天王位。柴燎告天，朝百官于路门。追尊皇考文公为文王，皇妣为文后。大赦天下。封魏帝为宋公。是日，槐里献赤雀四。百官奏议云："帝王之兴，罔弗更正朔，明受之于天，革民视听也。逮于尼父，稽诸阴阳，云行夏之时，后王所不易。今魏历告终，周室受命，以木承水，实当行录，正用夏时，式遵圣道。惟文王诞玄气之祥，有黑水之谶，服色宜乌。"制曰"可"。以大司徒、赵郡公李弼为太师，大宗伯、南阳公赵贵为太傅、大冢宰，大司马、河内公独孤信为太保、大宗伯，柱国、中山公护为大司马。以大将军宁都公毓、高阳公达奚武、武阳公豆卢宁、小司寇阳平公李远、小司马博陵公贺兰祥、小宗伯魏安公尉迟迥等并柱国。

　　壬寅，祠圆丘。诏曰："予本自神农，其于二丘，宜作厥主。始祖献侯，启土辽海，肇有国基，配南北郊。文考德符五运，受天明命，祖于明堂，以配上帝，庙为太祖。"癸卯，祠方丘⑦。甲辰，祠太社。初除市门税。乙巳，祠太庙。丁未，会百官于乾安殿，班赏各有差。

　　戊申，诏曰："上天有命，革魏于周，致予一人，受兹大号。予惟古先圣王，罔弗先于省视风俗，以求民瘼，然后克治。矧予眇眇，又当草昧，若弗尚于达四聪、明四目之训者，其有闻知哉。有司宜分命方别之使，所在巡抚。五教何者不宣⑧，时政何有不便；得无修身洁己，才堪佐世之人，而不为上所知；冤枉受罚，幽辱于下之徒，而不为上所理；孝义贞节，不为有司所申；鳏寡孤穷，不为有司所恤；暨黎庶衣食丰约，赋役繁省，灾历所兴，水旱之处：并宜具闻。若有年八十已上，所在就加礼饩⑨。"辛亥，祠南郊。壬子，立王后元氏。

　　乙卯，诏曰："惟天地草昧，建邦以宁。今可大启诸国，为周藩屏。"于是封太师李弼为赵国公，太傅赵贵为楚国公，太保独孤信为卫国公，大司寇于谨为燕国公，大司空侯莫陈崇为梁国公，大司马、中山公护为晋国公，邑各万户。辛酉，祠太庙。癸亥，亲耕籍田。丙寅，于剑南陵井置陵州，武康郡置资州，遂宁郡置遂州。

　　二月癸酉，朝日于东郊。乙亥，改封永昌郡公广为天水郡公。戊寅，祠太社。

　　丁亥，楚国公赵贵谋反，伏诛。诏曰：

"朕文考昔与群公洎列将众官，同心戮力，共治天下。自始及终，二十三载，迭相匡弼，上下无怨。是以群公等用升余于大位。朕虽不德，岂不识此。是以朕于群公，同姓者如弟兄，异姓者如甥舅。冀此一心，平定宇内，各令子孙，享祀百世。而朕不明，不能辑睦，致使楚公贵不悦于朕，与万俟几通、叱奴兴、王龙仁、长孙僧衍等阴相假署，图危社稷。事不克行，为开府宇文盛等所告。及其推究，咸伏厥辜。兴言及此，心焉如痗①。但法者天下之法，朕既为天下守法，安敢以私情废之。《书》曰：'善善及后世，恶恶止其身。'其贵、通、兴、龙仁罪止一家，僧衍止一房，余皆不问。惟尔文武，咸知时事。"

太保独孤信有罪免。

甲午，以大司空、梁国公侯莫陈崇为太保，大司马、晋国公护为大冢宰，柱国、博陵公贺兰祥为大司马，高阳公达奚武为大司寇，大将军、化政公宇文贵为柱国。己亥，秦州、泾州各献木连理。岁星守少微，⑪经六十日。

三月庚子，会文武百官，班赐各有差。己酉，柱国、卫国公独孤信赐死。壬子，诏曰："淅州去岁不登，厥民饥馑，朕用愍焉⑫。其当州租输未毕者，悉宜免之。兼遣使巡检，有穷馁者，并加赈给。"癸亥，省六府士员⑬，三分减一。

夏四月己巳，以少师、平原公侯莫陈顺为柱国。壬申，诏死罪以下，各降一等。壬午，谒成陵。乙酉，还宫。丁亥，祠太庙。

五月癸卯，岁星犯太微上将，太白犯轩辕。己酉，槐里献白燕。帝欲观渔于昆明池，博士姜须谏，乃止。

秋七月壬寅，帝听讼于右寝，多所哀宥。甲辰，月掩心后星。辛亥，祠太庙。灾或犯东井北端第二星。

八月戊辰，祠太社。辛未，诏曰："朕甫临大位，政教未孚，使我民农，多陷刑网。今秋律已应，将行大戮，言念群生，责在于朕。宜从肆眚⑭，与其更新。其犯死者宜降从流，流以下各降一等。不在赦限者，不从此降。"甲午，诏曰："帝王之治天下，罔弗博求众才，以乂厥民。今二十四军宜举贤良堪治民者，军列九人。被举之人，于后不称厥任者，所举官司，皆治其罪。"

九月庚申，诏曰："朕闻君临天下者，非由一人，时乃上下同心所致。今文武之官及诸军人不沾爵封者，宜各授两大阶。"改太守为郡守。

帝性刚果，见晋公护执政，深忌之。司会李植、军司马孙恒以先朝佐命，入侍左右，亦疾护之专，乃与宫伯乙弗凤、贺拔提等潜谋，请帝诛护。帝然之。又引宫伯张光洛同谋。光洛密白护，护乃出植为梁州刺史，恒为潼州刺史。凤等遂不自安，更奏帝，将召群公入，因此诛护。光洛又白之。时小司马尉迟纲总统宿卫兵，护乃召纲共谋废立。令纲入殿中，诈呼凤等论事。既至，以次执送护第，并诛之。纲仍罢散禁兵，帝方悟，无左右。独在内殿，令宫人持兵自守。护又遣大司马贺兰祥逼帝逊位。遂幽于旧邸，月余日，以弑崩，时年十六。植、恒等亦遇害。

及武帝诛护后，乃诏曰："慎始敬终，有国彝典；事亡如存，哲王通制。义崇追远，礼贵尊亲。故略阳公至德纯粹，天姿秀杰。属魏祚告终，宝命将改，讴歌允集，历数攸归，上协苍灵之庆，下昭后祇之锡。而祸生肘腋，衅起萧墙⑮，白兽噬骖，苍鹰集殿，幽辱神器，弑酷乘舆，冤结生民，毒流宇县⑯。今河海澄清，氛沴消荡，追尊之礼，宜崇徽号。"遣太师、蜀国公迥于南郊上谥曰孝闵皇帝，陵曰静陵。

史臣曰：孝闵承既安之业，应乐推之运，柴天觌物，正位君临，迩无异言，远无与望。虽黄初代德，太始受终，不之尚也。然政由宁氏，主怀芒刺之疑；祭则寡人，臣无复子之请。以之速祸，宜哉！

①龚通"恭"。恭敬。

②遐迩：远近。

③彝：法度，常理。

④怫（bèi，音背）：通"悖"。违反，违背。

⑤询谋：询，谋也，咨询。谋：事先的筹划。

⑥洎（jì，音记）：及，到。

⑦祠方丘。方丘：古夏至祭祀地神的地方。

⑧五教：五伦之教。五伦亦称五常。《孟子·滕文公上》："父子有亲，君臣有义，夫妇有别，长幼有序，朋友有信。"

⑨饩（xì，音戏）：赠送人的粮食或饲料。

⑩痗（mèi，音妹）：忧郁病。《诗·卫风·伯兮》："愿言思伯，使成心痗。"

⑪少微：星官名。属太微垣，共四星，既狮子座m星及小狮座40、41、42号星。

⑫慜：同"敏"。

⑬六府士员。六府：古代掌管府库的官职。

⑭眚（shěng，音省）：通"省"。减省。

⑮衅起萧墙：衅，缝隙，引申为事端，祸端；萧墙，照墙。事端或祸端发生在照墙里边。比喻祸患产生于内部。照墙即照壁。

⑯宇：天下。

隋　书

（选录）

〔唐〕魏徵等　撰

高 祖 纪 上

　　高祖文皇帝姓杨氏，讳坚，弘农郡华阴人也。汉太尉震八代孙铉①，仕燕，为北平太守。铉生元寿，后魏代为武川镇司马②，子孙因家焉③。元寿生太原太守惠嘏，嘏生平原太守烈，烈生宁远将军祯，祯生忠，忠即皇考也。皇考从周太祖起义关西，赐姓普六茹氏，位至柱国、大司空、隋国公。薨，赠太保，谥曰桓。

　　皇妣吕氏，以大统七年六月癸丑夜，生高祖于冯翊般若寺，紫气充庭。有尼来自河东，谓皇妣曰："此儿所从来甚异，不可于俗间处之。"尼将高祖舍于别馆，躬自抚养。皇妣尝抱高祖，忽见头上角出，遍体鳞起，皇妣大骇，坠高祖于地。尼自外入见曰："已惊我儿，致令晚得天下。"为人龙颜，额上有五柱入顶，目光外射，有文在手曰"王"。长上短下，沉深严重。初入太学，虽至亲昵不敢狎也。

　　年十四，京兆尹薛善辟为功曹。十五，以太祖勋授散骑常侍、车骑大将军、仪同三司，封成纪县公。十六，迁骠骑大将军，加开府。周太祖见而叹曰："此儿风骨，不似代间人④！"明帝即位，授右小宫伯，进封大兴郡公。帝尝遣善相者赵昭视之，昭诡对曰："不过作柱国耳。"既而阴谓高祖曰："公当为天下君，必大诛杀而后定。善记鄙言。"

　　武帝即位，迁左小宫伯。出为隋州刺史，进位大将军。后征还，遇皇妣寝疾三年，昼夜不离左右，代称纯孝⑤。宇文护执政，尤忌高祖，屡将害焉，大将军侯伏侯寿等匡护得免⑥。其后袭爵隋国公。武帝娉高祖长女为皇太子妃，益加礼重。齐王宪言于帝曰："普六茹坚相貌非常，臣每见之，不觉自失，恐非人下，请早除之。"帝曰："此止可为将耳。"内史王轨骤言于帝曰："皇太子非社稷主，普六茹坚貌有反相。"帝不悦，曰："必天命有在，将若之何？"高祖甚惧，深自晦匿⑦。

　　建德中，率水军三万，破齐师于河桥。明年，从帝平齐，进位柱国。与宇文宪破齐任城王高湝于冀州，除定州总管。先是，定州城西门久闭不行。齐文宣帝时，或请开之，以便行路，帝不许，曰："当有圣人来启之。"及高祖至而开焉，莫不惊异。寻转亳州总管。宣帝即位，以后父征拜上柱国、大司马。大象初，迁大后丞、右司武，俄转大前疑。每巡幸，恒委居守⑧。时帝为《刑经圣制》，其法深刻。高祖以法令滋章，非兴化之道，切谏，不纳。

　　高祖位望益隆，帝颇以为忌。帝有四幸姬，并为皇后，诸家争宠，数相毁谮。帝每忿怒谓后曰："必族灭尔家。"因召高祖，命左右曰："若色动，即杀之。"高祖既至，容色自若，乃止。

　　大象二年五月，以高祖为扬州总管，将发，暴有足疾，不果行。乙未，帝崩。时静帝幼冲，未能亲理政事。内史上大夫郑译、御正大夫刘昉以高祖皇后之父，众望所归，遂矫诏引高祖入总朝政，都督内外诸军事。周氏诸王在藩者，高祖悉恐其生变，称赵王招将嫁女于突厥为词以征之。丁未，发丧。庚戌，周帝拜高祖假黄钺、左大丞相，百官总己而听焉⑨。以正阳宫为丞相府，以郑译为长史，刘昉为司马，具置僚佐。宣帝时，刑政苛酷，群心崩骇，莫有固志。至是，高祖大崇惠政，法令清简，躬履节俭，天下悦之。

　　六月，赵王招、陈王纯、越王盛、代王达、滕王逌并至于长安。相州总管尉迟迥自以重臣宿将，志不能平，遂举兵东夏，赵、魏之士，从者若流，旬日之间，众至十余万。又宇文胄以荥州，石瓒以建州，席毗以沛郡⑩，毗弟叉罗以兖州，皆应于迥。迥遣子质于陈请援。高祖命上柱国、郧国公韦孝宽讨之。雍州牧毕王贤及赵、陈等五王，以天下之望归于高祖，因谋作乱。高祖执贤斩之，寝赵王等之罪。因诏五王剑履上殿，入朝不趋，用安其心。

七月，陈将陈纪、萧摩诃等寇广陵，吴州总管于颛转击破之。广陵人杜乔生聚众反，刺史元义讨平之。韦孝宽破尉迟迥于相州，传首阙下，余党悉平。初，迥之乱也，郧州总管司马消难据州响应，淮南州县多同之。命襄州总管王谊讨之，消难奔陈。荆、郢群蛮乘衅作乱，命亳州总管贺若谊讨平之。先是，上柱国王谦为益州总管，既见幼主在位，政由高祖，遂起巴、蜀之众，以匡复为辞。高祖方以东夏、山南为事，未遑致讨。谦进兵屯剑阁，陷始州。至是，乃命行军元帅、上柱国梁睿讨平之，传首阙下。巴蜀阻险，人好为乱，于是更开平道，毁剑阁之路，立铭垂诚焉。五王阴谋滋甚，高祖齐酒肴以造赵王第，欲观所为，赵王伏甲以宴高祖，高祖几危，赖元胄以济，语在《胄传》。于是诛赵王招、越王盛。

九月，以世子勇为洛州总管、东京小冢宰。壬子，周帝诏曰："假黄钺、使持节、左大丞相、都督内外诸军事、上柱国、大冢宰、隋国公坚，感山河之灵，应星辰之气。道高雅俗，德协幽显⑪。释巾登仕⑫，搢绅倾属⑬。开物成务，朝野承风⑭。受诏先皇，弼谐寡薄⑮。合天地而生万物，顺阴阳而抚四夷。近者，内有艰虞，外闻妖寇。以鹰鹯之志⑯，运帷帐之谋。行两观之诛⑰，扫万里之外。遐迩清肃，实所赖焉。四海之广，百官之富，俱禀大训，咸餐至道⑱。治定功成，栋梁斯托，神猷盛德，莫二于时⑲。可授大丞相，罢左、右丞相之官，余如故。"

冬十月壬申，诏赠高祖曾祖烈为柱国、太保、都督徐兖等十州诸军事、徐州刺史、隋国公，谥曰康；祖祯为柱国、太傅、都督陕蒲等十三州诸军事、同州刺史、隋国公，谥曰献；考忠为上柱国、太师、大冢宰、都督冀定等十三州诸军事、雍州牧。诛陈王纯。癸酉，上柱国、郧国公韦孝宽卒。十一月辛未，诛代王达、滕王逌。十二月甲子，周帝诏曰：

"天大地大，合其德者圣人；一阴一阳，调其气者上宰⑳。所以降神载挺㉑，陶铸群生，代苍苍之工，成巍巍之业。假黄钺、使持节、大丞相、都督内外诸军事、上柱国、大冢宰、隋国公，应百代之期，当千龄之运，家隆台鼎之盛，门有翊赞之勤，心同伊尹，必致尧舜，情类孔丘，宪章文武。爰初入仕，风流映世，公卿仰其轨物㉒，搢绅谓之师表。入处禁闱，出居藩政，芳猷茂绩，问望弥远。往平东夏，人情未安，燕南赵北，实为天府，拥节杖旄，任当连率。柔之以德，导之以礼，畏之若神，仰之若日，芳风美迹，歌颂独存。淮海榛芜，多历年代，作镇南鄙，选众惟贤，威震殊俗，化行黔首。任掌钩陈，职司邦政，国之大事，朝寄更深，銮驾巡游，留台务广。周公陕西之任，仅可为伦，汉臣关内之重，未足相况。

及天崩地坼，先帝升遐，朕以眇年㉓，奄经荼毒，亲受顾命，保乂皇家㉔。奸人乘隙，潜图宗社，无君之意已成，窃发之期有日。英规潜运㉕，大略川回㉖，匡国庇人，罪人斯得。两河遘乱，三魏称兵，半天之下，汹汹鼎沸。祖宗之基已危，生人之命将殆㉗。安陆作衅，南通吴越，蜂飞蚁聚，江汉骚然。巴蜀鸱张，翻将问鼎，秦涂更阻，汉门重闭。画筹帷帐，建出师车，诸将禀其谋，壮士感其义，不违时日，咸得清荡。九功远被，七德允谐，百僚师师，四门穆穆。光景照临之地，风云去来之所，允武允文，幽明同德，骤山骤水，遐迩归心。使朕继踵上皇，无为以治，声高宇宙，道格天壤㉘。伊尹辅殷，霍光佐汉，方之蔑如也㉙。

昔营丘、曲阜，地多诸国，重耳、小白，锡用殊礼，萧何优赞拜之仪，番君越公侯之爵。姬、刘以降，代有令谟，宜崇典礼，宪章自昔。可授相国，总百揆，去都督内外诸军事、大冢宰之号，进公爵为王，以隋州之崇业，郧州之安陆、城阳，温州之宜人，应州之平靖、上明，顺州之淮南，士州之永川，昌州之广昌、安昌，申州之义阳、淮安，息州之新蔡、建安，豫州之汝南、临颍、广宁、初安，蔡州之蔡阳，郢州之汉东二十郡为隋国。剑履上殿，入朝不趋，赞拜不名，备九锡之礼，加玺绂、远游冠、相国印绿綟绶，位在诸侯王上。隋国置丞相已下，一依旧式。"

高祖再让，不许。乃受王爵、十郡而已。诏进皇祖、考爵并为王，夫人为王妃。辛巳，司马消难以陈师寇江州，刺史成休宁击却之。

大定元年春二月壬子，令曰："已前赐姓，皆复其旧。"是日，周帝诏曰："伊、周作辅，不辞殊礼之锡；桓、文为霸，允应异物之典，所以表格天之勋㉚，彰不代之业。相国隋王，前加典策，式昭大礼㉛，固守谦光，丝言未绰㉜。宜申显命，一如往旨，王功必先人，赏存后己，退让为本，诚乖朕意。宜命百辟尽诣王宫，众心克感，必令允纳。如有表奏，勿复通闻。"癸丑，文武百官诣阁敦劝，高祖乃受。甲寅，策曰：

"咨尔假黄钺、使持节、大丞相、都督内外诸军事、上柱国、大冢宰隋王：天覆地载，藉人事以财成，日往月来，由王道而盈昃㉝，五气陶铸，万物流形。谁代上玄之工，斯则大圣而已。曰惟先正，翊亮皇朝。种德积善，载诞上相。精采不代，风骨异人。匡国济时，除凶拨乱。百神奉职，万国宅心。殷相以先知悟人，周辅乃弘道于代，方斯蔑如也。今将授王典礼，其敬听朕命：

朕以不德，早承丕绪，上灵降祸，凤遭愍凶。妖丑觊觎，密图社稷，宫省之内，疑虑惊心。公受命先皇，志在匡弼，辑谐内外，潜运机衡，奸人慑惮，谋用丕显，俾赘旒之危为太山之固㉞。是公重造皇室，作霸之基也。伊我祖、考之代，任寄已深㉟，入掌禁兵，外司藩政，文经武略，久播朝野。戎轩大举，长驱晋、魏，平阳震熊黑之势，冀部耀貔豹之威。初平东夏，人情未一。丛台之北，易水之南，西距井陉，东至沧海，比数千里，举袂如帷。委以连城，建旌杖节，教因其俗，刑用轻典，如泥从印，犹草随风。此又公之功也。吴、越不宾，多历年代，淮、海之外，时非国有。爰整其旅，出镇于亳，武以威物，文以怀远。群盗自奔，外户不闭，人黎慕义，襁负而归。自北之风，化行南国。此又公之功也。宣帝御宇，任重宗臣，入典八屯，外司九伐㊱。禁卫勤巡警之务，治兵得蒐狩之礼㊲。此又公之功也。銮驾游幸，频委留台，文武注意，军国谘禀。万事咸理，反顾无忧。此又公之功也。朕在谅闇㊳，公实总己。磐石之宗，奸回者众，招引无赖，连结群小。往者国衰甫尔，已创阴谋，积恶数旬，昆吾方稔。泣诛磐旬㊴，宗庙以宁。此又公之功也。尉迥猖狂，称兵邺邑，欲长戟而指北阙，强弩而围南斗，凭陵三魏之间，震惊九州之半，聚徒百万，悉成蛇豕，淇水、洹水，一饮而竭。人之死生，翻系凶竖，寿之长短，不由司命。公乃戒彼鹰扬，出车练卒，誓苍兕于河朔，建瓴水于山东。口授兵书，手画行阵，量敌制胜，指日克期。诸将遵其成旨，壮士感其大义，轻死忘生，转斗千里，旗鼓奋发，如火燎毛，玄黄变漳河之水，京观比爵台之峻。百城氛祲，一旦廓清。此又公之功也。青土连率，跨据东秦，藉负海之饶，倚连山之险，望三辅而将逐鹿，指六国而愿连鸡，风雨之兵，助鬼为虐。本根既拔，枝叶自殒，屈法申恩，示以大信。此又公之功也。申部残贼，充斥一隅，蝇飞蚁聚，攻州略地。播以玄泽，迷更知反，服而舍之，无费遗镞。此又公之功也。宇文胄亲则宗枝，外藩岩邑，影响邺贼，有同就燥，迫胁吏人，叛换城戍，偏师讨蹙，遂入网罗。束之武牢，有同图圄，事穷将军，如伏国刑。此又公之功也。檀让、席毗，拥众河外。陈、韩、梁、郑、宋、卫、邹、鲁，村落成枭獍之墟，人庶为豺狼之饵，强以陵弱，大则吞小，城有昼闭，巷无行人。授律出师，随机扫定，让既授首，毗亦枭悬。此又公之功也。司马消难与国亲姻，作镇安陆，性多嗜欲，意好贪聚。蜀城子女，劫掠靡余，部人货财，多少具罄，擅诛刺举之使，专杀仪台之臣。惧罪畏威，动而内噢㊵。蚕食郡县，鸩毒华夷，闻有王师，自投南裔。帝唐崇山之罚，仅可方此，大汉流御之刑，是亦相匹。逋逃人数，荆、郢用安。此又公之功也。王谦在蜀，翻为厉阶，闭剑阁之门，塞灵关之宇，自谓五丁复起，万夫莫向。分阃推毂[41]，尝不逾时，风驰席卷，一举大定，擒斩凶恶，扫地无遗。此又公之功也。陈顼因循伪业，自擅金陵，屡遣丑徒，赵趄江北。公指麾藩镇，无不摧殄。方置文深之柱，非止尉佗之拜。此又公之功也。

公有济天下之勤，重之以明德，始于辟命，屈己登庸，素业清微，声掩廊庙[42]，雄规神略，气盖朝野。序百揆而穆四门，耻一匡之举九合。尊贤崇德，尚齿贵功，录旧旌善，兴亡继绝。宽猛相济，彝伦攸叙。敦睦帝亲，崇奖王室。星象不拆，阴阳自调，玄冥、祝融如奉太公之召，雨师、风伯似应成王之宰。祥风嘉气，触石摇林，瑞兽异禽，游园鸣阁。至功至德，可大可久，尽品物之和，究杳冥之极[43]。

朕又闻之，昔者明王设官胙土，营丘四履，得征五侯，参墟宠章[44]，异其礼物。故藩屏作固，垂拱责成，沉默岩廊，不下堂席。公道高往烈，赏薄前王。朕以眇身，托于兆人之上，求诸故实，甚用惧焉。往加大典，宪章在昔，谦以自牧，未应朝礼。日月不居，便已隔岁。时谈物议，其谓朕何！今进授相国总百揆，以申州之义阳等二十郡为隋国。今命使持节、太傅、上柱国、杞国公椿，大宗伯、大将军、金城公赵煚，授相国印绶。相国礼绝百辟，任总群官，旧职常典，宜与事革。昔尧臣太尉，舜佐司空，姬旦相周，霍光辅汉，不居藩国，唯在天朝。其以相国总百揆，去众号焉。上所假节、大丞相、大冢宰印绶。

又加九锡，其敬听朕后命。以公执律修德，慎狱恤刑，为其训范，人无异志，是用锡公大辂、戎辂各一，玄牡二驷。公勤心地利，所宝人天，崇本务农，公私殷阜，是用锡公衮冕之服，赤舄副焉[45]。公乐以移风，雅以变俗，逷迩胥悦，天地咸和，是用锡公轩悬之乐，六佾之舞。公仁风德教，覃及海隅，荒忽幽遐，回首内向，是用锡公朱户以居。公水镜人伦，铨衡庶职，能官流咏，遗贤必举，是用锡公纳陛以登。公执钧于内，正性率下，犯义无礼，罔不屏黜，是用锡公武贲之士三百人；公是用锡公铁钺各一；公威严夏日，精厉秋霜，猾夏必诛，顾眄天壤，扫清奸宄，折冲无外，是用锡公彤弓一、彤矢百，卢弓十、卢矢千；惟公孝通神明，肃恭祀典，尊严如在，情切幽明，是用锡公秬鬯一卣[46]，珪瓒副焉。隋国置丞相以下，一遵旧式。往钦哉！其敬循往策，祗服大典，简恤尔庶功，对扬我太祖之休命。”

于是建台置官。

丙辰，诏王冕十有二旒，建天子旌旗，出警入跸，乘金根车，驾六马，备五时副车，置旄头云罕[47]，乐舞八佾，设锺虡宫悬。王妃为王后，长子为太子。前后三让，乃受。

俄而，周帝以众望有归，乃下诏曰：“元气肇辟，树之以君，有命不恒，所辅惟德。天心人事，选贤与能，尽四海而乐推，非一人而独有。周德将尽，妖孽递生，骨肉多虞，藩维构衅；影响同恶，过半区宇，或小或大，图帝图王，则我祖宗之业，不绝如线。相国隋王，睿圣自天，英华独秀，形法与礼仪同运，文德共武功俱远，爱万物其如己，任兆庶以为忧。手运玑衡，躬命将士，芟夷奸宄，刷荡氛祲[48]，化通冠带[49]，威震幽遐。虞舜之大功二十，未足相比，姬发之合位三五，岂可足论。况木行已谢，火运既兴。河、洛出革命之符，星辰表代终之象。烟云改色，笙簧变音，狱讼咸归，讴歌尽至。且天地合德，日月贞明，故以称大为王，照临下土。朕虽寡昧，未达变通，幽显之情，皎然易识。今便祗顺天命，出逊别宫，禅位于隋，一依唐虞汉魏故事。”高祖三让，不许。遣兼太傅、上柱国、杞国公椿奉册曰：

“咨尔相国隋王：粤若上古之初[50]，爰启清浊，降符授圣，为天下君。事上帝而理兆人，和百灵而利万物，非以区宇之富，未以宸极为尊。大庭、轩辕以前，骊连、赫胥之日，咸以无为无欲，不将不迎。邈哉！其详不可闻已。厥有载籍，遗文可观。圣莫逾于尧，美未过于舜，尧得太尉，已作运衡之篇，舜遇司空，便叙精华之竭。彼褰裳脱屣㉛，贰宫设飨，百辟归禹，若帝之初。斯盖上则天时，不敢不授，下祇天命，不可不受。汤代于夏，武革于殷，干戈揖让，虽复异揆，应天顺人，其道靡异。自汉讫晋，有魏至周，天历逐狱讼之归，神鼎随讴歌之去。道高者称帝，录尽者不王，与夫文祖、神宗无以别也。

周德将尽，祸难频兴，宗戚奸回，咸将窃发。顾瞻宫阙，将图宗社，藩维连率，逆乱相寻；摇荡三方，不合如砺，蛇行乌攫，投足无所。王受天明命，睿德在躬，救颓运之艰，匡坠地之业，拯大川之溺，扑燎原之火，除群凶于城社，廓妖氛于远服。至德合于造化，神用洽于天壤。八极九野，万方四裔；圆首方足，罔不乐推。往岁长星夜扫，经天昼见，八风比夏后之作，五纬同汉帝之聚，除旧之征，昭然在上。近者赤雀降祉，玄龟效灵，钟石变音，蛟鱼出穴，布新之觇㉜，焕焉在下。九区归往，百灵协赞，人神属望，我不独知。仰祇皇灵，俯顺人愿，今敬以帝位禅于尔躬。天祚告穷，天禄永终。于戏！王宜允执厥和㉝，仪刑典训。升圆丘而敬苍昊，御皇极而抚黔黎，副率土之心，恢无疆之祚，可不盛欤！”

遣大宗伯、大将军、金城公赵煚奉皇帝玺绶，百官劝进。高祖乃受焉。

开皇元年二月甲子，上自相府常服入宫，备礼即皇帝位于临光殿。设坛于南郊，遣使柴燎告天。是日，告庙，大赦，改元。京师庆云见。易周氏官仪，依汉魏之旧。以柱国、相国司马、渤海郡公高颎为尚书左仆射兼纳言；相国司录、沁源县公虞庆则为内史监兼吏部尚书；相国内郎、咸安县男李德林为内史令；上开府、汉安县公韦世康为礼部尚书；上开府、义宁县公元晖为都官尚书；开府、民部尚书、昌国县公元岩为兵部尚书；上仪同、司宗长孙毗为工部尚书；上仪同、司会杨尚希为度支尚书；上柱国、雍州牧、邘国公杨惠为左卫大将军。乙丑，追尊皇考为武元皇帝，庙号太祖，皇妣为元明皇后。遣八使巡省风俗。丙寅，修庙社。立王后独孤氏为皇后，王太子勇为皇太子。丁卯，以大将军、金城郡公赵煚为尚书右仆射；上开府、济阳侯伊娄彦恭为左武候大将军。己巳，以周帝为介国公，邑五千户，为隋室宾。旌旗车服礼乐，一如其旧，上书不为表，答表不称诏。周氏诸王，尽降为公。辛未，以皇弟同安郡公爽为雍州牧。乙亥，封皇弟邵国公慧为滕王，同安公爽为卫王；皇子雁门公广为晋王，俊为秦王，秀为越王，谅为汉王。以上柱国、并州总管、申国公李穆为太师；上柱国、邓国公窦炽为太傅；上柱国、幽州总管、任国公于翼为太尉；观国公田仁恭为太子太师；武德郡公柳敏为太子太保；济南郡公孙恕为太子少傅；开府苏威为太子少保。丁丑，以晋王广为并州总管，以陈留郡公杨智积为蔡王，兴城郡公杨静为道王。戊寅，以官牛五千头分赐贫人。

三月辛巳，高平获赤雀，太原获苍乌，长安获白雀，各一。宣仁门槐树连理，众枝内附。壬午，白狼国献方物㉞。甲申，太白昼见。乙酉，又昼见。以上柱国元景山为安州总管。丁亥，诏犬马器玩口味不得献上。戊子，驰山泽之禁。以上开府、当亭县公贺若弼为楚州总管；和州刺史、新义县公韩擒为庐州总管。己丑，蓝屋县献连理树，植之宫庭。辛卯，以上柱国、神武郡公窦毅为定州总管。戊戌，以太子少保苏威兼纳言、吏部尚书，余官如故。庚子，诏曰：“自古帝王受终革代㉟，建侯锡爵，多与运迁。朕应箓受图，君临海内，载怀沿革，事有不同。然则前帝后王，俱在兼济，立功立事，爵赏仍行。苟利于时，其致一揆，何谓物我之异，无计今古之殊。其前代品爵，悉可依旧。”丁未，梁主萧岿使其太宰萧岩、司空刘义来贺。

四月辛巳，大赦。壬午，太白、岁星昼见。戊戌，太常散乐并放为百姓。禁杂乐百戏。辛丑，陈散骑常侍韦鼎、兼通直散骑常侍王瑳来聘于周，至而上已受禅，致之介国。是月，发稽胡修筑长城，二旬而罢。五月戊子㊱，封邘国公杨雄为广平王，永康郡公杨弘为河间王。辛未，介国公薨，上举哀于朝堂，以其族人洛嗣焉。六月癸未，诏以初受天命，赤雀降祥，五德相生，赤为火色。其郊及社庙，依服冕之仪，而朝会之服，旗帜牺牲，尽令尚赤。戎服以黄。

秋七月乙卯，上始服黄，百僚毕贺。庚午，靺鞨酋长贡方物。八月壬午，废东京官。突厥阿波可汗遣使贡方物。甲午，遣行军元帅乐安公元谐，击吐谷浑于青海，破而降之。九月戊申，战亡之家，遣使赈给。庚午，陈将周罗睺攻陷胡墅，萧摩诃寇江北。辛未，以越王秀为益州总管，改封为蜀王。壬申，以上柱国、薛国公长孙览，上柱国、宋安公元景山，并为行军元帅，以伐陈，仍命尚书左仆射高颎节度诸军。突厥沙钵略可汗遣使贡方物。是月，行五铢钱。

冬十月乙酉，百济王扶余昌遣使来贺，授昌上开府、仪同三司、带方郡公。戊子，行新律。壬辰，行幸岐州。十一月乙卯，以永昌郡公窦荣定为右武候大将军。丁卯，遣兼散骑侍郎郑扬使于陈。己巳，有流星，声如隤墙，光烛于地。十二月戊寅，以申州刺史尒朱敞为金州总管。甲申，以礼部尚书韦世康为吏部尚书。己丑，以柱国元衮为廓州总管，兴势郡公卫玄为淮州总管。庚子，至自岐州。壬寅，高丽王高阳遣使朝贡，授阳大将军、辽东郡公。太子太保柳敏卒。

二年春正月癸丑，幸上柱国王谊第。庚申，幸安成长公主第。陈宣帝殂，子叔宝立。辛酉，置河北道行台尚书省于并州，以晋王广为尚书令。置河南道行台尚书省于洛州，以秦王俊为尚书令。置西南道行台尚书省于益州，以蜀王秀为尚书令。戊辰，陈遣使请和，归我胡墅。辛未，高丽、百济并遣使贡方物。甲戌，诏举贤良。二月己丑，诏高颎等班师。庚寅，以晋王广为左武卫大将军，秦王俊为右武卫大将军，余官并如故。辛卯，幸赵国公独孤陀第。庚子，京师雨土。三月戊申，开渠，引杜阳水于三畤原。四月丁丑，以宁州刺史窦荣定为左武候大将军。庚寅，大将军韩僧寿破突厥于鸡头山，上柱国李充破突厥于河北山。五月戊申，以上柱国、开府长孙平为度支尚书。己酉，旱，上亲省囚徒，其日大雨。己未，高宝宁寇平州，突厥入长城。庚申，以豫州刺史皇甫绩为都官尚书。壬戌，太尉、任国公于翼薨。甲子，改传国玺曰受命玺。六月壬午，以太府卿苏孝慈为兵部尚书，雍州牧。卫王爽为原州总管。甲申，使使吊于陈国。乙酉，上柱国李充破突厥于马邑。戊子，以上柱国叱李长叉为兰州总管。辛卯，以上开府尒朱敞为徐州总管。

丙申，诏曰："朕祇奉上玄，君临万国，属生人之敝，处前代之宫。常以为作之者劳，居之者逸，改创之事，心未遑也。而王公大臣陈谋献策，咸云羲、农以降，至于姬、刘，有当代而屡迁，无革命而不徙。曹、马之后，时见因循，乃末代之宴安，非往圣之宏义。此城从汉，凋残日久，屡为战场，旧经丧乱。今之宫室，事近权宜，又非谋筮从龟[57]，瞻星揆日，不足建皇王之邑，合大众所聚。论变通之数，具幽显之情，同心固请，词情深切。然则京师百官之府，四海归向，非朕一人之所独有。苟利于物，其可违乎！且殷之五迁，恐人尽死，是则以吉凶之土，制长短之命。谋新去故，如农望秋，虽暂劬劳，其究安宅。今区宇宁一，阴阳顺序，安安以迁，勿怀胥怨。龙首山川原秀丽，卉物滋阜，卜食相土，宜建都邑，定鼎之基永固，无穷之业在斯。公私府宅，规模远近，营构资费，随事条奏。"仍诏左仆射高颎、将作大匠刘龙、钜鹿郡公贺娄子干、太府少卿高龙叉等创造新都。

秋八月癸巳，以左武候大将军窦荣定为秦州总管。十月癸酉，皇太子勇屯兵咸阳，以备胡。庚寅，上疾愈，享百僚於观德殿。赐钱帛，皆任其自取，尽力而出。辛卯，以营新都副监贺娄子干为工部尚书。十一月丙午，高丽遣使献方物。十二月辛未，上讲武於后园。甲戌，上柱国窦毅卒。丙子，名新都曰大兴城。乙酉，遣沁源公虞庆则屯弘化，备胡。突厥寇周槃，行军总管达奚长儒击之，为虏所败。丙戌，赐国子生经明者束帛。丁亥，亲录囚徒。

三年春正月庚子，将入新都，大赦天下。禁大刀长矛。癸亥，高丽遣使来朝。二月己巳朔，日有蚀之。壬申，宴北道勋人。癸酉，陈遣兼散骑常侍贺彻、兼通直散骑常侍萧褒来聘。突厥寇边。甲戌，泾阳获毛龟。癸未，以左卫大将军李礼成为右武卫大将军。三月丁未，上柱国、鲜虞县公谢庆恩卒。己酉，以上柱国达奚长儒为兰州总管。丙辰，雨，常服入新都。京师醴泉出。丁巳，诏购求遗书于天下。庚申，宴百僚，班赐各有差。癸亥，城榆关。

夏四月己巳，上柱国、建平郡公于义卒。庚午，吐谷浑寇临洮，洮州刺史皮子信死之。辛未，高丽遣使来朝。壬申，以尚书右仆射赵煚兼内史令。丁丑，以滕王瓒为雍州牧。己卯，卫王爽破突厥于白道。庚辰，行军总管阴寿破高宝宁于黄龙。甲申，旱，上亲祀雨师于国城之西南。丙戌，诏天下劝学行礼。以济北郡公梁远为汶州总管。己丑，陈郢州城主张子讥遣使请降，上以和好，不纳。辛卯，遣兼散骑常侍薛舒、兼通直散骑常侍王劭使于陈。癸巳，上亲雩。甲午，突厥遣使来朝。五月癸卯，行军总管李晃破突厥于摩那渡口。甲辰，高丽遣使来朝。乙巳，梁太子萧琮来贺迁都。丁未，靺鞨贡方物。戊申，幽州总管阴寿卒。辛酉，有事于方泽。壬戌，行军元帅窦荣定破突厥及吐谷浑于凉州。丙寅，赦黄龙死罪已下。六月庚午，以卫王爽子集为遂安郡王。戊寅，突厥遣使请和。庚辰，行军总管梁远破吐谷浑于尔汗山，斩其名王。壬申，以晋州刺史燕荣为青州总管。己丑，以河间王弘为宁州总管。乙未，幸安成长公主第。

秋七月辛丑，以豫州刺史周摇为幽州总管。壬戌，诏曰："行仁蹈义，名教所先；厉俗敦风，宜见褒奖。往者，山东、河表，经此妖乱，孤城远守，多不自全。济阴太守杜猷身陷贼徒，命悬寇手。郡省事范台玫倾产营护，免其戮辱。眷言诚节，实有可嘉，宜超恒赏，用明沮劝。台玫可大都督、假湘州刺史。"丁卯，日有蚀之。八月丁丑，靺鞨贡方物。己卯，以右武卫大将军李礼成为襄州总管。壬午，遣尚书左仆射高颎出宁州道，内史监虞庆则出原州道，并为行军元帅，以击胡。戊子，上有事于太社。九月壬子，幸城东，观稼谷。癸丑，大赦天下。

冬十月甲戌，废河南道行台省，以秦王俊为秦州总管。

十一月己酉，发使巡省风俗，因下诏曰："朕君临区宇，深思治术，欲使生人从化，以德代刑，求草莱之善，旌闾里之行。民间情伪，咸欲备闻。已诏使人，所在赈恤，扬镳分路，将遍四海，必令为朕耳目。如有文武才用，未为时知，宜以礼发遣，朕将铨擢；其有志节高妙，越等超伦，亦仰使人就加旌异，令一行一善奖劝于人。远近官司，遐迩风俗，巨细必纪，还日奏闻。庶使不出户庭，坐知万里。"庚辰，陈遣散骑常侍周坟、通直散骑常侍袁彦来聘。陈主知上之貌异世人，使彦画像持去。甲午，罢天下诸郡。闰十二月乙卯，遣兼散骑常侍曹令则、通直散骑常侍魏澹使于陈。戊午，以上柱国窦荣定为右武卫大将军，刑部尚书苏威为民部尚书。

四年春正月甲子，日有蚀之。己巳，有事于太庙。辛未，有事于南效。壬申，梁主萧岿来朝。甲戌，大射于北苑，十日而罢。壬午，齐州水。辛卯，渝州获兽似麠，一角同蹄。壬辰，班新历。二月乙巳，上饯梁主于霸上。丁未，靺鞨贡方物。突厥苏尼部男女万余人来降。庚戌，幸陇州。突厥可汗阿史那玷率其属来降。

夏四月己亥，敕总管、刺史父母及子年十五已上，不得将之官。庚子，以吏部尚书虞庆则为尚书右仆射；瀛州刺史杨尚希为兵部尚书；毛州刺史刘仁恩为刑部尚书。甲辰，以上柱国叱李长叉为信州总管。丁未，宴突厥、高丽、吐谷浑使者于大兴殿。丁巳，以上大将军贺娄子干为榆关总管。

五月癸酉，契丹主莫贺弗遣使请降，拜大将军。丙子，以柱国冯昱为汾州总管。乙酉，以汴州刺史吕仲泉为延州总管。六月庚子，降囚徒。乙巳，以鸿胪卿乙弗寔为冀州总管，上柱国豆卢勣为夏州总管。壬子，开渠，自渭达河以通运漕。戊午，秦王俊来朝。

秋七月丙寅，陈遣兼散骑常侍谢泉、兼通直散骑常侍贺德基来聘。八月甲午，遣十使巡省天下。戊戌，卫王爽来朝。是日，以秦王俊纳妃，宴百僚，颁赐各有差。壬寅，上柱国、太傅、邓国公窦炽薨。丁未，宴秦王官属，赐物各有差。壬子，享陈使。乙卯，陈将夏侯苗请降，上以通和，不纳。九月甲子，幸襄国公主第。乙丑，幸霸水，观漕渠，赐督役者帛各有差。己巳，上亲录囚徒。庚午，契丹内附。甲戌，驾幸洛阳，关内饥也。癸未，太白昼见。

冬十一月壬戌，遣兼散骑常侍薛道衡、通直散骑常侍豆卢寔使于陈。癸亥，以榆关总管贺娄子干为云州总管。

五年春正月戊辰，诏行新礼。三月戊午，以尚书左仆射高颎为左领军大将军；上柱国宇文忻为右领军大将军。

夏四月甲午，契丹主多弥遣使贡方物。壬寅，上柱国王谊谋反，伏诛。乙巳，诏征山东马荣伯等六儒。戊申，车驾至自洛阳。五月甲申，诏置义仓。梁主萧岿殂，其太子琮嗣立。遣上大将军元契使于突厥阿波可汗。

秋七月庚申，陈遣兼散骑常侍王话、兼通直散骑常侍阮卓来聘。丁丑，以上柱国宇文庆为凉州总管。壬午，突厥沙钵略上表称臣。八月丙戌，沙钵略可汗遣子库合真特勤来朝。甲辰，河南诸州水，遣民部尚书邳国公苏威赈给之。戊申，有流星数百，四散而下。己酉，幸栗园。九月丁巳，至自栗园。乙丑，改鲍陂曰杜陂，霸水为滋水。陈将湛文彻寇和州，仪同三司费宝首获之。丙子，遣兼散骑常侍李若、兼通直散骑常侍崔君赡使于陈。

冬十月壬辰，以上柱国杨素为信州总管；朔州总管吐万绪为徐州总管。十一月甲子，以上大将军源雄为朔州总管。丁卯，晋王广来朝。十二月丁未，降囚徒。戊申，以上柱国达奚长儒为夏州总管。

六年春正月甲子，党项羌内附。庚午，班历于突厥。辛未，以柱国韦洸为安州总管。壬申，遣民部尚书苏威巡省山东。二月乙酉，山南荆、浙七州水，遣前工部尚书长孙毗赈恤之。丙戌，制刺史上佐每岁暮更入朝，上考课。丁亥，发丁男十一万修筑长城，二旬而罢。乙未，以上柱国崔弘度为襄州总管。庚子，大赦天下。三月己未，洛阳男子高德上书，请上为太上皇，传位皇太子。上曰："朕承天命，抚育苍生，日旰孜孜⑱，犹恐不逮。岂学近代帝王，事不师古，传位于子，自求逸乐者哉！"癸亥，突厥沙钵略遣使贡方物。

夏四月己亥，陈遣兼散骑常侍周磻、兼通直散骑常侍江椿来聘。秋七月辛亥，河南诸州水。乙丑，京师雨毛，如马鬃尾⑲，长者二尺余，短者六七寸。八月辛卯，关内七州旱，免其赋税。遣散骑常侍裴豪、兼通直散骑常侍刘颛聘于陈。戊申，上柱国、太师、申国公李穆薨。闰月己酉，以河州刺史段文振为兰州总管。丁卯，皇太子镇洛阳。辛未，晋王广、秦王俊并来朝。丙子，上柱国、郕国公梁士彦，上柱国、杞国公宇文忻，柱国、舒国公刘昉，以谋反伏诛。上柱国、许国公宇文善坐事除名。

九月辛巳，上素服御射殿，诏百僚射，赐梁士彦三家资物。丙戌，上柱国、宋安郡公元景山卒。庚子，以上柱国李询为隰州总管。辛丑，诏大象已来死事之家，咸令赈恤。

冬十月己酉，以河北道行台尚书令、并州总管、晋王广为雍州牧，余官如故；兵部尚书杨尚希为礼部尚书。癸丑，置山南道行台尚书省于襄州，以秦王俊为尚书令。丙辰，以芳州刺史骆平难为叠州刺史，衡州总管周法尚为黄州总管。甲子，甘露降于华林园。

七年春正月癸巳，有事于太庙。乙未，制诸州岁贡三人。二月丁巳，祀朝日于东郊。己巳，陈遣兼散骑常侍王亨、兼通直散骑常侍王眘来聘⑳。壬申，车驾幸醴泉宫。是月，发丁男十万余修筑长城，二旬而罢。

夏四月己酉，幸晋王第。庚戌，于扬州开山阳渎，以通运漕。突厥沙钵略可汗卒，其子雍虞闾嗣立，是为都蓝可汗。癸亥，颁青龙符于东方总管、刺史，西方以驺虞㉑，南方以朱雀，北方以玄武。甲戌，遣兼散骑常侍杨同、兼通直散骑常侍崔儦使于陈。以民部尚书苏威为吏部尚书。

五月乙亥朔，日有蚀之。己卯，雨石于武安、滏阳间十余里。

秋七月己丑，卫王爽薨，上发丧于门下外省。八月丙午，以怀州刺史源雄为朔州总管。庚申，梁主萧琮来朝。九月乙酉，梁安平王萧岩掠于其国，以奔陈。辛卯，废梁国，曲赦江陵。以梁主萧琮为柱国，封莒国公。

冬十月庚申，行幸同州，以先帝所居，降囚徒。癸亥，幸蒲州。丙寅，宴父老，上极欢，曰："此间人物，衣服鲜丽，容止闲雅，良由仕宦之乡，陶染成俗也。"十一月甲午，幸冯翊，亲祠故社。父老对诏失旨㉜，上大怒，免其县官而去。戊戌，至自冯翊。

---

①八代孙：应为"八世孙"。因唐朝讳李世民的"世"字，故而以"代"替"世"。

②后魏代：应为"后魏世"。

③因：沿袭、承袭的意思。

④代间人：应为"世间人"。

⑤代称：应为"世称"。

⑥侯伏侯寿：亦有作侯伏侯万寿。

⑦晦匿：系指隐蔽不露之意。

⑧居守：特指皇帝出征或巡幸时，重臣镇守京都或者行部，称为居守。

⑨总己：系指总摄己职之意。

⑩席毗：又作"席毗罗"。

⑪德协幽显：大意是指对一种清平盛世的美称。

⑫释巾：指换去平民头饰，开始做官之意。

⑬搢绅倾属：泛指社会风气中以官宦儒者为荣之意。

⑭承风：接受教化之意。

⑮弼谐寡薄：大意是指明君治理国家很少是完全依靠辅佐协调之辈的。

⑯鹰鹯之志：此处的鹰鹯系指忠勇的意思。

⑰两观之诛：喻指为了国家的安定而对乱臣贼子所施行的必要的杀戮。

⑱咸：皆、都的意思。

⑲莫二：无比的意思。

⑳上宰：系指上天，上帝之意。

㉑载挺：承受、支撑以济世、匡业之意。

㉒轨物：系指规范事物的意思。

㉓眇年：指幼年、少年时代。

㉔保乂：亦作"保艾"。大意是指实施治理，使之安定太平之意。

㉕英规潜运：泛指优良的法则，明智的策略在潜移默化地运转。

㉖川回：回旋变化多端的意思。

㉗生人：应作"生民"。

㉘格：此处作"至"解。

㉙蔑如：不如、不及之意。

㉚格天：感动上天的意思。

㉛式昭：用以光大的意思。

㉜丝言：诏书的代称。

㉝盈昃：指日月圆满或亏缺的变化。

㉞赘流：比喻实权旁落，为大臣所夹持的君主。

㉟任寄：委任、付托的意思。

㊱八屯、九伐："八屯"，是指宫苑四周所设置的八处卫所。"九伐"，在古代对九种罪恶的讨伐，称之为"九伐"。

㊲蒐狩：春猎为"蒐"，秋猎为"狩"，这里泛指狩猎。

㊳谅闇：古代居丧时所住的房子称为谅闇。

㊴磐甸：系指犯有死罪的贵族和显宦。

㊵内衅：是指内乱之意。

㊶分阃：指出任将帅或封疆大吏。

㊷廊庙：原指殿下屋及太庙。后泛指朝延。

㊸杳冥：犹如奥秘莫测之意。

㊹参墟宠章：泛指山西、河南一带达官显贵的章服。

㊺赤舄：古代天子，诸侯所穿的鞋子。

㊻秬鬯：古代用黑黍和郁金香草酿造的酒。用于祭祀降神以及赏赐有功的诸侯。

㊼云罕：系指旌旗。

㊽氛祲：泛指战乱、叛乱。

㊾冠带：本指服制。引申为礼仪，教化。

㊿粤若：发语词，用于句首以启下文。

(51)褰裳：撩起下裳之意。

(52)贶：此处作赐赠之意解。

(53)允执厥和："和"应为"中"。隋朝讳"忠"字，故凡"忠"、"中"等字均改作"和"字。

(54)方物：指地方土产。

(55)受终革代："受终"是指承受帝位。"革代"，是指改朝换代。

(56)五月戊子：《北史·随本记》上作五月"戊午"。该月己酉朔，有"戊午"，而无"戊子"。

(57)谋筮从龟：系指问卜；求卜的意思。

�58日盱：日暮之意。

(59)马鬣：指马颈上的长毛。

(60)昚："慎"的古字。

(61)驺虞：应为"白虎"。唐人讳"虎"。此处用"驺虞"代替白虎。

(62)失旨：不合帝王旨意。

高祖纪下

八年春正月乙亥，陈遣散骑常侍袁雅、兼通直散骑常侍周止水来聘。二月庚子，镇星入东井。辛酉，陈人寇硖州。三月辛未，上柱国、陇西郡公李询卒。壬申，以成州刺史姜须达为会州总管。甲戌，遣兼散骑常侍程尚贤、兼通直散骑常侍韦𢞻使于陈。戊寅，诏曰：

"昔有苗不宾，唐尧薄伐①，孙皓僭虐，晋武行诛。有陈窃据江表，逆天暴物②。朕初受命，陈顼尚存，思欲教之以道，不以龚行为③令，往来修睦，望其迁善，时日无几，衅恶已闻。厚纳叛亡，侵犯城戍，勾吴、闽越，肆厥残忍。于时王师大举，将一车书④，陈顼反地收兵，深怀震惧，责躬请约，俄而至殂，矜其丧祸，仍诏班师。

叔宝承风，因求继好，载仁克念，共敦行李。每见珪璋入朝，辎轩出使，何尝不殷勤晓喻，戒以惟新。而狼子之心，出而弥野，威侮五行，怠弃三正，诛翦骨肉，夷灭才良。据手掌之地，恣溪壑之险，劫夺闾阎⑤，资产俱竭，驱蹙内外⑥，劳役弗已。征责女子，擅造宫室，日增月益，止足无期，帷薄嫔嫱，有逾万数，宝衣玉食，穷奢极侈，淫声乐饮，俾昼作夜。斩直言之客，灭无罪之家，剖人之肝，分人之血，欺大造恶，祭鬼求恩，歌舞衢路，酣醉宫闱。盛粉黛而执干戈，曳罗绮而呼警跸⑦，跃马振策，从旦至昏，无所经营，驰走不息。负甲持仗，随逐徒行，追而不及，即加罪遣，自古昏乱，罕或能比。介士武夫，饥寒力役，筋髓罄于土木，性命俟于沟渠。君子潜逃，小人得志，家家隐杀戮，各各任聚敛，天灾地孽，物怪人妖，衣冠钳口⑧，道路以目⑨。倾心翘足，誓告于我，日月以冀，文奏相寻。重以背德违言，摇荡疆场，巴峡之下，海滋已西，江北、江南，为鬼为蜮。死陇穷发掘之酷，生居极攘夺之苦，抄掠人畜，断截樵苏，市井不立，农事废寝。历阳、广陵，窥觎相继，或谋图城邑，或劫剥吏人，昼伏夜游，鼠窜狗盗。彼则赢兵敝卒，来必就擒，此则重门设险，有劳藩捍。天之所覆，无非朕臣，每关听览，有怀伤恻。有梁之国，我南藩也，其君入朝，潜相招诱，不顾朕恩。士女深迫胁之悲，城府致空虚之叹。非直朕居人上，怀此无忘，既而百辟屡以为言⑩，兆庶不堪其请，岂容对而不诛，忍而不救！

近日秋始，谋欲吊人。益部楼船，尽令东骛，便有神龙数十，腾跃江流，引伐罪之师，向金陵之路，船住则龙止，船行则龙去，四日之内，三军皆睹，岂非苍旻⑪爱人，幽明展事⑫，降神先路，协赞军威！以上天之灵，助裁定之力，便可出师授律，应机诛殄，在斯举也，永清吴越。其将士粮仗，水陆资须，期会进止，一准别勅。"

秋八月丁未，河北诸州饥，遣吏部尚书苏威赈恤之。九月丁丑，宴南征诸将，颁赐各有差。癸巳，嘉州言龙见。

冬十月己亥，太白出西方。己未，置淮南行台省于寿春，以晋王广为尚书令。辛酉，陈遣兼散骑常侍王琬、兼通直散骑常侍许善心来聘，拘留不遣。甲子，将伐陈，有事于太庙。命晋王广、秦王俊、清河公杨素并为行军元帅，以伐陈。于是晋王广出六合，秦王俊出襄阳，清河公杨素出信州，荆州刺史刘仁恩出江陵，宜阳公王世积出蕲春，新义公韩擒虎出庐江，襄邑公贺若弼出吴州，落丛公燕荣出东海。合总管九十，兵五十一万八千，皆受晋王节度。东接沧海，西拒巴蜀，旌旗舟楫，横亘数千里。曲赦陈国。有星孛于牵牛。十一月丁卯，车驾饯师。诏购陈叔宝位上柱国、万户公。乙亥，行幸定城，陈师誓众。丙子，幸河东。十二月庚子，至自河东。

九年春正月己巳，白虹夹日。辛未，贺若弼拔陈京口，韩擒虎拔陈南豫州。癸酉，以尚书右仆射虞庆则为右卫大将军。丙子，贺若弼败陈师于蒋山，获其将萧摩诃。韩擒虎进师入建邺，获其将任蛮奴，获陈主叔宝。陈国平，合州三十，郡一百，县四百。癸巳，遣使持节巡抚之。二月乙未，废淮南行台省。丙申，制五百家为乡，正一人；百家为里，长一人。丁酉，以襄州总管韦世康为安州总管。

夏四月己亥，幸骊山，亲劳旋师。乙巳，三军凯入，献俘于太庙。拜晋王广为太尉。庚戌，上御广阳门，宴将士，颁赐各有差。辛亥，大赦天下。己未，以陈都官尚书孔范，散骑常侍王瑳、王仪，御史中丞沈观等，邪佞于其主，以致亡灭，皆投之边裔。辛酉，以信州总管杨素为荆州总管；吏部侍郎宇文弼为刑部尚书⑬；宗正少卿杨昪为工部尚书。壬戌，诏曰：

"往以吴越之野，群黎涂炭，干戈方用，积习未宁。今率土大同，含生遂性，太平之法，方可流行，凡我臣僚，澡身浴德，开通耳目，宜从兹始。丧乱已来，缅将十载，君无君德，臣失臣道，父有不慈，子有不孝，兄弟之情或薄，夫妇之义或违，长幼失序，尊卑错乱。朕为帝王，志存爱养，时有臻道，不敢宁息；内外职位，遐迩黎人，家家自修，人人克念，使不轨不法，荡然俱尽。兵可立威，不可不戢，刑可助化，不可专行；禁卫九重之余，镇守四方之外，戎旅军器，皆宜停罢。代路既夷，群方无事，武力之子，俱可学文，人间甲仗，悉皆除毁。有功之臣，降情文艺⑭，家门子侄，各守一经，令海内翕然，高山仰止。京邑庠序，爰及州县，生徒受业，升进于朝，未有灼然明经高第。此则教训不笃，考课未精，明勒所由，隆兹儒训。官府从宦，丘园素士，心迹相表，宽弘为念，勿为踟躅，乖我皇猷。朕君临区宇，于兹九载，开直言之路，披不讳之心，形于颜色，劳于兴寝，自顷遑艺论功，昌言乃众，推诚切谏，其事甚疏。公卿士庶，非所望也，各启至诚，匡兹不逮。见善必进，有才必举，无或嘿默，退有后言。颁告天下，咸悉此意。"

闰月甲子，以安州总管韦世康为信州总管。丁丑，颁木鱼符于总管、刺史，雌一雄一。己卯，以吏部尚书苏威为尚书右仆射。六月乙丑，以荆州总管杨素为纳言。丁丑，以吏部侍郎卢恺为礼部尚书。

时朝野物议，咸愿登封。秋七月丙午，诏曰："岂可命一将军，除一小国，遂尔注意，便谓太平。以薄德而封名山，用虚言而干上帝，非朕攸闻。而今以后，言及封禅，宜即禁绝。"八月壬戌，以广平王雄为司空。

冬十一月壬辰，考使定州刺史豆卢通等上表，请封禅，上不许。庚子，以右卫大将军虞庆则为右武候大将军，右领军将军李安为右领军大将军。甲寅，降囚徒。

十二月甲子，诏曰："朕祗承天命，清荡万方。百王衰敝之后，兆庶浇浮之日⑮。圣人遗训，扫地俱尽，制礼作乐，今也其时。朕情存古乐，深思雅道。郑卫淫声，鱼龙杂戏，乐府之内，尽以除之。今欲更调律吕，改张琴瑟。且妙术精微，非因教习，工人代掌，止传糟粕，不足达神明之德，论天地之和。区域之间，奇才异艺。天知神授，何代无哉！盖晦迹于非时，俟昌言于所好，宜可搜访，速以奏闻。庶睹一艺之能，共就九成之业。"仍诏太常牛弘、通直散骑常侍许善心、秘书丞姚察、通直郎虞世基等议定作乐。己巳，以黄州总管周法尚为永州总管。

十年春正月乙未，以皇孙昭为河南王，楷为华阳王。二月庚申，幸并州。

夏四月辛酉，至自并州。五月乙未，诏曰："魏末丧乱，宇县瓜分⑯，役车岁动，未遑休息。兵士军人，权置坊府，南征北伐，居处无定。家无完堵，地罕包桑。恒为流寓之人，竟无乡里之号。朕甚愍之。凡是军人，可悉属州县，垦田籍帐，一与民同，军府统领，宜依旧式。罢山东河南及北方缘边之地新置军府。"六月辛酉，制人年五十，免役收庸。癸亥，以灵州总管王世积为荆州总管，淅州刺史元胄为灵州总管。

秋七月癸卯，以纳言杨素为内史令。庚戌，上亲录囚徒。辛亥，高丽辽东郡公高阳卒。壬子，吐谷浑遣使来朝。八月壬申，遣柱国、襄阳郡公韦洸，上开府、东莱郡公王景，并持节巡抚岭南。百越皆服。

冬十月甲子，颁木鱼符于京师官五品已上。戊辰，以永州总管周法尚为桂州总管。十一月辛卯，幸国学，颁赐各有差。丙午，契丹遣使朝贡。辛丑，有事于南郊。是月，婺州人汪文进、会稽人高智慧、苏州人沈玄恪皆举兵反，自称天子，署置百官。乐安蔡道人、蒋山李稜、饶州吴代华、永嘉沈孝彻、泉州王国庆、余杭杨宝英、交趾李春等皆自称大都督，攻陷州县。诏上柱国、内史令、越国公杨素讨平之。

十一年春正月丁酉，以平陈所得古器多为妖变，悉命毁之。辛丑，高丽遣使朝贡。丙午，皇太子妃元氏薨，上举哀于文思殿。二月戊午，吐谷浑遣使贡方物。以大将军苏孝慈为工部尚书。丙子，以临颍令刘旷治术尤异，擢为莒州刺史。己卯，突厥遣使献七宝碗。辛巳晦，日有蚀之。三月壬午，遣通事舍人若干洽使于吐谷浑。癸未，以幽州总管周摇为寿州总管，朔州总管吐万绪为夏州总管。

夏四月戊午，突厥雍虞闾可汗遣其特勤来朝。五月甲子，高丽遣使贡方物。癸卯，诏百官悉诣朝堂上封事。乙巳，以右卫将军元旻为左卫大将军。

秋七月己丑，以柱国杜彦为洪州总管。八月壬申，幸栗园。滕王瓒薨。乙亥，至自栗园。上柱国、沛国公郑译卒。十二月丙辰，靺鞨遣使贡方物。

十二年春正月壬子，以苏州刺史皇甫绩为信州总管，宣州刺史席代雅为广州总管。二月己巳，以蜀王秀为内史令，兼右领军大将军，汉王谅为雍州牧、右卫大将军。

夏四月辛卯，以寿州总管周摇为襄州总管。五月辛亥，广州总管席代雅卒。

秋七月乙巳，尚书右仆射、邳国公苏威，礼部尚书、容城县侯卢恺，并坐事除名。壬戌，幸昆明池，其日还宫。己巳，有事于太庙。壬申晦，日有蚀之。八月甲戌，制天下死罪，诸州不得便决，皆令大理覆治。乙亥，幸龙首池。癸巳，制宿卫者不得辄离所守。丁酉，上柱国、夏州总管、楚国公豆卢勋卒。戊戌，上亲录囚徒。九月丁未，以工部尚书杨异为吴州总管。

冬十月丁丑，以遂安王集为卫王。壬午，有事于太庙，至太祖神主前，上流涕呜咽，悲不自胜。十一月辛亥，有事于南郊。壬子，宴百僚，颁赐各有差。己未，上柱国、新义郡公韩擒虎卒。庚申，以豫州刺史权武为潭州总管。甲子，百僚大射于武德殿。十二月癸酉，突厥遣使来朝。乙酉，以上柱国、内史令杨素为尚书右仆射。己酉，吐谷浑、靺鞨并遣使贡方物。

十三年春正月乙巳，上柱国、郇国公韩建业卒。丙午，契丹、奚、霫、室韦并遣使贡方物。壬子，亲祀感帝。己未，以信州总管韦世康为史部尚书。壬戌，行幸岐州。二月丙子，诏营仁寿宫。丁亥，至自岐州。戊子，宴考使于嘉则殿。己卯，立皇孙暕为豫章王。戊子，晋州刺史、南阳郡公贾悉达，隰州总管、抚宁郡公韩延等，以贿伏诛。己丑，制坐事去官者，配流一年。丁酉，制私家不得隐藏纬候图识。

夏四月癸未，制战亡之家，给复一年。五月癸亥，诏人间有撰集国史、臧否人物者，皆令禁绝。

秋七月戊申，靺鞨遣使贡方物。壬子，左卫大将军、云州总管、钜鹿郡公贺娄子幹卒。丁巳，幸昆明池。戊辰晦，日有蚀之。九月丙辰，降囚徒。庚申，以邵国公杨纶为滕王。己丑，以柱国杜彦为云州总管。

冬十月乙卯，上柱国、华阳郡公梁彦光卒。

十四年夏四月乙丑，诏曰：“在昔圣人，作乐崇德。移风易俗，于斯为大。自晋氏播迁，兵戈不息。雅乐流散，年代已多，四方未一，无由辨正。赖上天鉴临，明神降福，拯兹涂炭，安息苍生。天下大同，归于治理，遗文旧物，皆为国有。比命所司，总令研究，正乐雅声，详考已讫，宜即施用，见行者停。人间音乐，流僻日久，弃其旧体，竞造繁声。浮宕不归，遂以成俗。宜加禁约，务存其本。”五月辛酉，京师地震。关内诸州旱。六月丁卯，诏省府州县，皆给公廨田，不得治生，与人争利。

秋七月乙未，以邳国公苏威为纳言。八月辛未，关中大旱，人饥。上率户口就食于洛阳。九月己未，以齐州刺史樊子盖为循州总管。丁巳，以基州刺史崔仲方为会州总管。

冬闰十月甲寅，诏曰：“齐、梁、陈往皆创业一方，绵历年代，既宗祀废绝，祭奠无主，兴言矜念，良以怆然。莒国公萧琮及高仁英、陈叔宝等，宜令以时修其祭祀，所须器物，有司给之。”乙卯，制外官九品已上，父母及子年十五已上，不得将之官。十一月壬戌，制州县佐吏，三年一代，不得重任。癸未，有星孛于角亢。十二月乙未，东巡狩。

十五年春正月壬戌，车驾次齐州，亲问疾苦。丙寅，旅王符山。庚午，上以岁旱，祠太山，以谢愆咎。大赦天下。二月丙辰，收天下兵器，敢有私造者，坐之。关中缘边，不在其例。丁巳，上柱国、蒋国公梁睿卒。三月己未，至自东巡狩。望祭五岳海渎⑰。丁亥，幸仁寿宫。营州总管韦艺卒。

夏四月己丑朔，大赦天下。甲辰，以赵州刺史杨达为工部尚书。丁未，以开府仪同三司韦冲为营州总管。五月癸酉，吐谷浑遣使朝贡。丁亥，制京官五品已上，佩铜鱼符。六月戊子，诏凿底柱。庚寅，相州刺史豆卢通贡绫文布，命焚之於朝堂。乙未，林邑遣使来贡方物。辛丑，诏名山大川未在祀典者，悉祠之。

秋七月乙丑，晋王广献毛龟。甲戌，遣邘国公苏威巡省江南。戊寅，至自仁寿宫。辛巳，制九品已上官，以理去职者，听并执笏。

冬十月戊子，以吏部尚书韦世康为荆州总管。十一月辛酉，幸温汤。乙丑，至自温汤。十二月戊子，敕盗边粮一升已上皆斩，并籍没其家。己丑，诏文武官以四考交代。

十六年春正月丁亥，以皇孙裕为平原王，筠为安成王，嶷为安平王，恪为襄城王，该为高阳王，韶为建安王，騻为颍川王。

夏五月丁巳，以怀州刺史庞晃为夏州总管，蔡阳县公姚辩为灵州总管。六月甲午，制工商不得进仕。并州大蝗。辛丑，诏九品已上妻，五品已上妾，夫亡不得改嫁。

秋八月丙戌，诏决死罪者，三奏而后行刑。

冬十月己丑，幸长春宫。十一月壬子，至自长春宫。

十七年春二月癸未，太平公史万岁击西宁羌，平之。庚寅，幸仁寿宫。庚子，上柱国王世积讨桂州贼李光仕，平之。壬寅，河南王昭纳妃，宴群臣，颁赐各有差。

三月丙辰，诏曰："分职设官，共理时务，班位高下，各有等差。若所在官人不相敬惮，多自宽纵，事难克举，诸有殿失，虽备科条，或据律乃轻，论情则重，不即决罪，无以惩肃。共诸司论属官，若有愆犯，听于律外斟酌决杖。"辛酉，上亲录囚徒。癸亥，上柱国、彭国公刘昶以罪伏诛。庚午，遣治书侍御史柳彧、皇甫诞巡省河南、河北。

夏四月戊寅，颁新历。壬午，诏曰："周历告终，群凶作乱，蚩起蕃服，毒被生人。朕受命上玄，廓清区宇。圣灵垂祐，文武同心。申明公穆、郧襄公孝宽、广平王雄、蒋国公睿、楚国公勋、齐国公颎、越国公素、鲁国公庆则、新宁公长叉、宜阳公世积、赵国公罗云、陇西公询、广业公景、真昌公振、沛国公译、项城公子相、钜鹿公子干等，登庸纳揆之时，草昧经纶之日，丹诚大节，心尽帝图，茂绩殊勋，力宣王府。宜弘其门绪，与国同休，其世子世孙未经州任者，宜量才升用，庶享荣位，世禄无穷。"五月，宴百僚于玉女泉，颁赐各有差。己巳，蜀王秀来朝。高丽遣使贡方物。甲戌，以左卫将军独孤罗云为凉州总管。闰月己卯，群鹿入殿门，驯扰侍卫之内。

秋七月丁丑，桂州人李代贤反。遣右武候大将军虞庆则讨平之。丁亥，上柱国、并州总管秦王俊坐事免，以王就第。戊戌，突厥遣使贡方物。八月丁卯，荆州总管、上庸郡公韦世康卒。九月甲申，至自仁寿宫。庚寅，上谓侍臣曰："礼主于敬，皆当尽心。黍稷非馨，贵在祇肃，庙庭设乐，本以迎神，斋祭之日，触目多感。当此之际，何可为心！在路奏乐，礼未为允。群公卿士，宜更详之。"

冬十月丁未，颁铜兽符于骠骑、车骑府。戊申，道王静薨。庚午，诏曰："五帝异乐，三王殊礼，皆随事而有损益，因情而立节文⑱。仰惟祭享宗庙，瞻敬如在，罔极之感，情深兹日。而礼毕升路，鼓吹发音，还入宫门，金石振响。斯则哀乐同日，心事相违，情所不安，理实未允，宜改兹往式，用弘礼教。自今已后，享庙日不须备鼓吹，殿庭勿设乐悬。"辛未，京师大索。十一月丁亥，突厥遣使来朝。十二月壬子，上柱国、右武候大将军、鲁国公虞庆则以罪伏诛。

十八年春正月辛丑，诏曰："吴越之人，往承弊俗，所在之处，私造大船，因相聚结，致有侵害。其江南诸州，人间有船长三丈已上，悉括入官。"二月甲辰，幸仁寿宫。乙巳，以汉王谅为行军元帅，水陆三十万伐高丽。三月乙亥，以杜国杜彦为朔州总管。

夏四月癸卯，以蒋州刺史郭衍为洪州总管。五月辛亥，诏畜猫鬼、蛊毒、厌魅、野道之家，投于四裔。六月丙寅，下诏黜高丽王高元官爵。

秋七月壬申，诏以河南八州水，免其课役。丙子，诏京官五品已上，总管、刺史，以志行修谨、清平干济二科举人。九月己丑，汉王谅师遇疾疫而旋，死者十八九。庚寅，敕舍客无公验者，坐及刺史、县令。辛卯，至自仁寿宫。

冬十一月甲戌，上亲录囚徒。癸未，有事于南郊。十二月庚子，上柱国、夏州总管、任城郡公王景以罪伏诛。是月，自京师至仁寿宫，置行宫十有二所。

十九年春正月癸酉，大赦天下。戊寅，大射武德殿，宴赐百官。二月己亥，晋王广来朝。辛丑，以并州总管长史宇文敬为朔州总管。甲寅，幸仁寿宫。

夏四月丁酉，突厥利可汗内附。达头可汗犯塞，遣行军总管史万岁击破之。六月丁酉，以豫章王暕为内史令。

秋八月癸卯，上柱国、尚书左仆射、齐国公高颎坐事免。辛亥，上柱国、皖城郡公张威卒。甲寅，上柱国、城阳郡公李彻卒。九月乙丑，以太常卿牛弘为吏部尚书。

冬十月甲午，以突厥利可汗为启人可汗，筑大利城处其部落。庚子，以朔州总管宇文敬为代州总管。十二月乙未，突厥都蓝可汗为部下所杀。丁丑，星陨于勃海。

二十年春正月辛酉朔，上在仁寿宫。突厥、高丽、契丹并遣使贡方物。癸亥，以代州总管宇文敬为吴州总管。二月己巳，以上柱国崔弘度为原州总管。丁丑，无云而雷。三月辛卯，熙州人李英林反，遣行军总管张衡讨平之。

夏四月壬戌，突厥犯塞。以晋王广为行军元帅，击破之。乙亥，天有声如泻水，自南而北。六月丁丑，秦王俊薨。

秋八月，老人星见。九月丁未，至自仁寿宫。癸丑，吴州总管杨昇卒。

冬十月己未，太白昼见。乙丑，皇太子勇及诸子并废为庶人。杀柱国、太平县公史万岁。己巳，杀左卫大将军、五原郡公元旻。十一月戊子，天下地震，京师大风雪。以晋王广为皇太子。十二月戊午，诏东宫官属不得称臣于皇太子。辛巳，诏曰："佛法深妙，道教虚融，咸降大慈，济度群品，凡在含识，皆蒙覆护，所以雕铸灵相，图写真形，率土瞻仰，用申诚敬。其五岳四镇，节宣云雨，江、河、淮、海，浸润区域，并生养万物，利益兆人，故建庙立祀，以时恭敬。敢有毁坏偷盗佛及天尊像、岳镇海，渎神形者，以不道论，沙门坏佛像，道士坏天尊者，以恶逆论。"

仁寿元年春正月乙酉朔，大赦，改元。以尚书右仆射杨素为尚书左仆射，纳言苏威为尚书右仆射。丁酉，徙河南王昭为晋王。突厥寇恒安，遣柱国韩洪击之，官军败绩。以晋王昭为内史令。辛丑，诏曰："君子立身，虽云百行，唯诚与孝，最为其首。故投主殉节，自古称难，殒身王事，礼加二等。而代俗之徒，不达大义，至于致命戎旅，不入兆域，亏孝子之意，伤人臣之心，兴言念此，每深愍叹！且入庙祭祀，并不废阙，何止坟茔，独在其外。自今已后，战亡之徒，宜入墓域。"二月乙卯朔，日有蚀之。辛巳，以上柱国独孤楷为原州总管。三月壬辰，以豫章王暕为扬州总管。

夏四月，以浙州刺史苏孝慈为洪州总管。五月己丑，突厥男女九万口来降。壬辰，骤雨震雷，大风拔木，宜君湫水移于始平。六月癸丑，洪州总管苏孝慈卒。乙卯，遣十六使巡省风俗。乙丑，诏曰："儒学之道，训教生人，识父子君臣之义，知尊卑长幼之序，升之于朝，任之以职，故能赞理时务，弘益风范。朕抚临天下，思弘德教，延集学徒，崇建庠序，开进仕之路，伫贤隽之人。而国学胄子，垂将千数，州县诸生，咸亦不少。徒有名录，空度岁时，未有德为代范，才任国用。良由设学之理，多而未精，今宜简省，明加奖励。"于是国子学唯留学生七十人，太学、四门及州县学并废。其日，颁舍利于诸州。

秋七月戊戌，改国子为太学。九月癸未，以柱国杜彦为云州总管。

十一月己丑，有事于南郊。壬辰，以资州刺史卫玄为遂州总管。

二年春二月辛亥，以邢州刺史侯莫陈颖为桂州总管，宗正杨祀为荆州总管。三月己亥，幸仁寿宫。壬寅，以齐州刺史张乔为潭州总管。

夏四月庚戌，岐、雍二州地震。

秋七月丙戌，诏内外官各举所知。戊子，以原州总管独孤楷为益州总管。八月己巳，皇后独孤氏崩。

九月丙戌，至自仁寿宫。壬辰，河南、北诸州大水。遣工部尚书杨达赈恤之。乙未，上柱国、襄州总管、金水郡公周摇卒。陇西地震。

冬十月壬子，曲赦益州管内。癸丑，以工部尚书杨达为纳言。

闰月甲申，诏尚书左仆射杨素与诸术者刊定阴阳舛谬。己丑，诏曰：“礼之为用，时义大矣。黄琮苍璧，降天地之神，粢盛牲食⑲，展宗庙之敬，正父子君臣之序，明婚姻丧纪之节。故道德仁义，非礼不成，安上治人，莫善于礼。自区宇乱离，绵历年代，王道衰而变风作，微言绝而大义乖，与代推移，其弊日甚，至于四时郊祀之节文，五服麻葛之隆杀，是非异说，蹐驳殊涂⑳，致使圣教凋讹，轻重无准。朕祗承天命，抚临生人，当洗涤之时，属干戈之代，克定祸乱，先运武功，删正彝典，日不暇给。今四海乂安，五戎勿用，理宜弘风训俗，导德齐礼，缀往圣之旧章，兴先王之茂则。尚书左仆射、越国公杨素，尚书右仆射、邳国公苏威，吏部尚书、奇章公牛弘，内史侍郎薛道衡，秘书丞许善心，内史舍人虞世基，著作郎王劭，或任居端揆，博达古今，或器推令望，学综经史。委以裁缉，实允佥议。可并修定五礼。”壬寅，葬献皇后于太陵。

十二月癸巳，上柱国、益州总管蜀王秀废为庶人。交州人李佛子举兵反，遣行军总管刘方讨平之。

三年春二月己卯，原州总管、比阳县公庞晃卒。戊子，以大将军、蔡阳郡公姚辩为左武候大将军。

夏五月癸卯，诏曰：“哀哀父母，生我劬劳㉑，欲报之德，昊天罔极，但风树不静，严敬莫追，霜露既降，感思空切。六月十三日，是朕生日，宜令海内为武元皇帝、元明皇后断屠㉒。”

六月甲午，诏曰：

“《礼》云：‘至亲以朞断。’盖以四时之变易，万物之更始，故圣人象之，其有三年。加隆尔也。但家无二尊，母为厌降，是以父存丧母，还服于朞者，服之正也。岂容朞内而更小祥！然三年之丧而有小祥者，《礼》云：‘朞祭，礼也。朞而除丧，道也。’以是之故，虽未再朞，而天地一变，不可不祭，不可不除。故有练焉，以存丧祭之本，然朞丧有练，于理未安。虽云十一月而练，乃无所法象，非朞非时，岂可除祭。而儒者徒拟三年之丧，立练禫之节，可谓苟存其变，而失其本，欲渐于夺，乃薄于丧。致使子则冠练去经，黄裹缘缘，经则布葛在躬，粗服未改。岂非经哀尚存，子情已夺，亲疏失伦，轻重颠倒！乃不顺人情，岂圣人之意也！故知先圣之礼废于人邪，三年之丧尚有不行者，至于祥练之节，安能不堕者乎？

《礼》云：‘父母之丧，无贵贱一也。’而大夫士之丧父母，乃贵贱异服。然则礼坏乐崩，由来渐矣。所以晏平仲之斩粗缞，其老谓之非礼，滕文公之服三年，其臣咸所不欲。盖由王道既衰，诸侯异政，将逾越于法度，恶礼制之害己，乃灭去篇籍，自制其宜。遂至骨肉之恩，轻重从俗，无易之道，隆杀任情。况孔子没而微言隐，秦灭学而经籍焚者乎！有汉之兴，虽求儒雅，人皆异说，义非一贯。又近代乱离，唯务兵革，其于典礼，时所未遑。夫礼不从天降，不从地出，乃人心而已者，谓情缘于恩也，故恩厚者其礼隆，情轻者其礼杀。圣人以是称情立文，别亲疏贵贱之节。自臣子道消，上下失序，莫大之恩，逐情而薄，莫重之礼，与时而杀。此乃服不称丧，容不称服，非所谓圣人缘恩表情，制礼之义也。

然丧与易也，宁在于戚，则礼之本也，礼有其余，未若于哀，则情之实也。今十一月而练者，非礼之本，非情之实。由是言之，父存丧母，不宜有练。但依礼十三月而祥，中月而禫。庶以合圣人之意，达孝子之心。"

秋七月丁卯，诏曰：

"日往月来，唯天所以运序，山镇川流，唯地所以宣气。运序则寒暑无差，宣气则云雨有作，故能成天地之大德，育万物而为功。况一人君于四海，睹物欲运，独见致治，不藉群才，未之有也。是以唐尧钦明，命羲、和以居岳；虞舜睿德，升元、凯而作相。伊尹鼎俎之滕，为殷之阿衡；吕望渔钓之夫，为周之尚父。此则鸣鹤在阴，其子必和，风云之从龙虎，贤哲之应圣明，君德不回，臣道以正，故能通天地之和，顺阴阳之序，岂不由元首而有股肱乎？

自王道衰，人风薄，居上莫能公道以御物，为下必蹈私法以希时。上下相蒙，君臣义失，义失则政乖，政乖则人困。盖同德之风难嗣，离德之轨易追。则任者不休，休者不任，则众口铄金，戮辱之祸不测。是以行歌避代，辞位灌园；卷而可怀，黜而无愠。放逐江湖之上，沈赴河海之流，所以自洁而不悔者也。至于闾阎秀异之士，乡曲博雅之儒，言足以佐时，行足以励俗，遗弃于草野，埋灭而无闻，岂胜道哉！所以览古而叹息者也。方今区宁一家㉒，烟火万里，百姓乂安，四夷宾服，岂是人功，实乃天意。朕惟夙夜祗惧，将所以上嗣明灵，是以小心励己，日慎一日。以黎元在念，忧兆庶未康。以庶政为怀，虑一物失所。虽求傅严，莫见幽人，徒想崆峒，未闻至道。唯恐商歌于长夜，抱关于夷门，远迹犬羊之间，屈身僮仆之伍。其令州县搜扬贤哲，皆取明知今古，通识治乱，究政教之本，达礼乐之源。不限多少，不得不举。限以三旬，咸令进路。徵召将送，必须以礼。"

八月壬申，上柱国、检校幽州总管、落丛郡公燕荣以罪伏诛。九月壬戌，置常平官。甲子，以营州总管韦冲为民部尚书。十二月癸酉，河南诸州水，遣纳言杨达赈恤之。

四年春正月丙辰，大赦。甲子，幸仁寿宫。乙丑，诏赏罚支度，事无巨细，并付皇太子。

夏四月乙卯，上不豫。六月庚申，大赦天下。有星入月中，数日而退。长人见于雁门。

秋七月乙未，日青无光，八日乃复。己亥，以大将军段文振为云州总管。甲辰，上以疾甚，卧于仁寿宫，与百僚辞诀，并握手欷歔。丁未，崩于大宝殿，时年六十四。遗诏曰：

"嗟乎！自昔晋室播迁，天下丧乱，四海不一，以至周、齐，战争相寻，年将三百。故割疆土者非一所，称帝王者非一人，书轨不同，生人涂炭。上天降鉴，爰命于朕，用登大位，岂关人力！故得拨乱反正，偃武修文，天下大同，声教远被，此又是天意欲宁区夏㉓。所以昧旦临朝，不敢逸豫，一日万机，留心亲览，晦明寒暑，不惮劬劳，匪曰朕躬，盖为百姓故也。王公卿士，每日阙庭。刺史以下，三时朝集。何尝不罄竭心府，诚敕殷勤。义乃君臣，情兼父子。庶藉百僚智力，万国欢心，欲令率土之人，永得安乐，不谓遘疾弥留，至于大渐。此乃人生常分，何足言及！但四海百姓，衣食不丰，教化政刑，犹未尽善，兴言念此，唯以留恨。朕今年逾六十，不复称夭，但筋力精神，一时劳竭。如此之事，本非为身，止欲安养百姓，所以致此。

人生子孙，谁不爱念，既为天下，事须割情。勇及秀等，并怀悖恶，既知无臣子之心，所以废黜。古人有言："知臣莫若于君，知子莫若于父。若令勇、秀得志，共治家国，必当戮辱遍于公卿，酷毒流于人庶。今恶子孙已为百姓黜屏，好子孙足堪负荷大业。此虽朕家事，理不容隐，前对文武侍卫，具已论述。皇太子广，地居上嗣，仁孝著闻，以其行业，堪成朕志，但令内外群官，同心戮力，以此共治天下，朕虽瞑目，何所复恨。但国家事大，不可限以常礼。既葬公除，行之自昔，今宜遵用，不劳改定。凶礼所须，才令周事，务从节俭，不得劳人。诸州总管、刺史已下，宜各率其职，不须奔赴。自古哲王，因人作法，前帝后帝，沿革随时。律令格式，或有不便于事者，宜依前敕修改，务当政要。呜呼，敬之哉！无坠朕命！"

乙卯，发丧。河间杨柳四株无故黄落，既而花叶复生。八月丁卯，梓宫至自仁寿宫。丙子，殡于大兴前殿。

冬十月己卯，合葬于太陵，同坟而异穴。

上性严重，有威容，外质木而内明敏，有大略。初，得政之始，群情不附，诸子幼弱，内有六王之谋，外致三方之乱。握强兵、居重镇者，皆周之旧臣。上推以赤心，各展其用，不逾期月，克定三边，未及十年，平一四海。薄赋敛，轻刑罚，内修制度，外抚戎夷。每旦听朝，日昃忘倦②，居处服玩，务存节俭，令行禁止，上下化之。开皇、仁寿之间，丈夫不衣绫绮，而无金玉之饰，常服率多布帛，装带不过以铜铁骨角而已。虽啬于财，至于赏赐有功，亦无所爱吝。乘舆四出，路逢上表者，则驻马亲自临问。或潜遣行人采听风俗，吏治得失，人间疾苦，无不留意。尝遇关中饥，遣左右视百姓所食。有得豆屑杂糠而奏之者，上流涕以示群臣，深自咎责，为之彻膳不御酒肉者殆将一旬。及东拜太山，关中户口就食洛阳者，道路相属。上敕斥候，不得辄有驱逼，男女参厕于仗卫之间。逢扶老携幼者，辄引马避之，慰勉而去。至难险之处，见负担者，据令左右扶助之。其有将士战没，必加优赏，仍令使者就家劳问。自强不息，朝夕孜孜。人庶殷繁，帑藏允实，虽未能臻于至治，亦足称近代之良主。然天性沉猜，素无学术，好为小数，不达大体，故忠臣义士莫得尽心竭辞。其草创元勋及有功诸将，诛夷罪退，罕有存者。又不悦诗书，废除学校。唯妇言是用，废黜诸子。逮于暮年，持法尤峻，喜怒不常，过于杀戮。尝令左右送西域朝贡使出玉门关，其人所经之处，或受牧宰小物馈遗鹦鹉、麑皮、马鞭之属，上闻而大怒。又诣武库，见署中芜秽不治，于是执武库令及诸受遗者，出开远门外，亲自临决，死者数十人。又往往潜令人赂遗令史府史，有受者必死，无所宽贷。议者以此少之。

史臣曰：高祖龙德在田，奇表见异，晦明藏用，故知我者希。始以外戚之尊，受托孤之任，与能之议，未为当时所许，是以周室旧臣，咸怀愤惋。既而王谦固三蜀之阻，不逾期月，尉迥举全齐之众，一战而亡，斯乃非止人谋，抑亦天之所赞也。乘兹机运，遂迁周鼎。于时蛮夷猾夏，荆、扬未一，勤劳日昃②，经营四方。楼船南迈则金陵失险，骠骑北指则单于款塞，职方所载，并入疆理，禹贡所图，咸受正朔。虽晋武之克平吴、会，汉宣之推亡固存，比义论功，不能尚也，七德既敷，九歌已洽，要荒咸暨，尉候无警。于是躬节俭，平徭赋，仓廪实，法令行，君子咸乐其生，小人各安其业，强无陵弱，众不暴寡，人物殷阜，朝野欢娱。二十年间，天下无事，区宇之内晏如也。考之前王，足以参踪盛烈，但素无术学，不能尽下，无宽仁之度，有刻薄之资，暨乎暮年，此风逾扇。又雅好符瑞，暗于大道，建彼维城，权侔京室，皆同帝制，靡所适从。听哲妇之言㉖，惑邪臣之说，溺宠废嫡，托付失所。灭父子之道，开昆弟之隙，纵其寻斧，翦伐本枝。坟土未干，子孙继踵屠戮，松槚才列㉗，天下已非隋有。惜哉！迹其衰怠之源，稽其乱亡之兆，起自高祖，成于炀帝，所由来远矣，非一朝一夕。其不祀忽诸㉘，未为不幸也。

---

①薄伐：征伐、讨伐之意。

②逆天暴物：指逆反天意，残害万物。

③龚行：奉行之意。

④车书：这里泛指国家的文物制度。

⑤闾阎：泛指民间或平民。

⑥驱蹙：驱赶促迫之意。

⑦警跸：古代帝王出入时，在途经之处清道止行，并沿途设置侍卫警戒。

⑧衣冠：这里代指搢绅、士大夫。

⑨道路以目：路上相见，以目示意，不敢交谈。

⑩百辟：百官之意。

⑪苍旻：苍天之意。

⑫幽明：生死、善恶之意。

⑬敃："弭"的古字。

⑭降情：虚心之意。

⑮浇浮：指社会风气浮薄。

⑯宇县：指天下。

⑰海渎：泛称江海。

⑱节文：礼节、仪式之类。

⑲粢盛：古代盛在祭器内以供祭祀的谷物。

⑳踳驳：错乱，驳杂之意。

㉑劬劳：劳累，劳苦之意。

㉒断屠：禁止屠宰。

㉓区宇：境域，天下之意。

㉔区夏：诸夏之地。指华夏、中国之意。

㉕日昃：太阳偏西，约下午二时左右。

㉖哲妇：此处指多谋虑的妇人解。

㉗松槚：这里用作墓地的代称。

㉘忽诸：忽然之意。

炀帝纪上

　　炀皇帝讳广，一名英，小字阿麼，高祖第二子也，母曰文献独孤皇后。上美姿仪，少敏慧，高祖及后于诸子中特所钟爱。在周，以高祖勋，封雁门郡公。

　　开皇元年，立为晋王，拜柱国、并州总管，时年十三。寻授武卫大将军，进位上柱国、河北道行台尚书令，大将军如故。高祖令项城公韶、安道公李彻辅导之。上好学，善属文，沉深严重，朝野属望。高祖密令善相者来和遍视诸子，和曰："晋王眉上双骨隆起，贵不可言。"既而高祖幸上所居第，见乐器弦多断绝，又有尘埃，若不用者，以为不好声妓，善之。上尤自矫饰，当时称为仁孝。尝观猎遇雨，左右进油衣，上曰："士卒皆沾湿，我独衣此乎！"乃令持去。

　　六年，转淮南道行台尚书令。其年，征拜雍州牧、内史令。八年冬，大举伐陈，以上为行军元帅。及陈平，执陈湘州刺史施文庆、散骑常侍沈客卿、市令阳慧朗、刑法监徐析、尚书都令史暨慧，以其邪佞，有害于民，斩之右阙下，以谢三吴。于是封府库，资财无所取，天下称贤。进位太尉，赐辂车、乘马，衮冕之服，玄珪、白璧各一。复拜并州总管。俄而，江南高智慧等相聚作乱，徙上为扬州总管，镇江都，每岁一朝。高祖之祠太山也，领武候大将军。明年，归藩。后数载，突厥寇边，复为行军元帅，出灵武，无虏而还。

及太子勇废，立上为皇太子。是月，当受册。高祖曰："吾以大兴公成帝业。"令上出舍大兴县。其夜，烈风大雪，地震山崩，民舍多坏，压死者百余口。

仁寿初，奉诏巡抚东南。是后高祖每避暑仁寿宫，恒令上监国。

四年七月，高祖崩。上即皇帝位于仁寿宫。八月，奉梓宫还京师。并州总管汉王谅举兵反，诏尚书左仆射杨素讨平之。九月乙巳，以备身将军崔彭为左领军大将军。十一月乙未，幸洛阳。丙申，发丁男数十万掘堑，自龙门东接长平、汲郡，抵临清关，度河，至浚仪、襄城，达于上洛，以置关防。癸丑，诏曰：

"乾道变化，阴阳所以消息[①]；沿创不同，生灵所以顺叙[②]。若使天意不变，施化何以成四时；人事不易，为政何以厘万姓！《易》不云乎：'通其变，使民不倦'；'变则通，通则久'；'有德则可久，有功则可大。'朕又闻之，安安而能迁，民用丕变[③]。是故姬邑两周，如武王之意，殷人五徙，成汤后之业。若不因人顺天，功业见乎变，爰人治国者可不谓欤！然洛邑自古之都，王畿之内，天地之所合，阴阳之所和，控以三河，固以四塞，水陆通，贡赋等。故汉祖曰：'吾行天下多矣，唯见洛阳。'自古皇王，何尝不留意，所不都者盖有由焉。或以九州未一，或以困其府库，作洛之制所以未暇也。我有隋之始，便欲创兹怀、洛，日复一日，越暨于今。念兹在兹，兴言感哽！

朕肃膺宝历[④]，纂临万邦。遵而不失，心奉先志，今者汉王谅悖逆，毒被山东，遂使州县或沦非所。此由关河悬远，兵不赴急，加以并州移户复在河南。周迁殷人，意在于此。况复南服遐远，东夏殷大，因机顺动，今也其时。群司百辟，佥谐厥议。但成周墟塧[⑤]，弗堪葺宇。今可于伊、洛营建东京，便即设官分职，以为民极也。夫宫室之制本以便生[⑥]，上栋下宇，足避风露，高台广厦，岂曰适形。故《传》云：'俭，德之共；侈，恶之大。'宣尼有云：'与其不逊也，宁俭。'岂谓瑶台琼室方为宫殿者乎，土墀采椽而非帝王者乎？是知非天下以奉一人，乃一人以主天下也。民惟国本，本固邦宁，百姓足，孰与不足！今所营构，务从节俭。无令雕墙峻宇复起于当今，欲使卑宫菲食将贻于后世。有司明为条格[⑦]，称朕意焉。"

十二月乙丑，以右武卫将军来护儿为右骁卫大将军。戊辰，以柱国李景为右武卫大将军。以右卫率周罗睺为右武候大将军。

大业元年春正月壬辰朔，大赦，改元。立妃萧氏为皇后。改豫州为溱州，洛州为豫州。废诸州总管府。丙申，立晋王昭为皇太子。丁酉，以上柱国宇文述为左卫大将军，上柱国郭衍为左武卫大将军，延寿公于仲文为右卫大将军。己亥，以豫章王暕为豫州牧。戊申，发八使巡省风俗。下诏曰：

"昔者哲王之治天下也，其在爱民乎？既富而教，家给人足，故能风淳俗厚，远至迩安。治定功成，率由斯道。朕嗣膺宝历，抚育黎献，夙夜战兢，若临川谷。虽则聿遵先绪[⑧]，弗敢失坠，永言政术，多有缺然。况以四海之远，兆民之众，未获亲临，问其疾苦。每虑幽仄莫举[⑨]，冤屈不申；一物失所，乃伤和气；万方有罪，责在朕躬，所以寤寐增叹，而夕惕载怀者也。今既布政惟始，宜存宽大。可分遣使人，巡省方俗，宣扬风化，荐拔淹滞，申达幽枉[⑩]。孝悌力田，给以优复。鳏寡孤独不能自存者，量加振济。义夫节妇，旌表门闾。高年之老，加其版授[⑪]，并依别条，赐以粟帛。笃疾之徒，给侍丁者，虽有侍养之名，曾无赒赡之实，明加检校，使得存养。若有名行显著，操履修洁[⑫]，及学业才能，一艺可取，咸宜访采，将身入朝，所在州县，以礼发遣。其有蠹政害人，不便于时者，使还之日，具录奏闻。"

己酉，以吴州总管宇文敬为刑部尚书。二月己卯，以尚书左仆射杨素为尚书令。

三月丁未，诏尚书令杨素、纳言杨达、将作大匠宇文恺营建东京，徙豫州郭下居人以实之。

戊申，诏曰："听采舆颂，谋及庶民，故能审政刑之得失。是知昧旦思治，欲使幽枉必达，彝伦有章⑬。而牧宰任称朝委，苟为徼幸以求考课。虚立殿最⑭，不存治实，纲纪于是弗理，冤屈所以莫申。关河重阻，无由自达。朕故建立东京，躬亲存问。今将巡历淮海，观省风俗，眷求谠言，徒繁词翰，而乡校之内，阙尔无闻。悢然夕惕，⑮用忘兴寝。其民下有知州县官人政治苛刻，侵害百姓，背公徇私，不便于民者，宜听诣朝堂封奏，庶乎四聪以达，天下无冤。"又于皂涧营显仁宫，采海内奇禽异兽草木之类，以实园苑。徙天下富商大贾数万家于东京。辛亥，发河南诸郡男女百余万，开通济渠，自西苑引穀、洛水达于河，自板渚引河通于淮。庚申，遣黄门侍郎王弘、上仪同於士澄往江南采木，造龙舟、凤𦩷⑯、黄龙、赤舰、楼船等数万艘。

夏四月癸亥，大将军刘方击林邑，破之。五月庚戌，民部尚书义丰侯韦冲卒。六月甲子，荧惑入太微。

秋七月丁酉，制战亡之家给复十年。丙午，滕王纶、卫王集并夺爵徙边。

闰七月甲子，以尚书令杨素为太子太师，安德王雄为太子太傅，河间王弘为太子太保。丙子，诏曰：

"君民建国，教学为先。移风易俗，必自兹始。而言绝义乖，多历年代。进德修业，其道浸微。汉采坑焚之余，不绝如线；晋承板荡之运⑰，扫地将尽。自时厥后，军国多虞，虽复黉宇时建⑱，示同爱礼，函丈或陈，殆为虚器。遂使纡青拖紫⑲，非以学优，制锦操刀，类多墙面⑳。上陵下替，纲维靡立，雅缺道消，实由於此。朕纂承洪绪，思弘大训，将欲尊师重道，用阐厥繇，讲信修睦，敦奖名教。方今宇宙平一，文轨攸同。十步之内，必有芳草，四海之中，岂无奇秀！诸在家及见人学者，若有笃志好古，耽悦典坟，学行优敏，堪膺时务，所在采访，具以名闻，即当随其器能，擢以不次。若研精经术，未愿进仕者，可依其艺业深浅，门荫高卑，虽未升朝，并量准给禄。庶夫恂恂善诱，不日成器，济济盈朝，何远之有！其国子等学，亦宜申明旧制，教习生徒，具为课试之法，以尽砥砺之道。"

八月壬寅，上御龙舟，幸江都。以左武卫大将军郭衍为前军，右武卫大将军李景为后军。文武官五品已上给楼船，九品已上给黄篾，舳舻相接，二百余里。

冬十月己丑，赦江淮已南，扬州给复五年，旧总管内给复三年。十一月己未，以大将军崔仲方为礼部尚书。

二年春正月辛酉，东京成，赐监督者各有差。以大理卿梁毗为刑部尚书。丁卯，遣十使并省州县。二月丙戌，诏尚书令杨素、吏部尚书牛弘、大将军宇文恺、内史侍郎虞世基、礼部侍郎许善心制定舆服。始备辇路及五时副车。上常服，皮弁十有二琪，文官弁服，佩玉，五品已上给犊车、通幰，三公亲王加油络，武官平巾帻，袴褶，三品已上给𦈌𦂃。下至胥吏，服色皆有差。非庶人不得戎服。戊戌，置都尉官。三月庚午，车驾发江都。先是，太府少卿何稠、太府丞云定兴盛修仪仗，于是课州县送羽毛。百姓求捕之，网罗被水陆，禽兽有堪毳毨之用者㉑，殆无遗类。至是而成。

夏四月庚戌，上自伊阙，陈法驾，备千乘万骑，入于东京。辛亥，上御端门，大赦，免天下今年租税。癸丑，以冀州刺史杨文思为民部尚书。五月甲寅，金紫光禄大夫、兵部尚书李通坐事免。乙卯，诏曰："旌表先哲，式存缞祀，所以优礼贤能，显彰遗爱。朕永鉴前修，尚想名德，何尝不兴叹九原，属怀千载。其自古已来贤人君子，有能树声立德，佐世匡时，博利殊功，有益于人者，并宜营立祠宇，以时致祭。坟垄之处，不得侵践。有司量为条式，称朕意焉。"六月壬子，以尚书令、太子太师杨素为司徒。进封豫章王暕为齐王。

秋七月癸丑，以卫尉卿卫玄为工部尚书。庚申，制百官不得计考增级㉒，必有德行功能，灼然显著者，擢之。壬戌，擢藩邸旧臣鲜于罗等二十七人官爵有差。甲戌，皇太子昭薨。乙亥，上柱国、司徒、楚国公杨素薨。八月辛卯，封皇孙俭为燕王，侗为越王，侑为代王。九月乙丑，立秦孝王俊子浩为秦王。

冬十月戊子，以灵州刺史段文振为兵部尚书。十二月庚寅，诏曰："前代帝王，因时创业。君民建国，礼尊南面。而历运推移，年世永久。丘垄残毁，樵牧相趋。茔兆堙芜，封树莫辨㉓。兴言沦灭，有怆于怀。自古已来帝王陵墓，可给随近十户，蠲其杂役，以供守视。"

三年春正月癸亥，敕并州逆党已流配而逃亡者，所获之处，即宜斩决。丙子，长星竟天，出于东壁，二旬而止。是月，武阳郡上言，河水清。二月己丑，彗星见于奎，扫文昌，历大陵、五车、北河，入太微，扫帝坐，前后百余日而止。三月辛亥，车驾还京师。壬子，以大将军姚辩为左屯卫将军。癸丑，遣羽骑尉朱宽使于流求国。乙卯，河间王弘薨。

夏四月庚辰，诏曰："古者帝王观风问俗，皆所以忧勤兆庶，安集遐荒。自蕃夷内附，未遑亲抚，山东经乱，须加存恤。今欲安辑河北，巡省赵、魏。所司依式。"甲申，颁律令，大赦天下。关内给复三年。壬辰，改州为郡。改度量权衡，并依古式。改上柱国已下官为大夫。甲午，诏曰：

"天下之重，非独治所安，帝王之功，岂一士之略。自古明君哲后㉔，立政经邦，何尝不选贤与能，收采幽滞㉕。周称多士，汉号得人，常想前风，载怀钦伫。朕负扆凤兴，宵旰待旦。引领岩谷，置以周行，冀与群才共康庶绩。而彚茅寂寞㉖，投竿罕至，岂美璞韬采，未值良工。将介石在怀，确乎难拔？永鉴前哲，怃然兴叹！凡厥在位，譬诸股肱，若济巨川，义同舟楫。岂得保兹宠禄，晦尔所知，优游卒岁，甚非谓也。祁大夫之举善，良史以为至公，臧文仲之蔽贤，尼父讥其窃位。求诸往古，非无褒贬。宜思进善，用匡寡薄。夫孝悌有闻，人伦之本。德行敦厚，立身之基。或节义可称，或操履清洁，所以激贪厉俗，有益风化。强毅正直，执宪不挠，学业优敏，文才美秀，并为廊庙之用，实乃瑚琏之资㉗。才堪将略，则拔之以御侮，膂力骁壮，则任之以爪牙㉘。爰及一艺可取，亦宜采录，众善毕举，与时无弃。以此求治，庶几非远。文武有职事者，五品已上，宜依令十科举人。有一于此，不必求备。朕当待以不次，随才升擢。共见任九品已上官者，不在举送之限。"

丙申。车驾北巡狩。丁酉，以刑部尚书宇文敬为礼部尚书。戊戌，敕百司不得践暴禾稼，其有须开为路者，有司计地所收，即以近仓酬赐，务从优厚。己亥，次赤岸泽。以太牢祭故太师李穆墓。

五月丁巳，突厥启民可汗遣子拓特勤来朝。戊午，发河北十余郡丁男凿太行山，达于并州，以通驰道。丙寅，启民可汗遣其兄子毗黎伽特勤来朝。辛未，启民可汗遣使请自入塞，奉迎舆驾。上不许。癸酉，有星孛于文昌上将，星皆动摇。

六月辛巳，猎于连谷。丁亥，诏曰：

"聿追孝飨，德莫至焉。崇建寝庙，礼之大者。然则质文异代㉙，损益殊时；学灭坑焚，经典散逸；宪章湮坠，庙堂制度㉚，师说不同。所以世数多少，莫能是正，连室异宫，亦无准定。

朕获奉祖宗，钦承景业，永惟严配㉛，思隆大典。于是询谋在位，博访儒术。咸以为高祖文皇帝受天明命，奄有区夏，拯群飞于四海，革凋敝于百王；恤狱缓刑，生灵皆遂其性；轻徭薄赋，比屋各安其业。恢夷宇宙，混壹车书。东渐西被，无思不服；南征北怨，俱荷来苏。驾鼋乘风，历代所弗至；辫发左衽，声教所罕及；莫不厥角关塞，顿颡阙庭。译靡绝时，书无虚月，韬戈偃武，天下晏如。嘉瑞体徵，表里禔福，猗欤伟欤，无得而名者也。朕又闻之，德厚者流光㉜，治辨者礼缛。是以周之文、武，汉之高、光，其典章特立，谥号斯重，岂非缘情称述，即崇显之义乎？高祖文皇帝宜别建庙宇，以彰巍巍之德；仍遵月祭，用表蒸蒸之怀。有司以时创造，务合典制。又名位既殊，礼亦异等。天子七庙，事著前经，诸侯二昭，义有差降，故其以多为贵。王者之礼，今可依用，贻厥后昆。”

戊子，次榆林郡。丁酉，启民可汗来朝。己亥，吐谷浑、高昌并遣使贡方物。甲辰，上御北楼，观渔于河，以宴百僚。

秋七月辛亥，启民可汗上表请变服，袭冠带。诏启民赞拜不名㉝，位在诸侯王上。甲寅，上于郡城东御大帐，其下备仪卫，建旌旗，宴启民及其部落三千五百人，奏百戏之乐。赐启民及其部落各有差。丙子，杀光禄大夫贺若弼、礼部尚书宇文敬、太常卿高颎。尚书左仆射苏威坐事免。发丁男百余万筑长城，西距榆林，东至紫河，一旬而罢，死者十五六。

八月壬午，车驾发榆林。乙酉，启民饰庐清道，以候乘舆。帝幸其帐，启民奉觞上寿，宴赐极厚。上谓高丽使者曰：“归语尔王，当早来朝见。不然者，吾与启民巡彼土矣。”皇后亦幸义城公主帐。己丑，启民可汗归蕃。癸巳，入楼烦关。壬寅，次太原。诏营晋阳宫。九月己未，次济源。幸御史大夫张衡宅，宴享极欢。己巳，至于东都。壬申，以齐王暕为河南尹、开府仪同三司。癸酉，以民部尚书杨文思为纳言。

四年春正月乙巳，诏发河北诸郡男女百余万开永济渠，引沁水南达于河，北通涿郡。庚戌，百僚大射於允武殿。丁卯，赐城内居民米各十石。壬申，以太府卿元寿为内史令，鸿胪卿杨玄感为礼部尚书。癸酉，以工部尚书卫玄为右候卫大将军，大理卿长孙炽为民部尚书。二月己卯，遣司朝谒者崔毅使突厥处罗，致汗血马。三月辛酉，以将作大匠宇文恺为工部尚书。壬戌，百济、倭、赤土、迦罗舍国并遣使贡方物。乙丑，车驾幸五原，因出塞巡长城。丙寅，遣屯田主事常骏使赤土，至罗刹。

夏四月丙午，以离石之汾源、临泉、雁门之秀容，为楼烦郡。起汾阳宫。癸丑，以河内太守张定和为左屯卫大将军。乙卯，诏曰：“突厥意利珍豆启民可汗率领部落，保附关塞，遵奉朝化，思改戎俗，频入谒观，屡有陈请。以毡墙毳幕，事穷荒陋，上栋下宇，愿同比屋。诚心恳切，朕之所重。宜于万寿戍置城造屋，其帷帐床褥已上，随事量给，务从优厚，称朕意焉。”五月壬申，蜀郡获三足乌，张掖获玄狐，各一。

秋七月辛巳，发丁男二十余万筑长城，自榆谷而东。乙未，左翊卫大将军宇文述破吐谷浑于曼头、赤水。八月辛酉，亲祠恒岳，河北道郡守毕集。大赦天下。车驾所经郡县，免一年租调。九月辛未，征天下鹰师悉集东京，至者万余人。戊寅，彗星出于五车，扫文昌，至房而灭。辛巳，诏免长城役者一年租赋。

冬十月丙午，诏曰：“先师尼父，圣德在躬，诞发天纵之姿，宪章文、武之道。命世膺期㉟，蕴兹素王。而颓山之叹，忽逾于千祀；盛德之美，不存于百代。永惟懿范，宜有优崇。可立孔子后为绍圣侯。有司求其苗裔，录以申上。”辛亥，诏曰：“昔周王下车㊱，首封唐、虞之胤，汉帝承历，亦命殷、周之后。皆所以褒立先代，宪章在昔。朕嗣膺景业，傍求雅训，有一弘益，钦若令典。以为周兼夏、殷，文质大备，汉有天下，车书混一，魏、晋沿袭，风流未远。并宜立后，以存继绝之义。有司可求其胄绪列闻。”乙卯，颁新式于天下。

五年春正月丙子，改东京为东都。癸未，诏天下均田。戊子，上自东都还京师。己丑，制民间铁叉、搭钩、攒刃之类，皆禁绝之。太守每岁密上属官景迹。二月戊戌，次于阌乡。诏祭古帝王陵及开皇功臣墓。庚子，制魏、周官不得为荫。辛丑，赤土国遣使贡方物。戊申，车驾至京师。丙辰，宴耆旧四百人于武德殿，颁赐各有差。己未，上御崇德殿之西院，愀然不怡，顾谓左右曰：“此先帝之所居，实用增感，情所未安，宜于此院之西别营一殿。”壬戌，制父母听随子之官。三月己巳，车驾西巡河右。庚午，有司言，武功男子史永遵与从父昆弟同居。上嘉之，赐物一百段，米二百石，表其门闾。乙亥，幸扶风旧宅。

夏四月己亥，大猎于陇西。壬寅，高昌、吐谷浑、伊吾并遣使来朝。乙巳，次狄道，党项羌来贡方物。癸亥，出临津关，渡黄河，至西平，陈兵讲武。五月乙亥，上大猎于拔延山，长围周亘二千里。庚辰，入长宁谷。壬午，度星岭。甲申，宴群臣于金山之上。丙戌，梁浩鼙，御马度而桥壤，斩朝散大夫黄亘及督役者九人。吐谷浑王率众保覆袁川，帝分命内史元寿南屯金山；兵部尚书段文振北屯雪山；太仆卿杨义臣，东屯琵琶峡；将军张寿西屯泥岭，四面围之。浑主伏允以数十骑遁出，遣其名王诈称伏允，保车我真山。壬辰，诏右屯卫大将军张定和往捕之。定和挺身挑战，为贼所杀。亚将柳武建击破之，斩首数百级。甲午，其仙头王被围穷蹙，率男女十余万口来降。

六月丁酉，遣左光禄大夫梁默、右翊卫将军李琼等追浑主，皆遇贼死之。癸卯，经大斗拔谷山路隘险，鱼贯而出。风霰晦冥，与从官相失，士卒冻死者太半。丙午，次张掖。辛亥，诏诸郡学业该通，才艺优洽；膂力骁壮，超绝等伦；在官勤奋，堪理政事；立性正直，不避强御四科举人。壬子，高昌王曲伯雅来朝。伊吾吐屯设等献西域数千里之地。上大悦。癸丑，置西海、河源、鄯善、且末等四郡。丙辰，上御观风行殿，盛陈文物，奏九部乐，设鱼龙曼延，宴高昌王、吐屯设于殿上，以宠异之。其蛮夷陪列者三十余国。戊午，大赦天下。开皇已来流配，悉放还乡，晋阳逆党，不在此例。陇右诸郡，给复一年，行经之所，给复二年。

秋七月丁卯，置马牧于青海渚中，以求龙种，无效而止。九月癸未，车驾入长安。

冬十月癸亥，诏曰："优德尚齿㉗，载之典训，尊事乞言㉘，义彰胶序㉙。鬻熊为师，取非筋力，方叔元老，克壮其猷。朕永言稽古，用求至治。是以厖眉黄发，更令收叙，务简秩优，无亏药膳，庶等卧治，佇其弘益。今岁耆老赴集者，可于近郡处置，年七十以上，疾患沉滞，不堪居职，即给赐帛，送还本郡；其官至七品已上者，量给廪，以终厥身。"十一月丙子，车驾幸东都。

六年春正月癸亥朔，旦，有盗数十人，皆素冠练衣，焚香持华，自称弥勒佛，入自建国门。监门者皆稽首。既而夺卫士仗，将为乱。齐王暕遇而斩之。于是都下大索，与相连坐者千余家。丁丑，角抵大戏于端门街，天下奇伎异艺毕集，终月而罢。帝数微服往观之。己丑，倭国遣使贡方物。

二月乙巳，武贲郎将陈稜、朝请大夫张镇州击流求，破之，献俘万七千口，颁赐百官。乙卯，诏曰："夫帝图草创，王业艰难，咸仗股肱，协同心德，用能拯厥颠运，克膺大宝，然后畴庸茂赏㊵，开国承家，誓以山河，传之不朽。近代丧乱，四海未一。茅土妄假㊶，名实相乖。历兹永久，莫能惩革。皇运之初，百度伊始，犹循旧贯，未暇改作。今天下交泰，文轨攸同，宜率遵先典，永垂大训。自今已后，唯有功勋乃得赐封，仍令子孙承袭。"丙辰，改封安德王雄为观王，河间王子庆为郇王。庚申，征魏、齐、周、陈乐人，悉配太常。三月癸亥，幸江都宫。甲子，以鸿胪卿史祥为左骁卫大将军。夏四月丁未，宴江淮已南父老，颁赐各有差。六月辛卯，室韦、赤土并遣使贡方物。壬辰，雁门贼帅尉文通聚众三千，保于莫壁谷。遣鹰扬杨伯泉击破之。甲寅，制江都太守秩同京尹。

冬十月壬申，刑部尚书梁毗卒。壬子，民部尚书、银青光禄大夫长孙炽卒。十二月己未，左光禄大夫、吏部尚书牛弘卒。辛酉，朱崖人王万昌举兵作乱，遣陇西太守韩洪讨平之。

七年春正月壬寅，左武卫大将军、光禄大夫、真定侯郭衍卒。二月己未，上升钓台，临扬子津，大宴百僚，颁赐各有差。庚申，百济遣使朝贡。乙亥，上自江都御龙舟入通济渠，遂幸于涿郡。壬午，诏曰："武有七德，先之以安民。政有六本，兴之以教义。高丽高元，亏失藩礼，将欲问罪辽左，恢宣胜略。虽怀伐国，仍事省方。今往涿郡，巡抚民俗。其河北诸郡及山西、山东年九十已上者，版授太守；八十者，授县令。"三月丁亥，右光禄大夫、左屯卫大将军姚辩卒。夏四月庚午，至涿郡之临朔宫。五月戊子，以武威太守樊子盖为民部尚书。

秋，大水，山东、河南漂没三十余郡，民相卖为奴婢。

冬十月乙卯，底柱山崩，偃河逆流数十里。戊午，以东平太守吐万绪为左屯卫大将军。十二月己未，西面突厥处罗多利可汗来朝。上大悦，接以殊礼。于时辽东战士及馈运者填咽于道，昼夜不绝，苦役者始为群盗。甲子，敕都尉、鹰扬与郡县相知追捕，随获斩决之。

①消息：此处作"变化"之意。
②顺叙：合采次第，和章不乱之意。
③丕变：大变之意。
④宝历：指国祚，皇位。
⑤墟堵：指荒废贫瘠之意。
⑥便：安适、安宁之意。
⑦条格：条例、法规。
⑧先绪：祖先的功业。
⑨幽仄：微贱，卑陋之意。
⑩幽枉：冤枉之意。
⑪版授：不经朝命，而用白版授于官职或封号。
⑫操履：操守之意。
⑬彝伦：常理、常道之意。
⑭殿最：古代考核政绩或军功，下等称为"殿"，上等称为"最"，引申为考课、评比之意。
⑮夕惕：指至夜晚仍怀忧惧，工作不懈。泛指整日如临危境，不敢稍懈。
⑯凤艒：此处应作"凤艐"。"艒"是小船，"艐"是大船。《北史·随本纪》作"凤艐"。
⑰板荡：《板》、《荡》本为《诗·大雅》中讥刺周厉王无道而导致国家败坏、社会动乱的诗篇。后泛指政局混乱，社会动荡之意。
⑱黉宇：古时学校的校舍。黉（hóng，音红）。
⑲纡青拖紫：指身佩印授。形容地位尊显。
⑳墙面：指面对墙壁，目无所视。比喻不学无术，一无所知。
㉑氂旄：一种羽毛饰物。
㉒计考：指古代州郡官员每年考察地方贤才，随上计吏贡举太常。（上计：战国、秦汉时，地方官于年终将境内户口、赋税、盗贼、狱讼等项编造计薄，遣使逐级上报，秦呈朝廷，以资考绩，称为上计）。
㉓封树：此处作堆土为坟，植树为饰解。
㉔哲后：指贤明的君主。
㉕幽滞：隐沦而不用于世之意。
㉖彙茅：指进用贤才。
㉗瑚琏：瑚、琏皆宗庙礼器。用以比喻治国安邦之才。
㉘爪牙：此处作勇士、卫士解。
㉙质文：指其资质具有文德。
㉚庙堂：这里指朝廷讲。
㉛严配：指祭天时以先祖配享。
㉜流光：指福泽流传至后世。
㉝后昆：指后嗣、子孙之意。
㉞不名：不直呼其名，表示优礼或尊重之意。
㉟命世膺期：指著名于当世，受天命而为帝王之意。

㊱下车：指初即位或到任之意。

㊲尚齿：尊崇年长者之意。

㊳乞言：古代帝王及其嫡长子养一些德高望德的老人，以便向他们求教，称为"乞言。"

㊴胶序：学校的通称。

㊵畴庸：选贤任用之义。

㊶茅土：指王侯的封爵。

炀帝纪下

八年春正月辛巳，大军集于涿郡。以兵部尚书段文振为左候卫大将军。壬午，下诏曰：

"天地大德，降繁霜于秋令，圣哲至仁，著甲兵于刑典，故知造化之有肃杀，义在无私，帝王之用干戈，盖非获已。版泉、丹浦，莫匪龚行①，取乱覆昏，咸由顺动②。况乎甘野誓师，夏开承大禹之业；商郊问罪，周发成文王之志。永监前载，属当朕躬。

粤我有隋③，诞膺灵命，兼三才而建极，一六合而为家。提封所渐④，细柳、盘桃之外，声教爰暨，紫舌、黄枝之域。远至迩安，罔不和会，功成治定，于是乎在。而高丽小丑，迷昏不恭，崇聚勃、碣之间，荐食辽、獩之境。虽复汉、魏诛戮，巢窟暂倾，乱离多阻，种落还集。萃川薮于往代，播实繁以迄今。眷彼华壤，翦为夷类。历年永久，恶稔既盈。天道祸淫，亡徵已兆。乱常败德，非可胜图。掩慝怀奸，唯日不足。移告之严⑤，未尝面受，朝观之礼，莫肯躬亲。诱纳亡叛，不知纪极⑥，充斥边垂。亟劳烽候。关柝以之不静⑦，生人为之废业。在昔薄伐，已漏天纲，既缓前擒之戮，未即后服之诛。会不怀恩，翻为长恶，乃兼契丹之党，虔刘海戍，习靺鞨之服，侵轶辽西。又青丘之表，咸修职贡，碧海之滨，同禀正朔，遂复夺攘琛赍⑧，遏绝往来，虐及弗辜，诚而遇祸。辀轩奉使，爰暨海东，旌节所次，途经藩境，而拥塞道路，拒绝王人，无事君之心，岂为臣之礼！此而可忍，孰不可容！且法令苛酷，赋敛烦重。强臣豪族，咸执国钧，朋党比周，以之成俗，贿货如市，冤枉莫申。重以仍岁灾凶⑨，比屋饥馑⑩，兵戈不息，徭役无期，力竭转输，身填沟壑。百姓愁苦，爰谁适从？境内哀惶，不胜其弊。回首面内，各怀性命之图，黄发稚齿，咸兴酷毒之叹。省俗观风，爰届幽朔。吊人问罪，无俟再驾。于是亲总六师，用申九伐，拯厥阽危，协从天意，珍兹逋秽⑪，克嗣先谟。

今宜授律启行，分麾屈路，掩勃澥而雷震，历夫余以电扫。比戈按甲，誓旅而后行，三令五申，必胜而后战。左第一军可镂方道；第二军可长岑道；第三军可海冥道；第四军可盖马道；第五军可建安道；第六军可南苏道；第七军可辽东道；第八军可玄菟道；第九军可扶余道；第十军可朝鲜道；第十一军可沃沮道；第十二军可乐浪道；右第一军可黏蝉道；第二军可含资道；第三军可浑弥道；第四军可临屯道；第五军可候城道；第六军可提奚道；第七军可踏顿道；第八军可肃慎道；第九军可碣石道；第十军可东暆道；第十一军可带方道；第十二军可襄平道。凡此众军，先奉庙略⑫，骆驿引途，总集平壤。莫非如豺如貔之勇，百战百胜之雄，顾眄则山岳倾颓，叱咤则风云腾郁，心德攸同，爪牙斯在。朕躬驭元戎，为其节度，涉辽而东，循海之右，解倒悬于遐裔⑬，问疾苦于遗黎⑭。其外轻齐游阙，随机赴响，卷甲衔枚，出其不意。又沧海道军舟舻千里，高帆电逝，巨舰云飞，横断浿江，迳造平壤，岛屿之望斯绝，坎井之路已穷。其余被发左衽之人，控弦待发，微、卢、彭、濮之旅，不谋同辞。杖顺临逆，人百其勇，以此众战，势等摧枯。

　　然则王者之师，义存止杀，圣人之教，必有胜残[15]。天罚有罪，本在元恶。人之多僻，胁从罔治。若高元泥首辕门，自归司寇，即宜解缚焚榇，弘之以恩。其余臣人归朝奉顺，咸加慰抚，各安生业，随才任用，无隔夷夏。营垒所次，务在整肃，刍荛有禁[16]，秋毫勿犯，布以恩宥，喻以祸福。若其同恶相济，抗拒官军，国有常刑，俾无遗类。明加晓示，称朕意焉。"

　　总一百一十三万三千八百，号二百万，其馈运者倍之。癸未，第一军发，终四十日，引师乃尽，旌旗亘千里。近古出师之盛，未之有也。乙未，以右候卫大将军卫玄为刑部尚书。甲辰，内史令元寿卒。

　　二月甲寅，诏曰："朕观风燕裔[17]，问罪辽滨。文武协力，爪牙思奋，莫不执锐勤王，舍家从役，罕蓄仓廪之资，兼损播殖之务。朕所以夕惕愀然，虑其匮乏。虽复素饱之众，情在忘私，悦使之人，宜从其厚。诸行从一品以下，饮飞募人以上家口，郡县宜数存问[18]。若有粮食乏少，皆宜赈给；或虽有田畴，贫弱不能自耕种，可于多丁富室劝课相助。使夫居者有敛积之丰，行役无顾后之虑。"壬戌，司空、京兆尹、光禄大夫观王雄薨。

　　三月辛卯，兵部尚书、左候卫大将军段文振卒。癸巳，上御师。甲午，临戎于辽水桥。戊戌，大军为贼所拒，不果济。右屯卫大将军、左光禄大夫麦铁杖，武贲郎将钱士雄、孟金叉等，皆死之。甲午，车驾渡辽。大战于东岸，击贼破之，进围辽东。乙未，大顿，见二大鸟，高丈余，皓身朱足[19]，游泳自若。上异之，命工图写，并立铭颂。

　　五月壬午，纳言杨达卒。于时诸将各奉旨，不敢赴机。既而高丽各城守，攻之不下。六月己未，幸辽东，责怒诸将。止城西数里，御六合城。七月壬寅，宇文述等败绩于萨水，右屯卫将军辛世雄死之。九军并陷，将帅奔还亡者二千余骑。癸卯，班师。九月庚辰，上至东都。己丑，诏曰："军国异容，文武殊用，匡危拯难，则霸德攸兴。化人成俗，则王道斯贵。时方拨乱，屠贩可以登朝，世属隆平，经术然后升仕。丰都爰肇，儒服无预于周行，建武之朝，功臣不参于吏职。自三方未一，四海交争，不遑文教，唯尚武功，设官分职，罕以才授，班朝治人，乃由勋叙，莫非拔足行阵，出自勇夫，斅学之道，既所不习，政事之方，故亦无取。是非暗于在己，威福专于下吏，贪冒货贿，不知纪极，蠹政害民，实由于此。自今已后，诸授勋官者，并不得回授文武职事，庶遵彼更张，取类于调瑟，求诸名制，不伤于美锦。若吏部辄拟用者，御史即宜纠弹。"

　　冬十月甲寅，工部尚书宇文恺卒。十一月己卯，以宗女华容公主嫁于高昌王。辛巳，光禄大夫韩寿卒。甲申，败将宇文述、于仲文等并除名为民。斩尚书右丞刘士龙以谢天下。是岁，大旱，疫，人多死，山东尤甚。密诏江、淮南诸郡阅视民间童女，姿质端丽者，每岁贡之。

　　九年春正月丁丑，征天下兵，募民为骁果[20]，集于涿郡。壬午，贼帅杜彦冰、王润等陷平原郡，大掠而去。辛卯，置折冲、果毅、武勇、雄武等郎将官，以领骁果。乙未，平原李德逸聚众数万，称"阿舅贼"，劫掠山东。灵武白榆妄，称"奴贼"，劫掠牧马，北连突厥，陇右多被其患。遣将军范贵讨之，连年不能克。戊戌，大赦。己亥，遣代王侑、刑部尚书卫玄镇京师。辛丑，以右骁骑将军李浑为右骁卫大将军。二月己未，济北人韩进洛聚众数万为群盗。壬午，复宇文述等官爵。又徵兵讨高丽。三月丙子，济阴人孟海公起兵为盗，众至数万。丁丑，发丁男十万城大兴，戊寅，幸辽东。以越王侗、民部尚书樊子盖留守东都。庚子，北海人郭方预聚徒为盗，自号卢公，众至三万，攻陷郡城，大掠而去。

　　夏四月庚午，车驾渡辽。壬申，遣宇文述、杨义臣趣平壤。五月丁丑，荧惑入南斗。己卯，济北人甄宝车聚众万余，寇掠城邑。六月乙巳，礼部尚书杨玄感反于黎阳。丙辰，玄感逼东都。

河南赞务裴弘策拒之，反为贼所败。戊辰，兵部侍郎斛斯政奔于高丽。庚午，上班师。高丽犯后军，勅右武卫大将军李景为后拒。遗左翊卫大将军宇文述、左候卫将军屈突通等驰传发兵，以讨玄感。

秋七月己卯，令所在发人城县府驿。癸未，余杭人刘元进举兵反，众至数万。八月壬寅，左翊卫大将军宇文述等破杨玄感于阌乡，斩之。余党悉平。癸卯，吴人朱燮、晋陵人管崇拥众十万余，自称将军，寇江左。甲辰，制骁果之家蠲免赋役。丁未，诏郡县城去道过五里已上者，徙就之。戊申，制盗贼籍没其家。乙卯，贼帅陈琪等众三万，攻陷信安郡。辛酉，司农卿、光禄大夫、葛国公赵元淑以罪伏诛。九月己卯，济阴人吴海流、东海人彭孝才并举兵为盗，众数万。庚辰，贼帅梁慧尚率众四万，陷苍梧郡。甲午，车驾次上谷，以供费不给，上大怒，免太守虞荷等官。丁酉，东阳人李三儿、向但子举兵作乱，众至万余。闰月己巳，幸博陵。庚午，上谓侍臣曰："朕昔从先朝周旋于此，年甫八岁，日月不居，倏经三纪，追惟平昔，不可复希！"言未卒，流涕呜咽，侍卫将皆泣下沾襟。

冬十月丁丑，贼帅吕明星率众数千围东郡，武贲朗将费青奴击斩之。乙酉，诏曰："博陵昔为定州，地居冲要，先皇历试所基，王化斯远，故以道冠豳风，义高姚邑。朕巡抚岷庶，爰届兹邦，瞻望郊墟②⑩，缅怀敬止，思所以宣播德泽，覃被下人，崇纪显号，式光令绪。可改博陵为高阳郡。赦境内死罪已下。给复一年。"于是召高祖时故吏，皆量材授职。壬辰，以纳言苏威为开府仪同三司。朱燮、管崇推刘元进为天子。遣将军吐万绪、鱼俱罗讨之，连年不能克。齐人孟让、王薄等众十余万，据长白山，攻剽诸郡。清河贼张金称众数万，渤海贼帅格谦自号燕王，孙宣雅自号齐王，众各十万，山东苦之。丁亥，以右候卫将军郭荣为右候卫大将军。十一月己酉，右候卫将军冯孝慈讨张金称于清河，反为所败，孝慈死之。十二月甲申，车裂玄感弟朝请大夫积善及党与十余人，仍焚而扬之。丁亥，扶风人向海明举兵作乱，称皇帝，建元白乌。遣太仆卿杨义臣击破之。

十年春正月甲寅，以宗女为信义公主，嫁于突厥曷娑那可汗。

二月辛未，诏百僚议伐高丽，数日无敢言者。戊子，诏曰："竭力王役，致身戎事，咸由徇义，莫匪勤诚。季命草泽，弃骸原野，兴言念之，每怀愍恻。往年出车问罪，将屈辽滨，庙算胜略，具有进止。而谅愔凶，罔识成败，高颎愎很②②，本无智谋，临三军犹儿戏，视人命如草芥，不遵成规，坐贻挠退，遂令死亡者众，不及埋藏。今宜遣使人分道收葬，设祭于辽西郡，立道场一所。恩加泉壤，庶弭穷魂之冤，泽及枯骨，用弘仁者之惠。"辛卯，诏曰：

"黄帝五十二战，成汤二十七征，方乃德施诸侯，令行天下。卢芳小盗，汉祖尚且亲戎，隗嚣余烬，光武犹自登陇，岂不欲除暴止戈，劳而后逸者哉！朕纂成宝业，君临天下，日月所照，风雨所沾，孰非我臣，独隔声教②③。蕞尔高丽，僻居荒表，鸱张狼噬②④，侮慢不恭，抄窃我边陲，侵轶我城镇。是以去岁出军，问罪辽、碣，殪长蛇于玄菟，戮封豕于襄平。抚余众军，风驰电逝，追奔逐北，径逾浿水，沧海舟楫，冲贼腹心，焚其城郭，污其宫室。高元伏锧泥首⑤，送款军门，寻请入朝，归罪司寇。朕以许其改过，乃诏班师。而长恶靡悛，宴安鸩毒，此而可忍，孰不可容！便可分命六师，百道俱进。朕当亲执武节，临御诸军，秣马丸都，观兵辽水。顺天诛于海外，救穷民于倒悬，征伐以正之，明德以诛之，止除元恶，余无所问。若有识存亡之分，悟安危之机，翻然北首，自求多福，必其同恶相济，抗拒王师，若火燎原，刑兹无赦。有司便宜宣布，咸使知闻。"

丁酉，扶风人唐弼举兵反，众十万，推李弘为天子，自称唐王。三月壬子，行幸涿郡。癸亥，次临渝宫，亲御戎服，祃祭黄帝，斩叛军者以衅鼓。

夏四月辛未，彭城贼张大彪聚众数万，保悬薄山为盗。遣榆林太守董纯击破，斩之。甲午，车驾次北平。五月庚子，诏举郡孝悌廉洁各十人。壬寅，贼师宋世谟陷琅邪郡。庚申，延安人刘迦论举兵反，自称皇王，建元大世。六月辛未，贼师郑文雅、林宝护等众三万，陷建安郡，太守杨景祥死之。

秋七月癸丑，车驾次怀远镇。乙卯，曹国遣使贡方物。甲子，高丽遣使请降，囚送斛斯政。上大悦。八月己巳，班师。庚午，右卫大将军、左光禄大夫郑荣卒。

冬十月丁卯，上至东都。己丑，还京师。十一月丙申，支解斛斯政于金光门外。乙巳，有事于南郊。己酉，贼帅司马长安破长平郡。乙卯，离石胡刘苗王举兵反，自称天子，以其弟六儿为永安王，众至数万。将军潘长文讨之，不能克。是月，贼帅王德仁拥众数万，保林虑山为盗。十二月壬申，上如东都。其日，大赦天下。戊子，入东都。庚寅，贼帅孟让众十余万，据都梁宫。遣江都郡丞王世充击破之，尽虏其众。

十一年春正月甲午朔，大宴百僚。突厥、新罗、靺鞨、毕大辞、讹咄、传越、乌那曷、波腊、吐火罗、俱虑建、忽论、靺鞨、讹多、沛汗、龟兹、疏勒、于阗、安国、曹国、何国、穆国、毕、衣密、失范延、伽折、契丹等国并遣使朝贡。戊戌，武贲郎将高建毗破贼帅颜宣政于齐郡，虏男女数千口。乙卯，大会蛮夷，设鱼龙曼延之乐，颂赐各有差。二月戊辰，贼帅扬仲绪率众万余，攻北平，滑公李景破斩之。庚午，诏曰："设险守国，著自前经。重门御暴，事彰往策。所以宅土宁邦，禁邪固本。而近代战争，居人散逸，田畴无伍，郛郭不修，遂使游惰实繁，寇歔未息㉖。今天下平一，海内晏如，宜令人悉城居，田随近给，使强弱相容，力役廉济。穿窬无所厝其奸宄㉗，萑蒲不得聚其逋逃㉘。有司具为事条，务令得所。"丙子，上谷人王须拔反，自称漫天王，国号燕，贼帅魏刁儿自称历山飞，众各十余万，北连突厥，南寇赵。五月丁酉，杀右骁卫大将军、光禄大夫、郕公李浑，将作监、光禄大夫李敏，并族灭其家。癸卯，贼帅司马长安破西河郡。己酉，幸太原，避暑汾阳宫。

秋七月己亥，淮南人张起绪举兵为盗，众至三万。辛丑，光禄大夫、右御卫大将军张寿卒。八月乙丑，巡北塞。戊辰，突厥始毕可汗率骑数十万，谋袭乘兴，义成公主遣使告变。壬申，车驾驰幸雁门。癸酉，突厥围城，官军频战不利。上大惧，欲率精骑溃围而出，民部尚书樊子盖固谏乃止。齐王暕以后军保于崞县。甲申，诏天下诸郡募兵，于是守令各来赴难。九月甲辰，突厥解围而去。丁未，曲赦太原，雁门郡死罪已下。

冬十月壬戌，上至于东都。丁卯，彭城人魏骐驎聚众万余为盗，寇鲁郡。壬申，贼帅卢明月聚众十余万，寇陈、汝间。东海贼帅李子通拥众度淮，自号楚王，建元明政，寇江都。十一月乙卯，贼帅王须拔破高阳郡。十二月戊寅，有大流星如斛，坠明月营，破其冲车。庚辰，诏民部尚书樊子盖发关中兵，讨绛郡贼敬盘陀、柴保昌等，经年不能克。谯郡人朱粲拥众数十万，寇荆襄，僭称楚帝，建元昌达。汉南诸郡多为所陷焉。

十二年春正月甲午，雁门人翟松柏起兵於灵丘，众至数万，转攻傍县。二月己未，真腊国遣使贡方物。甲子夜，有二大鸟似鹏，飞入大业殿，止于御幄，至明而去。癸亥，东海贼卢公暹率众万余，保于苍山。

夏四月丁巳，显阳门灾。癸亥，魏刁儿所部将甄翟儿复号历山飞，众十万，转寇太原。将军潘长文讨之，反为所败，长文死之。五月丙戌朔，日有蚀之，既。癸巳，大流星陨于吴郡，为石。壬午，上于景华宫征求萤火，得数斛，夜出游山，放之，光遍岩谷。

秋七月壬戌，民部尚书、光禄大夫济北公樊子盖卒。甲子，幸江都宫，以越王侗、光禄大夫段达、太府卿元文都、检校民部尚书韦津、右武卫将军皇甫无逸、右司郎卢楚等总留后事。奉信郎崔民象以盗贼充斥，于建国门上表，谏不宜巡幸。上大怒，先解其颐，乃斩之。戊辰，冯翊人孙华自号总管，举兵为盗。高凉通守洗瑉彻举兵作乱，岭南溪洞多应之。己巳，荧惑守羽林，月余乃退。车驾次汜水，奉信郎王爱仁以盗贼日盛，谏上请还西京。上怒，斩之而行。八月乙巳，贼帅赵万海众数十万，自恒山寇高阳。壬子，有大流星如斗，出王良阁道，声如隤墙。癸丑，大流星如瓮，出羽林。九月丁酉，东海人杜扬州、沈觅敌等作乱，众至数万，右御卫将军陈稜击破之。戊午，有二枉矢出北斗魁，委曲蛇形，注于南斗。壬戌，安定人荔非世雄杀临泾令，举兵作乱，自号将军。

冬十月己丑，开府仪同三司、左翊卫大将军、光禄大夫、许公宇文述薨。十二月癸未，鄱阳贼操天成举兵反，自号元兴王，建元始兴，攻陷豫章郡。乙酉，以右翊卫大将军来护儿为开府仪同三司、行左翊卫大将军。壬辰，鄱阳人林士弘自称皇帝，国号楚，建元太平，攻陷九江、庐陵郡。唐公破甄翟儿于西河，虏男女数千口。

十三年春正月壬子，齐郡贼杜伏威率众渡淮，攻陷历阳郡。丙辰，勃海贼窦建德设坛于河间之乐寿，自称长乐王，建元丁丑。辛巳，贼帅徐圆朗率众数千，破东平郡。弘化人刘企成聚众万余人为盗，傍郡苦之。二月壬午，朔方人梁师都杀郡丞唐世宗，据郡反，自称大丞相。遣银青光禄大夫张世隆击之，反为所败。戊子，贼帅王子英破上谷郡。己丑，马邑校尉刘武周杀太守王仁恭，举兵作乱，北连突厥，自称定杨可汗。庚寅，贼帅李密、翟让等陷兴洛仓。越王侗遣武贲郎将刘长恭、光禄少卿房崱击之，反为所败，死者十五六。庚子，李密自号魏公，称元年，开仓以振群盗，众至数十万，河南诸郡相继皆陷焉。壬寅，刘武周破武贲郎将王智辩于桑乾镇，智辩死之。三月戊午，庐江人张子路举兵反。遣右御卫将军陈稜讨平之。丁丑，贼帅李通德众十万，寇庐江，左屯卫将军张镇州击破之。

夏四月癸未，金城校尉薛举率众反，自称西秦霸王，建元秦兴，攻陷陇右诸郡。己丑，贼帅孟让，夜入东都外郭，烧丰都市而去。癸巳，李密陷回洛东仓。丁酉，贼帅房宪伯陷汝阴郡。是月，光禄大夫裴仁基、淮阳太守赵佗等并以众叛归李密。五月辛酉，夜有流星如瓮，坠于江都。甲子，唐公起义师于太原。丙寅，突厥数千寇太原，唐公击破之。

秋七月壬子，荧惑守积尸。丙辰，武威人李轨举兵反，攻陷河西诸郡，自称凉王，建元安乐。八月辛巳，唐公破武牙郎将宋老生于霍邑，斩之。九月己丑，帝括江都人女寡妇，以配从兵。是月，武阳郡丞元宝藏以郡叛归李密，与贼帅李文相攻陷黎阳仓。彗星见于营室。

冬十月丁亥，太原杨世洛聚众万余人，寇掠城邑。丙申，罗令萧铣以县反，鄱阳人董景珍以郡反，迎铣于罗县，号为梁王，攻陷傍郡。戊戌，武贲郎将高毗败济北郡贼甄宝车于嶷山。十一月丙辰，唐公入京师。辛酉，遥尊帝为太上皇，立代王侑为帝，改元义宁。上起宫丹阳，将逊于江左。有乌鹊来巢幄帐，驱不能止。荧惑犯太微。有石自江浮入于扬子。日光四散如流血。上甚恶之。

二年三月，右屯卫将军宇文化及，武贲郎将司马德戡、元礼，监门直阁裴虔通，将作少监宇文智及，武勇郎将赵行枢，鹰扬郎将孟景，内史舍人元敏，符玺郎李覆、牛方裕，千牛左右李孝本、弟孝质，直长许弘仁、薛世良，城门郎唐奉义，医正张恺等，以骁果作乱，入犯宫闱。上崩于温室，时年五十。萧后令宫人撤床箦为棺以埋之。化及发后，右御卫将军陈稜奉梓宫于成象殿，葬吴公台下。发敛之始，容貌若生，众咸异之。大唐平江南之后，改葬雷塘。

初，上自以藩王，次不当立，每矫情饰行，以钓虚名，阴有夺宗之计。时高祖雅信文献皇后，而性忌妾媵。皇太子勇内多嬖幸，以此失爱。帝后庭有子，皆不育之，示无私宠，取媚于后。大臣用事者，倾心与交。中使至第②，无贵贱，皆曲承颜色，申以厚礼。婢仆往来者，无不称其仁孝。又常私入宫掖，密谋于献后，杨素等因机构扇③⁰，逐成废立。自高祖大渐，暨谅阖之中③¹，烝淫无度，山陵始就，即事巡游，以天下承平日久，士马全盛，慨然慕秦皇、汉武之事。乃盛治宫室，穷极侈靡，召募行人，分使绝域。诸蕃至者，厚加礼赐，有不恭命，以兵击之。盛兴屯田于玉门、柳城之外。课天下富室，益市武马，匹直十余万，富强坐是冻馁者十家而九③²。帝性多诡谲，所幸之处，不欲人知。每之一所，辄数道置顿③³，四海珍羞殊味，水陆必备焉，求市者无远不至。郡县官人，竞为献食，丰厚者进擢，疏俭者获罪。奸吏侵渔，内外虚竭，头会箕敛③⁴，人不聊生。于时军国多务，日不暇给，帝方骄急，恶闻政事，冤屈不治，奏请罕决。又猜忌臣下，无所专任，朝臣有不合意者，必构其罪而族灭之。故高颎、贺若弼先皇心膂，参谋帷幄；张衡、李金才藩邸惟旧，绩著经纶。或恶其直道，或忿其正议，求其无形之罪，加以刎颈之诛。其余事君尽礼，謇謇匪躬③⁵，无辜无罪，横受夷戮者，不可胜纪。政刑弛紊，贿货公行。莫敢正言，道路以目。六军不息，百役繁兴。行者不归，居者失业。人饥相食，邑落为墟，上不之恤也。东西游幸，靡有定居，每以供费不给，逆收数年之赋。所至唯与后宫流连躭湎③⁶，惟日不足，招迎姥媪，朝夕共肆丑言，又引少年，令与宫人秽乱，不轨不逊，以为娱乐。区宇之内，盗贼蜂起，劫掠从官，屠陷城邑，近臣互相掩蔽，隐贼数不以实对。或有言贼多者，辄大被诘责，各求苟免，上下相蒙，每出师徒，败亡相继。战士尽力，必不加赏，百姓无辜，咸受屠戮。黎庶愤怨，天下土崩，至于就擒而犹未之寤也。

史臣曰：炀帝爰在弱龄，早有令闻③⁷，南平吴、会，北却匈奴，昆弟之中，独著声绩。于是矫情饰貌，肆厥奸回③⁸，故得献后钟心，文皇革虑③⁹，天方肇乱，遂登储两，践峻极之崇基，承丕显之休命④⁰。地广三代，威振八纮，单于顿颡④¹，越裳重译④²。赤仄之泉，流溢于都内，红腐之粟，委积于塞下。负其富强之资，思逞无厌之欲。狭殷、周之制度，尚秦、汉之规摹④³。恃才矜己，傲狠明德④⁴。内怀险躁，外示凝简④⁵。盛冠服以饰其奸，除谏官以掩其过。淫荒无度，法令滋章。教绝四维，刑参五虐。锄诛骨肉，屠勤忠良。受赏者莫见其功，为戮者不知其罪。骄怒之兵屡动，土木之功不息。频出朔方，三驾辽左，旌旗万里，征税百端，猾吏侵渔，人不堪命。乃急令暴条以扰之，严刑峻法以临之，甲兵威武以董之④⁶，自是海内骚然，无聊生矣。俄而，玄感肇黎阳之乱，匈奴有雁门之围，天子方弃中土，远之扬、越。奸宄乘衅，强弱相陵，关梁闭而不通，皇舆往而不反。加之以师旅，因之以饥馑，流离道路，转死沟壑，十八九焉。于是相聚萑蒲，蝟毛而起。大则跨州连郡，称帝称王；小则千百为群，攻城剽邑。流血成川泽，死人如乱麻，炊者不及析骸，食者不遑易子。茫茫九土，并为麋鹿之场；惵惵黔黎④⁷，俱充蛇豕之饵。四方万里，简书相续；犹谓鼠窃狗盗，不足为虞。上下相蒙，莫肯念乱，振蜉蝣之羽，穷长夜之乐。土崩鱼烂，贯盈恶稔。普天之下，莫匪仇雠，左右之人，皆为敌国。终然不悟，同彼望夷，遂以万乘之尊，死于一夫之手。亿兆靡感恩之士，九牧无勤王之师。子弟同就诛夷，骸骨弃而莫掩。社稷颠陨，本枝殄绝。自肇有书契以迄于兹，宇宙崩离，生灵涂炭，丧身灭国，未有若斯之甚也。书曰："天作孽，犹可违，自作孽，不可逭④⁸。"《传》曰："吉凶由人，袄不妄作④⁹。"又曰："兵犹火也，不戢将自焚⁵⁰。"观隋室之存亡，斯言信而有征矣！

---

①龚行：奉行之意。
②顺动：指顺应事物固有的规律而运动。
③粤：助词。用于句首，表示审慎的语气。
④提封：疆域、版图之意。
⑤移告：移文告假之意。

⑥纪极：终极、限度之意。

⑦关柝：守门打更之意。

⑧琛賫：指献贡的财货。

⑨仍岁：连年、多年之意。

⑩比屋：指家家户户之意。

⑪逋秽：贬称流寇之意。

⑫庙略：指朝廷的谋略。

⑬遐裔：指远方、边远之地。

⑭遗黎：指劫后残留的人民。

⑮胜残：指实行仁政，使残暴的人化而为善，因而可以废除刑杀。

⑯刍荛：指割草采薪之意。

⑰观风：此处作察看民情解。

⑱存问：慰问、慰劳之意。

⑲皜：同“皓”。

⑳骁果：指勇猛敢死之士。

㉑郊廛：泛指城内外。

㉒愎很：指固执乘戾之意。

㉓声教：声威教化之意。

㉔鸱张：比喻嚣张、凶暴之形。

㉕伏锧泥首：伏锧，指古代判为腰斩之刑者，在行刑前裸身俯伏于砧上称之为伏锧。泥首：指以泥涂首，表示自辱服罪之意。

㉖寇歉：指兵匪祸乱之意。

㉗穿窬：指偷窃者。

㉘萑蒲：泛指盗贼，草寇之类。

㉙中使：指宫中派出的使者，这里多指宦官。

㉚构扇：亦作构煽。挑拨、煽动之意。

㉛谅闇：指居丧时所住的房子。

㉜坐是：因是之故，因此的意思。

㉝置顿：设置安顿的处所。

㉞头会（kuài，音快）：指征人头税。

㉟謇謇：指正直之言论。

㊱耽湎：沉湎，酷嗜之意。

㊲令闻：指美好的声誉。

㊳奸回：泛指奸恶邪僻的人和事。

㊴革虑：消除顾虑之意。

㊵休命：多指天子和神明的旨意。

㊶顿颡：屈膝下拜，以额角触地。多表示请罪或投降之意。

㊷越裳重译：越裳系古南海国名。重译，旧指南方荒远之地。

㊸规摹：即规模，指制度、程式之意。

㊹傲狠：倨傲狠戾之意。

㊺凝简：庄重而朴实之意。

㊻董：此处作督察、监督之意。

㊼悚悚：指恐惧之状。

㊽逭：逃避之意。

㊾祆：古人称反常怪异的事物。

㊿戢：收藏兵器的意思。

杨玄感列传

杨玄感，司徒素之子也。体貌雄伟，美须髯，少时晚成，人多谓之癡，其父每谓所亲曰："此儿不癡也。"及长，好读书，便骑射。以父军功，位至柱国，与其父俱为第二品，朝会则齐列。其后高祖命玄感降一等，玄感拜谢曰："不意陛下宠臣之甚，许以公廷获展私敬。"初拜郢州刺史，到官，潜布耳目，察长吏能不。其有善政及赃污者，纤介必知之①，往往发其事，莫敢欺隐，吏民敬服，皆称其能。后转宋州刺史，父忧去职。岁余，起拜鸿胪卿，袭爵楚国公，迁礼部尚书。性虽骄倨，而爱重文学，四海知名之士多趋其门。

自以累世尊显，有盛名于天下，在朝文武多是父之将吏，复见朝纲渐紊，帝又猜忌日甚，内不自安，遂与诸弟潜谋废帝，立秦王浩。及从征吐谷浑，远至大斗拔谷，时从官狼狈，玄感欲袭击行宫。其叔慎谓玄感曰："士心尚一，国未有衅，不可图也。"玄感乃止。

时帝好征伐，玄感欲立威名，阴求将领。谓兵部尚书段文振曰："玄感世荷国恩，宠逾涯分②，自非立效边裔，何以塞责！若方隅有风尘之警，庶得执鞭行阵，少展丝发之功③。明公兵革是司，敢布心腹。"文振因言于帝，帝嘉之，顾谓群臣曰："将门必有将，相门必有相，故不虚也。"于是赉物千段，礼遇益隆，颇预朝政。

帝征辽东，命玄感于黎阳督运。于时百姓苦役，天下思乱。玄感遂与武贲朗将王仲伯、汲郡赞治赵怀义等谋议，欲令帝所军众饥馁，每为逗留，不时进发。帝迟之，遣使者逼促，玄感扬言曰："水路多盗贼，不可前后而发。"其弟武贲郎将玄纵、鹰扬郎将万硕并从幸辽东，玄感潜遣人召之。时将军来护儿以舟师自东莱将入海，趣平壤城，军未发。玄感无以动众，乃遣家奴伪为使者，从东方来，谬称护儿失军期而反。玄感遂入黎阳县，闭城大索男夫。于是取帆布为牟甲，署官属，皆准开皇之旧。移书傍郡，以讨护儿为名，各令发兵，会于仓所。以东光县尉元务本为黎州刺史，赵怀义为卫州刺史，河内郡主薄唐祎为怀州刺史。有众且一万，将袭洛阳。唐祎至河内，驰往东都告之。越王侗、民部尚书樊子盖等大惧，勒兵备御。修武县民相率守临清关，玄感不得济，遂于汲郡南渡河，从乱者如市。数日，屯兵上春门，众至十余万。子盖令河南赞治裴弘策拒之，弘策战败。瀍、洛父老竞致牛酒。玄感屯兵尚书省，每誓众曰："我身为上柱国，家累钜万金，至于富贵，无所求也。今者不顾破家灭族者，但为天下解倒悬之急，救黎元之命耳。"众皆悦，诣辕门请自效者，日有数千。与樊子盖书曰：

"夫建忠立义，事有多途，见机而作，盖非一揆。昔伊尹放太甲于桐宫，霍光废刘贺于昌邑，此并公度内，不能一二披陈。

高祖文皇帝诞膺天命，造兹区宇。在璇玑以齐七政，握金镜以驭六龙④，无为而至化流，垂拱而天下治。今上纂承宝历⑤，宜固洪基，乃自绝于天，殄民败德。频年肆眚⑥，盗贼于是滋多，所在修治，民力为之凋尽。荒淫酒色，子女必被其侵，玩鹰犬，禽兽皆离其毒。朋党相扇，货贿公行，纳邪佞之言，杜正直之口。加以转输不息，徭役无期，士卒填沟壑，骸骨蔽原野。黄河之北，则千里无烟，江淮之间，则鞠为茂草。玄感世荷国恩，位居上将，先公奉遗诏曰：'好子孙为我辅弼之，恶子孙为我屏黜之。'所以上禀先旨，下顺民心，废此淫昏，更立明哲。四海同心，九州响应。士卒用命，如赴私仇，民庶相趋，义形公道。天意人事，较然可知。公独守孤城，势何支久！愿以黔黎在念，社稷为心，勿拘小礼，自贻伊戚。谁谓国家一旦至此，执笔潸泫⑦，言无所具。"

遂进逼都城。

刑部尚书卫玄，率众数万，自关中来援东都。以步骑二万渡瀍、涧挑战，玄感伪北。玄逐之，伏兵发，前军尽没。后数日，玄复与玄感战，兵始合，玄感诈令人大呼曰："官军已得玄感矣。"玄军稍息。玄感兴数千骑乘之，于是大溃，拥八千人而去。玄感骁勇多力，每战亲运长矛，身先士卒，暗呜叱咤，所当者莫不震慑，论者方之项羽。又善抚驭，士乐致死，由是战无不捷。玄军日蹙，粮又尽，乃悉众决战，阵于北邙，一日之间，战十余合。玄感弟玄挺中流矢而毙，玄感稍却。樊子盖复遣兵攻尚书省，又杀数百人。

帝遣武贲郎将陈棱攻元务本于黎阳，武卫将军屈突通屯河阳，左翊卫大将军宇文述发兵继进，右骁卫大将军来护儿复来赴援。玄感请计于前民部尚书李子雄，子雄曰："屈突通晓习兵事，若一渡河，则胜负难决，不如分兵拒之，通不能济，则樊、卫失援。"玄感然之，将拒通。子盖知其谋，数击其营，玄感不果进。通遂济河，军于破陵。玄感为两军，西抗卫玄，东拒屈突通。子盖复出兵，于是大战，玄感军频北。复请计于子雄，子雄曰："东都援军益至，我师屡败，不可久留，不如直入关中，开永丰仓以赈贫乏，三辅可指麾而定。据有府库，东面而争天下，此亦霸王之业。"会华阴诸杨请为乡导，玄感遂释洛阳，西图关中，宣言曰："我已破东都，取关西矣。"宇文述等诸军蹑之。至弘农宫，父老遮说玄感曰："宫城空虚，又多积粟，攻之易下。进可绝敌人之食，退可割宜阳之地。"玄感以为然，留攻之，三日城不下，追兵遂至。玄感西至阌乡，上槃豆，布阵亘五十里，与官军且战且行，一日三败。复阵于董杜原，诸军击之，玄感大败，独与十余骑窜林木间，将奔上洛。追骑至，玄感叱之，皆惧而返走。至葭芦戍，玄感窘迫，独与弟积善步行。自知不免，谓积善曰："事败矣。我不能受人戮辱，汝可杀我。"积善抽刀斫杀之，因自刺，不死，为追兵所执，与玄感首俱送行在所。磔其尸于东都市三日，复脔而焚之⑧。余党悉平。其弟玄奖为义阳太守，将归玄感，为郡丞周琔玉所杀。玄纵弟万硕，自帝所逃归，至高阳，止传舍⑨，监事许华与郡兵执之，斩于涿郡。万硕弟民行，官至朝请大夫，斩于长安。并具枭磔。公卿请改玄感姓为枭氏，诏可之。

初，玄感围东都也，梁郡人韩相国举兵应之，玄感以为河南道元帅。旬月间，众十余万，攻剽郡县。至于襄城，遇玄感败，兵渐溃散，为吏所执，传首东都⑩。

---

①纤介：细微之意。

②涯分：指限度；本分之意。

③丝发：丝毫之意。

④金镜：比喻显明的正道。

⑤宝历：指国祚，皇位之意。

⑥肆眚：指宽赦罪人之意。

⑦潸泫：指泪流貌。

⑧脔：此处作碎割解。

⑨传舍：古时供行人休息、住宿的处所。

⑩传首：指传送首级，被杀头之意。

李密列传

李密字法主，真乡公衍之从孙也。祖耀，周邢国公；父宽，骁勇善战，干略过人[①]，自周及隋，数经将领，至柱国、蒲山郡公，号为名将。密多筹算，才兼文武，志气雄远，常以济物为己任[②]。开皇中，袭父爵蒲山公。乃散家产，赒赡亲故，养客礼贤，无所爱吝。与杨玄感为刎颈之交。后更折节[③]，下帷耽学[④]，尤好兵书，诵皆在口。师事国子助教包恺，受《史记》、《汉书》，励精忘倦，恺门徒皆出其下。大业初，授亲卫大都督，非其所好，称疾而归。

及杨玄感在黎阳，有逆谋，阴遣家僮至京师召密，令与弟玄挺等同赴黎阳。玄感举兵而密至，玄感大喜，以为谋主。玄感谋计于密，密曰："愚有三计，惟公所择。今天子出征，远在辽外，地去幽州，悬隔千里。南有巨海之限，北有胡戎之患，中间一道，理机艰危。今公拥兵，出其不意，长驱入蓟，直扼其喉，前有高丽，退无归路，不过旬月，赍粮必尽。举麾一召，其众自降，不战而擒，此计之上也。又关中四塞，天府之国，有卫文升，不足为意。今宜率众，经城勿攻，轻赍鼓行，务早西入。天子虽还，失其襟带，据险临之，故当必克，万全之势，此计之中也。若随近逐便，先向东都，唐㸦告之，理当固守。引兵攻战，必延岁月，胜负殊未可知，此计之下也。"玄感曰："不然。公之下计，乃上策矣。今百官家口并在东都，若不取之，安能动物[⑤]？且经城不拔，何以示威？"密计遂不行。

玄感既至东都，皆捷，自谓天下响应，功在朝夕。及获韦福嗣，又委以腹心，是以军旅之事，不专归密。福嗣既非同谋，因战被执，每设筹画，皆持两端。后使作檄文，福嗣固辞不肯。密揣知其情，因谓玄感曰："福嗣元非同盟，实怀观望。明公初起大事，而奸人在侧，听其是非，必为所误矣。请斩谢众，方可安辑。"玄感曰："何至于此！"密知言之不用，退谓所亲曰："楚公好反而不欲胜，如何？吾属今为虏矣！"后玄感将西入，福嗣竟亡归东都。

时李子雄劝玄感速称尊号，玄感以问于密。密曰："昔陈胜自欲称王，张耳谏而被外，魏武将求九锡，荀彧止而见疏。今者密欲正言，还恐追跅二子，阿谀顺意，又非密之本图。何者？兵起已来，虽复频捷，至于郡县，未有从者，东都守御尚强，天下救兵益至，公当身先士众，早定关中。迺欲急自尊崇[⑥]，何示不广也[⑦]！"玄感笑而止。

及宇文述、来护儿等军且至，玄感谓密曰："计将安出？"密曰："元弘嗣统强兵于陇右，今可扬言其反，遣使迎公，因此入关，可得给众[⑧]。"玄感遂以密谋，号令其众，因引西入。至陕县，欲围弘农宫，密谏之曰："公今诈众入西，军事在速，况乃追兵将至，安可稽留！若前不得据关，退无所守，大众一散，何以自全？"玄感不从，遂围之，三日攻不能拔，方引而西。至于阌乡，追兵遂及。

玄感败，密间行入关，与玄感从叔询相随，匿于冯翊询妻之舍。寻为邻人所告，遂捕获，囚于京兆狱。是时炀帝在高阳，与其党俱送帝所。在途谓其徒曰："吾等之命，同于朝露，若至高阳，必为菹醢[⑨]。今道中犹可为计，安得行就鼎镬，不规逃避也？"众咸然之。其徒多有金，密令出示使者曰："吾等死日，此金并留付公，幸用相瘗，其余即皆报德。"使者利其金，遂相然许。及出关外，防禁渐弛，密请通市酒食，每谯饮喧哗竟夕，使者不以为意。行次邯郸，夜宿村中，密等七人皆穿墙而遁，与王仲伯亡抵平原贼帅郝孝德。孝德不甚礼之，备遭饥馑，至削树皮而食。仲伯潜归天水，密诣淮阳，舍于村中，变姓名称刘智远，聚徒教授。经数月，密郁郁不得志，为五言诗曰："金风荡初节，玉露凋晚林。此夕穷涂士，空轸郁陶心。眺听良多感，慷慨独沾襟。沾襟何所为？怅然怀古意。秦俗犹未平，汉道将何冀！樊哙市井徒，萧何刀笔吏。一朝时运合，万古传名器。寄言世上雄，虚生真可愧。"诗成而泣下数行。时人有怪之者，以告太守赵他。县捕之，密乃亡去，抵其妹夫雍丘令丘君明。后君明从子怀义以告，帝令捕密，密得遁去，君明竟坐死。

会东郡贼帅翟让聚党万余人，密归之。其中有知密是玄感亡将，潜劝让害之。密大惧，乃因王伯当以策干让。让遣说诸小贼，所至辄降下，让始敬焉，召与计事。密谓让曰："今兵众既多，粮无所出，若旷日持久，则人马困敝，大敌一临，死亡无日。未若直趣荥阳，休兵馆穀，待士马肥充，然可与人争利。"让从之，于是破金堤关，掠荥阳诸县，城堡多下之。荥阳太守郇王庆及通守张须陀以兵讨让。让数为须陀所败，闻其来，大惧，将远避之。密曰："须陀勇而无谋，兵又骤胜，既骄且狠，可一战而擒。公但列阵以待，保为公破之。"让不得已，勒兵将战，密分兵千余人于林木间设伏。让与战不利，军稍却，密发伏自后掩之，须陀众溃，与让合击，大破之，遂斩须陀于阵。让于是令密建牙[10]，别统所部。

密复说让曰："昏主蒙尘，播荡吴、赵，蝟毛竞起，海内饥荒。明公以英桀之才，而统骁雄之旅，宜当廓清天下，诛剪群凶。岂可求食草间，常为小盗而已！今东都士庶，中外离心，留守诸官，政令不一。明公亲率大众，直掩兴洛仓，发粟以赈穷乏，远近孰不归附！百万之众，一朝可集，先发制人，此机不可失也。"让曰："仆起陇亩之间，望不至此。必如所图，请君先发，仆领诸军，便为后殿。得仓之日，当别议之。"密与让领精兵七千人，以大业十三年春，出阳城，北逾方山，自罗口袭兴洛仓，破之。开仓恣民所取，老弱襁负，道路不绝。

越王侗武贲郎将刘长恭率步骑二万五千讨密，密一战破之，长恭仅以身免。让于是推密为主。密城洛口周回四十里以居之。房彦藻说下豫州，东都大惧。让上密号为魏公。密初辞不受，诸将等固请，乃从之。设坛场，即位，称元年，置官属以房彦藻为左长史，邴元真右长史，杨德方左司马，郑德韬右司马。拜让司徒，封东郡公。其将帅封拜各有差。长白山贼孟让掠东都，烧丰都市而归。密攻下巩县，获县长柴孝和，拜为护军。武贲郎将裴仁基以武牢归密，因遣仁基与孟让率兵二万余人袭回洛仓，破之，烧天津桥，遂纵兵大掠。东都出兵乘之，仁基等大败，仅以身免。密复亲率兵三万逼东都，将军段达、武贲郎将高毗、刘长恭等出兵七万拒之，战于故都，官军败走，密复下回洛仓而据之。俄而，德韬、德方俱死，复以郑颋为左司马，郑虔象为右司马。

柴孝和说密曰："秦地阻山带河，西楚背之而亡，汉高都之而霸。如愚意者，令仁基守回洛，翟让守洛口，明公亲简精锐，西袭长安，百姓孰不郊迎，必当有征无战。既克京邑，业固兵强。方更长驱崤、函，扫荡京、洛，传檄指挥、天下可定。但今英雄竞起，实恐他人我先。一朝失之，噬脐何及！"密曰："君之所图，仆亦思之久矣，诚为上策。但昏主尚在，从兵犹众，我之所部，并山东人，既见未下洛阳，何肯相随西入！诸将出于群盗，留之各竞雌雄。若然者，殆将败矣。"孝和曰："诚如公言，非所及也。大军既未可西出，请间行观隙。"密从之。孝和与数十骑至陕县，山贼归之者万余人。密时兵锋甚锐，每入苑，与官军连战。会密为流矢所中，卧于营内，后数日，东都出兵击之。密众大溃，弃回洛仓，归洛口。孝和之众闻密退，各分散而去。孝和轻骑归密。

帝遣王世充率江、淮劲卒五万来讨密，密逆拒之，战不利。柴孝和溺死于洛水，密甚伤之。世充营于洛西，与密相拒百余日。武阳郡丞元宝藏、黎阳贼帅李文相、洹水贼帅张升、清河贼帅赵君德、平原贼帅郝孝德并归于密，共袭破黎阳仓据之。周法明举江、黄之地以附密，齐郡贼帅徐圆朗、任城大侠徐师仁、淮阳太守赵他等前后款附，以千百数。

翟让所部王儒信劝让为大冢宰，总统众务，以夺密权。让兄宽复谓让曰："天子止可自作，安得与人？汝若不能作，我当为之。"密闻其言，有图让之计。会世充列阵而至，让出拒之，为世充所击退者数百步。密与单雄信等率精锐赴之，世充败走。让欲乘胜进破其营，会日暮，密固止之。明日，让与数百人至密所，欲为宴乐。密具馔以待之，其所将左右，各分令就食。诸门并设备，让不之觉也。密引让入坐，有好弓，出示让，遂令让射。让引满将发，密遣壮士蔡建自后斩之，殒于床下。遂杀其兄宽及王儒信，并其从者亦有死焉。让所部将徐世勣，为乱兵所斫中，重创，密遽止之，仅而得免。单雄信等皆叩头求哀，密并释而慰谕之。于是率左右数百人诣让本营。王伯当、邴元真、单雄信等入营，告以杀让之意，众无敢动者。乃令徐世勣、单雄信、王伯当分统其众。

未几，世充夜袭仓城，密逆拒破之，斩武贲郎将费青奴。世充复移营洛北，南对巩县，其后遂于洛水造浮桥，悉众以击密，密与千骑拒之，不利而退。世充因薄其城下，密简锐卒数百人，分为三队出击之。官军稍却，自相陷溺，死者数万人，武贲郎将杨威、王辩、霍世举、刘长恭、梁德重、董智通等诸将率皆没于阵，世充仅而获免，不敢还东都，遂走河阳。其夜雨雪尺余，众随之者，死亡殆尽。密于是修金塘故城居之，众三十余万。复来攻上春门，留守韦津出拒战，密击败之，执津于阵。其党劝密即尊号，密不许。及义师围东都，密出军争之，交绥而退。

俄而，宇文化及杀逆，率众自江都北指黎阳，兵十余万。密乃自率步骑二万拒之。会越王侗称尊号，遣使者授密太尉、尚书令、东南道大行台、行军元帅、魏国公，令先平化及，然后入朝辅政。密遣使报谢焉。化及与密相遇，密知其军少食，利在急战，故不与交锋，又遏其归路，使不得西。密遣徐世勣守仓城，化及攻之，不能下。密与化及隔水而语，密数之曰："卿本匈奴皂隶破野头耳，父兄子弟并受隋室厚恩，富贵累世，至妻公主，光荣隆显，举朝莫二。荷国士之遇者，当须国士报之，岂容主上失德，不能死谏，反因众叛，躬行杀虐，诛及子孙，傍立支庶，擅自尊崇，欲规篡夺，污辱妃后，枉害无辜？不追诸葛瞻之忠诚，乃为霍禹之恶逆。天地所不容，人神所莫祐。拥逼良善，将欲何之！今若速来归我，尚可得全后嗣。"化及默然，俯视良久，乃瞋目大言曰："共你论相杀事，何须作书语邪？"密谓从者曰："化及庸懦如此，忽欲图为帝王。斯乃赵高、圣公之流，吾当折杖驱之耳。"化及盛修攻具，以逼黎阳仓城，密领轻骑五百驰赴之。仓城兵又出相应，焚其攻具，经夜火不灭。

密知化及粮且尽，因伪与和，以敝其众。化及不之悟，大喜，恣其兵食，冀密馈之。会密下有人获罪，亡投化及，具言密情。化及大怒，其食又尽，乃渡永济渠，与密战于童山之下，自辰达酉。密为流矢所中，顿于汲县。化及掠汲郡，北趣魏县，其将陈智略、张童仁等所部兵归于密者，前后相继。初，化及以辎重留于东郡，遣其所署刑部尚书王轨守之。至是，轨举郡降密，以轨为滑州总管。密引兵而西，遣记室参军李俭朝于东都，执杀炀帝人于弘达以献越王侗。侗以俭为司农少卿，使之反命，召密入朝。密至温县，闻世充已杀元文都、卢楚等，乃归金塘。

世充既得擅权，乃厚赐将士，缮治器械，人心渐锐。然密兵少衣，世充乏食，乃请交易。密初难之，邴元真等各求私利，递来劝密，密遂许焉。初，东都绝粮，人归密者，日有数百。至此，得食，而降人益少，密方悔而止。密虽据仓，无府库，兵数战不获赏，又厚抚初附之兵，于是众心渐怨。时遣邴元真守兴洛仓。元真起自微贱，性又贪鄙。宇文温疾之，每谓密曰："不杀元真，公难未已。"密不答，而元真知之，阴谋叛密。扬庆闻而告密，密固疑焉。会世充悉众来决战，密留王伯当守金塘，自引精兵就偃师，北阻邙山以待之。世充军至，令数百骑渡御河，密遣裴行俨率众逆之。会日暮，暂交而退，行俨、孙长乐、程晓金等骁将十数人皆遇重创，密甚恶之。世充夜潜济师，诘朝而阵，密方觉之，狼狈出战，于是败绩，与万余人驰向洛口。世充夜围偃师，守将郑颋为其部下所翻，以城降世充。密将入洛口仓城，元真已遣人潜引世充矣。密阴知之而不发其事，因与众谋，待世充之兵半济洛水，然后击之。及世充军至，密候骑不时觉，比将出战，世充军悉已济矣。密自度不能支，引骑而遁。元真竟以城降于世充。

密众渐离，将如黎阳。人或谓密曰："杀翟让之际，徐世勣几至于死。今创犹未复，其心安可保乎？"密乃止。时王伯当弃金墉，保河阳，密以轻骑自武牢渡河以归之，谓伯当曰："兵败矣！久苦诸君，我今自刭，请以谢众。"众皆泣，莫能仰视。密复曰："诸君幸不相弃，当其归关中。密身虽愧无功，诸君必保富贵。"其府掾柳燮对曰："昔盆子归汉，尚食均输[11]，明公与长安宗族有畴昔之遇[12]，虽不陪起义，然而阻东都，断隋归路，使唐国不战而据京师，此亦公之功也。"众咸曰："然。"密遂归大唐，封邢国公，拜光禄卿。

---

①干略：指治事的才能与谋略。

②济物：济人之意。

③折节：指屈己下人之意。

④下帷耽学：下帷，放下室内悬挂的帷幕。指教书。耽学，指特别好学之意。

⑤动物：这里作感动或感化万物解。

⑥迺：同"乃"。

⑦不广：指气度不大之意。

⑧绐：欺诳之意。

⑨菹醢：肉酱之意。

⑩建牙：古代称出师前树立军旗为建牙。

⑪均输：此处指汉武帝实行的一种军事制度。

⑫畴昔：往日，从前之意。

南　史

(选录)

〔唐〕李延寿　撰

南 史

（上册）

〔唐〕李延壽 撰

谢灵运传

谢灵运，安西将军奕之曾孙而方明从子也。祖玄，晋车骑将军。父瑛，生而不慧，位秘书郎，早亡。灵运幼便颖悟，玄甚异之，谓亲知曰："我乃生瑛，瑛儿何为不及我。"

灵运少好学，博览群书，文章之美，与颜延之为江左第一。纵横俊发过于延之[①]，深密则不如也。从叔混特知爱之。袭封康乐公，以国公例除员外散骑侍郎，不就。为琅邪王大司马行参军。性豪侈，车服鲜丽，衣物多改旧形制，世共宗之，咸称谢康乐也。累迁秘书丞，坐事免[②]。

宋武帝在长安，灵运为世子中军谘议、黄门侍郎，奉使慰劳武帝于彭城，作《撰征赋》。后为相国从事中郎，世子左卫率，坐辄杀门生免官[③]。宋受命，降公爵为侯，又为太子左卫率。

灵运多愆礼度[④]，朝廷唯以文义处之，不以应实相许。自谓才能宜参权要，既不见知，常怀愤惋。庐陵王义真少好文籍，与灵运情款异常[⑤]。少帝即位，权在大臣，灵运构扇异同[⑥]，非毁执政[⑦]，司徒徐羡之等患之，出为永嘉太守。郡有名山水，灵运素所爱好。出守既不得志，遂肆意游遨，遍历诸县，动逾旬朔[⑧]。理人听讼，不复关怀，所至辄为诗咏以致其意。

在郡一周[⑨]，称疾去职，从弟晦、曜、弘微等并与书止之，不从。灵运父祖并葬始宁县，并有故宅及墅，遂移籍会稽，修营旧业。傍山带江，尽幽居之美。与隐士王弘之、孔淳之等放荡为娱，有终焉之志[⑩]。每有一首诗至都下[⑪]，贵贱莫不竞写，宿昔间士庶皆遍[⑫]，名动都下。作《山居赋》，并自注以言其事。

文帝诛徐羡之等，征为秘书监，再召不起。使光禄大夫范泰与书敦奖，乃出。使整秘阁书遗阙，又令撰《晋书》，粗立条流[⑬]，书竟不就[⑭]。寻迁侍中，赏遇甚厚。灵运诗书皆兼独绝，每文竟，手自写之，文帝称为"二宝"。既自以名辈，应参时政，至是唯以文义见接，每侍上宴，谈赏而已。王昙首、王华、殷景仁等名位素不逾之，并见任遇[⑮]，意既不平，多称疾不朝直[⑯]。穿池植援[⑰]，种竹树果，驱课公役，无复期度[⑱]。出郭游行，或一百六七十里，经旬不归。既无表闻，又不请急。上不欲伤大臣，讽旨令自解。灵运表陈疾，赐假东归。将行，上书劝伐河北。而游娱宴集，以夜续昼。复为御史中丞傅隆奏免官，是岁，元嘉五年也。

灵运既东，与族弟惠连、东海何长瑜、颖川荀雍、泰山羊璇之以文章赏会，共为山泽之游，时人谓之四友。惠连幼有奇才，不为父方明所知。灵运去永嘉还始宁，时方明为会稽，灵运造方明，遇惠连，大相知赏。灵运性无所推，唯重惠连，与为刎颈交[⑲]。时何长瑜教惠连读书，亦在郡内，灵运又以为绝伦，谓方明曰："阿连才悟如此，而尊作常儿遇之；长瑜当今仲宣[⑳]，而饴以下客之食[㉑]。尊既不能礼贤，宜以长瑜还灵运。"载之而去。荀雍字道雍，官至员外散骑郎。璇之字曜璠，为临川内史，被司空竟陵王诞所遇，诞败坐诛。长瑜才亚惠连，雍、璇之不及也。临川王义庆招集文士，长瑜自国侍郎至平西记室参军。尝于江陵寄书与宗人何勖，以韵语序义庆州府僚佐云："陆展染白发，欲以媚侧室，青青不解久，星星行复出。"如此者五六句。而轻薄少年遂演之，凡人士并为题目，皆加剧言苦句，其文流行。义庆大怒，白文帝，除广州所统曾城令。及义庆薨，朝士并诣第叙哀。何勖谓袁淑曰："长瑜便可还也。"淑曰："国新丧宗英[㉒]，未宜以流人为念[㉔]。"庐陵王绍镇寻阳，以长瑜为南中郎行参军，掌书记之任。行至板桥，遇暴风溺死。

灵运因祖父之资，生业甚厚，奴僮既众，义故门生数百，凿山浚湖，功役无已。寻山陟岭，必造幽峻，岩嶂数十重，莫不备尽。登蹑常着木屐，上山则去其前齿，下山去其后齿。尝自始宁南山伐木开径，直至临海，从者数百。临海太守王琇惊骇，谓为山贼，末知灵运乃安。又要琇更进，琇不肯。灵运赠琇诗曰："邦君难地险，旅客易山行。"在会稽亦多从众，惊动县邑。太守孟颛事佛精恳，而为灵运所轻，尝谓颛曰："得道应须慧业㉔，丈人生天当在灵运前㉕，成佛必在灵运后。"颛深恨此言。又与王弘之诸人出千秋亭饮酒，裸身大呼，颛深不堪，遣信相闻。灵运大怒曰："身自大呼，何关痴人事！"

会稽东郭有回踵湖，灵运求决以为田，文帝令州郡履行。此湖去郭近，水物所出，百姓惜之，颛坚执不与。灵运既不得回踵，又求始宁岯崲湖为田，颛又固执。灵运谓颛非存利人，政虑决湖多害生命，言论伤之，与颛遂隙。因灵运横恣，表其异志，发兵自防，露板上言㉖。灵运驰诣阙上表，自陈本末。文帝知其见诬，不罪也。不欲复使东归，以为临川内史。

在郡游放，不异永嘉，为有司所纠。司徒遣使随州从事郑望生收灵运。灵运兴兵叛逸，遂有逆志。为诗曰："韩亡子房奋，秦帝鲁连耻，本自江海人，忠义感君子。"追讨禽之，送廷尉，廷尉论正斩刑。上爱其才，欲免官而已。彭城王义康坚执，谓不宜恕。诏以"谢玄勋参微管，宜宥及后嗣，降死徙广州"。

后秦郡府将宋齐受使至涂口，行达桃墟村，见有七人下路聚语，疑非常人，还告郡县，遣兵随齐掩讨禽之。其一人姓赵名钦，云"同村薛道双先与灵运共事，道双因同村成国报钦云：'灵运犯事徙广州，给钱令买弓箭刀盾等物，使道双要合乡里健儿于三江口篡之。若得志如意后，功劳是同。遂合部党要谢不得，及还饥馑，缘路为劫。'"有司奏收之，文帝诏于广州弃市。临死作诗曰："龚胜无余生，李业有终尽，嵇公理既迫，霍生命亦殒。"所称龚胜、李业，犹前诗子房、鲁连之意也。时元嘉十年，年四十九。所著文章传于世。

---

①纵横：雄健奔放。　　俊发：俊雅英发。

②坐事：因事获罪。

③辄杀：擅自杀害。

④愆：违背，违失。

⑤情款：情意诚挚融洽。

⑥构扇：挑拨煽动。扇，同"煽"。

⑦非毁：诽谤，诋毁。非，通"诽"。

⑧旬朔：十天或一个月。

⑨一周：指一周年。

⑩终焉之志：在此安身终老的想法。

⑪都下：京都。

⑫宿昔：犹旦夕，喻短时间之内。

⑬条流：体流；纲目。

⑭不就：不能完成。

⑮任遇：信任重用。

⑯朝直：值宿于朝廷。直，通"值"。

⑰植援：筑篱笆；筑垣。

⑱期度：法度；限度。

⑲刎颈交：共生死之交。

⑳仲宣：汉末著名文学家王粲的字，为"建安七子"之一。

㉑饴（sì，音四）：同"饲"。

㉒宗英：宗室中才能杰出的人。

㉓流人：被流放的人。亦指流浪外乡的人。

㉔慧业：佛教语。指智慧的业缘。

㉕丈人：对老人的尊称。此指孟顗。

㉖露板：亦作"露版"。奏章。

北　史

（选录）

〔唐〕李延寿　撰

王 世 充 传

王世充字行满，本西域胡人也。祖支颓褥，徙居新丰。颓褥死，其妻少寡，与仪同王粲野合，生子曰琼，粲遂纳之以为小妻。其父收幼孤，随母嫁粲，粲爱而养焉，因姓王氏。官至怀、汴二州长史。

世充卷发豺声，沉猜多诡诈，颇窥书传，尤好兵法，晓龟策推步盈虚①，然未尝为人言也。开皇中，为左翊卫，后以军功拜仪同，授兵部员外郎。善敷奏，明习法律，而舞弄文墨，高下在心。或有驳难之者，世充利口饰非，辞义锋起，众虽知其否而莫能屈，称为明辩。

炀帝世，累迁至江都郡丞。时帝数幸江都，世充善候人主颜色，阿谀顺旨，每入言事，帝善之。又以郡丞领江都宫监，乃雕饰池台，阴奏远方珍物，以媚于帝，由是益昵之。大业八年，隋始乱，世充内怀徼幸，卑身礼士，阴结豪俊，多收众心。江淮间人素轻薄，又属贼盗群起，人多犯法，有系狱抵罪者，世充枉法出之，以树私恩。

及杨玄感反，吴人朱燮、晋陵人管崇起兵江南以应之，自称将军，拥众十余万。帝遣将军吐万绪、鱼俱罗讨之，不能克。世充募江都万余人，击频破之。每有克捷，必归功于下，所获军实，皆推与士卒，身无所取。由此人争为用，功最居多。

十年，齐郡贼帅孟让自长白山寇掠诸郡，至盱眙，有众十余万。世充以兵拒之，而羸师示弱，保都梁山为五栅，相持不战。后因其懈弛，出兵奋击，大破之，乘胜尽灭诸贼。让以数十骑遁去。斩首万人，六畜军资，莫不尽获。帝以世充有将帅才略，始遣领兵，讨诸小盗，所向破之。然性多矫伪，诈为善，能自勤苦，以求声誉。

十一年，突厥围帝于雁门，世充尽发江都人往赴难。在军中，垢面悲泣，晓夜不解甲，藉草而坐。帝闻之，以为爱己，益信任之。

十二年，迁为江都通守。时厌次人格谦为盗数年，兵十余万，在豆子䴚中。世充破斩之，威振群贼。又击卢明月，破之于南阳。后还江都，帝大悦，自执杯酒以赐之。时世充又知帝好内，乃言江淮良家多有美女，愿备后庭，无由自进。帝愈喜，因密令世充阅观诸女，资质端丽合法相者，取正库及应入京物以聘纳之，所用不可胜计，帐上所司云敕别用，不显其实；有合意者，则厚赏世充，或不中者，又以赍之。后令以船送东京，而道路贼起，使者苦役，于淮泗中沉船溺杀之者，前后十数。或有发露，世充为秘之，又遽简阅以供进。是后益见亲昵。

遇李密攻陷兴洛仓，进逼东都，官军数败，光禄大夫裴仁基以武牢降于密。帝恶之，大发兵，将讨焉。特发中诏遣世充为将，军于洛口以拒密。前后百余战，互有胜负。世充乃引军度洛水，逼仓城。李密与战，世充败绩，赴水溺死者万余人。时天寒，大雨雪，兵既度水，衣皆沾湿，在道冻死者又数万人，比至河阳，才以千数。世充自系狱请罪，越王侗遣使赦之，召令还都。收合亡散，屯于含嘉城中，不敢复出。

宇文化及杀帝于江都，世充与太府卿元文都、将军皇甫无逸、右司郎卢楚奉侗为主。侗以世充为吏部尚书，封郑国公。及侗用元文都、卢楚之谋，拜李密为太尉、尚书令，密遂称臣，复以兵拒化及于黎阳，遣使献捷，众皆悦，世充独谓其麾下诸将曰："文都之辈，刀笔吏耳。吾观其势，必为李密所禽。且吾军人马每与密战，杀其父兄子弟，前后已多，一旦为之下，吾属无类矣。"出此言以激怒其众。文都知而大惧，与楚等谋，将因世充入内，伏甲而杀之。期有日矣，将军段达遣女婿张志以楚等谋告之。世充夜勒兵围宫城，将军费曜、田世阇等与战于东太阳门外。曜军败，世充遂攻门而入。无逸以单骑遁走。获楚，杀之。时宫门尚闭，世充遣人扣门言于侗曰："元文都等欲执皇帝降于李密，段达知而以告臣。臣非敢反，诛反者耳。"文都闻变，入奉侗于乾阳殿，陈兵卫之，令将帅乘城以拒难，兵败，侗命开门以纳世充。世充悉遣人代宿卫者，明日入谒，顿首流涕而言曰："文都等无状，谋相屠害，事急为此，不敢背国。"侗与之盟。世充寻遣韦节等讽侗，命拜为尚书左仆射、总督内外诸军事。又授其兄恽为内史令，入居禁中。

未几，李密破化及还，其劲兵良马多战死，士卒皆倦。世充欲乘其弊而击之，恐人心不一，乃假托鬼神，言梦见周公，乃立祠于洛水之上，遣巫宣言周公欲令仆射急讨李密，当有大功，不则兵皆疫死。世充兵多楚人，俗信妖妄，故出此言以惑之。众皆请战，世充简练精勇，得二万余人，马千余匹，营洛水南。密军偃师北山上。时密新得志于化及，有轻世充之心，不设壁垒。世充遣二百余骑，潜入北山，伏溪谷中，令军秣马蓐食。既而宵济，人马奔驰，比明而薄密。密出兵应之，阵未成列而两军合战，其伏兵蔽山而上，潜登北原[2]，乘高而下，驰压密营。营中乱，无能拒者，即入纵火。密军大惊而溃，降其将张童儿、陈智略。进下偃师。初，世充兄伟及子玄应随化及至东郡，密得而囚之于城中。至是，尽获之。又执密长史邴元真妻子、司马郑虔象之母及诸将子弟，皆抚慰之，各令潜呼其父兄。兵次洛口，元真、郑虔象等举仓城以应之。密以数十骑遁逸，世充收其众而还。东尽于海，南至于江，悉来归附。

世充又令韦节讽侗，拜己为太尉，置署官属，以尚书省为其府。寻自称郑王，遣其将高略帅师攻寿安，不利而旋。又帅师攻围谷州，三日而退。明年，自称相国，受九锡，备法物，是后不朝侗矣。有道士桓法嗣者，自言解图谶，世充昵之。法嗣乃上《孔子闭房记》，画作丈夫持一干以驱羊。法嗣云："杨，隋姓也。干一者，王字也。王居杨后，明相国代隋为帝也。"又取《庄子》：《人间世》、《德充符》二篇上之，法嗣释曰："上篇言世，下篇言充，此则相国名矣。当德被人间，而应符命为天子也。"世充大悦曰："此天命也。"再拜受之。即以法嗣为谏议大夫。世充又罗取杂鸟，书帛系其颈，自言符命而散之于空。或有弹射得鸟而来献者，亦拜官爵。既而废侗，阴杀之，僭即皇帝位，建元曰开明，国号郑。

大唐太宗帅师围之，世充频出兵，战辄不利，诸城相继降款。世充窘迫，遣使请救于窦建德，建德率兵援之。至武牢，太宗破之，禽建德以诣城下[3]。世充将溃围而出，诸将莫有应之者，于是出降。至长安，为仇家所杀。

---

①鞠：养育；抚养。

②晬（zuì，音醉）：婴儿满百日或满一岁之称。

③诣：前往；去到。

旧唐书

（选录）

〔后晋〕刘昫等　撰

高祖本纪

　　高祖神尧大圣大光孝皇帝姓李氏，讳渊。其先陇西狄道人，凉武昭王暠七代孙也。暠生歆。歆生重耳，仕魏为弘农太守。重耳生熙，为金门镇将，领豪杰镇武川，因家焉。仪凤中，追尊宣皇帝。熙生天锡，仕魏为幢主①，大统中，赠司空。仪凤中，追尊光皇帝。皇祖讳虎，后魏左仆射，封陇西郡公，与周文帝及太保李弼、大司马独孤信等以功参佐命，当时称为"八柱国家"，仍赐姓大野氏。周受禅，追封唐国公，谥曰襄。至隋文帝作相，还复本姓。武德初，追尊景皇帝，庙号太祖，陵曰永康。皇考讳昞，周安州总管、柱国大将军，袭唐国公，谥曰仁。武德初，追尊元皇帝，庙号世祖，陵曰兴宁。

　　高祖以周天和元年生于长安，七岁袭唐国公。及长，倜傥豁达，任性真率，宽仁容众，无贵贱咸得其欢心。隋受禅，补千牛备身②。文帝独孤皇后，即高祖从母也③，由是特见亲爱，累转谯、陇、岐三州刺史。有史世良者，善相人，谓高祖曰："公骨法非常④，必为人主，愿自爱，勿忘鄙言。"高祖颇以自负。

　　大业初，为荥阳、楼烦二郡太守，征为殿内少监。九年，迁卫尉少卿。辽东之役，督运于怀远镇，及杨玄感反，诏高祖驰驿镇弘化郡，兼知关右诸军事。高祖历试中外⑤，素树恩德，及是结纳豪杰，众多款附。时炀帝多所猜忌，人怀疑惧，会有诏征高祖诣行在所，遇疾未谒。时甥王氏在后宫，帝问曰："汝舅何迟？"王氏以疾对，帝曰："可得死否？"高祖闻之益惧，因纵酒沉湎，纳贿以混其迹焉。十一年，炀帝幸汾阳宫，命高祖往山西、河东黜陟讨捕⑥，师次龙门，贼帅母端儿帅众数千薄于城下⑦，高祖从十余骑击之，所射七十发，皆应弦而倒，贼乃大溃。十二年，迁右骁卫将军。

　　十三年，为太原留守，郡丞王威、武牙郎将高君雅为副。群贼蜂起，江都阻绝，太宗与晋阳令刘文静首谋，劝举义兵。俄而，马邑校尉刘武周据汾阳宫举兵反，太宗与王威、高君雅将集兵讨之。高祖乃命太宗与刘文静及门下客长孙顺德、刘弘基各募兵，旬日间众且一万，密遣使召世子建成及元吉于河东。威、君雅见兵大集，恐高祖为变，相与疑惧，请高祖祈雨于晋祠，将为不利。晋阳乡长刘世龙知之，以告高祖，高祖阴为之备。五月甲子，高祖与威、君雅视事，太宗密严兵于外，以备非常。遣开阳府司马刘政会告威等谋反，即斩之以徇，遂起义兵。甲戌，遣刘文静使于突厥始毕可汗，令率兵相应。

　　六月甲申，命太宗将兵徇西河，下之。癸巳，建大将军府，并置三军，分为左右：以世子建成为陇西公、左领大都督，左统军隶焉；太宗为燉煌公、右领大都督，右统军隶焉。裴寂为大将军府长史，刘文静为司马，石艾县长殷开山为掾，刘政会为属，长孙顺德、刘弘基、窦琮等分为左右统军。开仓库以赈穷乏，远近响应。

　　秋七月壬子，高祖率兵西图关中，以元吉为镇北将军、太原留守。癸丑，发自太原，有兵三万。丙辰，师次灵石县，营于贾胡堡。隋武牙郎将宋老生屯霍邑以拒义师。会霖雨积旬，馈运不给，高祖命旋师，太宗切谏乃止。有白衣老父诣军门曰："余为霍山神使谒唐皇帝曰：'八月雨止，路出霍邑东南，吾当济师。'"高祖曰："此神不欺赵无恤，岂负我哉！"

　　八月辛巳，高祖引师趋霍邑，斩宋老生，平霍邑。丙戌，进下临汾郡及绛郡。癸巳，至龙门，突厥始毕可汗遣康稍利率兵五百人、马二千匹，与刘文静会于麾下。隋骁卫大将军屈突通镇河东，津梁断绝⑧，关中向义者颇以为阻。河东水滨居人，竞进舟楫，不谋而至，前后数百人。

九月壬寅，冯翊贼帅孙华、土门贼帅白玄度各率其众送款，并具舟楫以待义师。高祖令华与统军王长谐、刘弘基引兵渡河。屈突通遣其武牙郎将桑显和率众数千，夜袭长谐，义师不利，太宗以游骑数百掩其后，显和溃散，义军复振。丙辰，冯翊太守萧造以郡来降。戊午，高祖亲率众围河东，屈突通自守不出，乃命攻城，不利而还。文武将吏请高祖领太尉，加置僚佐，从之。华阴令李孝常以永丰仓来降。庚申，高祖率军济河，舍于长春宫。三秦士庶至者日以千数，高祖礼之，咸过所望，人皆喜悦。丙寅，遣陇西公建成、司马刘文静屯兵永丰仓，兼守潼关，以备他盗。太宗率刘弘基、长孙顺德等前后数万人，自渭北徇三辅⑨，所至皆下。高祖从父弟神通起兵鄠县，柴氏妇举兵于司竹，至是并与太宗会。盩厔贼帅丘师利、李仲文，盩厔贼帅何潘仁等，合众数万来降。乙亥，命太宗自渭汭屯兵阿城，陇西公建成自新丰趣霸上⑩。高祖率大军自下邽西上，经炀帝行宫园苑，悉罢之，宫女放还亲属。

冬十月辛巳，至长乐宫，有众二十万。京师留守刑部尚书卫文升、右翊卫将军阴世师、京兆郡丞滑仪挟代王侑以拒义师，高祖遣使至城下，谕以匡复之意，再三皆不报⑪，诸将固请围城。十一月丙辰，攻拔京城。卫文升先已病死，以阴世师、滑仪等拒义兵，并斩之。癸亥，率百僚，备法驾，立代王侑为天子，遥尊炀帝为太上皇，大赦，改元为义宁。甲子，隋帝诏加高祖假黄钺、使持节、大都督内外诸军事、大丞相，进封唐王，总录万机⑫。以武德殿为丞相府，改教为令。以陇西公建成为唐国世子；太宗为京兆尹，改封秦公；姑臧公元吉为齐公。

十二月癸未，丞相府置长史、司录已下官僚。金城贼帅薛举寇扶风，命太宗为元帅击之。遣赵郡公孝恭招慰山南，所至皆下。癸巳，太宗大破薛举之众于扶风。屈突通自潼关奔东都，刘文静等追擒于阌乡，虏其众数万。河池太守萧瑀以郡降。丙午，遣云阳令詹俊、武功县正李仲衮徇巴蜀，下之。

二年春正月戊辰，世子建成为抚宁大将军、东讨元帅，太宗为副，总兵七万，徇地东都⑬。二月，清河贼帅窦建德僭称长乐王。吴兴人沈法兴据丹阳起兵。三月丙辰，右屯卫将军宇文化及弑隋太上皇于江都宫，立秦王浩为帝，自称大丞相。徙封太宗为赵国公。戊辰，隋帝进高祖相国，总百揆，备九锡之礼。唐国置丞相以下，立皇高祖已下四庙于长安通义里第。

夏四月辛卯，停竹使符，颁银菟符于诸郡。戊戌，世子建成及太宗自东都班师。五月乙巳，天子诏高祖冕十有二旒，建天子旌旗，出警入跸⑭。王后、王女爵命之号，一遵旧典。戊午，隋帝诏曰：

"天祸隋国，大行太上皇遇盗江都⑮，酷甚望夷，衅深骊北。悯予小子，奄造不怡，哀号永感，心情糜溃。仰惟荼毒，仇复靡申，形影相吊，罔知启处。相国唐王，膺期命世，扶危拯溺，自北徂南⑯，东征西怨⑰。致九合于诸侯，决百胜于千里。纠率夷夏，大庇甿黎⑱，保乂朕躬，繄王是赖。德侔造化，功格苍旻⑲，兆庶归心，历数斯在，屈为人臣，载违天命。在昔虞、夏，揖让相推，苟非重华⑳，谁堪命禹。当今九服崩离㉑，三灵改卜㉒，大运去矣，请避贤路。兆谋布德㉓，顾己莫能，私僮命驾㉔，须归藩国。予本代王，及予而代，天之所废，岂其如是！庶凭稽古之圣㉕，以诛四凶；幸值惟新之恩㉖，预充三恪㉗。雪冤耻于皇祖，守禋祀为孝孙，朝闻夕殒，及泉无恨。今遵故事，逊于旧邸，庶官群辟㉘，改事唐朝。宜依前典，趋上尊号，若释重负，感泰兼怀。假手真人㉙，俾除丑逆，济济多士，明知朕意。仍敕有司，凡有表奏，皆不得以闻。"

遣使持节、兼太保、刑部尚书、光禄大夫、梁郡公萧造，兼太尉、司农少卿裴之隐奉皇帝玺绥于高祖。高祖辞让，百僚上表劝进，至于再三，乃从之。隋帝逊于旧邸。改大兴殿为太极殿。

甲子，高祖即皇帝位于太极殿，命刑部尚书萧造兼太尉，告于南郊，大赦天下，改隋义宁二年为唐武德元年。官人百姓，赐爵一级。义师所行之处，给复三年㉚。罢郡置州，改太守为刺史。丁卯，宴百官于太极殿，赐帛有差㉛。东都留守官共立隋越王侗为帝。壬申，命相国长史裴寂等修律令。

六月甲戌，太宗为尚书令，相国府长史裴寂为尚书右仆射，相国府司马刘文静为纳言，隋民部尚书萧瑀、相国府司录窦威并为内史令。废隋《大业律令》，颁新格㉜。己卯，备法驾，迎皇高祖宣简公已下神主，祔于太庙。追谥妃窦氏为太穆皇后，陵曰寿安。庚辰，立世子建成为皇太子。封太宗为秦王，齐国公元吉为齐王。封宗室蜀国公孝基为永安王；柱国道玄为淮阳王；长平公叔良为长平王；郑国公神通为永康王；安吉公神符为襄邑王；柱国德良为长乐王；上开府道素为竟陵王；上柱国博乂为陇西王；奉慈为渤海王。诸州总管加号使持节。癸未，封隋帝为酅国公。薛举寇泾州，命秦王为西讨元帅征之。改封永康王神通为淮安王。壬辰，加秦王雍州牧，余官如故。辛丑，内史令窦威卒。

秋七月丙午，刑部尚书萧造为太子太保。追封皇子玄霸为卫王。西突厥遣使内附。秦王与薛举大战于泾州，我师败绩。

八月壬午，薛举死，其子仁杲复僭称帝。命秦王为元帅以讨之。丁亥，诏曰："隋太常卿高颎、上柱国贺若弼，并抗节不阿㉝，矫枉无挠㉞，司隶大夫薛道衡、刑部尚书宇文㢸、左翊卫将军董纯，并怀忠抱义，以陷极刑，宜从褒饰，以慰泉壤。颎可赠上柱国、郯国公，弼赠上柱国、杞国公，各令有司加谥；道衡赠上开府、临河县公，㢸赠上开府、平昌县公，纯赠柱国、狄道县公。"又诏曰："隋右骁卫大将军李金才、左光禄大夫李敏，并鼎族高门㉟，元功世胄㊱，横受屠杀，朝野称冤。然李氏将兴，天祚有应，冥契深隐㊲，妄肆诛夷。朕受命君临，志存刷荡，申冤旌善，无忘痌瘝。金才可赠上柱国、申国公，敏可赠柱国、观国公。又前代酷滥㊳，子孙被流者，并放还乡里。"凉州贼帅李轨以其地来降，拜凉州总管，封凉王。九月乙巳，亲录囚徒，改银菟符为铜鱼符。辛未，追谥隋太上皇为炀帝。宇文化及至魏州，鸩杀秦王浩，僭称天子，国号许。

冬十月壬申朔，日有蚀之。李密率众来降。封皇从父弟襄武公琛为襄武王，黄台公瑗为庐江王。癸巳，诏行傅仁均所造《戊寅历》。十一月己酉，以京师谷贵，令四面入关者，车马牛驴各给课米，充其自食。秦王大破薛仁杲于浅水原，降之，陇石平。乙巳，凉王李轨僭称天子于凉州。诏颁五十三条格，以约法缓刑。十二月壬申，加秦王太尉、陕东道大行台。丁丑，封上柱国李孝当为义安王。庚子，李密反于桃林，行军总管盛彦师追讨斩之。

二年春正月乙卯，初令文官遭父母丧者听去职㊴。黄门侍郎陈叔达兼纳言。二月丙戌，诏天下诸宗人无职任者，不在徭役之限，每州置宗师一人，以相统摄。丁酉，窦建德攻宇文化及于聊城，斩之，传首突厥。闰月辛丑，刘武周侵我并州。己酉，李密旧将徐世勣以黎阳之众及河南十郡降，授黎州总管，封曹国公，赐姓李氏。庚戌，上微行都邑，以察吡俗㊵，即日还宫。甲寅，贼帅朱粲杀我使散骑常侍段确，奔洛阳。

夏四月乙巳，王世充篡越王侗位，僭称天子，国号郑。辛亥，李轨为其伪尚书安兴贵所执以降，河右平。突厥始毕可汗死。五月己卯，酅国公薨，追崇为隋帝，谥曰恭。六月戊戌，令国子学立周公、孔子庙，四时致祭，仍博求其后。癸亥，尚书右仆射裴寂为晋州道行军总管，以讨刘武周。

秋七月壬申，置十二军，以关内诸府分隶焉。王世充遣其将罗士信侵我谷州，士信率其众来降。西突厥叶护可汗及高昌并遣使朝贡。九月辛未，贼帅李子通据江都，僭称天子，国号吴。沈法兴据毗陵，僭称梁王。丁丑，和州贼帅杜伏威遣使来降，授和州总管、东南道行台尚书令，封楚王。裴寂与刘武周将宋金刚战于介州，我师败绩，右武卫大将军姜宝谊死之。并州总管、齐王元吉惧武周所逼，奔于京师，并州陷。乙未，京师地震。

冬十月己亥，封幽州总管罗艺为燕郡王，赐姓李氏。黄门侍郎杨恭仁为纳言。杀民部尚书、鲁国公刘文静。乙卯，秦王世民讨刘武周，军于蒲州，为诸军声援。壬子，刘武周进围晋州。甲子，上亲祠华岳。十一月丙子，窦建德陷黎阳，尽有山东之地。淮安王神通、左武侯大将军李世勣皆没于贼。十二月丙申，永安王孝基、工部尚书独孤怀恩、总管于筠为刘武周将宋金刚掩袭，并没焉。甲辰，狩于华山。壬子，大风拔木。

三年春正月辛巳，幸蒲州，命祀舜庙。癸巳，至自蒲州。甲午，李世勣于窦建德所自拔归国。建德僭称夏王。二月丁酉，京师西南地有声如山崩。庚子，幸华阴。工部尚书独孤怀恩谋反，伏诛。三月癸酉，西突厥叶护可汗、高昌王曲伯雅遣使朝贡。突厥贡条支巨鸟。己卯，改纳言为侍中，内史令为中书令，给事郎为给事中。甲戌，内史侍郎封德彝兼中书令。封贼帅刘孝真为彭城王，赐姓李氏。

夏四月壬寅，至自华阴。于益州置行台尚书省。甲寅，加秦王益州道行台尚书令。秦王大破宋金刚于介州，金刚与刘武周俱奔突厥，遂平并州。伪总管尉迟敬德、寻相以介州降。六月壬辰，徙封楚王杜伏威为吴王，赐姓李氏，加授东南道行台尚书令。丙午，亲录囚徒[41]。封皇子元景为赵王，元昌为鲁王，元亨为酆王；皇孙承宗为太原王，承道为安陆王，承乾为恒山王，恪为长沙王，泰为宜都王。

秋七月壬戌，命秦王率讨军诸王世充。遣皇太子镇蒲州，以备突厥。丙申，突厥杀刘武周于白道。

冬十月庚子，怀戎贼帅高开道遣使降，授蔚州总管，封北平郡王，赐姓李氏。

四年春正月丁卯，窦建德行台尚书令胡大恩以大安镇来降，封定襄郡王，赐姓李氏。辛巳，命皇太子总统诸军讨稽胡。三月，徙封宜都王泰为卫王。窦建德来援王世充，攻陷我管州。

夏四月甲寅，封皇子元方为周王，元礼为郑王，元嘉为宋王，元则为荆王，元茂为越王。初置都护府官员。五月己未，秦王大破窦建德之众于武牢，擒建德，河北悉平。丙寅，王世充举东都降，河南平。

秋七月甲子，秦王凯旋，献俘于太庙。丁卯，大赦天下。废五铢钱，行开元通宝钱。斩窦建德于市；流王世充于蜀，未发，为仇人所害。甲戌，建德余党刘黑闼据漳南反。置山东道行台尚书省于洺州。八月，兖州总管徐园朗举兵反，以应刘黑闼，僭称鲁王。

冬十月己丑，加秦王天策上将，位在王公上，领司徒、陕东道大行台尚书令。齐王元吉为司空。乙巳，赵郡王孝恭平荆州，获萧铣。十一月甲申，于洺州置大行台，废洺州都督府。庚寅，焚东都紫微宫乾阳殿。会稽贼帅李子通以其地来降。十二月丁卯，命秦王及齐王元吉讨刘黑闼。壬申，徙封宋王元嘉为徐王。

五年春正月丙申，刘黑闼据洺州，僭称汉东王。三月丁未，秦王破刘黑闼于洺水上，尽复所陷州县，黑闼亡奔突厥。蔚州总管、北平王高开道叛，寇易州。

夏四月庚戌，秦王还京师，高祖迎劳于长乐宫。壬申，代州总管、定襄郡王大恩为虏所败，战死。六月，刘黑闼引突厥寇山东。置谏议大夫官员。

秋七月丁亥，吴王伏威来朝。隋汉阳太守冯盎以南越之地来降，岭表悉定。八月辛亥，以洺、荆、并、幽、交五州为大总管府。改封恒山王承乾为中山王。葬隋炀帝于扬州。丙辰，突厥颉利寇雁门。己未，进寇朔州。遣皇太子及秦王讨击，大败之。

冬十月癸酉，遣齐王元吉击刘黑闼于洺州。时山东州县多为黑闼所守，所在杀长吏以应之。行军总管、淮阳王道玄与黑闼战于下博，道玄败没。十一月甲申，命皇太子率兵讨刘黑闼。丙申，幸宜州，简阅将士。

十二月丙辰，校猎于华池。庚申，至自宜州。皇太子破刘黑闼于魏州，斩之，山东平。

六年春正月，吴王杜伏威为太子太保。二月辛亥，校猎于骊山。三月乙未，幸昆明池，宴百官。

夏四月己未，旧宅改为通义宫，曲赦京城系囚㊷，于是置酒高会，赐从官帛各有差。癸酉，以尚书右仆射、魏国公裴寂为左仆射，中书令、宋国公萧瑀为右仆射，侍中、观国公杨恭仁为吏部尚书。

秋七月，突厥颉利寇朔州，遣皇太子及秦王屯并州以备之。八月壬子，东南道行台仆射辅公祏据丹阳反，僭称宋王。遣赵郡王孝恭及岭南道大使、永康县公李靖讨之。丙寅，吐谷浑内附。九月丙子，突厥退，皇太子班师。改东都为洛州。高开道引突厥寇幽州。

冬十月，幸华阴。十一月，校猎于沙苑。十二月乙巳，以奉义监为龙跃宫，武功宅为庆善宫。甲寅，至自华阴。

七年春正月己酉，封高丽王高武为辽东郡王，百济王扶余璋为带方郡王，新罗王金真平为乐浪郡王。二月，高开道为部将张金树所杀，以其地降。丁巳，幸国子学，亲临释奠㊸。改大总管府为大都督府。吴王伏威薨。三月戊寅，废尚书省六司侍郎，增吏部郎中秩正四品，掌选事。戊戌，赵郡王孝恭大破辅公祏，擒之，丹阳平。

夏四月庚子，大赦天下，颁行新律令。以天下大定，诏遭父母丧者听终制㊹。五月，造仁智宫于宜州之宜君县。李世勣讨徐圆朗，平之。六月辛丑，幸仁智宫。

秋七月甲午，至自仁智宫。嶲州地震山崩，江水咽流。八月戊辰，突厥寇并州，京师戒严。壬午，突厥退。乙未，京师解严。

冬十月丁卯，幸庆善宫。癸酉，幸终南山，谒老子庙。十一月戊辰，校猎于高陵。庚午，至自庆善宫。

八年春二月己巳，亲录囚徒，多所原宥㊺。夏四月，造太和宫于终南山。六月甲子，幸太和宫。突厥寇定州，命皇太子往幽州，秦王往并州，以备突厥。

八月，并州道总管张公谨与突厥战于太谷，王师败绩，中书令温彦博没于贼。九月，突厥退。

冬十月辛巳，幸周氏陂校猎，因幸龙跃宫。十一月辛卯，幸宜州。庚子，讲武于同官县。改封蜀王元轨为吴王，汉王元庆为陈王。加授秦王中书令，齐王元吉侍中。天策上将府司马宇文士及权检校侍中。十二月辛酉，至自宜州。

九年春正月丙寅，俞州县修城隍、备突厥。尚书左仆射、魏国公裴寂为司空。二月庚申，加齐王元吉为司徒。戊寅、亲祠社稷。三月辛卯，幸昆明池。

夏五月辛巳，以京师寺观不甚清净，诏曰：

"释迦阐教，清净为先，远离尘垢，断除贪欲。所以弘宣胜业，修值善根，开导愚迷，津梁品庶㊻。是以敷演经教㊼，检约学徒，调忏身心，舍诸染著，衣服饮食，咸资四辈㊽。

自觉王迁谢㊾，像法流行㊿，末代陵迟[51]，渐以亏滥。乃有猥贱之侣，规自尊高[52]，浮惰之人，苟避徭役。妄为剃度，托号出家，嗜欲无厌，营求不息。出入闾里，周旋阛阓[53]，驱策田产，聚积货物。耕织为生，估贩成业，事同编户，迹等齐人。进违戒律之文，退无礼典之训。至乃亲行劫掠，躬自穿窬㊹，造作妖讹，交通豪猾。每罹宪网㊺，自陷重刑，黩乱真如㊻，倾毁妙法。譬兹稂莠㊼，有秽嘉苗，类彼淤泥，混夫清水。又伽蓝之地，本曰净居，栖心之所，理尚幽寂。近代以来，多立寺舍，不求闲旷之境，唯趋喧杂之方。缮采崎岖㊽，栋宇殊拓，错舛隐匿㊾，诱纳奸邪。或有接延鄽邸㊿，邻近屠酤㊱，埃尘满室，膻腥盈道。徒长轻慢之心，有亏崇敬之义。且老氏垂化，本贵冲虚，养志无为，遗情物外。全真守一，是谓玄门，驱驰世务，尤乖宗旨。

朕膺期驭宇，兴隆教法㊲，志思利益，情在护持。欲使玉石区分，薰莸有辨㊳，长存妙道，永固福田。正本澄源，宜从沙汰㊴。诸僧、尼、道士、女冠等，有精勤练行、守戒律者，并令大寺观居住，给衣食，勿令乏短。其不能精进、戒行有阙、不堪供养者，并令罢遣，各还桑梓。所司明为条式㊵，务依法教，违制之事，悉宜停断。京城留寺三所，观二所。其余天下诸州，各留一所。余悉罢之。"

事竟不行。

六月庚申，秦王以皇太子建成与齐王元吉同谋害己，率兵诛之。诏立秦王为皇太子，继统万机，大赦天下。八月癸亥，诏传位于皇太子。尊帝为太上皇，徙居弘养宫，改名太安宫。

贞观八年三月甲戌，高祖谳西突厥使者于两仪殿㊶，雇谓长孙无忌曰："当今蛮夷率服，古未尝有。"无忌上千万岁寿。高祖大悦，以酒赐太宗。太宗又奉觞上寿，流涕而言曰："百姓获安，四夷咸附，皆奉遵圣旨，岂臣之力！"于是太宗与文德皇后互进御膳，并上服御衣物，一同家人当礼。是岁，阅武于城西，高祖亲自临视，劳将士而还。置酒于未央宫，三品已上咸侍。高祖命突厥颉利可汗起舞，又遣南越酋长冯智戴咏诗，既而笑曰："胡、越一家，自古未之有也。"太宗奉觞上寿曰："臣早蒙慈训，教以文道，爰从义旗㊷，平定京邑。重以薛举、武周、世充、建德，皆上禀睿算，幸而剋定。三数年间，混一区宇㊸。天慈崇宠㊹，遂蒙重任。今上天垂祐，时和岁阜㊺，被发左衽㊻，并为臣妾。此岂臣智力，皆由上禀圣算。"高祖大悦，群臣皆呼万岁，极夜方罢。

九年五月庚子，高祖大渐㊼，下诏："既殡之后，皇帝宜于别所视军国大事。其服轻重，悉从汉制，以日易月㊽。园陵制度，务从俭约。"是日，崩于太安宫之垂拱前殿，年七十。群臣上谥曰大武皇帝，庙号高祖。十月庚寅，葬于献陵。高宗上元元年八月，改上尊号曰神尧皇帝。天宝十三载二月，上尊号神尧大圣大光孝皇帝。

史臣曰：有隋季年㊾，皇图板荡，荒主爝燎原之焰㊿，群盗发逐鹿之机。殄暴无厌，横流靡救。高祖审独夫之运去，知新主之勃兴。密运雄图，未伸龙跃㊱。而屈己求可汗之援，卑辞答李密之书，决神机而速若疾雷，驱豪杰而从如偃草㊲。洎讴谣允属，揖让受终，刑名大刬于烦苛㊳，爵位不逾于苴轴㊴。由是攫金有耻，伏莽知非，人怀汉道之宽平，不责高皇之慢骂㊵。然而优柔失断，浸润得行㊶，诛文静则议法不从㊷，酬裴寂则曲恩太过㊸。奸佞由之贝锦㊹，嬖幸得以掇蜂㊺。献公遂间于申生，小白宁怀于召忽。一旦兵交爱子，矢集申孙。匈奴寻犯于便桥，京邑咸忧于左衽。不有圣子，王业殆哉！

赞曰：高皇创图，势若摧枯。国运神武，家难圣谟㊻。言生床笫，祸切肌肤。《鸱鸮》之咏㊼，无损于吾。

---

①幢主：南北朝以及隋代的武官。负责宿卫或统兵。

②千牛备身：禁卫官，掌执千牛刀，为君王作护卫。

③从母：系指姨母。

④骨法：指人的骨相特征。

⑤历试中外：历试，屡试之意，这里指多次考验或考察。　中外，系指朝廷内外，中央和地方。

⑥黜陟讨捕：黜陟是指人才的进退，官吏的升降。　讨捕，指搜捕之意。

⑦薄：这里指逼近，靠近的意思。

⑧津梁：系指桥梁之意。

⑨徇：招抚的意思。

⑩趣：赴，前往之意。

⑪极：这里指回复之意。

⑫总录：犹统领之意。

⑬徇地：掠取土地之意。

⑭出警入跸：谓帝王出入时警戒清道，禁止行人通行。

⑮大行：古称刚死而尚未定谥号的皇帝、皇后。

⑯徂：到、及、至之意。

⑰东征西怨：指帝王兴仁义之师为民除害，深受百姓拥戴。

⑱旺黎：泛指黎民百姓。

⑲苍旻：苍天之意。

⑳重华：对虞、舜的美称。

㉑九服：指全国各地。

㉒三灵：指日、月、星。

㉓兆：显示，显现之意。

㉔命驾：命人驾马车。

㉕稽古：考察古代之事。

㉖惟新：更新之意。

㉗三恪：指一个王朝新建后，封前代三王朝的子孙，给以王侯名号，称三恪，以示敬重。

㉘辟：聚集之意。

㉙假手真人：指借别人之手。

㉚给复：免除徭役赋税。

㉛有差：有分别。

㉜新格：新的法律。

㉝抗节：坚守贞操。

㉞矫枉：矫正弯曲之意。

㉟鼎族高门：指豪门贵族，地位很高的家族。

㊱元功世胄：指立了大功，世代相袭的高官贵族。

㊲冥契：指天机，天意。

㊳酷滥：残酷无度之意。

㊴听：听从，接受之意。

㊵旺俗：指民俗，风尚。

㊶录：省察，甄别的意思。

㊷曲：周遍。

㊸释奠：古代在学校设置酒食以奠祭先圣先师的一种典礼。

㊹终制：父母去世服满三年之丧。

㊺原宥：谅情赦罪。

㊻品庶：众人，百姓。

㊼敷演：陈述而加以发挥。

㊽资：资助，供给之意。

㊾觉王迁谢：觉王，佛的别称。迁谢，指逐渐衰败。

㊿像法：佛教语。谓佛去世久远，与"正法"相似的佛法。其时道化讹替，虽有教有行而无证果者。

51陵迟：败坏、衰贬之意。

52规：谋求，规划之意。

53阛阓（huán huì，音环会）：指街道。

54穿窬：亦作穿逾。原意挖墙洞，爬墙头。意指偷窃的行为。

55宪网：指法网。

56黩乱真为：黩乱，指繁乱之意。　　真为，系佛教语，指万物的本体。

57譬兹：譬，混淆；兹，通兹。这里作代词用，意为"这"。

58缮：备办，整治之意。

59拓：宽广，开阔之意。

60舛：交错之意。

61廊邸：指街坊住宅。

62屠酤：亦作"屠沽"。指宰牲和卖酒之意。

63教法：系指法典、法规之意。

64薰莸：原指香草和臭草，这里指"香臭"之意。

65沙汰：挑选之意。

66条式：指条文、法规之类。

67醮：宴请之意。

68爰：此处指及、到之意。

69混一区宇：指统一天下之意。

70天慈：系指皇帝的慈爱。

71阜：此处作旺盛解。

72被发左衽：意指头发披散不束，衣襟向左掩之态。古代泛指中原地区以外少数民族的装束。

73渐：指（疾病）严重、加剧。

74以日易月：古代礼制，帝王继位得服丧三年（即三十六个月），后汉文帝改为三十六日即释服终丧，因此被称为"以日易月"。

75季年：晚年，末年之意。

76煟：指热甚之意。

77龙跃：比喻纵横驰骋，奋发有为之状。

78偃：使其伏下。

79刬（chǎn，音产）：消除之意。

80苛轴：苛（kē，音柯），宽大貌。轴，犹核心地位。

81慢骂：犹辱骂、谩骂之意。

82浸润：系指谗言。

83议法：讨论法制。

84曲恩：曲意施恩之意。

85贝锦：指货币、财物。

86掇蜂：指离间骨肉。

87圣谟：指称颂帝王谋略之词。

88鸱鸮：本意猫头鹰。此处用以比喻贪恶之辈。

太宗本纪上

　　太宗文武大圣大广孝皇帝讳世民，高祖第二子也。母曰太穆顺圣皇后窦氏。隋开皇十八年十二月戊午，生于武功之别馆，时有二龙戏于馆门之外，三日而去。高祖之临岐州，太宗时年四岁，有书生自言善相，谒高祖曰：“公贵人也，且有贵子。”见太宗，曰：“龙凤之姿，天日之表①，年将二十，必能济世安民矣。”高祖惧其言泄，将杀之，忽失所在，因采“济世安民”之义以为名焉。太宗幼聪睿，玄鉴深远②，临机果断，不拘小节，时人莫能测也。

　　大业末，炀帝于雁门为突厥所围，太宗应募救援，隶屯卫将军云定兴营。将行，谓定兴曰：“必赍旗鼓以设疑兵。且始毕可汗举国之师，敢围天子，必以国家仓卒无援。我张军容，令数十里幡旗相续，夜则钲鼓相应，虏必谓救兵云集，望尘而遁矣。不然，彼众我寡，悉军来战，必不能支矣。”定兴从焉。师次崞县，突厥候骑驰告始毕曰：王师大至。由是解围而遁。及高祖之守太原，太宗时年十八。有高阳贼帅魏刀儿，自号历山飞，来攻太原，高祖击之，深入贼阵，太宗以轻骑突围而进，射之，所向皆披靡，拔高祖于万众之中。适会步兵至，高祖与太宗又奋击，大破之。

　　时隋祚已终，太宗潜图义举。每折节下士，推财养客，群盗大侠，莫不愿效死力。及义兵起，乃率兵略徇西河③，克之。拜右领大都督，右三军皆隶焉，封燉煌郡公。

　　大军西上贾胡堡，隋将宋老生率精兵二万屯霍邑，以拒义师。会久雨粮尽，高祖与裴寂议，且还太原，以图后举。太宗曰：“本兴大义以救苍生，当须先入咸阳，号令天下，遇小敌即班师，将恐从义之徒一朝解体。还守太原一城之地，此为贼耳，何以自全！”高祖不纳，促令引发。太宗遂号泣于外，声闻帐中。高祖召问其故，对曰：“今兵以义动，进战则必克，退还则必散。众散于前，敌乘于后，死亡须臾而至，是以悲耳。”高祖乃悟而止。八月己卯，雨霁，高祖引师趣霍邑。太宗恐老生不出战，乃将数骑先诣其城下，举鞭指麾，若将围城者，以激怒之，老生果怒，开门出兵，背城而阵。高祖与建成合阵于城东，太宗及柴绍陈于城南。老生麾兵疾进，先薄高祖④，而建成坠马，老生乘之，高祖与建成军咸却。太宗自南原率二骑驰下峻坂，冲断其军，引兵奋击，贼众大败，各舍仗而走。悬门发，老生引绳欲上，遂斩之，平霍邑。

　　至河东，关中豪杰争走赴义。太宗请进师入关，取永丰仓以赈穷乏，收群盗以图京师，高祖称善。太宗以前军济河，先定渭北。三辅吏民及诸豪猾诣军门请自效者日以千计⑤，扶老携幼，满于麾下。收纳英俊，以备僚列，远近闻者，咸自托焉。师次于泾阳，胜兵九万，破胡贼刘鹞子，并其众。留殷开山、刘弘基屯长安故城。太宗自趣司竹，贼师李仲文、何潘仁、向善志等皆来会，顿于阿城，获兵十三万。长安父老赍牛酒诣旌门者不可胜纪，劳而遣之，一无所受，军令严肃，秋毫无所犯。寻与大军平京城。高祖辅政，受唐国内史，改封秦国公。会薛举以劲卒十万来逼渭滨，太宗亲击之，大破其众，追斩万余级，略地至于陇坻。

　　义宁元年十二月，复为右元帅，总兵十万徇东都。及将旋，谓左右曰：“贼见吾还，必相追蹑。”设三伏以待之。俄而隋将段达率万余人自后而至，度三王陵，发伏击之，段达大败，追奔至于城下。因于宜阳、新安置熊、谷二州，戍之而还。徙封赵国公。高祖受禅，拜尚书令、右武候大将军，进封秦王，加授雍州牧。

武德元年七月，薛举寇泾州，太宗率众讨之，不利而旋。九月，薛举死，其子仁杲嗣立。太宗又为元师以击仁杲，相持于折墌城，深沟高垒者六十余日。贼众十余万，兵锋甚锐，数来挑战，太宗按甲以挫之。贼粮尽，其将牟君才、梁胡郎来降。太宗谓诸将军曰："彼气衰矣，吾当取之。"遣将军庞玉先阵于浅水原南以诱之，贼将宗罗睺并军来拒，玉军几败。既而太宗亲御大军，奄自原北⑥，出其不意。罗睺望见，复回师相拒。太宗将骁骑数十入贼阵，于是王师表里齐奋，罗睺大溃，斩首数千级，投涧谷而死者不可胜计。太宗率左右二十余骑追奔，直趣折墌以乘之。仁杲大惧，婴城自守⑦。将夕，大军继至，四面合围。诘朝⑧，仁杲请降，俘其精兵万余人、男女五万口。

既而诸将奉贺，因问曰："始大王野战破贼，其主尚保坚城，王无攻具，轻骑胜逐，不待步兵，径薄城下，咸疑不克，而竟下之，何也？"太宗曰："此以权道迫之⑨，使其计不暇发，以故克也。罗睺恃往年之胜，兼复养锐日久，见吾不出，意在相轻。今喜吾出，悉兵来战，虽击破之，擒杀盖少，若不急蹑，还走投城，仁杲收而抚之，则便未可得矣。且其兵众皆陇西人，一败披退，不及回顾，败归陇外，则折墌自虚，我军随而迫之，所以惧而降也。此可谓成算，诸君尽不见耶？"诸将曰："此非凡人所能及也。"获贼兵精骑甚众，还令仁杲兄弟及贼帅宗罗睺、翟长孙等领之。太宗与之游猎驰射，无所间然。贼徒荷恩慑气⑩，咸愿效死。时李密初附，高祖令密驰传迎太宗于州，密见太宗天姿神武，军威严肃，惊悚叹服，私谓殷开山曰："真英主也。不如此，何以定祸乱乎？"凯旋，献捷于太庙。拜太尉、陕东道行台尚书令，镇长春宫，关东兵马并受节度。寻加左武候大将军、凉州总管。

宋金刚之陷浍州也，兵锋甚锐。高祖以王行本尚据蒲州，吕崇茂反于夏县，晋、浍二州相继陷没，关中震骇，乃手敕曰："贼势如此，难与争锋，宜弃河东之地，谨守关西而已"太宗上表曰："太原王业所基，国之根本，河东殷实，京邑所资。若举而弃之，臣窃愤恨。愿假精兵三万，必能平殄武周⑪，克复汾、晋。"高祖于是悉发关中兵以益之，又幸长春宫亲送太宗。

二年十一月，太宗率众趣龙门关，履冰而渡之，进屯柏壁，与贼将宋金刚相持。寻而永安王孝基败于夏县，于筠、独孤怀恩、唐俭并为贼将寻相、尉迟敬德所执，将还浍州。太宗遣殷开山、秦叔宝邀之于美良川，大破之，相等仅以身免，悉虏其众，复归柏壁。于是诸将咸请战，太宗曰："金刚悬军千里，深入吾地，精兵骁将，皆在于此。武周据太原，专倚金刚以为捍。士卒虽众，内实空虚，意在速战。我坚营蓄锐以挫其锋，粮尽计穷，自当遁走。"

三年二月，金刚竟以众馁而遁，太宗追之至介州，金刚列阵，南北七里，以拒官军。太宗遣总管李世勣、程咬金、秦叔宝当其北，翟长孙、秦武通当其南。诸军战小却，为贼所乘。太宗率精骑击之，冲其阵后，贼众大败，追奔数十里。敬德、相率众八千来降，还令敬德督之，与军营相参。屈突通惧其为变，骤以为请，太宗曰："昔萧王推赤心置人腹中，并能毕命，今委任敬德，又何疑也。"于是刘武周奔于突厥，并、汾悉复旧地。诏就军加拜益州道行台尚书令。

七月，总率诸军攻王世充于洛邑，师次谷州。世充率精兵三万阵于慈涧，太宗以轻骑挑之。时众寡不敌，陷于重围，左右咸惧，太宗命左右先归，独留后殿。世充骁将单雄信数百骑夹道来逼，交抢竞进，太宗几为所败，太宗左右射之，无不应弦而倒，获其大将燕顾。世充乃拔慈涧之镇归于东都。太宗遣行军总管史万宝自宜阳南据龙门，刘德威自太行东围河内，王君廓自洛口断贼粮道。又遣黄君汉夜从孝水河中下舟师袭回洛城，克之。黄河已南，莫不响应，城堡相次来降。大军进屯邙山。九月，太宗以五百骑先观战地，卒与世充万余人相遇，会战，复破之，斩首三千余级，获大将陈智略，世充仅以身免。其所署筠州总管杨庆遣使请降，遣李世勣率师出轘辕道安抚其众。荥、汴、洧、豫九州相继来降。世充遂求救于窦建德。

　　四年二月，又进屯青城宫。营垒未立，世充众二万自方诸门临谷水而阵。太宗以精骑阵于北邙山，令屈突通率步卒五千渡水以击之，因诚通曰："待兵交即放烟；吾当率骑军南下。"兵才接，太宗以骑冲之，挺身先进，与通表里相应。贼众殊死战，散而复合者数焉。自辰及午，贼众始退，纵兵乘之，俘斩八千人，于是进营城下。世充不敢复出，但婴城自守，以待建德之援。太宗遣诸军掘堑，匝布长围以守之。吴王杜伏威遣其将陈正通、徐召宗率精兵二千来会于军所。伪郑州司马沈悦以武牢降，将军王君廓应之，擒其伪荆王王行本。

　　会窦建德以兵十余万来援世充，至于酸枣。萧瑀、屈突通、封德彝皆以腹背受敌，恐非万全，请退师谷州以观之。太宗曰："世充粮尽，内外离心，我当不劳攻击，坐收其敝。建德新破孟海公，将骄卒惰，吾当进据武牢，扼其襟要。贼若冒险与我争锋，破之必矣，如其不战，旬日间世充当自溃。若不速进，贼入武牢，诸城新附，必不能守。二贼并力，将若之何？"通又请解围就险以候其变，太宗不许。于是留通辅齐王元吉以围世充，亲率步骑三千五百人趣武牢。

　　建德自荥阳西上，筑垒于板渚，太宗屯武牢，相持二十余日。谍者曰："建德伺官军刍尽[12]，候牧马于河北，因将袭武牢。"太宗知其谋，遂牧马河北以诱之。诘朝，建德果悉众而至，陈兵汜水。世充将郭士衡阵于其南，绵亘数里，鼓噪，诸将大惧。太宗将数骑升高丘以望之，谓诸将曰："贼起山东，未见大敌。今度险而器，是无政令，逼城而阵，有轻我心，我按兵不出，彼乃气衰，阵久卒饥，必将自退，追而击之，无往不克。吾与公等约，必以午时后破之。"建德列阵，自辰至午，兵士饥倦，皆坐列，又争饮水，逡巡敛退。太宗曰："可击矣！"亲率轻骑追而诱之，众继至。建德回师而阵，未及整列，太宗先登击之，所向皆靡。俄而众军合战，器尘四起。太宗率史大奈、程嶷金、秦叔宝、宇文歆等挥幡而人，直突出其阵后，张我旗帜。贼顾见之，大溃，追奔三十里，斩首三千余级，虏其众五万，生擒建德于阵。太宗数之曰："我以干戈问罪，本在王世充，得失存亡，不预汝事，何故越境，犯我兵锋？"建德股慄而言曰："今若不来，恐劳远取。"高祖闻而大悦，手诏曰："隋氏分崩，崤函隔绝。两雄合势，一朝清荡。兵既克捷，更无死伤。无愧为臣，不忧其父，并汝功也。"

　　乃将建德至东都城下。世充惧，率其官属二千余人诣军门请降，山东悉平。太宗入据宫城，令萧瑀、窦轨等封守府库，一无所取，令记室房玄龄收隋图籍。于是诛其同恶段达等五十余人，枉被囚禁者悉释之，非罪诛戮者祭而诔之[13]。大飨将士，班赐有差[14]。高祖令尚书左仆射裴寂劳于军中。

　　六月，凯旋。太宗亲披黄金甲，陈铁马一万骑，甲士三万人，前后部鼓吹，俘二伪主及隋氏器物辇辂献于太庙。高祖大悦，行饮至礼以享焉。高祖以自古旧官不称殊功，乃别表徽号，用旌勋德。十月，加号天策上将、陕东道大行台，位在王公上；增邑二万户，通前三万户；赐金辂一乘，衮冕之服，玉璧一双，黄金六千斤，前后部鼓吹及九部之乐，班剑四十人。

　　于时海内渐平，太宗乃锐意经籍，开文学馆以待四方之士。行台司勋郎中杜如晦等十有八人为学士，每更直阁下，降以温颜，与之讨论经义，或夜分而罢。

　　未几，窦建德旧将刘黑闼举兵反，据洺州，十二月，太宗总戎东讨。五年正月，进军肥乡，分兵绝其粮道，相持两月。黑闼窘急求战，率步骑二万，南渡洺水，晨压官军。太宗亲率精骑，击其马军，破之，乘胜蹂其步卒，贼大溃，斩首万余级。先是，太宗遣堰洺水上流使浅，令黑闼得渡，及战，乃令决堰，水大至，深丈余，贼徒既败，赴水者皆溺死焉。黑闼与二百余骑北走突厥，悉虏其众，河北平。时徐圆朗阻兵徐、兖，太宗回师讨平之，于是河、济、江、淮诸郡邑皆平。十月，加左右十二卫大将军。

　　七年秋，突厥颉利、突利二可汗自原州入寇，侵扰关中。有说高祖云："只为府藏子女在京师⑮，故突厥来，若烧却长安而不都，则胡寇自止。"高祖乃遣中书侍郎宇文士及行山南可居之地，即欲移都。萧瑀等皆以为非，然终不敢犯颜正谏。太宗独曰："霍去病，汉廷之将帅耳，犹且志灭匈奴。臣忝备藩维⑯，尚使胡尘不息，遂令陛下议欲迁都，此臣之责也。幸乞听臣一申微效，取彼颉利，若一两年间不系其颈，徐建移都之策，臣当不敢复言。"高祖怒，仍遣太宗将三十余骑行划。还日，固奏必不可移都，高祖遂止。八年，加中书令。

九年，皇太子建成、齐王元吉谋害太宗，六月四日，太宗率长孙无忌、尉迟敬德、房玄龄、杜如晦、宇文士及、高士廉、侯君集、程知节、秦叔宝、段志玄、屈突通、张士贵等于玄武门诛之。甲子，立为皇太子，庶政皆断决。太宗乃纵禁苑所养鹰犬，并停诸方所进珍异，政尚简肃，天下大悦；又令百官各上封事，备陈安人理国之要。己巳，令曰："依礼，二名不偏讳。近代已来，两字兼避，废阙已多⑰，率意而行，有违经典。其官号、人名、公私文籍，有'世民'两字不连续者，并不须讳。"罢幽州大都督府。辛未，废陕东道大行台，置洛州都督府，废益州道行台，置益州大都督府。壬午，幽州大都督庐江王瑗谋逆，废为庶人。乙酉，罢天策府。

七月壬辰，太子左庶子高士廉为侍中，右庶子房玄龄为中书令，尚书右仆射萧瑀为尚书左仆射，吏部尚书杨恭仁为雍州牧，太子左庶子长孙无忌为吏部尚书，右庶子杜如晦为兵部尚书，太子詹事宇文士及为中书令，封德彝为尚书右仆射。

八月癸亥，高祖传位于皇太子，太宗即位于东宫显德殿。遣司空、魏国公裴寂柴告于南郊⑱。大赦天下。武德元年以来责情流配者并放还。文武官五品已上先无爵者赐爵一级，六品已下加勋一转。天下给复一年。癸酉，放掖庭宫女三千余人⑲。甲戌，突厥颉利、突利寇泾州。乙亥，突厥进寇武功，京师戒严。丙子，立妃长孙氏为皇后。己卯，突厥寇高陵。辛巳，行军总管尉迟敬德与突厥战于泾阳，大破之，斩首千余级。癸未，突厥颉利至于渭水便桥之北，遣其酋帅执失思力入朝为觇⑳，自张形势，太宗命囚之。亲出玄武门，驰六骑幸渭水上，与颉利隔津而语，责以负约。俄而众军继至，颉利见军容既盛，又知思力就拘，由是大惧，遂请和，诏许焉。即日还宫。乙酉，又幸便桥，与颉利刑白马设盟，突厥引退。

九月丙戌，颉利献马三千匹、羊万口，帝不受，令颉利归所掠中国户口。丁未，上诸卫骑兵统将等习射于显德殿庭，谓将军已下曰："自古突厥与中国，更有盛衰。若轩辕善用五兵，即能北逐獯鬻，周宣驱驰方、召，亦能制胜太原。至汉、晋之君，逮于隋代，不使兵士素习干戈，突厥来侵，莫能抗御，致遗中国生民涂炭于寇手。我今不使汝等穿池筑苑，造诸淫费，农民恣令逸乐，兵士唯习弓马，庶使汝斗战，亦望汝前无横敌。"于是每日引数百人于殿前教射，帝亲自临试，射中者随赏弓刀、布帛。朝臣多有谏者，曰："先王制法，有以兵刃至御所者刑之，所以防萌杜渐，备不虞也。今引裨卒之人，弯弧纵矢于轩陛之侧㉑，陛下亲在其间，正恐祸出非意，非所以为社稷计也。"上不纳。自是后，士卒皆为精锐。壬子，诏私家不得辄立妖神，妄设淫祀㉒，非礼祠祷，一皆禁绝，其龟易五兆之外，诸杂占卜，亦皆停断。长孙无忌封齐国公，房玄龄邢国公，尉迟敬德吴国公，杜如晦蔡国公，侯君集潞国公。

冬十月丙辰朔，日有蚀之。癸亥，立中山王承乾为皇太子。癸酉，裴寂食实封一千五百户㉓，长孙无忌、王君廓、尉迟敬德、房玄龄、杜如晦一千三百户，长孙顺德、柴绍、罗艺、赵郡王孝恭一千二百户，侯君集、张公谨、刘师立一千户，李世勣、刘弘基九百户，高士廉、宇文士及、秦叔宝、程知节七百户，安兴贵、安修仁、唐俭、窦轨、屈突通、萧瑀、封德彝、刘义节六百户，钱九陇、樊世兴、公孙武达、李孟常、段志玄、庞卿恽、张亮、李药师、杜淹、元仲文四百户，张长逊、张平高、李安远、李子和、秦行师、马三宝三百户。十一月庚寅，降宗室封郡王者并为县公。

十二月癸酉，亲录囚徒。是岁，新罗、龟兹、突厥、高丽、百济、党项并遣使朝贡。

贞观元年春正月乙酉，改元。辛丑，燕郡王李艺据泾州反，寻为左右所斩，传首京师。庚午，以仆射窦轨为益州大都督。三月癸巳，皇后亲蚕。尚书左仆射、宋国公萧瑀为太子少师。丙午，诏："齐故尚书仆射崔季舒、给事黄门侍郎郭遵、尚书右丞封孝琰等，昔仕邺中，名位通显，志存忠谠，抗表极言，无救社稷之亡，遂见龙逢之酷。其季舒子刚、遵子云、孝琰子君遵，并以门遭时遣，淫刑滥及。宜从褒奖，特异常伦，可免内侍，量才别叙。

夏四月癸巳，凉州都督、长乐王幼良有罪伏诛。六月辛巳，尚书右仆射、密国公封德彝薨。壬辰，太子少师宋国公萧瑀为尚书左仆射。是夏，山东诸州大旱，令所在赈恤，无出今年租赋。

秋七月壬子，吏部尚书、齐国公长孙无忌为尚书右仆射。八月戊戌，贬侍中、义兴郡公高士廉为安州大都督。户部尚书裴矩卒。是月，关东及河南、陇右沿边诸州霜害秋稼。九月辛酉，命中书侍郎温彦博、尚书右丞魏征等分往诸州赈恤。中书令、郕国公宇文士及为殿中监。御史大夫、检校吏部尚书、参预朝政、安吉郡公杜淹署位。

十二月壬午，上谓侍臣曰："神仙事本虚妄，空有其名。秦始皇非分爱好，遂为方士所诈，乃遣童男女数千人随徐福入海求仙药，方士避秦苛虐，因留不归，始皇犹海侧踟蹰以待之，还至沙丘而死。汉武帝为求仙，乃将女嫁道术人，事既无验，便行诛戮。据此二事，神仙不烦妄求也。"尚书左仆射、宋国公萧瑀坐事免。戊申，利州都督义安王孝常、右武卫将军刘德裕等谋反，伏诛。是岁，关中饥，至有鬻男女者。

二年春正月辛丑，尚书右仆射、齐国公长孙无忌为开府仪同三司，徙封汉王恪为蜀王，卫王泰为越王，楚王祐为燕王。复置六侍郎，副六尚书事，并置左右司郎中各一人。前安州大都督、赵王元景为雍州牧，蜀王恪为益州大都督，越王泰为扬州大都督。二月丙戌，靺鞨内属。三月戊申朔，日有蚀之。丁卯，遣御史大夫杜淹巡关内诸州。出御府金宝，赎男女自卖者还其父母。庚午，大赦天下。

夏四月己卯，诏骸骨暴露者，令所在埋瘗㉔。丙申，契丹内属。初诏天下州县并置义仓。夏州贼帅梁师都为其从父弟洛仁所杀，以城降。五月，大雨雹。

六月庚寅，皇子治生，宴五品以上，赐帛有差，仍赐天下是日生者粟。辛卯，上谓侍臣曰："君虽不君，臣不可以不臣。裴虔通，炀帝旧左右也，而亲为乱首。朕方崇奖敬义，岂可犹使宰民训俗。"诏曰：

"天地定位，君臣之义以彰。卑高既陈，人伦之道斯著。是用笃厚风俗，化成天下。虽复时经治乱，主或昏明。疾风劲草，芬芳无绝，剖心焚体，赴蹈如归。夫岂不爱七尺之躯，重百年之命？谅由君臣义重，名教所先㉕，故能明大节于当时，立清风于身后。至如赵高之殒二世，董卓之鸩弘农，人神所疾，异代同愤。况凡庸小竖，有怀凶悖，遐观典策，莫不诛夷。辰州刺史、长蛇县男裴虔通，昔在隋代，委质晋藩，炀帝以旧邸之情，特相爱幸。遂乃志蔑君亲，潜图弑逆，密伺间隙，招结群丑，长戟流矢，一朝窃发。天下之恶，孰云可忍！宜其夷宗焚首，以彰大戮。但年代异时，累逢赦令，可特免极刑，除名削爵，迁配欢州。"

秋七月戊申，诏："莱州刺史牛方裕、绛州刺史薛世良、广州都督府长史唐奉义、隋武牙郎将高元礼，并于隋代俱蒙任用，乃协契宇文化及㉖，构成弑逆。宜依裴虔通，除名配流岭表。"太宗谓侍臣曰："天下愚人，好犯宪章，凡赦宥之恩，唯及不轨之辈。古语曰：'小人之幸，君子之不幸。''一岁再赦，好人喑哑。'㉗凡养稂莠者伤禾稼，惠奸宄者贼良人。昔文王作罚，刑兹无赦。又蜀先主尝谓诸葛亮曰：'吾周旋陈元方、郑康成间，每见启告理乱之道备矣，曾不语赦也。'夫小人者，大人之贼，故朕有天下已来，不甚放赦。今四海安静，礼义兴行，非常之恩，施不可数，将恐愚人常冀侥幸，唯欲犯法，不能改过。"

八月甲戌朔，幸朝堂，亲览冤屈。自是，上以军国无事，每日视膳于西宫。癸巳，公卿奏曰："依礼，季夏之月，可以居台榭，今隆暑未退，秋霖方始，宫中卑湿，请营一阁以居之。"帝曰："朕有气病，岂宜下湿，若遂来请，糜费良多。昔汉文帝将起露台，而惜十家之产。朕德不逮于汉帝，而所费过之，岂谓为民父母之道也。"竟不许。是月，河南、河北大霜，人饥。

九月丙午，诏曰："尚齿重旧，先王以之垂范，还章解组，朝臣于是克终⑧。释菜合乐之仪，东胶西序之制，养老之义，遗文可睹。朕恭膺大宝，宪章故实，乞言尊事，弥切深衷。然情存今古，世踵浇季，而策名就列，或乖大体。至若筋力将尽，桑榆且迫，徒竭凤兴之勤⑨，未悟夜行之罪。其有心惊止足，行堪激励，谢事公门，收骸闾里，能以礼让，固可嘉焉。内外文武群官年高致仕⑩、抗表去职者，参朝之日，宜在本品见任之上。"丁未，谓侍臣曰："妇人幽闭深宫，情实可愍。隋氏末年，求采无已。至于离宫别馆，非幸御之所，多聚宫人，皆竭人财力，朕所不取，且洒扫之余，更何所用？今将出之，任求伉俪，非独以惜费，亦人得各遂其性。"于是遣尚书左丞戴胄、给事中杜正伦等，于掖庭宫西门简出之。

冬十月庚辰，御史大夫、安吉郡公杜淹卒。戊子，杀瀛州刺史卢祖尚。十一月辛酉，有事于圆丘。十二月壬午，黄门侍郎王珪为侍中。

三年春正月辛亥，契丹渠帅来朝。戊午，谒太庙。癸亥，亲耕籍田。辛未，司空、魏国公裴寂坐事免。二月戊寅，中书令、邢国公房玄龄为尚书左仆射，兵部尚书、检校侍中、蔡国公杜如晦为尚书右仆射，刑部尚书、检校中书令、永康县公李靖为兵部尚书，右丞魏征为守秘书监，参预朝政。

夏四月辛巳，太上皇徙居大安宫。甲午，太宗始于太极殿听政。五月，周王元方薨。六月戊寅，以旱，亲录囚徒。遣长孙无忌、房玄龄等祈雨于名山大川。中书舍人杜正伦等往关内诸州慰抚。又令文武官各上封事，极言得失。己卯，大风折木。

秋八月己巳朔，日有蚀之。薛延陀遣使朝贡。九月癸丑，诸州置医学。

冬十一月丙午，西突厥、高昌遣使朝贡。庚申，以并州都督李世勣为通汉道行军总管，兵部尚书李靖为定襄道行军总管，以击突厥。十二月戊辰，突利可汗来奔。癸未，杜如晦以疾辞位，许之。癸丑，诏建义以来交兵之处，为义士勇夫殒身戎阵者各立一寺，命虞世南、李伯药、褚亮、颜师古、岑文本、许敬宗、朱子奢等为之碑铭，以纪功业。

是岁，户部奏言：中国人自塞外来归及突厥前后内附、开四夷为州县者，男女一百二十余万口。

①天日：喻帝王。

②玄鉴：明察；洞察之意。

③略：巡行，巡视。

④薄：逼近，靠近。

⑤豪猾：指强横狡猾而不守法纪的人。

⑥奄：忽然；骤然。

⑦婴城：环城而守。

⑧诘朝：即诘旦。指平明，清晨。

⑨权道：指变通之道；临时措施。

⑩荷恩：蒙受恩惠。　慑气：因恐惧而屏息。

⑪平殄：平定殄灭之意。

⑫刍：这里作饲草解。

⑬谥：古代列述死者德行，表示哀悼并以之定谥（多用于上对下）。

⑭班赐：颁赐；分赏之意。

⑮府藏：旧时国家储存文书、财物之所。亦指贮藏的财物。

⑯忝：羞辱；有愧于。常用作谦词。

⑰废阙：指缺漏。

⑱柴告：祭祀之一种。燔柴祷告。

⑲掖庭：亦作"掖廷"。宫中旁舍，妃嫔居住的地方。

⑳觇：窥视；侦察。

㉑轩陛：殿堂；居室。

㉒淫祀：不合礼制的祭祀；不当祭的祭祀，妄滥之祭。

㉓实封：诸侯实际可以占用的土地。

㉔埋瘗：埋葬，埋藏。瘗，埋葬。

㉕名教：指以正名定分为主的封建礼教。

㉖协契：同心，一致。

㉗暗哑：沉默不语。

㉘克终：善终。

㉙夙兴：早起。

㉚致仕：辞去官职。

㉛简出：经过甄别而放出宫禁。

太宗本纪下

四年春正月乙亥，定襄道行军总管李靖大破突厥，获隋皇后萧氏及炀帝之孙正道，送至京师。癸巳，武德殿北院火。二月己亥，幸温汤。甲辰，李靖又破突厥于阴山，颉利可汗轻骑远遁。丙午，至自温汤。甲寅，大赦，赐酺五日①。民部尚书戴胄以本官检校吏部尚书，参预朝政。太常卿萧瑀为御史大夫，与宰臣参议朝政。御史大夫、西河郡公温彦博为中书令。三月庚辰，大同道行军副总管张宝相生擒颉利可汗，献于京师。甲申，尚书右仆射、蔡国公杜如晦薨。甲午，以俘颉利告于太庙。

夏四月丁酉，御顺天门，军吏执颉利以献捷。自是西北诸蕃咸请上尊号为"天可汗"，于是降玺书册命其君长，则兼称之。

秋七月甲子朔，日有蚀之。上谓房玄龄、萧瑀曰："隋文何等主？"对曰："克己复礼，勤劳思政。每一坐朝，或至日昃。五品已上，引之论事。宿卫之人，传餐而食。虽非性体仁明，亦励精之主也。"上曰："公得其一，未知其二。此人性至察而心不明，夫心暗则照有不通，至察则多疑于物。自以欺孤寡得之，谓群下不可信任，事皆自决，虽劳神苦形，未能尽合于理，朝臣既知上意，亦复不敢直言，宰相已下，承受而已。朕意不然。以天下之广，岂可独断一人之虑？朕方选天下之才，为天下之务，委任责成，各尽其用，庶几于理也。"因令有司："诏敕不便于时，即宜执奏，不得顺旨施行。"

八月丙午，诏三品已上服紫，五品已上服绯，六品七品以绿，八品九品以青；妇人从夫色。甲寅，兵部尚书、代国公李靖为尚书右仆射。九月庚午，令收瘗长城之南骸骨，仍令致祭。壬午，令自古明王圣帝、贤臣烈士坟墓无得刍牧，春秋致祭。

冬十月壬辰，幸陇州，曲赦陇、岐二州，给复一年。辛丑，校猎于贵泉谷。甲辰，校猎于鱼龙川，自射鹿，献于大安宫。十一月甲子，至自陇州。戊寅，制决罪人不得鞭背，以明堂孔穴针灸之所。兵部尚书侯君集参议朝政。十二月辛亥，开府仪同三司、淮安王神通薨。甲寅，高昌王曲文泰来朝。

是岁，断死刑二十九人，几致刑措②。东至于海，南至于岭，皆外户不闭，行旅不赍粮焉。

五年春正月癸酉，大蒐于昆明池③，蕃夷君长咸从。丙子，亲献禽于大安宫。己卯，幸左藏库，赐三品已上帛，任其轻重。癸未，朝集使请封禅。二月己酉，封皇弟元裕为邓王，元名为谯王，灵夔为魏王，元祥为许王，元晓为密王。庚戌，封皇子愔为梁王，贞为汉王，恽为郯王，治为晋王，慎为申王，嚣为江王，简为代王。

夏四月壬辰，代王简薨。以金帛购中国人因隋乱没突厥者男女八万人，尽还其家属。六月甲寅，太子少师、新昌县公李纲薨。

秋八月甲辰，遣使毁高丽所立京观。收隋人骸骨，祭而葬之。戊申，初令天下决死刑必三覆奏，在京诸司五覆奏，其日尚食进蔬食，内教坊及太常不举乐。九月乙丑，赐群官大射于武德殿。

冬十月，右卫大将军、顺州都督、北平郡王阿史那什钵苾卒。十二月壬寅，幸温汤。癸卯，猎于骊山。丙午，赐新丰高年帛有差。戊申，至自温汤。

六年春正月乙卯朔，日有蚀之。二月丙戌，置三师官员。戊子，初置律学。三月戊辰，幸九成宫。六月己亥，郧王元享薨。辛亥，江王嚣薨。

冬十月乙卯，至自九成宫。十二月辛未，亲录囚徒，归死罪者二百九十人于家，令明年秋末就刑。其后应其毕至，诏悉原之。是岁，党项羌前后内属者三十万口。

七年春正月戊子，诏曰："宇文化及弟智及、司马德戡、裴虔通、孟景、元礼、杨览、唐奉义、牛方裕、元敏、薛良、马举、元武达、李孝本、李孝质、张恺、许弘仁、令狐行达、席德方、李覆等，大业季年，咸居列职，或恩结一代，任重一时，乃包藏凶慝，罔思忠义，爰在江都，遂行弑逆，罪百阎、赵，衅深枭獍。虽事是前代，岁月已久，而天下之恶，古今同弃，宜置重典，以励臣节。其子孙并宜禁锢，勿令齿叙④。"是日，上制《破阵乐舞图》。辛丑，赐京城酺三日。丁卯，雨土。乙酉，薛延陀遣使来朝。庚寅，秘书监、检校侍中魏征为侍中。癸巳，直太史、将仕郎李淳风铸浑天黄道仪，奏之，置于凝晖阁。

夏五月癸未，幸九成宫。八月，山东、河南三十州大水，遣使赈恤。

冬十月庚申，至自九成宫。十一月丁丑，颁新定《五经》。壬辰，开府仪同三司、齐国公长孙无忌为司空。

十二月丙辰，狩于少陵原。诏以少牢祭杜如晦、杜淹、李纲之墓。

八年春正月癸未，右卫大将军阿史那吐苾卒。辛丑，右屯卫大将军张士贵讨东、西五洞反獠，平之。壬寅，命尚书右仆射李靖、特进萧瑀杨恭仁、礼部尚书王珪、御史大夫韦挺、鄜州大都督府长史皇甫无逸、扬州大都督府长史李袭誉、幽州大都督府长史张亮、凉州大都督李大亮、右领军大将军窦诞、太子左庶子杜正伦、绵州刺史刘德威、黄门侍郎赵弘智使于四方，观省风俗。二月乙巳，皇太子加元服。丙午，赐天下酺三日。三月庚辰，幸九成宫。

五月辛未朔，日有蚀之。丁丑，上初服翼善冠，贵臣服进德冠。七月，始以云麾将军阶为从三品。陇右山崩，大蛇屡见。山东、河南、淮南大水，遣使赈恤。八月甲子，有星孛于虚、危，历于氐，十一月上旬乃灭。九月丁丑，皇太子来朝。

冬十月，右骁卫大将军、褒国公段志玄击吐谷浑，破之，追奔八百余里。甲子，至自九成宫。十一月辛未，右仆射、代国公李靖以疾辞官，授特进。丁亥，吐谷浑寇凉州。己丑，吐谷浑拘我行人赵德楷。十二月辛丑，命特进李靖、兵部尚书侯君集、刑部尚书任城王道宗、凉州都督李大亮等为大总管，各帅师分道以讨吐谷浑。壬子，越王泰为雍州牧。乙卯，帝从太上皇阅武于城西。

是岁，龟兹、吐蕃、高昌、女国、石国遣使朝贡。

九年春三月，洮州羌叛，杀刺史孔长秀。壬午，大赦。每乡置长一人，佐二人。乙酉，监泽道总管高甑生大破叛羌之众。庚寅，敕天下户立三等，未尽升降，置为九等。夏四月壬寅，康国献狮子。闰月丁卯，日有蚀之。癸巳，大总管李靖、侯君集、李大亮、任城王道宗破吐谷浑于牛心堆。五月乙未，又破之于乌海，追奔至柏海。副总管薛万均、薛万彻又破之于赤水源，获其名王二十人。庚子，太上皇崩于大安宫。壬子，李靖平吐谷浑于西海之上，获其王慕容伏允。以其子慕容顺光降，封为西平郡王，复其本国。

秋七月甲寅，增修太庙为六室。

冬十月庚寅，葬高祖太武皇帝于献陵。戊申，祔于太庙。辛丑，左仆射、魏国公房玄龄加开府仪同三司，余如故。十二月甲戌，吐谷浑西平郡王慕容顺光为其下所杀。遣兵部尚书侯君集率师安抚之，仍封顺光子诺曷钵为河源郡王，使统其众。右光禄大夫、宋国公萧瑀依旧特进，复令参预朝政。

十年春正月壬子，尚书左仆射房玄龄、侍中魏征上梁、陈、齐、周、隋五代史，诏藏于秘阁。癸丑，徙封赵王元景为荆王，鲁王元昌为汉王，郑王元礼为徐王，徐王元嘉为韩王，荆王元则为彭王，滕王元懿为郑王，吴王元轨为霍王，幽王元凤为虢王，陈王元庆为道王，魏王灵夔为燕王，蜀王恪为吴王，越王泰为魏王，燕王祐为齐王，梁王愔为蜀王，郯王恽为蒋王，汉王贞为越王，申王慎为纪王。

夏六月，以侍中魏征为特进，仍知门下省事。壬申，中书令温彦博为尚书右仆射。甲戌，太常卿、安德郡公杨师道为侍中。己卯，皇后长孙氏崩于立政殿。

冬十一月庚寅，葬文德皇后于昭陵。十二月壬申，吐谷浑河源郡王慕容诺曷钵来朝。乙亥，亲录京师囚徒。是岁，关内、河东疾病，命医赍药疗之。

十一年春正月丁亥朔，徙邻王元裕为邓王，谯王元名为舒王。癸巳，加魏王泰为雍州牧、左武候大将军。庚子，颁新律令于天下。作飞山宫。甲寅，房玄龄等进所修《五礼》，诏所司行用之。

二月丁巳，诏曰：

"夫生者天地之大德，寿者修短之一期。生有七尺之形，寿以百龄为限，含灵禀气，莫不同焉，皆得之于自然，不可以分外企也。是以《礼记》云：'君即位而为椑⑤。'庄周云："劳我以形，息我以死。"岂非圣人远鉴，通贤深识？末代已来，明辟盖寡⑥，靡不矜黄屋之尊，虑白驹之过，并多拘忌，有慕遐年。谓云车易乘，义轮可驻，异轨同趣，其蔽甚矣。

有隋之季，海内横流，豺狼肆暴，吞噬黔首⑦。朕投袂发愤，情深拯溺；扶翼义师，济斯涂炭。赖苍昊降鉴，股肱宣力；提剑指麾，天下大定。此朕之宿志，于斯已毕。犹恐身后之日，子子孙孙，习于流俗，犹循常礼，加四重之榇⑧，伐百祀之木，劳扰百姓，崇厚园陵。今预为此制，务从俭约，于九嵕之山，足容棺而已。积以岁月，渐而备之。木马涂车，土桴苇籥，事合古典，不为时用。

又佐命功臣，或义深舟楫；或谋定帷幄；或身摧行阵，同济艰危，克成鸿业，追念在昔，何日忘之！使逝者无知，咸归寂寞，若营魂有识，还如畴曩⑨，居止相望，不亦善乎！汉氏使将相陪陵，又给以东园秘器，笃终之义，恩竟深厚，古人岂异我哉！自今已后，功臣密戚及德业佐时者，如有薨亡，宜赐茔地一所，及以秘器，使窀穸之时，丧事无阙。所司依此营备，称朕意焉。"

甲子，幸洛阳宫，命祭汉文帝。

三月丙戌朔，日有蚀之。丁亥，车驾至洛阳。丙申，改洛州为洛阳宫。辛亥，大蒐于广城泽。癸丑，还宫。

夏四月甲子，震乾元殿前槐树。丙寅，诏河北、淮南举孝悌淳笃，兼闲时务；儒术该通，可为师范；文辞秀美，才堪著述；明识政体，可委字人：并志行修立，为乡闾所推者，给传诣洛阳宫。

六月甲寅，尚书右仆射、虞国公温彦博薨。丁巳，幸明德宫。己未，定制诸王为世封刺史。戊辰，定制勋臣为世封刺史。改封任城王道宗为江夏郡王，赵郡王孝恭为河间郡王。己巳，改封许王元祥为江王。

秋七月癸未，大淫雨。谷水溢入洛阳宫，深四尺，坏左掖门，毁宫寺十九所。洛水溢，漂六百家。庚寅，诏以灾命白宫上封事，极言得失。丁酉，车驾还宫。壬寅，废明德宫及飞山宫之玄圃院，分给遭水之家，仍赐帛有差。丙午，修老君庙于亳州，宣尼庙于兖州，各给二十户享祀焉。凉武昭王复近墓二十户充守卫，仍禁刍牧樵采。九月丁亥，河溢，坏陕州河北县，毁河阳中潬。幸白司马坂以观之，赐遭水之家粟帛有差。

冬十一月辛卯，幸怀州。乙未，狩于济源。丙午，车驾还宫。十二月辛酉，百济王遣其太子隆来朝。

十二年春正月乙未，吏部尚书高士廉等上《氏族志》一百三十卷。壬寅，松、丛二州地震，坏人庐舍，有压死者。二月乙卯，车驾还京。癸亥，观砥柱，勒铭以纪功德。甲子，夜郎獠反，夔州都督齐善行讨平之。乙丑，次陕州，自新桥幸河北县，祀夏禹庙。丁卯，次柳谷顿，观盐池。戊寅，以隋鹰扬郎将尧君素忠于本朝，赠蒲州刺史，仍录其子孙。闰二月庚辰朔，日有蚀之。丙戌，至自洛阳宫。

夏五月壬申，银青光禄大夫、永兴县公虞世南卒。六月庚子，初置玄武门左右飞骑。

秋七月癸酉，吏部尚书、申国公高士廉为尚书右仆射。冬十月己卯，狩于始平，赐高年粟帛有差。乙未，至自始平。己亥，百济遣使贡金甲雕斧。十二月辛巳，右武候将军上官怀仁大破山獠于壁州。

十三年春正月乙巳朔，谒献陵。曲赦三原县及行从大辟罪。丁未，至自献陵。戊午，加房玄龄为太子少师。二月丙子，停世袭刺史。三月乙丑，有星孛于毕、昂。

夏四月戊寅，幸九成宫。甲申，阿史那结社尔犯御营，伏诛。壬寅，云阳石燃者方丈，昼如灰，夜则有光，投草木于上则焚，历年而止。

自去冬不雨至于五月。甲寅，避正殿，令五品以上上封事，减膳罢役，分使赈恤，申理冤屈，乃雨。

六月丙申，封皇弟元婴为滕王。

秋八月辛未朔，日有蚀之。庚辰，立右武候大将军、化州都督、怀化郡王李思摩为突厥可汗，率所部建牙于河北。

冬十月甲申，至自九成宫。十一月辛亥，侍中、安德郡公杨师道为中书令。十二月丁丑，吏部尚书、陈国公侯君集为交河道行军大总管，帅师伐高昌。乙亥，封皇子福为赵王。壬午，巂州都督王志远有罪伏诛。诏于洛、相、幽、徐、齐、并、秦蒲等州并置常平仓。己丑，吐谷浑河源郡王慕容诺曷钵来逆女⑩。壬辰，狩于咸阳。

是岁，滁州言："野蚕食槲叶，成茧大如柰⑪，其色绿，凡六千五百七十石。"高丽、新罗、西突厥、吐火罗、康国、安国、波斯、疏勒、于阗、焉耆、高昌、林邑、昆明及荒服蛮酋，相次遣使朝贡。

十四年春正月庚子，初命有司读时令。甲寅，幸魏王泰宅。赦雍州及长安狱大辟罪已下。二月丁丑，幸国子学，亲释奠⑫，赦大理、万年系囚，国子祭酒以下及学生高第精勤者加一级，赐帛有差。庚辰，左骁卫将军、淮阳王道明送弘化公主归于吐谷浑。壬午，幸温汤。辛卯，至自温汤。乙未，诏以梁皇侃、褚仲都，周熊安生、沈重，陈沈文阿、周弘正、张讥，隋何妥、刘焯、刘炫等前代名儒，学徒多行其义，命求其后。三月戊午，置宁朔大使，以护突厥。

夏五月壬戌，徙封燕王灵夔为鲁王。

六月乙酉，大风拔木。己丑，薛延陀遣使求婚。乙未，滁州野蚕成茧，凡收八千三百石。八月庚午，新作襄城宫。癸巳，交河道行军大总管侯君集平高昌，以其地置西州。

九月癸卯，曲赦西州大辟罪。乙卯，于西州置安西都护府。

冬十月己卯，诏以赠司空、河间元王孝恭，赠陕东道大行台尚书右仆射、郧节公殷开山，赠民部尚书、渝襄公刘政会等配飨高祖庙庭⑬。闰月乙未，幸同州。甲辰，狩于尧山。庚戌，至自同州。丙辰，吐蕃遣使献黄金器千斤以求婚。十一月甲子朔，日南至，有事于圆丘。十二月丁酉，交河道旋师。吏部尚书、陈国公侯君集执高昌王曲智盛，献捷于观德殿，行饮至之礼，赐酺三日。乙卯，高丽世子相权来朝。

十五年春正月丁卯，吐蕃遣其国相禄东赞来逆女。丁丑，礼部尚书、江夏王道宗送文成公主归吐蕃。辛巳，幸洛阳宫。三月戊申，幸襄城宫。庚午，废襄城宫。

夏四月辛卯，诏以来年二月有事泰山，所司详定仪制。

五月壬申，并州僧道及老人等抗表⑭，以太原王业所因，明年登封已后，愿时临幸。上于武成殿赐宴，因从容谓侍臣曰："朕少在太原，喜群聚博戏，暑往寒逝，将三十年矣。"时会中有旧识上者，相与道旧以为笑乐。因谓之曰："他人之言，或有面谀。公等朕之故人，实以告朕，即日政教，于百姓何如？人间得无疾苦耶？"皆奏："即日四海太平，百姓欢乐，陛下力也。臣等余年，日惜一日，但眷恋圣化，不知疾苦。"因固请过并州。上谓曰："飞鸟过故乡，犹踯躅徘徊。况朕于太原起义，遂定天下，复少小游观，诚所不忘。岱礼若毕，或冀与公等相见。"于是赐物各有差。丙子，百济王扶余璋卒。诏立其世子扶余义慈嗣其父位，仍封为带方郡王。六月戊申，诏天下诸州，举学综古今及孝悌淳笃、文章秀异者，并以来年二月总集泰山。己酉，有星孛于太微，犯郎位。丙辰，停封泰山，避正殿以思咎，命尚食减膳。

秋七月甲戌，孛星灭。

冬十月辛卯，大阅于伊阙。壬辰，幸嵩阳。辛丑，还宫。十一月壬戌，废乡长。壬申，还京师。癸酉，薛延陀以同罗、仆骨、回纥、鞨鞈、雷之众度漠，屯于白道川。命营州都督张俭统所部兵压其东境，兵部尚书李勣为朔方行军总管，右卫大将军李大亮为灵州道行军总管，凉州都督李袭誉为凉州道行军总管，分道以御之。十二月戊子朔，至自洛阳宫。甲辰，李勣及薛延陀战于诸真水，大破之，斩首三千余级，获马万五千匹，薛延陀跳身而遁。勣旋破突厥思结于五台县，虏其男女千余名，获羊马称是。

十六年春正月辛未，诏在京及诸州死罪囚徒，配西州为户，流人未达前所者，徙防西州。兼中书侍郎、江陵子岑文本为中书侍郎，专知机密。

夏六月辛卯，诏复隐王建成曰隐太子，改封海陵剌王元吉曰巢剌王。

秋七月戊午，司空、赵国公无忌为司徒，尚书左仆射、梁国公玄龄为司空。九月丁巳，特进、郑国公魏征为太子太师，知门下省事如故。

冬十一月丙辰，狩于岐山。辛酉，使祭隋文帝陵。丁卯，宴武功士女于庆善宫南门。酒酣，上与父老等涕泣论旧事，老人等递起为舞，争上万岁寿，上各尽一杯。庚午，至自岐州。十二月癸卯，幸温汤。甲辰，狩于骊山，时阴寒晦冥，围兵断绝，上乘高望见之，欲舍其罚，恐亏军令，乃回辇人谷以避之。

是岁，高丽大臣盖苏文弑其君高武，而立武兄子藏为王。

十七年春正月戊辰，右卫将军、代州都督刘兰谋反，腰斩。太子太师、郑国公魏征薨。戊申，诏图画司徒、赵国公无忌等勋臣二十四人于凌烟阁。三月丙辰，齐州都督齐王祐杀长史权万纪、典军韦文振，据齐州自守。诏兵部尚书李勣、刑部尚书刘德威发兵讨之。兵未至，兵曹杜行敏执之而降，遂赐死于内侍省。丁巳，荧惑守心前星，十九日而退。

夏四月庚辰朔，皇太子有罪，废为庶人。汉王元昌、吏部尚书侯君集并坐与连谋，伏诛。丙戌，立晋王治为皇太子，大赦，赐酺三日。丁亥，中书令杨师道为吏部尚书。己丑，加司徒、赵国公长孙无忌太子太师，司空、梁国公房玄龄太子太傅，特进、宋国公萧瑀太子太保，兵部尚书、英国公李勣为太子詹事，仍同中书门下三品。庚寅，上亲谒太庙，以谢承乾之过。癸巳，魏王泰以罪降爵为东莱郡王。五月乙丑，手诏举孝廉茂才异能之士。六月己卯朔，日有蚀之。壬午，改葬隋恭帝。丁酉，尚书右仆射高士廉请致仕，诏以为开府仪同三司、同中书门下三品。闰月戊午，薛延陀遣其兄子突利设献马五万匹、牛驼一万、羊十万以请婚，许之。丙子，徙封东莱郡王泰为顺阳王。

秋七月庚辰，京城讹言云："上遣枨枨取人心肝[15]，以祠天狗。"递相惊悚。上遣使遍加宣谕，月余乃止。丁酉，司空、太子太傅、梁国公房玄龄以母忧罢职。八月，工部尚书、郧国公张亮为刑部尚书，参预朝政。九月癸未，徙庶人承乾于黔州。

冬十月丁巳，房玄龄起复本职。十一月己卯，有事于南郊。壬午，赐天下酺三日。以凉州获瑞石，曲赦凉州，并录京城及诸州系囚，多所原宥。

十八年春正月壬寅，幸温汤。

夏四月辛亥，幸九成宫。

秋八月甲子，至自九成宫。丁卯，散骑常侍清苑男刘洎为侍中，中书侍郎江陵子岑文本、中书侍郎马周并为中书令。九月，黄门侍郎褚遂良参预朝政。

冬十月辛丑朔，日有蚀之。甲辰，初置太子司议郎官员。甲寅，幸洛阳宫。安西都护郭孝恪帅师灭焉耆者，执其王突骑支送行在所。十一月壬寅，车驾至洛阳宫。庚子，命太子詹事、英国公李勣为辽东道行军总管，出柳城，礼部尚书、江夏郡王道宗副之。刑部尚书、郧国公张亮为平壤道行军总管，以舟师出莱州，左领军常何、泸州都督左难当副之。发天下甲士，召募十万，并趣平壤，以伐高丽。十二月辛丑，庶人承乾死。

十九年春二月庚戌，上亲统六军发洛阳。乙卯，诏皇太子留定州监国，开府仪同三司、申国公高士廉摄太子太傅，与侍中刘洎、中书令马周、太子少詹事张行成、太子右庶子高季辅五人同掌机务，以吏部尚书、安德郡公杨师道为中书令。赠殷比干为太师，谥曰忠烈，命所司封墓，葺祠堂，春秋祠以少牢，上自为文以祭之。三月壬辰，上发定州，以司徒、太子太师兼检校侍中、赵国公长孙无忌，中书令岑文本、杨师道从。

夏四月癸卯，誓师于幽州城南，因大飨六军以遣之。丁未，中书令岑文本卒于师。癸亥，辽东道行军大总管、英国公李勣攻盖牟城，破之。五月丁丑，车驾渡辽。甲申，上亲率铁骑与李勣会围辽东城，因烈风发火弩，斯须城上屋及楼皆尽，麾战士令登，乃拔之。六月丙辰，师至安市城。丁巳，高丽别将高延寿、高惠真帅兵十五万来援安市，以拒王师，李勣率兵奋击，上自高峰引军临之，高丽大溃，杀获不可胜纪。延寿等以其众降，因名所幸山为驻跸山，刻石纪功焉。赐天下大酺二日。

秋七月，李勣进军攻安市城，至九月不克，乃班师。

冬十月丙辰，入临渝关，皇太子自定州迎谒。戊午，次汉武台，刻石以纪功德。十一月辛未，幸幽州。癸酉，大飨，还师。十二月戊申，幸并州。侍中、清苑男刘洎以罪赐死。

是岁，薛延陀真珠昆伽可汗死。

二十年春正月，上在并州。丁丑，遣大理卿孙伏伽、黄门侍郎褚遂良等二十二人，以六条巡察四方，黜陟官吏。庚辰，曲赦并州，宴从官及起义元从，赐粟帛，给复有差。三月己巳，车驾至京师。己丑，刑部尚书、郧国公张亮谋反，诛。闰月癸巳朔，日有蚀之。

夏四月甲子，太子太师、赵国公长孙无忌，太子太傅、梁国公房玄龄，太子太保、宋国公萧瑀各辞调护之职，诏许之。六月，遣兵部尚书、固安公崔敦礼，特进、英国公李勣击破薛延陀于郁督军山北，前后斩首五千余级，虏男女三万余人。

秋八月甲子，封皇孙忠为陈王。己巳，幸灵州。庚午，次泾阳顿。铁勒回纥、拔野古、同罗、仆骨、多滥葛、思结、阿跌、契苾、跌结、浑、斛薛等十一姓各遣使朝贡，奏称："延陀可汗不事大国，部落乌散，不知所之，奴等各有分地，不能逐延陀去，归命天子，乞置汉官。"诏遣会灵州。九月甲辰，铁勒诸部落俟斤、颉利发等遣使相继而至灵州者数千人，来贡方物，因请置吏，咸请至尊为可汗。于是北荒悉平，为五言诗勒石以序其事。辛亥，灵州地震有声。冬十月，前太子太保、宋国公萧瑀贬商州刺史。丙戌，至自灵州。

二十一年春正月壬辰，开府仪同三司、申国公高士廉薨。丁酉，诏以来年二月有事泰山。甲寅，赐京师酺三日。二月壬申，诏以左丘明、卜子夏、公羊高、谷梁赤、伏胜、高堂生、戴圣、毛苌、孔安国、刘向、郑众、杜子春、马融、庐植、郑康成、服子慎、何休、王肃、王辅嗣、杜元凯、范甯等二十一人，代用其书，垂于国胄，自今有事于太学，并命配享宣尼庙堂。丁丑，皇太子于国学释菜。

夏四月乙丑，营太和宫于终南之上，改为翠微宫。五月戊子，幸翠微宫。六月癸亥，司徒、赵国公无忌加授扬州都督。

秋七月庚子，建玉华宫于宜君县之凤凰谷。庚戌，至自翠微宫。八月壬戌，诏以河北大水，停封禅。辛未，骨利干国遣使贡名马。丁酉，封皇子明为曹王。冬十一月癸卯，徙封顺阳王泰为濮王。十二月戊寅，左骁卫大将军阿史那社尔、右骁卫大将军契苾何力、安西都护郭孝恪、司农卿杨弘礼为昆山道行军大总管，以伐龟兹。

是岁，堕婆登、乙利、鼻林送、都播、羊同、石、波斯、康国、吐火罗、阿悉吉等远夷十九国，并遣使朝贡。又于突厥之北至于回纥部落，置驿六十六所，以通北荒焉。

二十二年春正月庚寅，中书令马周卒。司徒、赵国公无忌兼检校中书令，知尚书门下二省事。己亥，刑部侍郎崔仁师为中书侍郎，参知机务。戊戌，幸温汤。戊申，还宫。二月，前黄门侍郎褚遂良起复黄门侍郎。中书侍郎崔仁师除名，配流连州。癸丑，西番沙钵罗叶护率众归附，以其俟斤屈裴禄为忠武将军，兼大俟斤。戊午，以结骨部置坚昆都督。乙亥，幸玉华宫。乙卯，赐所经高年笃疾粟帛有差。己卯，蒐于华原。四月甲寅，碛外蕃人争牧马出界，上亲临断决，然后咸服。丁巳，右武候将军梁建方击松外蛮，下其部落七十二所。五月庚子，右卫率长史王玄策击帝那伏帝国，大破之，获其王阿罗那顺及王妃、子等，虏男女万二千人，牛马二万余以诣阙。

使方士那罗迩娑婆于金飚门造延年之药。吐蕃赞普击破中天竺国，遣使献捷。六月癸酉；特进、宋国公萧瑀薨。

秋七月癸卯，司空、梁国公房玄龄薨。八月己酉朔，日有蚀之。

九月己亥，黄门侍郎褚遂良为中书令。十月癸亥，至自玉华宫。十一月戊戌，眉、邛、雅三州獠反，右卫将军梁建方讨平之。庚子，契丹帅窟哥、奚帅可度者并率其部内属。以契丹部为松漠都督，以奚部置饶乐都督。十二月乙卯，增置殿中侍御史、监察御史各二员，大理寺置平事十员。闰月丁丑朔，昆山道总管阿史那社尔降处密、处月，破龟兹大拨等五十城，虏数万口，执龟兹王诃黎布失毕以归，龟兹平，西域震骇。副将薛万彻胁于阗王伏阇信入朝。癸未，新罗王遣其相伊赞千金春秋及其子文王来朝。

是岁，新罗女王金善德死，遣册立其妹真德为新罗王。

二十三年春正月辛亥，俘龟兹王诃黎布失毕及春相那利等，献于社庙。二月丙戌，置瑶池都督府，隶安西都护府。丁亥，西突厥肆叶护可汗遣使来朝。三月丙辰，置丰州都督府。自去冬不雨，至于此月己未乃雨。辛酉，大赦。丁卯，敕皇太子于金液门听政。是月，日赤无光。

四月己亥，幸翠微宫。五月戊午，太子詹事、英国公李勣为叠州都督。辛酉，开府仪同三司、卫国公李靖薨。己巳，上崩于含风殿，年五十二。遣诏皇太子即位于枢前，丧纪宜用汉制，秘不发丧。庚午，遣旧将统飞骑劲兵从皇太子先还京，发六府甲士四千人，分列于道及安化门，翼从乃入，大行御马舆，从官侍御如常。壬申，发丧。六月甲戌朔，殡于太极殿。

八月丙子，百僚上谥曰文皇帝，庙号太宗。庚寅，葬昭陵。上元元年八月，改上尊号曰文武圣皇帝。天宝十三载二月，改上尊号为文武大圣大广孝皇帝。

史臣曰：臣观文皇帝，发迹多奇，聪明神武。拔人物则不私于党，负志业则咸尽其才。所以屈突、尉迟，由仇敌而愿倾心膂[16]，马周、刘洎，自疏远而卒委钧衡[17]。终平泰阶[18]，谅由斯道。尝试论之：础润云兴，虫鸣螽跃。虽尧、舜之圣，不有用椿杌、穷奇而治平，伊、吕之贤，不能为夏桀、殷辛而昌盛。君臣之际，遭遇斯难，以至抉目剖心，虫流筋擢[19]，良由曹值之异也。以房、魏之智，不逾于丘、轲，遂能尊主庇民者，遭时也。

或曰：以太宗之贤，失爱于昆弟，失教于诸子，何也？曰：然，舜不能仁四罪，尧不能训丹朱，斯前志也。当神尧任谗之年，建成忌功之日，苟除畏逼，孰顾分崩，变故之兴，间不容发[20]，方惧"毁巢"之祸，宁虞"尺布"之谣？承乾之愚，圣父不能移也。若文皇自定储于哲嗣，不驰志于高丽，用人如贞观之初，纳谏比魏征之日。况周发、周成之世袭，我有遗妍，较汉文、汉武之恢弘，彼多惭德。迹其听断不惑，从善如流，千载可称，一人而已！

赞曰：昌、发启国，一门三圣。文定高位，友于不令。管、蔡既诛，成、康道正。贞观之风，到今歌永。

---

①酺：古代指国有喜庆时，特赐臣民聚会饮酒。

②刑措：又作刑错，刑厝。系指置刑法而不用。

③蒐：同"搜"。

④齿叙：录用之意。

⑤椑：内棺。

⑥明辟：犹明君。

⑦黔首：古代称平民，百姓之意。

⑧椽：古指内棺，后有泛指棺材。

⑨畴曩：指往日、旧时之意。

⑩逆女：此处作迎娶女子解。

⑪柰：果树名，亦作"榛"。

⑫释奠：古代在学校设置酒食，以奠祭先圣先师的一种典礼。

⑬配飨：同"配享"。这里是指功臣袝祀于帝王宗庙之内的一种待遇。

⑭抗表：向皇帝上奏章。

⑮枨枨：传说中取人内脏的恶鬼。

⑯心膂：此处作心思与精神解。

⑰钧衡：喻国家政务重任。

⑱泰阶：借指朝廷之意。

⑲虫流：喻为死不得葬之意。

⑳间不容发：此处比喻时间紧迫，事机危急之意。

高宗本纪上

高宗天皇大圣大弘孝皇帝，讳治，太宗第九子也。母曰文德顺圣长孙皇后。以贞观二年六月，生于东宫之丽正殿。五年，封晋王。七年，遥授并州都督。幼而岐嶷端审①，宽仁孝友。初授《孝经》于著作郎萧德言，太宗问曰："此书中何言为要？"对曰："夫孝，始于事亲，中于事君，终于立身。君子之事上，进思尽忠，退思补过，将顺其美，匡救其恶。"太宗大悦曰："行此，足以事父兄，为臣子矣。"及文德皇后崩，晋王时年九岁，哀慕感动左右，太宗屡加慰抚，由是特深宠异，寻拜右武候大将军。

十七年，皇太子承乾废，魏王泰亦以罪黜，太宗与长孙无忌、房玄龄、李勣等计议，立晋王为皇太子。太宗每视朝，常令在侧，观决庶政，或令参议，太宗数称其善。十八年，太宗将伐高丽，命太子留镇定州。及驾发有期，悲啼累日，因请飞驿递表起居，并递敕垂报，并许之。飞表奏事，自此始也。及军旋，太子从至并州，时太宗患痈，太子亲吮之，扶辇步从数日。

二十三年五月己巳，太宗崩。庚午，以礼部尚书、兼太子少师、黎阳县公于志宁为侍中，太子少詹事、兼尚书左丞张行成为兼侍中、检校刑部尚书，太子右庶子、兼吏部侍郎、摄户部尚书高季辅为兼中书令、检校吏部尚书，太子左庶子、高阳县男许敬宗兼礼部尚书。辛未，还京。

六月甲戌朔，皇太子即皇帝位，时年二十二。诏曰："大行皇帝奄弃普天②，痛贯心灵，若置汤火，思遵大孝，不敢灭身，永慕长号，将何逮及。粤以孤眇，属当元嗣，思励空薄，康济黎元。敬顺惟新，仰昭先德，宜布凯泽，被乎亿兆。可大赦天下。内外文武赐勋官一级。诸年八十以上赉以粟帛。雍州及诸州比年供军劳役尤甚之处，并给复一年。"辛巳，改民部尚书为户部尚书。叠州都督、英国公勣为特进、检校洛州刺史，仍于洛阳宫留守。癸未，诏司徒、扬州都督、赵国公无忌为太尉兼检校中书令，知尚书门下二省事，余并如故，赐物三千段。癸巳，特进、英国公勣为开府仪同三司、同中书门下三品。

秋七月丙午，有司请改治书侍御史为御史中丞，诸州治中为司马，别驾为长史，治礼郎为奉礼郎，以避上名。以贞观时不讳先帝二字，不许，有司奏曰："先帝二名，礼不偏讳，上既单名，臣子不合指斥。"上乃从之。己酉，于阗王伏阇信来朝。

八月癸酉朔，河东地震，晋州尤甚，坏庐舍，压死者五千余人。三日又震。诏遣使存问，给复二年，压死者赐绢三匹。以开府仪同三司、英国公勣为尚书左仆射、同中书门下三品。仆射始带同中书门下。庚寅，葬太宗于昭陵。九月甲寅，加授郇州刺史、荆王元景为司徒，前安州都督、吴王恪为司空兼梁州刺史。丙寅，赠太尉、梁国公玄龄，赠司徒、申国公士廉，赠左仆射、蒋国公屈突通，并可配食太宗庙庭。

冬十一月甲子，以瑶池都督阿史那贺鲁为左骁卫大将军。乙丑，晋州地又震。是冬无雪。

永徽元年春正月辛丑朔，上不受朝③，诏改元。壬寅，御太极殿，受朝而不会④。丙午，立妃王氏为皇后。丁未，以陈王忠为雍州牧。二月辛卯，封皇子孝为许王，上金为杞王，素节为雍王。

夏四月己巳朔，晋州地又震。

五月丁未，上谓群臣曰："朕谬膺大位，政教不明，遂使晋州之地屡有震动，良由赏罚失中，政道乖方。卿等宜各进封事，极言得失，以匡不逮。"吐火罗遣使献大鸟如驼，食铜铁，上遣献于昭陵。吐蕃赞普死，遣右武卫将军鲜于匡济赍玺书往吊祭。六月庚辰，晋州地震。

秋七月丙寅，以旱，亲录京城囚徒。九月癸卯，右骁卫郎将高侃执车鼻可汗诣阙，献于社庙及昭陵。己未，尚书右仆射、英国公勣固请解职，许之，令以开府仪同三司同中书门下三品。十一月己未，中书令、河南郡公褚遂良左授同州刺史。十二月，瑶池都督、沙钵罗叶护阿史那贺鲁以府叛，自称可汗，总有西域之地。

是岁，雍、绛、同等九州旱蝗，齐、定等十六州水。

二年春正月戊戌，诏曰："去岁关辅之地，颇弊蝗螟。天下诸州，或遭水旱。百姓之间，致有罄乏。此由朕之不德，兆庶何辜？矜物罪己，载深忧惕。今献岁肇春，东作方始⑤，粮廪或空，事资赈给。其遭虫水处有贫乏者，得以正、义仓赈贷。雍、同二州，各遣郎中一人充使存问，务尽哀矜之旨，副朕乃眷之心。"乙巳，黄门侍郎、平昌县公宇文节加银青光禄大夫，依旧同中书门下三品。守中书侍郎柳奭为中书侍郎，依旧同中书门下三品。

夏四月乙酉，秩太庙令及献、昭二陵令从五品，丞从七品。五月壬辰，开府仪同三司及京官文武职事四品、五品，并给随身鱼⑥。六月辛酉，开府仪同三司、襄邑王神符薨。

秋七月丁未，贺鲁寇陷金岭城、蒲类县，遣武候大将军梁建方、右骁卫大将军契苾何力为弓月道总管以讨之。八月乙丑，大食国始遣使朝献。己巳，侍中、燕国公于志宁为尚书左仆射，侍中兼刑部尚书、北平县公张行成为尚书右仆射，并同中书门下三品，犹不入衔。中书令兼检校吏部尚书、莜县公高季辅为侍郎。九月癸巳，改九成宫为万年宫，废玉华宫以为佛寺。闰月辛未，颁新定律、令、格、式于天下。

冬十月辛卯，晋州地震。十一月辛酉，有事于南郊。戊辰，定襄地震。丁丑，以高昌故地置安西都护府。白水蛮寇麻州，命左领军将军赵孝祖讨平之。

三年春正月癸亥，以去秋至于是月不雨，上避正殿，降天下死罪及流罪递减一等，徒以下咸宥之。弓月道总管梁建方、契苾何力等大破处月朱耶孤注于牢山，斩首九千级，虏渠帅六千⑦，俘生口万余，获牛马杂畜七万。丙寅，太尉、赵国公无忌以旱请逊位，不许。己巳，同州刺史、河南郡公褚遂良为吏部尚书、同中书门下三品。丙子，亲祠太庙。丁亥，籍于千亩，赐群官帛有差。

三月辛巳，黄门侍郎、平昌县公宇文节为侍中，中书侍郎柳奭为中书令。庚申，幸观德殿，赐文武群官大射。

夏四月庚寅，左领军将军赵孝祖大破白水蛮大勃律。甲午，沣州刺史、彭王元则薨。五月庚辰，诏以周司沐大夫裴融，齐侍中崔季舒、给事黄门侍郎裴泽，尚书左丞封孝琰，隋仪同三司豆卢毓、御史中丞游楚客等，并门挺忠鲠，其子孙各宜甄擢。

秋七月丁巳，立陈王忠为皇太子，大赦天下，五品已上子为父后者赐勋一转，大酺三日。乙丑，左仆射于志宁兼太子少师，右仆射张行成兼太子少傅，侍中高季辅兼太子少保，侍中宇文节兼太子詹事。丁丑，上问户部尚书高履行："去年进户多少？"履行奏称："进户总一十五万。"又问曰："隋日有几户？今见有几户？"履行奏："隋开皇中有户八百七十万，即今见有户三百八十万。"九月丁巳，改太子中允为内允，中书舍人为内史舍人，诸率府中郎将改为旅贲郎将，以避太子名。

冬十月戊戌，幸同安大长公主第，又幸高阳长公主第，即日还宫。十一月乙亥，驳马国遣使朝贡。庚寅，弘化长公主自吐谷浑来朝。十二月癸巳，濮王泰薨。

四年春正月癸丑朔，上临轩，不受朝，以濮王泰在殡故也。丙子，新除房州刺史、驸马都尉房遗爱，司徒、秦州刺史、荆王元景，司空、安州刺史、吴王恪，宁州刺史、驸马都尉薛万彻，岚州刺史、驸马都尉柴令武谋反。二月乙酉，遗爱、万彻、令武等并伏诛；元景、恪、巴陵高阳公主并赐死。左骁卫大将军、安国公执失思力配流巂州，侍中兼太子詹事、平昌县公宇文节配流桂州。戊子，特进、太常卿、江夏王道宗配流桂州，恪母弟蜀王愔废为庶人。己亥，绛州刺史、徐王元礼加授司徒，开府仪同三司、英国公勣为司空。

三月壬子朔，颁孔颖达《五经正义》于天下，每年明经令依此考试。丙辰，上御观德殿，陈逆人房遗爱等口马资财为五垛，引王公、诸亲、蕃客及文武九品已上射。

夏四月戊子，林邑国王遣使来朝，贡驯象。壬寅，以旱，避正殿，减膳，亲录系囚，遣使分省天下冤狱，诏文武官极言得失。八月己亥，陨石十八于同州之冯翊，有声如雷。九月壬寅，尚书右仆射、北平县公张行成薨。甲戌，吏部尚书、河南郡公褚遂良为尚书右仆射，依旧知政事。

冬十月庚子，幸新丰之温汤。甲辰，曲赦新丰。乙巳，至自温汤。戊申，睦州女子陈硕贞举兵反，自称文佳皇帝，攻陷睦州属县。婺州刺史崔义玄、扬州都督府长史房仁裕各率众讨平之。十一月癸丑，兵部尚书、固安县公崔敦礼为侍中。颁新律疏于天下。十二月庚子，侍中兼太子少保、蓚县公高季辅卒。

五年春三月戊午，幸万年宫。辛未，曲赦所经州县系囚。以工部尚书阎立德领丁夫四万筑长安罗郭。

夏四月，守黄门侍郎颍川县公韩瑗、守尚书侍郎来济，并加银青光禄大夫，依旧同中书门下三品。

闰五月丁丑夜，大雨，水涨暴溢，漂溺麟游县居人及当番卫士，死者三千余人。六月，恒州大雨，滹沱河泛溢，溺五千余家。癸丑，蒲州汾阴县暴雨，漂溺居人，浸坏庐舍。癸亥，中书令柳奭兼吏部尚书。丙寅，河北诸州大水。七月辛巳，有小鸟如雀，生大鸟如鸠于万年宫皇帝旧宅。

八月，大理奏决死囚，总管七十余人。辛亥，诏自今已后，五品已上有薨亡者，随身鱼并不须追收。辛未，吐蕃使人献马百匹及大拂庐可高五丈，广袤各二十七步。九月丁酉，至自万年宫。冬十一月癸酉，筑京师罗郭，和雇京兆百姓四万一千人，板筑三十日而罢，九门各施观。十二月癸丑，倭国献琥珀、码瑙，琥珀大如斗，码瑙大如五斗器。戊午，发京师谒昭陵，在路生皇子贤。己未，敕二年一定户。

六年春正月壬申朔，亲谒昭陵，曲赦醴泉县民，放今年租赋。陵所宿卫将军、郎将进爵一等，陵令、丞加阶赐物。甲戌，至自昭陵。于陵侧建佛寺。庚寅，封皇子弘为代王，贤为潞王。

二月乙巳，皇太子忠加元服，内外文武职事五品已上为父后者，赐勋一级，大酺三日。三月，营州都督程名振破高丽于贵端水。嘉州辛道让妻一产四男。壬戌，昭仪武氏著《内训》一篇。

夏五月癸未，命左屯卫大将军、卢国公程知节等五将军帅师出葱山道以讨贺鲁。黄门侍郎、颍川郡公韩瑗为侍中，中书侍郎、南阳男来济为中书令。兼史部尚书、河东县男柳奭贬遂州刺史。六月，大食国遣使朝贡。

秋七月乙亥，侍中、固安县公崔敦礼为中书令。乙酉，均天下州县公廨。八月，尚药奉御蒋孝璋员外特置，仍同正，员外同正，自蒋孝璋始也。己酉，大理更置少卿一员。先是大雨，道路不通，京师米价暴贵，出仓粟粜之，京师东西二市置常平仓。九月庚午，尚书右仆射、河南郡公褚遂良以谏立武昭仪，贬授潭州都督。乙酉，洛州大水，毁天津桥。

冬十月己酉，废皇后王氏为庶人，立昭仪武氏为皇后，大赦天下。十一月丁卯朔，临轩，命司空勣、左仆射志宁册皇后，文武群官及番夷之长，奉朝皇后于肃义门。十一月己巳，皇后见于庙。癸酉，追赠后父故工部尚书、应国公、赠并州都督武士彠为司空⑧。丙子，淄州高苑县吴文威妻魏氏一产四男，三见育。癸巳，应国夫人杨氏改封代国夫人。十二月，遣礼部尚书、高阳县男许敬宗每日待诏于武德殿西门。

七年春正月辛未，废皇太子忠为梁王，立代王弘为皇太子。壬申，大赦，改元为显庆。文武九品已上及五品已下子为父后者，赐勋官一转，大酺三日。甲子，尚书左仆射兼太子少师、燕国公于志宁兼太子太傅，侍中韩瑗、中书令来济、礼部尚书许敬宗，并为太子宾客，始有宾客也。御玄武门，饯葱山道大总管程知节。

二月庚寅，名《破阵乐》为《神功破阵乐》。辛亥，赠司空武士彠为司徒、周国公。三月辛巳，皇后祀先蚕于北郊。丙戌，户部侍郎杜正伦为守黄门侍郎、同中书门下三品。

夏四月戊申，御安福门，观僧玄奘迎御制并书慈恩寺碑文，导从以天竺法仪，其徒甚盛。五月己卯，太尉长孙无忌进史官所撰梁、陈、周、齐、隋《五代史志》三十卷。弘文馆学士许敬宗进所撰《东殿新书》二百卷，上自制序。

六月，岐州刺史、潞王贤为雍州牧。

秋七月癸未，中书令兼检校太子詹事、固安县公崔敦礼为太子少师、同中书门下三品。改户部尚书为度支尚书，侍郎亦然。

八月丙申，太子少师崔敦礼卒。左卫大将军程知节与贺鲁所部歌逻禄获剌颉发及处月预支俟斤等战于榆幕谷，大破之，斩首千余级，获驼马牛羊万计。九月癸酉，初诏户满三万已上为上州，二万已上为中州，先为上州、中州者各依旧。皇后制《外戚诚》。庚辰，括州海水泛溢，坏安固、永嘉二县，损四千余家。辛巳，初制都督及上州各置执刀十五人，中州、下州十人。癸未，初置骠骑大将军，官为从一品。程知节与贺鲁男咥运战，斩首数千级，进至怛笃城，俘其部落户口及货物钜积。

冬十一月乙丑，皇子显生，诏京官、朝集使各加勋级。十二月乙酉，置算学。左屯卫大将军程知节坐讨贺鲁逗留，追贼不及，减死免官。罢兰州都督，鄯州置都督。

二年春正月庚寅，幸洛阳。命右屯卫将军苏定方等四将军为伊丽道将军，帅师以讨贺鲁。二月辛酉，入洛阳宫，曲赦洛州。庚午，封皇第七子显为周王，徙封许王素节为郇王。

三月甲子，中书侍郎李义府为中书令兼检校御史大夫，黄门侍郎杜正伦兼度支尚书，依旧同中书门下三品。夏五月丙申，幸明德宫。

秋七月丁亥，还洛阳宫。

八月丁卯，侍中、颍川县公韩瑗左授振州刺史⑨；中书令兼太子詹事、南阳侯来济左授台州刺史，皆坐谏立武昭仪为皇后，救褚遂良之贬也。礼部尚书、高阳郡公许敬宗为侍中，以立武后之功也。九月庚寅，度支尚书杜正伦为中书令。

冬十月戊戌，亲讲武于许、郑之郊，曲赦郑州。遣使祭郑大夫国侨、汉太丘长陈寔墓。十二月乙卯，还洛阳宫。庚午，改"昏""叶"字。丁卯，手诏改洛阳宫为东都，洛州官员阶品并准雍州。废谷州，以福昌等四县，并怀州河阳、济源、温，郑州汜水并隶洛州。己巳，中书省置起居舍人两员，品同起居郎。庚午，以周王显为洛州牧。壬午，分散骑常侍为左右各两员，其右散骑常侍隶中书省。

三年春正月戊子，太尉、赵国公无忌等修《新礼》成，凡一百三十卷，二百五十九篇，诏颁于天下。二月丁巳，车驾还京。壬午，亲录囚徒，多所原宥。苏定方攻破西突厥沙钵罗可汗贺鲁及咥运、阙啜。贺鲁走石国，副将萧嗣业追擒之，收其人畜前后四十余万。甲寅，西域平，以其地置濛池、昆陵二都护府。复于龟兹国置安西都护府，以高昌故地为西州。置怀化大将军正三品，归化将军从三品，以授初附首领，仍分隶诸卫。六月，程名振攻高丽。

九月，废书、算、律学。有司奏请造排车七百乘，拟行幸载排城⑩，上以为劳民，乃于旧顿置院墙焉。

冬十一月乙酉，兼中书令、皇太子宾客兼检校御史大夫、河间郡公李义府左授普州刺史，兼中书令、皇太子宾客、襄阳郡公杜正伦左授横州刺史。中书侍郎李友益除名，配流巂州。戊戌，侍中许敬宗权检校中书令。戊子，侍中、皇太子宾客、权检校中书令、高阳郡公许敬宗为中书令，宾客已下如故。大理卿辛茂将为侍中。鸿胪卿萧嗣业于石国取贺鲁至，献于昭陵。甲辰，开府仪同三司、鄂国公尉迟敬德薨。

四年春二月乙亥，上亲策试举人，凡九百人，惟郭侍封、张九龄五人居上第，令待诏弘文馆，随仗供奉。三月，以左骁卫大将军、郕国公契苾何力往辽东经略。

夏四月己未，太子太傅、尚书左仆射、燕国公于志宁为太子太师，仍同中书门下三品。乙丑，黄门侍郎许圉师同中书门下三品。丙戌，太子太师、同中书门下三品、燕国公于志宁免官，放还私第。戊戌，太尉、扬州都督、赵国公无忌带扬州都督于黔州安置，依旧准一品供给。五月丙申，兵部尚书任雅相、度支尚书卢承庆并参知政事。

秋七月壬子，普州刺史李义府为吏部尚书，同中书门下三品。

冬十月乙巳，皇太子加元服，大赦天下，文武五品已上子孙为父祖后者加勋官一级，大酺三日。闰十月戊寅，幸东都，皇太子监国。戊戌，至东都。十一月，以中书侍郎许圉师为散骑常侍、检校侍中。戊午，兼侍中辛茂将卒。癸亥，以邢国公苏定方为神丘道总管，刘伯英为嵎夷道总管。

五年春正月甲子，幸并州。二月辛巳，至并州。丙戌，宴从官及诸亲、并州官属父老，赐帛有差，曲赦并州及管内诸州。义旗初职事五品已上身亡殁坟墓在并州者，令所司致祭。佐命功臣子孙及大将军府僚佐已下今见存者，赐阶级有差，量才处分。起义之徒职事一品已下，赐物有差。年八十已上，版授刺史、县令。佐命功臣食别封身已殁者⑪，为后子孙各加两阶。赐酺三日。甲午，祠旧宅，以武士彟、殷开山、刘政会配食⑫。

三月丙午，皇后宴亲族邻里故旧于朝堂，命妇妇人人会于内殿，及皇室诸亲赐帛各有差，及从行文武五品以上。制以皇后乡并州长史、司马各加勋级；又皇后亲预会，每赐物一千段，期亲五百段⑬，大功已下及无服亲、邻里故旧有差。城内及诸妇女年八十已上，各版授郡君，仍赐物等。己酉，讲武于并州城西，上御飞阁，引群臣临观。辛亥，发神丘道军伐百济。丁巳，左右领始改左右千牛。

夏四月戊寅，车驾还东都，造八关宫于东都苑内。癸亥，至自并州。五月壬戌，幸八关宫，改为合璧宫。六月庚午朔，日有蚀之。辛卯，诏文武五品已上四科举人。甲午，驾还东都。

秋七月乙巳，废梁王忠为庶人，徙于黔州。戊辰，度支尚书、同中书门下三品卢承庆以罪免。八月庚辰，苏定方等讨平百济，面缚其王扶余义慈。国分为五部，郡三十七，城二百，户七十六万，以其地分置熊津等五都督府。曲赦神丘、嵎夷道总管已下，赐天下大酺三日。九月戊午，赐英国公勋墓茔一所。

冬十月丙子，代国夫人杨氏改荣国夫人，品第一，位在王公母妻之上。十一月戊戌朔，邢国公苏定方献百济王扶余义慈、太子隆等五十八人俘于则天门，责而宥之。乙卯，狩于许、郑之郊。十二月己卯，至自许州。

六年春正月乙卯，于河南、河北、淮南六十七州募得四万四千六百四十六人，往平壤带方道行营。二月乙未，以益、绵等州皆言龙见，改元。曲赦洛州。

龙朔元年三月丙申朔，改元。壬戌，幸合璧宫。

夏五月丙申，命左骁卫大将军、凉国公契苾何力为辽东道大总管，左武卫大将军、邢国公苏定方为平壤道大总管，兵部尚书、同中书门下三品、乐安县公任雅相为浿江道大总管，以伐高丽。是日，皇后请禁天下妇人为俳优之戏[14]，诏从之。甲子晦，日有蚀之。六月庚寅，中书令许敬宗等进《累璧》六百三十卷，目录四卷。

秋七月癸卯，车驾还东都。八月丙戌，令诸州举孝行尤著及累叶义居可以励风俗者[15]。九月甲辰，以河南县大女张年百三岁，亲幸其第。又幸李勣之第。天宫寺是高祖潜龙时旧宅，上周历殿宇，感怆久之，度僧二十人。皇后至许圉师第。壬子，徙封潞王贤为沛王。是日，以雍州牧、幽州都督、沛王贤为扬州都督、左武候大将军，牧如故。以洛州牧、周王显为并州都督。是日，敕中书门下五品已上诸司长官、尚书省侍郎并诸亲三等已上，并诣沛王宅设宴礼，奏《九部乐》。礼毕，赐帛杂采等各有差。

冬十月丁卯，狩于陆浑。癸酉，还宫。是岁，新罗王金春秋卒，其子法敏嗣立。

二年春正月乙巳，太府寺更置少卿一员，分两京检校。丙午，东都初置国子监，并加学生等员，均分于两都教授。二月甲子，改京诸司及百官名：尚书省为中台；门下省为东台；中书省为西台；左右仆射为左右匡政；左右丞为肃机；侍中为左相；中书令为右相，自余各以义训改之[16]。又改六宫内职名。甲戌，司戎太常伯、浿江道总管、乐安县公任雅相卒于军。三月甲申，自东都还京。癸丑，幸同州。苏定方破高丽于苇岛，又进攻平壤城，不克而还。

夏四月庚申朔，至自东都。辛巳，造蓬莱宫成，徙居之。五月丙申，左侍极许圉师为左相。乙巳，复置律、书、算三学。六月己未朔，皇子旭轮生。乙丑，初令道士、女冠、僧、尼等，并尽礼致拜其父母。乙亥，制蓬莱宫诸门殿亭等名。

秋七月丁亥朔，以东宫诞育满月，大赦天下，赐酺三日。八月甲午，右相许敬宗乞骸骨。壬寅，许敬宗为太子少师，同东西台三品，仍知西台事。

九月，司礼少常伯孙茂道奏称："八品、九品旧令著青，乱紫，非卑品所服，望令著碧。"诏从之。戊寅，前吏部尚书、河间郡公李义府起复为司列太常伯，同东西台三品。

冬十月丁酉，幸温汤，皇太子弘监国。丁未，至自温汤。庚戌，西台侍郎上官仪同东西台三品。

十一月辛未，左相许圉师下狱。癸酉，封皇第四子旭轮为殷王。十二月辛丑，改魏州为冀州大都督府，改冀州为魏州。又以并、扬、荆、益四都督府并为大都督府。沛王贤为扬州大都督，周王显为并州大都督，殷王旭轮遥领冀州大都督。左相许圉师解见任。

　　三年春正月，左武卫大将军郑仁泰等帅师讨铁勒余种，尽平之。乙丑，司列太常伯李义府为右相。二月丙戌，陇、雍、同、岐等一十五州户口，征修蓬莱宫。癸巳，置太子左右谕德及桂坊大夫等官员，改司经局为桂坊馆，崇贤馆罢隶左春坊。丁酉，减京官一月俸，助修蓬莱宫。庚戌，诏曰："天德施生，阳和在节。言念幽圄，载恻分宵。虽复每有哀矜，犹恐未免枉滥。在京系囚应流死者，每日将二十人过。"于是亲自临问，多所原宥，不尽者令皇太子录之。诏以书学隶兰台，算学隶秘阁，律学隶详刑寺。改燕然都护府为瀚海都护府，瀚海都护府为云中都护府。三月，前左相许圉师左迁虔州刺史。太子弘撰《瑶山玉彩》成，书凡五百卷。夏四月乙丑，右相李义府下狱。戊子，李义府除名，配流嶲州。丙午，幸蓬莱宫新起含元殿。

　　秋八月癸卯，彗星见于左摄提。戊申，诏百僚极言正谏，命司元太常伯窦德玄、司刑太常伯刘祥道等九人为持节大使，分行天下，仍令内外官五品已上各举所知。

　　冬十月丙申，绛州麟见于介山。丙午，含元殿前麟趾见。十一月癸酉，雨冰。十二月庚子，诏改来年正月一日为麟德元年。

　　麟德元年春正月甲子，改云中都护府为单于大都护府，官品同大都督府。二月丁亥，加授殷王旭轮单于大都护。戊子，幸万年宫。三月辛亥，展大射礼。丁卯，长女追封安定公主，谥曰思，其卤簿鼓吹及供葬所须，并如亲王之制，于德业寺迁于崇敬寺。

　　夏四月，卫州刺史、道王元庆薨。五月，许王孝薨。乙卯，于昆明之弄栋川置姚州都督府。

　　秋八月丙子朔，至自万年宫，便幸旧宅。己卯，降万年县系囚，因幸大慈恩寺。壬午，还蓬莱宫。戊子，兼司列太常伯、检校沛王府长史、城阳县侯刘祥道兼右相，大司宪窦德玄兼司元太常伯、检校左相。九月己卯，诏曰："周京兆尹、左右宫伯大将军、司卫上将军、少冢宰、广陵郡公宇文孝伯，忠亮存心，贞坚表志。淫刑既逞，方纳谏而求仁，忍忌将加，甘捐躯而徇节。年载虽久，风烈犹生，宜峻徽章[17]，式旌胤胄。其孙左威卫长史思纯，可加授朝散大夫。"十二月丙戌，杀西台侍郎上官仪。戊子，庶人忠坐与仪交通，赐死。右相、城阳县侯刘祥道为司礼太常伯。太子右中护检校西台侍郎乐彦玮、西台侍郎孙处约同知政事。是冬无雪。

　　二年春正月壬午，幸东都。丁酉，幸合璧宫。戊子，虑雍、洛二州及诸司囚。甲子，以发向泰山，停选。三月甲寅，兼司戎太常伯、永安郡公姜恪同东西台三品。辛未，东都造乾元殿成。闰月癸酉，日有蚀之。四月丙午，曲赦桂、广、黔三都督府管内大辟罪已上。丙寅，讲武邙山之阳，御城北楼观之。戊辰，左侍极、仍检校大司成、嘉兴县子陆敦信为检校右相，其大司成宜停。西台侍郎孙处约、乐彦玮并停知政事。五月辛卯，以秘阁郎中李淳风造历成，名《麟德历》，颁之。以司空、英国公李勣，少师、高阳郡公许敬宗，右相、嘉兴县子陆敦信，左相、钜鹿男窦德玄为检校封禅使。六月，郦州大水，坏城邑。

　　秋七月，邓王元裕薨。

　　冬十月戊午，皇后请封禅，司礼太常伯刘祥道上疏请封禅。癸亥，高丽王高藏遣其子福男来朝。丁卯，将封泰山，发自东都。是岁大稔，米斗五钱，麰麦不列市[18]。十一月丙子，次于原武，以少牢祭汉将纪信墓，赠骠骑大将军。庚寅，华州刺史、燕国公于志宁卒。十二月丙午，御齐州大厅。乙卯，命有司祭泰山。丙辰，发灵岩顿。

---

①岐嶷端审：岐嶷，形容幼年聪慧。　　端审，稳重谨慎之意。

②奄弃：忽然舍弃之意。

③受朝：帝王接受臣下的朝贺。

④不会：谓不依时朝见天子。

⑤东作：指春耕。

⑥随身鱼：指随身携带的符契。

⑦渠帅：旧时统治阶级称武装反抗者的首领或部落酋长为渠帅。

⑧蒦（huò），音获。

⑨左授：降官，贬职之意。

⑩排城：用巨木连成的活动城墙。

⑪别封：另外分封之意。

⑫配食：同配享，祔祭。指古时功臣祔祀于帝王宗庙的一种待遇。

⑬期亲。亦作"朞亲"。指服丧一年的亲属。

⑭俳优：古代以乐舞谐戏为业的妇人。

⑮累叶：犹累世之意。

⑯义训：指大义的垂训。

⑰徽章：指褒崇封赠的策命。

⑱䅬麦：大麦。

高宗本纪下

　　麟德三年春正月戊辰朔，车驾至泰山顿。是日亲祀昊天上帝于封礼坛，以高祖、太宗配飨。己巳，帝升山行封禅之礼。庚午，禅于社首，祭皇地祇，以太穆太皇太后、文德皇太后配飨；皇后为亚献，越国太妃燕氏为终献。辛未，御降禅坛。

　　壬申，御朝觐坛受朝贺。改麟德三年为乾封元年，诸行从文武官及朝觐华戎岳牧、致仕老人朝朔望者，三品已上赐爵二等；四品已下、七品以上加阶；八品已下加一阶，勋一转；诸老人百岁已上版授下州刺史，妇人郡君；九十、八十节级，齐州给复一年半，管岳县二年。所历之处，无出今年租赋。乾封元年正月五日已前，大赦天下，赐酺七日。癸酉，宴群臣，陈《九部乐》，赐物有差，日昃而罢。丙子，皇太子弘设会。丁丑，以前恩薄，普进爵及阶勋等，男子赐古爵。兖州界置紫云、仙鹤、万岁观，封峦、非烟、重轮三寺。天下诸州置观、寺一所。丙戌，发自泰山。甲午，次曲阜县，幸孔子庙，追赠太师，增修祠宇，以少牢致祭。其褒圣侯德伦子孙，并免赋役。

　　二月己未，次亳州。幸老君庙，追号曰太上玄元皇帝，创造祠堂；其庙置令、丞各一员。改谷阳县为真源县，县内宗姓特给复一年。

　　夏四月甲辰，车驾至自泰山，先谒太庙而后入。五月庚寅，改铸乾封泉宝钱。六月壬寅，高丽莫离支盖苏文死。其子男生继其父位，为其弟男建所逐，使其子献诚诣阙请降，诏左骁卫大将军契苾何力率兵以应接之。

　　秋七月乙丑，徙封殷王旭轮为豫王。庚午，左侍极、检校右相、嘉兴子陆敦信缘老病乞辞机揆，拜大司成，兼知左侍极。大司宪兼检校右中护刘仁轨兼右相、检校右中护。八月辛丑，兼司元太常伯、兼检校左相、钜鹿男窦德玄卒。丁未，杀司卫少卿武惟良、淄州刺史武怀运，仍改姓蝮氏。

　　冬十月己酉，命司空、英国公勣为辽东道行军大总管，以伐高丽。

二年春正月丁丑，以去冬至于是月无雨雪，避正殿，减膳，亲录囚徒。罢乾封钱，复行开元通宝钱。二月戊戌，涪陵郡王愔薨。辛丑，改万年宫依旧名九成宫。

夏六月乙卯，西台侍郎杨武，西台侍郎、道国公、检校太子左中护戴至德，正谏议大夫、检校东台侍郎、安平郡公李安期，东台侍郎张文瓘，并同东西台三品。

秋八月己丑朔，日有蚀之。丙辰，东台侍郎李安期出为荆州大都督府长史。

三年春正月庚寅，诏缮工大监兼瀚海都护刘审礼为西域道安抚大使。壬子，以右相刘仁轨为辽东道副大总管。二月戊午，辽东道破薛贺水五万人，阵斩首五千余级，获生口三万余人，器械牛马不可胜计。丙寅，以明堂制度历代不同，汉、魏以还，弥更讹舛，遂增损古今，新制其图。下诏大赦，改元为总章元年。二月戊寅，幸九成宫。己卯，分长安、万年置乾封、明堂二县，分理于京城之中。癸未，皇太子弘释奠于国学，赠颜回太子少师，曾参太子少保。

夏四月丙辰，有彗星见于毕、昴之间。乙丑，上避正殿，减膳，诏内外群官各上封事，极言过失。于是群臣上言："星虽孛而光芒小，此非国眚[①]，不足上劳圣虑，请御正殿，复常馔。"帝曰："朕获奉宗庙，抚临亿兆，谪见于天，诚朕之不德也，当责躬修德以禳之。"群臣复进曰："星孛于东北，此高丽将灭之征。"帝曰："高丽百姓，即朕之百姓也。既为万国之主，岂可推过于小蕃！"竟不从所请。乙亥，彗星灭。辛巳，西台侍郎杨武卒。

秋八月癸酉，至自九成宫。九月癸巳，司空、英国公勣破高丽，拔平壤城，擒其王高藏及其大臣男建等以归。境内尽降，其城一百七十，户六十九万七千，以其地为安东都护府，分置四十二州。

二年春正月，封诸王嫡子皆为郡王。二月，东台侍郎、同东西台三品兼知左史事张文瓘署位，始入衔。三月，东台侍郎郝处俊同东西台三品。癸酉，皇后亲祀先蚕。

夏四月乙酉，幸九成宫。置司列少常伯、司戎少常伯各两员。五月庚子，移高丽户二万八千二百，车一千八十乘，牛三千三百头，马二千九百匹，驼六十头，将入内地，莱、营二州般次发遣，量配于江、淮以南及山南、并、凉以西诸州空闲处安置。

六月戊申朔，日有蚀之。括州大风雨，海水泛溢永嘉、安固二县城郭，漂百姓宅六千八百四十三区，溺杀人九千七十、牛五百头，损田苗四千一百五十顷。冀州大水，漂坏居人庐舍数千家。并遣使赈给。

秋七月，剑南益、泸、巂、茂、陵、邛、雅、绵、翼、维、始、简、资、荣、隆、果、梓、普、遂等一十九州旱，百姓乏绝，总三十六万七千六百九十户，遣司珍大夫路励行存问赈贷[②]。癸巳，冀州大都督府奏，自六月十三日夜降雨，至二十日水深五尺，其夜暴水深一丈已上，坏屋一万四千三百九十区，害田四千四百九十六顷。遣右卫大将军、凉国公契苾何力为驾海道行军大总管。秋八月甲戌，改瀚海都护府为安北都护府。九月己亥，发自九成宫。壬寅，停华林顿，大蒐于岐[③]。乙巳，至岐州。高祖初仕隋为扶风太守，故曲赦岐州管内，高祖时胥徒随材擢用，赐高年衣物粟帛各有差。

冬十月丁巳，至自九成宫。十一月庚辰，发九州人夫，转发太原仓米粟入京。丁亥，徙封豫王旭轮为冀王，仍令单名轮。十二月戊申，司空、太子太师、英国公勣薨。是冬无雪。

三年春正月丁丑，右相、乐成男刘仁轨致仕。辛卯，列辽东地为州县。二月戊申，以旱，亲录囚徒，祈祷名山大川。癸丑，日色出如赭。三月甲戌朔，大赦天下，改元为咸亨元年。三月丁丑，改蓬莱宫为含元殿。壬辰，太子少师、同东西台三品许敬宗致仕。

夏四月，吐蕃寇陷白州等一十八州，又与于阗合众袭龟兹拨换城，陷之。罢安西四镇。辛亥，以右威卫大将军薛仁贵为逻娑道行军大总管，右卫员外大将军阿史那道真、左卫将军郭待封为副，领兵五万以击吐蕃。庚午，幸九成宫。雍州大雨雹。五月丙戌，诏曰："诸州县孔子庙堂及学馆有破坏并先来未造者，遂使生徒无肄业之所，先师阙奠祭之仪，久致飘露，深非敬本，宜令所司速事营造。"六月壬寅朔，日有蚀之。

秋七月戊子，前西台侍郎李敬玄起复本职，仍依旧同东西台三品。薛仁贵、郭待封至大非川，为吐蕃大将论钦陵所袭，大败，仁贵等并坐除名。吐谷浑全国尽没，唯慕容诺曷钵及其亲信数千帐内属，仍徙于灵州界。

八月甲子，至自九成宫。梁州都督、赵王福薨。丙寅，以久旱，避正殿，尚食减膳。九月甲申，卫国夫人杨氏薨，赠鲁国夫人，谥曰忠烈。闰月壬子，故赠司徒、周忠孝公士護赠太尉、太子太师、太原郡王，赠鲁国忠烈太夫人赠太原王妃。甲寅，葬太原王妃，京官文武九品已上及外命妇，送至便桥宿次。

冬十月癸酉，大雪，平地三尺余，行人冻死者赠帛给棺木。令雍、同、华州贫窭之家，有年十五已下不能存活者，听一切任人收养为男女，充驱使，皆不得将为奴婢。丙申，太子右中护兼摄正谏大夫、同东西台三品赵仁本为左肃机，罢知政事。十二月庚寅，诸司及百官各复旧名。是岁，天下四十余州旱及霜虫，百姓饥乏，关中尤甚。诏令任往诸州逐食，仍转江南租米以赈给之。

二年春正月乙巳，幸东都。留皇太子弘于京监国，令侍臣戴至德、张文瓘、李敬玄等辅之。唯以阎立本、郝处俊从。甲子，至东都。二月丁亥，雍州人梁金柱请出钱三千贯赈济贫人。

夏四月戊子，大风折木。

六月戊寅，左散骑常侍兼检校秘书、太子宾客、周国公武敏之以罪复本姓贺兰氏，除名，流雷州。丁亥，以旱，亲录囚徒。

秋九月，地震。司徒、潞州刺史、徐王元礼薨。

冬十月，搜扬明达礼乐之士。十一月甲午朔，日有蚀之。庚戌，幸许、汝等州教习。癸酉，冬狩，校猎于许州叶县昆水之阳。十二月丙戌，还东都。

三年春正月辛丑，发梁、益等一十八州兵募五千三百人，遣右卫副率梁积寿往姚州击叛蛮。辛未，制雍、洛二州人听任本州官。二月己卯，侍中、永安郡公姜恪卒于河西镇守。

夏四月戊寅，幸合璧宫。壬午，于水南教旗，上问中书令阎立本、黄门侍郎郝处俊："伊尹负鼎俎干汤，应是补缉时政，不知铸鼎所缘，复在何国？将为国之重器，历代传宝？"阎立本以古义对。五月乙未，五品已上改赐新鱼袋，并饰以银，三品已上各赐金装刀子、砺石一具。六月丙子，于洛州柏崖置仓。

八月壬子，特进、高阳郡公许敬宗卒。九月乙卯，冀州大都督府复为魏州，魏州复为冀州。壬寅，沛王贤徙封雍王。

冬十月己未，皇太子监国。壬戌，车驾还京师。乙亥，中书侍郎、同中书门下三品、道国公戴至德加兼户部尚书，黄门侍郎、同中书门下三品张文瓘检校大理卿；黄门侍郎、甑山县公、同中书门下三品郝处俊为中书侍郎；兼检校吏部侍郎、同中书门下三品李敬玄为吏部侍郎，并依旧同中书门下三品。十一月戊子朔，日有蚀之。甲辰，至自东都。十二月癸卯，太子左庶子刘仁轨同中书门下三品。是冬，左监门大将军高侃大败新罗之众于横水。

四年春正月甲午，诏咸亨初收养为男女及驱使者④，听量酬衣食之直，放还本处。丙辰，绛州刺史、郑王元懿薨。二月壬午，以左金吾将军裴居道女为皇太子弘妃。

夏四月丙子，幸九成宫。

闰五月丁卯，燕山道总管李谨行破高丽叛党于瓠卢河之西，高丽平壤余众遁入新罗。

秋七月庚午，九成宫太子新宫成，上召五品已上诸亲宴太子宫，极欢而罢。辛巳，婺州暴雨，水泛溢，漂溺居民六百家，诏令赈给。八月辛丑，上痁疾⑤，令太子受诸司启事⑥。己酉，大风毁太庙鸱吻⑦。

冬十月壬午，中书令、博陵县子阎立本卒。乙未，皇太子弘纳妃毕，曲赦岐州，大酺三日。庚子，还京师。乙巳，至自九成宫。

十一月丙寅，上制乐章，有《上元》、《二仪》、《三才》、《四时》、《五行》、《六律》、《七政》、《八风》、《九宫》、《十洲》、《得一》、《庆云》之曲，诏有司，诸大祠享即奏之。十二月丙午，弓月、疏勒二国王入朝请降。

五年春二月壬午，遣太子左庶子、同中书门下三品刘仁轨为鸡林道大总管，以讨新罗；仍令卫尉卿李弼、右领大将军李谨行副之。三月辛亥朔，日有蚀之。己巳，皇后祀先蚕。

夏四月辛卯，以尚辇奉御、周国公武承嗣为宗正卿。五月己未，诏："春秋二社，本以祈农，如闻此外别为邑会。此后除二社外，不得聚集，有司严加禁止。"六月壬寅，太白入东井。

秋八月壬辰，追尊宣简公为宣皇帝，懿王为光皇帝，太祖武皇帝为高祖神尧皇帝，太宗文皇帝为文武圣皇帝，太穆皇后为太穆神皇后，文德皇后为文德圣皇后。皇帝称天皇，皇后称天后。改咸亨五年为上元元年，大赦。戊戌，敕文武官三品已上服紫，金玉带；四品深绯，五品浅绯，并金带，六品深绿，七品浅绿，并银带；八品深青，九品浅青，输石带；庶人服黄，铜铁带。一品已下文官，并带手巾、算袋、刀子、砺石，武官欲带亦听之。九月辛亥，百僚具新服，上宴之于麟德殿。癸丑，追复长孙无忌官爵，仍以其曾孙翼袭封赵国公，许归葬于昭陵先造之茔。十一月丙午朔，幸东都。己酉，狩于华山之曲武原。戊辰，至东都。十二月，蒋王恽薨。戊子，于阗王伏阇雄来朝。辛卯，波斯王卑路斯来朝。壬寅，天后上意见十二条，请王公百僚皆习《老子》，每岁明经一准《孝经》、《论语》例试于有司。又请子父在为母服三年。虢王凤薨。

二年春正月甲寅，荧惑犯房。壬戌，支汗郡王献碧玻璃。丙寅，以于阗为毗沙都督府，以尉迟伏阇雄为毗沙都督，分其境内为十州，以伏阇雄有击吐蕃功故也。庚午，龟兹王白素稽献银颇罗。辛未，吐蕃遣其大臣论吐浑弥来请和，不许。二月，鸡林道行军大总管大破新罗之众于七重城，斩获甚众。新罗遣使入朝献方物，伏罪，赦之，复其王金法敏官爵。三月丁未，日色如赭。丁巳，天后亲蚕于邙山之阳。时帝风疹不能听朝，政事皆决于天后。自诛上官仪后，上每视朝，天后垂帘于御座后，政事大小皆预闻之，内外称为"二圣"。帝欲下诏令天后摄国政，中书侍郎郝处俊谏止之。

夏四月，分括州永嘉、永固二县置温州，析临海县为乐安、永宁二县。辛巳，周王显妃赵氏以罪幽死。己亥，皇太子弘薨于合璧宫之绮云殿。时帝幸合璧宫，是日还东都。五月己亥，追谥太子弘为孝敬皇帝。六月戊寅，以雍王贤为皇太子，大赦。秋七月辛亥，洛州复置缑氏县，以管孝敬皇帝恭陵。慈州刺史、杞王上金坐事，于沣州安置。八月庚子，太子左庶子、同中书门下三品、乐成侯刘仁轨为左仆射，依旧监修国史；中书门下三品、大理卿张文瓘为侍中；中书侍郎、同三品、甑山公郝处俊为中书令，监修国史如故；吏部侍郎、检校太子左庶子、监修国史李敬玄吏部尚书兼太子左庶子、同中书门下三品，依前监修国史；左丞许圉师为户部尚书。九月丙午，宰相刘仁轨、戴至德、张文瓘、郝处俊并兼太子宾客。

冬十月，析永州营道、江华、唐兴三县置道州。壬午，星孛于角、亢之南，长五尺。十二月丁亥，龟兹王白素稽献名马。

三年春正月戊戌，徙封冀王轮为相王。二月甲戌，移安东都护府于辽东。乙亥，坚昆献名马。丁亥，幸汝州之温汤。三月癸卯，黄门侍郎来恒、中书侍郎薛元超并同中书门下三品。甲辰，还东都。闰三月己巳朔，吐蕃入寇鄯、廓、河、芳等四州。乙酉，洛州牧、周王显为洮州道行军元帅，领工部尚书刘审礼等十二总管；并州都督、相王轮为凉州道行军元帅，领左卫将军契苾何力等军，以讨吐蕃。二王竟不行。戊午，敕制比用白纸，多为虫蠹，今后尚书省下诸司、州、县，宜并用黄纸。其承制敕之司，量为卷轴，以备披检。庚寅，车驾还京。

夏四月戊申，至自东都。甲寅，中书侍郎李义琰同中书门下三品。戊午，幸九成宫。六月癸丑，黄门侍郎高智周同中书门下三品。

秋七月，彗起东井，指北河，渐东北，长三丈，扫中台，指文昌宫，五十八日方灭。八月乙未，吐蕃寇叠州。庚子，以星变，避殿，减膳，放京城系囚，令文武官各上封事言得失。壬寅，置南选使，简补广、交、黔等州官吏。青、齐等州海泛溢，又大雨，漂溺居人五千家，遣使赈恤之。九月甲子朔，车驾还京。丙申，郇王素节削户三分之二，于袁州安置。癸丑，于北京置金邻州。十一月丁卯，敕新造《上元舞》，圆丘、方泽、享太庙用之，余祭则停。壬申，以陈州言凤凰见于宛丘，改上元三年曰仪凤元年，大赦。庚寅，吏部尚书李敬玄为中书令。十二月丙申，皇太子贤上所注《后汉书》，赐物三万段。戊午，遣使分道巡抚：宰相来恒河南道，薛元超河北道，左丞崔知悌等江南道。

二年春正月乙亥，上躬籍田于东郊。庚辰，京师地震。壬辰，幸司竹园，即日还宫。二月丁巳，工部尚书高藏授辽东都督，封朝鲜郡王，遣归安东府，安辑高丽余众。司农卿扶余隆熊津州都督，封带方郡王，令往安辑百济余众。仍移安东都护府于新城以统之。

夏四月，以河南、河北旱，遣使赈给。八月，徙封周王显为英王，改名哲。乙巳，太白犯轩辕。十二月乙卯，敕关内、河东诸州召募勇敢，以讨吐蕃。诏京文武职事官三品已上，每年各举文武才能堪任将帅牧守者一人。是冬无雪。

三年四月丁亥朔，以旱，避正殿，亲录囚徒，悉原之。戊申，大赦，改来年正月一日为通乾。癸丑，泾州献二小儿，连心异体，年四岁。五月壬戌，幸九成宫。以相王轮为洛州牧。

秋七月丁巳，宴近臣诸亲于咸亨殿。上谓霍王元轨曰："去冬无雪，今春少雨，自避暑此宫，甘雨频降，夏麦丰熟，秋稼滋荣。又得敬玄表奏，吐蕃入龙支，张虔勖兴之战，一日两阵，斩馘极多[8]。又太史奏，七月朔，太阳合亏而不亏。此盖上天垂祐，宗社降灵，岂虚薄所能致此[9]！又男轮最小，特所留爱，比来与选新妇[10]，多不称情；近纳刘延景女，观其极有孝行，复是私衷一喜。思与叔等同为此欢，各宜尽醉。"上因赋七言诗效柏梁体，侍臣并和。

九月丁巳，还京师。辛酉，至自九成宫。癸亥，侍中张文瓘卒。丙寅，洮河道行军大总管中书令李敬玄、左卫大将军刘审礼等与吐蕃战于青海之上，王师败绩，审礼被俘。上以蕃寇为患，问计于侍臣中书舍人郭正一等，咸以备边不深讨为上策。十月丙午，徐州刺史、密王元晓薨。闰十月戊寅，荧惑犯钩钤。十一月乙未，昏雾四塞，连夜不解。丙申，雨木冰[11]。壬子，黄门侍郎、同中书门下三品来恒卒。十二月，诏停明年"通乾"之号，以反语不善故也[12]。

四年正月辛未，户部尚书、平恩县公许圉师卒。己酉，幸东都。庚戌，尚书右仆射、道国公戴至德薨。二月壬戌，吐蕃赞普卒，遣使吊祭之。乙丑，东都饥，官出糙米以救饥人。

夏四月戊午，荧惑入羽林星。左丞崔知悌为户部尚书，中书令郝处俊为侍中。五月壬午，盗杀正谏大夫明崇俨。丙戌，皇太子贤监国。戊戌，造紫桂宫于渑池之西。六月辛亥，制大赦天下，改仪凤四年为调露元年。

秋七月己卯朔，诏以今年冬至有事嵩岳，礼官学士详定仪注。八月丁巳，侍中郝处俊、左庶子高智周、黄门侍郎崔知温、给事中刘景先兼修国史。九月壬午，吏部侍郎裴行俭讨西突厥，擒其十姓可汗阿史那都支及别帅李遮匐以归。

冬十月，单于大都护府突厥阿史德温傅及奉职二部相率反叛，立阿史那泥熟匐为可汗，二十四州首领并叛。遣单于大都护长史萧嗣业，将军花大智、李景嘉等讨之。与突厥战，为贼所败。嗣业配流桂州。壬子，令将军曹怀舜率兵往恒州守井陉，崔献往绛州守龙门，以备突厥。庚申，前诏封嵩山，宜停。癸亥，吐蕃文成公主遣其大臣论塞调傍来告丧，请和亲，不许。遣郎将宋令文使吐蕃，会赞普之葬。十一月戊寅朔，左庶子、同三品高智周罢知政事。癸未，以吏部侍郎裴行俭为礼部尚书，赏擒都支、遮匐之功也。甲辰，裴行检为定襄道大总管，与营州都督周道务等兵十八万，并西军程务挺、东军李文暕等，总三十万以讨突厥。甲寅，临轩试应岳牧举人。

二年春正月乙酉，宴诸王、诸司三品已上、诸州都督刺史于洛城南门楼，奏新造《六合还淳》之舞。二月丙午，诏曰："故符玺郎李延寿撰《正典》一部，辞殚雅正，虽已沦亡，功犹可录，宜赐其家绢五十疋。"壬子，霍王元轨率文武百僚，请出一月俸料助军，以讨突厥。癸丑，幸汝州温汤。丁巳，至少室山。戊午，亲谒少姨庙。赐故玉清观道士王远知谥曰升真先生，赠太中大夫。又幸隐士田游岩所居。己未，幸嵩阳观及启母庙，并命立碑。又幸逍遥谷道士潘师正所居。甲子，自温汤还东都。三月，裴行俭大破突厥于黑山，擒其首领奉职。伪可汗泥熟匐为其部下所杀，传首来降。

夏四月乙丑，幸紫桂宫。戊辰，黄门侍郎裴炎崔知温、中书侍郎王德真并同中书门下三品。五月癸未，荧惑犯舆鬼。丁酉，太白经天。

秋七月，吐蕃寇河源，屯于良非川。河西镇抚大使李敬玄与吐蕃将赞婆战于湟中，官军败绩。时左武卫将军黑齿常之力战，大破蕃军，遂擢为河源军经略大使。令李敬玄镇鄯州，为之援。丙申，江王元祥薨。是月，突厥余众围云州，中郎将程务挺击破之。八月丁未，自紫桂宫还东都。丁巳，鄯州都督李敬玄左迁衡州刺史。甲子，废皇太子贤为庶人，幽于别所。乙丑，立英王哲为皇太子。改调露二年为永隆元年，赦天下，大酺三日。太子左庶子、同中书门下三品张大安坐庶人左迁普州刺史。九月，河南、河北诸州大水，遣使赈恤，溺死者官给棺槥，其家赐物七段。

冬十月壬寅，苏州刺史曹王明封零陵郡王，于黔州安置，坐附庶人贤也。己酉，自东都还京。十一月朔，日有蚀之。洛州饥，减价官粜，以救饥人。

二年春正月，突厥寇原、庆等州。乙亥，命将军李知十、王杲等分兵御之。癸巳，遣礼部尚书裴行俭为定襄道大总管，率师讨突厥温傅部落。己亥，诏雍、岐、华、同民户宜免两年地税，河南、河北遭水处一年。上诏雍州长史李义玄曰："朕思还淳返朴，示天下以质素。如闻游手堕业，此类极多，时稍不丰，便致饥馑。其异色绫锦，并花间裙衣等，糜费既广，俱害女工。天后，我之匹敌，常著七破间裙。岂不知更有靡丽服饰，务遵节俭也。其紫服赤衣，间阎公然服用，兼商贾富人，厚葬越礼。卿可严加捉搦，勿使更然。"二月丙午，皇太子亲行释奠礼。三月辛卯，左仆射、同三品刘仁轨兼太子少傅。侍中郝处俊为太子少保，罢知政事。五月丙戌，定襄道总管曹怀舜与突厥史伏念战于横水，官军大败。怀舜减死，配流岭南。

六月壬子，故江王元祥男㽙以犯名教⑬，斩于大理寺后园。七月，太平公主出降薛绍，赦京城系囚。闰七月丁未，黄门侍郎裴炎为侍中，黄门侍郎崔知温、中书侍郎薛元超并为中书令。庚申，上以服饵，令皇太子监国。丙寅，雍州大风害稼，米价腾踊。是月，裴行俭大破突厥史伏念之众，伏念为程务挺急追，遂执温傅来降，行俭于是尽平突厥余党。行俭执伏念、温傅，振旅凯旋。

八月丁卯朔，河南、河北大水，许遭水处往江、淮已南就食。丁亥，户部尚书崔知悌卒。辛卯，改交州为安南都护府。九月丙申，彗星见于天市，长五尺。

冬十月丙寅朔，日有蚀之。乙丑，改永隆二年为开耀元年。曲赦定襄军及缘征突厥官吏兵募等。丙寅，斩阿史那伏念及温傅等五十四人于都市。丁亥，新罗王金法敏薨，仍以其子政袭位。十一月癸卯，徙庶人贤于巴州。十二月，吐火罗献金衣一领，上不受。辛未，太子少保、甄山县公郝处俊薨。

永淳元年正月乙未朔，以年饥，罢朝会。关内诸府兵，令于邓、绥等州就谷。二月癸未，以太子诞皇孙满月，大赦。改开耀二年为永淳元年，大酺三日。戊午，立皇孙重照为皇太孙，欲开府置僚属。吏部郎中王方庆曰："按周礼，有嫡子无嫡孙。汉、魏已来，皇太子在，不立太孙，但封王耳。晋立愍怀太子子或为太孙，齐立文惠太子子昭业为太孙，便居东宫；而皇太子在而立太孙，未有前例。"上曰："自我作古，可乎？"曰："可。"然竟不立府僚。是春，关内旱，日色如赭。

四月甲子朔，日有蚀之。丙寅，幸东都。皇太子京师留守，命刘仁轨、裴炎、薛元超等辅之。上以谷贵，减扈从兵，士庶从者多殍踣于路。辛未，以裴行俭为金牙道行军大总管，与将军阎怀旦等三总管兵分道讨十姓突厥阿史那车薄。行俭未行而卒。安西副都护王方翼破车薄、咽蔑，西域平。戊寅，次渑池之紫桂宫。乙酉，至东都。丁亥，黄门侍郎郭待举、兵部侍郎岑长倩、中书侍郎郭正一、吏部侍郎魏玄同并同中书门下同承受进止平章事。上谓参知政事崔知温曰："待举等历任尚浅，且令预闻政事，未可即与卿等同名称。"自是外司四品已下知政事者，遂以平章为名。

五月壬寅，置东都苑总监。自丙午连日澍雨，洛水溢，坏天津及中桥、立德弘教景行诸坊，溺居民千余家。六月，关中初雨，麦苗涝损，后旱，京兆、岐、陇螟蝗食苗并尽，加以民多疫疠，死者枕藉于路，诏所在官司埋瘗。丁丑，以岐州刺史苏良嗣为雍州长史。京师人相食，寇盗纵横。

秋七月己亥，造奉天宫于嵩山之阳，仍置嵩阳县。又于蓝田造万全宫。庚申，零陵王明薨。是秋，山东大水，民饥。吐蕃寇柘、松、翼等州。

冬十月甲子，京师地震。丙寅，黄门侍郎刘景先同平章事。十二月，南天竺、于阗各献方物。突厥余党阿史那骨笃禄等招合残众，据黑沙城，入寇并州北境。

二年春正月甲午朔，幸奉天宫，遣使祭嵩岳、少室、箕山、具茨等山，西王母、启母、巢父、许由等祠。二月甲午，洛州长史李仲玄为宗正卿。庚午，突厥寇定州、妫州之境。己卯，左岭军卫大将军薛仁贵卒。三月庚寅，突厥阿史那骨笃禄、阿史德元珍等围单于都护府。丙午，彗见五车北，二十五日而灭。癸丑，中书令崔知温卒。

夏四月己巳，还东都。甲申，绥州部落稽白铁余据城平县反，命将军程务挺将兵讨之。五月庚寅，幸芳桂宫，阻雨，还东都。突厥寇蔚州，杀刺史李思俭，丰州都督崔智辨率师出朝那山掩击之，为贼所败，遂寇岚州。

秋七月己丑，封皇孙重福为唐昌郡王。甲辰，相王轮改封豫王，更名旦。己丑，令唐昌郡王重福为京留守，刘仁轨副之。召皇太子至东都。己巳，河水溢，坏河阳城，水面高于城内五尺，北至盐坎，居人庐舍漂没皆尽，南北并坏。庚戌，荧惑入舆鬼，犯质星。十一月，皇太子来朝。癸亥，幸奉天宫。时天后自封岱之后，劝上封中岳。每下诏草仪注，即岁饥、边事警急而止。至是复行封中岳礼，上疾而止。上苦头重不可忍，侍医秦鸣鹤曰："刺头微出血，可愈。"天后帷中言曰："此可斩，欲刺血于人主首耶！"上曰："吾苦头重，出血未必不佳。"即刺百会，上曰："吾眼明矣。"戊戌，命将军程务挺为单于道安抚大使，以招讨总管讨山贼元珍、骨笃禄、贺鲁等。诏皇太子监国，裴炎、刘齐贤、郭正一等于东宫同平章事。丁未，自奉天宫还东都。上疾甚，宰臣已下并不得谒见。十二月己酉，诏改永淳二年为弘道元年。将宣赦书，上欲亲御则天门楼。气逆不能上马，遂召百姓于殿前宣之。礼毕，上问侍臣曰："民庶喜否？"曰："百姓蒙赦，无不感悦。"上曰："苍生虽喜，我命危笃。天地神祇若延吾一两月之命，得还长安，死亦无恨。"是夕，帝崩于真观殿，时年五十六。宣遗诏："七日而殡，皇太子即位于柩前。园陵制度，务从节俭。军国大事有不决者，取天后处分。"君臣上谥曰天皇大帝，庙号高宗。文明元年八月庚寅，葬于乾陵。天宝十三载，改谥曰天皇大弘孝皇帝。

史臣曰：大帝往在藩储[14]，见称长者，暨升旒扆[15]，顿异明哉。虚襟似纳于触鳞[16]，下诏无殊于扇暍[17]。既荡情于帷薄，遂忽怠于基扃[18]。惑麦斛之佞言[19]，中宫被毒，听赵师之诬说，元舅衔冤。忠良自是胁肩[20]，奸佞于焉得志。卒致盘维尽戮[21]，宗社为墟。古所谓一国为一人兴，前贤为后愚废，信矣哉！

赞曰：藉文鸿业，仅保余位。封岱礼天，其德不类。伏戎于寝，构堂终坠[22]。自蕴祸胎，邦家殄瘁[23]。

①眚（shěng，音省）：此处作过失解。
②存问：慰问、慰劳之意。
③大蒐：古时天子、诸侯五年举行一次的军队大检阅。蒐同"搜"。
④男女：此处指对地位卑下者的称呼。
⑤痁疾：指患疟疾。
⑥启事：此处指陈述事情的奏章、函件。
⑦鸱吻：古代宫殿屋脊正脊两端的一种饰物。初作鸱尾之形，象征辟除火灾。后改变式样，折而向上似张口吞脊，故名鸱吻。
⑧馘：古代战争中割取所杀敌人或俘虏的左耳以计数献功。
⑨虚薄：空虚浅薄之意。
⑩比来：近来，近时之意。
⑪木冰：指雨雪霜沾附于树木，遇寒而凝结成的冰。
⑫反语：即反切。系我国给汉字注音的一种传统方法。
⑬名教：指以正名定分为主的封建礼教。
⑭藩储：指太子之位。
⑮旒扆：旒为帝王的冕旒，扆为帝王座位后的屏风。故而借称为帝王。
⑯触鳞："触龙鳞"的简称。指触犯龙的逆鳞。比喻臣子对君主的过失犯颜直谏。
⑰扇暍：以扇扇苦热中暑的人。后用以颂扬德政之典。
⑱基扃：泛指城阙。
⑲麦斛：本为药草名。唐高宗时佞臣许敬宗曲意妄言。后以"麦斛"为奸佞之言的典实。
⑳胁肩：耸起肩膀，故示敬畏之意。
㉑盘维：指宗室封藩。
㉒构堂：比喻先人的基业。
㉓殄瘁：凋谢、枯萎之意。

则天皇后本纪

则天皇后武氏讳曌[①]，并州文水人也。父士護，隋大业末为鹰扬府队正。高祖行军于汾、晋，每休止其家，义旗初起，从平京城。贞观中，累迁工部尚书、荆州都督，封应国公。

初，则天年十四时，太宗闻其美容止，召入宫，立为才人，及太宗崩，遂为尼，居感业寺。大帝于寺见之，复召入宫，拜昭仪。时皇后王氏、良娣萧氏频与武昭仪争宠[②]，互谗毁之，帝皆不纳。进号宸妃。永徽六年，废王皇后而立武宸妃为皇后。高宗称天皇，武后亦称天后。后素多智计，兼涉文史。帝自显庆已后，多苦风疾，百司表奏，皆委天后详决，自此内辅国政数十年，威势与帝无异，当时称为"二圣"。

弘道元年十二月丁巳，大帝崩，皇太子显即位，尊天后为皇太后。既将篡夺，是日自临朝称制。庚午，加授泽州刺史、韩王元嘉为太尉，豫州刺史、胜王元婴为开府仪同三司，绛州刺史、鲁王灵夔为太子太师，相州刺史、越王贞为太子太傅，安州都督、纪王慎为太子太保。元嘉等地尊望重，恐其生变，故进加虚位，以安其心。甲戌，刘仁轨为尚书左仆射，岑长倩为兵部尚书，魏玄同为黄门侍郎，并依旧知政事。刘齐贤为侍中，裴炎为中书令。

嗣圣元年春正月甲申朔，改元。

二月戊午，废皇帝为庐陵王，幽于别所，仍改赐名哲。己未，立豫王轮为皇帝，令居于别殿。大赦天下，改元文明。皇太后仍临朝称制。庚午，废皇太孙重照为庶人。太常卿兼豫王府长史王德真为侍中，中书侍郎、豫王府司马刘祎之同中书门下三品。三月，庶人贤死于巴州。

夏四月，胜王元婴死。改封毕王上金为泽王，葛王素节为许王。丁丑，迁庐陵王哲于均州。闰五月，礼部尚书武承嗣同中书门下三品。

秋七月，突厥骨咄禄、元珍寇朔州，命左威卫大将军程务挺拒之。彗星见西北方，长二丈余，经三十三日乃灭。

九月，大赦天下，改元为光宅。旗帜改从金色，饰以紫，画以杂文。改东都为神都，又改尚书省及诸司官名。初置右肃政御史台官员。故司空李勣孙柳州司马徐敬业伪称扬州司马，杀长史陈敬之，据扬州起兵，自称上将，以匡复为辞。

冬十月，楚州司马李崇福率所部三县以应敬业。命左玉钤卫大将军李孝逸为大总管，率兵三十万以讨之。杀内史裴炎。丁酉，追削敬业父祖官爵，复其本姓徐氏。十二月，前中书令薛元超卒。杀左威卫大将军程务挺。

垂拱元年春正月，以敬业平，大赦天下，改元。刘仁轨薨。三月，迁庐陵王哲于房州。颁下亲撰《垂拱格》于天下。

夏四月，内史骞味道左授青州刺史。五月，秋官尚书裴居道为内史，纳言王德真配流象州，冬官尚书苏良嗣为纳言。诏内外文武九品已上及百姓，咸令自举。是夏大旱。

二年春正月，皇太后下诏，复政于皇帝，以皇太后既非实意，乃固让。皇太后仍依旧临朝称制，大赦天下。初令都督、刺史并准京官带鱼。三月，初置匦于朝堂[③]，有进书言事者听投之，由是人间善恶事多所知悉。

夏四月，岑长倩为内史。六月，苏良嗣为文昌左相，天官尚书韦待价为文昌右相，并同凤阁鸾台三品。右肃政御史大夫韦思谦为纳言。

三年春正月，封皇子成义为恒王，隆基为楚王，隆范为卫王，隆业为赵王。二月，韦思谦请致仕，许之。

夏四月，裴居道为纳言，夏官侍郎张光辅为凤阁侍郎、同凤阁鸾台平章事。庚午，刘祎之赐死于家。秋八月，地官尚书魏玄同检校纳言。

四年春二月，毁乾元殿，就其地造明堂。山东、河南甚饥乏，诏司属卿王及善、司府卿欧阳通、冬官侍郎狄仁杰巡抚赈给。

夏四月，魏王武承嗣伪造瑞石，文云："圣母临人，永昌帝业。"令雍州人唐同泰表称获之洛水。皇太后大悦，号其石为"宝图"，擢授同泰游击将军。五月，皇太后加尊号曰圣母神皇。

秋七月，大赦天下，改"宝图"曰"天授圣图"，封洛水神为显圣，加位特进，并立庙。就水侧置永昌县。天下大酺五日。

八月壬寅，博州刺史、琅邪王冲据博州起兵。命左金吾大将军丘神勣为行军总管讨之。庚戌，冲父豫州刺史、越王贞又举兵于豫州，与冲相应。九月，命内史岑长倩、凤阁侍郎张光辅、左监门大将军鞠崇裕率兵讨之。丙寅，斩贞及冲等，传首神都，改姓虺氏。曲赦博州。韩王元嘉、鲁王灵夔、元嘉子黄国公譔、灵夔子左散骑常侍范阳王蔼、霍王元轨及子江都王绪、故虢王元凤子东莞公融坐与贞通谋，元嘉、灵夔自杀，元轨配流黔州，譔等伏诛，改姓虺氏。自是宗室诸王相继诛死者，殆将尽矣。其子孙年幼者咸配流岭外，诛其亲党数百余家。十二月己酉，神皇拜洛水，受"天授圣图"，是日还宫。明堂成。

永昌元年春正月，神皇亲享明堂，大赦天下，改元，大酺七日。三月，张光辅为内史，武承嗣为纳言。

夏四月，诛蒋王恽、道王元庆、徐王元礼、曹王明等诸子孙，徙其家属于巂州。五月，命文昌右相韦待价为安息道大总管以讨吐蕃。

六月，令文武官五品已上各举所知。

秋七月，纪王慎被诬告谋反，载以槛车，流于巴州，改姓虺氏。韦待价坐迟留不进，士卒多饥馑而死，配流绣州。八月，左肃政御史大夫王本立同凤阁鸾台三品。辛巳，诛内史张光辅。九月，纳言魏玄同赐死于家。冬十月，春官尚书范履冰、凤阁侍郎邢文伟并同凤阁鸾台平章事。改羽林军百骑为千骑。

载初元年春正月，神皇亲享明堂，大赦天下。依周制建子月为正月，改永昌元年十一月为载初元年正月，十二月为腊月，改旧正月为一月，大酺三日。神皇自以"曌"字为名，遂改诏书为制书。春一月，苏良嗣为特进，武承嗣为文昌左相，岑长倩为文昌右相，裴居道为太子少傅，并依旧同凤阁鸾台三品，凤阁侍郎武攸宁为纳言，邢文伟为内史。

秋七月，杀豫章王亶，迁其父舒王元名于和州。有沙门十人伪撰《大云经》，表上之，盛言神皇受命之事。制颁于天下，令诸州各置大云寺，总度僧千人。丁亥，杀随州刺史泽王上金、舒州刺史许王素节并其子数十人。九月九日壬午，革唐命，改国号为周。改元为天授，大赦天下，赐酺七日。乙酉，加尊号曰圣神皇帝，降皇帝为皇嗣。丙戌，初立武氏七庙于神都。追尊神皇父赠太尉、太原王士護为孝明皇帝。兄子文昌左相承嗣为魏王，天官尚书三思为梁王，堂侄懿宗等十二人为郡王。司宾卿史务滋为纳言，凤阁侍郎宗秦客为内史。给事中傅游艺为鸾台侍郎，仍依旧知凤阁鸾台平章事。令史务滋等十人分道存抚天下。改内外官所佩鱼并作龟。

冬十月，改并州文水县为武兴县，依汉丰、沛例，百姓子孙相承给复。

二年正月，亲祀明堂。

春三月，改唐太庙为享德庙。

夏四月，令释教在道法之上，僧尼处道士女冠之前。六月，命岑长倩率诸军讨吐蕃。左肃政御史大夫格辅元为地官尚书，鸾台侍郎乐思晦并同凤阁鸾台平章事。

秋七月，徙关内雍、同等七州户数十万以实洛阳。分京兆置鼎、稷、鸿、宜四州。夏官尚书欧阳通知纳言事。九月，傅游艺下狱死。右羽林卫大将军、建昌王攸宁为纳言，洛州司马狄仁杰为地官侍郎、同凤阁鸾台平章事。

冬十月，制官人者咸令自举。杀文昌左相岑长倩、纳言欧阳通、地官尚书格辅元。

三年正月，亲祀明堂。

春一月，冬官尚书杨执柔同凤阁鸾台平章事。三月，五天竺国并遣使朝贡。四月，大赦天下，改元为如意，禁断天下屠杀。

秋七月，大雨，洛水泛溢，漂流居人五千余家，遣使巡问赈贷。八月，魏王承嗣为特进，建昌王攸宁为冬官尚书，杨执柔为地官尚书，并罢知政事。秋官侍郎崔元琮为鸾台侍郎，夏官侍郎李昭德为凤阁侍郎，检校天官侍郎姚璹为文昌左丞，地官侍郎李元素为文昌右丞，并同凤阁鸾台平章事。九月，大赦天下，改元为长寿。改用九月为社，大酺七日。并州改置北都。

冬十月，武威军总管王孝杰大破吐蕃，复龟兹、于阗、疏勒、碎叶镇。

二年春一月④，亲享明堂。癸亥，杀皇嗣妃刘氏、窦氏。腊月，改封皇孙成器为寿春郡王，恒王成义为衡阳郡王，隆基为临淄郡王，卫王隆范为巴陵郡王，隆业为彭城郡王。

春二月，尚方监裴匪躬坐潜谒皇嗣，腰斩于都市。

秋九月，上加金轮圣神皇帝号，大赦天下，大酺七日。辛丑，司宾卿豆卢钦望为内史，文昌右丞韦巨源同凤阁鸾台平章事，秋官侍郎陆元方为鸾台侍郎、同凤阁鸾台平章事。

三年春一月，亲享明堂。三月，凤阁侍郎李昭德检校内史，鸾台侍郎苏味道同凤阁鸾台平章事。韦巨源为夏官侍郎，依旧知政事。四月，夏官尚书王孝杰同凤阁鸾台三品。五月，上加尊号为越古金轮圣神皇帝，大赦天下，改元为延载，大酺七日。

秋八月，司宾少卿姚璹为纳言。左肃政御史中丞杨再思为鸾台侍郎，洛州司马杜景俭为凤阁侍郎，仍并同凤阁鸾台平章事。梁王武三思劝率诸蕃酋长奏请大征敛东都铜铁，造天枢于端门之外，立颂以纪上之功业。九月，内史李昭德左授钦州南宾县尉。

冬十月，文昌右丞李元素为凤阁鸾台平章事。

证圣元年春一月，上加尊号曰慈氏越古金轮圣神皇帝，大赦天下，改元，大酺七日。戊子，豆卢钦望、韦巨源、杜景俭、苏味道、陆元方并左授赵、廓、集、绥等州刺史。丙申夜，明堂灾，至明而并从煨烬。庚子，以明堂灾告庙，手诏责躬，令内外文武九品已上各上封事，极言正谏。春二月，上去慈氏越古尊号。

秋九月，亲祀南郊，加尊号天册金轮圣神皇帝，大赦天下，改元为天册万岁，大辟罪已下及犯十恶常赦所不原者，咸赦除之，大酺九日。

万岁登封元年腊月甲申，上登封于嵩岳，大赦天下，改元，大酺九日。丁亥，禅于少室山。己丑，又制内外官三品已上通前赐爵二等，四品已下加两阶。洛州百姓给复二年，登封、告成县三年。癸巳，至自嵩岳。甲午，亲谒太庙。

春三月，重造明堂成。

夏四月，亲享明堂，大赦天下，改元为万岁通天，大酺七日。以天下大旱，命文武官九品以上极言时政得失。五月，营州城傍契丹首领松漠都督李尽忠与其妻兄归诚州刺史孙万荣杀都督赵文翙，举兵反，攻陷营州。尽忠自号可汗。乙丑，命鹰扬将军曹仁师、右金吾大将军张玄遇、右武威大将军李多祚、司农少卿麻仁节等二十八将讨之。

秋七月，命春官尚书、梁王三思为安抚大使，纳言姚璹为之副。制改李尽忠为尽灭，孙万荣为万斩。秋八月，张玄遇、曹仁师、麻仁节与李尽灭战于西硖石黄獐谷，官军败绩，玄遇、仁节并为贼所虏。九月，命右武卫大将军、建安王攸宜为大总管以讨契丹。并州长史王方庆为鸾台侍郎，与殿中监李道广并同凤阁鸾台平章事。吐蕃寇凉州，都督许钦明为贼所执。庚申，王方庆为凤阁侍郎，仍依旧知政事。李尽灭死，其党孙万斩代领其众。

冬十月，孙万斩攻陷冀州，刺史陆宝积死之。十一月⑤，又陷瀛州属县。

二年正月，亲享明堂。凤阁侍郎李元素、夏官侍郎孙元亨坐与綦连耀谋反，伏诛。原州都督府司马娄师德为凤阁侍郎、同凤阁鸾台平章事。春二月，王孝杰、苏宏晖等率兵十八万与孙万斩战于硖石谷，王师败绩，孝杰没于阵，宏晖弃甲而遁。

夏四月，铸九鼎成，置于明堂之庭，前益州大都督府长史王及善为内史。五月，命右金吾大将军、河内王懿宗为大总管，右肃政御史大夫娄师德为副大总管，右武威卫大将军沙吒忠义为前军总管，率兵二十万以讨孙万斩。六月，内史李昭德、司仆少卿来俊臣以罪伏诛。孙万斩为其家奴所杀，余党大溃。魏王承嗣、梁王三思并同凤阁鸾台三品。

秋八月，纳言姚璹为益州大都督府长史。九月，以契丹李尽灭等平，大赦天下，改元为神功，大酺七日。娄师德为纳言。冬十月，前幽州都督狄仁杰为鸾台侍郎，司刑卿杜景俭为凤阁侍郎，并同凤阁鸾台平章事。

圣历元年正月，亲享明堂，大赦天下，改元，大酺九日。春三月，召庐陵王哲于房州。

夏五月，禁天下屠杀。突厥默啜上言，有女请和亲。

秋七月，令淮阳王武延秀往突厥，纳默啜女为妃。遣右豹韬卫大将军阎知微摄春官尚书，赴虏庭。八月，突厥默啜以延秀非唐室诸王，乃囚于别所，率众与阎知微入寇妫、檀等州。命司属卿高平王重规、右武威卫大将军沙吒忠义、幽州都督张仁亶、右羽林卫大将军李多祚等率兵二十万逆击，乃放延秀还。己丑，默啜攻陷定州，刺史孙彦高死之，焚烧百姓庐舍，遇害者数千人。魏王承嗣卒。庚子，梁王三思为内史，狄仁杰为纳言。九月，建昌王攸宁同凤阁鸾台平章事。默啜攻陷赵州，刺史高叡遇害。丙子，庐陵王哲为皇太子，令依旧名显，大赦天下，大酺五日。令纳言狄仁杰为河北道行军元帅。辛巳，皇太子谒太庙。天官侍郎苏味道凤阁侍郎、同凤阁鸾台平章事。癸未，默啜尽杀所掠赵、定州男女万余人，从五回道而去，所至残害，不可胜纪。

冬十月，夏官侍郎姚元崇、麟台少监李峤并同凤阁鸾台平章事。是月，阎知微自突厥叛归，族诛之。

二年春二月，封皇嗣旦为相王。初为宠臣张易之及其弟昌宗置控鹤府官员，寻改为奉宸府，班在御史大夫下。左肃政御史中丞魏元忠为凤阁侍郎，吉顼为天官侍郎，并同凤阁鸾台平章事。戊子，幸嵩山，过王子晋庙。丙申，幸缑山。丁酉，至自嵩山。

夏四月，吐蕃大论赞婆来奔。

秋七月，上以春秋高，虑皇太子、相王与梁王武三思、定王武攸宁等不协，令立誓文于明堂。八月，王及善为文昌左相，豆卢钦望为文昌右相，仍并同凤阁鸾台三品。

冬十月乙亥，幸福昌县。王及善薨。

三年正月戊寅，梁王三思为特进，天官侍郎吉顼配流岭表。腊月辛巳，封皇太子男重润为邵王。狄仁杰为内史。戊寅，幸汝州之温汤。甲戌，至自温汤。造三阳宫于嵩山。

春三月，李峤为鸾台侍郎，知政事如故。

夏四月戊申，幸三阳宫。五月癸丑，上以所疾康复，大赦天下，改元为久视，停金轮等尊号，大酺五日。六月，魏元忠为左肃政御史大夫，仍旧知政事。是夏大旱。

秋七月，至自三阳宫。天官侍郎张锡为凤阁侍郎、同凤阁鸾台平章事，其甥凤阁鸾台平章事李峤为成均祭酒，罢知政事。壬寅，制曰："隋尚书令杨素，昔在本朝，早荷殊遇。禀凶邪之德，有诡佞之才，惑乱君上，离间骨肉。摇动冢嫡，宁唯掘蛊之祸⑥。诱扇后主，卒成请蹯之衅⑦。隋室丧亡，盖惟多僻，究其萌兆⑧，职此之由。生为不忠之人，死为不义之鬼，身虽幸免，子竟族诛。斯则奸逆之谋，是为庭训，险薄之行，遂成门风。刑戮虽加，枝胤仍在⑨，何得肩随近侍，齿列朝行？朕接统百王，恭临四海，上嘉贤佐，下恶贼臣。常欲从容于万机之余，褒贬于千载之外，况年代未远，耳目所存者乎！其杨素及兄弟子孙已下，并不得令任京官及侍卫。"

九月，内史狄仁杰卒。

冬十月甲寅，复旧正朔，改一月为正月，仍以为岁首，正月依旧为十一月，大赦天下。

韦巨源为地官尚书，文昌左丞韦安石为鸾台侍郎、同凤阁鸾台平章事。丁卯，幸新安，曲赦其县。壬申，至自新安。十二月，开屠禁，诸祠祭令依旧用牲牢。

大足元年春正月，制改元。二月，鸾台侍郎李怀远同凤阁鸾台平章事。三月，姚元崇为凤阁侍郎，依旧知政事。丙申，凤阁侍郎张锡坐赃配循州。

夏五月，幸三阳宫。命左肃政御史大夫魏元忠为总管以备突厥。天官侍郎顾琮同凤阁鸾台平章事。六月，夏官侍郎李向秀同凤阁鸾台平章事。辛未，曲赦告成县。

秋七月甲戌，至自三阳宫。九月，邵王重润为易之谮构，令自死。

冬十月，幸京师，大赦天下，改元为长安。

二年春正月，突厥寇监、夏等州，杀掠人吏。

秋九月乙丑，日有蚀之，不尽如钩，京师及四方见之。

冬十月，日本国遣使贡方物。十一月，相王旦为司徒。戊子，亲祀南郊，大赦天下。

三年春三月壬戌，日有蚀之。

夏四月庚子，相王旦表让司徒，许之。改文昌台为中台。李峤知纳言事。六月，宁州雨，山水暴涨，漂流二千余家，溺死者千余人。

秋七月，杀右金吾大将军唐休璟⑩。秋九月，正谏大夫朱敬则同凤阁鸾台平章事。戊申，相王旦为雍州牧。是月，御史大夫兼知政事、太子右庶子魏元忠为张昌宗所谮，左授端州高要尉。京师大雨雹，人畜有冻死者。

冬十月丙寅，驾还神都。乙酉，至自京师。

四年春正月，造兴泰宫于寿安县之万安山。天官侍郎韦嗣立为凤阁侍郎、同凤阁鸾台平章事。朱敬则请致仕，许之。三月，进封平恩郡王重福为谯王，夏官侍郎宗楚客同凤阁鸾台平章事。

夏四月，韦安石知纳言事，李峤知内史事。丙子，幸兴泰宫。六月，天官侍郎崔玄暐同凤阁鸾台平章事，李峤为国子祭酒，知政事如故。七月丙戌，杨再思为内史。甲午，至自兴泰宫。宗楚客左授原州都督。八月，姚元崇为司仆卿，知政事，韦安石检校扬州大都督府长史。

冬十月，秋官侍郎张柬之同凤阁鸾台平章事。十一月，李峤为地官尚书，张柬之为凤阁鸾台平章事。自九月至于是，日夜阴晦，大雨雪，都中人有饥冻死者，令官司开仓赈给。

神龙元年春正月，大赦，改元。上不豫，制自文明元年已后得罪人，除扬、豫、博三州及诸逆魁首，咸赦除之。癸亥，麟台监张易之与弟司仆卿昌宗谋反，皇太子率左右羽林军桓彦范、敬晖等，以羽林兵入禁中诛之。甲辰，皇太子监国，总统万机，大赦天下。是日，上传皇帝位于皇太子，徙居上阳宫。戊申，皇帝上尊号曰则天大圣皇帝。

冬十一月壬寅，则天将大渐，遗制祔庙、归陵，令去帝号，称则天大圣皇后；其王、萧二家及褚遂良、韩瑗等子孙亲属当时缘累者，咸令复业。是日，崩于上阳宫之仙居殿，年八十三，谥曰则天大圣皇后。二年五月庚申，祔葬于乾陵。睿宗即位，诏依上元年故事，号为天后，未几，追尊为大圣天后，改号为则天皇太后。太后尝召文学之士周思茂、范履冰、卫敬业，令撰《玄览》及《古今内范》各百卷，《青宫纪要》、《少阳政范》各三十卷，《维城典训》、《凤楼新诫》、《孝子列女传》各二十卷，《内范要略》、《乐书要录》各十卷，《百僚新诫》、《兆人本业》各五卷，《臣轨》两卷，《垂拱格》四卷，并文集一百二十卷，藏于秘阁。

史臣曰：治乱时也，存亡势也。使桀、纣在上，虽十尧不能治；使尧、舜在上，虽十桀不能乱。使懦夫女子乘时得势，亦足坐制群生之命，肆行不义之威。观夫武氏称制之年，英才接轸[11]，靡不痛心于家索，扼腕于朝危，竟不能报先帝之恩，卫吾君之子。俄至无辜被陷，引颈就诛，天地为笼，去将安所？悲夫！昔掩鼻之谗，古称其毒；人彘之酷[12]，世以为冤。武后夺嫡之谋也，振喉绝襁褓之儿[13]，菹醢碎椒涂之骨[14]，其不道也甚矣，亦奸人妒妇之恒态也。然犹泛延谠议，时礼正人，初虽牝鸡司晨，终能复子明辟，飞语辩元忠之罪，善言尉仁杰之心，尊时宪而抑幸臣，听忠言而诛酷吏。有旨哉，有旨哉！

赞曰：龙漦易貌[16]，丙殿昌储[17]。胡为穹昊[18]，生此夔魖[19]？夺攘神器，秽亵皇居。穷妖白首，降鉴何如[20]。

①曌（zhào，音照）：唐代武则天为自己名字造的字。

②良娣：古代太子姬妾的称号，位在妃下。

③瓯：匣子，小箱子。

④春一月：武则天载初元年改"十一月"为"正月"，"十二月"为腊月，旧"正月"为"一月"。此处"春一月在腊月之前，当为"正月"之误。下文长寿三年及证圣元年两处的"春一月"亦是"正月"之误。

⑤十一月：按当时新历，以"十一月"为"正月"，故无"十一月"之称。此处有讹误。

⑥掘蛊：汉武帝患病，江充说是巫蛊为祟，并预埋铜木人于太子宫地下，然后掘起，以诬陷戾太子。后以"掘蛊"为诬陷帝位继承人的典故。

⑦请躅：指弑逆行为。

⑧萌兆：预兆之意。

⑨枝胤：指后代子孙。

⑩杀右金吾大将军唐休璟：据《旧唐书》卷93《唐休璟传》，休璟卒于睿宗延和元年，未有此时被杀之事，当有脱误。

⑪英才接轸：英才，指杰出的才智。接轸，形容人才济济。

⑫人彘：汉高祖宠幸戚夫人，高祖死，吕后断戚夫人手足，去眼煇耳，饮瘖药，使居厕中，名曰"人彘"。

⑬振喉：指紧掐咽喉。

⑭菹醢：指古代将人剁成肉酱的酷刑。 椒涂：系皇后居住的宫室，因用椒和泥涂壁故名"椒涂"。

⑮谠议：刚直的议论；直言不讳的议论。

⑯龙漦：古代传说中神龙所吐的唾沫。

⑰丙殿：汉代称天子宫，亦用以指太子。

⑱穹昊：犹穹苍、苍天之意。

⑲夔魖：泛指神话传说中的山怪。

⑳降鉴：犹俯察之意。

玄宗本纪上

玄宗至道大圣大明孝皇帝讳隆基，睿宗第三子也，母曰昭成顺圣皇后窦氏。垂拱元年秋八月戊寅，生于东都。性英断多艺①，尤知音律，善八分书，仪范伟丽，有非常之表。三年闰七月丁卯，封楚王。天授三年十月戊戌，出阁②，开府置官属，年始七岁。朔望车骑至朝堂，金吾将军武懿宗忌上严整，诃排仪仗，因欲折之。上叱之曰："吾家朝堂，干汝何事？敢迫吾骑从！"则天闻而特加宠异之。寻却入阁。长寿二年腊月丁卯，改封临淄郡王。圣历元年，出阁，赐第于东都积善坊。大足元年，从幸西京，赐宅于兴庆坊。长安中，历右卫郎将、尚辇奉御。

神龙元年，迁卫尉少卿。景龙二年四月，兼潞州别驾，十二月，加银青光禄大夫，州境有黄龙白日升天。尝出畋③，有紫云在其上，后从者望而得之。前后符瑞凡一十九事。四年，中宗将祀南郊，来朝京师。将行，使术士韩礼筮之。著一茎孑然独立④。礼惊曰："著立，奇瑞非常也，不可言。"属中宗末年⑤，王室多故，上常阴引材力之士以自助⑥。上所居宅外有水池，浸溢顷余，望气者以为龙气。四年四月，中宗幸其第，因游其池，结彩为楼船，令巨象踏之。

至六月，中宗暴崩，韦后临朝称制。韦温、宗楚客、纪处讷等谋倾宗社，以睿宗介弟之重，先谋不利。道士冯道力、处士刘承祖皆善于占兆，诣上布诚款⑦。上所居里名隆庆，时人语讹以"隆"为"龙"；韦庶人称制，改元又为唐隆，皆符御名。上益自负，乃与太平公主谋之，公主喜，以子崇简从。上乃与崇简、朝邑尉刘幽求、长上折冲麻嗣宗、押万骑果毅葛福顺李仙凫、宝昌寺僧普润等定策诛之。或曰："先启大王。"上曰："我拯社稷之危，赴君父之急，事成福归于宗社，不成身死于忠孝，安可先请，忧怖大王乎！若请而从，是王与危事；请而不从，则吾计失矣。"遂以庚子夜率幽求等数十人自苑南入，总监钟绍京又率丁匠百余人从。分遣万骑往玄武门杀羽林将军韦播、高嵩，持首而至，众欢叫大集。攻白兽、玄德等门，斩关而进，左万骑自左入，右万骑自右入，合于凌烟阁前。时太极殿前有宿卫梓宫万骑，闻噪声，皆披甲应之。韦庶人惶惑走入飞骑营，为乱兵所害。于是分遣诛韦氏之党，比明，内外讨捕，皆斩之。乃驰谒睿宗，谢不先启请之罪。睿宗遽前抱上而泣曰："宗社祸难，由汝安定，神祇万姓，赖汝之力也。"拜殿中监、同中书门下三品，兼押左右万骑，进封平王。

睿宗即位，与侍臣议立皇太子，佥曰⑧："除天下之祸者，享天下之福，拯天下之危者，受天下之安。平王有圣德，定天下，又闻成器已下咸有推让，宜膺主鬯⑨，以副群心。"睿宗从之。丙午，制曰：

"舜去四凶而功格天地，武有七德而戡定黎人，故知有大勋者必受神明之福，仗高义者必为匕鬯之主⑩。朕恭临宝位，亭育寰区⑪，以万物之心为心，以兆人之命为命。虽承继之道，咸以冢嫡居尊⑫，而无私之怀，必推功业为首。然后可保安社稷，永奉宗祧。第三子平王基孝而克忠，义而能勇。比以朕居藩邸，虔守国彝⑬，贵戚中人，都无引接。群邪害正，凶党实繁，利口巧言，谗说罔极。韦温、延秀，朋党竞起；晋卿、楚客，交构其间。潜结回邪，排挤端善，潜贮兵甲，将害朕躬。基密闻其期，先难奋发，推身鞠弭⑭，众应如归，呼吸之间，凶渠殄灭。安七庙于几坠，拯群臣于将殒。方舜之功过四，比武之德逾七。灵祇望在，昆弟乐推⑮。一人元良⑯，万邦以定。为副君者，非此而谁？可立为皇太子。有司择日，备礼册命。"

七月己巳，睿宗御承天门，皇太子诣朝堂受册。是日有景云之瑞，改元为景云，大赦天下。

二年，又制曰："惟天生烝人[17]，牧以元后[18]，维皇立国，副以储君。将以保绥家邦，安固后嗣者也。朕纂承洪业，钦奉宝图，夜分不寝，日昃忘倦。茫茫四海，惧一人之未周，烝烝万姓，恐一物之失所。虽卿士竭诚，守宰宣化，缅怀庶域，仍未小康。是以求下人之变风[19]，遵先朝之故事。皇太子基仁孝因心，温恭成德，深达礼体，能辨皇猷[20]，宜令监国，俾尔为政。其六品以下除授及徒罪已下，并取基处分。

延和元年六月，凶党因术人闻睿宗曰："据玄象，帝座及前星有灾，皇太子合作天子，不合更居东宫矣。"睿宗曰："传德避灾，吾意决矣。"七月壬午，制曰：

"朕以寡昧，虔奉鸿休[21]，本殊王季之贤，早达延陵之节。昔在圣历，已让皇嗣之尊，爰暨神龙，终辞太弟之授。岂唯衣冠所睹，抑亦兆庶咸知。顷属国步不夷，时艰主幼，大业有缀旒之惧[22]，宝位深坠地之忧，议迫公卿，遂司契篆，日慎一日，以至于今。一纪之劳，勤亦至矣；万方之俗，化渐行矣。将成宿愿，脱屣寰区。昔尧之禅舜，唯能是与，禹以命启，匪私其亲，神器之重，允归公授。皇太子基有大功于天地，定陟危于社稷，温文既习，圣敬克跻。委之监国，已移岁年，时政益明，庶工惟序。朕之知子，庶不负时，历数在躬，宜陟元后。可令即皇帝位，有司择日授册。朕方比迹洪古，希风太皇，神与化游，思与道合，无为无事，岂不美欤！王公百僚，宜识朕意。"

上意惶惧，驰见叩头，请所以传位之旨。睿宗曰："吾因汝功业得宗社。今帝座有告，思欲逊避，唯圣德大勋，始转祸为福。易位于汝，吾知晚矣。"上始居武德殿视事，三品以下除授及徒罪皆自决之。

先天二年七月三日，尚书左仆射窦怀贞、侍中岑羲、中书令萧至忠崔湜、雍州长史李晋、左羽林大将军常元楷、右羽林将军李慈等与太平公主同谋，期以其月四日以羽林军作乱。上密知之，因以中旨告岐王范[23]、薛王业、兵部尚书郭元振、将军王毛仲，取闲厩马及家人三百余人[24]，率太仆少卿李令问、王守一、内侍高力士、果毅李守德等亲信十数人，出武德殿，入虔化门。枭常元楷、李慈于北阙。擒贾膺福、李猷于内客省以出，执萧至忠、岑羲于朝，皆斩之。睿宗明日下诏曰："朕将高居无为，自今军国政刑一事已上，并取皇帝处分。"上御承天门楼，下制曰：

"朕承累圣之洪休[25]，荷重光之积庆。昔因多难，内属构屯[26]，宝位深坠地之忧，神器有缀旒之惧。事殷家国，义感神祇，吟啸风云，龚行雷电。致君亲于尧、舜，济黔首于休和。遂以孟秋[27]，允升储贰。旋承内禅，继体宸居。拜首之请空勤，让立之诚莫展，恭临亿兆，二载于兹。上禀圣谟，下凝庶绩。八荒同轨，瀛海无波。不谓奸慝潜谋，萧墙窃发。逆贼窦怀贞等并以庸妄，权齿朝廷，毫发之效未申，丘山之衅仍积[28]，共成枭獍[29]，将肆奸回。太上皇圣断宏通，英谋独运，命朕率岐王范、薛王业等躬事诛锄。齐斧一麾，凶渠尽殪。太阳朗耀，澄氛霭于天衢。高风顺时，厉肃杀于秋序。神灵协赞，夷夏相欢，四族之慝既清，七百之祚方永。爰承后命，载阐休期。总军国之大猷，施云雨之鸿泽。承乾之道，既光被于无垠。作解之恩，思式覃于品物。当与亿兆，同此惟新。可大赦天下，大辟罪已下咸赦除之。加邠王守礼实封三百户；宋王成器、申王成义各加实封一千户；岐王范、薛王业各加实封七百户。文武官三品以下赐爵一级，四品已下各加一阶。内外官人被诸道按察使及御史所摘伏[30]，咸宜洗涤，选日依次叙用。"

丁卯，崔湜、卢藏用除名，长流岭表。壬申，王琚为银青光禄大夫、户部尚书，封赵国公，实封三百户；姜皎银青光禄大夫、工部尚书，封楚国公，实封五百户；李令问银青光禄大夫、殿中监，实封三百户；王毛仲辅国大将军、左武卫大将军、检校内外闲厩兼知监牧使、霍国公，实封五百户；王守一银青光禄大夫、太常卿同正员，进封晋国公，实封五百户；并赏其定策功。

琚、皎、令问固让。癸丑，中书侍郎陆象先为益州大都督府长史兼剑南道按察兵马使，尚书左丞张说为检校中书令。甲戌，令毁天枢，取其铜铁充军国杂用。庚辰，王琚为中书侍郎，加实封二百户；姜皎殿中监，仍充内外闲厩使，加实封二百户；李令问殿中少监、知尚食事，加实封二百户。己丑，周孝明高皇帝依旧追赠太原王，宜去帝号；孝明皇后宜称太原王妃；昊陵、顺陵并称太原王及妃墓。

八月壬辰，封州流人刘幽求为尚书左仆射、知军国重事、徐国公，仍依旧实封七百户。制曰："凡有刑人，国家常法。掩骼埋胔，王者用心。自今已后，辄有屠割刑人骨肉者，依法科残害之罪。"

九月，司空兼扬州大都督、宋王成器为太尉兼扬州大都督，益州大都督兼右金吾大将军、申王成义为司徒兼益州大都督，单于大都护兼左金吾大将军、邠王守礼为司空。癸丑，封华岳神为金天王。九月丁卯，宋王成器为开府仪同三司，尚书左仆射刘幽求同中书门下三品，检校中书令、燕国公张说为中书令，特进王仁皎为开府仪同三司。己卯，宴王公百僚于承天门，令左右于楼下撒金钱，许中书门下五品已上官及诸司三品已上官争拾之，仍赐物有差。郭元振兼御史大夫。丙戌，又置右御史台。

冬十一月甲申，幸新丰之温汤。癸卯，讲武于骊山。兵部尚书、代国公郭元振坐亏失军容，配流新州；给事中、摄太常少卿唐绍以军礼有失，斩于纛下。甲辰，畋猎于渭川。同州刺史、梁国公姚元之为兵部尚书、同中书门下三品。乙巳，至自温汤。十一月乙丑，幽求兼知侍中。戊子，上加尊号为开元神武皇帝。

十二月庚寅朔，大赦天下，改元为开元，内外官赐勋一转。改尚书左、右仆射为左、右丞相，中书省为紫微省，门下省为黄门省，侍中为监。雍州为京兆府，洛州为河南府，长史为尹，司马为少尹。国初以来宰相及食实封功臣子孙，一应沈翳未承恩者[31]，令量才擢用。开元元年十二月己亥，禁断泼寒胡戏[32]。癸丑，尚书左丞兼摄黄门监刘幽求为太子少保，罢知政事，紫微令张说为相州刺史。甲寅，门下侍郎卢怀慎同紫微黄门平章事。

二年春正月，关中自去秋至于是月不雨，人多饥乏，遣使赈给。制求直谏昌言弘益政理者。名山大川，并令祈祭。丙寅，紫微令姚崇上言请检责天下僧尼，以伪滥还俗者二万余人。甲申，并州大都督府长史兼检校左卫大将军薛讷同紫微黄门三品，仍总兵以讨奚、契丹。二月，突厥默啜遣其子同俄特勤率众寇北庭都护府，右骁卫将军郭虔瓘击败之，斩同俄于城下。己酉，以旱，亲录囚徒。改太史监罢隶秘书省。闰月癸亥，令道士、女冠、僧尼致拜父母。丁卯，复置十道按察使。己未，突厥默啜妹婿火拔颉利发石失毕与其妻来奔，封燕山郡王，授左卫员外大将军。紫微侍郎、赵国公王琚左授泽州刺史，赐实封一百户，余并停。丁亥，刘幽求为睦州刺史。三月甲辰，青州刺史、郇国公韦安石为沔州别驾；太子宾客、逍遥公韦嗣立为岳州别驾；特进致仕李峤先随子在袁州，又贬滁州别驾；并员外置。去年九月有诏毁天枢，至今春始。

夏五月辛亥，黄门监魏知古工部尚书，罢知政事。六月丁巳，开府仪同三司、宋王成器为岐州刺史，司徒、申王成义为豳州刺史，司空、邠王守礼为虢州刺史；委务于上佐。内出珠玉锦绣等服玩，又令于正殿前焚之。乙丑，兵部尚书致仁、韩国公张仁愿卒。

秋七月，薛讷与副将杜宾客、崔宣道等总兵六万自檀州道遇贼于滦河，为贼所败。讷等屏甲遁归，减死，除名为庶人。辛未，光禄卿窦希球为太子太傅。房州刺史、襄王重茂薨于梁州，谥曰殇帝。丙午，昭文馆学士柳冲、太子左庶子刘子玄刊定《姓族系录》二百卷，上之。以兴庆里旧邸为兴庆宫。诸王傅并停。京官所带跨巾算袋，每朝参日着，外官衙日着，余日停。吐蕃寇临洮军，又游寇兰州、渭州，掠群牧，起薛讷摄左羽林将军、陇右防御使，率杜宾客、郭知运、土畯、安思顺以御之。太常卿、岐王范为华州刺史，秘书监、薛王业为同州刺史。

八月戊午，西天竺国遣使献方物。

九月戊申，幸新丰之温泉。甲寅，制曰："自古帝王皆以厚葬为诫，以其无益亡者，有损生业故也。近代以来，共行奢靡，递相仿效，浸成风俗，既竭家产，多至凋弊。然则魂魄归天，明精诚之已远，卜宅于地，盖思慕之所存。古者不封，未为非达。且墓为真宅，自便有房，今乃别造田园，名为下帐，又冥器等物，皆竞骄侈。失礼违令，殊非所宜。戮尸暴骸，实由于此。承前虽有约束，所司曾不申明，丧葬之家，无所依准。宜令所司据品令高下，明为节制：冥器等物，仍定色数及长短大小；园宅下帐，并宜禁绝；坟墓茔域，务遵简俭；凡诸送终之具，并不得以金银为饰。如有违者，先决杖一百。州县长官不能举察，并贬授远官。

冬十月戊午，至自温泉。薛讷破吐蕃于渭州西界武阶驿，斩首一万七十级，马七万七匹，牛羊四万头。丰安军使郎将、判将军王海宾先锋力战，死之。十一月庚寅，葬殇帝于武功西原。十二乙丑，封皇子嗣真为鄫王，嗣初为鄂王，嗣玄为鄄王。时右威卫中郎将周庆立为安南市舶使，与波斯僧广造奇巧，将以进内。监选使、殿中侍御史柳泽上书谏，上嘉纳之。

三年春正月丁亥，立鄫王嗣谦为皇太子，降死罪已下，大酺三日。癸卯，黄门侍郎卢怀慎为检校黄门监。甲辰，工部尚书魏知古卒。二月，禁断天下采捕鲤鱼。十姓部落左厢五咄六啜、右厢五弩失毕五俟斤，及高丽莫离支高文简、都督陕跌思太等，各率其众自突厥相继来奔，前后总二千余帐。析许州、唐州置仙州。

夏四月，岐王范兼虢州刺史，薛王业兼幽州刺史。六月，山东诸州大蝗，飞则蔽景，下则食苗稼，声如风雨。紫微令姚崇奏请差御史下诸道，促官吏遣人驱扑焚瘗，以救秋稼，从之。是岁，田收有获，人不甚饥。秋七月，刑部尚书李日知卒。

冬十月甲寅，制曰："朕听政之暇，常览史籍，事关理道，实所留心，中有阙疑，时须质问。宜选耆儒博学一人，每日入内侍读。"以光禄卿马怀素为左散骑常侍，与右散骑常侍褚无量并充侍读。甲子，幸郿县之凤泉汤。十一月己卯，至自凤泉汤。乙酉，幸新丰之温汤。丁亥，妖贼崔子岩等入相州作乱。戊子，州司讨平之。甲午，至自温汤。十二月庚午，以军器使为军器监，置官员。是冬无雪。

四年春正月癸未，尚衣奉御长孙昕恃以皇后妹婿，与其妹夫杨仙玉殴击御史大夫李杰，上令朝堂斩昕以谢百官。以阳和之月不可行刑，累表陈请，乃命杖杀之。丁亥，宋王成器、申王成义以"成"字犯昭成皇后谥号，于是成器改名宪，成义改为㧑。刑部尚书、中山郡公李乂卒。二月丙辰，幸新丰之温汤。丁卯，至自温汤。以关中旱，遣使祈雨于骊山，应时澍雨。令以少牢致祭，仍禁断樵采。

夏六月庚寅，月蚀既。癸亥，太上皇崩于百福殿。辛未，京师、华、陕三州大风拔木。癸酉，突厥可汗默啜为九姓拔曳固所杀，斩其首送于京师。默啜兄子小杀继立为可汗。是夏，山东、河南、河北蝗虫大起，遣使分捕而瘗之。其回纥、同罗、习、勃曳固、仆固五部落来附，于大武军北安置。

秋七月丙申，分巂、雅二州置黎州。

冬十月癸丑，户部尚书、新除太子詹事毕构卒。庚午，葬睿宗大圣贞皇帝于桥陵。以同州蒲城县为奉先县，隶京兆府。十一月丁亥，徙中宗神主于西庙。甲午，尚书左丞源乾曜为黄门侍郎、同紫微黄门平章事。辛丑，黄门监兼吏部尚书卢怀慎卒。十二月乙卯，幸新丰之温汤。其夜，定陵寝殿灾。乙丑，至自温汤。尚书、广平郡公宋璟为吏部尚书兼黄门监，紫微侍郎、许国公苏颋同紫微黄门平章事。兵部尚书兼紫微令、梁国公姚崇为开府仪同三司，黄门侍郎、安阳男源乾曜守京兆尹，并罢知政事。停十道采访使。

五年春正月壬寅朔，上以丧制不受朝贺。癸卯寅时，太庙屋坏，移神主于太极殿，上素服避正殿，辍朝五日，日躬亲祭享。辛亥，幸东都。戊辰，昏雾四塞。二月甲戌，至自东都，大赦天下，唯谋反大逆不在赦限，余并宥之。河南百姓给复一年，河南、河北遭涝及蝗虫处，无出今年地租。武德、贞观以来勋臣子孙无位者，访求其后奏闻，有嘉遁幽栖养高不仕者，州牧各以名荐。三月庚戌，于柳城依旧置营州都督府。丁巳，以辛景初女封为固安县主，妻于奚首领饶乐郡王大酺。

夏四月己丑，皇帝第九子嗣一薨，追封夏王，谥曰悼。甲午，以则天拜洛受图坛及碑文并显圣侯庙，初因唐同泰伪造瑞石文所建，令即废毁。六月壬午，巩县暴雨连月，山水泛滥，毁郭邑庐舍七百余家，人死者七十二。汜水同日漂坏近河百姓二百余家。

秋七月甲子，诏曰："古者操皇纲执大象者③，何尝不上稽天道，下顺人极，或变通以随时，爰损益以成务。且衢室创制，度堂以筵。因之以礼神，是光孝德。用之以布政，盖称视朔，先王所以厚人伦感天地者也。少阳有位，上帝欺歆，此则神贵于不黩，礼殷于至敬。今之明堂，俯宫掖，比之严祝，有异肃恭，苟非宪章，将何轨物？由是礼官博士公卿大臣广参群议，钦若前古，宜存露寝之式，用罢辟雍之号。可改为乾元殿，每临御依正殿礼。"九月壬寅，改紫微省依旧为中书省，黄门省为门下省，黄门监为侍中。

冬十月丙子，京师修太庙成。丁丑，诏以故越王贞死非其罪，封故许王男琳为嗣越王，以继其后。戊寅，祔神主于太庙。十一月己亥，契丹首领松漠郡王李失活来朝，以宗女为永乐公主以妻之。司徒兼邓州刺史、申王㧑兼虢州刺史。

六年春正月丙辰朔，以未经大祥，不受朝贺。辛酉，禁断天下诸州恶钱㉞，行二铢四分已上好钱，不堪用者并即销破复铸。将作大匠韦凑上疏，请迁孝敬神主，别立义宗庙。以太子少师兼许州刺史、岐王范兼郑州刺史。二月甲戌，礼币征嵩山隐士卢鸿。

夏五月乙未，孝敬哀皇后祔于恭陵。契丹松漠郡王李失活卒。六月甲申，瀍水暴涨，坏人庐舍，溺杀千余人。乙酉，制以故侍中桓彦范敬晖、故中书令兼吏部尚书张柬之、故特进崔玄暐、故中书令袁恕己配飨中宗庙庭，故司空苏瓌、故左丞相太子少保郴州刺史刘幽求配飨睿宗庙庭。

秋七月己未，秘书监马怀素卒。

九月乙未，遣工部尚书刘知柔持节往河南道存问。

冬十月丙申，车驾还京师。十一月辛卯，至自东都。丙申，亲谒太庙，回御承天门，诏："七庙元皇帝已上三祖枝孙有失官序者，各与一人五品京官。内外官三品已上有庙者，各赐物三十匹，以备修祭服及俎豆。"赐文武官有差。乙巳，传国八玺依旧改称宝，符玺郎为符宝郎。十二月，以开府仪同三司兼泽州刺史、宋王宪为泾州刺史，司徒兼虢州刺史、申王㧑为绛州刺史，以太子少师兼郑州刺史、岐王范为岐州刺史，以太子少保兼卫州刺史、薛王业为虢州刺史。

七年春正月，吐蕃遣使朝贡。三月丁酉，左武卫大将军、霍国公王毛仲加特进。渤海靺鞨郡王大祚荣死，其子武艺嗣位。

夏四月癸酉，开府仪同三司王仁皎薨。五月己丑朔，日有蚀之。

秋七月丙辰，制以亢阳日久，上亲录囚徒，多所原免。诸州委州牧、县宰量事处置。八月癸丑，敕："周公制礼，历代不刊。子夏为传，孔门所受。逮及诸家，或变例。与其改作，不如好古。诸服纪宜一依旧文。"九月甲子，改昭文馆依旧为弘文馆。宋王宪徙封宁王。

冬十月，于东都来庭县廨置义宗庙。辛卯，幸新丰之温汤。癸卯，至自温汤。戊寅，皇太子诣国学行齿胄礼，陪位官及学生赐物有差。十二月丙戌，置弘文、崇文两馆雠校书郎官员。

八年春正月甲子朔，皇太子加元服。乙丑，皇太子谒太庙。丙寅，会百官于太极殿；赐物有差。壬申，右散骑常侍、舒国公褚无量卒。己卯，侍中宋璟为开府仪同三司，中书侍郎苏颋为礼部尚书，并罢知政事。京兆尹源乾曜为黄门侍郎，并州大都督府长史张嘉贞为中书侍郎，并同中书门下平章事。二月丁酉，皇子敏薨，追封怀王，谥曰哀。

夏五月丁卯，源乾曜为侍中，张嘉贞为中书令。南天竺国遣使献五色鹦鹉。六月壬寅夜，东都暴雨，谷水泛涨。新安、渑池、河南、寿安、巩县等庐舍荡尽，共九百六十一户，溺死者八百一十五人。许、卫等州掌闲番兵溺者千一百四十八人。

秋九月，突厥欲谷寇甘、凉等州，凉州都督杨敬述为所败，掠契苾茈兹部落而归。以御史大夫王晙为兵部尚书兼幽州都督，黄门侍郎韦抗为御史大夫、朔方总管以御之。甲子，太子少师兼岐州刺史、岐王范兼太子太傅，太子少保兼虢州刺史、薛王业为太子太保，余并如故。

冬十月辛巳，幸长春宫。壬午，畋于下邽。十一月乙丑，至自长春宫。辛未，突厥寇凉州，杀人掠羊马数万计而去。

九年春正月丙辰，改蒲州为河中府，置中都。丙寅，幸新丰之温汤。

夏四月庚寅，兰池州叛胡显首伪称叶护康待宾、安慕容，为多览杀大将军何黑奴，伪将军石神奴、康铁头等，据长泉县，攻陷六胡州。兵部尚书王晙发陇右诸军及河东九姓掩讨之。甲戌，上亲策试应制举人于含元殿，谓曰："古有三道，今减二策。近无甲科，朕将存其上第，务收贤俊，用宁军国。"仍令有司设食。

秋七月戊申，罢中都，依旧为蒲州。己酉，王晙破兰池州叛胡，杀三万五千骑。丙辰，扬、润等州暴风，发屋拔树，漂损公私船舫一千余只。辛酉，集诸酋长，斩康待宾。先天中，重修三九射礼，至是，给事中许景先抗疏罢之。九月己巳朔，日有蚀之。丁未，开府仪同三司、梁国公姚崇死。丁巳，御丹凤楼，宴突厥首领。庚申，幸中书省。癸亥，右羽林将军、权检校并州大都督府长史、燕国公张说为兵部尚书、同中书门下三品。

冬十一月丙辰，左散骑常侍元行冲上《群书目录》二百卷，藏之内府。庚午冬至，大赦天下，内外官九品已上加一阶，三品已上加爵一等。自六月二十日、七月三日匡卫社稷食实封功臣，坐事削除官爵，中间有生有死，并量加收赠。致仕官合佩鱼者听其终身。赐酺三日。十二月乙酉，幸新丰之温汤。壬午，至自温汤。是冬无雪。

十年春正月丁巳，幸东都。甲子，省王公已下视品官参佐及京三品已上官伏身职员。乙丑，停天下公廨钱，其官人料以税户钱充，每月准旧分例数给。戊申，内外官职田，除公廨田园外，并官收，给还逃户及贫下户欠丁田。二月戊寅，至东都。三月戊申，诏自今内外官有犯赃至解免已上，纵逢赦免，并终身勿齿。

夏四月丁酉，封契丹首领松漠都督李郁于为松漠郡王，奚首领饶乐都督李鲁苏为饶乐郡王。五月，东都大雨，伊、汝等水泛涨，漂坏河南府及许、汝、仙、陈等州庐舍数千家，溺死者甚众。闰五月壬申，兵部尚书张说往朔方军巡边。戊寅，敕诸番充质宿卫子弟，并放还国。六月辛丑，上训注《孝经》，颁于天下。癸卯，以余姚县主女慕容氏为燕郡公主，出降奚首领饶乐郡王李鲁苏。己巳，增置京师太庙为九室，移孝和皇帝神主以就正庙。

秋八月丙戌，岭南按察使裴伷先上言安南贼帅梅叔鸾等攻围州县，遣骠骑将军兼内侍杨思勗讨之。丁亥，遣户部尚书陆象先往汝、许等州存抚赈给。丙申，博、棣等州黄河堤破，漂损田稼。

九月，张说擒康愿子于木盘山。诏移河曲六州残胡五万余口于许、汝、唐、邓、仙、豫等州，始空河南朔方千里之地。甲戌，秘书监、楚国公姜皎坐事，诏杖之六十，配流钦州，死于路。都水使者刘承祖配流雷州。乙亥，制曰："朕君临宇内，子育黎元。内修睦亲，以叙九族。外协庶政，以济兆人。勋戚加优厚之恩，兄弟尽友于之至。务崇敦本，克慎明德。今小人作孽，已伏宪章，恐不逞之徒，犹未能息。凡在宗属，用申征诫：自今已后，诸王、公主、驸马、外戚家，除非至亲以外，不得出入门庭，妄说言语。所以共存至公之道，永协和平之义，克固藩翰，以保厥休。贵戚懿亲，宜书座右。"又下制，约百官不得与卜祝之人交游来往。乙卯夜，京兆人权梁山伪称襄王男，自号光帝，与其党权楚璧，以屯营兵数百人，自景风、长乐等门斩关入宫城构逆。至晓兵败，斩梁山，传首东都。废河阳柏崖仓。

冬十月癸丑，乾元殿依旧题为明堂。甲寅，幸寿安之故兴泰宫，畋猎于上宜川。庚申，至自兴泰宫。波斯国遣使献狮子。十一月乙未，初令宰相共食实封三百户。十二月，停按察使。

十一年春正月丁卯，降都城见禁囚徒，流、死罪减一等，余并原之。己巳，北都巡狩，敕所至处存问高年、鳏寡茕独、征人之家；减流、死罪一等，徒以下放免。庚辰，幸并州、潞州，宴父老，曲赦大辟罪已下，给复五年。别改其旧宅为飞龙宫。辛卯，改并州为太原府，官吏补授，一准京兆、河南两府。百姓给复一年，贫户复二年，元从户复五年。武德功臣及元从子孙，有才堪文武未有官者，委府县搜扬，具以名荐。上亲制《起义堂颂》及书，刻石纪功于太原府之南街。戊申，次晋州。坛场使、中书令张嘉贞贬为幽州刺史。壬子，祠后土于汾阴之脽上，升坛行事官三品已上加一爵，四品已上加一阶，陪位官赐勋一转。改汾阴为宝鼎县。癸亥，兵部尚书张说兼中书令。三月庚午，车驾至京师，制所经州、府、县无出今年地税，京城见禁囚徒并原免之。

夏四月丙辰，迁祔中宗神主于太庙。癸亥，张说正除中书令，吏部尚书、中山公王晙为兵部尚书、同中书门下三品。五月己巳，北都置军器监官员。王晙为朔方节度使，兼知河北郡、陇右、河西兵马使。六月，王晙赴朔方军。

秋八月戊申，尊八代祖宣皇帝庙号献祖，光皇帝庙号懿祖，始祔于太庙之九室。九月己巳，颁上撰《广济方》于天下，仍令诸州各置医博士一人。春秋二时释奠，诸州宜依旧用牲牢，其属县用酒醢而已。

冬十月丁酉，幸新丰之温泉宫。甲寅，至自温泉。

十一月戊寅，亲祀南郊，大赦天下，见禁囚徒死罪至徒流已下免除之。升坛行事及供奉官三品已上赐爵一极，四品转一阶。武德以来实封功臣、知政宰辅沦屈者，所司具以状闻，赐酺三日，京城五日。是月，自京师至于山东、淮南大雪，平地三尺余。丁亥，废军器监官员，少府监加置少监一人以充之。十二月甲午，幸凤泉汤。戊申，至自凤泉汤。庚申，王晙授蕲州刺史。

十二年夏四月，封故泽王上金男义珣为嗣泽王。嗣许王璀左授鄂州别驾，以弟璆为上金嗣故也。癸卯，嗣江王祎降为信安郡王，嗣蜀王褕为广汉郡王，嗣密王彻为濮阳郡王，嗣曹王臻为济国公，嗣赵王琚为中山郡王，武阳郡王堪为沣国公。祎等并自神龙之后外继为王，以璀利泽王之封，尽令归宗改封焉。

秋七月壬申，月蚀既。己卯，废皇后王氏为庶人。后弟太子少保、驸马都尉守一贬为泽州别驾，至蓝田，赐死。户部尚书、河东伯张嘉贞贬台州刺史。

冬十一月庚申，幸东都，至华阴，上制岳庙文，勒之于石，立于祠南之道周。戊寅，至自东都。庚辰，司徒、申王㧑薨，追谥曰惠庄太子。五溪首领覃行璋反，遣镇军大将军兼内侍杨思勖讨平之。闰十二月丙辰朔，日有蚀之。

十三年春正月乙酉，以幽州都督府为大都督府。戊子，降死罪从流，流已下罪悉原之。分遣御史中丞蒋钦绪等往十道流决囚徒。二月戊午，幸龙门，即日还宫。乙亥，初置旷骑，分隶十二司。丙子，改幽州为邠州，郑州为莫州，梁州为襄州，沅州为巫州，舞州为鹤州，泉州为福州，以避文相类及声相近者。

三月甲午，皇太子嗣谦改名鸿；郯王嗣直改名潭，徙封庆王，陕王嗣升改名浚，徙封忠王；鄫王嗣真改名浕，徙封棣王；鄂王嗣初改名涓，徙封郎王；嗣玄改名滉，封荣王。又第八子涺封为光王，第十二男潍封为仪王，第十三男沄封为颍王，第十六男泽封为永王，第十八男清封为寿王，第二十男洄封为延王，第二十一男沐封为盛王，第二十二男溢封为济王。丙申，御史大夫程行谌奏：“周朝酷吏来子珣、万国俊、王弘义、侯思止、郭霸、焦仁亶、张知默、李敬仁、唐奉一、来俊臣、周兴、丘神绩、索元礼、曹仁哲、王景昭、裴籍、李秦授、刘光业、王德寿、屈贞筠、鲍思恭、刘景阳、王处贞等二十三人，残害宗枝，毒陷良善，情状尤重，子孙不许仕宦。陈嘉言、鱼承晔、皇甫文备、傅游艺四人，情状虽轻，子孙不许近任。请依开元二年二月五日敕。”

夏四月丁巳，改集仙殿为集贤殿，丽正殿书院改集贤殿书院；内五品已上为学士，六品已下为直学士。癸酉，令朝集使各举所部孝悌文武，集于泰山之下。五月庚寅，妖贼刘定高率其党夜犯通洛门，尽擒斩之。六月乙亥，废都西市。

冬十月癸丑，新造铜仪成，置于景运门内，以示百官。辛酉，东封泰山，发自东都。十一月丙戌，至兖州岱宗顿。丁亥，致斋于行宫。己丑，日南至，备法驾登山，仗卫罗列岳下百余里。诏行从留于谷口，上与宰臣、礼官升山。庚寅，祀昊天上帝于上坛，有司祀五帝百神于下坛。礼毕，藏玉册于封祀坛之石礲，然后燔柴。燎发，群臣称万岁，传呼自山顶至岳下，震动山谷。上还斋宫，庆云见，日抱戴。辛卯，祀皇地祇于社首，藏玉册于石礲，如封祀坛之礼。壬辰，御帐殿受朝贺，大赦天下，流人未还者放还。内外官三品已上赐爵一等，四品已下赐一阶，登山官封赐一阶，褒圣侯量才与处分。封泰山神为天齐王，礼秩加三公一等，近山十里，禁其樵采。赐酺七日。侍中源乾曜为尚书左丞相兼侍中，中书令张说为尚书右丞相兼中书令。甲午，发岱岳。丙申，幸孔子宅，亲设奠祭。十二月己巳，至东都。时累岁丰稔，东都米斗十钱，青、齐米斗五钱。是冬，分吏部为十铨，敕礼部尚书苏颋、刑部尚书韦抗、工部尚书卢从愿等分掌选事。

十四年春正月癸亥，改封契丹松漠郡王李召固为广化王，奚饶乐郡王李鲁苏为奉诚王，封宗室外甥女二人为公主，各以妻之。二月庚戌朔，邕州獠首领梁大海、周光等据宾、横等州叛，遣骠骑大将军兼内侍杨思勖讨之。三月壬寅，以国甥东华公主降于契丹李召固。

夏四月癸丑，御史中丞宇文融与御史大夫崔隐甫弹尚书右丞相、兼中书令张说，鞫于尚书省。丁巳，户部侍郎李元紘同中书门下平章事。庚申，张说停兼中书令。丁卯，太子少师、岐王范死，册赠惠文太子。辛丑，于定、恒、莫、易、沧等五州置军以备突厥。五月癸卯，户部进计帐，今年管户七百六万九千五百六十五，管口四千一百四十一万九千七百一十二。六月戊午，大风，拔木发屋，毁端门鸱吻，都城门等及寺观鸱吻落者殆半。上以旱、暴风雨，命中外群官上封事，指言时政得失，无有所隐。

秋七月癸丑夜，瀍水暴涨入漕，漂没诸州租船数百艘，溺者甚众。九月己丑，检校黄门侍郎兼碛西副大都护杜暹同中书门下平章事。是秋，十五州言旱及霜，五十州言水，河南、河北尤甚，苏、同、常、福四州漂坏庐舍，遣御史中丞宇文融检覆赈给之。

冬十月，废麟州。庚申，幸汝州广成汤。己巳，还东都。十一月甲戌，突厥遣使来朝。辛丑，渤海靺鞨遣其子义信来朝，并献方物。十二月丁巳，幸寿安之方秀川。己未，日色赤如赭。壬戌，还东都。

十五年春正月戊寅，制草泽有文武高才，令诣阙自举。庚子，太史监复为太史局，依旧隶秘书省。辛丑，凉州都督王君㚟破吐蕃于青海之西，虏辎车、马羊而还。二月，遣左监门将军黎敬仁往河北赈给贫乏，时河北牛畜大疫。己巳，尚书右丞相张说、御史大夫崔隐甫、中丞宇文融以朋党相构，制说致仕，隐甫免官侍母，融左迁魏州刺史。

夏五月，晋州大水，漂损居人庐舍。癸酉，以庆王潭为凉州都督兼河西诸军节度大使；忠王浚为单于大都护、朔方节度大使；棣王洽为太原冀北牧、河北诸军节度大使，鄂王涓为幽州都督、河北节度大使；荣王滉为京兆牧、陇右节度大使；光王涺为广州都督、五府节度大使；仪王潍为河南牧；颖王沄为安东都护、平卢军节度大使；永王泽为荆州大都督；寿王清为益州大都督、剑南节度大使；延王泂为安西大都护、碛西节度大使；盛王沐为扬州大都督，并不出阁。

秋七月甲戌，雷震兴教门楼两鸱吻，栏槛及柱灾。礼部尚书苏颋卒。庚寅，鄜州洛水泛涨，坏人庐舍。辛卯，又坏同州冯翊县廨宇，及溺死者甚众。丙申，改武临县为颖阳县。己亥，赦都城系囚，死罪降从流，徒已下罪悉免之。九月丙子，吐蕃寇瓜州，执刺史田元献及王君㚟父寿，杀掠人吏，尽取军资仓粮而去。丙戌，突厥毗伽可汗使其大臣梅录啜来朝。闰月庚子，突骑施苏录、吐蕃赞普围安西，副大都护赵颐贞击走之。庚申，车驾发东都，还京师。回纥部落杀王君㚟于甘州之巩笔驿。制检校兵部尚书萧嵩兼判凉州事，总兵以御吐蕃。是秋，六十三州水，十七州霜旱；河北饥，转江淮之南租米百万石以赈给之。

冬十月己卯，至自东都。十二月乙亥，幸温泉宫。丙戌，至自温泉宫。

十六年春正月庚子，始听政于兴庆宫。春、泷等州獠首领泷州刺史陈行范、广州首领冯仁智、何游鲁叛，遣骠骑大将军杨思勖讨之。壬寅，安西副大都护赵颐贞败吐蕃于曲子城。甲子，黑水靺鞨遣使来朝献。

秋七月，吐蕃寇瓜州，刺史张守珪击破之。乙巳，检校兵部尚书萧嵩、鄯州都督张志亮攻拔吐蕃门城，斩获数千级，收其资畜而还。丙辰，新罗王金兴光遣使贡方物。

八月己巳，特进张说进《开元大衍历》，诏命有司颁行之。辛卯，萧嵩又遣杜宾客击吐蕃于祁连城，大破之，获其大将一人，斩首五千级。九月丙午，以久雨，降死罪从流，徒以下原之。

冬十月己卯，幸温泉宫。己丑，至自温泉宫。十一月癸巳朔，检校兵部尚书、河西节度判凉州事萧嵩为兵部尚书、同中书门下平章事，余如故。十二月丁卯，幸温泉宫。丁丑，至自温泉宫。

十七年二月丁卯，巂州都督张审素攻破蛮，拔昆明城及监城，杀获万人。庚子，特进张说复为尚书左丞相，同州刺史陆象先为太子少保。甲寅，礼部尚书、信安王祎帅众攻拔吐蕃石堡城。

夏四月癸亥，令中书门下分就大理、京兆、万年、长安等狱疏决囚徒。制天下系囚死罪减一等，余并宥之。丁亥，大风震电，蓝田山崩。五月癸巳，复置十道按察使。右散骑常侍徐坚卒。六月甲戌，尚书左丞相源乾曜停兼侍中，黄门侍郎杜暹为荆州大都督府长史，中书侍郎李元纮为曹州刺史。兵部尚书萧嵩兼中书令。户部侍郎兼鸿胪卿宇文融为黄门侍郎，兵部侍郎裴光庭为中书侍郎，并同中书门下平章事。

秋七月辛丑，工部尚书张嘉贞卒。八月癸亥，上以降诞日，宴百僚于花萼楼下。百僚表请以每年八月五日为千秋节，王公已下献镜及承露囊，天下诸州咸令宴乐，休暇三日，仍编为令，从之。丙寅，越州大水，漂坏廨宇及居人庐舍。己卯，中书侍郎裴光庭兼御史大夫，依旧知政事。乙酉，尚书右丞相、开府仪同三司兼吏部尚书宋璟为尚书左丞相，尚书左丞相源乾曜为太子少傅。九月壬子，宇文融左迁汝州刺史，俄又贬昭州平乐尉。壬寅，裴光庭为黄门侍郎，依旧知政事。

冬十月戊午朔，日有蚀之，不尽如钩。癸未，睦州献竹实。庚申，前太子宾客元行冲卒。

十一月庚申，亲飨九庙。辛卯，发京师。丙申，谒桥陵，上望陵涕泣，左右并哀感。制奉先县同赤县，以所管万三百户供陵寝，三府兵马供宿卫，曲赦县内大辟罪已下。戊戌，谒定陵，己亥，谒献陵，壬寅，谒昭陵，己巳，谒乾陵。戊申，车驾还宫。大赦天下，流移人并放还，左降移迁处。百姓无出今年地税之半。每陵取侧近六乡供陵寝。内外官三品已上加爵一等，四品已下赐一阶，五品已上清官父母亡者，依级赐官及邑号。十二月辛酉，幸温泉宫。乙丑，校猎渭滨。壬申，至自温泉宫。是冬无雪。

十八年春正月辛卯，黄门侍郎裴光庭为侍中，依旧兼御史大夫。左丞相张说加开府仪同三司。丙午，幸薛王业宅，即日还宫。二月丙寅，大雨雪，俄而雷震，左飞龙厩灾。三月辛卯，改定州县上中下户口之数，依旧给京官职田。

夏四月乙卯，筑京城外郭城，凡十月而功毕。壬戌，幸宁亲公主第，即日还宫。乙丑，裴光庭兼吏部尚书。是春，命侍臣及百僚每旬暇日寻胜地宴乐，仍赐钱，令所司供帐造食。丁卯，侍臣已下宴于春明门外宁王宪之园池，上御花萼楼邀其回骑，便令坐饮，递起为舞，颁赐有差。五月，契丹衙官可突干杀其主李召固，率部落降于突厥，奚部落亦随西叛。奚王李鲁苏来奔，召固妻东华公主陈氏及鲁苏妻东光公主韦氏并奔投平卢军。制幽州长史赵含章率兵讨之。六月庚申，命左右丞相、尚书及中书门下五品已上官，举才堪边任及刺史者。甲子，彗星见于五车。癸酉，有星孛于毕、昴。丙子，命单于大都护、忠王浚为河北道行军元帅，御史大夫李朝隐、京兆尹裴伷先为副，率十八总管以讨契丹及奚等，事竟不行。壬午，东都瀍、洛泛涨，坏天津、永济二桥及提象门外仗舍，损居人庐舍千余家。

闰月甲申，分幽州置蓟州。己丑，令范安及、韩朝宗就瀍、洛水源疏决，置门以节水势。辛卯，礼部奏请千秋节休假三日，及村闾社会，并就千秋节先赛白帝，报田祖，然后坐饮，从之。

秋七月庚辰，幸宁王宪第，即日还宫。八月丁亥，上御花萼楼，以千秋节百官献贺，赐四品已上金镜、珠囊、缣采，赐五品已下束帛有差。上赋八韵诗，又制《秋景诗》。辛亥，幸永穆公主宅，即日还宫。

九月，先是高户捉官本钱；乙卯，御史大夫李朝隐奏请薄税百姓一年租钱充，依旧高户及典正等捉，随月收利，供官人税钱。

冬十月，吐蕃遣其大臣名悉猎献方物请降，许之。庚寅，幸岐州之凤泉汤。癸卯，至自凤泉汤。十一月丁卯，幸新丰温泉宫。十二月戊子，丰州刺史袁振坐妖言下狱死。戊申，尚书左丞相、燕国公张说薨。是岁，百僚及华州父老累表请上尊号内请加"圣文"两字，并封西岳，不允。

十九年春正月壬戌，开府仪同三司、霍国公王毛仲贬为瀼州别驾，中路赐死，党与贬黜者十数人。辛卯，遣鸿胪卿崔琳入吐蕃报聘。丙子，亲耕于兴庆宫龙池。己卯，禁采捕鲤鱼。天下州府春秋二时社及释奠，停牲牢，唯用酒醢，永为常式。二月甲午，以崔琳为御史大夫。三月乙酉朔，崔琳使于吐蕃。

夏四月壬午，于京城置礼院。丙申，令两京及天下诸州各置太公尚父庙，以张良配飨，春秋二时仲月上戊日祭之。五月壬戌，五岳各置老君庙。六月乙酉，大风拔木。

秋八月辛巳，降天下死罪从流，徒已下悉原之。九月辛未，吐蕃遣其国相论尚他硉来朝。

冬十月丙申，幸东都。十一月丙辰，至自东都。甲子，太子少傅源乾曜薨。十二月，巂州都督张审素以劫制使监察御史杨汪伏诛。是冬，浚苑内洛水，六十余日而罢。戊戌，裴光庭上《瑶山往则》、《维城前轨》各一卷，上令赐太子、诸王各一本。

二十年春正月乙卯，以礼部尚书、信安王祎率兵讨契丹。丁巳，幸长芬公主宅，乙丑，幸薛王业宅，并即日还宫。二月己未，敕文武选人，承前例三月三十日为例，然开选门，比团甲进官至夏来⑤。自今已后，选门并正月内开，团甲二月内讫。分命宰相录京城诸狱系囚。三月，信安王祎与幽州长史赵含章大破奚、契丹于幽州之北山。

夏四月乙亥，宴百僚于上阳东州，醉者赐以床褥，肩舆而归，相属于路。癸巳，改造天津桥，毁皇津桥，合为一桥。五月癸卯，寒食上墓，宜编入五礼，永为恒式。辛亥，金仙长公主薨。戊辰，信安王献奚、契丹之俘，上御应天门受之。六月丁丑，单于大都护、河北东道行军元帅、忠王浚加司徒，都护如故；副大使信安王祎加开府仪同三司。庚寅，幽州长史赵含章坐盗用库物，左监门员外将军杨元方受含章馈饷，并于朝堂决杖，流瀼州，皆赐死于路。其月，遣范安及于长安广花蕚楼，筑夹城至芙蓉园。

秋七月戊辰，幸宁王宪宅，即日还宫。八月辛未朔，日有蚀之。己卯，户部尚书王晙卒。九月乙巳，中书令萧嵩等奏上《开元新礼》一百五十卷，制所司行用之。渤海靺鞨寇登州，杀刺史韦俊，命左领军将军盖福顺发兵讨之。

冬十月丙戌，命巡幸所至，有贤才未闻达者举之。仍令中书门下疏决囚徒。辛卯，至潞州之飞龙宫，给复三年，兵募丁防先差未发者，令改出余州。辛丑，至北都。癸丑，曲赦太原，给复三年。十一月庚午，祀后土于脽上，大赦天下，左降官量移近处。内外文武官加一阶，开元勋臣尽假紫及绯。大酺三日。十二月壬申，至京师。其年户部计户七百八十六万一千二百三十六，口四千五百四十三万一千二百六十五。

二十一年春正月庚子朔，制令士庶家藏《老子》一本，每年贡举人量减《尚书》、《论语》两条策，加《老子》策。乙巳，迁祔肃明皇后神主于庙，毁仪坤庙。丁巳，幸温泉宫。己未，命工部尚书李嵩使于吐蕃。癸亥，至自温泉宫。三月乙巳，侍中裴光庭薨。甲寅，尚书右丞韩休为黄门侍郎、同中书门下平章事。闰月，幽州道副总管郭英杰等讨契丹，为所败于都山之下，英杰死之。

夏四月丁己，以久旱，命太子少保陆象先、户部尚书杜暹等七人往诸道宣慰赈给，及令黜陟官吏，疏决囚徒。丁酉，宁王宪为太尉，薛王业为司徒，庆王潭为太子太师，忠王浚为开府仪同三司，棣王洽为太子少傅，鄂王涓为太子太保。五月甲申，皇太子纳妃薛氏。制天下死罪降从流，流已下释放。京文武官赐勋一转。

秋七月乙丑朔，日有蚀之。九月壬午，封皇子溢为济王，沔为信王，泚为义王，潍为陈王，澄为丰王，潓为恒王，滽为凉王，滔为深王。

冬十月庚戌，幸温泉宫。十一月戊子，尚书右丞相宋璟以年老请致仕，许之。十二月丁未，兵部尚书、徐国公萧嵩为尚书右丞相，黄门侍郎韩休为兵部尚书，并罢知政事。京兆尹裴耀卿为黄门侍郎，前中书侍郎张九龄起复旧官，并同中书门下平章事。是岁，关中久雨害稼，京师饥，诏出太仓米二百万石给之。

二十二年春正月癸亥朔，制古圣帝明皇、岳渎海镇用牲牢㊱，余并以酒醴充奠。己巳，幸东都。辛未，太府卿严挺之、户部侍郎裴宽于河南存问赈给。乙酉，怀、卫、邢、相等五州乏粮，遣中书舍人裴敦复巡问，量给种子。己丑，至东都。

二月壬寅，秦州地震，廨宇及居人庐舍崩坏殆尽，压死官吏以下四十余人，殷殷有声，仍连震不止。命尚书右丞相萧嵩往祭山川，并遣使存问赈恤之，压死之家给复一年，一家三人已上死者给复二年。辛亥，初置十道采访处置使。征恒州张果先生，授银青光禄大夫，号曰通玄先生。三月，没京兆商人任令方资财六十余万贯。壬午，欲令不禁私铸钱，遣公卿百僚详议可否。众以为不可，遂止。

夏四月乙未，伊西、北庭且依旧为节度。废太庙署，以太常寺奉宗庙。庚子，唐州界准胜州例立表，测候日晷影长短。乙巳，诏京都见禁囚徒，令中书门下及留守检校覆降罪，天下诸州委刺史。丁未，眉州鼎皇山下江水中得宝鼎。甲寅，北庭都护刘涣谋反，伏诛。五月戊子，黄门侍郎裴耀卿为侍中，中书侍郎张九龄为中书令，黄门侍郎李林甫为礼部尚书、同中书门下平章事。关中大风拔木，同州尤甚。是夏，上自于苑中种麦，率皇太子已下躬自收获，谓太子等曰："此将荐宗庙，是以躬亲，亦欲令汝等知稼穑之难也。"因分赐侍臣，谓曰："比岁令人巡检苗稼，所对多不实，故自种植以观其成；且《春秋》书麦禾，岂非古人所重也！"

六月乙未，遣左金吾将军李佺于赤岭与吐蕃分界立碑。

秋七月己巳，司徒、薛王业薨，追谥为惠宣太子。甲申，遣中书令张九龄充河南开稻田使。八月，先是驾至东都，遣侍中裴耀卿充江淮、河南转运使，河口置输场。壬寅，于输场东置河阴县。又遣张九龄于许、豫、陈、亳等州置水屯。九月壬申，改饶乐都督府为奉诚都督府。辛巳，移登州平海军于海口安置。

冬十月甲辰，试司农卿陈思问以赃私配流瀼州。十二月戊子朔，日有蚀之。乙巳，幽州长史张守珪发兵讨契丹，斩其王屈烈及其大臣可突干于阵，传首东都，余叛奚皆散走山谷。立其酋长李过折为契丹王。是岁，突厥毗伽可汗死。断京城乞儿。

二十三年春正月己亥，亲耕籍田，上加至九推而止，卿已下终其亩。大赦天下。京文武官及朝集采访使三品已下加一爵，四品已下加一阶，外官赐勋一转。其才有霸王之略、学究天人之际、及堪将帅牧宰者，令五品已上清官及刺史各举一人。致仕官量与改职，依前致仕。赐酺三日。三月丁卯，殿中侍御史杨万顷为仇人所杀。

夏五月戊寅，宗子请率月俸于兴庆宫建龙池，上《圣德颂》。

秋七月丙子，皇太子鸿改名瑛，庆王直已下十四王并改名。又封皇子玭为义王，珪为陈王，珙为丰王，琪为恒王，璿为凉王，璥为汴王。其荣王琬已下并开府置官属，各食实封二千户。八月戊子，制鳏寡茕独免今年地税之半，江淮已南有遭水处，本道使赈给之。九月戊申，移泗州就临淮县置。

冬十月辛亥，移隶伊西、北庭都护属四镇节度。突骑施寇北庭及安西拨换城。十一月壬申朔，日有蚀之。十二月，新罗遣使朝献。

二十四年春正月，吐蕃遣使献方物。北庭都护盖嘉运率兵击突骑施，破之。三月乙未，始移考功贡举，遣礼部侍郎掌之。

夏六月丙午，京兆醴泉妖人刘志诚率众为乱，将趋京城，咸阳官吏烧便桥以断其路，俄而散走，京兆府尽擒斩之。是夏大热，道路有暍死者。

秋七月庚子，太子太保陆象先卒。辛丑，李林甫为兵部尚书，依旧知政事。己巳，初置寿星坛，祭老人星及角、亢等七宿。八月戊申朔，加亲舅小功服，舅母缌麻服，堂舅袒免㊲。己亥，深王滔薨。九月壬午，改尚书主爵曰司封。

冬十月戊申，车驾发东都，还西京。甲子，至华州，曲赦行在系囚。丁丑，至自东都。十一月壬寅，侍中裴耀卿为尚书左丞相，中书令张九龄为尚书右丞相，并罢知政事。

兵部尚书李林甫兼中书令，殿中监牛仙客兵部尚书、同中书门下三品。尚书右丞相萧嵩为太子太师，工部尚书韩休为太子少保。十二月戊申，太子太师、庆王琮为司徒。丙寅，牛仙客知门下省事。

①英断：英明果断之意。

②出阁：此处指皇子出就封国。

③出畋：亦称"出田"，指出外打猎之意。

④蓍：草名，入药。我国古代常用它的茎占卜。

⑤属：此处作"适逢"之意解。

⑥材力：指勇力膂力。

⑦诚款：忠诚、真诚之意。

⑧金：此处作都、皆解。

⑨主鬯（chàng，音畅）：指主掌宗庙祭祀。

⑩匕鬯：匕，所以载鼎实；鬯，香酒。奉宗庙之盛也。后来用以代指宗庙祭祀。亦有泛指饮食用具者。

⑪亭育：养育、培育之意。

⑫冢嫡：指嫡长子。

⑬国彝：犹国法。

⑭鞠㳿：谓尽力平息祸乱。

⑮昆弟乐推：指兄弟之间乐意拥戴。

⑯元良：大善，至德之意。

⑰烝人：指民众百姓。

⑱元后：指天子。

⑲变风：原指《诗经》国风中的《周南》、《召南》，后引申为纯正的风气。

⑳皇猷：指帝王的谋略和教化。

㉑鸿休：指鸿业、大统之意。

㉒缀旒：比喻国势垂危。

㉓中旨：指符合君主的意旨。

㉔闲厩：古代皇家养牲口的地方。

㉕洪休：犹洪福。

㉖构屯：犹构难，结仇、交战之意。

㉗孟秋：秋季的第一个月，即农历七月。

㉘丘山：此处比喻众多之意。

㉙枭獍：亦作枭镜。旧说枭为恶鸟，生而食母；獍为恶兽，生而食父。比喻忘恩负义之徒或狠毒无情之人。

㉚摘伏：指揭发隐秘的坏人坏事。

㉛沈瘗：指沉没不见之意。

㉜泼寒胡戏：古代西域的一种乐舞。今年十一月严寒时，由勇壮少年裸体结队而舞，鼓乐伴奏，观者以水泼之。

㉝大象：指大道、常理之意。

㉞恶钱：指质料低劣的钱币。

㉟承前例三月三十日为例，然开选门，比团甲进官至夏来：此段记载恐有讹误。据《唐会要》卷七五作："承前三月三十日始毕，比团甲已至夏末。"

㊱岳渎：五岳和四渎的亦称。

㊲袒免：袒衣免冠。系古代丧礼之一。是指凡五服以外的远亲，无丧服之制，唯脱上衣，露左臂，脱冠扎发，用宽一寸布从颈下前部交于额上，又向后绕于髻，以示哀思。

玄宗本纪下

开元二十五年春正月壬午，制："朕猥集休运①，多谢哲王②，然而哀矜之情，小大必慎。自临寰宇，子育黎烝③，未尝行极刑，起大狱。上玄降鉴，应以祥和。思协平邦之典，致之仁寿之域。自今有犯死刑，除十恶罪，宜令中书门下与法官详所犯轻重，具状奏闻。崇德尚齿，三代不义。敦风劝俗，五教攸先。其曾任五品已上清资官以礼去职者，所司具录名奏，老疾不堪厘务者与致仕。道士、女冠宜隶宗正寺，僧尼令祠部检校。百司每旬节休假，并不须人曹司，任游胜为乐。宣示中外，知朕意焉。"癸卯，道士尹愔为谏议大夫、集贤学士兼知史馆事。

二月，新罗王金兴光卒，其子承庆嗣位。遣赞善大夫邢璹摄鸿胪少卿，往吊祭册立之。壬子，加宗正丞一员。戊年，罢江淮运，停河北运。癸酉，张守珪破契丹余众于檽禄山，杀获甚众。三月乙卯，河西节度使崔希逸自凉州南率众入吐蕃界二千余里，己亥，希逸至青海西郎佐素文子觜，与贼相遇，大破之，斩首二千余级。

夏四月庚戌，陈、许、豫、寿四州开稻田。辛酉，监察御史周子谅上书忤旨，搒之殿庭，朝堂决杖死之，甲子，尚书右丞相张九龄以曾荐引子谅，左授荆州长史。乙丑，皇太子瑛、鄂王瑶、光王琚并废为庶人，太子妃兄驸马都尉薛锈长流瀼州，至蓝田驿赐死。六月壬戌，荧惑犯房，至心星越度而过。

秋七月己卯，大理少卿徐峤奏："天下今岁断死刑五十八，几致刑措④，鸟巢寺之狱。"上特推功元辅。庚辰，封李林甫为晋国公，牛仙客为豳国公。己卯，敕诸陵庙并隶宗正寺，其宗正寺官员，自今并以宗枝为之。九月壬申，颁新定《令》、《式》、《格》及《事类》一百三十卷于天下。

冬十月，制自今年每年立春日迎春于东郊，其夏及秋冬如常，以十二月朔日于正殿受朝，读时令。十一月壬申，幸温泉宫。丁丑，开府仪同三司、广平郡公宋璟薨。十二月丙午，惠妃武氏薨，追谥为贞顺皇后，葬于敬陵。吐蕃使其大臣属卢论莽藏来朝贡。

二十六年春正月乙亥，工部尚书牛仙客为侍中。丁丑，亲迎气于东郊，祀青帝。制天下系囚，死罪流岭南，余并放免。镇兵部还，京兆府新开稳田，并散给贫人，百官赐勋绢。长安、万年两县各与本钱一千贯，收利供馹⑤，仍付杂馹。天下州县，各乡一学，仍择师资，令其教授。诸乡贡每年令就国子监谒先师，明经加口试。内外八品已下及草泽有博学交辞之士，各委本司本州闻荐。

二月辛卯，以李林甫遥领河陇西节度使。甲辰，禁大寒食以鸡卵相馈送。庚申，葬贞顺皇后于敬陵。乙卯，以牛仙客遥领河东道节度使。辛酉，废仙州，分其属县隶许、汝等州。三月己巳朔，减秘书省校书、正字官员。丙子，有星孛于紫微垣中，历斗魁十余日，因阴云不见。己酉，河南、洛阳两县亦借本钱一千贯，收利充人吏课役。癸未，京兆地震。吐蕃寇河西，左散骑常侍崔希逸击破之。鄯州都督杜希望又攻拔新罗城，制以其城为威戎军。

夏四月己亥朔，始令太常卿韦绦读时令于宣政殿，百僚于殿上列坐而听之。五月乙酉，以李林甫遥领河西节度使，兼判梁州事。庚寅，幸咸宜公主宅。六月庚子，立忠王玙为皇太子。

秋七月己巳，册皇太子，大赦天下，常赦所不免者咸赦除之。内外文武官及五品已上为父后者各赐勋一转。忠王府及侍讲加一阶。赐酺三日。庚辰，分越州置明州。

九月丙申朔，日有蚀之。庚子，于旧六胡州地置宥州。益州长史王昱率兵攻吐蕃安戎城，为贼所据，官军大败，昱弃甲而遁，兵士死者数千人。

冬十月戊寅，幸温泉宫。是岁渤海靺鞨王大武艺死，其子钦茂嗣立，遣使吊祭册立之。其冬，两京建行宫，造殿宇各千余间。润州刺史齐澣开伊娄河于扬州南瓜洲浦。析左右羽林军置左右龙武军，以左右万骑营隶焉。

二十七年春正月乙巳，大雨雪。二月己巳，加尊号开元圣文神武皇帝，大赦天下，常赦所不免者咸赦除之，开元已来诸色痕瘕人咸从洗涤，左降官量移近处。百姓免今年租税。三品已上赐爵一级，四品已上加一阶。宗庙荐飨，自今巳后并用宗子。赐酺五日。

夏四月丁丑，废洮州隶蔺州，改临州为洮州。乙酉，太子少傅窦瓌为开府仪同三司，吏部尚书李暠为太子少傅。丁酉，侍中牛仙客为兵部尚书兼侍中，兵部尚书兼中书令李林甫为吏部尚书，依旧兼中书令。以东宫内侍隶内侍省为署。五月癸卯，置龙武军官员。先是，郇国公主之子薛诱与其党李谈、崔洽、石如山同于京城杀人，或利其财，或违其志，即白日椎杀，煮而食之。其夏事发，皆决杀于京兆府门，诱以国亲流瀼州，赐死于城东驿。六月甲戌，内常侍牛仙童坐赃，决杀之。幽州节度使、兼御史大夫张守珪以贿贬为括州刺史。太子太师、徐国公萧嵩以尝赂仙童，左授青州刺史。

秋七月辛丑，荧惑犯南斗。北庭都护盖嘉运以轻骑袭破突骑施于碎叶城，杀苏禄，威震西陲。八月，吐蕃寇白草、安人等。甲申，制追赠孔宣父为文宣王，颜回为兖国公，余十哲皆为侯，夹坐。后嗣褒圣侯改封为文宣公。九月，皇太子改名绍。汴州刺史齐澣请开汴河下流，自虹县至淮阴北合于淮，逾时而功毕。因弃沙壅旧路，行者弊之，寻而新河之水势湶急，遂填塞矣。前刑部尚书致仕崔隐甫卒。

冬十月，将改作明堂。讹言官取小儿埋于明堂之下，以为厌胜⑥。村野童儿藏于山谷，都城骚然，咸言兵至。上恶之，遣主客郎中王佶往东都及诸州宣慰百姓，久之定。冬十月，毁东都明堂之上层，改拆下层为乾元殿。戊戌，幸温泉宫。辛丑，至自温泉宫。十二月，东都副留守、太子宾客崔沔卒。以益州司马章仇兼琼权剑南节度等使。是岁，盖嘉运大破突骑施之众，擒其王吐火仙，送子京师。

二十八年春正月，两京路及城中苑内种果树。癸巳，幸温泉宫，庚子，至自温泉宫。壬寅，以望日御勤政楼宴群臣，连夜烧灯，会大雪而罢，因命自今常以二月望日夜为之。三月丁亥朔，日有蚀之。壬子，权判益州长史章仇兼琼拔吐蕃安戎城，分兵镇守之。

夏五月乙未，太子少师韩休、太子少傅李暠卒。六月，怀州刺史、信安王祎为太子少师。庚寅，太子宾客李尚隐卒。

秋七月壬寅，追尊宣皇帝陵名曰建初，光皇帝陵名曰启运，仍置官员。九月，魏州刺史卢晖开通济渠，自石灰窠引流至州城而西，却注魏桥。九月庚寅，封皇孙俶等十九人为郡王。

冬十月甲子，幸温泉宫，辛巳，至自温泉宫。乙酉夜，东都新殿后佛光寺灾。吐蕃寇安戎城。十一月，牛仙客停遥兼朔方、河东节度使。十二月乙卯，突骑施酋长莫贺达干率众内属。己未，礼部尚书杜暹卒。是岁，金城公主薨。吐蕃遣使来告丧。其时频岁丰稔，京师米斛不满二百，天下乂安，虽行万里不持兵刃。

二十九年春正月丁丑，制两京、诸州各置玄元皇帝庙并崇玄学，置生徒，令习《老子》、《庄子》、《列子》、《文子》，每年准明经例孝试。内外官有伯叔兄弟子侄堪任刺史、县令，所司亲自保荐。禁九品已下清资官置客舍邸店车坊、士庶厚葬。三月，吐蕃、突厥各遣使来朝。丙午，风霾，日色无影。

夏四月庚戌朔。丙辰，以太原裴仙先为工部尚书。韦虚心卒。亲王已下及内外官各赐钱令宴乐。壬午，以左右金吾大将军裴宽为太原尹、北都留守。

秋七月乙卯，洛水泛涨，毁天津桥及上阳宫仗舍。洛、渭之间，庐舍坏，溺死者千余人。突厥登利可汗死。北州刺史王斛斯为幽州节度使，幽州节度副使安禄山为营州刺史，充平卢军节度副使，押两番、渤海、黑水四府经略使。九月，大雨雪，稻禾偃折，又霖雨月余，道途阴滞。是秋，河北博、洺等二十四州言雨水害稼，命御史中丞张倚往东都及河北赈恤之。壬申，御兴庆门，试明《四子》人姚子产、元载等。

冬十月丙申，幸温泉宫。戊戌，分遣大理卿崔翘等八人往诸道黜陟官吏。十一月庚戌，司空、邠王守礼薨。辛酉，至自温泉宫。己巳，雨木冰，凝寒冻冽，数日不解。辛未，太尉、宁王宪薨，谥为让皇帝，葬于惠陵。十二月丁酉，吐蕃入寇，陷廓州达化县及振武军石堡城，节度使盖嘉运不能守。女国王赵曳夫及佛逝国王、日南国王遣其子来朝献。

天宝元年春正月丁未朔，大赦天下，改元，常赦不原咸赦除之，百姓所欠负租税及诸色并免之。前资官及白身人有儒学博通、文辞秀逸及军谋武艺者。所在具以名荐。京文武官才堪为刺史者各令封状自举。改黄钺为金钺。内外官各赐勋两转。甲寅，陈王府参军田同秀上言："玄元皇帝降见于丹凤门之通衢，告赐灵符在尹喜之故宅。"上遣使就函谷故关尹喜台西发得之，乃置玄元庙于大宁坊。陕郡太守李齐物先凿三门，辛未，渠成放流。

二月丁亥，上加尊号为开元天宝圣文神武皇帝。辛卯，亲享玄元皇帝于新庙。甲午，亲享太庙。丙申，合祭天地于南效。制天下囚徒，罪无轻重并释放；流人移近处，左降官依资叙用，身死贬处者量加追赠；枉法赃十五匹当绞，今加至二十匹。庄子号为南华真人，文子号为通玄真人，列子号为冲虚真人，庚桑子号为洞虚真人。其四子所著书改为真经。崇玄学置博士、助教各一员，学生一百人。桃林县改为灵宝县。改侍中为左相，中书令为右相，左右函相依旧为仆射，又黄门侍郎为门下侍郎。东都为东京，北都为北京，天下诸州改为郡，刺史改为太守。陕州河北县为平陆县。老幼版授，文武官三品已上加一爵，四品已下加一阶。庚子，平卢节度使安禄山进阶骠骑大将军。

夏六月庚寅，武功山水暴涨，坏人庐舍，溺死数百人。

秋七月癸卯朔，日有蚀之。辛未，左相、幽国公牛仙客卒。八月丁丑，刑部尚书、兼御史大夫李适之为左相。丁亥，突厥阿布思及默啜可汗之孙、登利可汗之女相与率其党属来降。壬辰，吏部尚书兼右相李林甫加尚书左仆射；左相李适之兼兵部尚书；左仆射裴耀卿为尚书右仆射。九月辛卯，上御花萼楼，出宫女宴毗伽可汗妻可登及男女等，赏赐不可胜纪。丙寅，改天下县名不稳及重名一百一十处。两京玄元庙改为太上玄元皇帝宫，天下准此。

冬十月丁酉，幸温泉宫。辛丑，改骊山为曾昌山，仍于秦坑倚之所立祠宇，以祀遭难诸儒。新成长生殿名曰集灵台，以祀天神。十一月己巳，至自温泉宫。是岁，命陕郡太守韦坚引浐水开广运潭于望春亭之东，以通河、渭；京兆尹韩朝宗又分渭水入自金光门，置潭于西市之两卫，以贮材木。是冬无冰。

其年，天下郡府三百六十二，县一千五百二十八，乡一万六千八百二十九。户部进计帐，今年管户八百五十二万五千七百六十三，口四千八百九十万九千八百。

二年春正月丙辰，追尊玄元皇帝为大圣祖玄元皇帝，两京崇玄学改为崇玄馆，博士为学士。三月壬子，亲祀玄元庙以册尊号。制追尊圣祖玄元皇帝父周上御史大夫敬曰先天太上皇，母益寿氏号先天太后，仍于谯郡本乡置庙。尊咎繇为德明皇帝。改西京玄元庙为太清宫，东京为太微宫，天下诸郡为紫极宫。韦坚开广运潭毕功，盛陈舟舰。丙寅，上幸广运楼以观之，即日还宫。

夏六月甲戌夜，雷震东京应天门观灾，延烧至左、右延福门，经日不灭。七月癸丑，致仕礼部尚书王丘卒。丙辰，尚书右仆射裴耀卿薨。九月，太子少保崔琳卒。辛酉，谯郡紫极宫改为太清宫。

冬十月戊辰，太子太保、信安王祎卒。戊寅，幸温泉宫。十一月乙卯，至自温泉宫。十二月己亥，东京应天门改为乾元门。戊申，幸温泉宫，丙辰，至自温泉宫。十二月乙酉，太子宾客贺知章请度为道士还乡。是冬无雪。

三载正月丙辰朔，改年为载。赦见禁囚徒。庚子，遣左右相已下祖别贺知章于长乐坡，上赋诗赠之。壬寅，幸温泉宫。二月己巳，还京。丁丑，封让皇帝男琳为嗣宁王；故邠王守礼男承宁为嗣邠王；让帝男琦为嗣申王；惠宣太子男珍为嗣岐王；瑱为嗣薛王。庚寅，皇太子绍改名亨。是月，河南尹裴敦复卒。闰月辛亥，有星如月，坠于东南，坠后有声。京师讹言官遣枨捕人肝以祭天狗[7]。人相恐，畿县尤甚，发使安之。三月庚午，武威郡上言：番禾县天宝山有醴泉涌出，岭石化为瑞莲，远近贫乏者取以给食。改番禾为天宝县。癸酉，制天下见禁囚徒死罪降流，流已下并原之。

夏四月，南海太守刘巨鳞击破海贼吴令光，永嘉郡平。敕两京、天下州郡取官物铸金铜天尊及佛各一躯，送开元观、开元寺。五月戊寅，长安令柳升坐赃，于朝堂决杀之。

秋八月丙午，九姓拔悉密叶护攻杀突厥乌苏米施可汗，传首京师。庚申，内外文武官六品已下自今已后，赴任之后，计载终满二百日已上，许其成考。

冬十月癸巳，幸温泉宫。丁未，改史国为来威国。十一月癸卯，还京。癸丑，每载依旧取正月十四日、十五日、十六日开坊市门燃灯，永以为常式。玉真公主先为女道士，让号及宝封，赐名持盈。十二月甲午，分新丰县置会昌县。甲寅，亲祀九宫贵神于东郊，礼毕，大赦天下。百姓十八已上为中男，二十三已上成丁。每岁庸调，八月起征，可延至九月。诏天下民间家藏《孝经》一本。

四载春三月甲申，宴群臣于勤政楼。壬申，封外孙独孤氏女为静乐公主，出降契丹松漠都督李怀节；封外孙杨氏女为宜芳公主，出降奚饶乐都督李延宠。

秋八月甲辰，册太真妃杨氏为贵妃。是月，河南睢阳、淮阳、谯等八郡大水。九月，契丹及奚酋长各杀公主，举部落叛。陇右节度使皇甫惟明与吐蕃战于石堡城，官军不利，副将褚直廉等死之。冬十月，于单于都护府置金河县，安北都护府置阴山县。丁酉，幸温泉宫。壬子，以会昌县为同京县。十二月戊戌，还京。

五载春正月癸酉，刑部尚书韦坚贬括苍太守；陇右节度使皇甫惟明贬播川太守，寻决死于黔中。乙亥，敕大小县令并准畿官吏三选听集。《礼记》、《月令》改为《时令》。封中岳为中天王，南岳为司天王，北岳为安天王。天下山水，名称或同，义且不经，多因于里谚，宜令所司各据图籍改定。丙子，遣礼部尚书席豫、左丞崔翘、御史中丞王铣等七人分行天下，黜陟官吏。

夏四月庚寅，左相、渭源伯李适之为太子少保，罢知政事。丁酉，门下侍郎陈希烈同中书门下平章事。五月庚申，敕今后每至旬节休假，中书门下文武百僚不须入朝，外官不须卫集。癸卯，停郡县差丁白直课钱。六月，敕三伏内令宰相辰时还宅。

秋七月丙子，韦坚为李林甫所构，配流临封郡，赐死。坚妹皇太子妃听离，坚外甥嗣薛王瑱贬夷陵郡别驾，女婿巴陵太守卢幼临长流合浦郡。太子少保李适之贬宜春太守，到任，饮药死。八月，以户部侍郎郭虚己为御史大夫、剑南节度使。九月壬子，于太清宫刻石为李林甫、陈希烈像，侍于圣容之侧。

冬十月丁酉，幸温泉宫。改临淄郡为济南郡。十一月己巳，还京。十二月辛未，赞善大夫杜有邻、著作郎王曾、左骁卫兵曹柳勣等为李林甫所构，并下狱死。

六载正月辛巳朔，北海太守李邕、淄川太守裴敦复并以事连王曾、柳勣，遣使就杀之。丁亥，亲享太庙。戊子，亲祀圜丘，礼毕，大赦天下，除绞、斩刑，但决重杖。于京城置三皇、五帝庙，以时享祭。其章怀、节愍、惠庄、惠文、惠宣等太子，宜与隐太子、懿德太子同为一庙。每日立仗食及设仗于庭，此后并宜停废。五岳既已封王，四渎当升公位，封河渎为灵源公，济渎为清源公，江渎为广源公，淮渎为长源公。

三月戊戌，南海太守彭果坐赃，决杖，长流溱溪郡，死于路。

夏四月戊午，门下侍郎陈希烈为左相兼兵部尚书。癸酉，复置军器监。自五月不雨至秋七月。乙酉，以旱，命宰相、台寺、府县录系囚，死罪决杖配流，徒已下特免。庚寅始雨。

冬十月戊申，幸温泉宫，改为华清宫。十一月乙亥，户部侍郎杨慎矜及兄少府少监慎余与弟洛阳令慎名，并为李林甫及御史中丞王鉷所构，下狱死。十二月丙辰，工部尚书陆景融卒。壬戌，还京。

七载春正月己卯，礼部尚书席豫卒。己亥，韦绍奏御案褥袱帷等望去紫用赤黄，从之。三月乙酉，大同殿柱产玉芝，有神光照殿。群臣请加皇帝尊号曰开元天宝圣文神武应道，许之。

夏四月辛丑，以高力士为骠骑大将军。

五月壬午，上御兴庆宫，受册徽号，大赦天下，百姓免来载租庸。三皇以前帝王，京城置庙，以时致祭。其历代帝王肇迹之处未有祠宇者，所在各置一庙。忠臣、义士、孝妇、烈女德行弥高者，亦置祠宇致祭。赐酺三日。六月，范阳节度使安禄山赐实封及铁券。

秋八月己亥朔，改千秋节为天长节。壬子，改万年县为咸宁县。冬十月庚午，幸华清宫，封贵妃姊二人为韩国、虢国夫人。十二月戊戌，言玄元皇帝见于华清宫之朝元阁，乃改为降圣阁。改会昌县为昭应县，会昌山为昭应山；封山神为玄德公，仍立祠宇。辛酉，还京。

八载春正月甲申，赐京官绢，备春时游赏。二月戊申，引百官于左藏库纵观钱币，赐绢而归。三月，朔方节度使张齐丘于中受降城北筑横塞城。

夏四月，咸宁太守赵奉璋决杖而死，著作郎韦子春贬端溪尉，李林甫陷之也。幸华清宫观风楼。五月辛巳，于开远门外作振旅亭。戊子，南海太守刘巨鳞坐赃，决死之。六月，大同殿又产玉芝一茎。陇右节度使哥舒翰攻吐蕃石堡城，拔之。闰月己丑，改石堡城为神武军。剑南索磨川新置都护府，宜以保宁为名。丙寅，上亲谒太清宫，册圣祖玄元皇帝尊号为圣祖大道玄元皇帝。高祖、太宗、高宗、中宗、睿宗五帝，皆加"大圣皇帝"之字；太穆、文德、则天、和思、昭成皇后，皆加"顺圣皇后"之字。群臣上皇帝尊号为开元天地大宝圣文神武应道皇帝。丁卯，上御含元殿受册，大赦天下。自今后每至禘祫，并于太清宫圣祖前序昭穆。初，太白山人李浑言太白山金星洞有帝福寿玉版石记，求得之，乃封太白山为神应公，金星洞为嘉祥公，所管华阳县为贞符县。戊辰，太子太师、徐国公萧嵩薨。丁亥，南衙立仗马宜停，省进马官。

秋八月戊子，郡别驾宜停，下郡置长史。

冬十月丙寅，幸华清宫。十一月丁巳，幸御史中丞杨钊庄。

九载春正月庚寅朔，与岁次同始，受朝于华清宫。己亥，还京。庚戌，群臣请封西岳，从之。二月壬午，御史中丞宋浑坐赃及奸，长流高要郡。三月庚戌，改匦使为献纳。辛亥，西岳庙灾。时久旱，制停封西岳。

夏五月庚寅，以旱，录囚徒。乙卯，安禄山进封东平郡王。节度使封王，自此始也。

秋七月己亥，国子监置广文馆，领生徒为进士业者。九月乙卯，处士崔昌上五行应运历，以国家合承周、汉，请废周、隋不合为二王后。

冬十一月庚寅，幸华清宫。己丑，制自今告献太清宫及太庙改为朝献，巡陵为朝拜，告宗庙为奏，天地享祀文改昭告为昭荐，以告者临下之义故也。辛卯，幸杨国忠亭子。辛丑，立周武王、汉高祖庙于京城，司置官史。十二月乙亥，还京。

十载春正月乙酉朔。壬辰，朝献太清宫。癸巳，朝飨太庙。甲午，有事于南郊，合祭天地，礼毕，大赦天下。太庙置内官，供洒扫诸陵庙。己亥，改传国宝为承天大宝。丁未，李林甫领安北副大都护、朔方节度使。庚戌，大风，陕郡运船失火，烧米船二百余只，人死者五百计。癸丑，分遣嗣吴王祗等十三人祭岳渎海镇。二月丁巳，安禄山兼云中太守、河东节度使。

夏四月，剑南节度使鲜于仲通将兵六万讨云南，与云南王阁罗凤战于泸川，官军大败，死于泸水者不可胜数。五月丁亥，改诸卫幡旗绯色者为赤黄，以符土运。

秋八月乙卯，广陵郡大风，潮水覆船数千艘。丙辰，京城武库灾，烧器械四十七万事。是秋，霖雨积旬，墙屋多坏，西京尤甚。

冬十月辛亥，幸华清宫。十一月乙未，幸杨国忠宅。丙午，兵部侍郎、兼御史中丞杨国忠兼领剑南节度使。

十一载春正月辛亥，还京。二月癸酉，禁恶钱，官出好钱以易之。既而商旅不便，诉于国忠，乃止之。三月，朔方节度副使、奉信王阿布思与安禄山同讨契丹，布思与禄山不协，乃率其部下叛归漠北。丙午，制今后每月朔望，宜令荐食于太庙，每室一牙盘，仍五日一开室门洒扫。改吏部为文部，兵部为武部，刑部为宪部，其部内诸司有部字者并改，将作大匠、少匠为大、少二监。

夏四月，御史大夫兼京兆尹王铁赐死，坐弟銲与凶人邢縡谋逆故也。杨国忠兼京兆尹。五月戊申，庆王琮薨，赠靖德太子。六月戊子，东京大风，拔树发屋。

秋八月己丑，幸左藏库，赐群臣帛有差。九月甲寅，改诸卫士为武士。

冬十月戊寅，幸华清宫。十一月乙卯，尚书左仆射兼右相、晋国公李林甫薨于行在所。庚申，御史大夫兼蜀郡长史杨国忠为右相兼文部尚书。十二月甲戌，杨国忠奏请两京选人铨日便定留放，无长名。己亥，还京。

十二载春正月壬子，杨国忠于尚书省注官⑧，注讫，于都堂对左相与诸司长官唱名⑨。二月庚辰，选人郑怤等二十余人以国忠铨注无滞⑩，设斋于勤政殿下，立碑于尚书省门。癸未，追削故右相李林甫在身官爵，男将作监岫、宗党李复道等五十人皆流贬，国忠诬奏林甫阴结叛胡阿布思故也。

夏五月乙酉，以魏、周、隋依旧为三恪及二王后，复封韩、介、酅等公。辛亥，太庙诸陵署依旧隶太常寺。

秋七月壬子，天下齐人不得乡贡，须补国子学生然后贡举。八月，京城霖雨，米贵，令出太仓米十万石，减价粜与贫人。仍令中书门下就京兆、大理疏决囚徒。九月己亥朔，陇石节度使、凉国公哥舒翰进封西平郡王，食实封五百户。

冬十月戊申，幸华清宫。和雇京城丁户一万三千人筑兴庆宫墙，起楼观。至十二月，改横塞城为天德军。庚寅，行从官宪部尚书张筠等请上尊号为开元天地大宝圣文神武孝德证道皇帝。

十三载春正月丁酉朔，上御华清宫之观风楼，受朝贺。己亥，安庆绪献俘于行在，帝引见于禁中，赏赐巨万。乙巳，加安禄山尚书左仆射，赐实封千户，奴婢十房，庄、宅各一区；又加闲厩、五坊、宫苑、陇右群牧都使，以武部侍郎吉温为副。丙午，还京。

二月癸酉，上亲朝献太清宫，上玄元皇帝尊号曰大圣祖高上大道金阙玄元天皇大帝。甲戌，亲飨太庙，上高祖谥曰神尧大圣大光孝皇帝，太宗谥曰太宗文武大圣大广孝皇帝，高宗谥曰高宗天皇大圣大弘孝皇帝，中宗谥曰中宗太和大圣大昭孝皇帝，睿宗谥睿宗玄真大圣大兴孝皇帝。乙亥，御兴庆殿受徽号，礼毕，大赦天下。左降官遭父母忧，放归。献陵等五署改为台，令丞各升一阶。文武三品已上赐爵一级，四品已下加一阶。赐酺三日。戊寅，右相兼文部尚书杨国忠守司空，余如故。甲申，司空杨国忠受册，天雨黄土，沾于朝服。禄山奏前后讨契丹立功将士跳荡等，请超三资①，告身仍望好写②，于是超授将军者五百余人，中郎将者二千余人。

三月丁酉，太常卿张垍贬卢溪郡司马，垍兄宪部尚书均贬建安太守。丙午，御跃龙殿门张乐宴群臣，赐右相绢一千五百疋，彩罗三百疋，綵绫五百疋；左相绢三百疋，綵罗绫各五十疋；余三品八十疋，四品五品六十疋，六品七品四十疋，极欢而罢。壬戌，御勤政楼大酺。北庭都护程千里生擒阿布思献于楼下，斩之于朱雀街。乙丑，左羽林上将军封常清权北庭都护、伊西节度使。万春公主出降杨朏。

夏五月，荧惑守心五十余日。六月乙丑朔，日有蚀之，不尽如钩。侍御史、剑南留后李宓率兵击云南蛮于西洱河，粮尽军旋，马足陷桥，为阁罗凤所擒，举军皆没。废济阳郡，以所领五县隶东平郡。

秋八月丁亥，以久雨，左相、许国公陈希烈为太子太师，罢知政事；文部侍郎韦见素为武部尚书，同中书门下平章事。是秋，霖雨积六十余日，京城垣屋颓坏殆尽，物价暴贵，人多乏食，令出太仓米一百万石，开十场贱粜以济贫民。东都瀍、洛暴涨，漂没一十九坊。上御勤政楼试四科制举人，策外加诗赋各一首。制举加诗赋，自此始也。

冬十月壬寅，幸华清宫。贬河东太守韦陟为桂岭尉，武部侍郎吉温为澧阳郡长史。乙巳，开府仪同三司、毕国公窦瑝薨。戊午，还京。其载，户部计今年见管州县户口：管郡总三百二十一，县一千五百三十八，乡一万六千八百二十九；户九百六十一万九千二百五十四，三百八十八万六千五百四不课，五百三十万一千四十四课；口五千二百八十八万四百八十八，四千五百二十一万八千四百八十不课，七百六十六万二千八百课。

十四载春三月丙寅，宴群臣于勤政楼，奏《九部乐》，上赋诗效柏梁体。癸未，遣给事中裴士淹等巡抚河南、河北、淮南等道。

秋八月壬辰，上亲录囚徒。

冬十月壬辰，幸华清宫。甲午，颁《御注老子》并《义疏》于天下。十一月戊午朔，始宁太守罗希奭以停止张博济决杖而死，吉温自缢于狱。丙寅，范阳节度使安禄山率蕃、汉之兵十余万，自幽州南向诣阙，以诛杨国忠为名，先杀太原尹杨光翙于博陵郡。壬申，闻于行在所，癸酉，以郭子仪为灵武太守、朔方节度使，封常清自安西入奏，至行在。甲戌，以常清为范阳、平卢节度使、兼御史大夫，令募兵三万以御逆胡。戊寅，还京，以羽林大将军王承业为太原尹，以卫尉卿张介然为陈留太守、河南节度采访使，以金吾将军程千里为潞州长史，并令讨贼。甲申，以京兆牧、荣王琬为元帅，命高仙芝副之，于京城召募，号曰天武军，其众十万。丙戌，高仙芝等进军，上御勤政楼送之。

十二月丙戌朔，禄山于灵昌郡渡河。辛卯，陷陈留郡，杀张介然。甲午，陷荥阳郡，杀太守崔无波。丙申，封常清与贼战于成皋瓦子谷，官军败绩，常清奔于陕郡。丁酉，禄山陷东京，杀留守李憕、中丞卢奕、判官蒋清。时高仙芝镇陕郡，弃城西保潼关。常山太守颜杲卿与长史袁履谦、贾深等杀贼将李钦凑，执贼将何千年、高邈送京师。辛丑，诏皇太子统兵东讨。以永王璘为山南节度使，以江陵长史源洧副之。颍王璬为剑南节度使，以蜀郡长史崔圆副之。二王不出阁。丙午，斩封常清、高仙芝于潼关，以哥舒翰为太子先锋兵马元帅，领河、陇兵募守潼关以拒之。辛亥，荣王琬薨，赠靖恭太子。

十五载春正月乙卯，御宣政殿受朝。其日，禄山僭号于东京。庚申，以李光弼为云中太守、河东节度使。壬戌，贼将蔡希德陷山郡，执太守颜杲卿、长史袁履谦，杀民吏万余，城中流血。甲子，哥舒翰进位尚书左仆射、同中书门下平章事。乙丑，贼将安庆绪犯潼关，哥舒翰击退之。乙巳，加平原太守颜真卿户部侍郎，奖守城也。二月丙戌，李光弼、郭子仪将兵东出井陉，与贼将史思明战，大破之，进取郡县十余。丙辰，诛工部尚书安思顺。三月壬午朔，以河东节度使李光弼为御史大夫、范阳节度使。乙酉，以平原太守颜真卿为河北采访使。己亥，改常山郡为平山郡，房山县为平山县，鹿泉县为获鹿县，鹿成县为束鹿县。

夏四月丙午，以赞善大夫来瑱为颍川太守、招讨使。

五月戊午，南阳太守鲁炅与贼将武令珣战于滍水上，官军大败，为贼所虏，进寇我南阳。诏嗣虢王巨自蓝田出师救南阳。六月癸未朔，颜真卿破贼将袁知泰于堂邑，北海太守贺兰进明收信都。庚寅，哥舒翰将兵八万与贼将崔乾祐战于灵宝西原，官军大败，死者十六七。其日，李光弼与贼将史思明战于常山东嘉山，大破之，斩获数万计。辛卯，哥舒翰至潼关，为其帐下火拔归仁以左右数十骑执之降贼，关门不守，京师大骇，河东、华阴、上洛等郡皆委城而走。

甲午，将谋幸蜀，乃下诏亲征，仗下后，士庶恐骇，奔走于路。乙未，凌晨，自延秋门出，微雨沾湿，扈从惟宰相杨国忠韦见素、内侍高力士及太子、亲王、妃主、皇孙已下多从之不及。平明渡便桥，国忠欲断桥。上曰："后来者何以能济？"命缓之。辰时，至咸阳望贤驿置顿，官吏骇散，无复储供。上憩于宫门之树下，亭午未进食，俄有父老献麨，上谓之曰："如何得饭？"于是百姓献食相继，俄又尚食持御膳至，上颁给从官而后食。是夕次金城县，官吏已遁，令魏方进男允招诱，俄得智藏寺僧进刍粟，行从方给。

丙辰，次马嵬驿，诸卫顿军不进。龙武大将军陈玄礼奏曰："逆胡指阙，以诛国忠为名，然中外群情，不无嫌怨。今国步艰阻，乘舆震荡，陛下宜徇群情，为社稷大计，国忠之徒，可置之于法。"会吐蕃使二十一人遮国忠告诉于驿门，众呼曰："杨国忠连蕃人谋逆！"兵士围驿四合，及诛杨国忠、魏方进一族，兵犹未解。上令高力士诘之，回奏曰："诸将既诛国忠，以贵妃在宫，人情恐惧。"上即命力士赐贵妃自尽。玄礼等见上请罪，命释之。

丁酉，将发马嵬驿，朝臣唯韦见素一人，乃命见素子京兆府司录谞为御史中丞，充置顿使。议其所向，军士或言河、陇，或言灵武、太原，或言还京为便。韦谞曰："还京，须有捍贼之备，兵马未集，恐非万全，不如且幸扶风，徐图所向。"上询于众，咸以为然。及行，百姓遮路乞留皇太子，原勠力破贼，收复京城，因留太子。

戊戌，次扶风县。己亥，次扶风郡。军士各怀去就，咸出丑言，陈玄礼不能制，会益州贡春綵十万匹，上悉命置于庭，召诸将谕之曰："卿等国家功臣，陈力久矣，朕之优奖，常亦不轻。逆胡背恩，事须回避。甚知卿等不得别父母妻子，朕亦不及亲辞九庙。"言发涕流。又曰："朕须幸蜀，路险狭，人若多往，恐难供承。今有此綵，卿等即宜分取，各图去就。朕自有子弟中官相随，便与卿等诀别"。众咸俯伏涕泣曰："死生愿从陛下。"上曰："去住任卿"。自此悖乱之言稍息。

庚子，以司勋郎中、剑南节度留后崔圆为蜀郡长史、剑南节度副大使。以颍王璬为剑南节度大使，以监察御史宋若思为御史中丞充置顿使，韦谞充巡阁道使，并令先发。辛丑，发扶风郡，是夕，次陈仓。壬寅，次散关。分部下为六军，颍王璬先行，寿王瑁等分统六军，前后左右相次。丙午，次河池郡，崔圆奏剑南岁稔民安，储供无阙，上大悦，授圆中书侍郎、同中书门下平章事，蜀郡长史、剑南节度如故。以前华州刺史魏犀为梁州长史。

秋七月癸丑朔。壬戌，次益昌县，渡吉柏江，有双鱼夹舟而跃，议者以为龙。甲子，次普安郡，宪部侍郎房琯自后至，上与语甚悦，即日拜吏部尚书、同中书门下平章事。丁卯，诏以皇太子讳充天下兵马元帅，都统朔方、河东、河北、平卢等节度兵马，收复两京；永王璘江陵府都督，统山南东路、黔中、江南西路等节度大使；盛王琦广陵郡大都督，统江南东路、淮南、河南等路节度大使；丰王珙武威郡都督，领河西、陇右、安西、北庭等路节度大使。初，京师陷贼，车驾仓皇出幸，人未知所向，众心震骇，及闻是诏，远近相庆，咸思效忠于兴复。庚午，次巴西郡，太守崔涣奉迎。即日以涣为门下侍郎、同中书门下平章事。以韦见素为左相。庚辰，车驾至蜀郡，扈从官吏军士到者一千三百人，宫女二十四人而已。

八月癸未朔，御蜀都府卫，宣诏曰："朕以薄德，嗣守神器。每乾乾惕厉[13]，勤念生灵。一物失所，无忘罪己。聿来四纪，人亦小康，推心于人，不疑于物。而奸臣凶竖，弃义背恩，割剥黎元，扰乱区夏，皆朕不明之过也。今巡抚巴蜀，训厉师徒，仍令太子诸王蒐兵重镇，诛夷凶丑，以谢昊穹[14]。思与群臣重弘理道，可大赦天下。"癸巳，灵武使至，始知皇太子即位。丁酉，上用灵武册称上皇，诏称诰。己亥，上皇临轩册肃宗，命宰臣韦见素、房琯使灵武，册命曰："朕称太上皇，军国大事先取皇帝处分，后奏朕知。候克复两京，朕当怡神如射[15]，偃息大庭[16]。"

明年九月，郭子仪收复两京。十月，肃宗遣中使啖廷瑶入蜀奉迎。丁卯，上皇发蜀郡。十一月丙申，次凤翔郡。肃宗遣精骑三千至扶风迎卫。十二月丙午，肃宗具法驾至咸阳望贤驿迎奉。上皇御宫之南楼，肃宗拜庆楼下，呜咽流涕不自胜，为上皇徒步控辔，上皇抚背止之，即骑马前导。丁未，至京师，文武百僚、京城士庶夹道欢呼，靡不流涕。即日御大明宫之含元殿，见百僚，上皇亲自抚问，人人感咽。时太庙为贼所焚，权移神主于大内长安殿，上皇谒庙请罪，遂幸兴庆宫。

三载二月，肃宗与群臣奉上皇尊号曰太上至道圣皇帝。乾元三年七月丁未，移幸西内之甘露殿。时阉宦李辅国离间肃宗，故移居西内。高力士、陈玄礼等迁谪，上皇寝不自怿。

上元二年四月甲寅，崩于神龙殿，时年七十八。群臣上谥曰至道大圣大明孝皇帝，庙号玄宗。初，上皇亲拜五陵，至桥陵，见金粟山岗有龙盘凤翥之势，复近先茔，谓侍臣曰："吾千秋后宜葬此地，得奉先陵，不忘孝敬矣。"至是，追奉先旨以创寝园，以广德元年三月辛酉葬于泰陵。

史臣曰：孔子称"王者必世而后仁"。李氏自武后移国三十余年，朝廷罕有正人，附丽无非险辈。持苞苴而请谒[17]，奔走权门；效鹰犬以飞驰，中伤端士。以致殄丧王室，屠害宗枝，骨鲠大臣，屡遭诬陷，舞文酷吏，坐致显荣[18]。礼仪无复兴行，刑政坏于犬马[19]，端揆出阿党之语[20]，冕旒有和事之名[21]。朋比成风，廉耻都尽。

我开元之有天下也，纠之以典刑，明之以礼乐，爱之以慈俭，律之以轨仪。黜前朝徼幸之臣，杜其奸也。焚后庭珠翠之玩，戒其奢也。禁女乐而出宫嫔，明其教也。赐酺赏而放哇淫[22]，惧其荒也。叙友于而敦骨肉[23]，厚其俗也。蒐兵而责帅，明军法也。朝集而计最[24]，校吏能也。庙堂之上，无非经济之才；表著之中，皆得论思之士[25]。而又旁求宏硕，讲道艺文。昌言嘉谟，日闻于献纳；长辔远驭，志在于升平。贞观之风，一朝复振。于斯时也，烽燧不惊[26]，华戎同轨。西蕃君长，越绳桥而竞款玉关；北狄酋渠，捐毳幕而争趋雁塞。象郡、炎州之玩，鸡林、鲲海之珍，莫不结辙于象胥[27]，骈罗于典属[28]。膜拜丹墀之下，夷歌立仗之前，可谓冠带百蛮，车书万里。天子乃览云台之义，草泥金之札[29]，然后封日观，禅云亭，访道于穆清，怡神于玄牝[30]，与民休息，比屋可封[31]。于时垂髫之倪，皆知礼让，戴白之老，不识兵戈。房不敢乘月犯边，士不敢弯弓报怨。康哉之颂，溢于八纮[32]。所谓"世而后仁"，见于开元者矣。年逾三纪，可谓太平。

于戏！国无贤臣，圣亦难理。山有猛虎，兽不敢窥。得人者昌，信不虚语。昔齐桓公行同禽兽，不失霸主之名。梁武帝静比桑门^③，竟被台城之酷。盖得管仲则淫不害霸，任朱异则善不救亡。开元之初，贤臣当国，四门俱穆，百度唯贞，而释、老之流，颇以无为请见。上乃务清净，事薰修^④，留连轩后之文，舞咏伯阳之说，虽稍移于勤倦，亦未至于怠荒。俄而朝野怨咨，政刑纰缪^⑤，何哉？用人之失也。自天宝已还，小人道长。如由有朽坏，虽大必亏；木有蠹虫，其荣易落。以百口百心之谗谄，蔽两目两耳之聪明，苟非铁肠石心，安得不惑！而献可替否，靡闻姚、宋之言，妒贤害功，但有甫、忠之奏。豪猾因兹而睥睨^⑥，明哲于是乎卷怀，故禄山之徒，得行其伪。厉阶之作^⑦，匪降自天，谋之不臧，前功并弃。惜哉！

赞曰：开元握图，永鉴前车。景气融朗，昏氛涤除。政才勤倦，妖集廷除。先民之言，"靡不有初"。

---

① 猥集休运：猥集，聚集；多而集中之意。　休运，犹言盛世。

② 哲王：指贤明的君主。

③ 子育黎烝：子育，谓抚爱；养育犹为己子之意。　黎烝：指黎民、众民。

④ 刑措：同刑错。置刑法而不用。

⑤ 驲：古代驿站专用的车。后亦指驿马，驿站。

⑥ 厌胜：古代一种巫术，谓能以诅咒制胜，压服人或物。

⑦ 怅：传说中取人内脏的恶鬼。亦称"怅怅"。

⑧ 注官：指铨叙官职。

⑨ 唱名：此处作点名解。

⑩ 选人：唐代称候补：侯选官员为选人。

⑪ 三资：称王的三个条件。指地广、民富、德博。

⑫ 告身：古代授官的文凭。

⑬ 乾乾：自强不息之意。

⑭ 昊穹：犹苍天。

⑮ 姑射（yè，音叶）：山名。在山西省临汾县西，即古石孔山，九孔相通。

⑯ 大庭：亦作"大廷"。外朝之廷。

⑰ 苞苴：馈赠的礼物。此处作以馈赠而贿赂解。

⑱ 坐致：轻易获得，轻易达到之意。

⑲ 犬马：喻小人。

⑳ 端揆：指相位。宰相居百官之首，总揽国政，故称。

㉑ 冕旒：本意指古代大夫以上的礼冠。这里专指皇冠，借指皇帝。

㉒ 哇淫：指鄙俗淫靡。

㉓ 友于：喻兄弟友爱之意。

㉔ 计最：指古代州郡官吏每年或每三年的考绩。

㉕ 论思：议论、思考。特指皇帝与学士、臣子讨论学问。

㉖ 烽燧：古代边防报警的信号，白天放烟叫烽，夜间举火称燧。

㉗ 象胥：古代接待四方使者的官员。亦用以指翻译人员。

㉘ 骈罗：骈比罗列之意。

㉙ 泥金：这里是指用金箔和胶水制成的金属颜料，用于书画涂饰笺纸，或调和在油漆里涂饰器物。

㉚ 玄牝：道家指滋生万物的本源，比喻道。

㉛ 比屋可封：谓上古之世教化遍及四海，家家都有德行，堪受旌表。

㉜ 八纮：指八方极远之地。

㉝桑门：僧侣。"沙门"的异译。
㉞薰修：佛教语。谓焚香礼佛，修养身心。
㉟纰缪：指错误之意。
㊱睥睨：本意斜视。有厌恶，傲慢之意。
㊲厉阶：祸端之意。

玄宗杨贵妃列传

　　玄宗杨贵妃，高祖令本，金州刺史。父玄琰，蜀州司户。妃早孤，养于叔父河南府士曹玄璬。开元初，武惠妃特承宠遇，故王皇后废黜。二十四年惠妃薨，帝悼惜久之，后庭数千，无可意者。或奏玄琰女姿色冠代，宜蒙召见，时妃衣道士服，号曰太真。既进见，玄宗大悦。不期岁，礼遇如惠妃。太真姿质丰艳，善歌舞，通音律，智算过人，每倩盼承迎①，动移上意②。宫中呼为"娘子"，礼数实同皇后。有姊三人，皆有才貌，玄宗并封国夫人之号：长曰大姨，封韩国；三姨，封号虢国；八姨，封秦国。并承恩泽，出入宫掖，势倾天下。天宝初，进册贵妃。妃父玄琰，累赠太尉、齐国公；母封凉国夫人；叔玄圭，光禄卿。再从兄铦，鸿胪卿；錡，侍御史，尚武惠妃女太华公主，以母爱，礼遇过于诸公主，赐甲第，连于宫禁。韩、虢、秦三夫人与铦、錡等五家，每有请托，府县承迎，峻如诏敕③，四方赂遗，其门如市。

　　五载七月，贵妃以微谴送归杨铦宅，比至亭午④，上思之不食。高力士探知上旨，请送贵妃院供帐、器玩、廪饩等办具百余车⑤，上又分御馔以送之。帝动不称旨，暴怒笞挞左右。力士伏奏请迎贵妃归院。是夜，开安兴里门入内，妃伏地谢罪，上欢然慰抚。翌日，韩、虢进食，上作乐终日，左右暴有赐与。自是宠遇愈隆。韩、虢、秦三夫人岁给钱千贯，为脂粉之资。铦授三品、上柱国，私第立戟。姊妹昆仲五家，甲第洞开，僭拟宫掖⑥，车马仆御，照耀京邑，递相夸尚。每构一堂，费逾千万计，见制度宏壮于己者⑦，即彻而复造，土木之工，不舍昼夜。玄宗颁赐及四方献遗，五家如一，中使不绝⑧。开元已来，豪贵雄盛，无如杨氏之比也。玄宗凡有游幸，贵妃无不随侍，乘马则高力士执辔授鞭。宫中供贵妃院织锦刺绣之工，凡七百人，其雕刻熔造，又数百人。扬、益、岭表刺史，必求良工造作奇器异服，以奉贵妃献贺，因致擢居显位。玄宗每年十月幸华清宫，国忠姊妹五家扈从，每家为一队，著一色衣，五家合队，照映如百花之焕发，而遗细坠舄，瑟瑟珠翠，璨烂芳馥于路。而国忠私于虢国而不避雄狐之刺，每入朝或联镳方驾⑨，不施帷幔。每三朝庆贺，五鼓待漏，靘妆盈巷⑩，蜡炬如画。而十宅诸王百孙院婚嫁，皆因韩、虢为绍介，仍先纳赂千贯，而奏请罔不称旨⑪。

　　天宝九载，贵妃复忤旨，送归外第。时吉温与中贵人善，温人奏曰："一妇人智识不远，有忤圣情，然贵妃久承恩顾，何惜宫中一席之地，使其就戮，安忍取辱于外哉！"上即令中使张韬光赐御馔，妃附韬光泣奏曰："妾忤圣颜，罪当万死。衣服之外，皆圣恩所赐，无可遗留，然发肤是父母所有。"乃引刀剪发一缭附献。玄宗见之惊惋，即使力士召还。国忠既居宰执，兼领剑南节度，势渐恣横。十载正月望夜，杨家五宅夜游，与广平公主骑从争西市门。杨氏奴挥鞭及公主衣，公主堕马，驸马程昌裔扶公主，因及数挝。公主泣奏之，上令杀杨氏奴，昌裔亦停官。国忠二男昢、暄，妃弟鉴皆尚公主，杨氏一门尚二公主、二郡主。贵妃父祖立私庙，玄宗御制家庙碑文并书。玄珪累迁至兵部尚书。

天宝中，范阳节度使安禄山大立边功，上深宠之。禄山来朝，帝令贵妃姊妹与禄山结为兄弟，禄山母事贵妃，每宴赐锡赉稠沓⑫。及禄山叛，露檄数国忠之罪。河北盗起，玄宗以皇太子为天下兵马元帅，鉴抚军国事。国忠大惧，诸杨聚哭，贵妃衔土陈请⑬，帝遂不行内禅⑭。及潼关失守，从幸至马嵬，禁军大将陈玄礼密启太子，诛国忠父子。既而四军不散，玄宗遣力士宣问，对曰"贼本尚在"，盖指贵妃也。力士复奏，帝不获已⑮，与妃诀，遂缢死于佛室。时年三十八，瘗于驿西道侧⑯。

上皇自蜀还，令中使祭奠，诏令改葬，礼部侍郎李揆曰："龙武将士诛国忠，以其负国兆乱⑰。今改葬故妃，恐将士疑惧，葬礼未可行。"乃止。上皇密令中使改葬于他所。初瘗时以紫褥裹之，肌肤已坏，而香囊仍在。内官以献，上皇视之悽惋，乃令图其形于别殿，朝夕视之。

马嵬之诛国忠也，虢国夫人闻难作，奔马至陈仓，县令薛景仙率人吏追之，走入竹林。先杀其男裴徽及一女。国忠妻裴柔曰："娘子为我尽命。"即刺杀之。已而自刎，不死，县吏载之，闭于狱中。犹谓吏曰："国家乎？贼乎？"吏曰："互有之。"血凝至喉而卒，遂瘗于郭外。韩国夫人婿秘书少监崔峋，女为代宗妃。虢国男裴徽尚肃宗女延光公主，女嫁让帝男。秦国夫人婿柳澄先死，男钧尚长清县主，澄弟潭尚肃宗女和政公主。

---

①倩盼：形容相貌美好，神态俏丽。
②动移：移动、改变之意。
③峻：高、大之意，比喻门庭显赫。
④亭午：指正午时分。
⑤廪饩：旧指由公家供给的粮食之类的生活物资。
⑥僭拟：越分妄比之意，谓在下者自比于尊者。
⑦制度：此处指规模、式样。
⑧中使：宫中派出的使者，多指宦官。
⑨联镳：犹联鞭。
⑩艳妆：指浓妆艳抹。
⑪罔：此处作蒙蔽、欺骗之意解。
⑫锡赉稠沓：意指赏赐之物多而重复。
⑬衔土：愿意口衔泥土。系古代臣下请求死罪的一种表示。
⑭内禅：古代帝王传位给内定的继承人称之为"内禅"。
⑮不获：不得、不能之意。
⑯瘗（yì，音义）：埋葬之意。
⑰兆乱：指孕育动乱之意。

窦建德列传

窦建德，贝州漳南人也。少时，颇以然诺为事①。尝有乡人丧亲，家贫无以葬，时建德耕于田中，闻而叹息，遽辍耕牛，往给丧事，由是大为乡党所称。初，为里长，犯法亡去，会赦得归。父卒，送葬者千余人，凡有所赠，皆让而不受。

大业七年，募人讨高丽，本群选男敢尤异者以充小帅，遂补建德为二百人长。时山东大水，人多流散，同县有孙安祖，家为水所漂，妻子馁死，县以安祖骁勇，亦选在行中。安祖辞贫，白言漳南令[2]，令怒笞之，安祖刺杀令，亡投建德，建德舍之。是岁，山东大饥，建德谓安祖曰："文皇帝时，天下殷盛，发百万之众以伐辽东，尚为高丽所败。今水潦为灾，黎庶穷困，而主上不恤，亲驾临辽。加以往岁西征，疮痍未复，百姓疲弊，累年之役，行者不归，今重发兵，易可摇动。丈夫不死，当立大功，岂可为逃亡之虏也。我知高鸡泊中广大数百里，莞蒲阻深[3]，可以逃难，承间而出虏掠，足以自资。既得聚人，且观时变，必有大功于天下矣。"安祖然其计。建德招诱逃兵及无产业者，得数百人，令安祖率之，入泊中为群盗，安祖自称将军。郆人张金称亦结聚得百人，在河阻中，蓨人高士达又起兵得千余人，在清河界中。时诸盗往来漳南者，所过皆杀掠居人，焚烧舍宅，独不入建德之间。由是郡县意建德与贼徒交结，收系家属，无少长皆杀之。建德闻其家被屠灭，率麾下二百人亡归士达。士达自称东海公，以建德为司兵。后安祖为张金称所杀，其兵数千人又尽归于建德。自此渐盛，兵至万余人，犹往来高鸡泊中。每倾身接物[4]，与士卒均执勤苦，由是能致人之死力。

十二年，涿郡通守郭绚率兵万余人来讨士达。士达自以智略不及建德，乃进为军司马，咸以兵授焉。建德既初董众[5]，欲立奇功以威群贼。请士达守辎重，自简精兵七千人以拒绚，诈为与士达有隙而叛之。士达又宣言建德背亡，而取虏获妇人给为建德妻子[6]，于军中杀之。建德伪遣人遗绚书请降，愿为前驱，破士达以自效，绚信之，即引兵从建德至长河界。期与为盟，共图士达。绚兵益懈而不备，建德袭之，大破绚军，杀略数千人，获马千余匹，绚以数十骑遁走，遣将追及于平原，斩其首以献士达。由是建德之势益振。

隋遣太仆卿杨义臣率兵万余人讨张金称，破之于清河，所获贼众皆屠灭，余散在草泽间者复相聚而投建德。义臣乘胜至平原，欲入高鸡泊中，建德谓士达曰："历观隋将，善用兵者唯义臣耳。新破金称，远来袭我，其锋不可当。请引兵避之，令其欲战不得，空延岁月，将士疲倦，乘便袭击，可有大功。今与争锋，恐公不能敌也。"士达不从其言，因留建德守壁，自率精兵逆击义臣，战小胜，而纵酒高宴，有轻义臣之心。建德闻之曰："东海公未能破贼而自矜大，此祸至不久矣。隋兵乘胜，必长驱至此，人心惊骇，吾恐不全。"遂留人守壁，自率精锐百余据险，以防士达之败。后五日，义臣果大破士达，于阵斩之，乘势追奔，将围建德。守兵既少，闻士达败，众皆溃散。建德率百余骑亡去，行至饶阳，观其无守备，攻陷之，抚循士众，人多愿从，又得三千余兵。

初，义臣既杀士达，以为建德不足忧。建德复还平原，收士达败兵之死者，悉收葬焉。为士达发丧，三军皆缟素。招集亡卒，得数千人，军复大振，始自称将军。初，群盗得隋官及山东士子皆杀之，唯建德每获士人，必加恩遇。初得饶阳县长宋正本，引为上客，与参谋议。此后隋郡长吏稍以城降之，军容益盛，胜兵十余万人。

十三年正月，筑坛场于河间乐寿界中，自称长乐王，年号丁丑，署置官属。七月，隋遣右翊卫将军薛世雄率兵三万来讨之，至河间城南，营于七里井。建德闻世雄至，选精兵数千人伏河间南界泽中，悉拔诸城伪遁，云亡入豆子䴚中。世雄以为建德畏己，乃不设备。建德觇知之[7]，自率敢死士一千人袭击世雄。会云雾昼晦，两军不辨，隋军大溃，自相踏藉，死者万余，世雄以数百骑而遁，余军悉陷。于是建德进攻河间，频战不下。其后城中食尽，又闻炀帝被弑，郡丞王琮率士吏发丧，建德遣使吊焉。琮因使者请降，建德退舍具馔以待焉。琮率官属素服面缚诣军门，建德亲解其缚，与言隋亡之事，琮俯伏悲哀，建德亦为之泣。诸贼帅或进言曰："琮拒我久，杀伤甚众，计穷方出，今请烹之。"建德曰："此义士也。方加擢用，以励事君者，安可杀之。往在泊中共为小盗，容可恣意杀人，今欲安百姓以定天下，何得害忠良乎？"因令军中曰："先与王琮有隙者，今敢动摇，罪三族。"即日授琼瀛州刺史。始都乐寿，号曰金城宫，自是郡县多下之。

武德元年冬至日，于金城宫设会，有五大鸟降于乐寿，群鸟数万从之，经日而去，因改年为五凤。有宗城人献玄珪一枚，景城丞孔德绍曰："昔夏禹膺箓⑧，天锡玄圭。今瑞与禹同，宜称夏国。"建德从之。先是，有上谷贼帅王须拔自号漫天王，拥众数万，入掠幽州，中流矢而死。其亚将魏刀儿代领其众，自号历山飞，入据深泽，有徒十万。建德与之和，刀儿因驰守备，建德袭破之，又尽并其地。

二年，宇文化及僭号于魏县，建德谓其纳言宋正本、内史侍郎孔德绍曰："吾为隋之百姓数十年矣，隋为吾君二代矣。今化及杀之，大逆无道，此吾仇矣，请与诸公讨之，何如？"德绍曰："今海内无主，英雄竞逐，大王以布衣而起漳浦，隋君县官人莫不争归附者，以大王仗顺而动，义安天下也。宇文化及与国连姻，父子兄弟受恩隋代，身居不疑之地，而行弑逆之祸，篡隋自代，乃天下之贼也。此而不诛，安用盟主！"建德称善。即日引兵讨化及，连战大破之。化及保聊城，建德纵撞车抛石，机巧绝妙，四面攻城，陷之。建德入城，先谒隋萧皇后，与语称臣。悉收弑炀帝元谋者宇文智及、杨士览、元武达、许弘仁、孟景，集隋文武官对而斩之，枭首辕门之外。化及并其二子同载以槛车，至大陆县斩之。

建德每平城破阵，所得资财，并散赏诸将，一无所取，又不啖肉，常食唯有菜蔬、脱粟之饭。其妻曹氏不衣纨绮，所使婢妾才十数人。至此，得宫人以千数，并有容色，应时放散。得隋文武官及骁果尚且一万，亦放散，听其所去。又以隋黄门侍郎裴矩为尚书左仆射，兵部侍郎崔君肃为侍中，少府令何稠为工部尚书，自余随才拜授，委以政事。其有欲往关中及东都者亦恣听之，仍给其衣粮，以兵援之，送出其境。攻陷洺州，虏刺史袁子干。迁都于洺州，号万春宫。遣使往灌津，祠窦青之墓，置守冢二十家。又与王世充结好，遣使朝隋越王侗于洛阳。后世充废侗自立，乃绝之。始自尊大，建天子旌旗，出警入跸，下书言诏。追谥隋炀帝为闵帝，封齐王暕子政道为郧公。然犹依倚突厥。隋义城公主先嫁突厥，及是遣使迎萧皇后，建德勒兵千余骑送之入蕃，又传化及首以献公主。既与突厥相连，兵锋益盛。

九月，南侵相州，河北大使淮安王神通不能拒，退奔黎阳。相州陷，杀刺史吕珉。又进攻卫州，陷黎阳，左武卫大将军李世勣、皇妹同安长公主及神通并为所虏。滑州刺史王轨为奴所杀，携其首以奔建德，曰："奴杀主为大逆，我何可纳之。"命立斩奴，而返轨首于滑州。吏人感之，即日而降。齐、济二州及兖州贼帅徐圆朗皆闻风而下。建德释李世勣，使其领兵以镇黎州。

三年正月，世勣舍其父而逃归，执法者请诛之，建德曰："勣本唐臣，为我所虏，不忘其主，逃还本朝，此忠臣也，其父何罪！"竟不诛。舍同安长公主及神通于别馆，待以客礼。高祖遣使与之连和，建德即遣公主与使俱归。尝破赵州，执刺史张昂、邢州刺史陈君宾、大使张道源等，以侵轶其境，建德将戮之。其国子祭酒凌敬进曰："夫犬各吠非其主，今邻人坚守，力屈就擒，此乃忠确士也。若加酷害，何以劝大王之臣乎？"建德盛怒曰："我至城下，犹迷不降，劳我师旅，罪何可赦？"敬又曰："今大王使大将军高士兴于易水抗御罗艺，兵才至，士兴即降，大王意复为可不？"建德乃悟，即命释之。其宽厚从谏，多此类也。

又遣士兴进围幽州，攻之不克，退军于笼火城，为艺所袭，士兴大溃。先是，其大将王伏宝多勇略，功冠等伦，群帅嫉之。或言其反，建德将杀之，伏宝曰："我无罪也，大王何听谗言，自斩左右手乎？"既杀之，后用兵多不利。

九月，建德自帅师围幽州，艺出兵与战，大破之，斩首千二百级。艺兵频胜而骄，进袭其营，建德列阵于营中，填堑而出，击艺败之，建德薄其城，不克，遂归洺州。其纳言宋正本好直谏，建德又听谗言杀之。是后人以为诫，无复进言者，由此政教益衰。

　　先，曹州济阴人孟海公拥精兵三万，据周桥城以掠河南之地。其年十一月，建德自率兵渡河以击之。时秦王攻王世充于洛阳，建德中书舍人刘斌说建德曰："今唐有关内，郑有河南，夏居河北，此鼎足相持之势也。闻唐兵悉众攻郑，首尾二年，郑势日蹙而唐兵不解。唐强郑弱，其势必破郑，郑破则夏有齿寒之忧。为大王计者，莫若救郑，郑拒其内，夏攻其外，破之必矣。若却唐全郑，此常保三分之势也。若唐军破后而郑可图，则因而灭之，总二国之众，乘唐军之败，长驱西入，京师可得而有。此太平之基也。"建德大悦曰："此良策矣。"适会世充遣使乞师于建德，即遣其职方侍郎魏处绘入朝，请解世充之围。

　　四年二月，建德克周桥，虏海公，留其将范愿守曹州，悉发海公及徐圆朗之众来救世充。军至滑州，世充行台仆射韩洪开城纳之，遂进逼元州、梁州、管州，皆陷之，屯于荥阳。三月，秦王入武牢，进薄其营⑨，多所伤杀，并擒其将殷秋、石瓒。时世充弟世辩为徐州行台，遣其将郭士衡领兵数千人从之，合众十余万，号为三十万，军次成皋，筑宫于板渚，以示必战。又遣间使约世充共为表里。经二月，迫于武牢，不得进。秦王遣将军王君廓领轻骑千余抄其粮运，获其大将张青特，虏获甚众。

　　建德数不利，人情危骇，将帅已下破孟海公，皆有所获，思归洺州。凌敬进说曰："宜悉兵济河，攻取怀州河阳，使重将居守。更率众鸣鼓建旗，逾太行，入上党，先声后实，传檄而定。渐趋壶口，稍骇蒲津，收河东之地，此策之上也。行此必有三利：一则入无人之境，师有万全。二则拓土得兵。三则郑围自解。"建德将从之，而世充之使长孙安世阴赍金玉啗其诸将，以乱其谋。众咸进谏曰："凌敬书生耳，岂可与言战乎？"建德从之，退而谢敬曰："今众心甚锐，此天赞我矣。因此决战，必将大捷。已依众议，不得从公言也。"敬固争，建德怒，扶出焉。其妻曹氏又言于建德曰："祭酒之言可从，大王何不纳也？请自滏口之道，乘唐国之虚，连营渐进，以取山北。又因突厥西抄关中，唐必还师以自救，此则郑围解矣。今顿兵武牢之下，日月淹久，徒为自苦，事恐无功。"建德曰："此非女子所知也。且郑国悬命朝暮，以待吾来，既许救之，岂可见难而退，示天下以不信也？"于是悉众进逼武牢，官军按甲挫其锐。

　　及建德结阵于汜水，秦王遣骑挑之，建德进军而战，窦抗当之。建德少却，秦王驰骑深入，反覆四五合，然后大破之。建德中枪，窜于牛口渚，车骑将军白士让、杨武威生获之。先是，军中有童谣曰："豆入牛口，势不得久。"建德行至牛口渚，甚恶之，果败于此地。

　　建德所领兵众，一时奔溃，妻曹氏及其左仆射齐善行将数百骑遁于洺州。余党欲立建德养子为主，善行曰："夏王平定河朔，士马精强，一朝被擒如此，岂非天命有所归也？不如委心请命，无为涂炭生人。"遂以府库财物悉分士卒，各令散去。善行乃与建德右仆射裴矩、行台曹旦及建德妻率伪官属举山东之地，奉传国等八玺来降。七月，秦王俘建德至京师，斩于长安市，年四十九。自起军至灭，凡六岁，河北悉平。其年，刘黑闼复盗据山东。

　　史臣曰：世充奸人，遭逢昏主，上则谀佞诡俗以取荣名，下则强辩饰非以制群论。终行篡逆，自恣陆梁⑩，安忍杀人，矫情驭众，凡所委任，多是叛亡。出降秦王，不致显戮⑪，其为幸也多矣。建德义伏乡闾⑫，盗据河朔，抚驭士卒，招集贤良。中绝世充，终斩化及，不杀徐盖，生还神通，沉机英断，靡不有初。及宋正本、王伏宝被谮见害，凌敬、曹氏陈谋不行，遂至亡灭，鲜克有终矣。然天命有归，人谋不及。

　　赞曰：世充篡逆，建德慁谏，二凶即诛，中原弭乱。

①然诺：表示言而有信之义。

②白言：报告；禀告之意。

③莞蒲阻深：莞、蒲均为一种水草之类的植物。阻深系指险阻幽深之意。这里作地形险要、复杂解。

④倾身：身体向前倾。多指形容对人谦卑恭顺。

⑤董：统帅之意。

⑥绐：欺诳之意。

⑦觇（chān，音搀）：窥视；侦察之意。

⑧膺箓：谓帝王承受符命之意。

⑨进薄：犹进迫之意。

⑩陆梁：指嚣张，猖獗之态。

⑪显戮：明正典刑，陈尸示众。

⑫乡闾：家乡、故里之意。

房玄龄列传

　　房乔字玄龄，齐州临淄人。曾祖翼，后魏镇远将军、宋安郡守，袭壮武伯。祖熊，字子，释褐州主簿。父彦谦，好学，通涉《五经》，隋泾阳令，《隋书》有传。

　　玄龄幼聪敏，博览经史，工草隶，善属文。尝从其父至京师，时天下宁晏，论者咸以国祚方永，玄龄乃避左右告父曰："隋帝本无功德，但诳惑黔黎，不为后嗣长计，混诸嫡庶，使相倾夺，储后藩枝，竞崇淫侈，终当内相诛夷，不足保全家国。今虽清平，其亡可翘足而待。"彦谦惊而异之。年十八，本州举进士，授羽骑尉。吏部侍郎高孝基素称知人，见之深相嗟挹，谓裴矩曰："仆阅人多矣，未见如此郎者。必成伟器，但恨不睹其耸壑凌霄耳①。"父病绵历十旬，玄龄尽心药膳，未尝解衣交睫，父终，酌饮不入口者五日。后补隰城尉。

　　会义旗入关，太宗徇地渭北，玄龄杖策谒于军门②，温彦博又荐焉。太宗一见，便如旧识，署渭北道行军记室参军。玄龄既遇知己，罄竭心力，知无不为。贼寇每平，众人竞求珍玩，玄龄独先收人物，致之幕府，及有谋臣猛将，皆与之潜相申结，各尽其死力。

　　既而隐太子见太宗勋德尤盛，转生猜间。太宗尝至隐太子所，食，中毒而归，府中震骇，计无所出。玄龄因谓长孙无忌曰："今嫌隙已成，祸机将发，天下恟恟，人怀异志。变端一作，大乱必兴，非直祸及府朝，正恐倾危社稷。此之际会，安可不深思也！仆有愚计，莫若遵周公之事，外宁区夏③，内安宗社，申孝养之礼。古人有云，'为国者不顾小节'，此之谓欤。孰若家国沦亡，身名俱灭乎？"无忌曰："久怀此谋，未敢披露，公今所说，深会宿心。"无忌乃入白之。太宗召玄龄谓曰："阽危之兆④，其迹已见，将若之何？"对曰："国家患难，今古何殊。自非睿圣钦明，不能安辑。大王功盖天地，事钟压纽⑤，神赞所在，匪藉人谋。"因与府属杜如晦同心戮力。仍随府迁授秦王府记室，封临淄侯，又以本职兼陕东道大行台考功郎中，加文学馆学士。玄龄在秦府十余年，常典管记，每军书表奏，驻马立成，文约理赡⑥，初无稿草。高祖尝谓侍臣曰："此人深识机宜，足堪委任。每为我儿陈事，必会人心，千里之外，犹对面语耳。"隐太子以玄龄、如晦为太宗所亲礼，甚恶之，谮之于高祖，由是与如晦并被驱斥。

　　隐太子将有变也，太宗令长孙无忌召玄龄及如晦，令衣道士服，潜引入阁计事。及太宗入春宫，擢拜太子右庶子，赐绢五千匹。贞观元年，代萧瑀为中书令。论功行赏，以玄龄及长孙无忌、杜如晦、尉迟敬德、侯君集五人为第一，进爵邢国公，赐实封千三百户。太宗因谓诸功臣曰：“朕叙公等勋效，量定封邑，恐不能尽当，各许自言。”皇从父淮安王神通进曰：“义旗初起，臣率兵先至。今房玄龄、杜如晦等刀笔之吏，功居第一，臣窃不服。”上曰：“义旗初起，人皆有心。叔父虽率得兵来，未尝身履行阵。山东未定，受委专征。建德南侵，全军陷没。及刘黑闼翻动，叔父望风而破。今计勋行赏，玄龄等有筹谋帷幄、定社稷之功，所以汉之萧何，虽无汗马，指踪推毂⑦，故得功居第一。叔父于国至亲，诚无所爱，必不可缘私，滥与功臣同赏耳。”初，将军丘师利等咸自矜其功，或攘袂指天⑧，以手画地，及见神通理屈，自相谓曰：“陛下以至公行赏，不私其亲，吾属何可妄诉？”

三年，拜太子少师，固让不受，摄太子詹事，兼礼部尚书。明年，代长孙无忌为尚书左仆射，改封魏国公，鉴修国史。既任总百司，虔恭夙夜，尽心竭节，不欲一物失所。闻人有善，若己有之。明达吏事，饰以文学，审定法令，意在宽平。不以求备取人，不以己长格物，随能收叙，无隔卑贱。论者称为良相焉。或时以事被遣，则累日朝堂，稽颡请罪⑨，悚惧踧踖⑩，若无所容。九年，护高祖山陵制度，以功加开府仪同三司。十一年，与司空长孙无忌等十四人并代袭刺史，以本官为宋州刺史，改封梁国公，事竟不行。

十三年，加太子少师，玄龄频表请解仆射，诏报曰：“夫选贤之义，无私为本。奉上之道，当仁是贵。列代所以弘风，通贤所以协德。公忠肃恭懿，明允笃诚。草昧霸图⑪，绸缪帝道。仪刑黄阁⑫，庶政惟和；辅翼春宫⑬，望实斯著。而亡彼大体，徇兹小节，虽恭教谕之职，乃辞机衡之务⑭，岂所谓弼予一人，共安四海者也？”玄龄遂以本官就职。时皇太子将行拜礼，备仪以待之，玄龄深自卑损，不敢修谒，遂归于家。有识者莫不重其崇让。玄龄自以居端揆十五年，女为韩王妃，男遗爱尚高阳公主，实显贵之极，频表辞位，优诏不许。十六年，又与士廉等同撰《文思博要》成，锡赍甚优⑮。进拜司空，仍综朝政，依旧监修国史。玄龄抗表陈让，太宗遣使谓之曰：“昔留侯让位，窦融辞荣，自惧盈满，知进能退，善鉴止足，前代美之。公亦欲齐踪往哲⑯，实可嘉尚。然国家久相任使，一朝忽无良相，如失两手。公若筋力不衰，无烦此让。”玄龄遂止。

十七年，与司徒长孙无忌等图形于凌烟阁⑰，赞曰：“才兼藻翰，思入机神。当官励节，奉上忘身。”高宗居春宫，加玄龄太子太傅，仍知门下省事，监修国史如故。寻以撰《高祖》、《太宗实录》成，降玺书褒美，赐物一千五百段。其年，玄龄丁继母忧去职，特敕赐以昭陵葬地。未几，起复本官。太宗亲征辽东，命玄龄京城留守，手诏曰：“公当萧何之任，朕无西顾之忧矣。”军戎器械，战士粮廪，并委令处分发遣。玄龄屡上言敌不可轻，尤宜诫慎。寻与中书侍郎褚遂良受诏重撰《晋书》，于是奏取太子左庶子许敬宗、中书舍人来济、著作郎陆元仕刘子翼、前雍州刺史令狐德棻、太子舍人李义府薛元超、起居郎上官仪等八人，分功撰录，以臧荣绪《晋书》为主，参考诸家，甚为详洽。然史官多是文咏之士，好采诡谬碎事，以广异闻；又所评论，竟为绮艳，不求笃实，由是颇为学者所讥。唯李淳风深明星历，善于著述，所修《天文》、《律历》、《五行》三志，最可观采。太宗自宣、武二帝及陆机、王羲之四论，于是总题云御撰。至二十年，书成，凡一百三十卷，诏藏于秘府，颁赐加级各有差。

玄龄尝因微谴归第，黄门侍郎褚遂良上疏曰：“君为元首，臣号股肱。龙跃云兴，不啸而集，苟有时来，千年朝暮。陛下昔在布衣，心怀拯溺，手提轻剑，仗义而起。平诸寇乱，皆自神功，文经之助，颇由辅翼。为臣之勋⑱，玄龄为最。昔吕望之扶周武，伊尹之佐成汤，萧何关中，王导江外，方之于斯，可以为匹。且武德初策名伏事⑲，忠勤恭孝，众所同归。而前宫、海陵，凭凶恃乱，干时事主，人不自安，居累卵之危，有倒悬之急，命视一刻，身縻寸景，玄龄之心，终始无变。及九年之际，机临事迫，身被斥逐，关于谟谋，犹服道士之衣，与文德皇后同心影助，其于臣节，自无所负。及贞观之始，万物惟新，甄吏事君，物论推与，而勋庸无比，委质惟旧。自非罪状无赦，搢绅同尤，不可以一犯一愆，轻示遐弃㉑。陛下必矜玄龄齿发，薄其所为，古者有讽谕大臣遣其致仕，自可在后，式遵前事，退之以礼，不失善声。今数十年勋旧，以一事而斥逐，在外云云，以为非是。夫天子重大臣则人尽其力，轻去就则物不自安。臣以庸薄，忝预左右，敢冒天威，以申管见。”

二十一年，太宗幸翠微宫，授司农卿李纬为民部尚书。玄龄时在京城留守，会有自京师来者，太宗问曰：“玄龄闻李纬拜尚书如何？”对曰：“玄龄但云李纬好髭须，更无他语。”太宗遽改授纬洛州刺史，其为当时准的如此。

二十二年，驾幸玉华宫，时玄龄旧疾发，诏令卧总留台。及渐笃，追赴宫所，乘担舆入殿，将至御座乃下。太宗对之流涕，玄龄亦感咽不能自胜。敕遣名医救疗，尚食每日供御膳。若微得减损，太宗即喜见颜色；如闻增剧，便为改容悽怆。玄龄因谓诸子曰：“吾自度危笃，而恩泽转深，若孤负圣君，则死有余责。当今天下清谧，咸得其宜，唯东讨高丽不止，方为国患。主上含怒意决，臣下莫敢犯颜。吾知而不言，则衔恨入地。”遂抗表谏曰：

“臣闻兵恶不戢，武贵止戈。当今圣化所覃，无远不届，洎上古所不臣者㉑，陛下皆能臣之，所不制者，皆能制之。详观今古，为中国患害者，无如突厥。遂能坐运神策，不下殿堂，大小可汗，相次束手，分典禁卫，执戟行间。其后延陀鸱张，寻就夷灭，铁勒慕义，请置州县，沙漠以北，万里无尘。至如高昌叛换于流沙，吐浑首鼠于积石，偏师薄伐，俱从平荡。高丽历代逋诛㉒，莫能讨击。陛下责其逆乱，弑主虐人，亲总六军，问罪辽、碣。未经旬月，即拔辽东，前后虏获，数十万计，分配诸州，无处不满。雪往代之宿耻，掩崤陵之枯骨，比功较德，万倍前王。此圣心之所自知，微臣安敢备说。

且陛下仁风被于率土，孝德彰于配天。睹夷狄之将亡，则指期数岁。授将帅之节度，则决机万里。屈指而侯驿㉓，视景而望书，符应若神，算无遗策。擢将于行伍之中，取士于凡庸之末。远夷单使，一见不忘；小臣之名，未尝再问。箭穿七札，弓贯六钧。加以留情坟典，属意篇什，笔迈钟、张，辞穷班、马。文锋既振，则管磬自谐；轻翰暂飞，则花萼竞发。抚万姓以慈，遇群臣以礼。褒秋毫之善，解吞舟之网㉔。逆耳之谏必听，肤受之诉斯绝。好生之德，浸障塞于江湖。恶杀之仁，息鼓刀于屠肆。鸢鹤荷稻粱之惠，犬马蒙帷盖之恩。降乘吮思摩之疮，登堂临魏征之枢。哭战亡之卒，则哀动六军；负填道之薪，则精感天地。重黔黎之大命，特尽心于庶狱。臣心识昏愦，岂足论圣功之深远，谈天德之高大哉！陛下兼众美而有之，靡不备具，微臣深为陛下惜之重之，爱之宝之。

《周易》曰：“知进而不知退，知存而不知亡，知得而不知丧。”又曰：“知进退存亡，不失其正者，惟圣人乎！由此言之，进有退之义，存有亡之机，得有丧之理，老臣所以为陛下惜之者，盖此谓也。老子曰：“知足不辱，知止不殆。”谓陛下威名功德，亦可足矣。拓地开疆，亦可止矣。彼高丽者，边夷贱类，不足待以仁义，不可责以常礼。古来以鱼鳖畜之，宜从阔略。若必欲绝其种类，恐兽穷则搏。且陛下每决一死囚，必令三覆五奏，进素食、停音乐者，盖以人命所重，感动圣慈也。况今兵士之从，无一罪戾，无故驱之于行阵之间，委之于锋刃之下，使肝脑涂地，魂魄无归，令其老父孤儿、寡妻慈母，望輶车而掩泣㉕，抱枯骨以摧心，足以变动阴阳，感伤和气，实天下冤痛也。且兵者凶器，战者危事，不得已而用之。向使高丽违失臣节，陛下诛之可也；侵扰百姓，而陛下灭之可也；久长能为中国患，而陛下除之可也。有一于此，虽日杀万夫，不足为愧。今无此三条，坐烦中国，内为旧王雪耻，外为新罗报仇，岂非所存者小，所损者大？

　　愿陛下遵皇祖老子止足之诚，以保万代巍巍之名。发霈然之恩，降宽大之诏，顺阳春以布泽，许高丽以自新，焚凌波之船，罢应募之众，自然华夷庆赖，远肃迩安。臣老病三公，旦夕入地，所恨竟无尘露㉖，微增海岳㉗。谨罄残魂余息，预代结草之诚。倘蒙录此哀鸣，即臣死且不朽。"

　　太宗见表，谓玄龄子妇高阳公主曰："此人危惙如此，尚能忧我国家。"

　　后疾增剧，遂凿苑墙开门，累遣中使候问。上又亲临，握手叙别，悲不自胜。皇太子亦就之与之诀。即目授其子遗爱右卫中郎将，遗则中散大夫，使及目前见其通显㉘。寻薨，年七十。废朝三日，册赠太尉、并州都督，谥曰文昭，给东园秘器，陪葬昭陵。玄龄尝诫诸子以骄奢沉溺，必不可以地望凌人，故集古今圣贤家诫，书于屏风，令各取一具，谓曰："若能留意，足以保身成名。"又云："袁家累叶忠节，是吾所尚，汝宜师之。"高宗嗣位，诏配享太宗朝庭。

　　子遗直嗣，永徽初为礼部尚书、汴州刺史。次子遗爱，尚太宗女高阳公主，拜驸马都尉，官至太府卿、散骑常侍。初，主有宠于太宗，故遗爱特承恩遇，与诸主婿礼秩绝异。主既骄恣，谋黜遗直而夺其封爵，永徽中诬告遗直无礼于己。高宗令长孙无忌鞫其事，因得公主与遗爱谋反之状。遗爱伏诛，公主赐自尽，诸子配流岭表。遗直以父功特宥之，阴音为庶人。停玄龄配享。

---

①攀壑凌霄：跳越溪谷，直入云霄。比喻出人头地之意。

②杖策：此处作追随解。

③区夏：诸夏之地，指华夏、中国之意。

④阽危：危险之意。

⑤压纽：谓覆压在玺纽上。后因以用作为国君的预兆。

⑥文约：指文书契约。

⑦指踪：比喻指挥谋划。

⑧攘袂：捋上衣袖。常形容奋起状。

⑨稽颡：古代一种跪拜礼，屈膝下拜，以额触地，表示极度的虔诚。

⑩踧踖：指恭敬而不安的样子。

⑪草昧：犹创始之意。

⑫仪刑黄闳：此处作效法三公之意解。

⑬春宫：这里指东宫、太子宫。

⑭机衡：系指机要的官署或职位。

⑮锡赉：赏赐之意。

⑯齐踪：谓继踪先哲、前贤，与之并立之意。

⑰图形：指画像。

⑱懃（qín，音勤）：尽心竭力之意。

⑲策名伏事：策名即策名委质。是指因仕宦而献身于朝廷之事。　　伏事：是指在朝廷或官员下属任职。

⑳遐弃：指远相抛撇；远相离弃之意。

㉑洎：此处作"自从"解。

㉒逋诛：逃避诛伐之意。

㉓候驿：指候坞和驿站。　　候坞，边境地区伺望敌情的土堡。

㉔吞舟：吞舟之鱼的略语。常喻以人事之大者。

㉕辒车：指运载灵柩的车子。

㉖尘露：犹言风霜，比喻辛劳。

㉗海岳：指大海和高山之意。

㉘通显：谓官位高，名声大。

李 靖 列 传

　　李靖本名药师，雍州三原人也。祖崇义，后魏殷州刺史、永康公。父诠，隋赵郡守。靖姿貌环伟，少有文武材略，每谓所亲曰："大丈夫若遇主逢时，必当立功立事，以取富贵。"其舅韩擒虎为名将，每与论兵，未尝不称善，抚之曰："可与论孙、吴之术者，惟斯人矣。"初仕隋为长安县功曹，后历驾部员外郎。左仆射杨素、吏部尚书牛弘皆善之。素尝拊其床谓靖曰："卿终当坐此①。"

　　大业末，累除马邑郡丞②。会高祖击突厥于塞外，靖察高祖，知有四方之志，因自锁上变，将诣江都，至长安，道塞不通而止。高祖克京城，执靖将斩之，靖大呼曰："公起义兵，本为天下除暴乱，不欲就大事，而以私怨斩壮士乎！"高祖壮其言，太宗又固请，遂舍之。太宗寻召入幕府。

　　武德二年，从讨王世充，以功授开府。时萧铣据荆州，遣靖安辑之。轻骑至金州，遇蛮贼数万，屯聚山谷，庐江王瑗讨之，数为所败。靖与瑗设谋击之，多所克获。既至硖州，阻萧铣，久不得进，高祖怒其迟留，阴敕硖州都督许绍斩之。绍惜其才，为之请命，于是获免。会开州蛮首冉肇则反，率众寇夔州，赵郡王孝恭与战，不利。靖率兵八百，袭破其营，后又要险设伏，临阵斩肇则，俘获五千余人。高祖甚悦，谓公卿曰："朕闻使功不如使过，李靖果展其效。"因降玺书劳曰："卿竭诚尽力，功效特彰。远览至诚，极以嘉赏，勿忧富贵也。"又手敕靖曰："既往不咎，旧事吾久忘之矣。"

　　四年，靖又陈十策以图萧铣。高祖从之，授靖行军总管，兼摄孝恭行军长史。高祖以孝恭未更戎旅，三军之任，一以委靖。其年八月，集兵于夔州，铣以时属秋潦，江水泛涨，三峡路险，必谓靖不能进，遂休兵不设备。九月，靖乃率师而进，将下峡，诸将皆请停兵以待水退，靖曰："兵贵神速，机不可失。今兵始集，铣尚未知，若乘水涨之势，倏忽至城下，所谓疾雷不及掩耳，此兵家上策。纵彼知我，仓卒征兵，无以应敌，此必成擒也。"孝恭从之，进兵至夷陵。铣将文士弘率精兵数万屯清江；孝恭欲击之，靖曰："士弘，铣之健将，士卒骁勇，今新失荆门，尽兵出战，此是救败之师，恐不可当也。宜且泊南岸，勿与争锋，待其气衰，然后夺击，破之必矣。"孝恭不从，留靖守营，率师与贼合战。孝恭果败，奔于南岸。贼委舟大掠，人皆负重。靖见其军乱，纵兵击破之，获其舟舰四百余艘，斩首及溺死将万人。

　　孝恭遣靖率轻兵五千为先锋，至江陵，屯营于城下。士弘既败，铣甚惧，始征兵于江南，果不能至。孝恭以大军继进，靖又破其骁将杨君茂、郑文秀，俘甲卒四千余人，更勒兵围铣城。明日，铣遣使请降，靖即入据其城，号令严肃，军无私焉。时诸将咸请孝恭云："铣之将帅与官军拒战死者，罪状既重，请籍没其家，以赏将士。"靖曰："王者之师，义存吊伐。百姓即受驱逼，拒战岂其所愿。且犬吠非其主，无容同叛逆之科，此蒯通所以免大戮于汉祖也。今新定荆、郢，宜弘宽大，以慰远近之心。降而籍之，恐非救焚拯溺之义。但恐自此已南城镇，各坚守不下，非计之善。"于是遂止。江、汉之域，闻之莫不争下。以功授上柱国，封永康县公，赐物二千五百段。诏命检校荆州刺史，承制拜授。乃度岭至桂州，遣人分道招抚，其大首领冯盎、李光度、宁真长等皆遣子弟来谒，靖承制授其官爵。凡所怀辑九十六州，户六十余万。优诏劳勉，授岭南道抚慰大使，检校桂州总管。

六年，辅公祐于丹阳反，诏孝恭为元帅、靖为副以讨之。李绩、任环、张镇州、黄君汉等七总管并受节度。师次舒州，公祐遣将冯惠亮率舟师三万屯当涂，陈正通、徐绍宗领步骑二万屯青林山，仍于梁山连铁锁以断江路，筑却月城，延袤十余里，与惠亮为掎角之势。孝恭集诸将会议，皆云："惠亮、正通并握强兵，为不战之计，城栅既固，卒不可攻。请直指丹阳，掩其巢穴。丹阳既破，惠亮自降。"孝恭欲从其议。靖曰："公祐精锐，虽在水陆二军，然其自统之兵，亦皆劲勇。惠亮等城栅尚不可攻，公祐既保石头，岂应易拔？若我师至丹阳，留停旬月，进则公祐未平，退则惠亮为患，此便腹背受敌，恐非万全之计。惠亮、正通皆是百战余贼，必不惮于野战，止为公祐立计，令其持重，但欲不战以老我师。今若攻其城栅，乃是出其不意，灭贼之机，唯在此举。"孝恭然之。靖乃率黄君汉等先击惠亮，苦战破之，杀伤及溺死者万余人，惠亮奔走。靖率轻兵先至丹阳，公祐大惧。先遣伪将左游仙领兵守会稽以为形援，公祐拥兵东走，以趋游仙，至吴郡，与惠亮、正通并相次擒获，江南悉平。于是置东南道行台，拜靖行台兵部尚书，赐物千段、奴婢百口、马百匹。其年，行台废，又检校扬州大都督府长史。丹阳连罹兵寇，百姓凋弊，靖镇抚之，吴、楚以安。

八年，突厥寇太原，以靖为行军总管，统江淮兵一万，与张瑾屯太谷。时诸军不利，靖众独全。寻检校安州大都督。高祖每云："李靖是萧铣、辅公祐膏肓，古之名将韩、白、卫、霍，岂能及也！"九年，突厥莫贺咄设寇边，征靖为灵州道行军总管。颉利可汗入泾阳，靖率兵倍道趋豳州，邀贼归路，既而与虏和亲而罢。

太宗嗣位，拜刑部尚书，并录前后功，赐实封四百户。贞观二年，以本官兼检校中书令。三年，转兵部尚书。突厥诸部离叛，朝廷将图进取，以靖为代州道行军总管，率骁骑三千，自马邑出其不意，直趋恶阳岭以逼之。颉利可汗不虞于靖，见官军奄至，于是大惧，相谓曰："唐兵若不倾国而来，靖岂敢孤军而至。"一日数惊。靖候知之，潜令间谍离其心腹，其所亲康苏密来降。四年，靖进击定襄，破之，获隋齐王暕之子杨正道及炀帝萧后，送于京师，可汗仅以身遁。以功进封代国公，赐物六百段及名马、宝器焉。太宗尝谓曰："昔李陵提步卒五千，不免身降匈奴，尚得书名竹帛。卿以三千轻骑深入虏庭，克复定襄，威振北狄，古今所未有，足报往年渭水之役。"

自破定襄后，颉利可汗大惧，退保铁山，遣使入朝谢罪，请举国内附。又以靖为定襄道行军总管，往迎颉利。颉利虽外请朝谒，而潜怀犹豫。其年二月，太宗遣鸿胪卿唐俭、将军安修仁慰谕，靖揣知其意，谓将军张公谨曰："诏使到彼，虏必自宽。遂选精骑一万，赍二十日粮，引兵自白道袭之。"公谨曰："诏许其降，行人在彼，未宜讨击。"靖曰："此兵机也，时不可失，韩信所以破齐也。如唐俭等辈，何足可惜。"督军疾进，师至阴山，遇其斥候千余帐③；皆俘以随军。颉利见使者大悦，不虞官兵至也。靖军将逼其牙帐十五里，虏始觉。颉利畏威先走，部众因而溃散。靖斩万余级，俘男女十余万，杀其妻隋义成公主。颉利乘千里马将走投吐谷浑，西道行军总管张宝相擒之以献。俄而突利可汗来奔，遂复定襄、常安之地，斥土界自阴山北至于大漠。

太宗初闻靖破颉利，大悦，谓侍臣曰："朕闻主忧臣辱，主辱臣死。往者国家草创，太上皇以百姓之故，称臣于突厥，朕未尝不痛心疾首，志灭匈奴，坐不安席，食不甘味。今者暂动偏师，无往不捷，单于款塞，耻其雪乎！"于是大赦天下，酺五日。御史大夫温彦博害其功，谮靖军无纲纪，致令虏中奇宝，散于乱兵之手。太宗大加责让，靖顿首谢。久之，太宗谓曰："隋将史万岁破达头可汗，有功不赏，以罪致戮。朕则不然，当赦公之罪，录公之勋。"诏加左光禄大夫，赐绢千匹，真食邑通前五百户。未几，太宗谓靖曰："前有人谗公，今朕意已悟，公勿以为怀。"赐绢二千匹，拜尚书右仆射。靖性沉厚，每与时宰参议，恂恂然似不能言。

八年，诏为几内道大使，伺察风俗。寻以足疾上表乞骸骨，言甚恳至。太宗遣中书侍郎岑文本谓曰："朕观自古已来，身居富贵，能知止足者甚少。不问愚智，莫能自知，才虽不堪，强欲居职，纵有疾病，犹自勉强。公能识达大体，深足可嘉，朕今非直成公雅志，欲以公为一代楷模。"乃下优诏，加授特进，听在第摄养，赐物千段、尚乘马两匹，禄赐、国官府佐并依旧给，患若小瘳，每三两日至门下、中书平章政事。九年正月，赐靖灵寿杖，助足疾也。

未几，吐谷浑寇边，太宗顾谓侍臣曰"得李靖为帅，岂非善也！"靖乃见房玄龄曰："靖虽年老，固堪一行。"太宗大悦，即以靖为西海道行军大总管，统兵部尚书侯君集、刑部尚书任城王道宗、凉州都督李大亮、右卫将军李道彦、利州刺史高甑生等五总管征之。九年，军次伏俟城，吐谷浑烧去野草，以馁我师，退保大非川。诸将咸言春草未生，马已羸瘦，不可赴敌。唯靖决计而进，深入敌境，遂逾积石山。前后战数十合，杀伤甚众，大破其国。吐谷浑之众遂杀其可汗来降，靖又立大宁王慕容顺而还。初，利州刺史高甑生为监泽道总管，以后军期，靖薄责之，甑生因有憾于靖。及是，与广州都督府长史唐奉义告靖谋反。太宗命法官按其事，甑生等竟以诬罔得罪。靖乃阖门自守，杜绝宾客，虽亲戚不得妄进。

十一年，改封卫国公，授濮州刺史，仍令代袭，例竟不行。十四年，靖妻卒，有诏坟茔制度依汉卫、霍故事，筑阙象突厥内铁山、吐谷浑内积石山形，以旌殊绩。十七年，诏图画靖及赵郡王孝恭等二十四人于凌烟阁。十八年，帝幸其第问疾，仍赐绢五百匹，进位卫国公、开府仪同三司。太宗将伐辽东，召靖入阁，赐坐御前，谓曰："公南平吴会，北清沙漠，西定慕容，唯东有高丽未服，公意如何？"对曰："臣往者凭藉天威，薄展微效，今残年朽骨，唯拟此行。陛下若不弃，老臣病期瘳矣。"太宗愍心羸老，不许。二十三年，薨于家，年七十九。册赠司徒、并州都督，给班剑四十人、羽葆鼓吹④，陪葬昭陵，谥曰景武。

子德謇嗣，官至将作少匠。

靖弟客师，贞观中，官至右武卫将军，以战功累封丹阳郡公。永徽初，以年老致仕。性好驰猎，四时纵禽，无暂止息。有别业在昆明池南，自京城之外，西际沣水，鸟兽皆识之，每出则鸟鹊随逐而噪，野人谓之"鸟贼"。总章中卒，年九十余。

客师孙令问，玄宗在藩时与令问款狎⑤，及即位，以协赞功累迁至殿中少监。先天中，预诛窦怀贞等功，封宋国公，实封五百户。令问固辞实封，诏不许。开元中，转殿中监、左散骑常侍，知尚食事。令问虽特承恩宠，未尝干预时政，深为物论所称。然厚于自奉，食馔丰侈，广畜刍豢，躬临宰杀。时方奉佛，其笃信之士或讥之，令问曰："此物畜生，与果菜何异，胡为强生分别，不亦远于道乎？"略不以恩昵自恃，闲适郊野，纵禽自娱。十五年，凉州都督王君㚟奏回纥部落叛，令问坐与连姻，左授抚州别驾，寻卒。

大和中，令问孙彦芳任凤翔府司录参军，诣阙进高祖、太宗所赐卫国公靖官告、敕书、手诏等十余卷，内四卷太宗文皇帝笔迹，文宗宝惜不能释手。其佩笔尚堪书，金装木匣，制作精巧。帝并留禁中，令书工模写本还之，赐芳绢二百匹、衣服、靴、笏以酬之。

---

①床：古代坐具之一种。

②除：此处作任职、受官之意解。

③斥候：用以瞭望敌情的土堡。

④羽葆：古代丧礼仪仗的一种。

⑤款狎：狎玩之意。

魏徵列传

魏徵字玄成，钜鹿曲城人也。父长贤，北齐屯留令。徵少孤贫，落拓有大志，不事生业[①]，出家为道士。好读书，多所通涉，见天下渐乱，尤属意纵横之说。

大业末，武阳郡丞元宝藏举兵以应李密，召徵使典书记。密每见宝藏之疏，未尝不称善，既闻徵所为，遽使召之。徵进十策以干密[②]，虽奇之而不能用。及王世充攻密于洛口，徵说密长史郑颋曰："魏公虽骤胜，而骁将锐卒死伤多矣。又军无府库，有功不赏，战士心惰，此二者难以应敌。未若深沟高垒，旷日持久，不过旬月，敌人粮尽，可不战而退，追而击之，取胜之道。且东都食尽，世充计穷，意欲死战，可谓穷寇虽与争锋，请慎无与战。"颋曰："此老生之常谈耳！"徵曰："此乃奇谋深策，何谓常谈？"因拂衣而去。

及密败，徵随密来降，至京师，久不见知，自请安辑山东，乃授秘书丞，驱传至黎阳。时徐世勣尚为李密拥众，徵与世勣书曰：

"自隋末乱离，群雄竞逐，跨州连郡，不可胜数。魏公起自叛徒，奋臂大呼，四方响应，万里风驰，云合雾聚，众数十万。威之所被，将半天下，破世充于洛口，摧化及于黎山。方欲西踞咸阳，北凌玄阙，扬旌瀚海，饮马渭川，翻以百胜之威，败于奔亡之虏。固知神器之重，自有所归，不可以力争，是以魏公思皇天之乃眷，入函谷而不疑。公生于扰攘之时，感知己之遇，根本已拔，确乎不动，鸠合遗散，据守一隅。世充以乘胜余勇，息其东略。建德因侮亡之势，不敢南谋。公之英声，足以振于今古。然谁无善始，终之虑难，去就之机，安危大节。若策名得地，则九族荫其余辉。委质非人，则一身不能自保。殷鉴不远，公所闻见。孟贲犹豫，童子先之，知几其神，不俟终日。今公处必争之地，乘宜速之机，更事迟疑，坐观成败，恐凶狡之辈，先人生心[③]，则公之事去矣。"

世勣得书，遂定计遣使归国，开仓运粮，以馈淮安王神通之军。

俄而建德悉众南下，攻陷黎阳，获徵，署为起居舍人。及建德就擒，与裴矩西入关。隐太子闻其名，引直洗马，甚礼之。徵见太宗勋业日隆，每劝建成早为之所。及败，太宗使召之，谓曰："汝离间我兄弟，何也？"徵曰："皇太子若从徵言，必无今日之祸。"太宗素器之，引为詹事主簿。及践祚[④]，擢拜谏议大夫，封钜鹿县男，使安辑河北，许以便宜从事。徵至磁州，遇前宫千牛李志安、齐王护军李思行锢送诣京师。徵谓副使李桐客曰："吾等受命之日，前宫、齐府左右，皆令赦原不问。今复送思行，此外谁不自疑？徒遣使往，彼必不信，此乃差之毫厘，失之千里。且公家之利，知无不为，宁可虑身，不可废国家大计。今若释遣思行，不问其罪，则信义所感，无远不臻[⑤]。古者，大夫出疆，苟利社稷，专之可也。况今日之行，许以便宜从事，主上既以国士见待，安可不以国士报之乎？"即释遣思行等，仍以启闻，太宗甚悦。

太宗新即位，励精政道，数引徵入卧内，访以得失。徵雅有经国之才，性又抗直，无所屈挠，太宗与之言，未尝不欣然纳受。徵亦喜逢知己之主，思竭其用，知无不言。太宗尝劳之曰："卿所陈谏，前后二百余事，非卿至诚奉国，何能若是？"其年，迁尚书左丞。或有言徵阿党亲戚者，帝使御史大夫温彦博案验无状，彦博奏曰："徵为人臣，须存形迹，不能远避嫌疑，遂招此谤。虽情在无私，亦有可责。"帝令彦博让徵，且曰："自今后不得不存形迹。"他日，徵入奏曰：

"臣闻君臣协契，义同一体。不存公道，唯事形迹。若君臣上下，同遵此路，则邦之兴丧，或未可知。"帝瞿然改容曰："吾已悔之。"徵再拜曰："愿陛下使臣为良臣，勿使臣为忠臣。"帝曰："忠、良有异乎？"徵曰："良臣，稷、契、咎陶是也。忠臣，龙逢、比干是也。良臣使身获美名，君受显号，子孙传世，福禄无疆。忠臣身受诛夷，君陷大恶，家国并丧，空有其名。以此而言，相去远矣。"帝深纳其言，赐绢五百匹。

贞观二年，迁秘书监，参预朝政。徵以丧乱之后，典章纷杂，奏引学者校定四部书。数年之间，秘府图籍，粲然毕备。

时高昌王麴文泰将入朝，西域诸国咸欲因文泰遣使贡献，太宗令文泰使人厌怛纥干往迎接之。徵谏曰："中国始平，疮痍未复，若征有劳役，则不自安。往年文泰入朝，所经州县，犹不能供，况加于此辈。若任其商贾来往，边人则获其利；若为宾客，中国即受其弊矣。汉建武二十二年，天下已宁，西域请置都护、送侍子，光武不许，盖不以蛮夷劳弊中国也。今若许十国入贡，其使不下千人，欲使缘边诸州何以取济？人心万端，后虽悔之，恐无所及。"上善其议。时厌怛纥干已发，遽追止之。

后太宗幸九成宫，因有宫人还京，憩于沩川县之官舍。俄又右仆射李靖、侍中王珪继至，官属移宫人于别所而舍靖等。太宗闻之，怒曰："威福之柄，岂由靖等？何为礼靖而轻我宫人！"即令案验沩川官属及靖等[6]。徵谏曰："靖等，陛下心膂大臣；宫人，皇后扫除之隶。论其委付，事理不同。又靖等出外，官吏访朝廷法式，归来，陛下问人间疾苦。靖等自当与官吏相见，官吏亦不可不谒也。至于宫人，供食之外，不合参承。若以此罪责县吏，恐不益德音，徒骇天下耳目。"帝曰："公言是也。"乃释官吏之罪，李靖等亦寝而不问。

寻宴于丹霄楼，酒酣，太宗谓长孙无忌曰："魏徵、王珪，昔在东宫，尽心所事，当时诚亦可恶。我能拔擢用之，以至今日，足为无愧古人。然徵每谏我不从，发言辄即不应，何也？"对曰："臣以事有不可，所以陈论，若不从辄应，便恐此事即行。"帝曰："但当时且应，更别陈论，岂不得耶？"徵曰："昔舜诫群臣：'尔无面从，退有后言。'若臣面从陛下方始谏，此即'退有后言'，岂是稷、契事尧、舜之意耶？"帝大笑曰："人言魏徵举动疏慢，我但觉妩媚[7]，适为此耳。"徵拜谢曰："陛下导之使言，臣所以敢谏，若陛下不受臣谏，岂敢数犯龙鳞？"

是月，长乐公主将出降，帝以皇后所生，敕有司资送倍于永嘉长公主。徵曰："不可。昔汉明欲封其子，云'我子岂与先帝子等'可半楚、淮阳。'前史以为美谈。天子姊妹为长公主，子为公主，既加'长'字，即是有所尊崇。或可情有浅深，无容礼相逾越。"上然其言，入告长孙皇后，后遣使赍钱四十万、绢四百匹，诣徵宅以赐之。寻进爵郡公。

七年，代王珪为侍中，尚书省滞讼有不决者，诏徵评理之，徵性非习法，但存大体，以情处断，无不悦服。

初，有诏遣令狐德棻、岑文本撰《周史》，孔颖达、许敬宗撰《隋史》，姚思廉撰《梁》、《陈史》，李百药撰《齐史》。徵受诏总加撰定，多所损益，务存简正。《隋史》序论，皆徵所作，《梁》、《陈》、《齐》各为总论，时称良史。史成，加左光禄大夫，进封郑国公，赐物二千段。

徵自以无功于国，徒以辩说，遂参帷幄，深惧满盈，后以目疾频表逊位。太宗曰："朕拔卿于仇虏之中，任公以枢要之职，见朕之非，未尝不谏。公独不见金之在矿也，何足贵哉？良冶锻而为器，便为人所宝，朕方自比于金，以卿为良匠。卿虽有疾，未为衰老，岂得便尔？"其年，徵又面请逊位，太宗难违之，乃拜徵特进，仍知门下事。其后又频上四疏，以陈得失。其一曰：

"臣观自古受图膺运[8]，继体守文[9]，控御英杰，南面临下，皆欲配厚德于天地，齐高明于日月，本枝百代，传祚无穷。然而克终者鲜，败亡相继，其故何哉？所以求之失其道也。殷鉴不远，可得而言。

昔在有隋，统一寰宇，甲兵强盛，三十余年，风行万里，威动殊俗，一旦举而弃之，尽为他人之有。彼炀帝岂恶天下之治安，不欲社稷之长久，故行桀虐，以就灭亡哉！恃其富强，不虞后患。驱天下以从欲，罄万物以自奉，采域中之子女，求远方之奇异。宫宇是饰，台榭是崇，徭役无时，干戈不戢。外示威重，内多险忌。谗邪者必受其福，忠正者莫保其生。上下相蒙，君臣道隔。人不堪命，率土分崩。遂以四海之尊，殒于匹夫之手，子孙殄灭，为天下笑，深可痛哉！

圣哲乘机，拯其危溺，八柱倾而复正，四维绝而更张。远肃迩安，不逾于期月。胜残去杀，无待于百年。今宫观台榭，尽居之矣；奇珍异物，尽收之矣；姬姜淑媛，尽侍于侧矣；四海九州，尽为臣妾矣。若能鉴彼之所以亡，念我之所以得，日慎一日，虽休勿休。焚鹿台之宝衣，毁阿房之广殿，惧危亡于峻宇，思安处于卑宫，则神化潜通，无为而理。德之上也。若成功不毁，即仍其旧，除其不急，损之又损。杂茅茨于桂栋，参玉砌以土阶，悦以使人，不竭其力。常念居之者逸，作之者劳。亿兆悦以子来，群生仰而遂性。德之次也。若惟圣罔念⑩，不慎厥终，忘缔构之艰难⑪，谓天命之可恃。忽采椽之恭俭⑫，追雕墙之侈靡，因其基以广之，增其旧而饰之。触类而长，不思止足，人不见德，而劳役是闻，斯为下矣。譬之负薪救火，扬汤止沸，以乱易乱，与乱同道，莫可则也，后嗣何观，则人怨神怒。人怨神怒，则灾害必下，而祸乱必作。祸乱既作，而能以身名令终者鲜矣。顺天革命之后，隆七百之祚，贻厥孙谋，传之万世，难得易失，可不念哉。"

其二曰：

"臣闻求木之长者，必固其根本。欲流之远者，必浚其泉源。思国之安者，必积其德义。源不深而岂望流之远，根不固而何求木之长。德不厚而思国之治，虽在下愚，知其不可，而况于明哲乎！人君当神器之重，居域中之大，将崇极天之峻，永保无疆之休。不念于居安思危，戒贪以俭，德不处其厚，情不胜其欲，斯亦伐根以求木茂，塞源而欲流长者也。

凡百元首⑬，承天景命，莫不殷忧而道著，功成而德衰。有善始者实繁，能克终者盖寡。岂其取之易而守之难乎？昔取之而有余，今守之而不足，何也？夫在殷忧必竭诚以待下，既得志则纵情以傲物。竭诚则胡越为一体，傲物则骨肉为行路⑭。虽董之以严刑，振之以威怒，终苟免而不怀仁，貌恭而不心服。怨不在大，可畏惟人。载舟覆舟，所宜深慎，奔车朽索，其可忽乎？

君人者，诚能见可欲则思知足以自戒，将有所作则思知止以安人；念高危则思谦冲而自牧，惧满溢则思江海而下百川；乐盘游则思三驱以为度，恐懈怠则思慎始而敬终；虑壅蔽则思虚心以纳下，想谗邪则思正身以黜恶；恩所加则思无因喜以谬赏，罚所及则思无因怒而滥刑。总此十思，弘兹九德，简能而任之，择善而从之。则智者尽其谋，勇者竭其力，仁者播其惠，信者效其忠。文武争驰，君臣无事。可以尽豫游之乐，可以养松乔之寿，鸣琴垂拱，不言而化。何必劳神苦思，代下司职，役聪明之耳目，亏无为之大道哉！"

其三曰：

"臣闻《书》曰：'明德慎罚，惟刑恤哉！'《礼》云：'为上易事，为下易知，则刑不烦矣。上多疑则百姓惑，下难知则君长劳矣。'夫上易事，下易知，君长不劳，百姓不惑。故君有一德，臣无二心，上播忠厚之诚，下竭股肱之力。然后太平之基不坠，'康哉'之咏斯起。当今道被华夷，功高宇宙，无思不服，无远不臻。然言尚于简大，志在于明察，刑赏之本，在乎劝善而惩恶。帝王之所以与天下为画一，不以亲疏贵贱而轻重者也。今之刑赏，未必尽然。或申屈在乎好恶，轻重由乎喜怒。遇喜则矜其刑于法中，逢怒则求其罪于事外，所好则钻皮出其毛羽，所恶则洗垢求其瘢痕。瘢痕可求，则刑斯滥矣；毛羽可出，则赏典谬矣。刑滥则小人道长，赏谬则君子道消。小人之恶不惩，君子之善不劝，而望治安刑措，非所闻也。

　　且夫暇豫清谈，皆敦尚于孔、老。威怒所至，则取法于申、韩。直道而行，非无三黜[15]，危人自安，盖亦多矣。故道德之旨未弘，刻薄之风已扇。夫上风既扇，则下生百端，人竞趋时，则宪章不一。稽之王度，实亏君道。昔州黎上下其手，楚国之法遂差；张汤轻重其心，汉朝之刑以弊。人臣之颇僻[16]，犹莫能申其欺罔，况人君之高下，将何以措其手足乎！以睿圣之聪明，无幽微而不烛，岂神有所不达，智有所不通哉？安其所安，不以恤刑为念；乐其所乐，遂忘先笑之变。祸福相倚，吉凶同域，唯人所召，安可不思。顷者责罚稍多，威怒微厉，或以供给不赡，或以人不纵欲，皆非致治之所急，实乃骄奢之攸渐。是知贵不与骄期而骄自来，富不与奢期而奢自至，非徒语也。

　　且我之所代，实在有隋，隋氏乱亡之源，圣明之所临照。以隋氏之甲兵，况当今之士马；以隋氏之府藏，譬今日之资储；以隋氏之户口，校今时之百姓。度长计大，曾何等级？然隋氏以富强而丧败，动之也；我以贫寡而安宁，静之也。静之则安，动之则乱，人皆知之，非隐而难见也，微而难察也。鲜蹈平易之涂，多遵覆车之辙，何哉？在于安不思危，治不念乱，存不虑亡之所致也。昔隋氏之未乱，自谓必无乱；隋氏之未亡，自谓必不亡。所以甲兵屡动，徭役不息。至于身将戮辱，竟未悟其灭亡之所由也，可不哀哉！

　　夫鉴形之美恶，必就于止水[17]。鉴国之安危，必取于亡国。《诗》曰：'殷鉴不远，在夏后之世。'又曰：'伐柯伐柯[18]，其则不远。'臣原当今之动静，思隋氏以为鉴，则存亡治乱，可得而知。若能思其所以危，则安矣；思其所以乱，则治矣；思其所以亡，则存矣。存亡之所在，节嗜欲以从人，省畋游之娱[19]，息靡丽之作，罢不急之务，慎偏听之怒。近忠厚，远便佞。杜悦耳之邪说，听苦口之忠言。去易进之人，贱难得之货，采尧、舜之诽谤，追禹、汤之罪己。惜十家之产，顺百姓之心。近取诸身，恕以待物，思劳谦以受益，不自满以招损。有动则庶类以和，出言而千里斯应。超上德于前载，树风声于后昆[20]。此圣哲之宏规，帝王之盛业，能事斯毕，在乎慎守而已。

　　夫守之则易，取之实难，既得其所以难，岂不能保其所以易。其或保之不固，则骄奢淫泆动之也。慎终如始，可不勉欤！《易》云：'君子安不忘危，存不忘亡，治不忘乱，是以身安而国家可保。'诚哉斯言，不可以不深察也。伏惟陛下欲善之志，不减于昔时，闻过必改，少亏于曩日。若能以当今之无事，行畴昔之恭俭，则尽善尽美，固无得而称焉。"

　　其四曰：

　　"臣闻为国之基，必资于德礼；君子所保，惟在于诚信。诚信立则下无二心，德礼形则远人斯格。然则德礼诚信，国之大纲，在于父子君臣，不可斯须而废也。故孔子曰：'君使臣以礼，臣事君以忠。'又曰：'自古皆有死，人无信不立。'文子曰：'同言而信，信在言前。同令而行，诚在令外。'然则言而不行，言不信也；令而不从，令无诚也。不信之言，无诚之令，为上则败国，为下则危身，虽在颠沛之中，君子所不为也。

　　自王道休明，十有余载，威加海外，万国来庭，仓廪日积，土地日广。然而道德未益厚，仁义未益博者，何哉？由乎待下之情未尽于诚信，虽有善始之勤，未睹克终之美故也。其所由来者渐，非一朝一夕之故。昔贞观之始，闻善若惊，暨五六年间，犹悦以从谏。自兹厥后，渐恶直言，虽或勉强，时有所容，非复曩时之豁如也。謇谔之士[21]，稍避龙鳞；便佞之徒，肆其巧辩。谓同心者为朋党，谓告讦者为至公，谓强直者为擅权，谓忠谠者为诽谤。谓之朋党，虽忠信而可疑；谓之至公，虽矫伪而无咎。强直者畏擅权之议，忠谠者虑诽谤之尤。至于窃斧生疑[22]，投杼致惑[23]，正人不得尽其言，大臣莫能与之争。荧惑视听，郁于大道，妨化损德，其在兹乎？故孔子恶利口之覆邦家，盖为此也。

且君子小人，貌同心异。君子掩人之恶，扬人之善，临难无苟免，杀身以成仁。小人不耻不仁，不畏不义，唯利之所在，危人以自安。夫苟在危人，则何所不至。今将求致治，必委之于君子。事有得失，或访之于小人。其待君子也则敬而疏，遇小人也必轻而狎，狎则言无不尽，疏则情或不通。是誉毁在于小人，刑罚加于君子，实兴丧所在，亦安危所系，可不慎哉！夫中智之人，岂无小慧，然才非经国，虑不及远，虽竭力尽诚，犹未免于倾败。况内怀奸利，承颜顺旨，其为患祸，不亦深乎？故孔子曰："君子或有不仁者焉，未见小人而仁者。"然则君子不能无小恶，恶不积无妨于正道。小人或时有小善，善不积不足以立忠。今谓之善人矣，复虑其有不信，何异夫立直木而疑其影之不直乎？虽竭精神，劳思虑，其不可亦已明矣。

夫君能尽礼，臣得竭忠，必在于内外无私，上下相信。上不信则无以使下，下不信则无以事上，信之为义大矣哉！故自天祐之，吉无不利。昔齐桓公问于管仲曰：'吾欲酒腐于爵⑳，肉腐于俎，得无害于霸乎？'管仲曰：'此极非其善者，然亦无害霸也。'公曰：'何如而害霸乎？'曰：'不能知人，害霸也。知而不能用，害霸也。用而不能信，害霸也。既信而又使小人参之，害霸也。'晋中行穆伯攻鼓，经年而不能下，馈间伦曰：'鼓之啬夫，间伦知之，请无疲士大夫而鼓可得。'穆伯不应。左右曰：'不折一戟，不伤一卒，而鼓可得，君奚为不取？'穆伯曰：'间伦之为人也，佞而不仁。若间伦下之，吾不可以不赏。赏之，是赏佞人也。佞人得志，是使晋国之士舍仁而为佞，虽得鼓，将何用之？'夫穆伯列国大夫，管仲霸者之佐，犹慎于信任，远避佞人也如此；况乎为四海之大君，应千龄之上圣，而可使巍巍之盛德，复将有所间然乎？

若欲令君子小人是非不杂，必怀之以德，待之以信，厉之以义，节之以礼，然后善善而恶恶，审罚而明赏。则小人绝其佞邪，君子自强不息，无为之化，何远之有？善善而不能进，恶恶而不能去，罚不及于有罪，赏不加于有功，则危亡之期，或未可保，永锡祚胤，将何望哉！"

太宗手诏嘉美，优纳之。尝谓长孙无忌曰："朕即位之初，上书者或言'人主必须威权独运，不得委任群下'；或欲耀兵振武，慑服四夷。唯有魏徵劝朕'偃革兴文，布德施惠，中国既安，远人自服'。朕从其语，天下大宁。绝域君长，皆来朝贡，九夷重译，相望于道。此皆魏徵之力也。"

太宗尝嫌上封者众⑤，不近事实，欲加黜责。徵奏曰："古者立诽谤之木㊉，欲闻己过，今之封事，谤木之流也。陛下思闻得失，祇可恣其陈道。若所言衷，则有益于陛下；若不衷，无损于国家。"太宗曰："此言是也。"并劳而遣之。

后太宗在洛阳宫，幸积翠池，宴群臣，酒酣各赋一事。太宗赋《尚书》曰："日昃玩百篇，临灯披《五典》。夏康既逸豫，商辛亦流湎。恣情昏主多，克己明君鲜。灭身资累恶，成名由积善。"徵赋西汉曰："受降临轵道，争长趣鸿门。驱传渭桥上，观兵细柳屯。夜宴经柏谷，朝游出杜原。终藉叔孙礼，方知皇帝尊。"太宗曰："魏徵每言，必约我以礼也。"寻以修定《五礼》，当封一子为县男，请让孤兄子叔慈。太宗怆然曰："卿之此心，可以励俗。"遂许之。

十二年，礼部尚书王珪奏言："三品以上遇亲王于途，皆降乘，违法申敬，有乖仪准。"太宗曰："卿辈皆自崇贵，卑我儿子乎？"徵进曰："自古迄兹，亲王班次三公之下。今三品皆曰天子列卿及八座之长，为王降乘，非王所宜当也。求诸故事，则无可凭；行之于今，又乖国宪。"太宗曰："国家所以立太子者，拟以为君也。然则人之修短㊆，不在老少，设无太子，则母弟次立。以此而言，安得轻我子耶？"徵曰："殷家尚质，有兄终弟及之义；自周以降，立嫡必长，所以绝庶孽之窥觎㊣，塞祸乱之源本，有国者之所深慎。"于是遂可珪奏。会皇孙诞育，召公卿赐宴，太宗谓侍臣曰："贞观以前，从我平定天下，周旋艰险，玄龄之功，无所与让。贞观之后，尽心于我，献纳忠说，安国利民，犯颜正谏，匡朕之违者，唯魏徵而已。古之名臣，何以加也。"于是亲解佩刀以赐二人。

徵以戴圣《礼记》编次不伦，遂为《类礼》二十卷，以类相从，削其重复，采先儒训注，择善从之，研精覃思，数年而毕。太宗览而善之，赐物一千段，录数本以赐太子及诸王，仍藏之秘府。

先是，遣使诣西域立叶护可汗，未还，又遣使多赍金银帛历诸国市马。徵谏曰："今以立可汗为名，可汗未定，即诣诸国市马，彼必以为意在市马，不为专意立可汗。可汗得立，则不甚怀恩。诸蕃闻之，以为中国薄义重利，未必得马而失义矣。昔汉文有献千里马者，曰：'吾凶行日三十里，吉行五十里，銮舆在前，属车在后，吾独乘千里马将安之？乃赏其道里所费而返之。汉光武有献千里马及宝剑者，马以驾鼓车，剑以赐骑士。陛下凡所施为，皆邈逾三王之上㉚，奈何至于此事，欲为孝文、光武之下乎？又魏文帝欲求市西域大珠，苏则曰：'若陛下惠及四海，则不求自至，求而得之，不足为贵也。'陛下纵不能慕汉文之高行，可不畏苏则之言乎？"太宗纳其言而止。

时公卿大臣并请封禅，唯徵以为不可。太宗曰："朕欲卿极言之。岂功不高耶？德不厚耶？诸夏未治安耶？远夷不慕义耶？嘉瑞不至耶？年谷不登耶？何为而不可？"对曰："陛下功则高矣，而民未怀惠。德虽厚矣，而泽未滂流。诸夏虽安，未足以供事。远夷慕义，无以供其求。符瑞虽臻㉚，尉罗犹密㉛。积岁丰稔，仓廪尚虚。此臣所以窃谓未可。臣未能远譬，且借喻于人。今有人十年长患瘵㉜，治且愈，此人应皮骨仅存，便欲使负米一石，日行百里，必不可得。隋氏之乱，非止十年，陛下为之良医，疾苦虽已乂安，未甚充实，告成天地，臣窃有疑。且陛下东封，万国咸萃，要荒之外，莫不奔走。今自伊、洛以东，暨乎海岱，灌莽巨泽，苍茫千里，人烟断绝，鸡犬不闻，道路萧条，进退艰阻，岂可引彼夷狄，示以虚弱？竭财以赏，未厌远人之望；重加给复，不偿百姓之劳。或遇水旱之灾，风雨之变，庸夫横议，悔不可追。岂独臣之恳诚，亦有舆人之诵。"太宗不能夺。是后，右仆射缺，欲拜之，征徵让乃止。

及皇太子承乾不修德业，魏王泰宠爱日隆，内外庶僚，并有疑议。太宗闻而恶之，谓侍臣曰："当今朝臣忠謇，无逾魏徵，我遣傅皇太子，用绝天下之望。"十六年，拜太子太师，知门下省事如故。徵自陈有疾，诏答曰："汉之太子，四皓为助，我之赖公，即其义也。知公疾病，可卧护之。"

其年，称绵惙㉝，中使相望。徵宅先无正寝，太宗欲为小殿，辍其材为徵营构，五日而成，遣中使赍素褥布被而赐之，遂其所尚也。及病笃，舆驾再幸其第，抚之流涕，问所欲言，徵曰："嫠不恤纬㉞，而忧宗周之亡。"后数日，太宗夜梦徵若平生，及旦而奏徵薨，时年六十四。太宗亲临恸哭，废朝五日，赠司空、相州都督，谥曰文贞，给羽葆鼓吹、班剑四十人，赙绢布千段、米粟千石，陪葬昭陵。及将祖载，徵妻裴氏曰："徵平生俭素，今以一品礼葬，羽仪甚盛，非亡者之志。"悉辞不受，竟以布车载枢，无文彩之饰。太宗登苑西楼，望丧而哭，诏百官送出郊外。帝亲制碑文，并为书石。其后追思不已，赐其实封九百户。尝临朝谓侍臣曰："夫以铜为镜，可以正衣冠。以古为镜，可以知兴替。以人为镜，可以明得失。朕常保此三镜，以防己过。今魏徵殂逝，遂亡一镜矣！徵亡后，朕遣人至宅，就其书函得表一纸，始立表草，字皆难识，唯前有数行，稍可分辩，云：'天下之事，有善有恶，任善人则国安，用恶人则国乱。公卿之内，情有爱憎，憎者唯见其恶，爱者唯见其善。爱憎之间，所宜详慎，若爱而知其恶，憎而知其善，去邪勿疑，任贤勿贰，可以兴矣。'其遗表如此，然在朕思之，恐不免斯事。公卿侍臣，可书之于笏，知而必谏也。"

徵状貌不逾中人⑤，而素有胆智。每犯颜进谏，虽逢王赫斯怒㊱，神色不移。尝密荐中书侍郎杜正伦及吏部尚书侯君集有宰相之材。徵卒后，正伦以罪黜，君集犯逆伏诛，太宗始疑徵阿党。徵又自录前后谏诤言辞往复以示史官起居郎褚遂良，太宗知之，愈不悦。先许以衡山公主降其长子叔玉，于是手诏停婚，顾其家渐衰矣。

徵四子，督琬、叔璘、叔瑜。叔玉袭爵国公，官至光录少卿；叔瑜至潞州刺史；叔玲礼部侍郎，则天时为酷吏所杀。；神龙初，继封叔玉子膺为郑国公。叔瑜子华，开元初太子右庶子。

史臣曰：臣尝读汉史《刘更生传》见其上书论王氏擅权，恐移运祚，汉成不悟，更生徘徊伊郁，极言而不顾祸患，何匡益忠荩也如此！当更生时，谏者甚多。如谷永、杨兴之上言，图为奸利，与贼臣为乡导。梅福、王吉之言，虽近古道，未切事情。则纳谏任贤，讵宜容易！臣尝阅《魏公故事》，与文皇讨论政术，往复应对，凡数十万言。其匡过弼违，能近取譬，博约连类，皆前代诤臣之不至者。其实根于道义，发为律度，身正而心劲，上不负时主，下不阿权幸，中不侈亲族，外不为朋党，不以逢时改节，不以图位卖忠。所载章疏四篇，可为万代王者法。虽汉之刘向、魏之徐邈、晋之山涛、宋之谢朓，才则才矣，比文贞之雅道，不有遗行乎！前代诤臣，一人而已。

赞曰：智者不谏，谏或不智。智者尽言，国家之利。郑公达节，才周经济。太宗用之，子孙长世。

---

①生业：犹生涯，职业之意。

②干：干预，进献之意。

③生心：此处指怀有异心。

④践阼：指走上阼阶主位。古代庙寝堂前两阶，主阶在东，称阼阶。阼阶上为主位。即位，登基之意。

⑤无远：不管多远之意。

⑥案险：查询验证之意。

⑦妩媚：此处作可爱解。

⑧受图：由河伯曾以河图授大禹，故而后称帝王受命登位为受图。

⑨继体守文：继体，系指嫡子继承帝位。守文，本谓遵循文王法度，后泛指遵循先王法度。

⑩罔念：谓不思为善。

⑪缔耕：犹缔造之意。

⑫采椽：犹俭朴之意。

⑬凡百：一切、一应之意。

⑭行路：此处有行路人之意，即比喻不相关的人。

⑮三黜：三次被罢官。

⑯颇僻：邪佞，不正之意。

⑰止水：指静止的水。

⑱伐柯：原出《诗经》"伐柯伐柯，其则不远"。后因以"伐柯"为取法于人的典故。

⑲畋游：畋猎游乐之意。

⑳后昆：后嗣，子孙之意。

㉑謇谔：正直敢言之意。

㉒窃斧：亦作"窃铁"。语出《列子·说符》。后以为目随心乱的典故。此典故是说有人丢了一把斧子，以为某人偷去，视其言行均像偷斧者，后找到了斧子，视其人的言行均不像偷斧人。

㉓投杼：语出《战国策·秦策二》。比喻谣言众多，将动摇对最亲信者的信心。

㉔腐：腐烂，变质之意。

㉕上封：上封事之意。古代臣下上书言事时，将奏章用皂囊缄封呈进，以防泄漏，称之为上封事。

㉖诽谤之木：指供百姓书写政治缺失的表木。

㉗修短：指人的长处与短处。

㉘庶孽：指妾妃所生之子。

㉙邈逾：犹超越之意。

㉚符瑞：指吉祥的征兆。多指帝王受命的征兆。

㉛尉罗：原指捕鸟的网，此处借喻法网。

㉜瘵（zhài）：多指疾病。

㉝绵惙：谓病情沉重，气息仅存。

㉞嫠不恤纬：谓寡妇不忧其纬少，而恐国亡祸及于己。后用以表达忧国忘家之喻。

㉟中人：此处"常人"解。

㊱王赫：指天子突然震怒貌。

狄仁杰列传

　　狄仁杰字怀英，并州太原人也。祖孝绪，贞观中尚书左丞。父知逊，夔州长史。仁杰儿童时，门人有被害者，县吏就诘之，众皆接对，唯仁杰坚坐读书。吏责之，仁杰曰："黄卷之中，圣贤备在，犹不能接对，何暇偶俗吏，而见责耶！"后以明经举，授汴州判佐。时工部尚书阎立本为河南道黜陟使，仁杰为吏人诬告，立本见而谢曰："仲尼云：'观过知仁矣。'足下可谓海曲之明珠，东南之遗宝①。"荐授并州都督府法曹。其亲在河阳别业，仁杰赴并州，登太行山，南望见白云孤飞，谓左右曰："吾亲所居，在此云下。"瞻望伫立久之，云移乃行。仁杰孝友绝人②，在并州，有同府法曹郑崇质，母老且病，当充使绝域③。仁杰谓曰："太夫人有危疾，而公远使，岂可贻亲万里之忧！"乃诣长史蔺仁基，请代崇质而行。时仁基与司马李孝廉不协，因谓曰："吾等岂独无愧耶？"由是相待如初。

　　仁杰，仪凤中为大理丞，周岁断滞狱一万七千人，无冤诉者。时武卫大将军权善才坐误斫昭陵柏树，仁杰奏罪当免职。高宗令即诛之，仁杰又奏罪不当死。帝作色曰："善才斫陵上树，是使我不孝，必须杀之。"左右瞩仁杰令出，仁杰曰："臣闻逆龙鳞，忤人主，自古以为难，臣愚以为不然。居桀、纣时则难，尧、舜时则易。臣今幸逢尧、舜，不惧比干之诛。昔汉文时有盗高庙玉环，张释之廷净，罪止弃市。魏文将徙其人，辛毗引裾而谏，亦见纳用。且明主可以理夺，忠臣不可以威惧。今陛下不纳臣言，瞑目之后，羞见释之、辛毗于地下。陛下作法，悬之象魏④，徒流死罪，俱有等差。岂有犯非极刑，即令赐死？法既无常，则万姓何所措其手足！陛下必欲变法，请从今日为始。古人云：'假使盗长陵一抔土，陛下何以加之？'今陛下以昭陵一株柏杀一将军，千载之后，谓陛下为何主？此臣所以不敢奉制杀善才，陷陛下于不道。"帝意稍解，善才因而免死。居数日，授仁杰侍御史。

　　时司农卿韦机兼领将作、少府二司，高宗以恭陵玄宫狭小，不容送终之具，遣机续成其功。机于埏之左右为便房四所⑤，又造宿羽、高山、上阳等宫，莫不壮丽。仁杰奏其太过，机竟坐免官。左司郎中王本立恃宠用事，朝廷慑惧，仁杰奏之，请付法寺，高宗特原之。仁杰奏曰："国家虽乏英才，岂少本立之类，陛下何惜罪人而亏王法？必欲曲赦本立，请弃臣于无人之境，为忠贞将来之诫。"本立竟得罪，繇是朝廷肃然。

　　寻加朝散大夫，累迁度支郎中。高宗将幸汾阳宫，以仁杰为知顿使。并州长史李冲玄以道出妒女祠，俗云盛服过者必致风雷之灾，乃发数万人别开御道。仁杰曰："天子之行，千乘万骑，风伯清尘，雨师洒道，何妒女之害耶？"遽令罢之。高宗闻之，欢曰："真大丈夫也！"

俄转宁州刺史，抚和戎夏，人得欢心，郡人勒碑颂德。御史郭翰巡察陇石，所至多所按劾，及入宁州境内，耆老歌刺史德美者盈路。翰既授馆，召州吏谓之曰："入其境，其政可知也。愿成使君之美，无为久留。"州人方散。翰荐名于朝，征为冬官侍郎，充江南巡抚使。吴、楚之俗多淫祠，仁杰奏毁一千七百所，唯留夏禹、吴太伯、季札、伍员四祠。

转文昌右丞，出为豫州刺史。时越王贞称兵汝南事败，缘坐者六七百人，籍没者五千口，司刑使逼促行刑。仁杰哀其诖误⑥，缓其狱，密表奏曰：臣欲显奏，似为逆人申理。知而不言，恐乖陛下存恤之旨。表成复毁，意不能定。此辈咸非本心，伏望哀其诖误。"特敕原之，配流丰州。豫囚次于宁州，父老迎而劳之曰："我狄使君活汝辈耶！"相携哭于碑下，斋三日而后行。豫囚至流所，复相与立碑颂狄君之德。

初，越王之乱，宰相张光辅率师讨平之。将士恃功，多所求取，仁杰不之应。光辅怒曰："州将轻元帅耶？"仁杰曰："乱河南者，一越王贞耳。今一贞死而万贞生。"光辅质其辞，仁杰曰："明公董戎三十万，平一乱臣，不戢兵锋，纵其暴横，无罪之人，肝脑涂地，此非万贞何耶？且凶威胁从，势难自固，及天兵暂临，乘城归顺者万计，绳坠四面成蹊⑦。公奈何纵邀功之人，杀归降之众？但恐冤声腾沸，上彻于天。如得尚方斩马剑加于君颈，虽死如归。"光辅不能诘，心甚衔之。还都，奏仁杰不逊，左授复州刺史。入为洛州司马。

天授二年九月丁酉，转地官侍郎、判尚书、同凤阁鸾台平章事。则天谓曰："卿在汝南时，甚有善政，欲知谮卿者乎？"仁杰谢曰："陛下以臣为过，臣当改之。陛下明臣无过，臣之幸也。臣不知谮者，并为善友，臣请不知。"则天深加叹异。未几，为来俊臣诬构下狱。时一问即承者例得减死，来俊臣逼胁仁杰，令一问承反⑧。仁杰叹曰："大周革命，万物唯新。唐朝旧臣，甘从诛戮。反是实！"俊臣乃少宽之。判官王德寿谓仁杰曰："尚书必得减死。德寿意欲求少阶级，凭尚书牵杨执柔，可乎？"仁杰曰："若何牵之？"德寿曰："尚书为春官时，执柔任其司员外，引之可也。"仁杰曰："皇天后土，遣仁杰行此事！"以头触柱，流血被面，德寿惧而谢焉。既承反，所司但待日行刑，不复严备。仁杰求守者得笔砚，拆被头帛书冤，置绵衣中，谓德寿曰："时方热，请付家人去其绵。"德寿不之察。仁杰子光远得书，持以告变。则天召见，览之而问俊臣，俊臣曰："仁杰不免冠带，寝处甚安，何由伏罪？"则天使人视之，俊臣遽命仁杰巾带而见使者。乃令德寿代仁杰作谢死表，附使者进之。则天召仁杰，谓曰："承反何也？"对曰："向若不承反，已死于鞭笞矣。""何为作谢死表？"曰："臣无此表。"示之，乃知代署也。故得免死，贬彭泽令。武承嗣屡奏请诛之，则天曰："朕好生恶杀，志在恤刑。涣汗已行⑨，不可更返。"

万岁通天年，契丹寇陷冀州，河北震动，征仁杰为魏州刺史。前刺史独孤思庄惧贼至，尽驱百姓入城，缮修守具。仁杰既至，悉放归农亩，谓曰："贼犹在远，何必如是。万一贼来，吾自当之，必不关百姓也。"贼闻之自退，百姓咸歌诵之，相与立碑以纪恩惠。俄转幽州都督。神功元年，入为鸾台侍郎、同凤阁鸾台平章事，加银青光禄大夫，兼纳言。仁杰以百姓西戍疏勒等四镇，极为凋弊，乃上疏曰：

"臣闻天生四夷，皆在先王封疆之外，故东拒沧海，西隔流沙，北横大漠，南阻五岭，此天所以限夷狄而隔中外也。自典籍所纪，声教所及，三代不能至者，国家尽兼之矣。此则今日之四境，已逾于夏、殷者也。诗人矜薄伐于太原，美化行于江、汉。则是前代之远裔，而国家之域中。至前汉时，匈奴无岁不陷边，杀掠吏人。后汉则西羌侵轶汉中，东寇三辅，入河东上党，几至洛阳。由此言之，则陛下今日之土宇，过于汉朝远矣。若其用武荒外，邀功绝域，竭府库之实，以争硗确不毛之地⑩，得其人不足以增赋，获其土不可以耕织。苟求冠带远夷之称，不务固本安人之术，此秦皇、汉武之所行，非五帝、三皇之事业也。若使越荒外以为限，竭资财以骋欲，非但不爱人力，亦所以失天心也。昔始皇穷兵极武，以求广地。男子不得耕于野，女子不得蚕于室，长城之下，死者如乱麻，于是天下溃叛。汉武追高、文之宿愤，藉四帝之储实，于是定朝鲜，讨西域，平南越，击匈奴，府库空虚，盗贼蜂起，百姓嫁妻卖子，流离于道路者万计。末年觉悟，息兵罢役，封丞相为富民侯，故能为天所祐也。昔人有言：'与覆车同轨者未尝安。'此言虽小，可以喻大。

　　近者国家频岁出师，所费滋广，西戍四镇，东戍安东，调发日加，百姓虚弊。开守西域，事等石田，费用不支，有损无益。转输靡绝，杼轴殆空。越碛逾海，分兵防守。行役既久，怨旷亦多。昔诗人云：'王事靡盬⑪，不能艺稷黍。''岂不怀归，畏此罪罟⑫。念彼恭人，涕零如雨。'此则前代怨思之辞也。上不是恤，则政不行而邪气作。邪气作，则虫螟生而水旱起。若此，虽祷祀百神，不能调阴阳矣。方今关东饥馑，蜀、汉逃亡，江、淮以南，征求不息。人不复业，则相率为盗，本根一摇，忧患不浅。其所以然者，皆为远戍方外，以竭中国，争蛮貊不毛之地，乖子养苍生之道也。

　　昔汉元纳贾捐之之谋而罢珠崖郡，宣帝用魏相之策而弃车师之田，岂不欲慕尚虚名，盖惮劳人力也。近贞观年中，克平九姓，册李思摩为可汗，使统诸部者，盖以夷狄叛则伐之，降则抚之，得推亡固存之义，无远戍劳人之役。此则近日之令典，经边之故事。窃见阿史那斛瑟罗，阴山贵种，代雄沙漠，若委之四镇，使统诸蕃，封为可汗，遣御寇患，则国家有继绝之美⑬，荒外无转输之役。如臣所见，请捐四镇以肥中国，罢安东以实辽西，省军费于远方，并甲兵于塞上，则恒、代之镇重，而边州之备实矣。况绥抚夷狄，盖防其越逸，无侵侮之患则可矣，何必穷其窟穴，与蝼蚁计校长短哉！

　　且王者外宁必有内忧，盖为不勤修政故也。伏惟陛下弃之度外，无以绝域未平为念。但当敕边兵谨守备，蓄锐以待敌，待其自至，然后击之，此李牧所以制匈奴也。当今所要者，莫若令边城警守备，远斥候，聚军实，蓄威武。以逸待劳，则战士力倍。以主御客，则我得其便。坚壁清野，则寇无所得。自然贼深入必有颠踬之虑⑭，浅入必无虏获之益。如此数年，可使二虏不击而服矣。"

　　仁杰又请废安东，复高氏为君长，停江南之转输，慰河北之劳弊，数年之后，可以安人富国。事虽不行，识者是之。寻检校纳言，兼右肃政台御史大夫。

　　圣历初，突厥侵掠赵、定等州，命仁杰为河北道元帅，以便宜从事。突厥尽杀所掠男女万余人，从五回道而去。仁杰总兵十万追之不及。便制仁杰河北道安抚大使。时河朔人庶，多为突厥逼胁，贼退后惧诛，又多逃匿。仁杰上疏曰：

　　"臣闻朝廷议者，以为契丹作梗，始明人之逆顺。或因迫胁，或有愿从，或受伪官，或为招慰，或兼外贼，或是土人，迹虽不同，心则无别。诚以山东雄猛，由来重气，一顾之势，至死不回。近缘军机，调发伤重，家道悉破，或至逃亡，剔屋卖田，人不为售，内顾生计，四壁皆空。重以官典侵渔，因事而起，取其髓脑，曾无心愧。修筑池城，缮造兵甲，州县役使，十倍军机。官司不矜，期之必取。棰杖之下，痛切肌肤，事迫情危，不循礼义。愁苦之地，不乐其生。有利则归，且图赊死，此乃君子之愧辱，小人之常行。人犹水也，壅之则为泉，疏之则为川，通塞随流，岂有常性。昔董卓之乱，神器播迁，及卓被诛，部曲无赦，事穷变起，毒害生人，京室丘墟，化为禾黍。此由恩不普洽，失在机先。臣一读此书，未尝不废卷叹息。今以负罪之伍，必不在家，露宿草行，潜窜山泽。赦之则出，不赦则狃，山东群盗，缘兹聚结。臣以边尘暂起，不足为忧，中土不安，以此为事。臣闻持大国者不可以小道，理事广者不可以细分。人主恢弘，不拘常法，罪之则众情恐惧，恕之则反侧自安。伏愿曲赦河北诸州，一无所问。自然人神道畅，率土欢心，诸军凯旋，得无侵扰。"

制从之。军还，授内史。

圣历三年，则天幸三阳宫，王公百僚咸经侍从，唯仁杰特赐宅一区，当时恩宠无比。是岁六月，左玉钤卫大将军李楷固、右武威卫将军骆务整讨契丹余众，擒之，献俘于含枢殿。则天大悦，特赐楷固姓武氏。楷固、务整，并契丹李尽忠之别帅也。初，尽忠之作乱，楷固等屡率兵以陷官军，后兵败来降，有司断以极法。仁杰议以为楷固等并有骁将之才，若恕其死，必能感恩效节。又奏请授其官爵，委以专征。制并从之。及楷固等凯旋，则天召仁杰预宴，因举觞亲劝，归赏于仁杰。授楷固左玉钤卫大将军，赐爵燕国公。

则天又将造大像，用功数百万，令天下僧尼每日人出一钱，以助成之。仁杰上疏谏曰：

"臣闻为政之本，必先人事。陛下矜群生迷谬，溺丧无归，欲令像教兼行，睹相生善。非为塔庙必欲崇奢，岂令僧民皆须檀施？得栿尚舍[15]，而况其余。今之伽蓝，制过宫阙，穷奢极壮，画缋尽工，宝珠殚于缀饰，环材竭于轮奂[16]。工不使鬼，止在役人。物不天来，终须地出。不损百姓，将何以求？生之有时，用之无度，编户所奉，常若不充，痛切肌肤，不辞箠楚[17]。游僧一说，矫陈祸福，剪发解衣，仍惭其少。亦有离间骨肉，事均路人，身自纳妻，谓无彼我。皆托佛法，诖误生人。里陌动有经坊，阛阓亦立精舍[18]。化诱倍急[19]，切于官征[20]。法事所须，严于制敕。膏腴美业，倍取其多。水碾庄园，数亦非少。逃丁避罪，并集法门，无名之僧，凡有几万，都下检括，已得数千。且一夫不耕，犹受其弊，浮食者众，又劫人财。臣每思惟，实所悲痛。

往在江表，像法盛兴，梁武、简文，舍施无限。及其三淮沸浪，五岭腾烟。列刹盈衢[21]，无救危亡之祸。缁衣蔽路[22]，岂有勤王之师！比年已来，风尘屡扰，水旱不节，征役稍繁。家业先空，疮痍未复，此时兴役，力所未堪。伏惟圣朝，功德无量，何必要营大像，而以劳费为名。虽敛僧钱，百未支一。尊容既广，不可露居，覆以百层，尚忧未遍，自余廊庑，不得全无。又云不损国财，不伤百姓，以此事主，可谓尽忠？臣今思惟，兼采众议，咸以为如来设教，以慈悲为主。下济群品，应是本心。岂欲劳人，以存虚饰。当今有事，边境未宁，宜宽征镇之徭，省不急之费。设令雇作，皆以利趋，既失田时，自然弃本。今不树稼，来岁必饥。役在其中，难以取给。况无官助，义无得成，若费官财，又尽人力，一隅有难，将何救之！"

则天乃罢其役。是岁九月，病卒，则天为之举哀，废朝三日，赠文昌右相，谥曰文惠。

仁杰常以举贤为意，其所引拔桓彦范、敬晖、窦怀贞、姚崇等，至公卿者数十人。初，则天尝问仁杰曰："朕要一好汉任使，有乎？"仁杰曰："陛下作何任使？"则天曰："朕欲待以将相。"对曰："臣料陛下若求文章资历，则今之宰臣李峤、苏味道亦足为文吏矣。岂非文士龌龊，思得奇才用之，以成天下之务者乎？"则天悦曰："此朕心也。"仁杰曰："荆州长史张柬之，其人虽老，真宰相才也。且久不遇，若用之，必尽节于国家矣。"则天乃召拜洛州司马。他日，又求贤，仁杰曰："臣前言张柬之，犹未用也。"则天曰："已迁之矣。"对曰："臣荐之为相，今为洛州司马，非用之也。"又迁为秋官侍郎，后竟召为相。柬之果能兴复中宗，盖仁杰之推荐也。

仁杰尝为魏州刺史，人吏为立生祠。及去职，其子景晖为魏州司功参军，颇贪暴，为人所恶，乃毁仁杰之祠。长子光嗣，圣历初为司府丞，则天令宰相各举尚书郎一人，仁杰乃荐光嗣。拜地官员外郎，莅事称职，则天喜而言曰："祁奚内举，果得其人。"开元七年，自汴州刺史转扬州大都督府长史，坐赃贬翕歙州别驾卒。

初，中宗在房陵，而吉顼、李昭德皆有匡复谠言[23]，则天无复辟意。唯仁杰每从容奏对，无不以子母恩情为言，则天亦渐省悟，竟召还中宗，复为储贰。初，中宗自房陵还宫，则天匿之帐中，召仁杰以庐陵为言。仁杰慷慨敷奏，言发涕流，遂出中宗谓仁杰曰："还卿储君。"仁杰降阶泣贺，既已，奏曰："太子还宫，人无知者，物议安审是非？"则天以为然，乃复置中宗于龙门，具礼迎归，人情感悦。仁杰前后匡复奏对，凡数万言。开元中，北海太守李邕撰《梁公别传》备载其辞。中宗返正，追赠司空；睿宗追封梁国公。仁杰族曾孙兼谟。

兼谟，登进士第。祖郊、父迈，仕官皆微。兼谟，元和末，解褐襄阳推官，试校书郎，言行刚正，使府知名。宪宗召为左拾遗，累上书言事，历尚书郎。长庆、大和中，历郑州刺史，以治行称，人为给事中。开成初，度支左藏库妄破溃污缣帛等赃罪，文宗以事在赦前不理。兼谟封还敕书，文宗召而谕之曰："嘉卿举职，然朕已赦其长官，典吏亦宜在宥。然事或不可，卿勿以封敕为艰。"迁御史中丞。谢日，文宗顾谓之曰："御史台朝廷纲纪，台纲正则朝廷理，朝廷正则天下理。凡执法者，大抵以畏忌顾望为心，职业由兹不举。卿梁公之后，自有家法，岂复为常常之心哉！"兼谟谢曰："朝法或未得中，臣固悉心弹奏。"会江西观察使吴士矩违额加给军士，破官钱数十万计，兼谟奏曰："观察使守陛下土地，宣陛下诏条，临戎赏军，州有定数。而士矩与夺由己，盈缩自专，不唯贻弊一方，必致诸军援例。请下法司，正行朝典。"士矩坐贬蔡州别驾。兼谟寻转兵部侍郎。明年，检校工部尚书、太原尹，充河东节度使。会昌中，累历方镇，卒。

①海曲：海隅、海湾之意。

②孝友绝人：孝友，指事父母孝顺，对兄弟友爱。　　绝人，意指过人。

③绝域：指极远之地。

④象魏：古代天子、诸侯宫门外的一对高建筑，亦叫"阙"或"观"，为悬示教令的地方。

⑤埏：此处指墓道。

⑥诖误：贻误，连累之意。

⑦蹊：泛指道路。

⑧一问：此处作第一次讯问之意。

⑨涣汗：喻帝王的圣旨，号令。

⑩硗确：指土地坚硬而瘠薄。

⑪靡盬：谓无止息。指辛勤於王事。盬（gǔ，音古），这里作止息解。

⑫罪罟：犹指罪网。

⑬继绝："继绝世"的略语。谓恢复已灭的宗祀，承续已断绝的后代。

⑭颠踬：此处作困顿，挫折解。

⑮筏：指渡水用的竹排或木排。

⑯轮奂：形容屋宇高大众多之意。

⑰箠楚：本指棍杖之类，引申为拷打。

⑱阛阓：指街市，街道。

⑲化诱：指教化诱导。

⑳官征：指官府的征敛。

㉑列刹：指众寺院。

㉒缁衣：缁衣，亦作"纟才衣"。古代用黑色帛做成的朝服。

㉓谠言：指正直之言。

姚崇 宋璟列传

姚崇，本名元崇，陕州硖石人也。父善意，贞观中，任隽州都督。元崇为孝敬挽郎，应下笔成章举，授濮州司仓，五迁夏官郎中。时契丹寇陷河北数州，兵机填委，元崇剖析若流，皆有条贯。则天甚奇之，超迁夏官侍郎，又寻同凤阁鸾台平章事。

圣历初，则天谓侍臣曰："往者周兴、来俊臣等推勘诏狱，朝臣递相牵引，咸承反逆，国家有法，朕岂能违。中间疑有枉滥，更使近臣就狱亲问，皆得手状，承引不虚①，朕不以为疑，即可其奏。近日周兴、来俊臣死后，更无闻有反逆者，然则以前就戮者，不有冤滥耶？"元崇对曰："自垂拱已后，被告身死破家者，皆是枉酷自诬而死。告者特以为功，天下号为罗织，甚于汉之党锢。陛下令近臣就狱问者，近臣亦不自保，何敢辄有动摇？被问者若翻，又惧遭其毒手，将军张虔勖、李安静等皆是也。赖上天降灵，圣情发寤，诛锄凶竖，朝廷乂安。今日已后，臣以微躯及一门百口保见在内外官更无反逆者。乞陛下得告状，但收掌，不须推问。若后有征验，反逆有实，臣请受知而不告之罪。"则天大悦曰："以前宰相皆顺成其事，陷朕为淫刑之主。闻卿所说，甚合朕心。"其日，遣中使送银千两以赐元崇。

时突厥叱利元崇构逆，则天不欲元崇与之同名，乃改为元之。俄迁凤阁侍郎，依旧知政事。

长安四年，元之以母老，表请解职侍养，言甚哀切，则天难违其意，拜相王府长史，罢知政事，俾获其养。其月，又令元之兼知夏官尚书事、同凤阁鸾台三品。元之上言："臣事相王，知兵马不便。臣非惜死，恐不益相王。"则天深然其言，改为春官尚书。是时，张易之请移京城大德僧十人配定州私置寺，僧等苦诉，元之断停，易之屡以为言，元之终不纳。由是为易之所潜，改为司仆卿，知政事如故，使充灵武道大总管。

神龙元年，张柬之、桓彦范等谋诛易之兄弟，适会元之自军还都，遂预谋，以功封梁县侯，赐实封二百户。则天移居上阳宫，中宗率百官就阁起居，王公已下皆欣跃称庆，元之独鸣咽流涕。彦范、柬之谓元之曰："今日岂是啼泣时！恐公祸从此始。"元之曰："事则天岁久，乍此辞违②，情发于衷，非忍所得。昨预公诛凶逆者，是臣子之常道，岂敢言功。今辞违旧主悲泣者，亦臣子之终节，缘此获罪，实所甘心。"无几，出为亳州刺史，转常州刺史。

睿宗即位，召拜兵部尚书、同中书门下三品，寻迁中书令。时玄宗在东宫，太平公主干预朝政，宋王成器为闲厩使，岐山范、薛王业皆掌禁兵，外议以为不便。元之同侍中宋璟密奏请令公主往就东都，出成器等诸王为刺史，以息人心。睿宗以告公主，公主大怒。玄宗乃上疏以元之、璟等离间兄弟，请加罪，乃贬元之为申州刺史。再转扬州长史、淮南按察使，为政简肃，人吏立碑纪德。俄除同州刺史。先天二年，玄宗讲武在新丰驿，召元之代郭元振为兵部尚书、同中书门下三品，复迁紫微令。避开元尊号，又改名崇，进封梁国公。固辞实封，乃停其旧封，特赐新封一百户。

先是，中宗时，公主外戚皆奏请度人为僧尼，亦有出私财造寺者，富户强丁，皆经营避役，远近充满。至是，崇奏曰："佛不在外，求之于心。佛图澄最贤，无益于全赵。罗什多艺，不救于亡秦。何充、符融，皆遭败灭。齐襄、梁武，示免灾殃。但发心慈悲，行事利益，使苍生安乐，即是佛身。何用妄度奸人，令坏正法？"上纳其言，令有司隐括僧徒，以伪滥还俗者万二千余人。

开元四年，山东蝗虫大起，崇奏曰："《毛诗》云：'秉彼蟊贼，以付炎火。'又汉光武诏曰："勉顺时政，劝督农桑，去彼螟蜮，以及蟊贼'。此并除蝗之义也。虫既解畏人，易为驱逐。又苗稼皆有地主，救护必不辞劳。蝗既解飞，夜必赴火，夜中设火，火边掘坑，且焚且瘗，除之可尽。时山东百姓皆烧香礼拜，设祭祈恩，眼看食苗，手不敢近。自古有讨除不得者，只是人不用命，但使齐心戮力，必是可除。"乃遣御史分道杀蝗。汴州刺史倪若水执奏曰："蝗是天灾，自宜修德。刘聪时除既不得，为害更深。"仍拒御史，不肯应命。崇大怒，牒报若水曰："刘聪伪主，德不胜妖；今日圣朝，妖不胜德。古之良守，蝗虫避境，若其修德可免，彼岂无德致然！今坐看食苗，何忍不救，因以饥馑，将何自安？幸勿迟回，自招悔吝。"若水乃行焚瘗之法，获蝗一十四万石，投汴渠流下者不可胜纪。

时朝廷喧议，皆以驱蝗为不便，上闻之，复以问崇。崇曰："庸儒执文，不识通变。凡事有违经而合道者，亦有反道而适权者。昔魏时山东有蝗伤稼，缘小忍不除，致使苗稼总尽，人至相食。后秦时有蝗，禾稼及草木俱尽，牛马至相啖毛[3]。今山东蝗虫所在流满，仍极繁息，实所稀闻。河北、河南，无多贮积，倘不收获，岂免流离，事系安危，不可胶柱[4]。纵使除之不尽，犹胜养以成灾。陛下好生恶杀，此事请不烦出敕，乞容臣出牒处分。若除不得，臣在身官爵，并请削除。"上许之。

黄门监卢怀慎谓崇曰："蝗是天灾，岂可制以人事？外议咸以为非。又杀虫太多，有伤和气。今犹可复，请公思之。"崇曰："楚王吞蛭，厥疾用瘳。叔敖杀蛇，其福乃降。赵宣至贤也，恨用其犬。孔丘将圣也，不爱其羊。皆志在安人，思不失礼。今蝗虫极盛，驱除可得，若其纵食，所在皆空。山东百姓，岂宜饿杀！此事崇已面经奏定讫，请公勿复为言。若救人杀虫，因缘致祸，崇请独受，义不仰关。"怀慎既庶事曲从，竟亦不敢逆崇之意，蝗因此亦渐止息。

是时，上初即位，务修德政，军国庶务，多访于崇，同时宰相卢怀慎、源乾曜等，但唯诺而已。崇独当重任，明于吏道，断割不滞。然纵其子光禄少卿彝、宗正少卿异广引宾客，受纳馈遗，由是为时所讥。时有中书主书赵诲为崇所亲信，受蕃人珍遗，事发，上亲加鞫问，下狱处死。崇结奏其罪，复营救之，上由是不悦。其冬，曲赦京城，敕文特标诲名，令决杖一百，配流岭南。崇自是忧惧，频面陈避相位，荐宋璟自代。俄授开府仪同三司，罢知政事。

居月余，玄宗将幸东都，而太庙屋坏，上召宋璟、苏颋问其故，璟等奏言："陛下三年之制未毕，诚不可行幸。凡灾变之发，皆所以明教诫。陛下宜增崇大道[5]，以答天意，且停幸东都。"上又召崇问曰："朕临发京邑，太庙无故崩坏，恐神灵诚以东行不便耶？"崇对曰："太庙殿本是苻坚时所造，隋文帝创立新都，移宇文朝故殿造此庙，国家又因隋氏旧制，岁月滋深，朽蠹而毁。山有朽坏，尚不免崩，既久来枯木，合将摧折，偶与行期相会，不是缘行乃崩。且四海为家，两京相接，陛下以关中不甚丰熟，转运又有劳费，所以为人行幸，岂是无事烦劳？东都百司已作供拟[6]，不可失信于天下。以臣愚见，旧庙既朽烂，不堪修理，望移神主于太极殿安置，更改造新庙，以申诚敬。车驾依前径发。"上曰："卿言正合朕意。"赐绢二百匹，令所司奉七庙神主于太极殿，改新庙，车驾乃幸东都。因令崇五日一参，仍入阁供奉，甚承恩遇。后又除太子少保，以疾不拜。九年死，年七十二，赠扬州大都督，谥曰文献。

崇先分其田园，令诸子侄各守其分，仍为遗令以诫子孙，其略曰：

"古人云：富贵者，人之怨也。贵则神忌其满，人恶其上。富则鬼瞰其室，虏利其财。自开辟已来，书籍所载，德薄任重而能寿考无咎者，未之有也。故范蠡、疏广之辈，知止足之分，前史多之。况吾才不逮古人，而久窃荣宠，位逾高而益惧，恩弥厚而增忧。往在中书，遭疾虚惫，虽终匪懈，而诸务多阙。荐贤自代，屡有诚祈，人欲天从，竟蒙哀允。优游园沼，放浪形骸，人生一代，斯亦足矣。田巴云：'百年之期，未有能至。'王逸少云：'俛仰之间，已为陈迹。'诚哉此言。

比见诸达官身亡以后，子孙既失覆荫，多至贫寒，斗尺之间，参商是竞⑦。岂唯自玷，仍更辱先，无论曲直，俱受嗤毁。庄田水碾，既众有之，递相推倚，或致荒废。陆贾、石苞，皆古之贤达也，所以预为定分，将以绝其后争，吾静思之，深所叹服。

昔孔丘亚圣，母墓毁而不修。梁鸿至贤，父亡席卷而葬。昔杨震、赵咨、卢植、张奂，皆当代英达，通识今古，咸有遗言，属以薄葬。或濯衣时服，或单帛幅巾，知真魂去身，贵于速朽，子孙皆遵成命，迄今以为美谈。凡厚葬之家，例非明哲，或溺于流俗，不察幽明，咸以奢厚为忠孝，以俭薄为悭惜。至令亡者致戮尸暴骸之酷，存者陷不忠不孝之诮。可为痛哉，可为痛哉！死者无知，自同粪土，何烦厚葬，使伤素业。若也有知，神不在柩，复何用违君父之令，破衣食之资。吾身亡后，可殓以常服，四时之衣，各一副而已。吾性甚不爱冠衣，必不得将入棺墓，紫衣玉带，足便于身，念尔等勿复违之。且神道恶奢，冥涂尚质，若违吾处分，使吾受戮于地下，于汝心安乎？念而思之。

今之佛经，罗什所译，姚兴执本，与什对翻。姚兴造浮屠于永贵里，倾竭府库，广事庄严，而兴命不得延，国亦随灭。又齐跨山东，周据关右，周则多除佛法而修缮兵威，齐则广置僧徒而依凭佛力。及至交战，齐氏灭亡，国既不存，寺复何有？修福之报，何其蔑如！梁武帝以万乘为奴，胡太后以六宫入道，岂特身戮名辱，皆以亡国破家。近日孝和皇帝发使赎生，倾国造寺，太平公主、武三思、悖逆庶人、张夫人等皆度人造寺，竞术弥街，咸不免受戮破家，为天下所笑。经云：'求长命得长命，求富贵得富贵'，'刀寻段段坏，火坑变成池'。比来缘精进得富贵长命者为谁？生前易知，尚觉无应，身后难究，谁见有征。且五帝之时，父不葬子，兄不哭弟，言其致仁寿、无夭横也。三王之代，国祚延长，人用休息，其人臣则彭祖、老聃之类，皆享遐龄。当此之时，未有佛教，岂抄经铸像之力，设齐施物之功耶？《宋书西域传》，有名僧为《白黑论》，理证明白，足解沈疑，宜观而行之。

且佛者觉也，在乎方寸，假有万像之广，不出五蕴之中，但平等慈悲，行善不行恶，则佛道备矣。何必溺于小说，惑于凡僧，仍将喻品，用为实录，抄经写像，破业倾家，乃至施身亦无所吝，可谓大惑也。亦有缘亡人造像，名为追福，方便之教，虽则多端，功德须自发心，旁助宁应获报？递相欺诳，浸成风俗，损耗生人，无益亡者。假有通才达识，亦为时俗所拘。如来普慈，意存利物，损众生之不足，厚豪僧之有余，必不然矣。且死者是常，古来不免，所造经像，何所施为？

夫释迦之本法，为苍生之大弊，汝等各宜警策，正法在心，勿效儿女子曹，终身不悟也。吾亡后必不得为此弊法。若未能全依正道，须顺俗情，从初七至终七，任设七僧齐。若随齐须布施，宜以吾缘身衣物充，不得辄用余财，为无益之枉事，亦不得妄出私物，徇追福之虚谈。

道士者，本以玄牝为宗⑧，初无趋竞之教，而无识者慕僧家之有利，约佛教而为业。敬寻老君之说，亦无过齐之文，抑同僧例，失之弥远。汝等勿拘鄙俗，辄屈于家。汝等身没之后，亦教子孙依吾此法云。"

十七年，重赠崇太子太保。

崇长子彝，开元初光禄少卿。次子异，坊州刺史。少子弈，少而修谨，开元末，为礼部侍郎、尚书右丞。天宝元年，右相牛仙客薨，彝男闳为侍御史、仙客判官，见仙客疾亟，逼为仙客表，请以弈及兵部侍郎卢奂为宰相代己。其妻因中使奏之，玄宗闻而怒之，闳决死，弈出为永阳太守，奂为临淄太守。玄孙合，登进士第，授武功尉，迁监察御史，位终给事中。

宋璟，邢州南和人，其先自广平徙焉，后魏吏部尚书弁七代孙也。父玄抚，以璟贵，赠邢州刺史。璟少耿介有大节，博学，工于文翰。弱冠举进士，累转凤阁舍人，当官正色，则天甚重之。长安中，幸臣张易之诬构御史大夫魏元忠有不顺之言，引凤阁舍人张说令证之。说将入于御前对覆，惶惑迫惧，璟谓曰："名义至重，神道难欺，必不可党邪陷正，以求苟免。若缘犯颜流贬，芬芳多矣。或至不测，吾必叩阁救子，将与子同死。努力，万代瞻仰，在此举也。"说感其言。及入，乃保明元忠，竟得免死。

璟寻迁左御史台中丞。张易之与弟昌宗纵恣益横，倾朝附之。昌宗私引相工李弘泰观占吉凶，言涉不顺，为飞书所告。璟廷奏请穷究其状，则天曰："易之等已自奏闻，不可加罪。"璟曰："易之等事露自陈，情在难恕，且谋反大逆，无容首免。请勒就御史台勘当，以明国法。易之等久蒙驱使，分外承恩，臣必知言出祸从，然义激于心，虽死不恨。"则天不悦。内史杨再思恐忤旨，遽宣敕令璟出。璟曰："天颜咫尺，亲奉德音，不烦宰臣擅宣王命。"则天意稍解，乃收易之等就台，将加鞫问。俄有特敕原之，仍令易之等诣璟辞谢，璟拒而不见，曰："公事当公言之，若私见，则法无私也。"

璟尝侍宴朝堂，时易之兄弟皆为列卿，位三品，璟本阶六品，在下座。易之素畏璟。妄悦其意，虚位揖璟曰："公第一人，何乃下座？"璟曰："才劣品卑，张卿以为第一人，何也？"当时朝列，皆以二张内宠，不名官，呼易之为五郎，昌宗为六郎。天官侍郎郑善果谓璟曰："中丞奈何呼五郎为卿？"璟曰："以官言之，正当为卿；若以亲故，当为张五。足下非易之家奴，何郎之有？郑善果一何懦哉！"其刚正皆此类也。自是易之等常欲因事伤之，则天察其情，竟以获免。

神龙元年，迁吏部侍郎。中宗嘉璟正直，仍令兼谏议大夫、内供奉，仗下后言朝廷得失。寻拜黄门侍郎。时武三思恃宠执权，尝请托于璟，璟正色谓之曰："当今复子明辟⑨，王宜以侯就第，何得尚干朝政？王独不见产、禄之事乎？"俄有京兆人韦月将上书讼三思潜通宫掖，将为祸患之渐，三思讽有司奏月将大逆不道，中宗特令诛之。璟执奏请按其罪状，然后申明典宪，月将竟免极刑，配流岭南而死。

中宗幸西京，令璟权检校并州长史，未行，又带本官检校贝州刺史。时河北频遭水潦，百姓饥馁，三思封邑在贝州，专使征其租赋，璟又拒而不与，由是为三思所挤。又历杭、相二州刺史，在官清严，人吏莫有犯者。

中宗宴驾，拜洛州长史。睿宗践祚⑩，迁吏部尚书、同中书门下三品。玄宗在春宫，又兼右庶子，加银青光禄大夫。先是，外戚及诸公主干预朝政，请托滋甚。崔湜、郑愔相次典选，为权门所制，九流失叙，预用两年员阙注拟⑪，不足，更置比冬选人，大为士庶所叹。至是，璟与侍郎李乂、卢从愿等大革前弊，取舍平允，铨综有叙。

时太平公主谋不利于玄宗，尝于光范门内乘辇伺执政以讽之⑫，众皆失色。璟昌言曰："东宫有大功于天下，真宗庙社稷之主，安得有异议！"乃与姚崇同奏请令公主就东都。玄宗惧，抗表请加罪于璟等，乃贬璟为楚州刺史。无几，历魏充冀三州刺史、河北按察使。迁幽州都督、兼御史大夫。寻拜国子祭酒，兼东都留守。岁余，转京兆尹，复拜御史大夫，坐事出为睦州刺史，转广州都督，仍为五府经略使。广州旧俗，皆以竹茅为屋，屡有火灾。璟教人烧瓦，改造店肆，自是无复延烧之患，人皆怀惠，立颂以纪其政。

开元初，征拜刑部尚书。四年，迁吏部尚书，兼黄门监。明年，官名改易，为侍中，累封广平郡公。其秋，驾幸东都，次永宁之崤谷，驰道隘狭，车骑停拥，河南尹李朝隐、知顿使王怡并失于部伍⑬，上令黜其官爵。璟入奏曰："陛下富有春秋，方事巡狩，一以垫隘⑭，致罪二臣，窃恐将来人受艰弊。"于是遽令舍之。璟曰："陛下责之，以臣言免之，是过归于上而恩由于下。请且使待罪于朝，然后诏复其职，则进退得其度矣。"上深善之。

俄又令璟与中书侍郎苏颋为皇子制名及封邑，并公主等邑号。璟等奏曰："王子将封，三十余国，周之麟趾⑮，汉之犬牙，彼何足云，于斯为盛。窃以郯、郑王等傍有古邑字，臣等以类推择，谨件三十国名。又王子先有名者，皆上有'嗣'字，又公主邑号，亦选择三十美名，皆文不害意，言足定体。又令臣等别撰一佳名及一美邑号者。七子均养⑯，百王至仁，今若同等别封，或缘母宠子爱，骨肉之际，人所难言；天地之中，典有常度。昔袁盎降慎夫人之席，文帝竟纳之，慎夫人亦不以为嫌，美其得久长之计。臣等故同进，更不别封，上彰覆载无偏之德。"上称叹之。

七年，开府仪同三司王皎卒，及将筑坟，皎子驸马都尉守一请同昭成皇后父窦孝谌故事，其坟高五丈一尺。璟及苏颋请一依礼式，上初从之。翌日，又令准孝谌旧例。璟等上言曰：

"夫俭，德之恭；侈，恶之大。高坟乃昔贤所诫，厚葬实君子所非。古者墓而不坟，盖此道也。凡人子于哀送之际，则不以礼制为思。故周、孔设齐斩缌免之差⑰，衣衾棺椁之度，贤者俯就，私怀不果。且苍梧之野，骊山之徒，善恶分区，图史所载。众人皆务奢靡而独能革之，斯所谓至孝要道也。中宫若以为言，则此理固可敦谕。

在外或云窦太尉坟甚高，取则不远者。纵令往日无极言，其事偶行，令出一时，故非常式。又贞观中文德皇后嫁所生女长乐公主，奏请仪注加于长公主，魏征谏云：'皇帝之姑姊为长公主，皇帝之女为公主，既有"长"字，合高于公主。若加于长公主，事甚不可。'引汉明故事云：群臣欲封皇子为王，帝曰：'朕子岂敢与先帝子等。'时太宗嘉纳之，文德皇后奏降中使致谢于征。此则乾坤辅佐之间，绰有余裕。岂若韦庶人父追加王位，擅作酆陵，祸不旋踵，为天下笑。则犯颜逆耳，阿意顺旨，不可同日而言也。

况令之所载，预作纪纲，情既无穷，故为之制度。不因人以摇动，不变法以爱憎。顷谓金科玉条，盖以此也。比来蕃夷等辈及城市闲人，递以奢靡相高，不将礼仪为意。今以后父之宠，开府之荣，金穴玉衣之资，不忧少物。高坟大寝之役，不畏无人。百事皆出于官，一朝亦可以就。而臣等区区不已以闻，谅欲成朝廷之政，崇国母之德，化浃寰区，声光竹素。倘中宫情不可夺，陛下不能苦违，即准一品合陪陵葬者，坟高三丈已上，四丈已下，降敕将同陪陵之例，即极是高下得宜。"

上谓璟等曰："朕每事常欲正身以成纲纪，至于妻子，情岂有私？然人所难言，亦在于此。卿等乃能再三坚执，成朕美事，足使万代之后，光扬我史策。"乃遣使赏綵绢四百匹分赐之。

先是，朝集使每至春将还⑱，多有改转⑲，率以为常，璟奏请一切勒还，绝其侥求之路⑳。又禁断恶钱，发使分道检括销毁之，颇招士庶所怨。俄授璟开府仪同三司，罢知政事。明年，京兆人权梁山构逆伏诛，制河南尹王怡驰传往长安穷其枝党。怡禁系极众，久之未能决断，乃诏璟兼京兆留守，并按覆其狱。璟至，惟罪元谋数人，其余缘梁山诈称婚礼因假借得罪及胁从者，尽奏原之。十二年，驾又东巡，璟复为留守。上临发，谓璟曰："卿国之元老，为朕股肱耳目。今将巡洛邑，为别历时，所有嘉谟嘉猷，宜相告也。"璟因极言得失，特赐綵绢等，仍手制曰："所进之言，书之座右，出入观省，以诫终身。"其见重如此。俄又兼吏部尚书。

十七年，迁尚书右丞相，与张说、源乾曜同日拜官。敕太官设馔，太常奏乐，于尚书都省大会百僚。玄宗赋诗褒述，自写与之。二十年，以年老上表曰：

"臣闻力不足者，老则更衰；心无主者，疾而尤废。臣昔闻其语，今验诸身，况且兼之，何能为也。臣自拔迹幽介，钦属盛明，才不逮人，艺非经国。复以久承驱策，历参试用，命偶时来，荣因岁积。遂使再升台座，三入冢司，进阶开府，增封本郡。所更中外，已殚彝章㉑，逮居端揆，左叨名职。何者？丞相官师之长，任重昔时；愚臣衰朽之余，用惭他日。位则愈盛，人则浸微，尽知其然，何居而可？顷俛俛从政㉒，苍黄不言㉓，实怀覆载之德，冀竭涓尘之效㉔。今积羸成疹，沈锢莫瘳，耳目更昏，手足多废。顾惟殒越㉕，宁遂宿心㉖？安可以苟徇大名，仍尸重禄，且留章绶㉗，不上阙庭㉘。仪刑此乖，礼法何设？伏惟陛下审能以授，为官而择，察臣之恳词，矜臣之不逮，使罢归私第，养疾衡门，上弭官谤，下知死所。则归全之望，获在愚臣。养老之恩，成于圣代。日暮途远，天高听卑，瞻望轩墀㉙，伏深感恋。谨奉表陈乞以闻。”

手敕许之，仍令全给禄俸。璟乃退归东都私第，屏绝人事，以就医药。二十二年，驾幸东都，璟于路左迎谒，上遣荣王亲劳问之，自是频遣使送药饵。二十五年薨，年七十五，赠太尉，谥曰文贞。

子升，天宝初太仆少卿。次尚，汉东太守。次浑，与右相李林甫善，引为谏议大夫、平原太守、御史中丞、东京采访使。次恕，都官郎中、剑南采访判官，依倚权势，颇为贪暴。浑在平原，重征一年庸调。作东畿采访使，又使河南尉杨朝宗影娶妻郑氏。郑氏即薛稷外孙，姊为宗妇，孀居有色，浑有妻，使朝宗聘而浑纳之，奏朝宗为赤尉。恕在剑南，有雒县令崔珪，恕之表兄，妻美，恕诱而私之，而贬珪官。又养刺客李晏。至九载，并为人所发，赃私各数万贯。林甫奏称璟子浑就东京台推，恕就本使剑南推，皆以实状，浑流岭南高要郡，恕流海康郡。尚，其载又为人讼其赃，贬临海长史。其子华、衡，居官皆坐赃，相次流贬。其后浑会赦，量移至东阳郡下，请托过求，及役使人吏，求其资课，人不堪其弊，讼之，配流浔江郡。然兄弟尽善饮谑，俳优杂戏，衡最粗险，广平之风教，无复存矣。广德后，浑除太子谕德，为物议薄之，乃留寓于江岭卒。

史臣曰：履艰危则易见良臣，处平定则难彰贤相。故房、杜预创业之功，不可俦匹。而姚、宋经武、韦二后，政乱刑淫，颇涉履于中，克全声迹，抑无愧焉。

赞曰：姚、宋入用，刑政多端。为政匪易，防刑益难。谏诤以猛，施张用宽。不有其道，将何以安？

①承引：招认罪行之意。
②乍此辞违：忽然辞别之意。
③唉：食、吃之意。
④胶柱：胶住瑟上的弦柱，以致不能调节音的高低。比喻固执拘泥，不知变通。
⑤大道：指正道，常理之意。
⑥供拟：供给、供应之意。
⑦参商：参星和商星。参星在西，商星在东，此出彼没，永不相见。比喻彼此对立，不和睦之意。
⑧玄牝：道家指孳生万物的本源，比喻道。
⑨复子明辟：谓还政或让位。
⑩践祚：指即位、登基。
⑪注拟：唐代选举官员，凡应试获选者先由尚书省登录，经考询后再按其才能拟定官职，称为“注拟”。
⑫讽：用委婉的语言暗示、劝告或讥讽、指责。
⑬部伍：军队的编制单位；部曲行伍。泛指军队。
⑭垫隘：羸弱困苦之意。
⑮麟趾：比喻有仁德，有才智的贤人。

⑯七子均养：谓人君对臣民当一视同仁。

⑰齐斩：丧朋后。指五服中的"齐衰"与"斩衰"。

⑱朝集使：汉代，各郡每年遣使进京报告郡政及财经情况，特为上计史。后世袭汉制，改称朝集使。

⑲改转：谓迁调官职，多指提升。

⑳侥求：谓非分贪求之意。

㉑彝章：指常典，旧典。

㉒俛俛：指努力、勤奋之意。

㉓苍黄：比喻事物变化不定，反复无常。

㉔涓尘：细水与微尘。比喻微小的事物。

㉕殒越：指坠落、毁败之意。

㉖宿心：指本来的心意、心愿。

㉗章绶：泛指官位。

㉘阙庭：指朝廷。

㉙轩墀：借指朝廷。

高仙芝列传

高仙芝，本高丽人也。父舍鸡，初从河西军，累劳至四镇十将、诸卫将军。仙芝美姿容，善骑射，勇决骁果，少随父至安西，以父有功授游击将军，年二十余即拜将军，与父同班秩。事节度使田仁琬、盖嘉运，未甚任用，后夫蒙灵詧累拔擢之。开元末，为安西副都护、四镇都知兵马使。

小勃律国王为吐蕃所招，妻以公主，西北二十余国皆为吐蕃所制，贡献不通。后节度使田仁琬、盖嘉运并灵詧累讨之，不捷，玄宗特敕仙芝以马步万人为行营节度使往讨之。时步军皆有私马，自安西行十五日至拨换城，又十余日至握瑟德，又十余日至疏勒，又二十余日至葱岭守捉①，又行二十余日至播密川，又二十余日至特勒满川，即五识匿国也。仙芝乃分为三军：使疏勒守捉使赵崇玼统三千骑趣吐蕃连云堡，自北谷入。使拨换守捉使贾崇瓘自赤佛堂路入。仙芝与中使边令诚自护密国入，约七月十三日辰时会于吐蕃连云堡。堡中有兵千人，又城南十五里因山为栅，有兵八九千人。城下有婆勒川，水涨不可渡。仙芝以三牲祭河，命诸将选兵马，人赍三日干粮，早集河次。水既难渡，将士皆以为狂。既至，人不湿旗，马不湿鞯，已济而成列矣。仙芝喜谓令诚曰："向吾半渡贼来，吾属败矣，今既济成列，是天以此贼赐我也。"遂登山挑击，从辰至巳，大破之。至夜奔逐，杀五千人，生擒千人，余并走散。得马千余匹，军资器械不可胜数。

玄宗使术士韩履冰往视日，惧不欲行，边令诚亦惧。仙芝留令诚等以羸病尪弱三千余人守其城，仙芝遂进。三日，至坦驹岭，直下峭峻四十余里，仙芝料之曰："阿弩越胡若速迎，即是好心。"又恐兵士不下，乃先令二十余骑诈作阿弩越城胡服上岭来迎。既至坦驹岭，兵士果不肯下，云："大使将我欲何处去？"言未毕，其先使二十人来迎，云："阿弩越城胡并好心奉迎，娑夷河藤桥已斫讫②。"仙芝阳喜以号令，兵士尽下。娑夷河，即古之弱水也，不胜草芥毛发。下岭三日，越胡果来迎。明日，至阿弩越城，当日令将军席元庆、贺娄余润先修桥路。仙芝明日进军，又令元庆以一千骑先谓小勃律王曰："不取汝城，亦不斫汝桥，但借汝路过，向大勃律去。"城中有首领五六人，皆赤心为吐蕃。仙芝先约元庆云："军到，首领百姓必走入山谷，招呼取以救命赐綵物等，首领至，齐缚之以待我。"元庆既至，一如仙芝之所教，缚诸首领。王及公主走入石窟，取不可得。仙芝至，斩其为吐蕃者五六人。急令元庆斫藤桥，去勃律犹六十里，及暮，才斫了，吐蕃兵马大至，已无及矣。藤桥阔一箭道，修之一年方成。勃律先为吐蕃所诈借路，遂成此桥。至是，仙芝徐自招谕勃律及公主出降，并平其国。

天宝六载八月，仙芝虏勃律王及公主趣赤佛堂路班师。九月，复至婆勒川连云堡，与边令诚等相见。其月末，还播密川，令刘单草告捷书，遣中使判官王廷芳告捷。仙芝军还至河西，夫蒙灵詧都不使人迎劳，骂仙芝曰："啖狗肠高丽奴！啖狗屎高丽奴！于阗使谁与汝奏得？"仙芝曰："中丞。""焉耆镇守使谁边得？"曰："中丞。""安西副都护使谁边得？"曰："中丞。""安西都知兵马使谁边得？"曰："中丞。"灵詧曰："此既皆我所奏，安得不待我处分悬奏捷书！据高丽奴罪，合当斩，但缘新立大功，不欲处置。"又谓刘单曰："闻尔能作捷书。"单恐惧请罪。令诚具奏其状曰："仙芝立奇功，今将忧死。"其年六月，制授仙芝鸿胪卿、摄御史中丞，代夫蒙灵詧为四镇节度使，征灵詧入朝。灵詧大惧，仙芝每日见之，趋走如故，灵詧益不自安。将军程千里时为副都护，大将军毕思琛为灵詧押衙，并行官王滔、康怀顺、陈奉忠等，尝构谮仙芝于灵詧。仙芝既领节度事，谓程千里曰："公面似男儿，心如妇人，何也？"又谓思琛曰："此胡敢来！我城东一千石种子庄被汝夺去，忆之乎③？"对曰："此是中丞知思琛辛苦见乞。"仙芝曰："吾此时惧汝作威福，岂是怜汝与之！我欲不言，恐汝怀忧，言了无事矣。"又呼王滔等至，捽下将笞④，良久皆释之，由是军情不惧。

八载，入朝，加特进，兼左金吾卫大将军同正员，仍与一子五品官。九载，将兵讨石国，平之，获其国王以归。仙芝性贪，获石国大块瑟瑟十余石⑤、真金五六驼驮⑥、名马宝玉称是。初，舍鸡以仙芝为懦缓，恐其不能自存，至是立功。家财钜万，颇能散施，人有所求，言无不应。其载，入朝，拜开府仪同三司，寻除武威太守、河西节度使，代安思顺。思顺讽群胡割耳劓面请留⑦，监察御史裴周南奏之，制复留思顺，以仙芝为右羽林大将军。十四载，进封密云郡公。

十一月，安禄山据范阳叛。是日，以京兆牧、荣王琬为讨贼元帅，仙芝为副。命仙芝领飞骑、彍骑及朔方、河西、陇右应赴京兵马，并召募关辅五万人，继封常清出潼关进讨，仍以仙芝兼御史大夫。十二月，师发，玄宗御望春亭慰劳遣之，仍令监门将军边令诚监其军，屯于陕州。是月十一日，封常清兵败于汜水。十三日，禄山陷东京，常清以余众奔陕州，谓仙芝曰："累日血战，贼锋不可当。且潼关无兵，若狂寇奔突，则京师危矣。宜弃此守，急保潼关。"常清、仙芝乃率见兵取太原仓钱绢，分给将士，余皆焚之。俄而贼骑继至，诸军惶骇，弃甲而走，无复队伍。仙芝至关，缮修守具，又令索承光守善和戍。贼骑至关，已有备矣，不能攻而去，仙芝之力也。

---

①守捉：唐制，军队戍守之地，较大者称军，小者称守捉，其下则有城有镇。

②斫：用刀斧等砍或削。

③忆：此处作记住解。

④捽（zuó，音作）：抓住头发。泛指"抓"、"揪"。

⑤瑟瑟：指碧色宝石。

⑥驼驮：即骆驼。

⑦劓（lí，音离）面：以刀划面。古代匈奴、回鹘等族遇大忧大丧，则划面以表示悲叹。亦用以表示诚心和决心。

李林甫 杨国忠列传

　　李林甫，高祖从父弟长平王叔良之曾孙。叔良生孝斌，官至原州长史。孝斌生思诲，官至扬府参军，思诲即林甫之父也。林甫善音律，初为千牛直长，其舅楚国公姜皎深爱之。开元初，迁太子中允。时源乾曜为侍中，乾曜侄孙光乘，姜皎妹婿，乾曜与之亲。乾曜之男洁白其父曰："李林甫求为司门郎中。"乾曜曰："郎官须有素行才望高者，哥奴岂是郎官耶？"数日，除谕德①。哥奴，林甫小字。累迁国子司业。

　　十四年，宇文融为御史中丞，引之同列，因拜御史中丞，历刑、吏二侍郎。时武惠妃爱倾后宫，二子寿王、盛王以母爱特见宠异，太子瑛益疏薄。林甫多与中贵人善，乃因中官于惠妃云："愿保护寿王。"惠妃德之。初，侍中裴光庭妻武三思女，诡谲有材略，与林甫私。中官高力士本出三思家，及光庭卒，武氏衔哀祈于力士，请林甫代其夫位，力士未敢言。玄宗使中书令萧嵩择相，嵩久之以右丞韩休对，玄宗然之，乃令草诏。力士遽漏于武氏，乃令林甫白休。休既入相，甚德林甫，与嵩不和，乃荐林甫堪为宰相，惠妃阴助之，因拜黄门侍郎，玄宗眷遇益深。

　　二十三年，以黄门侍郎平章事裴耀卿为侍中，中书侍郎平章事张九龄为中书令，林甫为礼部尚书、同中书门下三品，并加银青光禄大夫。林甫面柔而有狡计，能伺候人主意，故骤历清列②，为时委任。而中官妃家，皆厚结托，伺上动静，皆预知之，故出言进奏，动必称旨。而猜忌阴中人③，不见于词色，朝廷受主恩顾，不由其门，则构成其罪，与之善者，虽厮养下士，尽至荣宠。寻历户、兵二尚书，知政事如故。

　　寻又以太子瑛、鄂王瑶、光王琚皆以母失爱而有怨言，驸马都尉杨洄白惠妃。玄宗怒，谋于宰臣，将罪之。九龄曰："陛下三个成人儿不可得。太子国本，长在宫中，受陛下义方，人未见过，陛下奈何以喜怒间忍欲废之？臣不敢奉诏。"玄宗不悦。林甫惘然而退，初无言，既而谓中贵人曰："家事何须谋及于人。"时朔方节度使牛仙客在镇，有政能，玄宗加实封，九龄又奏曰："边将训兵秣马，储蓄军实，常务耳，陛下赏之可也。欲赐实赋，恐未得宜。惟圣虑思之。"帝默然。"林甫以其言告仙客，仙客翌日见上，泣让官爵。玄宗欲行实封之命，兼为尚书，九龄执奏如初。帝变色曰："事总由卿？"九龄顿首曰："陛下使臣待罪宰相，事有未允，臣合尽言。违忤圣情，合当万死。"玄宗曰："卿以仙客无门籍耶？卿有何门阀？"九龄对曰："臣荒徼微贱，仙客中华之士。然陛下擢臣践台阁，掌纶诰④。仙客本河湟一使典，目不识文字，若大任之，臣恐非宜。"林甫退而言曰："但有材识，何必辞学，天子用人，何有不可？"玄宗滋不悦。

　　九龄与中书侍郎严挺之善。挺之初娶妻出之，妻乃嫁蔚州刺史王元琰。时元琰坐赃，诏三司使推之，挺之救免其罪。玄宗察之，谓九龄曰："王元琰不无赃罪，严挺之嘱托所由辈有颜面。"九龄曰："此挺之前妻，今已婚崔氏，不合有情。"玄宗曰："卿不知，虽离之，亦却有私。"玄宗籍前事，以九龄有党，与裴耀卿俱罢知政事，拜左、右丞相，出挺之为洺州刺史，元琰流于岭外。即日林甫代九龄为中书、集贤殿大学士、修国史。拜牛仙客工部尚书、同中书门下平章事，知门下省事。监察御史周子谅言仙客非宰相器，玄宗怒而杀之。林甫言子谅本九龄引用，乃贬九龄为荆州长史。

　　玄宗终用林甫之言，废太子瑛、鄂王瑶、光王琚为庶人，太子妃兄驸马都尉薛锈长流瀼州，死于故驿，人谓之'三庶'，闻者冤之。其月，佞媚者言有乌鹊巢于大理狱户，天下几致刑措。玄宗推功元辅，封林甫晋国公，仙客豳国公。其冬，惠妃病，三庶人为祟而薨。储宫虚位，玄宗未定所立。林甫曰："寿王年已成长，储位攸宜。"玄宗曰："忠王仁孝，年又居长，当守器东宫。"乃立为皇太子。自是林甫惧，巧求阴事以倾太子。

林甫既秉枢衡，兼领陇右、河西节度，又加吏部尚书。天宝改易官名，为右相，停知节度事，加光禄大夫，迁尚书左仆射。六载，加开府仪同三司，赐实封三百户，而恩渥弥深。凡御府膳羞，远方珍味，中人宣赐，道路相望。与宰相李适之虽同宗属，而适之轻率，尝与林甫同论时政，多失大体，由是主恩益疏，以至罢免。黄门侍郎陈希烈性便佞，尝曲事林甫，适之既罢，乃引希烈同知政事。林甫久典枢衡，天下威权，并归于己，台司机务⑤，希烈不敢参议，但唯诺而已。每有奏请，必先赂遗左右，伺察上旨，以固恩宠。上在位多载，倦于万机，恒以大臣接对拘检⑥，难徇私欲，自得林甫，一以委成⑦。故杜绝逆耳之言，恣行宴乐，衽席无别⑧，不以为耻，由林甫之赞成也。

林甫京城邸第，田园水磑，利尽上腴。城东有薛王别墅，林亭幽邃，甲于都邑，特以赐之，及女乐二部，天下珍玩，前后赐与，不可胜纪。宰相用事之盛，开元已来，未有其比。然每事过慎，条理众务，增修纲纪，中外迁除，皆有恒度。而耽宠固权，已自封植，朝望稍著，必阴计中伤之。初，韦坚登朝，以坚皇太子妃兄，引居要职，示结恩信，实图倾之，乃潜令御史中丞杨慎矜阴伺坚隙。会正月望夜，皇太子出游，与坚相见，慎矜知之，奏上。上大怒，以为不轨，黜坚，免太子妃韦氏。林甫因是奏李适之与坚昵狎，及裴宽、韩朝宗并曲附适之，上以为然，赐坚自尽，裴、韩皆坐之斥逐。后杨慎矜权位渐盛，林甫又忌之，乃引王鉷为御史中丞，托以心腹。鉷希林甫意，遂诬罔密奏慎矜左道不法，遂族其家。杨国忠以椒房之亲⑨，出入中禁，奏请多允，乃擢在台省，令按刑狱。会皇太子良娣杜氏父有邻与子婿柳勣不叶，勣飞书告有邻不法，引李邕为证，诏王鉷与国忠按问。鉷与国忠附会林甫奏之，于是赐有邻自尽，出良娣为庶人。李邕、裴敦复枝党数人并坐极法。林甫之苞藏安忍，皆此类也。

林甫自以始谋不佐皇太子，虑为后患，故屡起大狱以危之，赖太子重慎无过，流言不入。林甫尝令济阳别驾魏林告陇右、河西节度使王忠嗣，林往任朔州刺史，忠嗣时为河东节度，自云与忠王同养宫中，情意相得，欲拥兵以佐太子。玄宗闻之曰："我儿在内，何路与外人交通？此妄也。"然忠嗣亦左授汉阳太守。八载，咸宁太府赵奉章告林甫罪状二十余条。告未上，林甫知之，讽御史台逮捕，以为妖言，重杖决杀。

十载，林甫兼领安西大都护、朔方节度，俄兼单于副大都护。十一载，以朔方副使李献忠叛，让节度，举安思顺自代。国家武德、贞观已来，蕃将如阿史那社尔、契苾何力，忠孝有才略，亦不专委大将之任，多以重臣领使以制之。开元中，张嘉贞、王晙、张说、萧嵩、杜暹皆以节度使入知政事，林甫固位，志欲杜出将入相之源，尝奏曰："文士为将，怯当矢石，不如用寒族、蕃人。蕃人善战有勇，寒族即无党援。"帝以为然，乃用思顺代林甫领使。自是高仙芝、哥舒翰皆专任大将，林甫利其不识文字，无人相由，然而禄山竟为乱阶，由专得大将之任故也。

林甫恃其早达，舆马被服，颇极鲜华。自无学术，仅能秉笔，有才名于时者尤忌之。而郭慎微、苑咸文士之阘茸者⑩，代为题尺。林甫典选部时，选人严迥判语有用"杕杜"二字⑪，林甫不识"杕"字，谓吏部侍郎韦陟曰："此云'杖杜'，何也？"陟俯首不敢言。太常少卿姜度，林甫舅子，度妻诞子，林甫手书庆之曰："闻有弄麞之庆。"客视之掩口。

初，杨国忠登朝，林甫以微才不之忌。及位至中司，权倾朝列，林甫始恶之。时国忠兼领剑南节度，会南蛮寇边，林甫请国忠赴镇。帝虽依奏，然待国忠方渥⑫，有诗送行，句末言入相之意。又曰："卿止到蜀郡处置军事，屈指待卿。"林甫心尤不悦。林甫时已寝疾。其年十月，扶疾从幸华清宫，数日增剧。巫言一见圣人差减，帝欲视之，左右谏止。乃敕林甫出于庭中，上登降圣阁遥视，举红巾招慰之，林甫不能兴，使人代拜于席。翌日，国忠自蜀还，谒林甫，拜于床下，林甫垂涕托以后事。寻卒，赠太尉、扬州大都督，给班剑、西园秘器。诸子以吉仪护柩还京师，发丧于平康坊之第。

林甫晚年溺于声妓，姬侍盈房。自以结怨于人，常忧刺客窃发，重扃复壁[13]，络板甃石[14]，一夕屡徙，虽家人不之知。有子二十五人、女二十五人：岫为将作监，崿为司储郎中，屿为太常少卿；子婿张博济为鸿胪少卿，郑平为户部员外郎，杜位为右补阙，杨齐宣为谏议大夫，元㧐为京兆府户曹。

初，林甫尝梦一白皙多须长丈夫逼己，接之不能去。既寤，言曰："此形状类裴宽，宽谋代我故也。"时宽为户部尚书、兼御史大夫，故因李适之党斥逐之。是时杨国忠始为金吾胄曹参军，至是不十年，林甫卒，国忠竟代其任，其形状亦类宽焉。国忠素憾林甫，既得志，诬奏林甫与蕃将阿布思同构逆谋，诱林甫亲族间素不悦者为之证。诏夺林甫官爵，废为庶人，岫、崿诸子并谪于岭表。林甫性沉密，城府深阻，未尝以爱憎见于容色。自处台衡，动循格令[15]，衣冠士子，非常调无仕进之门。所以秉钧二十年，朝野侧目，惮其威权。及国忠诬构，天下以为冤。

杨国忠本名钊，蒲州永乐人也。父珣，以国忠贵，赠兵部尚书。则天朝幸臣张易之，即国忠之舅也。国忠无学术拘检，能饮酒，蒲博无行[16]，为宗党所鄙，乃发愤从军，事蜀帅，以屯优当迁，益州长史张宽恶其为人，因事笞之，竟以屯优授新都尉。稍迁金吾卫兵曹参军。太真妃，即国忠从祖妹也。天宝初，太真有宠，剑南节度使章仇兼琼引国忠为宾佐，既而擢授监察御史，去就轻率，骤履清贯[17]，朝士指目嗤之。

时李林甫将不利于皇太子，掎摭阴事以倾之[18]。侍御史杨慎矜承望风旨[19]，诬太子妃兄韦坚与皇甫惟明私谒太子。以国忠怙宠敢言，援之为党，以按其事。京兆府法曹吉温舞文巧诋，为国忠爪牙之用，因深竟坚狱，坚及太子良娣杜氏、亲属柳勣、杜昆吾等，痛绳其罪，以树威权。于京城别置推院，自是连岁大狱，追捕挤陷，诛夷者数百家，皆国忠发之。林甫方深阻保位，国忠凡所奏劾，涉疑似于太子者，林甫虽不明言以指导之，皆林甫所使，国忠乘而为邪，得以肆意。上春秋高，意有所爱恶，国忠探知其情，动契所欲。骤迁检校度支员外郎，兼侍御史，监水陆运及司农、出纳钱物、内中市买[20]、召募剑南健儿等使。以称职迁度支郎中，不期年，兼领十五余使，转给事中、兼御史中丞，专判度支事。是岁，贵妃姊虢国、韩国、秦国三夫人同日拜命，兄铦拜鸿胪卿。八载，玄宗召公卿百僚观左藏库，喜其货币山积，面赐国忠金紫，兼权太府卿事。国忠既专钱谷之任，出入禁中，日加亲幸。

初，杨慎矜希林甫旨，引王鉷为御史中丞，同构大狱，以倾东宫。既帝意不回，慎矜稍避事防患，因与鉷有隙。鉷乃附国忠，奏诬慎矜，诛其昆仲，由是权倾内外，公卿惕息[21]。吉温为国忠陈移夺执政之策，国忠用其谋，寻兼兵部侍郎。京兆尹萧炅、御史中丞宋浑皆林甫所亲善，国忠皆诬奏谴逐，林甫不能救。王鉷为御史大夫，兼京兆尹，恩宠侔于国忠，而位望居其右。国忠忌其与己分权，会邢縡事泄，乃陷鉷兄弟诛之，因代鉷为御史大夫，权京兆尹，赐名国忠。乃穷竟邢縡狱，令引林甫交私鉷、锌与阿布思事状，而陈希烈、哥舒翰附会国忠，证成其状，上由是疏薄林甫。

南蛮质子阁罗凤亡归不获，帝怒甚，欲讨之。国忠荐阆州人鲜于仲通为益州长史，令率精兵八万讨南蛮。与罗凤战于泸南，全军陷没。国忠掩其败状，仍叙其战功，仍令仲通上表请国忠兼领益部。十载，国忠权知蜀郡都督府长史，充剑南节度副大使，知节度事，仍荐仲通代己为京兆尹。国忠又使司马李宓率师七万再讨南蛮。宓渡泸水，为蛮所诱，至和城，不战而败，李宓死于阵。国忠又隐其败，以捷书上闻。自仲通、李宓再举讨蛮之军，其征发皆中国利兵，然于土风不便，沮洳之所陷㉒，瘴疫之所伤，馈饷之所乏，物故者十八九。凡举二十万众，弃之死地，只轮不还，人衔冤毒，无敢言者。国忠寻兼山南西道采访使。十一载，南蛮侵蜀，蜀人请国忠赴镇，林甫亦奏遣之，将辞，雨泣恳陈必为林甫所排，帝怜之，不数月召还。会林甫卒，遂代为右相，兼吏部尚书、集贤殿大学士、太清太微宫使、判度支、剑南节度、山南西道采访、两京出纳租庸铸钱等使并如故。

国忠本性疏躁，强力有口辩，既以便佞得宰相，剖决机务，居之不疑，立朝之际，或攘袂扼腕㉓，自公卿已下，皆颐指气使，无不畏惮㉔。故事，宰相居台辅之地，以元功盛德居之，不务威权，出入骑从简易。自林甫承恩顾年深，每出车骑满街，节将、侍郎有所关白㉕，皆趋走辟易㉖，有同案吏。旧例，宰相午后六刻始出归第，林甫奏太平无事，以巳时还第，机务填委㉗，皆决于私家。主书吴珣持籍就左相陈希烈之第，希烈引籍署名，都无可否。国忠代之，亦如前政。国忠自侍御史以至宰相，凡领四十余使，又专判度支、吏部三铨㉘，事务鞅掌，但署一字，犹不能尽，皆责成胥吏，贿赂公行。

国忠既以宰臣典选，奏请铨日便定留放，不用长名㉙。先天已前，诸司官知政事，午后归本司决事，兵部尚书、侍郎亦分铨注拟㉚。开元已后，宰臣数少，始崇其任，不归本司。故事，吏部三铨，三注三唱，自春及夏，才终其事。国忠使胥吏于私第暗定官员，集百僚于尚书省对注唱，一日令毕，以夸神速，资格差谬，无复伦序。明年注拟，又于私第大集选人，令诸女弟垂帘观之，笑语之声，朗闻于外。故事，注官讫，过门下侍中、给事中。国忠注官时，呼左相陈希烈于座隅，给事中在列，曰："既对注拟，过门下了矣。"吏部侍郎韦见素、张倚皆衣紫，是日与本曹郎官同咨事，趋走于屏树之间。既退，国忠谓诸妹曰："两员紫袍主事何如人？"相对大噱。其所昵京兆尹鲜于仲通、中书舍人窦华、侍御史郑昂讽选人于省门立碑，以颂国忠铨综之能。

贵妃姊虢国夫人，国忠与之私。于宣义里构连甲第，土木被绨绣，栋宇之盛，两都莫比，昼会夜集，无复礼度。有时与虢国并辔入朝，挥鞭走马，以为谐谑，衢路观之，无不骇叹。玄宗每年冬十月幸华清宫，常经冬还宫。国忠山第在宫东门之南，与虢国相对。韩国、秦国甍栋相接。天子幸其第，必过五家，赏赐宴乐。每扈从骊山，五家合队，国忠以剑南幢节引于前，出有钱路，还有软脚㉛，远近饷遗，珍玩狗马，阉侍歌儿，相望于道。进封卫国公，食实封三百户，俄拜司空。

时安禄山恩宠特深，总握兵柄。国忠知其跋扈，终不出其下，将图之，屡于上前言其悖逆之状，上不之信。是时，禄山已专制河北，聚幽、并劲骑，阴图逆节，动未有名，伺上千秋万岁之后，方图叛换。及见国忠用事，虑不利于己，禄山遥领内外闲厩使，遂以兵部侍郎吉温知留后，兼御史中丞、京畿采访使，内伺朝廷动静。国忠使门客蹇昂、何盈求禄山阴事，围捕其宅，得李超、安岱等，使侍御史郑昂缢杀于御史台。又奏贬吉温于合浦，以激怒禄山，幸其摇动，内以信于上，上竟不之悟。由是禄山惶惧，遂举兵以诛国忠为名。玄宗闻河朔变起，欲以皇太子监国，自欲亲征，谋于国忠。国忠大惧，归谓姊妹曰："我等死在旦夕。今东宫监国，当与娘子等并命矣。"姊妹哭诉于贵妃，贵妃衔土请命㉜，其事乃止。及哥舒翰守潼关，诸将以函关距京师三百里，利在守险，不利出攻。国忠以翰持兵未决，虑反图己，欲其速战，自中督促之。翰不获已出关，及接战桃林，王师奔败，哥舒受擒，败国丧师，皆国忠之误惑也。

自禄山兵起，国忠以身领剑南节制，乃布置腹心于梁、益间，以图自全之计。六月九日，潼关不守。十二日凌晨，上率龙武将军陈玄礼、左相韦见素、京兆尹魏方进，国忠与贵妃及亲属，拥上出延秋门。诸王妃主从之不及，虑贼奄至，令内侍曹大仙击鼓于春明门外，又焚刍藁之积③，烟火烛天。既渡渭，即令断便桥。辰时，至咸阳望贤驿，官吏骇窜，无复贵贱，坐宫门大树下。亭午④，上犹未食，有老父献麨⑤，帝令具饭，始得食。翌日，至马嵬，军士饥而愤怒。龙武将军陈玄礼惧乱，先谓军士曰："今天下崩离，万乘震荡，岂不由杨国忠割剥甿庶⑥，朝野怨咨，以至此耶？若不诛之以谢天下，何以塞四海之怨愤！"众曰："念之久矣。事行，身死固所愿也。"会吐蕃和好使在驿门遮国忠诉事，军士呼曰："杨国忠与蕃人谋叛。"诸军乃围驿，擒国忠，斩首以徇。是日，贵妃既缢，韩国、虢国二夫人亦为乱兵所杀，御史大夫魏方进死，左相韦见素伤。良久兵解，陈玄礼等见上谢罪曰："国忠挠败国经⑰，构兴祸乱，使黎元涂炭，乘舆播越⑱，此而不诛，患难未已。臣等为社稷大计，请矫制之罪。"帝曰："朕识之不明，任寄失所。近亦觉悟，审其诈佞，意欲到蜀，肆诸市朝。今神明启卿，谐朕夙志，将畴爵赏，何至言焉。"

是时，禄山虽据河洛，其兵锋东止于梁、宋，南不过许、邓。李光弼、郭子仪统河朔劲卒，连收恒、定。若崤、函固守，兵不妄动，则凶逆之势，不讨自弊。及哥舒翰出师，凡不数日，乘舆迁幸，朝廷陷没，百僚系颈，妃主被戮，兵满天下，毒流四海，皆国忠之召祸也。

国忠子：暄、昢、晓、晞。暄为太常卿兼户部侍郎，尚延和郡主。昢为鸿胪卿，尚万春公主。兄弟各立第于亲仁里，穷极奢侈。国忠娶蜀倡裴氏女曰裴柔，国忠既死，柔与虢国夫人皆自到死。暄死于马嵬；昢陷贼被杀；晓走汉中郡，汉中王瑀榜杀之；晞走至陈仓，为追兵所杀。

国忠之党翰林学士张渐窦华、中书舍人宋昱、吏部郎中郑昂等，凭国忠之势，招来赂遗，车马盈门，财货山积。及国忠败，皆坐诛灭，其骍丧王室，俱一时之沴气焉。

---

①除谕德：除，授官之意。谕德，官名，唐制。掌侍从赞谕，职比常侍。
②清列：指高贵的官位。
③阴中：指暗害、中伤之意。
④纶诰：指皇帝的诏令、文告。
⑤台司：指三公等宰辅大臣。
⑥拘检：检束；拘束之意。
⑦委成：委任而责成之意。
⑧衽席：此处借指男女色欲之事。
⑨椒房之亲：指皇帝的姻亲。
⑩阘茸：指庸碌低劣之意。
⑪枻杜：枻，(duò，音舵) 船尾，舵之意。枻杜，语出《诗经》，后多比喻骨肉情谊，或多用于为欢庆凯旋或远道过访的典故。
⑫渥：此处指优厚之意。
⑬重扃：关闭着的重重门户。
⑭甃石：砌石，垒石为壁之意。
⑮格令：指法令。
⑯蒲博：古代的一种博戏。后亦泛指赌博。
⑰清贯：清贵的官职。系指侍从文翰之官。
⑱掎摭：犹厄守之意。
⑲望风旨：谓见机迎合他人旨意。
⑳内中：指皇宫中。
㉑惕息：谓心跳气喘。形容极其恐惧。

㉒沮洳：指低洼之地。

㉓攘袂扼腕：攘袂，指捋上衣袖；　　扼腕，用一只手握住另一只手腕，表示振奋、惋惜、愤慨等情绪。

㉔耆惮：畏惧之意。

㉕关白：报告、通知、通告之意。

㉖辟易：退避、避开意。

㉗机务填委：机务，指机要事务；　　填委，指纷集、推集之意。

㉘三铨：唐代对文武官吏选授考课，由吏部和兵部之尚书、侍郎分掌其事。尚书为尚书铨，掌五品至七品选；侍郎二人分为中铨、东铨，掌八品、九品选，合称"三铨"。其后皆归侍郎专之，尚书通署而已。

㉙长名："长名榜"之俗称。唐代按资历考绩依次诠补官吏的名单。

㉚注拟：唐代选举官员，凡应试获选者先由尚书省登录，经考询后再按其才能拟定官职，称为"注拟"。

㉛软脚：宴饮远归的人，犹今接风、洗尘之意。

㉜衔土请命：古代臣下请求死罪的一种表示。

㉝刍藁：指干草。

㉞亭午：指正午。

㉟麨：米、麦等炒熟后磨成粉制成的干粮。

㊱割剥甿庶：割剥，侵夺、残害之意；　　甿庶，指百姓。

㊲挠败：此处作扰乱败坏之意解。

㊳乘舆播越：谓天子流亡在外。

郭子仪列传

郭子仪，华州郑县人。父敬之，历绥、渭、桂、寿、泗五州刺史，以子仪贵，赠太保，追封祁国公。子仪长六尺余，体貌秀杰，始以武举高等补左卫长史，累历诸军使。天宝八载，于木刺山置横塞军及安北都护府，命子仪领其使，拜左卫大将军。十三载，移横塞军及安北都护府于永清栅北筑城，仍改横塞为天德军，子仪为之使，兼九原太守、朔方节度右兵马使。

十四载，安禄山反。十一月，以子仪为卫尉卿，兼灵武郡太守，充朔方节度使，诏子仪以本军东讨。遂举兵出单于府，收静边军，斩贼将周万顷，传首阙下。禄山遣大同军使高秀严寇河曲，子仪击败之，进收云中马邑，开东陉，以功加御史大夫。

十五载正月，贼将蔡希德陷常山郡，执颜杲卿，河北郡县皆为贼守。二月，子仪与河东节度使李光弼率师下井陉，拔常山郡，破贼于九门，南攻赵郡，生擒贼四千，皆舍之，斩伪太守郭献璆，获兵仗数万。师还常山，贼将史思明以数万人蹑其后，我行亦行，我止亦止。子仪选骁骑五百更挑之，三日至行唐，贼疲乃退，我军乘之，又败于沙河。禄山闻思明败，乃以精兵益之。我军至恒阳，贼亦随至。子仪坚壁自固，贼来则守，贼去则追，昼扬其兵，夕袭其幕，贼人不及息。数日，光弼议曰："贼怠矣，可以战。"六月，子仪、光弼率仆固怀恩、浑释之、陈回光等阵于嘉山，贼将史思明、蔡希德、尹子奇等亦结阵而至，一战败之，斩馘四万级[①]，生擒五千人，获马五千匹。思明露发跣足奔于博陵。于是河北十余郡皆斩贼守者以迎王师。子仪将北图范阳，军声大振。

是月，哥舒翰为贼所败，潼关不守。玄宗幸蜀。肃宗幸灵武，子仪副使杜鸿渐为朔方留后，奏迎车驾。七月，肃宗即位，以贼据两京，方谋收复，诏子仪班师。八月，子仪与李光弼率步骑五万至自河北。时朝廷初立，兵众寡弱，虽得收马，军容缺然。及子仪、光弼全师赴行在，军声遂振，兴复之势，民有望焉。诏以子仪为兵部尚书、同中书门下平章事，依前灵州大都督府长史、朔方军节度使。肃宗大阅六军，南趋关辅，至彭原郡。宰相房琯请兵万人，自为统帅以讨贼，帝素重琯，许之。兵及陈涛，为贼所败，丧师殆尽。方事讨除，而军半殪②，唯倚朔方军为根本。十一月，贼将阿史那从礼以同罗、仆骨五千骑出塞，诱河曲九府、六胡州部落数万，欲迫行在。子仪与回纥首领葛逻支往击败之，斩获数万，河曲平定。

贼将崔乾祐守潼关。二年三月，子仪大破贼于潼关，崔乾祐退保蒲津。时永乐尉赵复、河东司户韩旻、司士徐泂、宗子李藏锋等，陷贼在蒲州，四人密谋俟王师至则为内应。及子仪攻蒲州，赵复等斩贼守陴者，开门纳子仪。乾祐与麾下数千人北走安邑，安邑百姓伪降，乾祐兵入将半，下悬门击之，乾祐未入，遂得脱身东走。子仪遂收陕郡永丰仓。自是潼、陕之间无复寇钞。

是月，安禄山死，朝廷欲图大举，诏子仪还凤翔。四月，进位司空，充关内、河东副元帅。五月，诏子仪帅师趋京城。师于滻水之西，与贼将安太清、安守忠战，王师不利，其众大溃，尽委兵仗于清渠之上。子仪收合余众，保武功，诣阙衣罪，乞降官资，乃降为左仆射，余如故。九月，从元帅广平王率蕃汉之师十五万进收长安。回纥遣叶护太子领四千骑助国讨贼，子仪与叶护宴犒修好，相与誓平国难，相得甚好。子仪奉元帅为中军，与贼将安守忠、李归仁战于京西香积寺之北，王师结阵横亘三十里，贼众十万陈于北。归仁先薄我军，我军乱，李嗣业奋命驰突，擒贼十余骑乃定。回纥以奇兵出贼阵之后夹攻之，贼军大溃，自午至酉，斩首六万级。贼将张通儒守长安，闻归仁等败，是夜奔陕郡。翌日，广平王入京师，老幼百万，夹道欢叫，涕泣而言曰："不图今日复见官军。"广平王休士三日，率师东趋。肃宗在凤翔闻捷，群臣称贺，帝以宗庙被焚，悲咽不自胜，臣僚无不感泣。

十月，安庆绪遣严庄悉其众十万来赴陕州，与张通儒同抗官军。贼闻官军至，悉其众屯于陕西，负山为阵。子仪以大军击其前，回纥登山乘其背，遇贼潜师于山中，与鬭过期，大军稍却。贼分兵三千人，绝我归路，众心大摇，子仪麾回纥令进，尽杀之。师驰至其后，于黄埃中发十余箭，贼惊顾曰："回纥来！"即时大败，僵尸遍山泽。严庄、张通儒走归洛阳。遂与安庆绪渡河保相州。子仪奉广平王入东都，陈兵于天津桥南，士庶欢呼于路。伪侍中陈希烈、伪中书令张垍等三百余人素服请罪，王慰抚遣之。是时，河东、河西、河南贼所盗郡邑皆平，以功加司徒，封代国公，食邑千户。寻入朝，天子遣兵仗戎容迎于灞上，肃宗劳之曰："虽吾之家国，实由卿再造。"子仪顿首感谢。十二月，还东都，命子仪经营北讨。

乾元元年七月，破贼河上，擒伪将安守忠以献，遂朝京师，敕百僚班迎于长乐驿，帝御望春楼待之，进位中书令。九月，奉诏大举，子仪与河东节度使李光弼、关内节度使王思礼、北庭行营节度李嗣业、襄邓节度使鲁炅、荆南节度季广琛、河南节度使崔光远、滑濮节度许叔冀、平卢兵马使董秦等九节度之师讨安庆绪。帝以子仪、光弼俱是元勋，难相统属，故不立元帅，唯以中官鱼朝恩为观军容宣慰使。十月，子仪自杏园渡河，围卫州，安庆绪与其骁将安雄俊、崔乾祐、薛嵩、田承嗣悉其众来援，分为三军。子仪阵以待之，预选射者三千人伏于壁内，诫之曰："俟吾小却，贼必争进，则登城鼓噪，弓弩齐发以迫之。"既战，子仪伪遁，贼果乘之，及垒门，遽闻鼓噪，俄而弓弩齐发，矢注如雨，贼徒震骇，子仪整众追之，贼众大败。是役也，获伪郑王安庆和以献，遂收卫州。进军趋邺，与贼再战于愁思冈，贼军又败，乃连营围之。庆绪遣薛嵩以所乘马十匹求救于史思明，且言禅代。十二月，思明遣将李归仁众赴之，营于滏阳。

二年正月，史思明自率范阳精卒复陷魏州，乃伪称燕王。王师虽众，军无统帅，进退无所承禀，自冬徂春，竟未破贼，但引漳水以灌其城，城中食尽，易子而食。二月，思明率众自魏州来。李光弼、王思礼、许叔冀、鲁炅前军遇贼于邺南，与之接战，夷伤相半，鲁炅中流矢。子仪为后阵，未及合战，大风遽起，吹沙拔木，天地晦瞑、跬步不辨物色。我师溃而南，贼军溃而北，委弃兵仗辎重，累积于路。诸军各还本镇。子仪以朔方军保河阳，断浮桥，有诏令留守东都。三月，以子仪为东都畿、山南东道、河南诸道行营元帅。

中官鱼朝恩素害子仪之功，因其不振，媒孽之，寻召还京师。天子以赵王係为天下兵马元帅，李光弼副之，委以陕东军事，代子仪之任。子仪虽失兵柄，乃心王室，以祸难未平，不遑寝息。俄而史思明再陷河洛，朝廷旰食③，复虑蕃寇逼迫京畿。三年正月，授子仪邠宁、鄜坊两镇节度使，仍留京师。言事者以子仪有社稷大功，今残孽未除，不宜置之散地，肃宗深然之。上元元年九月，以子仪为诸道兵马都统，管崇嗣副之，令率英武、威远等禁军及河西、河东诸镇之师，取邠宁、朔方、大同、横野，径抵范阳。诏下旬日，复为朝恩所间，事竟不行。

上元二年二月，李光弼兵败于邙山，河阳失守，鱼朝恩退保陕州。三年二月，河中军乱，杀其帅李国贞。时太原节度邓景山亦为部下所杀，恐其合从连贼，朝廷忧之。后辈帅臣未能弹压，势不获已，遂用子仪为朔方、河中、北庭、潞、仪、泽、沁等州节度行营兼兴平、定国副元帅，充本管观察处置使，进封汾阳郡王，出镇绛州。三月，子仪辞赴镇，肃宗不豫，群臣莫有见者。子仪请曰："老臣受命，将死于外，不见陛下，目不瞑矣。"帝乃引至卧内，谓子仪曰："河东之事，一以委卿。"子仪呜咽流涕。赐御马、银器、杂彩，别赐绢四万足、布五万端以赏军。子仪至绛，擒其杀国贞贼首王元振数十人诛之。太原辛云京闻子仪诛元振，亦诛害景山者，由是河东诸镇率皆奉法。

四月，代宗即位，内官程元振用事，自矜定策之功，忌嫉宿将，以子仪功高难制，巧行离间，请罢副元帅，加实封七百户，充肃宗山陵使。子仪既谢恩，上表进肃宗所赐前后诏敕，因自陈诉曰：

"臣德薄蝉翼，命轻鸿毛。累蒙国恩，猥厕朝列。会天地震盪，中原血战，臣北自灵武，册先皇帝，乃举兵而南，大搜于岐阳。先帝忧勤宗社，托臣以家国，俾副陛下扫两京之妖祲④。陛下雄图不断⑤，再造区宇，自后不以臣寡劣，委文武之二柄，外敷邦教，内调鼎饪，是以常许国家之死，实荷日月之明。臣本愚浅，言多讦直，虑此招谤，上渎冤旒⑥。陛下居高听卑，察臣不贰，皇天后土，察臣无私。伏以器忌满盈，日增兢惕⑦，焉敢偷全，久妨贤路。自受恩塞下，制敌行间，东西十年，前后百战。天寒剑折，溅血沾衣。野宿魂惊，饮冰伤骨。跋涉难阻，出没死生，所仗唯天，以至今日。陛下曲垂惠奖，念及勤劳。贻臣诏书一千余首，圣旨微婉，慰谕绸缪⑧。彰微臣一时之功，成子孙万代之宝。自灵武、河北、河南、彭原、鄜坊、河东、凤翔、两京、绛州，臣所经行，赐手诏敕书凡二十卷，昧死上进，庶烦听览。"

诏答曰："朕不德不明，俾大臣忧疑，朕之过也。朕甚自愧，公勿以为虑。"代宗以子仪顷同患难，收复两京，礼之逾厚。时史朝义尚据洛阳，元帅雍王率师进讨，代宗欲以子仪副之，而鱼朝恩、程元振乱政，杀裴茂、来瑱，子仪既为所间，其事遂寝，乃留京师。

俄而梁崇义据襄阳叛，仆固怀恩阻兵于汾州，引回纥、吐蕃之众入寇河西。明年十月，吐蕃陷泾州，虏刺史高晖。晖遂与蕃军为乡导，引贼深入京畿，掠奉天、武功；济渭而南，缘山而东。渭北行营兵马使吕日将逆战于盩厔，自辰至酉，杀蕃军数千，然其徒多殒。贼将逼京师，君上计无所出，遽诏子仪为关内副元帅，出镇咸阳。子仪自相州不利，李光弼代掌兵柄，及征还朝廷，部曲散去⑨。及是承诏，部下唯二十骑，强取民家畜产以助军。至咸阳，蕃军已过渭水。其日，天子避狄幸陕州。子仪闻上避狄，雪涕还京，至则车驾已发。射生将王献忠从驾，沿路遂以四百骑叛，仍逼丰王已下十王欲投于贼。子仪入开远门，遇之，诘丰王等所向，遂护送行在。子仪以三千骑傍南山，全商州，得武关防兵及六军散卒四千人，招辑亡逸，其军渐振。蕃寇犯京城，得故邠王守礼子广武王承宏，立帝号，假署百官。子仪遣六军兵马使张知节、乌崇福、羽林军使长孙全绪等将兵万人为前锋，营于韩公堆，盛张旗帜，鼓鞞震山谷。全绪遣禁军旧将王甫入长安，阴结少年豪侠以为内应，一日，齐击鼓于朱雀街，蕃军惶骇而去。大将李忠义先屯兵苑中，渭北节度使王仲升守朝堂。子仪以大军续进，至浐西。射生将王抚自署为京兆尹，聚兵二千人，扰乱京城，子仪召抚杀之。诏子仪权京城留守。

自西蕃入寇，车驾东幸，天下皆咎程元振，谏官屡论之。元振惧，又以子仪复立功，不欲天子还京，劝帝且都洛阳以避蕃寇，代宗然之，下诏有日。子仪闻之，因兵部侍郎张重光宣慰回，附章论奏曰：

"臣闻雍州之地，古称天府，右控陇、蜀，左扼崤、函，前有终南、太华之险，后有清渭、浊河之固，神明之奥，王者所都。地方数千里，带甲十余万，兵强士勇，雄视八方，有利则出攻，无利则入守。此用武之国，非诸夏所同，秦、汉因之，卒成帝业。其后或处之而泰，去之而亡。前史所书，不唯一姓。及隋氏季末，炀帝南迁，河、洛丘墟，兵戈乱起。高祖唱义，亦先入关，惟能翦灭奸雄，底定区宇。以至于太宗、高宗之盛，中宗、玄宗之明，多在秦川，鲜居东洛。间者羯胡构乱，九服分崩，河南、河北，尽从逆命。然而先帝仗朔方之众，庆绪奔亡。陛下藉西土之师，朝义就戮。岂唯天道助顺，抑亦地形使然，此陛下所知，非臣饰说⑩。

近因吐蕃凌逼，銮驾东巡。盖以六军之兵，素非精练，皆市肆屠沽之人，务挂虚名，苟避征赋，及驱以就战，百无一堪。亦有潜输货财，因以求免。又中官掩蔽，庶政多荒。遂令陛下振荡不安，退居陕服。斯盖关于委任失所，岂可谓秦地非良者哉！今道路云云，不知信否，咸谓陛下已有成命，将幸洛都。臣熟思其端，未见其利。夫以东周之地，久陷贼中，宫室焚烧，十不存一。百曹荒废，曾无尺椽，中间畿内，不满千户。井邑榛棘，豺狼所嗥，既乏军储，又鲜人力。东至郑、汴，达于徐方，北自覃怀，经于相土，人烟断绝，千里萧条。将何以奉万乘之牲饩⑪，供百官之次舍？矧其土地狭阨⑫，才数百里间，东有成皋，南有二室，险不足恃，适为战场。陛下奈何弃久安之势，纵至危之策，忽社稷之计，生天下之心。臣虽至愚，窃为陛下不取。

且圣旨所虑，岂不以京畿新遭剽掠，田野空虚，恐粮食不充，国用有阙。以臣所见，深谓不然。昔卫文公小国之君，诸侯之主耳，遭懿公为狄所灭，始庐于曹，衣大布之衣，冠大帛之冠，元年革车三十乘，季年三百乘，卒能恢复旧业，享无疆之休。况明明天子，躬俭节用，苟能黜素餐之吏，去冗食之官，抑竖刁、易牙之权，任蘧瑗、史鳅之直。薄征驰力，恤隐追鳏，委诸相以简贤任能，付老臣以练兵御侮。则黎元自理，寇盗自平，中兴之功，旬月可冀，卜年之期，永永无极矣。愿时迈顺动，回銮上都，再造邦家，唯新庶政，奉宗庙以修荐享，谒陵寝以崇孝思，臣虽陨越，死无所恨。"

代宗省表，垂泣谓左右曰："子仪用心，真社稷臣也。可亟还京师。"十一月，车驾自陕还宫，子仪伏地请罪，帝驻车劳之曰："朕用卿不早，故及于此。"乃赐铁券，图形凌烟阁。

是时，河北副元帅仆固怀恩方顿军汾州，掠并、汾诸县以为己邑。乃以子仪兼关内河东副元帅、河中节度观察使，出镇河中。蕃戎既退，仆固怀恩部下离散。是月，怀恩子玚主兵榆次，为帐下将张惟岳所杀，传首京师。惟岳以玚之众归于子仪，怀恩惧，弃其母而走灵州。明年九月，以子仪守太尉，充北道邠宁、泾原、河西已东通和蕃及朔方招抚观察使，其关内河东副元帅、中书令如故。子仪以怀恩未诛，不宜让使，坚辞太尉，曰："太尉职雄任重，窃忧非据，辄敢上闻。伏奉诏书，未允诚恳。臣畴昔之分⑬，早知止足，今兹累请，窃惧满盈。义实由衷，事非矫饰，志之所至，敢不尽言。自兵乱已来，纪纲寝坏，时多躁竞⑭，俗少廉隅。德薄而位尊，功微而赏厚。实繁有众，不可殚论。臣每见之，深以为念。昔范宣子让，其下皆让，栾黡为汰，不敢违也。臣诚薄劣，窃慕古人，务欲以身率先，大变浮俗[15]，是用勤勤恳恳，愿罢此官，庶礼让兴行，由臣而致也。臣位为上相，爵为真王，参启沃之谋[16]，受腹心之寄，恩荣已极．功业已成，寻合乞骸，保全余齿。但以寇仇在近，家国未安，臣子之心，不敢宁处。苟西戎即叙，怀恩就擒，畴昔官爵，誓无所受，必当追踪范蠡，继迹留侯。臣之鄙怀，切在于此。"优诏不许。子仪见上，感泣恳让，乃止。

十月，仆固怀恩引吐蕃、回纥、党项数十万南下，京师大恐，子仪出镇奉天。帝召子仪问御戎之计，子仪曰："以臣所见，怀恩无能为也。"帝问其故，对曰："怀恩虽称骁勇，素失士心，今所以能为乱者，引思归之人耳。怀恩本臣偏将，其下皆臣之部曲，臣恩信尝及之，今臣为大将，必不忍以锋刃相向，以此知其无能为也。"虏寇邠州，子仪在泾阳，子仪令长男朔方兵马使曜率师援之，与邠宁节度使白孝德闭城拒守。怀恩前锋至奉天，近城挑战，诸将请击之，子仪止之曰："夫客兵深入，利在速战，不可争锋。彼皆吾之部曲，缓之自当携贰[17]。若迫之，是速其战，战则胜负未可知。敢言战者斩！"坚壁待之，果不战而退。子仪自泾阳入朝，帝御安福门待之，命子仪楼上行朝见之礼，宴赐隆厚。

十一月，以子仪为尚书令，上表恳辞曰："臣以薄劣，素乏行能，逢时扰攘，猥蒙驱策，内参朝政，外总兵权。上不能翼戴三光[18]，下不能纠逖群慝[19]。功微赏厚，任重恩深，覆悚之忧[20]，实盈寤寐。臣昨所以固辞太尉，乞保余年，殊私曲临[21]，遂见矜许。窃谓陛下已知其愿，深察其心，岂意未历旬时，复延宠命。以臣褊浅，又寡智谋，安可谬职南宫，当兹大任。况太宗昔居藩邸，尝践此官，累圣相承，旷而不置。皇太子为雍王之日，陛下以其总兵薄伐[22]，平定关东，饮至策勋[23]，再有斯授。岂臣末职，敢乱大伦。德薄位尊，难逃天子之责。负乘致寇，复速神明之诛。伏乞天慈，俯停新命。"答诏不允。翌日，敕所司令子仪于尚书省视事。诏宰相百僚送上，遣射生五百骑执戟翼从，自朝堂至省，赐教坊乐。子仪不受，复上表曰：

"臣伏以尚书令，武德之际，太宗为之，昨沥恳上陈，请罢斯职。而陛下未垂亮察，务欲褒崇，区区微诚，益用惶惧。何则？太宗立极之主，圣德在人，自后因废此官，永代作则。陛下守文继体，固当奉而行之，岂可猥私老臣，隳厥成式，上掩陛下之德，下贻万方之非。臣虽至愚，安敢轻受。况久经兵乱，僭赏者多。一人之身，兼官数四，朱紫同色，清浊不分，烂羊之谣[24]，复闻圣代。臣顷观其弊，思革其源，以逆寇犹存，未敢轻议。今元凶沮败，计日成擒，中外无虞，妖氛渐息。此陛下作法之际，审官之时，固合始于老臣，化及班列。岂可轻为此举，以乱国章。国章乱于上，则庶政隳于下，海内之政皆乱，则国家又安得永代而无患哉！陛下苟能从臣之言，俯察诚请，彼贪荣冒进者，亦将各让其所兼之官，自然天下文明，百工式叙，太平之业，可得而复也。臣诚蒙鄙，识昧古今，志之所切，实在于此。"

手诏答曰："优崇之命，所以报功。总领之司，期于赋政。卿入居台铉[25]，出统戎旃[26]，爰自先朝，累匡多难，靖群氛于海表，凝庶绩于天阶。敏事而寡言，居敬而行简，人难其易，尔易其难。所以命掌六联，首兹百辟，顾循时议，佥谓允谐。而屡拜封章，恳怀让挹，守淳素之道，语政理之源，无待礼成，曲从德让。宜宣示于外，编之史册。"遣内侍鱼朝恩传诏，赐美人卢氏等六人、从者八人，并车服、帷帐、床蓐、珍玩之具。

时蕃虏屡寇京畿，倚蒲、陕为内地，常以重兵镇之。永泰元年五月，以子仪都统河南道节度行营，出镇河中。八月，仆固怀恩诱吐蕃、回纥、党项、羌、浑、奴刺，山贼任敷、郑庭、郝德、刘开元等三十余万南下，先发数万人掠同州，期自华阴趋蓝田，以扼南路，怀恩率重兵继其后。回纥、吐蕃自泾、邠、凤翔数道寇京畿，掠奉天、醴泉。京师震恐，天子下诏亲征，命李忠臣屯东渭桥，李光进屯云阳，马璘、郝廷玉屯便桥，骆奉先、李日越屯盩厔，李抱玉屯凤翔，周智光屯同州，杜冕屯坊州，天子以禁军屯苑内。京城壮丁，并令团结。城二门塞其一。鱼朝恩括士庶私马，重兵捉城门，市民由窦穴而遁去㉘，人情危迫。

是时，急召子仪自河中至，屯于泾阳，而虏骑已合。子仪一军万余人，而杂虏围之数重。子仪使李国臣、高升拒其东，魏楚玉当其南，陈回光当其西，朱元琮当其北。子仪率甲骑二千出没于左右前后，虏见而问曰"此谁也?"报曰:"郭令公也。"回纥曰:"令公存乎?仆固怀恩言天可汗已弃四海，令公亦谢世，中国无主，故从其来。今令公存，天可汗存乎?"报之曰:"皇帝万岁无疆。"回纥皆曰:"怀恩欺我。"子仪又使谕之曰:"公等顷年远涉万里，翦除凶逆，恢复二京。是时子仪与公等周旋艰难，何日忘之。今忽弃旧好，助一叛臣，何其愚也!且怀恩背主弃亲，于公等何有?"回纥曰:"谓令公亡矣，不然，何以至此。令公诚存，安得而见之?"子仪将出，诸将谏曰:"戎狄之心，不可信也，请无往。"子仪曰:"虏有数十倍之众，今力固不敌，且至诚感神，况虏辈乎!"诸将曰:"请选铁骑五百卫从。"子仪曰:"适足以为害也。"乃传呼曰:"令公来!"虏初疑，持满注矢以待之。子仪以数十骑徐出，免胄而劳之曰:"安乎?久同忠义，何至于是?"回纥皆舍兵下马齐拜曰:"果吾父也。"子仪召其首领，各饮之酒，与之罗锦，欢言如初。

子仪说回纥曰:"吐蕃本吾舅甥之国，无负而至，是无亲也。若倒戈乘之，如拾地芥耳。其羊马满野，长数百里，是谓天赐，不可失也。今能逐戎以利举，与我继好而凯旋，不亦善乎!"会怀恩暴死于鸣沙，群虏无所统摄，遂许诺，乃遣首领石野那等入朝。子仪遣朔方兵马使白元光与回纥会军。吐蕃知其谋，是夜奔退。回纥与元光追之，子仪大军继其后，大破吐蕃十余万于灵武台西原，斩首五万，生擒万人，收其所掠士女四千人，获牛羊驼马，三百里内不绝。子仪自泾阳入朝，加实封二百户，还镇河中。

大历元年十二月，华州节度使周智光杀监军张志斌谋叛，帝以同、华路阻，召子仪女婿工部侍郎赵纵受口诏往河中，令子仪起军讨之。纵请为蜡书，令家僮间道赐子仪。奉诏大阅军戎，将发，同华将吏闻军起，乃斩智光父子，传首京师。二年二月，子仪入朝，宰相元载、王缙、仆射裴冕、京兆尹黎干、内侍鱼朝恩共出钱三十万，置宴于子仪第，恩出罗锦二百匹，为子仪缠头之费，极欢而罢。九月，吐蕃寇泾州，诏子仪以步骑三万自河中移屯泾阳。十月，蕃军退至灵州，邀击败之，斩馘二万。十二月，盗发子仪父墓，捕盗未获。人以鱼朝恩素恶子仪，疑其使之。子仪心知其故，及自泾阳将入，议者虑其构变，公卿忧之。及子仪入见，帝言之，子仪号泣奏曰:"臣久主兵，不能禁暴，军士残人之墓，固亦多矣。此臣不忠不孝，上获天谴，非人患也。"朝廷乃安。三年三月，还河中。八月，吐蕃寇灵武。九月，诏子仪率师五万自河中移镇奉天。是月，白元光大破吐蕃于灵武。十月，子仪入朝，还镇河中。

时议以西蕃侵寇，京师不安，马璘虽在邠州，力不能拒，乃以子仪兼邠宁庆节度，自河中移镇邠州，徙马璘为泾原节度使。八年十月，吐蕃寇泾州，子仪遣先锋兵马使浑瑊逆战于宜禄，不利。会马璘设伏于潘源，与瑊合击，大破蕃军，俘斩数万计。回纥赤心卖马一万匹，有司以国计不充，请市千匹。子仪以回纥前后立功，不宜阻意，请自纳一年俸物，充回纥马价，虽诏旨不允，内外称之。九年，入朝，代宗召对延英。语及西蕃充斥，苦战不暇，言发涕零。既退，复上封论备吐蕃利害，曰:

"朔方，国之北门，西御犬戎，北虞猃狁，五城相去三千余里。开元、天宝中，战士十万，战马三万，才敌一隅。自先皇帝龙飞灵武，战士从陛下收复两京，东西南北，曾无宁岁。中年以仆固之役，又经耗散，人亡三分之二，比于天宝中有十分之一。今吐蕃充斥，势强十倍，兼河、陇之地，杂羌、浑之众，每岁来窥近郊。以朔方减十倍之军，当吐蕃加十倍之骑，欲求制胜，岂易为力！近入内地，称四节度，每将盈万，每贼兼乘数四。臣所统将士，不当贼四分之一，所有征马，不当贼百分之二，诚合固守，不宜与战。又得马璘牒，贼拟涉渭而南。臣若坚壁，恐犯畿甸。若过畿内，则国人大恐，诸道易摇。外有吐蕃之强，中有易摇之众，外畏内惧，将何以安？

臣伏以陛下横制胜之术，力非不足，但虑简练未精，进退未一，时淹师老，地阔势分。愿陛下更询谠议，慎择名将，俾之统军，于诸道各抽精卒，成四五万，则制胜之道必矣，未可失时。臣又料河南、河北、山南、江淮小镇数千，大镇数万，空耗月饩，曾不习战。臣请抽赴关中，教之战阵，则军声益振，攻守必全，亦长久之计也。臣猥蒙任遇，垂二十年，今齿发已衰，愿避贤路，止足之诚，神明所鉴。"

诏曰："卿忧深虑远，殊沃朕心，始终倚赖，未可执辞也。"

德宗即位，诏还朝，摄冢宰，充山陵使，赐号"尚父"，进位太尉、中书令，增实封通计二千户，给一千五百人粮，二百匹马草料，所领诸使副元帅并罢。诸子弟女婿拜官者十余人。建中二年夏，子仪病甚，德宗令舒王谊传诏省问。及门，郭氏子弟迎拜于外，王不答拜。子仪卧不能兴，以手叩头谢恩而已。六月十四日薨，时年八十五，德宗闻之震悼，废朝五日，诏曰：

"天地以四时成物，元首以股肱作辅。公台之任，鼎足相承，上以调三光，下以蒙五岳。允厘庶绩，镇抚四夷，体元和之气，根贞一之德，功至大而不伐，身处高而更安。尚父比吕望之名，为师增周公之位。盛业可久，殁而弥光。故太尉、兼中书令、上柱国、汾阳郡王、尚父子仪，天降人杰，生知王佐，训师如子，料敌若神。昔天宝多难，羯胡作祸，咸秦失险，河洛为戎。公能扶翼肃宗，载造区夏。于国有患，劳其戡定。于边有寇，藉其驱除。安社稷必在于绛侯，定羌戎无逾于充国。绛台绥四散之众，泾阳降十万之虏。勋高今古，名詟夷狄，而劳乎征镇，二纪于兹。

顷以春秋既高，疆场多事㉛，罢彼旌钺，宠在台衡㉜。以公柱石四朝，藩翰万里，忠贞悬于日月，宠遇冠于人臣，尊其元老，加以崇号，期寿考之永，养勋贤之德。膏肓生疾，药石靡攻，人之云亡，梁木斯坏。虽赗礼加等，辍朝增日，悼这流涕，曷可弭忘。更议追崇，名位斯极，而尊为尚父，官协太师，虽爵秩则同，而体望尤重。敛以衮冕，旌我元臣。圣祖园陵，所宜陪葬，式墓表文终之德，象山追去病之勋。千载如存，九原可作，册命之礼，有司备焉。可赠太师，陪葬建陵。仍令所司备礼册命，赗绢三千四、布三千端、米麦三千石。"

旧令一品坟高丈八，而诏特加十尺，群臣以次赴宅吊哭。凶丧所须，并令官给。及葬，上御安福门临哭送之，百僚陪位陨泣，赐谥曰忠武，配乡代宗庙庭。

子曜、旰、晞、昢、晤、暖、曙、映等八人，婿七人，皆朝廷重官。诸孙数十人，每群孙问安，不尽辨，颔之而已。参佐官吏六十余人，后位至将相，升朝秩贵位，勒其姓名于石，今在河中府。人士荣之。

史臣裴垍曰：汾阳事上诚荩，临下宽厚，每降城下邑，所至之处，必得士心。前后遭罹幸臣程元振、鱼朝恩潜毁百端，时方握强兵，或方临戎敌，诏命征之，未尝不即日应召，故谗谤不能行。代宗幸陕时，令以数十骑觇贼㉝，及在泾阳，又陷于胡虏重围之中，皆以身许国，未尝以危亡易虑，亦遇天幸，竟免患难。田承嗣方跋扈魏州，傲狠无礼，子仪尝遣使至，承嗣西望拜之，指其膝谓使者曰："兹膝不屈于人若干岁矣，今为公拜。"李灵曜据汴州，公私财赋一皆遏绝，独子仪封币经其境，莫敢留之，必持兵卫送。其为豺虎所服如此。麾下老将若李怀光辈数十人，皆王侯重贵，子仪颐指进退，如仆隶焉。幕府之盛，近代无比。始与李光弼齐名，虽威略不逮，而宽厚得人过之。岁入官俸二十四万贯，私利不在焉。其宅在亲仁里，居其里四分之一，中通永巷，家人三千，相出入者不知其居。前后赐良田美器，名园甲馆，声色珍玩，堆积羡溢，不可胜纪。代宗不名，呼为大臣，天下以其身为安危者殆二十年。校中书令考二十有四。权倾天下而朝不忌，功盖一代而主不疑，侈穷人欲而君子不之罪。富贵寿考，繁衍安泰，哀荣终始，人道之盛，此无缺焉。唯以谗怒诬奏判官户部郎中张谭杖杀之，物议为薄。

曜，子仪长子，性孝友廉谨。子仪出征于外，留曜治家，少长千人，皆得其所。诸弟争饰池馆，盛其车服，曜以俭朴自处。累迁至太子宾客。建中初，子仪罢兵柄，乃遍加诸子官，以曜为太子少保。子仪薨，曜遵遗命，四朝所赐名马珍玩，悉皆上献。德宗复赐之，曜乃散诸昆弟。子仪死后，杨炎、卢杞相次秉政，奸诡用事，尤忌勋族。子仪之婿太仆卿赵纵、少府少监李洞清、光禄卿王宰，皆以家人告讦细过，相次贬黜。曜家大恐，赖宰相张镒力为庇护。奸人幸其危惧，多论夺田宅奴婢，曜不敢诉。德宗微知之，诏曰："尚父子仪，有大勋力，保父皇家，尝誓以山河，琢之金石，十世之宥，其可忘也！其家前时与人为市，以子仪身殁，或被诬构，欲论夺之，有司无得为理。"诏下方已。曜居丧得礼，若儒家子，服未阕寝疾，或劝其茹葱薤，曜竟不属口。建中四年三月卒，赠太子太傅。

晞，子仪第三子。少善骑射，常从父征伐。初以战功授左赞善大夫。从广平王收复两京，晞力战于香积寺、陕西，皆出奇兵克捷，以功加银青光禄大夫、鸿胪卿。后河中军乱，杀节度使李国贞、荔非元礼于绛，诏以子仪为河东关内副元帅，镇降州。时四方扰叛，多逐戎帅，子仪至绛，诛其元恶，其党颇不自安，欲谋翻变。晞知其谋，选亲兵四千，伏甲以防之，常持弓警夜，不寐者凡七十日，叛将竟不敢发，以功拜殿中监。广德二年，仆固怀恩诱吐蕃、回纥入寇，加晞御史中丞，领朔方军以援邠州，与马璘合势，大破蕃军。其年冬，怀恩诱虏再寇邠州，阵于泾北，子仪令晞率步卒五千、骑军五百，出西南掩击之。晞以兵寡不敌，持而不战。及至晡晚，乘其半济而击之，大破獯虏，斩首五千级。是时连战皆捷，诏加御史大夫，子仪固让不受。永泰二年，检校左散骑常侍。大历七年，加开府仪同三司。十二年，丁母忧；服除，加检校工部尚书，判秘书省事。建中二年，丁父丧，持服京城。朱泚构逆，遣人就第问讯，欲令掌兵，晞佯喑噤口不言，泚以失胁之，晞终不语，贼知其不可用，乃止。晞潜奔奉天，仅而获免。

初，晞兄曜袭父代国公，实封二千户。及曜卒，诏曰："故尚父、太尉、中书令、汾阳王，功格上玄，道光下土，积其善庆，垂裕无穷。虽嫡长云殂，支宗斯盛，汾阳旧邑，盍有丕承。其男前左散骑常侍、驸马都尉、食实封五百户暧，凤禀义方，居忠履孝，俪崇银榜，摅美金章，继抚先封，允宜听复。暧兄检校工部尚书、守太子宾客、赵国公晞，并弟右金吾将军、祁国公、食实封二百五十户曙，太子左谕德映等，并休有令名，保其先业，宜允推恩之典，以明延嗣之诚。其实封二千户，宜准式减半，余可分袭。暧可袭代国公，仍通前袭三百户；晞可二百五十户；曙可五十户，通前三百七十户；映可二百三十五户。"寻又诏尚父子仪男晞、暧、映、曙四人所袭实封，各减五十户，以赐郭曜男铧、郭晞男镕，各袭一百户。

晞至行在，复检校工部尚书、太子詹事；从驾还京，改太子宾客。晞子钢为朔方节度使杜希全宾佐，希全以钢摄丰州刺史。晞以钢幼弱，恐不任边职，贞元七年，晞上章请罢钢官。德宗遣中使召之，钢疑以他事见摄，乃单骑走入吐蕃。蕃将见钢独叛，不纳，置之筏上，流入黄河令归，杜希全得之，送赴京师，赐钢自尽，晞亦坐子免官。明年，复授太子宾客。贞元十年卒，赠兵部尚书。晞次子钧。钧子承嘏别有传。

暧，子仪第六子。年十余岁，尚代宗第四女升平公主，时升平年亦与暧相类。大历中，恩宠冠于戚里，岁时锡赉珍玩，不可胜纪。大历十三年，有诏毁除白渠水支流碾硙，以妨民溉田。升平有脂粉硙两轮，郭子仪私硙两轮，所司未敢毁彻。公主见代宗诉之，帝谓公主曰："吾行此诏，盖为苍生，尔岂不识我意耶？可为众率先。"公主即日命毁。由是势门碾硙八十余所，皆毁之。

暖检校左散骑常侍。建中末，公主坐事，留之禁中，暖亦不令出入。既而朱泚之乱，不知车驾幸奉天，为贼所逼，欲授伪官，暖辞以居丧被疾。既而与兄晞、弟曙及升平公主皆奔奉天，德宗喜，并释前咎，待之如初，复银青光禄大夫、检校左散骑常侍。从驾至山贯，改太常卿同正员。

贞元中，帝为皇孙广陵郡王纳暖女为妃。暖，贞元十六年七月卒，赠尚书左仆射。升平公主，元和五年十月薨，赠虢国大长公主，谥曰懿。广陵王即位，为宪宗皇帝，妃生穆宗皇帝。元和十五年，穆宗即位，尊郭妃为皇太后，诏曰："追远饰终，先王令典。况积仁累义，事已显于身前；祥会庆传，福遂流于天下。式光盛德，爰举徽章，尊尊亲亲，于是乎在。皇太后父赠尚书左仆射暖，克荷崇构，有劳王家，孝友本于生知，英华发于事任，实修一德，历仕三朝。建中末年，属有大难，毕力扈驾，忘躯即戎，忠贞之节，国史明备。才高望洽，是膺沁水之祥；德厚流光，乃启涂山之祚。肆予小子，获缵大业，未展定申之命，敢缘褒纪之恩，俾继维师，用光缛礼。可赠太传。"暖子钊、鏦、铦。

曙，代宗朝累历司农卿，居父忧。建中三年冬，舒王谊为淮西、山南诸道大元帅，以曙检校左庶子，为元帅府都押牙。京城乱，从幸山南，转太府卿。随驾还京，拜左金吾卫大将军。贞元末卒。

钊，伟姿仪，身长七尺，方口丰下，沉默寡言。母升平长公主。代宗朝，钊为外孙，恩宠逾等，起家为太常寺奉礼郎。德宗朝，累官至太子右庶子。元和初，为左金吾卫大将军，充左街使。九年十一月，检校工部尚书，兼邠州刺史，充邠宁节度使。数岁，检校户部尚书，入为司农卿。钊，大勋之后，姻聊戚里，而谦和接物，恭慎自持，居家临民，无骄怠之色，无奢侈之失，士君子重之。十五年正月，宪宗寝疾弥旬，诸中贵人秉权者欲议废立，纷纷未定。穆宗在东宫，心甚忧之，遣人问计于钊，钊曰："殿下身为皇太子，但旦夕视膳，谨守以俟，又何虑乎！"迄今称钊得元舅之体。

穆守即位，册皇太后南内，推崇外氏，以钊兼司农卿。未几，检校户部尚书，充河阳三城怀节度使。岁中，换河中尹、河中晋绛慈隰节度使。钊历践藩镇，以汾阳肯胤，材能选用，不独凭椒房之势，所莅简约不挠，其俗自理。敬宗即位，尊郭太后为太皇太后，征钊为兵部尚书，兼检校尚书左仆射。明年，出为梓州刺史、剑南东川节度使。文宗即位，加司空。大和三年冬，南蛮陷嶲州，遂寇西川，杜元颖失于控御，蛮军陷成都府外城。朝廷未暇除帅，乃以钊兼领西川节度。蛮军已寇梓州，诸道援军未至，川军寡弱，不可令战。钊致书于蛮首领篯巅，责以侵寇之意，篯巅曰："杜元颖不守疆场，屡侵吾圉，以是修报也。"与钊修好而退。朝廷嘉之，授成都尹、剑南西川节度使。与南诏立约，疆陲不扰。以疾求代。四年入为太常卿、检校司徒。十二月，在道卒，诏赠司徒。子仲文、仲辞。

鏦，母升平长公主，大历、贞元之间，恩礼冠诸主。顺宗在东宫，以女德阳郡主尚鏦，时鏦与公主年未及冠，郡主尤为德宗之所钟爱，故鏦之贵宠，煜耀一时。顺宗即位，改封德阳为汉阳公主。鏦累官至卫尉卿、驸马都尉，改殿中监。穆宗即位，鏦为叔舅，改右金吾卫大将军、兼御史大夫，充左街使。城南有汾阳王别墅，林泉之致，莫之与比，穆宗常游幸之，置酒极欢而罢，赐鏦甚厚。俄加检校工部尚书，兼太子詹事，充闲厩宫苑使。从容贵位三十余年，而椒房之宠，国舅之恩，近代已来，无有其比。而鏦恭逊虔恪，不以富贵骄人，士无贤不肖，接之以礼，由是中外称之。长庆二年十月卒，赠尚书左仆射，仍以其弟铦代鏦为太子詹事，充闲厩宫苑使。

仲文，大和末为殿中少监。开成初，诏仲文袭父太原郡公，制下，给事中封敕奏曰："伏准制书，赠司徒郭钊嫡男仲文袭封太原郡公者，臣近访知郭钊妻沈氏，公主之女，代宗皇帝外孙，有男仲辞，已选尚主。仲文不合假冒，自称嫡子。若仲文承嫡，即沈氏须黜居别室，仲辞不合配尚贵主。伏以郭仲文，尚父子仪之孙，太皇太后之侄，戚里勋门，无与俦比，婚姻嫡庶，朝野具知，夺宗之配，实玷风教。且仲文、仲辞既非同出，袭封尚主，不可并行。伏请付台勘当。"诏曰："以万年县尉仲辞袭封"。仲文落下，以太皇太后侄，不之罪。寿以仲辞为银青光禄大夫、检校殿中少监、驸马都尉，袭封太原郡公，尚饶阳公主。又仲辞见詹事府丞仲恭，为银青光禄大夫，尚金堂公主。

幼明，尚父子仪之母弟也。性谨愿无过，不工武艺，喜宾客饮宴，居家御众，皆得其欢心。以子仪勋业，累历大卿监。大历八年卒，赠太子太傅。

子昕，肃宗末为四镇留后。自关、陇陷蕃，为虏所隔，其四镇、北庭使额，李嗣业、荔非元礼皆遥领之。昕阻隔十五年，建中二年，与伊西北庭节度使李元忠俱遣使于朝，德宗嘉之。诏曰："四镇、二庭，统任西夏五十七蕃十姓部落，国朝以来，相次率职。自关、陇失守，东西阻绝，忠义之徒，泣血相守，慎固封略，奉尊朝法，皆侯伯守将交修共理之所致也。伊西北庭节度使李元忠，可北庭大都护；四镇节度留后郭昕，可安西大都护、四镇节度使。其将吏已下叙官，可超七资。

李元忠，本姓曹，名令忠，以功赐姓名。时昕使自回纥历诸蕃部，方达于朝。又有袁光庭者，为伊州刺史，陇右诸郡皆陷，光庭坚守伊州，吐蕃攻之累年，兵尽食竭，光庭先刃其妻子，自焚而死。因昕使知之，赠工部尚书。

史臣曰：天宝之季，盗起幽陵，万乘播迁，两都覆没。天祚土德，实生汾阳。自河朔班师，关西殄寇，身扞豺虎，手披荆棘。七八年间，其勤至矣，再造王室，勋高一代。及国威复振，群小肆谗，位重恩辞，失宠无怨。不幸危而邀君父，不挟憾以报仇雠，晏然效忠，有死无二，诚大雅君子，社稷纯臣。自秦、汉已还，勋力之盛，无与伦比。而晞、暖于缧绁之中，拔身虎口，赴难奉天，可谓忠孝之门有嗣矣。

赞曰：猗欤汾阳，功扶昊苍。秉仁蹈义，铁心石肠。四朝静乱，五福其昌。为臣之节，敢告忠良。

---

① 馘：古代战争中，以割取所杀敌人或俘虏的左耳朵以计数献功。

② 殪（yì，音义）：此处指死亡。

③ 旰食：晚食。指事务繁忙，不能按时吃饭。

④ 妖祲：犹妖氛。比喻寇乱。

⑤ 丕：此处作"大"解。

⑥ 冕旒：专指皇冠，借指皇帝、帝位。

⑦ 兢惕：戒惧之意。

⑧ 慰谕绸缪：慰谕，抚慰；宽慰晓谕之意。　　绸缪，连绵不断；情意殷切之意。

⑨ 部曲：此处作部属、部下解。

⑩ 饰说：虚饰其辞，托辞掩饰之意。

⑪ 牲饩：所献赠的生的牛、羊、豕。

⑫ 矧：况且；而况之意。

⑬ 畴昔：此处作世代相传解。

⑭ 躁竞：指急于进取而争竞。

⑮ 浮俗：指浮薄的习俗。

⑯ 启沃：语出《书·说命上》。谓竭诚开导、辅佑君王之意。

⑰ 携贰：指离心、有二心之意。

⑱ 三光：指日、月、星。

⑲群慝：群奸、群小之意。

⑳覆悚：谓倾覆鼎中的珍馔。后因此以力不胜任而败事之意。

㉑曲临：指屈尊光临。称人来访的敬辞。

㉒总兵薄伐：总兵，指集中军队，统领军队之意。　　薄伐，指征伐，讨伐之意。

㉓饮至策勋：饮至，上古诸侯朝会盟伐完毕，祭告宗庙并饮酒庆祝的典礼。后代指出征奏凯，至宗庙祭祀饮宴庆功之礼。策勋，指记功勋于策书之上。

㉔烂羊：指地位卑下者或烂授官爵。

㉕台铉：犹台鼎。喻宰辅重臣。

㉖戎旆：军旗。借指战事、军队。

㉗六联：古代谓六个方面政务须官府各部门联合行事。

㉘窦：作孔、洞解。

㉙谠议：刚直的议论、直言不讳的议论。

㉚允厘：谓治理得当。

㉛疆场：此处作边界、边境解。

㉜台衡：喻宰辅大臣。

㉝觇：侦察，窥视之意。

牛僧孺列传

牛僧孺字思黯，隋仆射奇章公弘之后。祖绍，父幼简，官卑。僧孺进士擢第，登贤良方正制科，释褐伊阙尉①，迁监察御史，转殿中，历礼部员外郎。元和中，改都官，知台杂，寻换考功员外郎，充集贤直学士。

穆宗即位，以库部郎中知制诰。其年十一月，改御史中丞，以州府刑狱淹滞，人多冤抑，僧孺条疏奏请，按劾相继，中外肃然。长庆元年，宿州刺史李直臣坐赃当死，直臣赂中贵人为之申理，僧孺坚执不回。穆宗面喻之曰："直臣事虽僭失，然此人有经度才，可委之边任，朕欲贷其法。"僧孺对曰："凡人不才，止于持禄取容耳。帝王立法，束缚奸雄，正为才多者。禄山、朱泚以才过人，浊乱天下，况直臣小才，又何屈法哉？"上嘉其守法，面赐金紫。二年正月，拜户部侍郎。三年三月，以本官同平章事。

初韩弘入朝，以宣武旧事，人多流言，其子公武以家财厚赂权幸及多言者，班列之中悉受其遗。俄而父子俱卒，孤孙幼小，穆宗恐为厮养窃盗，乃命中使至其家，阅其宅簿，以付家老②，而簿上具有纳赂之所，唯于僧孺官侧朱书曰："某月日，送牛侍郎物若干，不受，却付讫。"穆宗按簿甚悦。居无何，议命相，帝首可僧孺之名。

敬宗即位，加中书侍郎、银青光禄大夫，封奇章子，邑五百户。十二月，加金紫阶，进封郡公、集贤殿大学士、监修国史。宝历中，朝廷政事出于邪倖，大臣朋比，僧孺不奈群小，拜章求罢者数四，帝曰："俟予郊礼毕放卿。"及穆宗祔庙郊报后，又拜章陈退，乃于鄂州置武昌军额，以僧孺检校礼部尚书、同中书门下平章事、鄂州刺史、武昌军节度、鄂岳蕲黄观察等使。江夏城风土散恶，难立垣墉，每年加板筑，赋菁茅以覆之，吏缘为奸，蠹弊绵岁③。僧孺至，计茆苫板筑之费，岁十余万，即赋之以塼④，以当苫筑之价。凡五年，墉皆甃葺⑤，蠹弊永除。属郡沔州与鄂隔江相对，虚张吏员，乃奏废之，以其所管汉阳、汉川两县隶鄂州。文宗即位，就加检校吏部尚书，凡镇江夏五年。

大和三年，李宗闵辅政，屡荐僧孺有才，不宜居外。四年正月，召还，守兵部尚书、同平章事。五年正月，幽州军乱，逐其帅李载义。文宗以载义输忠于国，遽闻失帅，骇然，急召宰臣谓之曰："范阳之变奈何？"僧孺对曰："此不足烦圣虑。且范阳得失，不系国家休戚，自安、史已来，翻覆如此。前时刘总以土地归国，朝廷耗费百万，终不得范阳尺帛斗粟入于天府，寻复为梗。至今志诚亦由前载义也，但因而抚之，俾扞奚、契丹不令入寇，朝廷所赖也。假以节旄，必自陈力，不足以逆顺治之。"帝曰："吾初不详思，卿言是也。"即日命中使宣慰。寻加门下侍郎、弘文馆大学士。

六年，吐蕃遣使论董勃义入朝修好，俄而西川节度李德裕奏，吐蕃维州守将悉怛谋以城降。德裕又上利害云："若以生羌三千，出戎不意，烧十三桥，捣戎之腹心，可以得志矣。"上惑其事，下尚书省议，众状请如德裕之策。僧孺奏曰："此议非也。吐蕃疆土，四面万里，失一维州，无损其势。况论董勃义才还，刘元鼎未到，比来修好，约罢戍兵，中国御戎，守信为上，应敌次之，今一朝失信，戎丑得以为词。闻赞普牧马茹川，俯于秦、陇。若东袭陇坂，径走回中，不三日抵咸阳桥，而发兵枝梧，骇动京国。事或及此，虽得百维州，何可补也。"上曰："然。"遂诏西川不内维州降将。僧孺素与德裕仇怨，虽议边公体，而怙德裕者以僧孺害其功，谤论沸然，帝亦以为不直。其年十二月，检校左仆射、兼平章事、扬州大都督府长史、淮南节度副大使、知节度事。

时中尉王守澄用事，多纳纤人[⑥]，窃议时政，禁中事密，莫知其说。一日，延英对宰相，文宗曰："天下何由太平，卿等有意于此乎？"僧孺奏曰："臣等待罪辅弼，无能康济，然臣思太平亦无象。今四夷不至交侵，百姓不至流散。上无淫虐，下无怨讟。私室无强家，公议无壅滞。虽未及至理，亦谓小康。陛下若别求太平，非臣等所及。"既退至中书，谓同列曰："吾辈为宰相，天子责成如是，安可久处兹地耶？"旬日间，三上章请退，不许。会德裕党盛，垂将入朝，僧孺故得请。上既受左右邪说，急于太平，奸人伺其锐意，故训、注见用。数年之间，几危宗社，而僧孺进退以道，议者称之。

开成初，搢绅道丧，阉寺弄权，僧孺嫌处重藩，求归散地，累拜章不允，凡在淮甸六年。开成二年五月，加检校司空，食邑二千户，判东都尚书省事、东都留守、东畿汝都防御使。僧孺识量弘远，心居事外，不以细故介怀。洛都筑第于归仁里。任淮南时，嘉木怪石，置之阶廷，馆宇清华，竹木幽邃。常与诗人白居易吟咏其间，无复进取之怀。

三年九月，征拜左仆射，仍令左军副使王元直赍告身宣赐。旧例，留守入朝，无中使赐诏例，恐僧孺退让，促令赴阙，僧孺不获已入朝。属庄恪太子初薨，延英中谢日，语及太子，乃恳陈父子君臣之义，人伦大经，不可轻移国本，上为之流涕。是时宰辅皆僧孺僚旧，未尝造其门，上频宣召，托以足疾。久之，上谓杨嗣复曰："僧孺称疾，不任趋朝，未可即令自便。"四年八月，复检校司空、兼平章事、襄州刺史、山南东道节度使，加食邑至三千户。辞日，赐瓟、散、樽、杓等金银古器，令中使喻之曰："以卿正人，赐此古器，卿且少留。"僧孺奏曰："汉南水旱之后，流民待理，不宜淹留。"再三请行，方允。

武宗即位，就加检校司徒。会昌二年，李德裕用事，罢僧孺兵权，征为太子少保，累加太子少师。大中初卒，赠太子太师，谥曰文贞。

僧孺少与李宗闵同门生，尤为德裕所恶。会昌中，宗闵弃斥，不为生还。僧孺数为德裕掎摭[⑦]，欲加之罪，但以僧孺贞方有素[⑧]，人望式瞻[⑨]，无以伺其隙。德裕南迁，所著《穷愁志》，引里俗犊子之识以斥僧孺，又目为："太牢公"，其相憎恨如此。僧孺二子：蔚、藂。

蔚字大章，十五应两经举。大和九年，复登进士第，三府辟署为从事，入朝为监察御史。大中初，为右补阙，屡陈章疏，指斥时病，宣宗嘉之，曰："牛氏子有父风，差慰人意。"寻改司门员外郎，出为金州刺史，入拜礼、吏二郎中。以祀事准礼，天官司所掌班列，有恃权越职者，蔚奏正之，为时权所忌，左授国子博士，分司东都。逾月，权臣罢免，复征为吏部郎中，兼史馆修撰，迁左谏议大夫。咸通中，为给事中，延英谢日，面赐金紫。蔚封驳无避，帝嘉之。逾岁，迁户部侍郎，袭封奇章侯，以公事免。岁中复本官，历工、礼、刑三尚书。咸通末，检校兵部尚书、兴元尹、山南西道节度使。在镇三年。时中官用事，急于贿赂。属徐方用兵，两中尉讽诸藩贡奉助军，蔚尽索军府之有三万端匹，随表进纳。中官怒，即以神策将吴行鲁代还。及黄巢犯阙，乃自京师奔遁，避地山南，拜章请老，以尚书左仆射致仕。卒，累赠太尉。子循、徽。

徽咸通八年登进士第，三佐诸侯府，得殿中侍御史，赐绯鱼。入朝为右补阙，再迁吏部员外郎。乾符中，选曹猥滥，吏为奸弊，每岁选人四千余员。徽性贞刚，特为奏请。由是铨叙稍正，能否旌别，物议称之。

巢贼犯京师，父蔚方病，徽与其子自扶篮舆，投窜山南。阁路险狭，盗贼纵横，谷中遇盗，击徽破首，流血被体，而捉与不辍。盗苦迫之，徽拜之曰："父年高疾甚，不欲骇动。人皆有父，幸相垂恤。"盗感之而止。及前谷，又逢前盗，相告语曰："此孝子也。"即同举舆，延于其家，以帛封创，饘饮奉蔚，留之信宿，得达梁州。故吏感恩，争来奔问。时僖宗已幸成都，徽至行朝拜章，乞归侍疾。已除谏议大夫，不拜，谓宰相杜让能曰："愿留兄循在朝，以当门户，乞侍医药。"时循为给事中，丞相许之。

其年钟家艰，执丧梁、汉。既除，以中书舍人征，未赴，疾作。以舍人纶制之地，不可旷官，请授散秩，改给事中。从驾还京，至陈仓疾甚，经年方间。宰相张濬为招讨使，奏徽为判官，检校左散骑常侍。诏下凤翔，促令赴阙，徽谓所亲曰："国步方艰，皇居初复，帑廪皆虚，正赖群臣协力，同心王室。而于破败之余，图雄霸之举，俾诸侯离心，必贻后悔也。以吾衰疾之年，安能为之扦难。"辞疾不起。明年，濬败，召徽为给事中。

杨复恭叛归山南，李茂贞上表，请自出兵粮问罪，但授臣招讨使。奏不待报，茂贞与王行瑜军已出疆，上怒其专，不时可之，茂贞恃强，章疏不已。昭宗延英召谏官宰相议可否。以邠、凤皆有中人内应，不敢极言，相顾辞逊，上情不悦。徽奏曰："两朝多难，茂贞实有翼卫之功，恶诸杨阻兵，意在嫉恶。所造次者，不俟命而出师也。近闻两镇兵入界，多有杀伤，陛下若不处分，梁、汉之民尽矣。须授以使名，明行约束，则军中争不畏法。"帝曰："此言极是。"乃以招讨之命授之。及茂贞平贼，自恃浸骄，多挠国政，命杜让能料兵讨之，徽谏曰："岐是国门，茂贞倔强，不顾祸患，万一蹉跌，挫国威也，不若渐以制之。"及师出，复召徽谓之曰："卿能斟酌时事。岐军乌合，朕料必平，卿以为捷在何日？"徽对曰："臣忝侍从谏诤之列，所言军国，据理陈闻。如破贼之期，在陛下考蓍龟，责将帅，非臣之职也。"而王师果衄，大臣被害。

徽寻改中书舍人。岁中，迁刑部侍郎，封奇章男。崔胤连结汴州，恶徽言事，改散骑常侍。不拜，换太子宾客。天复初，贼臣用事，朝政不纲，拜章请罢。诏以刑部尚书致仕，乃归樊川别墅。病卒，赠吏部尚书。

蕘字表龄，开成二年登进士第，出佐使府，历践台省。乾符中，位至剑南西川节度使。黄巢之乱，从幸西川，拜太常卿。以病求为巴州刺史，不许。驾还，拜吏部尚书。襄王之乱，避地太原，卒。子峤，位至尚书郎。

①释褐：脱去平民衣服。喻始任官职。

②家老：指一族或一家中的长者。

③蠹蔽：指公害和积弊。

④塼：烧制过的土坯。

⑤甃：以砖瓦等砌的井壁。

⑥纤人：与“君子”相对，犹小人。

⑦掎摭：指摘之意。

⑧贞方：指正直不阿。

⑨式瞻：指敬仰，景慕之意。

李德裕列传

李德裕字文饶，赵郡人。祖栖筠，御史大夫。父吉甫，赵国忠懿公，元和初宰相。祖、父自有传。德裕幼有壮志，苦心力学，尤精《西汉书》、《左氏春秋》。耻与诸生从乡赋，不喜科试。年才及冠，志业大成。贞元中，以父谴逐蛮方，随侍左右，不求仕进。元和初，以父再秉国钧，避嫌不仕台省，累辟诸府从事。十一年，张弘靖罢相，镇太原，辟为掌书记，由大理评事得殿中侍御史。十四年府罢，从弘靖入朝，真拜监察御史。明年正月，穆宗即位，召入翰林充学士。帝在东宫，素闻吉甫之名，既见德裕，尤重之，禁中书诏，大手笔多诏德裕草之。是月，召对思政殿，赐金紫之服。逾月，改屯田员外郎。

穆宗不持政道，多所恩贷[①]，戚里诸亲，邪谋请谒，传道中人之旨，与权臣往来，德裕嫉之。长庆元年正月，上疏论之曰：“伏见国朝故事，驸马缘是亲密，不合与朝廷要官往来。玄宗开元中，禁止尤切。访闻近日驸马辄至宰相及要官私第，此辈无他才伎可以延接，唯是泄漏禁密，交通中外，群情所知，以为甚弊。其朝官素是杂流，则不妨来往。若职在清列，岂可知闻？伏乞宣示宰臣，其驸马诸亲，今后公事即于中书见宰相，请不令诣私第。”上然之。寻转考功郎中、知制诰。二年二月，转中书舍人，学士如故。

初，吉甫在相位时，牛僧孺、李宗闵应制举直言极谏科。二人对诏，深诋时政之失，吉甫泣诉于上前。由是，考策官皆贬，事在《李宗闵传》。元和初，用兵伐叛，始于杜黄裳诛蜀。吉甫经画，欲定两河，方欲出师而卒，继之元衡、裴度。而韦贯之、李逢吉沮议，深以用兵为非，而韦、李相次罢相，故逢吉常怒吉甫、裴度。而德裕于元和时，久之不调，而逢吉、僧孺、宗闵以私怨恒排摈之。

时德裕与李绅、元稹俱在翰林，以学识才名相类，情颇款密，而逢吉之党深恶之。其月，罢学士，出为御史中丞。时元稹自禁中出，拜工部侍郎、平章事。三月，裴度自太原复辅政。是月，李逢吉亦自襄阳入朝，乃密赂纤人，构成于方狱。六月，元稹、裴度俱罢相，稹出为同州刺史，逢吉代裴度为门下侍郎、平章事。既得权位，锐意报怨。时德裕与牛僧孺俱有相望，逢吉欲引僧孺，惧绅与德裕禁中沮之，九月，出德裕为浙西观察使，寻引僧孺同平章事。由是交怨愈深。

润州承王国清兵乱之后，前使窦易直倾府藏赏给。军旅寖骄[②]，财用殚竭。德裕俭于自奉，留州所得，尽以赡军，虽施与不丰，将卒无怨。二年之后，赋舆复集。德裕壮年得位，锐于布政，凡旧俗之害民者，悉革其弊。江、岭之间信巫祝，惑鬼怪，有父母兄弟厉疾者，举室弃之而去。德裕欲变其风，择乡人之有识者，谕之以言，绳之以法，数年之间，弊风顿革。属郡祠庙，按方志前代名臣贤后则祠之，四郡之内，除淫祠一千一十所，又罢私邑山房一千四百六十，以清寇盗，人乐其政，优诏嘉之。

昭愍皇帝童年缵历③，颇事奢靡，即位之年七月，诏浙西造银盝子妆具二十事进内。德裕奏曰：

"臣百生多幸④，获遇昌期，受寄名藩⑤，常忧旷职，孜孜夙夜，上报国恩。数年已来，灾旱相继，罄竭微虑，粗免流亡，物力之间，尚未完复。臣伏准今年三月三日赦文，常贡之外，不令进献。此则陛下至圣至明，细微洞照，一恐聚敛之吏缘以成奸，一恐凋瘵之人不胜其弊⑥。上弘俭约之德，下敷恻悯之心。万国群黎，鼓舞未息。昨奉五月二十三日诏书，令访茅山真隐，将欲师处谦守约之道，发务实去华之美。虽无人上塞丹诏，实率土已偃玄风⑦，岂止微臣，独怀抃贺⑧。

况进献之事，臣子常心，虽有赦文不许，亦合竭力上贡。唯臣当道，素号富饶，近年已来，比旧即异。贞元中，李锜任观察使日，职兼盐铁，百姓除随贯出榷酒钱外，更置官酤，两重纳榷，获利至厚。又访闻当时进奉，亦兼用盐铁羡余⑨，贡献繁多，自后莫及。至薛苹任观察使时，又奏置榷酒⑩，上供之外，颇有余财，军用之间，实为优足。自元和十四年七月三日敕，却停榷酤，又准元和十五年五月七日赦文，诸州羡余，不令送使，唯有留使钱五十万贯。每年支用，犹欠十三万贯不足，·常须是事节俭，百计补填，经费之中，未免悬欠。至于绫纱等物，犹是本州所出，易于方圆。金银不出当州，皆须外处回市。

去二月中奉宣令进盝子⑪，计用银九千四百余两。其时贮备，都无二三百两，乃诸头收市，方获制造上供。昨又奉宣旨，令进妆具二十件，计用银一万三千两，金一百三十两。寻令併合四节进奉金银，造成两具进纳讫。今差人于淮南收买，旋到旋造，星夜不辍，虽力营求，深忧不迨。臣若因循不奏，则负陛下任使之恩。若分外诛求⑫，又累陛下慈俭之德。伏乞陛下览前件榷酤及诸州羡余之目，则知臣军用褊短，本末有由。伏料陛下见臣奏论，必赐详悉，知臣竭爱君守事之节，尽纳忠馨直之心。伏乞圣慈，宣令宰臣商议，何以遣臣上不违宣索，下不阙军储，不困疲人，不敛物怨，前后诏敕，并可遵承。辄冒宸严，不胜战汗之至。"

时准赦不许进献，逾月之后，征贡之使，道路相继，故德裕因诉而讽之。事奏，不报。

又诏进可幅盘条缭绫一千匹，德裕又论曰：

"臣昨缘宣索，已具军资岁计及近年物力闻奏，伏料圣慈，必垂省览。又奉诏旨，令织定罗纱袍段及可幅盘条缭绫一千匹，伏读诏书，倍增惶灼。

臣伏见太宗朝，台使至凉州见名鹰，讽李大亮献之。大亮密表陈诚，太宗赐诏云："使遣献之，遂不曲顺。"再三嘉叹，载在史书。又玄宗命中使于江南采鸂鶒诸鸟，汴州刺史倪若水陈论，玄宗亦赐诏嘉纳，其鸟即时皆放。又令皇甫询于益州织半臂背子、琵琶扞拨、镂牙合子等，苏颋不奉诏书，辄自停织。太宗、玄宗皆不加罪，欣纳所陈。臣窃以鸂鶒镂牙，至为微细，若水等尚以劳人损德，沥款效忠。当圣祖之朝，有臣如此，岂明王之代，独无其人？盖有位者蔽而不言，必非陛下拒而不纳。

又伏睹四月二十三日德音云：'方、召侯伯有位之士，无或弃吾谓不可教。其有违道伤理，徇欲怀安，面刺廷攻，无有隐讳。'则是陛下纳诲从善，道光祖宗，不尽忠规，过在臣下。况玄鹅天马，梂豹盘条，文彩珍奇，只合圣躬自服，今所织千匹，费用至多，在臣愚诚，亦所未谕。昔汉文帝衣弋绨之衣，元帝罢轻纤之服，仁德慈俭，全今称之。伏乞陛下，近览太宗、玄宗之容纳，远思汉文、孝元之恭己，以臣前表宣示群臣，酌臣当道物力所宜，更赐节减，则海隅苍生，无不受赐。臣不胜恳切兢惶之至。”

优诏报之。其缭绫罢进。

元和已来，累敕天下州府，不得私度僧尼。徐州节度使王智兴聚货无厌，以敬宗诞月，请于泗州置僧坛，度人资福，以邀厚利。江、淮之民，皆群党渡淮。德裕奏论曰：“王智兴于所属泗州置僧尼戒坛，自去冬于江、淮已南，所在悬牓招置。江、淮自元和二年后，不敢私度。自闻泗州有坛，户有三丁必令一丁落发，意在规避王徭，影庇资产，自正月已来，落发者无算。臣今于蒜山渡点其过者，一日一百余人，勘问唯十四人是旧日沙弥，余是苏、常百姓，亦无本州文凭，寻已勒还本贯。访闻泗州置坛次第，凡僧徒到者，人纳二缗，给牒即回，别无法事。若不特行禁止，比到诞节，计江、淮已南，失却六十万丁壮。此事非细，系于朝廷法度。”状奏，即日诏徐州罢之。

敬宗荒僻日甚，游幸无恒，疏远贤能，昵比群小，坐朝月不二三度，大臣罕得进言。海内忧危，虑移宗社。德裕身居廉镇，倾心王室，遣使献《丹扆箴》六首曰：“臣闻‘心乎爱矣，遐不谓矣’，此古之贤人所以笃于事君者也。夫迹疏而言亲者危，地远而意忠者忤。然臣窃念拔自先圣，偏荷宠光，若不爱君以忠，则是上负灵鉴。臣顷事先朝，属多阴沴，尝献《大明赋》以讽，颇蒙先朝嘉纳。臣今日尽节明主，亦由是心。昔张敞之守远郡，梅福之在遐徼，尚竭诚尽忠，不避尤悔。况臣尝学旧史，颇知箴讽，虽在疏远，犹思献替。谨献《丹扆箴》六首，仰尘睿鉴，伏积兢惶[13]。”

其《宵衣箴》曰：“先王听政，昧爽以俟。鸡鸣既盈，日出而视。伯禹大圣，寸阴为贵。光武至仁，反支不忌。无俾姜后，独去簪珥。彤管记言，克念前志。”

其《正服箴》曰：“圣人作服，法象可观。虽在宴游，尚不怀安。汲黯庄色，能不正冠。杨阜毅然，亦讥缥纨。四时所御，各有其官。非此勿服，惟辟所难。”

其《罢献箴》曰：“汉文罢献，诏还骏耳。銮辂徐驱，焉用千里？厥后令王，亦能恭己。翟裘既焚，筒布则毁。道德为丽，慈仁为美。不过天道，斯为至理。”

其《纳诲箴》曰：“惟后纳诲，以求厥中。从善如流，乃能成功。汉骛流湎，举白浮钟。魏睿侈汰，凌霄作宫。忠虽不忤，善亦不从。以规为瑱，是谓塞聪。”

其《辩邪箴》曰：“居上处深，在察微萌。虽有谗慝，不能蔽明。汉之有昭，德过周成。上书知伪，照奸得情。燕、盖既折，王献洽平。百代之后，乃流淑声。”

其《防微箴》曰：“天子之孝，敬遵王度。安必思危，乃无遗虑。乱臣猖蹶，非可遽数。玄黄莫辨，触瑟始仆。柏谷微行，豺豕塞路。睹貌献飧，斯可诚惧。”

帝手诏答曰：“卿文雅大臣，方隅重寄。表率诸部，肃清全吴。化洽行春[14]，风澄坐啸。眷言善政，想叹在怀。卿之宗门，累著声绩，冠内廷者两代，袭侯伯者六朝。果能激爱君之诚，喻诗人之旨，在远而不忘忠告，讽上而常深虑微[15]。博我以端躬，约予以循礼。三复规谏，累夕称嗟。置之座隅，用比韦弦之益[16]。铭诸心腑，何啻药石之功？卿既以投诚，朕每怀开谏。苟有过举，无忘密陈。山川既遐，睹属何已，必当克己，以副乃诚。”

德裕意在切谏，不欲斥言[17]，托箴以尽意。《宵衣》，讽坐朝稀晚也。《正服》，讽服御乖异也。《罢献》，讽征求玩好也。《纳诲》，讽侮弃谠言也。《辨邪》，讽信任群小也。《防微》，讽轻出游幸也。帝虽不能尽用其言，命学士韦处厚殷勤答诏，颇嘉纳其心焉。德裕久留江介，心恋阙廷，因事寄情，望回圣奖。而逢吉当轴，积棘其涂[18]，竟不得内徙。

宝历二年，亳州言出圣水，饮之者愈疾。德裕奏曰：“臣访闻此水，本因妖僧诳惑，狂计丐钱。数月已来，江南之人，奔走塞路，每三二十家，都顾一人取水，拟取之时，疾者断食荤血，既饮之后，又二七日蔬飧，危疾之人，俟之愈病。其水斗价三贯，而取者益之他水，沿路转以市人，老疾饮之，多至危笃。昨点两浙、福建百姓渡江者，日三五十人。臣于蒜山渡已加捉搦[19]。若不绝其根本，终无益黎甿[20]。昔吴时有圣水，宋、齐有圣火，事皆妖妄，古人所非。乞下本道观察使令狐楚，速令填塞，以绝妖源。"从之。

敬宗为两街道士赵归真说以神仙之术，宜访求异人以师其道。僧惟贞、齐贤、正简说以祠祷修福，以致长年。四人皆出入禁中，日进邪说。山人杜景先进状，请于江南求访异人。至浙西，言有隐士周息元寿数百岁，帝即令高品薛季稜往润州迎之，仍诏德裕给公乘遣之。德裕因中使还，献疏曰：

"臣闻道之高者莫若广成、玄元，人之圣者莫若轩黄、孔子。昔轩黄问广成子，理身之要，何以长久？对曰：'无视无听，抱神以静。形将自正，神必自清。无劳子形，无摇子精，乃可长生。慎守其一，以处其和。故我修身千二百岁矣，吾形未尝衰。'又云：'得吾道者，上为皇而下为王。'玄元语孔子曰：'去子之骄气与多欲，态色与淫志，是皆无益于子之身。吾所告子者是已。'故轩黄发谓天之叹，孔子兴犹龙之感。前圣于道，不其至乎？

伏惟文武大圣广孝皇帝陛下，用玄祖之训，修轩黄之术，凝神闲馆，物色异人，将以觌冰雪之姿[21]，屈顺风之请。恭惟圣感，必降真仙。若使广成、玄元混迹而至，语陛下之道，授陛下之言，以臣度思，无出于此。臣所虑赴召者，必迂怪之士，苟合之徒，使物淖冰，以为小术，炫耀邪僻，蔽欺聪明。如文成、五利，一无可验。臣所以三年之内，四奉诏书，未敢以一人塞诏，实有所惧。

臣又闻前代帝王，虽好方士，未有服其药者。故《汉书》称黄金可成，以为饮食器则益寿。又高宗朝刘道合、玄宗朝孙甑生，皆成黄金，二祖竟不敢服，岂以宗庙社稷之重，不可轻易，此事炳然载于国史。以臣微见，倘陛下睿虑精求，必致真隐，唯问保和之术，不求饵药之功，纵使必成黄金，止可充于玩好。则九庙灵鉴，必当慰悦，寰海兆庶，谁不欢心？臣思竭愚衷，以裨玄化[22]，无任兢忧之至。"

息元至京，帝馆之于山亭，问以道术，自言识张果、叶静能，诏写真待诏李士昉问其形状，图之以进。息元山野常人，本无道学，言事诞妄，不近人情。及昭愍愚盗而殂，文宗放还江左。德裕深识守正，皆此类也。

文宗即位，就加检校礼部尚书。大和三年八月，召为兵部侍郎，裴度荐以为相。而吏部侍郎李宗闵有中人之助，是月拜平章事，惧德裕大用。九月，检校礼部尚书，出为郑滑节度使。德裕为逢吉所摈，在浙西八年，虽远阙庭，每上章言事。文宗素知忠荩，采朝论征之。到未旬时，又为宗闵所逐，中怀于悒，无以自申。赖郑覃侍讲禁中，时称其善，虽朋党流言，帝乃心未已。宗闵寻引牛僧孺同知政事，二憾相结，凡德裕之善者，皆斥之于外。四年十月，以德裕检校兵部尚书、成都尹、剑南西川节度副大使、知节度事、管内观察处置、西山八国云南招抚等使。裴度于宗闵有恩，度征淮西时，请宗闵为彰义观察判官，自后名位日进。至是恨度援德裕，罢度相位，出为兴元节度使，牛、李权赫于天下。

西川承蛮寇剽虏之后，郭钊抚理无术，人不聊生。德裕乃复葺关防，缮完兵守。又遗人入南诏，求其所俘工匠，得僧道工巧四千余人，复归成都。五年九月，吐蕃维州守将悉怛谋请以城降。其州南界江阳，岷山连岭而西，不知其极，北望陇山，积雪如玉，东望成都，若在井底。一面孤峰，三面临江，是西蜀控吐蕃之要地。至德后，河、陇陷番，唯此州尚存。吐蕃利其险要，将妇人嫁于此州阍者，二十年后，妇人生二子成长。及番兵攻城，二子内应，其州遂陷。吐蕃得之，号曰'无忧城'。贞元中，韦皋镇蜀，经略西山八国，万计取之不获，至是悉怛谋遣人送款。德裕疑其诈，遣人送锦袍金带与之，托云候取进止，悉怛谋乃尽率郡人归成都。德裕乃发兵镇守，因陈出攻之利害。时牛僧孺沮议，言新与吐蕃结盟，不宜败约，语在《僧孺传》。乃诏德裕却送悉怛谋一部之人还维州，赞普得之，皆加虐刑。德裕六年复修邛峡关，移巂州于台登城以扞蛮。

德裕所历征镇，以政绩闻。其在蜀也，西拒吐蕃，南平蛮、蜑㉓。数年之内，夜犬不惊，疮痍之民㉔，粗以完复。会监军王践言入朝知枢密，尝于上前言悉怛谋缚送以快戎心，绝归降之义，上颇尤僧孺。其年冬，召德裕为兵部尚书，僧孺罢相，出为淮南节度使。七年二月，德裕以本官平章事，进封赞皇伯，食邑七百户。六月，宗闵亦罢，德裕代为中书侍郎、集贤大学士。

其年十二月，文宗暴风恙，不能言者月余。八年正月十六日，始力疾御紫宸见百僚。宰臣退问安否，上叹医无名工者久之，由是王守澄进郑注。初，注构宋申锡事⑤，帝深恶之，欲令京兆尹杖杀之。至是以药稍效，始善遇之。守澄复进李训，善《易》。其年秋，上欲授训谏官，德裕奏曰："李训小人，不可在陛下左右。顷年恶积，天下皆知，无故用之，必骇视听。"上曰："人谁无过，俟其悛改。朕以逢吉所托，不忍负言。"德裕曰："圣人有改过之义。训天性奸邪，无悛改之理。"上顾王涯曰："商量别与一官。"遂授四门助教。制出，给事中郑肃、韩佽封之不下，王涯召肃面喻令下。俄而郑注亦自绛州至，训、注恶德裕排己。九月十日，复召宗闵于兴元，授中书侍郎、平章事，代德裕，出德裕为兴元节度使。德裕中谢日，自陈恋阙，不愿出藩，追敕守兵部尚书。宗闵奏制命已行，不宜自便，寻改检校尚书左仆射、润州刺史、镇海军节度、苏常杭润观察等使，代王璠。

德裕至镇，奉诏安排宫人杜仲阳于道观，与之供给。仲阳者，漳王养母，王得罪，放仲阳于润州故也。九年三月，左丞王璠、户部侍郎李汉进状，论德裕在镇，厚赂仲阳，结托漳王，图为不轨。四月，帝于蓬莱殿召王涯、李固言、路随、王璠、李汉、郑注等，面证其事。璠、汉加诬构结，语甚切至。路随奏曰："德裕实不至此。诚如璠、汉之言，微臣亦合得罪。"群论稍息。寻授德裕太子宾客，分司东都。其月，又贬袁州长史。路随坐证德裕，罢相，出镇浙西。其年七月，宗闵坐救杨虞卿，贬处州。李汉坐党宗闵，贬汾州。十一月，王璠与李训造乱伏诛，而文宗深悟前事，知德裕为朋党所诬。明年三月，授德裕银青光禄大夫，量移滁州刺史。七月，迁太子宾客。十一月，检校户部尚书，复浙西观察使。德裕凡三镇浙西，前后十余年。

开成二年五月，授扬州大都督府长史、淮南节度副大使、知节度使事，代牛僧孺。初僧孺闻德裕代己，乃以军府事交付副使张鹭，即时入朝。时扬州府藏钱帛八十万贯匹，及德裕至镇，奏领得止四十万，半为张鹭支用讫。僧孺上章讼其事，诏德裕重检括，果如僧孺之数。德裕称初到镇疾病，为吏隐欺，请罚，诏释之。补阙王绩魏暮崔党韦有翼、拾遗令狐绹、韦楚老、樊宗仁等，连章论德裕妄奏钱帛以倾僧孺，上竟不问。四年四月，就加检校尚书左仆射。五年正月，武宗即位。七月，召德裕于淮南。九月，授门下侍郎、同平章事。初，德裕父吉甫，年五十一出镇淮南，五十四自淮南复相，今德裕镇淮南，复入相，一如父之年，亦为异事。

会昌元年，兼左仆射。开成末，回纥为黠戛斯所攻，战败，部族离散，乌介可汗奉大和公主南来。会昌二年二月，牙于塞上，遗使求助兵粮，收复本国，权借天德军以安公主。时天德军使田牟，请以沙陀、退浑诸部落兵击之。上意未决，下百僚商议，议者多云如牟之奏。德裕曰："顷者国家艰难之际，回纥继立大功。今国破家亡，窜投无所，自居塞上，未至侵淫。以穷来归，遽行杀伐，非汉宣待呼韩邪之道也。不如聊济资粮，徐观其变。"宰相陈夷行曰："此借寇兵而资盗粮，非计也，不如击之便。"德裕曰："田牟、韦仲平言沙陀、退浑并愿击贼，此缓急不可恃也。夫见利则进，遇敌则散，是杂虏之常态，必不肯为国家扞御边境。天德一城，戍兵寡弱，而欲与劲虏结仇，陷之必矣。不如以理恤之，俟其越轶，用兵为便。"帝以为然，许借米三万石。

俄而回纥宰相嗢没斯杀赤心宰相，以其众来降。赤心部族又投幽州，乌介势孤，而不与之米，其众饥乏，渐近振武保大栅、杷头峰，突入朔州州界。沙陀、退浑皆以其家保山险，云州张献节婴城自固。虏大纵掠，卒无拒者。上忧之，与宰臣计事。德裕曰："杷头峰北便是沙碛，彼中野战，须用骑兵。若以步卒敌之，理难必胜。今乌介所恃者公主，如令勇将出奇夺得公主，虏自败矣。"上然之，即令德裕草制处分代北诸军，固关防，以出奇形势授刘沔。沔令大将石雄急击可汗于杀胡山，败之，迎公主还宫，语在《石雄传》。寻进位司空。

三年二月，赵蕃奏黠戛斯攻安西、北庭都护府，宜出师应援。德裕奏曰：

"据地志，安西去京七千一百里，北庭去京五千二百里。承平时，向西路自河西、陇右出玉门关，迤逦是国家州县，所在皆有重兵。其安西、北庭要兵，便于侧近征发。自艰难已后，河、陇尽陷吐蕃，若通安西、北庭，须取回纥路去。今回纥破灭，又不知的属黠戛斯否？纵令救得，便须却置都护，须以汉兵镇守，每处不下万人，万人从何征发？馈运取何道路？今天德、振武去京至近，兵力常苦不足，无事时贮粮不支得三年，朝廷力犹不及，况保七千里安西哉！臣所以谓纵令得之，实无用也。昔汉宣帝时，魏相请罢车师之田。汉元帝时，贾捐之请弃珠崖郡。国朝贤相狄仁杰亦请弃四镇，立斛瑟罗为可汗，又请弃安东，却立高氏。盖不欲贪外虚内，耗竭生灵。此三臣者，当自有之时，尚欲弃之，以肥中国，况隔越万里，安能救之哉！臣恐蕃戎多计，知国力不及，伪且许之，邀求中国金帛，陛下不可中悔，此则将实费以换虚事，即是灭一回纥而又生之，恐计非便。"

乃止。

德裕又以大和五年吐蕃维州守将以城降，为牛僧孺所沮，终失维州，奏论之曰：

"臣在先朝，出镇西蜀。其时吐蕃维州首领悉怛谋，虽是杂虏，久乐皇风，将彼坚城，降臣本道。臣寻差兵马，入据其城，飞章以闻，先帝惊叹。其时与臣不足者，望风嫉臣，遽献疑言，上冈宸听，以为与吐蕃盟约，不可背之，必恐将此为辞，侵犯郊境。诏臣还却此城，兼执送悉怛谋等，令彼自戮，复降中使，迫促送还。昔白起杀降，终于杜邮致祸。陈汤见徙，是为郅支报仇。感叹前事，愧心终日。今者幸逢英主，忝备台司，辄敢追论，伏希省察。

且维州据高山绝顶，三面临江，在戎虏平川之冲，是汉地入兵之路。初，河、陇尽没，此州独存。吐蕃潜将妇人嫁与此州门子，二十年后，两男长成，窃开垒门，引兵夜入，因兹陷没，号曰'无忧'。因并力于西边，遂无虞于南路，凭凌近甸，宵旰累朝㉕。贞元中，韦皋欲经略河湟，须以此城为始，尽锐万旅，急攻累年。吐蕃爱惜既甚，遂遣舅论莽热来援。雉堞高峻，临冲难及于层霄。鸟逴屈盘，猛士多糜于礌石。莫展公输之巧，空擒莽热而还。

及南蛮负恩，扫地驱劫。臣初到西蜀，众心未安，外扬国威，中缉边备。其维州执臣信令，乃送款与臣，臣告以须俟奏闻，所冀探其情伪。其悉怛谋寻率一城之兵众，并州印甲仗，塞途相继，空壁归臣，臣大出牙兵，受其降礼。南蛮在列，莫敢仰视。况西山八国，隔在此州，比带使名，都成虚语。诸羌久苦蕃中征役，愿作大国王人。自维州降后，皆云但得臣信牒帽子，便相率内属。其蕃界合水、棲鸡等城，既失险厄，自须抽归，可减八处镇兵，坐收千里旧地。臣见莫大之利，乃为恢复之基，继具奏闻，请以酬赏，臣自与锦袍金带，颙俟诏书㉗。且吐蕃维州未降已前一年，犹围鲁州。以此言之，岂守盟约？况臣未尝用兵攻取，彼自感化来降。又沮议之人，不知事实。犬戎迟钝，土旷人稀，每欲乘秋犯边，皆须数岁就食。臣得维州逾月，未有一使入疆，自此之后，方应破胆，岂有虑其后怨，鼓此游词。

臣受降之时，指天为誓，宁忍将三百余人性命，弃信偷安。累表上陈，乞垂矜赦。答诏严切，竟令执还，加以体披桎梏，舁于竹舁。及将就路，冤叫呼天。将吏对臣，无不流涕。其部送者，便遭蕃帅讥诮曰：'既已降彼，何须送来？'乃却将此降人，戮于汉界之上，恣行残害，用固携离。乃至掷其婴孩，承以枪槊。臣闻楚灵诱杀蛮子，《春秋》明讥；周文外送邓叔，简册深鄙。况乎大国，负此异类，绝忠款之路，快凶虐之情，从古以来，未有此事。臣实痛悉悝谋举城受酷，由臣陷此无辜，乞慰忠魂，特加褒赠。"

帝意伤之，寻赐赠官。

其年，德裕兼守司徒。四月，泽潞节度使刘从谏卒，军人以其侄稹擅总留后，三军请降旄钺。帝与宰臣议可否，德裕曰："泽潞国家内地，不同河朔。前后命帅，皆用儒臣。顷者李抱真成立此军，身殁之后，德宗尚不许继袭，令李缄护丧归洛。洎刘悟作镇，长庆中颇亦自专，属敬宗因循，遂许从谏继袭。开成初，于长子屯军，欲兴晋阳之甲，以除君侧，与郑注、李训交结至深，外托效忠，实怀窥伺。自疾病之初，便令刘稹管兵马。若不加讨伐，何以号令四方？若因循授之，则藩镇相效，自兹威令去矣！"帝曰："卿算用兵必克否？"对曰："刘稹所恃者，河朔三镇耳。但得魏镇不与稹同，破之必矣。请遣重臣一人，传达圣旨，言泽潞命帅，不同三镇。自艰难已来，列圣皆许三镇嗣袭，已成故事。今国家欲加兵诛稹，禁军不欲出山东。其山东三州，委镇魏出兵攻取。"上然之，乃令御史中丞李回使三镇谕旨，赐魏镇诏书云："卿勿为子孙之谋，欲存辅车之势。"何弘敬、王元逵承诏，耸然从命。初议出兵，朝官上疏相继，请依从谏例，许之继袭，而宰臣四人，亦有以出师非便者。德裕奏曰："如师出无功，臣请自当罪戾，请不累李绅、让夷等。"及弘敬、元逵出兵，德裕又奏曰："贞元、大和之间，朝廷伐叛，诏诸道会兵，才出界便费度支供饷，迟留逗挠，以困国力，或密与贼商量，取一县一栅以为胜捷，所以师出无功。今请处分元逵、弘敬，只令收州，勿攻县邑。"帝然之。及王宰、石雄进讨，经年未拔泽潞。及弘敬、元逵收邢、洺、磁三州，稹党遂离，以至平殄，皆如其算。

时王师方讨泽潞，三年十二月，太原横水戍兵因移戍榆社，乃倒戈入太原城，逐节度使李石，推其都将杨弁为留后。武宗以贼稹未殄，又起太原之乱，心颇忧之。遣中使马元贯往太原宣谕，觇其所为。元贯受杨弁赂，欲保祐之。四年正月，使还，奏曰："杨弁兵马极多，自牙门列队至柳子，十五余里，明光甲曳地。"德裕奏曰："李石比以城内无兵，抽横水兵一千五百人赴榆社，安能朝夕间便致十五里兵甲耶？"元贯曰："晋人骁敢，尽可为兵，重赏招致耳。"德裕曰："招召须财，昨横水兵乱，止为欠绢一匹。李石无处得，杨弁从何致耶？又太原有一联甲，并在行营，安致十五里明光耶？"元贯词屈。德裕奏曰："杨弁微贼，决不可恕。如国力不及，宁舍刘稹。"即时请降诏，令王逢起榆社军，又令王元逵兵自土门入，会于太原。河东监军吕义忠闻之，即日召榆社本道兵，诛杨弁以闻。

自开成五年冬回纥至天德，至会昌四年八月平泽潞，首尾五年，其筹度机宜，选用将帅，军中书诏，奏请云合，起草指踪，皆独决于德裕，诸相无预焉。以功兼守太尉，进封卫国公，三千户。五年，武宗上徽号后，累表乞骸，不许。德裕病月余，坚请解机务，乃以本官平章事兼江陵尹、荆南节度使。数月追还，复知政事。宣宗即位，罢相，出为东都留守、东畿汝都防御使。

德裕特承武宗恩顾，委以枢衡。决策论兵，举无遗悔，以身扞难，功流社稷。及昭肃弃天下，不逞之伍咸害其功。白敏中、令狐绹，在会昌中德裕不以朋党疑之，置之台阁，顾待甚优。及德裕失势，抵掌戟手[20]，同谋斥逐，而崔铉亦以会昌末罢相怨德裕。大中初，敏中复荐铉在中书，乃相与搆撼构致，令其党人李咸者，讼德裕辅政时阴事。乃罢德裕留守，以太子少保分司东都，时大中元年秋。寻再贬潮州司马。敏中等又令前永宁县尉吴汝纳进状，讼李绅镇扬州时谬断刑狱。明年冬，又贬潮州司户。德裕即贬，大中二年，自洛阳水路经江、淮赴潮州。其年冬，至潮阳，又贬崖州司户。至三年正月，方达珠崖郡。十二月卒，时年六十三。

德裕以器业自负，特达不群。好著书为文，奖善嫉恶，虽位极台辅，而读书不辍。有刘三复者，长于章奏，尤奇待之。自德裕始镇浙西，迄于淮甸，皆参佐宾筵。军政之余，与之吟咏终日。在长安私第，别构起草院。院有精思亭，每朝廷用兵，诏令制置，而独处亭中，凝然握管，左右侍者无能预焉。东都于伊阙南置平泉别墅，清流翠条，树石幽奇。初未仕时，讲学其中。及从官藩服，出将入相，三十年不复重游，而题寄歌诗，皆铭之于石。今有《花木记》、《歌诗篇录》二石存焉。有文集二十卷。记述旧事，则有《次柳氏旧闻》、《御臣要略》、《伐叛志》、《献替录》行于世。

初贬潮州，虽苍黄颠沛之中，犹留心著述，杂序数十篇，号曰《穷愁志》。其《论冥数》曰：

仲尼罕言命，不语神，非谓无也。欲人严三纲之道，奉五常之教，修天爵而致人爵，不欲信富贵于天命，委福禄于冥数。昔卫卜协于沙丘，为谶已久。秦塞属于临洮，名子不悟。朝歌未灭，而国流丹乌。白帝尚在，而汉断素蛇。皆兆发于先，而符应于后，不可以智测也。周、孔与天地合德，与神明合契，将来之数，无所遁情。而狼跋于周，凤衰于楚，岂亲戚之义，不可去也，人伦之教，不可废也。条侯之贵，邓通之富，死于兵革可也，死于女室可也，唯不宜以馁终，此又不可以理得也。命偶时来，盗有名器者，谓祸福出于胸怀，荣枯生于口吻，沛然而安，溘然而笑，曾不知黄雀游于茂树，而挟弹者在其后也。

乙丑岁，予自荆楚，保釐东周，路出方城间，有隐者困于泥涂㉒，不知其所如，谓方城长曰："此官人居守后二年，南行万里。"则知憾予者必因天谴，谮予者乃自鬼谋。虽抱至冤，固不为恨。予尝三遇异人，非卜祝之流，皆遁世者。初掌记北门，管涔隐者谓予曰："君明年当在人君左右，为文翰之职，须值少主。"予闻之，愕然变色，隐者亦悔失言，避席求去。予问曰："何为事少主？"对曰："君与少主已有宿缘。"其年秋登朝，至明年正月，穆宗缵绪，召入禁苑。及为中丞，闽中隐者叩门请见，予下榻与语，曰："时事非久，公不早去，冬必作相，祸将至矣。若亟请居外，则代公者受患。公后十年终当作相，自西而入。"是秋，出镇吴门，时年三十六岁。经八稔，寻又仗钺南燕。秋暮，有邑子于生引邺郡道士至。才升阶，未及命席，谓予曰："公当为西南节制，孟冬望舒前，符节至矣。"三者皆与之协，不差岁月。自宪闱竟十年居相位，由西蜀而入。代予持宪者，俄亦窜逐。唯再谪南荒，未尝有前知之士为予言之。岂祸患不可移者，神道所秘，莫得预闻。

其自序如此。斯论可以警夫躁竞者㉓，故书于事末。

德裕三子。烨，检校祠部员外郎、汴宋亳观察判官。大中二年，坐父贬象州立山尉。二子幼，从父殁于崖州。烨咸通初量移郴州郴县尉，卒于桂阳。子延古。

史臣曰：臣总角时，亟闻耆德言卫公故事。是时天子神武，明于听断，公亦以身犯难，酬特达之遇㉛。言行计从，功成事遂，君臣之分，千载一时。观其禁掖弥纶㉜，岩廊启奏㉝，料敌制胜，襟灵独断㉞，如由基命中，罔有虚发，实奇才也。语文章，则严、马扶轮㉟。论政事，则萧、曹避席。罪其窃位，即太深文。所可议者，不能释憾解仇，以德报怨，泯是非于度外，齐彼我于环中。与夫市井之徒，力战锥刀之末，沦身瘴海㊱，可为伤心。古所谓攫金都下，忽于市人，离娄不见于眉睫。才则才矣，语道则难。

赞曰：公之智决，利若青萍。破虏诛叛，摧枯建瓴。功成北阙，骨葬南溟。呜呼烟阁，谁上丹青？

①恩贷：施恩宽宥。多用于帝王。

②寖骄：指日渐骄横。

③缵历：谓帝王继位。

④百生：生，通"姓"。人民、民众、百姓。

⑤寄名：犹挂名、列名之意。

⑥凋瘵：指衰败、困乏之意。

⑦玄风：指玄谈的风尚。

⑧抃贺：拍手祝贺之意。

⑨羡余：指唐以后地方官员以赋税盈余的名义向朝廷进贡的财物。

⑩榷酒：亦称"榷酤"、"榷沽"。汉以后历代政府所实行的酒专卖制度；也泛指一切管制酒业，取得酒利的措施。

⑪盝子：古代小型妆具。常多重套装，顶盖与盝体相连，呈方形，盖顶四周下斜，多用作藏香器或盛放玺印、珠宝。

⑫诛求：需索；强制征收之意。

⑬兢惶：惊惧恐慌之意。

⑭化洽：教化普沾之意。

⑮讽：用委婉的语言暗示、劝告或讥刺、指责。

⑯韦弦：亦作"韦纮"。语出《韩非子·观行》。比喻外界的启迪和教益。

⑰斥言：谓直言指责过失。

⑱枳棘：枳木与棘木。因其多刺而称恶木。常用以比喻恶人或小人。

⑲捉搦：指捉拿、捕捉。

⑳黎甿：指黎民。多指农民。

㉑觌：显示，显现之意。

㉒玄化：指圣德教化。

㉓蜑（dàn，音旦）：旧时南方少数民族之一。

㉔疮痏：系指民生凋敝困苦的景象。

㉕构：此处作挑拨离间，或诬诌，陷害之意解。

㉖宵旰：此处作宵衣旰食解。即天不亮就穿衣起身，天黑了才吃饭，形容非常勤劳，多用以称颂帝王勤于政事。

㉗颙俟：指恭敬地等候状。

㉘抵掌戟手：抵掌，指击掌；快语。戟手，常用于愤怒或勇武之状。此处作众矢之的解。

㉙泥涂：指泥泞的道路。

㉚躁竞：指急于进取而争竞。

㉛特达：原谓行聘时，唯圭、璋能独行通达，不加余币。后亦谓自达，自荐。

㉜禁掖弥纶：禁掖，谓宫中旁舍，亦泛指宫廷。弥纶，指经纬、治理之意。

㉝岩廊：指高峻的廊庑。

㉞襟灵：指蕴藏在胸中的聪明才智。

㉟扶轮：指扶翼车轮。谓在侧推进。

㊱瘴海：指南方有瘴气之地。

高力士列传

　　高力士，潘州人，本姓冯。少阉，与同类金刚二人，圣历元年岭南讨击使李千里进入宫。则天嘉其黠惠①，总角修整，令给事左右。后因小过，挞而逐之。内官高延福收为假子，延福出自武三思家，力士遂往来三思第。岁余，则天复召入禁中，隶司宫台，廪食之。长六尺五寸，性谨密，能传诏敕，授宫闱丞。景龙中，玄宗在藩，力士倾心奉之，接以恩顾。及唐隆平内难，升储位，奏力士属内坊，日侍左右，擢授朝散大夫、内给事。先天中，预诛萧、岑等功，超拜银青光禄大夫，行内侍同正员。开元初，加右监门卫将军，知内侍省事。

玄宗尊重宫闱，中官稍称旨②，即授三品将军，门施棨戟，故杨思勖、黎敬仁、林招隐、尹凤祥等，贵宠与力士等。杨则持节讨伐，黎、林则奉使宣传，尹则主书院，其余孙六、韩庄、杨八、牛仙童、刘奉廷、王承恩、张道斌、李大宜、朱光辉、郭全、边令诚等，殿头供奉、监军、入蕃、教坊、功德主当，皆为委任之务，监军则权过节度，出使则列郡辟易③。其郡县丰赡，中官一至军，则所冀千万计，修功德，市鸟兽，诣一处，则不啻千贯，皆在力士可否。故帝城中甲第，畿甸上田、果园池沼，中官参半于其间矣。

每四方进奏文表，必先呈力士，然后进御，小事便决之。玄宗当曰："力士当上，我寝则稳。"故常止于宫中，稀出外宅。若附会者，想望风彩，以冀吹嘘，竭肝胆者多矣。宇文融、李林甫、李适之、盖嘉运、韦坚、杨慎矜、王铁、杨国忠、安禄山、安思顺、高仙芝因之而取将相高位，其余职不可胜纪。肃宗在春宫，呼为二兄，诸王公主皆呼"阿翁"，驸马辈呼为"爷"。力士于寝殿侧帘帷中休息，殿侧亦有一院，中有修功德处，雕莹璀璨，穷极精妙。力士谨慎无大过，然自宇文融已下，用权相噬，以紊朝纲，皆力士之由。又与时消息，观其势候，虽至亲爱，临覆败皆不之救。

力士义父高延福夫妻，正授供奉。岭南节度使于潘州求其本母麦氏送长安，令两媪在堂，备于甘脆④。金吾大将军程伯献与力士结为兄弟，麦氏亡，伯献于灵筵散发，具缞绖⑤，受宾吊答。十七年，赠力士父广州大都督，麦氏越国夫人。开元初，瀛州吕玄晤作吏京师，女有姿色，力士娶之为妇，擢玄晤为少卿、刺史，子弟皆为王傅，吕夫人卒，葬城东，葬礼甚盛，中外争致祭赠，充溢衢路，自第至墓，车马不绝。

天宝初，加力士冠军大将军、右监门卫大将军，进封渤海郡公。七载，加骠骑大将军。力士资产殷厚，非王侯能拟，于来庭坊造宝寿佛寺、兴宁坊造华封道士观，宝殿珍台，侔于国力。于京城西北截澧水作碾，并转五轮，日碾麦三百斛。初，宝寿寺钟成，力士斋庆之，举朝毕至。凡击钟者，一击百千，有规其意者，击至二十杵，少尚十杵。

其后又有华州袁思艺，特承恩顾。然力士巧密，人悦之，思艺骄倨，人士疏惧之。十四载，置内侍省，内侍监两员，秩正三品，以力士、思艺对任之。玄宗幸蜀，思艺走投禄山，力士从幸成都，进封齐国公。从上皇还京，加开府仪同三司，赐实封五百户。

上元元年八月，上皇移居西内甘露殿，力士与内官王承恩、魏悦等，因侍上皇登长庆楼，为李辅国所构，配流黔中道。力士至巫州，地多荠而不食⑥，因感伤而咏之曰："两京作斤卖，五溪无人采。夷夏虽不同，气味终不改。"宝应元年三月，会赦归，至朗州，遇流人言京国事，始知上皇厌代⑦。力士北望号恸，呕血而卒。代宗以其耆宿，保护先朝，赠扬州大都督，陪葬泰陵。

①黠惠：亦作黠慧。机敏聪慧之意。

②称旨：指符合上意。

③辟易：退避，避开之意。

④甘脆：指美味，佳肴。

⑤缞绖：丧服，亦指服丧。

⑥荠：指荠菜。

⑦厌代：特指帝王逝世。

安禄山 史思明列传

安禄山，营州柳城杂种胡人也，本无姓氏，名轧荦山。母阿史德氏，亦突厥巫师，以卜为业，突厥呼斗战为轧荦山，遂以名之。少孤，随母在突厥中，将军安波至兄延偃妻其母。开元初，与将军安道买男俱逃出突厥中，道买次男贞节为岚州别驾，收获之。年十余岁，以与其兄及延偃相携而出，感愧之，约与思顺等并为兄弟，冒姓为安。及长，解六蕃语，为互市牙郎。二十年，张守珪为幽州节度，禄山盗羊事觉，守珪剥坐[①]，欲棒杀之，大呼曰："大夫不欲灭两蕃耶？何为打杀禄山！"守珪见其肥白，壮其言而释之。令与乡人史思明同捉生，行必克获，拔为偏将。常嫌其肥，以守珪威风素高，畏惧不敢饱食。以骁勇闻，遂养为子。

二十八年，为平卢兵马使。性巧黠，人多誉之。授营州都督、平卢军使，厚赂往来者，乞为好言，玄宗益信响之。天宝元年，以平卢为节度，以禄山摄中丞为使。入朝奏事，玄宗益宠之。三载，代裴宽为范阳节度，河北采访、平卢军等使如故。采访使张利贞常受其赂，数载之后，黜陟使席建侯又言其公直无私，裴宽受代，及李林甫顺旨，并言其美。数公皆信臣，玄宗意益坚不摇矣。后请为贵妃养儿，入对皆先拜太真，玄宗怪而问之，对曰："臣是蕃人，蕃人先母而后父。"玄宗大悦，遂命杨铦已下并约为兄弟姊妹。

六载，加大夫。常令刘骆谷奏事。与王铦俱为大夫。李林甫为相，朝臣莫敢抗礼，禄山承恩深，入谒不甚磬折[②]。林甫命王铦，铦趋拜谨甚，禄山悚息[③]，腰渐曲。每与语，皆揣知其情而先言之，禄山以为神明，每见林甫，虽盛冬亦汗洽[④]。林甫接以温言，中书厅引坐，以己披袍覆之，禄山欣荷，无所隐，呼为十郎。骆谷奏事，先问："十郎何言？"有好言则喜跃，若但言"大夫须好检校，"则反手据床曰："阿与，我死也！"李龟年尝斆其说[⑤]，玄宗以为笑乐。

晚年益肥壮，腹垂过膝，重三百三十斤，每行以肩膊左右抬挽其身，方能移步。至玄宗前，作胡旋舞，疾如风焉。为置第宇，穷极壮丽，以金银为筹筐笊篱等。上御勤政楼，于御坐东为设一大金鸡障，前置一榻坐之，卷去其帘。十载入朝，又求为河东节度，因拜之。男十一人：长子庆宗，太仆卿；少子庆绪，鸿胪卿。庆宗又尚郡主。

禄山阴有逆谋，于范阳北筑雄武城，外示御寇，内贮兵器，积谷为保守之计，战马万五千匹，牛羊称是。兼三道节度，进奏无不允。引张通儒、李庭坚、平洌、李史鱼、独孤问俗在幕下；高尚掌书记；刘骆谷留居西京为耳目；安守忠、李归仁、蔡希德、牛庭玠、向润客、崔乾祐、尹子奇、何千年、武令珣、能元皓、田承嗣、田乾真，皆拔于行间。每月进奉生口驼马鹰犬不绝，人无聊矣。既肥大不任战，前后十余度欺诱契丹，宴设酒中著莨菪子，预掘一坑，待其昏醉，斩首埋之，皆不觉死，每度数十人。十一载八月，禄山并率河东等军五六万，号十五万，以讨契丹，去平卢千余里，至土护真河，即北黄河也。又倍程三百里，奄至契丹牙帐。属久雨，弓箭皆涨湿，将士困极，奚又夹攻之，杀伤略尽。禄山被射，折其玉簪，以麾下奚小儿二十余人走上山，坠坑中，其男庆绪等扶持之。会夜，解走，投平卢城。

杨国忠屡奏禄山必反。十二载，玄宗使中官辅璆琳觇之，得其贿赂，盛言其忠。国忠又云"召必不至"，洎召之而至。十三载正月，谒于华清宫，因涕泣言："臣蕃人，不识字，陛下擢臣不次，被杨国忠欲得杀臣。"玄宗益亲厚之，遂以为左仆射，却回。其月，又请为闲厩、陇右群牧等都使，奏吉温为武部侍郎、兼中丞，为其副，又请知总监事。既为闲厩、群牧等使，上筋脚马，皆阴选择之，夺得楼烦监牧及夺张文俨马牧。三月一日，归范阳，疾行出关，日行三四百里，至范阳。人言反者，玄宗必大怒，缚送与之。十四载，玄宗又召之，托疾不至。赐其子婚，令就观礼，又辞。

十一月，反于范阳，矫称奉恩命以兵讨逆贼杨国忠。以诸蕃马步十五万，夜半行，平明食，日六十里。以高尚、严庄为谋主，孙孝哲、高邈、何千年为腹心。天下承平日久，人不知战，闻其兵起，朝廷震惊。禁卫皆市井商贩之人，乃开左藏库出锦帛召募。因以高仙芝、封常清等相次为大将以击之。禄山令严肃，得士死力，无不一当百，遇之必败。十二月，度河至陈留郡，河南节度张介然城陷死之，传首河北。陈留郭门禄山男庆绪见诛庆宗榜，泣告禄山，禄山在舆中惊哭曰："吾子何罪而杀之！"狂而怒，官军之降者夹道，命交相斫焉，死者六七千人，遂入陈留郡。太守郭纳初拒战，至是出降，至荥阳，太守崔无波拒战，城陷死之。次于泥水罂子谷，将军荔非守瑜蹲而射之，杀数百人，矢及禄山舆，禄山不敢过，乃取谷南而过。守瑜箭尽，投河而死。东京留守李憕、中丞卢奕、采访使判官蒋清烧绝河阳桥。禄山怒，率军大至。封常清自苑西隤墙使伐树塞路而奔。禄山入东京，杀李憕、卢奕、蒋清，召河南尹达奚珣，使之莅事。初，常清欲杀珣，恐应贼，憕、奕谏止之。常清既败，唯与数骑走至陕郡。高仙芝率兵守陕城，皆弃甲西走潼关，惧贼追蹑，相蹂藉而死者塞路。陕郡太守窦庭芝走投河东。贼使崔乾祐守陕郡。临汝太守韦斌降于贼。

十五年正月，贼窃号燕国，立年圣武，达奚珣已下署为丞相。五月，南阳节度鲁炅率荆、襄、黔中、岭南子弟十万余，与贼将武令珣战于叶县城北滍河，王师尽没。六月，李光弼、郭子仪出土门路，大破贼众于常山郡东嘉山，河北诸郡归降者十余，禄山窘急，图欲却投范阳。会哥舒翰自潼关领马步八万，与贼将崔乾祐战于灵宝西，为贼覆败，翰西奔潼关，为其帐下执送于贼。关门不守，玄宗幸蜀，太子收兵灵武。贼乃遣张通儒为西京留守，田乾真为京兆尹，安守忠屯兵苑中。十一月，遣阿史那承庆攻陷颍川，屠之。

禄山以体肥，长带疮。及造逆后而眼渐昏，至是不见物。又著疽疾。俄及至德二年正月朔受朝，疮甚而中罢。以疾加躁急，动用斧钺，严庄亦被捶挞，庄乃日夜谋之。立庆绪于户外，庄持刀领竖李猪儿同入禄山帐内，猪儿以大刀斫其腹。禄山眼无所见，床头常有一刀，及觉难作，扪床头不得，但撼幄帐大呼曰："是我家贼！"腹肠已数斗流在床上，言讫气绝。因掘床下深数尺为坑，以毡裯包其尸埋之。又无哭泣之仪。庄即宣言于外，言禄山传位于晋王庆绪，尊禄山为太上皇。庆绪纵乐饮酒无度，呼庄为兄，事之大小必咨之。

初，猪儿出契丹部落，十数岁事禄山，甚黠慧。禄山持刃尽去其势，血流数升，欲死，禄山以灰火傅之，尽日而苏，因为阉人，禄山颇宠之，最见信用。禄山肚大，每著衣带，三四人助之，两人抬起肚，猪儿以头戴之，始取裙裤带及系腰带。玄宗宠禄山，赐华清宫汤浴，皆许猪儿等入助解著衣服。然终见刲者，猪儿也。

庆绪，禄山第二子也。母康氏，禄山糟糠之妻。庆绪善骑射，禄山偏爱之。未二十，拜鸿胪卿，兼广阳太守。初名仁执，玄宗赐名庆绪，为禄山都知兵马使。严庄、高尚立为伪主。庆绪素懦弱，言词无序，庄恐众不伏，不令见人。庄为伪御史大夫、冯翊郡王，以专其政。厚其军将官秩，以固其心。

二月，肃宗南幸凤翔郡，始知禄山死，使仆固怀恩使于回纥，结婚请兵讨逆。其月，郭子仪拔河东郡，崔乾祐南遁。八月，回纥三千骑至。九月，广平王领蕃汉之众收西京，走安守忠，贼之死者积如山阜。十月，贼将尹子奇攻陷睢阳郡，杀张巡、姚訚等。王师乘胜全陕郡，贼惧，令严庄倾其骁勇而来拒。广平王遣副元帅郭子仪等与贼战于陕西曲沃，大破之于新店，逐北二十里，斩首十余万，伏尸三十里。严庄奔至东京，告庆绪，庆绪率其余众奔河北，保邺郡。严庄至河内，南来归顺。贼将阿史那承庆等麾下三万余人，悉奔恒、赵、范阳。从庆绪者，唯疲卒一千三百而已。伪中书令张通儒秉政，改相州为成安府，署置百官。旬日之内，贼将各以众至者六万余，兇威复振。伪青、齐节度能元皓独率众归顺。明年，改乾元元年，伪德州刺史王暕、贝州刺史宇文宽等皆归顺，河北诸军各以城守累月，贼使蔡希德、安太清急击，复陷于贼，虏之以归，脔食其肉。其下潜谋归顺者众矣，贼皆易置之，以纵屠戮，人心始离。又不亲政事，缮治亭沼楼船，为长夜之饮。高尚等各不相叶。蔡希德兵最锐，性刚直，张通儒潜而缢杀之，三军冤痛不为用。以崔乾祐为天下兵马使，权领中外兵。乾祐性愎戾，士卒不附。

九月，肃宗遣郭子仪等九节度率步骑二十万攻之，以鱼朝恩为军容使。初，子仪之列阵也，使善射者三千人伏于垒垣内。明日接战，子仪麾其属伪奔，庆绪逐之，伏者齐发，贼党大溃。使薛嵩求救于史思明，言禅让之礼。思明先遣李归仁以步卒一万、马军三千，先往滏阳以应。及至滏阳，子仪之围已固，筑城穿壕各三重，楼橹之盛，古所未有，又引水以灌城下，城中水泉大上，井皆满溢。以安太清代乾祐为都知兵马使。思明南攻魏州，节度使崔光远南走，思明据其城数日，即乾元二年正月一日也。思明伪称燕王，立年号。庆绪自十月被围至二月，城中人相食，米斗钱七万余，鼠一头直数千，马食隤墙麦麸及马粪濯而饲之。思明引众来救。三月六日，子仪等战败，遂解围而南，断河阳桥以守谷水。思明领其众营于邺县南。庆绪使收子仪等营中粮，尚六七万石，复与孙孝哲、乾祐谋闭门自守，议更拒思明。诸将曰："今日安可更背史王乎！"张通儒、高尚、平洌谓庆绪曰："史王远来，臣等皆合迎谢。"对曰："任公暂往见思明。"思明与之涕泗，厚其礼，复命归城。经三日，庆绪不至。思明密召安太清令诱之。庆绪不获已，以三百骑诣思明。思明引入，令三军擐甲执兵待之。及诸弟领至于庭，再拜稽首曰："臣不克负荷，弃失两都，久陷重围，不意大王以太上皇故，将兵远救。"思明曰："弃失两都，用兵不利，亦何事也。尔为人子，杀汝父以求位，庸非大逆乎？吾为太上皇讨贼。"即牵出，并其四弟及高尚、孙孝哲、崔乾祐，皆缢杀之。

禄山父子僭逆三年而灭。初王师之围相州也，意朝夕屠陷，唯卫士桑道茂曰："三月六日，西师必散，此城无忧。"卒如其言。

史思明，本名窣干，营州宁夷州突厥杂种胡人也。姿瘦，少须发，鸢肩伛背⑥，廞目侧鼻⑦，性急躁。与安禄山同乡里，先禄山一日生，思明除日生，禄山岁日生。及长，相善，俱以骁勇闻。初事特进乌知义，每令骑觇贼，必生擒以归，又解六蕃语，与禄山同为互市郎。张守珪幽州节度，奏为折冲。天宝初，频立战功，至将军，知平卢军事，尝入奏，玄宗赐坐，与语，甚奇之。问其年，曰"四十矣"。玄宗抚其背曰："卿贵在后，勉之。"迁大将军、北平太守。十一载，禄山奏授平卢节度都知兵马使。

十四载，安禄山反，命思明讨饶阳等诸郡，陷之。十五载正月六日，思明与蔡希德围颜杲卿于常山，九日拔之。又围饶阳，二十九日不能拔。李光弼出土门，拔常山郡，思明解围而拒光弼。光弼列兵于城南，相持累月。光弼草尽，使精卒以车数乘于旁县取草，辄被击之，其后率十匹唯共得两束草，至剉蒿荐以饲之。初，禄山以贾循为范阳留后，谋归顺，为副留守向润客所杀，以思明代之。又以征战在外，令向润客代其任。四月，朔方节度郭子仪以朔方蕃、汉二万人自土门而至常山，军威遂振，南拔赵郡，思明退保博陵。五月十日，子仪、光弼击之，败思明于沙河上。又攻之，思明以骑卒奔嘉山，光弼击之，思明大败，走入博陵郡。光弼围之，城几拔。

属潼关失守，肃宗理兵于朔方，使中官邢廷恩追朔方、河东兵马。光弼入土门，思明随后徼击之，已而回军并行击刘正臣，正臣易之，初不设备，遂弃军保北平，正臣妻子及军资二千乘尽没。

思明将卒颇精锐，皆平卢战士，南拔常山、赵郡。又攻河间，为尹子奇所围，已四十余日。颜真卿使和琳以一万二千人、马百匹以救之，至河间二十余里，北风劲烈，鼓声不相闻，贼纵击之，擒和琳以至城下。思明既至，合势，贼军益盛。李奂为贼所擒，送东京。又攻景城，擒李昕，昕投河而死。遂使康没野波攻平原，真卿觉之，兵马既尽，渡河而南。攻清河，粮尽城陷，擒太守王怀忠以献禄山。将军庄嗣贤围乌承恩于信都，承恩母、妻先为安禄山所获，思明获其男从则，使谕承恩，承恩遂降，思明与之把臂饮酒。饶阳陷，李系投火死，河北悉陷。尹子奇以五万众渡河至青州，欲便向江、淮。会回纥二千骑奄至范阳，范阳闭门二日，然后向太原，子奇行千里以救之。二年正月，思明以蔡希德合范阳、上党兵马十万，围李光弼于太原。光弼使为地道，至贼阵前。骁贼方戏弄城中人，地道中人出擒之，敌以为神，呼为"地藏菩萨。"思明留十月，会安禄山死，庆绪令归范阳，希德留百余日，皆不能拔而归。自禄山陷两京，常以骆驼运两京御府珍宝于范阳，不知纪极，由是恣其逆谋，思明转骄，不用庆绪之命。安庆绪为王师所败，投邺郡，其下蕃、汉兵三万人，初不知所从，思明击杀三千人，然后降之。

庆绪使阿史那承庆、安守忠征兵于思明，且欲图之。判官耿仁智，忠谋之士，谓思明曰："大夫崇重，人不敢言，仁智请一言而死。"思明曰："试言之。"对曰："大夫久事禄山，禄山兵权若此，谁敢不服。如大夫比者，逼于凶威耳，固亦无罪。今闻孝感皇帝聪明勇智，有少康、周宣之略。大夫发使输诚，必开怀见纳，此转祸为福之上策也。"思明曰："善。"承庆等以五千骑至范阳，思明悉众介胄以逆之，众且数万，去之一里，使谓之曰："相公及王远至，将士将不胜喜跃。此皆边兵怯懦，颇惧相公之来，莫敢进也。请弛弓以安之。"从之。思明遂以承庆、守忠入内应，饮乐之，别令诸将于其所分收其甲仗。其诸郡兵皆给粮，恣归之，欲留者分隶诸营。遂拘承庆，斩守忠、李立节之首。李光弼使衙官敬俛招之，遂令衙官窦子昂奉表，以所管兵众八万人及以伪河东节度高秀岩来降。肃宗大悦，封归义王、范阳长史、御史大夫、河北节度使，朝义已下并为列卿，秀岩云中太守，以其男如岳等七人为大官。使内侍李思敬、将军乌承恩宣慰使，令讨残贼。

明年，改乾元元年。四月，肃宗使乌承恩为副使，候伺其过而杀之。初，承恩父知义为节度，思明常事知义，亦有开奖之恩。以此李光弼冀其无疑，因谋杀之。承恩至范阳，数漏其情，夜取妇人衣衣之，诣诸将家，以翻动之意谕之，诸将以白思明，甚惧，无以为验。有顷，承恩与思敬从上京来，宣恩命毕，将归私第。思明留承恩且于馆中，明当有所议，已令帏其所寝之床，伏二人于其下。承恩有小男，先留范阳，思明令省其父。夜后，私于其子曰："吾受命除此逆，明便授吾节度矣。"床下二人叫呼而出，以告思明。思明令执之，搜其衣囊，得朝廷所与阿史那承庆铁券及光弼与承恩之牒，云："承庆事了，即付铁券，不了，下可付之。"又得簿书数百纸，皆载先所从反军将名。思明语之曰："我何负于汝而至是耶？"承恩称："死罪，此太尉光弼之谋也。"思明集军将官吏百姓，西向大哭曰："臣以十三州之地、十万众之兵降国家，赤心不负陛下，何至杀臣！"因搒杀承恩父子，囚李思敬，遣使表其事。朝廷又令中使慰谕云："国家与光弼无此事，乃承恩所为，杀之善也。"

又有使从京至，执三司议罪人状，思明曰："陈希烈已下，皆重臣，上皇弃之幸蜀，既收复天下，此辈当慰劳之。今尚见杀，况我本从禄山反乎！"诸将皆云："乌承恩之前事，情状可知，光弼尚在，忧不细也。大夫何不取诸将状以诛光弼，以谢河北百姓。主上若不惜光弼，为大夫诛之，大夫乃安。不然，为患未已。"思明曰："公等言是。"乃令耿仁智、张不矜修表，"请诛光弼以谢河北。若不从臣请，臣则自领兵往太原诛光弼"。不矜初以表示思明，及封入函，耿仁智尽削去之。写表者密告思明，思明大怒，执二人于庭曰："汝等何得负我！"命斩之。仁智事思明颇久，意欲活之，却令召入，谓之曰："我任使汝向三十年，今日之事，我不负汝。"仁智大呼曰："人生固有一死，须存忠节。今大夫纳邪说，为反逆之计，纵延旬月，不如早死，请速加斧钺。"思明大怒，乱捶杀之，脑流于地。

十月，郭子仪领九节度围相州，安庆绪偷道求救于思明，思明惧军威之盛，不敢进。十二月，萧华以魏州归顺，诏遣崔光远替之。思明击而拔其城，光远脱身南渡。思明于魏州杀三万人，平地流血数日，即乾元二年正月一日也。思明于魏州北设坛，僭称为大圣燕王，以周贽为行军司马。三月，引众救相州，官军败而引退。思明召庆绪等杀之，并有其众。四月，僭称大号，以周贽为相，以范阳为燕京。九月，寇汴州，节度使许叔冀合于思明，思明益振。又陷洛阳，与太尉光弼相拒。思明恣行兇暴，下无聊矣。

上元二年，潜遣人反说官军曰："洛中将士，皆幽、朔人，咸思归。"鱼朝恩以为然，告光弼及诸节度仆固怀恩、卫伯玉等："可速出兵以讨残贼。"光弼等然之，乃出师两道齐进。次榆林，贼委物伪遁，将士等不复设备，皆入城虏掠。贼伏兵在北邙山下，因大下，士卒咸弃甲奔散。鱼朝恩、卫伯玉退保陕州，光弼、怀恩弃河阳城，退居闻喜。步兵散死者数千人，军资器械尽为贼所有，河阳、怀州尽陷于贼。

思明至陕州，为官军所拒于姜子坂，战不利，退归永宁。筑三角城，约一日内毕，以贮军粮。朝义筑城毕，未泥，思明至，诟之。对曰："缘兵士疲乏，暂歇耳。"又怒曰："汝惜部下兵，违我处分。"令随身数十人立马看泥，斯须而毕。又曰："待收陕州，斩却此贼。"朝义大惧。思明居驿，朝义在店中，思明令腹心曹将军总中军兵严卫，朝义将骆悦并许叔冀男季常等言："主上欲害王，悦与王死无日矣。"因言："废兴之事，古来有之，欲唤取曹将军举大事，可乎？"朝义回面不应。悦曰："若不应，悦等即归李家，王亦不全矣。"朝义然之，令许季常命曹将军至。悦等告之，不敢拒。其夜，思明梦而惊悟，据床惆怅。每好伶人，寝食置左右，以其残忍，皆恨之。及此，问其故，曰："吾向梦见水中沙上群鹿渡水而至，鹿死水干。"言毕如厕。伶人相谓曰："鹿者，禄也；水者，命也。胡禄命俱尽矣。"骆悦入，问思明所在，未及对，杀数人，因指在厕。思明觉变，逾墙出，至马槽，鞴马骑之。悦等至，令僚人周子俊射，中其臂，落马，曰："是何事？"悦等告以怀王。思明曰："我朝来语错，令有此事。然汝杀我太疾，何不待我收长安？终事不成矣。"因急呼怀王者三，曰："莫杀我！"却骂曹将军曰："这胡误我，这胡误我！"悦遂令心腹擒思明赴柳泉驿，曰："事已成矣。"朝义曰："莫惊圣人否？莫损圣人否？"悦曰："无有。"时周贽、许叔冀统后军在福昌，朝义令许季常往告之。贽闻，惊欲仰倒。朝义领兵回，贽等来迎，因杀贽。思明至柳泉驿，缢杀之。朝义便僭伪位。

朝义，思明孽子也。宽厚，人附之。使人往范阳，杀伪太子朝英等。伪留守张通儒觉之，战于城中，数日，死者数千人，始斩之。时洛阳四面数百里，人相食，州县为墟。诸节度使皆禄山旧将，与思明等夷，朝义征召不至。宝应元年十月，遣元帅雍王领河东朔方诸节度、回纥兵马赴陕。仆固怀恩与回纥左杀为先锋，鱼朝恩、郭英父为后殿，自渑池入。李抱玉自河阳入。副元帅李光弼自陈留入。雍王留陕州。二十九日，与朝义战于邙山之下，逆贼败绩，走渡河，斩首万六千，生擒四千六百，降三万二千人，器械不可胜数。朝义走投汴州，汴州伪将张献诚拒之，乃渡河北投幽州。二年正月，贼伪范阳节度李怀仙于莫州生擒之，送款来降，枭首至阙下。又以伪官以城降者恒州刺史、成德军节度张忠志为礼部尚书，余如故。赵州刺史卢淑、定州程元胜、徐州刘如仲、相州节度薛嵩、幽州李怀仙、郑州田承嗣并加封爵，领旧职。

　　思明乾元二年僭号，至朝义宝应元年灭，凡四年。

---

①剥坐：指革职、治罪。

②磬折：同磬折。曲躬如磬，表示谦恭之意。

③悚息：谓因惶惧而屏息。

④汗洽：同汗流夹背。

⑤敩（xiào，音效）：效法、模仿之意。

⑥鸢肩伛背：鸢肩，谓两肩上耸，像鸥栖止的样子。　　伛背，即指驼背。

⑦厥：通嵌，凹陷貌。

黄 巢 列 传

　　黄巢，曹州冤句人，本以贩盐为事。乾符中，仍岁凶荒，人饥为盗，河南尤甚。初，里人王仙芝、尚书长聚盗，起于濮阳，攻剽城邑，陷曹、濮及郓州。先有谣言云："金色蝦蟆争努眼，翻却曹州天下反。"及仙芝盗起，时议畏之。诏左金吾卫上将军齐克让为兖州节度使，以本军讨仙芝。仙芝惧，引众历陈、许、襄、邓，无少长皆虏之，众号三十万。三年七月，陷江陵。十月，又遣将徐唐莒陷洪州。时仙芝表请符节，不允，以神策统军使宋威为荆南节度招讨使，中使杨复光为监军。复光遣判官吴彦宏谕以朝廷释罪，别加官爵，仙芝乃令尚君长、蔡温球、楚彦威相次诣阙请罪，且求恩命。时宋威害复光之功，并擒送阙，敕于狗脊岭斩之。贼怒，悉精锐击官军，威军大败，复光收其余众以统之。朝廷以王铎代为招讨。五年八月，收复荆州，斩仙芝首献于阙下。

　　先是，君长弟让以兄奉使见诛，率部众入嵖岈山。黄巢、黄揆昆仲八人，率盗数千依让，月余，众至数万。陷汝州，虏刺史王镣，又掠关东，官军加讨，屡为所败，其众十余万。尚让乃与群盗推巢为王，号冲天大将军，仍署官属，藩镇不能制。时天下承平日久，人不知兵。僖宗以幼主临朝，号令出于臣下，南衙北司，迭相矛盾，以至九流浊乱，时多朋党，小人谗胜，君子道消，贤豪忌愤，退之草泽，既一朝有变，天下离心。巢之起也，人士从而附之。或巢驰檄四方，章奏论列，皆指目朝政之弊，盖士不遇者之辞也。巢徒党既盛，与仙芝为形援。及仙芝败，东攻亳州不下，乃袭破沂州据之，仙芝余党悉附焉。

　　时王铎虽衔招讨之权，缓于攻取，时高骈镇淮南，表请招讨贼，许之，议加都统。巢乃渡淮，伪降于骈。骈遣将张璘率兵受降于天长镇，巢擒璘杀之，因虏其众。寻南陷湖、湘，遂据交、广托越州观察使崔璆奏乞天平军节度，朝议不允。又乞除官，时宰臣郑畋与枢密使杨复恭奏，欲请授同正员将军，卢携驳其议，请授率府率，如其不受，请以高骈讨之。及巢见诏，大诟执政，又自表乞安南都护、广州节度，亦不允。然巢以士众乌合，欲据南海之地，永为窠穴，坐邀朝命。是岁自春及夏，其众大疫，死者十三四。众劝请北归，以图大利。巢不得已，广明元年，北逾五岭，犯湖、湘、江、浙，进逼广陵，高骈闭门自固，所过镇戍，望风降贼。九月，渡淮。十一月十七日，陷洛阳，留守刘允章率分司官迎之。继攻陕、虢，逼潼关，陷华州，留将乔钤守之。河中节度使李都诈进表于贼。朝廷以田令孜率神策、博野等军十万守潼关。时禁军皆长安富族，世籍两军，丰给厚赐，高车大马，以事权豪，自少迄长，不知战阵。初闻科集，父子聚哭，惮于出征。各于两市出值万计，佣雇负贩屠沽及病坊穷人，以为战士，操刀载戟，不知徽锐。复任宦官为将帅，驱以守关。关之左有谷，可通行人，平时捉税，禁人出入，谓之禁谷。及贼至，官军但守潼关，不防禁谷，以为谷既官禁，贼无得而逾也。尚让，林言率前锋由禁谷而入，夹攻潼关，官军大溃，博野都径还京师，燔掠西市。十二月三日，僖宗夜自开远门出，趋骆谷，诸王官属相次奔命，观军容使田令孜、王若俦收合禁军扈从。四日，贼至昭应，金吾大将军张直方率在京两班迎贼灞上。五日，贼陷京师。

时巢众累年为盗，行伍不胜其富，遇穷民于路，争行施遗。既入春明门，坊市聚观，尚让慰晓市人曰："黄王为生灵，不似李家不恤汝辈，但各安家。"巢贼众竞投物遗人。十三日，贼巢僭位，国号大齐，年称金统，仍御楼宣赦，且陈符命曰："唐帝知朕起义，改元广明，以文字言之，唐已无天分矣。'唐'去'丑''口'而安'黄'，天意令黄在唐下，乃黄家日月也。土德生金，予以金王，宜改年为金统。"贼搜访旧宰相不获，以前浙东观察使崔璆、杨希古、尚让、赵章为四相。孟楷、盖洪为左右军中尉。费传古为枢密使。王璠为京兆尹。许建、朱实、刘塘为军库使。朱温、张言、彭攒、季逵为诸卫大将军、四面游奕使。又选骁勇形体魁梧者五百人，曰功臣。令其甥林言为军使，比之控鹤。

中和元年二月，尚让寇凤翔，郑畋出师御之，大败贼于龙尾坡，畋乃驰檄告喻天下藩镇。四月，泾原行军唐弘夫之师屯渭北，河中王重荣之师屯沙苑，易定王处存之师屯渭桥，鄜延拓拔思恭之师屯武功，凤翔郑畋之师屯盩厔。六月，邠宁朱玫之师屯兴平，忠武之师三千屯武功。是岁诸侯勤王之师，四面俱会。十二月，宰相王铎率荆、襄之师自行在至。郑畋帐下小校窦玫者，骁勇无敌，每夜率敢死之士百人，直入京师，放火燔诸门，斩级而还，贼人悚骇。

时京畿百姓皆砦于山谷[①]，累年废耕耘，贼坐空城，赋输无入，谷食腾踊，米斗三十千。官军皆执山砦百姓，鬻于贼为食，人获数十万。朝士皆往来同、华，或以卖饼为业，因奔于河中。宰相崔沆、豆卢瑑扈从不及，匿之别墅，所由搜索严急，乃微行入永宁里张直方之家。朝贵怙直方之豪，多依之。既而或告贼云："直方谋反，纳亡命。"贼攻其第，直方族诛，沆、瑑数百人皆遇害。自是贼始酷虐，族灭居人。遣使传命召故相驸马都尉于琮于其第。琮曰："吾唐室大臣，不可佐黄家草昧，加之老疾。"贼怒，令诛之。广德公主并贼号咷而谓曰："予即天子女，不宜复存，可与相公俱死。"是日并遇害。

二年，王处存合忠武之师，败贼将尚让，乘胜入京师，贼遁去。处存不为备，是夜复为贼寇袭，官军不利。贼怒坊市百姓迎王师，乃下令洗城，丈夫丁壮，杀戮殆尽，流血成渠。九月，贼将同州刺史朱温降重荣。十一月，李克用率代北之师，自夏阳渡河，屯沙苑。三年正月，败黄揆于沙苑，进营乾坑。二月，贼将林言、赵章、尚让率众十万援华州。克用合河中、易定、忠武之师，战于梁田坡，大败贼军，俘斩数万，乘胜攻华州，堑栅以环之。克用骑军在渭北，令薛志勤、康君立每夜突入京师，燔积聚，俘级而旋。黄揆弃华州，官军收城。四月八日，克用合忠武骑将庞从遇贼于渭南，决战三捷，大败贼军。十日夜，贼巢散走。诘旦，克用由光泰门入，收京师。巢贼出蓝田、七盘路，东走关东。天下兵马都监押杨复光露布献捷于行在，陈破贼事状曰：

顷者妖兴雾市，盗啸丛祠，而岳牧藩侯[②]，备盗不谨。谓大同之运，常可容奸。谓无事之秋，纵其长恶。贼首黄巢，因得充盈窟穴，蔓延崔蒲[③]，驱我蒸黎，徇我兇逆。展钼鹤以成锋刃，杀耕牛以恣燔炮[④]，魑魅昼行，虺蝎夜噬。自南海失守，湖外丧师，养虎灾深，驯枭逆大，物无不害，恶靡不为。豺狼贻朝市之忧，疮痏及腹心之痛。遂至毒流万姓，盗汙两京[⑤]，衣寇衔涂炭之悲，郡邑起丘墟之叹。万方共怒，十道齐攻，仗九庙之威灵，殄积年之兇丑。

河中节度使王重荣神资壮烈，天付机谋，誓立功名，志安家国。至于屯田待敌，率士当冲，收百姓十万余家，降贼党三万余众。法当持重，功遂晚成。久稽原野之刑，未快雷霆之怒。自收同、华，逼近京师，夕烽高照于国门，游骑俯临于灞岸。既知四隅断绝，百计奔冲，如穷鸟触笼，似飞蛾赴烛。

雁门节度使李克用神传将略，天付忠贞，机谋与武艺皆优，臣节共本心相称。杀贼无非手刃，入阵率以身先，可谓雄才，得名飞将。自统本军南下，与臣同力前驱，虽在寝餐，不忘寇孽。

今月八日，遣衙队前锋杨守宗、河中骑将白志迁、横野军使满存、蹋云都将丁行存、朝邑镇将康师贞、忠武黄头军使庞从等三十都，随李克用自光泰门先入京师，力摧兇寇。又遣河中将刘让、王环、冀君武、孙珙，忠武将乔从遇，郑滑将韩从威，荆南将申屠悰，沧州将贾滔，易定将张仲庆，寿州将张行方，天德将顾彦朗，左神策弩手甄君楚、公孙佐，横冲军使杨守亮，蹋云都将高周彝，忠顺都将胡真，绛州监军毛宣伯、聂弘裕等七十都继进。贼尚为坚阵，来抗官军。雁门李克用率励骁雄，整齐金革，叫噪而声将动瓦，喑呜而气欲吞沙，宽列戈矛，密张罗网。于是麾军背击，分骑横冲，日明而剑跃飞输，风急而旗开走电。使贼如浪，便可塞流，使贼如山，亦须折角。踩践则横尸入地，腾凌则积血成尘，不烦即墨之牛，若驾昆阳之象。杨守宗等齐驱直入，合势夹攻，从卯至申，群兇大溃。自望春宫前戮杀，至昇阳殿下攻围，戈不滥挥，矢无虚发。其贼一时奔走，南入商山，徒延漏刃之生，佇作饮头之器⑥。

自收平京阙，二面皆立大功，若破敌摧兇，李克用实居其首。其余将佐，同效驱驰。兼臣所部领万余人，数岁栉风沐雨。既兹平荡，并录以闻。

五月，巢贼先锋将孟楷攻蔡州，节度使秦宗权以兵逆战，为贼所败。攻城急，宗权乃称臣于贼。遂攻陈、许，营于溵水。陈州刺史赵犨迎战，败贼前锋，生擒孟楷，斩之。黄巢素宠楷，悲惜之。乃悉众攻陈州，营于城北五里，为宫阙之制，曰八仙营。于是自唐、邓、许、汝、孟、洛、郑、汴、曹、濮、徐、兖数十州，毕罗其毒。贼围陈君三百日，关东仍岁无耕稼，人饿倚墙壁间，贼俘人而食，日杀数千，贼有春磨砦，为巨碓数百，生纳人于臼碎之，合骨而食，其流毒若是。

赵犨求援于太原。四年二月，李克用率山西诸军，由蒲、陕济河，会关东诸侯，赴援陈州。三月，诸侯之师复集。四月，官军败贼于太康，俘斩万计，拔其四壁。又败贼将黄邺于西华，拔其壁。巢贼大恐，收军营于故阳里，官军进攻之。五月，大雨震雷，平地水深三尺，坏贼垒，贼自离散，复聚于尉氏，逼中牟。翌日，营汴水北。是日，复大雨震电，沟塍涨流。贼分寇汴州，李克用自郑州引军袭击，大败之，获贼将李用、杨景。残众保胙县、冤句，官军追讨，贼无所保。其将李谠、杨能、霍存、葛从周、张归厚、张归霸各率部下降于大梁，尚让率部下万人归时浦。贼自相猜间，相杀于营中，所残者千人，中夜遁去，克用追击至济阴而还。贼散于兖、郓界。黄巢入泰山，徐帅时浦遣将张友与尚让之众掩捕之。至狼虎谷，巢将林言斩巢及二弟邺、揆等七人首，并妻子皆送徐州。是月贼平。

---

① 砦：指安营扎寨。

② 岳牧：亦称"嶽牧"。传说为尧、舜时四岳十二牧的省称。后用"岳牧"泛指封疆大吏"。

③ 萑蒲：两种芦类植物。因盗贼常聚集于萑蒲所生之地，故亦用以指盗贼出没之处。亦有泛指盗贼、草寇之类。

④燔炮：原指烧烤。泛指焚烧，此处即指此义。

⑤汙：此处作玷污，侮辱意解。

⑥饮头之器：即指"饮器"，饮酒的器皿。

新唐书

（选录）

〔宋〕欧阳修　宋祁　撰

太宗本纪

太宗文武大圣大广孝皇帝，讳世民，高祖次子也。母曰太穆皇后窦氏。生而不惊①。方四岁，有书生谒高祖曰②："公在相法，贵人也，然必有贵子。"及见太宗曰："龙凤之姿，天日之表，其年几冠，必能济世安民。"书生已辞去，高祖惧其语泄，使人追杀之，而不知其所往，因以为神，乃采其语，名之曰世民。

大业中，突厥围炀帝雁门，炀帝从围中以木系诏书，投汾水而下，募兵赴援。太宗时年十六，往应募。隶将军云定兴，谓定兴曰："虏敢围吾天子者，以为无援故也。今宜先后吾军为数十里，使其昼见旌旗，夜闻钲鼓，以为大至，则可不击而走之。不然，知我虚实，则胜败未可知也。"定兴从之。军至崞县，突厥候骑见其军来不绝，果驰告始毕可汗曰："救兵大至矣！"遂引去。高祖击历山飞，陷其围中，太宗驰轻骑取之而出，遂奋击，大破之。

太宗为人聪明英武，有大志，而能屈节下士。时天下已乱，盗贼起，知隋必亡，乃推财养士，结纳豪杰。长孙顺德、刘弘基等，皆因事亡命匿之。又与晋阳令刘文静尤善，文静坐李密事系狱，太宗夜就狱中见之，与图大事。时百姓避贼多入城，城中几万人。文静为令久，知其豪杰，因共部署。计已定，乃因裴寂告高祖。高祖初不许，已而许之。

高祖已起兵，建大将军府。太宗率兵徇西河③，斩其郡丞高德儒。拜右领军大都督，封燉煌郡公。唐兵西，将至霍邑，会天久雨，粮且尽，高祖谋欲还兵太原。太宗谏曰："义师为天下起也，宜直入咸阳，号令天下。今还守一城，是为贼尔。"高祖不纳。太宗哭于军门，高祖惊，召问之。对曰："还则众散于前，而敌乘于后，死亡须臾，所以悲尔。"高祖寤，曰："起事者汝也，成败惟汝。"时左军已先返，即与陇西公建成分追之。夜半，太宗失道入山谷，弃其马，步而及其兵，与俱还。高祖乃将而前，迟明至霍邑。宋老生不出，太宗从数骑傅其城④，举鞭指麾，若将围之者。老生怒，出，背城阵。高祖率建成居其东，太宗及柴绍居其南。老生兵薄东阵⑤，建成坠马，老生乘之，高祖军却。太宗自南原驰下坂，分兵断其军为二，而出其阵后，老生兵败走，遂斩之。进次泾阳，击胡贼刘鹞子，破之。唐兵攻长安，太宗屯金城坊，攻其西北，遂克之。义宁元年，为光禄大夫、唐国内史，徙封秦国公，食邑万户。薛举攻扶风，太宗击败之，斩首万余级，遂略地至陇右。二年，为右元帅，徙封赵国公，率兵十万攻东都，不克而还。设三伏于三王陵，败隋将段达兵万人。

武德元年，为尚书令、右翊卫大将军，进封秦王，薛举寇泾州，太宗为西讨元帅，进位雍州牧。七月，太宗有疾，诸将为举所败。八月，太宗疾间⑥，复屯于高墌城。相持六十余日，已而举死，其子仁杲率其众求战，太宗按军不动。久之，仁杲粮尽，众稍离叛。太宗曰："可矣！"乃遣行军总管梁实栅浅水原。仁杲将宗罗睺击实，太宗遣将军庞玉救实，玉军几败，太宗率兵出其后，罗睺败走，太宗追之，至其城下，仁杲乃出降。师还，高祖遣李密驰传劳之于豳州。密见太宗，不敢仰视。退而叹曰："真英主也！"献捷太庙，拜右武候大将军、太尉、使持节、陕东道大行台尚书令，诏蒲、陕、河北诸总管兵皆受其节度。

二年正月，镇长春宫，进拜左武候大将军、凉州总管。是时，刘武周据并州，宋金刚陷浍州，王行本据蒲州，而夏县人吕崇茂杀县令以应武周，高祖惧，诏诸将弃河东以守关中。太宗以为不可弃，愿得兵三万可以破贼。高祖于是悉发关中兵益之。十一月，出龙门关，屯于柏壁。

三年四月，击败宋金刚于柏壁。金刚走介州，太宗追之，一日夜驰二百里，宿于雀鼠谷之西原。军士皆饥，太宗不食者二日，行至浩州乃得食，而金刚将尉迟敬德、寻相等皆来降。刘武周惧，奔于突厥，其将杨伏念举并州降。高祖遣萧瑀即军中拜太宗益州道行台尚书令。七月，讨王世充，败之于北邙。

四年二月，窦建德率兵十万以援世充，太宗败建德于虎牢，执之，世充乃降。六月凯旋，太宗被金甲，陈铁骑一万、介士三万、前后鼓吹，献俘于太庙⑦。高祖以谓太宗功高，古官号不足以称，乃加号天策上将，领司徒、陕东道大行台尚书令，位在王公上，增邑户至三万，赐衮冕、金辂、双璧、黄金六千斤，前后鼓吹九部之乐，班剑四十人。

五年正月，讨刘黑闼于洺州，败之。黑闼既降，已而复反。高祖怒，命太子建成取山东男子十五以上悉坑之，驱其小弱妇女以实关中。太宗切谏，以为不可，遂已。加拜左右十二卫大将军。

七年，突厥寇边。太宗与遇于豳州，从百骑与其可汗语，乃盟而去。

八年，进位中书令。初，高祖起太原，非其本意，而事出太宗。及取天下，破宋金刚、王世充、窦建德等，太宗功益高，而高祖屡许以为太子。太子建成惧废，与齐王元吉谋害太宗，未发。

九年六月，太宗以兵入玄武门，杀太子建成及齐王元吉。高祖大惊，乃以太宗为皇太子。

八月甲子，即皇帝位于东宫显德殿。遣裴寂告于南郊。大赦，武德流人还之。赐文武官勋、爵。免关内及蒲、芮、虞、泰、陕、鼎六州二岁租。给复天下一年⑧，民八十以上赐粟帛，百岁加版授⑨，废潼关以东濒河诸关。癸酉，放宫女三千余人。丙子，立妃长孙氏为皇后。癸未，突厥寇便桥。乙酉，及突厥颉利盟于便桥。

九月壬子，禁私家妖神淫祀、占卜非龟易五兆者。

十月丙辰朔，日有食之。癸亥，立中山郡王承乾为皇太子。庚辰，萧瑀、陈叔达罢。

十一月庚寅，降宗室郡王非有功者爵为县公。

十二月癸酉，虑囚⑩。

是岁，进封子长沙郡王恪为汉王，宜阳郡王祐楚王。

贞观元年正月乙酉改元。辛丑，燕郡王李艺反于泾州，伏诛。

二月丁巳，诏民男二十、女十五以上无夫家者，州县以礼聘娶。贫不能自行者，乡里富人及亲戚资送之。鳏夫六十、寡妇五十、妇人有子若守节者勿强。

三月癸巳，皇后亲蚕。丙午，诏：“齐仆射崔季舒、黄门侍郎郭遵、尚书右丞封孝琰以极言蒙难，季舒子刚、遵子云、孝琰子君遵并及淫刑，宜免内侍，褒叙以官。”

闰月癸丑朔，日有食之。

四月癸巳，凉州都督、长乐郡王幼良有罪，伏诛。

五月癸丑，敕中书令、侍中朝堂受讼辞，有陈事者悉上封。

六月辛丑，封德彝薨⑪。甲辰，太子少师萧瑀为尚书左仆射。是夏，山东旱，免今岁租。

七月壬子，吏部尚书长孙无忌为尚书右仆射。

八月，河南、陇右边州霜。宇文士及检校凉州都督。戊戌，贬高士廉为安州大都督。

九月庚戌朔，日有食之。辛酉，遣使诸州行损田，赈问下户。御史大夫杜淹检校吏部尚书，参议朝政，宇文士及罢。辛未，幽州都督王君廓奔于突厥。

十月丁酉，以岁饥减膳。

十一月己未，许子弟年十九以下随父兄之官所。

十二月壬午，萧瑀罢。戊申，利州都督李孝常、右武卫将军刘德裕谋反，伏诛。

二年正月辛亥，长孙无忌罢，兵部尚书杜如晦检校侍中，总监东宫兵马事。癸丑，吐谷浑寇岷州，都督李道彦败之。丁巳，徙封恪为蜀王，泰越王，祐燕王。庚午，刑部尚书李靖检校中书令。

二月戊戌，外官上考者给禄。

三月戊申朔，日有食之。壬子，命中书门下五品以上及尚书议决死罪。壬戌，李靖为关内道行军大总管，以备薛延陀。己巳，遣使巡关内，出金宝赎饥民鬻子者还之⑫。庚午，以旱蝗责躬，大赦。癸酉，雨。

四月己卯，瘗隋人暴骸⑬。壬寅，朔方人梁洛仁杀梁师都以降。

六月甲申，诏出使官禀食其家。庚寅，以子治生，赐是日生子者粟。辛卯，辰州刺史裴虔通以弑隋炀帝削爵，流驩州。

七月戊申，莱州刺史牛方裕、绛州刺史薛世良、广州长史唐奉义、虎牙郎将高元礼，以宇文化及之党，皆除名，徙于边。

八月甲戌，省冤狱于朝堂，辛丑，立二王后庙，置国官。

九月壬子，以有年⑭，赐酺三日⑮。

十月庚辰，杜淹薨。戊子，杀瀛州刺史卢祖尚。

十一月辛酉，有事于南郊。

十二月壬辰，黄门侍郎王珪守侍中，癸巳，禁五品以上过市。

三年正月丙午，以旱避正殿。癸丑，官得上下考者，给禄一年。戊午，享于太庙。癸亥，耕藉田。辛未，裴寂罢。

二月戊寅，房玄龄为尚书左仆射，杜如晦为右仆射，尚书右丞魏徵为秘书监，参预朝政。

三月己酉，虑囚。

四月乙亥，太上皇徙居于大安宫。甲午，始御太极殿。戊戌赐孝义之家粟五斛，八十以上二斛，九十以上三斛，百岁加绢二匹，妇人正月以来产子者粟一斛⑯。

五月乙丑，周王元方薨。

六月戊寅，以旱虑囚。己卯，大风拔木。壬午，诏文武官言事。

八月己巳朔，日有食之。丁亥，李靖为定襄道行军大总管，以伐突厥。

九月丁巳，华州刺史柴绍为胜州道行军总管，以伐突厥。

十一月庚申，并州都督李世勣为通漠道行军总管。华州刺史柴绍为金河道行军总管。任城郡王道宗为大同道行军总管。幽州都督卫孝节为恒安道行军总管。营州都督薛万淑为畅武道行军总管。以伐突厥。

十二月癸未，杜如晦罢。

闰月癸丑，为死兵者立浮屠祠。辛酉，虑囚。

是岁，中国人归自塞外及开四夷为州县者，百二十余万人。

四年正月丁卯朔，日有食之。癸巳，武德殿北院火。

二月己亥，幸温汤。甲辰，李靖及突厥战于阴山败之。丙午至自温汤。甲寅大赦，赐酺五日。御史大夫温彦博为中书令，王珪为侍中，民部尚书戴胄检校吏部尚书，参豫朝政。太常卿萧瑀为御史大夫，与宰臣参议朝政。丁巳，以旱诏公卿言事。

三月甲午，李靖俘突厥颉利可汗以献。

四月戊戌，西北君长请上号为"天可汗"。

六月乙卯，发卒治洛阳宫。

七月甲子朔，日有食之。癸酉，萧瑀罢。甲戌，太上皇不豫⑰，废朝。辛卯，疾愈，赐都督刺史文武官及民年八十以上、孝子表门闾者有差⑱。

八月甲寅，李靖为尚书右仆射。

九月庚午，瘗长城南隋人暴骨。己卯，如陇州。壬午，禁刍牧于古明君、贤臣、烈士之墓者⑲。

十月壬辰，赦岐、陇二州。免今岁租赋，降咸阳、始平、武功死罪以下。辛丑，猎于贵泉谷。甲辰，猎于鱼龙川，献获于大安宫。乙卯，免武功今岁租赋。

十一月壬戌，右卫大将军候君集为兵部尚书，参议朝政。甲子至自陇州。戊寅，除鞭背刑⑳。

十二月甲辰，猎于鹿苑。乙巳至自鹿苑。

是岁，天下断死罪者二十九人。

五年正月癸酉，猎于昆明池。丙子至自昆明池，献获于大安宫。

二月己酉，封弟元裕为邻王，元名谯王，灵夔魏王，元祥许王，元晓密王。庚戌，封子愔为梁王，贞汉王，恽郯王，治晋王，慎申王，嚣江王，简代王。

四月壬辰，代王简薨。

五月乙丑，以金帛购隋人没于突厥者，以还其家。

八月甲辰，遣使高丽，祭隋人战亡者。戊申杀大理丞张蕴古。

十一月丙子，有事于南郊。

十二月丁亥，诏："决死刑，京师五覆奏㉑，诸州三覆奏，其日尚食毋进酒肉"。壬寅幸温汤，癸卯猎于骊山，赐新丰高年帛㉒。戊申至自温汤。癸丑赦关内。

六年正月乙卯朔，日有食之。癸酉，静州山獠反，右武卫将军李子和败之。

三月，候君集罢。戊辰，如九成宫。丁丑，降雍、岐、幽三州死罪以下，赐民八十以上粟帛。

五月，魏徵检校侍中。

六月己亥，邓王元亨薨。辛亥，江王嚣薨。

七月己巳，诏天下行乡饮酒。

九月己酉，幸庆善宫。

十月，候君集起复。乙卯，至自庆善宫。

十二月辛未，虑囚，纵死罪者归其家。

是岁，诸羌内属者三十万人。

七年正月戊子，斥宇文化及党人之子孙勿齿㉒。辛丑赐京城酺三日。

二月丁卯，雨土。

三月戊子，王珪罢。庚寅，魏徵为侍中。

五月癸未，如九成宫。

六月辛亥，戴胄薨。

八月辛未，东西洞獠寇边。右屯卫大将军张士贵为龚州道行军总管，以讨之。

九月，纵囚来归，皆赦之㉓。

十月庚申，至自九成宫。乙丑，京师地震。

十一月壬辰，开府仪同三司长孙无忌为司空。

十二月甲寅，幸芙蓉园。丙辰猎于少陵原。戊午至自少陵原。

八年正月辛丑，张士贵及獠战，败之。壬寅，遣使循省天下。

二月乙巳，皇太子加元服[22]。丙午降死罪以下，赐五品以上子为父后者爵一级，民酺三日。

三月庚辰，如九成宫。

五月辛未朔，日有食之。

是夏，吐谷浑寇凉州。左骁卫大将军段志玄为西海道行军总管，左骁卫将军樊兴为赤水道行军总管，以伐之。

七月，陇右山崩。

八月甲子，有星孛于虚、危。

十月，作永安宫。甲子至自九成宫。

十一月辛未，李靖罢。己丑，吐谷浑寇凉州，执行人鸿胪丞赵德楷。

十二月辛丑，特进李靖为西海道行军大总管，侯君集为积石道行军总管，任城郡王道宗为鄯善道行军总管，胶东郡公道彦为赤水道行军总管，凉州都督李大亮为且末道行军总管，利州刺史高甑生为盐泽道行军总管，以伐吐谷浑。丁卯，从太上皇阅武于城西。

九年正月，党项羌叛。

二月，长孙无忌罢。

三月庚辰，洮州羌杀刺史孔长秀，附于吐谷浑。壬午大赦。乙酉高甑生及羌人战，败之。

闰四月丙寅朔，日有食之。

五月，长孙无忌起复。庚子，太上皇崩，皇太子听政。壬子，李靖及吐谷浑战，败之。

七月庚子，盐泽道行军副总管刘德敏及羌人战，败之。

十月庚寅，葬太武皇帝于献陵。

十一月壬戌，特进萧瑀参豫朝政。

十年正月甲午，复听政。癸丑，徙封元景为荆王，元昌汉王，元礼徐王，元嘉韩王，元则彭王，元懿郑王，元轨霍王，元凤虢王，元庆道王，灵夔燕王，恪吴王，泰魏王，祐齐王，愔蜀王，恽蒋王，贞越王，慎纪王。

三月癸丑，出诸王为都督。

六月壬申，温彦博为尚书右仆射，太常卿杨师道为侍中，魏徵罢为特进，知门下省事，参议朝章国典。己卯皇后崩。

十一月庚寅，葬文德皇后于昭陵。

十二月萧瑀罢。庚辰，虑囚。

十一年正月丁亥，徙封元裕为邓王，元名舒王。庚子，作飞山宫。乙卯，免雍州今岁租赋。

二月丁巳，营九嵕山为陵，赐功臣、密戚陪茔地及秘器。甲子如洛阳宫。乙丑，给民百岁以上侍五人。壬午猎于鹿台岭。

三月丙戌朔，日有食之。癸卯，降洛州囚见徒，免一岁租、调。辛亥，猎于广成泽。癸丑，如洛阳宫。

六月甲寅，温彦博薨。丁巳幸明德宫。己未，以诸王为世封刺史。戊辰，以功臣为世封刺史。己巳，徙封元祥为江王。

七月癸未，大雨，水、谷、洛溢。乙未诏百官言事。壬寅，废明德宫之玄圃院，赐遭水家。丙午，给亳州老子庙，兖州孔子庙户各二十以奉享，复凉武昭王近墓户二十以守卫。

九月丁亥，河溢，坏陕州河北县，毁河阳中潬，幸白司马坂观之，赐濒河遭水家粟帛。

十月癸丑，赐先朝谋臣武将及亲戚亡者茔陪献陵。

十一月辛卯，如怀州。乙未猎于济源麦山。丙午如洛阳宫。

十二年正月乙未，丛州地震。癸卯，松州地震。

二月癸亥，如河北县，观底柱。甲子，巫州獠反，夔州都督齐善行败之。乙丑，如陕州。丁卯观盐池，庚午如蒲州。甲戌如长春宫。免朝邑今岁租赋，降囚罪。乙亥猎于河滨。

闰月庚辰朔，日有食之。丙戌至自长春宫。

七月癸酉，吏部尚书高士廉为尚书右仆射。

八月壬寅，吐蕃寇松州，侯君集为当弥道行军大总管，率三总管兵以伐之。

九月辛亥，阔水道行军总管牛进达及吐蕃战于松州，败之。

十月己卯，猎于始平，赐高年粟帛。乙未至自始平。钧州山獠反，桂州都督张宝德败之。

十一月己巳，明州山獠反，交州都督李道彦败之。

十二月辛巳，壁州山獠反，右武候将军上官怀仁讨之。

是岁，滁、豪二州野蚕成茧。

十三年正月乙巳，拜献陵，赦三原及行从，免县人今岁租赋，赐宿卫陵邑郎将、三原令爵一级。丁未，至自献陵。

二月庚子，停世封刺史。

三月乙丑，有星孛于毕、昴。

四月戊寅，如九成宫。甲申，中郎将阿史那结社率反，伏诛。壬寅，云阳石然。

五月甲寅，以旱避正殿，诏五品以上言事，减膳、罢役、理囚、赈乏，乃雨。

六月丙申，封弟元婴为滕王。

八月辛未朔，日有食之。

十月甲申，至自九成宫。

十一月辛亥，杨师道为中书令。戊辰，尚书左丞刘洎为黄门侍郎，参知政事。

十二月壬申，侯君集为交河道行军大总管，以伐高昌。乙亥封子福为赵王，壬辰猎于咸阳，癸巳至自咸阳。

是岁，滁州野蚕成茧。

十四年正月庚子，有司读时令。甲寅，幸魏王泰第，赦雍州长安县，免延康里今岁租赋。

二月丁丑，观释奠于国学，赦大理、万年县，赐学官高第生帛。壬午幸温汤。辛卯至自温汤。乙未，求梁皇偘褚仲都、周熊安生沈重、陈沈文阿周弘正张讥、隋何妥刘焯刘炫之后。

三月，罗、窦二州獠反，广州总管党仁弘败之。

五月壬寅，徙封灵夔为鲁王。

六月，滁州野蚕成茧。乙酉，大风拔木。

八月庚午，作襄城宫。癸酉侯君集克高昌。

九月癸卯，赦高昌部及士卒父子犯死、期犯流、大功犯徒、小功缌麻犯杖㉕，皆原之㉖。

闰十月乙未，如同州。甲辰猎于尧山，庚戌至自同州。

十一月甲子，有事于南郊。

十二月丁酉，侯君集俘高昌王以献，赐酺三日。癸卯猎于樊川，乙巳至自樊川。

十五年正月辛巳，如洛阳宫，次温汤。卫士崔卿、刁文懿谋反，伏诛。

三月戊辰，如襄城宫。

四月辛卯，诏以来岁二月有事于泰山。乙未，免洛州今岁租，迁户故给复者加给一年。赐民八十以上物，茕独鳏寡疾病不能自存者米二斛⑦，虑囚。

六月己酉，有星孛于太微。丙辰停封泰山，避正殿，减膳。

七月丙寅，宥周、隋名臣及忠烈子孙贞观以后流配者。

十月辛卯，猎于伊阙。壬辰如洛阳宫。

十一月癸酉，薛延陀寇边，兵部尚书李世勣为朔州道行军总管，右卫大将军李大亮为灵州道行军总管，凉州都督李袭誉为凉州道行军总管，以伐之。

十二月戊子，至自洛阳宫。庚子，命三品以上嫡子事东宫。辛丑，虑囚。甲辰，李世勣及薛延陀战于诺真水，败之。乙巳，赠战亡将士官三转㉘。

十六年正月乙丑，遣使安抚西州。戊辰，募戍西州者，前犯流死亡匿，听自首以应募。辛未，徙天下死罪囚实西州。中书舍人岑文本为中书侍郎，专典机密。

六月戊戌，太白昼见。

七月戊午，长孙无忌为司徒，房玄龄为司空。

十一月丙辰，猎于武功。壬戌，猎于岐山之阳。甲子，赐所过六县高年孤疾毡衾粟帛，遂幸庆善宫。庚午至自庆善宫。

十二月癸卯，幸温汤。甲辰猎于骊山，乙巳至自温汤。

十七年正月戊辰，魏徵薨。代州都督刘兰谋反，伏诛。

二月己亥，虑囚。戊申，图功臣于凌烟阁。

三月壬子，禁送终违令式者。丙辰齐王祐反，李世勣讨之。甲子，以旱遣使覆囚决狱。乙丑齐王祐伏诛，给复齐州一年。

四月乙酉，废皇太子为庶人，汉王元昌、侯君集等伏诛。丙戌，立晋王治为皇太子，大赦。赐文武官及五品以上子为父后者爵一级，民八十以上粟帛，酺三日。丁亥，杨师道罢。己丑，特进萧瑀为太子太保，李世勣为太子詹事，同中书门下三品。庚寅，谢承乾之过于太庙。癸巳，降封魏王泰为东莱郡王。

六月己卯朔，日有食之。壬辰，葬隋恭帝。甲午以旱避正殿，减膳，诏京官五品以上言事。丁酉，高士廉同中书门下三品，平章政事。

闰月丁巳，诏皇太子典左右屯营兵。丙子，徙封泰为顺阳郡王。

七月丁酉，房玄龄罢。

八月庚戌，工部尚书张亮为刑部尚书，参豫朝政。

十月丁未，建诸州邸于京城。丁巳，房玄龄起复。

十一月己卯，有事于南郊。壬午赐酺三日，以凉州获瑞石，赦凉州。

十二月庚申，幸温汤。庚午，至自温汤。

十八年正月乙未，如钟官城。庚子如鄠，壬寅幸温汤。

二月己酉，如零口。乙卯，至自零口。丁巳，给复突厥、高昌部人隶诸州者二年。

四月辛亥，如九成宫。

七月甲午，营州都督张俭率幽、营兵及契丹、奚以伐高丽。

八月壬子，安西都护郭孝恪为西州道行军总管，以伐焉耆。甲子至自九成宫，丁卯刘洎为侍中，岑文本为中书令，中书侍郎马周守中书令。

九月，黄门侍郎褚遂良参豫朝政。辛卯，郭孝恪及焉耆战，败之。

十月辛丑朔，日有食之。癸卯，宴雍州父老于上林苑，赐粟帛。甲寅，如洛阳宫。己巳猎于天池。

十一月戊寅，虑囚。庚辰，遣使巡问郑、汝、怀、泽四州高年，宴赐之。甲午，张亮为平壤道行军大总管，李世勣、马周为辽东道行军大总管，率十六总管兵以伐高丽。

十二月壬寅，庶人承乾卒。戊午，李思摩部落叛。

十九年二月庚戌，如洛阳宫，以伐高丽。癸丑，射虎于武德北山。乙卯，皇太子监国于定州。丁巳，赐所过高年鳏寡粟帛，赠比干太师，谥忠烈。

三月壬辰，长孙无忌摄侍中，吏部尚书杨师道摄中书令。

四月癸卯，誓师于幽州，大飨军㉘。丁未岑文本薨，癸亥李世勣克盖牟城。

五月己巳，平壤道行军总管程名振克沙卑城。庚午，次辽泽㉙，瘗隋人战亡者。乙亥，辽东道行军总管张君乂有罪，伏诛。丁丑军于马首山，甲申克辽东城。

六月丁酉，克白岩城。己未，大败高丽于安市城东南山，左武卫将军王君愕死之。辛酉，赐酺三日。

七月壬申，葬死事官，加爵四级，以一子袭。

九月癸未，班师。

十月丙午，次营州，以太牢祭死事者。丙辰，皇太子迎谒于临渝关。戊午次汉武台，刻石纪功。

十一月癸酉，大飨军于幽州，庚辰次易州。癸未，平壤道行军总管张文干有罪，伏诛。丙戌，次定州。丁亥，贬杨师道为工部尚书。

十二月戊申，次并州。己未薛延陀寇夏州，左领军大将军执失思力败之。庚申，杀刘洎。

二十年正月辛未，夏州都督乔师望及薛延陀战，败之。丁丑遣使二十二人，以六条黜陟于天下㉚。庚辰赦并州，起义时编户给复三年，后附者一年。

二月甲午，从伐高丽无功者，皆赐勋一转。庚申，赐所过高年鳏寡粟。

三月己巳，至自高丽。庚午，不豫，皇太子听政。己丑张亮谋反，伏诛。

闰月癸巳朔，日有食之。

六月乙亥，江夏郡王道宗、李世勣伐薛延陀。

七月辛亥，疾愈。李世勣及薛延陀战，败之。

八月甲子，封孙忠为陈王。己巳如灵州。庚辰次泾州，赐高年鳏寡粟帛。丙戌窬陇山关，次瓦亭，观马牧。丁亥，许陪陵者子孙从葬。

九月辛卯，遣使巡察岭南。甲辰，铁勒诸部请上号为"可汗"。辛亥，灵州地震。

十月，贬萧瑀为商州刺史。丙戌至自灵州。

十一月己丑，诏："祭祀、表疏、藩客、兵马、宿卫行鱼契给驿，授五品以上官及除解，决死罪，皆以闻，余委皇太子。"

二十一年正月壬辰，高士廉薨。丁酉，诏以来岁二月有事于泰山。甲寅，以铁勒诸部为州县，赐京师酺三日。虑囚，降死罪以下。

二月丁丑，皇太子释菜于太学㉜。

三月戊子，左武卫大将军牛进达为青丘道行军大总管，李世勣为辽东道行军大总管，率三总管兵以伐高丽。

四月乙丑，作翠微宫。

五月戊子，幸翠微宫。壬辰，命百司决事于皇太子。庚戌，李世勣克南苏、木底城。

六月丁丑，遣使铁勒诸部购中国人陷没者。

七月乙未，牛进达克石城。丙申，作玉华宫。庚戌至自翠微宫。

八月泉州海溢。壬戌停封泰山。

九月丁酉，封子明为曹王。

十月癸丑，褚遂良罢。

十一月癸卯，进封泰为濮王。

十二月戊寅，左骁卫大将军契苾何力为崑丘道行军大总管，率三总管兵以伐龟兹。

二十二年正月庚寅，马周薨。戊戌幸温汤。己亥，中书舍人崔仁师为中书侍郎，参知机务。丙午，左武卫大将军薛万彻为青丘道行军大总管，以伐高丽。长孙无忌检校中书令，知尚书、门下省事。戊申至自温汤。

二月，褚遂良起复。乙卯，见京城父老，劳之。蠲今岁半租[33]，畿县三之一。丁卯，诏度辽水有功未酬勋而犯罪者，与成官同。乙亥幸玉华宫，己卯猎于华原。流崔仁师于连州。

三月丁亥，赦宜君，给复县人自玉华宫苑中迁者三年。

四月丁巳，松州蛮叛，右武候将军梁建方败之。

六月丙寅，张行成存问河北从军者家，令州县为营农。丙子，薛万彻及高丽战于泊灼城，败之。

七月甲申，太白昼见。壬辰，杀华州刺史李君羡。癸卯房玄龄薨。

八月己酉朔，日有食之。辛未，执失思力伐薛延陀余部于金山。

九月庚辰，崑丘道行军总管阿史那社尔及薛延陀余部处月、处蜜战，败之。己亥，褚遂良为中书令。壬寅，眉、邛、雅三州獠反，茂纵都督张士贵讨之。

十月癸丑，至自玉华宫。己巳，阿史那社尔及龟兹战，败之。

十二月辛未，降长安、万年徒罪以下。

闰月癸巳，虑囚。

二十三年正月辛亥，阿史那社尔俘龟兹王以献。

三月己未，自冬旱，至是雨。辛酉大赦，丁卯不豫，命皇太子听政于金液门。

四月己亥，幸翠微宫。

五月戊午，贬李世勣为叠州都督。己巳，皇帝崩于含风殿，年五十三。庚午，奉大行御马舆还京师。礼部尚书于志宁为侍中。太子少詹事张行成兼侍中，高季辅兼中书令。壬申发丧，谥曰文。上元元年，改谥文武圣皇帝。天宝八载，谥文武大圣皇帝。十三载，增谥文武大圣大广孝皇帝。

赞曰："甚矣。至治之君不世出也！禹有天下，传十有六王，而少康有中兴之业；汤有天下，传二十八王，而其甚盛者，号称三宗；武王有天下，传三十六王，而成、康之治与宣之功，其余无所称焉[34]。虽诗、书所载，时有阙略[35]，然三代千有七百余年，传七十余君，其卓然著见于后世者，此六七君而已。呜呼，可谓难得也！唐有天下，传世二十，其可称者三君，玄宗、宪宗皆不克其终。盛哉，太宗之烈也！其除隋之乱，比迹汤、武；致治之美，庶几成、康。自古功德兼隆，由汉以来未之有也。至其牵于多爱，复立浮图，好大喜功，勤兵于远，此中材庸主之所常为。然《春秋》之法，常责备于贤者，是以后世君子之欲成人之美者，莫不叹息于斯焉。

①惊：机警。

②谒：拜见。

③徇：巡行。

④傅：迫近，靠近。

⑤薄：迫近。

⑥间（jiān，音坚）：病愈。

⑦介士：披铠甲之士。

⑧复：免除赋役。

⑨版：名册和户籍。

⑩虑囚：讯查囚犯罪状。

⑪薨（hōng，音轰）：古时王侯之死为"薨"。

⑫鬻：卖。

⑬瘗（yì，音义）：掩埋。

⑭有年：丰年。

⑮酺：聚会饮酒。

⑯斛（hú，音胡）：古代量器单位，十斗为一斛。

⑰不豫：身体不适。

⑱闾：古代居民组织的单位，25家为一闾。

⑲刍牧：打柴、放牧。

⑳覆奏：详细审查，反复奏明。

㉑高年：老年人。

㉒勿齿：不予录用。

㉓纵囚：古时官府暂时释放狱中囚犯回家到期自动归狱称纵囚。

㉔元服：帽子。

㉕期：一年。　　　大功、小功、缌麻：均为丧服名。

㉖原：赦免。

㉗茕（qióng，音穷）独：孤独，孤单。

㉘转：勋级每升一级叫一转。

㉙飨：犒赏。

㉚次：临时驻扎。

㉛黜：降官。　　　陟：升官。

㉜菜：指芹藻，一种水草，用作祭品。古人以芹藻比喻有才学的人。

㉝蠲（juān，音捐）：免除。

㉞称：称颂。

㉟阙：同"缺"。

玄宗本纪

　　玄宗至道大圣大明孝皇帝，讳隆基①，睿宗第三子也。母曰昭成皇后窦氏。性英武，善骑射，通音律、历象之学。始封楚王，后为临淄郡王。累迁卫尉少卿、潞州别驾②。

　　景龙四年，朝于京师，遂留，不遣③。庶人韦氏已弑中宗④，矫诏称制。玄宗乃与太平公主子薛崇简、尚衣奉御王崇晔、公主府典签王师虔、朝邑尉刘幽求、苑总监钟绍京、长上折冲麻嗣宗、押万骑果毅葛福顺李仙凫、道士冯处澄、僧普润定策讨乱。或请先启相王。玄宗曰："请而从，是王与危事；不从，则吾计失矣。"乃夜率幽求等入苑中。福顺、仙凫以万骑兵攻玄武门，斩左羽林将军韦播、中郎将高嵩以徇⑤。左万骑由左人，右万骑由右人，玄宗率总监羽林兵会两仪殿，梓宫宿卫兵皆起应之，遂诛韦氏。黎明驰谒相王，谢不先启。相王泣曰："赖汝以免，不然，吾且及难。"乃拜玄宗殿中监，兼知内外闲厩、检校陇右群牧大使，押左右万骑，进封平王，同中书门下三品。

睿宗即位，立为皇太子。景云二年监国，听除六品以下官。延和元年，星官言："帝坐前星有变。"睿宗曰："传德避灾，吾意决矣。"七月壬辰，制皇太子宜即皇帝位⑥。太子惶惧入请。睿宗曰："此吾所以答天戒也⑦。"皇太子乃御武德殿，除三品以下官⑧。八月庚子，即皇帝位。先天元年十月庚子，享于太庙⑨，大赦。

开元元年正月辛巳，皇后亲蚕⑩。

七月甲子，太平公主及岑羲、萧至忠、窦怀贞谋反，伏诛⑪。乙丑，始听政。丁卯，大赦，赐文武官阶、爵。庚午，流崔湜于窦州。甲戌，毁天枢⑫。乙亥，尚书右丞张说检校中书令。庚辰，陆象先罢。

八月癸巳，刘幽求为尚书右仆射，知军国大事。壬寅，宋王成器为太尉，申王成义为司徒，邠王守礼为司空。

九月丙寅，宋王成器罢。庚午，刘幽求同中书门下三品，张说为中书令。

十月，姚嶲蛮寇姚州⑬，都督李蒙死之。己亥，幸温汤⑭。癸卯，讲武于骊山，流郭元振于新州，给事中唐绍伏诛。免新丰来岁税，赐从官帛。甲辰猎于渭川，同州刺史姚元之为兵部尚书、同中书门下三品，乙巳至自渭川。

十一月乙丑，刘幽求兼侍中。戊子，群臣上尊号曰开元神武皇帝。

十二月庚寅，大赦。改元，赐内外官勋。改中书省为紫微省，门下省为黄门省，侍中为监。甲午，吐蕃请和。己亥，禁泼寒胡戏⑮。壬寅，姚崇兼紫微令。癸丑，刘幽求罢。贬张说为相州刺史。甲寅，黄门侍郎卢怀慎同紫微黄门平章事。

二年正月壬午，以关内旱，求直谏。停不急之务，宽系囚，祠名山大川，葬暴骸。甲申，并州节度大使薛讷同紫微黄门三品，以伐契丹。

二月壬辰，避正殿，减膳，彻乐。突厥寇北庭，都护郭虔瓘败之。己酉虑囚⑯。

三月己亥，碛西节度使阿史那献执西突厥都擔。

四月辛未，停诸陵供奉鹰犬。

五月辛亥，魏知古罢。

六月，京师大风拔木。甲子，以太上皇避暑，徙御大明宫。

七月乙未，焚锦绣珠玉于前殿。戊戌，禁采珠玉及为刻镂器玩、珠绳帖绦服者，废织锦坊。庚子，薛讷及奚、契丹战于滦河，败绩⑰。丁未，襄王重茂薨⑱，追册为皇帝。

八月壬戌，禁女乐。乙亥，吐蕃寇边。薛讷摄左羽林军将军，为陇右防御大使，右骁卫将军郭知运为副。以伐之。

九月庚寅，作兴庆宫。丁酉，宴京师侍老于含元殿庭。赐九十以上几、杖⑲，八十以上鸠杖⑳，妇人亦如之，赐于其家。戊申幸温汤。

十月戊午，至自温汤。甲子，薛讷及吐蕃战于武阶，败之。

十二月乙丑，封子嗣真为郮王，嗣初鄂王，嗣玄郯王。

三年正月丁亥，立郯王嗣谦为皇太子。降死罪，流以下原之，赐酺三日㉑。癸卯，卢怀慎检校黄门监。

二月辛酉，赦囚非恶逆、造伪者。

四月庚申，突厥部三姓葛逻禄来附。右羽林军大将军薛讷为凉州镇军大总管，凉州都督杨执一副之，右卫大将军郭虔瓘为朔州镇军大总管，并州长史王晙副之，以备突厥。

五月丁未，以旱录京师囚。戊申，避正殿，减膳。

七月庚辰朔，日有食之。

十月辛酉，巂州蛮寇边，右骁卫将军李玄道伐之。壬戌，薛讷为朔方道行军大总管，太仆卿吕延祚、灵州刺史杜宾客副之。癸亥，如郿，赦所过徒罪以下，赐侍老九十以上及笃疾者物㉒。甲子，如凤泉汤。戊辰，降大理系囚罪。

十一月己卯，至自凤泉汤。乙酉，幸温汤。丁亥，相州人崔子昭反，伏诛。甲午，至自温汤。乙未，禁白衣长发会。

十二月乙丑，降凤泉汤所过死罪以下。

四年正月戊寅，朝太上皇于西宫。

二月丙辰，幸温汤。辛酉，吐蕃寇松州，廓州刺史盖思贵伐之。丁卯，至自温汤。癸酉，松州都督孙仁献及吐蕃战，败之。

六月甲子，太上皇崩。辛未，京师、华陕二州大风拔木。癸酉，大武军子将郝灵佺杀突厥默啜。

七月丁丑，吐蕃请和。丁酉洛水溢。

八月辛未，奚、契丹降。

十月庚午，葬大圣真皇帝于桥陵㉓。

十一月己卯，卢怀慎罢。丁亥，迁中宗于西庙。丙申，尚书左丞源乾曜为黄门侍郎、同紫微黄门平章事。

十二月乙卯，定陵寝殿火。丙辰幸温汤，乙丑至自温汤。

闰月己亥，姚崇、源乾曜罢。刑部尚书宋璟为吏部尚书兼黄门监，紫微侍郎苏颋同紫微黄门平章事。

五年正月癸卯，太庙四室坏。迁神主于太极殿㉔，素服避正殿，辍视朝五日㉕。己酉，享于太极殿㉖。辛亥，如东都。戊辰大雾。

二月甲戌，大赦。赐从官帛，给复河南一年㉗，免河南北蝗、水州今岁租。

三月丙寅，吐蕃请和。

四月甲申，毁拜洛受图坛。己丑，子嗣一卒。

五月丙辰，诏公候子孙袭封。

七月壬寅，陇右节度使郭知运及吐蕃战，败之。

九月壬寅，复紫微省为中书省，黄门省为门下省，监为侍中。

十月戊寅，祔神主于太庙㉘。甲申，命史官月奏所行事。

六年正月辛丑，突厥请和。

二月壬辰，朔方道行军大总管王晙伐突厥。

六月甲申，潩水溢。

八月庚辰，以旱虑囚。

十月癸亥，赐河南府、怀、汝、郑三州父老帛。

十一月辛卯，至自东都。丙申，享于太庙。元皇帝以上三祖枝孙失官者授五品京官，皇祖姊家子孙在选者甄择之㉙，免知顿及旁州供承者一岁租税。乙巳，改传国玺曰"宝"。是月，突厥执单于副都护张知运。

七年五月己丑朔，日有食之。素服，彻乐，减膳，中书门下虑囚。

六月戊辰，吐蕃请和。

闰七月辛巳，以旱避正殿，彻乐，减膳。甲申虑囚。八月丙戌，虑囚。

九月甲戌，徙封宋王宪为宁王。

十月，作义宗庙于东都。辛卯幸温汤，癸卯至自温汤。

十一月乙亥，皇太子入学齿胄[30]，赐陪位官及学生帛。

八年正月辛巳，宋璟、苏颋罢。京兆尹源乾曜为黄门侍郎，并州大都督府长史张嘉贞为中书侍郎：同中书门下平章事。

二月戊戌，子敏卒。

三月甲子，免水旱州逋负[31]，给复四镇行人家一年。

五月丁卯，源乾曜为侍中，张嘉贞为中书令。

六月庚寅，洛、瀍、谷水溢。

九月，突厥寇甘、凉，凉州都督杨敬述及突厥战，败绩。丙寅，降京城囚罪，杖以下原之[32]。壬申，契丹寇边，王晙检校幽州都督、节度河北诸军大使，黄门侍郎韦抗为朔方道行军大总管，以伐之。甲戌，中书门下虑囚。

十月辛巳，如长春宫；壬午，猎于下邽；庚寅，幸温汤。十一月乙卯，至自温汤。

九年正月，括田[33]，丙寅幸温汤。乙亥，至自温汤。

二月丙戌，突厥请和。丁亥，免天下七年以前逋负。

四月庚寅，兰池胡康待宾寇边。

五月庚午，原见囚死、流罪随军效力、徒以下未发者。

七月己酉，王晙执康待宾。

八月，兰池胡康愿子寇边。

九月乙巳朔，日有食之。癸亥，天兵军节度大使张说为兵部尚书、同中书门下三品。

十一月庚午，大赦。赐文武官阶、爵，唐隆、先天实封功臣坐事免若死者加赠，赐民酺三日。

十二月乙酉，幸温汤，壬辰至自温汤。是冬无雪。

十年正月丁巳，如东都。

二月丁丑，次望春顿，赐从官帛。

四月己亥，张说持节朔方军节度大使。

五月戊午，突厥请和。辛酉，伊、汝水溢。

闰月壬申，张说巡边。

六月丁巳，河决博、棣二州。

七月庚辰，给复遭水州。丙戌，安南人梅叔鸾反，伏诛。

九月，张说败康愿子于木盘山，执之。己卯，京兆人权梁山反，伏诛。癸未，吐蕃攻小勃律，北庭节度使张孝嵩败之。

十月甲寅，如兴泰宫，猎于上宜川。庚申，如东都。

十二月，突厥请和。

十一年正月丁卯，降东都囚罪，杖以下原之。己巳，如并州，降囚罪，徒以下原之。赐侍老物。庚辰，次潞州。赦囚，给复五年，以故第为飞龙宫。辛卯次并州，改并州为北都。癸巳，赦太原府。给复一年，下户三年，元从家五年[34]。版授侍老八十以上上县令[35]，妇人县君；九十以上上州长史，妇人郡君；百岁以上上州刺史，妇人郡夫人。

二月己酉，贬张嘉贞为幽州刺史。壬子如汾阴，祠后土，赐文武官阶、勋、爵、帛。癸亥，张说兼中书令。

三月辛未，至自汾阴，免所过今岁税，赦京城。

四月甲子，张说为中书令。吏部尚书王晙为兵部尚书、同中书门下三品。

五月乙丑，复中宗于太庙。己丑，王晙持节朔方军节度大使。辛卯，遣使分巡天下。

六月，王晙巡边。

八月戊申，追号宣皇帝曰献祖⑧，光皇帝曰懿祖。

十月丁酉，幸温汤，作温泉宫。甲寅，至自温汤。

十一月戊寅，有事于南郊，大赦。赐奉祠官阶、勋、爵，亲王公主一子官，高年粟帛，孝子顺孙终身勿事。天下酺三日，京城五日。

十二月甲午，如凤泉汤。戊申，至自凤泉汤。庚申，贬王晙为蕲州刺史。

十二年四月壬寅，诏傍继国王礼当废㊲，而属近者封郡王。

七月己卯，废皇后王氏为庶人。十月，庶人王氏卒。

十一月庚午，如东都。庚辰，溪州首领覃行章反，伏诛。辛巳，申王㧑薨。

闰十二月丙辰朔，日有食之。

十三年正月戊子，降死罪，流以下原之。遣使宣慰天下⑧。壬子，葬朔方陇右河西战亡者。

三月甲午，徙封郯王潭为庆王，陕王浚忠王，鄫王洽棣王，鄄王滉荣王。封子涺为光王，潍仪王，澐颍王，泽永王，清寿王，泂延王，沐盛王，溢济王。

九月丙戌，罢奏祥瑞。

十月辛酉，如兖州。庚午，次濮州。赐河南、北五百里内父老帛。

十一月庚寅，封于泰山。辛卯，禅于社首。壬辰大赦。赐文武官阶、勋、爵，致仕官一季禄，公主、嗣王、郡县主一子官，诸蕃酋长来会者一官。免所过一岁、兖州二岁租。赐天下酺七日。丙申，幸孔子宅，遣使以太牢祭其墓，给复近墓五户。丁酉，赐徐、曹、亳、许、仙、豫六州父老帛。

十二月己巳，如东都。

十四年二月，邕州獠梁大海反，伏诛。

四月丁巳，户部侍郎李元纮为中书侍郎、同中书门下平章事。庚申张说罢。丁卯，岐王范薨。

六月戊午，东都大风拔木。壬戌，诏州县长官言事。

七月癸未，瀍水溢。

八月丙午，河决魏州。

九月己丑，碛西节度使杜暹检校黄门侍郎、同中书门下平章事。

十月甲寅，太白昼见。庚申，如广成汤。己巳，如东都。

十二月丁巳，猎于方秀川。

十五年正月辛丑，河西、陇右节度使王君㚟及吐蕃战于青海，败之。

七月甲戌，震兴教门观㊳，灾。庚寅，洛水溢。己亥，降都城囚罪，徒以下原之。

八月，涧、谷溢，毁渑池县。己巳，降天下死罪，岭南边州流人，徒以下原之。

九月丙子，吐蕃寇瓜州，执刺史田元献。

闰月庚子，寇安西，副大都护赵颐贞败之。庚申，回纥袭甘州，王君㚟死之。

十月己卯，至自东都。

十一月丁卯，猎于城南。

十二月乙亥，幸温泉宫。丙戌至自温泉宫。

十六年正月壬寅，赵颐贞及吐蕃战于曲子城，败之。乙卯，陇州首领陈行范反，伏诛。庚申，许徒以下囚保任营农。三月辛丑，免营农囚罪。

七月，吐蕃寇瓜州，刺史张守珪败之。乙巳，陇右节度使张志亮、河西节度使萧嵩克吐蕃大莫门城。八月辛卯，及吐蕃战于祁连城，败之。

九月丙午，以久雨降囚罪，徒以下原之。

十月己卯，幸温泉宫。己丑，至自温泉宫。

十一月癸巳，萧嵩为兵部尚书、同中书门下平章事。甲辰，弛陂泽禁。戊申，幸宁王宪第。庚戌，至自宁王宪第。

十二月丁卯，幸温泉宫。丁丑，至自温泉宫。

十七年二月丁卯，巂州都督张审素克云南昆明城、盐城。

三月戊戌，张守珪及吐蕃战于大同军，败之。

四月癸亥，降死罪，流以下原之。乙亥，大风，震，蓝田山崩。

六月甲戌，源乾曜、杜暹、李元纮罢。萧嵩兼中书令。户部侍郎宇文融为黄门侍郎，兵部侍郎裴光庭为中书侍郎、同中书门下平章事。

九月壬子，贬宇文融为汝州刺史。

十月戊午朔，日有食之。

十一月庚寅，享于太庙。丙申，拜桥陵，赦奉先县。戊戌，拜定陵。己亥，拜献陵。壬寅，拜昭陵，乙巳拜乾陵。戊申，至自乾陵，大赦。免今岁税之半。赐文武官阶、爵，侍老帛。旌表孝子、顺孙、义夫、节妇，终身勿事。唐隆两营立功三品以上，予一子官。免供顿县今岁税。赐诸军行人勋两转[40]。

十二月辛酉，幸温泉宫。壬申，至自温泉宫。是冬，无雪。

十八年正月辛卯，裴光庭为侍中。

二月丙寅大雨，雷震左飞龙廐，灾。辛未，免囚罪杖以下。

四月乙卯，筑京师外郭。

五月己酉，奚、契丹附于突厥。

六月甲子，有彗星出于五车[41]。癸酉，有星孛于毕、昴[42]。乙亥，瀍水溢，丙子，忠王浚为河北道行军元帅。壬午，洛水溢。

九月丁巳，忠王浚兼河东道诸军元帅。

十月戊子，吐蕃请和。庚寅，如凤泉汤。癸卯，至自凤泉汤。

十一月丁卯，幸温泉宫。丁丑，至自温泉宫。

十九年正月，杀瀼州别驾王毛仲。丙子，耕于兴庆宫。己卯，禁捕鲤鱼。

四月壬午，降死罪以下。丙申，立太公庙。

六月乙酉，大风拔木。

七月癸丑，吐蕃请和。

八月辛巳，以千秋节降死罪，流以下原之。

十月丙申，如东都。十一月乙卯，次洛城南，赐从官帛。是岁，扬州穞稻生[43]。

二十年正月乙卯，信安郡王祎为河东、河北道行军副元帅，以伐奚、契丹。

二月甲戌朔，日有食之。壬午，降囚罪，徒以下原之。

三月己巳，信安郡王祎及奚、契丹战于蓟州，败之。

五月戊申，忠王浚俘奚、契丹以献。

六月丁丑，浚为司徒。

八月辛未朔，日有食之。

九月乙巳，渤海靺鞨寇登州^㊹。刺史韦俊死之，左领军卫将军盖福慎伐之。戊辰，以宋、滑、兖、郓四州水，免今岁税。

十月壬午，如潞州。丙戌，中书门下虑巡幸所过囚。辛卯赦潞州，给复三年，赐高年粟帛。

十一月辛丑，如北都。癸丑赦北都，给复三年。庚申如汾阴，祠后土，大赦。免供顿州今岁税。赐文武官阶、勋、爵，诸州侍老帛，武德以来功臣后及唐隆功臣三品以上一子官，民酺三日。

十二月辛未，至自汾阴。

二十一年正月丁巳，幸温泉宫。二月丁亥，至自温泉宫。

三月乙巳，裴光庭薨。甲寅，尚书右丞韩休为黄门侍郎、同中书门下平章事。

闰月癸酉，幽州副总管郭英杰及契丹战于都山，英杰死之。

四月乙卯，遣宣慰使黜陟官吏^㊺，决系囚。丁巳，宁王宪为太尉，薛王业为司徒。

五月戊子，以皇太子纳妃，降死罪，流以下原之。

七月乙丑朔，日有食之。

九月壬午，封子沔为信王，泚义王，灌陈王，澄丰王，潓恒王，漩凉王，滔深王。

十月庚戌，幸温泉宫。己未，至自温泉宫。

十二月丁巳，萧嵩、韩休罢。京兆尹裴耀卿为黄门侍郎，中书侍郎张九龄同中书门下平章事。

二十二年正月己巳，如东都。

二月壬寅，秦州地震。给复压死者家一年，三人者三年。

四月甲辰，降死罪以下。甲寅，北庭都护刘涣谋反，伏诛。

五月戊子，裴耀卿为侍中，张九龄为中书令。黄门侍郎李林甫为礼部尚书、同中书门下三品。是日，大风拔木。

六月壬辰，幽州节度使张守珪俘奚、契丹以献。

七月己巳，薛王业薨。

十一月甲戌，免关内、河南八等以下户田不百亩者今岁租。

十二月戊子朔，日有食之。乙巳，张守珪及契丹战。败之，杀其王屈烈。

二十三年正月乙亥，耕藉田^㊻，大赦。侍老百岁以上版授上州刺史，九十以上中州刺史，八十以上上州司马。赐陪位官勋、爵。征防兵父母年七十者遣还。民酺三日。

八月戊子，免鳏寡茕独今岁税米。

十月戊申，突骑施寇边。

闰十一月壬午朔，日有食之。

是冬，东都人刘普会反，伏诛。

二十四年正月丙午，北庭都护盖嘉运及突骑施战，败之。

四月丁丑，降死罪以下。

五月丙午，醴泉人刘志诚反，伏诛。

八月甲寅，突骑施请和。乙亥汴王璬薨。

十月戊申，京师地震。甲子次华州，免供顿州今岁税，赐刺史、县令中上考。降两京死罪，流以下原之。丁卯至自东都。

十一月辛丑，东都地震。壬寅，裴耀卿、张九龄罢。李林甫兼中书令，朔方军节度副大使牛仙客为工部尚书、同中书门下三品。

十二月戊申，庆王琮为司徒。

二十五年三月乙酉，张守珪及契丹战于捺禄山，败之。辛卯，河西节度副大使崔希逸及吐蕃战于青海，败之。

四月辛酉，杀监察御史周子谅。乙丑，废皇太子瑛及鄂王瑶、光王琚为庶人，皆杀之。

十一月壬申，幸温泉宫，乙酉至自温泉宫。

十二月丙午，惠妃武氏薨。丁巳，追册为皇后。

二十六年正月甲戌，潮州刺史陈思挺谋反，伏诛。乙亥，牛仙客为侍中。丁丑，迎气于东郊⁴⁷。降死罪，流以下原之，以京兆稻田给贫民，禁王公献珍物，赐文武官帛。壬辰，李林甫兼陇右节度副大使。

二月乙卯，牛仙客兼河东节度副大使。

三月丙子，有星孛于紫微。癸巳，京师地震。吐蕃寇河西，崔希逸败之，鄯州都督杜希望克其新城。

四月己亥，有司读时令。降死罪，流以下原之。

五月乙酉，李林甫兼河西节度副大使。

六月庚子，立忠王玙为皇太子。

七月己巳，大赦。赐文武九品以上及五品以上子为父后者勋一转，侍老粟帛，加版授。免京畿下户今岁租之半，赐民酺三日。

九月丙申朔，日有食之。庚子，益州长史王昱及吐蕃战于安戎城，败绩。

十月戊寅，幸温泉宫。壬辰，至自温泉宫。

二十七年正月壬寅，荣王琬巡按陇右。

二月己巳，群臣上尊号曰开元圣文神武皇帝，大赦，免今岁税。赐文武官阶、爵。版授侍老百岁以上下州刺史，妇人郡君，九十以上上州司马，妇人县君，八十以上县令，妇人乡君。赐民酺五日。

八月乙亥，碛西节度使盖嘉连败突骑施于贺逻岭，执其可汗吐火仙。壬午，吐蕃寇边，河西、陇右节度使萧炅败之。

十月丙戌，幸温泉宫。十一辛丑，至自温泉宫。

二十八年正月癸巳，幸温泉宫。庚子，至自温泉宫。

三月丁亥朔，日有食之。壬子，益州司马章仇兼琼败吐蕃，克安戎城。

五月癸卯，吐蕃寇安戎城，兼琼又败之。

十月甲子，幸温泉宫。以寿王妃杨氏为道士，号太真。戊辰，以徐、泗二州无蚕，免今岁税。辛巳，至自温泉宫。

十一月，牛仙客罢朔方、河东节度副大使。

二十九年正月癸巳，幸温泉宫。丁酉，立玄元皇帝庙，禁厚葬。庚子，至自温泉宫。

五月庚戌，求明《道德经》及《庄》、《列》、《文子》者。降死罪，流以下原之。

七月乙亥，伊、洛溢。

九月丁卯，大雨雪。

十月丙申，幸温泉宫。戊戌，遣使黜陟官吏。

十一月庚戌，邠王守礼薨。辛酉，至自温泉宫，己巳雨木冰。辛未，宁王宪薨。追册为皇帝，及其妃元氏为皇后。

十二月癸未，吐蕃陷石堡城。

天宝元年正月丁未，大赦，改元。诏京文武官材堪刺史者自举。赐侍老八十以上粟帛，九品以上勋两转。甲寅，陈王府参军田同秀言："玄元皇帝降于丹凤门通衢。"

二月丁亥，群臣上尊号曰开元天宝圣文神武皇帝。辛卯，享玄元皇帝于新庙。甲午，享于太庙。丙申，合祭天地于南郊，大赦。侍老加版授，赐文武官阶、爵。改侍中为左相，中书令为右相，东都为东京，北都为北京，州为郡，刺史为太守。

七月癸卯朔，日有食之。辛未牛仙客薨。

八月丁丑，刑部尚书李适之为左相。

十月丁酉，幸温泉宫。十一月己巳，至自温泉宫。

十二月戊戌，陇右节度使皇甫惟明及吐蕃战于青海，败之。庚子，河西节度使王倕克吐蕃渔海，游弈军。朔方军节度使王忠嗣及奚战于紫乾河，败之，遂伐突厥。是冬，无冰。

二年正月乙卯，作升仙宫。丙辰，加号玄元皇帝曰大圣祖。

三月壬子，享于玄元宫。追号大圣祖父周上御大夫敬曰先天太皇，咎繇曰德明皇帝，凉武昭王曰兴圣皇帝。改西京玄元宫曰太清宫，东京曰太微宫。

四月己卯，皇甫惟明克吐蕃洪济城。

六月甲戌，震东京应天门观，灾。

十月戊寅，幸温泉宫。十一月乙卯，至自温泉宫。

十二月壬午，海贼吴令光寇永嘉郡。是冬，无雪。

三载正月丙申，改年为载，降死罪，流以下原之。辛丑，幸温泉宫。辛亥，有星陨于东南。

二月庚午，至自温泉宫。丁丑，河南尹裴敦复、晋陵郡太守刘同昇、南海郡太守刘巨鳞讨吴令光。闰月，令光伏诛。

三月壬申，降死罪，流以下原之。

八月丙午，拔悉蜜攻突厥，杀乌苏米施可汗，来献其首。

十月甲午，幸温泉宫。十一月丁卯，至自温泉宫。

十二月癸丑，祠九宫贵神于东郊。大赦，诏天下家藏《孝经》。赐文武官阶、爵，侍老粟帛，民酺三日。

四载正月丙戌，王忠嗣及突厥战于萨河内山，败之。

三月壬申，以外孙独孤氏女为静乐公主，嫁于契丹松漠都督李怀节；杨氏女为宜芳公主，嫁于奚饶乐都督李延宠。

八月壬寅，立太真为贵妃。

九月，契丹、奚皆杀其公主以叛。甲申，皇甫惟明及吐蕃战于石堡城，副将褚诩死之。

十月戊戌，幸温泉宫。十二月戊戌，至自温泉宫。

五载正月乙亥，停六品以下员外官。

三月丙子，遣使黜陟官吏。

四月庚寅，李适之罢。丁酉，门下侍郎陈希烈同中书门下平章事。

五月壬子朔，日有食之。

七月，杀括苍郡太守韦坚、播川郡太守皇甫惟明。

十月戊戌，幸温泉宫。十一月乙巳，至自温泉宫。

十二月甲戌，杀赞善大夫杜有邻、著作郎王曾、左骁卫兵曹参军柳勣、左司御率府仓曹参军王脩己、右武卫司戈卢宁、左威卫参军徐徵。

六载正月辛巳，杀北海郡太守李邕、淄川郡太守裴敦复。丁亥享于太庙。戊子，有事于南郊，大赦。流人老者许致仕[48]，停立仗铖[49]，赐文武官阶、爵，侍老粟帛，民酺三日。

三月甲辰，陈希烈为左相。

七月乙酉，以旱降死罪，流以下原之。

十月戊申，幸华清宫。

十一月丁酉，杀户部侍郎杨慎矜及其弟少府少监慎余、洛阳令慎名。

十二月癸丑，至自华清宫。

是岁，安西副都护高仙芝及小勃律国战，败之。

七载五月壬午，群臣上尊号曰开元天宝圣文神武应道皇帝。大赦，免来载租、庸[50]。以魏、周、隋为三恪。赐京城父老物人十段。七十以上版授本县令，妇人县君。六十以上县丞。天下侍老百岁以上上郡太守，妇人郡君。九十以上上郡司马，妇人县君。八十以上县令，妇人乡君。赐文武官勋两转，民酺三日。

十月庚戌，幸华清宫。十二月辛酉，至自华清宫。

八载四月，杀咸宁郡太守赵奉璋。

六月乙卯，陇右节度使哥舒翰及吐蕃战于石堡城，败之。

闰月丙寅，谒太清宫。加上玄元皇帝号曰圣祖大道玄元皇帝，增祖宗帝后谥。群臣上尊号曰开元天地大宝圣文神武应道皇帝。大赦，男子七十、妇人七十五以上皆给一子侍，赐文武官阶、爵，民为户者古爵，酺三日。

十月乙丑，幸华清宫。是月，特进何履光率十道兵以伐云南。

十一月丁巳，幸御史中丞杨钊庄。

九载正月己亥，至自华清宫。丁巳，诏以十一月封华岳。

三月辛亥，华岳庙灾。关内旱，乃停封。

五月庚寅，虑囚。

九月辛卯，以商、周、汉为三恪。

十月庚申，幸华清宫。太白山人王玄翼言：“玄元皇帝降于宝仙洞。”

十二月乙亥，至自华清宫。

是岁，云南蛮陷云南郡，都督张虔陀死之。

十载正月壬辰，朝献于太清宫。癸巳，朝享于太庙。甲午，有事于南郊，大赦，赐侍老粟帛，酺三日。丁酉，李林甫兼朔方军节度副大使、安北副大都护。己亥，改傅国宝为“承天大宝”。戊申，安西四镇节度使高仙芝执突骑施可汗及石国王。

四月壬午，剑南节度使鲜于仲通及云南蛮战于西洱河，大败绩。大将王天运死之，陷云南都护府。

七月，高仙芝及大食战于恒逻斯城，败绩。

八月，范阳节度副大使安禄山及契丹战于吐护真河，败绩。乙卯，广陵海溢，丙辰武库灾。

十月壬子，幸华清宫。

十一月乙未，幸杨国忠第。

十一载正月丁亥，至自华清宫。

二月庚午，突厥部落阿布思寇边。

三月乙巳，改尚书省八部名。

四月乙酉，户部郎中王鉷、京兆人邢𬘘谋反，伏诛。丙戌，杀御史大夫王鉷。李林甫罢安北副大都护。

五月戊申，庆王琮薨。甲子，东京大风拔木。

六月壬午，御史大夫兼剑南节度使杨国忠败吐蕃于云南，克故洪城。

十月戊寅，幸华清宫。

十一月乙卯，李林甫薨。庚申，杨国忠为右相。

十二月丁亥，至自华清宫。

十二载五月己酉，复魏、周、隋为三恪。

六月，阿布思部落降。

八月，中书门下虑囚。

九月甲寅，葛逻禄叶护执阿布思。

十月戊寅，幸华清宫。

十三载正月丙午，至自华清宫。

二月壬申，朝献于太清宫。加上玄元皇帝号曰大圣祖高上大道金阙玄元天皇大帝。癸酉，朝享于太庙，增祖宗谥。甲戌，群臣上尊号曰开元天地大宝圣文神武证道孝德皇帝，大赦，左降官遭父母丧者听归。赐孝义旌表者勋两转。侍老百岁以上版授本郡太守，妇人郡夫人，九十以上郡长史，妇人郡君，八十以上县令，妇人县君。太守加赐爵一级，县令勋两转，民酺三日。丁丑，杨国忠为司空。是日雨土。

三月，陇右、河西节度使哥舒翰败吐蕃，复河源九曲。辛酉大风拔木。

五月壬戌，观酺于勤政楼，北庭都护程千里俘阿布思以献。

六月乙丑朔，日有食之。剑南节度留后李宓及云南蛮战于西洱河，死之。

八月丙戌，陈希烈罢。文部侍郎韦见素为武部尚书、同中书门下平章事。

是秋，瀍、洛水溢。

十月乙酉，幸华清宫。十二月戊午，至自华清宫。

十四载三月壬午，安禄山及契丹战于潢水，败之。

五月，天有声于浙西。

八月辛卯，降死罪，流以下原之。免今载租、庸半。赐侍老米。

十月庚寅，幸华清宫。

十一月，安禄山反，陷河北诸郡。范阳将何千年杀河东节度使杨光翙。壬申，伊西节度使封常清为范阳、平卢节度使，以讨安禄山。丙子，至自华清宫。九原郡太守郭子仪为朔方军节度副大使，右羽林军大将军王承业为太原尹，卫尉卿张介然为河南节度采访使，右金吾大将军程千里为上党郡长史，以讨安禄山。丁丑，荣王琬为东讨元帅，高仙芝副之。

十二月丁亥，安禄山陷灵昌郡。辛卯，陷陈留郡，执太守郭纳，张介然死之。癸巳，安禄山陷荥阳郡，太宗崔无诐死之。丙申，封常清及安禄山战于罂子谷，败绩。丁酉，陷东京，留守李憕、御史中丞卢奕、判官蒋清死之。河南尹达奚珣叛降于安禄山。

己亥，恒山郡太守颜杲卿败何千年，执之。克赵、钜鹿、广平、清河、河间、景城、乐安、博平、博陵、上谷、文安、信都、魏、邺十四郡。

癸卯，封常清、高仙芝伏诛。哥舒翰持节统领处置太子先锋兵马副元帅，守潼关。甲辰，郭子仪及安禄山将高秀岩战于河曲，败之。戊申，荣王琬薨。壬子，济南郡太守李随、单父尉贾贲、濮阳人尚衡以兵讨安禄山。是月，平原郡太守颜真卿、饶阳郡太守卢全诚、司马李正以兵讨安禄山。

十五载正月乙卯，东平郡太守嗣吴王祗以兵讨安禄山。丙辰，李随为河南节度使，以讨禄山。壬戌，禄山陷恒山郡，执颜杲卿、袁履谦，陷邺、广平、钜鹿、赵、上谷、博陵、文安、魏、信都九郡。癸亥，朔方军节度副使李光弼为河东节度副大使，以讨禄山。甲子，南阳郡太守鲁炅为南阳节度使。率岭南、黔中、山南东道兵屯于叶县。乙丑，安庆绪寇潼关，哥舒翰败之。丁丑，真源令张巡以兵讨安禄山。

二月己亥，嗣吴王祗及禄山将谢元同战于陈留，败之。李光弼克常山郡，郭子仪出井陉会光弼，及安禄山将史思明战，败之。庚子，贾贲战于雍丘，死之。

三月，颜真卿克魏郡。史思明寇饶阳、平原。乙卯，张巡及安禄山将令狐潮战于雍丘，败之。丙辰，杀户部尚书安思顺、太仆卿安元贞。乙丑，李光弼克赵郡。

四月乙酉，北海郡太守贺兰进明以兵救平原。丙午，太子左赞善大夫来瑱为颍川郡太守、兼招讨使。

五月丁巳，鲁炅及安禄山战于滍水。败绩，奔于南阳。戊辰，嗣虢王巨为河南节度使。

六月癸未，颜真卿及安禄山将袁知泰战于堂邑，败之。贺兰进明克信都。丙戌，哥舒翰及安禄山战于灵宝西原，败绩。是日，郭子仪、李光弼及史思明战于嘉山，败之。辛卯，蕃将火拔归仁执哥舒翰叛降于安禄山，遂陷潼关、上洛郡。

甲午，诏亲征。京兆尹崔光远为西京留守、招讨处置使。丙申，行在望贤宫。丁酉，次马嵬。左龙武大将军陈玄礼杀杨国忠及御史大夫魏方进、太常卿杨暄。赐贵妃杨氏死。是日，张巡及安禄山将翟伯玉战于白沙埚，败之。己亥，禄山陷京师。辛丑，次陈仓。闲厩使任沙门叛降于禄山。丙午，次河池郡。剑南节度使崔圆为中书侍郎、同中书门下平章事。

七月甲子，次普安郡。宪部侍郎房琯为文部尚书、同中书门下平章事。丁卯，皇太子为天下兵马元帅，都统朔方、河东、河北、平卢节度使。御史中丞裴冕、陇西郡司马刘秩副之。江陵大都督永王璘为山南东路黔中江南西路节度使。盛王琦为广陵郡都督、江南东路淮南道节度使。礼王琦为武威郡都督、河西陇右安西北庭节度使。庚午，次巴西郡。以太守崔涣为门下侍郎、同中书门下平章事，韦见素为左相。庚辰，次蜀郡。

八月壬午，大赦；赐文武官阶、爵，为安禄山胁从能自归者原之。癸巳，皇太子即皇帝位于灵武，以闻。庚子，上皇天帝诰遣韦见素、房琯、崔涣奉皇帝册于灵武。

十一月甲寅，宪部尚书李麟同中书门下平章事。

十二月甲辰，永王璘反，废为庶人。

至德二载正月庚戌，诰求天下孝悌可旌者[51]。甲子，剑南健儿贾秀反，伏诛。三月庚午，通化郡言玄元皇帝降。五月庚申，诰追册贵嫔杨氏为皇后。七月庚戌，行营健儿李季反[52]，伏诛。庚午，剑南健儿郭千仞反，伏诛。十月丁巳，皇帝复京师，以闻。诰降剑南囚罪，流以下原之。

十二月丁未，至自蜀郡，居于兴庆宫。三载，上号曰太上至道圣皇天帝。上元元年，徙居于西内甘露殿。元年建巳月，崩于神龙殿。年七十八。

赞曰：睿宗因其子之功，而在位不久，固无可称者。呜呼，女子之祸于人者甚矣。自高祖至于中宗，数十年间，再罹女祸。唐祚既绝而复续[53]，中宗不免其身，韦氏遂以灭族。玄宗亲平其乱，可以鉴矣，而又败以女子。方其励精政事，开元之际，几致太平，何其盛也！及侈心一动，穷天下之欲不足为其乐，而溺其所甚爱，忘其所可戒，至于窜身失国而不悔㊾。考其始终之异，其性习之相远也至于如此。可不慎哉！可不慎哉！

---

①讳（huì，音会）：古时称死去了的帝王或尊长的名字为讳。

②累迁：连续升迁。

③遣：派遣、差遣。

④弑（shì，音是）：古时把子杀父、臣杀君叫做弑。

⑤徇（xùn，音训）：示众。

⑥制：帝王的命令，这里指诏命皇太子即皇位。

⑦戒：鉴戒。

⑧除：任命。

⑨享：祭祀。

⑩亲蚕：古时季春之月，皇后躬亲蚕事的典礼。

⑪伏诛：受到罪有应得的惩罚，即被杀。

⑫天枢（shū，音书）：星名。北斗七星第一星。

⑬寇：侵犯。

⑭幸：特指皇帝到某处去。　　温汤：温泉。

⑮泼寒胡戏：唐时从西域传入的一种乐舞，鼓舞乞寒，用水交泼为乐。

⑯虑囚：审察记录囚犯的罪状。

⑰败绩：军队溃败。

⑱薨（hōng，音轰）：古时称侯王死为"薨"。

⑲几杖：几案和手杖。可以让老年人靠身和走路时扶持之用。古代以赐几杖为敬老之举。

⑳鸠杖：一种杖头刻有鸠形图案的拐杖，国为鸠是不噎之鸟，希望老人也不噎。

㉑酺（pú，音葡）：聚会饮酒。

㉒笃疾者：患重病的人。

㉓大圣真皇帝：睿宗。

㉔神主：古时宗庙里所设已死国君的下牌位。

㉕辍（chuò，音绰）：停止。

㉖享：供奉。

㉗给复：免除赋税徭役。

㉘祔（fù，音复）：迁入。

㉙妣（bǐ，音比）：死去的母亲。

㉚齿胄（zhòu，音宙）：指太子与公卿之子按年龄大小排列次序，不以天子之子为上。胄，公卿之子为胄子。

㉛逋负：托欠的税赋。

㉜原：赦免。

㉝括：搜求。

㉞元从：自始至终相随人员。

㉟版授：授与官职。　　侍：服侍。

㊱追胄：追加谥号。

㊲傍（bàng，音棒）：依附。

㊳宣慰：安抚。

㊴震：八卦名，代表雷。

㊵行人：出征的人。

㊶五车：星名。

㊷有星孛于毕、昴：有一颗光芒四射的慧星在毕、昴星宿之间出现。

㊸稆（lǚ，音侣）稻生：不种自生的谷物。

㊹靺鞨（mò hé，音末和）：我国古代东北方的民族。

㊺黜陟：降官为黜，升官为陟。

㊻藉田：古时帝王在春耕前亲自耕种农田，以奉祀宗庙为藉田。

㊼迎气：古时把祭迎五帝，祈求丰年叫做迎气。即：立春之日祭青帝；立夏之日祭赤帝；先立秋十八日祭黄帝；立冬之日祭黑帝。

㊽致仕：辞官归居。

㊾立仗：帝王的仪仗。

㊿庸：劳役。

(51)诰：古时帝王对臣子的命令称之为诰。

(52)健儿：唐代士兵名目。

(53)祚（zuò，音作）：帝位。

(54)窜：改易。

文德长孙皇后传

太宗文德顺圣皇后长孙氏，河南洛阳人。其先魏拓拔氏，后为宗室长，因号长孙。高祖稚，大丞相、冯翊王。曾祖裕，平原公。祖兕，左将军。父晟，字季，涉书史，趫鸷晓兵，仕隋为右骁卫将军。

后喜图传①，视古善恶以自鉴，矜尚礼法②。晟兄熾，为周通道馆学士，尝闻太穆劝抚突厥女，心志之。每语晟曰："此明睿人，必有奇子，不可以不图昏。"故晟以女太宗。后归宁，舅高士廉妾见大马二丈立后舍外，惧，占之，遇坤之泰。卜者曰："坤顺承天，载物无疆。马，地类也。之《泰》，是天地交而万物通也，又以辅相天地之宜。繇协归妹③，妇人事也。女处尊位，履中而居顺，后妃象也。"时隐太子衅阋已构。后内尽孝事高祖，谨承诸妃，消释嫌猜。及帝授甲宫中，后亲慰勉，士皆感奋。寻为皇太子妃，俄为皇后。

性约素，服御取给则止④。益观书，虽容栉不少废⑤。与帝言，或及天下事，辞曰："牝鸡司晨⑥，家之穷也，可乎？"帝固要之，讫不对。后廷有被罪者，必助帝怒请绳治。俟意解，徐为开治，终不令有冤。下嫔生豫章公主而死，后视如所生。媵侍疾病⑦，辍所御饮药资之，下怀其仁。兄无忌，于帝本布衣交，以佐命为元功，出入卧内，帝将引以辅政，后固谓不可，乘间曰："妾托体紫宫，尊贵已极，不愿私亲更据权于朝。汉之吕、霍、可以为诫。"帝不听，自用无忌为尚书仆射。后密谕令牢让，帝不获已，乃听，后喜见颜间。异母兄安业无行，父丧，逐后、无忌还外家。后贵，未尝以为言。擢位将军⑧。后与李孝常等谋反，将诛。后叩头曰："安业罪死无赦。然向遇妾不以慈，户知之。今论如法，人必谓妾释憾于兄，无乃为帝累乎！"遂得减流越巂。太子承乾乳媪请增东宫什器，后曰："太子患无德与名，器何请为？"

从幸九成宫，方属疾，会柴绍等急变闻。帝甲而起，后舆疾以从。宫司谏止，后曰："上震惊，吾可自安？"疾稍亟，太子欲请大赦，汎度道人，祓塞灾会。后曰："死生有命，非人力所支。若修福可延，吾不为恶。使善无效，我尚何求？且赦令，国大事，佛、老异方教耳，皆上所不为，岂宜以吾乱天下法！"太子不敢奏，以告房玄龄。玄龄以闻，帝嗟美⑨。而群臣请遂赦，帝既许，后固争止。及大渐⑩，与帝决，时玄龄小谴就第。后曰："玄龄久事陛下，预奇计秘谋，非大故，愿勿置也。妾家以恩泽进，无德而禄，易以取祸，无属枢柄，以外戚奉朝请足矣。妾生无益于时，死不可以厚葬，愿因山为垅，无起坟，无用棺椁，器以瓦木，约费送终，是妾不见忘也^㉚。"又请帝纳忠容谏，勿受谗，省游畋作役，死无恨。崩，年三十六。

后尝采古妇人事著《女则》十篇，又为论斥汉之马后不能检抑外家^⑪，使与政事，乃戒其车马之侈，此谓开本源，恤末事。常诚守者："吾以自检，故书无条理，勿令至尊见之^⑫。"及崩，宫司以闻，帝为之恸。示近臣曰："后此书可用垂后，我岂不通天命而割情乎！顾内失吾良佐，哀不可已已！"谥曰文德，葬昭陵，因九嵕山，以成后志。帝自著表序始末，揭陵左。上元中，益谥文德圣皇后。

---

①图：图经。　　传：传记。
②矜：注重。　　尚：崇尚。
③繇：卦兆的占辞。　　协：和洽。　　归妹：易卦名。妇人谓嫁为归，归妹犹言嫁妹。
④御：车马。　　取给：取其物以供需用。
⑤容：妆饰仪容。　　栉（zhì，音质）：梳子。此指梳洗。
⑥牝（pìn，音聘）：雌性鸟兽。
⑦媵：妾和婢。
⑧擢（zhuó，音卓）：选拔。
⑨嗟：嗟叹。
⑩大渐：病危。
⑪检抑：约束。
⑫宫司：宫官。

则天武后传

高宗则天顺圣皇后武氏，并州文水人。父士彟^①，见《外戚传》。文德皇后崩，久之，太宗闻士彟女美，召为才人，方十四。母杨，恸泣与诀^②。后独自如，曰："见天子庸知非福，何儿女悲乎？"母韪其意^③，止泣。既见帝，赐号武媚。及帝崩，与嫔御皆为比丘尼^④。高宗为太子时入侍^⑤，悦之。王皇后久无子，萧淑妃方幸，后阴不悦^⑥。它日，帝过佛庐，才人见且泣，帝感动^⑦。后廉知状，引内后宫，以挠妃宠^⑧。

才人有权数，诡变不穷。始下辞降体事后^⑨，后喜，数誉于帝，故进为昭仪。一旦顾幸在萧右，寖与后不协^⑩。后性简重，不曲事上下，而母柳见内人尚宫无浮礼，故昭仪伺后所薄，必款结之^⑪。得赐予，尽以分遗^⑫。由是后及妃所为必得，得辄以闻，然未有以中也。昭仪生女，后就顾弄^⑬。去，昭仪潜毙儿衾下^⑭。伺帝至，阳为欢言，发衾视儿，死矣。又惊问左右，皆曰："后适来^⑮。"昭仪即悲涕，帝不能察，怒曰："后杀吾女，往与妃相谗媢，今又尔邪^⑯！"由是昭仪得入其訾^⑰，后无以自解，而帝愈信爱，始有废后意。久之，欲进号"宸妃"。侍中韩瑗、中书令来济言："妃嫔有数，今别立号，不可。"昭仪乃诬后与母厌胜^⑱，帝挟前憾，实其言，将遂废之^⑳。长孙无忌、褚遂良、韩瑗及济濒死固争^⑲，帝犹豫。而中书舍人李义府、卫尉卿许敬宗素险侧^⑳，狙势即表请昭仪为后，帝意决，下诏废后。诏李勣、于志宁奉玺绶进昭仪为皇后。命群臣及四夷首长朝后肃义门，内外命妇入谒。朝皇后自此始。

后见宗庙，再赠士彟至司徒，爵周国公，谥忠孝，配食高祖庙。母杨，再封代国夫人。家食魏千户。后乃制外戚诚献诸朝，解释讥噪㉑。于是逐无忌、遂良，踵死徙，宠煽赫然㉒。后城宇深，痛柔屈不耻，以就大事。帝谓能奉己，故扳公议立之。已得志，即盗威福，施施无惮避。帝亦儒昏，举能钳勒，使不得专，久稍不平。麟德初，后召方士郭行真入禁中为蛊祝㉓，宦人王伏胜发之。帝怒，因是召西台侍郎上官仪，仪指言后专恣，失海内望，不可承宗庙，与帝意合，乃趣使草诏废之㉔。左右驰告，后遽从帝自诉，帝羞缩，待之如初，犹意其悲，且曰：“是皆上官仪教我！”后讽许敬宗构仪，杀之。

初，元舅大臣怫旨㉕，不阅岁屠覆，道路目语，及仪见诛，则政归房帷，天子拱手矣。群臣朝、四方奏章，皆曰“二圣”。每视朝，殿中垂帘，帝与后偶坐，生杀赏罚惟所命。当其忍断，虽甚爱，不少隐也㉖。帝晚益病风不支，天下事一付后。后乃更为太平文治事㉗，大集诸儒内禁殿，撰定《列女传》、《臣轨》、《百僚新诫》、《乐书》等，大氐千余篇。因令学士密裁可奏议。分宰相权。

始，士彟娶相里氏，生子元庆、元爽。又娶杨氏，生三女：伯嫁贺兰越石，早寡，封韩国夫人。仲即后㉘。季嫁郭孝慎，前死㉙。杨以后故，宠日盛，徙封荣国㉚。始，兄子惟良、怀运与元庆等遇杨及后礼薄，后衔不置㉛。及是，元庆为宗正少卿，元爽少府少监，惟良司卫少卿，怀运淄州刺史。它日，夫人置酒，酣，谓惟良曰：“若等记畴日事乎？今谓何？”对曰：“幸以功臣子位朝廷，晚缘戚属进，忧而不荣也。”夫人怒，讽后伪为退让㉜，请惟良等外迁，无示天下私。繇是，惟良为始州刺史，元庆，龙州，元爽，濠州。俄坐事死振州。元庆至州，忧死。韩国出入禁中，一女国姝，帝皆宠之。韩国卒，女封魏国夫人，欲以备嫔职，难于后，未决。后内忌甚，会封泰山，惟良、怀运以岳牧来集，从还京师，后毒杀魏国，归罪惟良等，尽杀之。氏曰“蝮”㉝，以韩国子敏之奉士彟祀。初，魏国卒，敏之入吊，帝为恸，敏之哭不对㉞。后曰：“儿疑我！”恶之，俄贬死。杨氏徙酂、卫二国，咸亨元年卒，追封鲁国，谥忠烈，诏文武九品以上及五等亲与外命妇赴吊，以王礼葬咸阳，给班剑、葆仗、鼓吹。时天下旱，后伪表求避位，不许。俄又赠士彟太尉兼太子太师、太原郡王，鲁国忠烈夫人为妃。

上元元年，进号天后，建言十二事：一、劝农桑，薄赋徭；二、给复三辅地；三、息兵，以道德化天下；四、南北中尚禁浮巧；五、省功费力役；六、广言路；七、杜谗口；八、王公以降皆习《老子》；九、父在为母服齐衰三年；十、上元前勋官已给告身者无追核；十一、京官八品以上益禀入；十二、百官任事久，材高位下者得进阶申滞。帝皆下诏略施行之。

萧妃女义阳、宣城公主幽掖廷，几四十不嫁，太子弘言于帝，后怒，鸩杀弘㉟。帝将下诏逊位于后，宰相郝处俊固谏，乃止。后欲外示宽裕，劫人心使归己，即奏言：“今群臣纳半俸、百姓计口钱以赡边兵，恐四方妄商虚实，请一罢之。”诏可。

仪凤三年，群臣、蕃夷长朝后于光顺门。即并州建太原郡王庙。帝头眩不能视，侍医张文仲、秦鸣鹤曰：“风上逆，砭头血可愈㊱。”后内幸帝殆㊲，得自专。怒曰：“是可斩，帝体宁刺血处邪？”医顿首请命。帝曰：“医议疾，乌可罪？且吾眩不可堪，听为之！”医一再刺，帝曰：“吾目明矣！”言未毕，后帘中再拜谢，曰：“天赐我师！”身负缯宝以赐㊳。

帝崩，中宗即位。天后称皇太后，遗诏军国大务听参决㊴。嗣圣元年，太后废帝为庐陵王，自临朝，以睿宗即帝位。后坐武成殿，帝率群臣上号册㊵。越三日，太后临轩㊶，命礼部尚书摄太尉武承嗣、太常卿摄司空王德真册嗣皇帝。自是太后常御紫宸殿，施惨紫帐临朝㊷。追赠五世祖后魏散骑常侍克己为鲁国公，妣裴即其国为夫人。高祖齐殷州司马居常为太尉、北平郡王，妣刘为王妃。曾祖永昌王谘议参军、赠齐州刺史俭为太尉、金城郡王，妣宋为王妃。祖隋东郡丞、赠并州刺史、大都督华为太尉、太原郡王，妣赵为王妃。皆置园邑㊸，户五十。考为太师㊹、魏王，加实户满五千，妣为王妃，王园邑守户百。时睿宗虽立，实囚之，而诸武擅命㊺。又谥鲁国公曰靖，裴为靖夫人。北平郡王曰恭肃，金城郡王曰义康，太原郡王曰安成，妃从夫谥。太后遣册武成殿使者告五世庙室。

于是柳州司马李敬业、括苍令唐之奇、临海丞骆宾王疾太后胁逐天子，不胜愤，乃募兵杀扬州大都督府长史陈敬之，掳州欲迎庐陵王，众至十万。楚州司马李崇福连和，盱眙人刘行举婴城不肯从㊻，敬业攻之，不克。太后拜行举游击将军，擢其弟行实楚州刺史㊼。敬业南度江取润州，杀刺史李思文。曲阿令尹元贞拒战死。太后诏左玉钤卫大将军李孝逸为扬州道行军大总管，率兵三十万讨之，战于高邮，前锋左豹韬果毅成三朗为唐之奇所杀。又以左鹰扬卫大将军黑齿常之为江南道行军大总管，并力㊽。敬业兴三月败，传首东都，三州平。

始，武承嗣请太后立七庙，中书令裴炎沮止。及敬业之兴，下炎狱，杀之，并杀左威卫大将军程务挺。太后方怫恚㊾。一日，召群臣廷让曰㊿："朕于天下无负，若等知之乎？"群臣唯唯。太后曰："朕辅先帝逾三十年，忧劳天下。爵位富贵，朕所与也，天下安佚，朕所养也。先帝弃群臣，以社稷为托，朕不敢爱身，而知爱人。今为戎首者皆将相，何见负之遽？且受遗老臣忧愠难制有若裴炎乎？世将种能合亡命若徐敬业乎？宿将善战若程务挺乎？彼皆人豪，不利于朕，朕能戮之。公等才有过彼，早为之。不然，谨以事朕，无诒天下笑○51。"群臣顿首，不敢仰视，曰："惟陛下命。"

久之，下诏阳若复辟者。睿宗揣非情○52，固请临朝，制可。乃冶铜匦为一室○53，署东曰"延恩"，受干赏自言。南曰"招谏"，受时政失得。西曰"申冤"，受抑枉所欲言。北曰"通玄"，受谶步秘策○54。诏中书门下一官典领○55。

太后不惜爵位，以笼四方豪杰自为助。虽妄男子，言有所合，辄不次官○56。至不称职，寻亦废诛不少纵，务取实材真贤。又畏天下有谋反逆者，诏许上变，在所给轻傅，供五品食，送京师，即日召见，厚饵爵赏歆动之○57。凡言变，吏不得何诘○58，虽耘夫荛子必亲延见○59，稟之客馆。敢稽若不送者○60，以所告罪之。故上变者遍天下，人人屏息，无敢议。

新丰有山因震突出，太后以为美祥，赦其县，更名庆山。荆人俞文俊上言："人不和，疣赘生。地不和，堆阜出○61。今陛下以女主处阳位，山变为灾，非庆也。"太后怒，投岭外。

诏毁乾元殿为明堂，以浮屠薛怀义为使督作○62。怀义，鄠人，本冯氏，名小宝，伟岸淫毒，佯狂洛阳市，千金公主嬖之○63。主上言："小宝可入侍。"后召与私○64，悦之。欲掩迹，得通籍出入，使祝发为浮屠○65，拜白马寺主。诏与太平公主婿薛绍通昭穆，绍父事之。给厩马，中官为驺侍，虽承嗣、三思皆尊事惟谨。至是护作，士数万，巨木率一章千人乃能引。又度明堂后为天堂，鸿丽严奥次之○66。堂成，拜左威卫大将军、梁国公。

始作崇先庙于西京，享武氏○67。承嗣伪款洛水石，导使为帝，遣雍人唐同泰献之。后号为"宝图"，擢同泰游击将军。于是汜人又上瑞石，太后乃郊上帝谢况○68，自号圣母神皇。作神皇玺，改宝图曰"天授圣图"。号洛水，曰永昌水，图所曰圣图泉。勒石洛坛左曰"天授圣图之表○69"，改汜水曰广武。时柄去王室，大臣重将皆挠不得逞，宗室孤外无寄足地。于是，韩王元嘉等谋举兵唱天下○70，迎还中宗。琅邪王冲、越王贞先发，诸王仓卒无应者，遂败。元嘉与鲁王灵夔等皆自杀，余悉坐诛，诸王牵连死灭殆尽，子孙虽婴褓亦投岭南。太后身拜洛受图，天子率太子、群臣、蛮夷以次列，大陈珍禽、奇兽、贡物、卤簿坛下，礼成去。

永昌元年，享万象神宫。改服衮冕○71，搢大圭○72，执镇圭，睿宗亚献，太子终献。合祭天地，五方帝、百神从。以高祖、太宗、高宗配，引魏王士濩从配○73。班九条，训百官。遂大飨群臣○73。

号士襏周忠孝太皇，杨忠孝太后。以文水墓为章德陵，咸阳墓为明义陵。太原安成王为周安成王，金城郡王为魏义康王，北平郡王为赵肃恭王，鲁国公为太原靖王。

载初中，又享万象神宫。以文穆、文德二皇后配皇地祇[74]，引周忠孝太后从配。作曌、丙、埊、⊘、囝、〇、凰、忥、忠、𤆬、埊、𠀀十有二文。太后自名曌，改诏书为制书。以周、汉为二王后，虞、夏、殷后为三恪[75]，除唐属籍。拜薛怀义辅国大将军，封鄂国公，令与群浮屠作大云经，言神皇受命事。春官尚书李思文诡言："《周书武成》为篇，辞有'垂拱天下治'，为受命之符。"后喜，皆班示天下，稍图革命[76]。然畏人心不肯附，乃阴忍鸷害，肆斩杀怖天下。内纵酷吏周兴、来俊臣等数十人为爪吻，有不慊若素疑惮者，必危法中之[77]。宗姓侯王及它骨鲠臣、将相骈颈就铁[78]，血丹狴户[79]，家不能自保。太后操鈇具坐重帏，而国命移矣。

御史傅游艺率关内父老请革命，改帝氏为武。又胁群臣固请，妄言凤集上阳宫，赤雀见朝堂。天子不自安，亦请氏武，示一尊。太后知威柄在己，因大赦天下，改国号周，自称圣神皇帝。旗帜尚赤[80]，以皇帝为皇嗣。立武氏七庙于神都。尊周文王为文皇帝，号始祖，妣姒曰文定皇后；武王为康皇帝，号睿祖，妣姜曰康惠皇后；太原靖王为成皇帝，号严祖，妣曰成庄皇后；赵肃恭王为章敬皇帝，号肃祖，妣曰章敬皇后；魏义康王为昭安皇帝，号烈祖，妣曰昭安皇后；祖周安成王为文穆皇帝，号显祖，妣曰文穆皇后；考忠孝太皇为孝明高皇帝，号太祖，妣曰孝明高皇后。罢唐庙为享德庙，四时祠高祖以下三室，余废不享。至日，祀上帝万象神宫，以始祖及考妣配，以百神从祀。尽王诸武。诏并州文水县为武兴，比汉丰、沛，百姓世给复。以始祖冢为德陵，睿祖为乔陵，严祖为节陵，肃祖为简陵，烈祖为靖陵，严祖为永陵，章德陵为昊陵，明义陵为顺陵。

太后虽春秋高，善自涂泽[81]，虽左右不悟其衰。俄而二齿生，下诏改元为长寿。明年，享神宫，自制大乐，舞工用九百人。以武承嗣为亚献，三思为终献。帝之为皇嗣，公卿往往见之。会尚方监裴匪躬、左卫大将军阿史那元庆、白涧府果毅薛大信、监门卫大将军范云仙潜谒帝，皆腰斩都市，自是公卿不复上谒[82]。

有上封事[83]，言岭南流人谋反者。太后遣摄右台监察御史万国俊就按[84]，得实即论决。国俊至广州，尽召流人，矫诏赐自尽，皆号哭不服。国俊驱之水曲[85]，使不得逃，一日戮三百余人。乃诬奏流人怨望[86]，请悉除之。于是太后遣右卫翊府兵曹参军刘光业、司刑评事王德寿、苑南面监丞鲍思恭、尚辇直长王大贞、右武卫兵曹参军屈贞筠，皆摄监察御史，分往剑南、黔中、安南等六道讯鞫[87]，而擢国俊左台侍御史。光业等亦希功于上，惟恐杀人之少。光业杀者九百人，德寿杀七百人，其余亦不减五百人。太后久乃知其冤，诏六道使所杀者还其家。国俊等亦相踵而死，皆见有物为厉云。

太后又自加号金轮圣神皇帝，置七宝于廷：曰金轮宝，曰白象宝，曰女宝，曰马宝，曰珠宝，曰主兵臣宝，曰主藏臣宝，率大朝会则陈之。又尊其显祖为立极文穆皇帝，太祖为无上孝明高皇帝。延载二年，武三思率蕃夷诸酋及耆老请作天枢，纪太后功德，以黜唐兴周，制可。使纳言姚璹护作镮。乃大裒铜铁合冶之[88]，署曰"大周万国颂德天枢"，置端门外。其制若柱，度高一百五尺，八面，面别五尺，冶铁象山为之趾。负以铜龙，石镵怪兽环之。柱颠为云盖，出火珠，高丈，围三之。作四蛟，度丈二尺，以承珠。其趾山周百七十尺，度二丈。无虑用铜铁二百万斤[89]。乃悉镂群臣、蕃酋名氏其上。

薛怀义宠稍衰，而御医沈南璆进。怀义大望[90]，因火明堂。太后羞之，掩不发。怀义愈很恣怏怏[91]。乃密诏太平公主择健妇缚之殿中，命建昌王武攸宁、将作大匠宗晋卿率壮士击杀之，以畚车载尸还白马寺[92]。怀义负幸昵，气盖一时，出百官上，其徒多犯法。御史冯思勖劾其奸，怀义怒，遇诸道，命左右殴之，几死，弗敢言。默啜犯塞，拜新平、伐逆、朔方道大总管，提十八将军兵击胡，宰相李昭德、苏味道至为之长史、司马。后厌人禁中，阴募力少年千人为浮屠，有逆谋。侍御史周矩劾状请治验，太后曰："第出，朕将使诣狱。"矩坐台，少选，怀义怒马造廷，直往坐大榻上，矩召吏受辞，怀义即乘马去。矩以闻，太后曰："是道人素狂，不足治，力少年听穷劾㉝。"矩悉投放丑裔㉞。怀义构矩，俄免官。

太后祀天南郊，以文王、武王、土㦛与唐高祖并配。太后加号天册金轮圣神皇帝。遂封嵩山，禅少室，册山之神为帝，配为后㉟。封坛南有大槲㊱，赦日置鸡其杪，赐号"金鸡树"。自制升中述志，刻石示后。改明堂为通天宫。铸九州鼎，各位其方，列廷中。又敛天下黄金作大仪钟，不克。久之，以崇先庙为崇尊庙，礼视太庙，旋复崇尊庙为太庙。

自怀义死，张易之、昌宗得幸，乃置控鹤府。有监，有丞及主簿、录事等。监三品，以易之为之。太后自见诸武王非天下意，前此中宗自房州还，复为皇太子。恐百岁为唐宗室躏藉无死所㊲，即引诸武及相王、太平公主誓明堂，告天地，为铁券使藏史馆。改昊陵署为攀龙台。久视初，以控鹤监为天骥府，又改奉宸府，罢监为令，以左右控鹤为奉宸大夫，易之复为令。

神龙元年，太后有疾，久不平，居迎仙院。宰相张柬之与崔玄暐等建策，请中宗以兵入诛易之、昌宗。于是羽林将军李多祚等帅兵自玄武门入，斩二张于院左。太后闻变而起，桓彦范进请传位，太后返卧，不复语。中宗于是复即位。徙太后上阳宫，帝率百官诣观风殿问起居，后率十日一诣宫，俄朝朔、望。废奉宸府官，迁东都武氏庙于崇尊庙，更号崇恩，复唐宗庙。诸武王者咸降爵。是岁，后崩，年八十一。遗制称则天大圣皇太后，去帝号。谥曰则天大圣后，祔乾陵㊳。

会武三思烝韦庶人㊴，复用事。于是大旱，祈陵辄雨。三思讽帝诏崇恩庙祠如太庙，斋郎用五品子。博士杨孚言："太庙诸郎取七品子，今崇恩取五品，不可。"帝曰："太庙如崇恩可乎？"孚曰："崇恩太庙之私，以臣准君则僭，以君准臣则惑。"乃止。及韦、武党诛，诏则天大圣皇后复号天后，废崇恩庙及陵。景云元年，号大圣天后。太平公主奸政，请复二陵宫，又尊后曰天后圣帝，俄号圣后。太平诛，诏黜周孝明皇帝号，复为太原郡王，后为妃。罢昊、顺等陵。开元四年，追号则天皇后。太常卿姜皎建言："则天皇后配高宗庙，主题天后圣帝，非是，请易题为则天皇后武氏。"制可。

---

①㦛（huò），音或。

②恸泣与决：失声大哭与女儿决别。

③趚：对。

④比丘尼：女僧。

⑤入侍：入宫侍奉。

⑥阴：暗中。

⑦佛庐：佛寺。

⑧挠：挠乱。　　妃：此指萧淑妃。

⑨下辞降体事后：低声下气地讲话，卑屈地侍奉皇后。

⑩浸：渐渐。

⑪款：殷勤。

⑫遗：送给。

⑬后就顾弄：皇后前去看望，逗弄孩子。

⑭昭仪潜毙儿衾下：昭仪暗中在被子里把女儿掐死。

⑮后适来：皇后刚才来过。
⑯今又尔邪：今又如此可恶。
⑰訾（zǐ，音子）：毁谤；诋毁。
⑱厌胜：古代迷信认为能以诅咒制胜。
⑲濒死固争：冒死争辩。
⑳险侧：阴险不正。
㉑解释讥噪：解除消释人们的指责议论。
㉒宠煽赫然：骄纵炽盛，威势显赫。
㉓蛊祝：用巫术诅咒害人的邪术。
㉔趣：催促。
㉕佛旨：违旨。
㉖隐：怜悯。
㉗更：接连。
㉘仲：排行第二。
㉙前死：早死。
㉚徙封：改封。
㉛衔：怀恨。　　置：释放。
㉜讽：示意。
㉝氏曰“蝮”：改他们的姓为“蝮”。
㉞不对：不说话。
㉟鸩（zhèn，音震）：毒酒。
㊱砭头血：用石针刺头上的穴位出血。
㊲后内幸帝殆：皇后暗自庆幸皇帝病危。
㊳缯（zēng，音增）：丝织物的总称。
㊴听参决：听凭太后参予决定。
㊵号册：尊号、册号。
㊶轩：殿前平台。
㊷施：挂上。　　惨：色彩暗淡。
㊸园邑：守护陵园的居民区。
㊹考：死去的父亲。
㊺诸武：而武氏家族诸人。
㊻婴城：环城固守。
㊼擢（zhuó，音卓）：提拔。
㊽并力：合力讨伐。
㊾怫恚（fú huì，音浮会）：愤怒。
㊿让：责备。
(51)诒：给与。
(52)揣：估量。
(53)匭（guǐ，音鬼）：匣子。
(54)谶（chèn，音衬）：预言吉凶的失的文字、图记。
(55)典：掌管。
(56)辄不次官之：就不按平常的次序任官职。
(57)歆动：感动。
(58)诘（jié，音杰）：追问。
(59)耘夫：农夫。　　荛子（ráo，音饶）：樵夫。　　延：迎接。
(60)稽（ji，音激）：拖延。
(61)堆阜出：生出土山。

62浮屠：僧人。

63嬖（bì，音毕）：宠爱。

64私：私通。

65祝发：削发。

66严奥：庄严、幽深。

67享：供奉。

68况：赏赐。

69勒石：刻石。

70唱：倡导。

71衮（gǔu，音滚）：古代君王等的礼服。

72搢（jìn，音进）：插着。　　　大圭（guì，音规）：佩玉，作丁字形，插在衣带间以记事备忘。

73配：在祭祀时附带被祭。

74地祇（qí，音其）：地神。

75三恪（ke，音克）：古代新的统治王朝为笼络人心，巩固其统治，往往封前代三个王朝的子孙，给予王候名号，被称之三恪。

76稍图革命：慢慢地图谋改朝换代。

77中：诬陷。

78骨鲠：比喻正直。　　　骈颈就铁：被砍头杀死。

79狴（bì，音毕）：牢狱。

80尚：尊尚。

81涂泽：修饰容貌。

82上谒：请求进见。

83封事：密封的奏章。

84按：审查。

85水曲：水边。

86怨望：心怀不满。

87讯鞫（jǔ，音居）：审讯。

88裒（póu，音剖）：收聚。

89无虑：大略。

90望：怨恨。

91怏怏（yàng，音样）：不服气，不乐意。

92畚（běn，音本）车：农具车。

93穷：彻底。

94裔：边远的地方。

95配：山神之妻。

96槲（hú，音胡）：一种树木。

97蹂藉：欺压伤害。

98祔：合葬。

99烝：以下淫上，指和母辈通奸。

杨贵妃传

玄宗贵妃杨氏,隋梁郡通守汪四世孙。徙籍蒲州①,遂为永乐人。幼孤②,养叔父家。始为寿王妃。开元二十四年,武惠妃薨③,后廷无当帝意者④。或言妃姿质天挺,宜充掖廷⑤。遂召内禁中,异之,即为自出妃意者,丐籍女官⑥,号"太真",更为寿王聘韦诏训女,而太真得幸⑦。善歌舞,邃晓音律⑧,且智算警颖,迎意辄悟。帝大悦,遂专房宴⑨,宫中号"娘子",仪体与皇后等。

天宝初,进册贵妃⑩。追赠父玄琰太尉、齐国公。擢叔玄珪光禄卿⑪,宗兄铦鸿胪卿,锜侍御史,尚太华公主⑫。主,惠妃所生,最见宠遇。而钊亦寖显⑬。钊,国忠也。三姊皆美劭⑭,帝呼为姨。封韩、虢、秦三国,为夫人。出入宫掖,恩宠声焰震天下。每命妇入班⑮,持盈公主等皆让不敢就位。台省、州县奉请托,奔走期会过诏敕。四方献饷结纳,门若市然⑯。建平、信成二公主以与妃家忤⑰,至追内封物,驸马都尉独孤明失官。

它日,妃以谴还铦第。比中仄⑱,帝尚不御食,笞怒左右。高力士欲验帝意⑲,乃白以殿中供帐、司农酒饩百余车送妃所,帝即以御膳分赐。力士知帝旨,是夕,请召妃还,下钥安兴坊门驰入⑳。妃见帝,伏地谢。帝释然,抚尉良渥㉑。明日,诸姨上食,乐作,帝骤赐左右不可赀㉒。由是愈见宠,赐诸姨钱岁百万为脂粉费。铦以上柱国门列戟,与锜、国忠、诸姨五家第舍联亘,拟宪宫禁,率一堂费缗千万。见它第有胜者,辄坏复造,务以瑰侈相夸诩,土木工不息。帝所得奇珍及贡献分赐之,使者相衔于道,五家如一。

妃每从游幸,乘马则力士授辔策。凡充锦绣官及冶璪金玉者,大抵千人。奉须索,奇服秘玩,变化若神。四方争为怪珍入贡,动骇耳目。于是岭南节度使张九章、广陵长史王翼以所献最。进九章银青阶,擢翼户部侍郎,天下风靡。妃嗜荔支,必欲生致之,乃置骑傅送,走数千里,味未变已至京师。

天宝九载,妃复得谴还外第,国忠谋于吉温。温因见帝曰:"妇人过忤当死,然何惜宫中一席广为铁锧地㉓,更使外辱乎?"帝感动,辍食,诏中人张韬光赐之。妃因韬光谢帝曰:"妾有罪当万诛,然肤发外皆上所赐,今且死,无以报。"引刀断一缭发奏之,曰:"以此留诀。"帝见骇惋,遽召入,礼遇如初。因又幸秦国及国忠第,赐两家钜万。

国忠既遥领剑南㉔。每十月,帝幸华清宫,五宅车骑皆从,家别为队,队一色,俄五家队合,烂若万花,川谷成锦绣,国忠导以剑南旗节。遗钿堕舄㉕,瑟瑟玑琲㉖,狼藉于道,香闻数十里。十载正月望夜,妃家与广宁主僮骑争阛门,鞭挺谨竞,主堕马,仅得去。主见帝泣,乃诏杀杨氏奴,贬驸马都尉程昌裔官。国忠之辅政,其息昢尚万春公主,暄尚延和郡主;弟鉴尚承荣郡主。又诏为玄琰立家庙,帝自书其碑。铦、秦国早死,故韩、虢与国忠贵最久。而虢国素与国忠乱,颇为人知,不耻也。每入谒,并驱道中,从监、侍姆百余骑,炬蜜如昼,靓妆盈里,不施帏障,时人谓为"雄狐"。诸王子孙凡婚聘,必先因韩、虢以请,辄皆遂,至数百千金以谢。

初,安禄山有边功,帝宠之。诏与诸姨约为兄弟,而禄山母事妃。来朝,必宴饯结欢。禄山反,以诛国忠为名,且指言妃及诸姨罪。帝欲以皇太子抚军,因禅位。诸杨大惧,哭于廷。国忠入白妃,妃衔块请死㉗,帝意沮,乃止。及西幸至马嵬,陈玄礼等以天下计诛国忠,已死,军不解。帝遣力士问故。曰："祸本尚在！"帝不得已，与妃诀，引而去。缢路祠下，裹尸以紫茵，瘗道侧㉘，年三十八。

帝至自蜀，道过其所，使祭之，且诏改葬。礼部侍郎李揆曰："龙武将士以国忠负上速乱㉙，为天下杀之，今葬妃，恐反仄自疑。"帝乃止。密遣中使者具棺椁它葬焉㉚。启瘗，故香囊犹在。中人以献。帝视之，凄感流涕，命工貌妃于别殿，朝夕往，必为鲠欷㉛。

马嵬之难，虢国与国忠妻裴柔等奔陈仓，县令率吏追之，意以为贼㉜，弃马走林。虢国先杀其二子，柔曰："丐我死！"即并其女刺杀之，乃自刭，不殊㉝，吏载置于狱。问曰："国家乎？贼乎？"吏曰："互有之。"乃死，瘗陈仓东郭外。

---

①徙籍：迁移居住。

②幼孤：幼年丧父。

③薨（hōng，音轰）：死。

④当：中。

⑤掖廷：宫中嫔妃居住的地方。

⑥丐籍：请求出家；女官：女道士。

⑦幸：宠爱。

⑧邃（suì，音岁）：深。

⑨遂专房宴：于是独占宠爱；等：同。

⑩册：封。

⑪擢（zhúo，音卓）：提拔。　　尚：娶。

⑬浸（jìn，音进）：逐渐。

⑭仴（shào，音哨）：美好。

⑮命妇：受有封号的妇女。　　入班：入朝。

⑯门若市然：门庭若市。

⑰忤（wu，音午）：抵触。

⑱比中仄：日头已经偏西。

⑲验：试探。

⑳钥（yào，音要）：钥匙。

㉑渥（wò，音握）：优厚。

㉕赀（zī，音兹）：估量。

㉓铁锧地：行刑之地。

㉔遥领：担任职名而不亲往任职。

㉕遗钿堕舄：遗落铜钱掉下鞋子。

㉖瑟瑟玑琲：珍宝串珠。

㉗衔块：旧俗人死，口中含物。因而请罪的人口含土块以表自己有罪。

㉘瘗（yì，音益）：埋。

㉙负上：辜负皇上。

㉚中使者：帝王宫廷中派出的使官，多数由宦官充任。

㉛鲠欷（gěng xī，音耿希）：哽咽叹息。

㉜意：以为。

㉝不殊：没死。

李 密 列 传

李密字玄邃，一字法主，其先辽东襄平人。曾祖弼，魏司徒。赐姓徒何氏，入周为太师、魏国公。祖曜，邢国公。父宽，隋上柱国、蒲山郡公。遂家长安。

密趣解雄远，多策略，散家赀养客礼贤不爱藉。以荫为左亲卫府大都督、东宫千牛备身①。额锐角方，瞳子黑白明澈。炀帝见之，谓宇文述曰："左仗下黑色小儿为谁？"曰："蒲山公李宽子密。"帝曰："此儿顾盼不常，无入卫。"它日，述谕密曰："君世素贵，当以才学显，何事三卫间哉！"密大喜，谢病去，感厉读书②。闻包恺在缑山，往从之。以蒲鞯乘牛③，挂《汉书》一帙角上，行且读。越国公杨素适见于道，按辔蹑其后④。曰："何书生勤如此？"密识素，下拜。问所读，曰：《项羽传》。因与语，奇之。归谓子玄感曰："吾观密识度，非若等辈⑤。"玄感遂倾心结纳。尝私密曰："上多忌，隋历且不长，中原有一日警，公与我孰后先？"密曰："决两阵之胜，噫呜咄嗟，足以眘敌⑥，我不如公。揽天下英雄驭之，使远近归属，公不如我。"

大业九年，玄感举兵黎阳，遣人入关迎密。密至，谋曰："今天子远在辽左，去幽州尚千里。南限巨海，北阻强胡，号令所通，惟榆林一道尔。若鼓而入蓟，直扼其喉，高丽抗其前，我乘其后，不旬月赍粮竭⑦，举麾召之，众可尽取。然后传檄而南⑧，天下定矣，上计也。关中四塞之地，彼留守卫文昇，易人耳⑨。若径行勿留，直保长安，据函、崤，东制诸夏，是隋亡襟带⑩，我势万全，中计也。若因近趣便⑪，先取东都，顿兵坚城下，不可以胜负决，下计也。"玄感曰："公之下计，乃吾上策。今百官家属皆在洛，当先取之，以摇其心。且经城不拔，何以示武？"密计不行。玄感至东都，所战必克，自谓功在旦暮。既获内史舍人韦福嗣，遂任之，故谋不专密。福嗣耻见执，策议皆持两端。密揣其贰，谓玄感曰："福嗣穷，为我虏，志在观望。公初举大事，奸人在侧，事必败，请斩以徇⑫。"不从。密谓所亲曰："玄感好反而不图胜，吾属虏矣！"福嗣果遁去⑬。会左武候大将军李子雄得罪，传送行在⑭，道杀使者，奔玄感。劝举大号。玄感问密，密曰："昔张耳谏陈胜自王，荀彧止魏武求九锡，皆见疑外，今密将无类之乎？然阿谀顺旨，非义士也。且公虽屡胜，而郡县未有应者。东都尚强，救兵踵来，公当率精甲，身定关中，奈何亟自帝？"玄感笑而止。

及隋军至，玄感曰："策安决？"密曰："元弘嗣方戍陇右，可阳言其反，使迎我，因引军西。"从之。至陕，欲围弘农宫。密曰："今绐众入关，机在速。而追兵踵我，若前不得据险，退无所守，何以共完！"玄感不听。留攻三日，不能拔，引去。至阌乡，追及而败。

密羸行入关⑮，为逻所获，与支党护送帝所。密谓众曰："吾等至行在，且葅醢⑯，今尚可以计脱，何为安就鼎镬⑰？"众然之。乃令出所有金示监使曰："即死，幸报德。"使者顾金⑱，禁渐弛，益市酒，饮笑谨哗。守者懈，密等遂夜亡去。抵平原，贼郝孝德不见礼，去之淮阳。岁饥，削木皮以食。变姓名为刘智远，教授诸生自给，郁郁不得志，哀吟泣下。人有告太守赵佗者，佗捕之，遁免。往依婿婿雍丘令丘君明⑲，转匿大侠王季才家，为吏迹捕。复亡去。

时东郡贼翟让聚党万人，密因介其徒王伯当以策干让曰："今主昏于上，人怨于下，锐兵尽之辽海，和亲绝于突厥，南巡流连，空异关辅⑳，此实刘、项挺兴之会。足下资豪杰，士马精勇，指罪诛暴，为天下先，杨氏不足亡也㉑。"让由是加礼，遣说诸贼，至辄下。因为让计曰：

"今禀无见粮，难以持久，卒遇敌，其亡无时。不如取荥阳，休兵馆谷^㉒，待士逸马肥，乃可与人争利。"让听之，遂破金堤关，徇荥阳诸县^㉓，皆下。荥阳太守杨庆、河南讨捕大使张须陀合兵讨让，让素惮须陀，欲引去。密曰："须陀健而无谋，且骤胜易骄，吾为公破之。"让不得已，阵而待。密率骁勇常何等二十人为游骑，伏千兵莽间。须陀素轻让，引兵搏之，让少却，伏发，与游军乘之，遂杀须陀。

十三年，让分兵与密，别为牙帐^㉔，号蒲山公。密持军严，虽盛夏号令，士皆若负霜雪。然战得金宝，尽散之，繇是人为用^㉕。复说让曰："今群豪竞兴，公宜先天下攘除群凶^㉖，宁常剽夺草间求活哉？若直取兴洛仓，发粟以赈穷乏，百万之众一朝可附，霸王之业成矣。"让曰："仆起畎陇^㉗，志不及此。须君得仓，更议之。"

二月，密以千人出阳城北。逾方山，自罗口拔兴洛仓，据之，获县长柴孝和。开仓赈食，众繈属至数十万^㉘。隋越王侗遣将刘长恭、房崱讨密，又令裴仁基统兵出成皋西。密乃为十队，跨洛水，抗东、西二军。令单雄信、徐世勣、王伯当骑为左右翼，自引麾下急击长恭等，破之。东都震恐，众保太微城，台寺俱满^㉙。

让等乃推密为主，建号魏公。巩南设坛场，即位，刑牲歃血^㉚，改元永平。大赦，其文移称行军元帅魏公府。以让为司徒，邴元真左长史，房彦藻右长史，杨德方左司马，郑德韬右司马，单雄信左武候大将军，徐世勣右武候大将军，祖君彦记室。城洛口，周四十里，居之。命护军将军田茂广造云旝三百具^㉛，以机发石，为攻城械，号"将军炮"。进逼东都，烧上春门。

四月，隋虎牢将裴仁基、淮阳太守赵佗降，长白山贼孟让以所部归密。以仁基为上柱国，与让率兵二万袭回洛仓，守之。入都城掠居人，火天津桥。隋出军乘之，仁基等败，还保巩。司马杨德方战死。密自督众三万，破隋军于故城，复得回洛仓。俄而德韬死，乃以郑廷为左司马，郑虔象右司马。诸贼帅黎阳李文相、洹水张昇、清河赵君德、平原郝孝德皆归密，因袭取黎阳仓。永安大族周法明举江、黄地附之，齐郡贼徐圆朗、任城大侠徐师仁来归。密令幕府移檄州县，列炀帝十罪，天下震动。

护军柴孝和说密曰："秦地阻山带河，项背之亡，汉得之王^㉜。今公以仁基壁回洛，翟让保洛口，公束铠倍道趋长安，百姓谁不郊迎？是征而不战也。众附兵强，然后东向，指捴豪杰，天下廓廓无事矣。今迟之，恐为人先。"密曰："仆怀此久，顾我部皆山东人，今未下洛，安肯与我偕西？且诸将皆群盗，不相统一，败则扫地矣。"遂止。是时，隋军益出，密负锐，急与之确^㉝。中流矢，卧营中。隋军乘之，密众溃，弃仓守洛口。

高祖起师太原，密自谓主盟，遣将军张仁则致书于帝，呼为兄，请以步骑会河内。帝览书，笑曰："密陆梁^㉞，不可折简致之。吾方定京师，未能东略，若不与，是生一隋。密适为吾守成皋，拒东都兵，使不得西，更遣票将莫如密^㉟。吾宁推顺，使骄其志。我得留抚关中，大事济矣^㊱。"令记室温大雅作报书，厚礼尊让。密大喜，示其下，曰："唐公见推，顾天下无可虑者。"遂专事隋。

九月，遣将李士才将兵十二万，攻隋鹰扬郎将张循河阴，举之。循极骂不屈死。齐方士徐鸿客上书劝密因士气趋江都，挟帝以令天下。密异其言，具币邀之，已亡去。炀帝遣王世充选卒十万击密，世充营洛西，战不利，更陈洛北，登山以望洛口。密引度洛，与世充战。密兵多骑与长槊，而北薄山，地隘骑进不得骋^㊲。世充多短兵盾橹^㊳，麾之。密军却，世充乘胜进攻密月城。密还洛南，引而西。突世充营，世充奔还。师徒多丧，孝和溺死洛水，密哭之恸。自是大小六十余战。

翟让部将王儒信惮密威望，劝让自为大冢宰，总秉众务，收密权。让兄宽亦曰："天子当自取，何乃授人？"密闻之，与郑颋阴图让。会世充兵又至，让出拒，少退。密驰助之，战石子河，世充走。明日，高会飨士，让至密所，密令房彦藻引其左右就别帐饮。密出名弓示让。让挽满，遣剑士蔡建从后击之，并杀其兄、侄及儒信。密驰入让壁慰谕③，士无敢动者。以徐世勣、单雄信、王伯当分其兵。隋将杨庆守荥阳，因说下之。世充夜袭仓城，密伏甲殪其众④。

义宁二年，世充复营洛北，为浮梁，绝水以战。密以千骑迎击，不胜。世充进薄其全④，密提敢死士数百邀之，世充大溃，士争桥溺死者数万，洛水为不流，杀大将六人，独世充脱。会夜大雨雪，士卒僵死且尽。密乘锐拔偃师。修金墉城居之，有众三十万。又与东都留守韦津战上春门，执津于阵。将作大匠宇文恺子儒童、河南留守职方郎柳续、河阳都尉独孤武都、河内郡丞柳燮皆降。于是海岱、江淮间争响附④。窦建德、朱粲、杨士林、孟海公、徐圆朗、卢祖尚、周法明等悉上表劝进，府官属亦请之。密曰："东都未平，且勿议。"

五月，越王侗称帝。六月，宇文化及拥兵十余万至黎阳。侗遣使授密太尉、尚书令、东南道大行台行军元帅、魏国公，令平化及而后入辅，密受之。乃引兵东追化及黎阳。密知化及乏食，利速战，乃持重以以老其兵，使徐世勣保黎阳仓，化及攻不可下。密与隔水阵，遥谓化及曰："公家本戎隶破野头尔，父子兄弟受隋恩，至妻公主。上有失德不能谏，又虐弑之，冒天下之恶，今安往？能即降，尚全后嗣。"化及默然良久，乃瞋目为鄙语辱密④。密顾左右曰："此庸人，图为帝，吾当折箠驱之④。"乃以轻骑五百焚其攻具，火终夜不灭。度化及粮尽④，乃伪与和。化及喜。使军恣食④。既而密馈不至，乃寤④。遂大战童山下，密中矢，顿汲县坚壁④。化及势穷，掠汲郡，趣魏县④。其将陈智略、张童仁等率所部兵归密，前后相踵。

初，化及留辎重东郡，遗所署刑部尚书王轨守之。至是，轨举郡降密。由是引而西，遣使朝东都，执弑逆人于弘达献于侗。侗召密入朝，至温，闻世充杀元文都，乃止。遂归金墉，拘侗使不遣。

初，密既杀翟让，心稍骄。不恤士，素无府库财，军战胜，无所赐与。又厚抚新集④，人心始离。民食兴洛仓者，给授无检，至负取不胜④。委于道，践轹狼扈④。密喜，自谓足食。司仓贾润甫谏曰："人，国本；食，人天。今百姓饥捐④，暴骨道路。公虽受命，然赖人之天以固国本。而禀取不节，敖庾之藏有时而傿④，粟竭人散，胡仰而成功？"不听。徐世勣数规其违，密内不怿④，使出就屯，故下苟且无固志。初，世充乏食，密少帛，请交相易，难之。邴元真好利，阴劝密许焉。后世充士饱，降者益少，密悔而止。

武德元年九月，世充悉众决战。先以骑数百度河，密遣迎战，骁将十余人皆被创返④。明日，密留王伯当守金墉，自引精兵出偃师，北阻邙山待之。密议所便，裴仁基曰："世充悉劲兵来，东都必虚，请选众二万向洛，世充必自拔归，我整军徐还④。兵法所谓彼归我出，彼出我归，以疲之也。"密眩于众④，不能用。仁基击地叹曰："公后必悔！"遂出兵阵。世充阴索貌类密者，使缚之。既两军接，埃雾嚣塞，世充军，江淮士，出入若飞，密兵心动。世充督众疾战，使牵类密者过阵④。噪曰："获密矣！"士皆呼万岁，密军乱，遂溃。裴仁基、祖君彦皆为世充所擒，偃师劫郑颋叛归世充。密提众万余驰洛口，将入城，邴元真已输款世充，潜导其军④。密知不发，期世充度兵半洛水，掩击之。候骑不时觉，比出，世充绝河矣。即引骑遁武牢，元真遂降，众稍散。

密将如黎阳。或曰："向杀翟让，世勣伤几死，疮犹未平，今可保乎？"时王伯当弃金墉屯河阳，密轻骑归之。谓曰："败矣，久苦诸君，我今自刭以谢众！"伯当抱密恸绝，众皆泣，莫能仰视。密复曰："幸不相弃，当共归关中。密虽无功，诸君必富贵。"掾柳燮曰④："昔盆子归汉，尚食均输，公与唐同族，虽不共起，然遏隋归路，使无西，故唐不战而据京师，亦公功也。"密又谓伯当曰："将军族重，岂复与孤俱行哉？"伯当曰："昔萧何举宗从汉，今不昆季尽行，以为愧。岂公一失利，轻去就哉？虽陨首穴胸，所甘已。"左右感动，遂来归。

初，密建号登坛，疾风鼓其衣，几仆⁶²。及即位，狐鸣于旁，恶之。及将败，巩数有回风发于地，激砂砾上属天，白日为晦⁶³。屯营群鼠相衔尾西北度洛，经月不绝。

及入关，兵尚二万。高祖使迎劳，冠盖相望。密大喜，谓其徒曰："吾所举虽不就，而恩结百姓，山东连城数百，以吾故，当尽归国。功不减窦融，岂不以台司处我？"及至，拜光禄卿，封邢国公，殊怨望⁶⁴。帝尝呼之弟，妻以表妹独孤氏。后礼寖薄⁶⁵，执政者又求贿，滋不平。因朝会进食，谓王伯当曰："往在洛口，尝欲以崔君贤为光禄，不意身自为此。"

未几⁶⁶，闻故所部将多不附世充者，高祖诏密以本兵就黎阳招抚故部曲，经略东都，伯当以左武卫将军为密副。驰驲东至稠桑驿⁶⁷，有诏复召密，密大惧，谋叛。伯当止之，不从，乃曰："士立义，不以存亡易虑。公顾伯当厚，愿毕命以报。今可同往，死生以之，然无益也。"乃简骁勇数十人，衣妇人服，戴幂䍦，藏刀裙下，诈为家婢妾者，入桃林传合，须臾变服出，据其城。掠畜产，趣南山而东，驰告张善相以兵应己。

熊州副将盛彦师率步骑伏陆浑县南邢公岘之下，密兵度，横出击，斩之，年三十七。伯当俱死，传首京师。时徐世勣尚为密保黎阳，帝遣使持密首往招世勣。世勣表请收葬，诏归其尸，乃发丧，具威仪，三军缟素，以君礼葬黎阳山西南五里，坟高七仞⁶⁸。密素得士，哭多欧血者。

邴元真之降也，世充以为行台仆射，镇滑州。密故将杜才干恨其背密，伪以兵归之，斩取其首，祭密冢，已乃归国。

单雄信，曹州济阴人，与翟让友善。能马上用枪，密军中号"飞将"。偃师败，降世充，为大将。秦王围东都，雄信拒战，枪几及王。徐世勣呵之曰："秦王也！"遂退。后东都平，斩洛渚上。

祖君彦，齐仆射孝徵子。博学强记，属辞赡速⁶⁹。薛道衡尝荐之隋文帝，帝曰："是非杀斛律明月人儿邪？朕无用之。"炀帝立，尤忌知名士，遂调东都书佐，检校宿城令，世谓祖宿城。负其才，常郁郁思乱。及为密草檄，乃深斥主阙。密败，世充见之，曰："汝为贼骂国足未？"君彦曰："跖客可使刺由，但愧不至耳！"世充令扑之⁷⁰。既困卧树下⁷¹。世充已自欲盗隋，中悔。命医许惠照往视之，欲其苏⁷²。郎将王拔柱曰："弄笔生有余罪。"乃蹙其心，即死，戮尸于偃师⁷³。

赞曰："或称密似项羽，非也。羽兴五年霸天下，密连兵数十百战不能取东都。始玄感乱，密首劝取关中。及自立，亦不能鼓而西，宜其亡也。然礼贤得士，乃田横徒欤，贤陈涉远矣！噫，使密不为叛，其才雄亦不可容于时云。

①千牛备身：宿卫侍从官。

②历：发愤。

③蒲：蒲草。鞯（jiān，音尖）：坐垫。

④蹑：紧随。

⑤若：你们。

⑥詟（zhé，音折）：丧胆、惧怕。

⑦赍（jī，音机）：携带。

⑧檄（xì，音习）：古时用以征召、声讨的文书。

⑨易：容易。

⑩襟带：山川屏环绕，如襟如带。比喻地势险要。

⑪趣：趋。

⑫徇：示众。

⑬遁：逃跑。

⑭行在：帝王所在之地。

⑮羸：疲惫。

⑯菹醢（zū hǎi，音租海）：剁成肉酱。古时酷刑之。

⑰鼎镬（hùo，音或）：古代酷刑，用鼎镬烹饪器烹人。

⑱顾：看。

⑲媚婿：妹夫。

⑳辅：古时称京城附近地区为辅。

㉑无时：随时。

㉒馆谷：居其馆，食其谷。

㉓徇（xùn，音迅）：占领。

㉔牙帐：将帅在营帐前树牙旗，所以称牙帐。

㉕繇是：由是。

㉖攘：排除。

㉗畎陇：畎，田间垄沟。陇，农田中种农作物的行。这里指民间。

㉘缱属（qiǎng，音抢）：连续不断。

㉙台寺：官署。

㉚刑：杀。　歃血：古时会盟，双方口含牲畜之血或用血涂于嘴唇，表示诚意。

㉛旝（kuaì，音快）：古时击发石头的战具。

㉜王（wàng，音望）：统治天下。

㉝确：决胜负。

㉞陆梁：猖獗。

㉟票将：猛将。

㊱济：成。

㊲迮（zé，音责）：狭窄。

㊳穳（zuǎn，音缵）：小矛。

㊴壁：军营。

㊵殪（yì，音义）：放箭射死。

㊶薄：迫近。

㊷争响附：争相响应归附。

㊸鄙语：庸俗、浅陋的语言。

㊹箠（chuí，音垂）：马鞭。

㊺度（duó，音夺）：揣度。

㊻恣（zì，音字）：放纵。

㊼寤：醒悟。

㊽顿：住宿。

㊾趣：奔赴。

㊿厚抚新集：厚待新来。

51至负取不胜：以至于不胜负载。

52践轹（róu，音揉）狼扈：践踏狼藉。

53捐：死。

54儩（sì，音四）：尽。

55憙（xǐ，音喜）：喜欢。

56被创：受伤。

(57)徐还：慢慢地返回。
(58)眩（xuàn，音陷）：迷惑。
(59)类：长得像。
(60)潜：暗中。
(61)掾（yuàn，音怨）：官名。
(62)仆：倒下。
(63)晦（huì，音会）：昏暗。
(64)怨望：心怀不满。
(65)寖（jìn，音进）：逐渐。
(66)未几：不久。
(67)驲（yì，音日）：驿。
(68)仞：长度单位。
(69)属辞：撰文。　　赡（shàn，音善）：敏捷。
(70)扑：鞭打。
(71)既：终了。
(72)苏：苏醒过来。
(73)戮尸：古代的一种酷刑，即斩杀死者的尸体。

旧 五 代 史

（选录）

〔宋〕薛居正等　撰

梁太祖纪第一

太祖神武元圣孝皇帝，姓朱氏，讳晃，本名温，宋州砀山人。其先舜司徒虎之后，高祖黯，曾祖茂琳，祖信，父诚。帝即诚之第三子，母曰文惠王皇后。以唐大中六年岁在壬申，十月二十一日夜，生于砀山县午沟里。是夕，所居庐舍之上有赤气上腾，里人望之，皆惊奔而来，曰："朱家火发矣。"及至，则庐舍俨然。既入，邻人以诞孩告，众咸异之。昆仲三人，俱未冠而孤，母携养寄于萧县人刘崇之家。帝既壮，不事生业，以雄勇自负，里人多厌之。崇以其慵惰，每加谴杖。唯崇母自幼怜之，亲为栉发，尝诫家人曰："朱三非常人也，汝辈当善待之。"家人问其故，答曰："我尝见其熟寐之次，化为一赤蛇。"然众亦未之信也。

唐僖宗乾符中，关东荐饥，群贼啸聚。黄巢因之起于曹、濮，饥民愿附者凡数万。帝乃辞崇家，与仲兄存俱入巢军，以力战屡捷，得补为队长。

唐广明元年十二月甲申，黄巢陷长安，遣帝领兵屯于东渭桥。是时，夏州节度使诸葛爽率所部屯于栎阳，巢命帝招谕爽，爽遂降于巢。

中和元年二月，巢以帝为东南面行营先锋使，令攻南阳，下之。六月，帝归长安，巢亲劳于灞上。七月，巢遣帝西拒邠、岐、鄜、夏之师于兴平，所至皆立功。

二年二月，巢以帝为同州防御使，使自攻取。帝乃自丹州南行，以击左冯翊，拔之，遂据其郡。时河中节度使王重荣屯兵数万，纠合诸侯，以图兴复。帝时与之邻封，屡为重荣所败，遂请济师于巢。表章十上，为伪左军使孟楷所蔽，不达。又闻巢军势蹙①，诸校离心，帝知其必败。九月，帝遂与左右定计，斩伪监军使严实，举郡降于重荣。重荣即日飞章上奏。时僖宗在蜀，览表而喜曰："是天赐予也。"乃诏授帝左金吾卫大将军，充河中行营副招讨使，仍赐名全忠。自是率所部与河中兵士偕行，所向无不克捷。

三年三月，僖宗制授帝宣武军节度使，依前充河中行营副招讨使，仍令候收复京阙，即得赴镇。四月，巢军自蓝关南走，帝与诸侯之师俱收长安，乃率部下一旅之众，仗节东下。七月丁卯，入于梁苑。是时帝年三十有二。时蔡州刺史秦宗权与黄巢余孽合从肆虐，共围陈州。久之，僖宗乃命帝为东北面都招讨使。时汴、宋连年阻饥，公私俱困，帑廪皆虚，外为大敌所攻，内则骄军难制，交锋接战，日甚一日，人皆危之，惟帝锐气益振。是岁十二月，帝领兵于鹿邑，与巢众相遇，纵兵击之，斩首二千余级，乃引兵入亳州，因是兼有谯郡之地。

四年春，帝与许州田从异诸军同收瓦子寨，杀贼数万众。是时，陈州四面，贼寨相望，驱掳编氓，杀以充食，号为"春磨寨"。帝分兵鏖扑，大小凡四十战。四月丁巳，收西华寨，贼将黄邺单骑奔陈。帝乘胜追之，鼓噪而进。会黄巢遁去，遂入陈州，刺史赵犨迎于马前。俄闻巢党尚在陈北故阳垒，帝遂迳归大梁。是时，河东节度使李克用奉僖宗诏，统骑军数千同谋破贼，与帝合势于中牟北邀击之，贼众大败于王满渡，多束手来降。时贼将霍存、葛从周、张归厚、张归霸皆匍匐于马前，悉宥而纳之，遂逐残寇，东至于冤句。

五月甲戌，帝与晋军振旅归汴，馆克用于上源驿。既而备犒宴之礼，克用乘醉任气，帝不平之。是夜，命甲士围而攻之。会大雨雷电，克用因得于电光中逾垣遁去，惟杀其部下数百人而已。

六月，陈人感解围之患，为帝建生祠堂于其郡。是岁，黄巢虽殁，而蔡州秦宗权继为巨擘，有众数万，攻陷邻郡，杀掠吏民，屠害之酷，更甚巢贼，帝患之。七月，遂与陈人共攻蔡贼于溵水，杀数千人。九月己未，僖宗就加帝检校司徒、同平章事，封沛郡侯，食邑千户。

光启元年春，蔡贼掠亳、颍二郡，帝帅师以救之，遂东至于焦夷，败贼众数千，生擒贼将殷铁林，枭首以徇军而还②。三月，僖宗自蜀还长安，改元光启。四月戊辰，就加帝检校太保，增食邑千五百户。十二月，河中、太原之师逼长安，观军容使田令孜奉僖宗出幸凤翔。

二年春，蔡贼益炽。时唐室微弱，诸道州兵不为王室所用，故宗权得以纵毒，连陷汝、洛、怀、孟、唐、邓、许、郑，圜幅数千里，殆绝人烟，惟宋、亳、滑、颍仅能闭垒而已。帝累出兵，与之交战，然或胜或负，人甚危之。

三月庚辰，僖宗降制就封帝为沛郡王。是月，僖宗移幸兴元。

五月，嗣襄王煴僭即帝位于长安，改元为建贞。遣使赍伪诏至汴③，帝命焚之于庭。未几，襄王果败。

七月，蔡人逼许州，节度使鹿宴弘使来求救，帝遣葛从周等率师赴援。师未至而城陷，宴弘为蔡贼所害。

十一月，滑州节度使安师儒以怠于军政，为部下所杀。帝闻之，乃遣朱珍、李唐宾袭而取之，由是遂有滑台之地。十二月，僖宗降制就加帝检校太傅，改封吴兴郡王，食邑三千户。

是岁，郑州为蔡贼所陷，刺史李璠单骑来奔，帝宥而纳之，以为行军司马。宗权既得郑，益骄，帝遣裨将逻于金隄驿，与贼相遇，因击之，贼众大败。追至武阳桥，斩首千余级。帝每与蔡人战于四郊，既以少击众，常出奇以制之，但患师少，未快其旨。宗权又以己众十倍于帝，耻于频败，乃誓众坚决以攻夷门。既而获蔡之谍者，备知其事，遂谋济师焉。

三年春二月乙巳，承制以朱珍为淄州刺史，俾募兵于东道④，且虑蔡人暴其麦苗，期以夏首回归。珍既至淄、棣，旬日之内，应募者万余人。又潜袭青州，获马千匹，铠甲称是，乃鼓行而归。四月辛亥，达于夷门，帝喜曰："吾事济矣。"是时，贼将张晊屯于北郊，秦贤屯于版桥，各有众数万，树栅相连二十余里，其势甚盛。帝谓诸将曰："此贼方今息师蓄锐以俟时，必来攻我。况宗权度我兵少，又未知珍来，谓吾畏惧，止于坚守而已。今出不意，不如先击之。"乃亲引兵攻秦贤寨，将士踊跃争先，贼果不备，连拔四寨，斩首万余级，时贼众以为神助。庚午，贼将卢瑭领万余人于圃田北万胜戍夹汴水为营，跨河为梁，以扼运路。帝择精锐以袭之。是日昏雾四合，兵及贼垒方觉，遂突入掩杀，赴水死者甚众，卢瑭自投于河。河南诸贼连败，不敢复驻，皆并在张晊寨。自是蔡寇皆怀震詟⑤，往往军中自相惊乱。帝旋师休息，大行犒赏，繇是军士各怀愤激⑥，每遇敌无不奋勇。

五月丙子，出酸枣门，自卯至未，短兵相接，贼众大败，追斩二十余里，僵仆相枕。宗权耻败，益纵其虐，乃自郑州亲领突将数人，迳入张晊寨。其日晚，大星陨于贼垒，有声如雷。辛巳，兖、郓、滑军士皆来赴援，乃陈兵于汴水之上，旌旗器甲甚盛。蔡人望之，不敢出寨。翌日，分布诸军，齐攻贼寨，自寅至申，斩首二万余级。会夜，收军，获牛马、辎重、生口、器甲不可胜计。是夜宗权、晊遁去。迟明追之，至阳武桥而还。宗权至郑州，乃尽焚其庐舍，屠其郡人而去。始蔡人分兵寇陕、洛、孟、怀、许、汝，皆先据之，因是败也，贼众恐惧，咸弃之而遁。帝乃慎选将佐，俾完葺壁垒，为战守之备，于是远近流亡复归者众矣。是时，扬州节度使高骈为裨将毕师铎所害，复有孙儒、杨行密互相攻伐，朝廷不能制，乃就加帝检校太尉，兼领淮南节度使。

九月，亳州裨将谢殷逐刺史宋衮，自据其郡。帝亲领军屯于太清宫，遣霍存讨平之。帝之御蔡寇也，郓州朱瑄、兖州朱瑾皆领兵来援。及宗权既败，帝以瑄、瑾宗人也，又有力于己，皆厚礼以归之。瑄、瑾以帝军士勇悍，私心爱之，乃密于曹、濮界上悬金帛以诱之，帝军利其货而赴者甚众，帝乃移檄以让之。朱瑄来词不逊，乃命朱珍侵曹伐濮，以惩其奸。未几，珍伐曹州，执刺史丘礼以献，遂移兵围濮。兖、郓之衅，自兹而始矣。

十月，僖宗命水部郎中王赞撰纪功碑以赐帝。是月，帝亲骑数千巡师于濮上，因破朱瑄援师于范县。丁未，攻陷濮州，刺史朱裕单骑奔郓。寻为郓人所败，逾月乃还。

十二月，僖宗遣使赐帝铁券，又命翰林承旨刘崇望撰德政碑以赐帝。

闰月甲寅，帝请行军司马李璠权知淮南留后，乃遣大将郭言领兵援送以赴扬州。

文德元年正月，帝率师东赴淮海，行次宋州，闻杨行密已拔扬州，遂还。是时，李璠、郭言行至淮上，为徐戎所扼，不克进而还。帝怒，遂谋伐徐。

二月丙戌，僖宗制以帝为蔡州四面行营都统，繇是诸镇之师皆受帝之节制。

三月庚子，昭宗即位。是月，蔡人石璠领万众以剽陈、亳。帝遣朱珍率精骑数千擒璠以献。

四月戊辰，魏博乐彦祯失律[⑦]，其子从训出奔相州，使来乞师。帝遣朱珍领大军济河，连收黎阳、临河二邑。既而魏军推小校罗弘信为帅。弘信既立，遣使送款于汴。帝优而纳之，遂命班师。是月，河南尹张全义袭李罕之于河阳，克之。罕之单骑出奔，因乞师于太原，李克用为发万骑以援之。罕之遂收其众，偕晋军合势，急攻河阳。全义危急，遣使求救于汴。帝遣丁会、牛存节、葛从周领兵赴之，大战于温县，晋人与罕之俱败。于是河桥解围，全义归于河阳，因以丁会为河阳留后。

五月己亥，昭宗制以帝检校侍中，增食邑三千户。戊辰，诏改帝乡曰"衣锦乡"，里曰"沛王里"。是月，帝以兼有洛、孟之地，无西顾之患，将大整师徒，毕力诛蔡。会蔡人赵德諲举汉南之地以归于朝廷，且遣使送款于帝，仍誓戮力同讨宗权。帝表其事，朝廷因以德諲为蔡州四面副都统。又以河阳、保义、义昌三节度为帝行军司马兼粮料应接使。至是，帝领诸侯之师会德諲以伐蔡贼于汝水之上，遂薄其城[⑧]。五日之内，树二十八寨以环之，盖象列宿之数也。时帝亲临矢石，一日，飞矢中其左腋，血渍单衣，顾谓左右曰："勿泄。"

九月，以粮运不继，遂班师。是时，帝知宗权残孽不足为患，遂移兵以伐徐。

十月，先遣朱珍领兵与时溥战于吴康镇，徐人大败，连收丰、萧二邑，溥携散骑驰入彭门。帝命分兵以攻宿州，刺史张友携符印以降。既而徐人闭壁坚守，遂命庞师古屯兵守之而还。是月，蔡贼孙儒攻陷扬州，自称淮南节度使。

龙纪元年正月，庞师古攻下宿迁县，进军于吕梁。时溥领军二万，晨压师古之军而阵，师古促战，败之，斩首二千余级，溥复入于彭门。

二月，蔡将申丛遣使来告，缚秦宗权于帐下，折其足而囚之矣。帝即日承制以丛为淮西留后。未几，丛复为都将郭璠所杀。是月璠执宗权来献，帝遣行军司马李璠、牙校朱克让槛进于长安[⑨]。既至，昭宗御延喜楼受俘，即斩宗权于独柳树下。蔡州平。昭宗诏加帝食实封一百户，赐庄宅各一区[⑩]。三月，又加帝检校太尉兼中书令，进封东平王，赏平蔡之功也。

大顺元年四月丙辰，宿州小将张筠逐刺史张绍光，拥众以附时溥。帝率亲军讨之，杀千余人，筠遂坚守。乙卯，时溥出兵暴砀山县，帝遣朱友裕以兵袭之，败徐军三千余众，获沙陁援军石君和等三十人，斩于宿州城下。

六月辛酉，淮南孙儒遣使修好于帝，帝表其事，请以淮南节度授于儒焉。辛未，昭宗命帝为宣义军节度使，充河东东面行营招讨使，时朝廷宰臣张浚将兵讨太原故也。

八月甲寅，昭义都将冯霸杀沙陁所署节度使李克恭来降，帝请河阳节度使朱崇节为潞州留后。戊辰，李克用自率蕃、汉步骑数万以围潞州，帝遣葛从周率骁勇之士，夜中衔枚犯围而入于潞。

九月壬寅，帝至河阳，遣都将李谠引军趋泽、潞，行至马牢川，为晋人所败。帝又遣朱友裕、张全义率精兵至泽州北以为应援。既而崇节、从周弃潞来归。戊申，帝廷责诸将败军之罪，斩李谠、李重胤以徇⑪，遂班师焉。

十月乙酉，帝自河阳赴滑台。时奉诏将讨太原，先遣使假道于魏，魏人不从。先是，帝遣行人雷邺告籴于魏⑫，既而为牙军所杀。罗弘信惧，故不敢从命，遂通好于太原。

十二月辛丑，帝遣丁会、葛从周率众渡河，取黎阳、临河，又令庞师古、霍存下淇门、卫县。帝徐以大军继其后。

二年春正月，魏军屯于内黄。丙辰，帝与之接战，自内黄至永定桥，魏军五败，斩首万余级。罗弘信惧，遣使持厚币请和，帝命止其焚掠而归其俘。弘信繇是感悦而听命焉，乃收军屯于河上。

八月己丑，帝遣丁会急攻宿州，刺史张筠坚守其壁，会乃率众于州东筑堰，壅汴水以浸其城。十月壬午，筠遂降，宿州平。

十一月丁未，曹州禆将郭绍宾杀刺史郭饶，举郡来降。是月，徐将刘知俊率众二千来降，自是徐军不振。

十二月，兖州朱瑾领军三万寇单父，帝遣丁会领大军袭之，败于金乡界，杀二万余众，瑾单马遁去。

景福元年正月，遣丁会于兖州界徙其民数千户于许州。

二月戊寅，帝亲征郓，先遣朱友裕屯军于斗门。甲申，次卫南，有飞鸟止于峻堞之上⑬，鸣噪甚厉，副使李璠曰："将有不如意之事。"是夜，郓州朱瑄率步骑万人袭朱友裕于斗门，友裕拔军南去。乙酉，帝晨救斗门，不知友裕之退，前至斗门者皆为郓人所杀。帝追袭郓人至瓠河，不及，遂顿兵于村落间。时朱瑄尚在濮州。丁亥，遇朱瑄率兵将归于郓，遂来冲击。帝策马南驰，为贼所追，甚急，前有浚沟，跃马而过，张归厚援稍力战于其后⑭，乃免。时李璠与都将数人皆为郓军所杀。

五月丙午，遣朱克让率众暴兖、郓之麦。

十一月，遣朱友裕率兵攻濮州，下之，擒刺史邵儒以献，濮州平。遂命移军伐徐州。

二年四月丁亥，师古下彭门，枭溥首以献。

八月，帝遣庞师古移兵攻兖，驻于曲阜，与朱瑾屡战，皆败之。

十二月，师古遣先锋葛从周引军以攻齐州，刺史朱威告急于兖、郓。既而朱瑄以援兵至，遂固其垒。

乾宁元年二月，帝亲领大军由郓州东路北次于鱼山。朱瑄觇知⑮，即以兵迓至，且图速战。帝整军出寨，时瑄、瑾已阵于前。须臾，东南风大起，我军旌旗失次，甚有惧色，即令骑士扬鞭呼啸。俄而西北风骤发，时两军皆在草莽中，帝因令纵火。既而烟焰亘天，乘势以攻贼阵，瑄、瑾大败。杀万余人，余众拥入清河，因筑京观于鱼山之下，驻军数日而还。

二年正月癸亥，遣朱友恭帅师复伐兖，遂堙而围之。未几，朱瑄自郓率步骑援粮欲入于兖，友恭设伏以败之，尽夺其饷于高吴，因擒蕃将安福顺、安福庆。

二月己酉，帝领亲军屯于单父，以为友恭之援。

四月，濠、寿二州复为杨行密所陷。是时，太原遣将史俨儿、李承嗣以万骑驰入于郓。朱友恭遂归于汴。

八月，帝领亲军伐郓，至大仇，遣前军挑战，设伏于梁山以待之。既而获蕃将史完府，夺马数百匹。朱瑄脱身遁去，复入于郓。

十月，帝驻军于郓，齐州刺史朱琼遣使请降。琼即瑾之从父兄也。帝因移军至兖，琼果来降。未几，琼为朱瑾所绐，掠而杀之，帝即以其弟玭为齐州防御使。

十一月，朱瑄复遣将贺环、柳存及蕃将何怀宝等万余人以袭曹州，庶解兖州之围也。帝知之，自兖领军策马先路至巨野南，追而败之，杀戮将尽，生擒贺环、柳存、何怀宝及贼党三千余人。是日申时，狂风暴起，沙尘沸涌，帝曰："此乃杀人未足耳。"遂下令尽杀所获囚俘，风亦止焉。翼日，縶贺环等以示于兖⑯，帝素知环名，乃释之，惟斩何怀宝于兖城之下，乃班师。

十二月，葛从周领兵复伐兖。既至，与朱瑾战于垒下，杀千余众，擒其将孙汉筠已下二十人，遂旋师。

三年正月，河东李克用既破邠州，欲谋争霸，乃遣蕃将张污落以万骑寨于河北之莘县，声言欲救兖、郓。魏博节度使罗弘信患之，使来求援。

二月，帝领亲军屯于单父，会寒食，帝乃亲拜文穆皇帝陵于砀山县午沟里。

四月辛酉，河东泛涨，将坏滑城，帝令决堤岸以分其势为二河，夹滑城而东，为害滋甚。是月，帝遣许州刺史朱友恭领兵万人渡淮，以便宜从事。时洪、鄂二州累遣使求援，故有是行。

五月，命葛从周统军屯于洹水，以备蕃军。

六月，李克用帅蕃、汉诸军营于斥丘，遣其男落落将铁林小儿三千骑薄于洹水⑰。从周与战，大败之，生擒落落以献。克用悲骇，请修旧好以赎其子，帝不许，遂执落落送于罗弘信，斩之。越七日，我军还屯阳留以伐郓。

八月，复壁于洹水。是时，昭宗幸华州，遣使就加帝检校太师，守中书令。

四年正月，帝以洹水之师大举伐郓。辛卯，营于济水之次，庞师古令诸将撤木为桥。乙未夜，师古以中军先济，声振于郓。朱瑄闻之，弃壁夜走。葛从周逐之至中都北，擒瑄并其妻男以献，寻斩汴桥下。郓州平。己亥，帝入于郓，以朱友裕为郓州兵马留后。时帝闻朱瑾与史俨儿在丰、沛间搜索粮馈，惟留康怀英以守兖州，帝因乘胜遣葛从周以大军袭兖。怀英闻郓失守，俄又我军大至，乃出降。朱瑾、史俨儿遂奔淮南。兖、海、沂、密等州平。乃以葛从周为兖州留后。

五月丁丑，朱友恭遣使上言，大破淮寇于武昌，收复黄、鄂二州。

八月，陕州节度使王珙遣使来乞师。是时，珙弟珂实为蒲帅，迭相愤怒，日寻干戈，而珙兵寡，故来求援。帝遣张存敬、杨师厚等领兵赴陕，既而与蒲人战于猗氏，大败之。

九月，帝以兖、郓既平，将士雄勇，遂大举南征。命庞师古以徐、宿、宋、滑之师直趋清口，葛从周以兖、郓、曹、濮之众径赴安丰。淮人遣朱瑾领兵以拒师古，因决水以浸军，遂为淮人所败，师古殁焉。葛从周行及濠梁，闻师古之败，亦命班师。

---

①蹙（cù，音促）：同"蹙"。缩小；萎缩。

②徇：略地。

③赍（jī，音基）：送；赠。

④俾：使。

⑤詟（zhé，音折）：丧胆；惧怕。

⑥繇（yóu，音尤）：通"由"。从；自。

⑦律：古代爵命的等第。

⑧薄：迫近；侵入。

⑨槛：用囚车（槛车）押送。

⑩区：用于建筑物的量词，相当于"栋"、"间"、"所"、"座"等。

⑪徇：示众。

⑫籴（dí，音迪）：买进粮食。

⑬堞：墙上的矮墙。亦称女墙。

⑭稍（shuò，音朔）：长矛。

⑮觇（chān，音搀）：看；窥看。

⑯絷（zhí，音直）：捆；拴。

⑰男：儿子。

梁太祖纪第二

光化元年正月，帝遣葛从周统诸将略地于山东，遂次于邢、洺。

三月，昭宗以帝兼领天平军节度使，余如故。

四月，沧州节度使卢廷彦为燕军所攻，弃城奔于魏，魏人送于汴。是月，帝以大军至巨鹿，屯于城下，败晋军万余众于青山口，俘马千余匹。丁卯，遣从周分兵攻洺州，斩刺史邢善益，擒将五十余人。

五月己巳，邢州刺史马师素弃城遁去。辛未，磁州刺史袁奉滔自刭而死。五日之内，连下三州。因以葛从周兼邢州昭义军节度使留后，帝遂班师。是时，襄州节度使赵匡凝闻帝军有清口之败，密附于淮夷。

七月，帝遣氏叔琮率师伐之。未几，其泌州刺史赵璠越堳来降①，随州刺史赵琳临阵就擒。

二年正月，淮南杨行密举全吴之众，精甲五万，以伐徐州，帝领大军御之。行密闻帝亲征，乃收军而退。时幽州节度使刘仁恭大举蕃、汉兵号十万以伐魏，遂攻陷贝州，州民万余户，无少长悉屠之。进攻魏州，魏人来乞师，帝遣朱友伦、张存敬、李思安等先屯于内黄，帝遂亲征。

三月，与燕军战于内黄北，燕军大败，杀二万余众，夺马二千余匹，擒都将单无敌已下七十余人。是月，葛从周自山东领其部众，驰以救魏。翼日，乘胜，诸将张存敬以下连破八寨，遂逐燕军，北至于临清，拥其残寇于御河，溺死者甚众。仁恭奔于沧州。

六月，帝表丁会为潞州节度使，以李罕之疾亟故也。又遣葛从周由固镇路入于潞州，以援丁会。

七月壬辰朔，海州陈汉宾拥所部三千奔于淮南。戊戌，晋人陷泽州。帝遣召葛从周于潞，留贺德伦以守之。未几，德伦为晋人所逼，遂弃潞而归。繇是潞州复为晋人所有。

十一月，陕州都将朱简杀留后李璠，自称留后，送款于帝。

三年四月，遣葛从周以兖、郓、滑、魏之师伐沧州。

五月庚寅，攻德州，拔之，枭刺史傅公和于城上。己亥，进攻浮阳。

六月，燕帅刘仁恭大举来援，从周与诸将逆战于乾宁军老鸦堤，大破之，杀万余众，俘其将佐马慎交已下百余人。既而以连雨，遂班师。

八月，河东遣李进通袭陷洺州，执刺史朱绍宗。帝遣葛从周自邺县渡漳水，屯于黄龙镇，亲领中军涉洺而寨。晋人惧而宵遁，洺州复平。

九月，帝以仁恭、进通之入寇也，皆虣镇、定为其囊橐②，即以葛从周为上将以伐镇州。遂攻下临城，渡滹沱以环其城。帝领亲军继至，镇帅王镕惧，纳质请盟，仍献文缯二十万以犒戎士，帝许之。

十月，晋人以帝宿兵于赵，遂南下大行，急攻河阳，留后侯言与都将阎宝力战固守，仅而获全。

十一月，以张存敬为上将，自甘陵发军，北侵幽、蓟，连拔瀛、莫二郡，遂移军以攻中山。定帅王郜以精甲二万战于怀德亭，尽殪之③。郜惧，奔于太原。迟明，大军集于城下，郜季父处直持印钥乞降，亦以缯帛三十万为献，帝即以处直代郜领其镇焉。是月，燕人刘守光赴援中山，寨于易水之上，继为康怀英、张存敬等所败，斩获甚众。繇是河朔知惧，皆弭伏焉。

是岁，唐左军中尉刘季述幽昭宗于东宫内，立皇子德王裕为帝，仍遣其养子希度来言，愿以唐之神器输于帝。帝时方在河朔，闻之，遽还于汴。大计未决，会李振自长安使回，因言于帝曰："夫竖刁、伊戾之乱，所以资霸者之事也。今阉竖幽辱天子，王不能讨，无以令诸侯。"帝悟，因请振复使于长安，与时宰潜谋反正。

天复元年正月乙酉朔，唐宰相崔胤潜使人以帝密旨告于侍卫军将孙德昭已下，令诛左右中尉刘季述、王仲先等，即时迎昭宗于东内，御楼反正。癸巳，降制进封帝为梁王，酬反正之功也。昭宗之废也，汴之邸吏程岩牵昭宗衣下殿。帝闻之，召岩至汴，折其足，送于长安，杖杀之。是时，河中节度使王珂结援于太原，帝怒，遣大将张存敬率将涉河，繇含山路鼓行而进。戊申，攻下绛州。壬子，晋州刺史张汉瑜举郡来降，帝即以大将侯言权领晋州，何絪权领绛州。晋、绛平。己未，大军至河中，存敬命缭其垣而攻之④。壬戌，蒲人扬素幡以请降。庚午，帝至河中，以张存敬权领河中军府事，河中平，帝乃东还。是月，李克用遣牙将张特来聘，请寻旧好，帝亦遣使报命。

三月癸未朔，帝归自河中。是月，遣大将贺德伦、氏叔琮领大军以伐太原。叔琮等自太行路入，魏博都将张文恭自磁州新口入，葛从周以兖、郓之众自土门路入，洺州刺史张归厚以本军自马岭入，定州刺史王处直以本军自飞狐入，晋州侯言自阴地入。泽州刺史李存璋弃郡奔归太原。叔琮引军逼潞州，节度使孟迁乞降。河东屯将李审建、王周领步军一万、骑二千诣叔琮归命，乃进军趋太原。

四月乙卯，大军出石会关，营于洞涡驿。都将白奉国自井陉入，收承天军。张归厚引兵至辽州，刺史张鄂迎降。氏叔琮即日与诸军至晋阳城下，城中虽时出精骑来战，然危蹙已甚，将谋遁矣。会叔琮以刍粮不给，遂班师。

五月癸卯，昭宗以帝兼领护国军节度使、河中尹。

六月庚申，帝发自大梁。丁卯，视事于河中，以素服出郊，拜故节度使王重荣墓。寻辟其子瓒为节度判官⑤，请故相张浚为重荣撰碑。帝自中和初归唐，首依重荣，至是思其旧德，故恩礼若是。

七月甲寅，帝东还梁邸。

十月戊戌，奉密诏赴长安。是时，朝廷既诛刘季述，以韩全海、张弘彦为两军中尉，袁易简、周敬容为枢密使。是时军国大政，专委宰相崔胤，每事裁抑宦官，宦官侧目。胤一日于便殿奏，欲尽去之，全海等属垣闻之，尝于昭宗前祈哀自诉。自是昭宗勑胤，每有密奏，令进囊封。全海等乃访京城美妇人十数以进，使求宫中阴事，昭宗不悟，胤谋渐泄。中官视胤眦裂，以重赂甘言诱藩臣以为城社，时因宴聚，则相向流涕。时胤掌三司货泉，全海等教禁兵伺胤出，聚而呼譟，诉以冬衣减损；又于昭宗前诉之，昭宗不得已罢胤知政事。胤怒，急召帝请以兵入辅，故有是行。戊申，行次河中。同州留后司马邺，华之幕吏也，举郡来降。

辛亥，驻军于渭滨，华帅韩建遣使奉笺纳款，又以银三万两助军。是日，行次零口。癸丑，闻长安乱，昭宗为阉官韩全诲等劫迁，西幸凤翔，盖避帝之兵锋也。翼日，遂命旋师；夕，次于赤水。乙卯，大军集于华州城下，韩建惶骇失措，即以城降。丙辰，帝表建权知忠武军事，促令赴任。同、华二州平。是时，唐太子太师卢知猷等二百六十三人列状请帝速请迎奉。己未，遂帅诸军发自赤水。壬戌，次于咸阳。侦者云："天子昨暮至岐山，且日宋文通扈跸入其阇矣⑥。"是时，岐人遣大将符道昭领兵万人屯于武功以拒帝，帝遣康怀英败之，掳甲士六千余众。乙丑，次于岐山，文通遣使奉书自陈其失，请帝入觐。丙辰，及岐阇，文通渝约⑦，闭壁不获通，复次于岐山。是时，昭宗累遣使赍朱书御札赐帝，遣帝收军还本道，帝诊之曰⑧："此必文通、全诲之谋也。"皆不奉诏。癸酉，飞章奉辞，且移军北伐。乙亥，至邠州，节度使李继徽举城降。继徽因请去文通所赐李姓，复本宗杨氏，又请纳其孥以为质，帝皆从之，仍易其名曰崇本。邠州平。

乙丑，唐丞相崔胤、京兆尹郑元规至华州，以速迎奉为请，许之。

二年正月，帝复次于武功，岐人坚壁不下，乃回军于河中。

二月，闻晋军大举南下，声言来援凤翔，帝遣朱友宁帅师会晋州刺史氏叔琮以御之，帝以大军继其后。

三月，友宁、叔琮与晋军战于晋州之北，大败之，生擒克用男廷鸾。帝喜，谓左右曰："此岐人之所恃也，今既如此，岐之变不久矣。"

四月，岐人遣符道昭领大军屯于虢县，康怀英帅骁骑败之。丁酉，唐丞相崔胤自华来谒帝，屡述艰运危急，事不可缓，又虑群阉拥昭宗幸蜀，且告帝，帝为动容。胤将辞，启宴于府署，帝举酒，胤情激于衷，因自持乐板，声曲以侑酒⑨。帝甚悦，座中以良马珍玩之物赍，既行，命诸将缮戎具。

五月丁巳，帝复西征。

六月丁丑，次于虢县。癸未，与岐军大战，自辰至午，杀万余众，擒其将校数百人，乘胜遂逼其垒。

七月丙午，岐军复出求战，帝军不利。是月，遣孔勍帅师取凤、陇、成三州，皆下之。是时，岐人相率结寨于诸山，以避帝军，帝分兵以讨，浃旬之内⑩，并平之。

九月甲戌，帝以岐军诸寨连结稍盛，因亲统千骑登高诊之。时秋空澄霁，烟霭四绝，忽有紫云如伞盖，凝于龙旌之上，久之方散，观者咸讶之。是时，帝以岐人坚壁不战，且虑师老，思欲旋旆以归河中⑪，因密召上将数人语其事。时亲从指挥使高季昌独前出抗言曰："天下雄杰，窥此举者一岁矣，今岐人已困，愿少俟之。"帝嘉其言，因曰："兵法贵以正理，以奇胜者诈也，乘机集事，必由是乎。"乃命季昌密募人入岐以绐之。寻有骑士马景坚愿应命，且曰："是行也，必无生理，愿录其孥。"帝凄然止其行，景固请，乃许之。明日军出，诸寨屏匿如无人，景因跃马西走，直叩岐阇，诈以军怨东道为告，且言列寨尚留万余人，俟夕将遁矣，宜速掩之。李茂贞信其言，遽启二扉⑫，悉众来寇。时诸军以介马待之，中军一鼓，百营俱进，又分遣数骑以据其阇。岐人进不能驻其趾，退不能入其垒，杀戮踩践，不知其数。茂贞繇是丧胆，但闭壁而已。

十一月癸卯，鄜帅李周彝统兵万余人屯于岐之北原，与城中举烽以相应。翼日，帝以周彝既离本部，鄜时必无守备，因命孔勍乘虚袭下之。甲寅，鄜州平。周彝闻之，收军而遁。茂贞既失鄜州之援，愕然有瓦解之惧，繇是议还警跸，诛阉寺以自赎焉。

三年正月甲寅，岐人启壁，唐昭宗降使宣问慰劳，兼传密旨。寻又命翰林学士韩偓、赵国夫人宠颜赍诏押赐帝紫金酒器、御衣玉带。丙辰，华州留后李存审遣飞骑来告：青州节度使王师范遣牙将张厚鞿甲胄弓槊，诈言来献，欲盗据州城，事觉，已擒之矣。是日，师范又遣其将刘鄩盗据克州。丁巳，昭宗遣中使押送军容使韩全诲已下三十余人首级以示帝。甲子，昭宗发离凤翔，幸左剑寨，权驻跸帝营。帝素服待罪，昭宗命学士传宣免之，帝即入见称罪，拜伏者数四。既而促召升殿，密迩御座，且曰："宗庙社稷是卿再造，朕与戚属是卿再生。"因解所御玉带面以赐帝。帝亦以玉鞍勒马、金银器、纹锦、御馔酒果等躬自拜进焉。及翠华东行，帝匹马前导十余里。宣令止之。己巳，昭宗至长安，谒太庙，御长乐楼。礼毕，谓帝曰："朕生入旧京，是卿之力也。自古救君之危，曾无有如是者。况今日再及清庙，得亲奉觞酒，奠于先皇帝室前，卿之德，朕知不能报矣。"即召帝执手，声泪俱发者久之。翼日，诛宦官第五可范等五百余人于内侍省。

二月庚辰，制以帝为守太尉，兼中书令、宣武宣义天平护国等军节度使、诸道兵马副元帅，加食邑三千户，实封四百户，仍赐回天再造竭忠守正功臣。戊戌，帝建旆东还，昭宗御延喜楼送之，既醉，遣内臣赐帝御制杨柳词五首。

三月戊午，至大梁。时以青州未平，命军士休浣以俟东征⑬。

四月丙子，巡师于临朐，亟命逼其城，与青州兵战于城下，大败之。是夕，淮将王景仁以所部援军宵遁，帝遣杨师厚迫及辅唐，杀千人，乘胜攻下密州。

八月戊辰，以伐叛之柄委于杨师厚，帝乃东还。

九月癸卯，师厚率大军与王师范战于临朐，青军大败，杀万余人，并擒师范弟师克。卯时徙寨以逼其城。辛亥，偏将刘重霸擒棣州刺史邵播来献。播，师范之谋主也，帝命毙之。戊午，师范举城请降，青州平。翼日，分命将校略地于登、莱、淄、棣等州，皆下之。繇是东渐至海，皆为梁土也。帝复命师范权知青州军州事，师范乃请以钱二十万贯犒军，帝许之。

十月辛巳，护驾都指挥使朱友伦因击鞠堕马，卒于长安。讣至，帝大怒，以为唐室大臣欲谋叛己，致友伦暴死。

十一月丁酉，青将刘鄩举克州来降。鄩，王师范之将也，师范令窃据克州久之，及闻师范降，鄩乃归命。帝以鄩善事其主，待之甚优，寻署为元帅府都押牙，权知鄜州留后。

天祐元年正月己酉，帝发自大梁，西赴河中。京师闻之，为之震惧。是时，将议迎驾东幸洛阳，虑唐室大臣异议，帝乃密令护驾都指挥使朱友谅矫昭宗命，收宰相崔胤、京兆尹郑元规等杀之。又，邠、岐兵士侵逼京畿，帝因是上表坚请昭宗幸洛，昭宗不得已而从之。帝乃率诸道丁匠财力，同构洛阳宫，不数月而成。

二月乙亥，昭宗驻跸于陕，帝自河中来觐，谒见行营，因洒涕而言曰："李茂贞等窃谋祸乱，将迫乘舆，老臣无状，请陛下东迁，为社稷大计也。"昭宗命延于寝室见何皇后，面赐酒器及衣物。何后谓帝曰："此后大家夫妇委身于全忠矣。"因歔欷泣下。后数日，帝开宴于陕之私第，请驾临幸。翼日，帝辞归洛阳，昭宗开内宴，时有宫人与昭宗附耳而语，韩建蹑帝之足，帝遽出，以为图己，因连上章请车驾幸洛。

三月丁未，昭宗制以帝兼判左右神策及六军诸卫事。是时，昭宗累遣中使及内夫人传宣，谓帝曰："皇后方在草蓐，未任就路，欲以十月幸洛。"帝以陕州小藩，非万乘久留之地，期以四月内东幸。

闰月丁酉，昭宗发自陕郡。壬寅，次于谷水。是时昭宗左右唯小黄门及打球供奉、内园小儿二百余人，帝犹忌之。是日密令医官许昭远告变，乃设馔于别幄，召而尽杀之，皆坑于幕下。先是选二百余人，形貌大小一如内园人物之状，至是使一人擒二人，缢于坑所，即蒙其衣及戎具自饰。昭宗初不能辨，久而方察。自是昭宗左右前后皆梁人矣。甲辰，车驾至洛都，帝与宰相百官导驾入宫。乙卯，昭宗以帝为宣武、宣义、护国、忠武四镇节度使。时帝请以郓州授张全义，故有此命。

五月丙寅，昭宗宴群臣，曰："昨来御楼前一夜亡失赦书，赖梁王收得副本，不然误事，宰执不得无过矣。"是日宴次，昭宗入内，召帝于内殿曲宴，帝不测其事，不敢奉诏。又曰："卿不欲来，即令敬翔入来。"帝密遣翔出，乃止。己巳，奉辞东归。乙亥，至大梁。

六月，帝遣都将朱友裕率师讨邠州，节度使杨崇本叛故也。癸丑，帝西征，遂朝于洛阳。

七月甲子，昭宗宴帝于文思鞠场。乙丑，帝发东都。壬申，至河中。

八月壬寅，昭宗遇弑于大内，遣制以辉王柷为嗣。乙巳，帝自河中引军而西。癸丑，次于永寿，邠军不出。

九月辛未，班师。

十月癸巳，至洛阳，诣西内，临于梓宫前，只见于嗣君。辛丑，制以帝至自西征。

十一月辛酉，光州遣使来求援，时光州归款于帝，寻为淮人所攻，故来乞师。戊寅，帝南征渡淮，次于霍丘，大掠庐、寿之境，淮人乃弃光州而去。

二年正月庚申，进攻寿州，寿人坚壁不出。丁亥，帝自霍丘班师。

二月辛卯，帝至自南征。甲午，青州节度使王师范至大梁，帝待以宾礼，寻表授河阳节度使。

七月辛酉，天子赐帝迎銮纪功碑，树于洛阳。庚午，遣大将军杨师厚率前军讨赵匡凝于襄州。辛未，帝南征。表赵匡凝罪状，削夺官爵。

八月，杨师厚进收唐、邓、复、郢、随、均、房等七州。帝驻军汉江北，自循江干[15]，经度济师之所。

九月甲子，师厚于阴谷江口造梁以济师，赵匡凝率兵二万振于江滨[16]。师厚麾兵进击，襄人大败，杀万余众。乙丑，赵匡凝焚其州，率亲军载轻舸沿汉而遁。丙寅，帝济江，至中流，舟坏，将没者数四，比及岸，舟沉。是日入襄城，帝因周视府署，其帑藏悉空。惟于西庑下有一亭，窗户俨然，扃锁甚密[17]，遂令破锁启扉，中有一大匮，缄镝甚至[18]，又令破其匮，内有金银数百铤。帝因叹曰："乱兵既入，公私财货固无孑遗矣。此帑当有阴物主之，不令常人所得，俟我以有之邪！"遂以百余铤赐杨师厚[19]。袭荆州，留后赵匡明弃城上峡奔蜀。荆、襄二州平。帝以都将贺环权领荆州，杨师厚权领襄州，即表其事。

十月丙戌朔，天子以帝为诸道兵马元帅。辛卯，帝自襄州引军由光州路趋淮南。将发，敬翔切谏，请班师以全军势，帝不听。壬辰，次于枣阳，遇大雨，颇阻师行之势。军至寿春，寿春人坚壁清野以待帝，帝乃还，舍于正阳。

十一月丙辰，大军北济。帝至汝阴，深悔淮南之行，躁烦尤甚。丁卯，帝至自南征。辛巳，天子命帝为相国，总百揆[20]。以宣武、宣义、天平、护国、天雄、武顺、佑国、河阳、义武、昭义、保义、武昭、武定、泰宁、平卢、匡国、武宁、忠义、荆南等二十一道为魏国，进封帝为魏王，入朝不趋，剑履上殿，赞拜不名[21]，兼备九锡之命[22]。癸未，唐中书门下奏："中书印已送相国，中书公事权用中书省印。"甲申，中书门下奏："天下州县名与相国魏王家讳同者，请易之。"

十二月乙酉朔，帝让相国、魏王、九锡之命。丙戌，京百司各差官赍本司须知孔目并印赴魏国送纳。甲午，天子以帝坚让九锡之命，乃命宰相柳璨来使，且述揖让之意焉。丁酉，帝之让九锡之命，诏略曰："但以鸿名难掩，懿实须彰，宜且徇于奏陈，未便行于典册。"又改诸道兵马元帅为天下兵马元帅。是时，帝以唐朝旧有服饰多阙，乃制造逐色衣服，请朝廷等第赐之。其所给俸钱，仍请自来年正月全支。

三年正月，幽、沧称兵，将寇于魏。魏人来乞师，且以牙军骄悍，谋欲诛之，遣亲吏臧延范密告于帝，帝阴许之。乙丑，北征。先是，帝之爱女适罗氏，是月卒于邺城，因以兵仗数千事实于橐中，遣客将马嗣勋领长直军千人，杂以工匠、丁夫，肩其橐而入于魏，声言为帝女设祭，魏人信而不疑。庚午夜，嗣勋率其众与罗绍威亲军数百人同攻牙军。迟明，尽杀之，死者七千余人，洎于婴孺②，亦无留者。是日，帝次于内黄，闻之，驰骑至魏。时魏之大军方与帝军同伐沧州，闻牙军之死，即时奔还。帝之军追及历亭，杀贼几千，余众乃拥大将史仁遇保于高唐，帝遣兵围之。是月，天子诏河南尹张全义部署修制相国魏王法物㉔。

三月甲寅，天子命帝总判盐铁、度支、户部等三司事，帝再上章切让之，乃止。

四月癸未，攻下高唐，军民无少长皆杀之，生擒逆首史仁遇以献，帝命支解之。未几，又攻下澶、博、贝、卫等州，皆为魏军残党所据故也。是时晋人围邢州，刺史牛存节坚壁固守，帝遣符道昭帅师救之，晋人乃遁去。

五月，帝略地于洺州，既而复入于魏。

七月己未，自魏班师。是日，收复相州。自是魏境悉平。壬申，帝归自魏。

八月甲辰，以沧州未平，复命北征。

九月丁卯，营于长芦。一夕，帝梦白龙附于两肩，左右瞻顾可畏，怳然惊寤。

十月辛巳，邠州杨崇本以凤翔、邠、宁、泾、鄜、秦、陇之众合五六万来寇，屯于美原，列十五寨，其势甚盛，帝命同州节度使刘知俊、都将康怀英帅师御之。知俊等大破邠寇，杀二万余众，夺马三千余匹，擒其列校百余人，杨崇本、胡章仅以身免。

十一月庚戌，怀英乘胜进军，遂收鄜州。

十二月乙丑，帝以文武常参官每月一、五、九日赴朝，奏请备廊飡㉕，诏从之。

闰月，晋人、燕人同攻潞帅，丁会举城降于太原，帝闻之，遂自长芦班师。以寨内糗粮山积㉖，帝命焚之。沧帅刘守文以城中绝食，因致书于帝，乞留余粮以救饥民，帝为留十余囷以与之。

---

①墉：城墙。

②繇：通"徭"。征徭；奴役。　　橐橐：口粮。

③殪（yì，音义）：死。致之于死。

④缭：围绕；包围。

⑤辟（bì，音必）：征召。

⑥扈跸：护卫皇帝车驾。　　陻（yīn，音因）：通"堙"。塞。

⑦渝：改变；违背。

⑧诊：仔细阅读。

⑨侑：劝。

⑩浃：通彻。

⑪斾（pèi，音配）：旌旗；大旗。

⑫扉：营门。

⑬休浣：休整；休息。

⑭归款：归附。

⑮干：水边；涯岸。　　经度：考察。

⑯振：列队整军。

⑰扃：(jiōng，音炯阴平声)：箱柜上的插关。

⑱镭：有舌的环。

⑲铤："锭"的本字。

⑳揆：掌管；管理。

㉑赞拜：古代臣子朝拜帝王时，赞礼的人在旁唱礼。

㉒九锡：古代帝王赐给有大功或有权势的诸侯大臣的九种象征权势的物品。后代指大权。

㉓泊：及；到。

㉔法物：车驾卤簿仪式。

㉕飧：同"飧"。晚餐；简单的饭食。

㉖糗：炒熟的米麦等谷物。

梁太祖纪第三

开平元年正月丁亥，帝回自长芦，次于魏州。节度使罗绍威以帝回军，虑有不测之患，由是供亿甚至，因密以天人之望切陈之。帝虽拒而不纳，然心德之。壬寅，帝至自长芦。是日有庆云复于府署之上。甲辰，天子遣御史大夫薛贻矩来传禅代之意。贻矩谒帝，陈北面之礼，帝揖之升阶，贻矩曰："殿下功德及人，三灵所卜已定。皇帝方议裁诏，行舜、禹之事，臣安敢违。"既而拜伏于砌下，帝侧躬以避之。

二月戊申，帝之家庙栋间有五色芝生焉，状若芙蓉，紫烟蒙护，数日不散。又，是月，家庙第一室神主上，有五色衣自然而生，识者知梁运之兴矣。

唐乾符中，木星入南斗，数夕不退，诸道都统晋国公王铎观之，问诸知星者吉凶安在，咸曰："金火土犯斗即为灾，唯木当为福耳。"或亦然之。时有术士边冈者，洞晓天文，博通阴阳历数之妙，穷天下之奇秘，有先见之明，虽京房、管辂不能过也。铎召而质之，冈曰："惟木为福神，当以帝王占之。然则非福于今，必当有验于后，未敢言之，请他日证其所验。"一日，又密召冈，因坚请语其详，至于三四，冈辞不获①，铎乃屏去左右，冈曰："木星入斗，帝王之兆也。木在斗中，'朱'字也。以此观之，将来当有朱氏为君者也，天戒之矣。且木之数三，其祯也应在三纪之内乎。"铎闻之，不复有言。天后朝有谶辞云："首尾三鳞六十年，两角犊子自狂颠，龙蛇相斗血成川。"当时好事者解云："两角犊子，牛也，必有牛姓干唐祚②。"故周子谅弹牛仙客③，李德裕谤牛僧孺④，皆以应图谶为辞。然"朱"字，"牛"下安"八"，"八"即角之象也，故朱滔、朱泚构丧乱之祸，冀无妄之福，岂知应之帝也。

四月，唐帝御札敕宰臣张文蔚等备法驾奉迎梁朝。宋州刺史王皋进赤乌一双。又，宰臣张文蔚正押传国宝、玉册、金宝及文武群官、诸司仪仗法物及金吾左右二军离郑州。丙辰，达上源驿。是日，庆云见。令曰："王者创业兴邦，立名传世，必难知而示训，从易避以便人。或稽其符命，应彼开基之义，垂诸象德之言。爰考简书，求于往代，周王昌、发之号，汉帝询、衍之文，或从一德以徽称，或为二名而更易。先王令典，布在缣缃。寡人本名，兼于二字，且异帝王之号，仍兼避易之难，郡职县官，多须改换。况宗庙不迁之业，宪章百世之规，事叶典仪，岂惮革易。寡人今改名晃，是以天意雅符于明德，日光显契于瑞文，昭融万邦，理斯在是。庶顺玄穹之意，永臻康济之期。宜令有司分告大地宗庙，其旧名，中外章疏不得更有回避。"时将受禅，下教以本名二字异帝王之称，故改名。己未，赐文武百官一百六十人本色衣一副。

戊辰，即位制曰：

王者受命于天，光宅四海，祇事上帝，宠绥下民。革故鼎新，谅历数而先定；创业垂统，知图篆以无差。神器所归，祥符合应。是以三正互用⑤，五运相生，前朝道消，中原政散，瞻乌莫定，失鹿难追。朕经纬风雷，沐浴霜露，四征七伐，垂三十年，纠合齐盟，翼戴唐室。随山刊木，罔惮胼胝⑥；投袂挥戈，不遑寝处⑦。泊玄穹之所赞⑧，知唐运之不兴，莫谐辅汉之谋⑨，徒罄事殷之礼⑩。唐主知英华已竭，算祀有终，释龟鼎以如遗，推剑绂而相授。朕惧德弗嗣，执谦允恭，避骏命于南河，眷清风于颍水。而乃列岳群后，盈廷庶官，东西南北之人，斑白缁黄之众⑪，谓朕功盖上下，泽被幽深，宜应天以顺时，俾化家而为国。拒彼亿兆，至于再三。且曰七政已齐⑫，万几难旷⑬。勉遵令典，爰正鸿名，告天地神祇，建宗庙社稷。

顾惟凉德⑭，曷副乐推⑮，慄若履冰，懔如驭朽。金行启祚，玉历建元，方弘经始之规，宜布惟新之令。可改唐天祐四年为开平元年，国号大梁。书载虞宾，斯为令范；诗称周客，盖有明文。是用先封，以礼后嗣，宜以曹州济阴之邑奉唐主，封为济阴王。凡曰轨仪，并遵故实。姬庭多士，比是殷臣；楚国群材，终为晋用。历观前载，自有通规，但遵故事之文，勿替在公之效。应是唐朝中外文武旧臣，见任前资官爵，一切仍旧。凡百有位，无易厥章，陈力济时，尽瘁事我。古者兴王之地，受命之邦，集大勋有异庶方，沾庆泽所宜加等。故丰、沛著启祚之美，穰、邓有建都之荣，用壮鸿基，且旌故里，爰遵令典，先示殊恩。宜升汴州为开封府，建名东都。其东都改为西都，仍废京兆府为雍州佑国军节度使。

是日大酺，赏赐有差。宋州刺史王皋进两歧麦，陈州袁象先进白兔一，付史馆编录，兼示百官。诏在京百司及诸军州县印一例铸换，其篆文则各如旧。辛未，武安军节度使马殷进封楚王。以太府卿敬翔知崇政院，翔与帷幄之谋，故首擢焉。追尊四代庙号：高祖妫州府君上谥曰宣元皇帝，庙号肃祖，太庙第一室，陵号兴极陵；祖妣高平县君范氏追谥宣僖皇后。皇曾祖宣惠王上谥曰光献皇帝，庙号敬祖，第二室，陵号永安；祖妣秦国夫人杨氏追谥光孝皇后。皇祖武元王上谥曰昭武皇帝，庙号宪祖，第三室，陵号光天；祖妣吴国夫人刘氏追谥昭懿皇后。皇考文明王上谥曰文穆皇帝，庙号烈祖，第四室，陵号咸宁；皇妣晋国太夫人王氏追谥文惠皇后。以宣武节度副使皇子友文为开封尹，判建昌院事。友文，本康氏子也，帝养以为子。

是月，制宫殿门及都门名额：正殿为崇元殿，东殿为玄德殿，内殿为金祥殿，万岁堂为万岁殿，门如殿名。帝自谓以金德王，又以福建上献鹦鹉，诸州相继上白鸟、白兔泊白莲之合蒂者，以为金行应运之兆，故名殿曰金祥。以大内正门为元化门，皇墙南门为建国门，滴漏门为启运门，下马门为升龙门，玄德殿前门为崇明门，正殿东门为金乌门，西门为玉兔门，正衙东门为崇礼门，东偏门为银台门，宴堂门为德阳门，天王门为宾天门，皇墙东门为宽仁门，浚仪门为厚载门，皇墙西门为神兽门，望京门为金凤门，宋门为观化门，尉氏门为高明门，郑门为开明门，梁门为乾象门，酸枣门为兴和门，封丘门为含耀门，曹门为建阳门。升开封、浚仪为赤县，尉氏、封丘、雍丘、陈留为畿县。

五月，以唐朝宰臣张文蔚、杨涉并为门下侍郎、平章事，以御史大夫薛贻矩为中书侍郎、平章事。帝初受禅，求理尤切，委宰臣搜访贤良。或有在下位抱负器业久不得伸者，特加擢用。有明政理得失之道规救时病者，可陈章疏，当亲鉴择利害施行，然后赏以爵秩。有晦迹丘园不求闻达者，令彼长吏备礼邀致，冀无遗逸之恨。进封河南尹兼河阳节度使张全义为魏王，两浙节度使钱镠进封吴越王。辛巳，有司奏，以降诞之日为大明节，休假前后各一日。壬午，保义军节度使朱友谦进百官衣二百副。乙酉，立皇兄全昱为广王，皇子友文为博王，友珪为郢王，友璋为福王，友雍为贺王，友徽为建王。辛卯，以东都旧第为建昌宫，改判建昌院事为建昌宫使。初，帝创业之时，以四镇兵马仓库籍繁，因总置建昌院以领之，至是改为宫，盖重其事也。甲午，诏天下管属及州县官名犯庙讳者，各宜改换：城门郎改为门局郎，茂州改为汶州，桂州慕化县改为归化县，潘州茂名县改为越裳县。诏枢密院宜改为崇政院，以知院事敬翔为院使。改文思院为乾文院，同和院改为佐鸾院。以西都水北宅为大昌宫，废雍州太清宫，改西都太微宫、亳州太清宫皆为观，诸州紫极宫皆为老君庙。泉州僧智宣自西域回，进辟支佛骨及梵夹经律。丙申，御玄德殿，宴犒诸军使刘捍、符道昭已下，赐物有差。

是月，青州、许州、定州三镇节度使请开内宴，各赐方物。以青州节度使韩建守司徒、平章事。帝以建有文武材，且详于稼穑利害，军旅之事、筹度经费，欲尽询焉。恩泽特异于时，罕有比者，随拜为上相，赐赍甚厚。宿州刺史王儒进白兔一。濮州刺史图嘉禾瑞麦以进。广州进奇宝名药，品类甚多。河南尹张全义进开平元年已前羡余钱十万贯、钿六千疋、绵三十万两，仍请每年上供定额每岁贡绢三万疋，以为常式。荆南高季昌进瑞橘数十颗，质状百味，倍胜常贡。且橘当冬熟，今方仲夏，时人咸异其事，因称为瑞。

六月，幸乾元院，宴召宰臣、学士及诸道入贡陪臣。己亥，帝御崇元殿，内出追尊四庙上谥号玉册宝共八副，宰臣文武百官仪仗鼓吹导引至太庙行事。癸卯，司天监奏："日辰内有'戊'字，请改为'武'。"从之。癸亥，诏以前朝官僚，谴逐南荒，积年未经昭雪，其间有怀抱材器为时所嫉者，深负冤抑。仍令录其名姓，尽复官资，兼告谕诸道令津致赴阙。如已亡没，并许归葬，以明恩荡。以西都徽安门北路逼近大内宫垣，兼非民便，令移自榆林直趣端门之南。改耀州报恩禅院为兴国寺。马殷奏破淮寇。静海军节度使曲裕卒。

七月丙申，以静海军行营司马权知留后曲颢起复为安南都护，充节度使。己亥，追尊皇妣为皇太后。

八月，以潞州军前屯师旅，壁垒未收，乃别议戎帅，于是以亳州刺史李思安充潞州行营都统。敕："朝廷之仪，封册为重，用报勋烈，以隆恩荣，固合亲临，式光典礼。旧章久缺，自我复行。今后每封册大臣，宜令有司备临轩之礼。"甲子平明前，老人星见于南极。壬申，密州进嘉禾；又有合欢榆树，并图形以献。是月，隰州奏，大宁县至固镇上下二百里，今月八日，黄河清，至十月如故。

九月辛丑，西京大内放出两宫内人及前朝宫人，任其所适。敕以近年文武官诸道奉使，皆于所在分外停住，逾年涉岁，未闻归阙。非唯劳费州郡，抑且侮慢国经。臣节既亏，宪章安在。自今后两浙、福建、广州、安南、邕、容等道使到发许住一月，湖南、洪、鄂、黔、桂许住二十日，荆、襄、同、雍、镇、定、青、沧许住十日，其余侧近不过三五日。凡往来道路，据远近里数，日行两驿。如遇疾患及江河阻隔，委所在长吏具事由奏闻。如或有违，当行朝典，命御史点检纠察，以儆慢官。魏博罗绍威二男廷望、廷矩，年在幼稚，皆有材器，帝以其藩屏勋臣之胄，宜受非次之用，皆擢为郎。恩命既行之后，二子亦就班列。绍威乃上章，以齿幼未任公事，乞免主印、宿直。从之。浙西奏，道门威仪郑章、道士夏隐言，焚修精志，妙达希夷，推诸辈流，实有道业。郑章宜赐号贞一大师，仍名玄章；隐言赐紫衣。

十月，帝以用军，未暇西幸，文武百官等久居东京，渐及疑讶，令就便各许归安，只留韩建、薛贻矩、翰林学士张策、韦郊、杜晓，中书舍人封舜卿、张衮并左右御史、司天监、宗正寺、兼要当诸司节级外，其宰臣张文蔚已下文武百官，并先于西京祗候。庚午，大明节，内外臣僚各以奇货良马上寿。故事，内殿开宴，召释、道二教对御谈论，宣旨罢之。命阁门使以香合赐宰臣佛寺行香。驾幸繁台讲武。癸酉，御史司宪薛廷珪奏请义武百官仍旧朝参。先是，帝欲亲征河东，命朝臣先赴洛都，至是缓其期，乃允所奏。宰臣请每月初入阁，望日延英听政，永为常式。山南东道节度使杨师厚进纳赵匡凝东第书籍。先是，收复襄、汉，帝阅其图书，至是命师厚进焉。广州进献助军钱二十万，又进龙脑、腰带、珍珠枕、玳瑁、香药等。

十一月壬寅，帝以征讨未罢，调补为先，遂命尽赦逃亡背役髡黥之人，各许归乡里。广州进龙形通犀腰带、金托里含稜玳瑁器百余副，香药珍巧甚多。广南管内获白鹿，并图形来献，耳有两缺。按《符瑞图》，鹿寿千岁变白，耳一缺。今验此鹿耳有二缺，其兽与色皆应金行，实表嘉瑞。

十二月辛亥，诏曰：“潞寇未平，王师在野。攻战之势，难缓于寇围；飞挽之勤，实劳于人力。永言辍末，深用轸怀。宜令长吏，丁宁布告，期以兵罢之日，给复赋租。”于是人户闻之，皆忘其倦。诏故荆南节度使、守中书令、上谷王周汭赠太师，故武昌军节度使、兼中书令、西平王杜洪赠太傅。先是，鄂渚再为淮夷所侵，攻围甚急，杜洪以兵食将尽，继来乞师。帝料其隔越大江，难以赴援，兼以荆州据上游，多战舰，去江夏甚迩，因命周汭举舟师沿流以救之。汭于是引兵东下，才及鄂界，遇朗州背盟作乱，乘江陵之虚，纵兵袭破之。俘掠且尽。既而汭士卒知之，皆顾其家，咸无斗志，遂为淮寇所败，将卒溃散，汭忿恚自投于江。汭之本姓犯文穆皇帝庙讳，至是因追赠，以其系出周文，故赐姓周氏。及汭兵败之后，武昌以重围经年，粮尽力困，救援不至，讫为淮寇所陷，载洪以送淮师，遂杀之。此二镇也，皆以忠贞殁于王事。帝每言诸藩屏翰经纶之业，必首痛汭、洪之薨，至是追赠之，深加轸悼，各以其子孙宗属录用焉。棣州蒲台县百姓王知严妹，以乱离并失怙恃⑯，因举哀追感，自截两指以祭父母。帝以遗体之重，不合毁伤，言念村闾，何知礼教，自今后所在郡县，如有截指割股，不用奏闻。

是年，诸道多奏军人百姓割股，青、齐、河朔尤多。帝曰：“此若因心，亦足为孝。但苟免徭役，自残肌肤，欲以庇身，何能疗疾？并宜止绝。”

---

①获：能够。

②祚：国统；皇位。

③弹：弹劾。

④谤：诽谤；排挤。

⑤三正：指周正、殷正、夏正三历法，其分别以建子、建丑、建寅三个月的朔日为岁首。“建”指“斗建”，即北斗所指的时辰，由子至亥，每月迁移一辰。

⑥胼胝：老茧。

⑦遑：空闲，闲暇。

⑧洎（jì，音季）：浸润

⑨谐：合。

⑩罄（qìng，音庆）：显现。

⑪斑白：指老人。　　缁黄：指僧道之徒。和尚穿缁衣，道士戴黄冠。

⑫七政：指七种吉象。说法不一，一指北斗七星；一指春、秋、冬、夏、天文、地理、人道；一指日、月、五星（水、火、金、木、土）。

⑬万几：万机。几，事务。

⑭凉德：薄德。

⑮曷：难道。　　副：相称；符合。　　乐推：乐意拥戴。

⑯怙恃：指父母。

梁太祖纪第四

开平二年正月癸酉，帝御金祥殿，受宰臣文武百官及诸藩屏陪臣称贺。诸道贡举一百五十七人，见于崇元门。幽州刘守光进海东鹰鹘、蕃马、毡罽、方物。

二月，自去冬少雪，春深农事方兴，久无时雨，兼虑有灾疾，帝深轸下民，遂命庶官遍祀于群望，掩瘗暴露①，令近镇案古法以禳祈，旬日乃雨。帝以上党未收，因议抚巡，便往西都赴郊禋之礼。乃下令晓告中外，取三月一日离东京，以宰臣韩建权判建昌宫事，兵部侍郎姚洎为卤簿使，开封尹、博王友文为东都留守。

三月壬申，帝亲统六军巡幸泽、潞。是日寅时，车驾西幸，宰臣并要切司局皆扈从，晚次中牟。下诏，以去年六月后，昭义行营阵殁都将吏卒死于王事，追念忠赤，乃录其名氏，各下本军，令给养妻孥，三年内官给粮赐。丁丑，幸泽州。辛巳，以同州节度使刘知俊为潞州行营招讨使。壬午，宴扈驾群臣并劳知俊，赐以金带、战袍、宝剑、茶药。甲申，登东北隅逍遥楼蒐阅骑乘②，旌甲满野。丙申，招讨使刘知俊上章请车驾还东京，盖小郡湫隘③，非久驻跸之所④。达览⑤，帝俞其请⑥。以鸿胪卿李禔唐室宗属，封莱国公，为二王后。有司奏："莱国公李禔合留三庙，于西都选地位建立庙宇，以备四仲祀祭，命度支供给，以遵彝典⑦。"

四月，以吏部侍郎于兢为中书侍郎、平章事，以翰林奉旨学士张策为刑部侍郎、平章事。时帝在泽州，拜二相于行在⑧。四月丙午，车驾离泽州。丁未，驻跸于怀州，宴宰臣文武百官。辛亥，至郑州。壬子，幸东京。丙寅，车驾幸繁台观稼。鄢陵居人程震以两歧麦穗并画图来进。甲寅，淮寇侵轶潭、岳边境，欲援朗州，以战舰百余艘扬帆西上，泊鼎口。湖南马殷遣水军都将黄璠率楼船遮击之，贼众沿流宵遁，追至鹿角镇。诏以户部尚书致仕裴迪复为右仆射。迪敏事慎言，达吏治，明筹算。帝初建节旄于夷门，迪一谒见如故知，乃辟为从事。自是之后，历三十年，委四镇租赋、兵籍、帑廪、官吏、狱讼、赏罚、经费、运漕，事无巨细，皆得专之。帝每出师，即知军州事，逮于二纪，不出梁之阃闳⑨，甚有裨赞之道。禅代之岁，命为太常卿，属年已耆耄，视听昏塞，不任朝谒，遂请老。许之。期月复起，师长庶官焉。

五月丁丑，王师围潞州将及二年，李进通危在旦夕，不俟攻击，当自降。太原李存勖以厚币诱结北蕃诸部，并其境内丁壮，悉驱南征决战，以救上党之急。部落帐族，驰马励兵，数路齐进，于铜鞮树寨，旗垒相望。王师败于潞州。己丑，令下诸州，去年有蝗虫下子处，盖前冬无雪，至今春亢阳，致为灾渗，实伤陇亩。必虑今秋重困稼穑，自知多在荒陂榛芜之内，所在长吏各须分配地界，精加蒭扑，以绝根本。壬辰夜，火星犯月，太史奏，灾合在荆楚。乃令设武备，宽刑罚，恤人禁暴以禳之。军前行营都将康怀英、孙海金以下主将四十三人，于右银台门进状待罪。帝以去年发军之日不利，有违兵法，并释放，兼各赐分物酒食劳问。制：义昌军节度使刘守文加中书令，封大彭王；卢龙军节度使刘守光封河间郡王；许州节度使冯行袭封长乐王。是月癸未，淮贼寇荆州石首县，襄阳举舟师沿瀺港袭败之。

六月辛亥，以亢阳，虑时政之阙，乃诏曰："迩者下民丧礼，法吏舞文，铨衡既失于选求，州镇又无其举刺，风俗未厚，狱讼实繁，职此之由，上遭天谴。"至是，决遣囚徒及戒励中外。丙寅，月犯角宿，帝以其分野在兖州，乃令长吏治戎事，设武备，省狱讼，恤疲病，祈福禳灾，以顺天戒。丙辰，邠、岐来寇，雍西编户困于逃避，且芟害禾稼，结营自固。逾月，同州刘知俊领所部兵击退，袭至幕谷，大破之，俘斩千计，收其器甲。宋文通仅以自免。诏曰："敦尚俭素，抑有前闻，斥去浮华，期臻至理。如闻近日贡奉，竞务奢淫，或奇巧荡心，或雕镂溢目，徒殚资用，有费工庸。此后应诸道进献，不得以金宝装饰戈甲剑戟，至于鞍勒，不用涂金及雕刻龙凤。如有此色，所司不得引进。"邕州奏，镆铘山僧法通、道璘有道行，各赐紫衣。是月壬戌，岳州为淮贼所据，帝以此郡五岭、三湘水陆会合之地，委输商贾，靡不由斯，遂令荆、湘、湖南北举舟师同力致讨。王师集，淮夷毁壁焚郛郭而遁⑩。

秋七月甲戌，大霖雨，陂泽泛溢，颇伤稼穑，帝幸右天武军河亭观水。幸高僧台阅禁卫六军。诏曰："车服以庸，古之制也；贵贱无别，罪莫大焉。应内外将相，许以银饰鞍勒，其刺史都将内诸司使以降，只许用铜，冀定尊卑，永为条制。仍令执法官纠察之。"癸巳，以禅代已来，思求贤哲，乃下令搜访牢笼之⑪，期以好爵，待以优荣，各随其材，咸使登用。宜令所在长吏，切加搜访，每得其人，则疏姓名以闻。如在下位不能自振者，有司荐导之；如任使后显立功劳，别加迁陟⑫。敕禁屠宰两月。甲午，以高明门外繁台为讲武台。是台西汉梁孝王之时，尝按歌阅乐于此，当时因名曰吹台。其后有繁氏居于其侧，里人乃以姓呼之，时代绵寝⑬，虽官吏亦从俗焉。帝每登眺，蒐乘训戎，宰臣以是事奏而名之。

八月辛亥，敕应有暴露骸骨，各委差人埋瘗。两浙钱镠奏，请重铸换诸州新印。诏禁戢诸军节级兵士及供奉官受旨殿直以下各修礼敬。甲寅，太史奏，寿星见于南方。两浙钱镠奏，改管内紫极宫为真圣观，改临安县广义乡为衣锦乡。甲子夜，东方有大流星，光明烛地，有声如裂帛。广州上言，白龙见，图形以进。

九月丙子，太原军出阴地关南牧，寇掠郡县，晋、绛有备。帝虑诸将玩寇，乃下诏亲议巡幸，命有司备行。丁丑，翠华西狩，宰臣、翰林学士、崇政院使、金吾仗及诸司要切官皆扈从，余文武百官并在东京。壬午，达洛阳。帝御文思殿受朝参，许、汝、孟、怀牧守来朝，泽州刺史刘重霸面陈破敌之策。癸未，西幸，宿新安。丙戌，至陕州驻跸，蒲、雍、同、华牧守皆进铠甲、骑马、戈戟、食味、方物。幽州都将康君绍等十人自蕃贼寨内来投，又幽州骑将高彦章八十人骑先在并州，乃于晋州军前来降。至是到行在，皆赐分物衣服，放归本道，以示怀服。丁亥，至陈州，赐宴扈从官。戊子，延州贼军寇上平关，又太原军攻平阳，烽火羽书，昼夜继至。乙丑，六军统军牛存节、黄文靖各领所部将士赴行在。甲午。太原步骑数万攻逼晋、绛，逾旬不克，知大军至，乃自焚其寨，至夕而遁。福州贡玳瑁琉璃犀象器，并珍玩、香药、奇品、海味，色类良多，价累千万。

十月己亥，上在陕。两浙节度使奏，于常州东州镇杀淮贼万余人，获战船一百二支。以行营左厢步军指挥使贺环为左龙虎统军，以左天武军夹马指挥使尹皓为辉州刺史，以右天武都头韩瑭为神捷指挥使，左天武第三都头胡赏为右神捷指挥使，仍赐帛有差，以解晋州围之功地。以尹皓部下五百人为神捷军。乙巳，御内殿，宴宰臣扈从官共四十五人。丙午，御球场殿，宣夹马都指挥使尹皓、韩瑭以下将士五百人，赐酒食。庚戌，至西都，御文思殿。辛亥，宰臣百僚起居于殿前，遂宣赴内宴，赐方物有差。丁巳，至东都。己未，大明节，诸道节度刺史各进献鞍马、银器、绫帛以祝寿，宰臣百官设斋相国寺。壬戌，御宣和殿，宴宰臣文武百官。

十一月辛未，御宣和殿，宴宰臣文武百官，以大驾还京故也。庚辰，御宣和殿，宴宰臣文武百官。出开明门，登高僧台阅兵。诸道节度使、刺史各进贺冬田器、鞍马、绫罗等。戊子，赐文武百官帛。乙未，又宴宰臣文武百官于宣和殿。

十二月，立二王三恪⑭。南郊礼仪使状："伏以《诗》称有客，《书》载虞宾，实因禅代之初，必行兴继之命。俾之助祭，式表推恩，兼垂恪敬之文，别示优崇之典。征于历代，袭用旧章。谨按唐朝以后魏元氏子孙韩国公为三恪，以周宇文氏子孙为介国公，隋朝杨氏子孙为酅国公，为二王后。今伏以国家受禅，封唐朝子孙李嶧为莱国公。今参详合以介国公为三恪，酅国公、莱国公为二王后。"癸丑，猎畋于含耀门外。

开平三年正月戊辰朔，帝御金祥殿，受宰臣、翰林学士称贺，文武百官拜表于东上阁门。己巳，奉迁太庙四室神主赴西京，太常仪仗鼓吹导引斋车，文武百官奉辞于开明门外。甲戌，发东都，百官扈从，次中牟县。乙亥，次郑州。丙子，次汜水县，河南尹张宗奭、河阳节度使张归霸并来朝。戊寅，次偃师县。己卯，备法驾六军仪仗入西都。是日，御文明殿受朝贺。诏曰："近年以来，风俗未泰，兵革且繁，正月燃灯，废停已久。今属创开鸿业，初建洛阳，方在上春，务达阳气，宜以正月十四、十五、十六日夜，开坊市门，一任公私燃灯祈福。"庚寅，亲享太庙。辛卯，祀昊天上帝于圜丘。是日，降雪盈尺，帝升坛而雪霁⑮。礼毕，御五凤楼，宣制大赦天下。赐南郊行事官礼仪使赵光逢以下分物。甲午，上御文思殿宴群臣，赐金帛有差。丙申，赐文武官帛有差。命宣徽使王殷押绢一万匹并茵褥图帟二百六十件赐张宗奭。改西京贞观殿为文明殿、含元殿为朝元殿。

二月，改思政殿为金銮殿。敕东都曰："自升州作府，建邑为都，未广邦畿，颇亏国体。其以滑州酸枣县、长垣县，郑州中牟县、阳武县，宋州襄邑县，曹州戴邑县，许州扶沟县、鄢陵县，陈州太康县等九县，宜并割属开封府，仍升为畿县。"丁酉，宴群臣于崇勋殿。甲辰，又宴群臣于崇勋殿，盖藩臣进贺，勉而从之。

丙午，宗正寺请修兴极、永安、光天、咸宁诸陵，并令添修上下宫殿，栽植松柏。制可。癸亥，敕："丰、沛之基，寝园所在，凄怆动关于情理，充奉自系于国章。宜设陵台，兼升县望。其辉州砀山县宜为赤县，仍以本县令兼四陵台令。"同州节度使刘知俊奏，延州都指挥使高万兴部领节级家累三十八人来降。

三月，以万兴检校司徒，为丹、延等州安抚、招诱等使。辛未，诏曰："同州边隅，继有士众归化，暂思巡抚，兼要指挥，今幸蒲、陕，取九日进发。"甲戌，车驾发西都，百官奉辞于师子门外。丁丑，次陕州。己卯，次解县。河中节度使、冀王友谦来奉迎。庚辰，至河中府。幸右军旧杏园讲武。丙戌，以朔方节度使兼中书令韩逊为颍川王。逊本灵州牙校，唐末据本镇，朝廷因而授以节钺。

四月丙申朔，驻跸河中。壬寅辰时，驾巡于朝邑县界焦黎店，冀王友谦及崇政内诸司使扈从，至申时回。己亥，御前殿，宴宰臣及冀王友谦扈从官。甲寅，宴宰臣及扈从官于内殿。制：易定节度使王处直进封北平王，福建节度使王审知封闽王，广州节度使刘隐封南平王，同州节度使刘知俊封大彭郡王，山南东道节度使杨师厚封弘农郡王。

五月乙丑朔，朝，遂命宰臣及文武百官宴于内殿。己卯，车驾至西京。癸未，御崇勋殿，宴宰臣及文武官四品以上。己丑，复御崇勋殿，宴宰臣文武官四品以上。升宋州为宣武军节镇，仍以亳、辉、颍为属郡。

六月庚戌，同州节度使刘知俊据本郡反，制令削夺刘知俊在身官爵，仍征发诸军，速令进讨。如有军前将士，怀忠烈以知机，贼内朋徒，愤胁从而识变，便能枭夷逆竖，擒获凶渠，务立殊功，当行厚赏。活捉得刘知俊者，赏钱一万贯文，便授忠武军节度使，并赐庄宅各一所。如活捉得刘知浣者，赏钱一千贯文，便与除刺史，有官者超转三阶，无官者特授兵部尚书。如活捉得刘知俊骨肉及近上都将并枭送阙廷者，赏赐有差。辛亥，驾至蒲、陕，文武百官于新安县奉迎。刘知俊弟内直右保胜指挥使知浣自洛奔至潼关，右龙虎军十将张温以上二十二人于潼关擒获刘知浣，送至行在。敕：“刘知浣，逆党之中最为头角；龙虎军，亲兵之内实冠爪牙。昨者攻取潼关，率先用命；寻则擒获知浣，最上立功。颇壮军威，将除国难。所悬赏格，便可支分；许赐官阶，固须除授。但昨捉获刘知浣是张温等二十二人，一时向前，共立功效，其赏钱一千贯文数内，一百贯文与最先打倒刘知浣衙官李稠，四十三贯文与十将张温，二十人各与钱四十二贯八百五十文。立功敕命便授郡府，亦缘同时立功人数不少，所除刺史，难议偏颇。宜令逐月共支给正刺史料钱二百贯文数内，十将张温一人每月与十贯文，余二十一人每月每人各分九贯文，仍起七月一日以后支给。人与转官职，仍勘名衔，分析申奏，当与施行。”是月，知俊奔凤翔，同州平。

七月乙丑，敕行营将士阵殁者，咸令所在给椿楑⑯，津置归乡里。战卒闻之悉感涕。丙寅，命宰臣杨涉赴西都，以孟秋享太庙。改章善门为左、右银台门，其左、右银台门却改为左、右兴善门。敕：“大内皇墙使诸门，素来未得严谨，将令整肃，须示条章。宜令控鹤指挥，应于诸门各添差控鹤官两人，守帖把门。其诸司使并诸司诸色人，并勒于左、右银台门外下马，不得将领行官一人辄入门里。其逐日诸道奉进，客省使于千秋门外排当讫，勒控鹤官异抬至内门前，准例令黄门殿直以下异进，辄不得令诸色一人到千秋门内。其兴善门仍令长官关锁，不用逐日开闭。”是日，又敕：“皇墙大内，本尚深严，宫禁诸门，岂宜轻易。未当条制，交下因循，苟出入之无常，且公私之不便。须加钤辖，用戒门闾。宜令宣徽院使等切准此处分。”进封幽州节度使河间郡王刘守光为燕王。己丑夕，寝殿栋折，诘旦，召近臣诸王视栋折之迹，帝惨然曰：“几与卿等不相见。”君臣对泣久之。遂诏有司释放禁人，从八月朔日后减膳，进素食，禁屠宰，避正殿，修佛事，以禳其咎。商州刺史李稠弃郡西奔，本州将吏以都牙校李玫权知州事。

八月甲午，以秋稼将登，霖雨特甚，命宰臣以下祷于社稷诸祠。诏曰：“封岳告功，前王重事；祭天肆觐，有国恒规。朕以眇身，恭临大宝，既功德未敷于天下，而灾祥互降于域中。虑于告谢之仪，有缺斋虔之礼，爰修昭报，用契幽通。宜令中书侍郎、平章事于兢往东岳祭拜祷祀讫闻奏。”又敕：“朕以干戈尚炽，华夏未宁，宜循卑菲之言，用致雍熙之化。起八月一日，常朝不御金銮、崇勋两殿，只于便殿听政。”辛亥，制：诸郡如有阵殁将士，仰逐都安存家属，如有弟兄儿侄，便给与衣粮充役。赠故山南东道节度使留后王班太保，赠故同州观察判官卢匡躬工部尚书。班，故河阳将，累以军功为郡守，主留事于襄阳，为小将王求所杀。匡躬尝为刘知俊判官，知俊反，不偕行，为乱兵所害。敕：“建国之初，用兵未罢，诸道章表，皆系军机，不欲滞留，用防缓急。其诸道所有军事申奏，宜令至右银台门委客省画时引进。诸道公事，即依前四方馆准例收接。”司天台奏：“今月二十七日平明前，东南丙上去山高三尺以来，老人星见，测在井宿十一度，其色光明阔大。”敕：“所在长吏放杂差役，两税外不得妄有科配。自今后州县府镇，凡使命经过，若不执敕文券，并不得妄差人驴及取索一物已上。又，今岁秋田，皆期大稔⑰，仰所在切如条流本分纳税及加耗外，勿令更有科索。切戒所徭人更不得于乡村乞托扰人。”

闰八月，襄阳叛将李洪差小将进表，帝示以含弘，特赐敕书慰谕。又制：“左冯背叛，元恶遁逃，如闻相济之徒，多是胁从之辈，若能回心向国，转祸全身，当与加恩，必不问罪，仍令同、华、雍等州切加招谕，如能枭斩温韬，或以镇寨归化，必加厚赏，仍奖官班，兼委本界招复人户，切加安存。”己卯，幸西苑观稼。

---

①掩瘞（yì，音义）：掩埋。　暴露：暴露于路的尸体。

②蒐（sōu，音搜）检阅。

③湫（qiū，音秋）：低下。

④跸：皇帝的车驾。

⑤达：通。

⑥俞：同意；许可。

⑦彝典：法典。

⑧行在：皇帝巡幸的所在地。

⑨阊阓：城门。

⑩郛（fú，音扶）：外城。

⑪牢笼：包罗；网罗。

⑫陟（zhì，音至）：进用；升级。

⑬绵寝：久远。

⑭恪：对先朝帝王后裔受封爵者的敬称。

⑮霁（jì，音寄）：雨雪停止。

⑯樗梭：小棺材。

⑰稔（rěn，音忍）：庄稼成熟。

梁太祖纪第五

开平三年九月，御崇勋殿，宴群臣文武百官。赐张宗奭、杨师厚白绫各三百匹，银鞍辔马。丁酉，上幸崇政院宴内臣，赐院使敬翔、直学士李班等缯彩有差。太常卿赵光逢为中书侍郎、平章事，翰林学士奉旨、工部侍郎、知制诰杜晓为尚书户部侍郎、平章事。制："内外使臣复命未见便归私第者。朝廷命使，臣下奉行，唯于辞见之仪，合守敬恭之道。近者凡差出使，往复皆越常规。或已辞而尚在本家，或未见而先归私第，但从己便，莫禀王程。在礼敬而殊乖，置典章而私举。宜令御史台别具条流事件具黜罚等奏闻。"庚子，殿直王唐福自襄城走马，以天军胜捷逆将李洪归降事上闻。赐唐福绢银有加，宰臣百官上表称贺。壬寅，开封府虞候李继业赍襄州都指挥使程晖奏状，以今月五日，杀戮逆党千人，并生擒都指挥使傅霸以下节级共五百人，收复襄州人户归业事。癸卯，帝御文明殿，以收复襄汉，受宰臣以下称贺。诏曰："秋冬之际，阴雨相仍，所司择日拜郊，或虑临时妨事，宜令别更择日奏闻。"是月，礼仪使奏："今据所司申奏，十一月二日冬至，祀昊天上帝于圜丘。今参详十月十七日以后入十一月节，十一月二日冬至一阳生之辰，宜行亲告之礼。"从之。河中奏，准宣，诏使有铜牌者，所至即易骑以遣。

十月癸未，大明节，帝御文明殿，设斋僧道，召宰臣、翰林学士预之，诸道节度、刺史及内外诸司使咸有进献。诏以寇盗未平，凡诸给过所，并令司门郎中、员外郎出给，以杜奸诈。

十一月癸巳朔，帝斋于内殿，不视朝。甲午，日长至，五更一点自大内出，于文明殿受宰臣以下起居，自五凤楼出南郊，左右金吾、太常、兵部等司仪仗法驾卤簿及左右内直控鹤等引从赴坛，文武百官太保韩建以下班以候，帝升坛告谢。司天台奏：冬至日，自夜半后，祥风微扇，帝座澄明，至晓，黄云捧日。丙申，畋于上东门外①。戊戌，制曰：

"夫严亲报本，所以通神明；流泽覃休②，所以惠黎庶。斯盖邦家不易之道，皇王自昔之规，敢致大猷③，兹唯古义。粤朕受命④，于今三年，何曾不寅畏晨兴⑤，焦劳夕惕⑥。师唐、虞之典，上则于乾功⑦；挹殷、夏之源⑧，下涵于民极⑨。欲使万方有裕，六辨无愆⑩。然而志有所未孚⑪，理有所未达，致奸宄作衅，旱霾为灾⑫。骄将守边，拥牙旗而背义⑬；积阴驭气，陵玉烛以干和[14]。载考休征，式昭至警。朕是以仰高俯厚，靡惜于责躬；履薄临渊，冀昭于玄览。兢兢栗栗，夙夜匪宁。及夫动干戈而必契灵诛[15]，陈牺斋而克章善应，苟非天垂丕佑，神赞殊休，则安可致夷凶渠，就不战之功，变沴戾气，作有年之庆。况灵旗北指，丧犬羊于乱辙之间；飞骑西临，下鄜、翟若走丸之易。息一隅之烟燧，复千里之封疆。而又扫荡左冯，讨除岷首。故得外戎内夏，益知天命之攸归；喙息蚑行[16]，共识皇基之永固。仰怀昭应，欲报无阶。爰因南至之辰，亲展圜丘之礼。兹惟大庆，必及下民，乃弘涣汗之私，以锡疲羸之幸。所冀渐臻苏息，亟致和平。噫！朕自临御以来，岁时尚迩，氛昏未殄，讨伐犹频。甲兵须议于馈粮。飞挽频劳于编户，事非获已，虑若纳隍。宜所在长吏，倍切抚绥，明加勉谕，每官中抽差徭役，禁猾吏广敛贪求。免至流散靡依，凋弊不济。宜令河南府、开封府及诸道观察使切加钤辖，刺史、县令不得因缘赋敛，分外扰人。凡关庶狱，每望轻刑。只候才罢用军，必当便议优给。德音节文内有未该者，宜令所司类例条件奏闻。"

己亥，以司门郎中罗廷规充魏博节度副使，知府事，仍改名周翰。时邺王绍威病日甚，虑以后事，故奏请焉。辛丑，幸谷水。戊午，御文明殿，册太傅张宗奭为太保。韩建受册毕，金吾仗引升辂车[17]，仪仗导谒太庙讫，赴尚书省上。幸榆林坡阅兵，教诸都马步兵。敕改乾文院为文思院、行从殿为兴安殿、球场为兴安球场，又改弓箭库殿为宣威殿。灵州奏：凤翔贼将刘知俊率邠、岐、秦、泾之师侵迫州城。帝遣陕州康怀英、华州寇彦卿率兵攻迫邠、宁，以缓朔方之寇。

十二月乙丑腊，较猎于甘泉驿。以蒲州肇迹之地，且因经略鄜、延，于是巡幸数月。暇日游豫至焦梨店[18]，颇述前事，念王重荣旧功，下诏褒奖而封崇之。国子监奏："创造文宣王庙，仍请率在朝及天下现任官僚俸钱，每贯每月克一十五文，充土木之值。"允之。是岁，以所率官僚俸钱修文宣王庙。福建节度使王审知奏，舍钱造寺一所，请赐寺额。敕名大梁万岁之寺，仍许度僧四十九人。赠牢墙使王仁嗣司空，故同州押衙史肇右仆射，押衙王彦洪、高汉诠、丘奉言、仇琼并刑部尚书，王筠御史司宪。初，知俊将叛，谋会诸将询所宜，仁嗣等持正不挠，悉罹其酷，至是褒赠之。刘守光上言，于蓟州西与兄守文战，生擒守文。

开平四年正月壬辰朔，帝御朝元殿，受百官称贺，用礼乐也。敕："公事难于稽迟，居处悉皆遥远。其逐日当直中书舍人及吏部司封知印郎官、少府监及篆印文兼书写告身人吏等，并宜轮次于中书侧近宿止。"帝出师子门，至榆林坡下阅教。壬寅，幸保宁球场，锡宴宰臣及文武百官[19]。赐宰臣张宗奭已下分物有加，赐广王分物。赐湖南开元寺禅长老可复号惠光大师，仍赐紫衣。

二月乙丑，幸甘水亭。帝出师子门，幸榆林东北坡，教诸军兵事。赐潞州投归军使张行恭锦服银带并食。己丑，出光政门，至谷水观麦。戊辰，宴于金銮殿。甲戌，以春时无事，频命宰臣及勋戚宴于河南府池亭。辛巳，杨师厚赴镇于陕。寒食假，诸道节度使、郡守、勋臣竞以春服贺。又连清明宴，以鞍辔马及金银器、罗锦进者迨千万，乃御宣威殿，宴宰臣及文武官四品已上。

三月壬辰，幸崇政院宴勋臣。己亥，幸天骥院宴侍臣。壬寅，幸甘水亭宴宰臣、勋戚、翰林学士。辛亥，宴宰臣于内殿。丙辰，于兴安球场大犒六军，乐春时也。

四月壬戌，诏曰："追养以禄，王者推归厚之恩；欲静而风，人子抱终身之感。其以刑部尚书致仕张策及三品、四品常参官二十二人先世，各追赠一等。"乙丑，宴崇政院。帝在藩及践阼，励精求理，深戒逸乐，未尝命堂上歌舞。是日止令内妓升阶，击鼓弄曲甚欢，至午而罢。丁卯，宋州节度使、衡王友谅进瑞麦，一茎三穗。丙戌，幸建春门，阅新楼，至七里屯观麦，召从官食于楼。河南张昌孙及蒲、同主事吏赐物各有差。帝过朝邑，见镇将位在县令上，问左右，或对曰："宿官秩高。"帝曰："令长字人也，镇使捕盗耳。且镇将多是邑民，奈何得居民父母上，是无礼也。"至是，敕天下镇使，官秩无高卑，位在邑令下。叶县镇遏使冯德武于蔡州西平县杀戮山贼，擒首领张滨等七人以献。镇海军节度使钱镠击高沣于湖州，大败之，枭夷擒杀万人，拔其郡。湖州平。先是，沣以州叛入淮南，故诏镠讨之也。

五月己丑朔，以连雨不止，至壬辰，御文明殿，命宰臣分拜祠庙。自朔旦至癸巳，内外以午日奉献巨万，计马三千蹄，余称是，复相率助修内垒。甲辰，诏曰："奇邪乱正，假伪夺真，既刑典之不容，宜犯违而勿赦。应东、西两京及诸道州府，制造假犀玉真珠腰带、璧珥并诸色售用等，一切禁断，不得辄更造作。如公私人家先已有者，所在送纳长吏，对面毁弃。如行敕后有人故违，必当极法。仍委所在州府差人检察收捕，明行处断。"魏博节度使、守太师、兼中书令、邺王罗绍威薨，帝哀恸曰："天不使我一海内，何夺忠臣之速也！"诏赠尚书令。

六月己未朔，诏军镇勿起土功。

七月壬子，宴宰臣、河南尹、翰林学士、两街使于甘水亭。丙辰，宴群臣于宣威殿，赐物有差。刘知俊攻逼夏州。以宣化军留后李思安为东北面行营都指挥使，陕州节度使杨师厚为西路行营招讨使。福州贡方物，献桐皮扇；广州贡犀玉，献舶上蔷薇水。时陈、许、汝、蔡、颍五州境内有蝗为灾，俄而许州上言，有野禽群飞蔽空，旬日之间，食蝗皆尽，是岁乃大有秋。

八月，车驾西征。己巳，次陕府。是时悯雨，且命宰臣从官分祷灵迹，日中而雨，翌日止，帝大悦。庚午，次陕府。辛未，老人星见。是日，宴本府节度使杨师厚及扈从官于行宫，赐师厚帛千匹，仍授西路行营诏讨使。丙子，宴文武从官军使已下，设龟兹乐，赐物有差。

九月丁亥朔，命宰臣兢赴西都，祀昊天上帝于圜丘。甲午，至西京。下诏曰：

朕闻历代帝王，首推尧、舜；为人父母，孰比禹、汤。睿谋高出于古先，圣德普闻于天下，尚或卑躬待士，屈己求贤。俯仰星云，虑一民之遗逸；网罗岩穴，恐片善之韬藏。延爵禄以征求，设丹青而访召，使其为政，乐在进贤。盖縣国有万几②，朝称百揆②，非才不治，得士则昌。自朕光宅中区②，迄今三载，宵分辍寐，日旰忘餐，思共力于庙谋②，庶永清于王道。而乃朝廷之内，或未尽于昌言；军旅之间，亦罕闻于奇策。眷言方岳，下及山林，岂无英奇，副我延伫②？诸道都督、观察防御使等，或勋高翊世，或才号知人，必于涂巷之贤，备察刍荛之士②。诏到，可精搜郡邑，博访贤良，喻之以千载一时，约之以高官美秩，谅无求备，唯在得人。如有卓荦不羁，沉潜自负，通霸王之上略，达文武之大纲，究古今刑政之源，识礼乐质文之变，朕则待之不次，委以非常，用佐经纶，岂劳阶级。如或一言拔俗，一事出群，亦当舍短从长，随才授任。大小方圆之器，宁限九流；温良恭俭之人，难诬十室。勉思荐举，勿至因循，俟尔发扬，慰予翘渴。仍从别敕处分。

辛丑，以久雨，命宰臣薛贻矩崇定鼎门⑳，赵光逢祠嵩岳。敕："魏博管内刺史，比来州务，并委督邮。遂使曹官擅其威权，州牧同于闲冗，俾循通制，宜塞异端。并依河南诸州例，刺史得以专达。"壬寅，颁夺马令。先是，王师击贼，获马多上献，至是尽止之，盖欲邀其奋击之功也。乙巳，王师败蕃寇于夏州。初，刘知俊诱沙陀振武贼帅周德威、泾原贼帅李继鸾合步骑五万大举，欲俯拾夏台，节度使李仁福兵力俱乏，以急来告。先是，供奉官张汉玫宣谕在壁，国礼使杜廷隐赐币于夏，及石堡寨，闻贼至，以防卒三百人驰入州。既而大兵围合，廷隐、汉玫与指挥使张初、李君用率州民防卒，与仁福部分固守，昼夜戮力逾月。及鄜、延援至，大军奋击，败之。河东、邠、岐贼分路逃遁。夏州围解。丙午，诏曰："刘知俊贵为方伯，尊极郡王，而乃背诞朝恩⑳，窜投贼垒，固神人之共怒，谅天地所不容。虽命讨除，尚稽擒戮，宜悬爵赏，以大功名，必有忠贞，咸思愤发。有生擒刘知俊者，赏钱千万，授节度使，首级次之，得孟审登者，钱百万，除刺史；得将孙坑、卓环、刘儒、张邻等，赏有差。"乙卯，宴会群臣于宣威殿。

---

①畋：打猎。

②覃休：广泛赦宥。

③致（yì，音义）：厌，厌弃。　　　猷：道术。

④粤：语助词，用于句首或句中。

⑤寅畏：敬畏。寅，敬。　　　晨兴：早早地起床操劳。

⑥惕：敬畏；戒惧。

⑦则：效法。　　　乾：天。

⑧挹（yì，音义）：汲取。

⑨涵：滋润。

⑩愆：过错。

⑪孚：信服；信用。

⑫霪：久雨。

⑬牙旗：军前大旗。古代军中听号令，必至牙旗之下。

⑭玉烛：犹清和。四时风调雨顺，寒燠合序，古时用来形容太平盛世。　　　干：冒犯；冲犯。　　　和：和平；和谐。

⑮契：割断。

⑯蚑：一种长脚的蜘蛛。

⑰辂车：大车。多为帝王所用。

⑱游豫：游乐；游玩。

⑲锡：通"赐"。

⑳万几：万机。

㉑百揆：古官名。

㉒光宅：普遍安定。光，广；宅，安。

㉓庙：朝廷。

㉔延伫（zhù，音住）：久立；引颈而望。

㉕刍荛：浪迹草野之人。

㉖禜（yǒng，音永）：古代禳灾之祭。

㉗背诞：背命、放诞。

梁太祖纪第六

开平四年十月乙亥，东京博王友文入觐，召之也。己卯，以新修天骥院开宴落成，内外并献马，而魏博进绢四万匹为驵价。壬午，以冬设禁军，幸兴安鞠场，召文武百官宴。幸开化，大阅军实。

十一月丁亥朔，幸广王第作乐。辛卯，宴文武四品已上于宣威殿。庚戌，幸左龙虎军，宴群臣。甲寅，幸右龙虎军，宴群臣。戊戌，诏曰："自朔至今，暴风未息，谅惟不德，致此咎征。皇天动威，罔敢不惧。宜遍命祈祷，副朕意焉②。"差官分往祠所止风。己亥，日南至，帝被衮冕御朝元殿，列细仗，奏乐于庭，群臣称贺。帝畋于伊水。乙巳，诏曰："关防者，所以讥异服、察异言也。况天下未息，兵民多奸，改形易衣，觇我戎事。比者有谍皆以诈败，而未尝罪所过地；叛将逃卒窃其妻孥而影附使者，亦未尝诘其所经。今海内未同，而缓法弛禁，非所以息奸诈、止奔亡也。应在京诸司，不得擅给公验。如有出外须执凭繇者，其司门过所，先须经中书门下点检，宜委宰臣赵光逢专判出给，俾繇显重，冀绝奸源。仍下两京、河阳及六军诸卫、御史台，各加钤辖。公私行李，复不得带挟家口向西。其襄、邓、鄜、延等道、并同处分。"以宁国军节度使王景仁充北面行营都招讨使，潞州副招讨使韩勍为副，相州刺史李思安为先锋使。时镇州王镕、定州王处直叛，结连晋人，故遣将讨之。

十二月辛酉，宴文武四品已上于宣威殿。亲阅禁军，命格斗于教马亭。己巳，诏曰："滑、宋、辉、亳等州，水潦败伤，人户愁叹，朕为民父母，良用痛心。其令本州分等级赈贷，所在长吏监临周给，务令存济。"壬辰，赈贷东都畿内，如宋、滑制。

乾化元年正月丙戌朔，日有蚀之，帝素服避殿，百官守司以恭天事，明复而止。制曰："两汉以来，日蚀地震，百官各上封事，指陈得失。盖欲周知时病，尽达物情，用绵国章，以奉天诚。朕每思逆耳，罔忌触鳞，将洽政经，庶开言路。况兹谪见，当有咎征。其在列辟群臣，危言正谏，极万邦之利害，致六合之殷昌。毗予一人，永建皇极。"二日，日旁有祲气，向背若环耳，崇政使敬翔望之曰："兵可忧矣。"帝为之旰食。是日，果为晋军及镇、定之师所败，都将十余人被擒，余众奔溃。庚寅，制曰："扈氏不恭，固难去战；鬼方未服，尚或劳师。其蚁聚余妖，狐鸣丑类，弃天常而拒命，据地险以偷生，言事讨除，将期戡定。问罪止诛于元恶，挺灾可悯于遗黎，每念伤痍，良深愧叹。应天兵所至之地，宜令将帅节级严戒军伍，不得焚烧庐舍，开发丘垅，毁废农桑，驱掠士女。使其背叛之俗，知予吊伐之心。"又制曰："戎机方切，国用未殷，养兵须藉于赋租，税粟尚烦于力役。所在长吏不得因缘征发，自务贪求，苟有故违，必行重典。立法垂制，详刑定科，传之无穷，守而勿失。中书门下所奏新定格式律令，已颁下中外，各委所在长吏，切务遵行。尽革烦苛，皆除枉滥，用副哀矜之旨，无违钦恤之言。"诏征陕州镇国军节度使杨师厚至京，见于崇勋殿，帝指授方略，依前充北面都招讨使，恩赉甚厚，使督军进发。

二月丙辰朔，帝御文明殿，群臣入阁。以蔡州顺化军指挥使王存俨权知军州事。蔡人久习叛逆，刺史张慎思又衰敛无状④，帝追慎思至京，而久未命代。右厢指挥使刘行琮乘虚作乱，因纵火驱拥，为渡淮计。存俨诛行琮而抚遏其众，都将郑遵与其下奉存俨为主，而以众情驰奏。时东京留守博王友文不先请，遂讨其乱，兵至鄢陵。上闻之曰："诛行琮功也，然存俨方惧，若临之以兵，蔡必速飞矣。"遂驰使还军，而擢授存俨，蔡人安之。壬戌，诏曰："东京旧邦，久不巡幸，宜以今月九日幸东都，扈从文武官委中书门下量闲剧处分。"宰臣上言曰："龙兴天府，久望法驾，但陛下始康愈，未宜涉寒，愿少留清跸。"从之。甲子，幸曜村民舍，阅农事。庚午，幸白马坡。诏金吾大将军、待制官各奏事。武安军节度使马殷进呈虔州刺史卢延昌笺表。虔州本支郡也，兵甚锐，自得韶州益强大，升为百胜军使。始洪州之陷，卢光稠愿收复使府，立功自效，上因兼授江西观察留后。光稠卒，复命延昌领州事，方伯亦颇慰荐。杨渭遣人伪署爵秩，延昌佯受官牒，礼遣其使，因湖南自表其事曰："郡小寇迫，欲缓其奸谋，且开导贡路，非敢贰也。"以其伪制来自陈，上览奏曰："我方有北事，不可不甚加抚恤。"寻兼授镇南将军节度使观察留后，命使慰劳。

三月辛卯，以久旱，令宰臣分祷灵迹，翌日大澍雨⑤。丙申，幸甘水亭，召宰臣、翰林学士、尚书侍郎孔续已下八人扈从，宴乐甚欢。戊戌，幸右龙虎军，召文武官四品已上宴于新殿。甲辰，幸左龙虎军新殿，宴文武官四品已上。

四月丁卯，幸龙虎门，召宰臣、学士、金吾上将军、大将军侍宴广化寺。丁丑，幸宣威殿，宴文武官四品已上及军使、蕃客。己卯，又幸左龙虎军宴群臣。诏曰："邠、岐未火，关、陇多虞，宜择亲贤，总兹戎任。应关西同、雍、华、鄜、延、夏等六道兵马，并委冀王收管指挥。凡有抽差，先申西面都招讨使，仍别奏闻，庶合机权，以宁边鄙。"

五月甲申朔，帝被冕旒御朝元殿视朝，仗卫如式。制改开平五年为乾化元年，大赦天下。诏方伯州牧，近未加恩者并迁爵秩。复大赍军旅，普宴于宣威殿，赐帛各有差。制封延州节度使高万兴为渤海郡王。诸道节度使钱镠、张宗奭、马殷、王审知、刘隐各赐一子六品正员官，高季昌赐一子八品正员官，贺德伦赐一子九品正员官。癸巳，观稼于伊水，登建春门，幸会节坊张宗奭私第，临亭皋视物色⑥，赏赐甚厚。诏左、右银台门，朝参诸司使库使已下，不得带从人入城，亲王许一二人执条床手简，余悉止门外，阑入者抵律。阍守不禁，与所犯同。先时门通内无门籍，且多勋戚，车骑众者，尤不敢呵察。至是有以客星凌犯上言者，遂令止隔。清海军节度使、守侍中、兼中书令刘隐薨。辍朝三日，百僚诣阁门奉慰。

六月乙卯，命北面都招讨使、镇国军节度使杨师厚出屯邢、洺。丁巳，镇、定钞我汤阴⑦，诏曰："常山背义，易水效尤，诱其蕃戎，动我边鄙，南侵相、魏，东出邢、洺。是用遣将徂征，为人除害。但初颁赦令，不欲食言，宥而伐之，谅非获已。况闻谋始，不自帅臣，致此厉阶，并由奸佞。密通人使，潜结沙陁，既惧罪诛，乃生离叛。今虽行讨伐，已举师徒，亦开诏谕之门，不阻归降之路。矧又王熔、处直未曾削爵除名⑧，若翻然改图，不远而复，必仍旧贯，当保前功。如有率众向明，拔州效顺，亦行殊赏。冀徇来情⑨，免令受弊于疲民，用示惟新于污俗。宜令行营都招讨使及陈晖军前，准此敕文，散加招谕，将安众惧，特举明恩。镇州只罪李弘规一人，其余一切不问。"诏修天宫佛寺。又，湖南奏："潭州僧法思、桂州僧归真并乞赐紫衣。"从之。

七月，帝不豫，稍厌秋暑。自辛丑幸会节坊张宗奭私第，宰臣视事于归仁亭子，崇政使、内诸司及翰林院并止于河南令廨署。至甲辰，复归大内。

八月庚申，幸保宁殿，阅天兴控鹤兵事，军使将校各有赐。癸亥，老人星见。戊辰，幸故上阳宫，至于榆林观稼。丙子，阅四蕃将军、屯卫兵士于天津桥，南至龙门广化寺。戊寅，幸兴安鞠场大教阅，帝自指麾，无不踊拚⑩，坐作进退，声振宫掖。右神武统军丁审衢对御，以红帛囊剑拟乘舆物，帝曰："宿将也。"恕之，以刘重霸代其任。

九月辛巳朔，帝御文明殿，群臣入阁，刑法待制官各奏事。己丑，宴群臣于兴安殿。庚子，亲御六师，次于河阳。甲辰，至于卫州。乙巳，至于宜沟，幸民刘达墅。丙午，至相州，赏左亲骑指挥使张仙、右云骑指挥使宋铎。尝身先陷降，各赐帛。

十月辛亥朔，驻跸于相州，宰臣洎文武从官并诣行宫起居。户部郎中孔昌序赍留都百官冬朔起居表至自西京，诸道节度使、刺史、诸藩府留后，各以冬朔起居表来上。制以郢王友珪充控鹤指挥使，诸军都虞候阎宝为御营使。有司以立冬太庙荐享上言，诏丞相杜晓赴西都摄祭行事。癸丑，阅武于州阃之南楼。左龙骧都教练使邓季筠、魏博马军都指挥使何令稠、右厢马军都指挥使陈令勋，以部下马瘦，并腰斩于军门。甲寅，将以其夕幸魏县，命阁门使李郁报宰臣，兼敕内外。是夜，车驾发轫于都署⑪。乙卯，次洹水。丙辰，至魏县。先锋将黄文靖伏诛。己未，帝御朝元门，以回鹘、吐藩二大国首领入觐故也。癸亥，令诸军指挥使及四蕃将军赐食于行宫之外庑。戊辰，幸邑西之白龙潭以观鱼焉。既而渔人获巨鱼以献，帝命放之中流，从臣以帝有仁恻之心，皆相顾欣然，是日名其潭曰"万岁潭"。丙子，帝御城东教场阅兵，诸军都指挥、北面招讨使、太尉杨师厚总领铁马步甲十万，广亘十数里陈焉。士卒之雄锐，部队之严肃，旌旗之杂遝，戈甲之照耀，屹若山岳，势动天地，帝甚悦焉。即命丞相洎文武从臣列侍赐食⑫，逮晚方归。

十一月辛巳朔，上驻跸魏县，从官自丞相而下并诣行宫起居⑬，留都文武百官及诸道节度使、防御使、刺史、诸藩府留后，各奉表起居。壬午，帝以边事稍息，宣命还京师。车驾发自行阙，夕次洹水县。癸未，至内黄县。甲申，至黎阳县。乙酉，命从官丞相而下宴于行次。丁亥，次卫州。戊子晨，次新乡，夕止获嘉。己丑，次武陟。庚寅，次温县。延州节度使高万兴奏，当军都指挥使高万金统领兵士，今月五日收盐州，伪刺史高行存泥首来降。丞相及文武百官各上表称贺。辛卯，次孟州，命散骑常侍孙骘、右谏议大夫张衍、光禄卿李翼各赍香合、祝版，告祭于孟津之望祠。留都文武官左仆射杨涉泊孟州守李周彝等皆匍匐东郊迎拜，其文武官并令先还。壬辰，诘旦离孟州⑭，晚至都。宣宰臣各赴望祠祷雨。故事，皆以两省无功职事为之，帝忧民重农，尤以足食足兵为念，爰自御极⑮，每愆阳积阴⑯，多命丞相躬其事。辛丑，大雨雪，宰臣及文武师长各奉表贺焉。

十二月，诏以时雪稍愆，命丞相及三省官各诣望祠祈祷。癸酉，腊假，诏诸王与河南尹、左右金吾、六统军等较猎于近苑。命大理卿王鄩使于安南，左散骑常侍吴蔼使于朗州，皆以旌节官诰锡之也。又命将作少监姜宏道为朗州旌节官告使副。延州节度使高万兴奏：领军于邠州界蒿子谷韦家寨，杀戮宁、庆两州贼军约二千余人，并生擒都头指挥使及夺马器甲等事。其入奏军将使宣召赴内殿赐对，以银器彩物锡之⑰，宰臣及文武官各奉表贺。是月，魏博节度上言：于泾县北戮杀镇州王熔兵士七千余人，夺马二千余匹，戈、甲未知其数，并擒都将以下四十余人。两浙进大方茶二万斤，琢画宫衣五百副。广州贡犀象奇珍及金银等，其估数千万。安南两使留后曲美，进筒中蕉五百匹，龙脑、郁金各五瓶，他海货等有差。又进南蛮通好金器六物、银器十二并乾陁绫花罽越毹等杂织奇巧者各三十件。福建进户部所支榷课葛三万五千匹。

---

① 驵（zù，音祖去）：骏马。

② 副：符合；相称。

③ 凭繇：通行证。

④ 裒（póu，音剖）敛：聚敛。裒，聚集。

⑤ 澍（shù，音树）：透雨；倾泻。

⑥ 皋：近水处的高地。

⑦ 钞：强取；掠夺。

⑧ 矧（shěn，音审）：况且；何况。

⑨ 冀：希望。

⑩ 抃（biàn，音弁）：鼓掌。

⑪ 轫：阻碍车轮转动的木头，车启行时须先去轫，故称启程为“发轫”。

⑫ 泊（jì，音记）：及；与。

⑬ 诣：前往；去到。

⑭ 诘旦：翌日早晨。

⑮ 爰：于是。

⑯ 愆：过分。

⑰ 锡：通“赐”。

梁太祖纪第七

　　乾化二年正月，宣："上元夜，任诸寺及坊市各点彩灯，金吾不用禁夜。"近年以来，以都下聚兵太广，未尝令坊市点灯故也。甲申，以时雪久愆，命丞相及三省官群望祈祷。诏曰："谤木求规，集囊贡事，将裨理道，岂限侧言。应内外文武百官及草泽，并许上封事，极言得失。"以丁审衢为陈州，而审衢厚以鞍马、金帛为谢恩之献。帝虑其渔民，复其献而停之。封保义节度使王檀为琅琊郡王。命供奉官朱峤于河南府宣取先收禁定州进奉官崔腾并傔从一十四人①，并释放，仍命押领送至贝。腾，唐户部侍郎洁之子也。广明丧乱，客于北诸侯，为定州节度使王处存所辟，去载领贡献至阙。未几，其帅称兵，遂絷之。至是，帝念宾介之来，又已出境，特命纵而归焉。丙戌，有司以孟春太庙荐享上言，命丞相杜晓摄祭行事。丙申夕，荧惑犯房第二星。

　　二月庚戌，中和节，御崇勋殿，召丞相、大学士、河南尹，略对讫，于万春门外庑赐以酒食。癸丑，敕曰："今载春寒颇甚，雨泽仍愆，司天监占以夏秋必多霖潦②，宜令所在郡县告喻百姓，备淫雨之患。"庚申，御宣威殿开宴、丞相洎文武官属咸被召列侍，竟日而罢。壬戌，帝将巡按北境，中外戒严，诏以河南尹、守中书令、判六军事张宗奭为大内留守。中书门下奏，差定文武官领务尤切宜扈驾者三十八人。诏工部尚书李皎、左散骑常侍孙骘、右谏议大夫张衍、兵部侍郎刘邈、兵部郎中张俦、光禄少卿卢秉彝并令扈跸。甲子，发自洛师，夕次河阳。乙丑，次温县。丙寅，次武陟。怀州刺史段明远迎拜于境上，其内外所备，咸丰需焉③。丁卯，次获嘉。戊辰，次卫州之新乡。己巳，晨发卫州，夕止淇门，内衙十将使以十指挥兵士至于行在。辛未，驻跸黎阳。癸酉，发自黎阳，夕次内黄。甲戌，次昌乐县。丁丑，次于永济县。青州节度使贺德伦奏：统领兵士赴历亭军前。戊寅，至贝州，命四丞相及学士李琪、卢文度、知制诰窦赏等十五人扈从，其左常侍韦戬等二十三人止焉。己卯，发自贝州，夕驻跸于野落。

　　三月庚辰朔，次于枣强县之西城。丙戌，镇、定诸军招讨使杨师厚奏下枣强县，车驾即日疾驰南还。丁亥，复至贝州。庚寅，杨师厚与副招讨李周彝等准诏来朝。辛卯，诏丞相、翰林大学士、文武从官、都招讨使及诸军统指挥使等，赐食于行殿。壬辰，命以羊、酒等各赐从官。甲午，幸贝州之东阃阅武④。乙未，帝复幸东阃阅骑军。敕以攻下枣强县有功将校杜晖等一十一人，并超加检校官，衙官宋彦等二十五人并超授军职。丙午，次济源县。诏曰："淑律将迁⑤，亢阳颇甚⑥，宜令魏州差官祈祷龙潭。"戊申，诏曰："雨泽愆期，祈祷未应，宜令宰臣各于魏州灵祠精加祈祷。"

　　四月己酉，幸魏州金波亭，赐宴宰臣、文武官及六学士。甲寅夕，月掩心大星。丙辰，敕："近者星辰违度，式在修禳，宜令两京及宋州、魏州取此月至五月禁断屠宰。仍各于佛寺开建道场，以迎福应。"己未，次黎阳县。东都留守官吏奉表起居，赐丞相、从官酒食有差。己巳，至东都，博王友文以新创食殿上言，并进准备内宴钱三千贯、银器一千五百两。辛未，宴于食殿，召丞相、文武从官等侍焉。帝泛九曲池，御舟倾，帝堕溺于池中，宫女侍官扶持登岸，惊悸久之。制加建昌宫使、金紫光禄大夫、检校司徒、开封尹、博王友文为特进、检校太保，兼开封尹，依前建昌宫使，充东都留守。戊寅，车驾发自东京，夕次中牟县。

　　五月己卯朔，从官文武自丞相而下并诣行殿起居，亲王及诸道藩帅咸奉表来上。庚辰，发自郑州，至荥阳，河南尹魏王宗奭望尘迎拜，河阳留后邵瓒、怀州刺史段明远等逦迤来迎⑦。夕次汜水县，帝召魏王宗奭入对，便于御前赐食，数刻乃退。壬午，驻跸于汜水，宰臣、河南尹、大学士并于内殿起居，敕以建昌宫事委宰臣于兢领之。帝发自汜水，宣令邵瓒、段明远各归所理。午憩任村顿，夕次孝义宫。留都文武礼部尚书孔续而下道左迎拜。次偃师。甲申，至都，文武臣奉迎于东郊。宰臣薛贻矩抱恙在假，不克扈从，宣问旁午⑧，仍命且驻东京，以俟良愈。及薨，帝震悼颇久，命雒苑使曹守珤往吊祭之，又命辍六日、七日、八日朝参，丞相、文武并诣上阁门进名奉慰。丁亥，以彗星谪见⑨，诏两京见禁囚徒大辟罪以下递减一等，限三日内疏理讫闻奏。诏曰："生育之人，爰当暑月⑩；乳哺之爱，方及薰风⑪。傥肆意于刲屠⑫，岂推恩于长养，俾无殄暴，以助发生。宜令两京及诸州府夏季内禁断屠宰及采捕。天民之穷，谅由赋分；国章所在，亦务兴仁。所在鳏寡孤独、废疾不济者，委长吏量加赈恤。史载葬枯，用彰轸恤；《礼》称掩骼，将致和平。应兵戈之地，有暴露骸骨，委所在长吏差人专功收瘗⑬。国疠之文⑭，尚标七祀；良药之市，亦载三医。用怜无告之人，宜征有喜之术。凡有疫之处，委长吏检寻医方，于要路晓示。如有家无骨肉兼困穷不济者，即仰长吏差医给药救疗之。"辛卯，诏曰："亢阳滋甚，农事已伤，宜令宰臣于兢赴中岳、杜晓赴西岳，精切祈祷。其近京灵庙，宜委河南尹，五帝坛、风师雨师、九宫贵神，委中书各差官祈之。"

友圭葬太祖于伊阙县，号宣陵。

---

①傔从（qiàn zòng，音欠纵）：侍从。

②潦（lǎo，音老）：雨后地面积水。

③霈：雨盛貌。

④闉（yīn，音因）：古代城门外层的曲城。

⑤淑：善良；美好。

⑥亢阳：阳极盛的意思。

⑦逦迤：连延；连续不断貌。

⑧旁午：交错；纷繁。

⑨谪：变异。

⑩爰：乃。

⑪薰风：东南风；和风。

⑫傥：倘若；如果。

⑬瘗（yì，音意）：埋；埋葬。

⑭疠：瘟疫。

梁末帝纪上

末帝讳瑱，初名友贞，及即位，改名锽，贞明中又改今讳。太祖第四子也。母曰元贞皇后张氏。以唐文德元年戊申岁九月十二日生于东京。帝美容仪，性沉厚寡言，雅好儒士。唐光化三年，授河南府参军。太祖受禅，封均王。时太祖初置天兴军，最为亲卫，以帝为左天兴军使。开平四年夏，进位检校司空，依前天兴军使，充东京马步军都指挥使。

　　乾化二年六月三日，庶人友珪弑逆，矫太祖诏，遣供奉官丁昭浦驰至东京，密令帝害博王友文。友珪即位，以帝为东京留守，行开封府尹，检校司徒。友珪以篡逆居位，群情不附。会赵岩至东京，从帝私宴，因言及社稷事，帝以诚款谋之，岩曰："此事易如反掌，成败在招讨杨令公之手，但得一言谕禁军，其事立办。"岩时典禁军，泊还洛，以谋告侍卫亲军袁象先。帝令腹心马慎交之魏州见师厚，且言成事之日赐劳军钱五十万缗，仍许兼镇。慎交，燕人也，素有胆辨，乃说师厚曰："郢王杀君害父，篡居大位，宫中荒淫，靡所不至。洛下人情已去，东京物望所归，公若因而成之，则有辅立之功，讨贼之效。"师厚犹豫未决，谓从事曰："吾于郢王，君臣之分已定，无故改图，人谓我何？"慎交曰："郢王以子弑父，是曰元凶。均王为君为亲，正名仗义。彼若一朝事成，令公何情自处？"师厚惊曰："几误计耳！"乃令小校王舜贤至洛，密与赵岩、袁象先图议。时有左右龙骧都在东京，帝伪作友珪诏，遣还洛下。先是，刘重遇部下龙骧一指挥于怀州叛，经年搜捕其党，帝因遣人激怒其众曰："郢王以龙骧军尝叛，追汝等洛下，将尽坑之。"翌日，乃以伪诏示之，诸军忧恐，将校垂泣告帝，乞指生路。帝谕之曰："先帝三十余年，经营社稷，千征万战，尔等皆曾从行。今日先帝尚落人奸计，尔等安所逃避。"因出梁祖御像以示诸将。帝歔欷而泣曰："郢王贼害君父，违天逆地，复欲屠灭亲军，尔等苟能自趋洛阳，擒取逆竖，告谢先帝，即转祸为福矣。"众踊跃曰："王言是也。"皆呼万岁，请帝为主，时友珪改元之二月十五日也。

　　帝乃遣人告赵岩、袁象先、傅晖、朱珪等。十七日，象先引禁军千人突入宫城，遂诛友珪。事定，象先遣赵岩赍传国宝至东京①，请帝即位于洛阳。帝报之曰："夷门，太祖创业之地，居天下之冲，北拒并、汾，东至淮海，国家藩镇，多在厥东，命将出师，利于便近，若都洛下，非良图也。公等如坚推戴，册礼宜在东京，贼平之日，即谒洛阳陵庙。"

　　是月，帝即位于东京，乃去友珪伪号，称乾化三年。诏曰：

　　我国家赏功罚罪，必叶朝章②；报德伸冤，敢欺天道。苟显违于法制，虽暂滞于岁时，终振大纲，须归至理。重念太祖皇帝，尝开霸府，有事四方。迨建皇朝③，载迁都邑，每以主留重务，居守难才，慎择亲贤，方膺寄任④。故博王友文，才兼文武，识达古今，俾分忧于在浚之郊，亦共理于兴王之地，一心无易，二纪于兹。尝施惠于士民，实有劳于家国。去岁，郢王友珪，常怀逆节，已露凶锋，将不利于君亲，欲窃窥于神器。此际值先皇寝疾，大渐日臻，博王乃密上封章，请严宫禁，因以莱州刺史授于郢王友珪，才睹宣头⑤，俄行大逆。岂有自纵兵于内殿，却翻事于东都，又矫诏书，枉加刑戮，仍夺博王封爵，又改姓名，冤耻两深，欺诳何极。伏赖上玄垂祐，宗社降灵，俾中外以叶谋，致遐迩之共怒，寻平内难，获剿元凶，既雪耻同天，且免讥于共国。朕方期遁世，敢窃临人，遽迫推崇，爰膺缵嗣⑥。冤愤既伸于幽显，霈泽宜及于下泉。博王宜复官爵，仍令有司择日归葬云。

　　三月丁未，制曰："朕仰膺天眷，近雪家仇，旋闻将相之谋，请绍祖宗之业。群情见迫，三让莫从，祗受推崇，惧不负荷。方欲烝尝寝庙⑦，禋类郊丘，合征文体之辞，用表事神之敬。其或于文尚浅，在理未周，亦冀随时，别图制义。虽臣子行孝，重更名于已孤；而君父称尊，贵难知而易避。今则虔遵古典，详考前闻，允谐龟筮之占，庶合帝王之道。载惟凉德⑧，尤愧嘉名，中外群僚，当体朕意。宜改名锽。"庚戌，以天雄军节度使、充潞州行营都招讨使、开府仪同三司、检校太尉、兼侍中、弘农郡王杨师厚为检校太师、兼中书令，进封邺王。壬戌，以夏州节度使、检校太尉、同平章事李仁福为检校太师，进封陇西郡王。戊辰，以邢州保义军留后、检校太保戴思远为检校太傅，充邢州节度使。庚午，以镇东军节度副使、充两浙西面都指挥使、行睦州刺史马绰为检校太傅、同平章事，领秦州雄武军节度使，进封开国侯。是月，文武百官上言，请以九月十二日帝降诞日为明圣节，休假三日。从之。

夏四月癸未，以西京内外诸军马步军都指挥使、检校司徒、左龙虎统军、濮阳开国侯袁象先为特进、检校太保、同平章事，充镇南军节度、江南西道观察处置等使、开封尹、判在京马步诸军事，进封开国公，增食邑一千户。丁酉，宣义军节度副大使、知节度事、郑滑濮等州观察使、检校太傅、长沙郡开国公罗周翰加特进、驸马都尉。

五月乙巳，天雄军节度使杨师厚及刘守奇率魏、博、邢、洺、徐、兖、郓、滑之众十万讨镇州。庚戌，营于镇之南门外。壬子，晋将史建瑭自赵州领骑五百入于镇州，师厚知其有备，自九门移军于下博。刘守奇以一军自贝州掠冀州衡水、阜城，陷下博。师厚自弓高渡御河，迫沧州，张万进惧，送款，师厚表请以万进为青州节度使，以刘守奇为沧州节度使。诏曰："太祖皇帝六月二日大忌。朕闻姬周已还，并用通丧之礼；炎汉之后⑨，方行易月之仪。历代相沿，万几斯重，遂为故实，难遽改更。朕顷遭家冤⑩，近平内难，倏临祥制⑪，俯迫忌辰，音容永远而莫追，号感弥深而难抑。将欲表宅忧于中禁，是宜辍听政于外朝，虽异常仪，愿申罔极。宜辍五月二十二日至六月二十九日朝参，军机急切公事，即不得留滞，并仰画时闻奏施行。"宰臣文武百官三上表，以国忌废务多日，请依旧制。诏报曰："朕闻礼非天降，固可酌于人情；事系孝思，谅无妨于国体。今以甫临忌日，暂辍视朝，冀全哀感之情，用表始终之节。宰臣等累陈章表，备述古今，虑以万几之繁，议以五月之情。虽兹恳切，难尽允俞⑫。况保身方荷于洪基，敢言过毁；而权制获申于至性，必在得中。宜自今月二十九日辍至六月七日，无烦抑请，深体朕怀。"

六月戊子，以沧州顺化军节度使、并潞镇定副招讨使、检校太傅、同平章事张万进为青州节度使。

秋九月甲辰，以光禄大夫、守御史大夫、吴兴郡开国侯姚洎为中书侍郎、平章事。

十二月庚午，以前郓州节度、检校司徒、食邑二千户、福王友璋为许州节度使、检校太保。是月，晋王收幽州，执伪燕主刘守光及其父仁恭归晋阳。

乾化四年春正月壬寅，以青州节度使张万进为兖州节度使、检校太尉。

二月甲戌，以感化军节度使、华商等州观察使、检校太傅、同平章事、大原郡开国公康怀英为大安尹，充永平节度使，大安金棣等州观察处置使。

夏四月丁丑，以守司空、平章事于兢为工部侍郎，寻贬莱州司马，以其挟私与军校迁改故也。是日，以行营左先锋马军使、濮州刺史王彦章为澶州刺史，充行营先锋步军都指挥使，加光禄大夫、检校太保，封开国伯。以永平军节度使、检校太傅、同平章事刘鄩为开封尹，遥领镇南军节度使。

五月癸丑，朔方军留后、检校司徒韩洙起复，授朔方军节度使、检校太保。

秋七月，晋王率师自黄泽岭东下，寇邢、洺。魏博节度使杨师厚军于漳水之东，晋将曹进金来奔，晋军遂退。

九月，徐州节度使王殷反。时朝廷以福王友璋镇徐方，殷不受代，乃下诏削夺殷在身官爵，仍令却还本姓蒋，便委友璋及天平军节度使牛存节、开封尹刘鄩等进军攻讨。是时，蒋殷求救于淮南，杨溥遣大将朱瑾率众来援，存节等逆击，败之。

贞明元年春，牛存节、刘鄩拔徐州，逆贼蒋殷举族自燔而死。于火中得其尸，枭首以献。诏福王友璋赴镇。

闰二月甲午，延州节度使、太原西面招讨应接使、检校太师、兼中书令、渤海郡王高万兴进封渤海王。

三月辛酉朔，以天平军节度副大使、知节度事、兼淮南西北面行营招讨应接等使、检校太傅、同平章事牛存节为检校太尉，加食邑一千户，赏平徐之功也。丁卯，以右仆射兼门下侍郎、同平章事、监修国史、判度支赵光逢为太子大保致仕。魏博节度使杨师厚薨，辍视朝三日。

初，师厚握强兵，据重镇，每邀朝廷姑息⑬，及薨，辍视朝三日，或者以为天意。租庸使赵岩、租庸判官邵赞献议于帝曰："魏博六州，精兵数万，蠹害唐室百有余年。罗绍威前恭后倨，太祖每深含怒。太祖尸未属纩⑭，师厚即肆阴谋。盖以地广兵强，得肆其志，不如分削，使如身使臂，即无不从也。陛下不以此时制之，宁知后人之不为杨师厚耶！若分割相、魏为两镇，则朝廷无北顾之患矣。"帝曰："善。"即以平卢军节度使贺德伦为天雄军节度使，遣刘鄩率兵六万屯河朔。诏曰："分疆裂土，虽赏勋劳；建节屯师，亦从机便⑮。比者魏博一镇，巡属六州，为河朔之大藩，实国家之巨镇。所分忧寄，允谓重难；将叶事机，须期通济。但缘镇、定贼境，最为魏、博亲邻；其次相、卫两州，皆控泽、潞山口。两道并连于晋土，分头常寇于魏封。既须日有战争，未若俱分节制。免劳兵力，因奔命于两途；稍泰人心，俾安居于终日。其相州宜建节度为昭德军，以澶、卫两州为属郡，以张筠为相州节度使。"

己丑，魏博军乱，囚节度使贺德伦。是时，朝廷既分魏博六州为两镇，命刘鄩统大军屯于南乐，以讨王熔为名，遣澶州刺史、行营先锋步军都指挥使王彦章领龙骧五百骑先入于魏州，屯于金波亭。诏以魏州军兵之半隶于相州，并徙其家焉。又遣主者检察魏之帑廪。既而德伦促诸军上路，姻族辞决，哭声盈巷。其徒乃相聚而谋曰："朝廷以我军府强盛，故设法残破。况我六州，历代藩府，军门父子，姻族相连，未尝远出河门，离亲去族，一旦迁于外郡，生不如死。"三月二十九日夜，魏军乃作乱，放火大掠，首攻龙骧军，王彦章斩关而遁。迟明，杀德伦亲军五百余人于牙城，执德伦置之楼上。有效节军校张彦者，最为粗暴，胆气伏人，乃率无赖辈数百，止其剽掠。是日，魏之士庶被屠戮者不可胜纪。

帝闻之，遣使赍诏安抚，仍许张彦除郡厚赐，将士优赏。彦等不逊，投招于地，侮骂诏使，因迫德伦飞奏，请却复相、卫，抽退刘鄩军。帝复遣逾曰："制置已定，不可改易。"如是者三。彦等奋臂南向而骂曰："佣保儿，敢如是也！"复迫德伦列其事。时有文吏司空颋者，甚有笔才，彦召见，谓曰："为我更草一状，词宜抵突，如更敢违，则渡河掳之。"乃奏曰："臣累拜封章，上闻天听，在军众无非共切，何朝廷皆以为闲。半月三军切切，而戈矛未息；一城生聚皇皇，而控告无门。惟希俯鉴丹衷，苟从众欲，须垂圣允，断在不疑。如或四向取谋，但虑六州俱失。言非意外，事在目前。"张彦又以杨师厚先兼招讨使，请朝廷依例授之，故复逼德伦奏曰："臣当道兵甲素精，貔貅极锐⑯，下视并、汾之敌，平吞镇、定之人。特乞委臣招讨之权，试臣汤火之节，苟无显效，任赐明诛。"诏报曰："魏、博寇敌接连，封疆悬远，凡于应赴，须在师徒。是以别建节旄，各令捍御、并、镇则委魏、博控制，泽、潞则遣相、卫枝梧⑰。咸逐便安，贵均劳逸，已定不移之制，宜从画一之规。至于征伐事权，亦无定例。且临清王领镇之日，罗绍威守藩以来，所领事衔，本无招讨。祇自杨师厚先除陕、滑二帅⑱，皆以招讨兼权，因兹带过邺中，原本不曾落下，苟循事体，宁齐施行。况今刘鄩指镇、定出征，康怀英往邠、岐进讨，祇令统帅师旅，亦无招讨使衔。切宜遍谕群情，勿兴浮议，倚注之意，卿宜体之。"诏至，张彦坏裂，抵之于地，谓德伦曰："梁主不达时机，听人穿鼻，城中扰攘，未有所依。我甲兵虽多，须资势援。河东晋王统兵十万，匡复唐朝，世与大梁仇雠。若与我同力，事无不济，请相公改图，以求多福。"德伦不得已而从之，乃遣牙将曹廷隐奉书求援于太原。彦使德伦告谕军城曰："可依河东称天祐十二年，此后如有人将文字于河南往来，便仰所在处置。"

是月，邠州留后李保衡以城归顺。保衡，杨崇本养子也。崇本乃李茂贞养子，任邠州二十余年，去岁为其子彦鲁所毒。彦鲁领知州事五十余日，保衡杀彦鲁送款于帝，即以保衡为华州节度使，以河阳留后霍彦威为邠州节度使。

五月，晋王率师赴魏州。节度使牛存节薨。是月，凤翔李茂贞遣伪署泾州节度使刘知俊率师攻邠州，以李保衡归顺故也。自是凡攻围十四月，节度使霍彦威、诸军都指挥使黄贵坚守捍寇，会救军至，岐人乃退。

六月庚寅，晋王入魏州，以贺德伦为大同军节度使，举族迁于晋阳。是月，晋人陷德州。

秋七月，又陷澶州，刺史王彦章弃城来奔。是月，刘鄩自洹水潜师由黄泽路西趋晋阳，至乐平县，值霖雨积旬，乃班师还。次宗城，遂至贝州，军于堂邑。遇晋军，转斗数十里，晋军稍退。翌日，鄩移军于莘。

八月，贺环收复澶州。

九月，以行营先锋步军都指挥使、行澶州刺史、检校太保王彦章为汝州防御使，依前行营先锋步军都指挥使。壬午，正衙命使册德妃张氏。是夕，妃薨。

冬十月辛亥，康王友孜谋反，伏诛。是夕，帝于寝殿熟寐，忽闻御榻上宝剑有声，帝遽起视之，而友孜之党已入于宫中，帝挥之获免。壬子，葬德妃张氏。

十一月乙丑，改乾化五年为贞明元年。

十二月乙未，诏升华原县为崇州静胜军，以美原县为裕州，以为属郡。以伪命义胜军节度使、鼎耀等州观察使、特进、检校太保，同平章事李彦韬为特进、检校太傅、同平章事，充静胜军节度使、崇裕等州观察使、河内郡开国侯，仍复本姓温，名昭图。昭图，华原贼帅也，李茂贞以为养子，以华原为耀州，美原为鼎州，伪命昭图为节度使。至是归款⑳，故有是命。

贞明二年春正月庚申，以皇伯父宋州节度使、开府仪同三司、检校太师、兼中书令、广王全昱为守中书令，余如故。以浙江东道营田副使、检校太傅、前常州刺史杜建徽遥领泾州节度使。

二月丙申，右仆射、门下侍郎、平章事、诸道盐铁转运等使杨涉罢相，守左仆射。涉累上章以疾辞位，故有是命。是月，命许州节度使王檀、河阳节度使谢彦章、汝州防御使王彦章率师自阴地关抵晋阳，急攻其垒，不克而旋。

三月，刘鄩率师与晋王大战于故元城，鄩军败绩。先是，鄩驻于莘，帝以河朔危急，师老于外⑳，饷馈不充，遣使赐鄩诏，微有责让。鄩奏以寇势方盛，未可轻动。帝又问鄩决胜之策，鄩奏曰："但人给粮十斛，尽则破敌。"帝不悦，复遣促战。鄩召诸将会议，诸将欲战，鄩默然。一日，引军攻镇定之营，彼众大骇，上下腾乱，俘斩甚众。时帝遣偏将杨延直领军万余人屯澶州以应鄩，既而晋王诈言归太原，刘鄩以为信。是月，召杨延直会于魏城下，鄩自莘率军亦至，与延直会。既而晋王自贝州至。鄩引军渐退，至故元城西，与晋人决战，大为其所败。追袭至河上，军士赴水死者甚众，鄩自黎阳济河奔滑州。己巳，制以鄩为滑州宣义军节度副大使，知节度事。晋人攻卫州，陷之，又陷惠州。

夏四月乙酉朔，威武军节度使、守太傅、兼中书令、闽王王审知赐号忠勤保安兴国功臣，余如故。晋人陷洺州。癸卯夜，捉生都将李霸作乱，龙骧都将杜晏球讨平之。时遣捉生军千人戍杨刘，军出宋门外。是夜，由水门复入，二鼓大噪，火发烛城，李霸与其徒燔建国门，不克。龙骧都将杜晏球屯鞠场，闻乱兵至，率骑击之，乱军退，走马登建国门。晏球奏曰："乱者惟李霸一军，但守宫城，迟明臣必破之。"未明，晏球诛霸及其同恶，京师方定。是月，以行营先锋步军都指挥使、汝州防御使王彦章为郑州防御使，依前先锋步军都指挥使。

五月，晋军还太原。

六月，晋人急攻邢州，帝遣捉生都将张温率步骑五百人入丁邢州，至内黄，温率众降丁晋人。

秋七月甲寅朔，晋王自太原至魏州，节度使张筠弃城奔京师，邢州节度使阎宝以城降于晋王。壬戌，以淮南镇海镇东等军节度使、充淮南宣润等道四面行营都统、开府仪同三司、尚父、守尚书令、吴越王钱镠为诸道兵马元帅，余如故。以左仆射杨涉为太子太傅致仕。

八月丁酉，以开府仪同三司、太子太保致仕赵光逢为司空兼门下侍郎、平章事、弘文馆大学士、延资库使，充诸道盐铁转运使。

九月，晋王还太原。沧州节度使戴思远弃城来奔。晋人陷贝州。己卯，天平军节度副大使、知节度事、检校太师、兼中书令、琅琊郡王王檀薨。

十月丁酉，以开府仪同三司、中书侍郎兼吏部尚书、同平章事、集贤殿大学士、判户部敬翔为右仆射兼门下侍郎、平章事、监修国史，判度支。以光禄大夫、中书侍郎、同平章事郑珏为特进、兼刑部尚书、平章事、集贤殿大学士，判户部。十月，晋王自太原至魏州。是月，前昭义军节度使、检校太师、兼侍中、陈留郡王葛从周薨。

是岁，河北诸州悉入于晋。

---

①赍（jī，音机）：以物送人。

②叶：通"协"。

③迨：及；等到。

④膺：受。

⑤宣：头发黑白相杂。

⑥缵（zuǎn，音纂）：继续；继承。

⑦烝：古代冬祭名。

⑧凉德：薄德。

⑨炎汉：指汉朝。古代术数家用"五德"之说，以金、木、水、火、土的互相生克来解释历代王朝的交替。汉朝自称以火德而兴起，故称炎汉，或称炎刘。

⑩遘：遭遇。

⑪候：忽然。

⑫允俞：允诺。指帝王的允可。

⑬邀：希求。

⑭纩（kuàng，音矿）：裹尸体的絮衣。

⑮机：形势

⑯貔貅（pí xiū 音皮休）：古籍中的猛兽名。

⑰枝梧：抗拒；抵触。

⑱祗：恰巧。

⑲归款：归附。

⑳老：历时长久。

梁末帝纪中

贞明三年春正月戊午，以前淄州刺史高允奇为右羽林统军。癸亥，以前天平军马步军都指挥使、检校太保朱勍为怀州刺史。癸酉，以右天武军使石钊为密州刺史。戊寅，以前怀州刺史李建为安州刺史，仍赐名知节。己卯，以宣义军节度副大使、知节度事、北面行营副招讨等使、特进、检校太傅霍彦威为天平军节度副大使，知节度事。

二月甲申，晋王攻我黎阳，刘鄩拒之而退。乙酉，前蔡州刺史董璋权知宣义军军州事。丁亥，以前右羽林军统军梁继业为左卫上将军。壬辰，以租庸判官、检校司徒张绍珪为光禄卿，依前充租庸判官。癸巳，以权知平卢军军州事、客省使、知银台事元湘为检校司空。甲午，以飞龙使娄继英为左武卫大将军。

三月庚申，以前平戎军使、检校司空郭绍宾为禧州刺史。辛酉，以前天平军节度副使裴彦为随州刺史。戊寅，湖州刺史钱传璙、苏州刺史钱传璙、镇海军节度使副使钱传瓘、温州刺史钱传璗、睦州刺史钱传懿、宝州刺史钱传璨、明州刺史钱传球、义州刺史钱传琜、峰州刺史钱传珦、峃州刺史钱传琰、镇海军都知兵马使钱传琇等凡一十一人，并加官勋阶爵。从吴越王钱镠之请也。

夏四月庚辰，以前行左武卫大将军蔡敬思为右武卫上将军。辛巳，以前安州刺史刘玘权知晋州军州事。以前密州刺史张实为颍州刺史，充本州团练使。癸未，以六军押牙、充左天武军使刘彦珪为澶州刺史。辛卯，以右千牛卫大将军刘璩充契丹宣谕使。诏诸道兵马元帅开幕除吏，一同天策上将府故事[①]。辛丑，以清海军元从都押牙、陇州刺史吴锷为检校司空。癸卯，以两浙衙内先锋指挥使、守峰州刺史钱传珦为泗州刺史。

六月庚辰，以前东京马步都指挥使兼左天武军使雷景从为汝州刺史，充本州防御使。辛卯，以租庸判官、光禄大夫、检校司徒、行光禄卿张绍珪为申州刺史。壬辰，以权知晋州建宁军军州事、前安州刺史刘玘为建宁军节度观察留后。

秋七月丁巳，以淄州刺史陈洪为棣州刺史。乙丑，以刑部员外郎封翘为翰林学士。丙寅，以汝州刺史杨延直为左卫大将军，以前左卫上将军刘重霸为起复云麾将军、右骁卫上将军。庚午，以六军诸卫副使、起复云麾将军、检校太保张业为淄州刺史。

八月辛巳，以左神武军统军周武为宁州刺史，以左崇安指挥使、前申州刺史刘仁铎为衍州刺史。戊子，泰宁军节度使张万进赐名守进。

九月庚申，以遥领常州刺史张昌孙遥领寿州刺史，充本州团练使。

冬十月壬午，以权西面行营都监、右武卫上将军张筠权知商州军州事。戊子，诏曰："太子太傅李戬，多因释教，诳惑群情，此后不得出入无恒。"癸巳，以前崇德军使张思绾为左武卫上将军。己亥，以启圣匡运同德功臣、诸道兵马元帅、淮南镇海镇东等军节度使、充淮南宣润等四面行营都统、开府仪同三司、尚书令、吴越王钱镠为天下兵马元帅。壬寅，以尚书左丞吴蔼为工部尚书，充两浙官告使。是月，晋王自魏州还太原。

闰十月丁卯，以前商州刺史徐玘为左骁卫上将军，充西都大内皇墙使。

十一月壬午，以中书侍郎、平章事郑珏权判户部事。戊子，以宁州刺史周武为武静军防御使、守庆州刺史。以河潼军使窦廷琬为宁州刺史。

十二月，晋王自太原复至魏州。庚申，以左金吾卫大将军、充街使华温琪为右龙虎军统军，以右龙虎军统军张彦勖为商州刺史，以前西京大内皇墙使李项为右威卫上将军，以左金吾卫上将军李周彝权兼左街使。壬戌，以守太尉、兼中书令、河南尹、判六军诸卫事、魏王张宗奭为天下兵马副元帅。丙寅，以西面行营马军都指挥使、检校太保、郑州刺史、充本州防御使王彦章为检校太傅。丁卯，以西面行营马步都指挥使、左龙虎军统军贺环为检校太傅、同中书门下平章事，充宣义军节度使、郑滑濮等州观察处置等使。己巳，帝幸洛阳，为来年有事于南郊也。遂幸伊阙，亲拜宣陵。时租庸使赵岩劝帝郊天，且言："帝王受命，须行此礼，愿陛下力行之。"宰臣敬翔奏曰："国家自刘郚失律已来，府藏殚竭，箕敛百姓，供军不暇，郊祀之礼，颁行赏赉，所谓取虚名而受实弊也。况晋人压境，车驾未可轻动。"帝不听，遂行。是月，晋人陷杨刘城，帝闻之惧，遂停郊礼，车驾急归东京。癸酉，诏文武两班，除元随驾人数外其余并令御史司宪张衮部署，候车驾离京后一两日发赴东京。甲戌，以天下兵马副元帅、太尉、兼中书令、河南尹、魏王张宗奭为西都留守。

贞明四年春正月，晋人寇郓、濮之境。车驾至自洛阳。庚辰，以葵州刺史姚勖权知感化军节度观察留后。乙酉，以前静难军马步军都指挥使黄贵为蔡州刺史。甲午，以右领军卫上将军齐奉国为左金吾卫大将军，充街使。

二月，遣将谢彦章帅众数万迫杨刘城。甲子，晋王来援杨刘城，彦章之军不利而退。

三月壬午，以前右武卫上将军张筠为左卫上将军。癸巳，以镇国军节度押衙、充本道马步军都指挥使江可复为衍州刺史。壬寅，镇海镇东等军节度行军司马、秦州节度使、检校太傅、同平章事马绰加检校太尉、同平章事，依前镇海、镇东等军节度行军司马，余如故。从钱镠之请也。

夏四月丁未，以宣徽院使、右卫上将军赵毂权知青州军州事，以宣徽院副使韦坚权知本院事。己酉，以银青光禄大夫、行中书侍郎、同中书门下平章事、权判户部郑珏为金紫光禄大夫、中书侍郎、兼刑部尚书、平章事、集贤殿大学士、判户部、上柱国，仍进封荥阳郡开国侯，加食邑五百户。以金紫光禄大夫、行尚书吏部侍郎、上柱国、兰陵县开国男、食邑三百户萧顷为中书门下平章事，仍进封兰陵县开国伯，加食邑四百户。庚戌，以前崇德军使、前右武卫大将军杜存为右领军卫上将军。甲寅，以刑部郎中、充史馆修撰窦专为翰林学士。初学士窦梦征草钱镠麻，贬蓬莱尉，帝召专入翰林，遣崇政使李振问宰相云："专是宰臣萧顷女婿，令中书商量可否？"中书奏曰："宰相亲情，不居清显，避嫌之道，虽著旧规，若蒙特恩，亦有近例，固不妨事。"帝乃可之。己未，灵武节度使韩洙落起复，授开府仪同三司，依前检校太傅、同平章事。癸亥，以延州忠义军节度使、太原西面招讨应接使、检校太师、兼中书令、渤海王高万兴兼鄜、延两道都制置使，余如故。时万兴弟鄜州节度使万金卒，故有是命。己巳，以开府仪同三司、守司空兼门下侍郎、同平章事赵光逢为司徒致仕，兼加食邑五百户。以光逢累上章请老故也。辛未，诏宰臣敬翔权判诸道盐铁使务。壬申，以太子宾客赵光胤为吏部侍郎。

五月甲戌，以荆南衙内马步军都指挥使、检校司徒高从诲领濠州刺史。乙亥，以特进、检校太傅、前颍州团练使张实为起复云麾将军，依前颍州团练使。庚辰，以工部尚书致仕孔拯为国子祭酒。己丑，以太常少卿韦象为右谏议大夫。

六月甲辰，以金紫光禄大夫、检校司徒、歙州刺史朱令德为忠武军节度观察留后。己酉，以权知感化军两使留后、特进、检校太保姚勖为感化军节度观察留后。庚戌，上以秘书少监王翘为将作监，以其父名秘故也。丙辰，以左监门卫将军康赞美为商州刺史，以左卫上将军张筠为权知永平军节度观察留后，兼判大安府事。戊午，以前景州刺史韦审符为右卫大将军。庚申，以河阳节度、充北面行营排阵、两京马军都军节度等使、光禄大夫、检校太保谢彦章为匡国军节度、陈许蔡等州观察处置等使，以宣徽院副使韦坚权知河阳军州事。

秋七月庚辰，以商州刺史康赞美为起复云麾将军，依前商州刺史。辛卯，以前左骁卫上将军杨诏为右武卫上将军。戊戌，以前匡国军节度使、检校尚书左仆射罗周敬为检校司空、守殿中监、驸马都尉。

八月丙午，以右广胜军使刘君铎为虢州刺史。戊申，以武宁军节度副使李存权知宿州事。辛亥，泾原节度使杜建徽加检校太傅、同平章事。建徽，吴越王钱镠之将也，遥领泾原节制，至是以其上请加恩，故有是命。乙卯，以蔡州刺史黄贵为绛州刺史。辛酉，以绛州刺史尹皓为感化军节度观察留后。癸亥，以前永平军节度副使张正己为房州刺史。乙丑，以宿州团练使赵麓权知河阳节度观察留后，以左骁卫将军刘去非为郓州刺史。戊辰，以权知永平军节度观察留后、兼判大安府事张筠为永平军节度观察留后，依前兼判大安府事。是月，晋王率师次杨刘口，遂军于麻家渡，北面招讨使贺环以兵屯濮州北行台村，对垒百余日。晋王以轻骑来觇，许州节度使谢彦章发伏兵掩击，围之数重，会救军至，晋王仅以身免。

九月丁丑，静胜军节度、崇裕等州观察处置等使、特进、检校太傅、同平章事温昭图加检校太尉。甲午，崇政院副使张希逸加金紫光禄大夫，行秘书少监。乙未，起复云麾将军、检校太保、寿州团练使张昌孙落起复，授光禄大夫、检校太傅。

冬十月辛丑朔，以前感化军节度观察留后、特进、检校太保姚勋为左龙虎统军，充西都内外马步军都指挥使。以洛苑使、金紫光禄大夫、检校司徒、守左威卫大将军董璋为右龙虎统军。己酉，以安南、静海节度使、检校司徒曲美为检校太保、同平章事。庚戌，以商州刺史康赞美为蔡州刺史。

十一月壬辰，前怀州刺史朱勍授起复云麾将军，依前怀州刺史。

十二月庚子朔，晋王领军迫行台寨，距寨十里结营而止。北面诏讨使贺环杀许州节度使谢彦章、濮州刺史孟审澄、别将侯温裕等于军，以谋叛闻，为行营马步都虞候朱珪构之也。晋王闻之，喜曰："彼将帅不和，亡无日矣。"丁未，以行营诸军马步都虞候、光禄大夫、检校太保、曹州刺史朱珪为检校太傅，充匡国军节度观察留后，依前行营诸军马步都虞候。癸丑，诏曰："行营诸军马步都虞候、匡国军节度观察留后朱珪，昨以寇戎未灭，兵革方严，所期朝夕之间，克弭烟尘之患，每于将帅，别注忧劳。而谢彦章、孟审澄、侯温裕忽构异图，将萌逆节，赖朱珪挺施贞节，密运沈机，果致枭擒，免资仇敌。特加异殊之命，用旌忠孝之谋，便委雄藩，俾荷隆渥②。可检校太傅，充平卢军节度、淄青登莱等州观察处置、押新罗渤海两番等使兼行营诸军马步军副都指挥使，仍进封沛国郡开国侯。"乙巳，起复云麾将军、检校太保、陈州刺史、惠王友能，镇国军节度、陕虢等州观察处置等使、起复云麾将军、检校太保、邵王友海，并落起复，加检校太傅。以前房州刺史牛知业为右羽林军统军。癸亥，北面招讨使贺环率大军与晋人战于胡柳陂，晋人败绩。是日既晡，复为晋人所败。初，晋人起军将袭东京，乃下令军中老弱悉归于邺。是月二十二日，晋王次临濮，贺环、王彦章自行台寨率军蹑之。二十四日，至胡柳陂，晋王领军出战，环军已成列，晋王以骑突之，王彦章一军先败，彦章走濮阳。晋人辎重在阵西，环领军薄之，晋人大奔，自相蹈籍，死者不可胜纪，晋大将周德威殁于阵。环军乃登土山，列阵于山之下，晋王复领兵来战，环军遂败。翌日，晋人攻濮阳，陷之，京师戒严。

贞明五年春正月，晋人城德胜，夹河为栅。

二月乙巳，以宣徽院副使韦坚权知徐州军事。

三月己卯，此华州感化军留后尹皓为华州节度使，加检校太保、同平章事。癸未，制削夺兖州节度使张守进在身官爵，以其叛故也。仍命刘鄩为兖州管内安抚制置使，领兵以攻之。

夏四月壬寅，以永平军留后兼判大安府事张筠为永平军节度使、检校太保，行大安尹。庚戌，以镇海军北面水陆都指挥使、湖州刺史、检校太傅钱传璟遥领宣州宁国军节度使，加同平章事。是月，贺环攻德胜南城，以艨艟战舰横于河，以扼津济之路。晋人断其艨艟，济军以援南城，环等退军。

五月己巳，山南东道节度使、检校太傅孔勍加同平章事。丁亥，以延州节度使、鄜延两道都制置、太原西面招讨应接等使、渤海郡王高万兴为检校太师、兼中书令，充保大、忠义等军节度、鄜延管内观察等使。是月，以行营诸军左厢马军都指挥使、郑州防御使王彦章为许州匡国军节度观察留后，依前行营诸军左厢马军都指挥使。

六月壬戌，以天骥院使李随权知登州军州事。

秋七月，晋王自魏州还太原。

八月乙未朔，滑州节度使贺环卒。辍视朝三日，诏赠侍中。是月，命开封尹王瓒为北面行营招讨使。瓒乃与许州留后王彦章等率大军自黎阳济，营于杨村，造浮梁以通津路。

九月丙寅，制削夺广州节度使、南平王刘岩在身官爵，以其将谋僭号故也。仍诏天下兵马元帅钱镠指挥攻讨。

冬十月，晋天复至魏州。是月，刘鄩攻下兖州，擒张守进，夷其族。

十一月丁丑，以兖州安抚制置使、特进、检校太傅、大彭郡开国公刘鄩为兖州节度使、开府仪同三司、检校太尉、同平章事，赏平兖之功也。辛卯，王瓒帅师至戚城，遇晋军，交绥而退。③

十二月戊戌，晋王领军迫河南寨，王瓒率师御之，获晋将石家才。既而瓒军不利，瓒退保杨村寨，晋人陷濮阳。

---

①故事：成例；旧日的典章制度。
②渥：沾润。
③交绥：交战。原指交战双方刚一接触即各自撤退。

梁末帝纪下

贞明六年春正月戊子，以曹州刺史朱汉宾为安州宣威军节度使。以许州匡国军节度观察留后、充散指挥都军使、检校太傅王彦章为匡国军节度使，进封开国侯，军职如故。

二月癸丑，宣州节度使钱传璟起复，依前检校太傅、同平章事、宣州节度使，以其丁内艰故也。

三月丁亥，以前申州刺史张绍珪为大理卿。

夏四月己亥，制曰：

"王者爱育万方，慈养百姓，恨不驱之仁寿，抚以淳和。而炎、黄有战伐之师，尧、舜有干戈之用，谅不获已①，其犹病诸。然则去害除妖，兴兵动众，杀黑龙而济中土，刑白马而誓诸侯。终能永逸暂劳，以至同文共轨，古今无异，方册具存②。朕以眇末之身，托亿兆之上，四海未乂，八年于兹，业业兢兢，日慎一日。虽逾山越海，肃慎方来；而召雨征风，蚩尤尚在。顾兹残孽，劳我大邦，将士久于战征，黎庶疲于力役。木牛暂息，则师人有乏爨之忧；流马尽行，则丁壮有无聊之苦。况青春告谢，朱夏已临，妨我农时，迫我戎事。永言大计，思致小康，宜贾在宥之恩，稍示殷忧之旨。用兵之地，赋役实烦，不有蠲除，何使存济。除两京已放免外，应宋、亳、辉、颍、郓、齐、魏、滑、郑、濮、沂、密、青、登、莱、淄、陈、许、均、房、襄、邓、泌、随、陕、华、雍、晋、绛、怀、汝、商等三十二州，应欠贞明四年终已前夏秋两税，并郓、齐、滑、濮、襄、晋、辉等七州，兼欠贞明四年已前营田课利物色等，并委租庸使逐州据其名额数目矜放。所在官吏，不得淹停制命，征督下民，致恩泽不及于乡间，租税虚捐于赈籍。其有私放远年债负，生利过倍，自违格条，所有州县，不在更与征理之限。兖州城内，自张守进违背朝廷，结连蕃寇，久劳攻讨，颇困生灵，言念伤残，寻加给复。应天下见禁罪人，如犯大辟合抵极刑者③，宜示好生，特令减死。除准格律常赦不原外，徒、流已下④，递减一等。除降官未经量移者与量移，已量移者便与复资云。"

庚子，宗正卿朱守素上言："请依前朝置瓯院，令谏议大夫专判。"从之，乃以右谏议大夫郑韬光充知瓯使。乙巳，以右仆射兼门下侍郎、同平章事、监修国史、判度支、开国公敬翔为弘文馆大学士、延资库使、诸道盐铁转运等使，余如故。以中书侍郎兼刑部尚书、平章事、集贤殿大学士、判户部事郑珏为监修国史、判度支。以中书侍郎、平章事萧顷为集贤殿大学士、判户部事。以尚书左丞李琪为中书侍郎、平章事。丙午，吏部侍郎赵光胤为尚书左丞。己酉，以河中护国军节度副大使、知节度事、制置度支解县池场等使、开府仪同三司、守太保、兼中书令，冀王友谦依前守太保、兼中书令，兼同州节度使，余如故。癸丑，鄜延节度使兼西面招讨接应等使、检校太保、兼中书令、渤海郡王高万兴进封延安王，赐号匡时定节功臣。前衡州长史刘隰进所撰《地理手镜》十卷。己未，以租庸判官、尚书工部郎中张锐为户部郎中，充崇政院学士。辛酉，以前吏部侍郎卢协为吏部侍郎。

五月乙丑，故左卫上将军齐奉国赠太傅。诏曰："应文武朝官，或有替罢多年、漂流在外者，宜令中书门下量才除授，勿使栖迟。或有进士策名、累年未释褐者，与初任一官，已释褐者，依前资叙用。"乙酉，升宋州为大都督府，其余废大都督府额。

六月，遣兖州节度使刘鄩、华州节度使尹皓、崇州节度使温昭图、庄宅使段凝领军攻同州。先是，河中朱友谦袭陷同州，节度使程全晖单骑奔京师。友谦以其子令德为同州留后，表求节旄，不允。既而帝虑友谦怨望，遂令兼镇同州。制命将下而友谦已叛，遣使求援于晋，故命将讨之。

九月庚寅，以供奉官郎公远充契丹欢好使。晋王遣都将李嗣昭、李存审、王建及率师来援同州，战于城下。我师败绩，诸将以余众退保华州罗文寨。

冬十月，陈州妖贼毋乙、董乙伏诛。陈州里俗之人，喜习左道，依浮图氏之教，自立一宗，号曰"上乘"，不食荤茹，诱化庸民，揉杂淫秽，宵聚昼散。州县因循，遂致滋蔓。时刺史惠王友能恃戚藩之宠，动多不法，故奸慝之徒，望风影附。毋乙数辈，渐及千人，攻掠乡社，长吏不能诘⑤。是岁秋，其众益盛，南通淮夷，朝廷累发州兵讨捕，反为贼所败，陈、颍、蔡三州大被其毒。群贼乃立毋乙为天子，其余豪首，各有树置。至是发禁军及数郡兵合势追击，贼溃，生擒毋乙等首领八十余人，械送阙下，并斩于都市。

龙德元年春正月癸巳，诏诸道入奏判官，宜令御史台点检，合从正衙退后，便于中书门下公参辞谢。如有违越，具名衔闻奏。应面赐章服，仍令阁门使取本官状申中书门下，受敕牒后，方可结入新衔。甲辰，以河东道行营西面应接使、前静胜军节度、崇裕等州观察处置等使、特进、检校太尉、同平章事温昭图为匡国军节度、陈许蔡等州观察处置等使。以北面行营副招讨使、匡国军节度、陈许蔡等州观察处置等使、光禄大夫、检校太傅王彦章为宣义军节度副大使，知节度事，郑滑濮等州观察处置等使，依前北面副招讨使。

二月己未，以权知静胜军节度观察留后、前汝州防御使华温琪为静胜军节度观察留后，依前检校太傅。丙寅，以荆南节度使、检校太师、兼中书令、渤海郡王高季昌为守中书令，依前荆南节度使。庚午，以晋州建宁军节度观察留后刘玘为晋州节度使、检校太保。壬申，史馆上言："伏见北齐文士魏收著《后魏书》，于时自魏太武之初，至于北齐，书不获就，乃大征百官家传，刊总斟酌，随条甄举，搜访遗亡，数年之间，勒为一代典籍，编在北史，固非虚言。臣今请明下制，敕内外百官及前资士子、帝戚勋家，并各纳家传，具述父祖事行源流及才术德业灼然可考者，并纂述送史馆。如记得前朝会昌已后公私，亦任抄录送官，皆须直书，不用文藻。兼以兵火之后，简牍罕存，应内外臣僚，曾有奏行公事，关涉制置，或讨论沿革，或章疏文词，有可采者，并许编录送纳。候史馆修撰之日，考其所上公事，与中书门下文案事相符会，或格言正辞询访不谬者，并与编载。所冀忠臣名士，共流家国之耿光；孝子顺孙，获记祖先之丕烈⑥。而且周德见乎殷纪，舜典存乎禹功，非唯十世可知，庶成一朝大典。臣叨庸委任⑦，获领监修，将赎素餐⑧，辄干玄览。"诏从之。盐铁转运使敬翔奏："请于雍州、河阳、徐州三处重置场院税茶。"从之。己卯，礼部尚书、充西都副留守兼判尚书省事崔沂奏："西京都省，凡有公事奏闻，常须借印施行，伏请铸尚书省分司印一面。"从之。是月，镇州大将王德明杀其帅王镕，自称留后，遣使来求援。宰臣敬翔请许之，租庸使赵岩等以为不可，乃止。

三月丁亥朔，祠部员外郎李枢上言："请禁天下私度僧尼，及不许妄求师号紫衣。如愿出家受戒者，皆须赴阙比试艺业施行，愿归俗者一听自便。"诏曰："两都左右街赐紫衣及师号僧，委功德使具名闻奏。今后有阙，方得奏荐，仍须道行精至，夏腊高深，方得补填。每遇明圣节，两街各许官坛度七人。诸道如要度僧，亦仰就京官坛，仍令词部给牒。今后只两街置僧录，道录僧正并废。己丑，以前兵部郎中杜光乂为左谏议大夫致仕。壬寅，改襄州鄎县为沿夏县、亳州焦夷县为夷父县、密州汉诸县为胶源县。从中书舍人马缟请也。

夏四月，陈州刺史惠王友能反，举兵向阙。帝命将出师逆击，败之。友能走保陈州。诏张汉杰率兵进讨。敕开封府太康、襄邑、雍丘三县，遭陈州贼军奔冲，其夏税只据见苗输纳。

五月丙戌朔，制曰："朕闻惟辟动天⑨，惟圣时宪⑩，故君为善则天降之以福，为不善则降之以灾。朕以眇末之身，托于王公之上，不能荷先帝艰难之运，所以致苍生涂炭之危。兵革荐兴⑪，灾害仍集⑫，内省厥咎，盖由朕躬。故北有犬戎猾夏之师⑬，西有蒲、同乱常之旅，连年战伐，积岁转输，虔刘我士民⑭，侵据我郡邑。师无宿饱之馈，家无担石之储。而又水潦为灾，虫蝗作沴⑮，戒谴作于上⑯，怨咨闻于下⑰。而况骨肉之内，窃弄干戈；畿甸之中，辄为陵暴。但责躬而罪己，敢怨天以尤人。盖朕无德以事上玄⑱，无功以及兆庶⑲，不便于时者未能去，有益于民者未能行，处事昧于酌中，发令乖于至当，招致灾患，引翼祸殃。罪在朕躬，不敢自赦。夙夜是惧，寝食靡宁，将励己以息灾，爰布泽而从欲。今以薰风方扇⑳，旭日初升，朔既视于正阳，历宜更于嘉号。庶惟新之令，敷华夏以同欢；期克念之心，与皇王而合道。其贞明七年，宜改为龙德元年。应天下见禁罪人，除大辟罪外，递减一等。德音到后，三日内疏理讫奏。应欠贞明三年、四年诸色残欠，五年、六年夏税残税，并放。侍卫亲军及诸道行营将士等第颁赐优赏，已从别敕处分。左降官与量移，已经量移者与复资。长流人各移近地，已经移者许归乡里。前资朝官，寄寓远方，仰长吏津置赴阙。内外文武常参官、节度使、留后、刺史，父母亡殁者并与封赠。公私债负，纳利及一倍已上者，不得利上生利。先经阵殁将校，各与追赠云。"

以宣和库使、守右领卫将军李严权知兖州军州事。丁亥，诏曰："郊禋大礼，旧有渥恩；御殿改元，比无赏给。今则不循旧例，别示特恩。其行营将士赏赉已给付本家，宜令招讨使霍彦威、副招讨使王彦章、陈州行营都指挥使张汉杰晓示诸军知委。"

是月，兖州节度使、充河东道行营都招讨使刘鄩卒。

六月己亥，以都点检诸司法物使、检校司徒、行左骁卫大将军李肃为右威卫上将军。

秋七月，陈州朱友能降。庚子，诏曰："朕君临四海，子育兆民，唯持不党之心，庶叶无私之运。其有齿予戚属，虽深敦叙之情；干我国经，难固含弘之旨。须遵常宪，以示至公。特进、检校太傅、使持节陈州刺史、兼御史大夫、上柱国、食邑三千户惠王友能，列爵为王，颁条治郡，受元戎之寄任，处千里之封疆，就进官资，已登崇贵，时加锡赉，以表优隆，宜切知恩，合思尽节，抚俗当申于仁政，佐时期效于忠规。而狃彼小人，纳其邪说，忽称兵而向阙，敢越境以残民，侵犯郊畿，惊挠辇毂，远迩咸嫉，谋画交陈。及兴问罪之师，旋验知非之状，沥恳继陈于章表，束身愿赴于阙庭，备述艰危，觊加宽恕。朕得不自为屈己，姑务安仁，特施贷法之恩，盖举议亲之律。询于事体，抑有朝章，止行退责之文，用塞众多之论。可降封房陵侯。于戏！君臣之体，彼有不恭；伯仲之恩，予垂立爱。顾兹轻典，岂称群情，凡在臣僚，当体朕意。"甲辰，制以特进、检校太傅、衡王友谅可封嗣广王。

冬十月，北面诏讨使戴思远攻德胜寨之北城，晋人来援，思远败于戚城。

龙德二年春正月，戴思远率师袭魏州。时晋王方攻镇州，故思远乘虚以袭之，陷成安，而思远遂急攻德胜北城，晋将李存审极力拒守。

二月，晋王以兵至，思远收军而退，复保杨村。

八月，段凝、张朗攻卫州，下之，获刺史李存儒以献。戴思远又下淇门、共城、新乡等三县。自是澶州之西、相州之南，皆为梁有，晋人失军储三分之一焉。

龙德三年春三月，晋潞州节度留后李继韬遣使以城归顺。先是，继韬父嗣昭为潞州节度使，战殁于镇州城下，晋王欲以嗣昭长子继俦袭父位。继韬在潞州，即执继俦囚之，遣使来送款，仍以二幼子为质。泽州刺史裴约不从继韬之谋，帝命董璋为泽州刺史，令将兵攻之。

夏四月己巳，晋王即唐帝位于魏州，改天祐二十年为同光元年。

闰月壬寅，唐军袭郓州，陷之，巡检使前陈州刺史刘遂严、本州都指挥使燕颙奔归京师，皆斩于都市。

五月，以滑州节度使王彦章为北面行营招讨使。辛酉，王彦章率舟师自杨村寨浮河而下，断德胜之浮梁，攻南城，下之，杀数千人。唐帝弃德胜之北城，并军保杨刘。己巳，王彦章、段凝围杨刘城。

六月乙亥，唐帝引帝援杨刘，潜军至博州，筑垒于河东岸。戊子，王彦章、杜晏球率兵急攻博州之新垒，不克，遂退保于邹口。

秋七月丁未，唐帝引军沿河而南，王彦章弃邹口复至杨刘。己未，自杨刘拔营退保杨村寨。

八月，以段凝代王彦章为北面行营招讨使。戊子，段凝营于王村，引军自高陵渡河，复临河而还。董璋攻泽州，下之。庚寅，唐帝军于朝城，先锋将康延孝率百骑奔于唐，尽泄其军机。命滑州节度使王彦章率兵屯守郓之东境。

九月戊辰，彦章以众渡汶，与唐军遇于递防镇，彦章不利，退保中都。

冬十月辛未朔，日有食之。甲戌，唐帝引师袭中都，王彦章兵溃，于是彦章与监军张汉杰及赵廷隐、刘嗣彬、李知节、康文通、王山兴等皆为唐人所获。翌日，彦章死于任城。帝闻中都之败，唐军长驱将至，遣张汉伦驰驿召段凝于河上。汉伦坠马，伤足，复限水潦②，不能进。时禁军尚有四千人，朱珪请以拒唐军，帝不从，登建国门召开封尹王瓒，谓之曰："段凝未至，社稷系卿方略。"瓒即驱军民登城为备。或劝帝西奔洛阳，赵岩曰："势已如是，一下此楼，谁心可保。"乃止。俄报曰："晋军过曹州矣。"帝置传国宝于卧内，俄失其所在，已为左右所窃迎唐帝矣。帝召控鹤都将皇甫麟，谓之曰："吾与晋人世仇，不可俟彼刀锯。卿可尽我命，无令落仇人之手。"麟不忍，帝曰："卿不忍，将卖我耶！"麟举刀将自刭，帝持之，因相对大恸。戊寅夕，麟进刃于建国楼之廊下，帝崩。麟即时自刭。迟明，唐军攻封丘门，王瓒迎降。唐帝入宫，妃郭氏号泣迎拜。初，许州献绿毛龟，宫中造室以蓄之，命曰："龟堂"。帝尝市珠于市，既而曰：

"珠数足矣。"众皆以为不祥之言。帝末年改名"瑱"字，一十一，十月一八日，果以一十一年至十月九日亡。唐帝初入东京，闻帝殂，怃然叹曰："敌惠敌怨，不在后嗣。朕与梁主十年对垒，恨不生见其面。"寻诏河南尹张全义收葬之，其首藏于太社。晋天福二年五月，诏太社先藏唐朝罪人首级，许亲属及旧僚收葬。时右卫上将军娄继英请之，会继英得罪，乃诏左卫上将军安崇阮收葬焉。

史臣曰：末帝仁而无武，明不照奸，上无积德之基可乘，下有弄权之臣为辅，卒使劲敌奄至[22]，大运俄终。虽天命之有归，亦人谋之所误也。惜哉！

---

①谅：料想。

②方册：典籍。

③大辟：死刑。

④徒：徒刑。　　流：流刑。

⑤诘：查究；究办。

⑥丕：大。

⑦叨：谦词。犹言忝荷、辱承。

⑧赓：通"续"。已断而复续。　　素餐：谓不劳而坐食。素，空。

⑨辟（bì，音必）：国君。

⑩宪：效法。

⑪荐：频繁。

⑫仍再：一再。

⑬猾：扰乱。

⑭虔刘：劫掠；杀戮。

⑮沴（lì，音丽）：灾害。

⑯戒谴：警戒、责罚。

⑰怨咨：怨恨；嗟叹。

⑱上玄：上苍；上天。

⑲兆庶：万民。

⑳薰风：东南风；和风。

㉑潦（lào，音涝）：同"涝"。雨水过多。

㉒奄：覆盖。

唐武皇纪上

太祖武皇帝，讳克用，本姓朱耶氏，其先陇右金城人也。始祖拔野，唐贞观中为墨离军使，从太宗讨高丽、薛延陀有功，为金方道副都护，因家于瓜州。太宗平薛延陀诸部，于安西、北庭置都护属之，分同罗、仆骨之人，置沙陀都督府。盖北庭有碛曰沙陀、故因以为名焉。永徽中，以拔野为都督，其后子孙五世相承。曾祖尽忠，贞元中，继为沙陀府都督。既而为吐蕃所陷，乃举其族七千帐徙于甘州。尽忠寻率部众三万东奔，俄而吐蕃追兵大至，尽忠战殁。祖执宜，即尽忠之长子也，收合余众，至于灵州，德宗命为阴山府都督。元和初，入为金吾将军，迁蔚州刺史、代北行营招抚使。庄宗即位，追谥为昭烈皇帝，庙号懿祖。烈考国昌[①]，本名赤心，唐朔州刺史。咸通中，讨庞勋有功，入为金吾上将军，赐姓李氏，名国昌，仍系郑王房。出为振武节度使，寻为吐浑所袭，退保于神武川。及武皇镇太原，表为代北军节度使。中和三年薨。庄宗即位，追谥为文皇，庙号献祖。

武皇即献祖之第三子也。母秦氏。以大中十年丙子岁九月二十二日，生于神武川之新城。在妊十三月，载诞之际，母艰危者竟夕，族人忧骇，市药于雁门，遇神叟告曰："非巫医所及，可驰归，尽率部人，被甲持矛，击钲鼓，跃马大噪，环所居三周而止。"族人如其教，果无恙而生。是时，虹光烛室，白气充庭，井水暴溢。武皇始言，喜军中语，龆龀善骑射，与侪类驰骋嬉戏[②]，必出其右。年十三，见双凫翔于空，射之连中，众皆臣伏。新城北有毗沙天王祠，祠前井一日沸溢，武皇因持卮酒而奠曰："予有尊主济民之志，无何井溢，故未察其祸福，惟天王若有神奇，可与仆交谈。"奠酒未已，有神人被金甲持戈，隐然出于壁间，见者大惊走，唯武皇从容而退，繇是益自负。

献祖之讨庞勋也，武皇年十五，从征，摧锋陷阵，出诸将之右，军中目为"飞虎子"。贼平，献祖授振武节度使，武皇为云中牙将。尝在云中，宿于别馆，拥妓醉寝，有侠儿持刃欲害武皇，及突入曲室，但见烈火炽赫于帐中，侠儿骇异而退。又尝与达靼部人角胜，达靼指双雕于空曰："公能一发中否？"武皇即弯弧发矢，连贯双雕，边人拜伏。及壮，为云中守捉使，事防御使支谟，与同列晨集廨舍，因戏升郡阁，踞谟之座，谟亦不敢诘。

乾符三年，朝廷以段文楚为代北水陆发运、云州防御使。时岁荐饥，文楚稍削军食，诸军咸怨。武皇为云中防边督将，部下争诉以军食不充，边校程怀素、王行审、盖寓、李存璋、薛铁山、康君立等，即拥武皇入云州，众且万人，营于斗鸡台，城中械文楚出，以应于外。诸将列状以闻，请授武皇旄钺，朝廷不允，征诸道兵以讨之。

乾符五年，黄巢渡江，其势滋蔓，天子乃悟其事，以武皇为大同军节度使、检校工部尚书。

冬，献祖出师讨党项，吐浑赫连铎乘虚陷振武，举族为吐浑所虏。武皇至定边军迎献祖归云州，云州守将拒关不纳。武皇略蔚、朔之地，得三千人，屯神武川之新城。赫连铎昼夜攻围，武皇昆弟三人四面应贼，俄而献祖自蔚州引军至，吐浑退走，自是军势复振。天子以赫连铎为大同军节度使，仍命进军以讨武皇。

乾符六年春，朝廷以昭义节度使李钧充北面招讨使，将上党、太原之师过石岭关，屯于代州，与幽州李可举会赫连铎同攻蔚州。献祖以一军御之，武皇以一军南抵遮虏城以拒李钧。是冬大雪，弓弩弦折，南军苦寒，临战大败，奔归代州，李钧中流矢而卒。

广明元年春，天子复命元帅李涿率兵数万屯代州。武皇令军使傅文达起兵于蔚州，朔州刺史高文集与薛葛、安庆等部将缚文达送于李涿。六月，李涿引大军攻蔚州，献祖战不利，乃率其族奔于达靼部。居数月，吐浑赫连铎密遣人赂达靼以离间献祖，既而渐生猜阻[③]。武皇知之，每召其豪右射猎于野，或与之百步驰射马鞭，或以悬针树叶为的，中之如神，由是部人心伏，不敢窃发。俄而黄巢自江、淮北渡，武皇椎牛酾酒[④]，飨其酋首[⑤]，酒酣，喻之曰："予父子为贼臣谗间，报国无由。今闻黄巢北犯江、淮，必为中原之患。一日天子赦宥，有诏征兵，仆与公等南向而定天下，是予心也。人生世间，光景几何，曷能终老沙堆中哉！公等勉之。"达靼知无留意，皆释然无间。

是岁十一月，黄巢寇潼关，天子令河东监军陈景思为代北起军使，收兵破贼。十二月，黄巢犯长安，僖宗幸蜀，陈景思与李友金发沙陁诸部五千骑南赴京师。友金即武皇之族父也。

中和元年二月，友金军至绛州，将渡河，刺史瞿正谓陈景思曰："巢贼方盛，不如且还代北，徐图利害。"四月，友金旋军雁门，瞿正至代州，半月之间，募兵三万，营于崞县之西。其军皆北边五部之众，不闲军法，瞿正、李友金不能制。友金谓景思曰："兴大众，成大事。当威名素著，则可以伏人。今军虽数万，苟无善帅，进亦无功。吾兄李司徒父子，去岁获罪于国家，今寄北部，雄武之略，为众所推。若骠骑急奏召还，代北之人一麾响应，则妖贼不足平也。"景思然之，促奏行在。天子乃以武皇为雁门节度使，仍令以本军讨贼。李友金发五百骑赍诏召武皇于达靼，武皇即率达靼诸部万人趋雁门。五月，整兵二万，南向京师。太原郑从谠以兵守石岭关，武皇乃引军出他道，至太原城下，会大雨，班师于雁门。

中和二年八月，献祖自达靼部率其族归代州。十月，武皇率忻、代、蔚、朔、达靼之军三万五千骑赴难于京师。先移檄太原，郑从谠拒关不纳，武皇以兵击之，进军至城下，遣人赍币马遗从谠，从谠亦遣人馈武皇货币、饩氕、军器⑥。武皇南去，自阴地趋晋、绛。十二月，武皇至河中。

中和三年正月，晋国公王铎承制授武皇东北面行营都统。武皇令其弟克修领前锋五百骑渡河视贼，黄巢遣将米重威赍重赂及伪诏以赐武皇，武皇纳其赂以给诸将，燔其伪诏。是时，诸道勤王之师云集京畿，然以贼势尚炽，未敢争锋。及武皇将至，贼帅相谓曰："鸦儿军至，当避其锋。"武皇以兵自夏阳济河。二月，营于乾坑店。黄巢大将尚让、林言、王璠、赵璋等引军十五万屯于梁田陂。翌日，大军合战，自午及晡，巢贼大败。是夜，贼众遁，据华州。武皇进军围之，巢弟黄邺、黄揆固守。三月，尚让引大军赴援，武皇率兵万余逆战于零口，巢军大败，武皇进军渭桥。翌日，黄揆弃华州而遁。王铎承制授武皇雁门节度使、检校尚书左仆射。四月，黄巢燔长安，收其余众，东走蓝关。武皇进收京师。七月，天子授武皇金紫光禄大夫、检校左仆射、河东节度使。

是时，武皇既收长安，军势甚雄，诸侯之师皆畏之。武皇一目微眇，故其时号为"独眼龙"。是月，武皇仗节赴镇，遣使报郑从谠，请治装归朝。武皇次于郊外，因往赴雁门宁觐献祖⑦。八月，自雁门赴镇河东，时年二十有八。十一月，平潞州，表其弟克修为昭义节度使。潞帅孟方立退保于邢州。

十二月，许帅田从异、汴帅朱温、徐帅时溥、陈州刺史赵犨各遣使来告，以巢、蔡合从，凶锋尚炽，请武皇共力讨贼。

中和四年春，武皇率蕃汉之师五万，自泽、潞将下天井关，河阳节度使诸葛爽辞以河桥不完，乃屯兵于万善。数日，移军自河中南渡，趋汝、洛。四月，武皇合徐、汴之师破尚让于太康，斩获万计，进攻贼于西华，贼将黄邺弃营而遁。是夜大雨，巢营中惊乱，乃弃西华之垒，退营陈州北故阳里。五月癸亥，大雨震电，平地水深数尺，贼营为水所漂而溃。戊辰，武皇引军营于中牟，大破贼于王满渡。庚午，巢贼大至，济汴而北。是夜复大雨，贼党惊溃。武皇营于郑州，贼众分寇汴境。武皇渡汴，遇贼将渡而南，半济击之，大败之，临陈斩贼将李周、王济安、阳景彪等。是夜，贼大败，残众保于胙县、冤句。大军蹑之，黄巢乃携妻子兄弟千余人东走，武皇追贼至于曹州。

是月，班师过汴，汴帅迎劳于封禅寺，请武皇休于府第，乃以从官三百人及监军使陈景思馆于上源驿。是夜，张乐陈宴席，汴帅自佐飨，出珍币侑劝。武皇酒酣，戏诸侍妓，与汴帅握手，叙破贼事以为乐。汴帅素忌武皇，乃与其将杨彦洪密谋窃发。彦洪于巷陌连车树栅，以扼奔窜之路。时武皇之从官皆醉，俄而伏兵窃发，来攻传舍。武皇方大醉，噪声动地，从官十余人捍贼。侍人郭景铢灭烛扶武皇，以茵幕裹之，匿于床下，以水洒面，徐曰："汴帅谋害司空！"武皇方张目而起，引弓抗贼。有顷，烟火四合，复大雨震电，武皇得从者薛铁山、贺回鹘等数人而去。雨水如澍，不辨人物，随电光登尉氏门，缒城而出，得还本营。监军陈景思、大将史敬思并遇害。武皇既还营，与刘夫人相向恸哭。诘旦，欲勒军攻汴，夫人曰："司空比为国家讨贼，赴东诸侯之急，虽汴人谋害，自有朝廷论列。若反戈攻城，则曲在我也，人得以为辞。"乃收军而去，驰檄于汴帅。汴帅报曰："窃发之夜，非仆本心，是朝廷遣天使与牙将杨彦洪同谋也。"武皇自武牢关西趋蒲、陕而旋。秋七月，至太原。武皇自以累立大功，为汴帅怨图，陷没诸将，乃上章申理。及武皇表至，朝廷大恐，遣内臣宣谕，寻加守太傅、同平章事、陇西郡王。

光启元年三月，幽州李可举、镇州王景崇连兵寇定州，节度使王处存求援于武皇，武皇遣大将康君立、安老、薛可、郭啜率兵赴之。五月，镇人攻无极，武皇亲领兵救之。镇人退保新城，武皇攻之，斩首万余级，获马千匹。王处存亦败燕军于易州。

十一月，河中王重荣遣使来乞师，且言邠州朱玫、凤翔李昌符将加兵于己。初，武皇与汴人构怨，前后八表，请削夺汴帅官爵，自以本军进讨。天子累遣内臣杨复恭宣旨，令且全大体，武皇不时奉诏，天子颇右汴帅[8]。时观军容使田令孜君侧擅权，恶王重荣与武皇胶固，将离其势，乃移重荣于定州。重荣告于武皇，武皇上章言："李符、朱玫挟邪忌正，党庇朱温。臣已点检蕃汉军五万，取来年渡河，先斩朱玫、李昌符、然后平荡朱温。"天子览表，遣使譬喻百端，诏传相望。既而朱玫引邠、凤之师攻河中，王重荣出师拒战。朱玫军于沙苑，对垒月余。十二月，武皇引军渡河，与朱玫决战，玫大败，收军夜遁，入于京师。时京城大骇，天子幸凤翔，武皇退军于河中。

光启二年正月，僖宗驻跸于宝鸡，武皇自河中遣使上章，请车驾还京，且言大军止诛凶党。时田令孜请僖宗南幸兴元，武皇遂班师。朱玫于凤翔立嗣襄王煴为帝，以伪诏赐武皇，武皇燔之，械其使，驰檄诸方镇，遣使奉表于行在。

九月，武皇遣昭义节度使李克修讨孟方立于邢州，大败方立之众于焦岗，斩首数千级。以大将安金俊为邢州刺史，以抚其降人。十月，进攻邢州，邢人出战，又败之。孟方立求援于镇州，镇人出兵三万以援方立。克修班师。

光启三年六月，河中节度使王重荣为部将常行儒所杀，武皇表重荣兄重盈为帅。七月，武皇以安金俊为泽州刺史。时张全义自河阳据泽州，及李罕之收复河阳，召全义令守洛阳，全义乃弃泽州而去，故以金俊守之。

文德元年二月，僖宗自兴元还京。三月，僖宗崩，昭宗即位，以武皇为开府仪同三司、检校太师、兼侍中、陇西郡王，食邑七千户，食实封二百户。河南尹张全义潜兵夜袭李罕之于河阳，城陷，举族为全义所掳。罕之逾垣获免，来归于武皇。遣李存孝、薛阿檀、史俨儿、安金俊、安休休将七千骑送罕之至河阳。汴将丁会、牛存节、葛从周将兵赴援，李存孝率精骑逆战于温县。汴人既扼太行之路，存孝殿军而退。骑将安休休以战不利，奔于蔡。武皇以罕之为泽州刺史，遥领河阳节度使。

十月，邢州孟方立遣大将奚忠信将兵三万寇辽州，武皇大破之，斩首万级，生擒奚忠信。

龙纪元年五月，遣李罕之、李存孝攻邢州。六月，下磁州。邢将马溉率兵数万来拒战，罕之败之于琉璃陂，生擒马溉，徇于城下[9]。孟方立恚恨，饮鸩而死。三军立其侄迁为留后。使求援于汴。汴将王虔裕率精甲数百人于邢州，罕之等班师。

大顺元年。遣李存孝攻邢州，孟迁以邢、洺、磁三州降，执汴将王虔裕三百人以献。武皇徙孟迁于太原，以安金俊为邢洺团练使。

三月，昭义军节度使李克修卒，以李克恭为潞州节度使。是月，武皇攻云州，拔其东城。赫连铎求援于燕，燕帅李匡威将兵三万以赴之，战于城下，燕军大败。时徐州时溥为汴军所攻，遣使来求援，武皇命石君和由兖、郓以赴之。

五月，潞州军乱，杀节度使李克恭，州人推牙将安居受为留后，南结汴将。时潞之小将冯霸拥叛徒三千骑驻于沁水，居受使人召之，冯霸不至。居受惧，出奔至长子，为村胥所杀⑩，传首于霸，霸遂入潞州，自为留后。武皇遣大将康君立、李存孝等攻之，汴将朱崇节、葛从周率兵入潞州以固之。是时，幽州李匡威、云州赫连铎与汴帅协谋，连上表请加兵于太原，宰相张浚、孔纬赞成其事。六月，天子削夺武皇官爵，以张浚为招讨使，以京兆尹孙揆为副，华州韩建为行营都虞候，以汴帅为河东南面招讨使，幽州李匡威为河东北面招讨使，云州赫连铎为副。汴将朱友裕将兵屯晋、绛。时汴军已据潞州，又遣大将李谠等率军数万，急攻泽州，武皇遣李存孝自潞州将三千骑以援之。汴将邓季筠以一军犯阵，存孝追击，擒其都将十数人，获马千余匹。是夜，李谠收军而退，大军掩击至马牢关，斩首万余级，追袭至怀州而还。存孝复引军攻潞州。

八月，存孝擒新授昭义节度使孙揆。初，朝廷授揆节钺，以本军取刀黄岭路赴任，存孝侦知之，引骑三百伏于长子县崖谷间。揆建牙持节⑪，褒衣大盖，拥众而行，存孝突出谷口，遂擒揆及中使韩归范，并将校五百人。存孝械揆等，以组练系之⑫，环于潞州，遂献于武皇。武皇谓揆曰："公缙绅之士，安言徐步可至达官，何用如是！"揆无以对。令系于晋阳狱。武皇将用为副使，使人诱之，揆言不逊，遂杀之。

九月，汴将葛从周弃潞州而遁，武皇以康君立为潞州节度使，以李存孝为汾州刺史。十月，张浚之师入晋州，游军至汾、隰。武皇遣薛铁山、李承嗣将骑三千出阴地关，营于洪洞，遣李存孝将兵五千，营于赵城。华州韩建以壮士三百人冒犯存孝之营，存孝追击，直压晋州西门。张浚之师出战，为存孝所败，自是闭壁不出。存孝引军攻绛州。十二月，晋州刺史张行恭弃城而奔，韩建、张浚由含山路遁去。

大顺二年春正月，武皇上章申理，其略曰："臣今身无官爵，名是罪人，不敢归陛下藩方，且欲于河中寄寓，进退行止，伏候圣裁。"天子寻就加守中书令。是月，魏博为汴将葛从周所寇，节度使罗弘信遣使来求援，武皇出师以赴之。

三月，邢州节度使安知建叛，奔青州。天子以知建为神武统军，自棣州溯河归朝。郓州朱瑄邀斩于河上，传首晋阳。以李存孝为邢州节度使。

四月，武皇大举兵讨赫连铎于云州，遣骑将薛阿檀率前军以进攻，武皇设伏兵于御河之上，大破之，因堑守其城。七月，武皇进军柳会，赫连铎力屈食尽，奔于吐浑部，遂归幽州，云州平。武皇表石善友为大同军防御使。

邢州节度使李存孝以镇州王熔托附汴人，谋乱河朔，北连燕寇，请乘云、代之捷，平定燕、赵。武皇然之。八月，大蒐于晋阳⑬，遂南巡泽、潞，略地怀、孟，河阳赵克裕望风送款，请修邻好。九月，蒐于邢州。十月，李存孝董前军攻临城，镇人五万营于临城西北龙尾岗，武皇令李存审、李存贤以步军攻之，镇人大败杀获万计，拔临城，进攻元氏。幽州李匡威以步骑五万营于鄗邑，以援镇州，武皇分兵大掠，旋军邢州。

---

①考：已死的父亲。

②侪（chái，音柴）：同辈。

③猜阻：猜测，疑惑。

④椎：用椎打。　醨（shī，音尸）：滤酒。

⑤飨（xiǎng，音响）：用酒食款待人。

⑥饔（yōng，音拥）：杀死的牲口。　　饩（xì，音戏）：活的牲口。

⑦宁：守父母之丧；丧假。

⑧右：照顾。偏向。

⑨徇：斩首示众。

⑩胥：小吏。

⑪建牙：古时出征建立军旗称"建牙"。

⑫组练：精兵。

⑬蒐（sōu，音搜）：打猎。

唐武皇纪下

景福元年正月，镇州王熔恃燕人之援，率兵十余万攻邢州之尧山。武皇遣李存信将兵应援，李存孝素与存信不协，递相猜贰，留兵不进。武皇又遣李嗣勋、李存审将兵援之，大破燕、赵之众，斩首三万，收其军实。三月，武皇进军渡滹沱，攻栾城，下鼓城、槁城。四月，燕军寇云、代，武皇班师。

八月，赫连铎诱幽州李匡威之众八万，寇天成军，遂攻云州，营于州北，连亘数里。武皇潜军入于云州，诘旦，出骑军以击之，斩获数万，李匡威烧营而遁。十月，邢州李存孝叛，纳款于梁，李存信构之也①。

景福二年春，大举以伐王熔，以其通好于李存孝也。二月，攻天长镇，旬日不下。王熔出师三万来援，武皇逆战于叱日岭下，镇人败，斩首万余级。时岁饥，军之食，脯尸肉而食之。进军下井陉，李存孝将兵夜入镇州，镇人乞师于汴，汴帅方攻时溥，不暇应之。乃求援于幽州，李匡威率兵赴之，武皇乃班师。七月，武皇讨李存孝于邢州，遂攻平山，渡滹水，攻镇州。王熔惧，以帛五十万犒军，请修旧好，仍以镇、冀之师助击存孝，许之。武皇进围邢州。十二月，武皇狩于近郊，获白兔，有角长三寸。

乾宁元年三月，邢州李存孝出城首罪，絷归太原，辗于市②。邢、洺、磁三州平。武皇表马师素为邢州节度使。

五月，郓州节度使朱瑄为汴军所攻，遣使来乞师。武皇遣骑将安福顺、安福应、安福迁督精骑五百，假道于魏州以应之。

九月，潞州节度使康君立以鸩死。

十月，武皇自晋阳率师伐幽州。初，李匡俦夺据兄位，燕人多不义之，安塞军戍将刘仁恭挈族归于武皇，武皇遇之甚厚。仁恭数进画于盖寓，言幽州可取之状，愿得兵一万，指期平定。武皇方讨李存孝于邢州，辍兵数千，欲纳仁恭，不利而还。匡俦由是骄怠，数犯边境，武皇怒，故率军以讨之。是时，云州吐浑赫连铎、白义诚并来归，命皆答而释之。

十一月，进攻武州。甲寅，攻新州。十二月，李匡俦命大将率步骑六万救新州，武皇选精甲逆战，燕军大败，斩首万余级，生获将领百余人，曳练徇于新州城下。是夜，新州降。辛亥，进攻妫州。壬子，燕兵复合于居庸关拒战，武皇命精骑以疲之，令步将李存审由他道击之，自午至晡，燕军复败。甲寅，李匡俦携其族弃城而遁，将之沧州，随行车军、臧获、妓妾甚众③。沧帅卢彦威利其货，以兵攻匡俦于景城，杀之，尽掳其众。丙辰，进军幽州，其守城大将请降，武皇令李存审与刘仁恭入城抚劳，居人如故，市不改肆，封府库以迎武皇。

　　乾宁二年正月，武皇在幽州，命李存审、刘仁恭徇诸属郡。二月，以仁恭为权幽州留后，从燕人之请也。留腹心燕留德等十余人分典军政，武皇遂班师，凡驻幽州四十日。

　　六月，武皇率蕃汉之师自晋阳趋三辅，讨凤翔李茂贞、邠州王行瑜、华州韩建之乱。先是，三帅称兵向阙，同弱王室，杀害宰辅。时河中节度使王重盈卒，重荣之子珂，即武皇之子婿也，权典军政。其兄珙为陕州节度使，瑶为绛州刺史，与珂争河中，遂诉于岐、邠、华三镇，言珂本苍头④，不当袭位。珂亦诉于武皇，武皇上表保荐珂，乞授河中旄钺，诏可之。三帅遂以兵入觐，大掠京师，请授王珂同州节度使，王瑶河中节度使，天子亦许之。武皇遂举兵表三帅之罪，复移檄三镇，三镇大惧。是月，次绛州，刺史王瑶登陴拒命，武皇攻之，旬日而拔，斩王瑶于军门，诛其党千余人。七月，次河中，王珂迎谒于路。

　　己未，同州节度使王行约弃城奔京师，与左军兵士劫掠西市，都民大扰。行约，即行瑜弟也。庚申，枢密使骆全璙以武皇之军将至，请天子幸。右军指挥使李继鹏，茂贞假子也，本姓阎，名珪，与全璙谋劫天子幸凤翔。左军指挥使王行实，亦行瑜之弟也，与刘景宣欲劫天子幸邠州。两军相攻，纵火烧内门，烟火蔽天。天子急诏盐州六都兵士，令追杀乱兵，左右军退走。王行瑜、李茂贞声言自来迎驾，天子惧，出幸南山，驻跸于莎城。是夜，荧惑犯心。壬戌，武皇进收同州，闻天子幸石门，遣判官王环奉表奔问。天子遣使赐诏，令与王珂同讨邠、凤。时武皇方攻华州，俄闻李茂贞领兵士三万至盩厔，王行瑜领兵至兴平，欲往石门迎驾，乃解华州之围，进营渭桥。天子遣延王戒丕、丹王允赏诏，促武皇兵直抵邠、凤。八月乙酉，供奉官张承业赍诏告谕。泾帅张钅失已领步骑三万于京西北，扼邠、岐之路。武皇进营渭北，遣史俨将三千骑往石门扈驾，遣李存信、李存审会鄜、延之兵攻行瑜之梨园寨。天子削夺行瑜官爵，以武皇为天下兵马都招讨使，以鄜州李思孝为北面招讨使，以泾州张钅失为西南面招讨使。天子又遣延王、丹王赐武皇御衣及大将茶酒、弓矢，命二王兄事武皇。延王传天子密旨云："一昨非卿至此，已为贼庭行酒之人矣。所虑者二凶缔合，卒难翦除，且欲姑息茂贞，令与卿修好，俟枭斩行瑜，更与卿商量。"武皇上表，请驾还京。令李存节领二千骑于京西北，以防邠贼奔突。辛亥，天子还宫，加武皇守太师、中书令、邠宁四面行营都统。

　　时王行瑜弟兄固守梨园寨，我师攻之甚急。李茂贞遣兵万余来援行瑜，营于龙泉镇，茂贞自率兵三万迫咸阳。武皇奏请诏茂贞罢兵，兼请削夺茂贞官爵，诏曰："茂贞勒兵，盖备非常，寻已发遣归镇。"又言："茂贞已诛李继鹏、李继晟，卿可切戒兵甲，无犯土疆。"武皇请赐河中王珂旄节，三表许之。又表李罕之为副都统。

　　十月丙戌，李存信于梨园寨北遇贼军，斩首千余级，自是贼闭壁不出。戊子，天子赐武皇内弟子四人，又降朱书御札，赐魏国夫人陈氏。是月，王行瑜因败衄之后⑤，闭壁自固，武皇令李罕之昼夜急攻，贼军乏食，拔营而去。李存信与罕之等先伏军于阨路，俟贼军之至，纵兵击之，杀戮万计。是日，收梨园等三寨，生擒行瑜之子知进，并母丘氏、大将李元福等二百人，送赴阙庭。庚寅，王行约、王行实烧劫宁州遁走，宁州守将徐景乞降。武皇表苏文建为邠州节度使，且于宁州为治所。十一月丁巳，收龙泉寨。时行瑜以精甲五千守之，李茂贞出兵来援，为李罕之所败，邠贼遂弃龙泉寨而去。行瑜复入邠州。大军进逼其城，行瑜登城号哭曰："行瑜无罪，昨杀南北司大臣，是岐帅将兵胁制主上，请治岐州，行瑜乞束身归朝。"武皇报曰："王尚父何恭之甚耶！仆受命讨三贼臣，公其一也。如能束身归阙，老夫未敢专命，为公奏取进止。"行瑜惧，弃城而遁。武皇收其城，封府库，遽以捷闻。既而庆州奏，王行瑜将家属五百人到州界，为部下所杀，传首阙下。武皇既平行瑜，还军渭北。

　　十二月，武皇营于云阳，候讨凤翔进止。乙未，天子赐武皇为忠贞平难功臣，进封晋王，加实封二百户。武皇复上表请讨李茂贞，天子不允。武皇私谓诏使曰："观主上意，疑仆别有他肠，复何言哉！但祸不去胎，忧患未已。"又奏："臣统领大军，不敢径赴朝觐。"遂班师。

乾宁三年正月，汴人大举以攻兖、郓，朱瑄、朱瑾再乞师于武皇，假道于魏州，罗弘信许之。乃令都指挥使李存信将步骑三万与李承嗣、史俨会军，以拒汴人。存信军于莘，与朱瑾合势，频挫汴军，汴帅患之，乃间魏人。存信御兵无法，稍侵魏之刍牧者，弘信乃与汴帅通，出师三万攻存信。存信揭营而退，保于洺州。三月，武皇大掠相、魏诸邑，攻李固、洹水，杀魏兵万余人，进攻魏州。五月，汴将葛从周、氏叔琮引兵赴援。

六月，李茂贞举兵犯京师。七月，车驾幸华州。是月，武皇与汴军战于洹水之上，铁林指挥使落落被擒。落落，武皇之长子也。既战，马踏于坎⑥，武皇驰骑以救之，其马亦踣，汴之追兵将及，武皇背射一发而毙，乃退。

九月，李存信攻魏之临清，汴将葛从周等引军来援，大败于宗城北。存信进攻魏州。十月，武皇败魏军于白龙潭，追击至观音门，汴军救至，乃退。十一月，武皇征兵于幽、镇、定三州，将迎驾于华下。幽州刘仁恭托以契丹入寇，俟敌退听命。

乾宁四年正月，汴军陷兖、郓，骑将李承嗣、史俨与朱瑾同奔于淮南。三月，陕帅王珙攻河中。王珂来告难，武皇遣李嗣昭率二千骑赴之，破陕军于猗氏，乃解河中之围。至是，天子遣延王戒丕至晋阳，传宣旨于武皇："朕不取卿言，以及于此，苟非英贤竭力，朕何由再谒庙庭！在卿表率，予所望也。"

七月，武皇复征兵于幽州，刘仁恭辞旨不逊，武皇以书让之，仁恭捧书谩骂，抵之于地，仍囚武皇之行人。八月，大举以伐仁恭。九月，师次蔚州。戊寅，晨雾晦暝，占者云不利深入。辛巳，攻安塞，俄报"燕将单可及领骑军至矣"。武皇方置酒高会，前锋又报"贼至矣"！武皇曰："仁恭何在？"曰："但见可及辈。"武皇张目怒曰："可及辈何足为敌！"仍促令出师。燕军已击武皇军寨，武皇乘醉击贼，燕军披靡。时步兵望贼而退，为燕军所乘，大败于木瓜涧，俄而大风雨震电，燕军解去，武皇方醒。甲午，师次代州，刘仁恭遣使谢罪于武皇，武皇亦以书报之，自此有檄十余返。

光化元年春正月，凤翔李茂贞、华州韩建皆致书于武皇，乞修和好，同奖王室，兼乞助丁匠修缮秦宫，武皇许之。

四月，汴将葛从周寇邢、洺、磁等州，旬日之内，三州连陷。汴人以葛从周为邢州节度使。大将李存信收军，自马岭而旋。

八月壬戌，天子自华还宫。是时，车驾初复，而欲诸侯辑睦，赐武皇诏，令与汴帅通好。武皇不欲先下汴帅，乃致书于镇州王镕，令导其意。明年，汴帅遣使奉书币来修好，武皇亦报之。自是使车交驰，朝野相贺。

九月，武皇遣周德威、李嗣昭率兵三万出青山口，以迫邢、洺。十月，遇汴将葛从周于张公桥。既战，我军大败。是月，河中王珂来告急，言王珙引汴军来寇，武皇遣李嗣昭将兵三千以援之，屯于胡壁堡。汴军万余人来拒战，嗣昭击退之。

十二月，潞州节度使薛志勤卒，泽州刺史李罕之以本军夜入潞州，据城以叛。罕之报武皇曰："薛铁山新死，潞民无主，虑军城有变，辄专命镇抚。"武皇令人让之，罕之乃归于汴。武皇遣李嗣昭将兵讨之，不泽州，收罕之之家属，拘送晋阳。

光化二年春正月，李罕之陷沁州。三月，汴将葛从周、氏叔琮自土门陷承天军，又陷辽州，进军榆次。武皇令周德威击之，败汴军于洞涡驿，叔琮弃营而遁，德威追击，出石会关，杀千余人。汴人复陷泽州。五月，武皇令都指挥使李君庆将兵收泽、潞，为汴军所败而还。以李嗣昭为都指挥使，进攻潞州。八月，嗣昭营于潞州城，前锋下泽州。时汴将贺德伦、张归厚等守潞州。是月，德伦等弃城而遁，潞州平。九月，武皇表汾州刺史孟迁为潞州节度使。

光化三年，汴军大寇河朔，幽州刘仁恭乞师，武皇遣周德威帅五千骑以援之。七月，李嗣昭攻尧山，至内丘，败汴军于沙河，进攻洺州，下之。九月，汴帅自将兵三万围洺州，嗣昭弃城而归，葛从周设伏于青山口，嗣昭之军不利。十月，汴人乘胜寇镇、定，镇、定惧，皆纳赂于汴。是时，周德威与燕军刘守光败汴人二万于望都，闻定州王郜来奔，乃班师。是月，天子加武皇实封一百户。遣李嗣昭率步骑三万攻怀州，下之。进攻河阳，汴将阎宝率军来援，嗣昭退保怀州。

天复元年正月，汴将张存敬攻陷晋、绛二州，以兵二万屯绛州，以扼援路。二月，张存敬迫河中，王珂告急于武皇，使者相望于路。珂妻邺国夫人，武皇爱女也，亦以书至，恳切求援。武皇报曰："贼阻道路，众寡不敌，救尔即与尔两亡，可与王郎弃城归朝。"珂遂送款于张存敬。三月，汴帅自大梁至河中，王珂遂出迎，寻徙于汴。天子以汴帅兼镇河中。武皇自是不复能援京师，霸业由是中否⑦。

四月，汴将氏叔琮率兵五万自太行路寇泽、潞，魏博大将张文恭领军自新口入，葛从周领兖、郓之众自土门入，张归厚以邢、洺之众自马岭入，定州王处直之众自飞狐入，侯言以晋、绛之兵自阴地入。氏叔琮、康怀英营于泽州之昂车。武皇令李嗣昭将三千骑赴泽州援李存璋，而归贺德伦。氏叔琮军至潞州，孟迁开门迎，沁州刺史蔡训亦以城降于汴，氏叔琮悉其众趋石会关。是时，偏将李审建先统兵三千在潞州，亦与孟迁降于汴，及叔琮之入寇也，审建为其乡导。汴人营于洞涡，别将白奉国与镇州大将石公立自井陉入，陷承天军。及攻寿阳，辽州刺史张鄂以城降于汴，都人大恐。时霖雨积旬，汴军屯聚既众，刍粮不给，复多痢疟，师人多死。时大将李嗣昭、李嗣源每夜率骁骑突营掩杀，敌众恐惧。

五月，汴军皆退。氏叔琮军出石会，周德威、李嗣昭以精骑五千蹑之，杀戮万计。初，汴军之将入寇也，汾州刺史李瑭据城叛，以连汴人，至是武皇令李嗣昭、李存审将兵讨之。是岁，并、汾饥，粟暴贵，人多附瑭为乱。嗣昭悉力攻城，三日而拔，擒李瑭等斩于晋阳市。氏叔琮既旋军，过潞州，掳孟迁以归。汴帅以丁会为潞州节度使。

六月，遣李嗣昭、周德威将兵出阴地，攻慈、隰二郡，隰州刺史唐礼、慈州刺史张环并以城来降。武皇以汴寇方盛，难以兵服，佯降心以缓某谋，乃遣牙将张特持币马书檄以谕之，陈当时利害，请复旧好。十一月壬子，汴帅营于渭滨。甲寅，天子出幸凤翔。武皇遣李嗣昭率兵三千自沁州趋平阳，遇汴军于晋州北，斩首五百级。

天复二年二月，李嗣昭、周德威领大军自慈、隰进攻晋、绛，营于蒲县。乙未，汴将朱友宁、氏叔琮将兵十万，营于蒲县之南。乙巳，汴帅自领军至晋州，德威之军大恐。三月丁巳，有虹贯德威之营。戊午，氏叔琮率军来战，德威逆击，为汴人所败，兵仗、辎车委弃殆尽。朱友宁长驱至汾州，慈、隰二州复为汴人所据。辛酉，汴军营于晋阳之西北，攻城西门，周德威、李嗣昭缘山保其余众而旋，武皇驱丁壮登陴拒守⑧。汴军攻城日急，武皇召李嗣昭、周德威等谋将出奔云州，嗣昭以为不可。李存信坚请且入北蕃，续图进取，嗣昭等固争之，太妃刘氏亦极言于内，乃止。居数日，亡散之士复集，军城稍安。李嗣昭与李嗣源夜入汴军，斩将搴旗，敌人捍御不暇，自相惊扰。丁卯，朱友宁烧营而遁，周德威追至白壁关，俘斩万计，因收复慈、隰、汾等三州。

天复三年正月，天子自凤翔归京。五月，云州都将王敬晖杀刺史刘再立，以城归于刘仁恭。武皇遣李嗣昭讨之，仁恭遣将以兵五万来援云州，嗣昭退保乐安，燕人掳敬晖，弃城而去。武皇怒，笞嗣昭及李存审而削其官。是时，亲军万众皆边部人，动违纪律，人甚苦之，左右或以为言，武皇曰：“此辈胆略过人，数十年从吾征伐，比年以来，国藏空竭，诸军之家卖马自给。今四方诸侯皆悬重赏以募勇士，吾若束之以法，急则弃吾，吾安能独保此乎！俟时开运泰，吾固自能处置矣。”

天祐元年闰四月，汴帅迫天子迁都于洛阳。五月乙丑，天子制授武皇叶盟同力功臣，加食邑三千户，实封三百户。八月，汴帅遣朱友恭弑昭宗于洛阳宫，辉王即位。告哀使至晋阳，武皇南向恸哭，三军缟素。

天祐二年春，契丹阿保机始盛，武皇召之，阿保机领部族三十万至云州，与武皇会于云州之东，握手甚欢，结为兄弟，旬日而去，留马千匹，牛羊万计，期以冬初大举渡河。

天祐三年正月，魏博既杀牙军，魏将史仁遇据高唐以叛，遣人乞师于武皇，武皇遣李嗣昭率三千骑攻邢州以应之，遇汴军将牛存节、张筠于青山口，嗣昭不利而还。

九月，汴帅亲率兵攻沧州，幽州刘仁恭遣使来乞师，武皇乃征兵于仁恭，将攻潞州，以解沧州之围。仁恭遣掌书记马郁、都指挥使李溥等将兵三万会于晋阳。武皇遣周德威、李嗣昭合燕军以攻泽、潞。十二月，潞州节度使丁会开门迎降，命李嗣昭为潞州节度使，以丁会归于晋阳。

天祐四年正月甲申，汴帅闻潞州失守，自沧州烧营而遁。

四月，天子禅位于汴帅，奉天子为济阴王，改元为开平，国号大梁。是岁，四川王建遣使至，劝武皇各王一方，俟破贼之后，访唐朝宗室以嗣帝位，然后各归藩守。武皇不从，以书报之曰：

“窃念本朝屯否[9]，巨业沦胥[10]，攀鼎驾以长违[11]，抚彤弓而自咎[12]。默默终古，悠悠彼苍，生此厉阶，永为痛毒，视横流而莫救，徒誓楫以兴言[13]。别捧函题[14]，过垂奖谕，省览周既，骇惕异常。泪下沾衿，倍郁申胥之素；汗流浃背，如闻蒋济之言。

仆经事两朝，受恩三代，位叨将相[15]，籍系宗枝，赐铁钺以专征，征苞茅而问罪。麾兵校战，二十余年，竟未能斩新莽之头颅，断蚩尤之肩髀，以至庙朝颠覆，豺虎纵横。且授任分忧，叨荣冒宠，龟玉毁椟[16]，谁之咎欤！俯阅指陈，不胜惭恶。然则君臣无常位，陵谷有变迁，或梜塞长河，泥封函谷，时移事改，理有万殊。即如周末虎争，魏初鼎据，孙权父子，不显授于汉恩；刘备君臣，自微兴于涿郡。得之不谢于家世，失之无损于功名，适当逐鹿之秋，何惜华虫之服。唯仆累朝席宠，奕世输忠[17]，忝佩训词[18]，粗存家法。善博奕者唯先守道，治蹊田者不可夺牛。誓于此生，靡敢失节，仰凭庙胜，早殄寇仇。如其事与愿违，则共藏洪游于地下，亦无恨矣。

唯公社稷元勋，嵩、衡降祉，镇九州之上地，负一代之弘才，合于此时，自求多福。所承良讯，非仆深心，天下其谓我何！有国非吾节也。悢悢孤恳，此不尽陈。”

五月，梁祖遣其将康怀英率兵十万围潞州，怀英驱率士众，筑垒环城，城中音信断绝。武皇遣周德威将兵赴援，德威军于余吾，率先锋挑战，日有俘获，怀英不敢即战。梁祖以怀英无功，乃以李思安代之。思安引军将营于潞城，周德威以五千骑搏之，梁军大败，斩首千余级。思安退保坚壁，别筑外垒，谓之“夹寨”，以抗我之援军。梁祖调发山东之民以供馈运，德威日以轻骑掩之，运路艰阻，众心益恐。李思安乃自东南山口筑夹道，连接夹寨，以通馈运，自是梁军坚保夹寨。

冬十月，武皇有疾。是时晋阳城无故自坏，占者恶之。

天祐五年正月戊子朔，武皇疾革。辛卯，崩于晋阳，年五十三。遗令薄葬，发丧后二十七日除服。庄宗即位，追谥武皇帝，庙号太祖，陵在雁门。

史臣曰：“武皇肇迹阴山，赴难唐室，逐豺狼于魏阙，砀氛浸于秦川，赐姓受封，电有汾晋[19]，可谓有功矣。然虽茂勤王之绩，而非无震主之威。及朱旗屯渭曲之师，俾翠辇有石门之幸，比夫桓、文之辅周室，无乃有所愧乎！洎失援于蒲、绛，久垂翅于并、汾，若非嗣子之英才，岂有兴王之茂业。矧累功积德⑳，未比于周文；创业开基，尚亏于魏祖。追谥为"武"，斯亦幸焉。

---

①构：设计陷害。

②辕：古代用车分裂人体的酷刑。

③臧获：奴仆。

④苍头：平民。

⑤衄（nǜ，音女去声）：挫败。

⑥踣：向前仆倒。

⑦否（pǐ，音匹）：不顺。

⑧陴：城墙上的女墙。

⑨屯（zhūn，音谆）：艰难。

⑩沦胥：沦丧；陷溺。

⑪鼎驾：皇帝的车驾。

⑫彤弓：朱红色的弓。古代诸侯有大功时，天子赏赐弓矢，使专征伐。彤弓就是其中的一种。

⑬楫：船桨。代指领兵统军的将军。

⑭题：章奏。

⑮叨：谦词。犹言忝荷、辱承。

⑯椟：棺木。

⑰奕世：一代接一代。

⑱忝：有愧于。

⑲奄：覆盖；包括。

⑳矧：况且；何况。

唐末帝纪上

末帝，讳从珂，本姓王氏，镇州人也。母宣宪皇后魏氏，以光启元年岁在乙巳，正月二十三日，生帝于平山。景福中，明宗为武皇骑将，略地至平山，遇魏氏，掳之，帝时年十余岁，明宗养为己子。小字二十三。帝幼谨重寡言，及壮，长七尺余，方颐大体①，材貌雄伟，以骁果称，明宗甚爱之。在太原，尝与石敬瑭因击球同入于赵襄子之庙，见其塑像，屹然起立，帝秘之②，私心自负。及从明宗征讨，以力战知名，庄宗尝曰："阿三不惟与我同齿，敢战亦相类。"庄宗与梁军战于胡柳陂，两军俱挠，帝卫庄宗夺土山，摧骁阵，其军复振。时明宗先渡河，庄宗不悦，谓明宗曰："公当为吾死，渡河安往？"明宗待罪，庄宗以帝从战有功，由是解愠。

天祐十八年，庄宗营于河上，议讨镇州。留守符存审在德胜砦未行，梁人谓庄宗已北，乃悉众攻德胜，庄宗命明宗、存审为两翼以抗之，自以中军前进。梁军退却，帝以十数骑杂梁军而退，至垒门大呼，斩首数级，斧其望橹而还。庄宗大噱曰③："壮哉，阿三！"赐酒一器。

同光元年四月，从明宗袭破郓州。九月，庄宗败梁将王彦章于中都，急趋汴州。明宗将前军，帝率劲骑以从，昼夜兼行，率先下汴城。庄明劳明宗曰："复唐社稷，卿父子之功也。"

二年，以帝为卫州刺史。时有王安节者，昭宗朝相杜让能之宅吏也。安节少善贾，得相术于奇士，因事见帝于私邸，退谓人曰："真北方天王相也，位当为天子，终则我莫知也。"

三年，明宗奉诏北御契丹，以家在太原，表帝为北京内衙指挥使，庄宗不悦。以帝为突骑都指挥使，遣戍石门。

四年，魏州军乱，明宗赴洛。时帝在横水，率部下军士由曲阳、盂县趋常山，与王建立会，倍道兼行，渡河而南，由是明宗军声大振。

天成初，以帝为河中节度使。明年二月，加检校太保、同平章事。十一月，加检校太傅。

长兴元年，加检校太尉。先是，帝与枢密使安重诲在常山，因杯盘失意，帝以拳击重诲脑，中其楖④，走而获免。帝虽悔谢，然重诲终衔之。及帝镇河中，重诲知其出入不时，因矫宣中旨，令牙将杨彦温遇出郭则闭门勿纳。是岁四月五日，帝阅马于黄龙庄，彦温闭城拒帝，帝闻难遽还，遣问其故，彦温曰："但请相公入朝，此城不可入也。"帝止虞乡以闻，明宗诏帝归阙。遣药彦稠将兵讨彦温，令生致之，面要鞠问。十一月收城，彦温已死。明宗以彦稠不能生致彦温，甚怒之。后数日，安重诲以帝失守，讽宰相论奏行法，明宗不悦。重诲又自论奏，明宗曰："朕为小将校时，家徒衣食不足，赖此儿荷石灰、收马粪存养，以至今贵为天子，而不能庇一儿！卿欲行朝典，朕未晓其义，卿等可速退，从他私第闭坐。"遂诏归清化里第，不预朝请。帝尚惧重诲多方危陷，但日讽佛书阴祷而已。

二年，安重诲得罪，帝即授左卫大将军。未几，复检校太傅、同平章事、行京兆尹，充西京留守。三年，进位太尉，移凤翔节度使。四年五月，封潞王。

闵帝即位，加兼侍中。既而帝子重吉出刺亳州，女尼入宫，帝方忧不测。应顺元年二月，移帝镇太原，是时不降制书，唯以宣授而已。帝闻之，召宾佐将吏以谋之，皆曰："主上年幼，未亲庶事，军国大政悉委朱弘昭等，王必无保全之理。"判官马裔孙曰："君命召，不俟驾行焉。诸君凶言，非令图也。"是夜，帝令李专美草檄求援诸道，欲诛君侧之罪。朝廷命王思同率师来讨。三月十五日，外兵大集，十六日，大将督众攻城，帝登城垂泣，谕于外曰："我年未二十从先帝征伐，出生入死，金疮满身，树立得社稷，军士从我登阵者多矣。今朝廷信任贼臣，残害骨肉，且我有何罪！"因恸哭，闻者哀之。时羽林都指挥使杨思权谓众曰："大相公，吾主也。"遂引军自西门入，严卫都指挥使尹晖亦引军自东门而入，外军悉溃。十七日，率居民家财以赏军士。是日，帝整众而东。二十日，次长安，副留守刘遂雍以城降，率京兆居民家财犒军。二十三日，次灵口，诛王思同。二十四日，次华州，收药彦稠系狱。二十五日，次阌乡，王仲皋父子迎谒，命诛之。二十六日，次灵宝，河中节度使安彦威来降，待罪，宥之，遣归镇。陕州节度使康思立奉迎。二十七日，次陕州，下令告谕京城。二十八日，康义诚军前兵士相继来降，义诚诣军门请罪，帝宥之。驾下诸军毕至，诛宣徽南院使孟汉琼于路左。是夜，闵帝与帐下亲骑百余出玄武门而去。

夏四月壬申，帝至蒋桥，文武百官立班奉迎，教旨以未拜梓宫，未可相见，俟会于至德宫，时六军勋臣及节将内职已累表劝进。是日，帝入谒太后、太妃，至西宫，伏梓宫恸哭，宰相与百僚班见致拜，帝答拜。冯道等上笺劝进，帝立谓群臣曰："予之此行，事非获已，当俟主上归阙，园陵礼终，退守藩服。诸公言遽及此，信无谓也。"卫州刺史王弘贽奏，闵帝以前月二十九日至州。癸酉，皇太后下令降闵帝为鄂王。又太后令曰："先皇帝诞膺天眷，光绍帝图，明诚动于三灵，德泽被于四海，方期偃革，遽叹遗弓。自少主之承桃，为奸臣之擅命，离间骨肉，猜忌磐维，既辄易于藩垣，复骤兴于兵甲。遂致轻离社稷，大挠军民，万世鸿基，将坠于地。皇长子潞王从珂，位居冢嗣，德茂冲年，乃武乃文，惟忠惟孝。前朝廓清多难，有战伐之大功；缵绍丕图，有夹辅之盛业。今以宗桃乏祀，园寝有期，须委亲贤，俾居监抚，免万机之壅滞，慰兆庶之推崇。可起今月四日知军国事，权以书诏印施行。"是日，监国在至德宫，宰臣冯道等率百官班于宫门待罪，帝出于庭曰："相公诸人何罪，请复位。"乃退。甲戌，太后令曰："先皇帝栉风沐雨，平定华夷，嗣洪业于艰难，致苍生于富庶。鄂王嗣位，奸臣弄权，作福作威，不诚不信，离间骨肉，猜忌磐维。鄂王轻舍宗祧，不克负荷，洪基大宝，危若缀旒，须立长君，以绍丕构。皇长子潞王从珂，日跻孝敬，天纵聪明，有神武之英姿，有宽仁之伟略。先朝经纶草昧，廓静寰区，辛勤有百战之劳，忠贞赞一统之运，臣诚子道，冠古超今。而又克己化民，推心抚士，率土之讴歌有属，上苍之眷命攸临。一日万机，不可以暂旷；九州四海，不可以无归。况因山有期，同轨斯至，永言嗣守，属任元良，宜即皇帝位。"

乙亥，监国赴西宫，枢前告奠即位。摄中书令李愚宣册书曰："维应顺元年岁次甲午，四月庚午朔，六日乙亥，文武百僚，特进、守司空兼门下侍郎、同中书门下平章事、充太微宫使、弘文馆大学士、上柱国、始平郡公、食邑二千五百户臣冯道等九千五百九十三人上言：帝王兴运，天地同符，河出图而洛出书，云从龙而风从虎。莫不恢张八表，覆育兆民，立大定之基，保无疆之祚。人谣再洽，天命显归，须登宸极之尊，以奉祖宗之祀。伏惟皇帝陛下，天资仁智，神助机权，奉庄宗于多难之时，从先帝于四征之际，凡当决胜，无不成功，洎正皇纲，每严师律，为国家之志大，守臣子之道全。自泣遗号，常悲易月，欲期同轨，亲赴因山。而自鄂王承祧，奸臣擅命，致神祇之乏飨，激朝野以归心。使屈者伸，令否者泰，人情大顺，天象至明。聚东井以呈祥，拱北辰而应运。由是文武百辟，岳牧群贤，至于比屋之伦，尽祝当阳之位。今则承太后慈旨，守先朝远图，抚四海九州，享千龄万祀。臣等不胜大愿，谨上宝册，禀太后令，奉皇帝践祚。臣等诚庆诚忭，谨言。"

帝就殿之东楹受群臣称贺。

先是，帝在凤翔日，有瞽者张濛自言知术数，事太白山神，其神祠即元魏时崔浩庙也。时之否泰，人之休咎，濛告于神，即传吉凶之言，帝亲校房暠酷信之。一日，濛至府，闻帝语声，骇然曰："非人臣也。"暠询其事，即传神语曰："三珠并一珠，驴马没人驱，岁月甲庚午，中兴戊己土。"暠请解释，曰："神言予不知也。"长兴四年五月，府廨诸门无故自动，人颇骇异。遣暠问濛，濛曰："衙署小异勿怪，不出三日，当有恩命。"是夜报至，封潞王。及帝移镇河东，甚惧，问濛，濛曰："王保无患。"王思同兵至，又诘之，濛曰："王有天下，不能独力，朝廷兵来迎王也。王若疑臣，臣唯一子，请王致之麾下，以质臣心。"帝乃以濛摄馆驿巡官。至是，帝受册，册曰："维应顺元年岁次甲午，四月庚午朔。"帝回视房暠曰："张濛神言甲庚午，不亦异乎！"帝令暠共术士解三珠一珠事，言："三株，三帝也；驴马没人驱，失位也。"帝即位之后，以濛为将作少监同正，仍赐金紫以酬之。帝初封潞王，言事者云："'潞'字一足已入洛矣。"又，帝在凤翔日，有何叟者，年逾七十，暴卒，见阴官凭几告叟曰："为我言于潞王，来年三月当为天子，二十三年。"叟既苏，惧不敢言。逾月复卒，阴官见而叱之曰："安得违吾旨，不达其事，再放汝还。"退见廊庑下簿书，以问主者，曰："朝代将易，此即升降人爵之籍也。"及苏，诣帝亲校刘延朗告之。帝召而问之，叟曰："请质之，此言无征，戮之可也。"后人云："二十三，盖帝之小字也。"又，石壕人胡杲通善天文，帝召问之，曰："王贵不可言，若举动，宜以乙未年。"及举兵，又问之，杲通曰："今岁蚕首，王者不宜建功立事，若俟来岁入朝，则福祚永远矣。"其后皆验。夫如是，则大宝之位，必有冥数，可轻道哉！

丙子，诏河南府率京城居民之财以助赏军。丁丑，又诏预借居民五个月房课，不问士庶，一概施行。帝素轻财好施，自岐下为诸军推戴，告军士曰："候入洛，人赏百千。"至是，以府藏空匮，于是有配率之令，京城庶士自绝者相继。己卯，卫州奏，此月九日鄂王薨。庚辰，以宰臣刘晌判三司。辛巳，邢州奏，磁州刺史宋令询自经而卒。令询，鄂王在藩时都押牙也，故至于是。甲申，帝以鄂王薨，行服于内园，群臣奉慰。癸未，太后、太妃出宫中衣服器用以助赏军。

乙酉，帝服衮冕御明堂殿，文武百僚朝服就位，宣制改应顺元年为清泰元年，大赦天下，常赦不原者咸赦除之。丁亥，以宣徽北院使郝琼为宣徽南院使，权判枢密院；以前三司使王玫为宣徽北院使。以随驾牙将宋审虔为皇城使，刘延朗为庄宅使。凤翔节度判官韩昭裔为左谏议大夫，充端明殿学士；观察判官马裔孙为翰林学士；掌书记李专美为枢密院直学士。戊子，侍卫亲军都指挥使康义诚伏诛。是日，诏曰："枢密使朱弘昭、冯赟，宣徽南院使孟汉琼，西京留守王思同，前邠州节度使药彦稠，共相朋煽，妄举干戈，互兴离间之谋，几构倾亡之祸，宜行显戮，以快群情，仍削夺官爵去。"

庚寅，凤翔奏，西川孟知祥僭称大蜀，年号明德。有司上言："皇帝以五月朔日御明堂殿受朝，三日夏至，祀皇地祇，前二日奏告献祖室，不坐。比正旦冬至，是日有祀事，则次日受朝。今祀在五鼓前，质明行礼毕，御殿在旦后，请比例行之。"诏曰："日出御殿，举祀事无妨，宜依常年例。"史馆奏："凡书诏及处分公事，臣下奏议，望令近臣录付当馆。"诏端明殿学士韩昭裔、枢密直学士李专美录送。辛卯，以左谏议大夫卢损为右散骑常侍。壬辰，诏赐禁军及凤翔城下归明将校钱帛各有差。初，帝离岐下，诸军皆望以不次之赏，及从至京师，不满所望，相与谣曰："去却生菩萨，扶起一条铁。"其无厌如此。丙申，葬明宗皇帝于徽陵。丁酉，奉神主于太庙。戊戌，山陵使、司空兼门下侍郎、平章事冯道上表纳政，不允。

五月庚子朔，御文明殿受朝贺。乙巳，以左龙武指挥使安审琦为左右捧圣都指使，以右千牛上将军符彦饶为左右严卫都指挥使。丙午，以端明殿学士韩昭裔为枢密使；以庄宅使刘延朗为枢密副使；以权知枢密事房暠为宣徽北院使；以成德军节度使、大同彰国振武威塞等军蕃汉马步都部署、检校太尉、兼中书令、驸马都尉石敬瑭为北京留守、河东节度使，加检校太师、兼中书令，都部署如故。汴州节度使、检校太师、兼侍中、驸马都尉赵延寿进封鲁国公。

戊申，中书门下奏，太常礼院状，明宗以此月二十日祔庙，宰臣摄太尉行事。缘冯道在假，李愚十八日私忌，在致斋内，刘晌又奏判三司免祀事，诏礼官参酌。有司上言："李愚私忌，在致斋内。诸私忌日，遇大朝会入閤宣召，皆赴朝参。今祔庙事大，忌日属私，请比大朝会宣召例。"以陕府节度使康思立为邢州节度使，以同州节度使安重霸为西京留守，以羽林右第一军都指挥使、春州刺史杨思权为邠州节度使。己酉，左监门卫将军孔知邺、右骁卫将军华光裔并勒停见任。时差知邺应州告庙，称疾辞命，改差光裔，复称马坠伤足，故俱罢之。

庚戌，以司空兼门下侍郎、平章事冯道为检校太尉、同平章事，充同州节度使；以天雄军节度使范延光为枢密使，封齐国公；郓州节度使李从曮为凤翔节度使。辛亥，以严卫都指挥使尹晖为齐州防御使。甲寅，以侍卫马军都指挥、顺化军节度使安从进为河阳节度使，典军如故。太常卿卢文纪奏："明宗一室，酌献舞曲，请名《雍熙之舞》。"从之。丁巳，以皇子银青光禄大夫、检校工部尚书重美为检校司徒、守左卫上将军。自是，诸道节度使、刺史、文武臣僚，相继加检校官，或阶爵封邑，以帝登位覃庆也。戊午，以陇州防御使相里金为陕州节度使。初，帝以檄书告藩邻，唯金遣判官薛文遇往来计事，故以节镇奖之。宣徽北院使、检校工部尚书房暠加检校司空，行左威卫大将军，使如故。以枢密使、左谏议大夫韩昭裔为刑部尚书，使如故。

己未，太白昼见。以枢密副使刘延朗为左领军大将军，职如故。庚申，左仆射、门下侍郎、平章事、监修国史李愚加特进，充太微宫使、弘文馆大学士，余如故。中书侍郎兼吏部尚书、同平章事、集贤院大学士、判三司刘晌加门下侍郎兼吏部尚书、平章事、监修国史、判三司。癸亥，秦州奏：西川孟知祥出军迫陷成州。以宣徽南院使、右骁卫大将军郝琼为左骁卫上将军，职如故。以前义州刺史张承祐为武胜军留后。戊辰，以前右龙武统军王景戡为右骁卫上将军。

六月庚午朔，改侍卫捧圣军为彰圣，改严卫军为宁卫。壬申，封吴岳成德公为灵应王，礼秩同五岳。帝初起，遣使祭岳以求祐，及登祚，故有是报。幽州节度使赵德钧进封北平王，青州节度使房知温进封东平王。癸酉，以前郦州节度使索自通为右龙武统军。甲戌，皇子左卫上将军重美加检校太保、同平章事，充镇州节度使兼河南尹，判六军诸卫事。丁丑，诏天下见禁罪人，委所在长吏躬亲虑问，疾速疏决。庚辰，幸至德宫，因幸房知温、安元信、范延光、索自通、李从敏第。壬午，以检校太子太傅致仕王建立为检校太尉兼侍中、郓州节度使，以前宋州节度使安元信为检校太尉兼侍中、潞州节度使。

癸未，三司使刘昫奏：“天下户民，自天成二年括定秋夏田税，迨今八年。近者相次有百姓诣阙诉田不均，累行蠲放，渐失税额，望差朝臣一概检视。”不报。甲申，帝为故皇子亳州刺史重吉、皇长女尼惠明大师幼澄举哀行服，群臣诣阖门奉慰。帝起兵之始，重吉、幼澄俱为闵帝所害。乙酉，以户部侍郎韩彦恽为绛州刺史，以左武卫上将军李肃为单州刺史。丙戌，襄州节度使赵在礼加同平章事。甲午，以武胜军留后张承祐为华州节度使，以皇城使宋审虔为寿州节度使，充侍卫步军都指挥使；以右卫上将军刘仲殷为宋州节度使；以侍卫步军都指挥使、寿州节度使皇甫遇为邓州节度使；以前华州节度使华温琪为太子太傅致仕。丁酉，左神武统军周知裕卒，赠太傅。

是月，京师大旱，热甚，暍死者百余人⑤。

秋七月庚子，太子少保致仕崔沂卒。癸卯，凤翔进伪蜀孟知祥来书，称“大蜀皇帝献书于大唐皇帝”，且言“见迫群情，以今年四月二十日即皇帝位”云，帝不答。以前武州刺史郑琼为右卫上将军。甲辰，幸龙门佛寺祷雨。乙巳，皇子故亳州团练使重吉赠太尉，仍于宋州置庙。丁未，凤翔节度使李从𫷷封西平王。是日，宰臣李愚、刘昫因论公事，于政事堂相诟，辞甚鄙恶，帝令枢密副使刘延朗宣谕曰：“卿等辅弼之臣，不宜如是，今后不得更然。”辛亥，以太常卿卢文纪为中书侍郎、平章事。是日，中书门下三上章请立中宫，从之。丁巳，制立沛国夫人刘氏为皇后。庚申，太子少傅陈皋卒。乙丑，史官张昭远以所撰庄宗朝列传三十卷上之。

八月庚午，诏蠲放长兴四年十二月以前天下所欠残税。辛未，以前尚书左丞姚顗为中书侍郎、平章事。诏应曾受御署官逐摄同一任正官，依期限赴选。荆南奏：伪蜀孟知祥卒，其子昶嗣伪位。壬申，以尚书礼部侍郎郑韬光为刑部侍郎，以前工部侍郎杨凝式为礼部侍郎。甲戌，以前金州防御使娄继英为右神武统军，以右神武统军高允贞为左神武统军。乙亥，以翰林学士承旨、工部尚书、知制诰李怿为太常卿，以翰林学士、户部侍郎、知制诰程逊为学士承旨。甲申，以兵部侍郎龙敏为吏部侍郎，以秘书监崔居俭为工部尚书。乙酉，以右武卫上将军张继祚为右卫上将军；以右骁卫上将军王景戡为左卫上将军；以右领卫上将军刘卫为左武卫上将军；以右千牛上将军王陟为右领军上将军。以司农卿兼通事舍人、判四方馆事王景崇为鸿胪卿，依前通事舍人、判四方馆。丁亥，右龙武统军索自通卒。辛卯，礼部尚书致仕李光宪卒。甲午，以太子少傅卢质为太子少师。乙未，以前邢州节度使赵凤为太子太保。诏：“文武百官差使，宜令依伦次，中书置簿，不得重叠。若当使者自缘有事，或不欲行者，注簿便当一使。自长兴三年正月后已曾奉使者，便为簿首；已后差者，次第注之。”有司上言：“皇后受册，内外命妇上笺无答教。”从之。丙申，御文明殿册皇后，命使摄太尉、宰臣卢文纪，使副摄司待、右谏议大夫卢损诣皇后宫。行礼毕，恩赐有差。

九月己亥，以久雨，分命朝臣祟都城门，告宗庙社稷。辛丑，夜有星如五斗器，西南流，尾迹长数丈，屈曲如龙形。又众星乱流，不可胜数。京师大雨，雹如弹丸。曹州刺史药纵之卒，甲辰，以霖霪甚，诏都下诸狱委御史台宪录问，诸州县差判官令录亲自录问，画时疏理。壬子，中书门下举行长兴三年敕，常年荐送举人，州郡行乡饮酒之时，帖太常草定仪注奏闻。甲寅，以前潞州节度使、检校太尉、同平章事卢文进为安州节度使。己未，云州奏，契丹寇境。

冬十月辛未，有雉金色，止于中书政事堂。中书门下奏："请以正月二十三日皇帝诞庆日为千春节。"从之。戊寅，宰臣李愚、刘昫罢相，以愚守左仆射，昫守右仆射。契丹寇云、应州，诏河东节度使石敬塘率兵屯代州。戊子，宰臣姚顗奏："吏部三铨，近年并为一司，望令依旧分铨。"从之。辛卯，以左卫上将军李宏元卒废朝，赠司徒。癸巳，以礼部郎中、知制诰吕琦守本官，充枢密院直学士。

十一月辛丑，以刑部侍郎郑韬光为尚书右丞，以光禄少卿乌昭远为少府监。秦州节度使张延朗奏，率师伐蜀。中书门下奏："二十六日明宗忌，陛下初遇忌辰，不同常岁，请于忌辰前后各一日不坐朝。"从之。御史台奏："前任节度使、刺史、行军副使，虽每日于便殿起居，每遇五日起居，亦合缀班。"从之。丙午，以前兴州刺史冯晖配同州衙前安置。晖为兴州刺史，屯乾渠，蜀人来侵，晖自屯所奔归凤翔，故有是责。丁未，诏振武、新州、河东西北边经契丹蹂践处，放免三年两税差配，时契丹初退故也。癸丑，以前华州节度使王万荣为左骁卫上将军致仕。甲寅，以振武节度使杨光远充大同、彰国、振武、威塞等军兵马都虞候，以前右金吾大将军穆延晖为右武卫上将军。壬戌，以礼部侍郎杨凝式为户部侍郎。甲子，以中书舍人卢导为礼部侍郎。

十二月丁卯朔，诏修奉本朝诸帝陵寝。己巳，以北面马军都指使、易州刺史安叔千为安北都护、振武节度使，以齐州防御使尹晖为彰国军节度使。庚午，诏葬遮人从荣。有司上言："依贞观中庶人承乾，以公礼葬。"从之。乙亥，以秦州节度使张延朗为中书侍郎、同平章事、判三司；以中书侍郎、平章事卢文纪为门下侍郎、平章事、监修国史；以中书侍郎、平章事姚顗兼集贤殿大学士；以前邠州节度使康福为秦州节度使。丙戌，夜有白气，东西亘天。庚寅，幸龙门祈雪，自九月至是无雨雪故也。

---

①颐：保养。

②秘：惊奇。

③噱（jué，音决）：大笑。

④栉：发饰。

⑤暍（yē，音椰）：中暑；受暴热。

唐末帝纪中

清泰二年春正月丙申朔，帝御明堂殿受朝贺，仗卫如式。乙巳，中书门下奏："遇千春节，凡刑狱公事奏复，候次月施行。今后请重系者即候次月，轻系者即节前奏复决遣。"从之。戊申，宗正寺奏："北京、应州、曹州诸陵，望差本州府长官朝拜。雍、坤、和、徽四陵，差太常宗正卿朝拜。"从之。己酉，北京奏，光禄卿致仕周元豹卒。庚申，邺都进天王甲。帝在藩时，有相士言帝如毗沙天王，帝知之，窃喜。及即位，选军士之魁伟者，被以天工甲，俾居宿卫，因诏诸道造此甲而进。三司奏，添征蚕盐钱及增麴价。先是麴斤八十文，增至一百五十文。乙丑，云州节度使张温移镇晋州，以西京留守安重霸为云州节度使。

二月庚午，定州节度使、兖王从温移镇兖州；振武军节度使杨檀移镇定州，兼北面行营马步都虞候。甲戌，以安州节度使李周为京兆尹，充西京留守；以枢密使、天雄军节度使范延光为检校太师、兼中书令，充汴州节度使；皇子镇州节度使兼河南尹、判六军诸卫事、左右街坊使重美加检校太尉、同平章事，充天雄军节度使，余如故。辛巳，以右谏议大夫卢损为御史中丞，以御史中丞张鹏为刑部侍郎。壬午，宁远军节度使马存加兼侍中，镇南军节度使马希振加兼中书令。诏顺义军节度使姚彦璋加兼侍中。己丑，宰臣卢文纪等上皇姚鲁国太夫人尊谥曰宣宪皇太后，请择日册命。从之。

三月戊戌，故太子太保赵凤赠太傅。辛丑，以前汴州节度使赵延寿为许州节度使兼枢密使，以夏州行军司马李彝殷为本州节度使，兄彝超卒故也。癸卯，以静海军节度使、检校太师兼中书令、安南都护钱元球为留守太保，余如故。丙午，以给事中赵光辅为右散骑常侍。戊申，皇妹魏国公主石氏封晋国长公主，齐国公主赵氏封燕国长公主。己酉，有司上言："宣宪皇后未及山陵，权于旧陵所建庙。"从之。辛亥，功德使奏："每年诞节，诸州府奏荐僧道，其僧尼欲立讲论科、讲经科、表白科、文章应制科、持念科、禅科、声赞科，道士欲立经法科、讲论科、文章应制科、表白科、声赞科、焚修科，以试其能否。"从之。丙辰，以右龙武统军李德珫为泾州节度使。庚申，以镇州节度使、知军府事董温琪为镇州节度使、检校太保。壬戌，以左右彰圣都指挥使、富州刺史安审琦领楚州顺化军节度使，军职如故。审琦受闵帝命西征，至凤翔而降，故有是命。

是月，太常丞史在德上疏言事，其略曰："朝廷任人，率多滥进。称武士者，不闲计策，虽被坚执锐，战则弃甲，穷则背军。称文士者，鲜有艺能，多无士行，问策谋则杜口，作文字则倩人[①]。所谓虚设具员，枉耗国力。逢陛下惟新之运，是文明革弊之秋。臣请应内外所管军人，凡胜衣甲者，请宣下本部大将一一考试武艺短长，权谋深浅。居下位有将才者便拔为大将，居上位无将略者移之下军。其东班臣僚，请内出策题，下中书令宰臣面试。如下位有大才者便拔居大位，处大位无大才者即移之下僚。"其疏大约如此。卢文纪等见其奏，不悦，班行亦多愤悱，故谏官刘涛、杨昭俭等上疏，请出在德疏，辨可否宣行，中书复奏亦驳其错误。帝召学士马裔孙谓曰："史在德语太凶，其实难容。朕初临天下，须开言路，若朝士以言获罪，谁敢言者！尔代朕作诏，勿加在德之罪。"诏曰：

"左补阙刘涛等奏，太常丞史在德所上章疏，中书门下驳奏，未奉宣谕，乞特施行，分明黜陟。

朕常览贞观故事，见太宗之治理，以贞观升平之运，太宗明圣之君，野无遗贤，朝无阙政，尽善尽美，无得而名。而陕县丞皇甫德参辄上封章，恣行讪谤，人臣无礼，罪不容诛，赖文贞之弥缝，恕德参之狂瞽。魏征奏太宗曰：'陛下思闻得失，只可恣其所陈，若所言不中，亦何损于国家。'朕每思之，诚要言也。遂得下情上达，德盛业隆，太宗之道弥光，文贞之节斯著。朕惟寡昧，获奉宗桃，业业兢兢，惧不克荷，思欲率循古道，简拔时材。怀忠抱直之人，虚心渴见；便佞诡随之说，杜耳恶闻。史在德近所献陈，诚无避忌，中书以文字纰缪，比类儓差，改易人名，触犯庙讳，请归宪法，以示戒惩。盖以中书既委参详，合尽事理，朕缵承前绪，诱劝将来。多言数穷，虽圣祖之所戒；千虑一得，冀愚者之可从。因览文贞之言，遂宽在德之罪，已令停寝，不遣宣行。

刘涛等官列谏垣，宜陈谠议，请定短长之理，以行黜陟之文。昔魏征则请赏德参，今涛等请黜在德，事同言异，何相远哉！将议允俞，恐亏开纳。方朝廷粗理，俊乂毕臻，留一在德不足为多，去一在德未足为少，苟可惩劝，朕何忧焉！但缘情在倾输，理难黜责，涛等敷奏，朕亦优容，宜体含弘，勉思竭尽，凡百在下，悉听朕言。"

夏四月辛巳，宰臣判三司张延朗奏："州县官征科条格，其令录在任征科，依限了绝，一年加阶，两年与试衔，三年皆及限了绝，与服色。摄任者一年内了绝，仍摄，二年三年内皆及限，与真命。其主簿同县令条。本判官一年加阶，二年改试衔，三年转官。本曹官省限内了绝，与试衔。诸节级三年内并了绝者，与赏钱三十贯。其责罚依天成四年五月五日敕施行。"从之。癸未，御史中丞卢损等进清泰元年以前十一年制敕，堪悠久施行者三百九十四道，编为三十卷。其不中选者，各令所司封闭，不得行用。诏其新编敕如可施行，付御史台颁行。以宰相卢文纪兼太微宫使，弘文馆大学士姚顗加门下侍郎，监修国史张延朗兼集贤殿大学士。以枢密使韩昭裔为中书侍郎兼兵部尚书、平章事。乙酉，以前武胜军节度使张万进为鄜州节度使。辛卯，以宣徽南院使刘延皓为刑部尚书，充枢密使；以司天监耿瑗为太府卿；以伪蜀右卫上将军胡杲通为司天监；以宣徽北院使房暠为左卫上将军，充宣徽南院使；以枢密副使刘延朗为左领军上将军，充宣徽北院使兼枢密副使。

五月丙申，新州、振武奏，契丹寇境。乙巳，诏："天下见禁囚徒，自五月十二日以前，除十恶五逆、放火烧舍、持仗杀人、官典犯赃、伪行印信、合造毒药并见欠省钱外，罪无轻重，一切释放。"庚戌，诏不得贡奉宝装龙凤雕镂刺作组织之物。庚戌，中书奏："准敕，凡庙讳但回避正文，其偏旁文字不在减少点画。今定州节度使杨檀、檀州、金坛等名，酌情制宜，并请改之。其表章文案偏旁字阙点画，凡臣僚名涉偏旁，亦请改名。"诏曰："偏旁文字，音韵悬殊，止避正呼，不宜全改。杨檀赐名光远，余依旧。"甲寅，以户部侍郎杨凝式为秘书监，以尚书礼部侍郎卢导为尚书右丞，以尚书右丞郑韬光为尚书左丞。丙辰，以端明殿学士李专美为兵部侍郎，以端明殿学士李崧为户部侍郎，以翰林学士马裔孙为礼部侍郎，以礼部郎中、充枢密院直学士吕琦为给事中，并充职如故。太子少保致仕任圜赠尚书右仆射，以顺化军节度使兼彰圣都指挥使、北面行营排阵使安审琦为邢州节度使。庚申，以兵部尚书李鏻为太常卿，以礼部尚书王权为户部尚书，以太常卿李怿为礼部尚书。癸亥，以六军诸卫判官、给事中张允为右散骑常侍。

六月甲子朔，新州上言，契丹入寇。乙丑，有司上言，宣宪皇太后陵请以顺为名，从之。振武奏，契丹二万骑在黑榆林。丁卯，以太子少保致仕朱汉宾卒废朝。壬申，命史官修撰明宗实录。契丹寇应州。以新州节度使杨汉宾为同州节度使，以前晋州节度使翟璋为新州节度使。庚辰，北面招讨使赵德钧奏，行营马步军都虞候、定州节度使杨光远，行营排阵使、邢州节度使安审琦帅本军至易州，见进军追袭契丹次。河东节度使石敬瑭奏，边军乏刍粮，其安重荣巡边兵士欲移振武就粮。从之。寻又奏，怀、孟租税，请指挥于忻、代州输纳。朝廷以边储不给，诏河东户民积粟处，量事抄借，仍于镇州支绢五万匹，送河东充博采之直。是月，北面转运副使刘福配镇州百姓车子一千五百乘，运粮至代州。时水旱民饥，河北诸州困于飞挽，逃溃者甚众，军前使者继至，督促粮运，由是生灵咨怨。辛巳，诏诸州府署医博士。丙戌，以前许州节度使李从昶为右龙武统军，以前彰国军节度使沙彦珣为右神武统军。

秋七月丙申，石敬瑭奏：斩挟马都指挥使李晖等三十六人，以谋乱故也。时敬瑭以兵屯忻州，一日，军士喧噪，遽呼万岁，乃斩晖等以止之。御史中丞卢损奏："准天成二年七月敕，每月首、十五日入阁，罢五日起居。臣以为中旬排仗，有劳圣躬，请只以月首入阁，五日起居依旧。又准天成三年五月、长兴二年七月敕，许诸州节度使带使相岁荐僚属五人，余荐三人，防御、团练使荐二人，今乞行厘革。又长兴二年八月敕，州县佐官差充马步判官，仍同一任，乞行止绝，依旧衙前选补。"诏曰："今后藩臣带使相许荐三人，余荐二人，直属京防御、团练使荐一人，余并从之。"丁酉，回纥可汗仁美遣使贡方物。西京弓弩指挥使任汉权奏：六月二十一日与川军战于金州之汉阴，王师不利，其部下兵士除伤痍外已至凤翔。先是，盩厔镇将刘赟引军入川界，为蜀将全师郁所败，金州都监崔处讷重伤，诸州屯兵溃散。金州防御使马全节收合州兵，固守获全。以枢密使刘延皓为天雄军节度使。甲辰，以右神武统军沙彦珣权知云州。乙巳，以徐州节度使张敬达充北面行营副总管。时契丹入边，石敬瑭屡请益兵，朝廷军士多在北鄙，俄闻忻州诸军呼噪，帝不悦，乃命敬达为北军之副，以减敬瑭之权也。丁巳，宰臣卢文纪等上疏，其略曰：

"臣近蒙召对，面奉天旨：'凡军国庶事，利害可否，卿等合尽言者。'臣等谬处台衡，奉行制敕，但缘事理，互有区分，军戎不在于职司，钱谷非关于局分，苟陈异见，即类侵官。况才不济时，识非经远，因五日起居之例，于两班旅见之时，略获对扬，兼承顾问。卫士周环于阶陛，庶臣罗列于殿庭，四面聚观，十手所指，臣等苟欲各伸愚短，此时安敢敷陈。韩非昔惧于说难，孟子亦忧于言责。臣窃奉本朝政事，肃宗初平寇难，再复寰瀛，颇经涉于艰难，尤勤劳于委任。每正衙奏事，则泛咨访群臣；及便殿询谋，则独对扬于四辅。自上元年后，于长安东内置延英殿，宰臣如有奏议，圣旨或有特宣，皆于前一日上闻。对御之时，祇奉冕旒，旁无侍卫。献可替否，得曲尽于讨论；舍短从长，故无虞于漏泄。君臣之际，情理坦然。伏望圣慈，俯循故事，或有事关军国，谋系否臧，未果决于圣怀，要询访于臣辈，则请依延英故事，前一日传宣。或臣等有所听闻，切关利害，难形文字，须面敷扬，臣等亦依故事，前一日请开延英。当君臣奏议之时，只请机要臣僚侍立左右。兼乞稍霁威严，恕臣荒拙，虽乏鹰鹯之效，庶尽葵藿之心。"

诏曰："卿等济代英才，镇时硕德，或缔构于兴王之日，或经纶于缵圣之时，盐梅之任俱崇，药石之言并切，请复延英之制，以伸议政之规。而况列圣遗芳，皇朝盛事，载详征引，良切叹嘉。恭惟五日起居，先皇垂范，俟百僚之俱退，召四辅以独升，接以温颜，询其理道，计此时作事之意，亦昔日延英之流。朕叨获嗣承，切思遵守，将成其美，不爽兼行。其五日起居，仍令仍旧，寻常公事，亦可便举奏闻。或事属机宜，理当秘密，量事紧慢，不限隔日，及当日便可于阁门祇候，具榜子奏闻。请面敷扬，即当尽屏侍臣，端居便殿，伫闻高议，以慰虚怀。朕或要见卿时，亦令当时宣召，但能务致理之实，何必拘延英之名。有事足可以讨论，有言足可以陈述，宜以沃心为务，勿以逆耳为虞。勉罄谋猷，以裨寡昧。"帝性仁恕，听纳不倦，尝因朝会谓卢文纪等曰："朕在藩时，人说唐代为人主端拱而天下治，盖以外恃将校，内倚谋臣，故端拱而事办。朕荷先朝鸿业，卿等先朝旧臣，每一相见，除承奉外，略无社稷大计一言相救，坐视朕之寡昧，其如宗社何！"文纪等引咎致谢，因奏延英故事，故有是诏。

八月庚午，滑州节度使高允韬卒。壬申，以右卫上将军王景戡为左卫上将军，以右神武统军娄继英为右卫上将军。己卯，以西上阁门使、行少府少监兼通事舍苏继颜为司农卿，职如故。辛巳，以权知云州、右神武统军沙彦珣为云州节度使。邺都杀人贼陈延嗣并母、妹、妻等并弃市。延嗣父子相承，与其妹、妻于诸州郡诱人杀人，而夺其财，前后被杀者数百人，至是事泄而诛之。癸未，以前潞州行军司马陈元为将作监，以元善医，故有是命。丁亥，以洺州团练使李彦舜为义武军节度使、检校太傅。太原奏，达靼部族于灵邱安置。己丑，以太子少保致仕戴思远卒废朝。庚寅，以前兖州节度使杨汉章为左神武统军，以前邢州节度使康思立为右神武统军。潞州奏，前云州节度使安重霸卒。

九月己亥，以河阳节度使、侍卫马军都指挥使安从进为襄州节度使，以襄州节度使赵在礼为宋州节度使。癸卯，以忠正军节度使、侍卫步军都指挥使宋审虔为河阳节度使，典军如故。己酉，礼部贡院奏："进士请夜试，童子依旧表荐，重置明算道举。举人落第后，别取文解。五科试纸，不用中书印，用本司印。"并从之。以宣徽南院使房暠为刑部尚书，充枢密使；以宣徽北院使、充枢密副使刘延朗为宣徽南院使，充枢密副使。丙辰，以左仆射李愚卒废朝。

冬十月丁卯，幸崇道宫、甘泉亭。己巳，以左卫上将军李顷为左领军上将军。北面行营总管石敬瑭奏自代州归镇。庚午，以晋州节度使张温卒废朝。甲戌，幸赵延寿、张延朗第。丁丑，以端明殿学士、兵部侍郎李专美为秘书监，充宣徽北院使。庚寅，以左谏议大夫唐汭为左散骑常侍。

十一月庚子，以左骁卫上将军郝琼为左金吾上将军，以光禄卿王玫为太子宾客，以徐州节度使张敬达为晋州节度使，依前充大同、振武、威塞、彰国等军兵马副总管。丁未，以秘书少监丁济为太子詹事。乙卯，以前金州防御使马全节为沧州留后。渤海国遣使朝贡。

十二月戊辰，禁用铅钱。壬申，以中书侍郎兼兵部尚书、充枢密使韩昭裔为检校司空、同平章事，充河中节度使。甲戌，以宗正少卿李延祚为将作监致仕。丁丑，故武安军州节度使、累赠太傅刘建峰赠太尉，从湖南之请也。戊寅，太常奏："来年正月一日上辛，祀昊天上帝于圜丘，依礼大祠不朝。"诏曰："祀事在质明前，仪仗在日出后，事不相妨，宜依常年受朝。"壬午，以翰林学士承旨、户部侍郎程遂为兵部侍郎，翰林学士、工部侍郎崔棁为户部侍郎，翰林学士、中书舍人和凝为工部侍郎，并依前充职。乙酉，以前秘书监杨凝式为兵部侍郎。己丑，以前同州节度使冯道为司空，以尚书右仆射刘昫为左仆射，以太子少师卢质为右仆射，以兵部侍郎马缟兼国子祭酒。

---

①倩（qìng，音庆）：请；央求。

唐末帝纪下

清泰三年春正月辛卯朔，帝御文明殿受朝贺，仗卫如式。乙未，百济遣使献方物。戊戌，幸龙门佛寺祈雪。癸卯，以给事中、充枢密院直学士吕琦为端明殿学士，以六军诸卫判官、尚书、工部郎中薛文遇为枢密院直学士。乙巳，以上元夜京城张灯，帝微行，置酒于赵延寿之第。丁未，皇子河南尹、判六军诸卫事重美封雍王。己未，以前司农卿王彦熔为太仆卿。

二月戊辰，吐浑宁朔、奉化两府留后李可久加检校司徒。可久本姓白氏，前朝赐姓。庚午，监修国史姚顗，史官张昭远、李祥、吴承范等修撰《明宗实录》三十卷上之。以大理卿窦维为光禄卿，以前许州节度判官张登为大理卿。丁丑，以太常卿李镦为兵部尚书，以兵部尚书梁文矩为太常卿。庚辰，以前郦州节度使皇甫立为潞州节度使。辛巳，以前均州刺史仇晖为左威卫上将军，保顺军节度使鲍君福加检校太尉、同平章事。丁亥，以昭义节度使安元信卒废朝。

三月庚子，中书门下奏："准阁门分析内外官辞见谢规例：诸州判官、军将进奉到阙，旧例门见门辞；今后只令朝见，依旧门辞。新除诸道判官、书记以下无例中谢，并放谢放辞，得替到京无例见；今后两使判官许中谢，赴任即门辞，其书记以下并依旧例。朝臣文五品、武四品以上旧例中谢，其以下无例对谢；今请依天成四年正月敕，凡升朝官并许中谢。诸道都押衙、马步都指挥、虞候、镇将、诸色场院，无例谢辞，并进榜子放谢放辞，得替到阙，无例入见。在京盐麹税官、两官巡即许中谢，新除令、录并中谢，次日门辞，兼有口敕诫励。文武两班所差吊祭使及告庙祠祭，只正衙辞，不赴内殿。诸道进奏官到阙，见，得假，进榜子门辞。"从之。辛丑，权知福建节度使王昶奏：节度使王延钧以去年十月十四日卒。是时延钧父子虽僭窃于闽岭，犹称藩于朝廷，故有是奏。甲辰，以右神武统军杨汉章为彰武军节度使。丙午，以翰林学士、礼部侍郎马裔孙为中书侍郎、同平章事。丁巳，以端明殿学士吕琦为御史中丞。戊午，御史中丞卢损责授右赞善大夫，知杂侍御史韦税责授太仆寺丞，侍御史魏逊责授太府寺主簿，侍御史王岳责授司农寺主簿。初，延州保安镇将白文审闻兵兴岐下，专系郡人赵思谦等十余人，已伏其罪，复下台追系推鞫，未竟。会去年五十二日德音，除十恶五逆、放火杀人外并放。卢损轻易即破械释文审，帝大怒，收文审诛之。台司称奉德音释放，不得追领祗证。中书诘云，德音言"不在追穷枝蔓"，无"不得追领祗证"六字，擅改敕语。大理断以失出罪人论，故有是命。是月，有蛇鼠斗于师子门外，鼠生而蛇死。

夏四月己未朔，以左卫上将军王景戡为左神武统军，以右领军上将军李顼为华清宫使。戊辰，以太子詹事卢演为工部尚书致仕。辛未，以中书舍人、史馆修撰张昭远为礼部侍郎，以前沧州节度使李金全为右领军上将军。是月，有熊入京城搏人。

五月辛卯，以河东节度使兼大同彰国振武威塞等军藩汉马步总管、检校太师兼中书令、驸马都尉石敬瑭为郓州节度使，进封赵国公。以河阳节度使、充侍卫马步军都指挥使宋审虔为河东节度使。甲午，以前晋州节度使、大同彰国振武威塞等军蕃汉副总管张敬达充西北面蕃汉马步都部署，落副总管。乙未，诏："诸州两使判官、畿赤令有阙，取省郎、遗补、承博、少列宫僚，选择擢任。"以忠正军节度使、侍卫步军都指挥使张彦琪为河阳节度使，充侍卫马军都指挥使；以彰圣都指挥使、饶州刺史符彦饶为忠正军节度使，充侍卫步军都指挥使。丙申，以雍王重美与汴州节度使范延光结婚，诏兖王从温主之。丁酉，以国子祭酒马缟卒废朝。

戊戌，昭义奏，河东节度使石敬瑭叛。以鸿胪卿兼通事舍人、判四方馆王景崇为卫尉卿，充引进使。壬寅，削夺石敬瑭官爵，便令张敬达进军攻讨。乙卯，以晋州节度使张敬达为太原四面兵马都部署，寻改为招讨使；以河阳节度使、侍卫马军都指挥使张彦琪为太原四面马步军都指挥使；以邢州节度使安审琦为太原四面马军都指挥使；以陕州节度使相里金为太原四面步军都指挥使；以右监门上将军武廷翰为壕寨使。丙辰，以定州节度使杨光远为太原四面兵马副部署兼马步都虞候，寻改为太原四面副招讨使，都虞候如故。以前彰武军节度使高行周为太原四面招抚兼排阵使。初，帝疑河东有异志，与近臣语及其事，帝曰："石郎与朕近亲，在不疑之地，流言毁誉，朕心自明，万一失欢，如何和解？"左右皆不对。翌日，欲移石敬瑭于郓州，房暠等坚言不可。司天监赵延义亦言星辰失度，尤宜安静，由是稍缓其事。会薛文遇独宿于禁中，帝召之，谕以太原之事。文遇奏曰："臣闻作舍于道，三年不成，国家利害，断自宸旨[1]。以臣料之，石敬瑭除亦叛，不除亦叛，不如先事图之。"帝喜曰："闻卿此言，豁吾愤气。"先是，有人言国家明年合得一贤佐主谋，平定天下，帝意亦疑贤佐者属在文遇，即令手书除目，子夜下学士院草制。翌日，宣制之际，两班失色。居六七日，敬瑭上章云："明宗社稷，陛下篡承，未契舆情，宜推令辞，许王先朝血绪，养德皇闱，傥循当璧之言，免负阋墙之议。"帝览奏不悦，手攫抵地，召马裔孙草诏报曰："父有社稷，传之于子；君有祸难，倚之于亲。卿于鄂王，故非疏远。往岁卫州之事，天下皆知；今朝许王之言，人谁肯信！英贤立事，安肯如斯"云。

戊申，张敬达奏："西北面先锋都指挥使安审信率雄义左第二指挥二百二十七骑，并部下共五百骑，剽劫百井，叛入太原。"又奏："大军已至太原城下。诏安审信及雄义兵士妻男并处斩，家产没官。先是，雄义都在代州屯戍，其指挥使安元信谋杀代州刺史张朗，事泄，戍兵自溃，奔安审信军，审信与之入太原。"太常奏，于河南府东权立宣宪太后寝宫，从之。己酉，振武节度使安叔千奏，西北界巡检使安重荣驱掠戍兵五百骑叛入太原。以新授河东节度使宋审虔为宣州节度使，充侍卫马军都指挥使。壬子，邺都屯驻捧圣都虞候张令昭逐节度使刘延皓，据城叛。翌日，令昭召副使边仁嗣已下逼令奏请节旄。

六月辛酉，天雄军节度使刘延皓削夺官爵，勒归私第。癸亥，以天雄军守御、右捧圣第二军都虞候张令昭为检校司空，行右千牛将军，权知天雄军府事。丙寅，御敷政殿，遣工部尚书崔居俭奉宣宪皇太后宝册于寝宫。时陵园在河东，适会兵兴，故权于京城修奉寝宫上谥焉。己巳，以西上阁门副使、少府监兼通事舍人刘颀为鸿胪卿，职如故。庚午，诏曰："时雨稍愆，颇伤农稼，分命朝臣祈祷。"辛未，工部尚书致仕许寂卒。以权知魏府事、右千牛将军张令昭为齐州防御使，以捧圣右第三指挥使邢立为德州刺史，以捧圣第五指挥使康福进为郓州刺史。甲戌，以汴州节度使范延光为天雄军四面招讨使，知行府事。丙子，以西京留守李周为天雄军四面副招讨使兼兵马都监。诏河东将佐节度判官赵莹以下十四人并籍没家产。

秋七月戊子，范延光奏，领军至邺都攻城。己丑，诛右卫上将军石重英、皇城副使石重裔，皆敬瑭之子也。时重英等匿于民家井中，获而诛之，并族所匿之家。奚首领达剌干遣通事介老奏，奚王李素姑谋叛入契丹，已处斩讫，达剌干权知本部落事。辛卯，沂州奏：诛都指挥使石敬德，并族其家，敬瑭之弟也。乙未，以前彰武军节度使高行周为潞州节度使，充太原四面招抚排阵使；以潞州节度使皇甫立为华州节度使。丁酉，云州节度使沙彦珣奏，此月二日夜，步军指挥使桑迁作乱，以兵围子城，彦珣突围出城，就西山据雷公口。三日，招集兵士入城诛乱军，军城如故。辛丑，以将作监丞、介国公宇文颉为汝州襄城令。乙巳，以卫尉卿聂延祚为太子宾客。戊申，范延光奏，此月二十一日收复邺都，群臣称贺。己酉，以礼部侍郎张昭远为御史中丞；以御史中丞吕琦为礼部侍郎，充端明殿学士。庚戌，中书奏："刘延皓宾佐等，帅臣既已削夺，其行军司马李延筠、副使边仁嗣以下，望命放归田里。"奏入，帝大怒，诏大理曰："帅臣失守，已行削夺，其僚佐合当何罪？"既而竟依中书所奏。壬子，诏范延光诛张令昭部下五指挥及忠锐、忠肃两指挥。继范延光奏，追兵遣袭张令昭部下败兵至邢州沙河，斩首三百级，并献张令昭、邢立、李贵等首级。又奏，获张令昭同恶捧圣指挥使米全以下诸指挥使都头凡十三人，并磔于府门。癸丑，左卫上将军仇晖卒。洺州奏：擒获魏府作乱捧圣指挥使马彦柔以下五十八人。邢、磁州相次擒获乱兵，并送京师。彰圣指挥使张万迪以部下五百骑叛入太原，诏诛家属于怀州本营。

八月戊午，契丹遣使梅里入朝。己未，以汴州节度使范延光为天雄军节度使、守太傅、兼中书令，以西京留守李周为汴州节度使、检校太尉、同平章事。癸亥，应州奏，契丹三千骑迫城。诏端明殿学士吕琦往河东忻、代诸屯戍所犒军。以左龙武大将军袁义为右监门上将军，以振武军节度使安叔千充代北兵马都部署。己巳，云州沙彦珣奏，供奉官李让勋送夏衣到州，纵酒凌轹军都行②，劫杀兵马都监张思懃、都指挥使党行进，其李让勋已处斩讫。张敬达奏，造五龙桥攻太原城次。戊寅，以镇州节度使董温琪充东北面副招讨使。己卯，洺州献野茧二十斤。辛巳，张敬达奏，贼城内出骑军三十队、步卒三千人冲长连城，高行周袭杀入壕，溺死者大半，擒贼将安小喜以下百余人，甲马一百八十四。

九月甲辰，张敬达奏，此月十五日，与契丹战于太原城下，王师败绩。时契丹主自率部族来援太原，高行周、符彦卿率左右厢骑军出斗，蕃军引退。巳时后，蕃军复成列，张敬达、杨光远、安审琦等阵于贼城西北，倚山横阵，诸将奋击，蕃军屡却。至晡，我骑军将移阵，蕃军如山而进，工师大败，投兵仗相藉而死者山积。是夕，收合余众，保于晋祠南晋女泰，军垒而围之，自是音闻阻绝。朝廷大恐。是日，遣使侍卫步军都指挥使符彦饶率兵屯河阳，诏范延光率兵由青山路趋榆次，诏幽州赵德钧由飞狐路出敌军后，耀州防御使潘环合防戍军出慈、隰以援张敬达。以前绛州刺史韩彦恽为太子宾客。契丹主移帐于柳林。乙巳，诏取二十二日幸北面军前。戊申，帝发京师，路经徽陵，帝亲行谒奠。夕次河阳，召群臣议进取，卢文纪劝帝驻河桥。庚戌，枢密使赵延寿先赴潞州。辛亥，幸怀州。召吏部侍郎龙敏访以机事，敏劝帝立东丹王赞华为契丹主，以兵援送入蕃，则契丹主有后顾之患，不能久驻汉地矣。帝深以为然，竟不行其谋。帝自是酣饮悲歌，形神惨沮。臣下劝其亲征，则曰："卿辈勿说石郎，使我心胆堕地。"其怯惫也如此。

冬十月丁巳夜，彗星出虚危，长尺余。壬戌，诏天下括马，又诏民十户出兵一人，器甲自备。戊辰，代州刺史张朗超授检校太保，以其屡杀敌众，故以是命奖之。幽州赵德钧以本军二千骑与镇州董温琪由吴儿谷趋潞州。

十一月戊子，以赵德钧为诸道行营都统，以赵延寿为河东道南面行营招讨使，以刘延朗副之。庚寅，以范延光为河东道东南面行营招讨使，以李周副之。帝以吕琦尝佐幽州幕，乃命赍都统官告以赐德钧，兼犒军士。琦至，从容宣帝委任之意，德钧曰："既以兵相委，焉敢惜死！"德钧志在并范延光军，奏请与延光会合。帝以诏谕延光，延光不从。丁酉，延州上言，节度使杨汉章为部众所杀，以前坊州刺史刘景岩为延州留后。庚子，赵德钧奏：大军至团柏谷，前锋杀蕃军五百骑。范延光奏：军至榆次，蕃军退入河东川界。潘环奏：隰州逐退蕃军。壬寅，赵德钧奏：军出谷口，蕃军渐退，契丹主见驻柳林砦。时德钧累奏乞授延寿镇州节制，帝怒曰："德钧父子坚要镇州，苟能逐退蕃戎，要代予位，亦甘心矣。若玩寇要君，但恐犬兔俱毙。"德钧闻之不悦。

闰月丙辰，日南至，群臣称贺于行宫，帝曰："晋安寨内将士应思家国矣！"因泣下久之。丁巳，以岢岚军为胜州。辛酉，以右龙武统军李从昶为左龙武统军，以前邠州节度使杨思权为右龙武统军。壬戌，丹州刺史康承询停任，配流邓州。时承询奉诏率义军赴延州，义军乱，承询奔鄜州，故有是责。甲子，太原行营副招讨使杨光远杀招讨使张敬达于晋安寨，以兵降契丹。时契丹围寨，自十一月以后刍粮乏绝，军士毁居屋茅，淘马粪，削松柿以供饫饲，马尾鬣相食俱尽。杨光远谓敬达曰："少时人马俱尽，不如奋命血战，十得三四，犹胜坐受其弊。"敬达曰："更少待之。"一日光远伺敬达无备，遂杀之，与诸将同降契丹。时马犹有五千匹，戎王并以汉军与石敬瑭，其马及甲仗即赍驱出塞。丁卯，戎王立石敬瑭为大晋皇帝，约为父子之国，改元为天福。戎王与晋高祖南行，赵德钧父子与诸将自团柏谷南奔，王师为蕃骑所蹙，投戈弃甲，自相腾践，挤于岩谷者不可胜纪。己巳，帝闻晋安寨为敌所陷，诏移幸河阳，时议以魏府军尚全，戎王必惮山东，未敢南下，车驾可幸邺城。帝以李崧与范延光相善，召入谋之。薛文遇不知而继至，帝变色，崧蹑文遇足，乃出。帝曰："我见此物肉颤，适拟抽刀刺之。"崧曰："文遇小人，致误大事，刺之益丑。"崧因请帝归京。壬申，车驾至河阳。甲戌，晋高祖与戎王至潞州，戎王遣蕃将大相温率五千骑送晋高祖南行。丁丑，车驾至自河阳。时左右劝帝固守河阳。居数日，符彦饶、张彦琪至，奏帝不可城守。是日晚，至东上门，小黄门鸣鞘于路，索然无声。己卯，帝遣马军都指挥使宋审虔率千余骑至白马坡，言踏阵地。时诸将谓审虔曰："何地不堪交战，谁人肯立于此？"审虔乃请帝还宫。庚辰，晋高祖至河阳。辛巳辰时，帝举族与皇太后曹氏自焚于玄武楼。晋高祖入洛，得帝烬骨于火中，来年三月，诏葬于徽陵之封中。帝在位共二年，年五十三。

史臣曰：末帝负神武之才，有人君之量。由寻戈而践阼，惭德应深；及当宁以居尊，政经未失。属天命不祐，人谋匪臧，坐俟焚如，良可悲矣！稽夫衽金甲于河壖之际，斧眺楼于梁垒之时，出没如神，何其勇也！及乎驻革辂于覃怀之日，绝羽书于汾晋之辰，涕泪沾襟，何其怯也！是知时之来也，雕虎可以生风；运之去也，应龙不免为醢。则项籍悲歌于帐下，信不虚矣！

①宸：指皇帝。原指宫殿。

②凌轹（lì，音力）：倾轧；欺压。

新 五 代 史

（选录）

（宋）欧阳修 撰

李存孝传

存孝，代州飞狐人也。本姓安，名敬思。太祖掠地代北得之，给事帐中，赐姓名，以为子，常从为骑将。

文德元年，河南张言袭破河阳。李罕之来归晋，晋处罕之于泽州，遣存孝与薛阿檀、安休休等以兵七千助罕之，还击河阳；梁亦遣丁会、牛存节等助言，战于温县。梁军先扼太行，存孝大败，安休休被执。是时，晋已得泽、潞，岁出山东，与孟方立争邢、洺、磁，存孝未尝不在兵间。方立死，晋取三州，存孝功为多。

明年，潞州军乱，杀李克恭以归唐，梁遣李谠攻李罕之于泽州，存孝以骑兵五千救之。梁军呼罕之曰："公常恃太原以为命，今上党已归唐，唐兵大集，围太原，沙陀将无穴以自处，公复谁恃而不降乎？"存孝以精骑五百，绕梁栅而呼曰："我沙陀之求穴者，待尔肉以食军，可令肥者出斗！"梁骁将邓季筠引军出战，存孝舞稍擒之，李谠败走，追击至马牢关。还攻潞州。唐以孙揆为潞州节度使，揆儒者，以梁卒三千为卫，褒衣大盖，拥节先驱。存孝以三百骑伏长子西崖谷间，伺揆军过，横击断之，擒揆以归。初，梁遣葛从周、朱崇节守潞州以待揆，闻揆见执，皆弃去，晋遂复取潞州。是时，张浚、韩建伐晋，击阴地关，晋以李存信、薛阿檀等当浚，别遣存孝军于赵城。唐军战败于阴地关，浚退保晋州，韩建走绛州。存孝攻晋州，浚兵出战，辄复败，因闭壁不敢出。存孝去，攻绛州。浚、建皆走。

存孝猿臂善射，身被重铠，櫜弓坐稍，手舞铁树，出入阵中，以两骑自从，战酣易骑，上下如飞。初，存孝取潞州功为多，而太祖别以大将康君立为潞州留后，存孝为汾州刺史。存孝负其功，不食者数日。及走张浚，迁邠州刺史。大顺二年，徙邢州留后。是时，晋军连岁攻赵常山，存孝常为先锋，下赵临城、元氏。赵王求救于幽州李匡威，匡威兵至，晋军辄引去。存孝素与存信有隙，存信谮之曰："存孝有二心，常避赵不击。"存孝不自安，乃附梁通赵，自归于唐，因请会兵以伐晋。唐命赵王王镕援之。明年，赵与幽州有隙，惧而与晋和，反以兵三万助晋击存孝。存孝婴城自守①，太祖自将兵傅其城，掘堑以围之，存孝出兵冲击，堑不得成。裨将袁奉韬使人说存孝曰："公所畏者晋王尔！王俟堑成，且留兵去，诸将非公敌也，虽堑何为？"存孝以为然，纵兵成堑。堑成，深沟高垒，不可近，存孝遂窘。城中食尽，登城呼曰："儿蒙王恩，位至将相，岂欲舍父子而附仇雠，乃存信构陷之耳。愿生见王一言而死。"太祖哀之，遣刘夫人入城慰谕之。刘夫人引与俱来，存孝泥首请罪曰："儿于晋有功而无过，所以至此，由存信为之耳！"太祖叱曰："尔为书檄，罪我百端，亦存信为之邪？"缚载后车，至太原，车裂之以徇。然太祖惜其材，怅然恨诸将之不能容也，为之不视事者十余日。

康君立素与存信相善，方二人之交恶也，君立每左右存信以倾之。存孝已死，太祖与诸将博，语及存孝，流涕不已，君立以为不然，太祖怒，鸩杀君立。君立初为云州牙将，唐僖宗时，逐段文楚，与太祖俱起云中，盖君立首事。其后累立战功，表昭义节度使，以存孝故杀之。

---

①婴城：犹言据城。

宋　史

（选录）

〔元〕脱脱等　撰

太祖本纪一

太祖启运立极英武睿文神德圣功至明大孝皇帝，讳匡胤，姓赵氏，涿郡人也。高祖朓①，是为僖祖，仕唐历永清、文安、幽都令。朓生珽②，是为顺祖，历藩镇从事，累官兼御史中丞③。珽生敬，是为翼祖，历营、蓟、涿三州刺史。敬生弘殷，是为宣祖。周显德中，宣祖贵，赠敬左骁骑卫上将军④。

宣祖少骁勇⑤，善骑射，事赵王王镕，为镕将五百骑援唐庄宗于河上有功⑥。庄宗爱其勇，留典禁军⑦。汉乾祐中，讨王景於凤翔，会蜀兵来援，战于陈仓。始合，矢集左目⑧，气弥盛⑨，奋击大败之，以功迁护圣都指挥使。周广顺末，改铁骑第一军都指挥使⑩，转右厢都指挥，领岳州防御使。从征淮南，前军却⑪，吴人来乘⑫，宣祖邀击⑬，败之。显德三年，督军平扬州，与世宗会寿春。寿春卖饼家饼薄小，世宗怒，执十余辈将诛之⑭，宣祖固谏得释。累官检校司徒、天水县男，与太祖分典禁兵，一时荣之。卒，赠武清军节度使、太尉。

太祖，宣祖仲子也⑮，母杜氏。后唐天成二年，生于洛阳夹马营，赤光绕室，异香经宿不散，体有金色，三日不变。既长，容貌雄伟，器度豁如⑯，识者知其非常人。学骑射，辄出人上⑰。尝试恶马，不施衔勒⑱，马逸上城斜道⑲，额触门楣坠地，人以为首必碎，太祖徐起，更追马腾上，一无所伤。又尝与韩令坤博土室中⑳，雀斗户外，因竞起掩雀㉑，而室随坏。

汉初，漫游无所遇，舍襄阳僧寺，有老僧善术数㉒，顾曰："吾厚赆汝㉓，北往则有遇矣。"会周祖以枢密使征李守真，应募居帐下。广顺初，补东西班行首，拜滑州副指挥。世宗尹京，转开封府马直军使。

世宗即位，复典禁兵。北汉来寇㉔，世宗率师御之，战于高平。将合，指挥樊爱能等先遁㉕，军危，太祖麾同列驰马冲其锋㉖，汉兵大溃。乘胜攻河东城，焚其门，左臂中流矢㉗，世宗止之。还，拜殿前都虞候，领严州刺史。

三年春，从征淮南，首败万众于涡口，斩兵马都监何延锡等。南唐节度皇甫晖、姚凤众号十五万，塞清流关，击走之。追至城下，晖曰："人各为其主，愿成列以决胜负。"太祖笑而许之。晖整阵出，太祖拥马项直人，手刃晖中脑，并姚凤禽之。宣祖率兵夜半至城下，传呼开门，太祖曰："父子固亲，启闭，王事也。"诘旦㉘，乃得入。韩令坤平扬州，南唐来援，令坤议退，世宗命太祖率兵二千趋六合。太祖下令曰："扬州兵敢有过六合者，断其足。"令坤始固守。太祖寻败齐王景达于六合东，斩首万余级。还，拜殿前都指挥使，寻拜定国军节度使。

四年春，从征寿春，拔连珠寨，遂下寿州。还，拜义成军节度、检校太保，仍殿前都指挥使。冬，从征濠、泗，为前锋。时南唐寨于十八里滩，世宗方议以橐驼济师㉙，而太祖独跃马截流先渡，麾下骑随之，遂破其寨。因其战舰乘胜入泗州，下之。南唐屯清口，太祖从世宗翼淮东下㉚，夜追至山阳，俘唐节度使陈承昭以献，遂拔楚州。进破唐人于迎銮江口，直抵南岸，焚其营栅，又破之于瓜步，淮南平。唐主畏太祖威名，用间於世宗㉛，遣使遗太祖书㉜，馈白金三千两，太祖悉输之内府，间乃不行。五年，改忠武军节度使。

六年，世宗北征，为水陆都部署。及莫州，先至瓦桥关，降其守将姚内斌，战却数千骑，关南平。世宗在道，阅四方文书，得韦囊㉝，中有木三尺余，题云"点检作天子"，异之。时张永德为点检，世宗不豫，还京师，拜太祖检校太傅、殿前都点检，以代永德。恭帝即位，改归德军节度、检校太尉。

七年春，北汉结契丹入寇，命出师御之。次陈桥驿，军中知星者苗训引门吏楚昭辅视日下复有一日③④，黑光摩荡者久之③⑤。夜五鼓，军士集驿门，宣言策点检为天子，或止之③⑥，众不听。迟明③⑦，逼寝所，太宗入白，太祖起。诸校露刃列于庭，曰："诸军无主，愿策太尉为天子。"未及对，有以黄衣加太祖身，众皆罗拜③⑧，呼万岁，即掖太祖乘马③⑨。太祖揽辔谓诸将曰："我有号令，尔能从乎？"皆下马曰："唯命。"太祖曰："太后、主上，吾皆北面事之④⑩，汝辈不得惊犯；大臣皆我比肩④①，不得侵凌；朝廷府库、士庶之家，不得侵掠。用令有重赏，违即孥戮汝。"诸将皆载拜，肃队以入。副都指挥使韩通谋御之，王彦升遽杀通于其第④②。

太祖进登明德门，令甲士归营，乃退居公署。有顷，诸将拥宰相范质等至，太祖见之，呜咽流涕曰："违负天地，今至于此！"质等未及对，列校罗彦环按剑厉声谓质等曰："我辈无主，今日须得天子。"质等相顾，计无从出，乃降阶列拜。召文武百僚，至晡④③，班定。翰林承旨陶谷出周恭帝禅位制书于袖中④④，宣徽使引太祖就庭，北面拜受已，乃掖太祖升崇元殿，服衮冕④⑤，即皇帝位。迁恭帝及符后于西宫，易其帝号曰郑王，而尊符后为周太后。

建隆元年春正月乙巳，大赦，改元，定有天下之号曰宋。赐内外百官军士爵赏，贬降者叙复④⑥，流配者释放，父母该恩者封赠。遣使遍告郡国。丙午，诏谕诸镇将帅。戊申，赐书南唐。赠韩通中书令，命以礼收葬。己酉，遣官告祭天地社稷。复安州、华州、兖州为节度。辛亥，论翊戴功④⑧，以周义成军节度使，殿前都指挥使石守信为归德军节度使、侍卫亲军马步军副都指挥使，江宁军节度使、侍卫亲军马军都指挥使高怀德为义成军节度使、殿前副都点检，武信军节度使、侍卫亲军步军都指挥使张令铎为镇安军节度使、侍卫亲军马步军都虞候，殿前都虞候王审琦为泰宁军节度使、殿前都指挥使，虎捷右厢都虞候张光翰为江宁军节度使、侍卫亲军马军都指挥使，龙捷右厢都指挥使赵彦徽为武信军节度使，余领军者并进爵。壬子，赐宰相、枢密、诸军校袭衣、犀玉带、鞍马有差④⑨。癸丑，放南唐降将周成等归国。乙卯，遣使分振诸州。丁巳，命周宗正郭玘祀周陵庙，仍以时祭享。己未，宰相表请以二月十六日为长春节。癸亥，以周天雄军节度使、魏王符彦卿守太师，雄武军节度使王景守太保，太原郡王、定难军节度使守太傅，西平王李彝殷守太尉，荆南节度使高保融守太傅，余领节镇者并进爵。甲子，赐皇弟殿前都虞候匡义名光义。己巳，立太庙。镇州郭崇报契丹与北汉军皆遁。

二月乙亥，尊母南阳郡夫人杜氏为皇太后。以周宰相范质依前守司徒、兼侍中，王溥守司空、兼门下侍郎、同中书门下平章事，魏仁浦为尚书右仆射、兼中书侍郎、同中书门下平章事，枢密使吴廷祚同中书门下二品。丙戌，长春节，赐群臣衣各一袭⑤⑩。

三月乙巳，改天下郡县之犯御名、庙讳者。丙辰，南唐主李景、吴越王钱俶遣使以御服、锦绮、金帛来贺。宿州火，遣使恤灾。壬戌，定国运以火德王，色尚赤。腊用戌⑤①。癸亥，命武胜军节度使宋延渥等率舟师巡江徼⑤②。是春，均、房、商、洛鼠食苗。

夏四月癸酉，窦俨上二舞十二乐曲名、乐章。乙酉，幸玉津园⑤③。遣使分诣京城门⑤④，赐饥民粥。丙戌，浚蔡河⑤⑤。癸巳，昭义军节度使李筠叛，遣归德军节度使石守信讨之。

五月己亥朔，日有食之。庚子，遣昭化军节度使慕容延钊、彰德军节度使王全斌将兵出东道，与守信会讨李筠。壬寅，窦俨上太庙舞曲名。癸卯，石守信败李筠于长平。甲辰，命诸道进讨。丙午，幸魏仁浦第视疾。己酉，西京作周六庙成，遣官奉迁。丁巳，诏亲征，以枢密使吴廷祚留守上都，都虞候光义为大内都点检，命天平军节度使韩令坤屯兵河阳。己未，发京师。丁卯，石守信、高怀德破筠众于泽州，禽伪节度范守图，杀北汉援兵之降者数千人，筠遁入泽州。

戊辰，王师围之。

六月癸酉，有星赤色出心㊱。辛未，拔泽州，筠赴火死。命埋骴骼㊲，释河东相卫融，禁剽掠。甲申，免泽州今年租。有星赤色出太微垣㊳，历上相。乙酉，伐上党。丁亥，筠子守节以城降，赦之。上如潞㊴。辛卯，大赦，减死罪，免附潞三十里今年租，录阵殁将校子孙㊵，丁夫给复三年。甲午，永安军节度使折德扆破北汉沙谷寨。

秋七月戊申，上至自潞。壬子，幸范质第视疾。甲子，遣工部侍郎艾颖拜嵩、庆陵。乙丑，南唐进白金，贺平泽、潞。丁卯，南唐进乘舆御服物㊶。

八月戊辰，朔，御崇元殿㊷，行入阁仪。辛未，遣郭玘飨㊸周庙。壬申，复贝州为永清军节度。甲戌，命宰相祷雨。辛巳，以周武胜军节度使侯章为太子太师。壬午，以光义领泰宁军节度，依前殿前都虞候。甲申，立琅琊郡夫人王氏为皇后。戊子，南唐进贺平泽潞金银器、罗绮以千计。

九月壬寅，昭义军节度使李继勋焚北汉平遥县。癸卯，三佛齐国遣使贡方物㊹。丙午，奉玉册谥高祖曰文献皇帝㊺，庙号僖祖；高祖妣崔氏曰文懿皇后㊻；曾祖曰惠元皇帝，庙号顺祖；曾祖妣桑氏曰惠明皇后；祖曰简恭皇帝，庙号翼祖；祖妣刘氏曰简穆皇后；皇考曰武昭皇帝，庙号宣祖。己酉，幸宜春苑。中书舍人赵逢坐从征避难，贬房州司户参军。己未，淮南节度李重进以扬州叛，遣石守信等讨之。甲子，归太原俘。

冬十月丁卯，朔，赐内外文武官冬衣有差。壬申，定县为望、紧、上、中、下，令三年一注。壬午，河决厌次。乙酉，晋州兵马钤辖荆罕儒袭北汉汾州，死之；龙捷指挥石进二十九人坐不救弃市㊼。丁亥，诏亲征扬州，以都虞候光义为大内都部署，枢密使吴廷祚权上都留守。戊子，诏诸道长贰有异政㊽，众举留请立碑者，委参军验实以闻。庚寅，发京师。

十一月丁未，师傅扬州城㊾，拔之，重进尽室自焚。戊申，诛重进党，扬州平。命诸军习战舰于迎銮，南唐主惧甚。其臣杜著、薛良因诡迹来奔㊿，帝疾其不忠，[51]斩著下蜀市，配良庐州牙校[52]。己酉，振扬州城中民人米一斛[53]，十岁以下者半之。胁隶为军者[54]，赐衣屦遣还。庚戌，给攻城役夫死者人绢三匹，复三年[55]。乙卯，南唐主遣使来犒师。庚申，遣其子从镒来朝。

十二月己巳，驾还。丁亥，上至自扬。辛卯，泉州节度使留从效称藩[56]。

二年春正月丙申，朔，上诣太后宫门称庆。庚子，占城国王遣使来朝。壬寅，幸造船务，观习水战。戊申，以扬州行宫为建隆寺。太仆少卿王承衍坐举官失实，责授殿中丞。壬子，商州鼠食苗，诏免赋。谓宰臣曰：“比命使度田，多邀功弊民，当慎其选，以见朕意。”丁巳，导蔡水入颍。己未，遣郭玘飨周庙。灵武节度使冯继业献马五百、橐驼百、野马二。甲子，泽州刺史张崇诂坐党李重进弃市[57]。

二月丙寅，幸飞山营阅炮车。壬申，疏五丈河。癸酉，有司奏进士合格者十一人。荆南高保勖进黄金什器。甲戌，幸城南，观修水匮。丁丑，南唐进长春节御衣、金带及金银器。己卯，赐天雄军节度符彦卿粟。禁春夏捕鱼射鸟。己丑，定窃盗律。

三月丙申，内酒坊火，酒工死者三十余人，乘火为盗者五十人，擒斩三十八人，余以宰臣谏获免。酒坊使左承规、副使田处岩以酒工为盗，坐弃市。

闰月己巳，幸玉津园，谓侍臣曰：“沉湎非令仪，朕宴偶醉，恒悔之。”壬辰，南唐进谢赐生辰金器、罗绮。丁丑，金、商、房三州饥，振之。癸未，幸迎春苑宴射。

夏四月癸巳，朔，日有食之。壬寅，诏郡国置前代帝王、贤臣陵冢户[58]。己酉，无棣男子赵遇诈称皇弟，伏诛。己未，商河县令李瑶坐赃杖死，左赞善大夫申文纬坐失觉察除籍[59]。庚申，班私链货易盐及货造酒曲律[60]。

五月癸亥，朔，以皇太后疾，赦杂犯死罪已下。乙丑，天狗堕西南㉛。丙寅，三佛齐国来献方物。丁丑，以安邑、解两池盐给徐、宿、郓、济。庚寅，供奉官李继昭坐盗卖官船弃市。诏诸道邮传以军卒递。

六月，甲午，皇太后崩于滋德殿。己亥，群臣请听政，从之。庚子，以太后丧，权停时享㉜。辛丑，见百官于紫宸殿门。壬子，祈雨。庚申，释服㉝。

秋七月，壬戌，以皇太后殡，不受朝。辛未，晋州神山县谷水泛出铁，方圆二丈三尺，重七千斤。壬申，以光义为开封府尹，光美行兴元尹。己卯，陇州进黄鹦鹉。

八月，壬辰，朔，不视朝。壬寅，诏诸大辟送所属州军决判㉞。甲辰，南唐主李景死，子煜嗣，遣使请追尊帝号，从之。己酉，执易定节度使、同平章事孙行友，削官勒归私第㉟。辛亥，幸崇夏寺，观修三门。女直国遣使来朝献。大名府永济主簿郭觊坐赃弃市。庚申，《周世宗实录》成。

九月，壬戌，朔，不御殿。南唐遣使来进金银、缯彩。甲子，契丹解利来降。荆南节度使高保勖遣其弟保寅来朝。戊子，遣使南唐赗祭㊱。

冬，十月，癸巳，南唐遣其臣韩熙载、田霖来会皇太后葬。丙申，遣枢密承旨王仁赡赐南唐礼物。戊戌，禁边民盗塞外马。辛丑，丹州大雨雹㊲。丙午，葬明宪皇太后于安陵。

十一月，辛酉，朔，不视朝。甲子，太后祔庙㊳。己巳，幸相国寺，遂幸国子监。癸酉，沙州节度使曹元忠、瓜州团练使曹延继等遣使献玉鞍勒马。

十二月壬申，回鹘可汗景琼遣使来献方物。乙未，李继勋败北汉军，俘辽州刺史傅廷彦、弟勋来献。辛丑，幸新修河仓。庚戌，畋于近郊㊴。癸丑，遣使赐南唐吴越马、羊、橐驼有差。

三年春，正月，庚申，朔，以丧不受朝贺。己巳，淮南饥，振之。庚午，幸迎春苑宴射。甲戌，广皇城㊵。诏郡国长吏劝民播种。丙子，瓜沙归义节度使曹元忠献马。庚辰，女直国遣使只骨来献。诏郡国不得役道路居民。癸未，幸国子监。

二月，丙辰，复幸国子监，遂如迎春苑宴从官。庚寅，诏文班官举堪为宾佐、令录者各一人，不当者比事连坐㊶。甲午，诏自今百官朝对，须陈时政利病，无以触讳为惧。乙未，滑州节度使张建丰坐失火免官。己亥，更定窃盗律。壬午，上谓侍臣曰："朕欲武臣尽读书以通治道，何如？"左右不知所对。甲寅，北汉寇潞、晋，守将击走之。

三月，戊午，朔，厌次霣霜杀桑㊷。壬戌，三佛齐国遣使来献。癸亥，祷雨。丁卯，幸太清观，遂幸开封尹后园宴射。己巳，大雨。诏申律文谕郡国，犯大辟者刑部审复。乙亥，遣使赐南唐主生辰礼物。丁丑，女直国遣使来献。丁亥，命徙北汉降人于邢、洺。

夏，四月，乙未，延州大雨雪，赵、卫二州旱。丙申，宁州大雨雪，沟洫冰㊸。戊戌，幸太清观。庚子，回鹘阿督等来献方物。壬寅，丹州雪二尺。乙巳，赠兄光济为邕王，弟光赞为夔王，追册夫人贺氏为皇后㊹。

五月，甲子，幸相国寺祷雨，遂幸迎春苑宴射。乙亥，海州火。开太行运路。癸未，命使检河北诸州旱。甲申，诏均户役，敢蔽占者有罪。复幸相国寺祷雨。乙酉，广大内。齐、博、德、相、霸五州自春不雨，以旱减膳彻乐。

六月，辛卯，振宿州饥。癸巳，吴廷祚以雄武军节度使罢。乙未，赐酒国子监。丁酉，幸太清观。己亥，减京畿、河北死罪以下。壬寅，京师雨。壬子，蕃部尚波于等争采造务㊺，以兵犯渭北，知秦州高防击走之。乙卯，幸迎春苑宴射。黄陂县有象自南来食稼。

秋，七月，庚申，南唐遣其臣翟如璧谢赐生辰礼，贡金银、锦绮千万。壬戌，放南唐降卒弱者数千人归国。乙丑，免舒州菰蒲新税㊻。丁卯，潞州大雨雹。索内外军不律者配沙门岛。己卯，北汉捉生指挥使路贵等来降。辛巳，遣从臣十人检河北旱。癸未，兖、济、德、磁、洺五州蝝[18]。

八月，癸巳，蔡河务纲官王训等四人坐以糠土杂军粮，磔于市[19]。乙未，用知制诰高锡言，诸行赇获荐者许告讦[60]，奴婢邻亲能告者赏。诏注诸道司法参军皆以律疏试判[61]。诏尚书吏部举书判拔萃科[62]。

九月，庚午，吐蕃尚波于等归伏羌县地[63]。壬申，修武成王庙。丙子，占城国来献。禁伐桑枣。

冬，十月，乙酉，朔，赐百官冬服有差。丙戌，幸太清观，遂幸造船务，观习水战。己亥，幸岳台，命诸军习骑射，复幸玉津园。辛丑，以枢密副使赵普为枢密使。辛亥，畋近郊。

十一月，癸亥，禁奉使请托。县令考课以户口增减为黜陟[64]。丙寅，南唐遣其臣顾彝来朝。丙子，三佛齐国遣使李丽林等来献，高丽国遣李兴祐等来朝。己卯，畋于近郊。壬午，赐南唐建隆四年历。

十二月，丙戌，诏县置尉一员，理盗讼；置弓手，视县户为差。戊戌，蒲、晋、慈、隰、相、卫六州饥，振之。庚子，班捕盗令。甲辰，衡州刺史张文表叛。

是岁，周郑王出居房州。

乾德元年春正月，甲寅，朔，不御殿。乙卯，发关西乡兵赴庆州。丁巳，修畿内河堤[65]。己未，遣使赐南唐吴越马、橐驼、羊有差。庚申，遣山南东道节度使慕容延钊率十州兵以讨张文表。乙丑，幸造船务，观造战船。甲戌，诏荆南发水卒三千应延钊于潭。己卯，女直国遣使来献。

二月，壬辰，周保权将杨师璠枭文表于朗陵市[66]。甲午，慕容延钊入荆南，高继冲请归朝，得州三，县十七。乙未，克潭州。辛亥，澶、滑、卫、魏、晋、绛、蒲、孟八州饥，命发廪振之。

三月，辛未，幸金凤园习射，七发皆中。符彦卿等进马称贺，乃遍赐从臣名马、银器有差。壬申，高继冲籍其钱帛刍粟来上[67]。癸酉，班新定律。戊寅，慕容延钊破三江口，下岳州，克复朗州，湖南平，得州十四，监一[68]，县六十六。

夏四月，旱。甲申，遍祷京城祠庙，夕雨。减荆南朗州、潭州管内死罪一等[69]，卤掠者给主。乙酉，遣使祭南岳。丁亥，幸国子监，遂幸武成王庙，宴射玉津园[70]。庚寅，出内钱募诸军子弟凿习战池。辛卯，《建隆应天历》成，御制序。壬辰，赏湖南立功将士。癸巳，幸玉津园。丙申，兵部郎中曹匪躬弃市，海陵、盐城屯田副使张蔼除名，并坐不法。庚子，荆南节度使高继冲进助宴金银、罗纨、柱衣、屏风等物。癸卯，辰、锦、叙等州归顺。甲辰，诏疏凿三门。禁泾、原、邠、庆等州补蕃人为边镇将。夏西平王李彝兴献犁牛一。乙巳，幸玉津园，阅诸军骑射。丙午，免湖南茶税，禁峡州盐井。辛亥，贷澶州民种食。

五月，壬子，朔，祷雨京城。甲寅，遣使祷雨岳渎[71]。乙丑，广大内。庚午，给荆南管内符印。癸酉，幸玉津园。

六月，乙酉，免潭州诸县无名配敛[72]。壬辰，暑，罢营造，赐工匠衫履。乙未，诏：荆南兵愿归农者听。丙申，诏历代帝王三年一祫，立汉光武、唐太宗庙。己亥，澶、濮、曹、绛蝗，命以牢祭[73]。庚子，百官三上表请举乐，从之。减左右仗千牛员[74]。丙午，雨。诏蜡祀、庙、社皆用戌腊一日。己酉，命习水战于新池。

秋七月，辛亥，朔，定州县所置杂职、承符、厅子等名数。甲寅，以湖湘殁王事靳彦朗男承勋等三十人补殿直。丙辰，幸新池，赐役夫钱，遂幸玉津园。丁巳，安国军节度使王全斌等率兵入太原境，以俘来献，给钱米以释之。己未，诏民有疾而亲属遗去者罪之。癸亥，湖南疫，赐行营将校药。丁卯，幸武成王庙，遂幸新池，观习水战。己巳，朗州贼将汪端寇州城^⑮，都监尹重睿击走之。诏免荆南管内夏税之半。甲戌，释周保权罪。乙亥，诏缮朗州城^⑯，免其管内夏税。丁丑，分命近臣祷雨。己卯，班《重定刑统》等书。

八月，壬午，殿前都虞候张琼以陵侮军校史珪、石汉卿等^⑰，为所诬谮^⑱，下吏，琼自杀。丙戌，遣给事中刘载朝拜安陵。丁亥，王全斌攻北汉乐平县，降之。辛卯，以乐平县为平晋军，降卒千八百人为效顺军，人赐钱帛。壬辰，诏《九经》举人下第者再试。癸巳，女直国遣使献名马。蠲登州沙门岛民税^⑲，令专治船渡马。丙申，北汉静阳十八寨首领来降。泉州陈洪进遣使来朝贡。齐州河决。京师雨。己亥，契丹幽州岐沟关使柴廷翰等来降。癸卯，宰相质率百官上尊号，不允。

九月，甲寅，三上表请，从之。丙寅，宴广政殿，始用乐。丁卯，责宣徽南院使兼枢密副使李处耘为淄州刺史。戊辰，女直国遣使献海东青名鹰。丙子，禁朝臣公荐贡举人^⑳。赐南唐羊万口。磔汪端于朗州。戊寅，北汉引契丹兵攻平晋，遣洺州防御使郭进等救之。

冬十月，庚辰，诏州县征科置簿籍。己亥，畋近郊。丁未，吴越国王进郊祀礼金银、珠器、犀象、香药皆万计。

十一月，乙卯，荆南节度使高继冲进郊祀银万两。甲子，有事南郊，大赦，改元乾德。百官奉玉册上尊号曰应天广运仁圣文武至德皇帝。丙寅，南唐进贺南郊、尊号银绢万计。丁卯，赐近臣袭衣、金带、器币、鞍马有差。乙亥，畋近郊。

十二月，庚辰，殿前祗候李璘以父雠杀员僚陈友，璘自首，义而释之。辛巳，开封府尹光义、兴元尹光美各益食邑^㉑，赐功臣号；宰相质、溥、仁浦并特进，易封，益食邑；枢密使普加光禄大夫，易功臣号；文武臣僚各进阶、勋、爵、邑。甲申，皇后王氏崩^㉒。辛卯，罢登州都督。己亥，泉州陈洪进遣使贡白金千两，乳香、茶药皆万计。己巳，南唐主上表乞呼名^㉓，诏不允。

闰月，己酉，朔，校医官^㉔，黜其艺不精者二十二人。甲寅，命近臣祈雪。丁卯，覆试拔萃科，田可封、宋白、谭利用等称旨，赐与有差。辛未，卜安陵于巩县。乙亥，折德扆败北汉军于府州城下，禽其将杨璘。以太常议，奉赤帝为感生帝。

二年，春正月，辛巳，谕郡国长吏劝农耕作^㉕。有象入南阳，虞人杀之^㉖，以齿革来献。京师雨雪，雷。癸未，幸迎春苑宴射。甲申，诏著四时听选式^㉗。回鹘遣使献方物。戊子，质以太子太傅、溥以太子太保、仁浦仍尚书左仆射罢。庚寅，以赵普为门下侍郎、同中书门下平章事，李崇矩枢密使。壬辰，诏亲试制举三科，不限官庶^㉘，许直诣阁门进状^㉙。甲辰，诏诸道狱词令大理、刑部检详，或淹留差失致中书门下改正者^㉚，重其罪。乙巳，幸玉津园宴射。丁未，诏县令、簿、尉非公事毋至村落。令、录、簿、尉诸职官有耄耋笃疾者举劾之^㉛。

二月，戊申，朔，北汉辽州刺史杜延韬以城来降。癸丑，遣使振陕州饥。导㶏水入京。丁巳，治安陵，队坏^㉜，役兵压死者二百人，命有司瘗恤^㉝。庚午，府州俘北汉卫州刺史杨璘来献。甲戌，南唐进改葬安陵银绫绢各万计。浚汴河。

三月，辛巳，幸教船池，赐水军将士衣有差，还幸玉津园宴射。乙未，北汉耀州团练使周审玉等来降。丁酉，遣使祈雨于五岳。禁臣僚往来假官军部送^㉞。辛丑，遣摄太尉光义奉册宝上明宪皇太后谥曰昭宪，皇后贺氏谥曰孝惠，王氏谥曰孝明。

夏四月，丁未，朔，策贤良方正直言极谏科，博州判官颖贽中第。戊申，振河中饥。己酉，免诸道今年夏税之无苗者。乙卯，葬昭宪皇太后、孝明皇后于安陵。乙丑，始置参知政事，以兵部侍郎薛居正、吕余庆为之。己巳，灵武饥，转泾粟以馈^㉟。壬申，祔二后于别庙^㊱。徙永州诸县民之畜蛊者三百二十六家于县之僻处，不得复齿于乡[37]。

五月己卯，知制诰高锡坐受藩镇赂，贬莱州司马。辛巳，宗正卿赵砺坐赃杖、除籍。癸未，幸玉津园宴射。

六月己酉，以光义为中书令，光美同中书门下平章事，子德昭贵州防御使。庚申，幸相国寺，遂幸教船池、玉津园。辛未，河南北及秦诸州蝗，惟赵州不食稼。

秋七月乙亥，春州暴水溺民[38]。庚辰，邵阳雨雹。辛巳，幸玉津园，还幸新池，观习水战。辛卯，诏翰林学士陶谷、窦仪等举堪为藩郡通判者各一人[39]，不当者连坐[40]。

九月甲戌朔，《周易》博士奚屿责乾州司户[41]，库部员外王贻孙责左赞善大夫，并坐试任子不公。戊子，延州雨雹。乙未，幸北郊观稼。辛丑，太子太傅质薨[42]。壬寅，潘美等克郴州。

冬十月戊申，周纪王熙谨薨，辍视朝[43]。

十一月甲戌，命忠武军节度使王全斌为西川行营前军兵马都部署，武信军节度崔彦进副之，将步骑三万出凤州道；江宁军节度使刘光义为西川行营前军兵马副都部署，枢密承旨曹彬副之，将步骑二万出归州道以伐蜀。乙亥，宴西川行营将校于崇德殿，示川峡地图，授攻取方略，赐金玉带、衣物各有差。壬辰，畋近郊。

十二月乙巳，释广南郴州都监陈琪等二百人。戊申，刘光义拔夔州[44]，蜀节度高彦俦自焚。丁巳，蠲归、峡秋税。辛酉，王全斌克万仞、燕子二寨，下兴州，连拔石圌等二十余寨。甲子，光义拔巫山等寨，斩蜀将南光海等八千级[45]，禽其战棹都指挥袁德宏等千二百人[46]。全斌先锋史进德败蜀人于三泉寨，禽其节度使韩保正、李进等。南唐进银二万两、金银器皿数百事。庚午，诏招复山林聚匪[47]。辛未，畋北郊。

---

①朓（tiǎo，音挑）。

②铤（tǐng，音挺）。

③累官：逐步升官。

④赠：死后追封爵位。

⑤少（shào，音哨）骁（xiāo，音消）勇：年轻时勇猛。

⑥将（jiàng，音降）：率领。

⑦典禁军：执掌禁军。　　禁军：正规军。

⑧矢集左目：左眼被箭射伤。

⑨气弥（mí，音迷）盛：士气更加旺盛。　　弥：更加。

⑩都（dū，音督）：总。

⑪却：退却。

⑫乘（chéng，音呈）：追逐。

⑬邀击：要求迎击。

⑭执：捉住。　　辈：表示复数。　　诛：杀掉。

⑮仲子：第二个儿子。

⑯豁（huò，音或）如：心胸开阔。

⑰辄（zhé，音哲）：常常，往往。

⑱衔勒（xián lè，音咸乐）：带嚼子的笼头。

⑲逸：逃跑。

⑳博：与下棋相仿的游戏。

㉑掩：乘其没有准备，进行袭击。

㉒术数：指星占、卜筮、命相、拆字、起课等迷信手段。

㉓赆（jìn，音尽）：赠给人川资或礼物。

㉔寇：骚扰，侵犯。

㉕遁（dùn，音盾）：逃走。

㉖麾（huī，音挥）：挥动作战用的旗子指挥。

㉗中（zhòng，音众）流失：被冷箭射中。

㉘诘（jié，音结）旦：第二天早晨。

㉙以橐（tuó，音驼）驼济师：用骆驼把军队渡过河去。

㉚翼：两侧。

㉛用间（jiàn，音见）：施行离间计。

㉜遗（wèi，音卫）太祖书：送给太祖一封信。

㉝韦囊（wéi náng）：皮口袋。

㉞星：以星象推算凶吉的方术。

㉟摩荡：气势雄壮。

㊱或：有人。

㊲迟明：天快亮的时候。

㊳ 罗拜：排成行列跪拜。

㊴掖（yè，音业）：扶持胳膊。

㊵北面事之：面朝北面事奉他们。　　　北面：面朝北，表示称臣。

㊶比肩：地位相当。

㊷遽（jù，音剧）：急速。　　　第：贵族的大住宅。

㊸晡（bū，音逋）：黄昏。

㊹禅（shàn，音善）位：把皇帝位让给别人。

㊺衮（gǔn，音滚）冕：皇帝的礼服帽子。

㊻ 叙复：一个接一个地官复原职。

㊼社稷：原指土神和谷神，后来用以代表国家。

㊽论翊（yì，音义）戴功：按功劳进行封赏。

㊾有差（chā，音插）：各有差别。

㊿袭：一套衣服。

51腊（là，音辣）：古代阴历十二月祭名。

52徼（ jiào，音叫）：边界。

53幸：皇帝到……去。

54诣（yì，音义）：到……去。

55浚（jùn，音俊）：疏通河道。

56心：中

57胔（zì，音自）骼：肉还没有烂尽的骨骼。

58太微垣（yuán，音元）：天区名称。

59如：到达，进入。

60录：登记，登录。　　　阵殁：阵亡。

61乘舆（chéng yú，音成鱼）：供皇帝乘坐的车子。

62御：升座。

63飨（xiǎng，音享）：供奉鬼神。

64方物：土特产。

65 玉册：帝王祭祀告天的册书。

66妣（bǐ，音比）：母亲。

67弃市：斩首。

68贰：离心，背叛。

69师傅：军队逼近。

⑦诡迹：欺诈的历史。

⑦疾：痛恨。

⑦牙校：低级军官。

⑦振：同赈，救济。

⑦胁隶：胁从，被胁迫。

⑦复：免除赋税徭役。

⑦称藩：称臣。　　藩：封建王朝分封给诸侯的封国。

⑦党：袒护，包庇。

⑦陵冢（zhǒng）户：专门看守陵冢的人家。陵：帝王的墓。　　冢：坟。

⑦除籍：除名，开除。

⑧私炼货：私自铸造货币。　　货造酒曲：买进造酒的曲种。　　律：法律。

⑧天狗：彗星名。

⑧时享：四季的祭祀。

⑧释服：解除丧服。

⑧大辟（bì，音必）：死刑。

⑧勒归：勒令归还。

⑧缯（zhēng，音增）彩：丝织品。

⑧赙（fù，音付）：以财物帮助人办丧事。

⑧雨（yù，音遇）雹：下雹子。

⑧祔（fù，音付）：合葬。

⑨畋（tián）：打猎。

⑨广：扩大。

⑨连坐：一人犯法，其他人连带一同受罚。

⑨贾（yǔn，音允）霜：降霜。贾，通“陨”。坠落，降落。

⑨洫（xù，音叙）：护城河，水渠。

⑨追册：追封。

⑨务：官设的贸易机关和场所。

⑨茹蒲：借指水泽边地。

⑨蝝（yuán，音员）：未生翅的蝗虫。

⑨磔（zhé，音哲）：分尸，车裂。

⑩告讦（jié，音洁）：告发别人的阴私。

⑩注：送，输送。　　律疏：法律条文。

⑩拔萃：选人期未满，以试判授官。

⑩归：归还。

⑩考课：按一定的标准考核官吏的功和过，善与恶，给予升或降，赏罚。　　黜（chù，音怵）陟（zhì，音治）：指官吏的进退升降。

⑩畿（jī，音机）：国都郊区。

⑩枭（xiāo，音宵）：悬头示众。

⑩籍：登记造册。

⑩监：行政区域名。

⑩管内：管辖范围内。

⑪宴射：设宴席，射箭。

⑪岳渎：五岳四渎的简称。五岳，即东岳泰山，南岳衡山，西岳华山，北岳恒山，中岳嵩山。四渎，即长江、黄河，淮河与济水。

⑪配敛：分派的税收。

⑪牢：作祭品用的牛、羊、猪。

⑪仗千牛员：禁卫人员。

⑮寇：骚扰，侵犯。

⑯缮：修补。

⑰陵侮：欺侮。

⑱诬谮（zèn，音怎去声）：说坏话诬陷他人。

⑲蠲（juān，音涓）：免除。

⑳荐贡：推举。

㉑益食邑：增加封地。　　食邑：采邑，封地。

㉒崩（bēng，音绷）：古代帝王、王后死。

㉓呼名：直呼自己的名字。

㉔校（jiào，音叫）：考核。

㉕谕（yù，音玉）：诏令。

㉖虞人：古代掌管山泽花囿、田猎的官。

㉗四时听选式：四季选拔人材的条例。

㉘官庶（shù，音术）：当官的和老百姓。

㉙诣（yì，音义）：到。　　阁门：官署。

㉚淹留：停留，久留。

㉛耄（mào，音贸）耋（dié，音迭）：泛指七十岁至九十岁的老年人。　　笃疾：病重。

㉜隧（suì，音岁）：地下挖成的通道。

㉝瘗（yì，音义）恤：安葬救济。

㉞部送：用部队护送。

㉟镶（náng，音囊）：面包，馎饦，饼。

㊱祔（fù，音付）：合葬。

㊲齿：录用。

㊳溺（nì，音逆）：淹没。

㊴堪：能够。

㊵连坐：一人犯法，别人一同受罚。

㊶责：索取，责求。

㊷薨（hōng，音轰）：侯王、二品以上的官死称薨。

㊸辍（chuò，音啜）：停止。

㊹拔：攻占。

㊺级：首级。

㊻战棹（zhào，音照）：战船。

㊼聚匿：此指聚集藏匿于山林中的人众。

太祖本纪二

　　三年春正月癸酉朔，以出师，不御殿。甲戌，王全斌克剑门，斩首万余级，禽蜀枢密使王昭远、泽州节度赵崇韬。乙亥，诏瘗征蜀战死士卒，被伤者给缯帛①。壬午，全斌取利州。乙酉，蜀主孟昶降②。得州四十五、县一百九十八、户五十三万四千三十有九③。高丽国王遣使来朝献。戊子，吏部郎中邓守中坐试吏不当，责本曹员外郎④。癸巳，刘光义取万、施、开、忠四州，遂州守臣陈愈降。乙未，诏抚西川将吏百姓。丙申，赦蜀，归俘获，除管内逋赋⑤，免夏税及沿征物色之半⑥。

二月癸卯，南唐、吴越进长春节御衣、金银器、锦绮以千计。甲辰，遣皇城使窦思俨迎劳孟昶。丁未，全州大水。庚申，王全斌杀蜀降兵二万七千人于成都。

三月癸酉，诏置义仓⑦。是月，两川贼群起，先锋都指挥使高彦晖死之。诏所在攻讨。

夏四月乙巳，回鹘遣使献方物。癸丑，职方员外郎李岳坐赃，弃市。南唐进贺收蜀银绢以万计。戊午，遣中使给蜀臣鞍马、车乘于江陵⑧。癸亥，募诸军子弟导五丈河⑨，通皇城为池⑩。

五月辛未朔，诏还诸道幕职、令录经引对者，以涉途远行，差减其选。壬申，幸迎春苑宴射。乙亥，遣开封尹光义劳孟昶于玉津园。丙戌，见孟昶于崇元殿，宴昶等于大明殿。丁亥，赐将士衣服钱帛。戊子，大赦，减死罪一等。壬辰，宴孟昶及其子弟于大明殿。

六月甲辰，以孟昶为中书令、秦国公，昶子弟诸臣锡爵有差。庚戌，孟昶薨。

秋七月，珍州刺史田景迁内附⑪。壬辰，追封孟昶为楚王。丁酉，幸教船池，遂幸玉津园宴射。

八月戊戌朔，诏籍郡国骁勇兵送阙下。癸卯，河决阳武县。庚戌，诏王全斌等廪蜀亡命兵士家⑫。乙卯，河溢河阳⑬，坏民居。戊午，殿直成德钧坐赃，弃市。己未，郓州河水溢，没田⑭。辛酉，寿星见⑮。

九月己巳，阅诸道兵，以骑军为骁雄，步军为雄武，并隶亲军。壬申，诏蜀诸郡各置克宁军五百人。辛巳，河决澶州。戊子，幸西水砲。

十月丁酉朔，大雾。己未，太子中舍王治坐受赃杀人，弃市。丙寅，济水溢邹平。

十一月丙子，甘州回鹘可汗遣僧献佛牙、宝器。乙未，剑州刺史张仁谦坐杀降，贬宋州教练。

十二月丁酉朔，诏妇为舅姑丧者齐、斩。己亥，诏西川管内监军、巡检毋预州县事⑯。戊午，甘州回鹘可汗、于阗国王等遣使来朝，进马千匹、橐驼五百头、玉五百团、琥珀五百斤。

四年春正月丙子，遣使分诣江陵、凤翔，赐蜀群臣家钱帛。丁亥，命丁德裕等率兵巡抚西川。己丑，幸迎春苑宴射。

二月癸卯，视皇城役。丙辰，于阗国王遣其子德从来献。安国军节度使罗彦瑰等败北汉于静阳，擒其将鹿英。辛酉，试下第举人⑰。甲子，免西川今年夏税及诸征之半，田不得耕者尽除之。岳州火。

三月癸酉，罢义仓。甲戌，占城国遣使来献。癸未，僧行勤等一百五十七人，各赐钱三万，游西域。

夏四月丁酉，占城遣使来献。丙午，潭州火。壬子，罢光州贡鹰鹞。丁巳，契丹天德军节度使于延超与其子来降。进士李蔼坐毁释氏，辞不逊⑱，黥杖⑲，配沙门岛。庚申，幸燕国长公主第视疾⑳。

五月，南唐贺文明殿成，进银万两。甲戌，光禄少卿郭玘坐赃弃市。乙亥，阅蜀法物、图书㉑。丁丑，诏蜀郡敢有不省父母疾者罪之㉒。辛巳，潭州火。壬午，澶州进麦两歧至六歧者百六十五本。辛卯，荧惑犯轩辕㉓。

六月甲午，东阿河溢。甲辰，河决观城。月犯心前星㉔。丙午，澧州刺史白全绍坐纵纪纲规财部内㉕，免官。诏：人臣家不得私养宦者㉖，内侍年三十以上方许养一子，士庶敢有阉童男者不赦㉗。己酉，果州贡禾，一茎十三穗。

秋七月丙寅，诏：蜀官将吏及姻属疾者㉘，所在给医药钱帛。戊辰，西南夷首领董暠等内附。己巳，幸造船务，又幸开封尹北园宴射。癸酉，赐西川行营将士钱帛有差。庚辰，罢剑南蜀米麦征。华州旱，免今年租。给州县官奉户㉙。

八月丁酉，诏除蜀倍息。庚子，水坏高苑县城。壬寅，诏宪臣及吏、刑部官三周岁满日，即转授加恩③。庚戌，枢密直学士冯瓒、绫锦副使李美、殿中侍御史李楫为宰相赵普陷，以赃论死；会赦，流沙门岛，逢恩不还。辛亥，幸玉津园宴射。京兆府贡野蚕茧。壬子，衡州火。乙卯，录囚㉛。丙辰，河决滑州，坏灵河大堤。普州兔食稼。

闰月乙丑，河溢入南华县。己巳，衡州火。乙亥，诏：民能树艺、开垦者不加征㉜，令佐能劝来者受赏。

九月壬辰朔，水。虎捷指挥使孙进、龙卫指挥使吴璨等二十七人，坐党吕翰乱伏诛㉝，夷进族㉞。庚子，占城献驯象。乙巳，幸教船池，遂幸玉津园观卫士骑射。丙午，诏吴越立禹庙于会稽。

冬十月辛酉朔，命太常复二舞。癸亥，诏诸郡立古帝王陵庙，置户有差。己巳，禁吏卒以巡察扰民。

十二月庚辰，妖人张龙儿等二十四人伏诛，夷龙儿、李玉、杨密、聂赟族。

五年春正月戊戌，治河堤。丁未，合州汉初县上青樛木㉟，中有文曰"大连宋"。甲寅，王全斌等坐伐蜀黩货杀降㊱，全斌责崇义军节度使，崔彦进责昭化军节度使，王仁赡责右卫大将军。丙辰，诏伐蜀将校有受蜀人钱物者，并即还主。丁巳，赏伐蜀功，曹彬、刘光义等进爵有差。

二月庚申朔，幸造船务，遂幸城西观卫士骑射。甲子，薛居正、吕余庆并为吏部侍郎，依前参知政事。己丑，幸教船也。

三月甲辰，诏翰林学士、常参官于幕职、州县及京官内各举堪任常参官者一人，不当者连坐。乙巳，诏诸道举部内官吏才德优异者。丙午，以普为尚书左仆射兼门下侍郎、同中书门下平章事，崇矩检校太傅。是日，幸教船池，又幸玉津园宴射。丙辰，北汉石盆寨招收指挥使阎章以寨来降。五星聚奎㊲。

夏五月乙巳，赐京城贫民衣。北汉鸿唐寨招收指挥使樊晖以寨来降。甲寅，王溥为太子太傅。

六月戊午朔，日有食之。辛巳，幸建隆观，遂幸飞龙院。丁亥，牂牁顺化王子等来献方物。

七月丁酉，禁毁铜佛像。己酉，免水旱灾户今年租。

八月甲申，河溢入卫州城，民溺死者数百。

九月壬辰，仓部员外郎阵郾坐赃弃市㊳。甲午，西南蕃顺化王子部才等遣使献方物。己酉，盼近邻。

十一月乙酉朔，工部侍郎毋守素坐居丧娶妾免。供奉武仁海坐枉杀人弃市。

十二月丙辰，禁新小铁镴等钱、疏恶布帛入粉药者。癸酉，升麟州为建宁军节度。赵普以母忧去位，丙子，起复。

开宝元年春正月甲午，增治京城。陕之集津、绛之垣曲、怀之武陟饥，振之。己亥，北汉偏城寨招收指挥使任恩等来降。

三月庚寅，班县令、尉捕盗令。癸巳，幸玉津园。乙巳，有驯象自至京师。

夏四月乙卯，幸节度使赵彦徽第视疾。

五月丁未，赐南唐米麦十万斛㊴。

六月癸丑朔，诏民田为霖雨、河水坏者，免今年夏税及沿征物。癸亥，诏：荆蜀民祖父母、父母在者，子孙不得别财异居。丁丑，太白昼见㊵；戊寅，复见。辛巳，龙出单父民家井中，大风雨，潭民舍四百区，死者数十人。

秋七月丙申，幸铁骑营，赐军钱羊酒有差。北汉颍州寨主胡遇等来降。丙午，幸铁骑营，遂幸玉津园。戊申，坊州刺史李怀节坐强市部民物，责左卫率府率[41]。北汉主刘钧卒[42]，养子继恩立。

八月乙卯，按鹘于近郊[43]，还幸相国寺。戊午，又按鹘于北郊，还幸飞龙院。丙寅，遣客省使卢怀忠等二十二人率禁军会潞州。戊辰，命昭义军节度使李继勋等征北汉。

九月辛巳朔，禁钱出塞。癸未，监察御史杨士达坐鞠狱滥杀弃市[44]。庚子，李继勋败北汉于铜温河。己酉，北汉供奉官侯霸荣弑其主继恩[45]，继元立。

冬十月己未，畋近郊，还幸飞龙院。丙子，吴越王遣其子惟濬来朝贡。

十一月癸卯，日南至；有事南郊，改元开宝，大赦，十恶、杀人、官吏受赃者不原[46]。宰相普等奉玉册、宝，上尊号曰应天广运大圣神武明道至德仁孝皇帝。

十二月甲子，行庆[47]，自开封兴元尹、宰相、枢密使及诸道蕃侯，并加勋爵有差。乙丑，大食国遣使献方物。

二年春正月己卯朔，以出师，不御殿。

二月乙卯，命昭义军节度使李继勋为河东行营前军都部署，侍卫步军指挥使党进副之，宣徽南院使曹彬为都监，棣州防御使何继筠为石岭关部署，建雄军节度使赵赞为汾州路部署，以伐北汉。宴长春殿。命彰德军节度使韩仲赟为北面都部署[48]，彰义军节度使郭延义副之，以防契丹。戊午，诏亲征。己酉，以开封尹光义为上都留守，枢密副使沈义伦为大内部署、判留司三司事。甲子，发京师。乙亥，雨，驻潞州。

三月壬辰，发潞州。乙未，李继勋败北汉军于太原城下。戊戌，驾傅城下[49]。庚子，观兵城南，筑长连城。辛丑，幸汾河，作新桥。发太原诸县丁数万集城下。癸卯，北汉史昭文以宪州来降。乙巳，临城南，谓汾水可以灌其城，命筑长堤壅之[50]，决晋祠水注之。遂寨城四面[51]，继勋军于南，赞军于西，彬军于北，进军于东，乃北引汾水灌城。辛亥，遣海州刺史孙方进率兵围汾州。

四月戊申，幸城东观筑堤。壬子，复幸城东。己未，何继筠败契丹于阳曲，斩首数千级，俘武州刺史王彦符以献，命陈示所获首级、铠甲于城下[52]。壬戌，幸汾河观造船。戊辰，幸城西上生院。丙子，复幸城西。

五月癸未，韩仲赟败契丹于定州北。自戊子至庚寅，命水军载弩环攻，横州团练使王廷义、殿前都虞候石汉卿死之。甲午，北汉赵文度以岚州来降。甲辰，都虞候赵廷翰奏，诸军欲登城以死攻，上愍之[53]，不允。

闰月戊申，雉坏[54]，水注城中，上遽登城观。己酉，右仆射魏仁浦薨。壬子，以太常博士李光赞言，议班师。己未，命兵士迁河东民万户于山东。庚申，分命使臣率兵赴镇、潞。壬戌，驾还。戊辰，驻跸于镇州[55]。

六月丙子朔，发镇州。癸巳，至自太原。曲赦京城囚[56]。

秋七月丁巳，幸封禅寺。诏镇、深、赵、刑、洺五州管内镇、寨、县悉城之。甲子，大宴。赐宰相、枢密使、翰林学士、节度、观察使袭衣金带。戊辰，西南夷顺化王子武才等来献方物。癸酉，幸新水砠[57]。汴决下邑。乙亥，寿星见。

八月丁亥，诏川峡诸州察民有父母在而别籍异财者[58]，论死。

九月乙巳朔，幸武成王庙。壬戌，幸玉津园宴射。

冬十月戊子，畋近郊。庚寅，散指挥都知杜延进等谋反伏诛，夷其族。诏：相、深、赵三州丁夫死太原城下者，复其家。庚子，以王溥为太子太师，武衡德为太子太傅。癸卯，西川兵马都监张延通、内臣张屿、引进副使玉珏为丁德裕所潛[59]，延通坐不逊诛[60]，屿、珏并杖配。

十一月丙午，幸镇宁军节度使张令铎第视疾。甲寅，畋近郊，还幸金凤园。庚申，回鹘、于阗遣使来献方物。

十二月癸未，幸中书视宰相赵普疾。己亥，右赞善大夫王昭坐监大盈仓㉛，其子与仓吏为奸赃㉜，夺两任，配隶汝州。丁德裕诬奏西川转运使李铉指斥，事既直，犹坐酒失，责授右赞善大夫。

三年春正月癸卯朔，雨雪，不御殿。癸丑，增河堤。辛酉，诏：民五千户举孝弟彰闻、德行纯茂者一人㉝，奇才异行不拘此限㉞，里闾郡国递审连署以闻㉟，仍为治装诣阙㊱。

二月庚寅，幸西茶库，遂幸建隆观。

三月庚戌，诏阅进士十五举以上司马浦等百六人，并赐本科出身。辛亥，赐处士王昭素国子博士致仕。丙辰，殿中丞张颛坐先知颍州政不平㊲，免官。己未，幸宰相赵普第视疾。

夏四月辛未朔，日有食之。丁亥，幸寺观祷雨。辛卯，雨。甲午，幸教船池。己亥，罢河北诸州盐禁。诏郡国非其土产者勿贡。

五月丁未，禁京城民畜兵器㊳。癸丑，幸城北观水碾。登亥，赐诸班营舍为雨坏者钱有差。

六月乙未，禁诸州长吏亲随人掌厢镇局务㊴。

秋七月乙巳，立报水旱期式㊵。壬子，诏蜀州县官以户口差第省员加禄㊶，寻诏诸路亦如之。戊辰，幸教船池，又幸玉津园宴射。

八月戊子，幸教船池，又幸玉津园。

九月己亥朔，命潭州防御使潘美为贺州道兵马行营都部署，朗州团练使尹崇珂副之。遣使发十州兵会贺州，以伐南汉。甲辰，诏："西京、凤翔、雄耀等州，周文、成、康三王，秦始皇，汉高、文、景、武、元、成、哀七帝，后魏孝文，西魏文帝，后周太祖，唐高祖、太宗、中宗、肃宗、代宗、德、顺、文、武、宣、懿、僖、昭诸帝，凡二十七陵㊷，尝被盗发者，有司备法服、常服各一袭㊸，具棺椁重葬㊹，所在长吏致祭。"己酉，幸开宝寺观新钟。丙辰，女直国遣使赍定安国王烈万华表㊺，献方物。丁卯，潘美等败南汉军万众于富州，下之。

十月庚辰，克贺州。

十一月壬寅，下昭、桂二州。乙巳，减桂阳岁贡白金额㊻。癸丑，右领军卫将军石延祚坐监仓与吏为奸赃弃市。癸亥，定州驻泊都监田钦祚败契丹于遂城。丙寅，以曹州举德行孔蟾为章丘主簿㊼。

十二月壬申，潘美等下连州。辛卯，大败南汉军万余于韶州，下之。癸巳，增河堤。

四年春正月戊戌朔，以出师，不视朝。丙午，罢诸道州县摄官㊽。丁未，右千牛卫大将军桑进兴坐赃弃市。癸丑，潘美等取英州、雄州。

二月丁亥，南汉刘鋹遣其左仆射萧漼等以表来上。己丑，潘美克广州，俘刘鋹，广南平㊾。得州六十、县二百十四、户十七万二百六十三。辛卯，大赦广南，免二税，伪署官仍旧。

三月乙未，幸飞龙院，赐从臣马。丙申，诏：广南有买人男女为奴婢转佣利者㊿，并放免；伪政有害于民者具以闻，除之。增前代帝王守陵户二。

夏四月丙寅朔，前左监门卫将军赵玭诉宰相赵普[51]，坐诬毁大臣，汝州安置。丁卯，三佛齐国遣使献方物。己巳，诏禁岭南商税、盐、曲，如荆湖法。辛未，幸永兴军节度使吴廷祚第视疾。癸未，幸开宝寺。辛卯，南唐遣其弟从谦来朝贡。发厢军千人修前代陵寝之在秦者。壬辰，监察御史闾丘舜卿坐前任盗用官钱，弃市。

五月乙未朔，御明德门受刘鋹俘，释之；斩其柄臣龚澄枢、李托、薛崇誉[52]。人宴于人明殿，鋹预焉。丁酉，赏伐广南功，潘美、尹崇珂等进爵有差。

六月癸酉，遣使祀南海。丁丑，命翰林试南汉官，取书判稍优者，授令、录、簿、尉。壬午，以孝子罗居通为延州主簿。封刘𬬹为恩赦侯。乙酉，罢贺州银场。赐刘𬬹月奉外钱五万、米麦五十斛。河决原武，汴决谷熟。

秋七月戊戌，赐开封尹光义门戟十四⑧。庚子，幸新修水碓，赐役人钱帛有差。戊午，复著内侍养子令。癸亥，幸建武军节度使何继筠第视疾。汴决宋城。

八月壬申，文武百官上尊号，不允。辛卯，景星见㉔。

冬十月癸亥朔，日有食之。己巳，诏伪作黄金者弃市。庚午，太子洗马王元吉坐赃弃市。辛巳，除广南旧无名配敛㉟。甲申，诏十月后犯强窃盗者郊赦不原。丙戌，放广南民驱充军者。

十一月癸巳朔，南唐遣其弟从善、吴越国王遣其子惟濬，以郊祀来朝贡㊱。南唐主煜表乞去国号呼名，从之。庚戌，诏诸道所罢摄官三任无遗阙者以闻㊲。河决澶州，通判姚恕坐不即上闻弃市。己未，日南至，有事南郊，大赦，十恶、故劫杀、官吏受赃者不原。诏置诸州幕职官奉户㊳。壬戌，蜀班内殿直四十人，援御马直例乞赏，遂挝登闻鼓㊴，命各杖二十，翌日，悉斩于营，都指挥单斌等皆杖，降。

十二月癸亥朔，赐南郊执事官器币有差。丁卯，行庆，开封尹光义、兴元尹光美、贵州防御使德昭、宰相赵普并益食邑㊵。己巳，内外文武官递进勋爵。辛未，赐《九经》李符本科出身㊶。壬午，畋近郊。

---

①缯（zēng，音增）帛：丝织品。

②昶（chǎng），音场。

③有：同又。

④责：责罚，责备。

⑤逋（bū，音布阴平）赋：拖久的赋税。

⑥沿征：相应征收。　物色：各种物品。

⑦义仓：为防饥荒而设置的粮仓。

⑧车乘（shèng，音盛）：车辆。

⑨导：疏通。

⑩池：护城河。

⑪内附：归附，归顺。

⑫廪（lǐn，音凛）：官方供给粮食。

⑬溢：河水漫出，泛滥。

⑭没（mò，音末）：淹没。

⑮寿星：古时以日月所会之处为次，日月一年十二会，寿星为十二星次之一。　见（xiàn，音现）：出现。

⑯预：参与，干预。

⑰下第：科举时代考进士不中叫下第，也叫落第。

⑱辞不逊：言辞没有礼貌。

⑲黥（qíng，音情）：在脸上刺字或记号并涂上墨。这是一种刑罚。

⑳第：宅第，指官僚和贵族的大住宅。

㉑法物：指宗庙乐器、车驾、卤簿等。卤簿：仪仗队。

㉒省（xǐng，音醒）：察看，探望。

㉓荧惑：火星。　轩辕：星官名。

㉔心：星宿名，大星，天王星，二十八宿之一。　前星：天王星，其前星太子，后星庶子。

㉕纪纲：仆人。　规：分划。

㉖宦者：太监。

㉗阉：阉割，即割掉睾丸。

㉘姻属：由婚姻关系而形成的亲属。

㉙奉：帮助。

㉚转：迁调官职。

㉛录囚：省察记录囚徒的罪状。

㉜树艺：种植。

㉝伏诛：因犯法而被处以死刑。

㉞夷：灭族。

㉟樛（jiū），音纠。

㊱黩（dú，音读）货：贪财。

㊲奎：星名。

㊳郾（yǎn），音掩。

㊴斛（hú，音胡）：古量器名，十斗为一斛。南宋末年改五斗为一斛。

㊵见（xiàn，音现）：出现。

㊶率（lǜ，音绿）：第一个“率”作动词用，制定一定的标准。　第二个“率”为古代重量名称。

㊷卒：死。

㊸按（ān，音安）：使定居。　鹘（gǔ，音古）：即鹘鵃（zhōu，音舟），鸟名，青黑色，形如山鹊，但身略小。

㊹鞠狱：审讯囚犯。

㊺弑（shì，音式）：臣杀君或子杀父。

㊻十恶：中国封建王朝规定不可赦免的十大罪名，即谋反、谋大逆、谋叛、谋恶逆、不道、大不敬、不孝、不睦、不义、内乱。　不原：不赦免，不原谅。

㊼行（xíng，音形）；巡视。

㊽赟（yūn），音晕。

㊾傅：逼近，靠近。

㊿壅（yōng，音拥）：堵塞，阻塞。

(51)寨：安营扎寨。

(52)陈示：陈列展示。

(53)愍（mǐn，音皿）：怜悯，不忍心。

(54)雉（zhì，音志）：古时计算城墙面积的单位，长三丈高一丈为一雉。　圮（pǐ，音痞）：毁坏，决口。

(55)驻跸（bì，音必）：驻扎。　跸：帝王出行的车驾。

(56)曲：部分。

(57)硙（wèi，音位；或 ái，音捱）：磨子。

(58)别籍：另立门户。　异财：分家。

(59)谮（zèn，音怎去声）：说坏话诬陷别人，中伤。

(60)不逊：态度蛮横，没有礼貌。

(61) 监：监管。

(62)奸赃：相互勾结，贪脏枉法。

(63)举：推荐。　彰闻：显著，有名。

(64)奇才异行：指才能卓越的人才。

(65)里闾：乡里。　郡国：地方政府。递审：顺次审核。

(66)阙（què，音缺）：宫殿。

(67)颙（yóng），音喁。

(68)畜（xù，音绪）：通“蓄”，储藏。

(69)厢镇：靠近城市地区的市镇。

(70) 期式：期限标准，期限范围。

(71)差第：不同等级。　省：减少。

(72)凡：总共。　陵：帝王的坟墓。

⑦法服：古代礼法规定的服饰。

⑦椁（guó，音郭）：棺材外面套的大棺材。

⑦赍（jī，音箕）：送，怀着。

⑦岁：每年。

⑦德行（xìng，音幸）：此指道德品行优秀的人。

⑦摄官：代理的官员。

⑦怅（chǎng），音厂。

⑧佣利：此指把买来的奴婢雇佣出去以谋利。

⑧玭（pín，音频，又读pián，音骈）。　诉：告状，诽谤。

⑧柄臣：执掌权柄的臣子。

⑧戟（jǐ，音己）：古代兵器的一种，在长柄的上端装有枪尖，枪尖旁附有月牙形锋刃。

⑧景星：杂星名，也叫端星或福星，其形无常。

⑧配敛：外加的征收。

⑧郊祀：古时于郊外祭祀天地。

⑧遗阙：遗留下亏空。阙，同"缺"。

⑧奉户：州县官俸都给实物，如物价不足官俸原数，就令民户接受官物，出钱交官，叫作奉户。

⑧挝（zhuā，音抓）：击鼓。　登闻鼓：古时特设于朝堂外的鼓，让臣民敲击上闻，以听取谏议之言或冤抑之情。

⑨益：增加。　食邑：封地。

⑨《九经》：宋代以《易经》、《书经》、《诗经》、《左传》、《礼记》、《周礼》、《孝经》、《论语》、《孟子》为《九经》。

太祖本纪三

　　五年春正月壬辰朔，雨雪，不御殿。禁铁铸浮屠及佛像①。庚子，前卢县尉鄢陵许永年七十有五，自言父琼年九十九，两兄皆八十余，乞一官以便养②。因召琼厚赐之，授永鄢陵令。壬寅，省州县小吏及直力人。乙巳，罢襄州岁贡鱼。

　　二月丙子，诏沿河十七州各置河堤判官一员。庚辰，以凤州七房银冶为开宝监。庚寅，以兵部侍郎刘熙古参知政事。

　　闰月壬辰，礼部试进士安守亮等诸科共三十八人，召对讲武殿，始放榜。庚戌，升密州为安化军节度。

　　三月庚午，赐颍州龙骑指挥使仇兴及兵士钱。辛未，占城国王波美税遣使来献方物。壬申，幸教船池习战。乙酉，殿中侍御史张穆坐赃弃市。

　　夏四月庚寅朔，三佛齐国主释利乌耶遣使来献方物。丙午，遣使检视水灾田。丙寅，遣使诸州捕虎。

　　五月庚申，赐恩赦侯刘怅钱一百五十万。乙丑，命近臣祈晴。并广南州十三、县三十九。丙寅，罢岭南采珠媚川都卒为静江军③。辛未，河决濮阳，命颍州团练使曹翰往塞之。甲戌，以霖雨，出后宫五十余人，赐予以遣之。丁亥，河南、北淫雨④，澶、滑、济、郓、曹、濮六州大水。

　　六月己丑，河决阳武，汴决谷熟。丁酉，诏：淫雨河决，沿河民田有为水害者，有司具闻除租⑤。戊申，修阳武堤。

　　秋七月己未，右拾遗张恂坐赃弃市。癸未，邕、容等州獠人作乱。

　　八月庚寅，高丽国王王昭遣使献方物。己亥，广州行营都监朱宪大破獠贼于容州。癸卯，升宿州为保静军节度，罢密州仍为防御。

九月丁巳朔，日有食之。癸酉，李崇矩以镇国军节度使罢⑥。

冬十月庚子，幸河阳节度使张仁超第视疾。甲辰，试道流，不才者勒归俗⑦。

十一月己未，李继明、药继清大破獠贼于英州。癸亥，禁僧道习天文地理。己巳，禁举人寄应⑧。庚辰，命参知政事薛居正、吕余庆兼淮、湖、岭、蜀转运使。

十二月乙酉朔，祈雪。己亥，畋近郊。开封尹光义暴疾，遂如其第视之。甲寅，内班董延谔坐监务盗刍粟⑨，杖杀之⑩。诏合入令录者引见后方注⑪。乙卯，大雨雪。

是岁，大饥。

六年春正月丙辰朔，不御殿。置蜀水陆转运计度使。癸酉，修魏县河⑫。

二月丙戌朔，棣州兵马监押、殿直傅延翰谋反伏诛⑬。丙申，曹州饥，漕太仓米二万石振之⑭。己亥，吴越国进银装花舫、金香师子⑮。

三月乙卯朔，周郑王殂于房州⑯，上素服发哀⑰，辍朝十日⑱，谥曰恭帝⑲，命还葬庆陵之侧，陵曰顺陵。己未，复密州为安化军节度。庚申，覆试进士于讲武殿，赐宋准及下第徐士廉等诸科百二十七人及第⑳。乙亥，赐宋准等宴钱二十万。大食国遣使来献。翰林学士、知贡举李昉坐试人失当，责授太常少卿。试朝臣死王事者子陆坦等，赐进士出身。丙子，幸相国寺观新修塔。

夏四月丁亥，召开封尹光义、天平军节度使石守信等赏花习射于苑中㉑。辛丑，遣卢多逊为江南国信使。甲辰，占城国王悉利陀盘印茶遣使来献方物。丙午，黎州保塞蛮来归。戊申，诏修《五代史》。

五月庚申，刘熙古以户部尚书致仕㉒。诏："中书吏擅权多奸赃㉓，兼用流内州县官"。己巳，交州丁琏遣使贡方物。幸玉津园观刈麦㉔。辛巳，杀右拾遗马适。

六月辛卯，阅在京百司吏㉕，黜为农者四百人㉖。癸巳，占城国遣使献方物。隰州巡检使李谦溥拔北汉七寨㉗。癸卯，雷有邻告宰相赵普党堂吏胡赞等不法㉘，赞及李可度并杖、籍没㉙。庚戌，诏参知政事与宰相赵普分知印押班奏事㉚。

秋七月壬子朔，诏诸州府置司寇参军，以进士、明经者为之㉛。丙辰，减广南无名率钱㉜。

八月乙酉，罢成都府伪蜀嫁装税。辛卯，赐布衣王泽方同学究出身。丁酉，泗州推官侯济坐试判假手㉝，杖、除名。甲辰，赵普罢为河阳三城节度使、同平章事。辛酉，幸都亭驿。

九月丁卯，余庆以尚书左丞罢。己巳，封光义为晋王、兼侍中，德昭同中书门下平章事，薛居正为门下侍郎、同平章政事，户部侍郎、枢密副使沈义伦为中书侍郎、同平章事，石守信兼侍中，卢多逊中书舍人、参知政事。壬申，诏晋王光义班宰相上㉞。

冬十月甲申，葬周恭帝，不视朝。丁亥，幸玉津园观稼。戊子，流星出文昌、北斗。甲辰，特赦诸官吏奸赃。

十一月癸丑，诏常参官进士及第者各举文学一人。

十二月壬午，命近臣祈雪。丙午，前中书舍人，参知政事多逊起复视事。行《开宝通礼》。限度僧法㉟，诸州僧帐及百人岁许度一人。

七年春正月庚戌，不御殿。庚申，占城国王波美税遣使献方物。齐州野蚕成茧。癸亥，左拾遗秦宣、太子中允吕鹄并坐赃，宥死㊱，杖、除名。

二月庚辰朔，日有食之。丙戌，日有二黑子。癸卯，命近臣祈雨。诏：《诗》、《书》、《易》三经学究，依《三经》、《三传》资叙入官㊲。乙巳，太子中舍胡德冲坐隐官钱，弃市。

三月乙丑，三佛齐国王遣使献方物。

夏四月丙午，遣使检岭南民田。

五月戊申朔，殿中侍御史李莹坐受南唐馈遗㊳，责授右赞善大夫。甲寅，以布衣齐得一为章丘主簿。乙丑，诏市二价者以枉法论。丙寅，幸讲武池观习水战。丙子，又幸讲武池，遂幸玉津园。

六月丙申，河中府饥，发粟三万石振之。己亥，淮溢入泗州城；壬寅，安阳河溢，皆坏民居。

秋七月壬子，幸讲武池观习水战，遂幸玉津园。丙辰，南丹州溪洞酋帅莫洪燕内附㊴。诏减成都府盐钱。庚午，太子中允李仁友坐不法，弃市。

八月戊寅，吴越国王遣使来朝贡。丁亥，谕吴越伐江南㊵。戊子，陈州贡芝草㊶，一本四十九茎。己丑，幸讲武池，赐习水战军士钱。戊戌，殿中丞赵象坐擅税，除名。甲辰，幸讲武池观习水战，遂幸玉津园。

九月癸亥，命宣徽南院使、义成军节度使曹彬为西南路行营马步军战棹都部署㊷，山南东道节度使潘美为都监，颍州团练使曹翰为先锋都指挥使，将兵十万出荆南，以伐江南。将行，召曹彬、潘美戒之曰："城陷之日，慎无杀戮；设若困斗㊸，则李煜一门，不可加害。"丁卯，以知制诰李穆为江南国信使。

冬十月甲申，幸迎春苑，登汴堤观战舰东下。丙戌，又幸迎春苑，登汴堤观诸军习战，遂幸东水门，发战镟东下。江南进绢数万，御衣、金带、器用数百事。壬辰，曹彬等将舟师步骑发江陵，水陆并进。丁酉，命吴越王钱俶为升州东南行营招抚制置使。己亥，曹彬收下峡口，获指挥使王仁震、王宴、钱兴。

闰月己酉，克池州。丁巳，败江南军于铜陵。庚申，命宰相、参知政事更知日历㊹。壬戌，彬等拔芜湖、当涂两县，驻军采石。癸亥，诏减湖南新制茶。甲子，薛居正等上新编《五代史》，赐器币有差。丁卯，彬败江南军于采石，擒兵马部署杨收、都监孙震等千人，为浮梁以济㊺。

十一月癸未，黥李从善部下及江南水军一千三百九十人为归化军㊻。甲申，诏省剑南、山南等道属县主簿。丁亥，秦、晋旱，免蒲、陕、晋、绛、同、解六州逋赋㊼，关西诸州免其半。己丑，知汉阳军李恕败江南水军于鄂。甲午，曹彬败江南军于新林寨。辛丑，命知雄州孙全兴答涿州修好书㊽。壬寅，大食国遣献方物。

十二月己酉，彬败江南军于白鹭洲。辛亥，命近臣祈雪。甲子，吴越王帅兵围常州，获其人马，寻拔利城寨㊾。丙寅，彬败江南军于新林港。己巳，左拾遗刘祺坐受赂，黥面、杖配沙门岛。庚午，北汉寇晋州㊿，守臣武守琦败之于洪洞。壬申，吴越王败江南军于常州北界。

八年春正月甲戌朔，以出师，不御殿。丙子，知池州樊若水败江南军于州界；田钦祚败江南军于溧水，斩其都统使李雄。乙酉，御长春殿，谓宰相曰："朕观为臣者比多不能有终51，岂忠孝薄而无以享厚福耶52？"宰相居正等顿首谢。庚寅，曹彬拔升州城南水寨。

二月癸丑，彬败江南军于白鹭洲。乙卯，拔升州关城53。丁巳，太子中允徐昭文坐抑人售物54，除籍。甲子，知扬州侯陟败江南军于宣化镇。戊辰，复试进士于讲武殿，赐王嗣宗等三十一人、诸科纪自成等三十四人及第。

三月乙酉，赐王嗣宗等宴钱二十万。己丑，命祈雨。庚寅，彬败江南军于江中。己亥，契丹遣使克沙骨慎思以书来讲和。知潞州药继能拔北汉鹰洞堡。辛丑，召契丹使于讲武殿观习射。壬寅，遣内侍王继恩领兵赴升州。大食国遣使来朝献。

夏四月乙巳，幸东水砣。癸丑，幸都亭驿阅新战船。丁巳，吴越王拔常州。壬戌，彬等败江南军于秦淮北。戊辰，幸玉津园观种稻，遂幸讲武池观习水战。庚午，诏岭南盗赃满十贯以上者死。幸西水碨。

五月壬申朔，以吴越国王钱俶守太师、尚书令，益食邑。知桂阳监张侃发前官隐没羡银⑤，追罪兵部郎中董枢、右赞善大夫孔璘，杀之；太子洗马赵瑜杖配海岛；侃受赏，迁屯田员外郎。辛巳，祈晴。甲申，江南宁远军及沿江寨并降。乙酉，诏武冈、长沙等十县民为贼卤掠者蠲其逋租⑥，仍给复一年。甲午，安南都护丁琏遣使来贡。辛丑，河决濮州。

六月壬寅，曹彬等遣使言，败江南军于其城下。丁未，宋州观察判官崔绚、录事参军马德休并坐赃弃市。辛亥，河决澶州顿丘。甲子，彗出柳⑤，长四丈，辰见东方⑧。

秋七月辛未朔，日有食之。庚辰，遣阁门使郝崇信、太常丞吕端使契丹。癸未，西天东印土王子穰结说啰来朝献。甲申，诏吴越王班师。己亥，山后两林鬼主、怀化将军勿尼等来朝献⑤。

八月乙卯，幸东水碨观鱼，遂幸北园。辛酉，诏权停今年贡举。壬戌，契丹遣左卫大将军耶律霸德等致御衣、玉带、名马。西南蕃顺化王子若废等来献名马。癸亥，丁德裕败润州兵于城下。

九月壬申，狩近郊⑥，逐兔，马蹶坠地⑥，因引佩刀刺马杀之。既而悔之，曰：“吾为天下主，轻事畋猎⑥，又何罪马哉！”自是遂不复猎。戊寅，润州降。

冬十月己亥朔，江南主遣徐铉、周惟简来乞缓师。辛亥，诏郡国令佐察民有孝悌力田、奇材异行或文武可用者遣诣阙。丁巳，修西京宫阙。江南主贡银五万两、绢五万匹，乞缓师。戊午，改润州镇海军节度为镇江军节度。幸晋王北园。己未，曹彬遣都虞候刘遇破江南军于皖口，擒其将朱令赟、王晖。

十一月辛未，江南主遣徐铉等再奉表乞缓师，不报。甲申，曹彬夜败江南军于城下。丙戌，以校书郎宋准、殿直邢文庆充贺契丹正旦使⑤。乙未，曹彬克升州，俘其国主煜，江南平，凡得州十九、军三、县一百八十、户六十五万五千六十⑥。临视新龙兴寺。

十二月庚子，幸惠民河观筑堰。辛丑，赦江南，复一岁⑥；兵戈所经⑥，二岁。戊申，三佛齐遣使来献方物。己酉，幸龙兴寺。辛亥，免开封府诸县今年秋租十之三。己未，以恩赦侯刘鋹为彭城郡公。甲子，契丹遣使耶律乌正来贺正旦⑥。丁卯，吴越国王乞以长春节朝觐⑦，从之。

九年春正月辛未，御明德门，见李煜于楼下，不用献俘仪。壬申，大赦，减死罪一等。乙亥，封李煜为违命侯，子弟臣僚班爵有差⑦。己卯，江南昭武军节度使留后卢绛焚掠州县。庚辰，诏郊西京⑫。癸巳，晋王率文武上尊号，不允。

二月癸卯，三上表，不允。庚戌，以曹彬为枢密使。辛亥，命德昭迎劳吴越国王钱俶于宋州。契丹遣使耶律延颔以御衣、玉带、名马、散马、白鹘来贺长春节。乙卯，吴越王奏内客省使丁德裕贪很⑬，贬房州刺史。丁巳，观礼贤宅。戊午，以卢多逊为吏部侍郎，仍参知政事。己未，吴越国王钱俶偕子惟濬等朝于崇德殿，进银绢以万计。赐俶衣带鞍马，遂以礼贤宅居之⑭，宴于长安殿。壬戌，钱俶进贺平升州银绢、乳香、吴绫、䌷绵、钱茶、犀象、香药⑮，皆亿万计。甲子，召晋王、吴越国王并其子等射于苑中，俶进御衣、寿星、通犀带及金器⑯。丁卯，幸礼贤宅，赐俶金器及银绢倍万。

三月己巳，俶进助南郊银绢、乳香以万计。庚午，赐俶剑履上殿⑰，诏书不名⑱。癸酉，以皇子德芳为检校太保、贵州防御使，中书侍郎、同平章事沈义伦为大内都部署，右卫大将军王仁赡权判留司、三司兼知开封府事。丙子，幸西京。己卯，次巩县⑲，拜安陵，号恸陟绝者久之⑳。庚辰，赐河南府民今年田租之半，奉陵户复一年㉑。辛巳，至洛阳。庚寅，大雨，分命近臣诣诸祠庙祈晴。辛卯，幸广化寺，开无畏三藏塔。

夏四月己亥，雨雹㉒。庚子，有事圜丘㉓，回御五凤楼大赦，十恶、故杀者不原㉔，贬降责免者量移叙用㉟，诸流配及逋欠悉放㊱，诸官未赠恩者悉覃赏㊲。壬寅，大宴，赐亲王、近臣、列校袭衣金带鞍马器币有差㊳。丙午，驾还。辛亥，上至自洛。丁巳，曹翰拔江州，屠之，擒牙校宋德明、胡则等。诏益晋王食邑，光美、德昭并加开府仪同三司，德芳益食邑，薛居正、沈义伦加光禄大夫，枢密使曹彬、宣徽北院使潘美加特进，吴越国王钱俶益食邑，内外文武臣僚咸进阶封。己未，著令旬假为休沐㊴。丙寅，大食国王珂黎拂遣使蒲希密来献方物。

五月己巳，幸东水硙，遂幸飞龙院，观渔金水河。甲戌，遣司勋员外郎和岘往江南路采访。杀卢绛。庚辰，幸讲武池，遂幸玉津园观稼。宋州大风，坏城楼官民舍几五千间。甲申，以阁门副使田守奇等充贺契丹生辰使。晋州以北汉岚、石、宪三州巡检使王洪武等来献。

六月庚子，步至晋王邸，命作机轮㊿，辗金水河注邸中为池㊶。癸卯，吴越王进银、绢、绵以倍万计。乙卯，荧惑入南斗。

秋七月戊辰，幸晋王第观新池。丙子，幸京兆尹光美第视疾。戊寅，再幸光美第。泉州节度使陈洪进乞朝觐。丙戌，命近臣祈晴，丁亥，命修先代帝王及五岳四渎祠庙。庚寅，幸光美第。

八月乙未朔，吴越国王进射火箭军士。己亥，幸新龙兴寺。辛丑，太子中允郭思齐坐赃弃市。乙巳，幸等觉院，遂幸东染院，赐工人钱。又幸控鹤营观习射，赐帛有差。又幸开宝寺观藏经。丁未，遣侍卫马军都指挥使党进、宣徽北院使潘美伐北汉。丙辰，遣使率兵分五道入太原。

九月甲子，幸绫锦院。庚午，权高丽国事王伷遣使来朝献㊼。党进败北汉军于太原城北。辛巳，命忻、代行营都监郭进迁山后诸州民。庚寅，幸城南池亭，遂幸礼贤宅，又幸晋王第。

冬十月甲午朔旦，赐文武百官衣有差。丁酉，兵马监押马继恩率兵入河东界，焚荡四十余寨㊾。己亥，幸西教场。庚子，镇州巡检郭进焚寿阳县，俘九千人。辛丑，晋、隰巡检穆彦璋入河东，俘二千余人。党进败北汉军于太原城北。己酉，吴越王献驯象。癸丑夕，帝崩于万岁殿，年五十，殡于殿西阶㊿，谥曰英武圣文神德皇帝，庙号太祖。太平兴国二年四月乙卯，葬永昌陵。大中祥符元年，加上尊谥曰启运立极英武睿文神德圣功至明大孝皇帝。

帝性孝友节俭，质任自然㊻，不事矫饰㊼。受禅之初㊽，颇好微行㊾，或谏其轻出。曰："帝王之兴，自有天命，周世宗见诸将方面大耳者皆杀之，我终日侍侧，不能害也。"既而微行愈数㊿，有谏，辄语之曰："有天命者任自为之，不汝禁也。"

一日，罢朝，坐便殿，不乐者久之。左右请其故。曰："尔谓为天子容易耶？早作乘快误决一事，故不乐耳。"汴京新宫成，御正殿坐，令洞开诸门，谓左右曰："此如我心，少有邪曲㊿，人皆见之。"

吴越钱俶来朝，自宰相以下咸请留俶而取其地，帝不听，遣俶归国。及辞，取群臣留俶章疏数十轴，封识遗俶㊿，戒以涂中密观，俶届途启视，皆留己不遣之章也。俶自是感惧，江南平，遂乞纳土。南汉刘鋹在其国，好置鸩以毒臣下㊿，既归朝，从幸讲武池，帝酌卮酒赐鋹㊿，鋹疑有毒，捧杯泣曰："臣罪在不赦，陛下既待臣以不死，愿为大梁布衣，观太平之盛，未敢饮此酒。"帝笑而谓之曰："朕推赤心于人腹中，宁肯尔耶㊿？"即取鋹酒自饮，别酌以赐鋹。

王彦升擅杀韩通，虽预佐命，终身不与节钺㊿。王全斌入蜀，贪恣杀降，虽有大功，即加贬绌㊿。

宫中苇帘，缘用青布㊿。常服之衣，汗濯至再㊿。魏国长公主襦饰翠羽㊿，戒勿复用，又教之曰："汝生长富贵，当念惜福。"见孟昶宝装溺器㊿，椎而碎之㊿，曰："汝以七宝饰此，当以何器贮食？所为如是，不亡何待！"

晚好读书，尝读《二典》㊿，叹曰："尧舜之罪四凶㊿，止从投窜㊿，何近代法纲之密乎！"谓宰相曰："五代诸侯跋扈，有枉法杀人者，朝廷置而不问。人命至重，姑息藩镇，当若是耶？自今诸州决大辟⑱，录案闻奏，付刑部复视之⑲。"遂著为令。

乾德改元，先谕宰相曰："年号须择前代所未有者。"三年，蜀平，蜀宫人入内，帝见其镜背有志"乾德四年铸"者，召窦仪等诘之㉙。仪对曰："此必蜀物，蜀主尝有此号。"乃大喜曰："作相须读书人。"由是大重儒者。

受命杜太后，传位太宗。太宗尝病亟㉜，帝往视之，亲为灼艾㉝，太宗觉痛，帝亦取艾自灸。每对近臣言：太宗龙行虎步，生时有异，他日必为太平天子，福德吾所不及云。

赞曰：昔者尧、舜以禅代㉟，汤、武以征伐，皆南面而有天下。四圣人者往，世道升降㊲，否泰推移㊳。当斯民涂炭之秋㊴，皇天眷求民主㊵，亦惟责其济斯世而已㊶。使其必得四圣人之才，而后以行其事畀之㊷，则生民平治之期㊸，殆无日也㊹。

五季乱极，宋太祖起介胄之中㊺，践九五之位㊻，原其得国㊼，视晋、汉、周亦岂甚相绝哉？及其发号施令，名藩大将，俯首听命，四方列国，次第削平，此非人力所易致也㊽。建隆以来，释藩镇兵权㊾，绳赃吏重法㊿，以塞浊乱之源；州郡司牧，下至令录、幕职，躬自引对；务农兴学，慎罚薄敛㉖，与世休息，迄于丕平；治定功成，制礼作乐。在位十有七年之间，而三百余载之基，传之子孙，世有典则㊿。遂使三代而降，考论声明文物之治，道德仁义之风，宋于汉、唐，盖无让焉㊿。呜呼，创业垂统之君，规模若是㊿，亦可谓远也已矣㊿！

①浮屠：此处指佛塔。

②便养：在近便的地方奉养。

③罢……为……：解散……组成……。

④淫雨：连绵不断的雨。

⑤有司：有关官吏。

⑥以……罢：免去原职，改任……。

⑦不才者：没有才能的人。　勒：勒令，强迫。　归俗：还俗。

⑧寄应：在寄居地应试。

⑨刍粟：牲口吃的草和粮食。

⑩杖杀：用棍棒打死。

⑪令：县令。　录：任用。　注：登记，记载。

⑫修：整治，治理。

⑬伏诛：被杀。　伏：受到。

⑭漕：用水路运输。　太仓：设在京城的大谷仓。

⑮舫（fǎng，音访）：有仓室的船。　师子：狮子。

⑯殂（cú，音粗阳平）：死亡。

⑰素服：穿白衣，穿丧服。

⑱辍（chuò，音啜）：停止。

⑲谥（shì，音式）：古代帝王、大臣和有地位有影响的人，死后加的称号，这种称号带有褒贬义。

⑳下第：考进士不中为下第，或叫落第。　及第：考中进士为及第。

㉑苑（yuàn，音愿）：畜养禽兽、种植树木的以供帝王打猎游乐的场所。

㉒致仕：辞官，交还官职。

㉓擅权：独揽权柄。　奸赃：贪赃枉法。

㉔刈麦：收割小麦。

㉕阅：察看，检查，考核。

㉖黜（chù，音怵）：罢免，贬退。

㉗隰（xí，音习）。

㉘党：袒护，偏袒。

㉙籍没（mò，音末）：登记并没收财产。

㉚知印押班：执相印领班。

㉛明经：科举制度中科目之一，与进士科并列，主要考试经义。

㉜无名率钱：没有标出名目的库存钱。

㉝假手：利用别人为自己办事。

㉞班：排列在。

㉟度：佛教把脱离凡俗、出生死为度。

㊱宥（yòu，音右）死：赦免死罪。宥，宽恕；饶恕。

㊲《三经》：指儒家三部经典，即《易经》、《诗经》、《春秋》。　　《三传》：指《春秋》三传，即《公羊传》、《谷梁传》、《左传》。　　资叙：资历顺序。

㊳馈遗（kuìwèi，音愧为）：赠送，馈赠。

㊴内附：依附，归附。

㊵谕（yù，音玉）：告知，使人知道。

㊶兰草：灵芝。

㊷战棹（zhào，音照）：战船。

㊸设若：如果。　　困斗：陷入绝境，仍须坚持战斗。

㊹日历：此处指记录皇帝朝廷大事的日记。

㊺浮梁：浮桥。　　济：渡河。

㊻黥（qíng，音情）：在兵士脸上刺字，涂墨作记号，以防逃亡。

㊼逋（bū，音阴平）赋：拖欠的赋税。

㊽修好：要求建立友好关系。

㊾寻：不久。

㊿寇：侵犯，骚扰。

51比多：每每，很多，　　终：指好的结局。

52薄：不厚道，不淳厚。

53关城：关塞。

54抑：压制。

55羡银：剩余的银钱。

56蠲：免除，除去。

57柳：星名，二十八宿之一，即柳宿。

58辰：十二时辰之一，指上午七时至九时。

59鬼主：唐宋时期对分布于云南，贵州、四川等地乌蛮及两爨（cuàn，音窜）首领的称号。

60狩（shòu，音受）：冬季打猎。

61蹶（jué，音决）：倒下，跌倒。

62轻：随便。

63悌（tì，音替）：弟弟顺从哥哥。　　力田：尽力耕种。

64赟（yūn，音晕）。

65充：担任。

66军：宋地方行政区划名。

67复：免除赋税徭役。

68兵戈：指战争。

69正（zhēng，音征）旦：正月初一。

70长春节：宋定太祖赵匡胤的生日二月十六日为长春节。

71班：分别赐予。

72郊：古代皇帝于每年冬至到南郊祭天。

73很：同"狠"，凶狠。

⑭居：让……居住。

⑮饯（jiǎn，音简）茶：精制的茶叶。

⑯通犀：犀牛角的一种。

⑰履（lǚ，音吕）：鞋。

⑱不名：不称呼其名。

⑲次：临时住宿。

⑳号恸（háotòng，音毫痛）：号啕大哭，极度悲哀。　　　殒绝：死过去。

㉑奉陵户：以看守皇陵而取得奉禄的人家。

㉒霁（jì，音际）：雨或雪停止，天放晴。

㉓圜（yuán，音员）丘：古时祭天的坛。

㉔故杀：故意杀人。

㉕量（liáng，音良）移：唐宋时，被贬到远方去的官员，遇赦时酌情移近安置。　　　叙用：分级进用。

㉖流配：把犯人发配到边远地区去。逋（bū，音布阴平）欠：逃亡的人。

㉗覃（tán，音坛）赏：普遍给予奖赏。

㉘器：古代标志名位、爵位的器物。　　　币：用作礼物的丝织品。

㉙旬假：即旬休。唐宋时官吏每十天休息一天为旬休。　　　休沐：官吏休息沐浴。

㉚机轮：一种提水装置。

㉛挽：引。

㉜荧惑：火星。　　　南斗：星名。南斗六星，即斗宿。

㉝权：暂代官职。

㉞焚荡：焚烧洗劫。

㉟殡：停放灵柩。

㊱质任：质朴无拘束。

㊲矫饰：故意做作，以掩盖本真。

㊳受禅（shàn，音善）：王朝更迭时，新皇帝接受旧皇让给的帝位。

㊴微行：皇帝或大臣改装出行。

⑩数（shuò，音硕）：屡次，多次。

⑩少：稍微。　　　邪曲：不正。

⑩封识（zhì，音置）：封好。　　　遗（wèi，音为）：送还。

⑩鸩（zhèn，音振）：毒酒。

⑩卮（zhī，音知）：古代盛酒的器皿。

⑩宁（nìng，音佞）：难道。

⑩预：参与。　　　佐命：辅佐之臣。

⑩节钺（yuè，音月）：符节与斧钺。

⑩贬绌（chù，音怀）：贬官罢官。

⑩缘：衣服、帘子等的边饰。

⑩浣濯（huànzhuó，音焕茁）：洗涤。

⑪襦（rú，音儒）：短衣，短袄。

⑫宝装溺器：宝石装饰的夜壶。

⑬摏（chōng，音充）：撞，捣。

⑭《二典》：《尚书》的《尧典》和《舜典》。

⑮罪：惩处，判罪。　　　四凶：古代传说舜所流放的四人或四族首领，因为他们不服从舜的控制。

⑯止从：仅仅是由于。

⑰藩镇：指总领一方的军府，各领数州甲兵，并掌土地人民、财赋等大权。

⑱大辟（bì，音必）：古代五刑之一，死刑的通称。

⑲覆视：审查，审察。

⑳志：标记，标志。

㉑诘（jié，音洁）：追问，责问。

㉒亟（jí，音及）：急。

㉓灼（zhuó，音酌）艾：用艾绒烤灼。

㉔禅（shàn，音善）代：以禅让的方式交接帝位。

㉕升降：沉浮，比喻盛衰消长。

㉖否（pǐ，音匹）泰：否和泰是《周易》中六十四卦中的两卦，否是坏的卦，泰是好的卦。后来常合用，以表示世道盛衰和人事通塞。

㉗斯民：卑贱的民众。　　涂炭：处于极度困苦的境地。

㉘眷：垂爱关注。　　民主：民之主宰者，指帝王或官吏。

㉙济：帮助，接济，救助。　　斯：这。

㉚畀（bì，音必）：给与。

㉛平治：公正而有序。

㉜殆：大概。　　无日：不久。

㉝介胄：甲胄，披甲戴盔。

㉞践：登上　　九五之位：指帝位。

㉟原：推求。

㊱易致：容易做到。

㊲释：使……放弃，解除。

㊳绳：制裁。

㊴躬自：亲自。　　引对：皇帝召见官员询问有关事宜。

㊵薄敛：减轻赋税。

㊶休息：休养生息。

㊷迄：终究，终于。　　丕：助词，无义。

㊸典则：记载法则、典章制度的重要典籍。

㊹而降：以来。

㊺声明：声教文明。声教：声威和教化。　　文物：指礼乐典章制度。

㊻让：退让，逊色。

㊼垂统：帝主把基业传给后代。

㊽规模：榜样。

㊾远：历时久远。

太宗本纪一

太宗神功圣德文武皇帝讳炅①，初名匡义②，改赐光义；即位之二年，改今讳。宣祖第三子也，母曰昭宪皇后杜氏。初，后梦神人捧日以授，已而有娠，遂生帝于浚仪官舍。是夜，赤光上腾如火，闾巷闻有异香，时晋天福四年十月十七日甲辰也。

帝幼不群③，与他儿戏，皆畏服。及长，隆准龙颜④，望之知为大人，俨如也⑤。性嗜学，宣祖总兵淮南，破州县，财物悉不取，第求古书遗帝⑥，恒饬厉之⑦。帝由是工文业⑧，多艺能。

仕周至供奉官都知。太祖即位，以帝为殿前都虞候，领睦州防御使。亲征泽、潞，帝以大内点检留镇，寻领泰宁军节度使⑨。征李重进，为大内都部署，加同平章事，行开封尹，再加兼中书令。征太原，改东都留守，别赐门戟⑩，封晋王，序班宰相上⑪。

开宝九年冬十月癸丑，太祖崩，帝遂即皇帝位。乙卯，大赦，常赦所不原者咸除之⑫。丙辰；群臣表请听政，不许；丁巳，宰相薛居正等固请，乃许，即日移御长春殿。庚申，以弟廷美为开封尹兼中书令，封齐王；先帝子德昭为永兴军节度使兼侍中，封武功郡王；德芳为山南西道节度使、兴元尹、同平章事。薛居正加左仆射，沈伦加右仆射，卢多逊为中书侍郎，曹彬仍枢密使，并同平章事。楚昭辅为枢密使，潘美为宣徽南院使，内外官进秩有差。诏茶、盐、榷酤用开宝八年额⑭。

十一月癸亥朔，帝不视朝。甲子，追册故尹氏为淑德皇后⑮，越国夫人符氏为懿德皇后。戊辰，罢州县奉户。庚午，诏诸道转运使察州县官吏能否，第为三等⑯，岁终以闻。命诸州大索知天文术数人送阙下，匿者论死⑰。乙亥，命权知高丽国事王伷为高丽国王。癸未，幸相国寺。己丑，遣著作郎冯正、佐郎张玘使契丹告哀⑱。诏文武官由遣累不齿者⑲，有司毋得更论前过。

十二月己亥，置直舍人院。甲寅，御乾元殿受朝，乐县而不作⑳。大赦，改是岁为太平兴国元年。命太祖子及齐王廷美子并称皇子，女并称皇女。丁巳，置三司副使。戊午，契丹遣使来赙㉑。己未，幸讲武池，遂幸玉津园。庚申，节度使赵普、向拱、张永德、高怀德、冯继业、张美、刘廷让来朝。

二年春正月壬戌，以大行殡，不视朝。丙寅，禁居官出使者行商贾事㉒。戊辰，亲试礼部举人。甲戌，上大行皇帝谥曰英武圣文神德㉓，庙号太祖。丙子，幸相国寺，还御东华门观灯。庚辰，阅礼部贡士十举至十五举者百二十人，并赐出身。戊子，命邕州广源州酋长坦坦绰侬民富为检校司空、御史大夫、上柱国。辛卯，幸讲武池。置江南榷茶场。

二月甲午，契丹遣使来贺即位及正旦。吴越国遣使来贡。罢南唐铁钱。庚子，帝改名炅。壬寅，大宴崇德殿，不作乐。乙巳，幸新凿池，遂幸讲武池，宴射玉津园。丁未，占城国遣使来贡。己酉，令江南诸州盐先通商处悉禁之。戊午，幸太平兴国寺，遂幸造船务，还幸建隆观。

三月壬戌朔，始立试衔官选限㉔。己卯，以河阳节度使赵普为太子少保。己丑，幸开宝寺。置威胜军。禁江南诸州铜。许契丹互市㉗。

夏四月辛卯，大食国遣使来贡。丁酉，契丹遣使来会葬。乙卯，葬太祖于永昌陵。

五月壬戌，河南法曹参军高丕、伊阙县主簿翟嶙、郑州荥泽令申廷温坐不勤事并免。癸亥，向拱、张永德、张美、刘廷让皆罢节镇，为诸卫上将军。乙丑，幸新水硙，遂幸玉津园宴射。丙寅，诏继母杀子及妇者同杀人论。庚午，宴崇德殿，不作乐。遣辛仲甫使契丹。甲戌，以十月七日为乾明节。己卯，祔太祖神主于庙㉒，以孝明皇后王氏配；又以懿德皇后符氏、淑德皇后尹氏祔别庙。庚辰，诏作北帝宫于终南山。癸未，幸新水硙，遂宴射玉津园。

六月辛卯朔，白龙见郓州要策池中㉚。乙卯，幸开宝寺，遂幸飞龙院，赐从官马。是月，磁州保安等县墨虫生，食桑叶殆尽。颍州大水。

秋七月庚午，诏诸库藏敢变权衡以取羡余者死㉛。癸未，钜鹿、沙河步屈食桑麦㉜，河决荥泽、顿丘、白马、温县。

闰月己亥，幸白鹤桥，临金水河。己酉，河溢开封等八县，害稼。甲寅，诏发潭州兵击梅山洞贼。丁巳，有司上闰年舆地版籍之图㉝。令支郡得专奏事。

八月癸亥，黎州两林蛮来贡。乙丑，平海军节度使陈洪进来朝。癸酉，以观灯遂幸相国寺。戊寅，诏作崇圣殿。是月，陕、澶、道、忠、寿诸州大水，钜鹿步蝻生㉞，景城县雹。

九月乙未，幸弓箭院，遂幸新修三馆。壬寅，幸新水硙，遂幸西御园宴射。丁未，渤泥国遣使来贡，山后两林蛮来献马。辛亥，幸讲武台大阅。容州初贡珠。乙卯，镇海、镇东军节度使钱惟濬来朝。丙辰，狩近郊。丁巳，吴越王遣使乞呼名，不允。是月，兴州江水溢，濮州大水，汴水溢。

冬十月戊午朔，赐百官及在外将校、长吏冬服。辛酉，契丹来贺乾明节。己巳，幸京城西北，观卫士与契丹使骑射，遂宴苑中。己巳，群臣请举乐，表三上，从之。丙子，诏禁天文卜相等书，私习者斩。辛巳，畋近郊。初榷酒酤。

十一月丁亥朔，日有食之，既㉟。庚寅，日南至，帝始受朝。甲午，遣李渎等贺契丹正旦。丁酉，禁江南诸州新小钱，私铸者弃市。癸丑，幸御龙弓箭直营，赐军士钱帛有差。

十二月丁巳朔，试诸州所送天文术士，隶司天台，无取者黥配海岛㊱。庚午，畋近郊。癸酉，诏定晋州矾法，私煮及私贩易者罪有差。辛巳，幸新水硙。高丽国王使其子元辅来贺即位。

三年春正月丙戌朔，不受朝，群臣诣阁贺㊲。庚寅，殿直霍琼坐募兵劫民财，腰斩。甲午，浚汾河。雅州西山野川路蛮来朝。戊戌，开襄、汉漕渠，渠成而水不上，卒废。己亥，光禄丞李之才坐擅入酒邀同列饮殿中，除名。庚子，罢陈州蔡河舟算㊳。辛丑，浚广济、惠民及蔡三河。治黄河堤。乙巳，浚汴口。己酉，命修《太祖宝录》。辛亥，命群臣祷雨。癸丑，京畿雨足㊴。

二月丙辰，幸郑国公主第。以三馆新修书院为崇文院。丁巳，诏班诸州录事、县令、簿尉历子合541式。甲子，罢昌州七井虚额盐。丙寅，泗州录事参军徐璧坐监仓受贿出虚券㊵，弃市。辛未，幸西绫锦院，命近臣观织室机杼㊶，还幸崇文院观书。诏凿金明池。甲申，禁沿边诸郡阑出铜钱㊷。制西京新修殿名㊸。

三月乙酉朔，贝州清河民田祚十世同居，诏旌其门闾㊹，复其家㊺。辛丑，监海门戍、殿直武裕坐奸赃弃市。壬寅，秦州言，戎酋王泥猪寇八狼戍，巡检刘崇让击败之，枭其首以徇㊻。己酉，吴越国王钱俶来朝。壬子，幸开宝寺。是月，寿州甘露降。

夏四月乙卯朔，命群臣祷雨。召华山道士丁少微。丙辰，禁民自春及秋毋捕猎。庚午，幸建隆观，遂幸西染院，又幸造船务。乙亥，置诸道转运判官。己卯，陈洪进献漳、泉二州，凡得县十四、户十五万一千九百七十八、兵万八千七百二十七。庚辰，幸城南观麦，遂幸玉津园宴射。辛巳，侍御史赵承嗣坐监市征隐官钱，弃市。癸未，以陈洪进为武宁军节度使、同平章事。钱俶乞罢所封吴越国王，及解天下兵马大元帅，并寝书诏不名之命，归其兵甲，求还，不许。是月，河决获嘉县。

五月乙酉，赦漳、泉，仍给复一年。钱俶献其两浙诸州，凡得州十三、军一、县八十六、户五十五万六百八十、兵一十一万五千三十六。丁亥，封钱俶为淮海国王，其子惟濬徙淮南军节度使，惟治徙镇国军节度使。戊子，赦两浙，给复如漳、泉。癸巳，遣李从吉等使契丹。乙未，占城国遣使献方物。壬寅，定难军节度使李克睿卒，子继筠立。乙巳，以继筠袭定难军节度使。幸殿前都指挥使杨信第视疾。戊申，以秦州节度使判官李若愚子飞雄矫制乘驿至清水县㊼，缚都巡检周承瑨及刘文裕、马知节等七人，将劫守卒据城为叛，文裕觉其诈，禽缚飞雄按之，尽得其状㊽，诏诛飞雄及其父母妻子同产㊾，而哀若愚宗奠无主；申戒中外臣庶，自今子弟有素怀凶险、屡戒不悛者，尊长闻诸州县，锢送阙下㊿，配隶远处[53]，隐不以闻，坐及期功以上[54]。

六月戊午，复给乘驿银牌。壬午，秦州清水监军田仁朗击破西羌，斩获甚众。癸未，诏：太平兴国元年十月乙卯以来诸职官以赃致罪者，虽会赦不得叙[55]，永为定制。是月，泗州大水，汴水决宁陵县。

秋七月乙酉，大雨震电，西窑务薪聚焚[56]。壬辰，右千牛卫上将军李煜卒，追封吴王。戊戌，金乡县民李光袭十世同居，诏旌其门。庚戌，改明德门为丹凤门。壬子，中书令史李知古坐受赇擅改刑部所定法[57]，杖杀之。

八月癸丑，幸南造船务，遂幸玉津园宴射。滑州黄河清。丙辰，诏两浙发淮海王缌麻以上亲及管内官吏赴阙[58]。辛未，夷州蛮任朗政来贡。癸酉，詹事丞徐选坐赃，杖杀之。甲戌，群臣请上尊号曰应运统天圣明文武皇帝，许之。

九月甲申，亲试礼部举人。壬子，以布衣张遁为襄邑县主簿㊾，张文旦濮阳县主簿。

冬十月癸丑朔，契丹遣使来贺乾明节。高丽国王遣使来贡。庚申，幸武功郡王德昭邸，遂幸齐王邸，赐齐王银万两、绢万匹，德昭、德芳有差。辛酉，复兖州曲阜县袭封文宣公家。庚午，畋近郊。是月，河决灵河县。

十一月丙申，祀天地于圜丘㊿，大赦。御乾元殿受尊号。庚子，幸齐王邸。丙午，以郊祀中外文武加恩。

十二月乙丑，幸讲武台观机石连弩㉛。庚午，畋近郊。戊寅，契丹遣使来贺正旦。己卯，置三司推官、巡官。

四年春正月丁亥，命太子中允张洎、著作佐郎句中正使高丽，告以北伐。遣官分督诸州军储输太原行营㉜。庚寅，以宣徽南院使潘美为北路都招讨制置使，分命节度使河阳崔彦进、彰德李汉琼、彰信刘遇、桂州观察使曹翰，副以卫府将直，四面进讨。侍卫马军都虞候米信、步军都虞候田重进并为行营指挥使，将其军以从，西上阁门使郭守文、顺州团练使梁迥监护之。辛卯，命云州观察使郭进为太原石岭关都部署，以断燕蓟援师。癸巳，置签署枢密院事，以石熙载为之。乙未，宴潘美等于长春殿，赐以袭衣、金带、鞍马。癸卯，新浑仪成㉝。

二月壬子，幸国子监，遂幸玉津园宴射。甲寅，以齐王廷美子德恭为贵州防御使。丙辰，以中书侍郎、尚书右仆射、同平章事沈伦为东京留守兼判开封府事㉞，宣徽北院使王仁赡为大内都部署，枢密承旨陈从信副之。癸亥，赐扈从近臣鞍马、衣服、金玉带有差㉟。甲子，帝发京师。戊寅，次澶州，观鱼于河。

三月庚辰朔，次镇州。丁亥，郭进破北汉西龙门寨，禽获甚众。乙未，郭进大破契丹于关南。庚子，左飞龙使史业破北汉鹰扬军，俘百人来献。乙巳，夏州李继筠乞帅所部助讨北汉。诏泉州发兵护送陈洪进亲属赴阙。

夏四月己酉朔，岚州行营与北汉军战，破之。庚戌，盂县降。以石熙载为枢密副使。辛酉，以孟玄喆、刘廷翰为兵马都钤辖㊱，崔翰总马步军，并驻泊镇州。壬戌，帝发镇州。折御卿克岢岚军，获其军使折令图。乙丑，克隆州，获其招讨使李询等六人。己巳，折御卿克岚州，杀其宪州刺史郭翙，获夔州节度使马延忠。庚午，次太原，驻跸汾东行营㊳。辛未，幸太原城，诏谕北汉主刘继元使降。壬申夜，帝幸城西，督诸将发机石攻城。甲戌，幸诸寨。乙亥，幸连城，视攻城诸洞。

五月己卯朔，攻城西南，遂陷羊马城，获其宣徽使范超，斩纛下㊴。辛巳，攻城西北。壬午，其骑帅郭万超来降，遂移幸城南，手诏赐继元㊵。癸未，进攻，将士尽奋，若将屠之。是夜，继元遣使纳款。甲申，继元降，北汉平，凡得州十、县四十、户三万五千二百二十。命祠部郎中刘保勋知太原府。乙酉，赦河东常赦所不原者，命录死事将校子孙，瘗战士。戊子，以榆次县为新并州。优赏归顺将校，尽括僧道隶西京寺观，官吏及高赀户授田河南。北汉节度使蔚进卢遂以汾州降。己丑，以继元为右卫上将军、彭城郡公。帝作《平晋诗》，令从臣和。辛卯，继元献官妓百余，以赐将校。乙未，筑新城。送刘继元缌麻以上亲赴阙。丙申，幸城北，御沙河门楼。尽徙余民于新城，遣使督之，既出，即命纵火。丁酉，以行宫为平晋寺，帝作《平晋记》刻寺中。废隆州，隳其城㊷。庚子，发太原。丁未，次镇州。

六月甲寅，以将伐幽蓟，遣发京东、河北诸州军储赴北面行营。庚申，帝复自将伐契丹。丙寅，次金台顿，募民为乡导者百人㊸。丁卯，次东易州，刺史刘宇以城降，留兵千人守之。戊辰，次涿州，判官刘厚德以城降。己巳，次盐沟顿，民得近界马来献，赐以束帛。庚午，次幽州城南，驻跸宝光寺。契丹军城北⑦，帝率众击走之⑦。壬申，命节度使定国宋偓、河阳崔彦进、彰信刘遇、定武孟玄喆四面分兵攻城。以潘美知幽州行府事。契丹铁林厢主李札卢存以所部来降。癸酉，移幸城北，督诸将进兵，获马三百。幽州神武厅直并乡兵四百人来降。乙亥，范阳民以牛酒犒师⑦。丁丑，帝乘辇督攻城⑦。

秋七月庚辰，契丹建雄军节度使、知顺州刘廷素来降。壬午，知蓟州刘守恩来降。癸未，帝督诸军及契丹大战于高梁河，败绩。甲申，班师⑦。庚寅，命孟玄喆屯定州，崔彦进屯关南。乙巳，帝至自范阳。

八月壬子，西京留守石守信坐从征失律⑦，贬崇信军节度使。甲寅，彰信军节度使刘遇贬宿州观察使。癸亥，命潘美屯河东三交口。甲戌，汴水决宋城县。武功郡王德昭自杀。诏作太清楼。是月，秦州大水。

九月己卯，河决汲县。丁亥，置皇子侍读。己亥，幸新城，观铁林军人射强弩。庚子，华山道士丁少微诣阙献金丹及巨胜、南芝、玄芝⑦。癸卯，山后两林蛮以名马来献。丙午，镇州都钤辖刘廷翰及契丹战于遂城西，大败之，斩首万三百级，获三将、马万匹。

冬十月乙亥，以平北汉功，齐王廷美进封秦王，薛居正加司空，沈伦加左仆射，卢多逊兼兵部尚书，曹彬兼侍中，白进超、崔翰、刘廷翰、田重进、米信并领诸军节度使，楚昭辅、崔彦进、李汉琼并加检校太尉，潘美加检校太师，王仁赡加检校太傅，石熙载加刑部侍郎，文武从臣进秩有差⑧。

十一月庚辰，放道士丁少微归华山。己丑，畋近郊。辛卯，忻州言与契丹战，破之。阆南言破契丹，斩首万余级。

十二月丁未，占城国遣使来贡。丁卯，畋近郊。置诸州司理判官。

五年春正月庚辰，诏宣慰河东诸州。壬午，新作天驷左右监，以左右飞龙使为左右天厩使，闲厩使为崇仪使。庚寅，改端明殿学士为文明殿学士。

二月戊辰，斩徐州妖贼李绪等七人。废顺化军。

三月戊子，会亲王、宰相、淮海国王及从臣蹴鞠大明殿⑧。己丑，左监门卫上将军刘鋹卒，追封南越王。癸巳，代州言，宣徽南院使潘美败契丹之师于雁门，杀其驸马侍中萧咄李，获都指挥使李重诲。

闰三月丙午，幸水硙，因观鱼。甲寅，亲试礼部举人。丁巳，亲试诸科举人。庚午，幸讲武池观习楼船。辛未，甘、沙州回鹘遣使以橐驼名马来献。

夏四月癸未，亲试应百篇举赵昌国，赐及第。壅汾河晋祠水灌太原⑧，隳其故城。是月，寿州风雹，冠氏县雨雹⑧。

五月癸卯朔，大霖雨。辛酉，命宰相祈晴。

六月壬午，高丽国王遣使来贡。是月，颍州大水，徐州白沟溢入城。

秋七月丁未，讨交州黎桓，命兰州团练使孙全兴、八作使张濬、左监门卫将军崔亮、宁州刺史刘澄、军器库副使贾湜、阁门祗候王僎并为部署⑧。全兴、濬、亮由邕州，澄、湜、僎由廉州，各以其众致讨。庚申，北海蚌蚧生⑧。

八月甲申，西南蕃主龙琼琚使其子罗若从并诸州蛮来贡。

九月癸卯，黎桓遣使为丁璿上表求袭位。甲辰，史馆上《太祖实录》。壬戌，畋近郊。

冬十月戊寅，大发兵屯关南及镇、定州。己丑，发京师至雄州民治道。甲午，命侍卫马军都指挥使米信护定州屯兵。

十一月庚子朔，安南静海军节度行军司马、权知州事丁璿上表求袭位，不报。丙午，以秦王廷美为东京留守，王仁赡为大内都部署，陈从信副之。己酉，帝伐契丹。壬子，发京师。癸丑，次长垣县。关南与契丹战，大破之。以河阳三城节度使崔彦进为关南都部署。戊午，驻跸大名府。诸军及契丹大战于莫州，败绩⑧。

十二月甲戌，大阅，遂宴幄殿⑰。卫士有盗获麈者当坐，诏特释之。戊寅，以保静军节度使刘遇、威塞军节度使曹翰为幽州东、西路部署。庚辰，发大名府，因校猎⑱。乙酉，帝至自大名府。交州行营与贼战，大破之。

六年春正月癸卯，置平塞、静戎二军。辛亥，易州破契丹数千众。丙寅，改静戎军为安静军。

二月己卯，命宰臣祷雨。

三月己酉，兴元尹德芳薨⑱，追封岐王。癸丑，诏令诸路转运使察官吏贤否以闻。丙辰，置破虏、平戎二军。丁巳，高昌国遣使来贡。壬戌，交州行营破贼于白藤江口，获战舰二百艘，知邕州侯仁宝死之。会炎瘴⑱，军士多死者，转运使许仲宣驿闻，诏班师。诏斩刘澄、贾湜于军中，征孙全兴下狱⑨。令诸州长吏五日一虑囚⑫。

夏四月辛未，幸太平兴国寺祷雨。丙戌，高丽国遣使来贡。禁西川诸州白衣巫师⑱。罢湖州织罗，放女工。

五月己未，雨。降死罪囚，流以下释之。平塞军与契丹战，破之。

六月甲戌，司空、平章事薛居正薨。

七月丙午，诏渤海琰府王助讨契丹。是月，延州、鄜、宁、河中大水，宋州蝗。

九月乙未朔，日有食之。甲辰，左拾遗田锡上疏极谏，诏嘉奖之。丙午，置京朝官差遣院，初令中书舍人郭贽等考校课绩。辛亥，以赵普为司徒，石熙载为枢密使。壬子，诏求直言。丙辰，易州言破契丹。斩绵州妖贼王禧等十人。

冬十月癸酉，群臣三奉表上尊号曰应运统天睿文英武大圣至明广孝皇帝，许之。甲申，以河阳三城节度使崔彦进为关南都部署，侍卫马军都指挥使米信为定州都部署。丙戌，校历代医书。甲午，诏作苏州太一宫成。

十一月丁酉，监察御史张白坐知蔡州日假官钱籴粜⑱，弃市。甲辰，改武德司为皇城司。女真遣使来贡。辛亥，祀天地于圜丘，大赦。御乾元殿受尊号，内外文武加恩。壬子，令诸州监临官有所闻见传闻须面陈者，傃报。丁巳，交州行营部署孙全兴弃市。辛酉，以枢密使楚昭辅为左骁卫上将军。

十二月癸酉，购求医书。己卯，畋近郊。己丑，诸道节度州置观察支使，奉料同掌书记，仍不得并置。辛卯，禁民私市近界部落马。

七年春正月甲午朔，不受朝，群臣诣阁称贺。壬戌，定舆服等差及婚取丧葬仪制⑰。

二月甲申，改关南为高阳关，徙并州治唐明镇⑱。乙酉，特贳庐州管内逋米万七千二百四十石⑲。

三月癸巳朔，日有食之。乙未，以秦王廷美为西京留守。乙巳，以旱分遣中黄门遍祷方岳⑳。交州以王师致讨遣使来谢㉑。壬子，赐秦王袭衣、通犀带、钱十万。是月，舒州上玄石，有白文曰："丙子年出赵号二十一帝"㉒。宣州雪霜杀桑害稼。北阳县蝗，飞鸟数万食之尽。

夏四月甲子，以枢密直学士窦偶、中书舍人郭贽并参知政事，知京使柴禹锡为宣徽北院使兼枢密副使。戊辰，中书侍郎兼兵部尚书、平章事卢多逊罢为兵部尚书。丁丑，西京留守、秦王廷美罢归第，复其子德恭、德隆名皇侄，女韩氏如落皇女、云阳公主之号㉓。卢多逊褫职流崖州㉔，并徙其家，期周以上亲悉配远裔㉕。庚辰，左仆射、平章事沈伦罢为工部尚书。禁河南诸州私铸铅锡恶钱及轻小钱。是月，润州大水。

五月辛丑，崔彦进败契丹于唐兴。戊申，虑囚。己酉，夏州留后李继捧献其银、夏、绥、宥四州。辛亥，三交行营言，潘美败契丹之师于雁门，破其垒三十六。丙辰，秦王廷美降封涪陵县公，房州安置。以崇仪副使阎彦进知房州，监察御史袁廓通判军州事，各赐白金三百两。己未，府州破契丹于新泽寨，获其将校以下百人。是月，陕州蝗，芜湖县雨雹。

六月乙亥，遣使发李继捧缌麻已上亲赴阙，其弟继迁奔地斤泽。丙子，置译经院。是月，河决临济县，汉阳军大水。

秋七月甲午，以子德崇为检校太傅、同平章事，封卫王；德明为检校太保、同平章事，封广平郡王。乙卯，工部尚书沈伦以左仆射致仕⑩。是月，河决范济口，淮水、汉水、易水皆溢，阳谷县蝗，关、陕诸州大水。

八月庚申朔，太子太师王溥薨。己卯，诏川峡诸州官织锦绮、鹿胎、透背、六铢、欹正、龟壳等悉罢之，民间勿禁。

九月己丑朔，西京诸道系籍沙弥⑩，令祠部给牒⑩。甲寅，贵妃孙氏薨。邠州蝗。

冬十月癸亥，诏：河南吏民不得阑出边关侵挠略夺⑩，违者论罪；有得羊马生口者还之。戊辰，幸金明池，御龙舟观习水战。河决武德县，蠲临河民租。己卯，左谏议大夫、参知政事窦偁卒。癸卯，《乾元历》成。是月，岳州田鼠食稼。

十一月己酉，以李继捧为彰德军节度使。禁民丧葬作乐。

十二月戊午朔，日有食之。庚午，蠲两浙诸州太平兴国六年以前逋租⑪。戊寅，高丽国王伷卒⑫，其弟治遣使求袭位，诏立治为高丽国王。

闰月戊子朔，丰州与契丹战，破之，获其天德军节度使萧太。占城国献驯象。丙申，狩近郊。辛亥，诏赦银、夏等州常赦所不原者。诸州置农师。

八年春正月己卯，以东上阁门使王显为宣徽南院使，酒坊使弭德超为北院使，并兼枢密副使。癸未，诏令州县长吏延问高年耆德⑬。

二月戊子朔，日有食之。丁酉，禁内属部落私市女口⑭。

三月庚申，以右谏议大夫宋琪为参知政事。丰州破契丹兵，降三千余帐⑮。癸亥，分三司，各置使。癸酉，幸金明池，观习水战。丙子，亲试礼部举人。甲申，除福建诸州盐禁。

夏四月壬寅，班《外宫戒谕辞》。壬子，流枢密副使弭德超于琼州，并徙其家。乙卯，幸枢密使石熙载第视疾。

五月丁卯，诏作太一宫于都城南。黎桓自称三使留后，遣使来贡，并上丁璿让表⑯。诏谕桓送璿母子赴阙，不听。丁亥，流威塞军节度使曹翰于登州。乙亥，诏长吏诱致关、陇流亡。是月，河决滑州，过澶、濮、曹、济，东南入于淮。相州风雹。

六月己亥，以王显为枢密使，柴禹锡为宣徽南院使兼枢密副使。己酉，兖州泰山父老及瑕丘等七县民诣阙请封禅⑰。是月，谷、洛、瀍、涧溢，坏官民舍万余区，溺死者以万计，巩县坏殆尽。

秋七月辛未，参知政事郭贽罢为秘书少监。庚辰，加宋琪刑部尚书，以工部尚书李昉参知政事。是月，河、江、汉、滹沱及祁之资、沧之胡卢、雄之易恶池水，皆溢为患。

八月壬辰，以大水故，释死罪以下。丁酉，山后两林蛮来贡。溪、锦、叙、富四州蛮来附。庚戌，以枢密使石熙载为右仆射。辛亥，增谥法⑱。诏：军国政要令参知政事李昉及枢密院副使一人录送史馆。

九月癸丑朔，占城国献驯象。初置水陆路发运于京师。是月，睢溢，浸田六十里。

冬十月戊戌，改卫王德崇名元佐，广平郡王德明名元祐，德昌名元休，德严名元隽，德和名元杰。己酉，进元佐为楚王、元祐陈王，封元休韩王、元隽冀王、元杰益王，并检校太保、同平章事。司徒、兼侍中赵普罢为武胜军节度使。

十一月壬子朔，以参知政事宋琪、李昉并平章事。癸丑，除川峡民祖父母父母在别籍异财弃市律。己未，太一宫成。壬申，以翰林学士李穆、吕蒙正、李至并参知政事，枢密直学士张齐贤、王沔并同签署枢密院事。庚辰，置侍读官。

十二月壬午朔，诏绥、银、夏等州官吏招诱没界外民归业，仍给复三年。丁亥，赐河北、河东缘边戍卒襦①，京城诸军米。淮海国王钱俶三上表乞解兵马大元帅、国王、尚书中书令、太师等官。罢元帅名，余不许。西人寇宥州②，巡检使李询击走之。是月，醴泉县水中草变为稻，滑州河决。

雍熙元年春正月壬子朔，不受朝，群臣诣阁拜表称贺。戊午，右仆射石熙载薨。壬戌，购逸书③。丁卯，涪陵县公廷美薨，追封涪陵王。壬申，蠲诸州民去年官所贷粟④。癸酉，左谏议大夫、参知政事李穆卒。

三月丁巳，滑州河决既塞，帝作《平河歌》赐近臣，蠲水所及州县今年租。癸未，以涪陵王子德恭、德隆为刺史，婿韩崇业为静难军司马。是月，甘露降太一宫庭⑤。

夏四月乙酉，泰山父老诣阙请封禅。戊子，群臣表请凡三上，许之。甲午，幸金明池，观习水战，因幸讲武台观射，赐武士帛。

五月庚戌朔，除江南盐禁。辛亥，幸城南观麦，赐刈者钱帛⑥。罢诸州农师。壬子，西州回鹘与波斯外道来贡。丁丑，乾元、文明二殿灾。己卯，以京官充堂后官。

六月丁亥，诏求直言。己丑，遣使按察两浙、淮南、西川、广南狱讼⑤。镇安军节度使、守中书令石守信薨。庚子，令诸州长史十日一虑囚。壬寅，诏罢封泰山。甲辰，禁边臣境外种莳⑦。

秋七月壬子，改乾元殿为朝元殿，文明殿为文德殿，丹凤门为乾元门；改匦院为登闻鼓院，东延恩匦为崇仁检院，南招谏匦为思谏检院，西申冤匦为申明检院，北通玄匦为招贤检院。

八月丁酉，亲祠太一宫⑩。壬寅，河水溢。是月，淄州大水。

九月壬戌，群臣表三上尊号曰应运统天睿文英武大圣至仁明德广孝皇帝，不许；宰相叩头固请，终不许。丙寅，幸并河新仓。

冬十月甲申，赐华山隐士陈抟号希夷先生⑩。夏州言，掩击李继迁⑪，获其母妻，俘千四百余帐，继迁走。壬辰，禁布帛不中度者⑫。癸巳，岚州献牝兽一角⑬。并瑞物六十三种图付史馆。戊戌，忠州录事参军卜元干坐受赇枉法，杖杀之。

十一月壬子，高丽国王遣使来贡。丁巳，祀天地于圜丘，大赦，改元，中外文武官进秩有差。癸酉，以浦城童子杨亿为秘书省正字。

十二月庚辰，淮海国王钱俶徙封汉南国王。癸未，赐京畿高年帛。丁亥，罢岭南采珠场。壬辰，立德妃李氏为皇后。丙申，御乾元门，赐京师大酺三日⑭。戊戌，大雨雪。

---

①燛（jiǒng，音窘）。

②乂（yì，音义）。

③不群：不合群。

④隆：高起。　准：鼻子。　颜：脑门子，面容。

⑤俨如：庄重的样子。

⑥第：只，仅。
⑦饬（chì，音斥）厉：小心谨慎地勉励。
⑧工：擅长、 文业：文学艺术。
⑨寻：不久。 领：兼任。
⑩门戟：宫庙或官府以及显贵人家门前所列的戟，以为仪仗。
⑪序班：按排列的次序。
⑫咸：全部。
⑬秩：官吏的品级，官吏的俸禄。
⑭榷（què，音却）：专营，专卖。 酤：酒。
⑮追册：追封。
⑯第：且。
⑰匿：隐瞒。
⑱告哀：报丧。
⑲谴累：屡受谴责
⑳乐（yuè，悦）：乐器。 县：同“悬”，悬挂。 不作：不演奏。
㉑赙（fù，音付）：送财物帮助办丧事。
㉒商贾（gǔ，音古）：经商。
㉓大行：一去不返。臣下因讳言皇帝死亡，以大行作比喻。
㉔ 贡士：经乡贡考试合格者。 举：推举。十举，犹如第十批推举。
㉕ 出身：科举时代为考中者所规定的身分资格。
㉖试衔官：试用待录的官员。
㉗互市：互通买卖。
㉘卫：担任护卫、防守之职的人。
㉙祔（fù，音付）：合葬。
㉚白龙：传说中的一种白色的龙。
㉛权衡：称量物体轻重的工具。 羡余：正赋以外的无名税收。
㉜步屈：尺蠖的别称。
㉝闰年舆：闰年地图籍。 地版籍：地图册。
㉞步蝻：蝗虫的幼虫。孵化而尚不能飞时叫作步蝻。
㉟既：指食尽。
㊱黥（qíng，音情）：古代一种刑罚，用刀在犯人面额上刺字，再涂上墨。 配：发配。
㊲閤：门旁的小门。
㊳算：计划。
㊴京畿：京城四周广大地区。
㊵虚券：不真实的凭证。
㊶机杼（zhù，音助）：织布机。
㊷阑：擅自。
㊸制：书写。
㊹旌：表彰。 门闾：全家。
㊺复：免除赋税徭役。
㊻枭：悬头示众。 徇：示众。
㊼驿：古代供传递公文或传递消息用的马。
㊽状：供状。
㊾ 同产：同母兄弟。
㊿宗奠：宗庙祭奠。
(51)屡戒不悛（quān，音全）：屡教不改。悛，悔改。
(52)锢（gù，音故）：禁锢起来。

㊼配隶：发配。

㊼期功：古代丧服名称。期，服丧一年。功，分大功与小功。大功服丧九个月，小功服丧五个月。

㊼叙：陈述，申诉。

㊼藁（gǎo，音稿）：稻草。

㊼受赇（qiú，音求）：接受贿赂。

㊼缌（sī，音思）麻：本为丧服名。五服（斩衰、齐衰、大功、小功、缌麻）中最轻的一种。此处指疏远的亲属、亲戚，如高祖父母、曾祖父母、族伯叔父母、外祖父母、岳父母、中表兄弟、婿、外孙等。

㊼遁（dùn），音盾。

㊱圜（yuán，音员）丘：古代祭天的坛。

㊅连弩（nǔ，音努）：用机械力同时发射几支箭的弓。

㊅行营：狩猎或出征时使用的营帐。

㊅浑仪：即浑天仪，为我国古代观测天体位置的仪器，类似现在的天球仪。

㊅判：高位兼低职或出任地方官。

㊅扈从：皇帝出巡时的侍从、护卫人员。

㊅钤（qián，音钱）辖：军官名。

㊅翊（yì），音易。

㊅驻跸（bì，音必）：古代皇帝出行，途中停留暂住。

㊅纛（dào，音道或 dú 毒）：古代军队或仪仗队的大旗。

㊀手诏：皇帝亲手书写的诏书。

㊁隳（huī，音灰）：毁坏。

㊂募：招募。

㊃军：驻军。

㊄走：跑，逃。

㊅犒：犒劳，慰劳。

㊆辇：皇帝坐的车子。

㊇班师：把出征的军队调回来。

㊈失律：行军不守纪律。

㊉巨胜：胡麻的别名。　　南芝、玄芝：均为仙草。

㊀进秩：提升官吏的品级；增加官吏的俸禄。

㊁蹴（cù，音促）鞠：古代军中习武的游戏，类似现在的足球赛。

㊂壅（yōng，音拥）：堵塞。

㊃雨（yù，音遇）雹：下雹子。

㊄湜（shí），音时。　　僎（zhuàn），音撰。

㊅蚜蚄（zǐ fāng，音子方）：粘虫的俗称。

㊅败绩：军队溃败。

㊅幄（wò，音沃）殿：临时搭建的篷帐宫殿。

㊅校（jiào，音叫）猎：用木栅栏阻拦，以猎取野兽。

㊅薨（hōng，音轰）：古时指侯、王死。唐代以后二品以上的官员死亡也叫薨。

㊀炎瘴：旧时南方山林湿热蒸郁，使人致病的气，俗称瘴气，即疟疾。

㊁征：追究责任。

㊂虑囚：讯察记录囚犯的罪状。

㊃白衣巫师：未仕的能以舞降神的人。

㊄流：流放。

㊅考校：考试，考查。　　课绩：赋税的成绩。

㊅籴粜（dí tiào，音迪跳）：买进卖出粮食。

㊅舆服：车服。古代有穿车服的规定，以表明等级。　婚取丧葬：指结婚娶亲、丧事、殡葬等事。取同"娶"。

㊅治：地方政府，如州治为州政府。

⑨赦（shì，音世）：赦免，免除。　　逋（bū，音布阴平）：拖久。

⑩方岳：四方的大山。

⑩谢：谢罪。

⑩玄石：黑石。里面往往有古生物化石。

⑩白文：白色的文字。

⑩落：降，此引申为撤消免去。

⑩黜（chì，音尺）：革除。

⑩期周以上亲：服丧一年以内的近亲。　　远裔：边远的地方。

⑩致仕：交还官职；辞官。

⑩系籍：登记造册。　　沙弥：指初出家的年轻和尚。

⑩牒：度牒。僧尼出家，由官府发给的凭证，有了度牒，可免除地税、徭役。

⑩阑（lán，音兰）：擅自出入。

⑪蠲（juān，音涓）：免除。

⑫王伷（zhòu，音胄）。

⑬延问：接待问候。　　耆德：老年德高望尊的人。

⑭市：买卖。

⑮帐：营帐。

⑯让表：退让的奏章。

⑰诣（yì，音意）：到……去。　　阙：朝廷。　　封禅：帝王到泰山祭天地的典礼。

⑱谥法：指《周公谥法》。

⑲襦（rú，音儒）：短衣，短袄。

⑳宥（yòu，音右）州。

㉑逸书：散失在民间的书籍。

㉒贷粟：借出去的粮食。

㉓甘露：甜美的露水

㉔刈（yì，音义）者：指割麦的人。

㉕按察：巡察考核吏治。　　狱讼：诉讼案件。

㉖虑囚：向囚犯讯察决狱的情况。

㉗种莳（shì，音是）：栽种，种植。

㉘匦（guǐ），音轨。

㉙祠（cí，音词）：祭祀。

㉚陈抟（tuán，音团）。

㉛掩击：乘人不备进行袭击。

㉜不中（zhòng，音重）度：不符合长短标准。

㉝牝（pìn，音聘）雌性鸟兽。

㉞酺（pú，音璞）：聚会饮酒。

太宗本纪二

二年春正月丙辰，以德恭为左武卫大将军判济州，封定安侯①；德隆为右武卫大将军判沂州，封长宁侯。右补阙刘蒙叟通判济州，起居舍人韩俨通判沂州。乙丑，赐德恭、德隆常奉外支钱三百万。

二月戊寅，权交州留后黎桓遣使来贡②。乙未，夏州李继迁诱杀汝州团练使曹光实。己亥，占城遣使来贡。

三月己未，亲试礼部举人。江南民饥，许渡江自占③。

夏四月乙亥朔，遣使行江南诸州，振饥民及察官吏能否。戊寅，遣忠武军节度使潘美复屯三交口。己卯，诏以帝所生官舍作启圣院④。己丑，殿前承旨王著坐监资州兵为奸赃，弃市。庚子，甘露降后苑。辛丑，夏州行营破西蕃息利族，斩其代州刺史折罗遇并弟埋乞，又破保、洗两族，降五十余族⑥。

五月甲子，幸城南观麦，赐田夫布帛。天长军蝼生。

六月甲戌朔，河西行营言，获岌罗赋等十四族，焚千余帐。戊子，复禁盐、榷酤⑧。

秋七月庚申，诏诸道转运使及长吏，宜乘丰储廪以防水旱⑨。

八月癸酉朔，遣使按问两浙、荆湖、福建、江南东西路、淮南诸州刑狱，仍察官吏勤惰以闻。癸巳，西南奉化王子以慈来贡。是月，瀛、莫二州大水。

九月丙午，以岁无兵凶⑩，除十恶、官吏犯赃、谋故劫杀外，死罪减降，流以下释之，及蠲江、浙诸州民逋租。庚戌，重九⑪，赐近臣饮于李昉第，召诸王、节度使宴射苑中。是夕，楚王宫火。辛亥，废楚王元佐为庶人，均州安置。丁巳，群臣请留元佐养疾京师，许之。己未，西南蕃王遣使来贡。己巳，禁海贾。

闰月癸未，太白入南斗。甲申，幸天驷监，赐从臣马。乙未，禁邕管杀人祭鬼及僧人置妻孥⑫。己亥，坊州献一角兽。

冬十月辛丑朔，虑囚。丙午，以天竺僧天息灾、施护、法天并为朝请大夫、试鸿胪少卿。己酉，汴河主粮胥吏坐夺漕军口粮⑬，断腕徇于河畔三日⑭，斩之。甲寅，黎邛部蛮王子来贡。

十一月壬午，狩于近郊，以所获献太庙⑮，著为令⑯。戊子，祷雪。辛卯，诏在官丁父母忧者并放离任⑰。

十二月庚子朔，日有食之。癸卯，南康军言，雪降三尺，大江冰合，可胜重载。丁未，遣中使赐缘边戍卒襦袴⑱。丙辰，门下侍郎兼刑部尚书、平章事宋琪罢守本官。

三年春正月辛未，右武卫大将军、长宁侯德隆薨，以其弟德彝嗣侯⑲，仍知沂州。庚辰，夜漏一刻⑳，北方有赤气如城，至明不散。己丑，知雄州贺令图等请伐契丹，取燕蓟故地。庚辰，北伐，以天平军节度使曹彬为幽州道行营前军马步水陆都部署，河阳三城节度使崔彦进副之；侍卫马军都指挥使、彰化军节度使米信为西北道都部署，沙州观察使杜彦圭副之，以其众出雄州；侍卫步军都指挥使、静难军节度使田重进为定州路都部署，出飞狐。戊戌，参知政事李至罢为礼部侍郎。

二月壬子，以检校太师、忠武军节度使潘美为云、应、朔等州都部署，云州观察使杨业副之，出雁门。

三月癸酉，曹彬与契丹兵战固安南，克其城。丁丑，田重进战飞狐北，又破之。潘美自西陉入，与契丹兵遇，追至寰州，破之，其刺史赵彦辛以城降。辛巳，曹彬克涿州。潘美围朔州，其节度副使赵希赞以城降。癸未，田重进战飞狐北，获其西南面招安使大鹏翼、康州刺史马赟、马军指挥使何万通㉑。乙酉，曹彬败契丹于涿州南，杀其相贺斯。丁亥，潘美师至应州，其节度副使艾正、观察判官宋雄以城降。司门员外郎王延范与秘书丞陆坦、戎城县主簿田辩、术士刘昂，坐谋不轨弃市。庚寅，武宁军节度使、同平章事、岐国公陈洪进卒。辛卯，田重进攻飞狐，其守将吕行德、张继从、刘知进等举城降，以其县为飞狐军。占城国遣使来贡。丙申，进围灵丘，其守将穆超以城降。

夏四月辛丑，潘美克云州。田重进战飞狐北，破其众。壬寅，曹彬、米信战新城东北，又破之。己酉，田重进再战飞狐北，再破之，杀二将。乙卯，重进至蔚州，其牙校李存璋、许彦钦杀大将萧啜理，执其监城使、同州节度使耿绍忠，以城降。

五月庚午，曹彬之师大败于岐沟关，收众夜渡拒马河，退屯易州，知幽州行府事刘保勋死之。丙子，召曹彬、崔彦进、米信归阙，命田重进屯定州，潘美还代州。徙云、应、寰、朔吏民及吐浑部族，分置河东、京西。会契丹十万众复陷寰州，杨业护送迁民遇之，苦战力尽，为所禽，守节而死。

六月戊戌朔，日有食之。甲辰，以御史中丞辛仲甫为参知政事。

秋七月庚午，贬曹彬为右骁卫上将军，崔彦进为右武卫上将军，米信为右屯卫上将军，杜彦圭为均州团练使。应群臣、列校死事及陷敌者㉒，录其子孙㉓。壬午，徙山后降民至河南府、许汝等州。丁亥，以签署枢密院事张齐贤为给事中，知代州。癸巳，阶州福津县有大山飞来，自龙帝峡雍江水逆流，坏民田数百里。甲午，诏改陈王元祐为元僖，韩王元休为元侃，冀王元隽为元份。

八月丁酉朔，以王沔、张宏并为枢密副使。丁未，大雨，遣使祷岳渎，至夕雨止。剑州民饥，遣使振之，因督捕诸州盗贼。辛亥，降潘美为检校太保，赠杨业太尉、大同军节度使。

九月丙寅朔，减两京诸州系囚流以下一等，杖罪释之。赐所徙寰、应、蔚等州民米，升、宣等十四州雍熙二年官所振贷并蠲之。戊寅，赐北征军士阵亡者家三月粮。

冬十月甲辰，以陈王元僖为开封尹。壬子，高丽国王遣使来贡。庚申，诏以权静海军留后黎桓为本军节度。

十一月丙戌，幸建隆观、相国寺祈雪。

十二月乙未朔，大雨雪，宴群臣玉华殿。己亥，定州田重进入契丹界，攻下岐沟关。壬寅，契丹败刘廷让军于君子馆，执先锋将贺令图，高阳关部署杨重进死之。壬子，建房州为保康军，以右卫上将军刘继元为节度使。代州副部署卢汉赟败契丹于土镫堡，斩获甚众，杀监军舍利二人。是岁寿州大水，濮州蝗。

四年春正月甲子朔，不受朝，群臣诣阁拜表称贺。己卯，遣使按问西川、岭南、江、浙等路刑狱。丙戌，诏："应行营将士战败溃散者并释不问，缘边城堡备御有劳可纪者所在以闻。瘗暴骸㉔，死事者廪给其家㉕，录死事文武官子孙。蠲河北雍熙三年以前逋租，敌所踩践者给复三年，军所过二年，余一年。"

二月丙申，以汉南国王钱俶为武胜军节度使，徙封南阳国王。丁酉，缮治河北诸州、军城隍㉖。甲寅，钱俶改封许王。

三月庚辰，诏申严考绩。

夏四月癸巳朔，以御史中丞赵昌言为右谏议大夫、枢密副使。乙未，诏：诸州郡暑月五日一涤囹圄^②，给饮浆，病者令医治，小罪即决之^②。丁未，幸金明池观水嬉，遂习射琼林苑，登楼，掷金钱缯彩于楼下^②，纵民取之。并水陵发运为一司。

五月丙寅，遣使市诸道民马。庚辰，改殿前司日骑为捧日，骁猛为拱辰，雄勇为神勇，上铁林为殿前司虎翼，腰弩为神射，侍卫步军司铁林为侍卫司虎翼。丁亥，诏诸州送医术人校业太医署。赐诸将阵图。

六月丁酉，以右骁卫上将军刘廷让为雄州都部署。戊戌，以彰国军节度使、驸马都尉王承衍为贝、冀都部署，郭守文及郓州团练使田钦祚并为北面排阵使。庚子，定国军节度使崔翰复为高阳关兵马都部署。是月，鄜州献马，前足如牛。

秋七月丙寅，幸讲武池观鱼。是月，置三班院。

八月庚子，免诸州吏所逋京仓米二十六万七千石。

九月癸亥，校医术人，优者为翰林学生。

冬十月丙午，流雄州都部署刘廷让于商州。壬子，左仆射致仕沈伦薨。

十一月庚辰，诏以实数给百官奉。

十二月壬寅，幸建隆观、相国寺祈雪。庚戌，畋近郊。丁巳，大雨雪。

端拱元年春正月己未朔，不受朝，群臣诣阁拜表称贺。乙亥，亲耕籍田^③。还御丹凤楼，大赦，改元，除十恶、官吏犯赃至杀人者不赦外，民年七十以上赐爵一级。癸未，幸玉津园习射。乙酉，禁用酷刑。是月，澶州黄河清。

二月乙未，改左右补阙为左右司谏，左右拾遗为左右正言。丙申，禁诸州献珍禽奇兽。己亥，诏瀛州民为敌所侵暴者赐三年租，复其役五年。庚子，以籍田，开封尹、陈王元僖进封许王，元侃襄王，元份越王，钱俶邓王，中书门下平章事李昉为尚书右仆射，参知政事吕蒙正同中书门下平章事，枢密使王显加检校太傅，给事中许国公赵普守太保兼侍中，参知政事辛仲甫加户部侍郎，枢密副使赵昌言加工部侍郎，枢密副使王沔为参知政事，御史中丞张宏为枢密副使，余内外并加恩。甲辰，升建州为建宁军节度。庚戌，以子元偓为左卫上将军、徐国公，元偁为右卫上将军、泾国公。

三月甲戌，贬枢密副使赵昌言为崇信军行军司马。乙亥，郑州团练使侯莫陈利用坐不法，配商州禁锢，寻赐死。癸未，幸玉津园习射。废水陆发运司。

夏四月丁亥，赐京城高年帛。己丑，加高丽国王治、静海军节度使黎桓并检校太尉。

五月辛酉，置秘阁于崇文院^③。辛未，感德军节度使李继捧赐姓赵氏，名保忠。壬申，以保忠为定难军节度使。

闰五月辛卯，以洺州防御使刘福为高阳关兵马都部署，濮州防御使杨赞为贝州兵马都部署。乙未，赐诸州高年爵公士^②。丁酉，交州黎桓遣使来贡。壬寅，亲试礼部进士及下第举人。

六月丙辰朔，右领军卫大将军陈廷山谋反伏诛。丁丑，改湖南节度为武安军节度。亲试进士诸科举人。

秋七月丙午，除西川诸州盐禁。辛亥，忠武军节度使潘美知镇州。

八月乙卯，寿星见丙地。甲子，以宣徽南院使郭守文为镇州路都部署。戊寅，太师、邓王钱俶薨，追封秦国王，谥忠懿。庚辰，幸太学，命博士李觉讲《易》，赐帛；遂幸玉津园习射。是月，凤凰集广州清远县廨合欢树^③，树下生芝三茎。

九月乙酉朔，以侍卫马军都指挥使李继隆为定州都部署。

冬十月壬午，以侍卫步军都指挥使戴兴为澶州都部署。癸未，诏罢游猎，五方所畜鹰犬并放之，诸州毋以为献。

十一月甲申朔，高丽王遣使来贡。己丑，郭守文破契丹于唐河。

十二月辛未，以夏州蕃落使李继迁为银州刺史，充洛苑使。

二年春正月癸未朔，不受朝，群臣诣阁拜表称贺。壬辰，以涪州观察使柴禹锡为澶州兵马部署。癸巳，诏议北伐。

二月壬子朔，令河北东、西路招置营田㉞。癸丑，诏录将校官吏功及死事使臣、官吏子孙，士卒廪给其家三月。平塞、天威、平定、威虏、静戎、保塞、宁边等军，祁、易、保、定、镇、邢、赵等州民，除雍熙四年正月丙戌诏给复外，更给复二年；霸、伐、沼、雄、莫、深等州，平虏、岢岚军，更给复一年。戊午，罢乘传银牌㉟，复给枢密院牒。以太仓粟贷京畿饥民。癸亥，作方田。戊辰，以国子监为国子学。

三月辛卯，命高琼为并代都部署。壬寅，亲试礼部举人。

夏四月丁巳，置富顺监。辛未，幸赵普第视疾。

五月戊戌，以旱虑囚，遣使决诸道狱。是夕，雨。

秋七月甲申，以知代州张齐贤为刑部侍郎、枢密副使，盐铁使张逊为宣徽北院使、签署枢密院事。戊子，有彗出东井，上避正殿，减常膳。辛丑，契丹犯威虏军，崇仪使尹继伦击破之，杀其相皮室㊲，大将于越遁去。

八月丙辰，大赦，是夕彗不见。癸亥，诏作开宝寺舍利塔成。

九月壬午，邛部川、山后百蛮来贡。

冬十月辛未，以定难军节度使赵保忠同平章事。以岁旱、彗星谪见㊳，诏曰："朕以身为牺牲㊴，焚于烈火，亦未足以答谢天谴。当与卿等审刑政之阙失、稼穑之艰难㊵，恤物安人㊶，以祈玄祐㊷"。

十二月辛亥，置三司都磨勘官。丙辰，大雨雪。庚申，诏令四方所上表祗称皇帝。群臣请复尊号，不许。辛酉，上法天崇道文武皇帝，诏去"文武"二字，余许之。三佛齐国遣使来贡。

淳化元年春正月戊寅朔，减京畿系囚流罪以下一等。改元，内外文武官并加勋阶爵邑，中书舍人、大将军以上各赐一子官。赐鳏寡孤独钱㊸，除逋负。受尊号，改乾明节为寿宁节。戊子，诏作清心殿。

二月丁未朔，除江南、两浙、淮西、岭南诸州渔禁。己酉，改大明殿为含光殿。

三月丙子朔。乙未，幸西京留守赵普第视疾。

夏四月庚戌，遣中使诣五岳祷雨，虑囚，遣使分决诸道狱。甲寅，诏尚书省四品、两省五品以上举转运使及知州、通判。五溪蛮田汉权来附。戊午，建婺州为保宁军节度。丙寅，命殿前副都指挥使戴兴为镇州都部署。

五月甲午，给致仕官半奉。辛卯，置详覆、推勘官。

六月丙午，罢中元、下元张灯。庚午，太白昼见。

秋七月丁丑，太白复见。是月，吉、洪、江、蕲、河阳、陇城大水。开封、陈留、封丘、酸枣、鄢陵旱，赐今年田租之半，开封特给复一年。京师贵籴，遣使开廪减价分粜。

八月乙巳，毁左藏库金银器皿。己巳，禁川峡、岭南、湖南杀人祀鬼，州县察捕，募告者赏之。庚午，西南蕃主使其子龙汉兴来贡。是月，京兆长安八县旱，赐今年租十之六。蠲舒州宿松等三处鱼池税。

九月辛巳，荧惑入太微垣。大宴崇政殿。禁川峡民父母在出为赘婿㊺。是月，蠲沧、单、汝三州今年租十之六。

冬十月甲辰，交州黎桓遣使来贡。乙巳，荧惑陵左执法㊻。乙丑，知白州蒋元振、知须城县姚益恭并以清干闻㊼，下诏褒谕，赐粟帛。是月，以乾郑二州、河南寿安等十四县旱，州蠲今年租十之四，县蠲其税。

十一月戊戌，太白昼见。是月，蠲大名府管内今年租十之七。

十二月乙巳，占城遣使来贡。乙卯，高丽国遣使来贡。辛酉，诏中外所上书疏及面奏制可者，并下中书、枢密、三司中复颁行。

是岁，洪、吉、江、蕲诸州水，河阳大水。曹、单二州有蝗，不为灾。开封、大名管内及许、沧、单、汝、乾、郑等州，寿安、长安、天兴等二十七县旱。深冀二州、文登牟平两县饥。

二年春正月壬申朔，不受朝，群臣诣阁拜表称贺。丙子，遣商州团练使翟守素帅兵援赵保忠于夏州。乙酉，置内殿崇班、左右侍禁，改殿前承旨为三班奉职。丙戌，荧惑犯房㊽。己丑，诏陕西诸州长吏设法招诱流亡，复业者计口贷粟，仍给复二年。

二月癸丑，尽易宫殿彩绘以赭垩㊾。监察御史祖吉坐知晋州日为奸赃，弃市。乙丑，斩夔州乱卒谢荣等百余人于市。

闰月辛未朔，日有食之。戊寅，祷雨。丁亥，诏内外诸军，除木枪、弓弩矢外不得蓄他兵器。己丑，诏："京城蒲博者开封府捕之，犯者斩"。命近臣兼差遣院流内铨㊿。是月，河水溢，鄄城县蝗，汴河决。

三月乙卯，幸金明池御龙舟，遂幸琼林苑宴射。己巳，以岁蝗旱祷雨弗应，手诏宰相吕蒙正等："朕将自焚，以答天谴。"翌日而雨，蝗尽死。

夏四月庚午，罢端州贡砚。辛巳，以张齐贤、陈恕并参知政事，张逊兼枢密副使，温仲舒、寇准并为枢密副使。是月，河水溢，虞乡等七县民饥。

五月己亥朔，诏减两京诸州系囚流以下一等，杖罪释之。庚子，置诸路提点刑狱官。丙辰，左正言谢泌以敢言擢右司谏(51)，赐金紫、钱三十万(52)。

六月甲戌，忠武军节度使、同平章事潘美卒。命张永德为并、代都部署。乙酉，以汴水决浚仪县，帝亲督卫士塞之。庚寅，禁陕西缘边诸州阑出生口。是月，楚丘、鄄城、淄川三县蝗，河水、汴水溢。

秋七月己亥，诏陕西缘边诸州，饥民鬻男女入近界部落者官赎之(53)。李继迁奉表请降，以为银州观察使，赐国姓，改名保吉。是月，乾宁军蝗，许、雄、嘉三州大水。

八月己卯，置审刑院。己丑，雅州言登辽山崩(54)。

九月丁酉朔，户部侍郎、参知政事王沔，给事中、参知政事陈恕，并罢守本官(55)。己亥，中书侍郎兼户部尚书、平章事吕蒙正罢为吏部尚书，以右仆射李昉、参知政事张齐贤并平章事，翰林学士贾黄中、李沆并为给事中、参知政事。帝飞白书"玉堂之署"四字，以赐翰林承旨苏易简。壬寅，邛部川蛮来贡。癸卯，罢枢密使王显为崇信军节度使。甲辰，以张逊知枢密院事，温仲舒、寇准同知院事。

十一月丙申朔，复百官次对(57)。乙巳，罢京城内外力役土功(58)。己酉，幸建隆观、相国寺祈雪。

十二月丙寅朔，行入阁仪(59)。乙亥，赐秦州童子谭孺卿本科出身。癸未，保康军节度使刘继元卒，追封彭城郡王。大雨无冰。

是岁，女真表请伐契丹，诏不许，自是遂属契丹。大名、河中、绛、濮、陕、曹、济、同、淄、单、德、徐、晋、辉、磁、博、汝、兖、虢、汾、郑、亳、庆、许、齐、滨、棣、沂、贝、卫、青、霸等州旱。

三年春正月癸卯，大雨雪。乙巳，诏常参官举可任升朝官者。丙午，诏宰相、侍从举可任转运使者。

二月乙丑朔，日有食之。

三月乙未朔，以赵普为太师，封魏国公。戊戌，亲试礼部举人。辛丑，亲试诸科举人。戊午，以高丽宾贡进士四十人并为秘书省秘书郎⑥⁰，遣还。庚申，帝幸金明池观水戏，纵京城观者，赐高年白金器皿。

夏四月丁丑，诏江南、两浙、荆湖吏民之配岭南者还本郡禁锢。癸未，上作《刑政》、《稼穑诗》赐近臣。

五月甲午朔，御文德殿，百官入阁。壬寅，诏御史府所断徒罪以上狱具⑥¹，令尚书丞郎、两省给舍一人虑问。丁未，户部郎中田锡、通判殿中丞郭渭坐稽留刑狱⑥²，并责州团练副使，不签署州事。戊申，诏："太医署良医视京城病者，赐钱五十万具药，中黄门一人按视之⑥³。"己酉，以旱遣使分行诸路决狱。是夕，雨。辛亥，置理检司。甲寅，诏作秘阁。

六月丁丑，大风昼晦⑥⁴，京师疫解。戊寅，虑囚。甲申，飞蝗自东北来，蔽天，经西南而去。是夕，大雨，蝗尽死。庚寅，以殿前都虞候王昭远为并、代兵马都部署。辛卯，置常平仓。

秋七月己酉，太师、魏国公赵普薨，追封真定王。是月，许、汝、兖、单、沧、蔡、齐、贝八州蝗，洛水溢。

八月戊辰，以秘阁成赐近臣宴。壬申，召终南山隐士种放，不至。庚辰，阇婆国遣使来贡⑥⁵。丁丑，释岭南东、西路罚作荷校者⑥⁶。

九月丙申，遣官祈晴京城诸寺观。甲寅，幸天驷监，赐从臣马。乙卯，群臣上尊号曰法天崇道明圣仁孝文武皇帝，凡五表，终不许。

冬十月辛酉朔，折御卿进白花鹰，放之，诏勿复献。戊寅，始置京朝、幕职、州县官考课，并校三班殿最⑥⁷。戊子，高丽、西南蕃皆遣使来贡。

十一月己亥，许王元僖薨。甲申，虑囚，降徒流以下一等，释杖罪。赵保忠贡鹘⑥⁸，号"海东青"，还之。己未，禁两浙诸州巫师。置三司主辖收支官。是月，蔡州建安大火。

十二月丁卯，大雨雪。己卯，占城国王杨陀排遣使来贡。是月，雄州言大火。

是岁，润州丹徒县饥，死者三百户。

四年春正月庚寅朔，享太室⑥⁹，群臣诣斋宫拜表称贺。辛卯，祀天地于圜丘，以宣祖、太祖配⑦⁰，大赦。乙未，大雨雪。高丽国遣使来贡。乙巳，藏才西族首领罗妹以良马来献。

二月己未朔，日有食之。壬戌，召赐京城高年帛，百岁者一人加赐涂金带⑦¹。是日，雨雪大寒，再遣中使赐孤老贫穷人千钱、米炭。置昭宣使。癸亥，废沿江榷货八务⑦²。乙丑，加高丽国王王治检校太师，静海军节度使黎桓封交址郡王。己卯，诏以江、浙、淮、陕饥，遣使巡抚。诏：分遣近臣巡抚诸道，有可惠民者得便宜行事⑦³，吏罢软、苛刻者上之，诏令有未便者附传以闻。丙戌，置审官院、考课院。永康军青城县民王小波聚徒为寇，杀眉州彭山县令齐元振。是月，商州大雨雪。

三月壬子，诏权停贡举⑦⁴。

四月己卯，诸司奉行公事不得辄称圣旨。

五月戊申，罢盐铁、户部、度支等使，置三司使。

六月戊午朔，诏中丞已下皆亲临鞫狱⑦⁵。丙寅，吏部侍郎、平章事张齐贤罢为尚书左丞。壬申，宣徽北院使、知枢密院事张逊贬右领军卫将军，右谏议大夫、同知院事寇准罢守本官。以涪州观察使柴禹锡为宣徽北院使、知枢密院事，枢密直学士吕端参知政事，刘昌言同知枢密院事。

戊寅，初复给事中封驳^⑦。

七月丁酉，大雨。戊戌，复沿江务，置诸路茶盐制置使。

八月丙辰朔，日有食之。癸酉，以向敏中、张咏始同知银台、通进司，视章奏案牍以稽出入^⑦。

九月丙申，诏：诸杂除禁锢人^⑦，州县有阙得次补以责效，能自新勤干者具闻再叙^⑦。乙巳，以给事中封驳隶银台、通进司。丙午，命侍从举任才堪五千户以上县令者二人^⑧。自七月雨，至是不止。是月，河水溢，坏澶州；江溢，陷涪州。诏：溺死者给敛具^⑧，澶人千钱，涪人铁钱三千，仍发廪以振。

冬十月壬戌，罢诸路提点刑狱司^⑧。庚午，始分天下州县为十道，两京为左右计，各署判官领之，置三司使二员。辛未，右仆射、平章事李昉，给事中、参知政事贾黄中、李沆，左谏议大夫、同知枢密院事温仲舒，并罢守本官。以吏部尚书吕蒙正平章事，翰林学士苏易简为给事中、参知政事；枢密都承旨赵镕为宣徽北院使，枢密直学士向敏中为右谏议大夫，并同知枢密院事。丁丑，以右谏议大夫赵昌言为给事中、参知政事。辛巳，遣使按行畿县，民田被水者蠲其租^⑧。是月，河决澶州，西北流入御河。

闰月辛卯，幸水硙观鱼。己酉，置三司总计度使。

十一月丁巳，万安州献六眸龟^⑧。癸酉，还陇西州所献白鹰。

十二月辛丑，大雨雪。戊申，西川都巡检使张玘与王小波战江原县，死之。小波中流矢死^⑧，众推其党李顺为帅。

五年春正月甲寅朔，不受朝，群臣诣阁拜表称贺。戊午，李顺陷汉州，己未，陷彭州。乙丑，虑囚，流罪以下释之。己巳，李顺陷成都，知府郭载奔梓州，顺入据之，贼兵四出攻劫州县。遣使振宋、亳、陈、颍州饥民，别遣决诸路刑狱，应因饥劫藏粟^⑧，诛为首者，余减死。癸酉，以侍卫马军都指挥使李继隆为河西行营都部署，讨李继迁。甲戌，命昭宣使王继恩为两川招安使，讨李顺。诏诸州能出粟贷饥民者赐爵。辛巳，诏除两京诸州淳化三年逋负。

二月乙未，李顺分攻剑州，都监西京作坊副使上官正、成都监军供奉官宿翰合击大破之，斩馘殆尽^⑧。丙午，幸南御庄观稼。己酉，以益王元杰为淮南、镇江等军节度使，徙封吴王。辛亥，诏除剑南东西川、峡路诸州主吏民卒淳化五年以前逋负。

三月乙亥，赵保忠为赵保吉所袭，奔还夏州，指挥使赵光嗣执之以献。李继隆帅师入夏州。交阯郡王黎桓遣使来贡。

夏四月壬午朔，诏除天下主吏逋负。甲申，削赵保吉所赐姓名。丙戌，置起居院，初复起居注。以国子学复为国子监。辛卯，虑囚。大食国王遣使来贡。戊戌，赦诸州，除十恶、故劫杀、官吏犯正赃外，降死罪以下囚。己亥，王继恩帅师讨绵州，贼溃走，追杀及溺死者甚众。庚子，复绵州。内殿崇班曹习破贼于老溪，复阆州。绵州巡检使胡正远帅兵进击，复巴州。壬寅，西川行营击贼于研口寨，破之，复剑州。癸卯，大雨。

五月丁巳，西川行营破贼十万众，斩首三万级，复成都，获贼李顺。其党张余复攻陷嘉、戎、泸、渝、涪、忠、万、开八州，开州监军秦传序死之。丙寅，河西行营送赵保忠至阙下，释其罪，授右千牛卫上将军，封宥罪侯。己巳，以知梓州张雍、都巡检使卢斌尝坚守却贼，斌进击解阆州围，遂平蓬州，雍加给事中，斌领成州刺史。以少府监雷有终为谏议大夫、知成都府。庚午，贼攻夔州，峡路都大巡检白继赟、夔州巡检使解守颙大败其众于西津口，斩首二万级，获舟千余艘。辛未，降成都府为益州。壬申，右仆射李昉以司空致仕。甲戌，诏利州、兴元府、洋州、西县民并给复一年。丙子，磔李顺党八人于凤翔市^⑧。庚辰，初伏，帝亲书绫扇赐近臣。

六月辛卯，诏赦李顺胁从违误㊳。是月，都城大疫，分遣医官煮药给病者。贼攻施州，指挥使黄希逊击走之。戊戌，峡路行营破贼于广安军，又破贼张罕二万众于嘉陵江口，又破于合州西方溪，俘斩甚众。戊申，以侍卫步军都指挥使高琼为镇州都部署。贼攻陵州，知州张旦击破之。高丽遣使，以契丹来侵乞师。

秋七月辛亥朔，贼攻眉州，知州李简等坚守逾月，贼引去。癸亥，置江、淮、两浙发运使。丙寅，除两浙诸州民钱俶日逋负㊴。甲戌，置威塞军。乙亥，李继迁遣使来贡。

八月甲申，诏有司讲求大射仪注㊶。癸巳，以内班为黄门。甲午，置宣政使，以宦者昭宣使王继恩为之。乙未，诏释剑南、峡路诸州亡命㊷。戊戌，以通远军复为环州，置清远军。庚子，大雨。贝州言骁捷卒劫库兵为乱㊳，推都虞候赵咸雍为帅，转运使王嗣宗率屯兵击败之，擒咸雍，磔于市。辛丑，诏遣知益州张咏赴部，得便宜从事。癸卯，以参知政事赵昌言为西川、峡路招安马步军都部署，寻诏昌言驻凤翔，遣内侍押班卫绍钦往行营指挥军事。峡路行营破贼帅张余，复云安军。李继迁使其弟奉表待罪㊴。

九月庚戌朔，户部尚书辛仲甫以太子少保致仕。甲寅，赐三司钱百万，募能言司事之利便者，量事赏之，尽则再给以备赏。己未，罢诸州榷酤。改黄门院为内侍省，以黄门班院为内侍省内侍班院，入内黄门班院为内侍省入内侍班院。辛酉，遣使分行宋、亳、陈、颍、泗、寿、邓、蔡等州按行民田，被水及种莳不及者并蠲其租㊵。壬申，以襄王元侃为开封尹，改封寿王。大赦，除十恶、故谋劫斗杀、官吏犯正赃外，诸官先犯赃罪配隶禁锢者放还。乙亥，以左谏议大夫寇准参知政事。丁丑，以蜀部渐平，下诏罪己。戊寅，西川行宫言卫绍钦破贼于学射山，别将杨琼复蜀州，曹习等又破贼于安国镇，诛其帅马太保。

冬十月庚辰，诏释殿前司逃军亲属之禁锢者。西川行营指挥使张嶙杀其将王文寿以叛，遣使招抚其众，遂共斩嶙首以降。乙未，杨琼等复邛州。乙巳，改青州平卢军为镇海军，杭州镇海军为宁海军。

十一月庚戌，遣使谕李继迁，赐以器币、茶药、衣服。丙辰，赐近臣飞白书。庚申，诏：江南西路及荆湖南北路、岭南溪洞接连，及蕃商、外国使诱子女出境者捕之㊶。癸亥，贼攻眉州，崇仪使宿翰等击败之，斩其伪中书令吴蕴。丙寅，幸国子监，赐直讲孙奭㊷绯鱼㊸，因幸武成王庙，复幸国子监，令奭讲《尚书》，赐以束帛。大寒，赐禁卫诸军缗钱有差㊹。

十二月戊寅朔，日当食，云阴不见，辛巳，命枢密直学士张鉴、西京作坊副使冯守规安抚西川。丙戌，命诸王畋近郊。弛忠、靖二州刑徒㊿。庚寅，宿翰等引兵趋嘉州㊿，伪知州王文操以城降。乙未，秘书丞张枢坐知荣州降贼，弃市。辛丑，以三司两京、十道复归三部，各置使一员，每部置判官、推官、都监，分勾院为三。

至道元年正月戊申朔，改元，赦京畿系囚，流罪以下递降一等㊿，杖罪释之。蠲诸州逋租，蠲陕西诸州去年秋税之半。丙辰，诏作上清宫成。丁巳，凉州吐蕃当尊以良马来献。戊午，占城国王杨陀排遣使来贡。辛酉，上御乾元门观灯。癸亥，契丹大将韩德威诱党项勒浪、嵬族自振武犯边，永安节度使折御卿邀击㊿，败之于子河汊，勒浪等乘乱反击德威，遂杀其将突厥太尉、司徒、舍利等，获吐浑首领一人，德威仅以身免。戊辰，以翰林学士钱若水为右谏议大夫、同知枢密院事，枢密副使刘昌言罢为给事中。以宣祖旧第作洞真宫成。甲戌，李继迁遣使以良马、橐驼来贡。

二月甲申，命宰相祷雨。令川峡诸州瘗暴骸。戊戌，以旱虑囚，减流罪以下。丙午，雨。嘉州函贼帅张余首送西川行营，余党悉平。蠲襄、唐、均、汝、随、邓、归、峡等州去年逋租。振亳州、房州、光化军饥，遣使贷之。

三月庚申，诏求直言。辛酉，以会州观察使、知清远军田绍斌为灵州兵马都部署。己巳，废邵武军归化县金坑。

夏四月癸未，吏部尚书、平章事吕蒙正罢为右仆射，以参知政事吕端为户部侍郎、平章事。宣徽北院使、知枢密院事柴禹锡罢为镇宁军节度使，参知政事苏易简为礼部侍郎，以翰林学士张洎为给事中、参知政事。甲申，以宣徽北院使、同知枢密院事赵镕知枢密院事。乙酉，契丹犯雄州，知州何承矩击败之，斩其铁林大将一人[⑩]。辛丑，遣使分决诸路刑狱，劫贼止诛首恶，降流罪以下一等。壬寅，虑囚。甲辰，大雨，雷电。开宝皇后宋氏崩。

六月乙酉，购求图书。丙戌，遣使谕李继迁，授以鄜州节度使，继迁不奉诏。丁亥，以银州左都押衙张浦为银青光禄大夫、检校工部尚书、郑州刺史、兼御史大夫，充本州团练使。己亥，许士庶工商服紫。是月，大热，民有暍死者[⑩]。

秋七月丙寅，除陈、许等九州及光化军今年夏税。

八月壬辰，诏立寿王元侃为皇太子，改名恒，兼判开封府。大赦，文武常参官子为父后见任官者[⑱]，赐勋一转[⑲]。癸巳，以尚书左丞李至、礼部侍郎李沆并兼太子宾客。癸卯，禁西北缘边诸州民与内属戎人昏娶[⑳]。

九月丙午，西南蕃牂牁诸蛮来贡，诏封西南蕃主龙汉琼为归化王。丁卯，御朝元殿册皇太子[㉑]。庚午，清远军言李继迁入寇，率兵击走之。

冬十月甲戌朔，皇太子让宫僚称臣[㉒]，许之。乙丑，陕西转运使郑文宝坐挠边[㉓]，责授蓝山县令。

十一月己未，阅武便殿。是月，以峰州团练使上官正、右谏议大夫雷有终并为西川招安使，召王继恩归阙[㉔]。

十二月甲戌，群臣奉表加上尊号曰法天崇道上圣至仁皇帝，凡五上，不许。契丹犯边，折御卿率兵御之，卒于师。斩马步军都军头孙赟于军中。庚辰，新浑仪成。

二年春正月辛亥，祀天地于圜丘，大赦，中外文武加恩。丁卯，废诸州司理判官。

二月壬申朔，司空致仕李昉薨。戊寅，以越王元份为杭州大都督兼领越州，吴王元杰为扬州大都督兼领寿州。己卯，以徐国公元偓为洪州都督、镇南军节度使，泾国公元偁为鄂州都督、武清军节度使。庚辰，以御史中丞李昌龄为给事中、参知政事。辛巳，以吕蒙正为左仆射，宋琪为右仆射。乙未，定任子官制[㉕]。

三月丙寅，以京师旱，遣中使祷雨。戊辰，命宰臣祀郊庙、社稷[㉖]，祷雨。

夏四月甲戌，命侍卫马军都指挥使李继隆为环、庆等州都部署，殿前都虞候范廷召副之，讨李继迁。癸未，雨。

五月癸卯，李继迁寇灵州。

六月戊戌，黔州言蛮寇盐井，巡检使王惟节战死。是月，亳州蝗。

秋七月己亥朔，命殿前都指挥使王超为夏、绥、麟、府州都部署。庚子，诏作寿宁观成。丙寅，给事中、参知政事寇准罢守本官。戊辰，夔峡路诸州民去年逋租。是月，汴水决谷熟县，许、宿、齐三州蝗抱草死。

闰月庚寅，诏江、浙、福建民负人钱没入男女者还其家[㉗]，敢匿者有罪。

八月辛丑，密州言蝗不为灾。

九月戊寅，右仆射宋琪薨。诏川峡诸州民家先藏兵器者，限百日悉送官，匿不以闻者斩。己卯，夏州、延州行营言破李继迁于乌白池，获末幕军主、吃囉指挥使等二十七人，继迁遁[㉘]。甲申，会州观察使、环庆副都部署田绍斌贬右监门卫率府副率，虢州安置。丙戌，秦、晋诸州地昼夜十二震。丙申，诏废衢州冶。

冬十月己未，诏以池州新铸钱监为永丰监。

十一月丁卯朔，增司天新历为一百二十甲子。戊寅，置签署提点枢密、宣徽院诸房公事。辛卯，许州群盗劫郾城县居民，巡检李昌习斗死，都巡检使王正袭击之，获贼首宋斌及余党，皆斩于市。甲午，禁淮南通行盐税。

十二月，命宰相以下百官诣诸寺观祷雪。甲寅，雨雪。

大有年。是岁，处州稻再熟。

三年春正月丙子，以户部侍郎温仲舒、礼部侍郎王化基并参知政事，给事中李惟清同知枢密院事，参知政事张洎罢为刑部侍郎。乙酉，孝章皇后陪葬永昌陵。辛卯，以侍卫马步军都虞候傅潜为延州路都部署，殿前都虞候王昭远为灵州路都部署。

二月丙申朔，灵州行营破李继迁。辛丑，帝不豫[17]。甲辰，降京畿死罪囚，流以下释之。壬戌，大食、实同陇国并来贡。

三月丁卯，占城国来贡。壬辰，不视朝。癸巳，追班于万岁殿[18]，宣诏令皇太子枢前即位。是日崩，年五十九，在位二十二年，殡于殿之西阶。群臣上尊谥曰神功圣德文武皇帝，庙号太宗[19]。十月己酉，葬永熙陵。

赞曰：帝沉谋英断，慨然有削平天下之志。既即大位，陈洪进、钱俶相继纳土。未几，取太原，伐契丹，继有交州、西夏之役。干戈不息，天灾方行，俘馘日至，而民不知兵；水旱螟蝗，殆遍天下[20]，而民不思乱。其故何也？帝以慈俭为宝，服浣濯之衣[21]，毁奇巧之器，却女乐之献，悟畋游之非。绝远物，抑符瑞[22]，闵农事[23]，考治功。讲学以求多闻，不罪狂悖以劝谏士[24]，哀矜恻怛[25]，勤以自励，日晏忘食[26]。至于欲自焚以答天谴[27]，欲尽除天下之赋以纾民力，卒有五兵不试、禾稼荐登之效[28]。是以青、齐耆耋之叟[29]，愿率子弟治道请登禅者，接踵而至。君子曰："得乎丘民而为天子"[30]，帝之谓乎。故帝之功德，炳焕史牒[31]，号称贤君。若夫太祖之崩不逾年而改元，涪陵县公之贬死，武功王之自杀，宋后之不成丧，则后世不能无议焉。

---

①判：高位兼任低职或地方官。

②权：暂代官职。

③自占：自行占地。

④生：出生。

⑤奸赃：欺诈贪污受贿。

⑥降（xiáng，音祥）：使……投降。

⑦蝝（yuán，音元）：尚未长翅的蝗虫。

⑧榷酤（quègū，音却姑）：由国家管理并经营酒的买卖。

⑨乘丰储廪：趁着丰产储粮于仓。廪，粮仓。

⑩兵凶：战事。

⑪重九：重阳。

⑫妻孥（nú，音奴）：妻子、儿女。

⑬漕军：以水道运送粮食的军士。

⑭徇：示众。

⑮太庙：帝王的祖庙。

⑯著为令：写为法令。

⑰丁：遭逢。

⑱襦袴（rúkù，音儒库）：短袄裤子。

⑲嗣：继承。

⑳漏：古代计时用的漏壶。

㉑马頵（yūn，音晕）。

㉒应：答应，许诺。

㉓录：任用。

㉔瘗（yì，音异）：埋葬。

㉕廪：官方供给粮食。

㉖缮：修补，整治。　　隍：没有水的护城壕。

㉗囹圄：监狱。

㉘决：判决。

㉙缯（zēng），音增。　　彩：丝织品。

㉚籍田：帝王、诸侯征用民力耕种的田。

㉛秘阁：封建王朝宫中收藏珍贵图书的地方。

㉜公士：最低一级的武功爵名。

㉝廨（xiè，音械，或 jiè，音介）：官吏办公处的通称。

㉞营田：屯田。

㉟乘（shèng），音胜。　　传：古代驿站用四匹下等马拉的车。　　银牌：唐宋时乘驿者给银牌，宋初由枢密院给牒。

㊱东井：星官名，因在银河以东，故名。

㊲皮室：辽太祖、太宗时的御卫亲军。

㊳谪见（xiàn，音现）：因罚罪而出现于天空。

㊴牺牲：古代祭祀用的牲畜。

㊵审：审察。

㊶恤物安人：周济人民，安定百姓。

㊷玄祐：上天保祐。

㊸鳏（guān，音官）寡孤独：鳏，鳏夫，无妻或丧妻的人；寡：丧夫的妇人。孤：丧父的小孩。独：老年没有儿子的人。

㊹荧惑：火星别名。　　太微垣：星垣名。三垣之一。古时把星分为上、中、下三垣。

㊺赘婿：入赘，招女婿。

㊻左执法：星名。

㊼清干：清廉干练。

㊽房：房星，二十八宿之一，苍龙七宿的第四宿，有星四颗。

㊾赭垩（zhèè，音者恶）：红土与白土。

㊿流内：古代官制分为九品，自九品至一品官，称为流内，不入九品的称流外。　　诠：阐明事理。

51擢（zhuó，音琢）：提拔，提升。

52金紫：金印紫绶的简称。

53鬻（yù，音玉）：卖。

54崩：山倒塌。

55守：看守。

56飞白：一种特殊风格的书法。这种书法笔画中丝丝露白，象枯笔写成的样子。

57对：下对上的回答。

58力役：历代封建政府强制平民所服的劳役，为徭役形式之一。　　土功：治水筑堤等工程。

59阁（gé，音格）仪：仪门，即大门之内的门。

60宾贡：古代州郡地方向朝廷推举人材，以宾礼对待，贡于京师。

61徒罪：服劳役的罪过。　　狱具：判罪定案。

62稽留：延误，延滞。

63按视：巡察。

64昼晦：白天昏暗。

(65)阇（shé，音舌）婆国：古南海国名。
(66)荷校（hèjiào，音贺叫）：以枷锁加颈上。
(67)班：等级。　殿最：古代考核军功、政绩时，以上等为最，下等为殿。
(68)鹘（hú，音胡）：猛禽，能俯击鸠鸽而食之。一说是隼。
(69)享：用食物供奉鬼神。　太室：太庙的中室，即太庙中之大者。
(70)配：在祭祀时附带被祭。
(71)涂：涂饰，涂抹。
(72)榷（què，音却）货：由国家管理和经营的货物。
(73)便（biàn，音便）宜行事：经过特许，不必请示上级，可根据实际情况或临时变化就斟酌处理。
(74) 贡举：古时官吏向君主荐举人材。
(75)鞫狱：审讯诉讼案件。
(76)封驳：封还皇帝失宜的诏命，驳正臣下有违误的奏章。
(77)案牍：官府的文书。　稽：考核。
(78)杂：都，全。　禁锢：勒令不准做官，永不任用。
(79)责效：督责取得成效。　叙：录用。
(80)堪：能够胜任。
(81)敛：即殓，为死者更衣，入棺。
(82)狱司：牢狱主管。
(83)按行：巡视，考察。
(84)眸（móu，音谋）：瞳人。
(85) 流矢：乱飞的箭。
(86)应：相应。
(87)馘：（guó，音国）：古代战时割取所杀敌人的左耳，用以计功。
(88)磔（zhé，音哲）：古代的一种酷刑，即分尸。
(89)诖（guà，音挂）误：连累，贻误。
(90)逋负：拖欠。
(91)大射：为祭祀而举行的射礼。　仪注：礼仪制度。
(92)亡命：逃亡在外的人。
(93)骁（xiāo，音消）捷：勇猛矫健。
(94)待罪：旧时官吏常怕因失职而获罪，故以待罪为供职的谦辞，意思是听候治罪，等候处分。
(95)种莳（shì，音是）：种植，栽种。
(96)蕃（fān，音帆）：少数民族。
(97)孙奭（shì），音士。
(98)绯（fēi，音非）鱼：红鱼。
(99)缗（mín，音民）钱：成串的铜钱。
(100)弛（chí，音迟）：免除，解除。
(101)趋：奔向，赶往。
(102)递：顺次。
(103)邀击：半路拦击。
(104)铁林：契丹军名。
(105)暍（yē，音椰）：中暑。受暴热。
(106)常参官：在常朝日参见皇帝的高级文官，如五品以上的文官、监察御史、员外郎等。
(107)勋：功劳，功勋。　转：等级。
(108)昏娶：婚配嫁娶。昏，通“婚”。
(109)册：封，册封。
(110)宫僚：太子属官。
(111)挠边：扰乱边界。

⑫归阙：回朝廷。

⑬任子：因父兄有功绩，得保任授予官职的人。

⑭社稷：古代帝王、诸侯祭祀的土神、谷神。

⑮负：欠。　　　没入：旧时刑罚的一种，即没收财物妻室家人入官。

⑯遁：逃走。

⑰豫：安适，悦乐。

⑱追：补救。　　班：颁布。

⑲庙号：皇帝死后，在太庙立室奉祀，特立名号，为庙号。

⑳殆遍：几乎遍及。

㉑浣（huàn，音焕）濯（zhuó，音浊）：洗濯。

㉒符瑞：祥瑞的征兆，也叫吉兆。

㉓闵：关心，担心。

㉔狂悖：狂妄背理。

㉕哀矜：怜悯，有同情心。　　　侧怛：侧隐之心，哀怜。

㉖晏（yàn，音厌）：晚，迟。

㉗天谴：苍天的责罚。

㉘五兵：五种兵器，即戈、殳、戟、酋矛、夷矛；或谓中兵、外兵、骑兵、别兵、都兵。　　荐登：丰登，连年丰收。

㉙耆耋（dié，音牒）：年老，高寿。

㉚丘民：庶民，乡民。

㉛炳焕：光明明亮。　　史牒：史册。

徽宗本纪一

　　徽宗体神合道骏烈逊功圣文仁德宪慈显孝皇帝，讳佶，神宗第十一子也，母曰钦慈皇后陈氏。元丰五年十月丁巳①，生于宫中。明年正月赐名，十月授镇宁军节度使，封宁国公。哲宗即位，封遂宁郡王。绍圣三年，以平江、镇江军节度使封端王，出就傅②。五年，加司空，改昭德、彰信军节度。元符三年正月己卯，哲宗崩，皇太后垂帘，哭谓宰臣曰："家国不幸，大行皇帝无子，天下事须早定。"章惇厉声对曰："在礼律当立母弟简王。"皇太后曰："神宗诸子，申王长而有目疾，次则端王当立。"惇又曰："以年则申王长，以礼律则同母之弟简王当立。"皇太后曰："皆神宗子，莫难如此分别，于次端王当立。"知枢密院曾布曰："章惇未尝与臣等商议，如皇太后圣谕极当。"尚书左丞蔡卞、中书门下侍郎许将相继曰："合依圣旨。"皇太后又曰："先帝尝言，端王有福寿，且仁孝，不同诸王。"于是惇为之默然。乃召端王入，即皇帝位，皇太后权同处分军国事③。庚辰，赦天下常赦所不原者，百官进秩一等，赏诸军。遣宋渊告哀于辽。辛巳，尊先帝后为元符皇后。癸未，追尊母贵仪陈氏为皇太妃。甲申，命章惇为山陵使。乙酉，出先帝遗留物赐近臣。丙戌，以申王佖为太傅，进封陈王，赐赞拜不名④。丁亥，进仁宗淑妃周氏、神宗淑妃邢氏并为贵妃，贤妃宋氏为德妃。戊子，以章惇为特进，封申国公。己丑，进封莘王俣为卫王，守太保；简王似为蔡王，睦王偲为定王，并守司徒。罢增八厢逻卒⑤。

　　二月己亥，始听政。尊先帝妃朱氏为圣瑞皇太妃。壬寅，以南平王李乾德为检校太师。丁未，立顺国夫人王氏为皇后。庚戌，向宗回、宗良迁节度使，太后弟侄未仕者俱授以官。癸丑，初御紫宸殿。庚申，以吏部尚书韩忠彦为门下侍郎，资政殿大学士黄履为尚书右丞。辛酉，名懿亲宅潜邸曰龙德宫⑥。甲子，毁承极殿。丙寅，遣吴安宪、朱孝孙以遗留物遗辽国主。

三月戊辰朔，诏宰臣、执政、侍从官各举可任台谏者。庚午，遣韩治、曹谱告即位于辽。辛未，诏追封祖宗诸子光济等三十三人为王，女四十八人为公主。甲申，以西蕃王陇拶为河西军节度使，寻赐姓名曰赵怀德，邈川首领瞎征为怀远军节度使。己丑，以日当食降德音于四京⑦，减囚罪一等，流以下释之。庚寅，录赵普后。辛卯，诏求直言。癸巳，以宁远军节度观察留后世雄为崇信军节度使，封安定郡王。乙未，却永兴民王怀所进玉器。

夏四月丁酉朔，日有食之。己亥，令监司分部决狱。甲辰，以韩忠彦为尚书右仆射兼中书侍郎，礼部尚书李清臣为门下侍郎，翰林学士蒋之奇同知枢密院事。乙巳，录曹佾后。丁未，以帝生日为天宁节。己酉，长子亶生。辛亥，大赦天下，应元符二年已前系官逋负悉蠲之⑧。癸丑，鹿敏求等以应诏上书迁秩⑨。乙卯，请大行皇帝谥于南郊。丁巳，诏范纯仁等复官宫观，苏轼等徙内郡居住。癸亥，罢编类臣僚章疏局。乙丑，赐礼部奏名进士及第、出身五百五十八人。

五月丁卯朔，罢理官失出之罚⑩。丙子，诏复废后孟氏为元祐皇后。乙酉，蔡卞罢。己丑，诏追复文彦博、王珪、司马光、吕公著、吕大防、刘挚等三十三人官。辛卯，还司马光等致仕遗表恩。癸巳，河北、河东、陕西饥，诏帅臣计度振恤。

六月丙申朔，辽主遣萧进忠、萧安世等来吊祭。

秋七月丙寅朔，奉皇太后诏，罢同听政。丁卯，告哲宗钦文睿武昭孝皇帝谥于天地、宗庙、社稷。戊辰，上宝册于福宁殿。癸酉，以皇太后还政，减天下囚罪一等，流以下释之。癸未，遣陆佃、李嗣徽报谢于辽。罢管句陕西、京西、川路坑冶及江西、广东、湖北、夔、梓、成都路管句措置盐事官⑪。辛卯，封子亶为韩国公。

八月戊戌，诏诸路遇民有疾，委官监医往视疾给药。庚子，作景灵西宫，奉安神宗神御，建哲宗神御殿于其西。辛丑，出内库金帛二百万籴陕西军储。壬寅，葬哲宗皇帝于永泰陵。丙午，遣董敦逸贺辽主生辰，吕仲甫贺正旦。戊申，高丽王王熙遣使奉表来慰。庚戌，诏以仁宗、神宗庙永世不祧⑫。戊午，以蔡王似为太保。癸亥，祔哲宗神主于太庙⑬，庙乐曰《大成之舞》。

九月甲子，诏修《哲宗实录》。丙寅，辽遣萧穆来贺即位。丁卯，减两京、河阳、郑州囚罪一等，民缘山陵役者蠲其赋。己巳，幸龙德宫。辛未，章惇罢。丙子，以陈王佖为太尉。丁丑，诏修《神宗史》。己丑，复均给职田。

冬十月乙未，夏国入贡。丙申，蔡京出知永兴军，贬章惇为武昌军节度副使。丁酉，以韩忠彦为尚书左仆射兼门下侍郎。壬寅，以曾布为尚书右仆射兼中书侍郎。乙卯，升端州为兴庆军。己未，诏禁曲学偏见、妄意改作以害国事者⑭。辛酉，罢平准务⑮。

十一月丁卯，诏修《六朝宝训》。降德音于端州，减囚罪一等，徒以下释之。庚午，诏改明年元。戊寅，以观文殿学士安焘知枢密院事。庚辰，黄履罢。己丑，置《春秋》博士。辛卯，令陕西兼行铜铁钱。以礼部尚书范纯礼为尚书右丞。

十二月甲午，以皇太后不豫⑯，祷于宫观、祠庙、岳渎。戊戌，出廪粟减价以济民。辛丑，虑囚⑰。甲辰，诏修《国朝会要》。戊申，降德音于诸路，减囚罪一等，流以下释之。戊午，辽人来贺正旦。

是岁，出宫女六十九人。

建中靖国元年春正月壬戌朔，有赤气起东北⑱，亘西南，中函白气；将散，复有黑祲在旁⑲。癸亥，有星自西南入尾，其光烛地。癸酉，范纯仁薨。甲戌，皇太后崩，遗诰追尊皇太妃陈氏为皇太后。丁丑，易大行皇太后园陵为山陵，命曾布为山陵使。己卯，令河、陕募人入粟⑳，免试注官㉑。

二月丙甲，雨雹。己亥，汰秦凤路土兵。甲辰，始听政。乙巳，出内库及诸路常平钱各百万[22]，备河北边储。丁巳，贬章惇为雷州司户参军。

三月甲子，始御紫宸殿。乙丑，辽使萧恭来告其主洪基殂，遣谢文瓘、上官均等往吊祭，黄寔贺其孙延禧立。丁丑，诏以河西军节度使赵怀德知湟州。壬午，以日当食避殿减膳，降天下囚罪一等，流以下释之。

夏四月辛卯朔，日食不见。甲午，上大行皇太后谥曰钦圣宪肃。乙未，上追尊皇太后谥曰钦慈。丁酉，御殿复膳。壬寅，诏："诸路疑狱当奏而不奏者科罪，不当奏而辄奏者勿坐，著为令。"

五月辛酉朔，大雨雹。诏三省减吏员节冗费。丙寅，葬钦圣宪肃皇后、钦慈皇后于永裕陵。庚辰，苏颂薨。丙戌，祔钦圣宪肃皇后、钦慈皇后神主于太庙。戊子，减两京、河阳、郑州囚罪一等，民缘山陵役者蠲其赋。

六月庚寅朔，以韩国公亶为开府仪同三司[23]，封京兆郡王。戊申，封向宗回为永阳郡王，向宗良为永嘉郡王。甲寅，封吴王颢子孝骞为广陵郡王，颛子孝参为信都郡王。戊午，范纯礼罢。己未，诏班《斗杀情理轻重格》[24]。

秋七月辛巳，内郡置添差宗室阙。丙戌，安焘罢。丁亥，以蒋之奇知枢密院事，吏部尚书陆佃为尚书右丞，端明殿学士章楶同知枢密院事。

九月己巳，诏诸路转运、提举司及诸州军，有遗利可以讲求及冗员浮费当裁损者，详议以闻。丙戌，子栻薨。

冬十月乙未，李清臣罢。丁酉，天宁节，群臣及辽使初上寿于垂拱殿。

十一月庚申，以陆佃为尚书左丞，吏部尚书温益为尚书右丞。壬戌，以西蕃赊罗撒为西平军节度使、邈川首领。辛未，出御制南郊亲祀乐章。戊寅，朝献景灵宫。己卯，飨太庙。庚辰，祀天地于圜丘，赦天下。改彰信军为兴仁军，昭德军为隆德军。改明年元。

十二月壬辰，赐陈王佖诏书不名。癸卯，进神宗昭仪武氏为贤妃。丙午，奉安神宗神御于景灵西宫大明殿。丁未，诣宫行礼。己酉，隆德音于四京，减囚罪一等，徒以下释之。

是岁，辽人来献遗留物。河东地震，京畿蝗，江、淮、两浙、湖南、福建旱。

崇宁元年春正月丁丑，太原等十一郡地震，诏死者家赐钱有差。

二月丙戌朔，以圣瑞皇太妃疾，虑囚。甲午，子亶改名烜。以蔡确配飨哲宗庙庭[25]。戊戌，诏："士有怀抱道德久沉下僚及学行兼备可厉风俗者，待制以上各举所知二人。"奉议郎赵谂谋反伏诛。庚子，封子焕为魏国公。辛丑，圣瑞皇太妃薨，追尊为皇太后。庚戌，追封孔鲤为泗水侯，孔伋为沂水侯。

三月丁巳，奉安哲宗神御于景灵西宫宝庆殿。戊午，诣宫行礼。壬戌，以定王偲为太保。壬申，幸定王第。

夏四月己亥，上皇太后谥曰钦成。

五月丁巳，荧惑入斗[26]。庚申，韩忠彦罢。己巳，瞎征卒。庚午，降复太子太保司马光为正议大夫，太师文彦博为太子太保，余各以差夺官。辛未，诏待制以上举能吏各二人。乙亥，黜后苑内侍请以箔金饰宫殿者。丙子，诏："元祐诸臣各已削秩[27]，自今无所复问，言者亦勿辄言。"戊寅，葬钦成皇后于永裕陵。己卯，陆佃罢。庚辰，以许将为门下侍郎，温益为中书侍郎，翰林学士承旨蔡京为尚书左丞，吏部尚书赵挺之为尚书右丞。

六月己丑，祔钦成皇后神主于太庙。壬辰，减西京、河阳、郑州囚罪一等，民缘山陵役者蠲其赋。癸卯，诏："六曹尚书有事奏陈，许独员上殿。"己酉，太白昼见。壬子，改渝州为恭州。癸丑，诏仿《唐六典》修神宗所定官制。封伯夷为清惠侯，叔齐为仁惠侯。

闰月甲寅朔，更名哲宗神御殿曰重光。辛酉，虑囚。壬戌，曾布罢。甲子，诏：诸路州县官有治绩最著者，许监司、帅臣各举一人。壬午，追贬李清臣为武安军节度副使。癸未，诏：监司、帅臣于本路小使臣以上及亲民官内㉘，有智谋勇果可备将帅者，各举一人。

秋七月甲申朔，建长生宫以祠荧惑。丙戌，诏：省、台、寺、监及监司、郡守，并以三年成任。戊子，以蔡京为尚书右仆射兼中书侍郎。己丑，焚元祐法。甲午，诏于都省置讲议司。诏杭州、明州置市舶司。庚子，章楶罢。甲辰，以雨水坏民庐舍，诏开封府振恤压溺者。辛亥，罢《春秋》博士。

八月乙卯，子烜改名桓，焕改名楷。乙丑，罢权侍郎官。辛未，置安济坊养民之贫病者，仍令诸郡县并置。甲戌，诏天下兴学贡士，建外学于国南㉔。丙子，诏司马光等二十一人子弟毋得官京师。己卯，以赵挺之为尚书左丞，翰林学士张商英为尚书右丞。

九月戊子，京师置居养院以处鳏寡孤独，仍以户绝财产给养。乙未，诏中书籍元符三年臣僚章疏姓名为正上、正中、正下三等，邪上、邪中、邪下三等。丁酉，治臣僚议复元祐皇后及谋废元符皇后者罪，降韩忠彦、曾布官，追贬李清臣为雷州司户参军，黄履为祁州团练副使，窜曾肇以下十七人㉚。己亥，籍元祐及元符末宰相文彦博等、侍从苏轼等、余官秦观等、内臣张士良等、武臣王献可等凡百有二十人，御书刻石端礼门。庚子，以元符末上书人钟世美以下四十一人为正等，悉加旌擢㉛；范柔中以下五百余人为邪等，降责有差。时世美已卒，诏赠官，仍官其子一人。壬寅，贬曾布为武泰军节使副使。甲辰，诏："元符三年、建中靖国元年责降臣僚已经牵复者㉜，其元责告命并缴纳尚书省㉝。"

冬十月癸亥，蒋之奇罢。戊辰，诏：责降宫观人不得同一州居住。甲戌，以御史钱通、石豫、左肤及辅臣蔡京、许将、温益、赵挺之、张商英等言，罢元祐皇后之号，复居瑶华宫。丙子，刘奉世等二十七人坐元符末党与变法，并罢祠禄。戊寅，以资政殿学士蔡卞知枢密院事。

十一月乙酉，邵州言知溪洞徽州杨光衔内附㉞。戊子，以婉仪郑氏为贤妃。辛卯，置河北安济坊。癸巳，置西、南两京宗正司及敦宗院。戊戌，置显谟阁学士、待制官。戊申，子楷为开府仪同三司，封高密郡王。己酉，立卿监、郎官三岁黜陟法㉟。

十二月癸丑，论弃湟州罪，贬韩忠彦为崇信军节度副使，曾布为贺州别驾，安焘为宁国军节度副使，范纯礼分司南京。庚申，铸当五钱。辛酉，赠哲宗子邓王茂为皇太子，谥献愍。丁丑，诏："诸邪说诐行非先圣贤之书，及元祐学术政事，并勿施用。"

是岁，京畿、京东、河北、淮南蝗。江、浙、熙河漳泉潭衡郴州、兴化军旱。辰、沅州徭人寇。出宫女七十六人。

二年春正月辛巳朔。乙酉，窜任伯雨、陈瓘、龚夬、邹浩于岭南，马涓等九人分贬诸州。知荆南舒亶平辰、沅州徭贼，复诚、徽州，改诚州为靖州，徽州为蒔竹县。壬辰，温益卒。乙巳，以复荆湖疆土曲赦两路㊱。丙午，以冱寒令监司分部决狱㊲。丁未，以蔡京为尚书左仆射兼门下侍郎。

二月辛亥，安化蛮入寇，广西经略使程节败之。壬子，遣官相度湖南、北徭地，取其材植入供在京营造。甲寅，进元符皇后为太后，宫名崇恩。辛酉，置殿中监。癸亥，奉安哲宗御容于西京会圣宫及应天院。丙子，置诸路茶场。

三月壬午，进仁宗充仪张氏为贤妃。乙酉，减西京囚罪一等。诏："党人子弟毋得擅到阙下，其应缘趋附党人罢任、在外指射差遣及得罪停替臣僚㊳，亦如之。"丁亥，御集英殿策进士。癸卯，赐礼部奏名进士及第、出身五百三十八人，其尝上书在正等者升甲，邪等者黜之。

　　夏四月甲寅，诏侍从官各举所知二人。乙卯，于阗入贡。丁卯，诏毁吕公著、司马光、吕大防、范纯仁、刘挚、范百禄、梁焘、王岩叟景灵西宫绘像。己巳，以初谒景灵宫赦天下。乙亥，诏毁刊行《唐鉴》并三苏、秦、黄等文集。戊寅，以赵挺之为中书侍郎，张商英为尚书左丞，户部尚书吴居厚为尚书右丞，兵部尚书安惇同知枢密院事。夺王珪赠谥，追毁程颐出身文字，其所著书令监司觉察。

　　五月辛巳，以贤妃郑氏为淑妃。癸未，以陈王佖为太师。丙戌，贬曾布为廉州司户参军。己亥，封子楫为楚国公。丙午，册元符皇后刘氏为太后。

　　六月壬子，册王氏为皇后。庚申，诏：“元符末上书进士，类多诋讪，令州郡遣入新学，依太学自讼斋法㊳，候及一年，能革心自新者许将来应举，其不变者当屏之远方。”壬戌，虑囚。是月，中太一宫火。复湟州。

　　秋七月己卯，学士院火。辛巳，以复湟州进蔡京官三等，蔡卞以下二等。壬午，白虹贯日。甲申，降德音于熙河兰会路，减囚罪一等，流以下释之。庚寅，曾肇责授濮州团练副使。辛卯，诏上书进士见充三舍生者罢归㊵。丁酉，诏：“自今戚里宗属勿复为执政官，著为令。”乙巳，诏：“责降人子弟毋得任在京及府界差遣。”

　　八月丁未朔，再论弃湟州罪，贬韩忠彦为磁州团练副使，安惇为祁州团练副使，范纯礼为静江军节度副使，削蒋之奇秩三等。戊申，张商英罢。辛酉，诏张商英入元祐党籍。

　　九月辛巳，诏宗室不得与元祐奸党子孙为婚姻。庚寅，封子枢为吴国公。诏：“上书邪等人，知县以上资序并与外祠，选人不得改官及为县令。”壬辰，置医学。癸巳，令天下郡皆建崇宁寺。辛丑，改吏部选人自承直郎至将仕郎七阶。令天下监司长吏厅各立《元祐奸党碑》。甲辰，诏郡县谨祀社稷。

　　冬十一月庚辰，以元祐学术政事聚徒传授者，委监司察举，必罚无赦。

　　十二月癸亥，祧宣祖皇帝、昭宪皇后。丙寅，诏六曹长贰岁考郎官治状，分三等以闻。

　　是岁，诸路蝗。纂府蛮杨晟铜、融州杨晟天、邵州黄聪内附。

　　三年春正月己卯，安化蛮降。辛巳，诏：上书邪等人毋得至京师。戊子，铸当十大钱。壬辰，增县学弟子员。甲午，赐蔡京子攸进士出身。癸卯，太白昼见。甲辰，铸九鼎。

　　二月丙午，以淑妃郑氏为贵妃。以刊定元丰役法不当，黜钱通以下九人。丁未，置漏泽园。己酉，诏：王珪、章惇别为一籍，如元祐党。诏：自今御后殿，许起居郎、舍人侍立。壬子，以楚国公楫为开府仪同三司，封南阳郡王。庚申，令天下坑冶金银复尽输内藏。辛未，雨雹。

　　三月辛巳，置文绣院。丁亥，作圜土以居强盗贷死者㊶。甲午，跻钦成皇后神主于钦慈皇后之上。辛丑，大内灾。

　　夏四月乙巳，以火灾降德音于四京，减囚罪一等，流以下原之。乙卯，复鄯州，建为陇右都护府。辛酉，徙封楫为乐安郡王。复廓州。乙丑，罢讲议司。己巳，曲赦陕西。壬申，楫薨。

　　五月戊寅，罢开封权知府，置牧、尹、少尹。改定六曹，以士、户、仪、兵、刑、工为序，增其员数，仿《唐六典》易胥吏之称。己卯，以复鄯、廓，蔡京为守司空，封嘉国公。庚辰，许将、赵挺之、吴居厚、安惇、蔡卞各转三官。甲申，改鄯州为西宁州，仍为陇右节度。辛丑，诏黜守臣进金助修宫庭者。

　　六月壬寅朔，图熙宁、元丰功臣于显谟阁。癸卯，以王安石配飨孔子庙。丙午，增诸州学未立者。壬子，置书、画、算学。占城入贡。戊午，诏：重定元祐、元符党人及上书邪等者合为一籍，通三百九人，刻石朝堂，余并出籍，自今毋得复弹奏。辛酉，复置太医局。癸亥，虑囚。乙丑，诏：“内外官毋得越职论事侥幸奔竞，违者御史台弹奏。”

秋七月癸酉，以婉仪王氏为德妃。庚辰，诏：自今大礼不受尊号，群臣毋上表。辛卯，行方田法。

八月庚子，诏诸路知州、通判增入"主管学事"四字。壬寅，大雨，坏民庐舍，令收瘗死者。甲辰，蔡京上《神宗史》。丙午，许将罢。

九月乙亥，以赵挺之为门下侍郎，吴居厚为中书侍郎，翰林学士承旨张康国为尚书左丞，刑部尚书邓洵武为尚书右丞。壬辰，诏诸路州学别置斋舍，以养材武之士。

冬十月辛丑朔，大雨雹。丁未，贤妃张氏薨。丙辰，命官编类六朝勋臣。戊午，夏人入泾原，围平夏城，寇镇戎军。庚申，熙河兰会路经略安抚使王厚言，河西军节度使赵怀德等出降。己巳，立九庙⑫，复翼祖、宣祖。庚午，贵妃刑氏薨。

十一月甲戌，幸太学，官论定之士十六人；遂幸辟雍⑬，赐国子司业吴絪、蒋静四品服，学官推恩有差。丙戌，封子杞为冀国公。丁亥，诏：取士并由学校，罢发解及省试法⑭，科场如故事。癸巳，更上神宗谥曰体元显道帝德王功英文烈武钦仁圣孝皇帝，加上哲宗谥曰宪元继道显德定功钦文睿武齐圣昭孝皇帝。甲午，朝献景灵宫。乙未，飨太庙。丙申，祀昊天上帝于圜丘，赦天下。升兴仁、隆德军为府，还彰信、昭德旧节。

十二月乙巳，升通远军为巩州。戊午，赐陈王佖入朝不趋。

是岁，诸路蝗。出宫女六十二人。广西黎洞杨晟免等内附。

---

①元丰五年：宋神宗元丰五年，即公元 1082 年。

②就傅：从师。宋代哲宗时初设在京师的学校名，曰"就傅"、"初筮"，凡两斋。

③权同：暂同。权，暂且，姑且。

④赞拜不名：封建时代，凡朝会赞拜，则当曰某官某；不名，则表示优礼之意。

⑤八厢：宋时京城外所划分的八个居民管理区。每区各设厢，受理争斗诉讼之事。亦指从全国调集来保卫京师的厢兵。

⑥潜邸：指皇帝即位前的住所。

⑦德音：犹德言。亦指帝王的诏书。   四京：宋代指开封府（东京）、河南府（西京）、应天府（南京）、大名府（北京）。

⑧逋负：拖欠赋税、债务。   蠲（juān，音捐）：免除，减免。特指免除赋税。

⑨迁秩：指官员晋级。

⑩理官：治狱之官。   失出：谓指重罪轻判或应判刑而未判刑。

⑪管句：亦作"管勾"。管理。

⑫不桃：帝王的宗庙有家庙和远祖庙之分，远祖庙称桃。而家庙中神主，除始祖外，凡辈分远者要依次迁入桃庙中合祭。永不迁移的叫"不桃"，即不迁入桃庙，以示尊崇。

⑬祫：祭名。指附祭、配享。

⑭曲学：犹邪说。亦谓指做学问不入正道。

⑮平准：官府平抑物价的措施。

⑯不豫：帝王有病之讳称。

⑰虑囚：讯察记录囚犯的罪状。虑，通"录"。

⑱赤气：红色云气。

⑲黑祲（jìn，音进）：黑色之气。祲，指日旁云气。古人常谓指不祥天象。

⑳入粟：谓纳粟于官府，用以买官或赎罪。后亦指纳钱捐取功名。

㉑注官：铨叙官职。

㉒常平钱：指官方预储供借贷的银钱。

㉓开府：指高级官员成立府署，选置僚属。

㉔班：颁布。

㉕庙庭：宗庙；神庙。
㉖荧惑：指火星。
㉗削秩：犹削职。
㉘亲民官：对地方官之称。
㉙外学：指太学以外的学校。
㉚窜：放逐。
㉛旌擢：表彰提拔。
㉜牵复：谓复官。
㉝责告：训诫。
㉞言：传言。　知：掌管。　内附：归附朝廷。
㉟黜陟：指官吏的升降。
㊱曲赦：犹特赦。
㊲沍寒：谓极为寒冷。
㊳应缘：犹攀附。　指射：宋制规定，某些在选官员可自行选定任官地点，称“指射”。
㊴自讼：自责；自我反省。
㊵三舍生：宋代元丰以后，太学分三舍：上舍生100人，内舍生300人，外舍生2000人，合称“三舍生”。
㊶圜土：牢狱。　贷死：免于死罪。贷，赦免；宽恕。
㊷九庙：帝王的宗庙。王莽建祖庙五、亲庙四，共九庙。后历代沿此制。
㊸辟雍：帝王所设的大学。北宋末年为太学之预备学校，亦称外学。
㊹发解：唐宋时，应贡举合格者，称“选人”，由其州郡发遣解送至省或至京参与礼部会试，称“发解”。

徽宗本纪二

四年春正月庚午朔，改熙河兰会路为熙河兰湟路。丙戌，筑溪哥城。壬辰，诏察诸路监司贪虐者论其罪。丙申，诏京畿路改置转运使、提点刑狱官。蔡卞罢。立武学法。丁酉，秦凤蕃落献邦、潘、叠三州①。以内侍童贯为熙河兰湟、秦凤路经略安抚制置使。

二月乙巳，筑御谋城。己酉，置亲卫勋卫翊卫郎、中郎等官，以勋戚近臣之兄弟子孙有官者试充。甲寅，以张康国知枢密院事，兵部尚书刘逵同知枢密院事，吏部尚书何执中为尚书左丞。乙卯，班方田法。庚申，诏西边用兵能招纳羌人者与斩级同赏。壬戌，升赵州为庆源军。甲子，雨雹。乙丑，改三卫郎为侍郎。

闰月壬申，复元丰铨试断按法②。令州县仿尚书六曹分六案。甲申，置陕西、河东、河北、京西监，铸当二夹锡铁钱。己丑，御端门，受赵怀德降，授感德军节度使，封安化郡王。壬辰，曲赦熙河兰湟路。

三月壬寅，置青海马监。甲辰，以赵挺之为尚书右仆射兼中书侍郎。丙午，诏建王口砦为怀远军。庚戌，令吕惠卿致仕。戊午，复银州。乙丑，诏州县属乡聚徒教授者，非经书、子、史毋习。丁卯，牂牁、夜郎首领以地降。是月，夏人攻塞门砦。

夏四月辛未，辽遣萧良来，为夏人求还侵地及退兵。戊寅，夏人攻临宗砦。辛巳，诏诸路走马承受毋得预军政及边事③。己丑，夏人寇顺宁砦，鄜延第二副将刘延庆击破之；复攻湟州北蕃市城，知州辛叔献等击却之。

五月戊申，除党人父兄子弟之禁。壬子，遣林摅报聘于辽。赐张继先号虚靖先生。癸丑，罢转运司检察钩考法④。辛酉，命官分部决狱。

六月丙子，复解池盐。占城入贡。丁丑，虑囚。辛巳，罢陕西、河东力役。甲申，曲赦熙河、陕西、河东、京西路。戊子，赵挺之罢。

秋七月丙申朔，罢三京国子监官，各置司业一员。辛丑，置荧惑坛。置四辅郡⑤，以颍昌府为南辅，襄邑县为东辅，郑州为西辅，澶州为北辅。甲寅，诏夺元祐辅臣坟寺。丁巳，还上书流人。户部尚书曾孝广坐钱帛皆阙⑥，出知杭州。

八月戊辰，以德妃王氏为淑妃。庚午，以王、江、古州归顺，置提举溪洞官二员，改怀远军为平州。丙子，以东辅为拱州。甲申，奠九鼎于九成宫。乙酉，诣宫酌献。辛卯，赐新乐名《大晟》，置府建官。壬辰，遣刘正夫使辽。

九月己亥，赦天下。乙巳，诏元祐人贬谪者以次徙近地，惟不得至畿辅。诏京畿、三路保甲并于农隙时教阅。乙卯，赐上舍生三十五人及第。丙辰，诏自今非宰臣毋得除特进⑦。

冬十月，自七月雨，至是月不止。甲申，以左右司所编绍圣、元符以来申明断例班天下，刑名例班刑部、大理司。丁亥，升武冈县为军。戊子，诏上书进士未获者限百日自陈免罪。壬辰，日中有黑子。

十一月戊戌，安定郡王世雄薨。丙辰，置诸路提举学事官。己未，章惇卒。

十二月癸酉，升拱州为保庆军。甲申，分平州置允州、格州。

是岁，苏、湖、秀三州水，赐乏食者粟。泰州禾生秬。

五年春正月戊戌，彗出西方，其长竟天。庚子，复置江、湖、淮、浙常平都仓。甲辰，以吴居厚为门下侍郎，刘逵为中书侍郎。乙巳，以星变避殿损膳，诏求直言阙政。毁《元祐党人碑》。复谪者仕籍，自今言者勿复弹纠。丁未，太白昼见，赦天下，除党人一切之禁。权罢方田。戊申，诏侍从官奏封事。己酉，罢诸州岁贡供奉物。庚戌，诏：崇宁以来左降者⑧，各以存殁稍复其官，尽还诸徙者。辛亥，御殿复膳。壬子，罢圜土法。丁巳，罢书、画、算、医四学。壬戌，复书、画、算学。

二月甲子朔，诏监司条奏民间疾苦。丙寅，蔡京罢为开府仪同三司、中太一宫使。以观文殿大学士赵挺之为特进、尚书右仆射兼中书侍郎。庚午，诏翰林学士、两省官及馆阁自今并除进士出身人。壬申，省内外冗官，罢医官兼宫观者。蒲甘国入贡。丁丑，以前后所降御笔手诏模印成册，班之中外。州县不遵奉者监司按劾，监司推行不尽者诸司互察之。

三月丙申，诏星变已消，罢求直言。辛丑，改威德军为石堡砦。封眉川防御使世福为安定郡王。癸卯，御集英殿策进士。丁未，罢诸州武学。乙卯，废银州为银川城。丙辰，蔡王似薨。己未，赐礼部奏名进士及第、出身六百七十一人。

夏四月丁丑，停免两浙水灾州郡夏税。

五月丁未，班《纪元历》。辛亥，封子栩为鲁国公。乙卯，罢辟举⑨，尽复元丰选法。

六月癸亥，立诸路监司互察法，庇匿不举者罪之，仍令御史台纠劾。改格州为从州。甲子，诏求隐逸之士，令监司审核保奏，其缘私者御史察之。丁卯，诏辅臣条具东南守备策。壬申，虑囚。

秋七月庚寅朔，日当食不亏。壬寅，诏改明年元。

九月辛丑，河南府嘉禾与芝草同本生。

冬十月己卯，升澶州为开德府。庚辰，降德音于开德府，减囚罪一等，徒以下释之。

十一月辛卯，陈王似薨。乙巳，诏立武士贡法。辛亥，并京畿提刑入转运司。

十二月戊午朔，日当食不亏，群臣称贺。己未，刘逵罢。壬戌，诏臣僚休日请对，特御便殿。己巳，诏：监司按事，有怀奸挟情不尽实者，流窜不叙。

是岁，广西黎洞韦晏闹等内附。

大观元年春正月戊子朔，赦天下。甲午，以蔡京为尚书左仆射兼门下侍郎。戊戌，幸兴德禅院。复废官。庚子，复置议礼局于尚书省。甘露降于帝鼐内，群臣称贺。壬寅，吴居厚罢。戊申，进封卫王俣为魏王，定王偲为邓王。壬子，以何执中为中书侍郎，邓洵武为尚书左丞，户部尚书梁子美为尚书右丞。乙卯，封仲损为南康郡王，仲御为汝南郡王。

二月壬戌，以向宗回为开府仪同三司，徙封安康郡王。甲子，以黎洞纳土，曲赦广西。乙亥，复医学。己卯，复行方田。丙戌，以平昌郡君韦氏为才人。

三月丁酉，赵挺之罢。以何执中为门下侍郎，邓洵武为中书侍郎，梁子美为尚书左丞，吏部尚书朱谔为右丞。甲辰，立八行取士科⑩。癸丑，赵挺之卒。

夏四月乙丑，以淑妃王氏为贵妃。

五月己丑，封子械为扬国公。朝散郎吴储、承议郎吴侔坐与妖人张怀素谋反，伏诛。贬吕惠卿为祁州团练副使。庚寅，邓洵武罢。甲午，诏班新乐于天下。癸卯，诏：自今凡总一路及监司之任，勿以元祐学术及异意人充选。以安化蛮犯边，益兵赴广西讨之。乙巳，子构生。

六月己未，以梁子美为中书侍郎。壬戌，诏景灵宫建僖祖殿室。甲子，以黎人地为庭、孚二州。癸酉，赐上舍生二十九人及第。乙亥，朱谔卒。丁丑，虑囚。甲申，以才人韦氏为婕妤。

秋七月乙酉朔，伊、洛溢。戊子，诏括天下漏丁。壬寅，班祭服于州郡⑪。乙巳，贤妃武氏薨。

八月乙卯，曾布卒。丁巳，封子构为蜀国公。庚申，以户部尚书徐处仁为尚书右丞，吏部尚书林摅同知枢密院事。己巳，降德音于淮、海、吴、楚二十六州，减囚罪一等，流以下释之。

九月庚寅，建显烈观于陈桥。己酉，加上僖祖谥曰立道肇基积德起功懿文宪武睿和至孝皇帝，朝献景灵宫。庚戌，飨太庙。辛亥，大飨明堂，赦天下。升永兴军为大都督府。章縡坐冒法窜海岛。李景直等四人以上书观望罪，并编管岭南。

冬十月己未，诏：士有才武绝伦者，岁贡准文士上舍上等法。辛酉，苏州地震。乙丑，贬张商英为安化军节度副使。己巳，大雨雹。

闰月丙戌，以林摅为尚书左丞，资政殿学士郑居中同知枢密院事。乙未，诏守令以户口为殿最⑫。升桂州为大都督府，镇州为靖海军节度。壬寅，禁用翡翠。乙巳，升太原府、郓州并为大都督府。

十一月壬子朔，日有食之，蔡京等以不及所当食分，率群臣称贺。乙丑，置符宝郎。己巳，升瀛州为河间府、瀛海军节度。戊寅，南丹州刺史莫公佞降。徐处仁以母忧去位。

十二月庚寅，以蔡京为太尉，进何执中以下官二等。癸巳，以江宁、荆南、扬、杭、越、洪、福、潭、广、桂并为帅府。置黔南路。丁酉，置开封府府学。己亥，以婉容乔氏为贤妃。开漠河。

是岁，秦凤旱。京东水，河溢，遣官振济，贷被水户租。庐州雨豆。汀、怀二州庆云见。乾宁军、同州黄河清。于阗、夏国入贡。涪州夷骆世华、骆文贵内附。

二年春正月壬子朔，受八宝于大庆殿⑬，赦天下，文武进位一等。蔡京表贺符瑞。乙卯，以婉仪刘氏为德妃。己未，蔡京进太师；加童贯节度使，仍宣抚。庚申，进封魏王俣为燕王，邓王偲为越王，并为太尉；京兆郡王桓为定王，高密郡王楷为嘉王，并为司空；吴国公枢为建安郡王，冀国公杞为文安郡王，楚国公栩为安康郡王，扬国公械为济阳郡王，蜀国公构为广平郡王，并为开府仪同三司。甲子，以神宗德妃宋氏、刘氏为淑妃，贤妃乔氏为德妃。庚午，徙封仲损为齐安郡王，仲御为华阳郡王，孝骞为晋康郡王，孝参为豫章郡王，并开府仪同三司；封仲增为信安郡王，仲忽为普安郡王，仲葵为咸安郡王，仲仆为同安郡王，仲縻为淮安郡王。戊寅，徙封向宗回为汉东郡王，向宗良为开府仪同三司。仲损薨。河东、北盗起。

二月甲申，置诸州曹掾官。甲午，诏建徽猷阁，藏《哲宗御集》，置学士、直学士、待制官。己亥，以安德军节度使钱景臻为开府仪同三司。庚戌，以婕妤韦氏为修容。

三月庚申，班《金箓灵宝道场仪范》于天下。甲子，封子材为魏国公。乙亥，封子模为镇国公。戊寅，赐上舍生十三人及第。升乾宁军为清州。诏监司岁举所部郡守二人，县令四人，赴三省审察⑭。

夏四月甲辰，复洮州。

五月庚戌朔，日有食之。辛亥，虑囚。以复洮州功，赐蔡京玉带，加童贯检校司空，仍宣抚。甲寅，复诸路岁贡供奉物。壬戌，溪哥王子臧征扑哥降，复积石军。戊辰，诏官蔡京子孙一人，进执政官一等。

六月乙酉，以涪、夷地为珍州。甲午，以平夏城为怀德军。乙未，以殿中六尚、算学、太官局、翰林仪鸾司皆隶六察。⑮

秋七月庚戌，罢建僖祖殿室。乙卯，以婉容王氏为贤妃。

八月辛巳，邢州河水溢，坏民庐舍，复被水者家。丙申，中书侍郎梁子美罢知郓州。己亥，置保州敦宗院。

九月辛亥，以林摅为中书侍郎，吏部尚书余深为尚书左丞。壬戌，贬向宗回为太子少保致仕。壬申，封子植为吴国公。癸酉，皇后王氏崩。削向宗回官爵。丙子，曲赦熙河兰湟、秦凤、永兴军路。

冬十一月丁未朔，太白昼见。乙丑，上大行皇后谥曰靖和。

十二月壬寅，陪葬靖和皇后于永裕陵。

是岁，同州黄河清。出宫女七十有七人。于阗、夏国入贡。涪夷任应举、杨文贵，湖南徭杨再光内附。

三年春正月乙卯，祔靖和皇后神主于别庙。己未，减两京、河阳、郑州囚罪一等，民缘园陵役者蠲其赋。丁卯，以涪夷地为承州。甲戌，升湟州为向德军节度。

二月丙子朔，播州杨文贵纳土，以其地置遵义军。丁丑，韩忠彦致仕。

三月丙午，立海商越界法。庚戌，御集英殿策进士。辛酉，诏：四川郡守并选内地人任之。壬戌，并黔南入广西路。乙丑，赐礼部奏名进士及第、出身六百八十五人。壬申，张康国卒。

夏四月戊寅，林摅罢。戊子，以淑妃刘氏为贵妃。癸巳，以郑居中知枢密院事，吏部尚书管师仁同知枢密院事。癸卯，以余深为中书侍郎，兵部尚书薛昂为尚书左丞，工部尚书刘正夫为尚书右丞。

五月乙巳朔，孟翊献所画卦象，谓宋将中微，宜更年号，改官名，变庶事以厌之。帝不乐，诏窜远方。丙辰，令辟雍宴用雅乐。丁巳，虑囚。戊辰，大雨雹。辛未，以德妃乔氏为贵妃。

六月甲戌朔，诏修《乐书》。管师仁罢。丁丑，蔡京罢。辛巳，以何执中为特进、尚书左仆射兼门下侍郎。以泸夷地为纯、滋二州。庚寅，冀州河水溢。

秋七月丁未，诏：谪籍人除元祐奸党及得罪宗庙外，余并录用。丙辰，诏罢都提举茶事司，在京令户部、在外令转运司主之。

八月乙酉，封子朴为雍国公。己丑，嗣濮王宗汉薨。甲午，以仲增为开府仪同三司，封嗣濮王。丙申，升融州为清远军节度。己亥，韩忠彦薨。

九月癸丑，封子棣为徐国公。己未，赐天下州学藏书阁名"稽古"。

冬十月癸巳，减六尚局供奉物。

十一月丁未，诏算学以黄帝为先师，风后等八人配飨，巫咸等七十人从祀。己巳，蔡京进封楚国公致仕，仍提举《哲宗实录》，朝朔望。

十二月己亥，罢东南铸夹锡钱。

是岁，江、淮、荆、浙、福建旱。秦、凤、阶、成饥，发粟振之，蠲其赋。陕州、同州黄河清。阇婆、占城、夏国入贡。泸州夷王募弱内附。

四年春正月癸卯，罢改铸当十钱。辛酉，诏：士庶拜僧者，论以大不恭。丁卯，夏国入贡。

二月庚午朔，禁然顶、炼臂、刺血、断指⑯。庚辰，罢京西钱监。甲申，诏自今以赏进秩者毋过中奉大夫。己丑，以余深为门下侍郎，资政殿学士张商英为中书侍郎，户部尚书侯蒙同知枢密院事。壬辰，罢河东、河北、京东铸夹锡铁钱。

三月庚子，募饥民补禁卒。诏：医学生并入太医局，算入太史局，书入翰林书艺局，画入翰林图画局，学官等并罢。甲寅，敕所在振恤流民。癸亥，诏：罪废人稍加甄叙⑰，能安分守者，不俟满岁各与叙进，以责来效。丙寅，赐上舍生十五人及第。戊辰，诏：上书邪下等人可依无过人例，今后改官升任并免检举。

夏四月己卯，班乐尺于天下。癸未，蔡京上《哲宗实录》。丙申，立感生帝坛。丁酉，诏修《哲宗史》。

五月壬寅，停僧牒三年。丁未，彗出奎、娄。甲寅，立词学兼茂科。丙辰，诏以彗见避殿减膳，令侍从官直言指陈阙失。戊午，赦天下。壬戌，改广西黔南路为广南西路。癸亥，治广西妄言拓地罪，追贬帅臣王祖道为昭信军节度副使。甲子，贬蔡京为太子少保。丙寅，余深罢。

六月庚午，御殿复膳。乙亥，以张商英为尚书右仆射兼中书侍郎。壬辰，复向宗回为开府仪同三司、汉东郡王。乙未，虑囚。丙申，薛昂罢。

秋七月辛丑，复罢方田。戊申，封子樗为冀国公。

八月乙亥，以刘正夫为中书侍郎，侯蒙为尚书左丞，翰林学士承旨邓洵仁为尚书右丞。戊寅，省内外冗官。庚辰，以资政殿学士吴居厚为门下侍郎。丁亥，行内外学官选试法。

闰月辛丑，诏：诸路事有不便于民者，监司条奏之。癸卯，改陵井监为仙井监。辛酉，诏戒朋党。以张阁知杭州，兼领花石纲⑱。

九月丙寅朔，日有食之。

冬十月丁酉，立贵妃郑氏为皇后。郑居中罢。戊戌，太白昼见。以吴居厚知枢密院事。

十一月乙丑朔，朝景灵宫。丙寅，飨太庙。丁卯，祀昊天上帝于圜丘，赦天下，改明年元。丙戌，罢拱州为襄邑县。

十二月庚戌，改谥靖和皇后为惠恭。

是岁，夔州江水溢。海水清。出宫女四百八十六人。南丹州首领莫公晟内附。

政和元年春正月己巳，以贤妃王氏为德妃。壬申，毁京师淫祠一千三十八区⑲。戊寅，封子栱为定国公。丙戌，废白、龚二州。壬辰，诏百官厉名节。

二月壬寅，册皇后。乙巳，诏陕西、河东复铸夹锡钱。丙午，以太子少师郑绅为开府仪同三司。

三月己巳，诏监司督州县长吏劝民增植桑柘，课其多寡为赏罚。癸酉，以吏部尚书王襄同知枢密院事。

夏四月乙卯，罢陕西、河东铸夹锡钱。丙辰，虑囚。立守令劝农黜陟法。丁巳，以淮南旱，降囚罪一等，徒以下释之。

五月癸亥，诏四川羡余钱物归左藏库⑳。戊辰，改当十钱为当三。己卯，东南有星昼陨。丁亥，解池生红盐。

六月甲寅，复蔡京为太子少师。

秋七月壬申，以疾愈赦天下。癸未，废平、从二州为砦。

八月乙未，复蔡京为太子太师。丁巳，张商英罢。戊午，诏："监司部内官吏，一岁中有犯罪至三人以上，虽不及三人而或有曾荐举者，罪及监司。"

九月戊寅，王襄罢。丁亥，封子栻为广国公。是月，郑允中、童贯使辽，以李良嗣来，良嗣献取燕之策，诏赐姓赵。

冬十月辛卯，以用事之臣多险躁朋比㉑，下诏申儆㉒。庚戌，封昭化军节度使宗粹为信安郡王。辛亥，贬张商英为崇信军节度副使。

十一月壬戌，以上书邪等及曾经入籍人并不许试学官。丙子，封子榛为福国公。

十二月己酉，诏台谏以直道核是非㉓，毋惮大吏，毋比近习㉔。辛亥，废镇州，升琼州为靖海军。

· 是岁，虔州芝草生。蔡州瑞麦连野。河南府嘉禾生，野蚕成茧。出宫女八十人。交趾、夏国人贡。

---

①蕃落：外族部落。蕃，通"番"。

②铨试：通过考试进行选拔。　　　断按：即断案。

③走马承受：官名。宋置，诸路各一员，由三班使臣及内侍充任。

④钩考：探求考校，以察是非。

⑤辅郡：即畿辅。京都附近的地方。

⑥阙：欠缺；亏损；减削。

⑦除：拜官，授职。

⑧左降：贬官。多指京官降职调任州郡官。

⑨辟举：征召荐举。

⑩八行：八种品行。指孝、悌、睦、姻、任、恤、忠、和。

⑪祭服：古时祭祀所穿的礼服。

⑫殿最：古时考核政绩，下等称"殿"，上等称"最"。亦指考课、评比。

⑬八宝：帝王八种印玺的总称。

⑭三省：指中书省、门下省、尚书省。同为朝廷最高政务机构。

⑮殿中六尚局：宋徽宗崇宁二年重修殿中省，领六尚局。为宫廷侍御供奉机构的通称。六尚局，即尚食、尚药、尚酝、尚衣、尚舍、尚辇六局。　　六察：监察御史六人，分察六部、六事，称六察官。

⑯然顶：用艾炷灼顶，以示虔诚或祝福。　　炼臂：用点燃的香烧灼手臂。为僧人修炼苦行之一。

⑰甄叙：经甄别后加以任用或提升。

⑱花石纲：运送花石的船队。纲，谓成帮结队运送货物。

⑲淫祠：不合礼义而设置的祠庙。

⑳羡余：盈余，剩余。

㉑险躁：轻薄浮躁。　　朋比：阿附勾结；结党营私。

㉒申儆：儆戒，训诫。

㉓台谏：唐宋时，以专司纠弹的御史为台官，以职掌建言的给事中、谏议大夫为谏官，两者泛称"台谏"。　　直道：正直的道理、准则。

㉔近习：指君主宠信亲近的人。

徽宗本纪三

二年春正月甲子，制：上书邪等人并不除监司。

二月戊子朔，蔡京复太师致仕，赐第京师。庚子，以婉容崔氏为贤妃。

三月戊午朔，定国公拱薨。己巳，御集英殿策进士。己卯，赐礼部奏名进士及第、出身七百十三人。

夏四月己丑，诏县令以十二事劝农于境内，躬行阡陌，程督劝惰。辛卯，复行方田。日中有黑子。甲午，宴蔡京等于太清楼。乙巳，以定国军节度使仲忽为开府仪同三司。庚戌，以何执中为司空。壬子，赐张商英自便。

五月癸亥，虑囚。丁卯，封子椿为庆国公。己巳，蔡京落致仕①，三日一至都堂议事。

六月己丑，以资政殿学士余深为门下侍郎。乙卯，白虹贯日。

秋七月壬申，访天下遗书。丙子，置礼制局。

九月壬午，改太尉以冠武阶②。癸未，正三公、三孤官。改侍中为左辅，中书令为右弼，左右仆射为太宰、少宰，罢尚书令。

冬十月乙巳，得玉圭于民间。

十一月己未，置知客省、引进、四方馆、东西上阁门事。戊寅，日南至，受元圭于大庆殿，赦天下。辛巳，蔡京进封鲁国公。以何执中为少傅、太宰兼门下侍郎。执政皆进秩。

十二月甲申，行给地牧马法。乙酉，以郑居中为特进。丙戌，以武信军节度使童贯为太尉。乙巳，定命妇名为九等。丙午，燕辅臣于延福宫③。辛亥，封子樘为卫国公。

是岁，成都府、苏州火。出宫女三百八十三人。高丽入贡。成都路夷人董舜咨、董彦博内附，置祺、亨二州。

三年春正月己未，以定王桓、嘉王楷并为太保。庚申，以广平郡王构为检校太保。甲子，诏以天锡元圭④，遣官册告永裕、永泰陵。丙寅，以燕王俣为太傅。癸酉，追封王安石为舒王，子雱为临川伯，配飨文宣王庙。丁丑，吴居厚罢，以观文殿学士郑居中知枢密院事。己卯，以越王偲为太傅，封子楒为韩国公。

二月甲申，以德妃王氏为淑妃。庚寅，罢文臣勋官。辛卯，崇恩太后暴崩。甲午，以辽、女真相持，诏河北治边防。丁酉，诏百官奉祠禄者并以三年为任。乙巳，增定六朝勋臣一百一十六人。

三月壬子朔，日有食之。戊辰，进神宗淑妃宋氏为贵妃。升永安县为永安军。癸酉，赐上舍生十九人及第。

夏四月戊子，作保和殿。庚寅，以复溱、播等州降德音于梓夔路。癸巳，邓洵仁罢。乙巳，以福宁殿东建玉清和阳宫。丙午，升定州为中山府。己酉，以资政殿学士薛昂为尚书右丞。庚戌，班《五礼新仪》。

闰月丙辰，改公主为帝姬。戊午，复置医学。辛酉，上崇恩太后谥曰昭怀。庚午，庆国公椿薨。

五月乙酉，虑囚。丙申，升苏州为平江府。庚子，大盈仓火。壬寅，以筑溱、播进执政官一等。丙午，葬昭怀皇后于永泰陵。丁未，诏尚书内省分六司，以掌外省六曹所上之事；置内宰、副宰、内史、治中等官及都事以下吏员。己酉，班新燕乐。

六月癸亥，祔昭怀皇后神主于太庙。戊辰，降两京、河阳、郑州囚罪一等，民缘园陵役者蠲其赋。

秋七月癸未，升赵城县为庆祚军。甲申，还王珪、孙固赠谥，追复韩忠彦、曾布、安焘、李清臣、黄履等官职。庚子，贵妃刘氏薨。壬寅，复置白州。

八月甲戌，以燕乐成进执政官一等。丙子，以何执中为少师。丁丑，升润州为镇江府。戊寅，封四镇山为王⑤。

九月庚寅，诏大理寺、开封府不得奏狱空，其推恩支赐并罢。戊戌，追册贵妃刘氏为皇后，谥曰明达。

冬十月乙丑，阅新乐器于崇政殿，出古器以示百官。戊辰，诏冬祀大礼及朝景灵宫，并以道士百人执威仪前导。

冬十一月辛巳，朝献景灵宫。壬午，飨太庙，加上神宗谥曰体元显道法古立宪帝德王功英文烈武钦仁圣孝皇帝，改上哲宗谥曰宪元继道世德扬功钦文睿武齐圣昭孝皇帝。癸未，祀昊天上帝于圜丘，大赦天下。升端州为兴庆府。乙酉，以天神降，诏告在位，作《天真降临示现记》。己丑，以贤妃崔氏为德妃。壬辰，筑祥州。己亥，诏有官人许举八行⑥。

十二月癸丑，诏天下访求道教仙经。乙卯，诏天下贡医士。辛酉，太白昼见。

是岁，江东旱，温、封、滋三州火。出宫女二百七十有九人。

四年春正月戊寅朔，置道阶⑦，凡二十六等。辛丑，追封濮王子宗谊为祁王，宗咏为莱王，宗师为温王，宗辅为楚王，宗博为萧王，宗沔为霍王，宗荩为建王，宗胜为袁王。

二月丁巳，赐上舍生十七人及第。癸亥，改淯井监为长宁军。癸酉，长子桓冠⑧。

三月丙子朔，以淑妃王氏为贵妃。

夏四月庚戌，幸尚书省，以手诏训诫蔡京、何执中，各官迁秩，吏赐帛有差。癸丑，阅太学、辟雍诸生雅乐。甲子，改戎州为叙州。

五月丙戌，始祭地于方泽，以太祖配。降德音于天下。子机薨。

六月戊午，虑囚。壬申，以广西溪洞地置隆、兑二州。

秋七月丁丑，置保寿粹和馆以养宫人有疾者。戊寅，焚苑东门所储毒药可以杀人者，仍禁勿得复贡。甲午，祔明达皇后神主于别庙。

八月乙巳，改端明殿学士为延康殿学士，枢密直学士为述古殿直学士。癸亥，定武臣横班，以五十员为额。

九月己卯，以安静军节度使王宪为开府仪同三司。己亥，诏诸路兵应役京师者并以十月朔遣归。

冬十月乙巳，复置拱州。

十一月丁丑，封子梃为相国公。

十二月己酉，以禁中神御殿成，减天下囚罪一等。癸丑，定朝议、奉直大夫以八十员为额。己未，诏广南市舶可岁贡真珠、犀角、象齿。

是岁，相州野蚕成茧。出宫女六十八人。

五年春正月庚辰，泸南晏州夷反，寻诏梓州路转运使赵遹等督兵讨平之。己丑，令诸州县置医学，立贡额。甲午，改龙州为政州。

二月乙巳，立定王桓为皇太子。甲寅，册皇太子，赦天下。庚午，以童贯领六路边事。

　　三月辛未朔，太白昼见。己卯，御集英殿策进士。甲申，追论至和、嘉祐定策功，封韩琦为魏郡王，复文彦博官。丁亥，诏以立皇太子，见责降文武臣僚并与牵复甄叙⑨，凡千五百人。壬辰，升舒州为德庆军。癸巳，赐礼部奏名进士出身六百七十人。

　　夏四月甲辰，作葆真宫。丁未，诣景灵宫，还幸祕书省，进馆职官一等。庚戌，改集贤殿为右文殿。癸亥，置宣和殿学士。诏东官讲读官罢读史。

　　五月壬辰，虑囚。

　　六月癸丑，以修三山河桥，降德音于河北、京东、京西路。

　　秋七月戊辰朔，日有食之。乙亥，升汝州为陆海军。丁丑，诏建明堂于寝殿之南。甲申，昭庆军节度使蔡卞为开府仪同三司。丁亥，封子樾为瀛国公。

　　八月己酉，以祕书省地为明堂。辛亥，升通利军为浚州平川军节度。嗣濮王仲增薨。

　　九月己卯，封仲御为嗣濮王。丙戌，封子横为惠国公。

　　冬十月癸卯，以嵩山道人王仔昔为冲隐处士。戊午，夏国入贡。

　　十一月癸酉，录昭宪皇后杜氏之裔。庚寅，高丽遣子弟入学。

　　十二月己亥，升遂州为遂宁府。庚申，以平晏夷曲赦四川。癸亥，置缘边安抚司于泸州。

　　是岁，平江府常、湖、秀州水。出宫女五十人。

　　六年春正月戊子，以泸南献捷转宰执一官⑩。以童贯宣抚陕西、河北。

　　闰月壬寅，升颍州为顺昌府。丁未，置道学。

　　二月丁亥，诏增广天下学舍。庚寅，诏广京城。

　　三月癸丑，赐上舍生十一人及第。

　　夏四月乙丑，会道士于上清宝箓宫。辛未，以何执中为太傅致仕，朝朔望。丁丑，诏："天宁诸节及壬戌日，杖已下罪职赎。"丙戌，却监司、守臣进献。庚寅，诏蔡京三日一朝，正公相位，总治三省事。

　　五月丁酉，废锡钱。庚子，以郑居中为少保、太宰兼门下侍郎，刘正夫为特进、少宰兼中书侍郎。壬寅，以保大军节度使邓洵武知枢密院事。

　　六月丙寅，班中书官制格。庚午，虑囚。甲戌，诏堂吏迁官至奉直大夫止。癸未，皇太子纳妃朱氏。

　　秋七月壬辰朔，以震武城为震武军。甲午，以德妃崔氏为贵妃。辛亥，以河阳三城节度使王荐为开府仪同三司。诸盗晏州卜漏、沅州黄安俊、定边军李吡𠮷伏诛，诏函首于甲库⑪。壬子，曲赦湖北。己未，解池生红盐。辛酉，改走马承受公事为廉访使者。

　　八月壬戌朔，戒北边帅臣毋生事。壬午，诏天下监司、郡守搜访岩谷之士，虽恢诡谲怪自晦者悉以名闻⑫。丁亥，幸蔡京第。己丑，升晋州为平阳、寿州为寿春、齐州为济南府。

　　九月辛卯朔，诣玉清和阳宫，上太上开天执符御历含真体道昊天玉皇上帝徽号宝册。丙申，赦天下。令洞天福地修建宫观，塑造圣像。以西内成⑬，曲赦京西。己未，以童贯为开府仪同三司。

　　冬十月乙丑，太白昼见。

　　十一月丁酉，朝献景灵宫。戊戌，飨太庙。己亥，祀昊天上帝于圜丘，赦天下。庚子，以礼部尚书白时中为尚书右丞。辛丑，魏国公材薨。戊申，以侯蒙为中书侍郎，薛昂为尚书左丞。己未，徙封卫国公榁为郓国公。增横班为十三阶。

　　十二月己巳，以婉仪刘氏为贤妃。戊寅，以熙河进筑功成，进执政一官。乙酉，奠九鼎于圜像徽调阁。刘正夫为开府仪同三司致仕。戊子，以宗粹为开府仪同三司。

是岁，冀州三山黄河清。出宫女六百人。高丽、占城、大食、真腊、大理、夏国入贡，茂州夷郅永寿内附。

七年春正月丁酉，于阗入贡。庚子，以殿前都指挥使高俅为太尉。

二月癸亥，以大理国主段和誉为云南节度使、大理国王。甲子，会道士二千余人于上清宝箓宫，诏通真先生林灵素谕以帝君降临事。丁卯，御集英殿策高丽进士。辛未，改天下天宁万寿观为神霄玉清万寿宫。乙亥，幸上清宝箓宫，命林灵素讲道经。

三月庚寅，赐高丽祭器。高丽进士权适等四人赐上舍及第。乙未，以童贯权领枢密院。丙申，升鼎州为常德军。

夏四月庚申，帝讽道箓院上章，册己为教主道君皇帝，止于教门章疏内用。辛酉，升温州为应道军。

五月戊子朔，升庆州为庆阳军、渭州为平凉军。己丑，如玉清和阳宫，上承天效法厚德光大后土皇地祇徽号宝册。辛卯，命蔡攸提举祕书省并左右街道箓院。乙未，诏权罢宫室修造。辛丑，祭地于方泽，降德音于诸路。以监司州县共为奸赃，令廉访使者察奏，仍许民径赴尚书省陈诉。癸卯，改玉清和阳宫为玉清神霄宫。

六月戊午朔，以明堂成，进封蔡京为陈、鲁国公。戊辰，以嘉王楷为太傅。改节度观察留后为承宣使。己巳，蔡京辞两国不拜，诏官其亲属二人。壬午，诏禁巫觋。丙戌，贵妃宋氏薨。

秋七月壬辰，熙河、环庆、泾原地震。庚子，诏八宝增定命宝⑭。

八月癸亥，诏明堂并祠五帝。郑居中以母忧去位。

九月戊子，诏湖北民力未纾，胡耳西道可罢进筑。辛卯，大飨明堂，赦天下。乙未，刘正夫卒。丁酉，西蕃王子益麻党征降，见于紫宸殿。壬寅，进宰执官一等。甲辰，以薛昂为特进。癸丑，贵妃王氏薨。

冬十月乙卯朔，初御明堂，班朔布政。戊寅，侯蒙罢。

十一月庚寅，命蔡京五日一赴都堂治事。辛卯，郑居中起复。以余深为特进、少宰兼中书侍郎，白时中为中书侍郎。壬辰，复置醴州。丙申，何执中卒。升石泉县为军。

十二月戊申朔，有星如月。丁巳，以薛昂为门下侍郎。戊辰，诏天神降于坤宁殿，刻石以纪之。庚午，以童贯领枢密院。命户部侍郎孟揆作万岁山。

是岁，三山河水清。出宫女六十八人。

重和元年春正月甲申朔，受定命宝于大庆殿。戊子，封孙谌为崇国公。己丑，赦天下。应元符末上书邪中等人，依无过人例。乙巳，封偓佺有奕为和义郡王。庚戌，以翰林学士承旨王黼为尚书左丞。

二月戊辰，增诸路酒价。庚午，遣武义大夫马政由海道使女真，约夹攻辽。甲戌，升六安县为六安军。丁丑，诏：监司辄以禁钱买物为苞苴馈献⑮，论以大不恭。

三月丙戌，诏：监司、郡守自今须满三岁乃得代，仍毋得通理⑯。癸巳，令嘉王楷赴廷对。丙申，以茂州蕃族平，曲赦四川。丁酉，知建昌陈并等改建神霄宫不虔及科决道士，诏并勒停。戊戌，御集英殿策进士。戊申，赐礼部奏名进士及第、出身七百八十三人。有司以嘉王楷第一，帝不欲楷先多士，遂以王昂为榜首。

夏四月癸丑朔，筑靖夏城、制戎城。录吕余庆后。癸亥，减捶刑。己卯，诏：每岁以季秋亲祠明堂，如孟月朝献礼。以太上混元上德皇帝二月十五日生辰为贞元节。

五月壬午朔，日有食之。乙酉，诏诸路选漕臣一员，提举本路神霄宫。丁亥，以林灵素为通真达灵元妙先生，张虚白为通元冲妙先生。壬辰，班御制《圣济经》。以青华帝君八月九日生辰为元成节。庚戌，手敕两浙漕司，以权添酒钱尽给御前工作。

六月乙卯，以贤妃刘氏为淑妃。己巳，以淮西盗平曲赦。庚午，虑囚。甲戌，以西边献捷，曲赦陕西、河东路。

秋七月壬午，以西师有功，加蔡京恩，官其一子，郑居中为少傅，余深为少保，邓洵武为特进，进执政官一等。己酉，遣廉访使者六人振济东南诸路水灾。

八月甲寅，以童贯为太保。辛酉，诏班御注《道德经》。壬申，诏执政非入谢及丐去[17]，毋得独留奏事。癸酉，封子㮂为嘉国公。乙亥，升衮州为袭庆府。

九月辛巳，大飨明堂。壬午，诏罢拘白地、禁榷货、增方田税、添酒价、取醋息、河北加折耗米、东南水灾强籴等事[18]。丙戌，诏太学、辟雍各置《内经》、《道德经》、《庄子》、《列子》博士二员。己丑，以岁当戌、月当壬为元命[19]，降德音于天下。庚寅，薛昂罢。以白时中为门下侍郎，王黼为中书侍郎，翰林学士承旨冯熙载为尚书左丞，刑部尚书范致虚为尚书右丞。壬辰，禁州郡遏籴及边将杀降以倖功赏者。癸巳，禁群臣朋党。丁酉，用蔡京言，集古今道教事为纪志，赐名《道史》。辛丑，郑居中罢，乞持余服，诏从之。诏察县令治行、诸路监司能改正州县事者，较为殿最。诏：视中大夫林灵素，视中奉大夫张虚白，并特授本品真官。

闰月庚申，诏江、淮、荆、浙、闽、广监司督责州县还集流民。丁卯，进封楷为郓王。丙子，诏：周柴氏后已封崇义公，复立恭帝后以为宣义郎，监周陵庙，世世为国三恪[20]。

冬十月己卯朔，太白昼见。己亥，改兴庆军为肇庆府。甲辰，置道官二十六等，道职八等。

十一月己酉朔，改元，大赦天下。辛亥，日中有黑子。丙辰，以婉容王氏为贤妃。辛酉，补上书人安尧臣官。己巳，升梓州为潼川府。

十二月戊寅朔，复京西钱监。己丑，置裕民局。

是岁，江、淮、荆、浙、梓州水。出宫女百七十八人。黄岩民妻一产四男子。于阗、高丽入贡。

---

①落致仕：古时官员因老病等故退休后，重新任命为官，称"落致仕"。落，谓结衔内去此字，故落致仕则为复用。

②武阶：武职的官阶。

③燕：通"宴"。

④锡：赐予。

⑤四镇山：四座大山。镇，意指可为一方之镇的大山。据郑玄注，即扬州的会稽山（在浙江）、青州的沂山（在山东）、幽州的医巫闾山（在辽宁）、冀州的霍山（在山西）。

⑥有官人：指有官职的人。

⑦道阶：道教官阶。

⑧冠：男子二十岁则举行加冠礼，称"冠"。

⑨牵复：谓复官。牵，牵连。复，回复。

⑩一官：谓升一级官阶。

⑪函首：用匣子装人头。　甲库：储藏兵器的仓库。收藏奏钞的库房，亦称"甲库"。

⑫自晦：自隐才能。

⑬西内：皇宫内部。

⑭定命宝：宋代玺名。九寸，鱼虫篆，其文曰："范围天地，幽赞神明，保合太和，万寿无疆。"

⑮禁钱：少府掌管供帝王使用的钱财。　苞苴：馈赠的礼物。

⑯通理：犹统理。

⑰入谢：入朝辞谢。　丐去：请求离去。

⑱拘：犹征。　白地：空地。　榷货：专卖货物。

⑲元命：元命年。指六十一岁。六十岁为一甲子，至六十一岁，又当生年干支，谓之元命。
⑳三恪：封前代三王朝的子孙，赐王侯名号，称"三恪"。

徽宗本纪四

宣和元年春正月戊申朔，日下有五色云。壬子，进建安郡王枢为肃王，文安郡王杞为景王，并为太保。乙卯，诏："佛改号大觉金仙，余为仙人、大士。僧为德士，易服饰，称姓氏。寺为宫，院为观。"改女冠为女道，尼为女德。丁巳，金人使李善庆来，遣赵有开报聘①，至登州而还。戊午，以余深为太宰兼门下侍郎，王黼为特进、少宰兼中书侍郎。乙丑，改湟州为乐州。癸酉，封子栋为温国公，侄有恭为永宁郡王。乙亥，躬耕籍田。罢裕民局。

二月庚辰，改元。易宣和殿为保和殿。戊戌，以邓洵武为少保。

三月庚戌，蔡京等进安州所得商六鼎。己未，以冯熙载为中书侍郎，范致虚为尚书左丞，翰林学士张邦昌为尚书右丞。诏天下知宫观道士与监司、郡县官以客礼相见。童贯遣知熙州刘法出师攻统安城，夏人伏兵击之，法败殁，震武军受围。甲子，知登州宗泽坐建神霄宫不虔，除名编管。辛未，赐上舍生五十四人及第。甲戌，皇后亲蚕。

夏四月丙子朔，日有食之。庚寅，童贯以鄜延、环庆兵大破夏人，平其三城。己亥，曲赦陕西、河东路。辛丑，进辅臣官一等。

五月丙午朔，有物如龙形，见京师民家。丁未，诏德士并许入道学，依道士法。丙辰，败夏人于震武。壬申，班御制《九星二十八宿朝元冠服图》。甲戌，虑囚。是月，大水犯都城，西北有赤气亘天。

六月壬午，诏西边武臣为经略使者改用文臣。甲申，诏封庄周为微妙元通真君，列御寇为致虚观妙真君，仍行册命，配享混元皇帝。己亥，夏国遣使纳款，诏六路罢兵。

秋七月甲寅，以童贯为太傅。

八月戊寅，诏诸路未方田处并令方量，均定租课。丁酉，以神霄宫成降德音于天下。范致虚以母忧去位。

九月甲辰朔，燕蔡京于保和新殿。辛亥，大飨明堂。癸亥，幸道德院观金芝，遂幸蔡京第。丁卯，以淮康军节度使蔡攸为开府仪同三司。

冬十月甲戌朔，以《绍述熙丰政事书》布告天下。

十一月癸丑，朝献景灵宫。甲寅，飨太庙。乙卯，礼昊天上帝于圜丘，赦天下。甲子，诏：东南诸路水灾，令监司、郡守悉心振救。戊辰，以淮甸旱，饥民失业，遣监察御史察访。张邦昌为尚书左丞，翰林学士王安中为尚书右丞。时朱勔以花石纲媚上，东南骚动，太学生邓肃进诗讽谏，诏放归田里②。

十二月甲戌，诏：京东东路盗贼窃发，令东、西路提刑督捕之。辛卯，大雨雹。丙申，帝数微行，正字曹辅上书极论之，编管郴州。

是岁，京西饥，淮东大旱，遣官振济。岚州黄河清。升邢州为信德，陈州为淮宁，襄州为襄阳，庆州为庆阳，安州为德安，郓州为东平，赵州为庆源府，泸州为泸川，睦州为建德，岳州为岳阳，宁州为兴宁，宜州为庆远，光州为光山，均州为武当军。

二年春正月癸亥，追封蔡确为汝南郡王。甲子，罢道学。

二月乙亥，遣赵良嗣使金国。唐恪罢。庚辰，以宁远军节度使梁子美为开府仪同三司。戊子，令所在赡给淮南流民，谕还之。甲午，诏别修《哲宗史》。

三月壬寅，赐上舍生二十一人及第。乙卯，改熙河兰湟路为熙河兰廓路。

夏四月丙子，诏：江西、广东两界，群盗啸聚，添置武臣提刑、路分都监各一员。

五月庚子朔，以淑妃刘氏为贵妃。己酉，日中有黑子。丁巳，祭地于方泽，降德音于诸路。布衣朱梦说上书论宦寺权太重，编管池州。戊辰，诏宗室有文行才术者，令大宗正司以闻。

六月癸酉，诏开封府振济饥民。丁丑，太白昼见。戊寅，蔡京致仕，仍朝朔望。辛巳，诏：自今冲改元丰法制，论以大不恭。丙戌，诏："三省、枢密院额外吏职，并从裁汰。及有妄言惑众，稽违诏令者，重论之。"诏："诸司总辖、提点之类，非元丰法并罢。"丁亥，复寺院额。甲午，罢礼制局并修书五十八所③。

秋七月壬子，罢文臣起复。己未，罢医、算学。丙寅，封子樼为英国公。

八月庚辰，诏减定医官额。乙未，诏：监司所举守令非其人，或废法不举，令廉访使者劾之。

九月壬寅，金人遣勃堇等来。乙巳，复德士为僧。辛亥，大飨明堂。丙辰，遣马政使金国。癸亥，余深加少傅。宴童贯第。

冬十月戊辰朔，日有食之。以河东节度使梁师成为太尉。建德军青溪妖贼方腊反，命谭稹讨之。

十一月己亥，余深罢，仍少傅，授镇西军节度使、知福州。庚戌，以王黼为少保、太宰兼门下侍郎。己未，两浙都监蔡遵、颜坦击方腊，死之④。

十二月丁亥，改谭稹为两浙制置使，以童贯为江、淮、荆、浙宣抚使，讨方腊。己丑，以少傅郑居中权领枢密院。庚寅，诏访两浙民疾苦。是月，方腊陷建德，又陷歙州，东南将郭师中战死；陷杭州，知州赵霆遁，廉访使者赵约诟贼死。

是岁，淮南旱。夏国、真腊入贡。

三年春正月壬寅，邓洵武卒。戊午，以安康郡王栩为太保，进封济王；镇国公模为开府仪同三司，进封乐安郡王。己未，诏淮进、江东、福建各权添置武臣提刑一员。辛酉，罢苏、杭州造作局及御前纲运。乙丑，罢西北兵更戍⑤。罢木石彩色等场务。是月，方腊陷婺州，又陷衢州，守臣彭汝方死之。

二月庚午，赵霆坐弃杭州，贬吉阳军。罢方田。甲戌，降诏招抚方腊。乙酉，罢天下三舍及宗学、辟雍、诸路提举学事官。癸巳，赦天下。是月，方腊陷处州。淮南盗宋江等犯淮阳军，遣将讨捕；又犯京东、河北，入楚、海州界，命知州张叔夜招降之。

三月丁未，御集英殿策进士。庚申，赐礼部奏名进士及第、出身六百三十人。

夏四月丙寅，贵妃刘氏薨。甲戌，青溪令陈光以盗发县内弃城，伏诛。庚寅，忠州防御使辛兴宗擒方腊于青溪。诏二浙、江东被贼州县给复三年⑥。癸巳，汝州牛生麒麟。

五月戊戌，以郑居中领枢密院。己亥，诏杭、越、江宁守臣并带安抚使。甲辰，追册贵妃刘氏为皇后，谥曰明节。改睦州建德军为严州遂安军，歙州为徽州。丙午，金人再遣曷鲁等来。戊申，以兴宁军节度使刘宗元为开府仪同三司。癸亥，诏：三省觉察台谏岡上背公者，取旨谴责。陈过庭、张汝霖以乞罢御前使唤及岁进花果，为王黼所劾，并窜贬。

闰月丙寅，减诸州曹掾官。辛未，立医官额。甲戌，复应奉司，命王黼及内侍梁师成领之。戊寅，虑囚。

六月，河决恩州清河埽。

秋七月丁卯，振温、处等八州。丁亥，废纯、滋等十二州。戊子，童贯等俘方腊以献。是月，洛阳、京畿讹言有黑眚如人⑦，或如犬，夜出掠小儿食之，二岁乃息。

八月甲辰，曲赦两浙、江东、福建、淮南路。乙巳，以童贯为太师，谭稹加节度。丁未，祔明节皇后神主于别庙。丙辰，方腊伏诛。

九月丙寅，以王黼为少傅，郑居中为少师。庚午，进执政官一等。辛未，大飨明堂。

冬十月甲寅，诏自今赃吏狱具，论决勿贷。童贯复领陕西、两河宣抚。

十一月丁丑，冯熙载罢。以张邦昌为中书侍郎，王安中为尚书左丞，翰林学士承旨李邦彦为尚书右丞。辛巳，封子桐为仪国公。壬午，张商英卒。

十二月辛卯朔，日中有黑子。壬子，进封广平郡王构为康王，乐安郡王模为祁王，并为太保。

是岁，诸路蝗。

四年春正月丁卯，以蔡攸为少保，梁师成为开府仪同三司。癸酉，金人破辽中京，辽主北走。

二月丙申，以旱祷于广圣宫，即日雨。癸卯，雨雹。丙午，以吴国公植为开府仪同三司，进封信都郡王。

三月辛酉，幸秘书省，遂幸太学，赐秘书少监翁彦深、王时雍、国子祭酒韦寿隆、司业权邦彦章服⑧，馆职、学官、诸生恩锡有差。丙子，辽人立燕王淳为帝。金人来约夹攻，命童贯为河北、河东路宣抚使，屯兵于边以应之，且招谕幽燕。

夏四月丙午，诏置补完校正文籍局，录三馆书置宣和殿及太清楼、秘阁。又令郡县访遗书。

五月壬戌，以高俅为开府仪同三司。丁卯，封子柄为昌国公。甲戌，嗣濮王仲御薨。乙亥，以蔡攸为河北、河东宣抚副使。庚辰，以常德军节度使谭稹为太尉。童贯至雄州，令都统制种师道等分道进兵。癸未，辽人击败前军统制杨可世于兰沟甸。乙酉，封开府仪同三司、江夏郡王仲爰为嗣濮王。丙戌，虑囚。杨可世与辽将萧干战于白沟，败绩。丁亥，辛兴宗败于范村。

六月己丑，种师道退保雄州，辽人追击至城下。帝闻兵败惧甚，遂诏班师。壬寅，以王黼为少师。是月，辽燕王淳死，萧干等立其妻萧氏。

秋七月己未，废贵妃崔氏为庶人。壬午，王黼以耶律淳死，复命童贯、蔡攸治兵，以河阳三城节度使刘延庆为都统制。甲申，种师道责授右卫将军致仕，和诜散官安置。

九月戊午，朝散郎宋昭上书谏北伐，王黼大恶之，诏除名、勒停⑨，广南编管。己未，金人遣徒孤且乌歇等来议师期。辛酉，大飨明堂。己巳，高丽国王王俣薨，遣路允迪吊祭。甲戌，遣赵良嗣报聘于金国。己卯，辽将郭药师等以涿、易二州来降。

冬十月庚寅，改燕京为燕山府，涿、易八州并赐名。癸巳，刘延庆与郭药师等统兵出雄州。戊戌，曲赦所复州县。己亥，耶律淳妻萧氏上表称臣纳款。甲辰，师次涿州。己酉，郭药师与高世宣、杨可世等袭燕，萧干以兵入援，战于城中，药师等屡败，皆弃马缒城而出，死伤过半。癸丑，以蔡攸为少傅、判燕山府。甲寅，刘延庆自卢沟河烧营夜遁，众军遂溃，萧干追至涿水上乃还。

十一月丙辰朔，行新玺。戊辰，朝献景灵宫。己巳，飨太庙。庚午，祀昊天上帝于圜丘，赦天下。东南官吏昨缘寇盗贬责者并次第移放，上书邪上等人特与磨勘⑩。戊寅，金人遣李靖等来许山前六州。以彰德军节度使郑详为太尉。

十二月丁亥，郭药师败萧干于永清县。戊子，遣赵良嗣报聘于金国。庚寅，以郭药师为武泰军节度使。辛卯，金人入燕，萧氏出奔。壬辰，使来献捷。乙未，诏监司未经陛对毋得之任。丙申，贬刘延庆为率府率⑪，安置筠州。壬寅，进封植为莘王。

五年春正月戊午，金人遣李靖来议所许六州代租钱。己未，遣赵良嗣报聘，求西京等州。辛酉，以王安中为庆远军节度使、河北河东燕山府路宣抚使、知燕山府。甲申，录富弼后。

二月乙酉朔，以李邦彦为尚书左丞，翰林学士赵野为尚书右丞。丙戌，金人以议未合，断桥梁，焚次舍。丁酉，进封雍国公朴为华原郡王，徐国公棣为高平郡王，并为开府仪同三司。

三月乙卯，金人再遣宁尤割等来。己未，遣卢益报聘，皆如其约。

夏四月癸巳，金人遣杨璞以誓书及燕京、涿、易、檀、顺、景、蓟州来归。庚子，童贯、蔡攸入燕，时燕之职官、富民、金帛、子女先为金人尽掠而去。乙巳，童贯表奏抚定燕城。庚戌，曲赦河北、河东、燕、云路。是日，班师。

五月己未，以收复燕、云，赐王黼玉带。庚申，以王黼为太傅，郑居中为太保，进宰执官二等。辛酉，王黼总治三省事。癸亥，童贯落节钺⑫，进封徐、豫国公。蔡攸为少师。乙丑，诏：正位三公立本班⑬，带节钺若领他职者仍旧班，著为令。癸酉，祭地于方泽。是月，金人许朔、武、蔚三州。金主阿骨打殂，弟吴乞买立。

六月乙酉，郭药师加检校少傅。丙戌，辽人张觉以平州来附。己丑，仲爰薨。乙未，诏今后内外宗室并不称姓。丁酉，以安国军节度使仲理为开府仪同三司，进封嗣濮王。己亥，虑囚。戊申，郑居中卒。辛亥，以蔡攸领枢密院。

秋七月戊午，以梁师成为少保。己未，童贯致仕。起复谭稹为河北、河东、燕山府路宣抚使。庚午，太傅、楚国公王黼等上尊号曰继天兴道敷文成武睿明皇帝，不允。禁元祐学术。

八月辛巳朔，日当食不见。辛丑，命王安中作《复燕云碑》。壬寅，太白昼见。是月，萧幹破景州、蓟州，寇掠燕山，郭药师败之。幹寻为其下所杀，传首京师⑭。

九月辛酉，大飨明堂。

冬十月乙酉，雨木冰。壬寅，罢诸路提举常平之不职者。

十一月乙卯，以郑绅为太师。丙寅，幸王黼第观芝。诸路漕臣坐上供钱物不足，贬秩者二十二人。丁卯，王安中、谭稹并加检校少傅，郭药师为太尉。华原郡王朴薨。壬申，王黼子弟亲属推恩有差。是月，金人取平州，张觉走燕山，金人索之甚急，命王安中缢杀，函其首送之。

十二月乙巳，金人遣高居庆等来贺正旦。戊申，以高平郡王棣为太保，进封徐王。

是岁，秦凤旱，河北、京东、淮南饥，遣官振济。

六年春正月乙卯，为金主辍朝。戊午，置书艺所。癸亥，藏萧幹首于大社。戊寅，遣连南夫吊祭金国。

二月丁亥，以冀国公樗为开府仪同三司，进封河间郡王；韶州防御使令荡为婺州观察使，封安定郡王。己亥，躬耕藉田。丙午，诏："自今非历台阁、寺监、监司、郡守、开封府曹官者，不得为郎官、卿监，著为令。"李邦彦以父忧去位。

三月己酉朔，以钱景臻为少师。金人来勾粮⑮，不与。

闰月辛巳，皇后亲蚕。庚子，御集英殿策进士。

夏四月癸丑，赐礼部奏名进士及第、出身八百五人。丁巳，李邦彦起复。

五月壬寅，虑囚。癸卯，金人遣使来告嗣位。

六月壬子，诏以收复燕、云以来，京东、两河之民困于调度，令京西、淮、浙、江、湖、四川、闽、广并纳免夫钱⑯，期以两月纳足，违者从军法。

秋七月戊子，遣许亢宗贺金国嗣位。丁酉，诏：应系御笔断罪，不许诣尚书省陈诉改正。壬寅，诏宗室、后妃戚里、宰执之家概敷免夫钱⑰。甲辰，置玑衡所。

八月乙卯，谭稹落太尉，罢宣抚使；童贯落致仕，领枢密院代之。丁巳，以溢机堡为安羌城。壬戌，以复燕、云赦天下。

九月乙亥，以白时中为特进、太宰兼门下侍郎，李邦彦为少宰兼中书侍郎。蔡攸落节钺。辛巳，大飨明堂。丁亥，以赵野为尚书左丞，翰林学士承旨宇文粹中为尚书右丞，开封尹蔡懋同知枢密院。庚寅，以金芝产于艮岳万寿峰，改名寿岳。庚子，金人遣富谟弼等以遗留物来献。

冬十月庚午，诏：有收藏习用苏、黄之文者⑱，并令焚毁，犯者以大不恭论。癸酉，诏内外官并以三年为任，治绩著闻者再任，永为式。

十一月丙子，王黼致仕。太白昼见。乙酉，罢应奉司。丙戌，令尚书省置讲议司。壬辰，诏："监司择县令有治绩者保奏，召赴都堂审察录用，毋过三人。"

十二月甲辰朔，蔡京领讲议司。诏百官遵行元丰法制。丁未，诏内外侍从以上各举所知二人。癸亥，蔡京落致仕，领三省事。

是岁，河北、山东盗起，命内侍梁方平讨之。京师、河东、陕西地大震，两河、京东西、浙西水，环庆、邠宁、泾原流徙，令所在振恤。夏国、高丽、于阗、罗殿入贡。

七年春正月癸酉朔，诏赦两河、京西流民为盗者，仍给复一年。癸巳，诏罢诸路提举常平官属，有罪当黜者以名闻；仍令三省修已废之法。

二月甲辰，复置铸钱监。诏御史察赃吏。己酉，雨木冰。庚戌，诏京师运米五十万斛至燕山，令工部侍郎孟揆亲往措置。己巳，进封广国公栻为南康郡王、福国公榛为平阳郡王，并开府仪同三司。壬申，京东转运副使李孝昌言招安群盗张万仙等五万余人，诏补官犒赐有差。

三月癸酉朔，雨雹。甲申，知海州钱伯言奏招降山东寇贾进等十万人，诏补官有差。丙戌，以惠国公横为开府仪同三司，进封建安郡王。

夏四月丙辰，降德音于京东、河北路。庚申，蔡京复致仕。复州县免行钱。戊辰，诏行元丰官制。复尚书令之名，虚而勿授；三公但为阶官，毋领三省事。

五月壬午，封子枞为润国公。丁亥，诏诸路帅臣举将校有才略者，监司举守令有政绩者，岁各三人。

六月辛丑朔，诏宗室复著姓。丙午，封童贯为广阳郡王。戊申，诏臣僚辄与内侍来往者论罪。辛亥，虑囚。己未，以蔡攸为太保。癸亥，诏吏职杂流出身人，毋得陈请改换。乙丑，罢减六尚岁贡物。

秋七月庚午朔，诏士庶毋以"天"、"王"、"君"、"圣"为名字，及以壬戌日辅臣焚香。甲戌，以河间郡王樗为太保，进封沂王。是月，河东义胜军叛。熙河、河东路地震。

九月辛巳，大飨明堂。壬辰，金人以擒辽主遣李孝和等来告庆。是月，河东言粘罕至云中，诏童贯复宣抚。有狐升御榻而坐。

冬十月辛亥，赐曾布谥曰文肃。戊午，罢京畿和籴。

十一月庚午，诏：无出身待制以上，年及三十通历任满十岁，乃许任子。乙亥，遣使回庆金国。甲申，朝献景灵宫。乙酉，飨太庙。丙戌，祀昊天上帝于圜丘，赦天下。庚寅，以保静军节度使种师道为河东、河北路制置使。

十二月乙巳，童贯自太原遁归京师。己酉，中山奏金人斡离不、粘罕分两道入攻。郭药师以燕山叛，北边诸郡皆陷。又陷忻、代等州，围太原府。太常少卿傅察奉使不屈，死之。丙辰，罢浙江诸路花石纲、延福宫、西城租课及内外制造局。金兵犯中山府，詹度御之。戊午，皇太子桓为开封牧。罢修蕃衍北宅，令诸皇子分居十位⑲。己未，下诏罪己。令中外直言极谏，郡邑率师勤王；募草泽异才有能出奇计及使疆外者；罢道官，罢大晟府、行幸局；西城及诸局所管缗钱，尽付有司。以保和殿大学士宇文虚中为河北、河东路宣谕使。庚申，诏内禅，皇太子即皇帝位。尊帝为教主道君太上皇帝，居于龙德宫，尊皇后为太上皇后。

靖康元年正月己巳，诣亳州太清宫，行恭谢礼，遂幸镇江府。四月己亥还京师。明年二月丁卯，金人胁帝北行。绍兴五年四月甲子，崩于五国城，年五十有四。七年九月甲子，凶问至江南，遥上尊谥曰圣文仁德显孝皇帝，庙号徽宗。十二年八月乙酉，梓宫还临安。十月丙寅，权攒于永祐陵⑳。十二月丁卯，祔太庙第十一室。十三年正月己亥，加上尊谥曰体神合道骏烈逊功圣文仁德宪慈显孝皇帝。

赞曰：宋中叶之祸，章、蔡首恶，赵良嗣厉阶㉑。然哲宗之崩，徽宗未立，惇谓其轻佻不可以君天下；辽天祚之亡，张觉举平州来归，良嗣以为纳之失信于金，必启外侮。使二人之计行，宋不立徽宗，不纳张觉，金虽强，何衅以伐宋哉？以是知事变之来，虽小人亦能知之，而君子有所不能制也。

迹徽宗失国之由，非若晋惠之愚、孙皓之暴，亦非有曹、马之篡夺，特恃其私智小慧，用心一偏，疏斥正士，狎近奸谀。于是蔡京以狷薄巧佞之资，济其骄奢淫佚之志。溺信虚无，崇饰游观，困竭民力。君臣逸豫㉒，相为诞谩㉓，怠弃国政，日行无稽。及童贯用事，又佳兵勤远㉔，稔祸速乱。他日国破身辱，遂与石晋重贵同科，岂得诿诸数哉。

昔西周新造之邦，召公犹告武王以不作无益害有益，不贵异物贱用物，况宣、政之为宋，承熙、丰、绍圣椓丧之余㉕，而徽宗又躬蹈二事之弊乎？自古人君玩物而丧志，纵欲而败度，鲜不亡者，徽宗甚焉，故特著以为戒。

---

① 报聘：派使臣回访他国。

② 田里：故里。

③ 修书五十八所：即五十八个修书所。修书，编纂书籍。

④ 死之：谓战死。

⑤ 更戍：轮番戍守。

⑥ 给复：免除赋税徭役。

⑦ 黑眚（shěng，音省）：古时谓五行水气而生的灾祸。眚，此指异物。

⑧ 章服：绣有日月星辰等图案的礼服。

⑨ 勒停：勒令停职。

⑩ 磨勘：查核。

⑪ 率（lǜ，音律）府：官署名。隶属太子，掌东宫兵仗、仪卫、门禁、斥候等事。　　率：太子属官。领兵卒、门卫，以卫东宫。

⑫ 节钺：符节和斧钺。将帅的权力标志。"落节钺"，意谓交还兵权。

⑬ 正位：皇帝之位。　　三公：皇帝之下的最高辅臣。自周代以来说法不一，宋自徽宗政和二年改以太师、太傅、太保为三公。

⑭ 首：首级，人头。

⑮ 匄（gài，音丐）：同"丐"。乞求。

⑯ 免夫钱：百姓向政府缴纳的免役钱。

⑰ 敷：分派，分摊。

⑱ 苏、黄：指苏轼、黄庭坚。

⑲ 十位：指按地位区分的人的十个等级。

⑳ 攒：暂厝；停殡。

㉑厉阶：祸端。

㉒逸豫：犹安乐。

㉓诞谩：欺诈；荒诞虚妄。

㉔佳兵：王念孙认为，佳当作"隹"，隹，古"唯"字。后世沿用"佳兵"为坚甲利兵或好用兵之义。

㉕椓丧：遭受伤害。

钦宗本纪

钦宗恭文顺德仁孝皇帝，讳桓，徽宗皇帝长子，母曰恭显皇后王氏。元符三年四月己酉，生于坤宁殿。初名亶，封韩国公，明年六月进封京兆郡王。崇宁元年二月甲午，更名烜，十一月丁亥，又改今名。大观二年正月，进封定王。政和元年三月，讲学于资善堂。三年正月，加太保。四年二月癸酉，冠于文德殿。

五年二月乙巳，立为皇太子，大赦天下。丁巳，谒太庙。诏乘金辂①，设卤簿②，如至道、天禧故事③，及宫僚参谒并称臣，皆辞之。六年六月癸未，纳妃朱氏。

宣和七年十二月戊午，除开封牧。庚申，徽宗诏皇太子嗣位，自称曰道君皇帝，趣太子入禁中④，被以御服。泣涕固辞，因得疾。又固辞，不许。辛酉，即皇帝位，御垂拱殿见群臣。是日，日有五色晕，挟赤黄珥，重日相荡摩久之。乃引道君皇帝出居龙德宫，皇后出居撷景园。以少宰李邦彦为龙德宫使，太保领枢密院事蔡攸、门下侍郎吴敏副之。是时，金人已分道犯境。壬戌，赦大逆、反叛以下罪，进百官秩一等，赏诸军，立妃朱氏为皇后，以太子詹事耿南仲签书枢密院事。癸亥，诏太傅燕王、越王入朝不趋，赞拜不名。诏非三省、枢密院所得旨，有司勿行。甲子，斡离不陷信德府，粘罕围太原。诏京东、淮西、浙募兵入卫。太学生陈东等上书，数蔡京、童贯、王黼、梁师成、李彦、朱勔罪，谓之六贼，请诛之。丙寅，上道君皇帝尊号曰教主道君太上皇帝，皇后曰道君太上皇后。诏改元。

靖康元年春正月丁卯朔，受群臣朝贺，退诣龙德宫，贺道君皇帝。诏中外臣庶实封言得失⑤。金人破相州。戊辰，破濬州。威武军节度使梁方平师溃，河北、河东路制置副使何灌退保滑州。己巳，灌奔还，金人济河，诏亲征。道君皇帝东巡，以领枢密院事蔡攸为行宫使，尚书右丞宇文粹中副之。诏自今除授、黜陟及恩数等事，并参酌祖宗旧制。罢内外官司、局、所一百五处，止留后苑，以奉龙德宫。以门下侍郎吴敏知枢密院事，吏部尚书李梲同知枢密院事。贬太傅致仕王黼为崇信军节度副使，安置永州。赐翊卫大夫、安德军承宣使李彦死，并籍其家。放宁远军节度使朱勔归田里。帝欲亲征，以李纲为留守，以李梲为副。给事中王寓谏亲征，罢之。庚午，道君皇帝如亳州，百官多潜遁。宰相欲奉帝出襄、邓，李纲谏止之。以纲为尚书右丞。辛未，以李纲为亲征行营使，侍卫亲军马军都指挥使曹曚副之。太宰兼门下侍郎白时中罢，李邦彦为太宰兼门下侍郎，守中书侍郎张邦昌为少宰兼中书侍郎，尚书左丞赵野为门下侍郎，翰林学士承旨王孝迪为中书侍郎，同知枢密院事蔡懋为尚书左丞。壬申，金人渡河，遣使督诸道兵入援。癸酉，诏两省、枢密院官制一遵元丰故事。金人犯京师，命尚书驾部员外郎郑望之、亲卫大夫康州防御使高世则使其军。诏从官举文武臣僚堪充将帅有胆勇者。是夜，金人攻宣泽门，李纲御之，斩获百余人，至旦始退。甲戌，金人遣吴孝民来议和，命李梲使金军。金人又使萧三宝奴、耶律忠、张愿恭来。以吏部尚书唐恪同知枢密院事。乙亥，金人攻通津、景阳等门，李纲督战，自卯至酉，斩首数千级，何灌战死。李梲与萧三宝奴、耶律忠、王汭来索金帛数千万，且求割太原、中山、河间三镇，并宰相亲王为质，乃退师。丙子，避正殿，减常膳。括借金银，籍倡优家财。庚辰，命张邦昌副康王构使金军⑥，诏称金国加"大"字。辛巳，道君皇帝幸镇江。以兵部尚书路允迪签书枢密院事。金人陷阳武，知县事蒋兴祖死之。壬午，大风走石，竟日乃止。封子谌为大宁郡王。甲申，省廉访使者官，罢钞旁定贴钱及诸州免行钱，以诸路赡学户绝田产归常平司。统制官马忠以京西募兵至，击金人于顺天门外，败之。乙酉，路允迪使粘罕军于河东。平阳府将刘嗣初以城叛。丁亥，静难军节度使、河北、河东路制置使种师道督泾原、秦凤兵入援，以师道同知枢密院事，为京畿、河北、河东宣抚使，统四方勤王兵及前后军。庚寅，盗杀王黼于雍丘。癸巳，大雾四塞。乙未，贬少保、淮南节度使梁师成为彰化军节度副使，行及八角镇，赐死。

二月丁酉朔，命都统制姚平仲将兵夜袭金人军，不克而奔。戊戌，罢李纲以谢金人，废亲征行营司。金人复来议和。庚子，命驸马都尉曹晟使金军。辛丑，又命资政殿大学士宇文虚中、知东上阁门事王球使之，许割三镇地。太学诸生陈东等及都民数万人伏阙上书，请复用李纲及种师道，且言李邦彦等疾纲⑦，恐其成功，罢纲正堕金人之计。会邦彦入朝，众数其罪而骂。吴敏传宣，众不退，遂挝登闻鼓⑧，山呼动地。殿帅王宗濋恐生变，奏上勉从之。遣耿南仲号于众曰："已得旨宣纲矣。"内侍朱拱之宣纲后期⑨，众脔而磔之，并杀内侍数十人。乃复纲右丞，充京城防御使。壬寅，追封范仲淹魏国公，赠司马光太师，张商英太保，除元祐党籍学术之禁。诏诛士民杀内侍为首者，禁伏阙上书，废苑囿宫观可以与民者。金人使王汭来。癸卯，命肃王枢使金军。以观文殿学士、大名尹徐处仁为中书侍郎，宇文虚中签书枢密院事。蔡懋罢。乙巳，宇文虚中、王球复使金军。康王至自金军。金人遣韩光裔来告辞，遂退师，京师解严。丙午，康王构为太傅、静江奉宁军节度使。省明堂班朔布政官。丁未，日有两珥。戊申，赦天下。诏谕士民，自今庶事并遵用祖宗旧制，凡蠹国害民之事一切寝罢⑩。己酉，罢宰执兼神霄玉清万寿宫使及殿中监、符宝郎。诏用祖宗故事，择武臣得军心者为同知、签书枢密院，边将有威望者为三衙。以金人请和，诏官民昔尝附金而复归本朝者，各还其乡国。庚戌，李邦彦罢，以张邦昌为太宰兼门下侍郎，吴敏为少宰兼中书侍郎，李纲知枢密院事，耿南仲为尚书左丞，李梲为尚书右丞。辛亥，诏监察御史言事如祖宗法。宇文粹中罢知江宁府。癸丑，种师道罢为中太一宫使。赠右正言陈瓘为右谏议大夫。甲寅，贬太师致仕蔡京为秘书监、分司南京，太师、广阳郡王童贯为左卫上将军，太保、领枢密院事蔡攸为太中大夫、提举亳州明道宫。先是，粘罕遣人来求赂，大臣以勤王兵大集，拘其使人，且结约余睹以图之。至是，粘罕怒，及攻太原不克，分兵趣京师，过南、北关，权威胜军李植以城降。乙卯，陷隆德府，知府张确、通判赵伯臻、司录张彦遹死之。丙辰，有二流星，一出张宿入浊没⑪，一出北河入轸⑫。己未，诏遥郡承宣使有功应除正任者，自今除正任刺史。辛酉，梁方平坐弃河津伏诛。王孝迪罢。命给事中王云、侍卫亲军马军都指挥使曹曚使金国，镇洮军节度使、中太乙宫使种师道为河北、河东路宣抚使，保静军节度使、殿前副都指挥使姚古为制置使。乙丑，御殿复膳。丙寅，下哀痛之诏于陕西、河东。是月，金人犯泽州之高平，知州高世由往犒之，乃去。

三月丁卯朔，遣徽猷阁待制宋焕奉表道君皇帝行宫。诏侍从言事。诏非三省、枢密院所奉旨，诸司不许奉行。罢川路岁所遣使。募人掩军民遗骸，遣使分就四郊致祭。戊辰，李梲罢为鸿庆宫使。己巳，张邦昌罢为中太一宫使。徐处仁为太宰兼门下侍郎，唐恪为中书侍郎，翰林学士何栗为尚书右丞，御史中丞许翰同知枢密院事。庚午，宇文虚中罢知青州。癸酉，诣景灵东宫行恭谢礼。命赵野为道君皇帝行宫奉迎使。甲戌，恭谢景灵西宫及建隆观。乙亥，诣阳德观、凝祥池、中太一宫、佑神观、相国寺。丙子，改撷景园为宁德宫。录司马光后。己卯，燕王俣、越王偲为太师。壬午，诏：金人叛盟深入，其元主和议李邦彦、奉使许地李棁、李邺、郑望之悉行罢黜。又诏种师道、姚古、种师中往援三镇，保塞陵寝所在，誓当固守。癸未，遣李纲迎道君皇帝于南京，以徐处仁为礼仪使。殿中侍御史李擢、左司谏李会罢。乙酉，迎道君皇帝于宜春苑，太后入居宁德宫。丙戌，知中山府詹度为资政殿大学士，知太原府张孝纯、知河间府陈遘并为资政殿学士，知泽州高世由直龙图阁，赏城守之劳也。丁亥，朝于宁德宫。诏："扈从行宫官吏，候还京日优加赏典；除有罪之人迫于公议已行遣外，余令台谏勿复用前事纠言。"庚寅，肃王枢为太傅。姚古复隆德府。辛卯，复威胜军。壬辰，太保景王杞、济王栩为太傅。有流星出紫微垣。甲午，康王构为集庆、建雄军节度使，尚书户部侍郎钱盖为陕西制置使。命陈东初品官，赐同进士出身，辞不拜。籍朱勔家。乙未，诏：金归朝官民未发遣者，止之。丙申，贬蔡京为崇信军节度副使。是春，夏人取天德、云内、武州及河东八馆。

夏四月戊戌，夏人陷震威城，摄知城事朱昭死之。己亥，迎太上皇帝入都门。壬寅，朝于龙德宫。癸卯，立子谌为皇太子。耿南仲为门下侍郎。乙巳，置《春秋》博士。戊申，置详议司于尚书省，讨论祖宗法。己酉，乾龙节，群臣上寿于紫宸殿。庚戌，赵野罢。壬子，金人使贾霆、冉企弓来。癸丑，封太师、沂国公郑绅为乐平郡王。贬童贯为昭化军节度副使，安置郴州。减宰执俸给三之一及支赐之半。诏开经筵⑬。令吏部稽考庶官⑭，凡由杨戬、李彦之公田⑮，王黼、朱勔之应奉⑯，童贯西北之师，孟昌龄河防之役，夔、蜀、湖南之开疆，关陕、河东之改币，及近习所引，献颂可采，特赴殿试之流，所得爵赏，悉夺之。甲寅，种师道加太尉、同知枢密院事、河北河东路宣抚使。乙卯，诏：自今假日特坐，百司毋得休务。以平凉军节度使范讷为右金吾卫上将军。丙辰，诏：有告奸人妄言金人复至以恐动居民者，赏之。戊午，进封南康郡王栻为和王，平阳郡王榛为信王。己未，复以诗赋取士，禁用《庄》、《老》及王安石《字说》。壬戌，诏：亲擢台谏官，宰执勿得荐举，著为令。追政和以来道官、处士、先生封赠奏补等敕书。甲子，令在京监察御史，在外监司、郡守及路分钤辖已上⑰，举曾经边任或有武勇可以统众出战者，人二员。东兵正将占沇与金人战于交城县，死之。乙丑，诏三衙并诸路帅司各举谙练边事、智勇过人、并豪俊奇杰、众所推服、堪充统制将领者各五名。贬蔡攸节度副使，安置朱勔于循州。

五月丙寅朔，朝于龙德宫，令提举官日具太上皇帝起居平安以闻。丁卯，诏天下有能以财谷佐军者，有司以名闻，推恩有差。以少傅、镇西军节度余深为特进、观文殿大学士。戊辰，罢王安石配享孔子庙庭。庚午，少傅、安武军节度使钱景臻，镇安军节度使、开府仪同三司刘宗元，并为左金吾卫上将军。保信军节度使刘敷、武成军节度使刘敏、向德军节度使张林、岳阳军节度使王舜臣、应道军节度使朱孝孙、泸川军节度使钱忱并为右金吾卫上将军。是日，寒。辛未，申铜禁。诏：无出身待制已上，年及三十而通历任实及十年者，乃得任子。监察御史余应求坐言事迎合大臣，罢知卫州。甲戌，曲赦河北路。乙亥，申销金禁。丁丑，诏以俭约先天下，澄冗汰贪，为民除害，授监司、郡县奉行所未及者，凡十有六事。姚古将兵至威胜，闻粘罕将至，众惊溃，河东大振。河北、河东路制置副使种师中与金人战于榆次，死之。己卯，借外任官职田一年。开府仪同三司高俅卒。辛巳，损太官日进膳。追削高俅官。甲申，罢详议司。己丑，以河东经略安抚使张孝纯为检校少保、武当军节度使。壬辰，诏天下举习武艺、兵书者。乙未，诏姚古援太原。

六月丙申朔，以道君皇帝还朝，御紫宸殿，受群臣朝贺。诏谏官极论阙失⑱。戊戌，令中外举文武官才堪将帅者。时太原围急，群臣欲割三镇地，李纲沮之⑲，乃以李纲代种师道为宣抚使援太原。辛丑，以资政殿学士刘韐为宣抚副使，陕西制置司都统制解潜为制置副使。太白犯岁星。壬寅，封郓国公楎为安康郡王，韩国公楗为广平郡王，并开府仪同三司。诏："今日政令，惟遵奉上皇诏书，修复祖宗故事。群臣庶士亦当讲孔、孟之正道，察安石旧说之不当者，羽翼朕志^⑳，以济中兴。"癸卯，以侍卫亲军马军副都指挥使、镇西军承宣使王禀为建武军节度使，录坚守太原之功也。甲辰，路允迪罢为醴泉观使。乙巳，左司谏陈公辅以言事责监合州酒务。壬子，天狗坠地^㉑，有声如雷。癸丑，虑囚。丙辰，太白、荧惑、岁、镇四星合于张。辛酉，罢都水、将作监承受内侍官。熙河都统制焦安节坐不法，李纲斩之。壬戌，姚古坐拥兵逗留，贬为节度副使，安置广州。彗出紫微垣。

秋七月乙丑朔，除元符上书邪等之禁。宋昭政和中上书谏攻辽，贬连州；庚午，诏赴都堂。乙亥，安置蔡京于儋州；攸，雷州；童贯，吉阳军。己卯，免借河北、河东、陕西路职田。乙酉，诏：蔡京子孙二十三人已分窜远地，遇赦不许量移。是日，京死于潭州。丁亥，令侍从官共议改修宣仁圣烈皇后谤史^㉒。辛卯，遣监察御史张澂诛童贯，广西转运副使李升之诛赵良嗣，并窜其子孙于海南。壬辰，侍御史李光坐言事贬监当^㉓。是月，解潜与金人战于南关，败绩。刘韐自辽州引兵与金人战，败绩。

八月甲午朔，录陈瓘后。丙申，复命种师道以宣抚使巡边，召李纲还。庚子，诏以彗星避殿减膳，令从臣具民间疾苦以闻。河东察访使张灏与金人战于文水，败绩。辛丑，诏求民之疾苦者十七事，悉除之。丁未，斡离不复攻广信军、保州，不克，遂犯真定。戊申，都统制张思正等夜袭金人于文水县，败之。己酉，复战，师溃，死者数万人，思正奔汾州。都统制折可求师溃于子夏山。威胜、隆德、汾、晋、泽、绛民皆渡河南奔，州县皆空。金人乘胜攻太原。录张庭坚后。乙卯，遣徽猷阁待制王云、阁门宣赞舍人马识远使于金国，祕书著作佐郎刘岑、太常博士李若水分使其军议和。戊午，许翰罢知亳州。己未，太宰徐处仁罢知东平，少宰吴敏罢知扬州。以唐恪为少宰兼中书侍郎，何㮚为中书侍郎，礼部尚书陈过庭为尚书右丞，开封尹聂昌同知枢密院事，御史中丞李回签书枢密院事。庚申，遣王云使金军，许以三镇赋税。是月，福州军乱，杀其知州事柳庭俊。

九月丙寅，金人陷太原，执安抚使张孝纯，副都总管王禀、通判方芨皆死之。辛未，贬吴敏为崇信军节度副使，安置涪州。移蔡攸于万安军，寻与弟𢡟及朱勔皆赐死。乙亥，诏编修敕令所取靖康以前蔡京所乞御笔手诏，参祖宗法及今所行者，删修成书。丁丑，礼部尚书王寓为尚书左丞。戊寅，有赤气随日出。李纲罢知扬州。壬午，枭童贯首于都市。癸未，赐布衣尹焞为和靖处士。甲申，日有两珥、背气。丙戌，建三京及邓州为都总管府，分总四道兵。庚寅，以知大名府赵野为北道都总管，知河南府王襄为西道都总管，知邓州张叔夜为南道都总管，知应天府胡直孺为东道都总管。又罢李纲提举洞霄宫。辛卯，遣给事中黄锷由海道使金国议和。是月，夏人陷西安州。

冬十月癸巳朔，御殿复膳。贬李纲为保静军节度副使，安置建昌军。丁酉，金人陷真定，都钤辖刘竧死之。有流星如杯。戊戌，金人使杨天吉、王汭来。庚子，日有青、赤、黄戴气。金人陷汾州，知州张克戬、兵马都监贾亶死之；又攻平定军。辛丑，下哀痛诏，命河北、河东诸路帅臣传檄所部，得便宜行事。壬寅，天宁节，率群臣诣龙德宫上寿。甲辰，诏用蔡京、王黼、童贯所荐人。丙午，集从官于尚书省，议割三镇。召种师道还。丁未，以礼部尚书冯澥知枢密院事。己酉，阅炮飞山营。庚戌，以范讷为宁武军节度使、河北河东路宣抚使。辽故将小鞠䩊攻陷麟州建宁砦，知砦杨震死之。壬子，诏太常礼官集议金主尊号。命尚书左丞王宁副康王使斡离不军，寓辞。乙卯，雨木冰。丙辰，金人陷平阳府，又陷威胜、隆德、泽州。丁巳，高丽入贡，令明州递表以进，遣其使还。戊午，贬王宇为单州团练副使，命冯澥代行。庚申，日有两珥及背气。侍御史胡舜陟请援中山，不省。辛酉，种师道薨。

十一月丙寅，夏人陷怀德军，知军事刘铨、通判杜翊世死之。籍谭稹家。戊辰，康王未至金军而还。冯澥罢。己巳，集百官议三镇弃守。庚午，诏河北、河东、京畿清野，令流民得占官舍寺观以居。辛未，有流星如杯。壬申，禁京师民以浮言相动者。癸酉，右谏议大夫范宗尹以首议弃地罢。金人至河外，宣抚副使折彦质领师十二万拒之。甲戌，师溃。金人济河，知河阳燕瑛、西京留守王襄弃城遁。乙亥，命刑部尚书王云副康王使斡离不军，许割三镇，奉衮冕、车辂，尊其主为皇叔，且上尊号。丙子，金人渡河，折彦质兵尽溃，提刑许高兵溃于洛口。金人来言，欲尽得河北地。京师戒严。遣资政殿学士冯澥及李若水使粘罕军。丁丑，何栗罢。以尚书左丞陈过庭为中书侍郎，兵部尚书孙傅为尚书右丞。命成忠郎郭京领选六甲正兵所。签书枢密院事李回以万骑防河，众溃而归。是日，塞京城门。戊寅，进龙德宫婉容韦氏为贤妃，康王构为安国、安武军节度使。罢清野。辛巳，以知怀州霍安国为徽猷阁待制，通判林渊直徽猷阁，赏守御之功也。壬午，斡离不使杨天吉、王汭、勃堇撒离枵来。命耿南仲使斡离不军，聂昌使粘罕军，许画河为界。康王至磁州，州人杀王云，止王勿行，王复还相州。甲申，以尚书右丞孙傅同知枢密院事，御史中丞曹辅签书枢密院事。以京兆府路安抚使范致虚为陕西五路宣抚使，令督勤王兵入援。乙酉，斡离不军至城下。遣蜡书间行出关召兵，又约康王及河北守将来援，多为逻兵所获。丁亥，大风发屋折木。李回罢。戊子，金人攻通津门，范琼出兵焚其砦。己丑，南道总管张叔夜将兵勤王，至玉津园，以叔夜为延康殿学士。斡离不遣刘晏来。庚寅，幸东壁劳军。诏三省长官名悉依元丰旧制。领开封府何栗为门下侍郎。

闰月壬辰朔，金人攻善利门，统制姚仲友御之。奇兵作乱，杀使臣，王宗濋斩数十人乃定。唐恪出都，人欲击之，因求去，罢为中太一宫使。以门下侍郎何栗为尚书右仆射兼中书侍郎。刘韐坐弃军，降五官予祠。癸巳，京师苦寒，用日者言[24]，借土牛迎春。朱伯友坐弃郑州，降三官罢。西道总管王襄弃西京去。知泽州高世由以城降于金。燕瑛欲弃河阳，为乱兵所杀。河东诸郡，或降或破殆尽。都民杀东壁统制官辛亢宗。罢民乘城[25]，以代保甲。粘罕军至城下。甲午，时雨雪交作，帝被甲登城，以御膳赐士卒，易火饭以进[26]，人皆感激流涕。金人攻通津门，数百人缒城御之，焚其炮架五、鹅车二。驿召李纲为资政殿大学士，领开封府。金人陷怀州，霍安国、林渊及其钤辖张彭年、都监赵士谕、张谌皆死之。乙未，金人入青城，攻朝阳门。冯澥与金人萧庆、杨真诰来。丙申，帝幸宣化门，以障泥乘马，行泥淖中，民皆感泣。张叔夜数战有功，帝如安上门召见，拜资政殿学士。金人执胡直孺，又陷拱州。丁酉，赤气亘天。以冯澥为尚书左丞。戊戌，殿前副都指挥使王宗濋与金人战于城下，统制官高师旦死之。庚子，以资政殿学士张叔夜签书枢密院事。金人攻宣化门，姚仲友御之。辛丑，金人攻南壁，杀伤相当。壬寅，诏河北守臣尽起军民兵，倍道入援。癸卯，金人攻南壁，张叔夜、范琼分兵袭之，遥见金兵，奔还，自相蹈藉[27]，溺隍死者以千数[28]。甲辰，大雨雪。金人陷亳州。遣间使召诸道兵勤王[29]。乙巳，大寒，士卒噤战不能执兵，有僵仆者。帝在禁中徒跣祈晴。时勤王兵不至，城中兵可用者惟卫士三万，然亦十失五六。金人攻城急。丙午，雨木冰。丁未，始避正殿。己酉，遣冯澥、曹辅与宗室仲温、士㖆使金军请和。命康王为天下兵马大元帅，速领兵入卫。辛亥，金人来议和，要亲王出盟。壬子，金人攻通津、宣化门，范琼以千人出战，渡河冰裂，没者五百余人，自是士气益挫。甲寅，大风自北起，俄大雨雪，连日夜不止。乙卯，金人复使刘晏来，趣亲王、宰相出盟。丙辰，妖人郭京用六甲法，尽令守御人下城，大启宣化门出攻金人，兵大败。京托言下城作法，引余兵遁去。金兵登城，众皆披靡。金人焚南薰诸门。姚仲友死于乱兵，宦者黄经国赴火死，统制官何庆言、陈克礼、中书舍人高振力战，与其家人皆被害。秦元领保甲斩关遁，京城陷。卫士入都亭驿，执刘晏杀之。丁巳，奉道君皇帝、宁德皇后入居延福宫。命何栗及济王栩使金军。戊午，何栗入言，金人邀上皇出郊。帝曰："上皇惊忧而疾，必欲之出，朕当亲往。"自乙卯雪不止，是日霁。夜有白气出太微，彗星见。庚申，日赤如火无光。辛酉，帝如青城。

十二月壬戌朔，帝在青城。萧庆入居尚书省。是日，康王开大元帅府于相州。癸亥，帝至自青城。甲子，大索金帛。丙寅，遣陈过庭、刘韐使两河割地。辛未，定京师米价，劝粜以振民。癸酉，斩行门指挥使蒋宣、李福。乙亥，康王如北京。丙子，尚书省火。庚辰，雨雹。癸未，大雪寒。纵民伐紫筠馆花木为薪。庚寅，康王如东平。

二年春正月辛卯朔，命济王栩、景王杞出贺金军，金人亦遣使入贺。壬辰，金人趣召康王还。遣聂昌、耿南仲、陈过庭出割两河地，民坚守不奉诏，凡累月，止得石州。甲午，诏两河民开门出降。乙未，有大星出建星，西南流入于浊没。丁酉，雨木冰。己亥，阴曀，风迅发；夜，西北阴云中有如火光。庚子，金人索金银急。何栗、李若水劝帝亲至军中，从之，以太子监国而行。乙巳，籍梁师成家。丙午，刘韐自经于金军。太学生徐揆上书，乞守门请帝还阙。金人取至军中，揆抗论为所杀。至夜，金人劫神卫营。丁未，大雾四塞。金人下含辉门剽掠，焚五岳观。

二月辛酉朔，帝在青城，自如金军，都人出迎驾。丙寅，金人堙南薰门路，人心大恐。已而金人令推立异姓，孙傅方号恸，乞立赵氏，不允。丁卯，金人要上皇如青城。以内侍邓述所具诸王孙名，尽取入军中。辛未，金人逼上皇召皇后、皇太子入青城。庚辰，康王如济州。癸未，观文殿大学士唐恪仰药自杀。乙酉，金人以括金未足，杀户部尚书梅执礼、侍郎陈知质、刑部侍郎程振、给事中安扶。

三月辛卯朔，帝在青城。丁酉，金人立张邦昌为楚帝。庚子，金人来取宗室，开封尹徐秉哲令民结保，毋藏匿。丁巳，金人胁上皇北行。

夏四月庚申朔，大风吹石折木。金人以帝及皇后、皇太子北归。凡法驾、卤簿，皇后以下车辂、卤簿，冠服、礼器、法物，大乐、教坊乐器，祭器、八宝、九鼎、圭璧、浑天仪、铜人、刻漏、古器、景灵宫供器，太清楼秘阁三馆书，天下州府图及官吏、内人、内侍、技艺、工匠、娼优，府库畜积，为之一空。辛酉，北风大起，苦寒。

五月庚寅朔，康王即位于南京，遥上尊号曰孝慈渊圣皇帝。绍兴三十一年五月辛卯，帝崩问至。七月巳丑，上尊谥曰恭文顺德仁孝皇帝，庙号钦宗。三十二年闰二月戊寅，祔于太庙。

赞曰：帝在东宫，不见失德。及其践阼③，声技音乐一无所好。靖康初政，能正王黼、朱勔等罪而窜殛之，故金人闻帝内禅，将有卷甲北旆之意矣。惜其乱势已成，不可救药；君臣相视，又不能同力协谋，以济斯难，惴惴然讲和之不暇。卒致父子沦胥③，社稷芜茀。帝至于是，盖亦巽懦而不知义者欤②！享国日浅，而受祸至深，考其所自，真可悼也夫！真可悼也夫！

---

①金辂：亦作"金路"。帝王家乘用的饰金之车。

②卤簿：亦作"卤部"。帝王出行时车驾扈从的仪仗队。出行之目的不同，仪式也有别。汉以后亦用于后妃、太子及王公大臣。

③至道：宋太宗年号（995 - 997）。　　天禧：宋真宗年号（1017 - 1021）。

④趣：催促。

⑤实封：密封；固封。

⑥副：辅助。

⑦疾：妒忌；忌恨。

⑧登闻鼓：皇帝为听取臣民谏议或冤情，于朝堂外悬鼓，许击鼓登时上闻，谓之"登闻鼓"。

⑨后期：迟误期限。

⑩寝罢：废除；停止。

⑪张宿：二十八宿之一，朱雀七宿之第五宿。　　浊：毕星的别名。

⑫北河：星官名。属井宿。　　轸：二十八宿之一，朱雀七宿之最末一宿。有星四颗。

⑬经筵：汉唐以来历代帝王为讲论经史而设的御前讲席。宋始称"经筵"，以翰林学士充任讲官或大臣兼衔。

⑭庶官：百官。指一般官员。

⑮公田：指公田庄。封建时代政府在所控制、占有的大片土地上设立的管理官田机构。

⑯应奉：指应奉司。北宋末掌搜罗江南土贡及奇花异石运送京城的机构。

⑰钤辖：宋代武官名。

⑱阙失：失误；错误。

⑲沮：阻止。

⑳羽翼：辅佐；维护。

㉑天狗：星名。

㉒谤史：指直书统治者过、罪的史书。

㉓监当：宋代掌管税收、冶铸等事物的地方官。

㉔日者：指以占候卜筮为业的人。

㉕乘城：守城。

㉖火饭：士兵的饭食。

㉗蹈藉：亦作"蹈籍"。犹践踏。

㉘隍：护城河。

㉙间使：犹秘使。

㉚践阼：亦作"践胙"、"践祚"、"践阼"。即位，登基。

㉛沦胥：相率牵连。后泛指沦陷、沦丧。

㉜巽懦：怯懦；卑顺。

高宗本纪一

　　高宗受命中兴全功至德圣神武文昭仁宪孝皇帝，讳构，字德基，徽宗第九子，母曰显仁皇后韦氏①。大观元年五月乙巳，生东京之大内，赤光照室②；八月丁丑，赐名，授定武军节度使、检校太尉，封蜀国公；二年正月庚申，封广平郡王；宣和三年十二月壬子，进封康王。资性朗悟，博学强记，读书日诵千余言；挽弓至一石五斗。宣和四年，始冠，出就外第③。

　　靖康元年春正月，金人犯京师，军于城西北，遣使入城，邀亲王、宰臣议和军中④。朝廷方遣同知枢密院事李梲等使金，议割太原、中山、河间三镇，遣宰臣授地，亲王送大军过河。钦宗召帝谕指，帝慷慨请行⑤。遂命少宰张邦昌为计议使，与帝俱⑥。金帅斡离不留之军中旬日，帝意气闲暇。二月，会京畿宣抚司都统制姚平仲夜袭金人寨不克，金人见责，邦昌恐惧涕泣，帝不为动，斡离不异之，更请肃王⑦。癸卯，肃王至军中，许割三镇地。进邦昌为太宰，留质军中，帝始得还⑧。金兵退，复遣给事中王云使金，以租赋赎三镇地。又以蜡书结辽降将耶律余睹，为金人所得。八月，金帅粘罕复引兵深入，陷太原。斡离不破真定。冬十月，王云从吏自金先还，言金人须帝再至乃议和。云归，言金人坚欲得地，不然，进兵取汴都。十一月，诏帝使河北，奉衮冕、玉辂，尊金主为伯，上尊号十八字。被命，即发京师。以门下侍郎耿南仲主和议，请与俱，乃以其子中书舍人延禧为参议官偕行。帝由滑、濬至磁州，守臣宗泽请曰："肃王去不返，金兵已迫，复去何益？请留磁。"磁人以云将挟帝入金，遂杀云。时粘罕、斡离不已率兵渡河，相继围京师。从者以磁不可留，知相州汪伯彦亦以蜡书请帝还相州。

闰月，耿南仲驰至相，见帝致辞，以面受钦宗之旨，尽起河北兵入卫，帝乃同南仲募兵勤王⑨。初，朝廷闻金兵渡河，欲拜帝为元帅。至是，殿中侍御史胡唐老复申元帅之议，尚书右仆射何㮚拟诏书以进，钦宗遣阁门祗候秦仔持蜡诏至相，拜帝为河北兵马大元帅，知中山府陈亨伯为元帅，汪伯彦、宗泽为副元帅。仔于顶发中出诏，帝读之呜咽，兵民感动。

十二月壬戌朔，帝开大元帅府，有兵万人，分为五军，命武显大夫陈淬都统制军马。阁门祗候侯章赍蜡书至自京师，诏帝尽发河北兵，命守臣自将。帝乃下令诸郡守与诸将，议引兵渡河。乙亥，帝率兵离相州。丙子，履冰渡河。丁丑，次大名府。宗泽以二千人先诸军至，知信德府梁扬祖以三千人继至，张俊、苗傅、杨沂中、田师中皆在麾下，兵威稍振⑩。会签书枢密院事曹辅赍蜡诏至，云金人登城不下，方议和好，可屯兵近甸，毋轻动。汪伯彦等皆信和议，惟宗泽请直趋澶渊为壁，次第解京城之围。伯彦、南仲请移军东平。帝遂遣泽以万人进屯澶渊，扬言帝在军中。自是泽不复预府中谋议。帝决意趋东平。庚寅，帝发大名。

建炎元年春正月癸巳，帝至东平。初，帝军在相州，京城围久，中外莫知帝处⑪。及是，陈请四集，取决帅府。壬寅，高阳关路安抚使黄潜善、总管杨惟忠亦部兵数千至东平。命潜善进屯兴仁，留惟忠为元帅都统制。金人闻帝在澶渊，遣甲士及中书舍人张澂来召。宗泽命壮士射之，澂乃遁。伯彦等请帝如济州。二月庚辰，发东平。癸未，次济州。时帅府官军及群盗来归者，号百万人，分屯济、濮诸州府，而诸路勤王兵不得进。二帝已在金人军中。三月丁酉，金人立张邦昌为帝，称大楚。黄潜善以告，帝恸哭，僚属欲奉帝驻军宿州，谋渡江左，帝闻三军籍籍遂辍⑫。承制以宗泽为徽猷阁待制。丁巳，斡离不退师，徽宗北迁。戊午，承制以汪伯彦为显谟阁待制，充元帅；潜善为徽猷阁待制，充副元帅。夏四月，粘罕退师，钦宗北迁。癸亥，邦昌尊元祐皇后为宋太后，遣人至济州访帝，又遣吏部尚书谢克家来迎。耿南仲率幕僚劝进，帝避席流涕，逊辞不受⑬。伯彦等引天命人心为请，且谓靖康纪元，为十二月立康之兆。帝曰："当更思之。"以知淮宁府赵子崧为宝文阁学士、元帅府参议官、东南道总管，统东南勤王兵。邦昌遣阁门宣赞舍人蒋师愈等持书诣帝，自言从权济事，及将归宝避位之意⑭。帝亦贻诸帅书，以未得至京，已至者毋辄人⑮。闻资政殿大学士、领开封府事李纲在湖北，遣刘默持书访之。又谕宗泽等，以受伪命之人义当诛讨，然虑事出权宜，未可轻动。泽复书，谓邦昌篡乱踪迹，已无可疑，宜早正天位，兴复社稷，不可不断。门下侍郎吕好问亦以蜡书来，言帝不自立，恐有不当立而立者。丁卯，谢克家以"大宋受命之宝"至济州，帝恸哭跪受，命克家还京师，趣办仪物⑯。戊辰，济州父老诣军门，言州四旁望见城中火光属天，请帝即位于济。会宗泽来言，南京乃艺祖兴王之地，取四方中，漕运尤易。遂决意趋应天。是夕，邦昌手书上延福宫太后尊号曰元祐皇后，入居禁中，以尚书左丞冯澥为奉迎使。皇后又遣兄子卫尉少卿孟忠厚持手书遗帝⑰。皇后垂帘听政。邦昌权尚书左仆射，率在京百官上表劝进，不许。甲戌，皇后手书告中外，俾帝嗣统。乙亥，百官再上表，又不许。丁丑，冯澥等至济州，百官三上表，许以权听国事。戊寅，命宗泽先勒兵分驻长垣、韦城等县，以备非常⑱。东道副总管朱胜非至济州，宣抚司统制官韩世忠以兵来会。庚辰，帝发济州，鄜延副总管刘光世自陕州来会，以光世为五军都提举。辛巳，次单州。壬午，次虞城县。西道都总管王襄自襄阳来会。癸未，至应天府。皇后诏有司备法驾仪仗。乙酉，张邦昌至，伏地恸哭请死，帝慰抚之⑲。承制以汪伯彦为显谟阁直学士，黄潜善为徽猷阁直学士。权吏部尚书王时雍等奉乘舆服御至，群臣劝进者益众，命有司筑坛府门之左⑳。

五月庚寅朔，帝登坛受命，礼毕恸哭，遥谢二帝，即位于府治，改元建炎。大赦，常赦所不原者咸赦除之。张邦昌及应干供奉金国之人，一切不问㉑。命西京留守司修奉祖宗陵寝。罢天下神霄宫。住散青苗钱。应死节及殁于王事者并推恩。奉使未还者，禄其家一年；应选人并循资，已系承直郎者，改次等京官；臣僚因乱去官者，限一月还任；溃兵、群盗咸许自新。免系官欠负，蠲南京及元帅府常驻军一月以上州县夏税㉒。应天府特奏名举人并与同进士出身，免解人与免省试。诸路特奏名三举以上及宗室尝预贡者，并推恩㉓。应募兵勤王人以兵付州县主兵官，听赴行在。中外臣庶许言民间疾苦，虽诋讦亦不加罪㉔。命官犯罪，更不取特旨裁断。蔡京、童贯、朱勔、李彦、孟昌龄、梁师成、谭稹及其子孙，更不收叙㉕。内外大臣，限十日各举布衣有材略者一人㉖。余如故事。以黄潜善为中书侍郎，汪伯彦同知枢密院事。元祐皇后在东京，是日彻帘㉗。辛卯，遥尊乾龙皇帝为孝慈渊圣皇帝，元祐皇后为元祐太后。诏史官辨宣仁圣烈皇后诬谤。筑景灵宫于江宁府。壬辰，以张邦昌为太保、奉国军节度使、同安郡王，五日一赴都堂，参决大事。以河东、北宣抚使范讷为京城留守。癸巳，遥尊帝母韦贤妃为宣和皇后，遥立嘉国夫人邢氏为皇后。耿南仲罢。甲午，以李纲为尚书右仆射兼中书侍郎，趣赴行在。杨惟忠为建武军节度使，主管殿前司公事。罢诸盗及民兵之为统制者，简其士马隶五军。乙未，以生辰为天申节。冯澥罢。以兵部尚书吕好问为尚书右丞。命中军统制马忠、后军统制张换率兵万人，趣河间府追袭金人。丙申，以吕好问兼门下侍郎。丁酉，以黄潜善兼御营使，汪伯彦副之，真定府路副总管王渊为都统制、鄜延路副总管刘光世提举一行事务。王时雍黄州安置。命统制官薛广、张琼率兵六千人会河北山水砦义兵，共复磁、相。戊戌，以资政殿学士路允迪为京城抚谕使，龙图阁学士耿延禧副之。赠吏部侍郎李若水观文殿学士，谥忠愍。己亥，召太学生陈东赴行在。李纲至江宁，诛叛卒周德等。庚子，诏：以靖康大臣主和误国，责李邦彦为建宁军节度副使，浔州安置；徙吴敏柳州，蔡懋英州；李棁、宇文虚中、郑望之、李邺皆以使金请割地，责广南诸州并安置。辛丑，诏：张邦昌知几达变，勋在社稷，如文彦博例，月两赴都堂㉘。壬寅，封后宫潘氏为贤妃。以江、淮发运使梁扬祖提领东南茶盐事。癸卯，天申节罢百官上寿。乙巳，赐诸路勤王兵还营者钱，人三千。丙午，以诬谤宣仁圣烈皇后，追贬蔡确、蔡卞、邢恕、蔡懋官。以保静军节度使姚古知河南府。金人陷河中府，权府事郝仲连死之㉙。丁未，徽宗至燕山府。庚戌，以宗泽为龙图阁学士、知襄阳府。壬子，进张邦昌太傅。丙辰，罢监察御史张所，寻责江州安置。丁巳，诏成都京兆襄阳荆南江宁府、邓扬二州储资粮，修城垒，以备巡幸㉚。以签书枢密院事张叔夜尝援京城力战，从徽宗北行，遥命为观文殿大学士、醴泉观使。戊午，右谏议大夫范宗尹罢。遣太常少卿周望使河北军前通问二帝。西道总管王襄、北道总管赵野坐勤王稽缓，并分司襄阳府、青州居住㉛。寻责襄永州，野邵州，并安置。

六月己未朔，李纲入见，上十议，曰国是、巡幸、赦令、僭逆、伪命、战、守、本政、责成、修德。以前殿前副都指挥使王宗濋引卫兵遁逃，致都城失守，责官邵州安置。徽猷阁直学士徐秉哲假资政殿学士，为大金通问使，秉哲辞。庚申，封靖康军节度使仲湜嗣濮王。粘罕还屯云中。辛酉，命新任郎官未经上殿者并引封。御史中丞颜岐罢。徐秉哲责官梅州安置。诏河北、京、陕、淮、湖、江、浙州军县镇，募人修筑城壁。壬戌，置登闻检鼓院。癸亥，以黄潜善为门下侍郎，兼权中书侍郎。张邦昌坐僭逆，责降昭化军节度副使，潭州安置㉜。及受伪命臣僚王时雍，高州；吴开、永州；莫俦，全州；李擢，柳州；孙觌，归州，并安置㉝。颜博文、王绍以下，论罪有差。以知怀州霍安国、河东宣抚使刘韐死节，赠安国延康殿学士，韐资政殿大学士㉞。甲子，命李纲兼御营使。乙丑，以龙、神卫四厢都指挥使马忠为河北经制使，措置民兵。洪刍罢左谏议大夫，下台狱。丁卯，以祠部员外郎喻汝砺为四川抚谕，督漕计羡缗及常平钱物⑤。罢开封诸州、军、府司录曹掾官㊱。州军通判二员者省其一。权减宰执奉赐三之一。省诸路提举常平司，两浙、福建提举市舶司。贼李孝忠寇襄阳，守臣黄叔敖弃城遁。立格买马。辛未，以子旉生，大赦㊲。籍天下神霄宫钱谷充经费；拘天下职田钱隶提刑司；还元祐党籍及上书人恩数。癸酉，诏陕西、山东诸路帅臣团结军民，互相应援。乙亥，增诸县弓手，置武尉领之。宗室叔向以所募勤王兵屯京师，或言为变，命刘光世捕诛之。戊寅，以汪伯彦知枢密院事。遣宣义郎傅雱使河东军前，通问二帝㊳。己卯，置沿河、沿淮、沿江帅府十有九，要郡三十九、次要郡三十八，帅守兼都总管，守臣兼钤辖、都监，总置军九十六万七千五百人㊴。别置水军七十七将，造舟江、淮诸路。置三省、枢密院赏功司。东京留守范讷落节钺，淄州居住。庚辰，以二帝未还，禁州县用乐。辛巳，置沿河巡察六使。壬午，以户部尚书张悫同知枢密院事兼提举措置户部财用㊵。癸未，吕好问罢。甲申，并尚书户部右曹所掌归左曹，命尚书总领。乙酉，以宗泽为东京留守，杜充为北京留守。罢监司州郡职田。丙戌，诏陕西、河北、京东西路募兵合十万人，更番入卫行在。命京东、西路造战车。丁亥，以张所为河北西路招抚使。括买官民马，劝出财助国。戊子，以钱盖为陕西经制使，封赵怀恩为陇右郡王，因召五路兵赴行在㊶。

　　秋七月己丑朔，以枢密都承旨王璪为河东经制使㊷。庚寅，诏王渊、刘光世、统制官张俊、乔仲福、韩世忠分讨陈州军贼杜用、京东贼李昱及黎驿、鱼台溃兵，皆平之㊸。辛卯，籍东南诸州神霄宫及赡学钱助国用㊹。叔右监门卫大将军、贵州团练使士㻇，以磁、洺义兵复洺州㊺。乙未，以温州观察使范琼为定武军承宣使、御营司同都统制。丙申，赐诸路强壮巡社名为“忠义巡社”，专隶安抚司。戊戌，钦宗至燕山府。以忻州观察使张换为河北制置使。东都宣武卒杜林谋据成都叛，伏诛㊻。己亥，诏台省、寺监繁简相兼，学官、馆职减旧制之半。辛丑，复议吴开、莫俦等十一人罪，并广南、江、湖诸州安置，余递贬有差㊼。壬寅，诏：“奉元祐太后如东南，六宫及卫士家属从行，朕当独留中原，与金人决战。”以延康殿学士许翰为尚书右丞。甲辰，以右谏议大夫宋齐愈当金人谋立异姓，书张邦昌姓名，斩于都市。乙巳手诏：“京师未可往，当巡幸东南。”丙午，诏定议巡幸南阳。以观文殿学士范致虚知邓州，修城池、缮宫室、输钱谷以实之㊽。丁未，遣宫诣京师，迎奉太庙神主赴行在。己酉，罢四道都总管。以尚书虞部员外郎张浚为殿中侍御史㊾。庚戌，征诸道兵，期八月会行在。丙辰，徽宗自燕山密遣阁门宣赞舍人曹勋至，赐帝绢半臂，书其领曰：“便可即真，来援父母。”帝泣以示辅臣。张所、傅亮军发行在。是月，关中贼史斌犯兴州，僭号称帝。

　　八月戊午朔，洪刍等坐围城日括金银自盗，及私纳宫人，刍及余大均、陈冲贷死，流沙门岛，余五人罪有差㊿。胜捷军校陈通作乱于杭州，执帅臣叶梦得，杀漕臣吴昉。己未，元祐太后发京师。庚申，以刘光世为奉国军节度使，韩世忠、张俊皆进一官。辛酉，右司谏潘良贵罢。壬戌，以李纲为尚书左仆射兼门下侍郎，黄潜善为右仆射兼中书侍郎，张悫兼御营副使。癸亥，命御营使、副大阅五军。庚午，更号元祐太后为隆祐太后。辛未，罢傅亮经制副使，召赴行在。壬申，召布衣谯定赴行在。命御营统制辛道宗讨陈通。是夕，东北方有赤气51。癸酉，以耿南仲主和误国，南雄州安置。乙亥，用张浚言，罢李纲左仆射。丙子，隆祐太后发南京，命侍卫马军都指挥使郭仲荀护卫如江宁，兼节制江、淮、荆、浙、闽、广诸州，制置东南盗贼。丁丑，以龙图阁直学士钱伯言知杭州，节制两浙、淮东将兵及福建枪杖手，讨陈通。庚辰，降榜招谕杭州乱兵。壬午，用黄潜善议，杀上书太学生陈东、崇仁、布衣欧阳澈。乙酉，遣兵部员外郎江端友等抚谕闽、浙、湖、广、江、淮、京东、西诸路，及体访官吏贪廉、军民利病。许翰罢。丁亥，博州卒宫仪作乱，犯莱州。

　　九月己丑，建州军校张员等作乱，执守臣张动、转运副使毛奎、叛官曹仔为所杀，婴城自守㉒。范琼捕斩李孝忠于复州。壬辰，以金人犯河阳、汜水，诏择日巡幸淮甸。铸建炎通宝钱。命淮、浙沿海诸州增修城壁，招训民兵，以备海道㉝。甲午，命扬州守臣吕颐浩缮修城池。宗泽往河北视师，七日还。是夜，辛道宗兵溃于嘉兴县。丁酉，诏荆襄、关陕、江淮皆备巡幸。戊戌，罢买马；己亥，以子旉为检校少保、集庆军节度使，封魏国公。诏内外官司参用嘉祐、元丰敕，以俟新书。庚子，二帝徙居雷郡㊿。辛丑，陈通劫提点刑狱周格营，杀格，执提点刑狱高士瞳㊿。壬寅，遣徽猷阁待制孟忠厚迎奉太庙神主赴扬州。以直秘阁王圭为招抚叛官代张所，寻责所广南安置。乙巳，宗泽表请车驾还阙㊿。戊申，河北招抚司都统制王彦渡河击金人，破之，复新乡县㊿。己酉，以谍报金人欲犯江、浙，诏暂驻淮甸捍御，稍定即还京阙㊿。募民入赀授官㊿。军贼赵万入常州，执守臣何衮。罢诸路经制招抚使。庚戌，始通当三大钱于淮、浙、荆湖诸路。壬子，命湖南抚谕官马伸持诏赐张邦昌死于潭州，并诛王时雍。癸丑，诏：有敢妄议惑众沮巡幸者，许告而罪之，不告者斩㊿。乙卯，王彦及金人战，败绩，奔太行山聚众，其裨将岳飞引其部曲自为一军㊿。赵万陷镇江府，守臣赵子崧弃城渡江保瓜洲。

　　是秋，金人分兵据两河州县，惟中山庆源府、保、莫、邢、洺、冀、磁、绛、相州久之乃陷。

　　冬十月丁巳朔，帝登舟幸淮甸。戊午，太后至扬州。己未，罢诸路劝诱献纳钱物。庚申，罢诸路召募溃兵忠义等人，及寄居官擅集勤王兵者。癸亥，募群盗能并灭贼众者官之㊿。甲子，以张浚论李纲不已，落纲观文殿大学士，止奉宫祠。知秀州兼权浙西提点刑狱赵叔近入杭州招抚陈通。乙丑，罢帅府、要郡、次要郡新军及水军；丁卯，以王渊为杭州制置盗贼使，统制官张俊从行。庚午，次泗州，幸普照寺㊿。甲戌，太白昼见。己卯，次楚州宝应县。后军将孙琦等作乱，逼左正言卢臣中堕水死。庚辰，命刘光世讨镇江叛兵。辛巳，以光世为滁和濠州、江宁府界招捉盗贼制置使，御营统制官苗傅为使司都统制㊿。朝请郎李椆提举广西左、右两江峒丁公事㊿。癸未，至扬州，禁内侍统兵官相见。丙戌，王渊、张俊诱赵万等悉诛之㊿。

　　十一月戊子，李纲鄂州居住。真定军贼张遇入池州，守臣滕祐弃城遁。己丑诏：杂犯死罪有疑、及情理可悯者，抚谕官同提刑司酌情减降，先断后闻㊿。壬辰，遣王伦等为金国通问使。乙未，以张悫为尚书左丞，工部尚书颜岐同知枢密院事㊿。丙申，曲赦应天府、亳、宿、扬、泗、楚州、高邮军。丙午，以张悫为中书侍郎。戊申，以颜岐为尚书左丞兼权门下侍郎，御史中丞许景衡为右丞，刑部尚书郭三益同知枢密院事。权密州赵野弃城遁，军校杜彦据州，追野杀之。辛亥，命福建路增招弓手。金人陷河间府。是月，军贼丁进围寿春府，守臣康允之拒却之㊿。

　　十二月丙辰朔，命从臣四员充讲读官，就内殿讲读。丁巳，诏诸路提刑司选官，即转运司所在州类省试进士以待亲策㊿。辛酉，王渊入杭州，执陈通等诛之。壬戌，青州败将王定以兵作乱，杀帅臣曾孝序。癸亥，粘罕犯汜水关，西京留守孙昭远遣将拒之，战殁，昭远引兵南遁，寻命部将王仔奉启运宫神御赴行在㊿。甲子，改授后父徽猷阁待制邢焕为光州观察使。乙丑，诏：凡刑赏大政并经三省，其干请墨敕行下者罪之㊿。丙寅，张遇犯江州。戊辰，金人围棣州。守臣姜刚之固守，金兵解去㊿。甲戌，金人陷同州，守臣郑骧死之㊿。张遇犯黄州。己卯，金人陷汝州，入西京。庚辰，金人陷华州；辛巳，破潼关。河东经制使王燮自同州引兵遁入蜀㊿。丁进诣宗泽降。乙酉，增置广西弓手以备边。以户部尚书黄潜厚为延康殿学士、同提举措置财用。

────────────────

　　①讳：不敢直称帝王或尊长的名字，叫讳。也指所讳的名字：名讳；字：根据人名中的字义，另取的别名叫字。诸葛亮的字：孔明；岳飞的字：鹏举。

②大内：旧时人们把皇宫称做大内。

③冠（guàn，音惯）：古人在二十岁的时候举行冠礼，以示成年。始冠，才到成年。始，才。

④犯：进犯。　　军：驻扎。

⑤谕指：发表建议。谕，发布、发表；指，意思的指向。　　请行：请求成行。

⑥俱：一起。这里用作动词，意思是一起去。

⑦砦：同"寨"。　　异之：觉得他很不寻常。

⑧留质军中：留在军中作人质。

⑨勤王：给帝王做勤务，意思是去保卫皇上。

⑩麾下：将帅的部下。麾（huī），音灰。

⑪中外：内外。

⑫闻三军籍籍遂辍：听了他们的话后没有成行。辍是笔误，应是"辍"字，意为停止。

⑬逊（xùn，音训）：谦虚；辞：躲避、推托。

⑭宝：皇室更迭的信物。

⑮贻（yí，音仪）：赠送。　　毋辄入：不要轻易进入。

⑯趣办仪物：加紧办理仪仗用品。趣（cù，音醋），同"促"。催；推动之意。

⑰遗（wèi，音卫）：赠与；送给。

⑱以备非常：用来防备特殊变故。

⑲恸（tòng，音痛）：特别哀伤。　　慰抚：劝慰安抚。

⑳坛（tán，音谈）：用于登基典礼用的大型土台子。

㉑应干：所有有牵连的人。应，一应，所有一切；干，干连、牵连。　　问，审问；问罪。

㉒蠲（juān，音鹃）：免除。

㉓尝：曾经。

㉔诋讦（dǐ jié，音底杰）：说坏话和攻击人的话。

㉕收叙：收押和评断。

㉖布衣：古时指平民出身的人（因平民穿布衣）。　　材略：指在政治或军事上的才能和智谋。材，与"才"通。

㉗彻帘：与"垂帘"相对。指不再参与政事。彻，拆除。

㉘知几达变：通晓时世，懂得权衡变通。

㉙陷：攻占。

㉚巡幸：指帝王到某地巡游。

㉛稽缓：拖延、迟缓。稽（jī，音机），停留；拖延。

㉜僭（jiàn，音见）：超越本分。指位卑者冒用地位在上的名义或礼仪。如"僭号"，即冒用帝王称号；僭逆：冒用称号的背叛者。

㉝俦（chóu），音愁；擢（zhuó），音琢；觌（dí），音敌。

㉞挌（gé），音格。

㉟缗（mín），音民。

㊱掾（yuàn），音愿。

㊲旉（fū）音夫：取春日草木皆生之意。

㊳雱（páng），音滂。

㊴钤（qián），音钱：锁。比喻管束。

㊵悫（què），音鹊。

㊶陇（lǒng），音笼。

㊷瀣（xiè），音泄。

㊸昱（yù），音玉。

㊹赡学钱：办学费用。赡（shàn），音善。

㊺珸（wú），音吴；洺（míng），音明。

㊻伏诛：伏法。

㊼仟（jiān），音尖。

(48)实：充实。
(49)虞（yǘ），音于。
(50)贷（dài，音代）：贷死：饶恕死罪，即不死；流：流放。
(51)赤气：旧时习惯以天象主凶吉。赤气即天空有红色。这里描述的应是晚霞。
(52)婴：环绕，形容列兵成环形；婴城：环城固守。
(53)以备海道：用以防备从海道来进犯。
(54)徙（xǐ，音洗）：迁移。　　嘗（xí），音习。
(55)执：捉住。
(56)阙（què，音确）：古代皇宫大门前两边供瞭望的楼，泛指帝王的住所。
(57)复：收复。
(58)捍御：保卫；防御。
(59)赀（zī，音资）：同“资”。
(60)许告：即自己告发自己。许：承认。　　沮（jǔ，音举）：阻止，破坏。
(61)裨将：古代指副将。裨（pí，音皮）：辅佐的；副的。　　引：引领。　曲：多方设法。
(62)官之：给他们封官。
(63)次：外出远行到了某地停留称“次”。　　幸：旧时指帝王到一些地方巡游。
(64)滁（chú，音除）：指安徽的滁州。
(65)棫（yù），音玉；峒（dò 音冻）
(66)悉诛之：全部消灭他们。悉，全；尽。
(67)闻：这里指帝王听取汇报。
(68)悫（què），音确。
(69)拒却：抵抗敌人然后使他们退却。
(70)亲策：指皇帝亲自考察和封官。
(71)殁（mò，音陌）：死。
(72)墨敕：皇帝亲笔书写、不经外廷直接下达的命令；也称“墨制”或“墨诏”。敕（chì），音赤。
(73)解去：指撤走了围兵。
(74)骧（xiāng），音香。

高宗本纪二

二年春，正月丙戌朔，帝在扬州。丁亥，录两河流亡吏士。沿河给流民官田、牛、种①。戊子，金人陷邓州，安抚刘汲死之。辛卯，置行在榷货务②。壬辰，金人犯东京，宗泽遣将击却之③。癸巳，复明法新科。甲午，诣寿宁寺谒祖宗神主。乙未，金人破永兴军，前河东经制副使傅亮以兵降，经略使唐重、副总管杨宗闵、提举军马陈迪、转运副使桑景询、判官曾谓、提点刑狱郭忠孝、经略司主管机宜文字王尚及其子建中俱死之。东平府兵马钤辖孔彦舟叛④，渡淮犯黄州，守臣赵令宬拒之。丙申，诏：“自今犯枉法自盗赃者，中书籍其姓名，罪至徒者，永不录用⑤。”金人陷均州，守臣杨彦明遁去。丁酉，金人陷房州。巳亥，张遇焚真州；秘阁修撰孙昭远为乱兵所害。庚子，遣主客员外郎谢亮为陕西抚谕使兼宣谕使，持诏赐夏国。张遇陷镇江府，守臣钱伯言弃城走。辛丑，内侍邵成章坐辄言大臣除名，南雄州编管⑥。金人陷郑州，通判赵伯振死之。癸卯，金帅窝里嗢陷潍州，又陷青州，寻弃去。丁未，诏谕流民溃兵之为盗贼者，释其罪。己酉，禁诸将引溃兵入蜀，置大散关使以审验之。庚戌，遣考功员外郎傅雱为淮东京东西抚谕使。辛亥，王渊招降张遇，以所部万人隶韩世忠。改授显谟阁直学士孟忠厚为常德军承宣使。诏：凡后族毋任侍从官，著为令。金人焚邓州。是月，以中奉大夫刘豫知济南府。金人陷颍昌府，守臣孙默为所杀。经制司僚属王择仁复永兴军。金人陷秦州，经略使李复降，又犯熙河，经略使张深遣兵马都监刘惟辅与战于新店，败之，斩其帅黑锋。

二月丙辰，金人再犯东京，宗泽遣统制阎中立等拒之，中立战死。戊午，移耿南仲于临江军。金人陷唐州。壬戌，安化军节度副使宇文虚中应诏使绝域，复中大夫，召赴行在⑦。癸亥，罢市易务⑧。甲子，金人犯滑州，宗泽遣张㧑救之，战死⑨。乙丑，泽遣判官范延世等，表请帝还阙⑩。河北贼杨进等诣泽降。丁卯，复延康、述古殿直学士为端明、枢密直学士。辛未，诏：自今犯枉法自盗赃罪至死者，籍其赀⑪。壬申，赦福州叛卒张员等。癸酉，金人陷蔡州，执守臣阎孝忠。丙子，金人陷淮宁府，守臣向子韶死之。丁丑，遣王贶等，充金国军前通问使⑫。戊寅，责降知镇江府赵子崧为单州团练副使，南雄州安置⑬。己卯，夺秘书正字胡珵官，送梧州编管⑭。朝奉大夫刘正彦应诏使绝域；授武德大夫、威州刺史，寻为御营右军副统制。庚申，以王渊为向德军节度使。辛巳，武功大夫和州防御使马扩奔真定五马山寨聚兵，得皇弟信王榛于民间，奉之总制诸寨。壬午，诏京畿、京东西、河北、淮南路，置振华军八万人。是月，成都守臣卢法原修城成。

三月辛卯，金人陷中山府。壬辰，诏诸路安抚使许便宜节制官吏⑮。丁酉，初立《大小使臣呈试弓马出官格》，先阅试，然后奏补。粘罕焚西京去。庚子，河南统制官翟进复西京，宗泽奏进为京西北路安抚制置使。丙午，遥授尚书右仆射何㮚为观文殿大学士⑯；中书侍郎陈过庭为资政殿大学士；同知枢密院事聂昌为资政殿大学士，并主管宫观。时㮚已卒于金，昌为人所杀，朝廷未之知；过庭亦在金军中。丁未，罢内外权局官之不应法者。遣杨应诚为大金、高丽国信使⑰。己酉，张员等复作乱，拥众突城出，命本路提点刑狱李芘讨捕之⑱。辛亥，以范琼权同主管侍卫步军司公事，屯真州⑲。是月，金人陷凤翔府，守臣刘清臣弃城去，又犯泾原，经略使统制官曲端遣将拒战败之，金兵走同、华。石壕尉李彦仙举兵，复陕州。

夏四月丙辰，诏文臣从官至牧守、武臣管军至遥郡，各举所知二人。戊午，禁州县责邻保代输逃户税役⑳。宗泽遣将赵世兴复滑州。乙丑，翟进以兵袭金帅兀室于河南，兵败，其子亮死之。进又率御营统制韩世忠、京城都巡检使丁进等兵战于文家寺，又败，世忠收余兵南归。兀室复入西京，寻弃去㉑。陇右都护张严及金人战于五里坡，败绩，死之。丁卯，金人入洺州。壬辰，军贼孙琦焚随州。癸未，入唐州。信王榛遣马扩来奏事。是月，以榛为河外兵马都元帅，扩为元帅府马步军都总管。

五月乙酉，许景衡罢。孙琦犯德安府。丙戌，命参酌元祐科举条制，立诗赋，经义分试法。戊子，以翰林学士朱胜非为尚书右丞。辛卯，以金兵渡河，遣韩世忠、宗泽等逆战㉒。甲午，曲赦河北、陕西、京东路。福建转运判官谢如意执张员等六人诛之。丙申，复命宇文虚中为资政殿大学士，充金国祈请使。贼靳赛寇光山县。戊戌，河北制置使王彦部兵渡河，屯滑州之沙店。癸卯，张宪薨㉓。甲辰，金帅娄宿陷绛州。丁未，复置两浙、福建提举市舶司。己酉，秀州卒徐明等作乱，执守臣朱芾，迎前守赵叔近复领州事㉔。命御营中军统制张俊讨之。癸丑，罢借诸路职田。

六月乙卯，权罢邛州铸钱，增印钱引㉕。癸亥，建州卒叶浓等作乱，寇福州。甲子，亲虑囚。乙丑，张俊至秀州，杀赵叔近，执徐明斩之。甲戌，叶浓陷福州。丁丑，诏江浙沿流州军练水军，造战舰。京畿、淮甸蝗㉖。是月，以知延安府土庶节制陕西六路军马，泾原经略使统制官曲端为节制司都统制。永兴军经略使郭琰逐王择仁，择仁奔兴元㉗。

秋七月甲申，叶浓入宁德县，复还建州。命张俊同两浙提點刑狱赵哲率兵讨之。丙戌，诏吏部审量京官，非政和以后进书颂及直赴殿试人，乃听参选。宗泽薨。丁亥，诏：百官坐蔡京、王黼拟授而废者，许自新复用[28]。戊子，禁军中抉目刳心之刑[29]。壬辰，选江浙州军正兵、土兵六之一赴行在[30]。乙未，以郭仲荀为京城副留守。戊戌，录内外诸军将士功[31]。辛丑，以春霖夏旱蝗[32]，诏监司郡守条上阙政，州郡灾甚者蠲田赋[33]。甲辰，以降授北京留守杜充复枢密直学士，为开封尹、东京留守。

八月甲寅，初铸御宝三。甲戌，御集英殿策试礼部进士。罢殿中侍御史马伸，寻责濮州。河北、京东捉杀使李成叛，辛巳，犯宿州。是月，二帝徙居韩州。

九月甲申，丁进叛，复寇淮西。庚寅，赐礼部进士李易以下四百五十一人及第出身，特奏名进士皆许调官。壬辰，召侍从所举褚宗谔等二十一人驿赴行在。癸巳，金人陷冀州，将官李政死之。甲午，金人再犯永兴军，经略使郭琰弃城，退保义谷。辛丑，陕西节制司兵官贺师范及金人战于八公原，败绩，死之。丙午，复所减京官奉[34]。丁未，东京留守统制官薛广及金人战于相州，败死。己酉，郭三益薨。

是秋，窝里嗢、挞懒破五马山寨，信王榛不知所终[35]。马扩军败于北京之清平。

冬十月甲寅，命扬州浚隍修城[36]。阅江、淮州郡水军[37]。杨应诚还自高丽。戊午，遣刘光世讨李成。壬戌，禁江、浙闭籴[38]。癸亥，粘罕围濮州。遣韩世忠、范琼领兵至东平、开德府，分道拒战；又命马扩援之。甲子，命孟忠厚奉隆祐太后幸杭州[39]。杨进复叛，攻汝、洛，命翟进击于鸣皋山，翟进战死。丙子，罢吏部审量崇宁、大观以来滥赏，止令自陈[40]。是月，刘正彦击丁进降之。

十一月辛巳朔，提举嵩山崇福宫李纲责授单州团练副使[41]，万安军安置。刘光世及李成战于新息县，成败走。高丽国王王楷遣其臣尹彦颐入见。金人围陕州，守臣李彦仙拒战却之[42]。壬辰，金人陷延安府，权知府刘选、总管马忠皆遁。通判府事魏彦明死之。癸巳，赵哲大破叶浓于建州城下，浓遁而降，复谋为变，张俊禽斩之[43]。乙未，金人陷濮州，执守臣杨粹中[44]。又陷开德府，守臣王棣死之。以魏行可充金国军前通问使。庚子，诣寿宁寺朝飨祖宗神主[45]。壬寅，冬至，祀昊天上帝于圜丘，以太祖配[46]。大赦。金人陷相州，守臣赵不试死之。甲辰，陷德州，兵马都监赵叔皎死之。庚戌，立士庶子弟习射补官法。是月，节制陕西军马王庶为都统制曲端所拘，夺其印。四川茶马赵开罢官买卖茶，给引通商如政和法[47]。金人犯晋宁军，守臣徐徽言拒却之，知府州折可求以城降。金人陷淄州。泾原兵马都监吴玠袭斩史斌。滨州贼盖进陷棣州，守臣姜刚之死之。京东贼李民诣行在请降。王渊歼其众，留民为将。

十二月乙卯，太后至杭州，扈从统制苗傅以其军八千人驻奉国寺[48]。庚申，金人犯东平府，京东西路制置使权邦彦弃城去；又犯济南府，守臣刘豫以城降。甲子，金人陷大名府，提点刑狱郭永骂敌不屈，死之，转运判官裴亿降；又陷袭庆府。乙丑，陷虢州[49]。丙寅，初命修国史。己巳，以黄潜善为尚书左仆射兼门下侍郎，汪伯彦右仆射兼中书侍郎，颜岐门下侍郎，朱胜非中书侍郎，兵部尚书卢益同知枢密院事。辛未，金人犯青州。丁丑，特进致仕余深、金紫光禄大夫致仕薛昂并分司[50]，进昌军、徽州居住。耿南仲再责单州别驾。唐恪追落观文殿大学士[51]。戊寅，以礼部侍郎张浚兼御营参赞军事，教习长兵。

是冬，杜充决黄河，自泗入淮以阻金兵。

三年春正月庚辰朔，帝在扬州。以京西北路兵马钤辖翟兴为河南尹，京西北路安抚制置兼招讨使。京西贼贵仲正陷岳州。甲申，以资政殿学士路允迪签书枢密院事。丁亥，金人再陷青州，又陷潍州，焚城而去，京东安抚刘洪道入青州守之。己丑，奉安西京会圣宫累朝御容于寿宁寺。

占城国入贡。趣大金通问使李邺、周望、宋彦通、吴德休等往军前㊵。辛卯，陕州都统邵兴及金人战于潼关败之，复虢州。乙未，杜充遣岳飞、桑仲讨其叛将张用于城南，其徒王善救之，官军败绩。庚子，张用、王善寇淮宁府，守臣冯长宁却之。诏："百官闻警遣家属避兵，致物情动摇者，流㊝。"丙午，粘罕陷徐州，守臣王复及子倚死之，军校赵立结乡兵为复兴计㊞。御营平寇左将军韩世忠军溃于沭阳。其将张遇死，世忠奔盐城。金兵执淮阳守臣李宽；杀转运副使李跋。以骑兵三千取彭城，间道趣淮甸㊟。戊申，至泗州。

二月庚戌朔，始听士民从便避兵。命刘正彦部兵卫皇子、六宫如杭州㊠。江、淮制置使刘光世阻淮拒金人，敌未至自溃。金人犯楚州，守臣朱琳降。辛亥，金人陷天长军。壬子，内侍邝询报金兵至，帝被甲驰幸镇江府。是日，金兵过杨子桥。癸丑，游骑至瓜洲，太常少卿季陵奉太庙神主行，金兵追之，失太祖神主㊡。王渊请幸杭州。命留朱胜非守镇江；以吏部尚书吕颐浩为资政殿大学士、江淮制置使；都巡检使刘光世为殿前都指挥使，充行在五军制置使，驻镇江府，控扼江口；主管马军司杨惟忠节制江东军马，驻江宁府。是夕，发镇江，次吕城镇。金人入真州。甲寅，次常州。御营统制王亦谋据江宁，不克而遁。御营平寇前将军范琼自东平引兵至寿春，其部兵杀守臣邓绍密。丙辰，次平江府。丁巳，金人犯泰州，守臣曾班以城降。丁进纵兵剽掠，王渊诱诛之。戊午，次吴江县，命朱胜非节制平江府、秀州控扼军马㊢，礼部侍郎张浚副之。又命胜非兼御营副使。留王渊守平江。以忠训郎刘俊民为阁门祗候，赍书使金军㊣。诏录用张邦昌亲属，仍命俊民持邦昌贻金人约和书稿以行㊤。金人陷沧州，守臣刘锡弃城走。己未，次秀州。命吕颐浩往来经制长江，以龙图阁待制，知江州陈彦文为沿江措置使。庚申，次崇德县。吕颐浩从行，即拜同签书枢密院事、江淮两浙制置使，以兵二千还屯京口。又命御营中军统制张俊以兵八千守吴江。吏部员外郎郑资之为沿江防托，监察御史林之平为沿海防托，募海舟守隘㊥。壬戌，驻跸杭州㊦。金人陷晋宁军，守臣徐徽言死之。癸亥，下诏罪己，求直言。令有司具舟常、润迎济衣冠军民家属，省仪物、膳羞㊧，出宫人之无职掌者。乙丑，降德音，赦杂犯死罪以下囚，放还士大夫被窜斥者㊨，惟李纲罪在不赦，更不放还。盖用黄潜善计，罪纲以谢金人。置江宁府榷货务都茶场。丁卯，百官入见，应迪功郎以上并赴朝参。戊辰，出米十万斛，即杭秀常湖州、平江府损直以粜㊩，济东北流寓之人。金人焚扬州。己巳，用御史中丞张澂言，罢黄潜善、汪伯彦，以户部尚书叶梦得为尚书左丞，澂为右丞。庚午，诏平江镇江府、常湖杭越州，具寓居京朝官已上姓名以备简拔㊪。分命浙西监司等官，募土豪守千秋、垂脚、襄阳诸岭，以扼宣、常诸州险要㊫。金人去扬州。辛未，诏御营使司唯掌行在五军，凡边防经制并归三省、枢密。金人过高邮军，守臣赵士瑗弃城走。溃兵宋进犯泰州，守臣曾班遁。壬申，罢军期司掊敛民财者㊬。吕颐浩遣将陈彦渡江袭金余兵，复扬州。癸酉，靳赛犯通州。韩世忠小校李在叛据高邮。甲戌，黄潜善、汪伯彦并落职㊭。乙亥，召朱胜非赴行在，留张浚驻平江。赠陈东、欧阳澈承事郎，官有服亲一人，恤其家㊮。召马伸赴行在，卒，赠直龙图阁。丙子，诏士民直言时政得失。是月，以王庶为陕西节制使，知京兆府。节制司都统制曲端为鄜延经略使㊯，知延安府。张用据确山，号"张莽荡"。

三月己卯朔，日中有黑子。庚辰，以朱胜非为尚书右仆射兼中书侍郎。辛巳，叶梦得罢，以卢益为尚书左丞，未拜㊰。复罢为资政殿学士。御营都统制王渊同签书枢密院事，吕颐浩为江南东路安抚制置使、知江宁府。壬午，诏王渊免进呈书押本院文字㊱。扈从统制苗傅忿王渊骤得君㊲，刘正彦怨招降剧盗而赏薄㊳。帝在扬州，阉宦用事恣横㊴，诸将多疾之㊵。癸未，傅、正彦等叛，勒兵向阙㊶，杀王渊及内侍康履以下百余人。帝登楼，以傅为庆远军承宣使、御营使司都统制；正彦渭州观察使、副都统制。傅等迫帝逊位于皇子魏国公㊸。请隆祐太后垂帘同听政。是夕，帝移御显宁寺[81]。甲申，尊帝为睿圣仁孝皇帝，以显宁寺为睿圣宫，大赦。以张澂兼中书侍郎，韩世忠为御营使司提举一行事务，前军统制张俊为秦凤副总管，分其众隶诸军[82]。丁亥，以东京留守杜充为资政殿大学士，节制京东西路。殿前副都指挥使、东京副留守郭仲荀进昭化军节度使。分窜内侍蓝珪、高邈、张去为、张旦、曾择、陈永锡于岭南诸州[83]。择已行，傅追还杀之。吕颐浩至江宁。戊子，以端明殿学士王孝迪为中书侍郎、卢益为尚书左丞。张俊部众八千至平江，张浚谕以决策起兵问罪，约吕颐浩、刘光世招韩世忠来会。己丑，改元明受。张浚奏乞睿圣皇帝亲总要务。庚寅，百官始朝睿圣宫。以苗傅为武当军节度使；刘正彦为武成军节度使；刘光世为太尉、淮南制置使；范琼为庆远军节度、湖北制置使；杨惟忠加少保；张浚为礼部尚书，及吕颐浩并赴行在。傅等以御营中军统制吴湛主管步军司。黄潜善、汪伯彦并分司衡、永州居住。王孝迪，卢益为大金国信使。进士黄大本、吴时敏为先期告请使。置行在都茶场。吕颐浩奏请睿圣皇帝复大位。金人陷鄜州。癸巳，张浚命节制司参议官辛道宗措置海舶[84]，遣布衣冯輨持书说傅、正彦。甲午，有司请尊太后为太皇太后，不许。吕颐浩率勤王兵万人发江宁。乙未，再贬黄潜善镇东军节度使副使，英州安置。刘光世部兵会吕颐浩于丹阳。丙申，韩世忠自盐城收散卒至平江，张俊假兵二千[85]，戊戌，赴行在。辛丑，傅等以世忠为定国军节度使，张俊为武宁军节度使，知凤翔府。张浚责黄州团练副使，郴州安置。俊等皆不受。傅等遣军驻临平，拒勤王兵。壬寅，日中黑子没。卢益罢。吕颐浩至平江。水贼邵青入泗州。癸卯，太后诏：“睿圣皇帝宜称皇太弟、天下兵马大元帅、康王，皇帝称皇太侄、监国。”赐傅、正彦铁券[86]。吕颐浩、张浚传檄中外讨傅、正彦[87]，执黄大本下狱[88]。乙巳，太后降旨睿圣皇帝处分兵马重事。张俊率兵发平江，刘光世继之。丙午，张浚同知枢密院事，翰林学士李邴、御史中丞郑瑴并同签书枢密院事。吕颐浩、张浚发平江；丁未，次吴江，奏乞建炎皇帝还即尊位[89]。朱胜非召傅、正彦至都堂议复辟[90]，傅等遂朝睿圣宫。金人陷京东诸郡，刘洪道弃青州去。挞懒以刘豫知东平府，节制河南州郡。赵立复徐州。

夏四月，戊申朔。太后下诏还政，皇帝复大位。帝还宫，与太后御前殿垂帘。诏尊太后为隆祐皇太后。己酉，诏访求太祖神主。以苗傅为淮西制置使，刘正彦副之。庚戌，复纪年建炎。命张浚知枢密院事，苗傅、刘正彦并检校少保。吕颐浩、张浚军次临平，苗翊、马柔吉拒战不胜，傅、正彦引兵二千夜遁。辛亥，皇太后撤帘。吕颐浩等入见。傅犯富阳、新城二县，遣统制王德、乔仲福追击之。癸未，朱胜非、颜岐、王孝迪、张澂、路允迪俱罢。以吕颐浩为尚书右仆射兼中书侍郎，李邴尚书右丞，郑瑴签书枢密院事。甲寅，以刘光世为太尉、御营副使；韩世忠为武胜军节度使、御前左军都统制；张俊为镇西军节度使、御前右军都统制，勤王所僚属将佐进官有差[91]。主管殿前司王元、左言并责官英、贺州安置。枢密都承旨马瑗停官，永州居住。吏部员外郎范仲熊、浙西安抚司主管机宜文字时希孟并除名，柳州、吉阳军编管。斩中军统制吴湛、工部侍郎王世修于市。赠王渊开府仪同三司。乙卯，大赦。举行仁宗法度，应嘉祐条制与今不同者，自官制役法外，赏格从重，条约从宽。罢上供不急之物。元祐石刻党人官职、恩数追复未尽者，令其家自陈。许中外直言。丁巳，禁内侍交通主兵官及馈遗假贷[92]、借役禁兵、干预朝政。庚申，诏尚书左右仆射并带同中书门下平章事，改门下、中书侍郎为参知政事，省尚书左右丞。以李邴参知政事。诏行在职事官各举所知，并省馆学、寺监等官。苗傅犯衢州。癸亥，以给事中周望为江、浙制置使。丁卯，帝发杭州，留郑瑴卫皇太后。以韩世忠为江、浙制置使，及刘光世追讨傅、正彦。己巳，诏：傅、正彦、苗瑀、苗翊、张逵不赦，余党并原。壬申，立子魏国公旉为皇太子[94]。赦傅党王钧甫、马柔吉罪，许其自归。丙子，范琼自光、蕲引兵屯洪州。是月，刘文舜寇濠州。西北贼薛庆袭掳高邮军。

五月戊寅朔，帝次常州，以张浚为宣抚处置使，以川、陕、京西、湖南北路隶之，听便宜黜陟[35]。庚辰，苗傅统领官张翼斩王钧甫、马柔吉降。辛巳，次镇江府，遣祭张悫、陈东墓，诏恤其家。癸未，以翰林学士滕康同签书枢密院事。乙酉，至江宁府，驻跸神霄宫，改府名建康。起复朝散郎洪皓为大金通问使。丁亥，以徽猷阁直学士陈彦文提领水军，措置江、浙防托。召蓝珪等速还朝。己丑，韩世忠追讨傅、正彦于浦城县，获正彦，傅遁走。张浚抚谕薛庆于高邮，为庆所留。乙未，浚罢。以御营前军统制王瓒为淮南招抚使。己亥，复置中书门下省检正官，省左右司郎中二员。苗傅裨将江池杀苗翊降于周望。傅走建阳县，土豪詹标执之以献。辛丑，张浚还自高邮，复命知枢密院事。是月，翟兴击杀杨进余党，复推其徒刘可拒官军。

六月戊申朔，以东京留守杜充引兵赴行在，命兼宣抚处置副使，节制淮南、京东西路。己酉，以久雨召郎官已上言阙政，吕颐浩请令实封以闻。遂用司勋员外郎赵鼎言，罢王安石配享神宗庙庭，以司马光配。王善攻淮宁府不克，转寇宿州，统领王冠战败之。甲寅，罢赏功司。乙卯，命恤死事者家，且录其后。升浙西安抚使康允之为制置使。丙辰，刘光世招安苗傅将韩俊。戊午，命江、浙、淮南引塘泺[36]、开畎浍[37]，以阻金兵。庚申，皇太后至建康府。辛酉，以久阴下诏，以四失罪己：一曰昧经邦之大略，二曰昧艰难之远图，三曰无绥人之德，四曰失驭臣之柄[38]。仍榜朝堂，遍谕天下，使知朕悔过之意。以带御器械李质权同主管殿前司。乙丑，以建康府路安抚使连南夫兼建康府宣徽太平等州制置使。丁卯，右司谏袁植请诛黄潜善及失守者权邦彦等九人。诏："朕方念咎责己，岂可尽以过失归于臣下？"遂罢植知池州，以赵鼎为右司谏。癸酉，置枢密院检详官。以右司郎中刘宁止为沿江措置副使。甲戌，移御行宫。乙亥，诏谕中外："以迫近防秋，请太后率宗室迎奉神主如江表[39]，百司庶府非军旅之事者，并令从行。朕与辅臣宿将备御寇敌[40]，应接中原。官吏士民家属南去者，有司毋禁。"金人陷磁州。

是夏，贼贵仲正降。

秋七月戊寅，赠王复为资政殿学士。己卯，亲虑囚。辛巳，苗傅、刘正彦伏诛。癸未，进韩世忠检校少保，武胜昭庆军节度使，御营使司都统制。范琼自洪州入朝，以琼为御营使司提举一行事务。后军统制辛企宗为都统制。命学士院草夏国书、大金国表本付张浚[41]。甲申，诏以苗、刘之变，当轴大臣不能身卫社稷[42]，朱胜非、颜岐、路允迪并落职，张澄衡州居住。以知庐州胡舜陟为淮西制置使，知江州权邦彦兼本路制置使。金人犯山东，安抚使刘洪道弃潍州遁，莱州守将张成举城降[43]。丁亥，以范琼跋扈无状收下大理狱，分其兵隶神武五军。皇太子薨，谥元懿。戊子，郑珏薨。己丑，以资政殿大学士王绹参知政事，兵部尚书周望同签书枢密院事。庚寅，仙井监乡贡进士李时雨上书，乞选立宗子系属人心[44]。帝怒，斥还乡里。辛卯，升杭州为临安府。壬辰，言者又论范琼逼迁徽宗及迎立张邦昌，琼辞伏，赐死，子弟皆流岭南。刘洪道复青州，执金守向大猷。乙未，遣谢亮使夏国。丁酉，遣崔纵使金军前。庚子，张浚发行在。辛丑，王瓒与靳赛遇，合战败绩。壬寅，命李邴、滕康权知三省、枢密院事，扈从太后如洪州，杨惟忠将兵万人以卫。以杜充同知枢密院事兼宣抚处置副使。乙巳，诏江西、闽、广、荆湖诸路团教峒丁、枪杖手[45]。山东贼郭仲威陷淮阳军。翟兴引兵入汝州，与贼王俊战，败之。

八月己酉，移浙西安抚司于镇江府。庚戌，李邴罢[46]。壬子，以吏部尚书刘珏为端明殿学士、权同知三省枢密院事。甲寅，王庶罢。以徽猷阁直学士、知庆阳府王似为陕西节制使。刘文舜入舒州。己未，太后发建康[47]。丁卯，遣杜时亮使金军前。

闰八月丁丑朔，以胡舜陟为沿江都制置使，集英殿修撰王羲叔副之。丁亥，辅逵掠涟水军[48]，杀军使郝璘，率众降于王瓒。己丑，以吕颐浩守尚书左仆射，杜充守右仆射，并同中书门下平章事。庚寅，起居郎胡寅上书言二十事，吕颐浩不悦，罢之。辛卯，命杜充兼江、淮宣抚使守建康，前军统制王瓆隶之。韩世忠为浙西制置使守镇江。刘光世为江东宣抚使守太平、池州，并受充节制。丁酉，太后至洪州。己亥，减福建、广南岁上供银三之一^⑨。诏制置使唯用兵听便宜，余事悉禁。壬寅，帝发建康，复还浙西，张俊、辛企宗以其军从。甲辰，次镇江府。赐陈东家金。张浚次襄阳，招官军、义兵分屯襄、郢、唐、邓，以程千秋、李允文节制。是月，知济南府宫仪及金人数战于密州，兵溃，仪及刘洪道俱奔淮南，守将李逵以密州降金。靳赛诣刘光世降。

九月丙午朔，日有食之。谍报金人治舟师^⑩，将由海道窥江、浙。遣韩世忠控守 圌山、福山^⑪。辛亥，次平江府。壬子，金人陷单州、兴仁府，遂陷南京，执守臣凌唐佐降之。癸丑，以周望为两浙、荆湖等路宣抚使，总兵守平江。翰林学士张守同签书枢密院事。命刘光世移屯江州。丙辰，遣张邵等充金国军前通问使。金人陷沂州。却高丽入贡使。张浚承制罢知潭州辛炳，起复直龙图阁向子諲代之。丁巳，蠲诸路青苗积欠钱^⑫。辛酉，知鼎州邢倞坐结耶律余覩，再责汝州团练副使，英州安置。癸亥，赐宿、泗州都大提举使李成军绢二万匹，成寻复叛^⑭。己巳，以胡舜陟为两浙宣抚司参谋官，知镇江府陈邦光为沿江都制置使。庚午，以工部侍郎汤东野知平江府兼浙西制置使。辛未，追复邹浩龙图阁待制。壬申夜，潭州禁卒作乱，谋窜不果，向子諲随招安之。甲戌，金帅娄宿犯长安，经略使郭琰弃城遁。河北贼郦琼围光州。

冬十月丙子朔，诏按察官岁上所发摘赃吏姓名以为殿最^⑮。庚辰，禁诸军擅入川、陕。癸未，帝至杭州，复如浙东^⑯。庚寅，渡浙江。郭仲威诣周望降，望以仲威为本司统制。辛卯，李成陷滁州，杀守臣向子伋^⑰。壬辰，帝至越州。癸巳，命提举广西峒丁李椅市马^⑱，邕州置牧养务。戊戌，初命东南八路岁收经制五项钱输行在。张浚治兵于兴元府。金人陷寿春府。庚子，陷黄州，守臣赵令峸死之^⑲。辛丑，张浚以同主管川、陕茶马赵开为随军转运使^⑳，专总四川财赋。金人自黄州济江，刘光世引军遁，知江州韩梠弃城去。金人自大冶县趋洪州。是月，京西贼刘满陷信阳军，杀守臣赵士负。盗入宿州，杀通判盛修己。

十一月乙巳朔，金人犯庐州，守臣李会以城降。王善叛降金，金人执之。丁未，诏降杂犯死罪，释流以下囚^㉒，听李纲自便，追复宋齐愈官。贵仲正犯荆南，兵马钤辖渠成与战，斩之。戊申，金帅兀术犯和州，守臣李俦以城降，通判唐璟死之。己酉，张浚出行关、陕。兀术陷无为军，守臣李知几弃城走。壬子，太后退保虔州。江西制置使王子献弃洪州走。丁巳，金人陷临江军，守臣吴将之遁。戊午，遣孙悟等充金国军前致书使。金人陷洪州，权知州事李积中以城降，抚、袁二州守臣王仲山、王仲嶷皆降^㉓。淮贼刘忠犯蕲州，韩世清逆战破之，忠入舒州，杀通判孙知微。庚申，金人陷真州，守臣向子忞弃城去^㉔。辛酉，太后至吉州。壬戌，金人犯建康府，陷溧水，县尉潘振死之。癸亥，金人陷太平州。主管步军司闾勍自西京奉累朝御容至行在^㉕，诏奉安于天庆观^㉖，寻命勍节制淮西军马以拒金人。甲子，杜充遣都统制陈淬、岳飞等及金人战于马家渡^㉗，王瓆以军先遁，淬败绩，死之。乙丑，以检正诸房公事傅崧卿为浙东防遏使。太后发吉州，次太和县。护卫统制杜彦及后军杨世雄率众叛，犯永丰县，知县事赵训之死之。金人至太和县。太后自万安陆行如虔州。丁卯，下诏回浙西迎敌。金人犯吉州，守臣杨渊弃城走；又陷六安军。己巳，帝发越州，次钱清镇。庚午，复还越州。以周望同知枢密院事，仍兼两浙宣抚使守平江，殿前都指挥使郭仲荀为副使守越州，右军都统制张俊为浙东制置使从行。御史中丞范宗尹参知政事。辛未，兀术入建康府，守臣陈邦光、户部尚书李棁迎拜，通判杨邦乂拒之。癸酉，帝如明州。金人犯建昌军，兵马监押蔡延世击却之^㉘。甲戌，兀术杀杨邦乂。韩世忠自镇江引兵之江阴军。江、淮宣抚司溃卒李选攻陷镇江。淮西兵马都监王宗望以濠州降于金。是月，张浚至秦州。桑仲自唐州犯襄阳，京西制置使程千秋败走，仲遂据襄阳。

十二月乙亥朔，张浚承制废积石军。丙子，帝至明州。丁丑，江、淮宣抚司准备将戚方拥众叛[30]，犯镇江府，杀守臣胡唐老。辛巳，陷常州，守臣周杞遣赤心队官刘晏击走之[31]。金人陷广德军，杀守臣周烈。刘光世引兵趋南康军。壬午，定议航海避兵，禁卒张宝等惮行谋乱[31]，命吕颐浩等伏兵执宝等十七人斩之。甲申，张浚承制拜泾原经略使曲端为威武大将军、宣抚处置使司都统制。乙酉，兀术犯临安府，守臣庚允之弃城走，钱塘县令朱跸死之。己丑，帝乘楼船次定海县[32]，给行在诸军雪寒钱。辛卯，留范宗尹、赵鼎于明州以候金使。癸巳，帝次昌国县。乙未，杜彦犯潭州，杀通判孟彦卿、赵民彦。金人屠洪州。戊戌，金人犯越州，安抚使李邺以城降，卫士唐琦袖巨石要击金帅菩八不克[33]，死之。郭仲荀弃军奔温州。庚子，移幸温、台。癸卯，黄潜善卒于英州。李成自滁州引兵之淮西[34]。（下略）

---

①录：登记确认。　　官田：属于官府的、不在个人名下的土地。

②榷（què，音确）：指专卖。

③击却：击退。

④钤（qián），音钱。

⑤徒：指徒刑。拘禁以后罚劳作。

⑥坐辄言大臣：定了"总是说大臣坏话"的罪。坐，定罪。辄（zhé，音哲），每；总是。

⑦绝域：极远的地域。这里应是指新疆周边的邦国。

⑧市易：市场交易。

⑨㧑（huī），音灰。

⑩表请：上表请求。

⑪籍其赀：登记没收他们的资产。赀，同资。

⑫贶（kuàng），音况。

⑬嵩（sōng），音松。

⑭珵（chéng），音成。

⑮许便宜：皇帝特许，不必请示，根据实际情况及时酌情处理。这一措施是为了对违律的地方官吏进行迅速打击。

⑯槀（lì，音力）：宫观：供帝王游息的宫馆。

⑰高丽国：朝鲜历史上的王朝。

⑱芘（pí，音皮）。

⑲屯：指屯兵、驻扎。

⑳责邻保代输逃户税役：责令邻居中的保长代替逃避的人家的纳税和服役。这大概是当地地方官私自定立的土政策。

㉑寻：相继，接着。

㉒逆战：迎战。

㉓薨（hōng，音轰）：天子死叫崩，诸候死叫薨。

㉔芾（fú），音扶。

㉕钱引：宋代的一种纸币。徽宗大观元年改四川交子为钱引，至崇宁四年通行诸路。

㉖畿（jī，音机）：国都附近地区称京畿。蝗：闹蝗灾。这里名词作动词用。

㉗逐（zhú，音竹）：驱逐，追逐。

㉘黼（fǔ），音府。

㉙抉（jué，音绝）：剔出；剜出。刳（kū，音哭）：剖开、挖空的意思。

㉚行在：帝王当时所在的地方称"行在"。

㉛录：记。

㉜春霖：春天发生涝灾。连续下三天以上的雨称"霖"。这里指久雨成涝。

㉝条上阙政：逐条上报灾情，以补充施政依据的不足。　　蠲（juān，音捐）：免除。

㉞奉：俸禄。

㉟不知所终：未能得知他最终的情形。

㊱浚隍（jùn huáng，音俊黄）：深挖城壕。浚，疏通、探挖。隍，没有水的城壕。

㊲阅：检阅。

㊳籴（dí，音笛）：买进（粮食），与“粜”相对。 闭籴：防止外人来买进粮食。

㊴奉：侍候。

㊵滥赏：过多的不适当的封赏。 止：作“只”。

㊶提举：提拔。

㊷拒战却之：抵抗退敌。

㊸禽斩之：抓住后杀掉。禽，用作“擒”。

㊹执：捉住。

㊺朝飨：帝王祭太庙称作“朝飨”。飨（xiǎng，音想），备酒食。

㊻配：配享。即将太祖与上帝一起祭祀。皇族把旧时功臣之灵放在太庙中一起祭祀，功臣的待遇称“配享”；把孔子的学生弟子与孔子一起受到祭祀也叫“配享”。

㊼给引：发给通行证。

㊽扈（hù，音户）：扈从，帝王或官吏的随从官。

㊾虢（guó），音国。

㊿分司：分别执掌，各司其事。

(51)恪（kè），音克。

(52)趣（cù，音促）：催促。

(53)流：放逐远方。

(54)结乡兵为兴复计：组织乡兵为收复失地想办法。

(55)趣（qū，音区）：趋向。

(56)如：到。

(57)神主：古代宗庙内所设已死国君的牌位，以木或石制成。

(58)纵兵剽掠：放任士兵抢劫掠夺。纵，放任、不管束；剽（piāo，音漂），抢掠。

(59)控扼：控制。

(60)赍（jī，音机）：把东西送给人。赍书，送信。

(61)贻（yí，音移）：赠送。

(62)募海舟守隘：招募海船用来守住险要之地。

(63)跸（bì，音必）：帝王出行时，开路清道，禁止通行。泛指跟帝王行止有关的事情。驻跸，即帝王沿途停留暂住。

(64)羞（xiū，音休）：通“馐”。即美味食物。

(65)窜（cuàn，音篡）：放逐。

(66)粜（tiào，音跳）：卖出。

(67)简拔：分别选拔。

(68)扼（è，音饿）：把守。

(69)掊敛（póu liǎn，音抔脸）：搜括、聚敛。

(70)落职：贬职、罢免。

(71)服：守丧。 恤（xù，音旭）：救济、慰问。

(72)鄜（fū，音夫）。

(73)拜：拜命。指拜官任职。

(74)押：掌管。

(75)骤：迅速。这里指很快得到君王宠幸。

(76)剧盗：势力强大的盗贼。

(77)阉宦：已被阉割的皇帝近臣或宫内杂役。这里指干预朝政的宦官。 用事：执政、当权。恣横（zì hèng）：任意；强横。

(78)疾（jí，音急）：憎恶。

(79)勒兵向阙：率兵攻入皇宫。

(80)逊位：退位。

(81)御：指与皇帝有关的事物。

(82)隶（lì，音立）：归属到……

是岁，两浙、江东西、湖北南、广东西、福建、成都、京西、潼川、夔、利路户五百六十九万六千九百八十九，口一千三百二万六千五百三十二。大理寺奏大辟三十三人⑤。

咸淳元年春正月辛未朔，日有食之。丞相贾似道请为总护山陵使，不允。寻下诏奖谕。癸酉，直学士院留梦炎疏留似道。甲戌，谏议大夫朱貔孙等亦请改命，不报。诏临安免征商三月。丙子，京湖制置使吕文德辞免，不允。

二月庚申，置籍中书，记谏官、御史言事，岁终以考成绩。

三月癸酉，似道乞解机政，不允。壬午，京湖制司创招镇边军。甲申，葬理宗于永穆陵。

夏四月壬寅，赏四川都统昝万寿云顶山、金堂峡之功，及其将士。丁未，寿崇节，免征临安官私房僦地钱。戊申，乾会节，如上免征，再免在京征商三月。自是祥庆、灾异、寒暑皆免。戊午，贾似道特授太师。己未，幸景灵宫，发米八万石赡京城民。夔路都统王胜，以李市、沙平之战获功，转官两资⑥；将士效力者，上其名推赏。

五月己巳，追命史弥远为公忠翊运定策元勋。

闰月乙巳，久雨，京城减直粜米三万石。自是米价高即发廪平粜，以为常。丁未，发钱二十万赡在京小民，钱二十万赐殿、步、马司军人，钱二万三千赐宿卫。自是行庆、恤灾、或遇淫雨雪寒，咸赐如上数。以江万里参知政事，王爚同知枢密院事、权参知政事，马廷鸾端明殿学士、签书枢密院事。丁巳，以钱三十万命临安府通变平物价。丁卯，故成都马步军总管张顺殁于王事，诏特赠官五转⑦，其子与八官恩泽。

六月乙酉，名理宗御制之阁曰显文，置学士、直学士、待制、直阁等官。戊子，沿海制置使叶梦鼎三辞免，不允。己丑，名理宗原庙殿曰章熙。

秋七月丁酉，太白昼见。初命迪功郎邓道为韶州相江书院山长，主祀先儒周敦颐。壬寅，参知政事江万里乞归田里，不允。戊申，夔路安抚徐宗武城开、达石城，乞推恩，从之。壬戌，督州县严钱法，禁民用牌帖。癸亥，以谅阴⑧，命宰执类试⑨，阮登炳以下，依廷试例出身。禁在京置窠栅，私系囚。

八月庚辰，命陈奕沿江按阅军防⑩，赐钱二十万给用。丁亥，诏："有司收民田租，或掊克无艺⑪，监司其严禁戢，违者有刑。"甲午，大元元帅阿术帅大军至庐州及安庆，诸路统制范胜、统领张林、正将高兴、副将孟兴逆战，没于阵，诏胜等各官其一子进勇副尉。

九月己酉，以洪天锡为工部侍郎兼侍读。壬子，命宰执访司马光、苏轼、朱熹后人，贤者能者，各上其名录用。癸丑，吕文德言京湖制、帅、策应三司官属，乞推恩，诏各进一秩。庚申，吏部侍郎李常上七事，曰崇廉耻、严乡举、择守令、黜贪污、谳疑狱、任儒师、修役法。

冬十月壬申，减四川州县盐酒课，始自景定四年正月一日，再免征三年。乙亥，减田契税钱什四。庚辰，江安州、潼川安抚司以攻怀、简小富砦战图来上，诏优答以赏。

十一月乙未，兄少保、保宁军节度使致仕乃裕薨，赠少傅，追封临川郡王。

二年春正月癸丑，江万里四请归田、乞祠禄⑫，不允，以为湖南安抚使兼知潭州。

二月乙巳，侍讲范东叟奏正心之要有三：曰进德，曰立政，曰事天。上嘉纳焉。戊寅，诏免湖南漕司积年运上峡米耗折逋直。辛卯，诏左、右史循旧制立侍御坐前。

三月庚子，赏夔路总管张喜等防护开、达军功，将士进官有差。乙巳，诏郡守两年为任，方别授官。戊申，赐敕书奖谕吕文德。

夏四月乙丑，洪天锡三请祠，不允，以显文阁待制、知潭州兼湖南安抚使。甲申，侍御史程元岳上言："帝王致寿之道在修德，后世状邪说以求之，往辙可鉴。修德之目有二，曰清心，曰寡欲，曰崇俭，皆致寿之原。"上嘉纳之。丁亥，授信州布衣徐直方史馆编校。

五月癸丑，诏诸节制将帅讨军实，节浮费，毋占役兵士，致防训练。

六月丁丑，给罗鬼国化州印。壬午，以衢州饥，命守、令劝分诸藩邸发廪助之。

秋七月壬辰，祈雨。诏以来年正月一日郊。壬寅，礼部侍郎李伯玉言："人材贵乎善养，不贵速成，请罢童子科，息奔竞^⑬，以保幼稚良心。"诏自咸淳三年为始罢之。

八月甲申，安南国遣使贺登位，献方物。

九月丙辰，浙西安抚使李芾以台臣黄万石等言，削两秩免。

冬十一月辛丑，两淮制置使李庭芝立城，屯驻武锐一军，以工役费用及图来上。诏奖劳之。乙卯，少师致仕赵葵薨，赠太傅，赐谥忠靖。丁巳，利东安抚使、知合州张珏调统制史炤、监军王世昌等复广安大梁城，诏推爵赏有差。

十二月丁丑，申严戢贪同之令。甲申，以请先帝谥祭告天地、宗庙、社稷。丙戌，奉册、宝请于南郊，上谥曰建道备德大功复兴烈文仁武圣明安孝皇帝，庙号理宗。大理寺奏岁终大辟三十五人。

三年春正月己丑朔，郊，大赦。丁酉，奏皇太后宝，上尊号曰寿和。辛丑，寿和太后册、宝礼成，谢堂等二十七人各进一秩，高平郡夫人谢氏等二十二人各进封特封有差。癸卯，册命妃全氏为皇后。戊申，帝诣太学谒孔子，行舍菜礼^⑭，以颜渊、曾参、孔伋、孟轲配享，颛孙师升十哲，邵雍、司马光升列从祀，雍封新安伯。礼部尚书陈宗礼、国子祭酒陈宜中进读《中庸》。乙酉，执经官宗礼、讲经官宜中各进一秩，宜中赐紫章服。太学、武学、宗学、国子学、宗正寺官若医官、监书库、门、庖等，各进一秩，诸斋长谕及起居学生，推恩有差。乙卯，寿和太后亲属谢奕脩、郭自中、黄兴在等二十八人各升补一秩。

二月乙未，克复广安军，诏改为宁西军。庚申，马光祖再乞致仕，不允。乙丑，诏贾似道太师、平章军国重事，一月三赴经筵，三日一朝，治事都堂。丙子，枢密院言：知夔州、夔路安抚徐宗武创立卧龙山堡围，诏宗武带行遥郡团练使，以旌其劳。

三月癸卯，知房州李鉴及将校杜汝隆、夏喜以战龙光砦有功，优与旌赏。

夏四月庚申，寿和太后两次册、宝，族兄弟谢奕实等十五人、族侄谢在达等四十七人、族侄孙谢镛等十四人，各锡银十两、帛十四。诏：太中大夫全清夫儒科发身，恳陈换班，靖退可尚，特授清远军承宣使、提举佑神观，仍奉朝请。乙酉，张珏护合州春耕，战款龙溪，以状言功，诏趣上立功将士姓名。

五月丁亥朔，日有食之。戊申，诏曰："比尝命有司按月给百官奉^⑮，惟官愈卑，去民愈亲，仍闻过期弗予，是吏奉吾命不虔也，诸路监司其严纠劾。"

六月壬戌，加授吕文德少傅，马光祖参知政事，李庭兵部尚书，并职任仍旧。皇后受册推恩，弟全清夫以下十五人官一转，全必樋以下十七人补承信郎。癸酉，美人杨氏进封淑妃。戊寅，诏荣王族姻与莱等三十四人各转官有差。

秋七月丁亥，张珏授正任团练使、带行左领军卫大将军，赐金带。壬辰，枢密院言："右武大夫权鄂州都统汪政鄂城战御，又焚光化城外积聚，及攻真阳城，皆有功，该转二十官。"诏转横行遥郡。甲午，四川都统咎万寿调统制赵宝、杨立等率舟师护粮达渠城，以功推赏。己酉，权黎州张午招谕大青羌主归义，乞用两林西蕃瑜林例，赐予加优，从之。

八月辛酉，遣步帅陈奕率马军舟师巡逻江防。壬戌，边报警急，诏谕吕文德等申严防遏。乙丑，太师、武康宁江军节度使、判大宗正事嗣荣王与芮进封福王，主荣王祀事。壬申，久雨，命在京三狱、赤县、直司、签厅择官审决狱讼，毋滞。

九月乙未，诏郡县折收民田租，毋厚直取赢，违者论罪。癸卯，知邕州总统谭渊、李旺、周胜等燧特磨行大理界，率兵攻建水州，禽其知州阿㞧以下三百余人，获马二百余，焚谷米、器甲、庐舍。师还论功，各转官三资，军校补转有差。

冬十月庚申，复开州，赐四川策应司钱百万劳军。甲戌，大雷电。

十一月丙申，故左丞相吴潜追复光禄大夫。壬寅，赏知房州李鉴调遣路将夏喜、统领冯兴等均州武阳坝战功。

十二月丙辰，吕文焕依旧带行御器械，改知襄阳府兼京西安抚副使。丁卯，台臣言叙复元官观文殿学士、提举洞霄宫皮龙荣贪私倾险，尝朋附丁大全，乞寝新命。诏予祠禄。

四年春正月癸未，赐吕师夔紫章服、金带。己丑，吕文德言知襄阳府兼京西安抚副使吕文焕、荆鄂都统制唐永坚蜡书报白河口、万山、鹿门山北帅兴筑城堡，檄知郢州翟贵、两淮都统张世杰申严备御。癸巳，故守合州王坚，赐庙额曰报忠。癸卯，沔州驻劄潼川安抚副使昝万寿，特升右武大夫、带行左骁卫大将军，赐金带。己酉，印应雷改知庆元府兼沿海制置使。庚戌，诏曰："迩年近臣无谓引去以为高[16]，勉留再三，弗近益远，往往相尚，不知其非义也。亦由一二大臣尝勇去以为众望，相踵至今。孟子于齐王不遇，故去，是未尝有君臣之情也，然犹三宿出昼，庶几改之。儒者家法，无亦取此乎？朕于诸贤，允谓无负，其弗高尚，使人疑于负朕。"

闰月庚午，赐夏贵金带。

夏四月壬午，汤汉三辞免刑部侍郎、福建安抚使。庚寅，乾会节，帝御紫宸殿，群臣称贺。上曰："谢方叔托名进香，擅进金器诸物，且以先帝手泽，每系之跋，率多包藏，至以先帝行事为己功，殊失大臣体，宜镌一秩[17]。"于是卢钺等相继论列方叔昨蜀、广败事，误国殄民，今又违制擅进，削一秩罚轻。诏削四秩，夺观文殿大学士、惠国公，罢宰臣恩数，仍追《宝奎录》并系跋真本来上。丙申，右正言黄镛言："今守边急务，非兵农合一不可。一曰屯田，二曰民兵。川蜀屯田为先，民兵次之，淮、襄民兵为先，屯田次之，此足食足兵食策也。"不报。丁酉，诏故修武郎姚济死节，立庙，赐额曰忠壮。

五月辛酉，枢密都承旨高达再辞侍卫都虞候，乞归田里，命孙虎臣代之。壬申，赐陈文龙以下六百六十四人进士及第、出身。丙子，贾似道乞骸骨[18]，不允。

六月辛巳，叶梦鼎再乞归田里，不允。诏罢浙西诸州公田庄官，募民自耕输租，租减什三，毋私相易田，违制以盗卖官田论。

秋七月戊午，有星出氐宿，西北急流入骑官星没。己未，淑妃杨氏亲属杨幼节以下百三十四人推恩进秩。

八月壬寅，奉安《宁宗实录》、《理宗实录》、《御集》、《日历》、《会要》、《玉牒》、《经武要略》、《咸淳日历》、《玉牒》，贾似道、叶梦鼎、马廷鸾各转两官，诸局官若吏推恩有差。

九月癸未，太白昼见。大元兵筑白河城，始围襄、樊。

冬十月戊寅朔，日有食之。子宪生。参知政事常挺六乞归田里，诏予郡。己亥，已减四川州县盐酒课，诏自咸淳四年始，再免征三年。

十一月癸丑，枢密院言："南平、绍庆六郡镇抚使韩宣城渝、嘉、开、达、常、武诸州有劳，燧峡州至江陵水陆措置，尽瘁以死，宜视没于王事加恩。"诏宣守本官致仕，任一子承节郎，仍赠正任承宣使。丁巳，诏：知江陵府陈奕，裨将周全、王德等战西山、南谷口、田家山有功，各以等第推赏。戊午，子锽生。丙寅，福建安抚使汤汉再辞免，乞祠禄，诏别授职。辛未，以文武官在选，困于部吏，隆寒旅琐可闵，诏吏部长贰、郎官日趣铨注，小有未备，特与放行，违者有刑。自是隆寒盛暑，申严诫饬。常挺卒，赠少保。壬申，行义役法。

十二月辛卯，以夏贵为沿江制置副使兼知黄州。癸巳，吏馆状《理宗实录》接续起修。张九成孙象先力学饬行，不坠家声，其免一解示表厉⑲。命建康府建南轩书院，祠先儒张栻。戊戌，汪立信知潭州兼湖南安抚使，职任依旧。乙巳，诏赏京湖总管张喜、赵万等石门坂堰战功。

五年春正月丁未，以李庭芝为两淮安抚制置大使兼知扬州。壬子，京湖策应司参谋呼延德领诸将张喜等，遇北兵战于蛮河。癸亥，叶梦鼎累章请老，留之，固辞，依前少保、判福州、福建安抚使，封信国公。以马廷鸾参知政事兼同知枢密院事。甲戌，以江万里参知政事。

二月戊子，江万里辞免参知政事，不允。

三月丙午，北帅阿术自白河以兵围樊城。甲寅，叶梦鼎辞免判福州、福建安抚使，诏不允。乙卯，皇后归宁，族姻推恩，保信军节度使全清夫以下五十六人各进一秩，咸安郡夫人全氏以下三十二人各特封有差。大元兵城鹿门。己未，诏浙西六郡公田设官督租有差。辛酉，京湖都统张世杰率马步舟师援襄、樊，战于赤滩圃。戊辰，以江万里为左丞相，马廷鸾为右丞相兼枢密使。己巳，以马光祖知枢密院事兼参知政事，吴革沿江制置使。

夏四月丙子，赏张世杰战功。辛巳，江万里、马廷鸾辞免，诏不允。壬午，知渠州张资上蓬州界白土、神山、蒲渡等处今年春战功。丙戌，以安西都统张朝宝、利东路安抚张珏领兵护钱粟饷宁西军，还至水硙头，战有功，诏推赏。己丑，刘雄飞依旧枢密都承旨、知沅州兼常德、澧、辰、沅、靖五郡镇抚使。癸巳，李庭芝特进一秩。高邮县夏世贤七世义居⑳，诏署其门。

五月己酉，马光祖依旧观文殿学士、提举洞霄宫。乙卯，程元凤薨，赠少师。庚申，有星自斗宿距星东北急流向牛宿，至浊没。壬戌，诏曰：信阳诸将娄安邦、朱兴战千石畈，吕文焕、呼延德战福山，杨青、李忠战石湫、俱有劳效，推赏有差。壬申，京湖制司言：故夔路安抚徐宗武没于王事，乞优加赠恤。诏致仕恩外，特官其一子承节郎。

六月庚辰，以吕文福为复州团练使、知濠州兼淮西安抚副使。甲申，皇子是生。辛卯，家铉翁辞免新命，诏别授职。庚子，李庭芝辞免兼淮东提举，不允。

秋七月己酉，观文殿学士马光祖乞守本官致仕，诏允所请。庚申，祈雨。壬戌，东南有星自河鼓距星西北急流，至浊没。

八月戊寅，诏郡县收民田租，毋巧计取赢，毋厚直折纳，转运司申严按劾。诏襄、樊将士战御宣力㉑，以钱二百万犒师，趣上其立功姓名补转官资。

九月丙午，祈晴。辛酉，祀明堂，大赦。丙寅，明堂礼成，加上寿和圣福皇太后尊号册、宝，大师、判大宗正事、福王、主荣王祀事与芮加食邑一千户。

冬十月甲申，子宪授检校太尉、武安军节度使，封益国公。己丑，吕文德进封崇国公，加食邑七百户。以汤汉为显文阁直学士、提举玉隆万寿宫兼象山书院山长。

十一月戊辰，少傅文德乞致仕，诏特授少师，进封卫国公，依所请致仕。

十二月癸酉，文德卒，赠少傅，赐谥武忠。己卯，以范文虎为殿前副都指挥使。寿和圣福皇太后尊号册、宝礼成，侄谢堂、侄孙光孙等二十八人各转一官，余姻推恩有差。甲申，以钱二百万命京湖帅臣给犒襄、郢等处水陆戍士。戊子，诏安南国王父陈日煚、国王陈威晃并加食邑一千户。大元兵筑南新城。

六年春正月壬寅，以李庭芝为京湖安抚制置使兼夔路策应使，印应雷两淮安抚制置使。己酉，以钱二百万赐夔路策应司备御赏给。庚戌，以高达为湖北安抚使、知鄂州，孙虎臣起复淮东安抚副使、知淮安州。辛酉，行《成天历》。丁卯，上制《字民》、《牧民》二训，以戒百官。戊辰，以江万里为福建安抚使。

二月辛未，检校少保、安德军节度使与莱加食邑五百户。丁亥，陈宜中经筵进讲《春秋》终篇，赐象简、金御仙花带、鞍马㉒。丁酉，以吕文福为淮西安抚副使兼知庐州。己亥，朱禩孙权兵部尚书，仍四川安抚制置、总领夔路转运、知重庆府。

三月庚子朔，日有食之。癸丑，诏曰："吏以廉称，自古有之，今绝不闻，岂不自章显而壅于上闻欤㉓？其令侍从、卿监、郎宫各举廉吏，将显擢焉。"癸亥，诏曰："赣、吉、南安境数被寇，虽有砦卒，寇出没无时，莫能相救。宜即要冲立四砦，砦屯兵百，使地势聊络，御寇为便；从三郡择将官领之。"

夏四月戊寅，以文天祥兼崇政殿说书㉔。

五月辛丑，以吴革为沿江制置宣抚使。

六月庚午，诏《太极图说》、《西铭》、《易传序》、《春秋传序》，天下士子宜肄其文。戊寅，贾似道托疾辞退，疏十数上，上留益坚，礼异之，曰师相而不名。马廷鸾洎省、部、台谏、学、馆、诸司㉕，连章请留似道。庚辰，子宪薨。庚寅，诏以襄、郢水陆屯戍将士隆暑露处，出钱二百万，命京湖制司给赐。

秋七月，复开州，己亥，更铸印给之。

八月甲申，瑞安府乐清县嘉禾生，诏荐士增四名。壬辰，诏：郡县行推排法，虚加寡弱户田租，害民为甚，其令各路监司询访，亟除其弊。诏精择监司、守令，监司察郡守，郡守察县令，置籍考核，岁终第其治状来上。癸巳，以夏贵能举职事，进一秩。诏似道十日一朝。

九月庚戌，以黄万石为沿海制置使。壬子，台州大水。

冬十月丁丑，遣范文虎总统殿司、两淮诸军，往襄、樊会合备御，赐钱百五十万犒师。己卯，诏台州发义仓米四千石并发丰储仓米三万石，振遭水家。甲申，以陈宗礼、赵顺孙兼权参知政事，依旧同提举编修敕令《经武要略》。

闰十月己酉，安吉州水，免公田租四万四千八十石。戊午，诏：殿、步、马诸军贫乏阵没孤遗者多，方此隆寒，其赐钱二十万、米万石振之。

十一月丁丑，嘉兴、华亭两县水，免公田租五万一千石，民田租四千八百一十石。庚辰，诏：襄、郢屯戍将士隆寒可闵，其赐钱二百万犒师。己丑，都统张世杰领兵江防。乙未，诏陈宗礼进一秩，为资政殿学士，依所请守兼参知政事致仕。

十二月戊戌，陈宗礼卒，赠七秩。己亥，诏：唐全、张兴祖等赍蜡书入襄阳㉖，往复甚艰，各补转三官，赐钱二千缗。大元兵筑万山城。

七年春正月乙丑，子昰授左卫上将军，进封建国公。诏汤汉、洪天锡赴阙。诏戒贪吏。辛未，绍兴府诸暨县湖田水，免租二千八百石有奇。

三月戊寅，发屯田租谷十万石，振和州、无为、镇巢、安庆诸州饥。辛巳，日晕，赤黄周匝。乙酉，平江府饥，发官仓米六万石，吉州饥，发和籴米十万石，皆减直振粜。丙戌，诏减内外百司吏额。戊子，发米一万石，往建德府济粜。诏临江军宣圣四十七代孙延之子孙㉗，与放国子监试㉘。

夏四月辛亥，免广东提举司盐箩银三万两。甲寅，礼部侍郎陈宜中再乞补外，以显文阁待制出知福州兼福建路安抚使。

五月乙酉，赐礼部进士张镇孙以下五百二人及第、出身。壬辰，发米二万石，诣衢州振粜。

六月癸巳，以钱百万、银五千两命知嘉定府昝万寿修城浚壕，缮甲兵，备御遏。以韩震带行御器械、知江安州兼潼川东路安抚副使，马堃带行御器械、知咸淳府，节制涪、万州。台臣劾朱善孙督纲运受赃四万五千，诏特贷死㉙，配三千里，禁锢不赦。乙未，诏以蜀阃调度浩繁㉚，赐钱二百万给用。丙申，诸暨县大雨、暴风、雷电，发米振遭水家。瑞州民及流徙者饥乏食，发义仓米一万八千石，减直振粜。己亥，诏以陆九渊孙溥补上州文学㉛。己酉，镇江府转输米十万石于五河新城积贮。癸丑，以隆暑给钱二百万赐襄、郢屯戍将士。丙辰，抚州黄震言："本州振荒劝分，前谷城县尉饶立积米二百万，靳不发廪，虽尝监贷，宜正过籴之罪。"诏饶立削两秩，武冈军居住。洪天锡三辞召命，诏守臣勉谕赴阙。戊午，绍兴府饥，振粮万石。己未，两淮五河筑城具完，赐名安淮军。大元会兵围襄阳。

秋七月辛未，枢密院言吴信、周旺赍蜡书入襄城，往后效劳，诏各补官三转。丁丑，湖南转运司访求先儒张栻后人义伦以闻，诏补将仕郎。壬午，四川制置使朱禩孙言："夏五以来，江水凡三泛溢，自嘉而渝，漂荡城壁，楼橹圮坏；又嘉定地震者再，被灾害为甚，乞赐黜罢，上答天谴。"诏不允。癸未，诏：城五河，淮东制置印应雷具有劳绩，进一秩，宣劳官属将士皆推恩。

八月壬辰朔，日有食之。甲午，以钱三百万，遣京湖制置李庭芝诣郢州调遣犒师。丁未，命沿江制置副使夏贵会合策应，以钱二百万随军给用。

九月乙亥，显文阁直学士汤汉、显文阁直学士洪天锡各五辞召命，诏并升华文阁学士，仍予祠禄。己丑，子㷆生。

冬十月丙申，少傅、嗣秀王与泽薨，诏赠少师，追封临海郡王。癸丑，从政郎朱鉴孙进《群经要略》。己未，诏殿、步、马诸军贫乏阵没孤遗者，方此隆寒，其赐钱二十万、米万石振之。

十一月癸亥，诏民有以孝弟闻于乡音，守、令其具名上闻，将旌异劳赐焉[32]。己巳，诏汤汉官一转，端明殿学士，依所请致仕。

十二月甲午，诏：诸路监司循按刑狱，毋从扰民[33]，御史台申严觉察。丙午，以钱三十万命四川制司下渠洋开州、宁西镇抚使张朝宝创司犒师。己亥，淮东统领兼知镇江府赵溍乞祠禄，不允。谢方叔特叙复元官职，惠国公致仕。辛亥，禄置士籍。戊午，诏举廉能材堪县令者，侍从、台谏、给舍各举十人，卿监、郎官各举五人，制帅、监司各举六人，知州、军、监各举二人。

八年春正月庚申，诏："朕惟崇俭必自宫禁始，自今宫禁敢以珠翠销金为首饰服用，必罚无贷。臣庶之家，咸宜体悉。工匠犯者，亦如景祐制，必从重典[34]。"又诏："有虞之世，三载考绩，三考黜陟幽明[35]。汉之为吏者长子孙[36]，则其遗意也[37]。比年吏习偷薄[38]，人怀一切，计日待迁，事未克究，又望而之他。吏胥狃玩，窃弄官政，吾民奚赖焉！继自今内之郎曹，外之牧守以上，更不数易，其有治状昭著，自宜奖异[39]。"辛未，子㷆生。己丑，汤汉卒，赐谥文清。

二月癸巳，谢方叔卒，赠少师。前知台州赵子寅殁，无所归，特赠直祕阁，给没官宅一区、田三百亩，养其孤遗，以旌廉吏。丙午，以钱二百万给犒襄、郢水陆战戍将士。

三月丙子，同知枢密院事兼权参知政事赵顺孙授中大夫。

夏四月戊子，知合州、利路安抚张珏创筑宜胜山城。

五月己巳，王爚除观文殿学士，提举万寿观兼侍读。大元兵久围襄、樊，援兵阻关险不克进，诏荆、襄将帅移驻新郢，遣部辖张顺、张贵将死士三千人自上流夜半轻舟转战。比明达襄城，收军阅视，失张顺。

六月丙申，皮龙荣徙衡州。丁酉，以章鉴为端明殿学士、同签书枢密院事、同提举《经武要略》。以钱千万命京湖制司籴米百万石，转输襄阳府积贮。乙巳，以家铉翁兼权知绍兴府、浙东安抚提举司事，以唐震为浙西提点刑狱。王爚乞寝新命，不允，勉谕赴阙。辛亥，台臣言江西推排出结局已久，旧设都官、团长等虚名尚在，占怅常役[40]，为害无穷；又言广东运司银场病民。诏俱罢之。癸丑，以钱五百万缗命四川制司诣湖北籴运上峡入夔米五十万石。

秋七月辛未，知静江府、广西经略安抚使兼计度转运使胡颖乞祠禄，诏勋一转，依所乞宫观。

八月丙戌朔，日有食之。辛丑，诏家铉翁赴阙。丁未，绍兴府六邑水，发米振遭水家。壬子，王燧辞免明堂大礼陪祠。乙卯，诏：福建安抚陈宜中克举厥职㊶，升宝谟阁待制。

九月丁卯，诏洪天锡转端明殿学士，允所请致仕。辛未，明堂礼成，祀景灵宫，还遇大雨，改乘逍遥辇入和宁门，顾敕。庚辰，诏以朱禩孙兼四川屯田使。乙酉，洪天锡卒，赠五官，谥文毅。

冬十月己亥，绍兴府言八月一日会稽、余姚、上虞、诸暨、萧山五县大水，诏减田租有差。丁未，以章鉴兼权参知政事。右丞相马廷鸾十疏乞骸骨，诏不允。庚戌，以秋雨水溢，诏减钱塘、仁和两县民田租什二，会稽湖田租什三，诸暨湖田租尽除之。辛亥，陈宜中兼给事中。

十一月乙卯，右丞相马廷鸾累疏乞骸骨，授观文殿学士、知饶州。诏以隆寒，殿、步、马司诸军贫窭并阵没孤遗者，振以钱粟。丙辰，陈奕以殿前都指挥使摄侍卫步军司、马军司。己未，马廷鸾辞免知饶州，乞祠禄，诏允所请，以观文殿大学士、鄱阳郡公提举洞霄宫。壬戌，命阮思聪赴枢密院禀议。己巳，诏明堂礼成，安南国王陈日烜、陈威晃各加食邑一千户，赐鞭、鞍、马等物。

十二月甲寅，以叶梦鼎为少傅、右丞相兼枢密使。

九年春正月乙丑，樊城破，范天顺、牛富死之。癸未，诏定安丰统制金文彪、朱文广、王文显、盛全洮河、古河、泉河、珉河等处战功行赏。

二月甲申，诏：鄂州左水军统制张顺，没身战阵，赠宁远军承宣使，官其二子承信郎，立庙京湖，赐额曰忠显。甲午，朱禩孙抚绥备御，义不辞难，敕书奖谕。丁未，以夏贵检校少保。庚戌，吕文焕以襄阳府归大元。癸丑，以朱涧寺战功推赏来归人马宣、沿江都统王喜等将士千五百七十余人。

三月庚申，贾似道言边遽日闻，请身督师以励将帅。诏不允。四川制司言："近出师成都，刘整故吏罗鉴自北复还，上整书稿一帙，有取江南二策：其一曰先取全蜀，蜀平，江南可定；其二曰清口、桃源，河、淮要冲，宜先城其地，屯山东军以图进取。"帝览奏，亟诏淮东制司往清口，择利城筑以备之。叶梦鼎辞免右丞相，诏不允。庚午，遣金吾卫上将军阮思聪由平江、镇江及黄州行视城池，凡合缮修增易者亟条奏。丙子，来归人方德秀补成忠郎，栗勇、杨林、胡巨川补保义郎，刘全补承信郎。戊寅，贾似道始奏李庭芝表言襄帅吕文焕以城降大元。己卯，加晉万寿宁远军承宣使，职任仍旧。庚辰，夏贵辞免检校少保，不允。壬午，诏建机速房，以革枢密院漏泄兵事、稽违边报之弊㊷。贾似道累疏请身督师，诏勉留。

夏四月，诏褒襄城死节，右领卫将军范天顺赠静江军承宣使，右武大夫、马司统制牛富赠金州观察使，各官其二子承信郎，赐土田、金币恤其家。甲申，汪立信权兵部尚书、京湖安抚制置使、知江陵府、夔路策应使、湖广总领，不许辞免，以钱二百万给立信开阃犒师。叶梦鼎乞致仕，遣官勉谕赴都堂治事。辛卯，以赵溍为淮西总领兼沿江制置、建康留守。诏黄万石赴阙。壬辰，诏："襄阳六年之守，一旦而失，军民离散，痛切朕心。今年乾会节，其免集英殿宴，以钱六十万给沿江制置赵溍江防捍御。"癸巳，知招信军陈岩乞祠禄。诏曰："乃者边吏弗戒，致有襄难，将士频岁暴露，边民荡析离居，盍伤朕心㊸。尔阃臣专征方面㊹，宜身率诸将，宣扬国威，以赏戮用命不用命。尔守臣有土有民，宜申儆国人，保固封守。尔诸将尚迪果毅，一乃心力，各以其兵，敌王所忾㊺。今朕多诰，尔其悉听明训，毋懈毋愒，习于故常，功多有厚赏，尔不克用劝，罚固不得私也。又如中外小大臣僚，有材识超卓、明控御之宜、怀攻守之略者，密具以闻，一如端拱二年制书，朕当虚心以听。"李庭芝乞解罢，诏赴阙。壬寅，诏复置枢密院都统制、副都统制各一员。丁未，以高达为宁江军节度使、湖北安抚使、知峡州。诏忠州潜藩已升咸淳府㊶，刺史王达改授高州刺史。李庭芝辞召赴阙，诏与祠。己酉，诏："南归人复有战功者予优赏，杨春、薛聚成、陈君谟、周海、周兴各补成忠郎，萧成、侯喜、丁甫、刘铸、郑归各补承信郎。"以夏贵兼侍卫马军都指挥使。庚戌，诏汪立信赏罚调用悉听便宜行事。辛亥，吕师夔言："此贾似道得李庭芝书，报臣叔父文焕以襄城降，臣闻之陨越无地㊷，不能顷刻自安。请以经略安抚、转运、静江府印委次官护之，席藁俟命㊸，容臣归省偏亲，誓当趋事赴功，毁家纾难㊹，以赎门户之愆，以报君父之造㊺。"诏不允。

五月乙卯，以黄万石权户部尚书兼知临安府、浙西安抚使。四川制司朱禩孙言："所部诸县除正辟文臣外㊿，诸郡属邑，许令本司不拘外县一体选辟文臣，以幸蜀之士民。"奏可。丙辰，知庐州吕文福言："从兄文焕以襄阳降，为其玷辱，何颜以任边寄㊼，乞放罢归田里。"诏不允。吕师夔五疏乞罢任，诏赴阙。丁卯，申禁奸民妄立经会，私创庵舍，以避征徭，保伍容芘不觉察，坐之㊽。辛未，刘雄飞乞致仕。戊寅，孝感县丞关应庚上书言边防二十事，诏授武当军节度推官兼司法，京湖制司量材任使。庚辰，马军司统制王仙昔在襄、樊缘战陷阵，今复来归，特与官五转，充殿前司正额统制，赐钱一万。布衣林椿年等上书言边防十数事，诏诸人上书凡言请以丞相似道督视者不允，余付机速房。

六月，刑部尚书兼给事中陈宜中言，樊城之溃，牛富死节尤著，以职卑赠恤下范天顺一阶，未惬与情。诏加赠富宁远军承宣使，仍赐土田、金币恤其家。前四川宣抚司参议官张梦发诣贾似道上书陈危急三策，曰镇汉江口岸，曰城荆门军当阳界之玉泉山，曰峡州宜都而下聊置堡砦，以保聚流民，且守且耕，并图上城筑形势。贾似道不以上闻，下京湖制司审度可否，事竟不行。成都安抚使昝万寿去冬调将士攻毁成都大城，今春战碉门，五月遣统制杨国宝领兵至雅州，统领赵忠领兵至眉州，两路捍御有劳，诏具将士宣力等第、姓名以闻。吕文福言文焕为人扶拥㊴，以襄阳降非由己心。诏与李庭芝元陈异同，其审核以闻。庭芝表："向在京湖，来归人吴旺等备言文焕父子降状，先纳笁钥，旋献襄城，且陈策攻郢州，请自为先锋，言人人同，制司案辞可征，非敢加诬人罪。"诏文福勉力捍御，毋坠家声。京湖制司言："去年冬间，探司总管刘仪、盛聪，总制赵铎，领精锐至均州文龙崖立砦。吕文焕既降，均城受敌，知郡刘懋偕刘仪等捍御宣劳。"诏懋升右武大夫、带行左卫大将军，仍旧职，仪添差荆湖北路兵马钤辖，聪添差鄂州兵马钤辖，各官三转，将士官两转。左藏东库塞材望上书言边事大可忧者七，急当为者五。不报。丙戌，刘雄飞卒，特赠一官。戊子，京湖制司请给器械，诏内军器库选犀利者赐之，仍赠钱百万备修缮。四川制置朱禩孙言月奉银计万两，愿以犒师，向后月免请。诏常禄勿辞。己丑，给事中陈宜中言，乞正范文虎不力援襄之罚，诏文虎降一官，依旧知安庆府。安南国进方物，特赐金五百两、帛百匹。癸卯，汪立信言："臣奉命分阃，延见吏民，皆痛哭流涕而言襄、樊之祸，皆由范文虎及俞兴父子。文虎以三衙长闻难怯战，仅从薄罚，犹子天顺守节不屈㊵，犹或可以少赎其愆。兴奴仆庸材，器量褊浅，务复私仇，激成刘整之祸，流毒至今，其子大忠挟多资为父行贿，且自希荣进，今虽寸斩，未足以快天下之忿，乞置重典，则人心兴起，事功可图。"诏俞大忠追毁出身文字，除名，循州拘管。又言守阙进义副尉童明，襄阳破拔身来归，且尝立功开州，乞补转四官。诏特与官两转。

闰月辛亥，命殿前指挥使陈奕总统舟师备鄂州、黄州江防。癸丑，来归人郭珍补成忠郎，张进、张春、张德林、向德成、王全、娄德、王兴各补承信郎。丙辰，朝散郎师显行进《注皇朝文鉴》。前临安府司法梁炎午陈攻守之要五事，不报。命大理寺丞钟蕌英点视沿江堡隘兵舡。戊辰，知叙州郭汉杰言，马湖蛮王汝作、鹿巫蛮王沐丘，帅蛮兵五百余助官军民义阻险马湖，捍御有功。诏赏汝作、沐丘金帛及其部兵有差，叙州总管曹顺一军，凡在战阵者，趣具立功等第来上。

秋七月丁亥，权绍兴府节制紫城军义文荣鼎及将校赵居敬、丁福、孟青、蒲祥、白贵、史用、罗宜、王繁等九人，成都之役没于兵，各追赠官秩，仍官其子。癸巳，知达州赵章、知开州鲜汝忠、知渠州张资等复洋州。戊戌，张珏等复马骏山。

八月癸丑，权知均州徐鼎、总管盛聪，战房州胡师峪、板仓。乙卯，知房州李鉴调权竹山县王国材、统制熊权、总辖马宗明，战落马坪、白羊山，诏有司各以劳效论赏。

九月辛巳，以章鉴签书枢密院事兼参知政事，陈宜中同签书枢密院事。成都安抚使昝万寿城嘉定乌尤山。乙未，以洪焘为浙东安抚使。丙申，以黄万石为湖南安抚使。

冬十月己酉，来归人汪福、许文政各官五转。癸丑，镇巢军、和州、太平州诸将查文、李文用、孟浩等十一人，以射湖冈、万岁岭、后港及焦湖北岸战功，咸赐爵赏。癸亥，雷。四川制司言何炎向失洋州，调知达州赵章等率诸部军义复之；七月又复洋州、吴胜堡两城，权檄统辖谢益知洋州，总制赵桂楫知巴州，俾任责吴胜堡战守之事。至是以功来上，且以二州摄事守臣请命于朝，诏与正授。丁丑，两淮制置使印应雷告老，进二秩致仕。李庭芝两淮安抚制置使，赐钱二百万激犒备御。

十一月壬午，子㬎授左卫上将军，封嘉国公。戊子，知泰州龚楪遣其将王大显等捍御水砦有功，又获俘民以还，诏水步两军将校凡用命者赏激有差。甲午，以夏贵为淮西制置使兼知庐州，陈奕沿江制置使兼知黄州，吕文福知阁门事。诏从李庭芝请分淮东、西制置为两司，就命庭芝交割淮东，仍兼淮西策应使。乙未，以夏贵为淮西安抚制置使，赐钱百万激犒备御。李庭芝辞免淮西策应使，不允。知安丰军陈万以舟师自城西大涧口抵正阳城，遇北兵力战，诏旌其劳。

十二月甲子，以马廷鸾为浙东安抚使、知绍兴府。丙寅，权参知政事章鉴再乞解机政，不允。丁丑，沿江制置使所辖四郡夏秋旱涝，免屯田租二十五万石。

十年春正月壬午，城鄂州汉口堡。权总制施忠、部将熊伯明、知泰州龚楪以天长县东横山、秦潼湖、青蒲口等处战功推赏。戊子，江万里以疾辞职任，诏依旧观文殿大学士、提举洞霄宫。乙丑，以留梦炎知潭州兼湖南安抚使。庚寅，城鄂州沌口西岸堡。京湖制司言襄阳勇信中军钤辖吴信随吕文焕北往，今并妻子昌险来归。诏吴信赴阙，制司仍存恤其家。丙申，江东沙圩租米，以咸淳九年水灾，诏减什四。乙巳，雨土。

二月己酉，以赵顺孙为福建安抚使。辛酉，诏诸制阃就任升除恩数⑤，其告命、衣带、鞍马，阁门勿差人给赐，往要厚赂，以失优宠制臣之意，违者有刑。

三月己卯，免郡县侵负义仓米七十四万八千余石。

夏四月乙卯，子昺授左卫上将军，进封永国公。诏赏沿江都统王达、黄俣战黄连寺之功。戊午，以吕文福为常德、辰、沅、澧、靖五郡镇抚使，知沅州。辛酉，诏赏光州守陈岩、路分李全许彦德、总管何成、路钤仰子虎等牛市畈、丁家庄功。乌苏蛮王诣云南军前纳款大元。

五月丁亥，以高世杰为湖北安抚副使兼知岳州，总统出戍军马。辛丑，马廷鸾辞免观文殿大学士、知绍兴府、浙东安抚使，诏不允。壬寅，张珏表请城马骏、虎头两山，或先筑其一，以据险要。

六月戊午，以银二万两命寿春府措置边防。

秋七月壬午，汪立信乞致仕，不允。癸未，帝崩于福宁殿，遗诏太子㬎即皇帝位。甲申，台臣劾内医蔡幼习，诏夺五秩，送五百里州军居住，二子并罢阁门职。

八月己酉，上大行皇帝谥曰端文明武景孝皇帝，庙号度宗。德祐元年正月壬午，葬于永绍陵。

赞曰：宋里理宗，疆于日蹙，贾似道执国命。度宗继统，虽无人失德，而拱手权奸，哀敝寖甚。考其当时事势，非有雄才睿略之主，岂能振起其坠绪哉㊲！历数有归，宋祚寻讫，亡国不于其身，幸矣。

---

①神器：指玉玺、宝鼎等代表国家政权的实物。借指帝位。

②翊善：宋诸王府及资善堂所置讲读官。掌教皇室子孙读书。

③羡余：地方官吏以赋税盈余名义进贡皇室的财物。

④心法：指传授的心得和方法。

⑤大辟：谓死刑。

⑥转官：升迁官职。　资：官阶，级别。

⑦转：量词。勋级每升一级叫一转。

⑧谅阴：亦作"谅闇"。居丧时所住的房子。阴，寒凉。闇，幽暗。意谓寒凉幽暗之庐。借指居丧，多用于皇帝。

⑨类试："类省试"的省称。宋代科举制度的名称。指相当于省试的考试。

⑩按阅：巡视。

⑪掊克：搜括；聚敛。亦指搜括民财之人。

⑫祠禄：宋大臣罢职之后给予的称号。

⑬奔竞：奔走竞争。指对名利的追求。

⑭舍菜（shì cài，音势菜）：即释菜。学子始入学，必以苹蘩之属祭祀先圣先师，叫"舍菜"。舍，通"释"。菜，苹蘩之属。

⑮奉：指俸禄。

⑯引去：引退；离去。

⑰镌：指谪降。

⑱乞骸骨：官吏辞职告老的谦称。

⑲免一解：举人获准不经解试（荐送朝廷的地方考试），直接参加礼部试，称"免解"。宋代免解之制，或准一次免解，或准一生（永远）免解。此免一解，当指一次免解。　表厉：表扬勉励。

⑳义居：指孝义之家世代同居。

㉑宣力：尽力；效力。

㉒象简：即象笏。

㉓壅：遮盖；阻挡。

㉔说书：宋代经筵讲读官。掌教授皇族子弟读书。

㉕洎（jì，音计）：通"暨"。与，和。

㉖赍（jī，音基）：遗送；携带。　蜡书：装封在蜡丸中的文书。

㉗宣圣：指孔子。汉平帝元始元年谥孔子为褒成宣公，后历代王朝皆尊孔子为圣人，称"宣圣"。

㉘放：免去。

㉙贷死：免于死罪。

㉚阃（kǔn，音捆）：地方将帅的官衙。亦借指军事或政务。

㉛文学：宋代州置文学参军，省称"文学"，为无职掌之散官。

㉜旌异：旌表；褒奖。　劳赐：慰劳赏赐。

㉝傔从：仆役；侍从。

㉞重典：指重法。

㉟幽明：指善恶、贤愚。《书·舜典》："三载考绩，三考黜陟幽明。"孔传："三年有成，故以考功；九岁，则能否、幽明有别，黜退其幽者，升进其明者。"

㊱长：培育。犹教诲不倦。

㊲遗意：前人留下的旨趣。

㊳比年：近年。　偷薄：浮薄。

㊴奖异：破格奖励。

㊵占怙：占据。

㊶厥：代词。其。

㊷稽违：耽误，延误。

㊸囍（xì，音隙）：伤痛貌。

㊹阃臣：指外任的大臣。 专征：受命自主征伐。

㊺敌王所忾：谓把帝王所痛恨的人作为自己的敌人来对待并加以讨伐。

㊻潜藩：指皇帝为王侯时的封地。

㊼陨越：死的婉称。谓有犯死罪之意。

㊽席藁：亦作“席槁”。以稿荐为坐席。古代臣下向皇帝表示请罪的婉词。

㊾纾难：解除危难。

㊿造：恩德。

(51)辟：征召；荐举；任用。

(52)边寄：指防守边疆的任务。

(53)保伍：指根据户籍制度将居民组织起来，五家为伍，立有保相统摄，因称“保伍”。即居民基层组织。 容芘：即容庇。包庇。宽容庇护。

(54)扶拥：扶持簇拥。

(55)犹子：指侄子。

(55)恩数：指朝廷赐予的封号等级。

(56)坠绪：指行将断绝的皇统。

石守信列传

石守信，开封浚仪人。事周祖，得隶帐下。广顺初①，累迁亲卫都虞候。从世宗征晋阳，遇敌高平，力战，迁亲卫左第一军都校。师还，迁铁骑左右都校。从征淮南，为先锋，下六合，入涡口，克扬州，遂领嘉州防御使，充铁骑、控鹤四厢都指挥使。从征关南，为陆路副都部署，以功迁殿前都虞候，转都指挥使、领洪州防御使。恭帝即位，加领义成军节度。

太祖即位，迁侍卫马步军副都指挥使，改领归德军节度。李筠叛，守信与高怀德率前军进讨，破筠众于长平，斩首三千级。又败其众三万于泽州，获伪河阳节度范守图，降太原援军数千，皆杀之。泽、潞平，以功加同平章事。李重进反扬州，以守信为行营都部署兼知扬州行府事。帝亲征至大仪顿，守信驰奏：“城破在朝夕，大驾亲临，一鼓平可。”帝亟赴之，果克其城。建隆二年，移镇郓州，兼侍卫亲军马步军都指挥使，诏赐本州宅一区。

乾德初，帝因晚朝与守信等饮酒，酒酣，帝曰：“我非尔曹不及此，然吾为天子，殊不若为节度使之乐，吾终夕未尝安枕而卧。”守信等顿首曰：“今天命已定，谁复敢有异心，陛下何为出此言耶?”帝曰：“人孰不欲富贵，一旦有以黄袍加汝之身，虽欲不为，其可得乎。”守信等谢曰：“臣愚不及此，惟陛下哀矜之②。”帝曰：“人生驹过隙尔，不如多积金、市田宅以遗子孙，歌儿舞女以终天年。君臣之间无所猜嫌，不亦善乎。”守信谢曰：“陛下念及此，所谓生死而肉骨也。”明日，皆称病，乞解兵权，帝从之，皆以散官就第③，赏赉甚厚。

已而，太祖欲使符彦卿管军，赵普屡谏，以为彦卿名位已盛，不可复委以兵权，太祖不从。宣已出，普复怀之④，太祖迎谓之曰：“岂非符彦卿事耶?”对曰：“非也。”因奏他事。既罢，乃出彦卿宣进之，太祖曰：“果然，宣何以复在卿所?”普曰：“臣托以处分之语有侏儒者⑥，复留之。惟陛下深思利害，勿复悔。”太祖曰：“卿苦疑彦卿，何也？朕待彦卿厚，彦卿岂负朕耶。”

普对曰："陛下何以能负周世宗？"太祖默然，事遂中止。

开宝六年秋，加守信兼侍中。太平兴国初，加兼中书令。二年，拜中书令，行河南尹，充西京留守。三年，加检校太师。四年，从征范阳，督前军失律⑥，责授崇信军节度、兼中书令，俄进封卫国公。七年，徙镇陈州，复守中书令。九年，卒，年五十七，赠尚书令，追封威武郡王，谥武烈。

守信累任节镇，转务聚敛，积财巨万。尤信奉释氏，在西京建崇德寺，募民辇瓦木，驱迫甚急，而佣直不给，人多苦之。子保兴、保吉。

---

①广顺：后周太祖年号，公元 951－953 元。
②哀矜：哀怜；怜悯。
③散官：有官名而无固定职事之官。
④怀：来，至，归。
⑤侏僖：亦作"侏离"。此谓文字怪异，难以理解。
⑥失律：军行无纪律。亦指战事失利。

高怀德列传

高怀德字藏用，真定常山人，周天平节度齐王行周之子。怀德忠厚倜傥，有武勇。行周历延、潞二镇及留守洛都，节制宋、亳，皆署以牙职①。晋开运初，辽人侵边，以行周为北面前军都部署。怀德始冠，白行周愿从北征。行周壮之，许其行，至戚城遇辽军，被围数重，援兵不至，危甚。怀德左右射，纵横驰突，众皆披靡，挟父而出。以功领罗州刺史，赐珍裘、宝带、名马以宠异之。及行周移镇郓州，改集州刺史，仍领牙校。又迁信州刺史，从行周再镇宋州。

晋末，契丹南侵，以行周为邢赵路都部署御之，留怀德守睢阳。会杜重威降契丹，京东诸州群盗大起，怀德坚壁清野，敌不能入。行周率兵归镇，敌遂解去。汉初，行周移镇魏博，及再领天平，以怀德为忠州刺史领职如故。周祖征慕容彦超，还过汶上，宠赐行周甚厚，并赐怀德衣带、彩缯、鞍勒马。

行周卒，召怀德为东西班都指挥使、领吉州刺史，改铁骑都指挥使。太原刘崇入寇，世宗讨之，以怀德为先锋都虞候。高平克捷，以功迁铁骑右厢都指挥使、领果州团练使。

从征淮南，知庐州行府事，充招安使。战庐州城下，斩首七百余级。寻迁龙捷左厢都指挥使、领岳州防御使，赐骏马七匹。南唐将刘仁赡据寿春，舒元据紫金山，置连珠砦为援，以抗周师。世宗命怀德率帐下亲信数十骑觇其营垒。怀德夜涉淮，迟明，贼始觉来战，怀德以少击众，擒其裨将以还，尽侦知其形势强弱，以白世宗。世宗大喜，赐袭衣、金带、器币、银鞍勒焉。世宗一日因按辔淮壖以观贼势，见一将追击贼众，夺槊以还，令左右问之，乃怀德也。召至行在慰劳②，许以节钺。

世宗北征，命与韩通率兵先抵沧州。初得关南，又命副陈思让为雄州兵马都部署，克瓦桥关，降姚内斌以归。恭帝嗣位，擢为侍卫马军都指挥使、领江宁军节度，又为北面行营马军都指挥使。

太祖即位，拜殿前副都点检，移镇滑州，充关南副都部署，尚宣祖女燕国长公主③，加驸马都尉。李筠叛上党，帝将亲征，先令怀德率所部与石守信进攻，破筠众于泽州南。事平，以功迁忠武军节度、检校太尉。从平扬州。建隆二年，改归德军节度。开宝六年秋，加同平章事；冬，长公主薨，去驸马都尉号。

太宗即位，加兼侍中，又加检校太师。太平兴国三年春，被病，诏太医王元佑、道士马志就第疗之。四年，从平太原，改镇曹州，封冀国公。七年，改武胜军节度。是年七月，卒，年五十七，赠中书令，追封渤海郡王，谥武穆。

怀德将家子，练习戎事，不喜读书，性简率，不拘小节。善音律，自为新声，度曲极精妙。好射猎，尝三五日露宿野次④，获狐兔累数百，或对客不揖而起，由别门引数十骑从禽于郊。

子处恭，历庄宅使至右监门卫大将军致仕。处俊至西京作坊使。

---

①牙职：牙前将校级武职。

②行在：即行在所。指天子巡行所到之地。

③尚：匹配。专指娶公主为妻。

④野次：野外止宿之处。

符彦卿列传

符彦卿字冠侯，陈州宛丘人。父存审，后唐宣武军节度、蕃汉马步军都总管兼中书令。彦卿年十三，能骑射。事庄宗于太原，以谨愿称①，出入卧内，及长，以为亲从指挥使。入汴，迁散员指挥使。郭从谦之乱，庄宗左右皆引去，惟彦卿力战，射杀十数人，俄矢集乘舆，遂恸哭而去。天成三年，以龙武都虞候、吉州刺史讨王都于定州，大破契丹于嘉山。明年克其城，授耀州团练使。改庆州刺史。奉诏筑堡方渠北乌仑山口，以招党项。清泰初，改易州，兼领北面骑军，赐戎服、介胄、战马。尝射猎遂城盐台淀，一日射獐、麂、狼、狐、兔四十二，观者神之。晋天福初，授同州节度。兄彦饶亦镇滑台。俄而彦饶叛，彦卿上表待罪，乞归田里，晋祖释不问。改左羽林统军，俄兼领右羽林，改镇鄜延。

少帝幼与彦卿狎，即位，召还，出镇河阳三城。辽人南侵，诏彦卿率所部拒战澶渊。契丹骑兵数万围高行周于铁丘，诸将莫敢当其锋，彦卿独引数百骑击之，辽人遁去，行周得免。又副李守贞讨平青州杨光远，移镇许州，封祁国公。

开运二年，与杜重威、李守贞经略北鄙。契丹主率众十余万围晋师于阳城，军中乏水，凿井辄坏，争绞泥吮之，人马多渴死。时晋师居下风，将战，弓弩莫施。彦卿谓张彦泽、皇甫遇曰："与其束手就擒，曷若死战，然未必死。"彦泽等然之。遂潜兵尾其后，顺风击之，契丹大败，其主乘橐驼以遁，获其器甲、旗仗数万以归。少帝嘉之，改武宁军节度、同平章事。

为左右所间，会再出师河朔，彦卿不预，易其行伍，配以羸师数千②，戍荆州口。及杜重威以大军降于滹水，急诏彦卿与高行周领禁兵屯澶渊。会彦泽引辽兵入汴，彦卿与行周遂归辽。辽主以阳城之败诘彦卿，彦卿对曰："臣事晋土，不敢爱死，今日之事，死生唯命。"辽主笑而释之。

会徐、宋寇盗蜂起，辽主即遣彦卿归镇。行次甬桥，贼魁李仁恕拥众数万攻徐州。彦卿领数十骑遽至城下，仁恕遣其徒执彦卿马，请随入城。俄顷，彦卿子昭序自城中遣军校陈守习缒而出，大呼贼中曰："相公当为国讨贼，何故自入虎口，乃助贼攻城？我虽父子，今为仇敌，当死战，城不可入。"贼惶愧罗拜彦卿前，乞免罪，彦卿为设誓，乃解去。

汉祖入汴，彦卿自徐州来朝，改镇兖州，加兼侍中。乾祐中，加兼中书令，封魏国公，拜守太保，移镇青州。及杀杨邠辈，召促赴阙下。

周祖即位，封淮阳王。刘铢诛，以其京城第宅赐彦卿。及征兖州，彦卿朝行在，献马及锦彩、军粮万石，连被赐赉。俄移镇郓州。会召魏府王殷，欲以彦卿代镇。俄辽人起兵，留殷控扼，故彦卿不入朝。殷得罪，即以彦卿为大名尹、天雄军节度，进封卫王。

世宗初，并人扰潞州，潞兵败，命彦卿领兵从磁州固镇路压其背。及帝亲征，命为行营一行都部署兼知太原行府事，领步骑二万进讨。

初，彦卿之行也，世宗以并人虽败，朝廷馈运不继，未议攻击，且令观兵城下，徐图进取。及周师入境，汾、晋吏民望风款接，皆以久罹虐政，愿输军须以资兵力，世宗从之。而连下数州，彦卿等皆以刍粮未备，欲旋军。世宗不之省，乃调山东近郡赢军食济之③。及世宗至城下，命与郭从义、向训、白重赞、史彦超率万骑屯忻口，以拒北援，又下孟县。

辽人驻忻北，游骑及近郊，史彦超以二千骑当其锋，左右驰击，彦超死之；败辽众二千余，辽骑遁走。先锋为辽人所掩，重伤数百人，诸将论议矛盾，师故不振。世宗乃班师，数赐彦卿缯彩、鞍勒马，遣归本镇。还京，拜彦卿太傅，改封魏王。恭帝即位，加守太尉。

太祖即位，加守太师。建隆四年春，来朝，赐袭衣、玉带④。宴射于金凤园，太祖七发皆中的，彦卿贡名马称贺。

开宝二年六月，移凤翔节度，被病肩舆赴镇。至西京，上言疾亟，请就医洛阳，从之。假满百日，犹请其奉，为御史所劾，下留司御史台。太祖以姻旧特免推鞠⑤，止罢其节制。八年六月，卒，年七十八。丧事官给。

彦卿将家子，勇略有谋，善用兵。存审之第四子，军中谓之："符第四。"前后赏赐巨万，悉分给帐下，故士卒乐为效死。辽人自阳城之败，尤畏彦卿，或马病不饮龁，必唾而咒曰："此中岂有符王邪？"晋少主既陷契丹，德光之母问左右曰："彦卿安在？"或对曰："闻其已遣归徐州矣。"德光母曰："留此人中原，何失策之甚！"其威名如此。

镇大名余十年，政委牙校刘思遇。思遇贪黠，怙势敛货财，公府之利多入其家，彦卿不之觉。时藩镇率遣亲吏受民租，概量增溢，公取其余羡，而魏郡尤甚。太祖闻之，遣常参官主其事，由是斛量始平。诏以羡余粟赐彦卿，以愧其心。

彦卿酷好鹰犬，吏卒有过，求名鹰犬以献，虽盛怒必贳之⑥。性不饮酒，颇谦恭下士，对宾客终日谈笑，不及世务，不伐战功。居洛阳七八年，每春月，乘小驷从家僮一二游僧寺名园，优游自适。

周世宗宣懿皇后、太宗懿德皇后，皆彦卿女也。自恭帝及太祖两朝，赐诏书不名。子昭信、昭愿、昭寿。

---

①谨愿：诚实。

②赢（léi，音雷）师：谓藏其精锐而示其疲弱的军队以麻痹敌人。亦指疲弱的军队。

③辂：车运；运输。

④袭衣：成套衣服。

⑤推鞫：亦作"推鞠"。审问。

⑥贳：赦免；宽纵。

赵普列传

赵普字则平，幽州蓟人。后唐幽帅赵德钧连年用兵，民力疲弊。普父回举族徙常山，又徙河南洛阳。普沉厚寡言，镇阳豪族魏氏以女妻之。

周显德初，永兴军节度刘词辟为从事①，词卒，遗表荐普于朝。世宗用兵淮上，太祖拔滁州，宰相范质奏普为军事判官。宣祖卧疾滁州，普朝夕奉药饵，宣祖由是待以宗分。太祖尝与语，奇之。时获盗百余，当弃市，普疑有无辜者，启太祖讯鞫之，获全活者众。淮南平，调补渭州军事判官。太祖领同州节度，辟为推官；移镇宋州，表为掌书记。

太祖北征至陈桥，被酒卧帐中，众军推戴，普与太宗排闼入告。太祖欠伸徐起，而众军擐甲露刃，宣拥麾下。及受禅，以佐命功②，授右谏议大夫，充枢密直学士。

车驾征李筠，命普与吕余庆留京师，普愿扈从，太祖笑曰："若胜胄介乎③？"从平上党，迁兵部侍郎、枢密副使，赐第一区④。建隆三年，拜枢密使、检校太保。

乾德二年，范质等三相同日罢，以普为门下侍郎、平章事、集贤殿大学士。中书无宰相署敕，普以为言，上曰："卿但进敕，朕为卿署之可乎？"普曰："此有司职尔，非帝王事也。"令翰林学士讲求故实，窦仪曰："今皇弟尹开封，同平章事，即宰相任也。"令署以赐普。既拜相，上视如左右手，事无大小，悉咨决焉。是日，普兼监修国史。命薛居正、吕余庆参知政事以副之，不宣制，班在宰相后，不知印，不预奏事，不押班，但奉行制书而已。先是，宰相兼敕，皆用内制，普相止用敕，非旧典也。

太祖数微行过功臣家，普每退朝，不敢便衣冠。一日，大雪向夜，普意帝不出。久之，闻叩门声，普亟出，帝立风雪中，普惶惧迎拜。帝曰："已约晋王矣。"已而太宗至，设重茵地坐堂中，炽炭烧肉。普妻行酒，帝以嫂呼之。因与普计下太原。普曰："太原当西北二面，太原既下，则我独当之，不如姑俟削平诸国，则弹丸黑子之地，将安逃乎？"帝笑曰："吾意正如此，特试卿尔。"

五年春，加右仆射、昭文馆大学士。俄丁内艰，诏起复视事。遂劝帝遣使分诣诸道，征丁壮籍名送京师，以备守卫；诸州置通判，使主钱谷。由是兵甲精锐，府库充实。

开宝二年冬，普尝病，车驾幸中书。三年春，又幸其第抚问之，赐赉加等。六年，帝又幸其第。时钱王俶遣使致书于普，及海物十瓶，置于庑下。会车驾至，仓卒不及屏⑤，帝顾问何物，普以实对。上曰："海物必佳。"即命启之，皆瓜子金也⑥。"普惶恐顿首谢曰："臣未发书⑦，实不知。"帝叹曰："受之无妨，彼谓国家事皆由汝书生尔！"

普为政颇专，廷臣多忌之。时官禁私贩秦、陇大木，普尝遣亲吏诣市屋材，联巨筏至京师治第，吏因之窃贩大木，冒称普市货鬻都下。权三司使赵玭廉得之以闻。太祖大怒，促令追班⑧，将下制逐普，赖王溥奏解之。

故事，宰相、枢密使每候对长春殿，同止庐中⑨；上闻普子承宗娶枢密使李崇矩女，即令分异之。普又以隙地私易尚食蔬圃以广其居，又营邸店规利⑩。卢多逊为翰林学士，因召对屡攻其短。会雷有邻击登闻鼓，讼堂后官胡赞、李可度受赇枉法及刘伟伪作摄牒得官⑪，王洞尝纳赂可度，赵孚授西川官称疾不上，皆普庇之。太祖怒，下御史府按问，悉抵罪，以有邻为祕书省正字。普恩益替⑫，始诏参知政事与普更知印、押班、奏事，以分其权⑬。未几，出为河阳三城节度、检校太傅、同平章事。

太平兴国初入朝，改太子少保，迁太子太保。颇为卢多逊所毁，奉朝请数年，郁郁不得志。会柴禹锡、赵镕等告秦王廷美骄恣，将有阴谋窃发。帝召问，普言愿备枢轴以察奸变⑭，退又上书，自陈预闻太祖、昭宪皇太后顾托之事，辞甚切至。太宗感悟，召见慰谕。俄拜司徒兼侍中，封梁国公。先是，秦王廷美班在宰相上，至是，以普勋旧，再登元辅，表乞居其下，从之。及涪陵事败，多逊南迁，皆普之力也。

八年，出为武胜军节度、检校太尉兼侍中。帝作诗以饯之，普奉而泣曰："陛下赐臣诗，当刻石，与臣朽骨同葬泉下。"帝为之动容。翌曰，谓宰相曰："普有功国家，朕昔与游，今齿发衰矣，不容烦以枢务，择善地处之，因诗什以导意。普感激泣下，朕亦为之堕泪。"宋琪对曰："昨日普至中书，执御诗涕泣，谓臣曰：'此生余年，无阶上答⑮，庶希来世得效犬马力。'臣昨闻普言，今复闻宣谕，君臣始终之分，可谓两全。"

雍熙三年春，大军出讨幽蓟，久未班师，普手疏谏曰：

"伏睹今春出师，将以收复关外，屡闻克捷，深快舆情。然晦朔屡更，荐臻炎夏⑯，飞挽日繁⑰，战斗未息，老师费财⑱，诚无益也。

伏念陛下自翦平太原，怀徕闽、浙⑲，混一诸夏，大振英声，十年之间，遂臻广济。远人不服⑳，自古圣王置之度外，何足介意。窃虑邪谄之辈，蒙蔽睿聪㉑，致兴无名之师，深蹈不测之地。臣载披典籍，颇识前言，窃见汉武时主父偃、徐乐、严安所上书及唐相姚元崇献明皇十事，忠言至论，可举而行。伏望万机之暇，一赐观览，其失未远，虽悔可追。

臣窃念大发骁雄，动摇百万之众，所得者少，所丧者多。又闻战者危事，难保其必胜；兵者凶器，深戒于不虞㉒。所系甚大，不可不思。臣又闻上古圣人，心无固必㉓，事不凝滞，理贵变通。前书有，'兵久生变'之言，深为可虑，苟或更图稽缓㉔，转失机宜。旬朔之间，时涉秋序，边庭早凉㉕，弓劲马肥，我军久困，切虑此际，或误指踪。臣方冒宠以守藩，曷敢兴言而沮众。盖臣已日薄西山，余光无几，酬恩报国，正在斯时。伏望速诏班师，无容玩敌。

臣复有全策，愿达圣聪。望陛下精调御膳，保养圣躬，挈彼疲氓㉖，转之富庶。将见边烽不警，外户不扃，率土归仁，殊方异俗，相率向化，契丹独将焉往？陛下计不出此，乃信邪谄之徒，谓契丹主少事多，所以用武，以中陛下之意。陛下乐祸求功，以为万全，臣窃以为不可。伏愿陛下审其虚实，究其妄谬，正奸臣误国之罪，罢将士伐燕之师。非特多难兴王，抑亦从谏则圣也。古之人尚闻尸谏，老臣未死，岂敢面谀为安身之计而不言哉？

帝赐手诏曰：

朕昨者兴师选将，止令曹彬、米信等顿于雄、霸，裹粮坐甲以张军声㉗。俟一两月间山后平定，潘美、田重进等会兵以进，直抵幽州，然后控扼险固，恢复旧疆，此朕之志也。奈何将帅等不遵成算，各骋所见，领十万甲士出塞远斗，速取其郡县，更还师以援辎重，往复劳弊，为辽人所袭，此责在主将也。

况朕踵百王之末，粗致承平，盖念彼民陷于边患，将救焚而拯溺，匪黩武以佳兵，卿当悉之也。疆场之事，已为之备，卿勿为忧。卿社稷元臣，忠言苦口，三复来奏，嘉愧实深。

普表谢曰：

昨以天兵久驻塞外，未克恢复，渐及炎蒸，事危势迫，辄陈狂狷㉘，甘俟宪章㉙。陛下特鉴衷诚，亲纡宸翰㉚，密谕圣谋。臣窃审命师讨罪，信为上策，将帅能遵成算，必可平定。惟其不副天心，由兹败事。今既边鄙有备，更复何虞。况陛下登极十年，坐隆大业，无一物之失所，见万国之咸宁。所宜端拱穆清㉛，啬神和志㉜，自可远继九皇，俯观五帝。岂必穷边极武，与契丹较胜负哉？臣素亏壮志，矧在衰龄，虽无功伐，愿竭忠纯。"

观者咸嘉其忠。四年，移山南东道节度，自梁国公改封许国公。会诏下亲耕籍田，普表求入觐，辞甚恳切。上恻然谓宰相曰："普开国元臣，朕所尊礼，宜从其请。"既至，慰抚数四，普呜咽流涕。

陈王元僖上言曰：

"臣伏见唐太宗有魏玄成、房玄龄、杜如晦，明皇有姚崇、宋璟、魏知古，皆任以辅弼，委之心膂，财成帝道，康济九区㉝，宗祀延洪，史策昭焕，良由登用得其人也㉞。今陛下君临万方，焦劳庶政，宵衣旰食㉟，以民为心。历考前王，诚无所让，而辅相之重，未偕曩贤。况为邦在于任人，任人在乎公正，公正之道莫先于赏罚，斯为政之大柄也。苟赏罚匪当，淑慝莫分㊱，朝廷纪纲，渐致隳紊。必须公正之人典掌衡轴㊲，直躬敢言，以辨得失，然后彝伦式序㊳，庶务用康。

伏见山南东道节度使赵普，开国元老，参谋缔构㊴，厚重有识，不妄希求恩顾以全禄位，不私徇人情以邀名望，此真圣朝之良臣也。窃闻俭巧之辈㊵，朋党比周㊶，众口嗷嗷，恶直丑正，恨不斥逐遐徼㊷，以快其心。何者？盖虑陛下之再用普也。然公谠之人，咸愿陛下复委以政，启沃君心㊸，羽翼圣化㊹。国有大事，使之谋之；朝有宏纲，使之举之；四目未察，使之明之；四聪未至，使之达之。官人以材㊺，则无窃禄㊻，致君以道，则无苟容㊼。贤愚洞分㊽，玉石殊致㊾，当使结朋党以驰骛声势者气索，纵巧佞以援引侪类者道消㊿。沈冥废滞得以进(51)，名儒懿行得以显(52)，大政何患乎不举，生民何患乎不康，匪逾期月之间，可臻清静之治。臣知虑庸浅，发言鲁直。伏望陛下旁采群议，俯察物情，苟用不失人，实邦国大幸。"

籍田礼毕，太宗欲相吕蒙正，以其新进，藉普旧德为之表率，册拜太保兼侍中。帝谓之曰："卿国之勋旧，朕所毗倚，古人耻其君不及尧、舜，卿其念哉。"普顿首谢。

时枢密副使赵昌言与胡旦、陈象舆、董俨、梁颢厚善。会旦令翟马周上封事，排毁时政，普深嫉之，奏流马周，黜昌言等。郑州团练使侯莫陈利用骄肆僭侈，大为不法，普廉得之(53)，尽以条奏，利用坐流商州，普固请诛之。其嫉恶强直皆此类。

李继迁之扰边，普建议以赵保忠复领夏台故地，因令图之。保忠反与继迁同谋为边患，时论归咎于普，颇为同列所窥，不得专决。

旧制，宰相以未时归第，是岁大热，特许普夏中至午时归私第。明年，免朝谒，止日赴中书视事，有大政则召对。冬，被疾请告，车驾屡幸其第省之，赐予加等。普遂称疾笃，三上表求致仕，上勉从之，以普为西京留守、河南尹，依前守太保兼中书令。普三表恳让，赐手诏曰："开国旧勋，惟卿一人，不同他等，无至固让，俟首途有日(54)，当就第与卿为别。"普捧诏涕泣，因力疾请对，赐坐移晷(55)，颇言及国家事，上嘉纳之。普将发，车驾幸其第。

淳化三年春，以老衰久病，令留守通判刘昌言奉表求致政，中使驰传抚问，凡三上表乞骸骨。拜太师，封魏国公，给宰相奉料，令养疾，俟损日赴阙(56)，仍遣其弟宗正少卿安易赍诏书赐之。又特遣使赐普诏曰："卿顷属微痾，恳求致政，朕以居守之重，虑烦耆耋，维师之命，用表尊贤。伫闻有瘳(57)，与朕相见。今赐羊酒如别录，卿宜爱精神，近医药，强饮食，以副朕眷遇之意。"七月卒，年七十一。

卒之先一岁，普生日，上遣其子承宗赍器币、鞍马就赐之。承宗复命，未几卒。次岁，普已罢中书令。故事，无生辰之赐，特遣普侄婿左正言、直昭文馆张秉赐之礼物。普闻之，因追悼承宗，秉未至而普疾笃。先是，普遣亲吏甄潜诣上清太平宫致祷，神为降语曰："赵普，宋朝忠臣，久被病，亦有冤累耳。"潜还，普力疾冠带，出中庭受神言，涕泗感咽，是夕卒。

上闻之震悼。谓近臣曰："普事先帝，与朕故旧，能继大事。向与朕尝有不足，众所知也。朕君临以来，每优礼之，普亦倾竭自效，尽忠国家，真社稷臣也，朕甚惜之。"因出涕，左右感动。废朝五日，为出次发哀。赐尚书令，追封真定王，赐谥忠献。上撰神道碑铭，亲八分书以赐之㊳。遣右谏议大夫范杲摄鸿胪卿，护丧事，赙绢布各五百匹，米面各五百石。葬日，有司设卤簿鼓吹如式。

二女皆笄，普妻和氏言愿为尼，太宗再三谕之，不能夺。赐长女名志愿，号智果大师；次女名志英，号智圆大师。

初，太祖侧微㊴，普从之游，既有天下，普屡以微时所不足者言之。太祖豁达，谓普曰："若尘埃中可识天子、宰相，则人皆物色之矣。"自是不复言。普少习吏事，寡学术，及为相，太祖常劝以读书。晚年手不释卷，每归私第，阖户启箧取书，读之竟日。及次日临政，处决如流。既薨，家人发箧视之，则《论语》二十篇也。

普性深沉有岸谷㊵，虽多忌克㊶，而能以天下事为己任。宋初，在相位者多龊龊循默，普刚毅果断，未有其比。尝奏荐某人为某官，太祖不用。普明日复奏其人，亦不用。明日，普又以其人奏，太祖怒，碎裂奏牍掷地，普颜色不变，跪而拾之以归。他日补缀旧纸，复奏如初。太祖乃悟，卒用其人。又有群臣当迁官，太祖素恶其人，不与。普坚以为请，太祖怒曰："朕固不为迁官，卿若之何？"普曰："刑以惩恶，赏以酬功，古今通道也。且刑赏天下之刑赏，非陛下之刑赏，岂得以喜怒专之。"太祖怒甚，起，普亦随之。太祖入宫，普立于宫门，久之不去，竟得俞允㊷。

太宗入弭德超之谗，疑曹彬不轨，属普再相，为彬辨雪保证，事状明白。太宗叹曰："朕听断不明，几误国事。"即日窜逐德超，遇彬如旧。

祖吉守郡为奸利，事觉下狱，案劾，爰书未具。郊礼将近，太宗疾其贪墨㊸，遣中使谕旨执政曰："郊赦可特勿贷祖吉。"普奏曰："败官抵罪，宜正刑辟。然国家卜郊肆类㊹，对越天地㊺，告于神明，奈何以吉而隳陛下赦令哉？"太宗善其言，乃止。

真宗咸平初，追封韩王。二年，诏曰："故太师赠尚书令、追封韩王赵普，识冠人彝㊻，才高王佐㊼，翊戴兴运㊽，光启鸿图，虽吕望肆伐之勋，萧何指纵之效㊾，殆无以过也。自辅弼两朝，周旋三纪，茂岩廊之硕望㊿，分屏翰之剧权(51)，正直不回(52)，始终无玷，谋猷可复(53)，风烈如生(54)。宜预享于大烝(55)，永同休于宗祐(56)。兹为茂典，以答旧勋，其以普配飨太祖庙庭。"

普子承宗，羽林大将军，知潭、郓二州，皆有声；承煦，成州团练使。弟固、安易。固至都官郎中。

---

①辟：荐举。

②佐命：帝王得天下，自称上应天命，称辅佐帝王创业为"佐命"。

③若：你。　胄介：头盔和铠甲。此借指武士。

④一区：一所，一处。

⑤屏：隐藏；掩蔽。

⑥瓜子金：形似瓜子的金粒。

⑦发书：指拆开书信。

⑧追班：指百官按位次排列谒见皇帝。

⑨庐：古代官员值宿所在的房舍。值宿所止曰庐。

⑩邸店：指兼具货栈、商店和客舍性质的处所。　　规利：谋取利益。

⑪堂后官：唐宋时，中书门下省的属官，因在都堂之后分房办事，故称。　　受赇：受贿。　　骫：（wěi，音委）法：枉法。　　摄牒：委任文书。

⑫替：衰落，衰微。

⑬更：轮流。　　知印：唐宋之制，宰相值政事堂，分日掌印，处理常务，称知印。　　押班：朝会时的领班官员。宋制，由参知政事、宰相分日押班，其他官员随班上朝。

⑭枢轴：机关运转的中轴。喻相位或中央权力机构。

⑮无阶：没有门径。

⑯荐臻：连接地来到，一再遇到。

⑰飞挽："飞刍挽粟"之省。谓疾速运送粮草。

⑱老师：指军队出征日久而疲惫。

⑲怀徕：亦作"怀来"。招来。

⑳远人：远方之人。指外族人或外国人。

㉑睿聪：犹圣听。专用之于帝王。

㉒不虞：指意料不到之事。

㉓固必：必然，一定。

㉔稽缓：迟延。

㉕边庭：指边地。

㉖挈：率领；携带。　　疲氓：指疲困之民。

㉗裹粮坐甲：带着干粮，披甲而坐。谓武装坐待，准备迎战。

㉘狂狷：狂妄偏激。书疏中用作谦辞。

㉙宪章：此指法度。

㉚宸翰：指帝王的墨迹。

㉛端拱：谓指皇帝庄严临朝，清简为政。

㉜啬神：爱惜精神。

㉝康济：指安民济世。　　九区：即九州。

㉞登用：进用。

㉟宵衣旰食：谓天未亮即穿衣起床，天黑才吃饭。多用以称颂帝王勤于政事。

㊱淑慝：犹善恶。

㊲衡轴：喻中枢要职。

㊳彝伦：常理。此指铨选官吏。　　式序：亦作"式叙"。按次第，顺序。

㊴缔构：犹缔造。

㊵憸巧：奸佞巧诈。

㊶比周：谓结党营私。

㊷遐徼：边远地区。

㊸启沃：语本《书·说命上》"启乃心，沃朕心"句。意谓开启汝心所有，以灌沃我心。即以汝所见，教我未知。后因以"启沃"谓竭诚开导辅佐君王。

㊹羽翼：维护；辅佐。

㊺官人：选取人才任以官职。

㊻窃禄：犹谓无功受禄。

㊼苟容：屈从附和以取容于世。

㊽洞分：清楚分开。

㊾殊致：不一致；异样。

㊿侪类：同类之人。

(51)沈冥：亦作“沉冥”。犹言埋没、沉沦。

(52)懿行：善行。

(53)廉：考察，查访。

(54)首途：启程，上路。

(55)移晷：日影移动。意谓经过一些时间。

(56)损：谓病情减轻。

(57)瘳：病愈。

(58)八分书：汉字书体名。相传为汉时王次仲所造。字体似隶而体势多波磔。

(59)侧微：卑贱。

(60)岸谷：高傲。

(61)忌克：亦作“忌刻”。谓妒忌而欲驾凌于人。亦指妒忌刻薄。

(62)俞允：允诺。多用于君王。

(63)贪墨：贪污。

(64)肆类：祭天之礼。类，祭名。

(65)对越：指帝王祭祀天地神灵。

(66)人彝：人伦。

(67)王佐：帝王的辅佐之人。辅佐帝王创业治国的人才。

(68)翊戴：辅佐拥戴。

(69)指纵：喻指挥谋划。

(70)岩廊：高峻的廊庑。借指朝廷。

(71)屏翰：喻国家重臣。

(72)不回：不行邪僻。

(73)谋猷：谋略，计谋。

(74)风烈：指风范、风操。

(75)大烝：祭名。冬时祭先王，以功臣配享。

(76)宗祏：宗庙内放神主的石室。亦指宗庙。

曹彬列传

曹彬字国华，真定灵寿人。父芸，成德军节度都知兵马使。彬始生周岁，父母以百玩之具罗于席，观其所取。彬左手持干戈，右手取俎豆，斯须取一印，他无所视，人皆异之。及长，气质淳厚。汉乾祐中，为成德军牙将。节帅武行德见其端悫①，指谓左右曰：“此远大器，非常流也。”周太祖贵妃张氏，彬从母也。周祖受禅，召彬归京师。隶世宗帐下，从镇澶渊，补供奉官，擢河中都监。蒲帅王仁镐以彬帝戚，尤加礼遇。彬执礼益恭，公府燕集②，端简终日③，未尝旁视。仁镐谓从事曰：“老夫自谓夙夜匪懈，及见监军矜严④，始觉己之散率也。”

显德三年，改潼关监军，迁西上阁门使。五年，使吴越，致命讫即还。私觌之礼⑤，一无所受。吴越人以轻舟追遗之，至于数四，彬犹不受。既而曰：“吾终拒之，是近名也⑥。”遂受而籍之以归⑦，悉上送官。世宗强还之，彬始拜赐，悉以分遗亲旧而不留一钱。出为晋州兵马都监。一日，与主帅暨宾从环坐于野，会邻道守将走价驰书来诣⑧，使者素不识彬，潜问人曰：“孰为曹监军？”有指彬以示之，使人以为绐己，笑曰：“岂有国戚近臣，而衣弋绨袍、坐素胡床者乎⑨？”审视之方信。迁引进使⑩。

　　初，太祖典禁旅，彬中立不倚，非公事未尝造门，群居燕会，亦所罕预，由是器重焉。建隆二年，自平阳召归，谓曰："我畴昔常欲亲汝①，汝何故疏我？"彬顿首谢曰："臣为周室近亲，复忝内职，靖恭守位，犹恐获过，安敢妄有交结？"迁客省使②，与王全斌、郭进领骑兵攻河东乐平县，降其将王超、侯霸荣等千八百人，俘获千余人。既而贼将考进率兵来援，三战皆败之。遂建乐平为平晋军。乾德初，改左神武将军。时初克辽州，河东召契丹兵六万骑来攻平晋，彬与李继勋等大败之于城下。俄兼枢密承旨。

　　二年冬，伐蜀，诏以刘光毅为归州行营前军副部署，彬为都监。峡中郡县悉下，诸将咸欲屠城以逞其欲，彬独申令戢下，所至悦服。上闻，降诏褒之。两川平，全斌等昼夜宴饮，不恤军士，部下渔夺无已③，蜀人苦之。彬屡请旋师，全斌等不从。俄而全师雄等构乱，拥众十万，彬复与光毅破之于新繁，卒平蜀乱。时诸将多取子女玉帛，彬橐中唯图书、衣衾而已。及还，上尽得其状，以全斌等属吏④。谓彬清介廉谨，授宣徽南院使、义成军节度使。彬入见，辞曰："征西将士俱得罪，臣独受赏，恐无以示劝。"上曰："卿有茂功，又不矜伐，设有微累，仁赡等岂惜言哉？惩劝国之常典，可无让。"

　　六年，遣李继勋、党进率师征太原，命为前军都监，战洞涡河，斩二千余级，俘获甚众。开宝二年，议亲征太原，复命为前军都监，率兵先往，次团柏谷，降贼将陈廷山。又战城南，薄于濠桥，夺马千余。及太祖至，则已分砦四面，而自主其北。六年，进检校太傅。

　　七年，将伐江南。九月，彬奉诏与李汉琼、田钦祚先赴荆南发战舰，潘美帅步兵继进。十月，诏以彬为升州西南路行营马步军战棹都部署，分兵由荆南顺流而东，破峡口砦，进克池州，连克当涂、芜湖二县，驻军采石矶。十一月，作浮梁，跨大江以济师。十二月，大破其军于白鹭洲。

　　八年正月，又破其军于新林港。二月，师进次秦淮，江南水陆十余万陈于城下，大败之，俘斩数万计。及浮梁成，吴人出兵来御，破之于白鹭州。自三月至八月，连破之，进克润州。金陵受围，至是凡三时，居人樵采路绝，频经败衄⑮，李煜危甚⑯，遣其臣徐铉奉表诣阙，乞缓师，上不之省。先是，大军列三砦，美居守北偏，图其形势来上。太祖指北砦谓使者曰："吴人必夜出兵来寇，尔亟去，令曹彬速成深沟以自固，无堕其计中。"既成，吴兵果夜来袭，美率所部依新沟拒之，吴人大败。奏至，上笑曰："果如此。"

　　长围中，彬每缓师，冀煜归服。十一月，彬又使人谕之曰："事势如此，所惜者一城生聚，若能归命，策之上也。"城垂克，彬忽称疾不视事，诸将皆来问疾。彬曰："余之疾非药石所能愈，惟须诸公诚心自誓，以克城之日，不妄杀一人，则自愈矣。"诸将许诺，共焚香为誓。明日，稍愈。又明日，城陷。煜与其臣百余人诣军门请罪，彬慰安之，待以宾礼，请煜入宫治装，彬以数骑待宫门外。左右密谓彬曰："煜入或不测，奈何？"彬笑曰："煜素懦无断，既已降，必不能自引决⑰。"煜之君臣，卒赖保全。自出师至凯旋，士众畏服，无轻肆者。及入见，刺称"奉敕江南干事回"，其谦恭不伐如此⑱。

　　初，彬之总师也，太祖谓曰："俟克李煜，当以卿为使相⑲。"副帅潘美预以为贺。彬曰："不然。夫是行也，仗天威，遵庙谟，乃能成事，吾何功哉。况使相极品乎？"美曰："何谓也？"彬曰："太原未平尔。"及还，献俘。上谓曰："本授卿使相，然刘继元未下，姑少待之。"既闻此语，美窃视彬微笑。上觉，遽诘所以，美不敢隐，遂以实对。上亦大笑，乃赐彬钱二十万。彬退曰："人生何必使相，好官亦不过多得钱尔。"未几，拜枢密使、检校太尉、忠武军节度使。

　　太宗即位，加同平章事。议征太原，召彬问曰："周世宗及太祖皆亲征，何以不能克？"彬曰："世宗时，史彦超败于石岭关，人情惊扰，故班师；太祖顿兵甘草地，会岁暑雨，军士多疾，因是中止。"太宗曰："今吾欲北征，卿以为何如？"彬曰："以国家兵甲精锐，翦太原之孤垒，如摧枯拉朽尔，何为而不可。"太宗意遂决。太平兴国三年，进检校太师，从征太原，加兼侍中。八年，为弭德超所诬，罢为天平军节度使。旬余，上悟其潛，进封鲁国公，待之愈厚。

雍熙三年，诏彬将幽州行营前军马步水陆之师，与潘美等北伐，分路进讨。三月，败契丹于固安，破涿州，戎人来援，大破之于城南。四月，又与米信破契丹于新城，斩首二百级。五月，战于歧沟关，诸军败绩，退屯易州，临易水而营。上闻，亟令分屯边城，追诸将归阙。

先是，贺令图等言于上曰："契丹主少，母后专政，宠幸用事，请乘其衅②，以取幽蓟。"遂遣彬与崔彦进、米信自雄州，田重进趣飞狐，潘美出雁门，约期齐举。将发，上谓之曰："潘美之师但先趣云、应，卿等以十万众声言取幽州，且持重缓行，不得贪利。彼闻大兵至，必悉众救范阳，不暇援山后矣。"既而，美之师先下寰、朔、云、应等州，重进又取飞狐、灵丘、蔚州，多得山后要害地，彬亦连下州县，势大振。每奏至，上已讶彬进军之速。及彬次涿州，旬日食尽，因退师雄州以援饷馈。上闻之曰："岂有敌人在前，反退军以援刍粟，失策之甚也。"亟遣使止彬勿前，急引师缘白沟河与米信军会，案兵养锐，以张西师之势；俟美等尽略山后地，会重进之师而东，合势以取幽州。时彬部下诸将，闻美及重进累建功，而己握重兵不能有所攻取，谋议蜂起。彬不得已，乃复裹粮再往攻涿州。契丹大众当前，时方炎暑，军士乏困，粮且尽，彬退军，无复行伍，遂为所蹑而败④。

彬等至，诏鞫于尚书省②，令翰林学士贾黄中等杂治之，彬等具伏违诏失律之罪。彬责授右骁卫上将军，彦进右武卫上将军，信右屯卫上将军，余以次黜。四年，起彬为侍中、武宁军节度使。淳化五年，徙平卢军节度。真宗即位，复检校太师、同平章事。数月，召拜枢密使。

咸平二年，被疾。上趣驾临问，手为和药，仍赐白金万两。问以后事，对曰："臣无事可言。臣二子材器可取，臣若内举，皆堪为将。"上问其优劣，对曰："璨不如玮。"六月薨，年六十九。上临哭之恸，对辅臣语及彬，必流涕。赠中书令，追封济阳郡王，谥武惠；且赠其妻高氏韩国夫人；官其亲族、门客、亲校十余人。八月，诏彬与赵普配飨太祖庙庭。

彬性仁敬和厚，在朝廷未尝忤旨，亦未尝言人过失。伐二国，秋毫无所取。位兼将相，不以等威自异。遇士夫于途，必引车避之。不名下吏，每白事，必冠而后见。居官，奉入给宗族，无余积。平蜀回，太祖从容问官吏善否，对曰："军政之外，非臣所闻也。"固问之，唯荐随军转运使沈伦廉谨可任。为帅知徐州日，有吏犯罪，既具案，逾年而后杖之，人莫知其故。彬曰："吾闻此人新娶妇，若杖之，其舅姑必以妇为不利，而朝夕笞詈之，使不能自存。吾故缓其事，然法亦未尝屈焉。"北征之失律也，赵昌言表请行军法。及昌言自延安还，被劾，不得入见。彬在宥府③，为请于上，乃许朝谒。

子璨、珝、玮、玹、玘、珣、琮。珝娶秦王女兴平郡主，至昭宣使。玹左藏库副使，玘尚书虞部员外郎，珣东上阁门使。琮西上阁门副使。玘之女，即慈圣光献皇后也。芸，累赠魏王。彬，韩王。玘，吴王，谥曰安僖。玘之子偁、傅。偁见《外戚传》。傅，后兄也，荣州刺史，谥恭怀。

---

①端悫：正直诚谨。

②谯集：聚饮。

③端简：端庄持重。

④矜严：犹谨严。

⑤私觌：同僚之间的非公事相见。

⑥近名：好名；追求名誉。

⑦籍：登记。

⑧走价：亦作"走介"。供奔走的使者。此谓派遣仆役。

⑨弋绨袍：黑色粗厚的丝织袍。　素：平常的。　胡床：一种可折叠的轻便坐具。

⑩迁：官吏升迁。　引进使：礼宾官。引进司使的简称。掌臣僚、蕃国进奉礼物之事。宋为武臣迁转之阶。

⑪畴昔：往日，从前。

⑫客省使：礼宾官。掌外邦使臣朝觐、进奉、辞还、宴赐之事。

⑬渔夺：侵夺，掠夺。

⑭属吏：谓交执法官吏处理。

⑮败衄：战败。

⑯李煜：即南唐李后主。国亡为宋所俘。

⑰引决：亦作"引诀"。自杀。

⑱不伐：不自夸耀。

⑲使相：节度使加宰相名衔。

⑳衅：间隙；裂痕；祸患。

㉑蹑：追击。

㉒鞫：查究；审讯。

㉓宥府：宋枢密院的别称。

潘 美 列 传

　　潘美字仲询，大名人。父璘，以军校戍常山。美少倜傥，隶府中典谒①。尝语其里人王密曰："汉代将终，凶臣肆虐，四海有改卜之兆。大丈夫不以此时立功名、取富贵，碌碌与万物共尽，可羞也。"会周世宗为开封府尹，美以中涓事世宗。及即位，补供奉官。高平之战，美以功迁西上阁门副使。出监陕州军，改引进使。世宗将用师陇、蜀，命护永兴屯兵，经度西事。

　　先是，太祖遇美素厚，及受禅，命美先往见执政，谕旨中外。陕帅袁彦凶悍，信任群小，嗜杀黩货，且缮甲兵，太祖虑其为变，遣美监其军以图之。美单骑往谕，以天命既归，宜修臣职，彦遂入朝。上喜曰："潘美不杀袁彦，能令来觐，成我志矣。"

　　李重进叛，太祖亲征，命石守信为招讨使，美为行营都监以副之。扬州平，留为巡检，以任镇抚，以功授泰州团练使。时湖南叛将汪端既平，人心未宁，乃授美潭州防御使。岭南刘鋹数寇桂阳、江华，美击走之。溪峒蛮獠自唐以来，不时侵略，颇为民患。美穷其巢穴，多所杀获，余加慰抚，夷落遂定。乾德二年，又从兵马都监丁德裕等率兵克郴州。

　　开宝三年，征岭南，以美为行营诸军都部署、朗州团练使，尹崇珂副之。进克富州，鋹遣将率众万余来援，遇战大破之，遂克贺州。十月，又下昭、桂、连三州，西江诸州以次降。美以功移南面都部署，进次韶州。

　　韶，广之北门也，贼众十余万聚焉。美挥兵进乘之，韶州遂拔，斩获数万计。鋹穷蹙，四年二月，遣其臣王珪诣军门求通好，又遣其左仆射萧潅、中书舍人卓惟休奉表乞降。美因谕以上意，以为彼能战则与之战，不能战则劝之守，不能守则谕之降，不能降则死，不能死则亡，非此五者他不得受。美即令殿直冉彦衮部送潅等赴阙。

　　鋹复遣其弟保兴率众拒战，美即率厉士卒倍道趋栅头，距广州百二十里。鋹兵十五万依山谷坚壁以待，美因筑垒休士，与诸将计曰："彼编竹木为栅，若攻之以火，彼必溃乱。因以锐师夹击之，万全策也。"遂分遣丁夫数千人，人持二炬，间道造其栅。及夜，万炬俱发，会天大风，火势甚炽。钱众惊扰来犯，美挥兵急击之，钱众大败，斩数万计。长驱至广州，钱尽焚其府库，遂克之，擒钱送京师，露布以闻②。即日，命美与尹崇珂同知广州兼市舶使。五月，拜山南东道节度。五年，兼岭南道转运使。土豪周思琼聚众负海为乱，美讨平之，岭表遂安。

七年，议征江南。九月，遣美与刘遇等率兵先赴江陵。十月，命美为昇州道行营都监，与曹彬偕往，进次秦淮。时舟楫未具，美下令曰："美受诏，提骁果数万人，期于必胜，岂限此一衣带水而不径度乎？"遂麾以涉，大军随之，吴师大败。及采石矶浮梁成，吴人以战舰二十余鸣鼓溯流来趋利。美麾兵奋击，夺其战舰，擒其将郑宾等七人，又破其城南水砦，分舟师守之。奏至，太祖遣使令亟徙置战棹，以防他变。美闻诏即徙军。是夜，吴人果来攻砦，不能克。进傅金陵，江南水陆十万陈于城下，美率兵袭击，大败之。李煜危甚，遣徐铉来乞缓师，上不之省，仍诏诸将促令归附。煜迁延未能决，夜遣兵数千，持炬鼓噪来犯我师。美率精锐以短兵接战，因与大将曹彬率士晨夜攻城，百道俱进。金陵平，以功拜宣徽北院使。

秋，命副党进攻太原，战于汾上，破之，且多擒获。太平兴国初，改南院使。三年，加开府仪同三司。四年，命将征太原，美为北路都招讨，判太原行府事。部分诸将进讨，并州遂平。继征范阳，以美知幽州行府事。及班师，命兼三交都部署，留屯以捍北边。三交西北三百里，地名固军，其地险阻，为北边咽喉。美潜师袭之，遂据有其地。因积粟屯兵以守之，自是北边以宁。美尝巡抚至代州，既秣马蓐食③，俄而辽兵万骑来寇，近塞，美誓众衔枚奋击④，大破之。封代国公。八年，改忠武军节度，进封韩国公。

雍熙三年，诏美及曹彬、崔彦进等北伐，美独拔寰、朔、云、应等州。诏内徙其民。会辽兵奄至，战于陈家谷口，不利，骁将杨业死之。美坐削秩三等，责授检校太保。明年，复检校太师。知真定府，未几，改都部署、判并州。加同平章事，数月卒，年六十七。赠中书令，谥武惠。咸平二年，配飨太宗庙庭。

子惟德至宫苑使，惟固西上阁门使，惟正西京作坊使，惟清崇仪使，惟熙娶秦王女，平州刺史。惟熙女，即章怀皇后也。美后追封郑王，以章怀故也。

惟吉，美从子，累资为天雄军驻泊都监。虽连戚里，能以礼法自饬，敭历中外⑤，人咸称其勤敏云。

①典谒：掌宾客往来联络事。
②露布：不缄封的文书。亦谓告捷文书。
③秣马：喂饱战马。　蓐食：一说未起身即在床席上早餐。一说即饱食。
④衔枚：口中衔枚以防喧哗或出声。枚，形如筷子。
⑤敭（yáng，音扬）历：指仕宦所经历。

吕蒙正列传

吕蒙正字圣功，河南人。祖梦奇，户部侍郎。父龟图，起居郎。蒙正，太平兴国二年擢进士第一，授将作监丞，通判昇州。陛辞，有旨，民事有不便者，许骑置以闻，赐钱二十万。代还，会征太原，召见行在，授著作郎、直史馆，加左拾遗。五年，亲拜左补阙、知制诰。

初，龟图多内宠，与妻刘氏不睦，并蒙正出之，颇沦踬窘乏①，刘誓不复嫁。及蒙正登仕，迎二亲，同堂异室，奉养备至。龟图旋卒，诏起复。未几，迁都官郎中，入为翰林学士，擢左谏议大夫、参知政事，赐第丽景门。上谓之曰："凡士未达，见当世之务戾于理者②，则怏怏于心；及列于位，得以献可替否，当尽其所蕴，虽言未必尽中，亦当佥议而更之③，俾协于道。朕固不以崇高自恃，使人不敢言也。"蒙正初入朝堂，有朝士指之曰："此子亦参政耶？"蒙正阳为不闻而过之。同列不能平，诘其姓名，蒙正遽止之曰："若一知其姓名，则终身不能忘，不若毋知之为愈也。"时皆服其量。

李昉罢相，蒙正拜中书侍郎兼户部尚书、平章事，监修国史。蒙正质厚宽简，有重望，以正道自持。遇事敢言，每论时政，有未允者，必固称不可，上嘉其无隐。赵普开国元老，蒙正后进，历官一纪，遂同相位，普甚推许之。俄丁内艰④，起复。

先是，卢多逊为相，其子雍起家即授水部员外郎，后遂以为常。至是，蒙正奏曰："臣忝甲科及第，释褐止授九品京官⑤。况天下才能，老于岩穴，不沾寸禄者多矣。今臣男始离襁褓，胙此宠命，恐罹阴谴，乞以臣释褐时官补之。"自是宰相子止授九品京官，遂为定制。

朝士有藏古镜者，自言能照二百里，欲献之蒙正以求知。蒙正笑曰："吾面不过楪子大，安用照二百里哉？"闻者叹服。

淳化中，左正言宋沆上疏忤旨，沆，蒙正妻族，坐是罢为吏部尚书，复相李昉。四年，昉罢，蒙正复以本官入相。因对，论及征伐，上曰："朕比来征讨，盖为民除暴，苟好功黩武，则开下之人熠亡尽矣⑥。"蒙正对曰："隋、唐数十年中，四征辽碣，人不堪命。炀帝全军陷没，太宗自运土木攻城，如此卒无所济。且治国之要，在内修政事，则远人来归，自致安静。"上韪之。

尝灯夕设宴，蒙正侍，上语之曰："五代之际，生灵凋丧，周太祖自邺南归，士庶皆罹剽掠，下则火灾，上则彗孛，观者恐惧，当时谓无复太平之日矣。朕躬览庶政，万事粗理，每念上天之贶⑦，致此繁盛，乃知理乱在人。"蒙正避席曰："乘舆所在，士庶走集，故繁盛如此。臣尝见都城外不数里，饥寒而死者甚众，不必尽然。愿陛下视近以及远，苍生之幸也。"上变色不言。蒙正侃然复位，同列多其直谅。

上尝欲遣人使朔方，谕中书选才而可责以事者，蒙正退以名上，上不许。他日，三问，三以其人对。上曰："卿何执耶？"蒙正曰："臣非执，盖陛下未谅尔。"固称："其人可使，馀人不及。臣不欲用媚道妄随人主意，以害国事。"同列悚息不敢动。上退谓左右曰："蒙正气量，我不如。"既而卒用蒙正所荐，果称职。

至道初，以右仆射出判河南府兼西京留守。蒙正至洛，多引亲旧欢宴，政尚宽静，委任僚属，事多总裁而已。

真宗即位，进左仆射。会营奉熙陵，蒙正追感先朝不次之遇，奉家财三百余万以助用。葬日，伏哭尽哀，人以为得大臣体。咸平四年，以本官同平章事、昭文馆大学士。国朝以来三入相者，惟赵普与蒙正焉。郊祀礼成，加司空兼门下侍郎。六年，授太子太师，封莱国公，改封徐，又封许。

景德二年春，表请归洛。陛辞日，肩舆至东园门，命二子掖以升殿，因言：“远人请和，弭兵省财，古今上策，惟愿陛下以百姓为念。”上嘉纳之，因迁从简太子洗马，知简奉礼郎。蒙正至洛，有园亭花木，日与亲旧宴会，子孙环列，迭奉寿觞，怡然自得。大中祥符而后，上朝永熙陵，封泰山，祠后土，过洛，两幸其第，锡赉有加。上谓蒙正曰：“卿诸子孰可用？”对曰：“诸子皆不足用。有侄夷简，任颍州推官，宰相才也。”夷简由是见知于上。

富言者，蒙正客也。一日白曰：“儿子十许岁，欲令入书院，事廷评、太祝。”蒙正许之。及见，惊曰：“此儿他日名位与吾相似，而勋业远过于吾。”令与诸子同学，供给甚厚。言之子，即弼也。后弼两入相，亦以司徒致仕。其知人类如此。

许国之命甫下而卒，年六十八。赠中书令，谥曰文穆。

蒙正初为相时，张绅知蔡州，坐赃免。或言于上曰：“绅家富，不至此，特蒙正贫时勾索不如意⑧，今报之尔。”上命即复绅官，蒙正不辨。后考课院得绅实状，复黜为绛州团练副使。及蒙正再入相，太宗谓曰：“张绅果有赃。”蒙正不辨亦不谢。在西京日，上数遣中贵人将命至，蒙正待之如在相位时，不少贬，时人重焉。

子从简，再为国子博士；惟简，太子中舍；承简，司门员外郎；行简，比部员外郎；务简，亦国子博士；居简，殿中丞；知简，太子右赞善大夫。

蒙正弟蒙休，咸平进士，至殿中丞。

龟图弟龟祥，殿中丞，知寿州。子蒙亨，举进士高等，既廷试，以蒙正居中书，故报罢。后历下蔡、武平主簿。至道初，考课州县官，蒙亨引对，文学、政事俱优，命为光禄寺丞，改大理寺丞，卒。次子蒙巽，虞部员外郎；蒙周，淳化进士及第。蒙亨子即夷简也。次子宗简，亦进士及第。

庆历中，居简提点京东刑狱，时夏竦有憾于石介，介死，竦言于上曰：“介未尝死，北走邻国矣。”乃遣中使发棺验之。居简谓曰：“万一介果死，则朝廷为无故发人之墓，奈何？”中使曰：“于君何如？”居简曰：“介死，当时必有内外亲族及门生会葬，问之可也。”中使乃令结状保证以闻，介事乃白。居简长者，其行事多类此。

徐州妖人孔直温挟左道诱军士为变，或诣转运使告，不受词。居简令易其牒，尽捕究党与，贷诖误者⑨，请于朝，斩直温等。濮州复叛，都民惊溃，居简驰往，获首恶诛之。因大阅兵享劳，奸不得发。用二事，迁秩监铁判官，拜集贤院学士，知梓州、应天府，徙荆南，进龙图阁直学士、知广州，陶甓甃城，人以为便。以兵部侍郎判西京御史台，卒，年七十二。

①沦踬：落泊；困顿。

②戾：违逆。

③佥议：共同商议。多用于群臣百官。

④丁内艰：丁母忧。谓遭逢母丧。

⑤释褐：脱去平民衣服。喻始任官职。

⑥熸亡：灭亡。

⑦贶（kuàng，音况）：赐与。

⑧勾索：钩稽考索。

⑨诖（guà，音挂）误：贻误；连累。

杨业列传

　　杨业，并州太原人。父信，为汉麟州刺史。业幼倜傥任侠，善骑射，好畋猎，所获倍于人。尝谓其徒曰："我他日为将用兵，亦犹用鹰犬逐雉兔尔。"弱冠事刘崇，为保卫指挥使，以骁勇闻。累迁至建雄军节度使，屡立战功，所向克捷，国人号为"无敌"。

　　太宗征太原，素闻其名，尝购求之。既而孤垒甚危，业劝其主继元降，以保生聚。继元既降，帝遣中使召见业，大喜，以为右领军卫大将军。师还，授郑州刺史。帝以业老于边事，复迁代州兼三交驻泊兵马都部署，帝密封橐装，赐予甚厚。会契丹入雁门，业领麾下数千骑自西陉而出，由小陉至雁门北口，南向背击之，契丹大败。以功迁云州观察使，仍判郑州、代州。自是契丹望见业旌旗，即引去。主将戍边者多忌之，有潜上谤书斥言其短，帝览之皆不问，封其奏以付业。

　　雍熙三年，大兵北征，以忠武军节度使潘美为云、应路行营都部署，命业副之。以西上阁门使、蔚州刺史王侁，军器库使、顺州团练使刘文裕护其军。诸军连拔云、应、寰、朔四州，师次桑乾河，会曹彬之师不利，诸路班师，美等归代州。

　　未几，诏迁四州之民于内地，令美等以所部之兵护之。时，契丹国母萧氏，与其大臣耶律汉宁、南北皮室及五押惕隐领众十余万①，复陷寰州。业谓美等曰："今辽兵益盛，不可与战。朝廷止令取数州之民，但领兵出大石路，先遣人密告云、朔州守将，俟大军离代州日，令云州之众先出。我师次应州，契丹必来拒，即令朔州民出城，直入石碣谷。遣强弩千人列于谷口，以骑士援于中路，则三州之众，保万全矣。"侁沮其议曰："领数万精兵而畏懦如此。但趋雁门北川中，鼓行而往。"文裕亦赞成之。业曰："不可，此必败之势也。"侁曰："君侯素号无敌，今见敌逗挠不战，得非有他志乎？"业曰："业非避死，盖时有未利，徒令杀伤士卒而功不立。今君责业以不死，当为诸公先。"

　　将行，泣谓美曰："此行必不利。业，太原降将，分当死。上不杀，宠以连帅，授之兵柄。非纵敌不击，盖伺其便，将立尺寸功以报国恩。今诸君责业以避敌，业当先死于敌。"因指陈家谷口曰："诸君于此张步兵强弩，为左右翼以援，俟业转战至此，即以步兵夹击救之，不然，无遗类矣②。"

　　美即与侁领麾下兵阵于谷口。自寅至巳，侁使人登托逻台望之，以为契丹败走，欲争其功，即领兵离谷口。美不能制，乃缘灰河西南行二十里。俄闻业败，即麾兵却走。业力战，自午至暮，果至谷口。望见无人，即拊膺大恸，再率帐下士力战，身被数十创，士卒殆尽，业犹手刃数十百人。马重伤不能进，遂为契丹所擒，其子延玉亦没焉。业因太息曰："上遇我厚，期讨贼捍边以报，而反为奸臣所迫，致王师败绩，何面目求活耶！"乃不食，三日死。

　　帝闻之痛惜甚，俄下诏曰："执干戈而卫社稷，闻鼓鼙而思将帅。尽力死敌，立节迈伦③，不有追崇，曷彰义烈④！故云州观察使杨业诚坚金石，气激风云。挺陇上之雄才，本山西之茂族。自委戎乘，式资战功。方提貔虎之师，以效边陲之用，而群帅败约，援兵不前。独以孤军，陷于沙漠；劲果奫厉⑤，有死不回。求之古人，何以加此！是用特举徽典⑥，以旌遗忠；魂而有灵，知我深意。可赠太尉、大同军节度，赐其家布帛千匹，粟千石。大将军潘美降三官；监军王侁除名，隶金州；刘文裕除名，隶登州。"

业不知书，忠烈武勇，有智谋。练习攻战，与士卒同甘苦。代北苦寒，人多服毡罽⑦，业但挟纩⑧，露坐治军事，傍不设火，侍者殆僵仆，而业怡然无寒色。为政简易，御下有恩，故士卒乐为之用。朔州之败，麾下尚百余人，业谓曰："汝等各有父母妻子，与我俱死无益也，可走还报天子。"众皆感泣不肯去。淄州刺史王贵杀数十人，矢尽遂死。余亦死，无一生还者。闻者皆流涕。

业既没，朝廷录其子供奉官延朗为崇仪副使，次子殿直延浦、延训并为供奉官，延环、延贵、延彬并为殿直。

延昭本名延朗，后改焉。幼沉默寡言，为儿时，多戏为军阵，业尝曰："此儿类我。"每征行，必以从。太平兴国中，补供奉官。业攻应、朔，延昭为其军先锋，战朔州城下，流矢贯臂，斗益急。以崇仪副使出知景州。时江、淮凶歉，命为江、淮南都巡检使。改崇仪使，知定远军，徙保州缘边都巡检使，就加如京使。

咸平二年冬，契丹扰边，延昭时在遂城。城小无备，契丹攻之甚急，长围数日。契丹每督战，众心危惧，延昭悉集城中丁壮登陴⑨，赋器甲护守。会大寒，汲水灌城上，旦悉为冰，坚滑不可上。契丹遂溃去，获其铠仗甚众。以功拜莫州刺史。时真宗驻大名，傅潜握重兵顿中山。延昭与杨嗣、石普屡请益兵以战，潜不许。及潜抵罪，召延昭赴行在，屡得对，访以边要。帝甚悦，指示诸王曰："延昭父业为前朝名将，延昭治兵护塞，有父风，深可嘉也。"厚赐遣还。

是冬，契丹南侵，延昭伏锐兵于羊山西，自北掩击，且战且退。及西山，伏发，契丹众大败，获其将，函首以献。进本州团练使，与保州杨嗣并命。帝谓宰相曰："嗣及延昭，并出疏外，以忠勇自效。朝中忌嫉者众，朕力为保庇，以及于此。"五年，契丹侵保州，延昭与嗣提兵援之，未成列，为契丹所袭，军士多丧失。命李继宣、王汀代还，将治其罪。帝曰："嗣辈素以勇闻，将收其后效。"即宥之。六年夏，契丹复侵望都，继宣逗遛不进，坐削秩，复用延昭为都巡检使。时讲防秋之策，诏嗣及延昭条上利害，叉徙宁边军部署。

景德元年，诏益延昭兵满万人，如契丹骑人寇，则屯静安军之东。令莫州部署石普屯马村西以护屯田。断黑卢口、万年桥敌骑奔冲之路，仍会诸路兵掎角追袭，令魏能、张凝、田敏奇兵牵制之。时王超为都部署，听不隶属。延昭上言："契丹顿澶渊，去北境千里，人马俱乏，虽众易败，凡有剽掠，率在马上。愿饬诸军，扼其要路，众可歼焉，即幽、易数州可袭而取。"奏入不报，乃率兵抵辽境，破古城，俘馘甚众⑩。

乃请和，真宗选边州守臣，御笔录以示宰相，命延昭知保州兼缘边都巡检使。二年，追叙守御之劳，进本州防御使，俄徙高阳关副都部署。在屯所九年，延昭不达吏事，军中牒诉⑪，常遣小校周正治之，颇为正所罔⑫，因缘为奸。帝知之，斥正还营而戒延昭焉。大中祥符七年，卒，年五十七。

延昭智勇善战，所得奉赐悉犒军，未尝问家事。出入骑从如小校，号令严明，与士卒同甘苦，遇敌必身先，行阵克捷，推功于下，故人乐为用。在边防二十余年，契丹惮之，目为杨六郎。及卒，帝嗟悼之，遣中使护榇以归，河朔之人多望柩而泣。录其三子官，其常从、门客亦试艺甄叙之。子文广。

文广字仲容。以班行讨贼张海有功，授殿直。范仲淹宣抚陕西，与语奇之，置麾下。从狄青南征，知德顺军，为广西钤辖，知宜、邑二州，累迁左藏库使、带御器械。治平中，议宿卫将，英宗曰："文广，名将后，且有功。"乃擢成州团练使、龙神卫四厢都指挥使，迁兴州防御使。秦凤副都总管韩琦使筑筚篥城，文广声言城喷珠，率众急趣筚篥，比暮至其所，部分已定。迟明，敌骑大至，知不可犯而去，遗书曰："当白国主，以数万精骑逐汝。"文广遣将袭之，斩获甚众。或问其故，文广曰："先人有夺人之气。此必争之地，彼若知而据之，则未可图也。"诏书褒谕，赐袭衣、带、马。知泾州、镇戎军，为定州路副都总管，迁步军都虞候。辽人争代州地界，文广献阵图并取幽燕策，未报而卒，赠同州观察使。

---

① 皮室：即皮室军。辽太祖创始的心腹部队。皮室，契丹语"金刚"之意。　　惕隐：辽官名。掌皇族之政教。
② 遗类：指残存者。
③ 迈伦：超过一般人。
④ 曷：何，怎么。
⑤ 猋（biāo，音标）：迅速。
⑥ 徽典：隆盛的典礼。
⑦ 毡罽：毡和毯。
⑧ 挟纩：披着锦衣。
⑨ 陴：城上女墙。借指城墙。
⑩ 馘（guó，音国）：割掉敌人左耳计数献功。
⑪ 牒诉：诉状，讼辞。
⑫ 罔：蒙蔽；欺骗。

寇 准 列 传

寇准字平仲，华州下邽人也。父相，晋开运中，应辟为魏王府记室参军①。准少英迈，通《春秋》三传，年十九，举进士。太宗取人，多临轩顾问②，年少者往往罢去。或教准增年，答曰："准方进取，可欺君邪？"后中第，授大理评事，知归州巴东、大名府成安县。每期会赋役，未尝辄出符移③，唯具乡里姓名揭县门，百姓莫敢后期。累迁殿中丞、通判郓州。召试学士院，授右正言、直史馆，为三司度支推官，转盐铁判官。会诏百官言事，而准极陈利害，帝益器重之。擢尚书虞部郎中、枢密院直学士，判吏部东铨。尝奏事殿中，语不合，帝怒起，准辄引帝衣，令帝复坐，事决乃退。上由是嘉之，曰："朕得寇准，犹文皇之得魏征也。"

淳化二年春，大旱，太宗延近臣问时政得失，众以天数对。准对曰："《洪范》天人之际，应若影响；大旱之证，盖刑有所不平也。"太宗怒，起入禁中。顷之，召准问所以不平状，准曰："愿召二府至，臣即言之。"有诏召二府入，准乃言曰："顷者祖吉、王淮皆侮法受赇。吉赃少乃伏诛；淮以参政沔之弟，盗主守财至千万，止杖，仍复其官，非不平而何？"太宗以问沔，沔顿首谢，于是切责沔，而知准为可用矣。即拜准左谏议大夫、枢密副使，改同知院事。

准与知院张逊数争事上前。他日，与温仲舒偕行，道逢狂人迎马呼万岁，判左金吾王宾与逊雅相善，逊嗾上其事。准引仲舒为证，逊令宾独奏，其辞颇厉，且互斥其短。帝怒，谪逊，准亦罢知青州。

帝顾准厚，既行，念之，常不乐。语左右曰："寇准在青州乐乎？"对曰："准得善藩④，当不苦也。"数日，辄复问。左右揣帝意且复召用准，因对曰："陛下思准不少忘，闻准日纵酒，未知亦念陛下乎？"帝默然。明年，召拜参知政事。

自唐末，蕃户有居渭南者，温仲舒知秦州，驱之渭北，立堡栅以限其往来。太宗览奏不怿⑤，曰："古羌戎尚杂处伊、洛，彼蕃夷易动难安⑥，一有调发，将重困吾关中矣。"准言："唐宋璟不赏边功，卒致开元太平。疆场之臣邀功以徼祸⑦，深可戒也。"帝因命准使渭北，安抚族帐⑧，而徙仲舒凤翔。

至道元年，加给事中，时太宗在位久，冯拯等上疏乞立储贰⑨，帝怒，斥之岭南，中外无敢言者。准初自青州召还，入见，帝足创甚，自褰衣以示准⑩，且曰："卿来何缓耶？"准对曰："臣非召不得至京师。"帝曰："朕诸子孰可以付神器者？"准曰："陛下为天下择君，谋及妇人、中官，不可也；谋及近臣，不可也；唯陛下择所以副天下望者。"帝俯首久之，屏左右曰："襄王可乎？"准曰："知子莫若父，圣虑既以为可，愿即决定。"帝遂以襄王为开封尹，改封寿王，于是立为皇太子。庙见还，京师之人拥道喜跃，曰："少年天子也。"帝闻之不怿，召准谓曰："人心遽属太子，欲置我何地？"准再拜贺曰："此社稷之福也。"帝入语后嫔，宫中皆前贺。复出，延准饮，极醉而罢。

二年，祠南郊，中外官皆进秩。准素所喜者多得台省清要官，所恶不及知者退序进之。彭惟节位素居冯拯下，拯转虞部员外郎，惟节转屯田员外郎，章奏列衔，惟节犹处其下。准怒，堂帖戒拯毋乱朝制⑪。拯愤极，陈准擅权，又条上岭南官吏除拜不平数事。广东转运使康戬亦言：吕端、张洎、李昌龄皆准所引，端德之，洎能曲奉准，而昌龄畏儒，不敢与准抗，故得以任胸臆，乱经制。太宗怒，准适祀太庙摄事，召责端等。端曰："准性刚自任，臣等不欲数争，虑伤国体。"因再拜请罪。及准入对，帝语及冯拯事，自辩。帝曰："若廷辩，失执政体。"准犹力争不已，又持中书簿论曲直于帝前，帝益不悦，因叹曰："鼠雀尚知人意，况人乎？"遂罢准知邓州。

真宗即位，迁尚书工部侍郎。咸平初，徙河阳，改同州。三年，朝京师，行次阌乡，又徙凤翔府。帝幸大名，诏赴行在所，迁刑部，权知开封府。六年，迁兵部，为三司使。时合盐铁、度支、户部为一使，真宗命准裁定，遂以六判官分掌之，繁简始适中。

帝久欲相准，患其刚直难独任。景德元年，以毕士安参知政事，逾月，并命同中书门下平章事，准以集贤殿大学士位士安下。是时，契丹内寇，纵游骑掠深、祁间，小不利辄引去，徜徉无斗意。准曰："是狃我也⑫。请练师命将，简骁锐据要害以备之⑬。"是冬，契丹果大入。急书一夕凡五至，准不发，饮笑自如。明日，同列以闻，帝大骇，以问准。准曰："陛下欲了此，不过五日尔。"因请帝幸澶州。同列惧，欲退，准止之，令候驾起。帝难之，欲还内。准曰："陛下入则臣不得见，大事去矣，请毋还而行。"帝乃议亲征，召群臣问方略。

既而契丹围瀛州，直犯贝、魏，中外震骇。参知政事王钦若，江南人也，请幸金陵；陈尧叟，蜀人也，请幸成都。帝问准，准心知二人谋，乃阳若不知，曰："谁为陛下画此策者，罪可诛也。今陛下神武，将臣协和，若大驾亲征，贼自当遁去。不然，出奇以挠其谋，坚守以老其师，劳佚之势，我得胜算矣。奈何弃庙社欲幸楚、蜀远地，所在人心崩溃，贼乘势深入，天下可复保邪？"遂请帝幸澶州。

乃至南城，契丹兵方盛，众请驻跸以觇军势。准固请曰："陛下不过河，则人心益危，敌气未慑，非所以取威决胜也。且王超领劲兵屯中山以扼其亢，李继隆、石保吉分大阵以扼其左右肘，四方征镇赴援者日至，何疑而不进？"众议皆惧，准力争之，不决。出遇高琼于屏间，谓曰："太尉受国恩，今日有以报乎？"对曰："琼武人，愿效死。"准复入对，琼随立庭下，准厉声曰：

"陛下不以臣言为然，盍试问琼等。"琼即仰奏曰："寇准言是。"准曰："机不可失，宜趣驾。"琼即麾卫士进辇，帝遂渡河，御北城门楼，远近望见御盖，踊跃欢呼，声闻数十里。契丹相视惊愕，不能成列。

帝尽以军事委准，准承制专决，号令明肃，士卒喜悦。敌数千骑乘胜薄城下，诏士卒迎击，斩获太半，乃引去。上还行宫，留准居城上，徐使人视准何为，准方与杨亿饮博，歌谑欢呼。帝喜曰："准如此，吾复何忧。"相持十余日，其统军挞览出督战。时威虎军头张环守床子弩⑭，弩撼机发，矢中挞览额，挞览死，乃密奉书请盟。准不从，而使者来请益坚，帝将许之。准欲邀使称臣，且献幽州地。帝厌兵，欲羁縻不绝而已。有谮准幸兵以自取重者，准不得已许之。帝遣曹利用如军中议岁币，曰："百万以下皆可许也。"准召利用至幄，语曰："虽有敕，汝所许毋过三十万，过三十万，吾斩汝矣。"利用至军，果以三十万成约而还。河北罢兵，准之力也。

准在相位，用人不以次，同列颇不悦。它日，又除官，同列因吏持例簿以进。准曰："宰相所以进贤退不肖也，若用例，一吏职尔。"二年，加中书侍郎兼工部尚书。准颇自矜澶渊之功，虽帝亦以此待准甚厚。王钦若深嫉之。一日会朝，准先退，帝目送之，钦若因进："陛下敬寇准，为其有社稷功邪？"帝曰："然。"钦若曰："澶渊之役，陛下不以为耻，而谓准有社稷功，何也？"帝愕然曰："何故？"钦若曰："城下之盟，《春秋》耻之；澶渊之举，是城下之盟也。以万乘之贵而为城下之盟，其何耻如之！"帝愀然为之不悦。钦若曰："陛下闻博乎？博者输钱欲尽，乃罄所有出之，谓之孤注。陛下，寇准之孤注也，斯亦危矣。"

由是帝顾准浸衰。明年，罢为刑部尚书、知陕州，遂用王旦为相。帝谓旦曰："寇准多许人官，以为己恩。俟行，当深戒之。"从封泰山，迁户部尚书、知天雄军。祀汾阴，命提举贝、德、博、洺、滨、棣巡检捉贼公事，迁兵部尚书，入判都省。幸亳州，权东京留守，为枢密院使、同平章事。

林特为三司使，以河北岁输绢阙，督之甚急。而准素恶特，颇助转运使李士衡而沮特，且言在魏时尝进河北绢五万而三司不纳，以至阙供，请劾主吏以下。然京师岁费绢百万，准所助才五万。帝不悦，谓王旦曰："准刚忿如昔。"旦曰："准好人怀惠，又欲人畏威，皆大臣所避，而准乃为己任，此其短也。"未几，罢为武胜军节度使、同平章事、判河南府。徙永兴军。

天禧元年，改山南东道节度使，时巡检朱能挟内侍都知周怀政诈为天书，上以问王旦。旦曰："始不信天书者准也。今天书降，须令准上之。"准从上其书，中外皆以为非。遂拜中书侍郎兼吏部尚书、同平章事、景灵宫使。

三年，祀南郊，进尚书右仆射、集贤殿大学士。时真宗得风疾，刘太后预政于内，准请间曰："皇太子人所属望，愿陛下思宗庙之重，传以神器，择方正大臣为羽翼。丁谓、钱惟演，佞人也，不可以辅少主。"帝然之。准密令翰林学士杨亿草表，请太子监国，且欲援亿辅政。已而谋泄，罢为太子太傅，封莱国公。时怀政反侧不自安，且忧得罪，乃谋杀大臣，请罢皇后预政，奉帝为太上皇，而传位太子，复相准。客省使杨崇勋等以告丁谓，谓微服夜乘犊车诣曹利用计事，明日以闻。乃诛怀政，降准为太常卿、知相州，徙安州，贬道州司马。帝初不知也，他日，问左右曰："吾目中久不见寇准，何也？"左右莫敢对。帝崩时亦言惟准与李迪可托，其见重如此。

乾兴元年，再贬雷州司户参军。初，丁谓出准门至参政，事准甚谨。尝会食中书，羹污准须，谓起，徐拂之。准笑曰："参政国之大臣，乃为官长拂须邪？"谓甚愧之，由是倾构日深⑮。及准贬未几，谓亦南窜，道雷州，准遣人以一蒸羊逆境上。谓欲见准，准拒绝之。闻家僮谋欲报仇者，乃杜门使纵博，毋得出，伺谓行远，乃罢。

天圣元年，徙衡州司马。初，太宗尝得通天犀⑯，命工为二带，一以赐准。及是，准遣人取自洛中，既至数日，沐浴，具朝服束带，北面再拜，呼左右趣设卧具，就榻而卒。

初，张咏在成都，闻准入相，谓其僚属曰："寇公奇材，惜学术不足尔。"及准出陕，咏适自成都罢还，准严供帐，大为具待。咏将去，准送之郊，问曰："何以教准？"咏徐曰："《霍光传》不可不读也。"准莫谕其意，归取其传读之，至"不学无术"，笑曰："此张公谓我矣。"

准少年富贵，性豪侈，喜剧饮，每宴宾客，多阖扉脱骖⑰。家未尝燕油灯，虽庖匽所在⑱，必然炬烛。

在雷州逾年。既卒，衡州之命乃至，遂归葬西京。道出荆南公安，县人皆设祭哭于路，折竹植地，挂纸钱，逾月视之，枯竹尽生笋。众因为立庙，岁时享之。无子，以从子随为嗣。准殁后十一年，复太子太傅，赠中书令、莱国公，后又赐谥曰忠愍。皇祐四年，诏翰林学士孙抃撰神道碑，帝为篆其首曰："旌忠"。

论曰：吕端谏秦王居留，表表已见大器，与寇准同相而常让之，留李继迁之母不诛。真宗之立，闭王继恩于室，以折李后异谋，而定大计；既立，犹请去帘，升殿审视，然后下拜，太宗谓之"大事不糊涂"者，知臣莫过君矣。宰相不和，不足以定大计。毕士安荐寇准，又为之辨诬。契丹大举而人，合辞以劝真宗，遂幸澶渊，终却巨敌。及议岁币，因请重贿，要其久盟；由是西夏失牵制之谋，随亦内附。景德、咸平以来，天下乂安⑲，二相协和之所致也。准于太宗朝论建太子，谓神器不可谋及妇人、谋及中官、谋及近臣，此三言者，可为万世龟鉴⑳。澶渊之幸，力沮众议，竟成隽功㉑，古所谓大臣者，于斯见之。然挽衣留谏，面诋同列，虽有直言之风，而少包荒之量㉒。定策禁中，不慎所与，致启怀政邪谋，坐窜南裔㉓。勋业如是而不令厥终㉔，所谓"臣不密则失身"，岂不信哉！

---

①辟：即辟用，亦称辟除。指被征用者。

②临轩：皇帝不坐正殿而御前殿。

③符移：官府征调敕命文书的统称。符，指盖有官府印信的命令或通知。移，古文体之一，多用于不相统属的官署之间。

④藩：指节度使。

⑤不怿：不悦。

⑥蕃夷：旧时中原人对外族及异国人的统称。

⑦稔祸：酿祸。

⑧族帐：指北方和西北设帐而居的部族。

⑨储贰：指太子。

⑩褰（qiān，音牵）：撩起；用手提起。

⑪堂帖：亦称"堂帖子"。宰相签押下达的文书。

⑫狃：迷惑。

⑬简：简选。即选择，选用。　骁锐：勇猛精锐之士。

⑭床子弩：带木架的大弩。

⑮倾构：排斥陷害。指谋害。

⑯通天犀：一种上下贯通的犀牛角。

⑰脱骖：谓解下骖马，以助治丧之用。后用作以财助人之急之典。

⑱庖：厨房。　匽：厕所。

⑲乂安：太平，安定。

⑳龟鉴：喻学习对照的榜样或引以为戒的教训。

㉑隽功：突出的功勋。

㉒包荒：包容广大。谓度量宽大。宽容。

㉓南裔：南方边境地区。

㉔厥：代词。其。

王钦若列传

王钦若字定国，临江军新喻人。父仲华，侍祖郁官鄂州，会江水暴至，徙家黄鹤楼，汉阳人望见楼上若有光景，是夕，钦若生。钦若早孤，郁爱之。太宗伐太原时，钦若才十八，作《平晋赋论》献行在。郁为濠州判官，将死，告家人曰："吾历官逾五十年，慎于用刑，活人多矣，后必有兴者，其在吾孙乎！"

钦若擢进士甲科，为亳州防御推官，迁秘书省秘书郎，监庐州税。改太常丞、判三司理欠凭由司。时毋宾古为度支判官，尝言曰："天下逋负①，自五代迄今，理督未已，民病几不能胜矣。仆将启蠲之②。"钦若一夕命吏勾校成数③，翌日上之。真宗大惊曰："先帝顾不知邪？"钦若徐曰："先帝固知之，殆留与陛下收人心尔。"即日放逋负一千余万，释系囚三千余人。帝益器重钦若，召试学士院，拜右正言、知制诰，召为翰林学士。蜀寇王均始平，为四川安抚使。所至问系囚，自死罪以下第降之，凡列便宜，多所施行。还，授左谏议大夫、参知政事，以郊祀恩，加给事中。

河阴民常德方讼临津县尉任懿赂钦若得中第，事下御史台劾治。初，钦若咸平中尝知贡举，懿举诸科，寓僧仁雅舍。仁雅识僧惠秦者与钦若厚，懿与惠秦约，以银三百五十两赂钦若，书其数于纸，令惠秦持去。会钦若已入院，属钦若客纳所书于钦若妻李氏，惠秦减所书银百两，欲自取之。李氏令奴祁睿书懿名于臂，并以所约银告钦若。懿再入试第五场，睿复持汤饮至贡院，钦若密令奴索取银，懿未即与而登科去。仁雅驰书河阴，始归之。德方得其书，以告御史中丞赵昌言，昌言以闻。既捕祁睿等，亦请逮钦若属吏。

祁睿本亳小吏，虽从钦若久，而名犹隶亳州。钦若乃言："向未有祁睿，惠秦亦不及门。"帝方顾钦若厚，命刑昺、阎承翰等于太常寺别鞫之。懿更云妻兄张驾识知举官洪湛，尝俱造湛门；始但以银属二僧，不知达主司为谁。昺等遂诬湛受懿银，湛适使陕西还，而狱已具。时驾且死，睿又悉遁去，钦若因得固执祁睿休役后始佣于家，它奴使多新募，不识惠秦，故皆无证验。湛坐削籍，流儋州，而钦若遂免。方湛代王旦入知贡举，懿已试第三场，及官收湛赃，家无有也，乃以湛假梁颢白金器输官，湛遂死贬所。人知其冤，而钦若恃势，人莫敢言者。

景德初，契丹入寇，帝将幸澶渊。钦若自请北行，以工部侍郎、参知政事判天雄军，提举河北转运司，真宗亲宴以遣之。素与寇准不协，及还，累表愿解政事，罢为刑部侍郎、资政殿学士。寻判尚书都省，修《册府元龟》，或褒赞所及，钦若自名表首以谢，即缪误有所谴问，戒书吏但云杨亿以下，其所为多此类也。岁中，改兵部，升大学士、知通进银台司兼门下封驳事。初，钦若罢，为置资政殿学士以宠之，准定其班在翰林学士下。钦若诉于帝，复加："大"字，班承旨上。以尚书左丞知枢密院事，修国史。

大中祥符初，为封禅经度制置使兼判兖州，为天书仪卫副使。先是，真宗尝梦神人言："赐天书于泰山"，即密谕钦若。钦若因言，六月甲午，木工董祚于醴泉亭北见黄素曳草上，有字不能识，皇城吏王居正见其上有御名，以告。钦若既得之，具威仪奉导至社首，跪授中使，驰奉以进。真宗至含芳园奉迎，出所上《天书再降祥瑞图》示百僚。钦若又言至岳下两梦神人，愿增建庙庭；及至威雄将军庙，其神像如梦中所见，因请构亭庙中。封禅礼成，迁礼部尚书，命作《社首颂》，迁户部尚书。从祀汾阴，复为天书仪卫副使，迁吏部尚书。明年，为枢密使、检校太傅、同中书门下平章事。初，学士晁迥草制，误削去官，有诏仍带吏部尚书。圣祖降，加检校太尉。钦若居第在太庙后墉④，自言出入诃导不自安⑤，因易赐官第于定安坊。七年，为同天书刻玉使。

马知节同在枢密，素恶钦若，议论不相下。会泸州都巡检王怀信等上平蛮功，钦若久不决，知节因面诋其短，争于帝前。及趣论赏，钦若遂擅除怀信等官，坐是，罢枢密使，奉朝请。改刻玉副使、知通进银台司。复拜枢密使、同平章事。上玉皇尊号，迁尚书右仆射、判礼仪院，为会灵观使。有龟蛇见拱圣营，因其地建祥源观，命钦若总领之。寻拜左仆射兼中书侍郎、同平章事。明年，为景灵使，阅《道藏》，得赵氏神仙事迹四十人，绘于廊庑。又明年，商州捕得道士谯文易，畜禁书，能以术使六丁六甲神，自言尝出入钦若家，得钦若所遗诗。帝以问钦若，谢不省，遂以太子太保出判杭州。

仁宗为皇太子，自以东宫师保请归朝，复为资政大学士。诏日赴资善堂侍讲皇太子。会辅臣兼领三少⑥，钦若以品高求换秩，拜司空，寻除山南道节度使、同平章事、判河南府。与宰相丁谓不相悦，以疾请就医京师，不报。令其子从益移文河南府，舆疾而归。谓言钦若擅去官守，命御史中丞薛映就第按问。钦若惶恐伏罪，降司农卿，分司南京，夺从益一官。

仁宗即位，改秘书监，起为太常卿、知濠州，以刑部尚书知江宁府。仁宗尝为飞白书⑦，适钦若有奏至，因大书："王钦若"字。是时，冯拯病，太后有再相钦若意，即取字缄置汤药合，遣中人赍以赐⑧，且口宣召之。至国门而人未有知者。既朝，复拜司空、门下侍郎、同平章事、玉清昭应宫使、昭文馆大学士，监修国史。

帝初临政，钦若谓平时百官叙进，皆有常法，为《迁叙图》以献。《真宗实录》成，进司徒，以郊祀恩，封冀国公。知邵武军吴植病，求外徙，因殿中丞余谔以黄金遗钦若，未至，而植复遣牙吏至钦若第问之。钦若执以送官，植、谔皆坐贬。初，钦若安抚西川，植为新繁县尉，尝荐举之。至是，亦当以失举坐罪，诏勿问。兼译经使，始赴传法院，感疾亟归。帝临问，赐白金五千两。既卒，赠太师、中书令，谥文穆，录亲属及所亲信二十余人。国朝以来宰相恤恩，未有钦若比者。

钦若尝言："少时过圃田，夜起视天中，赤文成'紫微'字。后使蜀，至褒城道中，遇异人，告以他日位至宰相。既去，视其刺字，则唐相裴度也。"及贵，遂好神仙之事，常用道家科仪建坛场以礼神⑨，朱书"紫微"二字陈于坛上。表修裴度祠于圃田，官其裔孙，自撰文以纪其事。

真宗封泰山，祀汾阴，而天下争言符瑞⑩，皆钦若与丁谓倡之。尝建议躬谒元德皇太后别庙，为庄穆皇后行期服⑪。议者以谓："天子当绝傍期，钦若所言不合礼。"又请置先蚕并寿星祠，升天皇北极帝坐于郊坛第一龛，增执法、孙星位，别制王公以下车辂、鼓吹，以备拜官、婚葬。所著书有《卤簿记》、《彤管懿范》、《天书仪制》、《圣祖事迹》、《翊圣真君传》、《五岳广闻记》、《列宿万灵朝真图》、《罗天大醮仪》。钦若自以深达道教，多所建明，领校道书，凡增六百余卷。

钦若状貌短小，项有附疣⑫，时人目为："瘿相⑬。"然智数过人，每朝廷有所兴造，委曲迁就，以中帝意。又性倾巧⑭，敢为矫诞⑮。马知节尝斥其奸状，帝亦不之罪。其后仁宗尝谓辅臣曰："钦若久在政府，观其所为，真奸邪也。"王曾对曰："钦若与丁谓、林特、陈彭年、刘承珪，时谓之'五鬼'。奸邪险伪，诚如圣谕。"

族，每户罚羊二，质其首领。贼大人，老幼入保本砦，官为给食，即不入砦，本家罚羊二；全族不至，质其首领。”诸羌皆受命，自是始为汉用矣。

改邠州观察使，仲淹表言：“观察使班待制下，臣守边数年，羌人颇亲爱臣，呼臣为‘龙图老子’，今退而与王兴、朱观为伍，第恐为贼轻矣。”辞不拜。庆之西北马铺砦，当后桥川口，在贼腹中。仲淹欲城之，度贼必争，密遣子纯祐与蕃将赵明先据其地，引兵随之。诸将不知所向，行至柔远，始号令之，版筑皆具㉚，旬日而城成，即大顺城是也。贼觉，以骑三万来战，佯北，仲淹戒勿追，已而果有伏。大顺既城，而白豹、金汤皆不敢犯，环庆自此寇益少。

明珠、灭臧劲兵数万，仲淹闻泾原欲袭讨之，上言曰：“二族道险，不可攻，前日高继嵩已丧师。平时且怀反侧，今讨之，必与贼表里，南入原州，西扰镇戎，东侵环州，边患未艾也。若北取细腰，胡芦众泉为堡障，以断贼路，则二族安，而环州、镇戎径道通彻，可无忧矣。”其后，遂筑细腰、胡芦诸砦。

葛怀敏败于定川，贼大掠至潘原，关中震恐，民多窜山谷间。仲淹率众六千，由邠、泾援之，闻贼已出塞，乃还。始，定川事闻，帝按图请左右曰：“若仲淹出援，吾无忧矣。”奏至，帝大喜曰：“吾固知仲淹可用也。”进枢密直学士、右谏议大夫。仲淹以军出无功，辞不敢受命，诏不听。

时已命文彦博经略泾原，帝以泾原伤夷，欲对徙仲淹，遣王怀德喻之。仲淹谢曰：“泾原地重，第恐臣不足当此路。与韩琦同经略泾原，并驻泾州，琦兼秦凤，臣兼环庆，泾原有警，臣与韩琦合秦凤、环庆之兵，犄角而进；若秦凤、环庆有警，亦可率泾原之师为援。臣当与琦练兵选将，渐复横山，以断贼臂，不数年间，可期平定矣。愿诏庞籍兼领环庆，以成首尾之势。秦州委文彦博，庆州用滕宗谅总之。孙沔亦可办集。渭州，一武臣足矣。”帝采用其言，复置陕西路安抚、经略、招讨使，以仲淹、韩琦、庞籍分领之。仲淹与琦开府泾州，而徙彦博帅秦，宗谅帅庆，张亢帅渭。

仲淹为将，号令明白，爱抚士卒，诸羌来者，推心接之不疑，故贼亦不敢辄犯其境，元昊请和，召拜枢密副使。王举正懦默不任事㉜，谏官欧阳修等言仲淹有相材，请罢举正用仲淹，遂改参知政事。仲淹曰：“执政可由谏官而得乎？”固辞不拜，愿与韩琦出行边。命为陕西宣抚使，未行，复除参知政事。会王伦寇淮南，州县官有不能守者，朝廷欲按诛之。仲淹曰：“平时讳言武备，寇至而专责守臣死事，可乎？”守令皆不得诛。

帝方锐意太平，数问当世事，仲淹语人曰：“上用我至矣，事有先后，久安之弊，非朝夕可革也。”帝再赐手诏，又为之开天章阁，召二府条对㉝，仲淹皇恐，退而上十事。

“一曰明黜陟。二府非有大功大善者不迁，内外须在职满三年，在京百司非迁举而授；须通满五年，乃得磨勘㉞，庶几考绩之法矣㉟。二曰抑侥倖。罢少卿、监以上乾元节恩泽，正郎以下若监司、边任，须在职满三年，始得荫子；大臣不得荐子弟任馆阁职，任子之法无冗滥矣。三曰精贡举。进士、诸科请罢糊名法，参考履行无阙者，以名闻。进士先策论，后诗赋，诸科取兼通经义者。赐第以上，皆取诏裁㊱。余优等免选注官㊲，次第人守本科选。进士之法，可以循名而责实矣。四曰择长官。委中书、枢密院先选转运使、提点刑狱、大藩知州次；委两制、三司、御史台、开封府官、诸路监司举知州、通判；知州通判举知县令。限其人数，以举主多者从中书除。刺史、县令可以得人矣。五曰均公田。外官廪给不均㊳，何以求其为善耶？请均其入，第给之，使有以自养，然后可以责廉节，而不法者可诛废矣。六曰厚农桑。每岁预下诸路，风吏民言农出利害，堤堰渠塘，州县选官治之。定劝课之法以兴农利㊴，减漕运。江南之圩田，浙西之河塘，隳废者可兴矣㊵。七曰修武备。约府兵法，募畿辅强壮为卫士，以助正兵。三时务农，一时教战，省给赡之费。畿辅有成法，则诸道皆可举行矣。八曰推恩信。赦令有所施行，主司稽违者，重真于法；别遣使按视其所当行者，所在无废格上恩者矣[41]。九曰重命令。法度所以示信也，行之未几，旋即釐改[42]。请政事之臣参议可以久行者，删去烦冗，裁为制敕行下，命令不至于数变更矣。十曰减徭役。户口耗少而供亿滋多[43]，省县邑户少者为镇，并使、州两院为一，职官白直[44]，给以州兵，其不应受役者悉归之农，民无重困之忧矣。"

天子方信向仲淹[45]，悉采用之，宜著令者，皆以诏书画一颁下；独府兵法，众以为不可而止。

又建言："周制，三公分兼六官之职，汉以三公分部六卿，唐以宰相分判六曹。今中书，古天官冢宰也，枢密院，古夏官司马也；四官散于群有司，无三公兼领之重。而二府惟进拟差除[46]，循资级，议赏罚，检用条例而已。上非三公论道之任，下无六卿佐王之职，非治法也。臣请仿前代，以三司、司农、审官、流内铨、三班院、国子监、太常、刑部、审刑、大理、群牧、殿前马兵军司，各委辅臣兼判其事。凡官吏黜陟、刑罚重轻、事有利害者，并从辅臣予夺；其体大者，二府合议奏裁[47]。臣请自领兵赋之职，如其无补，请先黜降。"章得象等皆曰"不可"。久之，乃命参知政事贾昌朝领农田，仲淹领刑法，然卒不果行。

初，仲淹以忤吕夷简，放逐者数年，士大夫持二人曲直，交指为朋党。及陕西用兵，天子以仲淹士望所属，拔用之。及夷简罢，召还，倚以为治，中外想望其功业[48]。而仲淹以天下为己任，裁削倖滥[49]，考核官吏，日夜谋虑兴致太平。然更张无渐，规摹阔大，论者以为不可行。及按察使出，多所举劾，人心不悦。自任子之恩薄，磨勘之法密，侥倖者不便，于是谤毁稍行，而朋党之论浸闻上矣。

会边陲有警，因与枢密副使富弼请行边。于是，以仲淹为河东、陕西宣抚使，赐黄金百两，悉分遗边将，麟州新罹入寇，言者多请弃之，仲淹为修故砦，招还流亡三千余户，蠲其税，罢榷酤予民[50]。又奏免府州商税，河外遂安。比去，攻者益急，仲淹亦自请罢政事，乃以为资政殿学士、陕西四路安抚使、知邠州。其在中书所施为，亦稍稍沮罢。

以疾请邓州，进给事中。徙荆南，邓人遮使者请留，仲淹亦愿留邓，许之。寻徙杭州，再迁户部侍郎，徙青州。会病甚，请颍州，未至而卒，年六十四。赠兵部尚书，谥文正。初，仲淹病，帝常遣使赐药存问，既卒，嗟悼久之[51]。又遣使就问其家，既葬，帝亲书其碑曰"褒贤之碑"。

仲淹内刚外和，性至孝，以母在时方贫，其后虽贵，非宾客不重肉。妻子衣食，仅能自充。而好施予，置义庄里中，以赡族人。泛爱乐善[52]，士多出其门下，虽里巷之人，皆能道其名字。死之日，四方闻者，皆为叹息。为政尚忠厚，所至有恩，庆二州之民与属羌，皆画像立生祠事之。及其卒也，羌酋数百人，哭之如父，斋三日而去。四子：纯祐、纯仁、纯礼、纯粹。

---

①沃：此处作"荡涤"、"洗濯"解。

②监：掌管、主管之意。

③迁：此处指调动、升职之意。　徙：此处亦作升职、调动之意解。

④真：此处作安置、处置之意讲。

⑤冗僭：指多余而又不称职的官吏。

⑥泛通：指博览、广泛涉猎之意。

⑦质问：指询问以正其是非之意。

⑧亡：通"忘"。

⑨晏如：安定、安宁、恬适之意。

⑩矫厉：矫情厉色、伪装严厉，做作勉强之意。　　风节：风骨节操之意。

⑪极：此处作竭尽全力之意解。

⑫报：特指皇帝对臣下所上条陈、奏章的批复。

⑬寻：不久，接着，随即之意。

⑭蠲（juān）：此处作除去、减免之意解。　　积负：犹积欠，指积累下的亏欠。

⑮除：此处作"拜官"、"授职"之意解。

⑯掩：此处作遮没、遮蔽之意解。

⑰循行：指巡视、巡行之意。

⑱请间：指请求在空隙之时谈论某事，而不愿当众讨论之。

⑲淫祀：不合礼制的祭祀；不当祭的祭祀，妄滥之祭。

⑳閤：此处系指古代宫中便殿。

㉑兴作：兴造制作，兴建之意。

㉒判：此处作"署理"解。

㉓权知府：唐朝以后称试官或暂时代理官职为"权"。权知系指代掌某官职。宋代权遣京官充任的郡府长官称为"权知府"。

㉔序迁：是指按等级次序升迁。

㉕希：此处作"迎合"、"奉迎"解。

㉖荐：此处作进奉、介绍、推荐之意解。

㉗向：从前；往昔。

㉘砦：指防卫用的栅栏。引申为作战用的营垒、营寨。

㉙第：这里作"姑且"讲。

㉚平人：此处作"平民百姓"、"无罪之人"解。

㉛版筑：指两种筑土墙的工具。

㉜懦默：指畏怯软弱，不敢执言之意。

㉝二府：这里指"中书省"和"枢密院"。

㉞磨勘：唐宋官员考绩升迁的制度。自唐时起，文武官吏由州府和百司官长考核，分九等注入考状，期满根据考绩决定升降，并经吏部和各道观察史等复验，称为"磨勘"。宋代主持此事的机构为审官院。

㉟庶几：差不多、近似之意。

㊱赐第：系指由皇帝面赐及第之意。

㊲注官：指铨叙官职。

㊳廪给：指官吏的俸禄与薪给。

㊴劝课：鼓励与督责之意。用于兴盛农业与务农。

㊵隳废：毁坏、破坏的意思。

㊶废格：即"废阁"。搁置而不实施之意。

㊷釐改：改革、改正的意思。

㊸供亿：指按需要而供给。

㊹白直：两晋南北朝时，在官当值无月薪的小吏。后泛指官府额外吏役。

㊺信向：信赖的意思。

㊻差除：指官职任命。

㊼佥议：指众人的意见。多用于群臣百官。

㊽中外：此处指朝廷内外，中央与地方之意。

㊾倖滥：指依靠权幸而被滥授官职的人。

㊿榷酤：亦作"榷酒酤"或"榷沽"。是汉代以后，历代政府所实行的一种酒专卖制度。也泛指一切管制酒业，并取得酒利的措施。

○51嗟悼：哀伤、悲叹之意。

○52泛爱：亦作"氾爱"。博爱之意。

包拯列传

　　包拯，字希仁，庐州合肥人也。始举进士，除大理评事①，出知建昌县②。以父母皆老，辞不就。得监和州税，父母又不欲行，拯即解官归养。后数年，亲继亡，拯庐墓终丧③，犹徘徊不忍去，里中父老数来劝勉④。久之，赴调，知天长县。有盗割人牛舌者，主来诉，拯曰："第归⑤，杀而鬻之⑥。"寻复有来告私杀牛者，拯曰："何为割牛舌而又告之？"盗惊服。徙知端州，迁殿中丞。端土产砚，前守缘贡⑦，率取数十倍以遗权贵⑧。拯命制者才足贡数，岁满不持一砚归。⑨

　　寻拜监察御史里行，改监察御史。时张尧佐除节度、宣徽两使，右司谏张择行、唐介与拯共论之，语甚切。又尝建言曰："国家岁赂契丹⑩，非御戎之策，宜练兵选将，务实边备。"又请重门下封驳之制⑪，及废锢赃吏，选守宰，行考试补荫弟子之法⑫。当时诸道转运加按察使，其奏劾官吏多摭细故⑬，务苛察相高尚，吏不自安，拯于是请罢按察使。

　　去使契丹⑭，契丹令典客谓拯曰："雄州新开便门，乃欲诱我叛人，以刺疆事耶⑮？"拯曰："涿州亦尝开门矣，刺疆事何必开便门哉？"其人遂无以对。

　　历三司户部判官，出为京东转运使，改尚书工部员外郎、直集贤院，徙陕西，又徙河北，入为三司户部副使。秦陇斜谷务造船材木⑯，率课取于民⑰。又七州出赋河桥竹索⑱，恒数十万，拯皆奏罢之。契丹聚兵近塞，边郡稍警⑲，命拯往河北调发军食。拯曰："漳河沃壤，人不得耕，邢、洺、赵三州民田万五千顷，率用牧马，请悉以赋民⑳。"从之。解州盐法率病民㉑，拯往经度之，请一切通商贩㉒。

　　除天章阁待制、知谏院。数论斥权幸大臣㉓，请罢一切内除曲恩㉔。又列上唐魏郑公三疏㉕，愿置之坐右，以为龟鉴㉖。又上言天子当明听纳，辨朋党㉗，惜人才，不主先入之说，凡七事。请去刻薄㉘，抑侥幸，正刑明禁㉙，戒兴作㉚，禁妖妄㉛。朝廷多施行之。

　　除龙图阁直学士、河北都转运使。尝建议无事时徙兵内地，不报㉜。至是，请"罢河北屯兵，分之河南兖、郓、齐、濮、曹、济诸郡，设有警㉝，无后期之忧。借曰戍兵不可遽减㉞，请训练义勇，少给粮粮㉟，每岁之费，不当屯兵一月之用㊱，一州之赋，则所给者多矣。"不报。徙知瀛州，诸州以公钱贸易，积岁所负十余万，悉奏除之。以丧子乞便郡㊲，知扬州，徙庐州，迁刑部郎中。坐失保任㊳，左授兵部员外郎、知池州。

　　复官，徙江宁府，召权知开封府，迁右司郎中。拯立朝刚毅，贵戚宦官为之敛手㊴，闻者皆惮之。人以包拯笑比黄河清㊵，童稚妇女，亦知其名，呼曰"包待制"。京师为之语曰："关节不到㊶，有阎罗包老。"旧制：凡讼诉不得径造庭下。拯开正门，使得至前陈曲直，吏不敢欺。中官势族筑园榭㊷，侵惠民河，以故河塞不通，适京师大水，拯乃悉毁去。或持地券自言有伪增步数者㊸，皆审验劾奏之。

　　迁谏议大夫、权御史中丞。奏曰："东宫虚位日久㊹，天下以为忧，陛下持久不决，何也？"仁宗曰："卿欲谁立？"拯曰："臣不才备位㊺，乞豫建太子者，为宗庙万世计也。陛下问臣欲谁立，是疑臣也。臣年七十，且无子，非邀福者㊻。"帝喜曰："徐当议之。"请裁抑内侍，减节冗费，条责诸路监司，御史府得自举属官㊼，减一岁休暇日，事皆施行。

　　张方平为三司使，坐买豪民产，拯劾奏罢之；而宋祁代方平，拯又论之；祁罢，而拯以枢密直学士权三司使。欧阳修言："拯所谓牵牛蹊田而夺之牛㊽，罚已重矣，又贪其富，不亦甚乎？"拯因家居避命，久之乃出。其在三司，凡诸管库供上物㊾，旧皆科率外郡㊿，积以困民。拯特为置场和市，民得无扰。吏负钱帛多缧系㉛，间辄逃去㉜，并械其妻子者，类皆释之。迁给事中，为三司使。数日，拜枢密副使。顷之，迁礼部侍郎，辞不受，寻以疾卒，年六十四。赠礼部尚书，谥孝肃。

拯性峭直㉝，恶吏苛刻，务敦厚，虽甚嫉恶，而未尝不推以忠恕也。与人不苟合，不伪辞色悦人，平居无私书㉞，故人、亲党皆绝之。虽贵，衣服、器用、饮食如布衣时。尝曰："后世子孙仕宦，有犯赃者，不得放归本家，死不得葬大茔中。不从吾志，非吾子若孙也㉟。"初，有子名繶，娶崔氏，通判潭州，卒。崔守死㊱，不更嫁。拯尝出其媵㊲，在父母家生子，崔密抚其母，使谨视之㊳。繶死后，取媵子归，名曰綖。有奏议十五卷。

---

①除：授予官职。

②出：外调。

③庐墓终丧：在父母墓旁建屋守孝，守满三年的期限。

④数（shuò，音硕）：屡次。

⑤第归：尽管回去。

⑥鬻（yù，音玉）：卖。

⑦前守缘贡：以前的州官，借进贡为名。

⑧遗（wèi，音卫）：赠送。

⑨岁满：任期一年届满。

⑩岁赂：每年交纳银两等以求苟安。

⑪门下：即门下省，负责审查命令，驳正错误等事。

⑫补荫弟子：根据宋代选举法的规定，祖父、父亲死后，子孙可以靠祖父、父亲的余荫当官。

⑬多摭（zhí，音直）细故：多般选取细小的事情。

⑭去使：出使。

⑮刺疆事：刺探边防情报。

⑯务：宋代官设的贸易机关和场所，负责收税。

⑰课取：抽税。

⑱出赋：付给，付出。　　竹索：缆索竹。

⑲稍警：略有警觉。

⑳赋民：交还给百姓。

㉑病民：对百姓有害。

㉒通：听凭。

㉓权幸大臣：大权在握、得到皇上宠幸的大臣。

㉔内除曲恩：皇宫内加封的官职、私情曲加的恩惠。

㉕列上：一一进呈。　　唐郑公：唐朝的魏征。唐太宗曾封他为郑国公。　　三疏：几种奏疏。

㉖龟鉴：借鉴。

㉗当明听纳：应该明白听取、采纳臣下的意见。

㉘刻薄：指苛刻的官吏、残酷的手段。

㉙正刑明禁：整顿刑法，明确禁令。

㉚兴作：指不必要的皇家建造。

㉛禁妖妄：禁止妖言惑众，胆大妄为。

㉜不报：没有得到上面的批答。

㉝设：如果。

㉞借曰：退一步说。 遽：立刻。

㉟糇（hóu，音猴）粮：干粮。

㊱不当：不够。

㊲乞便郡：要求在离家乡较近的州郡做官。

㊳坐失保任：因保举用人失当而获罪。

㊴敛手：不敢姿意妄为。

㊵人以包拯笑比黄河清：人们把包拯的笑脸比作黄河水变清那样难得见到。

㊶关节：比作贿赂等手段。 阎罗老包：据传阎罗脸黑，包拯脸色也较黑，办事又铁面无私，所以把包公比作阎罗。

㊷中官：宦官。 台榭：筑于高处的屋子。

㊸伪增步数：作假增添土地面积。

㊹东宫：太子。 虚位：位置空着。

㊺不才备位：没有才能，徒有空名，不能尽责。这是包公自谦的说法。

㊻非邀福者：不是希求享后福的人。

㊼条责：责令。

㊽蹊（xī，音西）田：践踏耕田。

㊾筦（guǎn，音管）：钥匙。

㊿科率（shuài，音帅）：征妆，科派。

(51)缧系：拘禁入狱。

(52)间：悄悄地，秘密地。 辄：往往。

(53)峭（qiào，音窍）直：严厉耿直。

(54)无私书：没有私人求情的书信。

(55)若：和。

(56)守死：守节，即不改嫁。

(57)出其媵（yìng，音硬）：离弃自己的妾。

(58)密抚其母：私下抚养她的母亲。

(59)谨视：小心抚养。

欧阳修列传

欧阳修，字永叔，庐陵人。四岁而孤，母郑，守节自誓，亲诲之学，家贫，至以荻画地学书①。幼敏悟过人，读书辄成诵。及冠，嶷然有声。

宋兴且百年，而文章体裁，犹仍五季余习②。锼刻骈偶③，淟涊弗振④，士因陋守旧，论卑气弱。苏舜元舜钦、柳开、穆修辈，咸有意作而张之，而力不足。修游随，得唐韩愈遗藁于废书簏中⑤，读而心慕焉。苦志探赜⑥，至忘寝食，必欲并辔绝驰而追与之并⑦。

举进士，试南宫第一，擢甲科，调西京推官。始从尹洙游，为古文，议论当世事，迭相师友，与梅尧臣游，为歌诗相倡和，遂以文章名冠天下。入朝，为馆阁校勘。

范仲淹以言事贬，在廷多论救，司谏高若讷独以为当黜。修贻书责之，谓其不复知人间有羞耻事。若讷上其书，坐贬夷陵令，稍徙乾德令、武成节度判官。仲淹使陕西，辟掌书记⑧。修笑而辞曰："昔者之举，岂以为己利哉？同其退不同其进可也。"久之，复校勘，进集贤校理。庆历三年，知谏院。

时仁宗更用大臣，杜衍、富弼、韩琦、范仲淹皆在位，增谏官员，用天下名士，修首在选中。每进见，帝延问执政⑨，咨所宜行。既多所张弛，小人翕翕不便⑩，修虑善人必不胜，数为帝分别言之。

初，范仲淹之贬饶州也，修与尹洙、余靖皆以直仲淹见逐，目之曰"党人。"自是，朋党之论起，修乃为《朋党论》以进。其略曰："君子以同道为朋，小人以同利为朋，此自然之理也。臣谓小人无朋，惟君子则有之。小人所好者利禄，所食者财货，当其同利之时，暂相党引以为朋者，伪也。及其见利而争先，或利尽而反相贼害，虽兄弟亲戚，不能相保，故曰小人无朋。君子则不然，所守者道义，所行者忠信，所惜者名节。以之修身，则同道而相益，以之事国，则同心而共济，终始如一。故曰：'惟君子则有朋。'纣有臣亿万，惟亿万心，可谓无朋矣，而纣用以亡。武王有臣三千，惟一心，可谓大朋矣，而周用以兴。盖君子之朋，虽多而不厌故也。故为君但当退小人之伪朋，用君子之真朋，则天下治矣。"

修论事切直，人视之如雠，帝独奖其敢言，面赐五品服。顾侍臣曰："如欧阳修者，何处得来？"同修起居注，遂知制诰。故事，必试而后命，帝知修，诏特除之。

奉使河东。自西方用兵，议者欲废麟州以省馈饷。修曰："麟州天险不可废，废之，则河内郡县民皆不安居矣。不若分其兵，驻并河内诸堡，缓急得以应援，而平时可省转输⑪，于策为便。"由是州得存。又言："忻、代、岢岚多禁地废田，愿令民得耕之，不然，将为敌有。"朝廷下其议，久乃行，岁得粟数百万斛。凡河东赋敛过重民所不堪者，奏罢十数事。

使还，会保州兵乱，以为龙图阁直学士、河北都转运使。陛辞⑫，帝曰："勿为久留计，有所欲言，言之。"对曰："臣在谏职得论事，今越职而言，罪也。"帝曰："第言之，毋以中外为间。"贼平，大将李昭亮、通判冯博文私纳妇女，修捕博文系狱，昭亮惧，立出所纳妇。兵之始乱也，招以不死，既而皆杀之，胁从二千人，分隶诸郡。富弼为宣抚使，恐后生变，将使同日诛之，与修遇于内黄，夜半，屏人告之故。修曰："祸莫大于杀已降，况胁从乎？既非朝命，脱一郡不从⑬，为变不细。"弼悟而止。

方是时，杜衍等相继以党议罢去，修慨然上疏曰："杜衍、韩琦、范仲淹、富弼，天下皆知其有可用之贤，而不闻其有可罢之罪。自古小人谗害忠贤，其说不远。欲广陷良善，不过指为朋党，欲动摇大臣，必须诬以专权，其故何也？去一善人，而众善人尚在，则未为小人之利；欲尽去之，则善人少过，难为一一求瑕，唯指以为党，则可一时尽逐。至如自古大臣，已被主知而蒙信任，则难以他事动摇，唯有专权是上之所恶，必须此说，方可倾之。正士在朝，群邪所忌，谋臣不用，敌国之福也。今此四人一旦罢去，而使群邪相贺于内，四夷相贺于外，臣为朝廷惜之。"于是邪党益忌修，因其孤甥张氏狱傅致以罪⑭，左迁知制诰知滁州⑮。居二年，徙扬州、颍州。复学士，留守南京，以母忧去。服除，召判流内铨，时在外十二年矣。帝见其发白，问劳甚至。小人畏修复用，有诈为修奏，乞澄汰内侍为奸利者。其群皆怨怒，谮之⑯，出知同州，帝纳吴充言而止。迁翰林学士，俾修《唐书》。奉使契丹，其主命贵臣四人押宴⑰，曰："此非常制，以卿名重故尔。"

知嘉祐二年贡举。时士子尚为险怪奇涩之文，号"太学体"，修痛排抑之，凡如是者辄黜。毕事，向之嚣薄者伺修出⑱，聚噪于马首，街逻不能制⑲；然场屋之习⑳，从是遂变。

加龙图阁学士、知开封府，承包拯威严之后，简易循理，不求赫赫名，京师亦治。旬月，改群牧使。《唐书》成，拜礼部侍郎兼翰林侍读学士。修在翰林八年，知无不言。河决商湖，北京留守贾昌朝欲开横垅故道，回河使东流。有李仲昌者，欲导入六塔河，议者莫知所从。修以为："河水重浊，理无不淤，下流既淤，上流必决。以近事验之，决河非不能力塞，故道非不能力复，但势不能久耳。横垅功人难成，虽成将复决。八塔狭小，而以全河注之，滨、棣、德、博必被其害。不若因水所趋，增堤峻防，疏其下流，纵使入海，此数十年之利也。"宰相陈执中主昌朝，文彦博主仲昌，竟为河北患。

台谏论执中过恶，而执中犹迁延固位。修上疏，以为"陛下拒忠言，庇愚相，为圣德之累。"未几，执中罢。狄青为枢密使，有威名，帝不豫㉑，讹言籍籍㉒，修请出之于外，以保其终，遂罢知陈州，修尝因水灾上疏曰："陛下临御三纪㉓，而储宫未建，昔汉文帝初即位，以群臣之言，即立太子，而享国长久，为汉太宗。唐明宗恶人言储嗣事，不肯早定，致秦王之乱，宗社遂覆。陛下何疑而久不定乎？"其后建立英宗，盖原于此。

五年，拜枢密副使。六年，参知政事。修在兵府，与曾公亮考天下兵数及三路屯戍多少、地理远近，更为图籍。凡边防久缺屯戍者，必加搜补。其在政府，与韩琦同心辅政。凡兵民、官吏、财利之要，中书所当知者，集为总目，遇事不复求之有司。时东宫犹未定，与韩琦等协定大议，语在《琦传》。英宗以疾未亲政，皇太后垂帘，左右交搆㉔，几成嫌隙。韩琦奏事，太后泣语之故。琦以帝疾为解，太后意不释，修进曰："太后事仁宗数十年，仁德著于天下。昔温成之宠，太后处之裕如；今母子之间，反不能容邪？"太后意稍和，修复曰："仁宗在位久，德泽在人。故一日晏驾，天下奉戴嗣君，无一人敢异同者。今太后一妇人，臣等五六书生耳，非仁宗遗意，天下谁肯听从。"太后默然，久之而罢。

修平生与人尽言无所隐。及执政，士大夫有所干请㉕，辄面谕可否，虽台谏官论事，亦必以是非诘之，以是怨诽益众。帝将追崇濮王，命有司议，皆谓当称皇伯，改封大国。修引《丧服记》，以为："为人后者，为其父母服降三年为期㉖，而不没父母之名，以见服可降而名不可没也。若本生之亲，改称皇伯，历考前世，皆无典据。进封大国，则又礼无加爵之道。故中书之议，不与众同。"太后出手书，许帝称亲，尊王为皇，王夫人为后。帝不敢当。于是御史吕诲等诋修主此议，争论不已，皆被逐。惟蒋之奇之说合修意，修荐为御史，众目为奸邪。之奇患之，则思所以自解。修妇弟薛宗孺有憾于修，造帷薄不根之谤摧辱之㉗，辗转达于中丞彭思永，思永以告之奇，之奇即上章劾修。神宗初即位，欲深护修。访故宫臣孙思恭，思恭为辨释，修杜门请推治。帝使诘思永、之奇，问所从来，辞穷，皆坐黜。修亦力求退，罢为观文殿学士、刑部尚书、知亳州。明年，迁兵部尚书、知青州，改宣徽南院使、判太原府。辞不拜，徙蔡州。

修以风节自持，既数被污蔑，年六十，即连乞谢事，帝辄优诏弗许。及守青州，又以请止散青苗钱，为安石所诋，故求归愈切。熙宁四年，以太子少师致仕㉘。五年，卒，赠太子太师，谥曰文忠。

修始在滁州，号醉翁，晚更号六一居士。天资刚劲，见义勇为，虽机阱在前，触发之不顾。放逐流离，至于再三，志气自若也。方贬夷陵时，无以自遣，因取旧案反覆观之，见其枉直乖错不可胜数，于是仰天叹曰："以荒远小邑，且如此，天下固可知。"自尔，遇事不敢忽也。学者求见，所与言，未尝及文章，惟谈吏事，谓文章止于润身，政事可以及物。凡历数郡，不见治迹，不求声誉，宽简而不扰，故所至民便之。或问："为政宽简，而事不弛废，何也？"曰："以纵为宽，以略为简，则政事弛废，而民受其弊。吾所谓宽者，不为苛意；简者，不为繁碎耳。"修幼失父，母尝谓曰："汝父为吏，常夜烛治官书，屡废而叹。吾问之，则曰：'死狱也，我求其生，不得尔。'吾曰：'生可求乎？'曰：'求其生而不得，则死者与我皆无恨。夫常求其生，犹失之死，而世常求其死也。'其平居教他子弟，常用此语，吾耳熟焉。"修闻而服之终身。

为文天才自然，丰约中度。其言简而明，信而通，引物连类，折之于至理，以服人心。超然独骛㉙，众莫能及，故天下翕然师尊之。奖引后进，如恐不及，赏识之下，率为闻人。曾巩、王安石、苏洵、洵子轼、辙，布衣屏处，未为人知，修即游其声誉，谓必显于世。笃于朋友，生则振掖之㉚，死则调护其家。

好古嗜学，凡周、汉以降金石遗文，断编残简，一切掇拾，研稽异同，立说于左，的的㉛可表证，谓之《集古录》。奉诏修《唐书》纪、志、表，自撰《五代史记》，法严词约，多取《春秋》遗旨，苏轼叙其文曰："论大道似韩愈，论事似陆贽，记事似司马迁，诗赋似李白。"识者以为知言。

---

①获：多年生草本植物，与"芦"同类。根、茎均有节，与"竹"相似。

②五季：即指后梁、后唐、后晋、后汉、后周等五个时代。

③镂刻骈偶：镂刻，雕刻之意。比喻刻意修饰文词。骈偶，指对偶。

④渂涩：此处指"软弱"、"懦怯"之意。

⑤藁：指诗文的草稿。

⑥探赜：探索奥秘之意。

⑦绝驰：急速奔驰的意思。

⑧辟：此处作"推荐"、"荐举"解。

⑨执政：此处作掌管国家政事解。

⑩翕翕：此处指失意不满之貌。

⑪转输：指运输。

⑫陛辞：指朝官离开朝廷，上殿辞别皇帝。

⑬脱：此处作"假使""万一"解。

⑭傅致：附益而引致，罗织之意。

⑮左迁：降官、贬职之意。

⑯谮：通"僭"。不信之意。

⑰押宴：又作"押燕"。指陪伴宾客，主持宴会。

⑱嚣薄：浮薄之意。

⑲街逻：指巡视街巷的兵卒。

⑳场屋：此处指科举考试的地方。

㉑豫：此处作喜悦、欢快之意解。

㉒籍籍：众口喧腾之状。

㉓三纪："纪"此处作记年的单位解。一说十二年为一纪，三纪，指皇帝（宋仁宗）在位已逾三十六年矣。

㉔交搆：此处作互相构陷、播弄是非解。

㉕干请：请托的意思。

㉖为其父母服："服"字应为"报"字。有欧阳修所著《欧阳文忠公文集》卷123，《濮议劄子一首》、《仪礼丧服传》为证。

㉗不根：指没有根据，荒谬之意。

㉘致仕：辞去官职。

㉙骛：疾速行进，驰骋之意。

㉚振掖：赈济、扶持、救援，帮助之意。

㉛的的：真实，确实之意。

王安石列传

　　王安石，字介甫，抚州临川人。父益，都官员外郎①。安石少好读书，一过目终身不忘。其属文动笔如飞，初若不经意，既成，见者皆服其精妙。友生曾巩携以示欧阳修②，修为之延誉，擢进士上第，签书淮南判官③。旧制，秩满许献文求试馆职，安石独否。再调知鄞县，起堤堰，决陂塘，为水陆之利；贷谷与民，立息以偿，俾新陈相易，邑人便之。通判舒州。文彦博为相，荐安石恬退④，乞不次进用⑤，以激奔竞之风。寻召试馆职，不就。修荐为谏官，以祖母年高辞。修以其须禄养言于朝，用为群牧判官，请知常州。移提点江东刑狱，入为度支判官，时嘉祐三年也。

　　安石议论高奇，能以辨博济其说⑥，果于自用，慨然有矫世变俗之志。于是上万言书，以为："今天下之财力日以困穷，风俗日以衰坏，患在不知法度，不法先王之政故也。法先王之政者，法其意而已。法其意，则吾所改易更革，不至乎倾骇天下之耳目⑦，嚣天下之口⑧，而固已合先王之政矣。因天下之力以生天下之财，取天下之财以供天下之费，自古治世，未尝以财不足为公患也，患在治财无其道尔。在位之人才既不足，而闾巷草野之间亦少可用之才⑨，社稷之托，封疆之守，陛下其能久以天幸为常⑩，而无一旦之忧乎？愿监苟且因循之弊，明诏大臣，为之以渐，期合于当世之变。臣之所称，流俗之所不讲，而议者以为迂阔而熟烂者也。"后安石当国，其所注措⑪，大抵皆祖此书。

　　俄直集贤院。先是，馆阁之命屡下，安石屡辞；士大夫谓其无意于世，恨不识其面，朝廷每欲俾以美官⑫，惟患其不就也。明年，同修起居注，辞之累日。阁门吏赍敕就付之⑬，拒不受；吏随而拜之，则避于厕；吏置敕于案而去，又追还之；上章至八九⑭，乃受。遂知制诰，纠察在京刑狱，自是不复辞官矣。

　　有少年得斗鹑，其侪求之不与⑮，恃与之昵辄持去⑯，少年追杀之。开封当此人死，安石驳曰："按律，公取、窃取皆为盗。此不与而彼携以去，是盗也；追而杀之，是捕盗也，虽死当勿论。"遂劾府司失入⑰。府官不伏，事下审刑、大理，皆以府断为是。诏放安石罪，当诣阁门谢。安石言："我无罪。"不肯谢，御史举奏之，置不问。

　　时有诏舍人院无得申请除改文字，安石争之曰："审如是，则舍人不得复行其职，而一听大臣所为，自非大臣欲倾侧而为私，则立法不当如此。今大臣之弱者不敢为陛下守法；而强者则挟上旨以造令，谏官、御史无敢逆其意者，臣实惧焉。"语皆侵执政，由是益与之忤，以母忧去，终英宗世，召不赴。

　　安石本楚士，未知名于中朝⑱，以韩、吕二族为巨室，欲借以取重。故深与韩绛、绛弟维及吕公著友，三人更游扬之，名始盛。神宗在藩邸，维为记室，每讲说见称，维曰："此非维之说，维之友王安石之说也。"及为太子庶子，又荐自代。帝由是想见其人，甫即位，命知江宁府。数月，召为翰林学士兼侍讲，熙宁元年四月，始造朝⑲。入对，帝问为治所先，对曰："择术为先。"帝曰："唐太宗何如？"曰："陛下当法尧、舜，何以太宗为哉？尧、舜之道，至简而不烦，至要而不迂，至易而不难。但末世学者不能通知，以为高不可及尔。"帝曰："卿可谓责难于君，朕自惟眇躬⑳，恐无以副卿此意。可悉意辅朕，庶同济此道。"

一日，讲席，群臣退，帝留安石坐，曰："有欲与卿从容论议者。"因言："唐太宗必得魏徵，刘备必得诸葛亮，然后可以有为，二子诚不世出之人也。"安石曰："陛下诚能为尧、舜，则必有皋、夔、稷、卨；诚能为高宗，则必有傅说。彼二子皆有道者所羞，何足道哉？以天下之大，人民之众，百年承平，学者不为不多。然常患无人可以助治者，以陛下择术未明，推诚未至，虽有皋、夔、稷、卨、傅说之贤，亦将为小人所蔽，卷怀而去尔㉑。"帝曰："何世无小人，虽尧、舜之时，不能无四凶㉒。"安石曰："惟能辨四凶而诛之，此其所以为尧、舜也。若使四凶得肆其谗慝，则皋、夔、、稷、卨亦安肯苟食其禄以终身乎？"

登州妇人恶其夫寝陋，夜以刃断之，伤而不死。狱上，朝议皆当之死，安石独以律辨证之，为合从谋杀伤㉓，减二等论。帝从安石说，遂著为令。

二年二月拜参知政事，上谓曰："人皆不能知卿，以为卿但知经术㉔，不晓世务。"安石对曰："经术正所以经世务，但后世所谓儒者，大抵皆庸人，故世俗皆以为经术不可施于世务尔。"上问："然则卿所施设以何先？"安石曰："变风俗，立法度，正方今之所急也。"上以为然。于是设制置三司条例勾㉕，令判知枢密院事陈升之同领之。安石令其党吕惠卿预其事。而农田水利、青苗、均输、保甲、免役、市易、保马、方田诸役相继并兴，号为新法，遣提举官四十余辈，颁行天下。

青苗法者，以常平籴本作青苗钱，散与人户，令出息二分，春散秋敛。均输法者，以发运之职改为均输，假以钱货，凡上供之物，皆得徙贵就贱，用近易远，预知在京仓库所当办者，得以便宜蓄买。保甲之法，籍乡村之民，二丁取一，十家为保，保丁皆授以弓弩，教之战阵。免役之法，据家赀高下，各令出钱顾人充役，下至单丁、女户，本来无役者，亦一概输钱，谓之助役钱。市易之法，听人赊贷县官财货，以田宅或金帛为抵当，出息十分之二，过期不输，息外每月更加罚钱百分之二。保马之法，凡五路义保愿养马者，户一匹，以监牧见马给之，或官与其直，使自市，岁一阅其肥瘠，死病者补偿。力田之法，以东、西、南、北各千步，当四十一顷六十六亩一百六十步为一方，岁以九月，令、佐分地计量，验地土肥瘠，定其色号，分为五等，以地之等，均定税数。又有免行钱者，约京师百物诸行利入厚薄，皆令纳钱，与免行户抵应。自是四方争言农田水利，古陂废堰，悉务兴复。又令民封状增价以买坊场，又增茶盐之额，又设措置河北籴便使司，广积粮谷于临流州县，以备馈运。由是赋敛愈重，而天下骚然矣。

御史中丞吕诲论安石过失十事，帝为出诲㉖，安石荐吕公著代之。韩琦谏疏至，帝感悟，欲从之，安石求去。司马光答诏，有"士夫沸腾，黎民骚动"之语，安石怒，抗章自辨，帝为巽辞谢，令吕惠卿谕旨，韩绛又劝帝留之。安石入谢，因为上言中外大臣、从官、台谏、朝士朋比之情，且曰："陛下欲以先王之正道胜天下流俗，故与天下流俗相为重轻。流俗权重，则天下之人归流俗；陛下权重，则天下之人归陛下。权者与物相为重轻，虽千钧之物，所加损不过铢两而移。今奸人欲败先王之正道，以沮陛下之所为㉗，于是陛下与流俗之权适争轻重之时，加铢两之力，则用力至微，而天下之权，已归于流俗矣，此所以纷纷也。"上以为然。安石乃视事，琦说不得行。

安石与光素厚，光援朋友责善之义，三贻书反覆劝之，安石不乐。帝用光副枢密，光辞未拜而安石出，命遂寝。公著虽为所引，亦以请罢新法出颍州。刺史刘述、刘琦、钱𫖮、孙昌龄、王子韶、程颢、张戬、陈襄、陈荐、谢景温、杨绘、刘挚㉘，谏官范纯仁、李常、孙觉、胡宗愈皆不得其言，相继去。骤用秀州推官李定为御史，知制诰宋敏求、李大临、苏颂封还词头㉙，御史林旦、薛昌朝、范育论定不孝，皆罢逐。翰林学士范镇三疏言青苗，夺职致仕。惠卿遭丧去，安石未知所托，得曾布，信任之，亚于惠卿。

三年十二月，拜同中书门下平章事。明年春，京东、河北有烈风之异，民大恐。帝批付中书，令省事安静以应天变，放遣两路募夫，责有司、郡守不以上闻者。安石执不下。

开封民避保甲，有截指断腕者，知府韩维言之，帝问安石，安石曰："此固未可知，就令有之，亦不足怪。今士大夫睹新政，尚或纷然惊异；况于二十万户百姓，固有蠢愚为人所惑动者，岂应为此遂不敢一有所为邪？"帝曰："民言合而听之则胜，亦不可不畏也。"

东明民或遮宰相马诉助役钱，安石白帝曰："知县贾蕃乃范仲淹之婿，好附流俗，致民如是。"又曰："治民当知其情伪利病，不可示姑息。若纵之便妄经省台，鸣鼓邀驾③，恃众侥倖，则非所以为政。"其强辩背理率类此③。

帝用韩维为中丞，安石憾囊言③，指为善附流俗以非上所建立，因维辞而止。欧阳修乞致仕，冯京请留之，安石曰："修附丽韩琦，以琦为社稷臣。如此人，在一郡则坏一郡，在朝廷则坏朝廷，留之安用？"乃听之。富弼以格青苗解使相③，安石谓不足以阻奸，至比之共、鲧。灵台郎尤瑛言天久阴，星失度，宜退安石，即黥隶英州。唐垌本以安石引荐为谏官，因请对，极论其罪，谪死。文彦博言市易与下争利，致华岳山崩。安石曰："华山之变，殆天意为小人发。市易之起，自为细民久困，以抑兼并尔，于官何利焉。"阏其奏④，出彦博守魏。于是吕公著、韩维、安石藉以立声誉者也；欧阳修、文彦博，荐已者也；富弼、韩琦，用为侍从者也；司马光、范镇，交友之善者也；悉排斥不遗力。

礼官议正太庙太祖东向之位⑤，安石独定议还僖祖于祧庙，议者合争之⑥，弗得。上元夕，从驾乘马入宣德门，卫士诃止之，策其马。安石怒，上章请逮治。御史蔡确言："宿卫之士，拱扈至尊而已⑦，宰相下马非其处，所应诃止⑧。"帝卒为杖卫士，斥内侍，安石犹不平。王韶开熙河奏功，帝以安石主议，解所服玉带赐之。

七年春，天下久旱，饥民流离，帝忧形于色，对朝嗟叹，欲尽罢法度之不善者。安石曰："水旱常数，尧、汤所不免，此不足招圣虑，但当修人事以应之。"帝曰："此岂细事，朕所以恐惧者，正为人事之未修尔。今取免行钱太重，人情咨怨，至出不逊语。自近臣以至后族⑨，无不言其害。两宫泣下，忧京师乱起，以为天旱更失人心。"安石曰："近臣不知为谁，若两宫有言，乃向经、曹佾所为尔。"冯京曰："臣亦闻之。"安石曰："士大夫不退者以京为归，故京独闻其言，臣未之闻也。"监安上门郑侠上疏，绘所见流民扶老携幼困苦之状，为图以献，曰："旱由安石所致。去安石，天必雨。"侠又坐窜岭南。慈圣、宣仁二太后流涕谓帝曰："安石乱天下。"帝亦疑之。遂罢为观文殿大学士、知江陵府⑩，自礼部侍郎超九转为吏部尚书。

吕惠卿服阕⑪，安石朝夕汲引之，至是，白为参知政事，又乞召韩绛代己。二人守其成谋，不少失，时号绛为"传法沙门"，惠卿为"护法善神"。而惠卿实欲自得政，忌安石复来，因郑侠狱陷其弟安国，又起李士宁狱以倾安石。绛觉其意，密白帝请召之。八年二月，复拜相，安石承命，即倍道来⑫。三经义成，加尚书左仆射兼门下侍郎，以子雱为龙图阁直学士。雱辞，惠卿劝帝允其请，由是嫌隙愈著。惠卿为蔡承禧所击，居家俟命。雱风御史中丞邓绾⑬，复弹惠卿与知华亭县张若济为奸利事，置狱鞫之，惠卿出守陈。

十月，彗出东方，诏求直言，及询政事之未协于民者。安石率同列疏言："晋武帝五年，彗出轸⑭，十年，又有孛⑮。而其在位一十八年，与乙巳占所期不合。盖天道远，先王虽有官占，而所信者人事而已。天文之变无穷，上下傅会，岂无偶合。周公、召公，岂欺成王哉。其言中宗享国日久，则曰'严恭寅畏，天命自度，治民不敢荒宁'，其言夏、商多历年所，亦曰'德'而已。裨灶言火而验，故禳之，国侨不听，则曰'不用吾言郑又将火'，侨终不听，郑亦不火。有如裨灶，未免妄诞，况今星工哉。所传占书，又世所禁，膳写讹误，尤不可知。陛下盛德至善，非特贤于中宗，周、召所言，则既阅而尽之矣，岂须愚瞽复有所陈⑯。窃闻两宫以此为忧，望以臣等所言，力行开慰。"帝曰："闻民间殊苦新法。"安石曰："祁寒暑雨⑰，民犹怨咨，此无庸恤。"帝曰："岂若并祁寒暑雨之怨亦无邪？"安石不悦，退而属疾卧，帝慰勉起之。其党谋曰："今不取上素所不喜者暴进用之，则权轻，将有窥人间隙者。"安石是其策。帝喜其出，悉从之。时出师安南，谍得其露布⑱，言："中国行青苗、助役之法，穷困生民⑲。我今出兵，欲相拯济。"安石怒，自草敕榜诋之。

华亭狱久不成，雱以属门下客吕嘉问、练亨甫共议，取邓绾所列惠卿事，杂他书下制狱，安石不知也。省吏告惠卿于陈，惠卿以状闻，且讼安石曰："安石尽弃所学，隆尚纵横之末数，方命矫令，罔上要君。此数恶力行于年岁之间，虽古之失志倒行而逆施者，殆不如此。"又发安石私书曰"无使上知"者。帝以示安石，安石谢无有，归以问雱，雱言其情，安石咎之。雱愤患，疽发背死。安石暴绾罪，云"为臣子弟求官及荐臣婿蔡卞"，遂与亨甫皆得罪。绾始以附安石居言职，及安石与吕惠卿相倾，绾极力助攻惠卿。上颇厌安石所为，绾惧失势，屡留之于上，其言无所顾忌；亨甫险薄，诣事雱以进，至是皆斥。

安石之再相也，屡谢病求去，及子雱死，尤悲伤不堪，力请解幾务⑳，上益厌之，罢为镇南军节度使，同平章事、判江宁府。明年，改集禧观使，封舒国公。屡乞还将相印。元丰三年，复拜左仆射、观文殿大学士。换特进，改封荆。哲宗立，加司空。

元祐元年，卒，年六十八㉑，赠太傅。绍圣中，谥曰文，配享神宗庙庭。崇宁三年，又配食文宣王庙，列于颜、孟之次，追封舒王。钦宗时，杨时以为言，诏停之。高宗用赵鼎、吕聪问言，停宗庙配享，削其王封。

初安石训释《诗》、《书》、《周礼》，既成，颁之学官，天下号曰"新义"。晚居金陵，又作《字说》，多穿凿傅会㉒。其流入于佛、老。一时学者，无敢不传习，主司纯用以取士，士莫得自名一说，先儒传注，一切废不用，黜春秋之书，不使列于学官，至戏目为"断烂朝报"。

安石未贵时，名震京师，性不好华腴㉓，自奉至俭，或衣垢不浣㉔，面垢不洗，世多称其贤，蜀人苏洵独曰："是不近人情者，鲜不为大奸慝㉕。"作《辩奸论》以刺之，谓王衍、卢杞合为一人。

安石性强忮，遇事无可否，自信所见，执意不回。至议变法，而在廷交执不可，安石传经义，出己意，辩论辄数百言，众不能诎。甚者谓"天变不足畏，祖宗不足法，人言不足恤"。罢黜中外老成人几尽，多用门下儇慧少年。久之，以旱引去，泊复相㉖，岁余罢，终神宗世不复召，凡八年。子雱。

<hr />

① 都官：隋唐时指刑部尚书。

② 友生：朋友之意。

③ 签书：此处作签字署名之意解。

④ 恬退：淡于名利，安于退让之意。

⑤ 不次：不依寻常次序之意。

⑥ 博济：广乏救助之意。

⑦ 倾骇：惊骇的意思。

⑧ 嚣：此处作"夸耀"之意解。

⑨ 闾巷：乡里、里巷。借指民间。

⑩ 天幸：天赐之幸，侥倖之意。

⑪ 注措：亦作"注错"。指措置，安排处置。

⑫俾：“使”的意思。

⑬阁门：宋朝负责官员朝参、宴饮、礼仪等事宜的机关。

⑭八九：此处指八个或九个。

⑮侪：此处作“类”字解。

⑯昵：指“亲近”、“套近乎”之意。

⑰失入：指轻罪重判，或不该判刑而被判刑之人及事。

⑱中朝：此处作“朝廷”、“朝中”之意解。

⑲造朝：指进谒、朝谨之意。

⑳眇躬：旧时帝后自称之词。

㉑卷怀：语本《论语·卫灵公》：“邦无道，则可卷而怀之。”卷，收也。怀，与“裹”同，藏也。后以“卷怀”为藏身隐退，收心息虑之行为者。

㉒四凶：相传为尧舜时代四个恶名昭著的部族首领。

㉓合从：泛指联合。

㉔经术：犹“经学”。

㉕勾：疑为“司”之误。

㉖出：此处作“除去”之意解。

㉗沮：阻止、破坏之意。

㉘刺史：应作“御史”。据查证：刘述等当时都是御史。另据宋史卷14、卷15《神宗纪》及刘述等传各卷，以及《东都事略》卷79《王安石传》等均作“御史”。

㉙词头：朝廷命词臣撰拟诏救时的摘由或提要。

㉚邀驾：指拦挡御驾。

㉛强辩：死辩之意。

㉜曩：先时，以前之意。

㉝格：此处作“推究”解。

㉞阏：遏止，抑制之意。

㉟东向：面向东。古代以东方为上方、尊位。

㊱祧庙：指远祖庙。

㊲拱扈：环绕、护卫的意思。

㊳诃止：诃斥使止的意思。

㊴后族：指皇后的亲族。

㊵江陵府：应为“江宁府”。据查，《东都事略》卷79本传、《长编》卷252及王安石《临川先生文集》卷57《观文殿学士知江守府谢上表》均注明为“江宁府”。

㊶服阕：指守丧期满除服。

㊷倍道：此处作“兼程”义解。

㊸风：此处同讽。劝谏、讽谏之意。

㊹轸：一说“星宿名”。二十八宿之一，南方朱雀七宿的最后一宿。有星四颗。另一说为“古国名”。大约在今应城县西。此处拟以后说为宜。

㊺孛：此处作慧星的别称解。

㊻愚瞽：指愚钝而又昧于事理或愚昧的人。

㊼祁寒：严寒的意思。

㊽露布：泛指文告、布告、通告之类。

㊾中国：上古时代，我国华夏族建国于黄河流域一带，以为居天下之中，故称中国，而把周围其他地区称之为四方，故周边地方的诸国称中原地区为“中国”。

㊿幾务：机要的事务。多指军国大事。

51卒年六十八：应为卒年六十六。据查《东都事略》卷79本传、《琬琰集》下编卷14《王荆公安石传》等均为卒年六十六。

52傅会：亦用作附会。牵强附会之意。

㊼华腴：此处指衣食丰美，美好的生活享受。

㊸瀚：即"浣"。洗涤的意思。

㊾奸心：指坏心思，作恶之心。

㊿泊：此处作淡泊之意解。

司马光列传

司马光，字君实，陕州夏县人也。父池，天章阁待制。光生七岁，凛然如成人，闻讲《左氏春秋》，爱之，退为家人讲，即了其大旨。自是手不释书，至不知饥渴寒暑。群儿戏于庭，一儿登瓮，足跌没水中，众皆弃去，光持石击瓮破之，水迸，儿得活。其后京、洛间画以为图。仁宗宝元初，中进士甲科。年甫冠①，性不喜华靡，闻喜宴独不戴花，同列语之曰："君赐不可违。"乃簪一枝。

除奉礼郎，时池在杭，求签苏州判官事以便亲，许之。丁内外艰，执丧累年，毁瘠如礼②。服除，签书武成军判官事，改大理评事，补国子直讲。枢密副使庞籍荐为馆阁校勘，同知礼院。

中官麦允言死，给卤簿③。光言："繁缨以朝④，孔子且犹不可。允言近习之臣⑤，非有元勋大劳，而赠以三公官，给一品卤簿，其视繁缨，不亦大乎。"夏竦赐谥文正，光言："此谥之至美者，竦何人，可以当之"？改文庄。加集贤校理。

从庞籍辟，通判并州。麟州屈野河西多良田，夏人蚕食其地，为河东患。籍命光按视，光建"筑二堡以制夏人，募民耕之，耕者众则籴贱，亦可渐纾河东贵籴远输之忧。"籍从其策；而麟将郭恩勇且狂，引兵夜渡河，不设备，没于敌，籍得罪去。光三上书自引咎，不报。籍没，光升堂拜其妻如母，抚其子如昆弟，时人贤之。

改直秘阁、开封府推官。交趾贡异兽，谓之麟，光言："真伪不可知，使其真，非自至不足为瑞，愿还其献。"又奏赋以风。修起居注，判礼部。有司奏日当食，故事食不满分，或京师不见，皆表贺。光言："四方见、京师不见，此人君为阴邪所蔽；天下皆知而朝廷独不知，其为灾当益甚，不当贺。"从之。

同知谏院。苏辙答制策切直，考官胡宿将黜之，光言："辙有爱君忧国之心，不宜黜。"诏寘末级⑥。

仁宗始不豫，国嗣未立，天下寒心而莫敢言。谏官范镇首发其议，光在并州闻而继之，且贻书劝镇以死争⑦。至是，复面言："臣昔通判并州，所上三章，愿陛下果断力行。"帝沉思久之，曰："得非欲选宗室为继嗣者乎⑧？此忠臣之言，但人不敢及耳。"光曰："臣言此，自谓必死，不意陛下开纳。"帝曰："此何害，古今皆有之。"光退未闻命，复上疏曰："臣向者进说，意谓即行，今寂无所闻，此必有小人言陛下春秋鼎盛，何遽为不祥之事。小人无远虑，特欲仓卒之际，援立其所厚善者耳。'定策国老'、'门生天子'之祸，可胜言哉？"帝大感动曰："送中书。"光见韩琦等曰："诸公不及今定议，异日禁中夜半出寸纸⑨，以某人为嗣，则天下莫敢违。"琦等拱手曰："敢不尽力。"未几，诏英宗判宗正，辞不就，遂立为皇子，又称疾不入。光言："皇子辞不赀之富⑩，至于旬月，其贤于人远矣。然父召无诺，君命召不俟驾，愿以臣子大义责皇子，宜必入。"英宗遂受命。

兖国公主嫁李玮，不相能，诏出玮卫州，母杨归其兄璋，主人居禁中。光言："陛下追念章懿太后，故使玮尚主。今乃母子离析，家事流落，独无雨露之感乎？玮既黜，主安得无罪。"帝悟，降主沂国，待李氏恩不衰。

进知制诰，固辞，改天章阁待制兼侍讲，知谏院。时朝政颇姑息，胥史喧哗则逐中执法，辇官悖慢则退宰相[11]，卫士凶逆而狱不穷治，军卒置三司使而以为非犯阶级[12]。光言皆陵迟之渐，不可以不正。

充媛董氏薨，赠淑妃，辍朝成服，百官奉慰，定谥，行册礼，葬给卤簿。光言："董氏秩本微，病革方拜充媛。古者妇人无谥，近制惟皇后有之。卤簿本以赏军功，未尝施于妇人。唐平阳公主有举兵佐高祖定天下功，乃得给。至韦庶人始令妃主葬日皆给鼓吹，非令典，不足法。"时有司定后宫封赠法，后与妃俱赠三代，光论："妃不当与后同，袁盎引却慎夫人席，正为此耳。天圣亲郊，太妃止赠二代，而况妃乎？"

英宗立，遇疾，慈圣光献后同听政。光上疏曰："昔章献明肃有保佑先帝之功，特以亲用外戚小人，负谤海内。今摄政之际，大臣忠厚如王曾，清纯如张知白，刚正如鲁宗道，质直如薛奎者，当信用之；狠鄙如马季良[13]，谗谄如罗崇勋者，当疏远之，则天下服。"

帝疾愈，光料必有追隆本生事，即奏言："汉宣帝为孝昭后，终不追尊卫太子、史皇孙；光武上继元帝，亦不追尊钜鹿、南顿君，此万世法也。"后诏两制集议濮王典礼，学士王珪等相视莫敢先，光独奋笔书曰："为人后者为之子，不得顾私亲。王宜准封赠期亲尊属故事[14]，称为皇伯，高官大国，极其尊荣。"议成，珪即命吏以其手藁为按。既上与大臣意殊，御史六人争之力，皆斥去。光乞留之，不可，遂请与俱贬。

初，西夏遣使致祭，延州指使高宜押伴[15]，傲其使者，侮其国主，使者诉于朝。光与吕诲乞加宜罪，不从。明年，夏人犯边，杀略吏士。赵滋为雄州，专以猛悍治边，光论其不可。至是，契丹之民捕鱼界河，伐柳白沟之南，朝廷以知雄州李中祐为不材，将伐之。光谓："国家当戎夷附顺时，好与之计较末节，及其桀骜[16]，又从而姑息之。近者西祸生于高宜，北祸起于赵滋；时方贤此二人，故边臣皆以生事为能，渐不可长。宜敕边吏，疆场细故辄以矢刃相加者，罪之。"

仁宗遗赐直百余万，光率同列三上章，谓："国有大忧，中外窘乏，不可专用乾兴故事。若遗赐不可辞，宜许侍从上进金钱佐山陵。"不许。光乃以所得珠为谏院公使钱[17]，金以遗舅氏，义不藏于家。后还政，有司立式[18]，凡后有所取用，当覆奏乃供。光云："当移所属使立供已，乃具数白后，以防矫伪。"

曹佾无功除使相，两府皆迁官。光言："陛下欲以慰母心，而迁除无名，则宿卫将帅、内侍小臣，必有觊望。"已而迁都知任守忠等官，光复争之，国论[19]："守忠大奸，陛下为皇子，非守忠意，沮坏大策[20]，离间百端，赖先帝不听；及陛下嗣位，反覆交构[21]，国之大贼。乞斩于都市，以谢天下。"责守忠为节度副使，蕲州安置，天下快之。

诏刺陕西义勇二十万，民情惊挠[22]，而纪律疏略不可用。光抗言其非，持白韩琦。琦曰："兵贵先声，谅祚方桀骜，使骤闻益兵二十万，岂不震慑？"光曰："兵之贵先声，为无其实也。独可欺之于一日之间耳。今吾虽益兵，实不可用，不过十日，彼将知其详，尚何惧？"琦曰："君但见庆历间乡兵刺为保捷，忧今复然，已降敕榜与民约，永不充军戍边矣。"光曰："朝廷尝失信，民未敢以为然，虽光亦不能不疑也。"琦曰："吾在此，君无忧。"光曰："公长在此地，可也；异日他人当位，因公见兵，用之运粮戍边，反掌间事耳。"琦嘿然，而讫不为止。不十年，皆如光虑。

王广渊除直集贤院，光论其奸邪不可近："昔汉景帝重卫绾，周世宗薄张美。广渊当仁宗之世，私自结于陛下，岂忠臣哉？宜黜之以厉天下。"进龙图阁直学士。

神宗即位，擢为翰林学士，光力辞。帝曰："古之君子，或学而不文，或文而不学，惟董仲舒、扬雄兼之。卿有文学，何辞为？"对曰："臣不能为四六㉓。"帝曰："如两汉制诏可也；且卿能进士取高第，而云不能四六，何邪？"竟不获辞。

御史中丞王陶以论宰相不押班罢㉔，光代之，光言："陶由论宰相罢，则中丞不可复为。臣愿俟既押班，然后就职。"许之。遂上疏论修心之要三：曰仁，曰明，曰武；治国之要三：曰官人，曰信赏，曰必罚。其说甚备。且曰："臣获事三朝，皆以此六言献，平生力学所得，尽在是矣。"御药院内臣，国朝常用供奉官以下，至内殿崇班则出，近岁暗理官资，非祖宗本意。因论高居简奸邪，乞加远窜㉕。章五上，帝为出居简，尽罢寄资者。既而复留二人，光又力争之。张方平参知政事，光论其不叶物望㉖，帝不从。还光翰林兼侍读学士。

光常患历代史繁，人主不能遍览，遂为《通志》八卷以献。英宗悦之，命置局秘阁，续其书。至是，神宗名之曰《资治通鉴》，自制序授之，俾日进读㉗。

诏录颍邸直省官四人为阁内祇候，光曰："国初草创，天步尚艰㉘，故御极之初，必以左右旧人为腹心耳目，谓之随龙㉙，非平日法也。阁门祇候在文臣为馆职，岂可使厮役为之。"

西戎部将嵬名山欲以横山之众，又谅祚以降，诏边臣招纳其众。光上疏极论，以为："名山之众，未必能制谅祚。幸而胜之，灭一谅祚，生一谅祚，何利之有；若其不胜，必引众归我，不知何以待之。臣恐朝廷不独失信谅祚，又将失信于名山矣。若名山余众尚多，还北不可，入南不受，穷无所归，必将突据边城以救其命。陛下不见侯景之事乎？"上不听，遣将种谔发兵迎之。取绥州，费六十万㉚，西方用兵，盖自此始矣。

百官上尊号，光当答诏，言："先帝亲郊，不受尊号，末年有献议者，谓国家与契丹往来通信，彼有尊号我独无，于是复以非时奉册。昔匈奴冒顿自称'天地所生日月所置匈奴大单于'，不闻汉文帝复为大名以加之也。愿追述先帝本意，不受此名。"帝大悦，手诏奖光，使善为答辞，以示中外。

执政以河朔旱伤，国用不足，乞南郊勿赐金帛。诏学士议光与王珪，王安石同见，光曰："救灾节用，宜自贵近始，可听也。"安石曰："常衮辞堂馔㉛，时以为衮自知不能，当辞位不当辞禄。且国用不足，非当世急务，所以不足者，以未得善理财者故也。"光曰："善理财者，不过头会箕敛尔。"安石曰："不然，善理财者，不加赋而国用足。"光曰："天下安有此理？天地所生财货百物，不在民，则在官，彼设法夺民，其害乃甚于加赋。此盖桑羊欺武帝之言，太史公书之以见其不明耳。"争议不已。帝曰："朕意与光同，然姑以不允答之。"会安石草诏，引常衮事责两府，两府不敢复辞。

安石得政，行新法，光逆疏其利害。迩英进读，至曹参代萧何事，帝曰："汉常守萧何之法不变，可乎？"对曰："宁独汉也，使三代之君常守禹、汤、文、武之法，虽至今存可也。汉武取高帝约束纷更，盗贼半天下，元帝改孝宣之政，汉业遂衰。由此言之，祖宗之法不可变也。"

吕惠卿言："先王之法，有一年一变者，'正月始和，布法象魏'是也；有五年一变者，巡守考制度是也；有三十年一变者，'刑罚世轻世重'是也。光言非是，其意以风朝廷耳。"帝问光，光曰："布法象魏，布旧法也。诸侯变礼易乐者，王巡守则诛之，不自变也。刑新国用轻典㉜，乱国用重典，是为世轻世重，非变也。且治天下譬如居室，敝则修之，非大坏不更造也。公卿侍从皆在此，愿陛下问之。三司使掌天下财，不才而黜可也，不可使执政侵其事。今为制置三司条例司，何也？宰相以道佐人主，安用例㉝？苟用例，则胥吏矣。今为看详中书条例司，何也？"惠卿不能对，则以他语诋光。帝曰："相与论是非耳，何至是。"光曰："平民举钱出息，尚能亏食下户，况县官督责之威乎！"惠卿曰："青苗法，愿取则与之，不愿不强也。"光曰："愚民知取债之利，不知还债之害，非独县官不强，富民亦不强也。昔太宗平河东，立籴法，时米斗十钱，民乐与官为市。其后物贵而和籴不解，遂为河东世世患。臣恐异日之青苗？亦犹是也。"帝曰："坐仓籴米何如？"坐者皆起，光曰："不便。"惠卿曰："籴米百万斛，则省东西之漕，以其钱供京师。"光曰："东南钱荒而粒米狼戾③，今不籴米而漕钱，弃其有余，取其所无，农末皆病矣⑤！"侍讲吴申起曰："光言，至论也。"

它日留对，帝曰："今天下汹汹者，孙叔敖所谓，国之有是'众之所恶'也。"光曰："然。陛下当论其是非。今条例司所为，独安石、韩绛、惠卿以为是耳，陛下岂能独与此三人共为天下邪？"帝欲用光，访之安石。安石曰："光外托劘上之名⑯，内怀附下之实。所言尽害政之事，所与尽害政之人，而欲置之左右，使与国论，此消长之大机也。光才岂能害政，但在高位，则异论之人倚以为重。韩信立汉赤帜㊲，赵卒气夺㊳，今用光，是与异论者立赤帜也。"

安石以韩琦上疏，卧家求退。帝乃拜光枢密副使，光辞之曰："陛下所以用臣，盖察其狂直，庶有补于国家。若徒以禄位荣之，而不取其言，是以天官私非其人也。臣徒以禄位自荣，而不能救生民之患，是盗窃名器以私其身也。陛下诚能罢制置条例司，追还提举官，不行青苗、助役等法，虽不用臣，臣受赐多矣。今言青苗之害者，不过谓使者骚动州县，为今日之患耳。而臣之所忧，乃在十年之外，非今日也。夫民之贫富，由勤惰不同，惰者常乏，故必资于人。今出钱贷民而敛其息，富者不愿取，使者以多散为功，一切抑配㊳，恐其逋负，必令贫富相保，贫者无可偿，则散而之四方；富者不能去，必责使代偿数家之负。春算秋计，辗转日滋，贫者既尽，富者亦贫，十年之外，百姓无复存者矣。又尽散常平钱谷，专行青苗，它日若思复之，将何所取？富室既尽，常平已废，加之以师旅，因之以饥馑，民之羸者必委死沟壑㊵，壮者必聚而为盗贼，此事之必至者也。"抗章至七八，帝使谓曰："枢密，兵事也，官各有职，不当以他事为辞。"对曰："臣未受命，则犹侍从也，于事无不可言者。"安石起视事，光乃得请，遂求去。

以端明殿学士知永兴军。宣抚使下令分义勇戍边，选诸军骁勇士。募市井恶少年为奇兵；调民造乾糒㊶，悉修城池楼橹，关辅骚然。光极言："公私困敝，不可举事，而京兆一路皆内郡，缮治非急。宣抚之令，皆未敢从，若乏军兴，臣当任其责。"于是一路独得免。徙知许州，趣入觐，不赴；请判西京御史台归洛，自是绝口不论事。而求言诏下，光读之感泣，欲嘿不忍㊷，乃复陈六事，又移书责宰相吴充，事见《充传》。

蔡天申为察访，妄作威福，河南尹、转运使敬事之如上官；尝朝谒应天院神御殿，府独为设一班，示不敢与抗。光顾谓台吏曰："引蔡寺丞归本班。"吏即引天申立监竹木务官富赞善之下。天申窘沮㊳，即日行。元丰五年，忽得语涩疾㊴，疑且死，豫作遗表置卧内，即有缓急，当以畀所善者上之㊺。官制行，帝指御史大夫曰："非司马光不可。"又将以为东宫师傅。蔡确曰："国是方定，愿少迟之。"《资治通鉴》未就，帝尤重之，以为贤于荀悦《汉纪》，数促使终篇，赐以颍邸旧书二千四百卷。及书成，加资政殿学士。凡居洛阳十五年，天下以为真宰相，田夫野老皆号为司马相公，妇人孺子亦知其为君实也。

帝崩，赴阙临㊻，卫士望见，皆以手加额曰："此司马相公也。"所至，民遮道聚观，马至不得行，曰："公无归洛，留相天子，活百姓。"哲宗幼冲，太皇太后临政，遣使问所当先，光谓："开言路。"诏榜朝堂。而大臣有不悦者，设六语云："若阴有所坏；犯非其分；或扇摇机事之重；或迎合已行之令；上以侥幸希进；下以眩惑流俗。若此者，罚无赦。"后复命示光，光曰："此非求谏，乃拒谏也。人臣惟不言，言则入六事矣。"乃具论其情，改诏行之，于是上封者以千数。

起光知陈州，过阙，留为门下侍郎。苏轼自登州召还，缘道人相聚号呼曰："寄谢司马相公，毋去朝廷，厚自爱以活我。"是时天下之民，引领拭目以观新政，而议者犹谓"三年无改于父之道，"但毛举细事⑰，稍塞人言。光曰："先帝之法，其善者虽百世不可变也。若安石、惠卿所建为天下害者，改之当如救焚拯溺。况太皇太后以母改子，非子改父。"众议甫定。遂罢保甲团教，不复置保马；废市易法，所储物皆鬻之，不取息，除民所欠钱，京东铁钱及茶盐之法，皆复其旧。或谓光曰："熙丰旧臣，多恓巧小人，他日有以父子义间上，则祸作矣。"光正色曰："天若祚宗社，必无此事。"于是天下释然，曰："此先帝本意也。"

元祐元年复得疾，诏朝会再拜，勿舞蹈⑱。时青苗、免役、将官之法犹在，而西戎之议未决。光叹曰："四患未除，吾死不瞑目矣。"折简与吕公著云⑲："光以身付医，以家事付愚子，惟国事未有所托，今以属公。"乃论免役五害，乞直降敕罢之。诸将兵皆隶州县，军政委守令通决。废提举常平司，以其事归之转运、提点刑狱。边计以和戎为便⑳。谓监司多新进少年，务为刻急，令近臣于郡守中选举，而于通判中举转运判官。又立十科荐士法。皆从之。

拜尚书左仆射兼门下侍郎，免朝觐，许乘肩舆，三日一入省。光不敢当，曰："不见君，不可以视事。"诏令子康扶入对，且曰："毋拜。"遂罢青苗钱，复常平籴粜法。两宫虚己以听㉑。辽、夏使至，必问光起居，敕其边吏曰："中国相司马矣，毋轻生事，开边隙。"光自见言行计从，欲以身徇社稷，躬亲庶务，不舍昼夜。宾客见其体羸，举诸葛亮食少事烦以为戒，光曰："死生，命也。"为之益力。病革，不复自觉，谆谆如梦中语，然皆朝廷天下事也。

是年九月薨，年六十八。太皇太后闻之恸，与帝即临其丧，明堂礼成不贺，赠太师、温国公，襚以一品礼服，赙银绢七千。诏户部侍郎赵瞻、内侍省押班冯宗道护其丧，归葬陕州。谥曰文正，赐碑曰忠清粹德。京师人罢市往吊，鬻衣以致奠，巷哭以过车。及葬，哭者如哭其私亲。岭南封州父老，亦相率具祭，都中及四方皆画像以祀，饮食必祝。

光孝友忠信，恭俭正直，居处有法，动作有礼。在洛时，每往夏县展墓㉒，必过其兄旦，旦年将八十，奉之如严父，保之如婴儿。自少至老，语未尝妄，自言："吾无过人者，但平生所为，未尝有不可对人言者耳。"诚心自然，天下敬信，陕、洛间皆化其德，有不善，曰："君实得无知之乎？"

光于物澹然无所好，于学无所不通，惟不喜释、老，曰："其微言不能出吾书，其诞吾不信也。"洛中有田三顷，丧妻，卖田以葬，恶衣菲食以终其身。

绍圣初，御史周秩首论光诬谤先帝，尽废其法。章惇、蔡卞请发冢斫棺，帝不许，乃令夺赠谥，仆所立碑。而惇言不已，追贬清远军节度副使，又贬崖州司户参军。徽宗立，复太子太保。蔡京擅政，复降正议大夫，京撰奸党碑，令郡国皆刻石。长安石工安民当镌字，辞曰："民愚人，固不知立碑之意。但如司马相公者，海内称其正直，今谓之奸邪，民不忍刻也。"府官怒，欲加罪，泣曰："被役不敢辞，乞免镌安民二字于石末，恐得罪于后世。"闻者愧之。

靖康元年，还赠谥。建炎中，配飨哲宗庙廷。

----

①甫：方才，刚刚之意。

②毁瘠：亦作"毁胔"、"毁眥"、"毁骴"。因居丧过哀而极度瘦弱。

③卤簿：古代帝王驾出时扈从的仪仗队。出行的目的不同，仪式亦各有别。自汉以后亦用于后妃、太子、王公大臣。唐制，四品以上皆给卤簿。

④繁缨：亦作"鞶缨"。古代天子、诸侯所用络马的带饰。繁，马腹带；缨，马颈革。

⑤近习：指君主宠爱亲信之人。

⑥寘：此处作"放置"、"安置"之意解。

⑦贻：此处作给予，致以意解。

⑧得非：犹"得无"、"莫非是"之意。

⑨寸纸：指"短纸"，借指"信扎"。

⑩不赀：指不可比量、不可计数之意。

⑪辇：此处借指"京城"。

⑫詈：骂、责备之意。　　阶级：这里指尊卑上下的等级。

⑬猥鄙：卑劣、低劣之意。

⑭期亲：又称"箕亲"指服丧一年的亲属。

⑮押伴：此处作"压抑"、"羁绊"之意解。

⑯桀骜：指凶悍倔强之意。

⑰公使钱：宋代官府用于宴请或馈送过往官员的费用。

⑱立：此处作"制定"、"建立"之意解。

⑲国论：指有关国家大计的言论、主张。

⑳沮坏：指毁坏、败坏、破坏之意。

㉑交构：此处指互相勾结、播弄是非，或互相构陷之意。

㉒骜挠：即惊扰。

㉓四六：文体名。骈文的一体。因以四字、六字为对偶，故名。骈文以四六对偶者，形成于南朝，盛行于唐宋。唐以来，格式完全定型。遂称"四六"。也称"四六文"或"四六"体。

㉔押班：指百官朝会时的领班，管理百官朝会的位次。宋制，由参政知事、宰相分日押班。

㉕远窜：此处作流放边土之意解。

㉖物望：指"人望"、"众望"之意。

㉗俾：此处作"比"、"从"解。

㉘天步：天之行步。指国运、时运之意。

㉙随龙：指东宫僚佐官吏随太子即位而得到重用之意。

㉚六十万：此处疑为六十万万。据《东坡七集》正集卷36《司马光行状》、《东都事略》卷87上本传，都记载为"六十万万"。故疑此处漏一"万"字。

㉛堂馔：唐朝时政事堂的公馔。

㉜刑：此处作"刑法"、"法度"解。

㉝例：此处作"陈例"、"旧例"、"旧规"、"惯例"解。

㉞狼戾：此处作"散乱堆积"意解。

㉟农末："末"谓逐末利，指商业。农末系指农业与商业。

㊱谲上：指规劝君上，谓直言净谏。

㊲赤帜：此处比喻领袖人物或领袖地位。

㊳气夺：丧失勇气的意思。

㊴抑配：指强行摊派。

㊵羸：指衰病、瘦弱、困惫之意。

㊶乾糒：指干粮。

㊷嘿：表示赞叹、惊异或提起注意之意。

㊸窘沮：尴尬、惭愧之意。

㊹语涩：指说话艰难，不流利。

㊺畀：此处作"委派"意解。

㊻阙：指帝王居住之所，泛指京城。

㊼毛举：粗略地列举之意。

㊽舞蹈：这里指臣下朝见君王时的礼节。

㊾折简：此处指裁纸写信之意。

㊿边计：指防守边疆之计。

○51虚己：犹无我。言人能无我，则凡事不着意。

㉒展墓：指劣视坟墓之意。

苏 轼 列 传

苏轼字子瞻，眉州眉山人。生十年，父洵游学四方，母程氏亲授以书，闻古今成败，辄能语其要。程氏读东汉《范滂传》，慨然太息①，轼请曰："轼若为滂，母许之否乎？"程氏曰："汝能为滂，吾顾不能为滂母邪？"

比冠，博通经史，属文日数千言，好贾谊、陆贽书。既而读《庄子》，叹曰："吾昔有见，口未能言，今见是书，得吾心矣。"嘉祐二年，试礼部。方时文磔裂诡异之弊②胜，主司欧阳修思有以救之，得轼《刑赏忠厚论》，惊喜，欲擢冠多士，独疑其客曾巩所为，但寘第二；复以《春秋》对，义居第一，殿试中乙科，后以书见修，修语梅圣俞曰："吾当避此人出一头地。"闻者始哗不厌，久乃信服。

丁母忧。五年，调福昌主簿。欧阳修以才识兼茂，荐之秘阁。试六论，旧不起草，以故文多不工。轼始具草，文义粲然。复对制策，入三等。自宋初以来，制策入三等，惟吴育与轼而已。

除大理评事、签书凤翔府判官。关中自元昊叛，民贫役重，岐下岁输南山木筏，自渭入河，经砥柱之险，衙吏踵破家。轼访其利害，为修衙规，使自择水工以时进止，自是害减半。治平二年，入判登闻鼓院。英宗自藩邸闻其名，欲以唐故事召入翰林，知制诰。宰相韩琦曰："轼之才，远大器也，他日自当为天下用。要在朝廷培养之，使天下之士莫不畏慕降伏，皆欲朝廷进用，然后取而用之，则人人无复异辞矣。今骤用之，则天下之士未必以为然，适足以累之也。"英宗曰："且与修注如何？"琦曰："记注与制诰为邻，未可遽授。不若于馆阁中近上帖职与之，且请召试。"英宗曰："试之未知其能否，如轼有不能邪？"琦犹不可，及试二论，复入三等，得直史馆。轼闻琦语，曰："公可谓爱人以德矣。"

会洵卒，赙以金帛③，辞之，求赠一官，于是赠光禄丞。洵将终，以兄太白早亡，子孙未立，妹嫁杜氏，卒未葬，属轼。轼既除丧，即葬姑。后官可荫，推与太白曾孙彭。

熙宁二年，还朝。王安石执政，素恶其议论异己，以判官告院。四年，安石欲变科举、兴学校，诏两制、三馆议。轼上议曰：

"得人之道，在于知人；知人之法，在于责实④。使君相有知人之明，朝廷有责实之政，则胥史皂隶未尝无人，而况于学校贡举乎？虽因今之法，臣以为有余。使君相不知人，朝廷不责实，则公卿侍从常患无人，而况学校贡举乎？虽复古之制，臣以为不足。夫时有可否，物有废兴，方其所安，虽暴君不能废，及其既厌，虽圣人不能复。故风俗之变，法制随之，譬如江河之徙移，疆而复之，则难为力。

庆历固尝立学矣，至于今日，惟有空名仅存。今将变今之礼，易今之俗，又当发民力以治官室，敛民财以食游士。百里之内，置官立师，狱讼听于是，军旅谋于是，又简不率教者屏之远方，则无乃徒为纷乱，以患苦天下邪？若乃无大更革，而望有益于时，则与庆历之际何异？故臣谓今之学校，特可因仍旧制，使先王之旧物，不废于吾世足矣。至于贡举之法，行之百年，治乱盛衰，初不由此。陛下视祖宗之世，贡举之法，与今为孰精？言语文章，与今为孰优？所得人才，与今为孰多？天下之士，与今为孰辨？较此四者之长短，其议决矣。

　　今所欲变改不过数端，或曰乡举德行而略文词⑤，或曰专取策论而罢诗赋，或欲兼采誉望而罢封弥，或欲经生不帖墨而考大义，此皆知其一，不知其二者也，愿陛下留意于远者、大者，区区之法何预焉。臣又切有私忧过计⑥者。夫性命之说，自子贡不得闻，而今之学者，耻不言性命，读其文，浩然无当而不可穷；观其貌，超然无著而不可挹⑦，此岂真能然哉！盖中人之性，安于放而乐于诞耳。陛下亦安用之？"

　　议上，神宗悟曰："吾固疑此，得轼议，意释然矣。"即日召见，问："方今政令得失安在？虽朕过失，指陈可也。"对曰："陛下生知之性，天纵文武，不患不明，不患不勤，不患不断，但患求治太急，听言太广，进人太锐，愿镇以安静，待物之来，然后应之。"神宗悚然曰："卿三言，朕当熟思之。凡在馆阁，皆当为朕深思治乱，无有所隐。"轼退，言于同列。安石不悦，命权开封府推官，将困之以事。轼决断精敏，声闻益远。会上元敕府市浙灯，且令损价⑧。轼疏言："陛下岂以灯为悦？此不过以奉二宫之欢耳。然百姓不可户晓，皆谓以耳目不急之玩，夺其口体必用之⑨资。此事至小，体则甚大，愿追还前命。"即诏罢之。

　　时安石创行新法，轼上书论其不便，曰：

　　"臣之所欲言者，三言而已。愿陛下结人心，厚风俗，存纪纲。人主之所恃者人心而已，如木之有根，灯之有膏⑩，鱼之有水，农夫之有田，商贾之有财。失之则亡，此理之必然也。自古及今，未有和易同众而不安，刚果自用而不危者。陛下亦知人心之不悦矣。

　　祖宗以来，治财用者不过三司。今陛下不以财用付三司，无故又创制置三司条例一司，使六七少年，日夜讲求于内，使者四十余辈，分行营干于外。夫制置三司条例司，求利之名也；六七少年与使者四十余辈，求利之器也。造端宏大，民实惊疑；创法新奇，吏皆惶惑。以万乘之主而言利，以天子之宰而治财，论说百端，喧传万口，然而莫之顾者，徒曰：'我无其事，何恤于人言。'操纲罟而入江海⑪，语人曰'我非渔也'，不如捐纲罟而人自信。驱鹰犬而赴林薮⑫，语人曰：'我非猎也'，不如放鹰犬而兽自驯。故臣以为欲消谗慝而召和气，则莫若罢条例司。

　　今君臣宵旰⑬，几一年矣，而富国之功，茫如捕风，徒闻内帑出数百万缗，祠部度五千余人耳。以此为术，其谁不能？而所行之事，道路皆知其难⑭。汴水浊流，自生民以来，不以种稻。今欲陂而清之，万顷之稻，必用千顷之陂，一岁一淤，三岁而满矣。陛下遂信其说，即使相视地形，所在凿空，访寻水利，妄庸轻剽，率意争言。官司虽知其疏，不敢便行抑退，追集老少，相视可否。若非灼然难行，必须且为兴役。官吏苟且顺从，真谓陛下有意兴作，上糜帑廪⑮，下夺农时。堤防一开，水失故道，虽食议者之肉，何补于民！臣不知朝廷何苦而为此哉？

　　自古役人，必用乡户。今者徒闻江、淛之间⑯，数郡顾役，而欲措之天下。单丁、女户，盖天民之穷者也，而陛下首欲役之，富有四海，忍不加恤！自杨炎为两税，租调与庸既兼之矣，奈何复欲取庸？万一后世不幸有聚敛之臣，庸钱不除，差役仍旧，推所从来，则必有任其咎者矣。青苗放钱，自昔有禁，今陛下始立成法，每岁常行，虽云不许抑配，而数世之后，暴君污吏，陛下能保之与？计愿请之户，必皆孤贫不济之人，鞭挞已急，则继之逃亡，不还，则均及邻保，势有必至，异日天下恨之，国史记之，曰青苗钱自陛下始，岂不惜哉！且常平之法，可谓至矣。今欲变为青苗，坏彼成此，所丧逾多，亏官害民，虽悔何及！

　　昔汉武帝以财力匮竭，用贾人桑羊之说，买贱卖贵，谓之均输。于时商贾不行，盗贼滋炽⑰，几至于乱。孝昭既立，霍光顺民所欲而与之，天下归心，遂以无事。不意今日此论复兴，立法之初，其费已厚，纵使薄有所获，而征商之额，所损必多。譬之有人为其主畜牧，以一牛易五羊。一牛之失，则隐而不言；五羊之获，则指为劳绩。今坏常平而言青苗之功，亏商税而取均输之利，何以异此？臣窃以为过矣。议者必谓：'民可与乐成，难与虑始⑱。'故陛下坚执不顾，期于必行。此乃战国贪功之人，行险侥幸之说，未及乐成，而怨已起矣。臣之所愿陛下结人心者，此也。"

国家之所以存亡者，在道德之浅深，不在乎强与弱；历数之所以长短者，在风俗之薄厚，不在乎富与贫。人主知此，则知所轻重矣。故臣愿陛下务崇道德而厚风俗，不愿陛下急于有功而贪富强。爱惜风俗，如获元气。圣人非不知深刻之法可以齐众，勇悍之夫可以集事，忠厚近于迂阔，老成初若迟钝，然终不肯以彼易此者，知其所得小，而所丧大也。仁祖持法至宽，用人有叙，专务掩覆过失，未尝轻改旧章。考其成功，则曰未至。以言乎用兵，则十出而九败，以言乎府库，则仅足而无余。徒以德泽在人，风俗知义，故升遐之日⑲，天下归仁焉。议者见其末年吏多因循，事不振举，乃欲矫之以苛察，齐之以智能，招来新进勇锐之人，以图一切速成之效。未享其利，浇风已成⑳。多开骤进之门，使有意外之得，公卿侍从跬步可图㉑，俾常调之人举生非望㉒，欲望风俗之厚，岂可得哉？近岁扑拙之人愈少㉓，巧进之士益多。惟陛下哀之救之，以简易为法，以清净为心，而民德归厚。臣之所愿陛下厚风俗者，此也。

祖宗委任台谏，未尝罪一言者。纵有薄责，旋即超升，许以风闻，而无官长。言及乘舆，则天子改容；事关廊庙㉕，则宰相待罪。台谏固未必皆贤，所言亦未必皆是。然须养其锐气。而借之重权者，岂徒然哉！将以折奸臣之萌也。今法令严密，朝廷清明，所谓奸臣，万无此理。然养猫以去鼠，不可以无鼠而养不捕之猫，畜狗以防盗，不可以无盗而畜不吠之狗。陛下得不上念祖宗设此官之意，下为子孙万世之防㉖？臣闻长老之谈，皆谓台谏所言，常随天下公议。公议所与，台谏亦与之；公议所击，台谏亦击之。今者物论沸腾，怨讟交至㉗，公议所在，亦知之矣。臣恐自兹以往，习惯成风，尽为执政私人，以致人主孤立，纪纲一废，何事不生！臣之所愿陛下存纪纲者，此也。"

轼见安石赞神宗以独断专任，因试进士发策，以"晋武平吴以独断而克，苻坚伐晋以独断而亡，齐桓专任管仲而霸，燕哙专任子之而败，事同而功异"为问。安石滋怒㉗，使御史谢景温论奏其过，穷治无所得，轼遂请外，通判杭州。高丽入贡，使者发币于官吏，书称甲子。轼却之曰："高丽于本朝称臣，而不禀正朔㉘，吾安敢受！"使者易书称熙宁，然后受之。

时新政日下，轼于其间，每因法以便民，民赖以安。徙知密州。司农行手实法㉙，不时施行者以违制论。轼谓提举官曰"违制之坐，若自朝廷，谁敢不从？今出于司农，是擅造律也。"提举官惊曰："公姑徐之。"未几，朝廷知法害民，罢之。

有盗窃发。安抚司遣三班使臣领悍卒来捕，卒凶暴恣行，至以禁物诬民，入其家争斗杀人，且畏罪惊溃，将为乱。民奔诉轼，轼投其书不视，曰："必不至此。"散卒闻之，少安，徐使人招出戮之。

徙知徐州。河决曹村，泛于梁山泊，溢于南清河，汇于城下，涨不时泄，城将败，富民争出避水。轼曰："富民出，民皆动摇，吾谁与守？吾在是，水决不能败城。"驱使复入。轼诣武卫营，呼卒长曰："河将害城，事急矣，虽禁军且为我尽力。"卒长曰："太守犹不避涂潦，吾侪小人㉚，当效命。"率其徒持畚锸以出㉛，筑东南长堤，首起戏马台，尾属于城。雨日夜不止，城不沉者三版㉜。轼庐于其上㉝，过家不入，使官吏分堵以守，卒全其城。复请调来岁夫增筑故城，为木岸㉞，以虞水之再至。朝廷从之。

徙知湖州，上表以谢。又以事不便民者不敢言，以诗托讽，庶有补于国。御史李定，舒亶、何正言摭其表语㉟，并媒蘖所为诗以为讪谤㊱，逮赴台狱，欲置之死，锻炼久之不决㊲。神宗独怜之，以黄州团练副使安置。轼与田父野老，相从溪山间，筑室于东坡，自号东坡居士。

三年，神宗数有意复用，辄为当路者沮之㊳。神宗尝语宰相王珪、蔡确曰："国史至重，可命苏轼成之。"珪有难色。神宗曰："轼不可,姑用曾巩。"巩进太祖总论,神宗意不允,遂手札移轼汝州,有曰："苏轼黜居思咎,阅岁滋深㊳,人材实难,不忍终弃。"轼未至汝,上书自言饥寒,有田在常,愿得居之。朝奏入,夕报可。

道过金陵,见王安石,曰："大兵大狱,汉、唐灭亡之兆。祖宗以仁厚治天下,正欲革此。今西方用兵,连年不解,东南数起大狱,公独无一言以救之乎?"安石曰："二事皆惠卿启之,安石在外,安敢言?"轼曰："在朝则言,在外则不言,事君之常礼耳。上所以待公者非常礼,公所以待上者,岂可以常礼乎?"安石厉声曰："安石须说。"又曰："出在安石口,入在子瞻耳。"又曰："人须是知行一不义,杀一不辜,得天下弗为,乃可。"轼戏曰："今之君子,争减半年磨勘㊶,虽杀人亦为之。"安石笑而不言。

至常,神宗崩,哲宗立,复朝奏郎、知登州,召为礼部郎中。轼旧善司马光、章惇。时光为门下侍郎,惇知枢密院,二人不相合,惇每以谲侮困光,光苦之。轼谓惇曰："司马君实时望甚重。昔许靖以虚名无实,见鄙于蜀先主,法正曰:'靖之浮誉,播流四海,若不加礼,必以贱贤为累。'先主纳之,乃以靖为司徒,许靖且不可慢,况君实乎?"惇以为然,光赖以少安。

迁起居舍人。轼起于忧患,不欲骤履要地,辞于宰相蔡确,确曰："公徊翔久矣㊶,朝中无出公右者。"轼曰："昔林希同在馆中,年且长。"确曰："希固当先公邪?"卒不许。元祐元年,轼以七品服入侍延和,即赐银绯㊷,迁中书舍人。

初,祖宗时,差役行久生弊,编户充役者不习其役,又虑使之,多致破产,狭乡民至有终岁不得息者。王安石相神宗,改为免役,使户差高下出钱顾役,行法者过取,以为民病。司马光为相,知免役之害,不知其利,欲复差役,差官置局,轼与其选。轼曰："差役、免役,各有利害。免役之害,掊敛民财㊸,十室九空,敛聚于上而下有钱荒之患。差役之害,民常在官,不得专力于农,而贪吏猾胥得缘为奸。此二害轻重,盖略等矣。"光曰："于君何如?"轼曰:"法相因则事易成㊹,事有渐则民不惊㊺。三代之法,兵农为一,至秦始分为二,及唐中叶,尽变府兵为长征之卒。自尔以来,民不知兵,兵不知农,农出谷帛以养兵,兵出性命以卫农,天下便之。虽圣人复起,不能易也。今免役之法,实大类此。公欲骤罢免役而行差役,正如罢长征而复民兵,盖未易也。"光不以为然。轼又陈于政事堂,光忿然。轼曰:"昔韩魏公刺陕西义勇,公为谏官,争之甚力,韩公不乐,公亦不顾。轼昔闻公道其详,岂今日作相,不许轼尽言耶?"光笑之,寻除翰林学士。

二年,兼侍读。每进读至治乱兴衰、邪正得失之际,未尝不反覆开导,觊有所启悟。哲宗虽恭默不言,辄首肯之。尝读祖宗宝训,因及时事,轼历言:"今赏罚不明,善恶无所劝沮,又黄河势方北流,而强之使东;夏人入镇戎,杀掠数万人,帅臣不以闻。每事如此,恐寖成衰乱之渐。"

轼尝锁宿禁中,召入对便殿,宣仁后问曰:"卿前年为何官?"曰:"臣为常州团练副使。"曰:"今为何官?"曰:"臣今待罪翰林学士。"曰:"何以遽至此。"曰:"遭遇太皇太后、皇帝陛下。"曰:"非也。"曰:"岂大臣论荐乎?"曰:"亦非也。"轼惊曰:"臣虽无状,不敢自他途以进。"曰:"此先帝意也。先帝每诵卿文章,必叹曰,'奇才,奇才!'但未及进用卿耳。"轼不觉哭失声,宣仁后与哲宗亦泣,左右皆感涕。已而命坐赐茶,彻御前金莲烛送归院。

三年,权知礼部贡举。会大雪苦寒,士坐庭中,噤未能言。轼宽其禁约,使得尽拔。巡铺内侍每摧辱举子,且持暧昧单词,诬以为罪,轼尽奏逐之。

四年,积以论事,为当轴者所恨。轼恐不见容,请外拜龙图阁学士、知杭州。未行,谏官言前相蔡确知安州,作诗借郝处俊事以讥太皇太后。大臣议迁之岭南。轼密疏:"朝廷若薄确之罪,则于皇帝孝治为不足；若深罪确，则于太皇太后仁政为小累。谓宜皇帝敕置狱逮治，太皇太后出手诏赦之，则于仁孝两得矣。"宣仁后心善轼言而不能用。轼出郊，用前执政恩例，遣内侍赐龙茶、银合，慰劳甚厚。

既至杭，大旱，饥疫并作。轼请于朝，免本路上供米三之一，复得赐度僧牒，易米以救饥者。明年春，又减价粜常平米，多作饘粥药剂，遣使挟医分坊治病，活者甚众。轼曰："杭，水陆之会，疫死比他处常多。"乃裒羡缗得二千㊻，复发橐中黄金五十两，以作病坊，稍畜钱粮待之。

杭本近海，地泉咸苦，居民稀少。唐刺史李泌始引西湖水作六井，民足于水。白居易又浚西湖水入漕河，自河入田，所溉至千顷；民以殷富。湖水多葑㊼，自唐及钱氏，岁辄浚治，宋兴，废之，葑积为田，水无几矣。漕河失利，取给江潮，舟行市中，潮又多淤，三年一淘，为民大患，六井亦几于废。轼见茅山一河专受江潮，盐桥一河专受湖水，遂浚二河以通漕，复造堰闸，以为湖水蓄洩之限，江潮不复入市。以余力复完六井，又取葑田积湖中，南北径三十里，为长堤以通行者。吴人种菱，春辄芟除㊽，不遗寸草。且募人种菱湖中，葑不复生。收其利以备修湖，取救荒余钱万缗、粮万石，及请得百僧度牒以募役者。堤成，植芙蓉、杨柳其上，望之如画图，杭人名为苏公堤。

杭僧净源，旧居海滨，与舶客交通，舶至高丽，交誉之。元丰末，其王子义天来朝，因往拜焉。至是，净源死，其徒窃持其像，附舶往告。义天亦使其徒来祭，因持其国母二金塔，云祝两宫寿。轼不纳，奏之曰："高丽久不入贡，失赐予厚利，意欲求朝，未测吾所以待之厚薄，故因祭亡僧而行祝寿之礼。若受而不答，将生怨心；受而厚赐之，正堕其计。今宜勿与知，从州郡自以理却之。彼庸僧猾商，为国生事，渐不可长，宜痛加惩创。"朝廷皆从之，未几，贡使果至，旧例使所至吴越七州，费二万四千余缗。轼乃令诸州量事裁损，民获交易之利，无复侵挠之害矣。

浙江潮自海门东来，势如雷霆，而浮山峙于江中，与渔浦诸山犬牙相错，洄洑激射㊾，岁败公私船不可胜计。轼议自浙江上流地名石门，并山而东，凿为漕河，引浙江及溪谷诸水二十余里以达于江。又并山为岸，不能十里以达龙山大慈浦，自浦北折折小岭，凿岭六十五丈以达岭东古河，浚古河数里达于龙山漕河，以避浮山之险，人以为便。奏闻，有恶轼者力沮之，功以故不成。

轼复言："三吴之水，潴为太湖，太湖之水，溢为松江以入海。海日两潮，潮浊而江清，潮水常欲淤塞江路，而江水清驶，随辄涤去，海口常通，则吴中少水患。昔苏州以东，公私船皆以篙行，无陆挽者㊿。自庆历以来，松江大筑挽路，建长桥以扼塞江路，故今三吴多水，欲凿挽路、为十桥㊿，以迅江势。"亦不果用，人皆以为恨。轼二十年间再莅杭，有德于民，家有画像，饮食必祝，又生作祠以报。

六年，召为吏部尚书，未至。以弟辙除右丞，改翰林承旨。辙辞右丞，欲与兄同备从官，不听。轼在翰林数月，复以谗请外，乃以龙图阁学士出知颍州。先是，开封诸县多水患，吏不究本末，决其陂泽，注之惠民河，河不能胜，致陈亦多水。又将凿邓艾沟与颍河并，且凿黄堆欲注之于淮。轼始至颍，遣吏以水平准之，淮之涨水高于新沟几一丈，若凿黄堆，淮水顾流颍地为患。轼言于朝，从之。

郡有宿贼尹遇等，数劫杀人，又杀捕盗吏兵。朝廷以名捕不获，被杀家复惧其害，匿不敢言。轼召汝阴尉李直方曰："君能禽此，当力言于朝，乞行优赏；不获，亦以不职奏免君矣。"直方有母且老，与母诀而后行。迺缉知盗所㊿，分捕其党与㊿，手戟刺遇，获之。朝廷以小不应格㉔，推赏不及。轼请以已之年劳，当改朝散郎阶，为直方赏，不从。其后吏部为轼当迁，以符会其考㉟，轼谓已许直方，又不报。

七年，徙扬州。旧发运司主东南漕法，听操舟者私载物货，征商不得留难㊱。故操舟者辄富厚，以官舟为家，补其弊漏，且周船夫之乏，故所载率皆速达无虞。近岁一切禁而不许，故舟弊人困，多盗所载以济饥寒，公私皆病㊲。轼请复旧，从之。未阅岁，以兵部尚书召兼侍读。

是岁，哲宗亲祀南郊，轼为卤薄使，导驾入太庙。有赪毂犊车并青盖犊车十余争道㊳，不避仪仗。轼使御营巡检使问之，乃皇后及大长公主。时御史中丞李之纯为仪仗使，轼曰："中丞职当肃政，不可不以闻之。"纯不敢言，轼于车中奏之。哲宗遣使赍疏驰白太皇太后。明日，诏整肃仪卫，自皇后而下皆毋得迎谒。寻迁礼部兼端明殿、翰林侍读两学士，为礼部尚书。高丽遣使请书，朝廷以故事尽许之㊴。轼曰："汉东平王请诸子及太史公书，犹不肯予。今高丽所请，有甚于此，其可予乎？"不听。

八年，宣仁后崩，哲宗亲政。轼乞补外，以两学士出知定州。时国事将变，轼不得入辞。既行，上书言："天下治乱，出于下情之通塞。至治之极，小民皆能自通；迨于大乱㊵，虽近臣不能自达。陛下临御九年，除执政、台谏外，未尝与群臣接。今听政之初，当以通下情、除壅蔽为急务。臣日侍帷幄，方当戍边，顾不得一见而行，况疏远小臣欲求自通，难矣。然臣不敢以不得对之故，不效愚忠。古之圣人将有为也，必先处晦而观明，处静而观动，则万物之情，毕陈于前。陛下圣智绝人，春秋鼎盛。臣愿虚心循理，一切未有所为，默观庶事之利害，与群臣之邪正。以三年为期，俟得其实，然后应物而作㊶，使既作之后，天下无恨，陛下亦无悔。由此观之，陛下之有为，惟忧太蚤㊷，不患稍迟，亦已明矣。臣恐急进好利之臣，辄劝陛下轻有改变，故进此说，敢望陛下留神，社稷宗庙之福，天下幸甚。"

定州军政坏驰，诸卫卒骄惰不教，军校蚕食其廪赐㊸，前守不敢谁何㊹。轼取贪污者配隶远恶㊺，缮修营房，禁止饮博㊻，军中衣食稍足，乃部勒战法㊼，众皆畏伏。然诸校业业不安，有率史以赃诉其长，轼曰："此事吾自治则可，听汝告，军中乱矣。"立决配之，众乃定。

会春大阅，将吏久废上下之分，轼命举旧典，帅常服出帐中，将吏戎服执事。副总管王光祖自谓老将，耻之，称疾不至。轼召书吏使为奏，光祖惧而出，讫事，无一慢者。定人言："自韩琦去后，不见此礼至今矣。"契丹久和，边兵不可用，惟沿边弓箭社与寇为邻，以战社自卫，犹号精锐。故相庞籍守边，因俗立法。岁久法驰，又为保甲所挠。轼奏免保甲及两税，折变科配，不报。

绍圣初，御史论轼掌内外制日，所作词命，以为讥斥先朝。遂以本官知英州，寻降一官，未至，贬宁远军节度副使，惠州安置。居三年，泊然无所蒂芥，人无贤愚，皆得其欢心。又贬琼州别驾，居昌化。昌化，故儋耳地，非人所居，药饵皆无有。初僦官屋以居㊽，有司犹谓不可，轼遂买地筑室，儋人运甓畚土以助之㊾。独与幼子过处，著书以为乐，时时从其父老游，若将终身。

徽宗立，移廉州，改舒州团练副使，徙永州。更三大赦，还提举玉局观，复朝奉郎。轼自元祐以来，未尝以岁课乞迁㊿，故官止于此。建中靖国元年，卒于常州。年六十六。

轼与弟辙，师父洵为文，既而得之于天。尝自谓："作文如行云流水，初无定质，但常行于所当行，止于所不可不止。"虽嬉笑怒骂之辞，皆可书而诵之。其体浑涵光芒，雄视百代，有文章以来，盖亦鲜矣。洵晚读易，作易传未究，命轼述其志。轼成易传，复作论语；说后居海南，作书传；又有东坡集四十卷、后集二十卷、奏议十五卷、内制十卷、外制三卷、和陶诗四卷。一时文人如黄庭坚、晁补之、秦观、张耒、陈师道，举世未之识，轼待之如朋俦㊶，未尝以师资自予也。

自为举子至出入侍从，必以爱君为本，忠规谠论⑦，挺挺大节，群臣无出其右。但为小人忌恶挤排，不使安于朝廷之上。

高宗即位，赠资政殿学士，以其孙符为礼部尚书。又以其文寘㉓左右，读之终日忘倦，谓为文章之宗，亲制集赞，赐其曾孙峤。遂崇赠太师，谥文忠。轼三子：迈、迨、过，俱善为文。

论曰：苏轼自为童子时，士有传石介庆历圣德诗至蜀中者，轼历举诗中所言韩、富、杜、范诸贤以问其师，师怪而语之，则曰："正欲识是诸人耳。"盖已有颉颃当世贤哲之意。弱冠，父子兄弟至京师，一日而声名赫然，动于四方㉔。既而登上第，擢词科㉕，入掌书命，出典方州。器识之闳伟，议论之卓荦，文章之雄隽，政事之精明，四者皆能以特立之志为之主，而以迈往之气辅之㉖。故意之所向，言足以达其有猷㉗，行足以遂其有为。至于祸患之来，节义足以固其有守，皆志与气所为也。仁宗初读轼、辙制策，退而喜曰："朕今日为子孙得两宰相矣。"神宗尤爱其文，宫中读之，膳进忘食，称为天下奇才。二君皆有以知轼，而轼卒不得大用。一欧阳修先识之，其名遂与之齐，岂非轼之所长不可掩抑者，天下之至公也，相不相有命焉，呜呼！轼不得相，又岂非幸欤？或谓："轼稍自韬戢㉘，虽不获柄用，亦当免祸。"虽然，假令轼以是而易其所为，尚得为轼哉？

①太息：感叹之意。
②碟裂：此处指"分割"，"割裂"之意。
③赙：赠送财物，助人治丧之为。
④责实：指求实，符合实际之意。
⑤封弥：指科举时代，为防止考试舞弊，将试卷中的姓名、籍贯等用纸糊封，编号并加钤印。称之为"封弥"。
⑥过计，指错误的谋划，过多的考虑。
⑦挹：此外作"推崇"、"拜揖"之意解。
⑧损价：即减低价格。
⑨口体：指口和腹；口和身体之意。
⑩膏：此处特指"灯油"。
⑪网罟：指捕鱼及捕鸟兽的工具。
⑫林薮：指山林与泽薮。
⑬宵旰：指天不亮就穿衣起身，天黑了才吃饭。形容非常勤劳。多用于称颂帝王勤于政事。
⑭道路：此处指"路上的人"亦即"众人"之意。
⑮帑廪：指国库与粮仓。
⑯涮：似应为"浙"。
⑰滋炽：指滋生、蔓延、高涨之意。
⑱虑始：谋划事情的开始称之。
⑲升遐：帝王去世的婉辞。亦指后妃等的去世。
⑳浇风：指浮薄的社会风气。
㉑跬步：亦称"顾步"。此处指极近的矩离，亦即举步，迈步即可之意。
㉒俾：即"捭"。此处作"屏去"或"摆弄"之义解。
㉓朴拙：指质朴、率真之意。
㉔廊庙：指殿下屋和太庙，即指朝廷。
㉕下为子孙万世之防：据苏轼《东坡七集奏议集》卷1《上皇帝书》载，应为"下为子孙立万一之防"。
㉖懑：怨恨之意。
㉗滋：此处作"愈益"、"更加"之意解。

㉘正朔：是指帝王新颁的历法。古代帝王易姓受命必改正朔；故夏、殷、周、秦及汉初的正朔各不相同。自汉武帝以后，直至现今的农历，都用夏制，即以建寅之月为岁首。

㉙手实：唐代民户户口和占有土地的实况记录。唐制，每三年编造户籍一次。地方平时每年把人口及时所占田亩据实造册，再据此编成计帐，送州申报尚书省，作为全国户籍的底本。长庆四年，元稹在同州采取整顿赋税措施，令百姓自报，称“自通手实状”。宋吕惠卿行手实法，时亦称“手实”。

㉚吾侪：指“我辈”之意。

㉛畚锸：亦作“畚插”、“畚臿”。畚，盛土的器具，锸，起土的器具。畚锸，泛指挖运泥土的器具。亦借指土建之事。

㉜沈：此处指没入水中，沉没之意。　　版：量词。古代计量城墙的度量单位。每版高二尺，长八尺。

㉝庐：此处指古代官员值宿所住的房舍。

㉞木岸：指编排木桩，填以土石的堤防。

㉟何正言：疑是“何正臣”之误。本书卷329《何正臣传》说：“为御史里行，遂与李定、舒亶论苏轼。”可见和李、舒同论苏轼者，当是何正臣。孔平仲《孔氏读苑》卷一也作何正臣。

㊱媒蘖：此处的“蘖”，通“孽”。“媒孽”，亦作“媒蘖”，原意为酒母。此处比喻借端诬枉构陷，酿成其罪之意。

㊲锻炼：此处作罗织罪名，陷人于罪解。

㊳当路者：指掌握政权的人。　　沮，终止，阻止之意。

㊴阅岁：此处作经历年岁解。

㊵磨勘：此处指唐宋官员考绩升迁的制度。

㊶徊翔：指盘旋飞翔之意。

㊷银绯：指银印红绶。

㊸掊敛：指聚敛、搜括之意。

㊹法相：指古代皇宫选择嫔妃、宫女的标准相貌。　　因，指顺应、符合之意。

㊺渐：此处指“逐渐发展的过程。”

㊻裒：聚集，引申为聚敛、搜集。

㊼葑：此处作“菰根”，即茭白根解。

㊽芟除：指割除，铲除之意。

㊾洄洑：亦作：“洄澓”。指湍急回旋的流水。

㊿陆挽：亦称“陆輓。指在岸上用绳子拉船前进。

(51)欲凿挽路为十桥：应为“欲凿挽路为千桥”。据查苏辙《栾城集》后集卷22《亡兄子瞻端明墓志铭》、《东坡七集奏议集》卷九《进单锷吴中水利书状》中均为“千桥”。

(52)迺：即“乃”。

(53)党舆：同党羽之意。

(54)应格：合格，符合标准之意。

(55)符会：符合之意。

(56)征商：指征收商业税；抑或指往来贩卖。

(57)病：此处作“贫困”，“艰难困苦”之意解。

(58)繖：指古代仪仗的一种，用于遮阳挡雨。　　赭，颜色的一种，赤红色。　　犊车：指牛车。初为汉朝诸侯中贫者用之。后转为贵者使用。

(59)故事：此处指“先例”，旧日的典章制度。

(60)迨：等到之意。

(61)庶事：泛指众多的事务。

(62)蚤：此处为“早”之意。

(63)廪赐：指俸禄和赏赐。

(64)谁何：此处作盘诘查问之意解。

(65)远恶：指边远恶劣之地。

(66)饮博：指饮酒博戏之意。

(67)部勒：指部署，约束之意。

(68)僦：此处指租赁之意。

⑥甓：此处指"砖"。

⑦岁课：此处似指"一年的劳绩"之意。

⑦朋侪：指朋友之辈。

⑦谠论：指正直之言，直言。

⑦真：此处指"放置"之意。

⑦动：此处指感动、触动之意。

⑦擢词科：擢：举拔、提升之意。　词科：科举名目之一。此科主要选拔学问渊博，文辞清丽，能草拟朝廷日常文稿的人才。宋代又为宏词科、词学兼茂科、博学宏词科的通称。

⑦迈往：指脱凡脱俗，一往直前之意。

⑦猷：此处指："功业""功绩"之意。

⑦韬戢：指收藏、敛藏之意。

李纲列传上

李纲，字伯纪，邵武人也。自其祖始居无锡。父夔，终龙图阁待制。纲登政和二年进士第，积官至监察御史兼权殿中侍御史，以言事忤权贵，改比部员外郎，迁起居郎。

宣和元年，京师大水，纲上疏言阴气太盛，当以盗贼外患为忧，朝廷恶其言，谪监南剑州沙县税务。

七年，为太常少卿。时金人渝盟①，边报狎至②，朝廷议避敌之计，诏起师勤王，命皇太子为开封牧，令侍从各具所见以闻。纲上御戎五策，具语所善给事中吴敏曰："建牧之议，岂非欲委以留守之任乎？巨敌猖獗如此，非传以位号，不足以招徕天下豪杰。东宫恭俭之德闻于天下，以守宗社可也。公以献纳论思为职，曷不为上极言之。"敏曰："监国可乎"？纲曰："肃宗灵武之事，不建号不足以复邦，而建号之议不出于明皇，后世惜之。主上聪明仁恕，公言万一能行，将见金人悔祸，宗社底宁，天下受其赐。"

翌日，敏请对，具道所以，因言李纲之论，盖与臣同。有旨纲入议，纲刺臂血上疏云："皇太子监国，典礼之常也。今大敌入攻，安危存亡在呼吸间③，犹守常礼可乎？名分不正而当大权，何以号召天下，期成功于万一哉？若假皇太子以位号，使为陛下守宗社，收将士心，以死捍敌，天下可保。"疏上，内禅之议乃决。

钦宗即位，纲上封事④，谓："方今中国势弱，君子道消，法度纪纲荡然无统。陛下履位之初，当上应天心，下顺人欲。攘除外患，使中国之势尊；诛锄内奸，使君子之道长，以副道君皇帝付托之意。"召对延和殿，上迎谓纲曰："朕顷在东宫，见卿论水灾疏，今尚能诵之。"李邺使金议割地，纲奏："祖宗疆土，当以死守，不可以尺寸与人。"钦宗嘉纳，除兵部侍郎。

靖康元年，以吴敏为行营副使，纲为参谋官。金将斡离不兵渡河，徽宗东幸，宰执议请上暂避敌锋。纲曰："道君皇帝挈宗社以授陛下，委而去之可乎？"上默然。太宰白时中谓都城不可守，纲曰："天下城池，岂有如都城者，且宗庙社稷、百官万民所在，舍此欲何之？"上顾宰执⑤曰："策将安出。"纲进曰："今日之计，当整军马，固结民心，相与坚守，以待勤王之师。"上问谁可将者，纲曰："朝廷以高爵厚禄崇养大臣，盖将用之于有事之日。白时中、李邦彦等虽未必知兵，然藉其位号，抚将士以抗敌锋，乃其职也。"时中忿曰："李纲莫能将兵出战否？"纲曰："陛下不以臣庸儒，倘使治兵⑥，愿以死报。"乃以纲为尚书右丞。

宰执犹守避敌之议。有旨以纲为东京留守，纲为上力陈所以不可去之意，且言："明皇闻潼关失守，即时幸蜀，宗庙朝廷毁于贼手，范祖禹以为其失在于不能坚守以待援。今四方之兵不日云集，陛下奈何轻举以蹈明皇之覆辙乎？"上意颇悟。会内侍奏中宫已行，上色变，仓卒降御榻曰："朕不能留矣。"纲泣拜，以死邀之。上顾纲曰："朕今为卿留。治兵御敌之事，专责之卿，勿令有疏虞。"纲惶恐受命。

未几，复决意南狩，纲趋朝，则禁卫擐甲，乘舆已驾矣。纲急呼禁卫曰："尔等愿守宗社乎，愿从幸乎？"皆曰："愿死守。"纲入见曰："陛下已许臣留，复戒行何也？今六军父母妻子皆在都城，愿以死守，万一中道散归，陛下孰与为卫，敌兵已逼，知乘舆未远，以徤马疾追，何以御之？"上感悟，遂命辍行。纲传旨语左右曰："敢复有言去者斩！"禁卫皆拜伏呼万岁，六军闻之，无不感泣流涕。

命纲为亲征行营使，以便宜从事。纲治守战之具，不数日而毕。敌兵攻城，纲身督战，募壮士缒城而下，斩酋长十余人，杀其众数千人。金人知有备，又闻上已内禅[7]，乃退。求遣大臣至军中议和，纲请行。上遣李梲，纲曰："安危在此一举，臣恐李梲怯懦而误国事也。"上不听，竟使梲往。金人须金币以千万计，求割太原、中山、河间地，以亲王、宰相为质。梲受事自不措一辞，还报。纲谓："所需金币竭天下且不足，况都城乎？三镇，国之屏蔽，割之何以立国？至于遣质，即宰相当往，亲王不当往。若遣辩士姑与之议所以可不可者，宿留数日，大兵四集，彼孤军深入，虽不得所欲，亦将速归。此时而与与之盟，则不敢轻中国，而和可久也。"宰执议不合，纲不能夺，求去。上慰谕曰："卿第出治兵[8]，此事当徐议之。"纲退，则誓书已行[9]，所求皆与之，以皇弟康王、少保张邦昌为质[10]。

时朝廷日输金币，而金人需求不已，日肆屠掠。四方勤王之师渐有至者，种师道、姚平仲亦以泾原、秦凤兵至。纲奏言："金人贪婪无厌，凶悖已甚，其势非用师不可。且敌兵号六万，而吾勤王之师集城下者已二十余万；彼以孤军入重地，犹虎豹自投槛阱中[11]，当与计取之，不必与角一旦之力。若扼河津，绝馈道[12]，分兵复畿北诸邑，而以重兵临敌营，坚壁勿战，如周亚夫所以困七国者。俟其食尽力疲，然后以一檄取誓书，复三镇，纵其北归，半渡而击之，此必胜之计也。"上深以为然，约日举事。

姚平仲勇而寡谋，急于要功[13]，先期率步骑万人，夜斫敌营，欲生擒斡离不及取康王以归。夜半，中使传旨谕纲曰："姚平仲已举事，卿速援之。"纲率诸将且出封丘门，与金人战幕天坡，以神臂弓射金人，却之。平仲竟以袭敌营不克，惧诛亡去。金使来，宰相李邦彦语之曰："用兵乃李纲、姚平仲，非朝廷意。"遂罢纲，以蔡懋代之。太学生陈东等诣阙上书，明纲无罪。军民不期而集者数十万，呼声动地，患不得报，至杀伤内侍。帝亟召纲，纲入见，泣拜请死。帝亦泣，命纲复为尚书右丞，充京城西壁守御使。

始，金人犯城者，蔡懋禁不得辄施矢石，将士积愤，至是，纲下令能杀敌者厚赏，众无不奋跃。金人惧，稍稍引却，且得割三镇诏及亲王为质，乃退师。除纲知枢密院事。纲奏请如澶渊故事，遣兵护送，且戒诸将，可击则击之。乃以兵十万分道并进，将士受命，踊跃以行。先是，金帅粘罕围太原，守将折可求刘光世军皆败；平阳府义兵亦叛，导金人入南北关，取隆德府，至是，遂攻高平。宰相咎纲尽遣城下兵追敌，恐仓卒无措，急征诸将还。诸将已追及金人于邢、赵间，遽得还师之命，无不扼腕。比纲力争，复追，而将士解体矣。

诏议迎太上皇帝还京。初，徽宗南幸，童贯、高俅等以兵扈从。既行，闻都城受围，乃止东南邮传及勤王之师。道路籍籍[14]，言贯等为变。陈东上书，乞诛蔡京、蔡攸，童贯、朱勔、高俅、卢宗原等。议遣聂山为发运使往图之，纲曰："使山所图果成，震惊太上，此忧在陛下。万一不果，是数人者，挟太上于东，南求剑南一道，陛下将何以处之？莫若罢山之行，请于太上去此数人，自可不劳而定。"上从其言。

徽宗还次南都，以书问改革政事之故，且诏吴敏、李纲。或虑太上意有不测，纲请行，曰："此无他，不过欲知朝廷事尔。"纲至，具道皇帝圣孝思慕，欲以天下养之意，请陛下早还京师。"徽宗泣数行下，问："卿顷以何故去？"纲对曰："臣昨任左史，以狂妄论列水灾，蒙恩宽斧钺之诛。然臣当时所言，以谓天地之变，各有类应，正为今日攻围之兆。夫灾异变故，譬犹一人之身，病在五脏，则发于气色，形于脉息，善医者能知之。所以圣人观变于天地，而修其在我者，故能制治保邦，而无危乱之忧。"徽宗称善。

又询近日都城攻围守御次第[15]，语渐浃洽[16]。徽宗因及行宫上递角等[17]事，曰："当时恐金人知行宫所在，非有他也。"纲奏："方艰危时，两宫隔绝，朝廷应副行宫，亦岂能无不至得，在圣度烛之耳[18]。"且言；"皇帝仁孝，惟恐有一不当太上皇帝意者，每得诘问之诏，辄忧惧不食。臣窃譬之，家长出而强寇至，子弟之任家事者，不得不从宜措置。长者但当以其能保田园之计而慰劳之，苟诛及细故[19]，则为子弟者，何所逃其责哉？皇帝传位之初，陛下巡幸，适当大敌入攻，为宗社计，庶事不得不小有更革。陛下回銮，臣谓宜有以大慰安皇帝之心，勿问细故可也。"徽宗感悟，出玉带、金鱼、象简赐纲，曰："行宫人得卿来皆喜，以此示朕意，卿可便服之。"且曰："卿辅助皇帝，捍守宗社有大功，若能调和父子间，使无疑阻，当遂书青史，垂名万世。"纲感泣再拜。

纲还，具道太上意。宰执进迎奉太上仪注，耿南仲议欲屏太上左右，车驾乃进。纲言："如此，是示之以疑也。天下之理，诚与疑、明与暗而已。自诚明而推之，可至于尧、舜；自疑暗而推之，其患有不可胜言者。耿南仲不以尧、舜之道辅陛下，乃暗而多疑。"南仲怫然曰："适见左司谏陈公辅，乃为李纲结士民伏阙者，乞下御史置对。"上愕然。纲曰："臣与南仲所论，国事也。南仲乃为此言，臣何敢复有所辩？愿以公辅事下吏，臣得乞身待罪。"章十余上，不允。

太上皇帝还，纲迎拜国门。翌日，朝龙德宫，退，复上章恳辞。上手诏谕意曰："乃者敌在近郊，士庶伏阙[20]，一朝仓猝，众数十万，忠愤所激，不谋同辞，此岂人力也哉？不悦者造言，至卿不自安，朕深谅卿，不足介怀，巨敌方退，正赖卿协济艰难，宜勉为朕留。"纲不得已就职，上备边御敌八事。

时北兵已去，太上还宫，上下恬然，置边事于不问。纲独以为忧，与同知枢密院事许翰议调防秋之兵。吴敏乞置详议司检详法制，以革弊政，诏以纲为提举，南仲沮止之。纲奏："边患方棘，调度不给，宜稍抑冒滥，以足国用。谓如节度使至遥郡刺史，本以待勋臣，今皆以戚里恩泽得之；堂吏转官止于正郎，崇、观间始转至中奉大夫，今宜皆复旧制。"执政揭其奏通衢[21]，以纲得士民心，欲因此离之。会守御司奏补副尉二人，御批有"大臣专权，浸不可长"语。纲奏："顷得旨给空名告敕，以便宜行事。二人有劳当补官，故具奏闻，乃遵上旨，非专权也。"

时太原围未解，种师中战没，师道病归，南仲曰："欲援太原，非纲不可。"上以纲为河东、北宣抚使。纲言："臣书生，实不知兵。在围城中，不得已为陛下料理兵事，今使为大帅，恐误国事。"因拜辞，不许。退而移疾，乞致仕，章十余上，不允。台谏言纲不可去朝廷，上以其为大臣游说，斥之。或谓纲曰："公知所以遣行之意乎？此非为边事，欲缘此以去公，则都人无辞耳。公坚卧不起，谗者益肆，上怒且不测，奈何？"许翰书"杜邮"二字遗纲，纲皇恐受命。上手书《裴度传》以赐，纲言："吴元济以区区环蔡之地抗唐室，金人强弱固不相侔，而臣曾不足以望裴度万分之一。然寇攘外患可以扫除，小人在朝，蠹害难去，使朝廷既正，君子道长，则所以捍御外患者，有不难也。"因书裴度论元稹、魏洪简章疏要语以进，上优诏答之。

　　宣抚司兵仅万二千人，庶事未集，纲乞展行期。御批以为迁延拒命，纲上疏明其所以未可行者，且曰："陛下前以臣为专权，今以臣为拒命，方遣大帅解重围，而以专权、拒命之人为之，无乃不可乎？愿乞骸骨，解枢筦之任②。"上趣召数四，曰："卿为朕巡边，便可还朝。"纲曰："臣之行，无复还之理。昔范仲淹以参政出抚西边，过郑州，见吕夷简。夷简曰：'参政岂可复还！'其后果然。今臣以愚直不容于朝，使既行之后，进而死敌，臣之愿也。万一朝廷执议不坚，臣当求去，陛下宜察臣孤忠，以全君臣之义。"上为之感动。及陛辞，言唐恪、聂山之奸，任之不已，后必误国。

　　进至河阳，望拜诸陵，复上奏曰："臣总师出巩洛②，望拜陵寝，潸然出涕。惟祖宗创业守成，垂二百年，以至陛下。适丁艰难之秋④，强敌内侵，中国势弱⑤，此诚陛下尝胆思报，励精求治之日，愿深考祖宗之法，一二推行之⑥。进君子，退小人，益固邦本，以图中兴，上以慰安九庙之灵，下为亿兆苍生之所依赖，天下幸甚！"

　　行次怀州，有诏罢减所起兵，纲奏曰："太原之围未解，河东之势甚危，秋高马肥，敌必深入，宗社安危，殆未可知。使防秋之师果能足用，不可保无敌骑渡河之警。况臣出使未几，朝廷尽改前诏，所团结之兵，悉罢减之。今河北、河东日告危急，未有一人一骑以副其求，甫集之兵又皆散遣，臣不足以任此。且以军法勒诸路起兵，而以寸纸罢之，臣恐后时有所号召，无复应者矣。"疏上，不报。御批日促解太原之围，而诸将承受御画，事皆专达，宣抚司徒有节制之名。纲上疏，极谏节制不专之弊。

　　时方议和，诏止纲进兵。未几，徐处仁、吴敏罢相而相唐恪，许翰罢同知枢密院而进聂山、陈过庭、李回等，吴敏复谪置涪州。纲闻之，叹曰："事无可为者矣！"即上奏丐罢。乃命种师道以同知枢密院事，领宣抚司事，召纲赴阙。寻除观文殿学士、知扬州，纲具奏辞免。未几，以纲专主战议，丧师费财，落职提举亳州明道宫，责授保静军节度副使，建昌军安置；再谪宁江。

　　金兵再至，上悟和议之非，除纲资政殿大学士，领开封府事。纲行次长沙，被命，即率湖南勤王之师入援，未至而都城失守。先是，康王至北军，为金人所惮，求遣肃王代之。至是，康王开大元帅府，承制复纲故官，且贻书曰："方今生民之命，急于倒垂，谅非不世之才，何以协济事功。阁下学穷天人；忠贯金石，当投袂而起，以副苍生之望。"

　　高宗即位，拜尚书右仆射兼中书侍郎，趣赴阙。中丞颜岐奏曰："张邦昌为金人所喜，虽已为三公、郡王，宜更加同平章事，增重其礼；李纲为金人所恶，虽已命相，宜及其未至罢之。"章五上，上曰："如朕之立，恐亦非金人所喜。"岐语塞而退。岐犹遣人封其章示纲，觊以沮其来。上闻纲且至，遣官迎劳，锡宴，趣见于内殿。纲见上，涕泗交集，上为动容。因奏曰："金人不道，专以诈谋取胜，中国不悟，一切堕其计中。赖天命未改，陛下总师于外，为天下臣民之所推戴，内修外攘，还二圣而抚万邦，责在陛下与宰相。臣自视阙然⑦，不足以副陛下委任之意，乞追寝成命⑧。且臣在道，颜岐尝封示论臣章，谓臣为金人所恶，不当为相。如臣愚蠢，但知有赵氏，不知有金人，宜为所恶。然谓臣材不足以任宰相则可，谓为金人所恶不当为相则不可。"因力辞。帝为出范宗尹知饶州⑨，颜岐与祠。纲犹力辞，上曰："朕知卿忠义智略久矣，欲使敌国畏服，四方安宁，非相卿不可，卿其勿辞。"纲顿首泣谢云：

　　"臣愚陋无取，荷陛下知遇，然今日扶颠持危，图中兴之功，在陛下而不在臣。臣无左右先容⑩，陛下首加职擢，付以宰柄，顾区区何足以仰副图任责成之意？然'靡不有初，鲜克有终。'臣孤立寡与，望察管仲害霸之言，留神于君子小人之间，使得以尽志毕虑，虽死无憾。昔唐明皇欲相姚崇，崇以十事要说，皆中一时之病。今臣亦以十事仰干天听⑪，陛下度其可行者，赐之施行，臣乃敢受命。

一曰议国是。谓中国之御四裔^㉜，能守而后可战，能战而后可和，而靖康之末皆失之。今欲战则不足，欲和则不可，莫若先自治，专以守为策，俟吾政事修，士气振，然后可议大举。

二曰议巡幸^㉝。谓车驾不可不一到京师，见宗庙，以慰都人之心，度未可居，则为巡幸之计。以天下形势而观，长安为上，襄阳次之，建康又次之，皆当诏有司预为之备。

三曰议赦令。谓祖宗登极赦令，皆有常式。前日赦书，乃以张邦昌伪赦为法，如赦恶逆及罪废官尽复官职，皆泛滥不可行，宜悉改正以法。

四曰议僭逆。谓张邦昌为国大臣，不能临难死节，而挟金人之势易姓改号，宜正典刑，垂戒万世。

五曰议伪命。谓国家更大变，鲜仗节死义之士，而受伪官以屈膝于其庭者，不可胜数，昔肃宗平贼，污伪命者以六等定罪^㉞，宜仿之以励士风。

六曰议战。谓军政久废，士气怯惰，宜一新纪律，信赏必罚，以作其气。

七曰议守。谓敌情狡猾，势必复来，宜于沿河、江、淮措置控御，以扼其冲。

八曰议本政。谓政出多门，纪纲紊乱，宜一归之于中书，则朝廷尊。

九曰议久任。谓靖康间进退大臣太速，功效蔑著^㉟，宜慎择而久任之，以责成功。

十曰议修德。谓上始膺天命，宜益修孝悌恭俭，以副四海之望，而致中兴。”

翌日，班纲议于朝，惟僭逆、伪命二事留中不出。纲言：

“二事乃今日政刑之大者。邦昌当道君朝，在政府者十年，渊圣即位，首擢为相。方国家祸难，金人为易姓之谋，邦昌如能以死守节，推明天下戴宋之义，以感动其心，敌人未必不悔祸而存赵氏。而邦昌方自以为得计，偃然正位号，处宫禁，擅降伪诏，以止四方勤王之师。及知天下之不与，不得已而后请元祐太后垂廉听政，而议奉迎。邦昌僭逆始未如此，而议者不同，臣请备论而以春秋之法断之。

夫都城之人德邦昌，谓因其立而得生，且免重科金银之扰，元帅府怨邦昌，谓其不待征讨而遣使奉迎。若天下之愤嫉邦昌者，则谓其建号易姓，而奉迎特出于不得已。都城德之，元帅府怨之，私也；天下愤嫉之，公也。春秋之法，人臣无将，将而必诛；赵盾不讨贼，则书以弑君。今邦昌已僭位号，敌退而止勤王之师，非特将与不讨贼而已。

刘盆子以汉宗室为赤眉所立，其后以十万众降光武，但待之不死。邦昌以臣易君，罪大于盆子，不得已而自归，朝廷既不正其罪，又尊崇之，此何理也？陛下欲建中兴之业，而尊崇僭逆之臣，以示四方，其谁不解体？又伪命臣僚，一切置而不问，何以励天下士大夫之节？”

时执政中有论不同者，上乃诏黄潜善等议。潜善主邦昌甚力，上顾吕好问曰：“卿昨在围城中知其故，以为何如？”好问附潜善，持两端，曰：“邦昌僭窃位号，人所共知，既以自归，惟陛下裁处。”纲言：“邦昌僭逆，岂可使之在朝廷，使道路指目曰^㊱‘此亦一天子’哉！”因泣拜曰：“臣不可与邦昌同列，当以笏击之。陛下必欲用邦昌，第罢臣。”上颇感动。伯彦乃曰：“李纲气直，臣等所不及。”乃诏邦昌谪潭州，吴开、莫俦而下皆迁谪有差^㊲。纲又言：“近世士大夫寡廉鲜耻，不知君臣之义。靖康之祸，能仗节死义者，在内惟李若水，在外惟霍安国，愿加赠恤。”上从其请，仍诏有死节者，诸路询访以闻。上谓纲曰：“卿昨争张邦昌事，内侍辈皆泣涕，卿今可以受命矣。”纲拜谢。

有旨兼充御营使。入对^㊳，奏曰：

“今国势不逮靖康间远甚，然而可为者，陛下英断于上，群臣辑睦于下，庶几靖康之弊革，而中兴可图。然非有规模而知先后缓急之序，则不能以成功。

夫外御强敌，内销盗贼，修军政，变士风，裕邦财，宽民力，改弊法，省冗官，诚号令以感人心，信赏罚以作士气，择帅臣以任方面，选监司、郡守以奉行新政。俟吾所以自治者政事已修，然后可以问罪金人，迎还二圣，此所谓规模也㊴。至于所当急而先者，则在于料理河北、河东。盖河北、河东者，国之屏蔽也。料理稍就，然后中原可保，面东南可安。今河东所失者恒、代、太原、泽、潞、汾、晋㊵，余郡犹存也。河北所失者，不过真定、怀、卫、濬四州而已，其余三十余郡，皆为朝廷守。两路士民兵将，所以戴宋者，其心甚坚，皆推豪杰以为首领，多者数万，少者亦不下万人。朝廷不因此时置司、遣使以大慰抚之，分兵以援其危急，臣恐粮尽力疲，坐受金人之困。虽怀忠义之心，援兵不至，危迫无告，必且愤怨朝廷，金人因得抚而用之，皆精兵也。莫若于河北置招抚司，河东置经制司，择有材略者为之使，宣谕天子恩德，所以不忍弃两河于敌国之意。有能全一州、复一郡者，以为节度、防御、团练使，如唐右镇之制，使自为守。非惟绝其从敌之心，又可资其御敌之力，使朝廷永无北顾之忧，最今日之先务也㊶。”上善其言，问谁可任者，纲荐张所、傅亮。所尝为监察御史，在靖康围城中，以蜡书募河北兵，士民得书，喜曰：“朝廷弃我，犹有一张察院能拔而用之。”应募者凡十七万人，由是所之声震河北。故纲以为招抚河北，非所不可。傅亮者，先以边功得官，尝治兵河朔。都城受围时，亮率勤王之兵三万人，屡立战功。纲察其智略可以大用，欲因此试之。上乃以所为河北招抚使，亮为河东经制副使。

皇子生，故事当肆赦㊷。纲奏：“陛下登极，旷荡之恩独遗河北、河东，而不及勤王之师，天下觖望㊸。夫两路为朝廷坚守，而赦令不及，人皆谓已弃之，何以慰忠臣义士之心？勤王之师在道路半年，擐甲荷戈，冒犯霜露，虽未效用，亦已劳矣。加以疾病死亡，恩恤不及，后有急难，何以使人乎？愿因今赦广示德意。”上嘉纳。于是两路知天子德意，人情翕然，间有以破敌捷书至者。金人围守诸郡之兵，往往引去。。而山砦之兵㊹，应招抚、经制二司募者甚众。

有许高、许亢者，以防河而遁，谪岭南，至南康谋变，守倅戮之㊺。或议其擅杀，纲曰：“高、亢受任防河，寇未至而遁，分途劫掠，甚于盗贼。朝廷不能正军法，而一守倅能行之，真捷吏也㊻。使受命捍贼而欲退走者，知郡县之吏皆得以诛之，其亦少知所戒乎！”上以为然，命转一官。开封守阙，纲以留守非宗泽不可，力荐之。泽至，抚循军民，修治楼橹，屡出师以挫敌。

纲立军法，五人为伍，伍长以牌书同伍四人姓名。二十五人为甲，甲正以牌书伍长五人姓名。百人为队，队将以牌书甲正四人姓名。五百人为部，部将以牌书队将正副十人姓名。二千五百人为军，统制官以牌书部将正副十人姓名。命招置新军及御宫司兵，并依新法团结，有所呼召、使令，按牌以遣。三省、枢密院置赏功司，受赂乞取者行军法，遇敌逃溃者斩，因而为盗贼者，诛及其家属。凡军政申明改更者数十条。

又奏步不足以胜骑，骑不足以胜车，请以车制颁京东、西，制造而教阅之。又奏造战舰，募水军，及询访诸路武臣材略之可任者以备用。又进三疏：一曰募兵，二曰买马，三曰募民出财以助兵费。谏议大夫宋齐愈闻而笑之，谓虞部员外郎张浚㊼曰：“李丞相三议，无一可行者。”浚问之，齐愈曰：“民财不可尽括；西北之马不可得，而东南之马不可用，至于兵数，若郡增二千，则岁用千万缗，费将安出？齐愈将极论之。”浚曰：“公受祸自此始矣。”

时朝廷议遣使于金，纲奏曰：“尧、舜之道，孝悌而已，孝悌之至，可以通神明，陛下以二圣远狩沙漠，食不甘味，寝不安席，思迎还两宫，致天下养，此孝悌之至，而尧、舜之用心也。今日之事，正当枕戈尝胆，内修外攘，使刑政修而中国强，则二帝不俟迎请而自归。不然，虽冠盖相望㊽，卑辞厚礼，恐亦无益。今所遣使，但当奉表通问两宫，致思慕之意可也。”上乃命纲草表，以周望、傅雱为二圣通问使，奉表以往。且乞降哀痛之诏，以感动天下，使同心协力，相与扶持，以致中兴。又乞省冗员，节浮费。上皆从其言。是时，四方溃兵为盗者十余万人，攻劫山东、淮南、襄汉之间，纲命将悉讨平之。

一日，论靖康时事，上曰："渊圣勤于政事，省览章奏，至终夜不寝，然卒致播迁[49]，何耶？"纲曰："人主之职在知人，进君子而退小人，则大功可成，否则衡石程书[50]，无益也。"因论靖康初朝廷应敌得失之策，且极论金人两至都城，所以能守不能守之故；因勉上以明恕尽人言，以恭敬足国用，以英果断大事。上皆嘉纳。又奏："臣章言车驾巡幸之所，关中为上，襄阳次之，建康为下。陛下纵未能行上策，犹当且适襄、邓，示不忘故都，以系天下之心。不然，中原非复我有，车驾还阙无期，天下之势遂倾不复振矣。"上为诏谕两京以还都之意，读者皆感泣。

未几，有诏欲幸东南避敌，纲极论其不可，言："自古中兴之主，起于西北，则足以据中原而有东南；起于东南，则不能以复中原而有西北。盖天下精兵健马皆在西北，一旦委中原而弃之，岂惟金人将乘间以扰内地；盗贼亦将蜂起为乱，跨州连邑，陛下虽欲迁阙，不可得矣，况欲治兵胜敌以归二圣哉？夫南阳光武之所兴，有高山峻岭可以控扼，有宽城平野可以屯兵，西邻关、陕，可以召将士；东达江、淮，可以运谷粟；南通荆湖、巴蜀，可以取财货；北距三都，可以遣救援。暂议驻跸，乃还汴都，策无出于此者。今乘舟顺流而适东南，固甚安便，第恐一失中原，则东南不能必其无事，虽欲退保一隅，不易得也。况尝降诏许留中原，人心悦服，奈何诏墨未乾，遽失大信于天下！"上乃许幸南阳，时黄潜善、汪伯彦实阴上巡幸东南之议，客或有谓纲曰："外论汹汹，咸谓东幸已决。"纲曰："国之存亡，于是焉分，吾当以去就争之。"初，纲每有所论谏，其言虽切直，无不容纳，至是，所言常留中不报[51]。已而迁纲尚书左仆射兼门下侍郎，黄潜善除右仆射兼中书侍郎。张所乞且置司北京，俟措置有绪，乃渡河。北京留守张益谦，潜善党也，奏招抚司之扰，又言自置司河北，盗贼益炽。纲言："所尚留京师，益谦何以知其扰？河北民无所归，聚而为盗，岂由置司乃有盗贼乎？

有旨令留守宗泽节制傅亮，即日渡河。亮言："措置未就而渡河，恐误国事。"纲言："招抚、经制，臣所建明；而张所、傅亮，又臣所荐用。今潜善、伯彦沮所及亮，所以沮臣。臣每览靖康大臣不和之失，事未尝不与潜善、伯彦议而后行，而二人设心如此，愿陛下虚心观之。"既而诏罢经制司，召亮赴行在。纲言："圣意必欲罢亮，乞以御笔付潜善施行，臣得乞身归田。"纲退，而亮竟罢，乃再疏求去。上曰："卿所争细事，胡乃尔[52]？"纲言："方今人材以将帅为急，恐非小事。臣昨议迁幸，与潜善、伯彦异，宜为所嫉。然臣东南人，岂不愿陛下东下为安便哉？顾一去中原，后患有不可胜言者。愿陛下以宗社为心，以生灵为意，以二圣未还为念，勿以臣去而改其议。臣虽去左右，不敢一日忘陛下。"泣辞而退。或曰："公决于进退，于义得矣，如谗者何？"纲曰："吾知尽事君之道，不可，则全进退之节，患祸非所恤也[53]。"

初，二帝北行，金人议立异姓。吏部尚书王时雍问于吴开、莫俦，二人微言敌意在张邦昌，时雍未以为然。适宋齐愈自敌所来，时雍入问之，齐愈取片纸书"张邦昌"三字，时雍意乃决，遂以邦昌姓名入议状。至是，齐愈论纲三事之非，不报。拟章将再上，其乡人嗛齐愈者[54]，窃其草示纲。时方论僭逆附伪之罪，于是逮齐愈，齐愈不承，狱吏曰："王尚书辈所坐不轻，然但迁岭南，大谏第承，终不过逾岭尔。"齐愈引伏[55]，遂诛之东市。张浚为御史，劾纲以私意杀侍从，且论其买马招军之罪。诏罢纲为观文殿大学士、提举洞霄宫。尚书右丞许翰言纲忠义，舍之无以佐中兴，会上召见陈东，东言："潜善、伯彦不可任，纲不可去。"东坐诛。翰曰："吾与东皆争李纲者，东戮都市，吾在庙堂可乎？"遂求去。后有旨，纲落职居鄂州。

自纲罢，张所以罪去，傅亮以母病辞归，招抚、经制二司皆废。车驾遂东幸，两河郡县相继沦陷，凡纲所规画军民之政，一切废罢。金人攻京东、西，残毁阙辅，而中原盗贼蜂起矣。

①渝盟：指背叛盟约。

②狎至：接连而来之意。

③呼吸：一呼一吸，顷刻之间。时间很短之意。

④封事：指密封的奏章。古时臣下上书奏事，防有泄露，用皂囊封缄，故称之为"封事"。

⑤宰执：指宰相等执掌国家政事的重臣。

⑥傥：这里作"倘若"，"假如"解。

⑦内禅：古代，帝王传位给内定的继承人，称之为"内禅"。

⑧第：此处似作副词："只是"意解。

⑨誓书：即指"盟约"。

⑩少保，古代官名。"三孤"之一。周代始置，为君主国家辅弼之臣。后来一般为大官加衔，以示恩宠，而无实职。

⑪槛穽：亦作"槛阱"。指捕捉野兽的机具和陷坑。

⑫馕道：亦即"饷道"。指运军粮的道路。

⑬要：同"邀"。指求动心切。

⑭籍籍：指众口喧腾之势。

⑮次第：此处作"情况"、"状况"之意解。

⑯浃洽：指和谐、融洽之意。

⑰递角：相当于现今的邮包。

⑱度烛：指谌酌、明察之意。

⑲苟：如果之意。　诛，此处作指责、责备之意解。

⑳伏阙：伏拜于宫阙之下。多指直接向皇帝上书奏事。

㉑通衢：指四通八达的道路。

㉒枢筦：即"枢管"系指中央政务。

㉓总师：疑为"总帅"。统帅之意。

㉔丁：旧时指到了服劳役年令的人。

㉕中国：上古时代，我国华夏族建国于黄河流域一带，以为居天下之中，故称"中国"，而将周围其他地区称为四方，后泛指中原地区为"中国"；

㉖一二：应为一一。据李纲《梁溪先生文集》卷48《乞深考祖宗之法札子》、李纲《靖康传信录》卷下载，均为"一一"。

㉗阙然：此处指缺少、不完备之意。

㉘追寝：指收回、停止，不进行的意思。

㉙饶州：应为"舒州"。据本书卷362本传、《系年要录》卷六记载，均为"舒州"。

㉚先容：本意指先加修饰，后引申为事先为人介绍、推荐或关说。

㉛天听：指上天的听闻。

㉜四裔：古代指幽州、崇山、三危、羽山四个边远地区，因在四方边裔，故称之为四裔，也泛指四方边远地带的人。

㉝巡幸：指皇帝巡游驾幸。

㉞污：此处指贪赃、不廉洁、浮夸等行为。

㉟蔑：此处指细小，轻微之意。

㊱道路：此处指路上的人，即"众人"之意。

㊲有差：指"不一"、"有区别"。

㊳入对：臣下进入皇宫，回答皇帝提出的问题或质问称之为"入对。"

㊴规模：此处指规划，谋划、计划之意。

㊵恒、代、太原、泽、潞、汾、晋："恒"字应为"忻"字。据李纲《建炎进退志》卷二，《系年要录》卷六记载，均为"忻"字。

㊶最：此处是指居于首要地位的人或事物。

㊷肆赦：指缓刑、赦免之意。

㊸觖望：指不满、怨恨之意。

㊹砦：指防卫用的栅栏，引申为营垒。

㊺守倅：此处是指州郡的官吏。

㊻捷：系指举动的敏捷之意。

㊼虞部：指古代的官名。唐宋时属工部，改为虞部郎中，掌山泽、苑囿、草木，薪炭、供顿等事。

㊽冠盖：冠指礼帽；盖是车盖之意。泛指官员的官服和车乘。

㊾播迁：迁徙、流离之意。

㊿衡石程书：又作“衡石量书”。古代文书用竹简木札，以衡石来计算文书的重量，因而用于形容君主勤于国政。

(51)留中：将臣下上的奏章留置宫禁之中，不交办的意思。

(52)胡乃：何乃、为何之意。

(53)衅：忧虑、忧患之意。

(54)乡人嗛：乡人，指同乡人。嗛，怀恨之意。

(55)引伏：指认罪，服罪之意。

李纲列传下

绍兴二年，除观文殿学士、湖广宣抚使兼知潭州。是时，荆湖江、湘之间，流民溃卒群聚为盗贼不可胜计，多者至数万人，纲悉荡平之。上言：“荆湖，国之上流，其地数千里，诸葛亮谓之用武之国。今朝廷保有东南，控驭西北。如鼎、沣、岳、鄂若荆南一带，皆当屯宿重兵，倚为形势，使四川之号令可通，而襄、汉之声援可接，乃有恢复中原之渐。”议未及行，而谏官徐俯、刘裴劾纲，罢为提举西京崇福宫。

四年冬，金人及伪齐来攻，纲具防御三策，谓：“伪齐悉兵南下，境内心虚。倘出其不意，电发霆击①，捣颍昌以临畿甸②，彼必震惧还救③，王师追蹑，必胜之理，此上策也。若驻跸江上，号召上流之兵，顺流而下，以助声势，金鼓旌旗，千里相望，则敌人虽众，不敢南渡。然后以重师进屯要害之地，设奇邀击，绝其粮道，俟彼遁归，徐议攻讨，此中策也。万一借亲征之名，为顺动之计④，使卒伍溃散，控扼失守，敌得乘间深入，州县望风奔溃，则其患有不可测矣。往岁，金人利在侵掠，又方时暑，势必还师，朝廷因得以还定安集。今伪齐导之而来，势不徒还，必谋割据。奸民溃卒从而附之，声势鸱张⑤，苟或退避，则无以为善后之策。昔苻坚以百万众侵晋，而谢安以偏师破之。使朝廷措置得宜，将士用命，安知北敌不授首于我？顾一时机会所以应之者如何耳。望降臣章与二三大臣熟议之。”诏：纲所陈，今日之急务，付三省、枢密院施行。时韩世忠屡败金人于淮、楚间，有旨督刘光世、张浚统兵渡河，车驾进发至江上劳军。

五年，诏问攻战、守备、措置、绥怀之方，纲奏：

“愿陛下勿以敌退为可喜，而以雠敌未报为可愤；勿以东南为可安，而以中原未复、赤县神州陷于敌国为可耻⑥；勿以诸将屡捷为可贺，而以军政未修、士气未振而强敌犹得以潜逃为可虞。则中兴之期，可指日而俟。

议者或谓敌马既退，当遂用兵为大举之计，臣窃以为不然。生理未固，而欲浪战以侥幸，非制胜之术也。高祖先保关中，故能东向与项籍争。光武先保河内，故能降赤眉、铜马之属。肃宗先保灵武，故能破安、史而复两京。今朝廷以东南为根本，将士暴露之久，财用调度之烦，民力科取之困，苟不大修守备，痛自料理，先为自固之计，何以能万全而制敌？

议者又谓敌人既退，当且保据一隅，以苟日前之安，臣又以为不然。秦师三伐晋，以报殽之师；诸葛亮佐蜀，连年出师以图中原，不如是，不足以立国。高祖在汉中，谓萧何曰：‘吾亦欲东。'光武破隗嚣，既平陇，复望蜀。此皆以天下为度，不如是，不足以混一区宇⑦，戡定祸乱。况祖宗境土，岂可坐视沦陷，不务恢复乎？今岁不征，明年不战，使敌势益张，而吾之所纠合精锐士马，日以损耗，何以图敌？谓宜于防守既固、军政既修之后，即议攻讨，乃为得计。此二者，守备、攻战之序也。

至于守备之宜，则当料理淮南、荆襄，以为东南屏蔽。夫六朝之所以能保有江左者，以强兵巨镇，尽在淮南、荆襄间。故以魏武之雄，苻坚、石勒之众，宇文、拓跋之盛，卒不能窥江表。后唐李氏有淮南，则可以都金陵，其后淮南为周世宗所取，遂以削弱。近年以来，大将拥众兵于江南，官吏守空城于江北，虽有天险而无战舰水军之制，故敌人得以侵扰窥伺。今当于淮之东南及荆襄置三大帅，屯重兵以临之，分遣偏师，进守支郡，加以战舰水军，上连下接，自为防守。敌马虽多，不敢轻犯，则藩篱之势盛而无穷之利也。有守备矣，然后议攻战之利，分责诸路，因利乘便，收复京畿，以及故都。断以必为之志而勿失机会，则以弱为强，取威定乱于一胜之间，逆臣可诛，强敌可灭，攻战之利，莫大于是。

若夫万乘所居，必择形胜以为驻跸之所，然后能制服中外，以图事业。建康自昔号帝王之宅，江山雄壮，地势宽博，六朝更都之。臣昔举天下形势而言，谓关中为上，今以东南形势而言，则当以建康为便。今者，銮舆未复旧都，莫若且于建康权宜驻跸。愿诏守臣治城池，修宫阙，立官府，创营壁，使粗成规模，以待巡幸。盖有城池然后人心不恐，有官府然后政事可修，有营垒然后士卒可用，此措置之所当先也。

至于西北之民，皆陛下赤子，荷祖宗汲养之深，其心未尝一日忘宋。特制于强敌，陷于涂炭，而不能以自归。天威震惊，必有结纳来归、愿为内应者，宜给之土田，予以爵赏，优加抚循，许其自新，使陷溺之民知所依怙⑧，莫不感悦，益坚戴宋之心，此绥怀之所当先也。

臣窃观陛下有聪明睿知之姿，有英武敢为之志，然自临御，迨今九年，国不辟而日蹙⑨，事不立而日坏，将骄而难御，卒惰而未练，国用匮而无赢余之蓄，民力困而无休息之期。使陛下忧勤虽至，而中兴之效，邈乎无闻，则群臣误陛下之故也。

陛下观近年以来所用之臣，慨然敢以天下之重自任者几人？平居无事，小廉曲谨，似可无过，忽有扰攘，则错愕无所措手足，不过奉身以退，天下忧危之重，委之陛下而已。有臣如此，不知何补于国，而陛下亦安取此？夫用人如用医，必先知其术业可以已病，乃可使之进药而责成功。今不详审其术业而姑试之，则虽日易一医，无补于病，徒加疾而已。大概近在，闲暇则以和议为得计，而以治兵为失策，仓猝则以退避为爱君，而进御为误国。上下偷安，不为长久之计。天步艰难，国势益弱，职此之由。

今天启宸衷，悟前日和议退避之失，亲临大敌。天威所临，使北军数十万之众，震怖不敢南渡，潜师宵奔。则和议之与治兵，退避之与进御，其效概可观矣。然敌兵虽退，未大惩创，安知其秋高马肥，不再来扰我疆场，使疲于奔命哉？

臣夙夜为陛下思所以为善后之策，惟自昔创业、中兴之主，必躬冒矢石，履行阵而不避。故高祖既得天下，击韩王信、陈豨、黥布，未尝不亲行。光武自即位至平公孙述，十三年间，无一岁不亲征。本朝太祖、太宗定维扬，平泽、潞，下河东，皆躬御戎辂⑩，真宗亦有澶渊之行，措天下于大安。此谓始忧勤而终逸乐也。

若夫退避之策，可暂而不可常，可一而不可再，退一步则失一步，退一尺则失一尺。往时自南都退而至维扬，则关陕、河北、河东失矣；自维扬退而至江、浙，则京东、西失矣。万有一敌骑南牧，复将退避，不知何所适而可乎？航海之策，万乘冒风涛不测之险，此又不可之尤者也。惟当于国家闲暇之时，明政刑，治军旅，选将帅，修车马，备器械，峙糗粮，积金帛。敌来则御，俟时而奋，以光复祖宗之大业，此最上策也。臣愿陛下自今以往，勿复为退避之计，可乎？

臣又观古者敌国善邻，则有和亲，仇仇之邦，鲜复遣使。岂不以衅隙既深，终无讲好修睦之理故耶？东晋渡江，石勒遣使于晋，元帝命焚其币而却其使。彼遣使来，且犹却之，此何可往？假道僭伪之国，其自取辱，无补于事，只伤国体。金人造衅之深，知我必报，其措意为何如？而我方且卑辞厚币，屈体以求之，其不推诚以见信，决矣。器币礼物，所费不赀⑪，使轺往来，坐索士气，而又邀我以必不可从之事，制我以必不敢为之谋，是和卒不成，而徒为此扰扰也。非特如此，于吾自治自强之计，动辄相妨，实有所害。金人二十余年，以此策破契丹、困中国，而终莫之悟。夫辨是非利害者，人心所同，岂真不悟哉？聊复用此以侥幸万一，曾不知为吾害者甚大，此古人所谓几何侥幸而不丧人之国者也。臣愿自今以往，勿复遣和议之使，可乎？

二说既定，择所当为者，一切以至诚为之。俟吾之政事修，仓廪实，府库充，器用备，士气振，力可有为，乃议大举，则兵虽未交，而胜负之势已决矣。

抑臣闻朝廷者根本也，藩方者枝叶也。根本固则枝叶蕃⑫。朝廷者腹心也，将士者爪牙也⑬，腹心壮则爪牙奋。今远而强敌，近而伪臣，国家所仰以为捍蔽者在藩方，所资以致攻讨者在将士，然根本腹心则在朝廷。惟陛下正心以正朝廷百官，使君子小人各得其分，则是非明，赏罚当，自然藩方协力，将士用命，虽强敌不足畏，逆臣不足忧，此特在陛下方寸之间耳⑭。

臣昧死上条六事：一曰信任辅弼，二曰公选人材，三曰变革士风，四曰爱惜日力，五曰务尽人事，六曰寅畏天威。

何谓信任辅弼？夫兴衰拨乱之主，必有同心同德之臣相与有为，如元首股肱之于一身⑮，父子兄弟之于一家，乃能协济。今陛下选于众以图任，遂能捍御大敌，可谓得人矣。然臣愿陛下待以至诚，无事形迹，久任以责成功，勿使小人得以间之，则君臣之美，垂于无穷矣。

何谓公选人才？夫治天下者，必资于人才，而创业、中兴之主，所资尤多。何则？继体守文⑯，率由旧章，得中庸之才，亦足以共治；至于艰难之际，非得卓荦环伟之才⑰，则未易有济。是以大有为之主，必有不世出之才，参赞翊佐⑱，以成大业。然自昔抱不群之才者，多为小人之所忌嫉，或中之以黯暗⑲，或指之为党与，或诬之以大恶，或擿之以细故。而以道事君者，不可则止，难于自进，耻于自明，虽负重谤、遭深谴，安于义命，不复自辨。苟非至明之主，深察人之情伪，安能辨其非辜哉？陛下临御以来，用人多矣，世之所许以为端人正士者，往往闲废于无用之地；而陛下寝寐侧席，有乏材之叹，盍少留意而致察焉！

何谓变革士风？夫用兵之与士风，似不相及，而实相为表里。士风厚则议论正而是非明，朝廷赏罚当功罪而人心服，考之本朝嘉祐、治平以前可知已。数十年来，奔竞日进，论议徇私，邪说利口，足以惑人主之听。元祐大臣，持正论如司马光之流，皆社稷之臣也，而群枉嫉之，指为奸党，颠倒是非，政事大壤⑳，驯致靖康之变㉑，非偶然也。窃观近年士风尤薄，随时好恶，以取世资，谄讟成风㉒，岂朝廷之福哉？大抵朝廷设耳目及献纳论思之官，固许之以风闻，至于大故，必须核实而后言。使其无实，则诬人之罪，服谗搜慝㉓得以中害善良，皆非所以修政也。

何谓爱惜日力㉔？夫创业中兴，如建大厦，堂室奥序，其规模可一日而成，鸠工聚材㉕，则积累非一日所致。陛下临御，九年于兹，境土未复，僭逆未诛，仇敌未报，尚稽中兴之业者，诚以始不为之规模，而后不为之积累故也。边事粗定之时，朝廷所推行者，不过簿书期会不切之细务㉖，至于攻讨防守之策，国之大计，皆未尝留意。夫天下无不可为之事，亦无不可为之时。惟失其时，则事之小者日益大，事之易者日益难矣。

何谓务尽人事？夫天人之道，其实一致，人之所为，即天之所为也。人事尽于前，则天理应于后，此自然之符也。故创业、中兴之主，尽其在我，而已其成功归之于大。今未尝尽人事，敌至而先自退屈，而欲责功于天，其可乎？臣愿陛下诏二三大臣，协心同力，尽人事以听天命，则恢复土宇㉗，剪屠鲸鲵㉘，迎还两宫，必有日矣。

何谓寅畏天威㉙？夫天之于王者，犹父母之于子，爱之至，则所以为之戒者亦至。故人主之于天戒，必恐惧修省，以致期寅畏之诚。比年以来，·荧惑失次㉚，太白昼见，地震水溢，或久阴不雨，或久雨不霁，或当暑而寒，乃正月之朔，日有食之。此皆天意眷佑陛下，丁宁反覆㉛，以致告戒。惟陛下推至诚之意，正厥事以应之，则变灾而为祥矣。

凡此六者，皆中兴之业所关，而陛下所当先务者。

今朝廷人才不乏，将士足用，财用有余，足为中兴之资。陛下春秋鼎盛，欲大有为，何施不可？要在改前日之辙，断而行之耳。昔唐太宗谓魏徵为敢言，徵谢曰："陛下导臣使言，不然，其敢批逆鳞哉。"今臣无魏徵之敢言，然展尽底蕴，亦思虑之极也。惟陛下赦其愚直，而取其拳拳之忠。"

疏奏，上为赐诏褒谕。除江西安抚制置大使兼知洪州。有旨，赴行在奏事毕之官。六年，纲至，引对内殿。朝廷方锐意大举，纲陛辞，言今日用兵之失者四，措置未尽善者五，宜预备者三，当善后者二。

时宋师与金人、伪齐相持于淮、泗者半年，纲奏："两兵相持，非出奇不足以取胜。愿速遣骁将，自淮南约岳飞为犄角，夹击之，大功可成。"已而宋师屡捷，刘光世、张俊、杨沂中大破伪齐兵于淮肥之上。

车驾进发幸建康。纲奏乞益饬战守之具，修筑沿淮城垒，且言："愿陛下勿以去冬骤胜而自怠，勿以目前粗定而自安，凡可以致中兴之治者无不为，凡可以害中兴之业者无不去。要以修政事，信赏罚，明是非，别邪正，招徕人材，鼓作士气，爱惜民力，顺导众心为先。数者既备，则将帅辑睦㉜，士卒乐战，用兵其有不胜者哉？"

淮西郦琼以全军叛归刘豫，纲指陈朝廷有措置失当者、深可痛惜者及当监前失以图方来者凡十有五事，奏之。张浚引咎去相位，言者引汉武诛王恢为比。纲奏曰："臣窃见张浚罢相，言者引汉武诛王恢事以为比。臣恐智谋之士卷舌而不谈兵，忠义之士扼腕而无所发愤，将士解体而不用命，州郡望风而无坚城，陛下将谁与立国哉？张浚措置失当，诚为有罪，然其区区徇国之心，有可矜者。愿少宽假，以责来效。"时车驾将幸平江，纲以为平江去建康不远，徒有退避之名，不宜轻动。复具奏曰："臣闻自昔用兵以成大业者，必先固人心，作士气，据地利而不肯先退，尽人事而不肯先屈。是以楚、汉相距于荥阳、成皋间，高祖虽屡败，不退尺寸之地，既割鸿沟，羽引而东，遂有垓下之亡。曹操、袁绍战于官渡，操虽兵弱粮乏，苟或止其退避；既焚绍辎重，绍引而归，遂丧河北。由是观之，今日之事，岂可因一叛将之故，望风怯敌，遽自退屈？果出此谋，六飞回驭之后㉝，人情动摇，莫有固志，士气销缩，莫有斗心。我退彼进，使敌马南渡，得一邑则守一邑，得一州则守一州，得一路则守一路；乱臣贼子，黠吏奸氓，从而附之，虎踞鸱张，虽欲如前日返驾还辕，复立朝廷于荆棘瓦砾之中，不可得也。

借使敌骑冲突，不得已而权宜避之，犹为有说。今疆埸未有警急之报，兵将初无不利之失，朝廷正可惩往事，修军政，审号令，明赏刑，益务固守。而遽为此扰扰，弃前功，挑后患，以自趋于祸败，岂不重可惜哉！"

八年，王伦使北还，纲闻之，上疏曰：

"臣窃见朝廷遣王伦使金国，奉迎梓宫。今伦之归，与金使偕来，乃以'诏谕江南'为名，不著国号而曰'江南'，不曰'通问'而曰'诏谕'，此何礼也？臣请试为陛下言之。金人毁宗社，逼二圣，而陛下应天顺人，光复旧业。自我视彼，则仇雠也；自彼视我，则腹心之疾也，岂复有可和之理？然而朝廷遣使通问，冠盖相望于道，卑辞厚币，无所爱惜者，以二圣在其域中，为亲屈己，不得已而然，犹有说也。至去年春，两宫凶问既至㉞，遣使以迎梓宫，亟往遄返，初不得其要领。今伦使事，初以奉迎梓宫为指；而金使之来，乃以诏谕江南为名。循名责实㉟，已自乖戾㊱，则其所以罔朝廷而生后患者，不待诘而可知。

臣在远方，虽不足以知曲折，然以愚意料之，金以此名遣使，其要求大略有五：必降诏书，欲陛下屈体降礼以听受，一也。必有赦文，欲朝廷宣布，班示郡县，二也。必立约束，欲陛下奉藩称臣，禀其号令，三也。必求岁赂㊲，广其数目，使我坐困，四也。必求割地，以江为界，淮南、荆襄、四川，尽欲得之，五也。此五者，朝廷从其一，则大事去矣。

金人变诈不测，贪婪无厌，纵使听其诏令，奉藩称臣，其志犹未已也。必继有号令，或使亲迎梓宫，或使单车入觐，或使移易将相，或改革政事，或竭取租赋，或朘削土宇㊳，从之则无有纪极㊴，一不从则前功尽废，反为兵端。以为权时之宜，听其要求，可以无后悔者，非愚则诬也。使国家之势单弱，果不足以自振，不得已而为此，固犹不可；况土宇之广犹半天下，臣民之心戴宋不忘，与有识者谋之，尚足以有为，岂可忘祖宗之业，生灵之属望，弗虑弗图，遽自屈服，冀延旦暮之命哉？

臣愿陛下特留圣意，且勿轻许，深诏群臣，讲明利害，可以久长之策，择其善而从之。"

疏奏虽与众论不合，上不以为忤，曰："大臣当如此矣。"

九年，除知潭州、荆湖南路安抚大使，纲具奏力辞，曰："臣迂疎无周身之术，动致烦言，今者罢自江西，为日未久，又蒙湔拔㊵，异以帅权㊶。昔汉文帝闻季布贤，召之，既而罢归，布曰：'陛下以一人之誉召臣，以一人之毁去臣，臣恐天下有以窥陛下之浅深。'顾臣区区进退，何足少多，然数年之间，亟奋亟踬㊷，上累陛下知人任使之明，实有系于国体。"诏以纲累奏，不欲重违，遂允其请。次年薨，年五十八。讣闻，上为轸悼㊸，遣使赙赠，抚问其家，给丧葬之费。赠少师，官其亲族十人。

纲负天下之望，以一身用舍为社稷生民安危。虽身或不用，用有不久，而其忠诚义气，凛然动乎远迩。每宋使至燕山，必问李纲、赵鼎安否，其为远人所畏服如此。纲有著《易传内篇》十卷、《外篇》十二卷、《论语详说》十卷，文章、歌诗、奏议百余卷，又有《靖康传信录》、《奉迎录》、《建炎时政记》、《建炎进退志》、《建炎制诏表札集》、《宣抚荆广记》、《制置江右录》。

论曰：以李纲之贤，使得毕力殚虑于靖康㊹、建炎间，莫或挠之，二帝何至于北行，而宋岂至为南渡之偏安哉？夫用君子则安，用小人则危，不易之理也。人情莫不喜安而恶危。然纲居相位仅七十日，其谋数不见用，独于黄潜善、汪伯彦、秦桧之言，信而任之，恒若不及，何高宗之见，与人殊哉？纲虽屡斥，忠诚不少贬，不以用舍为语默，若赤子之慕其母，怒呵犹焉，挽其裳裾而从之㊺。呜呼！中兴功业之不振，君子固归之天，若纲之心，其可谓非诸葛孔明之用心欤？

①霆击：比喻用重兵猛击。
②抵：指冲击、攻打之意。　　畿甸：指京城地区。
③救：此处作救援之意解。
④顺动：指顺应事物固有的规律而运动。
⑤鸱张：亦作"鸱张"。指像鸱鸟张翼一样。比喻嚣张、凶暴。
⑥赤县神州：战国时齐人驺衍创立"大九洲"学说，提出"中国名曰赤县神州"。赤县神州内自有九州，禹之序九洲是也，不得为州数。中国外如赤县九州者九，乃所谓九州也。后来据此借指中原或中国。
⑦混一区宇：指统一天下的意思。

⑧依怙：指依靠、依赖之意。

⑨辟：指开辟，开拓之意。蹙：指缩小，减削之意。

⑩戎辂：指兵车。

⑪不赀：此处指不可比量，不可计数之意。

⑫蕃：指茂盛，兴旺之意。

⑬爪牙：此处比喻勇士、卫士。

⑭方寸：此处指心绪、心思、心得之意。

⑮元首：此处作"头"解。

⑯继体守文：继体，指嫡子继承帝位；守文：原意指遵循文王法度。后泛指遵循先王法度。

⑰卓荦环伟：卓荦，指超绝出众之意。环伟：指人品才干卓异。

⑱翊佐：辅佐之意。

⑲黯暗：指暗昧不明之意。

⑳大壤："壤"为"壞"之误，故应为大坏。

㉑驯致：指逐渐达到，逐步遭致之意。

㉒谮讪：即"谮谮讪讪"。指众口附和，诋毁诽谤之意。

㉓搜慝：指隐慝，隐瞒为恶之人。

㉔日力：此处指时间、光阴之意。

㉕鸠工：聚集工匠之意。

㉖期会：此处指未在规定的时间内实施政令之意。

㉗土宇：指疆土或国土。

㉘鲸鲵：指鲸鱼。雄为"鲸"，雌为"鲵"。比喻凶恶的敌人。

㉙寅畏：指恭敬、戒惧、敬畏的意思。

㉚荧惑：亦作"荧惑"。古指火星。因隐现不定，令人迷惑，故名。

㉛丁宁：指嘱咐、告诫之意。

㉜辑睦：和睦的意思。

㉝六飞：也作"六騑"。指古代皇帝的车驾六马疾行如飞之意。

㉞凶问：指死讯、噩耗之意。

㉟循名责实：指按其名而求其实，要求名实相符。

㊱乖戾：指悖谬、不合情理之意。

㊲岁赂：指宋朝国家为安边求和，每年对外的赠物。

㊳朘削：指缩减、剥削之意。

㊴纪极：指终极、限度之意。

㊵湔拔：即"荐拔"。推荐选拔之意。

㊶畁：此处作授予、给予之意解。

㊷蹶：此处指事情不顺利，处于困境之意。

㊸轸悼：痛切哀悼之意。

㊹殚虑：竭尽思虑之意。

㊺裳裾：指衣襟之意。

宗泽列传

宗泽，字汝霖，婺州义乌人。母刘，梦天大雷电，光烛其身，翌日而泽生。泽自幼豪爽有大志，登元祐六年进士第。对极陈时弊①，考官恶直，寘末甲②。

调大名馆陶尉。吕惠卿帅鄜延，檄泽与邑令视河埽，檄至，泽适丧长子，奉檄遽行。惠卿闻之，曰："可谓国尔忘家者。"朝廷大开御河，时方隆冬，役夫僵仆于道，中使督之急。泽曰浚河细事，乃上书其帅曰："时方凝寒，徒苦民而功未易集，少需之，至初春可不扰而办。"卒勇其言上闻，从之。惠卿辟为属，辞。

调衢州龙游令。民未知学，泽为建庠序③，设师儒，讲论经术，风俗一变，自此擢科者相继。

调晋州赵城令。下车，请升县为军，书闻，不尽如所请。泽曰："承平时固无虑，它日有警，当知吾言矣。"

知莱州掖县。部使者得旨市牛黄，泽报曰："方时疫疠，牛饮其毒则结为黄。今和气横流，牛安得黄？"使者怒，欲劾邑官。泽曰："此泽意也。"独衔以闻。

通判登州。境内官田数百顷，皆不毛之地，岁输万余缗，率横取于民，泽奏免之。朝廷遣使由登州结女真，盟海上，谋夹攻契丹，泽语所亲曰："天下自是多事矣。"退居东阳，结庐山谷间。

靖康元年，中丞陈过庭等列荐，假宗正少卿，充和议使。泽曰："是行不生还矣。"或问之，泽曰："敌能悔过退师固善，否则安能屈节北庭以辱君命乎。"议者谓泽刚方不屈，恐害和议，上不遣，命知磁州。

时太原失守，官两河者率托故不行。泽曰："食禄而避难，不可也。"即日单骑就道，从羸卒十余人④。磁经敌骑蹂躏之余，人民逃徙，帑廪枵然。泽至，缮城壁，浚隍池，治器械，募义勇，始为固守不移之计。上言："邢、洺、磁、赵、相五州各蓄精兵二万人，敌攻一郡则四郡皆应，是一郡之兵常有十万人。"上嘉之，除河北义兵都总管。金人破定，引兵南取庆源，自李固渡渡河，恐泽兵蹑其后，遣数千骑直扣磁州城。泽擐甲登城，令壮士以神臂弓射走之，开门纵击，斩首数百级。所获羊马金帛，悉以赏军士。

康王再使金，行至磁，泽迎谒曰："肃王一去不返，今敌又诡辞以致大王，愿勿行。"王遂回相洲。

有诏以泽为副元帅，从王起兵入援。泽言宜急会兵固渡，断敌归路，众不从，乃自将兵趋渡，道遇北兵，遣秦光弼、张德夹击，大破之。金人既败，乃留兵分屯。泽遣壮士夜捣其军，破三十余寨。

时康王开大元帅府，檄兵会大名。泽履冰渡河见王，谓京城受围日久，入援不可缓。会签书枢密院事曹辅赍蜡封宗手诏，至自京师，言和议可成。泽曰："金人狡谲，是欲款我师尔。君父之望入援，何啻饥渴，宜急引军直趋澶渊，次第进垒，以解京城之围。万一敌有异谋，则吾兵已在城下。"汪伯彦等难之，劝王遣泽先行，自是泽不得预府中谋议矣。

二年正月，泽至开德，十三战皆捷，以书劝王檄诸道兵会京城。又移书北道总管赵野、河东北路宣抚范纳、知兴仁府会曾柠合兵入援。三人皆以泽狂，不答。泽以孤军进，都统陈淬言敌方炽，未可轻举。泽怒，欲斩之，诸将乞贷淬，使得效死。泽命淬进兵，遇金人，败之。金人攻开德，泽遣孔彦威与战，又败之。泽度金人必犯濮，先遣三千骑往援，金人果至，败之。金人复向开德，权邦彦、孔彦威合兵夹击，又大败之。

泽兵进至卫南，度将孤兵寡，不深入不能成功。先驱云前有敌营，泽挥众直前与战，败之。转战而东，敌益生兵至，王孝忠战死，前后皆敌垒。泽下令曰："今日进退等死，不可不从死中求生。"士卒知必死，无不一当百，斩首数千级。金人大败，退却数十余里。泽计敌众十倍于我，今一战而却，势必复来，使悉其铁骑夜袭吾军，则危矣。乃暮徙其军。金人夜至，得空营，大惊，自是惮泽，不敢复出兵。泽出其不意，遣兵过大河袭击，败之。王承制以泽为徽猷阁待制。

时金人逼二帝北行，泽闻，即提军趋滑，走黎阳，至大名，欲径渡河，据金人归路邀还二帝，而勤王之兵卒无一至者。又闻张邦昌僭位，欲先行诛讨。会得大元帅府书，约移师近都，按甲观变。泽复书于王曰："人臣岂有服赭袍、张红盖、御正殿者乎⑤？自古奸臣皆外为恭顺而中藏祸心，未有窃据宝位、改元肆赦、恶状昭著若邦昌者⑥。今二圣、诸王悉渡河而北，惟大王在济，天意可知。宜亟行天讨，兴复社稷。"且言："邦昌伪赦，或启奸雄之意，望遣使分谕诸路，以定民心。"

又上书言："今天下所属望者在于大王，大王行之得其道，则有以慰天下之心。所谓道者，近刚正而远柔邪，纳谏诤而拒谀佞，尚恭俭而抑骄侈，体忧勤而忘逸乐，进公实而退私伪。"因累表劝进。

王即帝位于南京，泽入见，涕泗交颐⑦，陈兴复大计。时与李纲同入对，相见论国事，慷慨流涕，纲奇之。上欲留泽，潜善等沮之⑧。除龙图阁学士、知襄阳府。

时金人有割地之议，泽上疏曰："天下者，太祖、太宗之天下，陛下当兢兢业业，思传之万世，奈何遽议割河之东、西，又议割陕之蒲、解乎。自金人再至，朝廷未尝命一将、出一师，但闻奸邪之臣，朝进一言以告和，暮入一说以乞盟，终致二圣北迁，宗社蒙耻。臣意陛下赫然震怒，大明黜陟⑨，以再造王室。今即位四十日矣，未闻有大号令，但见刑部指挥云：'不得誊播赦文于河之东、西，陕之蒲、解'者，是褫天下忠义之气⑩，而自绝其民也。臣虽驽怯⑪，当躬冒矢石为诸将先，得捐躯报国恩足矣。"上览其言壮之。改知青州，时年六十九矣。

开封尹阙，李纲言绥复旧都，非泽不可。寻徙知开封府。时敌骑留屯河上，金鼓之声，日夕相闻，而京城楼橹尽废⑫，兵民杂居，盗贼纵横，人情恟恟。泽威望素著，既至，首捕诛舍贼者数人。下令曰："为盗者，赃无轻重，并从军法。"由是盗贼屏息，民赖以安。

王善者，河东巨寇也。拥众七十万、车万乘，欲据京城。泽单骑驰至善营，泣谓之曰："朝廷当危难之时，使有如公一二辈，岂复有敌患乎。今日乃汝立功之秋，不可失也。"善感泣曰："敢不效力。"遂解甲降。时杨进号"没角牛"，兵三十万，王再兴、李贵、王大郎等各拥众数万，往来京西、淮南、河南北，侵掠为患。泽遣人谕以祸福，悉招降之。上疏请上还京。俄有诏：荆、襄、江、淮悉备巡幸。泽上疏言："开封物价市肆，渐同平时。将士、农民、商旅、士大夫之怀忠义者，莫不愿陛下亟归京师，以慰人心。其唱为异议者，非为陛下忠谋，不过如张邦昌辈，阴与金人为地尔。"除延康殿学士、京城留守、兼开封尹。

时金遣人以使伪楚为名，至开封府，泽曰："此名为使，而实觇我也⑬。"拘其人，乞斩之。有诏所拘金使延置别馆，泽曰："国家承平二百年，不识兵革，以敌国诞谩为可凭信，恬不置疑。不惟不严攻讨之计，其有实欲贾勇思敌所忌之人⑭，士大夫不以为狂，则以为妄，致有前日之祸。张邦昌、耿南仲辈所为，陛下所亲见也。今金人假使伪楚，来觇虚实，臣愚乞斩之，以破其奸。而陛下惑于人言，令迁置别馆，优加待遇，臣愚不敢奉诏，以彰国弱。"上乃亲札谕泽，竟纵遣之。言者附潜善意，皆以泽拘留金使为非。尚书左丞许景衡抗疏力辨，且谓："泽之为尹，威名政绩，卓然过人，今之缙绅，未见其比。乞厚加任使，以成御敌治民之功。"

真定、怀、卫间，敌兵甚盛，方密修战具为入攻之计，而将相恬不为虑⑮，不修武备，泽以为忧。乃渡河约诸将共议事宜，以图收复，而于京城四壁，各置使以领招集之兵。又据形势立坚壁二十四所于城外，沿河鳞次为连珠寨，连结河东、河北山水寨忠义民兵，于是陕西、京东西诸路人马咸愿听泽节制。有诏如淮甸。泽上表谏，不报。

秉义郎岳飞犯法将刑，泽一见奇之，曰："此将材也。"会金人攻汜水，泽以五百骑授飞，使立功赎罪。飞大败金人而还，遂升飞为统制，飞由是知名。

泽视师河北还，上疏言："陛下尚留南都，道路籍籍，咸以为陛下舍宗庙朝廷，使社稷无依，生灵失所仰戴。陛下宜亟回汴京，以慰元元之心⑯。"不报。复抗疏言："国家结好金人，欲以息民，卒之劫掠侵欺，靡所不至，是守和议果不足以息民也。当时固有阿意顺旨以叨富贵者⑰，亦有不相诡随以获罪戾者⑱。陛下观之，昔富贵为是乎？获罪戾者为是乎？今之言迁幸者，犹前之言和议为可行者也；今之言不可迁者，犹前日之言和议不可行者也。惟陛下熟思而审用之。且京师二百年积累之基业，陛下奈何轻弃以遗敌国乎。"

诏遣官迎奉六宫往金陵，泽上疏曰："京师，天下腹心也。两河虽未救宁⑲，特一手臂之不信尔。今遽欲去之，非惟一臂之弗瘳⑳，且并与腹心而弃之矣。昔景德间，契丹寇澶渊，王钦若江南人，即劝幸金陵，陈尧叟蜀人，即劝幸成都，惟寇准毅然请亲征，卒用成功。臣何敢望寇准，然不敢不以章圣望陛下。"又条上五事，其一言黄潜善、汪伯彦赞南幸之非。泽前后建议，经从三省、枢密院，辄为潜善等所抑，每见泽奏疏，皆笑以为狂。

金将兀尤渡河，谋攻汴京。诸将请先断河梁，严兵目固，泽笑曰："去冬，金骑直来，正坐断河梁耳。"乃命部将刘衍趋滑、刘达趋郑，以分敌势，戒诸将极力保护河梁，以俟大兵之集。金人闻之，夜断河梁遁去。

二年，金人自郑抵白沙，去汴京密迩㉑，都人震恐。僚属入问计，泽方对客围棋㉒，笑曰："何事张皇，刘衍等在外必能御敌。"乃选精锐数千，使绕出敌后，伏其归路。金人方与衍战，伏兵起，前后夹击之，金人果败。

金将黏罕据西京，与泽相持。泽遣部将李景良、阎中立、郭俊民领兵趋郑，遇敌大战，中立死之，俊民降，景良遁去。泽捕得景良，谓曰："不胜，罪可恕；私自逃，是无主将也。"斩其首以徇㉓。既而俊民与金将吏姓者及燕人何仲祖等持书来招泽，泽数俊民曰："汝失利死，尚为忠义鬼，今反为金人持书相诱，何面目见我乎。"斩之。谓吏曰："我受此土，有死而已。汝为人将，不能以死敌我，乃欲以儿女子语诱我乎。"亦斩之。谓仲祖胁从，贷之。

刘衍还，金人复入滑，部将张㧑请往救，泽选兵五千付之，戒毋轻战以需援。㧑至滑迎战，敌骑十倍，诸将请稍避其锋，㧑曰："避而偷生，何面目见宗公。"力战死之。泽闻㧑急，遣王宣领骑五千救之。㧑死二日，宣始至，与金人大战，破走之。泽迎㧑丧归，恤其家，以宣权知滑州，金人自是不复犯东京。

山东盗起，执政谓其多以义师为名㉔，请下令止勤王。泽疏曰："自敌围京城，忠义之士愤懑争奋，广之东西、湖之南北、福建、江、淮，越数千里，争先勤王。当时大臣无远识大略，不能抚而用之，使之饥饿困穷，弱者填沟壑，强者为盗贼。此非勤王者之罪，乃一时措置乖谬所致耳㉕。今河东、西不从敌国而保山寨者，不知其几；诸处节义之夫，自黥其面而争先救驾者㉖，复不知其几。此诏一出，臣恐草泽之士一旦解体，仓猝有急，谁复有愿忠效义之心哉。"

王策者，本辽酋，为金将，往来河上。泽擒之，解其缚坐堂上，为言："契丹本宋兄弟之国，今女真辱吾主，又灭而国，义当协谋雪耻。"策感泣，愿效死。泽因问敌国虚实，尽得其详，遂决大举之计，召诸将谓曰："汝等有忠义心，当协谋剿敌，期还二圣，以立大功。"言讫泣下，诸将皆泣听命。金人战不利，悉引兵去。

泽疏谏南幸，言："臣为陛下保护京城，自去年秋冬至于今春，又三月矣。陛下不早回京城，则天下之民何所依戴。"除资政殿学士。

又遣子颖诣行阙上疏曰："天下之事，见几而为，待时而动，则事无不成。今收复伊、洛而金酋渡河，捍蔽滑台而敌国屡败，河东、河北山寨义民，引领举踵，日望官兵之至。以几以时而言之，中兴之兆可见，而金人灭亡之期可必，在陛下见几乘时而已。"又言："昔楚人城郢，史氏鄙之。今闻有旨于仪真教习水战，是规规为偏霸之谋，非可鄙之甚者乎？传闻四方，必谓中原不守，遂为江宁控扼之计耳。"

先是，泽去磁。以州事付兵马钤辖李侃，统制赵世隆杀之。至是，世隆及弟世兴以兵三万来归，众惧其变，泽曰："世隆本吾一校尔，何能为。"世隆至，责之曰："河北陷没，吾宋法令与上下之分亦陷没邪？"命斩之。时世兴佩刀侍侧，众兵露刃庭下，泽徐谓世兴曰："汝兄诛，汝能奋志立功，足以雪耻。"世兴感泣。金人攻滑州，泽遣世兴往救，世兴至，掩其不备，败之。

泽威声日著，北方闻其名，常尊惮之，对南人言，必曰"宗爷爷"。

泽疏言："丁进数十万众愿守护京城，李成愿扈从还阙，即渡河剿敌，杨进等兵百万，亦愿渡河，同致死力。臣闻'多助之至，天下顺之'。陛下及此时还京，则众心翕然，何敌国之足忧乎？"又奏言："圣人爱其亲以及人之亲，所以教人孝；敬其兄以及人之兄，所以教人弟。陛下当与忠臣义士合谋肆讨，迎复二圣。今上皇所御龙德宫俨然如旧，惟渊圣皇帝未有宫室，望改修宝箓宫以为迎奉之所，使天下知孝于父、弟于兄，是以身教也。"上乃降诏择日还京。

泽前后请上还京二十余奏，每为潜善等所抑，忧愤成疾，疽发于背。诸将入问疾，泽矍然曰："吾以二帝蒙尘，积愤至此。汝等能歼敌，则我死无恨。"众皆流涕曰："敢不尽力！"诸将出，泽叹曰："'出师未捷身先死，长使英雄泪满襟。'"翌日，风雨尽晦。泽无一语及家事，但连呼"过河"者三而薨。都人号恸。遗表犹赞上还京。赠观文殿学士、通议大夫，谥忠简。

泽质直好义，亲故贫者多依以为活，而自奉甚薄。常曰："君父侧身尝胆，臣子乃安居美食邪！"始，泽招集群盗，聚兵储粮，结诸路义兵，连燕、赵豪杰，自谓渡河克复可指日冀。有志弗就，识者恨之。

①廷对：在朝廷上回答皇帝的咨询、提问之意。

②寔：填塞、充塞之意。

③庠序：古代的地方学校，泛指学校。

④赢：此处指"超过"、"多余"的意思。

⑤赭袍：指赤红色的袍子。　　红盖：指红色的伞盖。这些均为天子的行头、服饰。

⑥肆赦：指缓刑、赦免之意。

⑦涕泗：指眼泪和鼻涕。

⑧沮：阻止之意。

⑨黜陟：指人才的进退，官吏的升降。

⑩褫：此处指废弛、松弛之意。

⑪驽怯：比喻怯懦、低劣无能之意。

⑫楼橹：古代军中用以瞭望、攻守的无顶盖的高台。往往建于地面或车、船之上。

⑬觇：指窥视、侦察之意。

⑭忮：指愤怒、仇恨之意。

⑮恬：此处指安然、满不在乎之状。

⑯元元：指庶民、百姓。

⑰阿意：指曲意奉承之状。

⑱诡随：指不顾是非而妄随人意。　　罪戾：犹"罪愆"，即指罪过、过失之意。

⑲敉宁：抚定、安定之意。

⑳瘳：此处作"救"、"治"之意解。

㉑密迩：指贴近、靠近之意。

㉒围棋：古代称之为"弈"。传为尧作。早先在棋盘上有纵横各十一、十五、十七道线几种。唐以后为纵横各十九道，交错成三百六十一位。双方用黑白棋子对着，占据其位，占位多者为胜，故名"围棋"。

㉓徇：宣示，通告之意。

㉔执政：指掌管国家政事之人。

㉕乖谬：指荒谬背理之意。

㉖黥：指黥刑、墨刑。

岳飞列传

岳飞，字鹏举，相州汤阴人。世力农①。父和，能节食以济饥者。有耕侵其地，割而与之；贳其财者不责偿②。飞生时，有大禽若鹄，飞鸣室上，因以为名。未弥月，河决内黄，水暴至，母姚抱飞坐瓮中，冲涛及岸得免，人异之。

少负气节，沉厚寡言，家贫力学，尤好左氏春秋、孙吴兵法。生有神力，未冠，挽弓三百斤，弩八石。学射于周同，尽其术，能左右射。同死，朔望设祭于其冢。父义之，曰："汝为时用，其徇国死义乎。"

宣和四年，真定宣抚刘韐募敢战士，飞应募。相有剧贼陶俊、贾进和③，飞请百骑灭之。遣卒伪为商人贼境，贼掠以充部伍。飞遣百人伏山下，自领数十骑逼贼垒。贼出战，飞阳北④，贼来追之，伏兵起，先所遣卒擒俊及进和以归。

康王至相，飞因刘浩见，命招贼吉倩，倩以众三百八十人降。补承信郎。以铁骑三百往李固渡尝敌，败之。从浩解东京围，与敌相持于滑南，领百骑习兵河上。敌猝至，飞麾其徒曰："敌虽众，未知吾虚实，当及其未定击之。"乃独驰迎敌。有枭将舞刀而前，飞斩之，敌大败。迁秉义郎，隶留守宗泽。战开德、曹州皆有功，泽大奇之，曰："尔勇智才艺，古良将不能过，然好野战，非万全计。"因授以阵图。飞曰："阵而后战，兵法之常，运用之妙，存乎一心。"泽是其言。

康王即位，飞上书数千言，大略谓："陛下已登大宝，社稷有主，已足伐敌之谋，而勤王之师日集，彼方谓吾素弱，宜乘其怠击之。黄潜善、汪伯彦辈不能承圣意恢复，奉车驾日益南，恐不足系中原之望。臣愿陛下乘敌穴未固，亲率六军北渡，则将士作气，中原可复。"书闻，以越职夺官归。

诣河北招讨使张所，所待以国士，借补修武郎，充中军统领。所问曰："汝能敌几何？"飞曰："勇不足恃，用兵在先定谋，栾枝曳柴以败荆，莫敖采樵以致绞，皆谋定也。"所蹙然⑤曰：

"君殆非行伍中人⑥。"飞因说之曰："国家都汴，恃河北以为固，苟冯据要冲，峙列重镇，一城受围，则诸城或挠或救，金人不能窥河南，而京师根本之地固矣。招抚诚能提兵压境，飞唯命是从。"所大喜，借补武经郎。

命从王彦渡河，至新乡，金兵盛，彦不敢进。飞独引所部鏖战，夺其纛而舞，诸军争奋，遂拔新乡。翌日，战侯兆川，身被十余创，士皆死战，又败之。夜屯石门山下，或传金兵复至，一军皆惊，飞坚卧不动，金兵卒不来。食尽，走彦壁乞粮，彦不许。飞引兵益北，战于太行山，擒金将拓跋耶乌。居数日，复遇敌，飞单骑持丈八铁枪，刺杀黑风大王，敌众败走。飞自知与彦有隙，复归宗泽，为留守司统制。泽卒，杜充代之，飞居故职。

二年，战胙城，又战黑龙潭，皆大捷。从间勍保护陵寝，大战汜水关，射殪金将⑦，大破其众，驻军竹芦渡，，与敌相持，选精锐三百伏前山下，令各以薪刍交缚两束⑧，夜半，爇四端而举之⑨。金人疑援兵至，惊溃。

三年，贼黄善、曹成、孔彦舟等合众五十万⑩，薄南薰门⑪。飞所部仅八百，众惧不敌，飞曰："吾为诸君破之。"左挟弓，右运矛，横冲其阵，贼乱，大败之。又擒贼杜叔五、孙海于东明。借补英州刺史，黄善围陈州，飞战于清河，擒其将孙胜、孙清，授真刺史。

杜充将还建康，飞曰："中原地尺寸不可弃，今一举足，此地非我有，他日欲复取之，非数十万众不可。"充不听，遂与俱归。师次铁路步，遇贼张用，至六合遇李成，与战，皆败之。成遣轻骑劫宪臣犒军银帛⑫，飞进兵掩击之，成奔江西。时命充守建康，金人与成合寇乌江，充闭门不出，飞泣谏请视师，充竟不出。金人遂由马家渡渡江，充遣飞等迎战，王璪先遁，诸将皆溃，独飞力战。

会充已降金，诸将多行剽掠，惟飞军秋毫无所犯。兀术趋杭州，飞要击至广德境中⑬，六战皆捷，擒其将王权，俘签军首领四十余。察其可用者，结以恩遣还，令夜斫营纵火⑭，飞乘乱纵击，大败之。驻军钟村，军无见粮，将士忍饥，不敢扰民。金所籍兵相谓曰："此岳爷爷军。"争来降附。

四年，兀术攻常州，宜兴令迎飞移屯焉。盗郭吉闻飞来，遁入湖，飞遣王贵、傅庆追破之，又遣辩士马皋、林聚尽降其众。有张威武者不从，飞单骑入其营，斩之。避地者赖以免，图飞像祠之。

金人再攻常州，飞四战皆捷；尾袭于镇江东，又捷；战于清水亭，又大捷，横尸十五里。兀术趋建康，飞设伏牛头山待之。夜，令百人黑衣混金营中扰之，金兵惊，自相攻击。兀术次龙湾，飞以骑三百、步兵二千驰至新城，大破之。兀术奔淮西，遂复建康。飞奏："建康为要害之地，宜选兵静守，仍益兵守淮，拱护腹心。"帝嘉纳。兀术归，飞邀击于静安，败之。

诏讨戚方，飞以三千人营于苦岭。方遁，俄益兵来，飞自领兵千人，战数十合，皆捷。会张俊兵至，方遂降。范宗尹言张俊自浙西来，盛称飞可用，迁通、泰镇抚使兼知泰州。飞辞，乞淮南东路一重难任使，收复本路州郡，乘机渐进，使山东、河北、河东、京畿等路次第而复。

会金攻楚急，诏张俊援之。俊辞，乃遣飞行，而命刘光世出兵援飞。飞屯三墅为楚援，寻抵承州，三战三捷，杀高太保，俘酋长七十余人。光世等皆不敢前，飞师孤力寡，楚遂陷。诏飞还守通、泰，有旨可守即守，如不可，但以沙洲保护百姓，伺便掩击。飞以泰无险可恃，退保柴墟，战于南霸桥，金大败。渡百姓于沙上，飞以精骑二百殿⑮，金兵不敢近。飞以泰州失守待罪。

绍兴元年，张俊请飞同讨李成。时成将马进犯洪州，连营西山。飞曰："贼贪而不虑后，若以骑兵自上流绝生米渡，出其不意，破之必矣。"飞请自为先锋，俊大喜。飞重铠跃马，潜出贼右，突其阵，所部从之。进大败，走筠州。飞抵城东，贼出城，布阵十五里，飞设伏，以红罗为帜，上刺"岳"字，选骑二百随帜而前。贼易其少，薄之，伏发，贼败走。飞使人呼曰："不从贼者坐，吾不汝杀。"坐而降者八万余人。进以余卒奔成于南康。飞夜引兵至朱家山，又斩其将赵万。成闻进败，自引兵十余万来。飞与遇于楼子庄，大破成军，追斩进。成走蕲州，降伪齐。

张用寇江西，用亦相人，飞以书谕之曰："吾与汝同里，南薰门、铁路步之战，皆汝所悉。今吾在此，欲战则出，不战则降。"用得书曰："果吾父也。"遂降。

江、淮平，俊奏飞功第一，加神武右军副统制，留洪州，弹压盗贼，授亲卫大夫、建州观察使。建寇范汝为陷邵武，江西安抚李回檄飞分兵保建昌军及抚州，飞遣人以"岳"字帜植城门，贼望见，相戒勿犯。贼党姚达、饶青逼建昌，飞遣王万、徐庆讨擒之。升神武副军都统制。

二年，贼曹成拥众十余万，由江西历湖湘，据道、贺二州。命飞权知潭州，兼权荆湖东路安抚都总管，付金字牌、黄旗招成。成闻飞将至，惊曰："岳家军来矣。"即分道而遁。飞至茶陵，奉诏招之，成不从。飞奏："比年多命招安，故盗力强则肆暴，力屈则就招，苟不略加剿除，蜂起之众未可遽弭⑯。"许之。

飞入贺州境，得成谍者，缚之帐下。飞出帐调兵食，吏曰："粮尽矣，奈何？"飞阳曰："姑反茶陵。"已而顾谍若失意状，顿足而入，阴令逸之。谍归告成，成大喜，期翌日来追。飞命士蓐食，潜趋绕岭，未明，已至太平场，破其寨。成据险拒飞，飞麾兵掩击，贼大溃。成走据北藏岭、上梧关，遣将迎战，飞不阵而鼓，士争奋，夺二隘据之。成又自桂岭置寨至北藏岭，连控隘道，亲以众十余万守蓬头岭。飞部才八千，一鼓登岭，破其众，成奔连州。飞谓张宪等曰："成党散去，追而杀之，则胁从者可悯，纵之则复聚为盗。今遣若等诛其酋而抚其众，慎勿妄杀，累主上保民之仁。"于是宪自贺、连，徐庆自邵、道，王贵自郴、桂，招降者二万，与飞会连州。进兵追成，成走宣抚司降。时以盛夏行师瘴地，抚循有方，士无一人死疠者，岭表平。授武安军承宣使，屯江州。甫入境，安抚李回檄飞捕剧贼马友、郝通、刘忠、李通、李宗亮、张式，皆平之。

三年春，召赴行在。江西宣谕刘大中奏："飞兵有纪律，人恃以安，今赴行在，恐盗复起。"不果行。时虔、吉盗连兵寇掠循、梅、广、惠、英、韶、南雄、南安、建昌、汀、邵武诸郡，帝乃专命飞平之。飞至虔州，固石洞贼彭友悉众至云都迎战，跃马驰突，飞麾兵即马上擒之，余酋退保固石洞。洞高峻环水，只一径可入。飞列骑山下，令皆持满，黎明，遣死士疾驰登山，贼众乱，弃山而下，骑兵围之。贼呼丐命，飞令勿杀，受其降。授徐庆等方略，捕诸郡余贼，皆破降之。初，以隆祐震惊之故，密旨令飞屠虔城。飞请诛首恶而赦胁从，不许；请至三四，帝乃曲赦⑰。人感其德，绘像祠之。余寇高聚、张成犯袁州，飞遣王贵平之。

秋，入见，帝手书"精忠岳飞"字，制旗以赐之。授镇南军承宣使、江南西路沿江制置使，又改神武后军都统制，仍制置使，李山、吴全、吴锡、李横、牛皋皆隶焉。

伪齐遣李成挟金人入侵，破襄阳、唐、邓、随、郢诸州及信阳军，湖寇杨幺亦与伪齐通，欲顺流而下，李成又欲自江西陆行，趋两浙与幺会。帝命飞为之备。

四年，除兼荆南、鄂岳州制置使。飞奏："襄阳等六郡为恢复中原基本，今当先取六郡，以除心膂之病。李成远遁，然后加兵湖湘，以殄群盗。"帝以谕赵鼎，鼎曰："知上流利害，无如飞者。"遂授黄复州、汉阳军、德安府制置使。飞渡江中流，顾幕属曰："飞不擒贼，不涉此江。"抵郢州城下，伪将京超号"万人敌"，乘城拒飞。飞鼓众而登，超投崖死，复郢州，遣张宪、徐庆复随州。飞趣襄阳，李成迎战，左临襄江，飞笑曰："步兵利险阻，骑兵利平旷，成左列骑江岸，右列步平地，虽众十万何能为。"举鞭指王贵曰："尔以长枪步卒击其骑兵。"指牛皋曰："尔以骑兵击其步卒。"合战，马应枪而毙，后骑皆拥入江，步卒死者无数，成夜遁，复襄阳。刘豫益成兵屯新野，飞与王万夹击之，连破其众。

飞奏："金贼所爱惟子女金帛，志已骄惰，刘豫僭伪，人心终不忘宋。如以精兵二十万，直捣中原，恢复故疆，诚易为力。襄阳、隋、郢地皆膏腴，苟行营田，其利为厚。臣候粮足，即过江北剿戮敌兵。"时方重深入之举，而营田之义自是兴矣。

进兵邓州，成与金将刘合孛堇列寨拒飞。飞遣王贵、张宪掩击，贼众大溃，刘合孛堇仅以身免。贼党高仲退保邓城，飞引兵一鼓拔之，擒高仲，复邓州。帝闻之，喜曰："朕素闻岳飞行军有纪律，未知能破敌如此。"又复唐州、信阳军。

襄汉平，飞辞制置使，乞委重臣经画荆襄，不许。赵鼎奏："湖北鄂、岳最为上流要害，乞令飞屯鄂、岳，不惟江西藉其声势，湖、广、江、浙亦获安妥。"乃以隋、郢、唐、邓、信阳并为襄阳府路隶飞，飞移屯鄂，授清远军节度使、湖北路、荆、襄、潭州制置使，封武昌县开国子。

兀朮、刘豫合兵围庐州，帝手札命飞解围，提兵趋庐，伪齐已驱甲骑五千逼城。飞张"岳"字旗与"精忠"旗，金兵一战而溃，庐州平。飞奏："襄阳等六郡人户缺牛、粮，乞量给官钱，免官私逋负⑱，州县官以招集流亡为殿最。"

五年，入觐，封母国夫人；授飞镇宁、崇信军节度使，湖北路、荆襄潭州制置使，进封武昌郡开国侯；又除刑湖南北、襄阳路制置使，神武后军都统制，命招捕杨幺。飞所部皆西北人，不习水战，飞曰："兵何常，顾用之何如耳。"先遣使招谕之。贼党黄佐曰："岳节使号令如山，若与之敌，万无生理，不如往降。节使诚信，必善遇我。"遂降。飞表授佐武义大夫，单骑按其部，抚佐背曰："子知逆顺者。果能立功，封侯岂足道？欲复遣子至湖中，视其可乘者擒之，可劝者招之，如何？"佐感泣，誓以死报。

时张浚以都督军事至潭，参政席益与浚语，疑飞玩寇，欲以闻。浚曰："岳侯，忠孝人也，兵有深机，胡可易言？"益惭而止。黄佐袭周伦寨，杀伦，擒其统制陈贵等。飞上其功，迁武功大夫⑲。统制任士安不禀王燮令，军以此无功。飞鞭士安使饵贼，曰："三日贼不平，斩汝。"士安宣言："岳太尉兵二十万至矣。"贼见只士安军，并力攻之。飞设伏，士安战急，伏四起击贼，贼走。

会召浚还防秋，飞袖小图示浚，浚欲俟来年议之。飞曰："已有定书，都督能少留，不八日可破贼。"浚曰："何言之易？"飞曰："王四厢以王师攻水寇则难，飞以水寇攻水寇则易。水战我短彼长，以所短攻所长，所以难。若因敌将用敌兵，夺其手足之助，离其腹心之托，使孤立，而后以王师乘之，八日之内，当俘诸酋。"浚许之。

飞遂如鼎州。黄佐招杨钦来降，飞喜曰："杨钦骁悍，既降，贼腹心溃矣。"表授钦武义大夫，礼遇甚厚，乃复遣归湖中。两日，钦说余端、刘诜等降⑳，飞诡骂钦曰㉑："贼不尽降，何来也？"杖之，复令入湖。是夜，掩贼营㉒，降其众数万。幺负固不服，方浮舟湖中，以轮激水，其行如飞，旁置撞竿，官舟迎之辄碎。飞伐君山木为巨筏，塞诸港汊，又以腐木乱草浮上流而下，择水浅处，遣善骂者挑之，且行且骂。贼怒来追，则草木壅积，舟轮碍不行。飞亟遣兵击之，贼奔港中，为筏所拒。官军乘筏，张牛革以蔽矢石，举巨木撞其舟，尽坏。幺投水，牛皋擒斩之。飞入贼垒，余酋惊曰："何神也！"俱降。飞亲行诸寨慰抚之，纵老弱归田，籍少壮为军，果八日而贼平。浚叹曰："岳侯神算也。"初，贼恃其险曰："欲犯我者，除是飞来。"至是，人以其言为谶㉓。获贼舟千余，鄂渚水军为沿江之冠。诏兼蕲、黄制置使，飞以目疾乞辞军事，不许，加检校少保，进封公。还军鄂州，除荆湖南北、襄阳路招讨使。

六年，大行山忠义社梁兴等百余人，慕飞义率众来归。飞入觐，面陈："襄阳自收复后，未置监司，州县无以按察。"帝从之，以李若虚为京西南路提举兼转运、提刑，又令湖北、襄阳府路自知州、通判以下贤否，许飞得自黜陟㉔。

张浚至江上会诸大帅，独称飞与韩世忠可倚大事，命飞屯襄阳，以窥中原，曰："此君素志也。"飞移军京西，改武胜、定国军节度使，除宣抚副使，置司襄阳。命往武昌调军。居母忧，降制起复，飞扶榇还庐山，连表乞终丧，不许，累诏趣起，乃就军。又命宣府河东，节制河北路。首遣王贵等攻虢州，下之，获粮十五万石，降其众数万。张浚曰："飞措画甚大，令已至伊、洛，则太行一带山寨，必有应者。"飞遣杨再兴进兵至长水县，再战皆捷，中原响应。又遣人焚蔡州粮。

九月，刘豫遣子麟、猊分道寇淮西㉕，刘光世欲舍庐州，张浚欲弃盱眙，同奏召岳飞以兵东下，欲使飞当其锋，而己得退保。张浚谓："飞一动，则襄汉何所制？"力沮其议。帝虑俊、光世不足任，命飞东下。飞自破曹成、平杨幺，凡六年，皆盛夏行师，致目疾，至是，甚；闻诏即日启行，未至，麟败。飞奏至，帝语赵鼎曰："刘麟败北不足喜，诸将知尊朝廷为可喜。"遂赐札，言："敌兵已去淮，卿不须进发，其或襄、邓、陈、蔡有机可乘，从长措置。"飞乃还军。时伪齐屯兵窥唐州，飞遣王贵、董先等攻破之，焚其营。奏图蔡以取中原，不许。飞召贵等还。

七年，入见，帝从容问曰："卿得良马否？"飞曰："臣有二马，日啖刍豆数斗，饮泉一斛，然非精洁即不受。介而驰，初不甚疾，比行百里始奋迅，自午至酉，犹可二百里。褫鞍甲而不息不汗，若无事然。此其受大而不苟取，力裕而不求逞，致远之材也。不幸相继以死。今所乘者，日不过数升，而秣不择粟，饮不择泉，揽辔未安，踊踊疾驱，甫百里，力竭汗喘，殆欲毙然。此其寡取易盈，好逞易穷，驽钝之材也。"帝称善，曰："卿今议论极进。"拜太尉，继除宣抚使兼营田大使。从幸建康，以王德、郦琼兵隶飞，诏谕德等曰："听飞号令，如朕亲行。"

飞数见帝论恢复之略。又手疏言："金人所以立刘豫于江南㉖，盖欲荼毒中原，以中国攻中国，粘罕因得休兵观衅。臣欲陛下假臣日月，便则提兵趋京、洛，据河阳、陕府、潼关，以号召五路叛将。叛将既还，遣王师前进，彼必弃汴而走河北，京畿、陕右可以尽复。然后分兵浚、滑，经略两河，如此则刘豫成擒，金人可灭，社稷长久之计，实在此举。"帝答曰："有臣如此，顾复何忧，进止之机，朕不中制。"又召至寝阁命之曰："中兴之事，一以委卿。"命节制光州。

飞方图大举，会秦桧主和，遂不以德、琼兵隶飞。诏诣都督府与张浚议事，浚谓飞曰："王德淮西军所服，浚欲以为都统，而命吕祉以督府参谋领之，如何？"飞曰："德与琼素不相下，一旦揠之在上，则必争。吕尚书不习军旅，恐不足服众。"浚曰："张宣抚如何？"飞曰："暴而寡谋，尤琼所不服。"浚曰："然则杨沂中尔？"飞曰："沂中视事等尔，岂能驭此军？"浚艴然㉗曰："浚固知非太尉不可。"飞曰："都督以正问飞，不敢不尽其愚，岂以得兵为念耶？"即日上章乞解兵柄，终丧服，以张宪摄军事，步归，庐母墓侧。浚怒，奏以张宗元为宣抚判官，监其军。

帝累诏趣飞还职，飞力辞，诏幕属造庐以死请，凡六日，飞趋朝待罪，帝慰遣之。宗元还言："将和士锐，人怀忠孝，皆飞训养所致。"帝大悦。飞奏："比者寝阁之命㉘，咸谓圣断已坚，何至今尚未决？臣愿提兵进讨，顺天道，固人心，以曲直为老壮，以逆顺为强弱，万全之效可必。"又奏："钱塘僻在海隅，非用武地。愿陛下建都上游，用汉光武故事，亲率六军，往来督战。庶将士知圣意所向，人人用命。"未报而郦琼叛，浚始悔。飞复奏："愿进屯淮甸，伺便击琼，期于破灭。"不许，诏驻师江州为淮、浙援。

飞知刘豫结粘罕，而兀术恶刘豫，可以间而动。会军中得兀术谍者，飞阳责之曰："汝非吾军中人张斌耶？吾向遣汝至齐，约诱至四太子，汝往不复来。吾继遣人问，齐已许我，今冬以会合寇江为名，致四太子于清河。汝所持书竟不至，何背我耶?"谍冀缓死，即诡服。乃作蜡书，言与刘豫同谋诛兀术事，因谓谍曰："吾今贷汝。"复遣至齐，问举兵期，刲股纳书㉒，戒勿泄。谍归，以书示兀术，兀术大惊，驰白其主，遂废豫。飞奏："宜乘废豫之际，捣其不备，长驱以取中原。"不报。

八年，还军鄂州。王庶视师江、淮，飞与庶书："今岁若不举兵，当纳节请闲。"庶甚壮之。秋，召赴行在，命诣资善堂见皇太子。飞退而喜曰："社稷得人矣，中兴基业，其在是乎?"会金遣使将归河南地，飞言："金人不可信，和好不可恃，相臣谋国不臧㉚，恐贻后世讥。"桧衔之㉛。

九年，以复河南，大赦。飞表谢，寓和议不便之意，有"唾手燕云，复仇报国"之语。授开府仪同三司，飞力辞，谓："今日之事，可危而不可安，可忧而不可贺，可训兵饬士，谨备不虞，而不可论功行赏，取笑敌人。"三诏不受，帝温言奖谕㉜，乃受。会遣士㒟谒诸陵，飞请以轻骑从洒埽，实欲观衅以伐谋㉝。又奏："金人无事请和，此必有肘腋之虞，名以地归我，实寄之也㉞。"桧白帝止其行。

十年，金人攻拱、亳，刘锜告急，令飞驰援，飞遣张宪、姚政赴之。帝赐札曰："设施之方，一以委卿，朕不遥度。"飞乃遣王贵、牛皋、董先、杨再兴、孟邦杰、李宝等，分布经略西京、汝、郑、颖昌、陈、曹、光、蔡诸郡；又命梁兴渡河，纠合忠义社，取河东、北州县。又遣兵东援刘锜，西援郭浩，自以其军长驱以阚中原㉟。将发，密奏言："先正国本以安人心，然后不常厥居，以示无忘复仇之意。"帝得奏，大褒其忠，授少保，河南府路、陕西、河东北路招讨使，寻改河南、北诸路招讨使。未几，所遣诸将相继奏捷。大军在颖昌，诸将分道出战，飞自以轻骑驻郾城，兵势甚锐。

兀术大惧，会龙虎大王议，以为诸帅易与，独飞不可当，欲诱至其师，并力一战。中外闻之㊲，大惧，诏飞审处自固。飞曰："金人伎穷矣。"乃日出挑战，且骂之。兀术怒，合龙虎大王、盖天大王与韩常之兵逼郾城。飞遣子云领骑兵直贯其阵，戒之曰："不胜，先斩汝!"鏖战数十合，贼尸布野。

初，兀术有劲军，皆重铠，贯以韦索㊲，三人为联，号"拐子马"，官军不能当。是役也，以万五千骑来，飞戒步卒以麻札刀入阵，勿仰视，第斫马足。拐子马相连，一马仆，二马不能行，官军奋击，遂大败之。兀术大恸曰："自海上起兵，皆以此胜，今已矣!"兀术益兵来，部将王贵以五十骑觇敌，遇之，奋斩其将。飞时出视战地，望见黄尘蔽天，自以四十骑突战，败之。

方郾城再捷，飞谓云曰："贼屡败，必还攻颖昌，汝宜速援王贵。"既而兀术果全，贵将游奕、云将背嵬战于城西，云以骑兵八百挺前决战，步军张左右翼继之，杀兀术婿夏金吾、副统军粘罕索索董，兀术遁去。

梁兴会太行忠义及两河豪杰等，累战皆捷，中原大震。飞奏："兴等过河，人心愿归朝廷，金兵累败，兀术等皆令老少北去，正中兴之机。"飞进军朱仙镇，距汴京四十五里，与兀术对垒而阵，遣骁将以背嵬骑五百奋击，大破之，兀术遁还汴京。飞檄陵台令行视诸陵，葺治之㊳。先是，绍兴五年，飞遣梁兴等布德意，招结两河豪杰，山寨韦铨、孙谋等敛兵固堡，以待王师，李通、胡清、李宝、李兴、张恩、孙琪等举众来归。金人动息㊴，山川险要，一时皆得其实。尽磁、相、开德、泽、潞、晋、绛、汾、隰之境，皆期日兴兵，与官军会。其所揭旗以"岳"为号，父老百姓争挽车牵牛，载糗粮以馈义军㊵，顶盆焚香迎候者，充满道路。自燕以南，金号令不行，兀术欲签军以抗飞㊶，河北无一人从者。乃叹曰："自我起北方以来，未有如今日之挫衄㊷。"金帅乌陵思谋素号桀黠㊸，亦不能制其下，但谕之曰："毋轻动，俟岳家军来即降。"金统制王镇、统领崔庆、将官李觊、崔虎、叶旺等皆率所部降，以至禁卫龙虎大王下忔查、千户高勇之属，皆密受飞旗榜，自北方来降。金将军韩常欲以五万众内附。飞大喜，语其下曰："直抵黄龙府，与诸君痛饮尔！"

方指日渡河，而桧欲画淮以北弃之，风台臣请班师[44]。飞奏："金人锐气沮丧，尽弃辎重，疾走渡河，豪杰向风[45]，士卒用命，时不再来，机难轻失。"桧知飞志锐不可回，乃先请张俊、杨沂中等归，而后言飞孤军不可久留，乞令班师。一日奉十二金字牌，飞愤惋泣下，东向再拜曰："十年之力，废于一旦。"飞班师，民遮马恸哭，诉曰："我等戴香盆，运粮草以迎官军，金人悉知之。相公去，我辈无噍类矣[46]。"飞亦悲泣，取诏示之曰："吾不得擅留。"哭声震野，飞留五日以待其徙，从而南者如市，亟奏以汉上六郡闲田处之。

方兀术弃汴去，有书生叩马曰[47]："太子毋走，岳少保且退矣。"兀术曰："岳少保以五百骑破五十万，京城日夜望其来，何谓可守？"生曰："自古未有权臣在内，而大将能立功于外者，岳少保且不免，况欲成功乎？"兀术悟，遂留。飞既归，所得州县旋复失之。飞力请解兵柄，不许，自庐入觐，帝问之，飞拜谢而已。

十一年，谍报金分道渡淮，飞请合诸师之兵破敌。兀术、韩常与龙虎大王疾驱至庐，帝趣飞应援，凡十七札。飞策金人举国南来，巢穴必虚，若长驱京、洛以捣之，彼必奔命，可坐而敝。时飞方苦寒嗽[48]，力疾而行。又恐帝急于退敌，乃奏："臣如捣虚，势必得利，若以为敌方在近，未暇远图，欲乞亲至蕲、黄，以议攻却。"帝得奏大喜，赐札曰："卿苦寒疾，乃为朕行，国尔忘身，谁如卿者？"师至庐州，金兵望风而遁。飞还兵于舒以俟命，帝又赐札，以飞小心恭谨、不专进退为得体。兀术破濠州，张俊驻军黄连镇，不敢进，杨沂中遇伏而败，帝命飞救之。金人闻飞至，又遁。

时和议既决，桧患飞异己，乃密奏召三大将论功行赏。韩世忠、张俊已至，飞独后，桧又用参政王次翁计，俟之六七日。既至，授枢密副使，位参知政事上，飞固请还兵柄。五月，诏同俊往楚州措置边防，总韩世忠军还驻镇江。

初，飞在诸将中年最少，以列校拔起，累立显功，世忠、俊不能平，飞屈己下之，幕中轻锐教飞勿苦降意[49]。金人攻淮西，俊分地也，俊始不敢行，师卒无功。飞闻命即行，速解庐州围，帝授飞两镇节，俊益耻。杨幺平，飞献俊、世忠楼船各一，兵械毕备，世忠大悦，俊反忌之。淮西之役，俊以前途粮乏訹飞[50]，飞不为止，帝赐札褒谕，有曰："转饷艰阻，卿不复顾。"俊疑飞漏言，还朝，反倡言飞逗留不进，以乏饷为辞。至视世忠军，俊知世忠忤桧，欲与飞分其背嵬军，飞义不肯，俊大不悦。及同行楚州城，俊欲修城为备，飞曰："当戮力以图恢复，岂可为退保计？"俊变色。

会世忠军吏景著与总领胡纺言[51]："二枢密若分世忠军，恐至生事。"纺上之朝，桧捕著下大理寺，将以扇摇诬世忠。飞驰书告以桧意，世忠见帝自明。俊于是大憾飞，遂昌言飞议弃山阳，且密以飞报世忠事告桧，桧大怒。

初，桧逐赵鼎，飞每对客叹息，又以恢复为己任，不肯附和议。读桧奏，至"德无常师，主善为师"之语，恶其欺罔，恚曰[52]："君臣大伦，根于天性，大臣而忍面谩其主耶[53]！"兀术遗桧书曰："汝朝夕以和请，而岳飞方为河北图，必杀飞，始可和。"桧亦以飞不死，终梗和议，己必及祸，故力谋杀之。以谏议大夫万俟卨与飞有怨，风卨劾飞[54]，又风中丞何铸、侍御史罗汝楫交章弹论，大率谓："今春金人攻淮西，飞略至舒、蕲而不进，比与俊按兵淮上，又欲弃山阳而不守。"飞累章请罢枢柄，寻还两镇节，充万寿观使、奉朝请。桧志未伸也，又谕张俊令劫王贵、诱王俊诬告张宪谋还飞兵。

桧遣使捕飞父子证张宪事，使者至，飞笑曰："皇天后土，可表此心。"初命何铸鞫之，飞裂裳以背示铸，有"尽忠报国"四大字，深入肤理。既而阅实无左验，铸明其无辜。改命万俟卨。卨诬：飞与宪书，令虚申探报以动朝廷；云与宪书，令措置使飞还军；言其书已焚。

飞坐系两月，无可证者。或教卨以台章所指淮西事为言，卨喜白桧，簿录飞家，取当时御札藏之以灭迹。又逼孙革等证飞受诏逗留，命评事元龟年取行军时日杂定之，傅会其狱。岁暮，狱不成，桧手书小纸付狱，即报飞死，时年三十九。云弃市。籍家资，徙家岭南。幕属于鹏等从坐者六人。初，飞在狱，大理寺丞李若朴、何彦猷、大理卿薛仁辅并言飞无罪，卨俱劾去。宗正卿士㒟请以百口保飞，卨亦劾之，窜死建州。布衣刘允升上书讼飞冤，下棘寺以死⑤。凡傅成其狱者⑥，皆迁转有差。

狱之将上也，韩世忠不平，诣桧诘其实，桧曰："飞子云与张宪书虽不明，其事体莫须有。"世忠曰："'莫须有'三字，何以服天下？"时洪皓在金国中，蜡书驰奏，以为金人所畏服者惟飞，至以父呼之，诸酋闻其死，酌酒相贺。

飞至孝，母留河北，遣人求访，迎归。母有痼疾，药铒必亲，母卒，水浆不入口者三日。家无姬侍，吴玠素服飞，愿与交欢，饰名姝遗之。飞曰："主上宵旰⑧，岂大将安乐时？"却不受，玠益敬服。少豪饮，帝戒之曰："卿异时到河朔，乃可饮。"遂绝不饮。帝初为飞营第⑨，飞辞曰："敌未灭，何以家为？"或问天下何时太平，飞曰："文臣不爱钱，武臣不惜死，天下平矣。"

师每休舍，课将士注坡跳壕⑩，皆重铠习之。子云尝习注坡，马踬⑪，怒而鞭之。卒有取民麻一缕以束刍者⑫，立斩以徇⑬。卒夜宿，民开门愿纳，无敢入者。军号"冻死不拆屋，饿死不卤掠。"卒有疾，躬为调药；诸将远戍，遣妻问劳其家；死事者哭之而育其孤，或以子婚其女。凡有颁犒，均给军吏，秋毫不私。

善以少击众。欲有所举，尽召诸统制与谋，谋定而后战，故有胜无败。猝遇敌不动⑭，故敌为之语曰："撼山易，撼岳家军难。"张俊常问用兵之术，曰："仁、智、信、勇、严，缺一不可。"调军食必，蹙额曰："东南民力，耗敝极矣⑮。"荆湖平，募民营田，又为屯田，岁省漕运之半。帝手书曹操、诸葛亮、羊祜三事赐之。飞跋其后，独指操为奸贼而鄙之，尤桧所恶也。

张所死，飞感旧恩，鞠其子宗本⑯，奏以官。李宝自楚来归，韩世忠留之，宝痛哭愿归飞，世忠以书来谂⑰，飞复曰："均为国家，何分彼此。"世忠叹服。襄阳之役，诏光世为援，六郡既复，光世始至，飞奏先赏光世军。好贤礼士，览经史，雅歌投壶⑱，恂恂如书生⑲。每辞官，必曰："将士效力，飞何功之有？"然忠愤激烈，议论持正，不挫于人，卒以此得祸。

桧死，议复飞官。万俟卨谓金方愿和，一旦录故将，疑天下心，不可。及绍兴末，金益猖獗，太学生程宏图上书讼飞冤，诏飞家自便。初，桧恶岳州同飞姓，改为纯州，至是仍旧。中丞汪澈宣抚荆、襄，故部曲合辞讼之⑳，哭声雷震。孝宗诏复飞官，以礼改葬，赐钱百万，求其后悉官之。建庙于鄂，号忠烈。淳熙六年，谥武穆。嘉定四年，追封鄂王。

五子：云、雷、霖、震、霆。

论曰：西汉而下，若韩、彭、绛、灌之为将，代不乏人。求其文武全器、仁智并施如宋岳飞者，一代岂多见哉！史称关云长通春秋左氏学，然未尝见其文章。飞北伐，军至汴梁之朱仙镇，有诏班师，飞自为表答诏，忠义之言，流出肺腑，真有诸葛孔明之风，而卒死于秦桧之手。盖飞与桧势不两立，使飞得志，则金仇可复，宋耻可雪；桧得志，则飞有死而已。昔刘宋杀檀道济，道济下狱，嗔目曰："自坏汝万里长城！"高宗忍自弃其中原，故忍杀飞。呜呼冤哉！呜呼冤哉！

---

①力农：指致力于农事，务农。

②赁：指借贷、赊欠之意。　　　责偿：指索取赔偿，催促交纳之意。

③贾进和：应为贾进。据岳珂《金陀粹编》卷四《行实编年》、章颖《宋南渡十将传》卷二《岳飞传》中记载，均作"贾进"。

④阳北：指诈败之意。

⑤矍：指惊惧、惊视之貌。

⑥殆：此处作难道、莫不是之意解。

⑦殪：指杀死。

⑧薪刍：指薪柴和牧草。

⑨爇：指烧、焚烧之意。

⑩黄善：应为"王善"。据本书卷二十五《高宗纪》、《系年要录》卷十九记载，均作"王善"。下同。

⑪薄：此处作"逼近"、"靠近"之意解。

⑫宪臣：原指御史。宋代指提点刑狱。即后来的按察史。

⑬要击：指拦击、截击之意。

⑭斫营：指劫营、偷袭敌营之意。

⑮殿：此处作居后、在后之意解。

⑯蜂起：指蜂涌而起之意。　　　遽殄：指操之过急之意。

⑰曲赦：指特赦。

⑱逋负：指拖欠赋税、债务。

⑲武功大夫：疑是"武经大夫"。据《金陀粹编》卷六《行实编年》注明为"武经大夫"。本书卷一六九《职官志》载，武义大夫至武功大夫相差六阶，黄佐由此功而骤升六阶可疑。似以迁一阶，作"武经大夫"较合理。

⑳余端：本书卷二十八《高宗纪》、《金陀粹编》卷六《行实编年》均记载为"全宗"。

㉑诡：此处作欺骗、故意、假装之意解。

㉒掩：此处作"突然袭击"、"冲杀"之意解。

㉓谶：指预言吉凶的文字、图箓。

㉔黜陟：指人才的进退，官吏的升降。

㉕刘豫遣子麟猊分道寇淮西：据查，刘猊是刘豫之侄。《金陀粹编》卷七《行实编年》、《宋度渡十将军传》卷二《岳飞传》"猊"字上均有"侄"字。故全文应为"刘豫遣子麟、侄猊分道寇淮西。"

㉖江南：应作"河南"。据《金陀粹编》卷十一《乞出师札子》中记载亦为"河南"。

㉗艴然：恼怒的样子。

㉘寝阁：古代帝王日常处理政事的便殿。

㉙刲股：割大腿肉。表示尽心尽力之意。

㉚不臧：指不善、不良之意。

㉛衔：此处作"怀恨"之意解。

㉜温言：指温和的话语。

㉝观衅：指窥视敌人的间隙。

㉞寄：此处作"寄放"、"寄存"之意解。

㉟阚：指虎怒貌；虎叫声。形容军队怒吼的声势。

㊱中外：此处作朝廷内外、中央和地方之意解。

㊲韦索：指用柔软的皮革制成的绳索。

㊳葺治：指治理、整治之意。

㊴动息：犹动静、情况、消息。

㊵糗粮：干粮的意思。

㊶签军：金元间凡遇战事，签发所有汉人丁壮当兵，称之为"签军"。

㊷挫衄：指挫折、失败的意思。

㊸桀黠：凶悍、狡黠之意。

㊹风台臣：风，此处作暗示、指使解；台臣，指古时御史台的官员。

㊺向风：指仰慕其人的品德或学问。

㊻噍类：指活着的人。

㊼叩马：勒住马的意思。

㊽寒嗽：因受寒而咳嗽。

㊾轻锐：指轻捷精锐的士卒。

㊿讻：此处指恫吓、威胁之意。

51景著：疑是"耿著"。据《金陀粹编》卷八《行实编年》、《宋南渡十将传》卷二《岳飞传》中均记载为"耿著"。

52恚：愤怒、怨恨的意思。

53忍面：指忍心当面之意。

54风：此处作"唆使"意解。

55棘寺：泛指九卿官署；大理寺的别称。

56傅：此处作诬陷、捏造、附会之意。

57交欢：指与人结交，取得别人的欢心。

58宵旰：指宵衣旰食之意，即天不亮就穿衣起身，天黑以后才吃饭之意。

59营第：指建造房屋。

60注坡：指斜坡上急驰而下的意思。

61蹶：指跌倒、绊倒之意。

62束刍：指捆草成束之意。

63徇：指宣示于众之意。

64猝：系"猝"字之误。

65耗敝：指亏损疲困、耗费损害之意。

66鞠：此处作抚养、抚育之意解。

67谂：指"知悉"、"告知"之意。

68雅歌投壶：雅歌，指伴以雅乐而歌唱的诗歌。投壶，古代宴会礼制，亦为娱乐活动。宾主依次用矢投向一种专用的盛酒用的投壶的壶口，以投中多少以决胜负，负者饮酒。雅歌投壶是一种吟雅诗及作投壶游戏的活动，后常指武将的儒雅行为。

69恂恂：指温顺恭谨之状。

70部曲：此处指部属、部下。

陆 游 列 传

陆游，字务观，越州山阴人。年十二能诗文，荫补登仕郎①。锁厅荐送第一，②秦桧孙埙适居其次，桧怒，至罪主司。明年，试礼部，主事复置游前列，桧显黜之，由是为所嫉。桧死，始赴福州宁德簿，以荐者除敕令所删定官。

时杨存中久掌禁旅，游力陈非便，上嘉其言，遂罢存中。中贵人有市北方珍玩以进者③，游奏："陛下以'损'名斋，自经籍翰墨外，屏而不御。小臣不体圣意，辄私买珍玩，亏损圣德，乞严行禁绝。"

应诏言："非宗室外家，虽实有勋劳，毋得辄加王爵。顷者有以师傅而领殿前都指挥使，复有以太尉而领阁门事④，渎乱名器，乞加订正。"迁大理寺司直兼宗正簿。

孝宗即位，迁枢密院编修官兼编类圣政所检讨官。史浩、黄祖舜荐游善词章，谙典故，召见。上曰："游力学有闻⑤，言论剀切⑥。"遂赐进士出身。入对，言："陛下初即位，乃信诏令以示人之时，而官吏将帅一切玩习⑦，宜取其尤沮格者⑧，与众弃之。"

和议将成，游又以书白二府曰："江左自吴以来，未有舍建康他都者。驻跸临安出于权宜⑨，形势不固，馈饷不便，海道逼近，凛然意外之忧。一和之后，盟誓已立，动有拘碍⑩。今当与之约，建康、临安皆系驻跸之地，北使朝聘，或就建康，或就临安，如此则我得以暇时建都立国，彼不我疑。"

时龙大渊、曾觌用事，游为枢臣张焘言："觌、大渊招权植党，荧惑圣听⑪，公及今不言，异日将不可去。"焘遽以闻，上诘语所自来，焘以游对。上怒，出通判建康府，寻易隆兴府。言者论游交结台谏，鼓唱是非，力说张浚用兵，免归。久之，通判夔州。

王炎宣抚川、陕，辟为干办公事。游为炎陈进取之策，以为经略中原必自长安始，取长安必自陇右始。当积粟练兵，有衅则攻，无则守。吴璘子挺代掌兵，颇骄恣，倾财结士，屡以过误杀人，炎莫谁何。游请以珍子拱代挺。炎曰："拱怯而寡谋，遇敌必败。"游曰："使挺遇敌，安保其不败。就命有功，愈不可驾驭。"及挺子曦僭叛，游言始验。

范成大帅蜀，游为参议官，以文字交，不拘礼法，人讥其颓放，因自号放翁。后累迁江西常平提举。江西水灾，奏："拨义仓振济，檄诸郡发粟以予民。"召还，给事中赵汝愚驳之，遂与祠。起知严州，过阙，陛辞，上谕曰："严陵山水胜处，职事之暇，可以赋咏自适。"再召人见，上曰："卿笔力回斡甚善，非他人可及。"除军器少监。

绍熙元年，迁礼部郎中兼实录院检讨官。嘉泰二年，以孝宗、光宗两朝实录及三朝史未就，诏游权同修国史、实录院同修撰，免奉朝请，寻兼秘书监。三年，书成；遂升宝章阁待制，致仕。

游才气超逸，尤长于诗。晚年再出，为韩侂胄撰《南园阅古泉记》，见讥清议。朱熹尝言："其能太高，迹太近⑫，恐为有力者所牵挽，不得全其晚节。"盖有先见之明焉。嘉定二年卒，年八十五。

---

①阴补：旧指因祖先功勋而补官。

②锁厅：指锁厅试。亦作"镊厅试"。宋朝称现任官或有爵禄者应进士试。

③中贵人：指帝王所宠幸的近臣。

④阁：泛指古代中央官署名。

⑤力学：指努力学习之意。

⑥剀切：指恳切、规谏之意。

⑦玩习：指习惯、习以为常之意。

⑧沮格：指阻止、阻挠之意。

⑨驻跸：指帝王出行，途中停留暂住之意。

⑩拘碍：也作拘阂。指束缚、阻碍之意。

⑪荧惑：古指火星。因隐现不定，令人迷惑，故名。

⑫迹：此处作事迹、业迹意解。

辛弃疾列传

辛弃疾，字幼安，齐之历城人。少师蔡伯坚，与党怀英同学，号辛、党。始筮仕①，决以蓍，怀英遇坎，因留事金，弃疾得离，遂决意南归。

金主亮死，中原豪杰并起。耿京聚兵山东，称天平节度使，节制山东、河北忠义军马，弃疾为掌书记，即劝京决策南向。僧义端者，喜谈兵，弃疾间与之游。及在京军中，义端亦聚众千余，说下之，使隶京。义端一夕窃印以逃，京大怒，欲杀弃疾。弃疾曰："丐我三日期②，不获，就死未晚。"揣僧必以虚实奔告金帅，急追获之。义端曰："我识君真相，乃青兕也③，力能杀人，幸勿杀我。"弃疾斩其首归报，京益壮之。

绍兴三十二年，京令弃疾奉表归宋，高宗劳师建康，召见，嘉纳之，授承务郎、天平节度掌书记，并以节使印告召京。会张安国、邵进已杀京降金，弃疾还至海州，与众谋曰："我缘主帅来归朝，不期事变，何以复命？"乃约统制王世隆及忠义人马全福等径趋金营，安国方与金将酣饮，即众中缚之以归，金将追之不及，献俘行在，斩安国于市。仍授前官，改差江阴金判。弃疾时年二十三。

乾道四年，通判建康府。六年，孝宗召对延和殿。时虞允文当国，帝锐意恢复，弃疾因论南北形势及三国、晋、汉人才，持论劲直，不为迎合。作《九议》并《应问》三篇、《美芹十论》献于朝，言逆顺之理，消长之势，技之长短，地之要害，甚备。以讲和方定，议不行。迁司农寺主簿，出知滁州。州罹兵烬，并邑凋残，弃疾宽征薄赋，招流散，教民兵，议屯田，乃创奠枕楼、繁雄馆。辟江东安抚司参议官，留守叶衡雅重之④，衡入相，力荐弃疾慷慨有大略。召见，迁仓部郎官、提点江西刑狱。平剧盗赖文政有功，加秘阁修撰。调京西转运判官，差知江陵府兼湖北安抚。

迁知隆兴府兼江西安抚，以大理少卿召，出为湖北转运副使，改湖南，寻知潭州兼湖南安抚，盗连起湖湘，弃疾悉讨平之。遂奏疏曰："今朝廷清明，比年李全、赖文政、陈子明、李峒相继窃发⑤，皆能一呼啸聚千百，杀掠吏民，死且不顾，至烦大兵蓥灭。良由州以趣办财赋为急，吏有残民害物之状，而州不敢问，县以并缘科敛为急，吏有残民害物之状，而县不敢问。田野之民，郡以聚敛害之，县以科率害之，吏以乞取害之，豪民以兼并害之，盗贼以剽夺害之，民不为盗，去将安之？夫民为国本，而贪吏迫使为盗，今年剿除，明年划荡⑥，譬之木焉，日刻月削，不损则折。欲望陛下深思致盗之由；讲求弭盗之术，无徒恃平盗之兵。申饬州县，以惠养元元为意，有违法贪冒者，使诸司各扬其职，无徒按举小吏以应故事，自为文过之地。"诏奖谕之。

又以湖南控带二广，与溪峒蛮獠接连，草窃间作⑦，岂惟风俗顽悍，抑武备空虚所致。乃复奏疏曰："军政之敝，统率不一，差出占破，略无已时。军人则利于优闲窠坐⑧，奔走公门，苟图衣食，以故教阅废弛，逃亡者不追，冒名者不举。平居则奸民无所忌惮，缓急则卒伍不堪征行。至调大军，千里讨捕，胜负未决，伤威损重，为害非细。乞依广东摧锋，荆南神劲，福建左翼例，别创一军，以湖南飞虎为名，止拨属二牙、密院，专听帅臣节制调度，庶使夷獠知有军威，望风慑服。"

诏委以规画，乃度马殷营垒故基，起盖寨栅，招步军二千人，马军五百人，傔人在外⑨，战马铁甲皆备。先以缗钱五万于广西买马五百匹，诏广西安抚司岁带买三千匹。时枢府有不乐之者，数沮挠之，弃疾行愈力，卒不能夺。经度费巨万计，弃疾善斡旋，事皆立办。议者以聚敛闻，降御前金字牌，俾日下住罢⑩。弃疾受而藏之，出责监办者，期一月飞虎营栅成，违坐军制。如期落成，开陈本末，绘图缴进，上遂释然。时秋霖几月，所司言造瓦不易，问："须瓦几何？"曰："二十万。"弃疾曰："勿忧。"令厢官自官舍、神祠外应居民家取沟甑瓦二，不二日皆具，僚属叹伏。军成，雄镇一方，为江上诸军之冠。

嘉右文殿修撰，差知隆兴府兼江西安抚，时江右大饥，诏任责荒政⑪，始至，榜通衢曰："闭籴者配，强籴者斩。"次令尽出公家官钱、银器；召官吏、儒生、商贾、市民各举有干实者，量借钱物，逮其责领运籴，不取子钱，期终月至城下发籴，于是连樯而至⑫，其直自灭，民赖以济。时信守谢源明乞米救助，幕属不从，弃疾曰："均为赤子，皆王民也。"即以米舟十之三予信。帝嘉之，进一秩，以言者落职，久之，主管冲佑观。

绍熙二年，起福建提点刑狱。召见，迁大理少卿，加集英殿修撰、知福州兼福建安抚使。弃疾为宪时，尝摄帅，每叹曰："福州前枕大海，为贼之渊，上四郡民顽犷易乱，帅臣空竭，急缓奈何！"至是务为镇静，未期岁，积镪至五十万⑬缗，榜曰"备安库"。谓闽中土狭民稠，岁俭则籴于广，今幸连稔⑭，宗室及军人人仓请米，出即籴之，候秋贾贱，以备安钱籴二万石，则有备无患矣。又欲造万铠，招强壮补军额；严训练，则盗贼可以无虞。事未行，台臣王蔺劾其用钱如泥沙，杀人如草芥⑮，旦夕望端坐"闽王殿"。遂丐祠归。

庆元元年落职，四年，复主管冲佑观。久之，起知绍兴府兼浙东安抚使。四年，宁宗召见，言盐法，加宝谟阁待制、提举佑神观，奉朝请。寻差知镇江府，赐金带。坐缪举⑯；降朝散大夫、提举冲佑观，差知绍兴府、两浙东路安抚使，辞免。进宝文阁待制，又进龙图阁、知江陵府。令赴行在奏事，试兵部侍郎，辞免。进枢密都承旨，未受命而卒。赐对衣，金带，守龙图阁待制致仕，特赠四官。

弃疾豪爽尚气节，识拔英俊，所交多海内知名士。尝跋绍兴间诏书曰："使此诏出于绍兴之前，可以无事仇之大耻；使此诏行于隆兴之后，可以卒不世之大功。今此诏与仇敌俱存也，悲夫！"人服其警切⑰。帅长沙时，士人或诉考试官滥取第十七名春秋卷⑱，弃疾察之信然，索亚榜春秋卷两易之，启名则赵鼎也。弃疾怒曰："佐国元勋，忠简一人，胡为又一赵鼎！"掷之地。次阅礼记卷，弃疾曰："观其议论，必豪杰士也，此不可失。"启之，乃赵方也。尝谓："人生在勤，当以力田为先，北方之人，养生之具不求于人，是以无甚富甚贫之家。南方多末作以病农⑲，而兼并之患兴，贫富斯不侔矣。"故以"稼"名轩。为大理卿时，同僚吴交如死，无棺敛，弃疾叹曰："身为列卿而贫若此，是廉介之士也！"既厚赙之⑳，复言于执政㉑，诏赐银绢。

弃疾尝同朱熹游武夷山，赋《九曲棹歌》，熹书"克己复礼"、"夙兴夜寐"，题其二斋室。熹殁，伪学禁方严，门生故旧至无送葬者。弃疾为文往哭之曰："所不朽者，垂万世名。孰谓公死，凛凛犹生！"弃疾雅善长短句，悲壮激烈，有《稼轩集》行世。绍定六年，赠光禄大夫。咸淳间，史馆校勘谢枋得过弃疾墓旁僧舍，有疾声大呼于堂上，若鸣其不平，自昏暮至三鼓不绝声。枋得秉烛作文，旦且祭之，文成而声始息。德祐初，枋得请于朝，加赠少师，谥忠敏。

---

①筮仕：古人将出做官，卜问吉凶之意。

②丐：指乞求、给予之意。

③青兕：青兕牛。古代犀牛类的兽名。一角，青色，重千斤。

④雅重：指历来器重、敬重之意。

⑤比年李全、赖文正、陈子明、李峒："李全"应作"李金"；"李峒"应作"陈峒"。据本书卷三三《孝宗纪》、《历代名臣奏议》卷三一九《弭盗门》湖南诸州安抚辛弃疾上疏、《朝野杂记甲集》卷一五《市舶司本息条》所载，均为"李金"。据《历代名臣奏议》卷三一九《弭盗门》湖南诸州安抚辛弃疾上疏、本书卷三五《孝宗纪》、《渭南文集》卷三四《王佐墓志铭》所载，均为"陈峒"。

⑥划荡：指铲除、灭除、扫荡之意。

⑦草窃：指掠夺、盗窃之意。

⑧窠坐：指安顿之意。

⑨僆人：指随从佐吏；随身的差役。

⑩住罢：停止的意思。

⑪荒政：指赈济饥荒的政令或措施。

⑫连樯：指桅杆相连，形容船多。

⑬緡：指成串的钱。

⑭连稔：指连年丰收。

⑮草芥：亦作"草介"，原指"草"和"芥"，常用于比喻轻贱、不屑一顾之意。

⑯缪：此处通"穆"解。古时宗庙所列次序，父子辈递为昭穆，左为昭，右为穆。

⑰警切：犹"警策"。指以鞭策马之意。

⑱诉：指诉说，告发之意。

⑲末作：古代指工商业。

⑳赙：指送给丧家的布帛、钱财等物。

㉑执政：指掌握国家政务的人。

文天祥列传

　　文天祥，字宋瑞，又字履善，吉之吉水人也。体貌丰伟，美晢如玉，秀眉而长目，顾盼烨然①。自为童子时，见学官所祠乡先生欧阳修、杨邦乂、胡铨像，皆谥"忠"，即欣然慕之曰②："没不俎豆其间，非夫也③。"年二十举进士，对策集英殿④。时理宗在位久，政理浸怠⑤。天祥以法天不息为对，其言万余，不为稿，一挥而成。帝亲拔为第一。考官王应麟奏曰："是卷古谊若龟鉴⑥，忠肝如铁石，臣敢为得人贺。"寻丁父忧，归⑦。

　　开庆初，大元兵伐宋。宦官董宋臣说上迁都⑧，人莫敢议其非者。天祥时入为宁海军节度判官，上书"乞斩宋臣，以一人心"。不报，即自免归。后稍迁至刑部郎官⑨。宋臣复入为都知，天祥又上书极言其罪，亦不报。出守瑞州，改江西提刑，迁尚书左司郎官，累为台臣论罢⑩。除军器监兼权直学士院。贾似道称病，乞致仕，以要君，有诏不允。天祥当制，语皆讽似道。时内制相承皆呈稿，天祥不呈稿，似道不乐，使台臣张志立劾罢之⑪。天祥既数斥，援钱若水例致仕，时年三十七。

　　咸淳九年，起为湖南提刑，因见故相江万里。万里素奇天祥志节，语及国事，愀然曰："吾老矣，观天时人事当有变。吾阅人多矣，世道之责，其在君乎？君其勉之。"十年，改知赣州⑫。

　　德祐初，江上报急，诏天下勤王⑬。天祥捧诏涕泣，使陈继周发郡中豪杰，并结溪峒蛮，使方兴召吉州兵，诸豪杰皆应，有众万人。事闻，以江西提刑安抚使召入卫。其友止之曰："今大兵三道鼓行，破郊畿，薄内地，君以乌合万余赴之，是何异驱群羊而搏猛虎⑮。"天祥曰："吾亦知其然也。第国家养育臣庶三百余年⑯，一旦有急，征天下兵，无一人一骑入关者⑰，吾深恨于此。故不自量力，而以身徇之⑱。庶天下忠臣义士将有闻风而起者。义胜者谋立，人众者功济，如此则社稷犹可保也。"

　　天祥性豪华⑲，平生自奉甚厚⑳，声伎满前㉑。至是，痛自贬损，尽以家赀为军费㉒。每与宾佐语及时事㉓，辄流涕㉔，抚几言曰：㉕"乐人之乐者忧人之忧，食人之食者死人之事。"八月，天祥提兵至临安，除知平江府。时以丞相宜中未还朝，不遣。十月，宜中至，始遣之。朝议方擢吕师孟为兵部尚书㉖，封吕文德和义郡王，欲赖以求好，师孟益偃蹇自肆㉗。

　　天祥陛辞㉘，上疏言："朝廷姑息牵制之意多，奋发刚断之义少，乞斩师孟衅鼓㉙，以作将士之气㉚。"且言："宋惩五季之乱，削藩镇，建郡邑，一时虽足以矫尾大之弊㉛，然国亦以浸弱㉜。

故敌至一州则破一州，至一县则破一县，中原陆沉㉝，痛悔何及。今宜分天下为四镇。建都督统御于其中。以广西益湖南而建阃于长沙㉞；以广东益江西而建阃于隆兴；以福建益江东而建阃于番阳；以淮西益淮东而建阃于扬州。责长沙取鄂㉟；隆兴取蕲、黄；番阳取江东；扬州取两淮。使其地大力众，足以抗敌。约日齐奋㊱，有进无退，日夜以图之，彼备多力分㊲，疲于奔命，而吾民之豪杰者，又伺间出于其中，如此则敌不难却也。"时议以天祥论阔远，书奏不报。

十月，天祥入平江，大元兵已发金陵入常州矣。天祥遣其将朱华、尹玉、麻士龙与张全援常，至虞桥，士龙战死，朱华以广军战五牧，败绩，玉军亦败，争渡水，挽全军舟，全军断其指㊳，皆溺死，玉以残兵五百人夜战，比旦皆没。全不发一矢，走归。大元兵破常州，入独松关。宜中、梦炎召天祥，弃平江，守余杭。

明年正月，除知临安府。未几，宋降。宜中、世杰皆去。仍除天祥枢密使。寻除右丞相兼枢密使。使如军中请和㊴，与大元丞相伯颜抗论皋亭山。丞相怒拘之，偕左丞相吴坚、右丞相贾余庆、知枢密院事谢堂、签书枢密院事家铉翁、同签书枢密院事刘岊㊵，北至镇江。天祥与其客杜浒十二人，夜亡入真州㊶。苗再成出迎，喜且泣曰："两淮兵足以兴复，特二阃小隙㊷，不能合从耳。"天祥问："计将安出？"再成曰："今先约淮西兵趋建康，彼必悉力以捍吾西兵㊸。指挥东诸将，以通、泰兵攻湾头，以高邮、宝应、淮安兵攻杨子桥，以扬兵攻瓜步，吾以舟师直捣镇江，同日大举。湾头、杨子桥皆沿江脆兵㊹，且日夜望我师之至，攻之即下。合攻瓜步之三面，吾自江中一面薄之，虽有智者不能为之谋矣。瓜步既举，以东兵入京口，西兵入金陵，要浙归路㊺，其大帅可坐致也㊻。"天祥大称善，即以书遗二制置㊼，遣使四出约结㊽。

天祥未至时，扬有脱归兵言㊾："密遣一丞相入真州说降矣㊿。"庭芝信之，以为天祥来说降也。使再成亟杀之(51)。再成不忍，绐天祥出相城垒，以制司文示之，闭之门外。久之，复遣二路分觇天祥(52)，果说降者即杀之。二路分与天祥语，见其忠义，亦不忍杀，以兵二十人道之扬，四鼓抵城下，闻候门者谈，制置司下令备文丞相甚急，众相顾吐舌，乃东入海道。遇兵，伏环堵中得免。然亦饥莫能起，从樵者乞得余糁羹(53)。行入板桥，兵又至，众走伏丛筱中，兵入索之，执杜浒、金应而去。虞候张庆矢中目，身被二创，天祥偶不见获。浒、应解所怀金与卒(54)，获免，募二樵者以篑荷天祥至高邮(55)，泛海至温州(56)。

闻益王未立，乃上表劝进，以观文殿学士、侍读召至福，拜右丞相。寻与宜中等议不合。七月，乃以同都督出江西，遂行收兵入汀州。十月，遣参谋赵时赏、谘议赵孟溁将一军取宁都，参赞吴浚将一军取雩都，刘洙、萧明哲、陈子敬皆自江西起兵来会。邹洬以招谕副使聚兵宁都。大元兵攻之，洬兵败，同起事者刘钦、鞠华叔、颜斯立、颜起严皆死。武冈教授罗开礼，起兵复永丰县，已而，兵败被执，死于狱。天祥闻开礼死，制服哭之哀。

至元十四年正月，大元兵入汀州。天祥遂移漳州，乞入卫。时赏、孟溁亦提兵归，独浚兵不至。未几，浚降，来说天祥。天祥缚浚，缢杀之(57)。四月，入梅州，都统王福、钱汉英跋扈，斩以徇(58)。五月，出江西，入会昌。六月，入兴国县。七月，遣参谋张汴、监军赵时赏、赵孟溁等盛兵薄赣城(59)，邹洬以赣诸县兵捣永丰，其副黎贵达以吉诸县兵攻泰和。吉八县复其半(60)，惟赣不下(61)。临洪诸郡，皆送款。潭赵璠、张虎、张唐、熊桂、刘斗元、吴希奭、陈子全、王梦应起兵邵、永间，复数县，抚州何时等皆起兵应天祥(63)。分宁、武宁、建昌三县豪杰，皆遣人如军中受约束。

江西宣慰使李恒遣兵援赣州，而自将兵攻天祥于兴国。天祥不意恒兵猝至(64)，乃引兵走，即邹洬于永丰。洬兵先溃，恒穷追天祥方石岭。巩信拒战，箭被体，死之。至空坑(65)，军士皆溃。天祥妻妾子女皆见执(66)。时赏坐肩舆(67)，后兵问谓谁，时赏曰"我姓文"，众以为天祥，禽之而归⑱，天祥以此得逸去⑲。

孙栗⑰、彭震龙、张汴死于兵。缪朝宗自缢死。吴文炳、林栋、刘洙皆被执归隆兴。时赏奋骂不屈。有系累至者⑪，辄麾去⑫，云："小小签厅官耳，执此何为？"由是得脱者甚众。临刑，洙颇自辩，时赏叱曰："死耳，何必然？"于是栋、文炳、萧敬夫、萧焘夫皆不免。

天祥收残兵奔循州，驻南岭。黎贵达潜谋降，执而杀之。至元十五年三月，进屯丽江浦。六月，入船澳。益王殂⑬，卫王继立。天祥上表自劾⑭，乞入朝，不许。八月，加天祥少保、信国公。军中疫且起，兵士死者数百人。天祥惟一子，与其母皆死。十一月，进屯潮阳县。潮州盗陈懿、刘兴数叛附，为潮人害。天祥攻走懿，执兴诛之。十二月，趋南岭。邹㵯、刘子俊又自江西起兵来，再攻懿党，懿乃潜道元帅张弘范兵济潮阳。天祥方饭五坡岭，张弘范兵突至，众不及战，皆顿首伏草莽。天祥仓皇出走，千户王惟义前执之。天祥吞脑子，不死。邹㵯自颈，众扶入南岭死。官属士卒得脱空坑者，至是刘子俊、陈龙复、萧明哲、萧资皆死，杜浒被执，以忧死。惟赵孟溁遁，张唐、熊桂、吴希奭⑮、陈子全兵败被获，俱死焉。唐，广汉张栻后也。

天祥至潮阳，见弘范，左右命之拜，不拜，弘范遂以客礼见之，与俱入厓山，使为书招张世杰。天祥曰："吾不能捍父母，乃教人叛父母，可乎？"索之固⑯，乃书所《过零丁洋诗》与之。其末有云："人生自古谁无死，留取丹心照汗青。"弘范笑而置之。厓山破，军中置酒大会。弘范曰："国亡，丞相忠孝尽矣。能改心以事宋者事皇上，将不失为宰相也。"天祥泫然出涕曰："国亡不能救，为人臣者死有余罪，况敢逃其死而二其心乎。"弘范义之⑰，遣使护送天祥至京师。

天祥在道，不食八日，不死，即复食。至燕，馆人供张甚盛⑱，天祥不寝处，坐达旦⑲。遂移兵马司，设卒以守之。时世祖皇帝多求才南官，王积翁言："南人无如天祥者。"遂遣积翁谕旨，天祥曰："国亡，吾分一死矣。倘缘宽假⑳，得以黄冠归故乡㉑，他日以方外备顾问㉒，可也。若遽官之㉓，非直亡国之大夫不可与图存，举其平生而尽弃之，将焉用我？"积翁欲合宋官谢昌元等十人请释天祥为道士，留梦炎不可，曰："天祥出，复号召江南，置吾十人于何地！"事遂已㉔。天祥在燕凡三年，上知天祥终不屈也，与宰相议释之，有以天祥起兵江西事为言者，不果释㉕。

至元十九年，有闽僧言土星犯帝坐，疑有变。未几㉖，中山有狂人，自称"宋主"，有兵千人，欲取文丞相；京城亦有匿名书言："某日烧蓑城苇㉗，率两翼兵为乱，丞相可无忧者"。时盗新杀左丞相阿合马。命撤城苇，迁瀛国公及宋宗室开平，疑丞相者天祥也，召入谕之曰："汝何愿？"天祥对曰："天祥受宋恩，为宰相，安事二姓㉘？愿赐之一死足矣。"然犹不忍，遽麾之退。言者力赞从天祥之请，从之。俄有诏使止之，天祥死矣。天祥临刑殊从容㉙，谓吏卒曰："吾事毕矣。"南向拜而死㉚。数日，其妻欧阳氏收其尸，面如生，年四十七。其衣带中有赞曰："孔曰成仁，孟曰取义，惟其义尽，所以仁至。读圣贤书，所学何事，而今而后，庶几无愧㉛。"

论曰：自古志士，欲信大义于天下者，不以成败利钝动其心㉜，君子命之曰"仁"，以其合天理之正，即人心之安尔。商之衰，周有代德，盟津之师不期而会者八百国㉝，伯夷、叔齐以两男子欲扣马而止之，三尺童子知其不可。他日，孔子贤之，则曰："求仁而得仁。"宋至德祐亡矣。文天祥往来兵间，初欲以口舌存之，事既无成，奉两屠王崎岖岭海㉞，以图兴复，兵败身执。我世祖皇帝以天地有容之量，既壮其节，又惜其才，留之数年，如虎兕在柙㉟，百计驯之，终不可得。观其从容伏质，就死如归，是其所欲有甚于生者，可不谓之"仁"哉。宋三百余年，取士之科，莫盛于进士，进士莫盛于伦魁㊱。自天祥死，世之好为高论者，谓科目不足以得伟人，岂其然乎！

①晢（zhé，音折）：光亮。　　烨（yè，音夜）：形容目光非常明亮。

②童子：未成年的孩子。　　谥（shì，音是）：帝王或贵族，大臣、士大夫死后，依其生前事迹给予称号。

③俎（zǔ，音祖）：放置肉用的几。豆：盛放干肉一类食物的器皿。"没不俎豆其间"指死后无人祭奠。

④举进士：推举进士。　　对策：自汉以后考试取士，以政事、经义等设问并写在简策上，让应考者对答，叫作"对策。"

⑤浸怠：逐渐松懈、懒惰。

⑥古谊：深厚的道理。　　龟鉴：借鉴。龟可卜吉凶，鉴即镜，镜能照出美丑。

⑦丁公忧：称病的婉。丁公，一种草药。忧：疾病。

⑧说（shuì，音睡）：劝说。说上，即劝说皇上。

⑨稍迁：逐渐调任。

⑩累：多次。

⑪劾：揭发定罪。

⑫愀然：忧伤担心的样子。

⑬勤王：为王事尽力。

⑭结溪峒蛮：与溪峒蛮结盟。溪：即"五溪蛮"在湖南旧辰州府境；峒：一般指贵州、广西山地间少数民族聚居地。蛮：旧时称南方少数民族。

⑮是何异驱群羊而搏猛虎：这和赶着群羊与猛虎搏斗有什么区别呢？

⑯第：但是。

⑰骑（jì，音计）：指一名骑兵和一匹战马。

⑱徇（xùn，音训）：为达到某种目的而献身。

⑲豪华：奢侈。

⑳奉：即俸禄。

㉑声伎：古代宫廷及贵族官僚家中的歌舞伎。

㉒贬损：抑制、压低开销。赀（zī，音资）：同"资"。

㉓宾佐：作客的幕僚。

㉔辄（zhé，音哲）：总是；就。

㉕抚几：拍桌子。抚（fǔ，音府）：同"拊"。

㉖擢（zhuó，音浊）：选拔，提升。

㉗偃蹇自肆：傲慢、任意妄为。偃蹇（yǎn jiǎn，音眼捡）：骄傲、傲慢。

㉘陛辞：辞别天子时称"陛辞。"

㉙衅鼓：用血涂抹战鼓的缝隙。

㉚作：振作。

㉛尾大：喻机构下强上弱，或组织庞大、涣散。

㉜浸弱：逐渐衰弱。

㉝陆沉：比喻国土沉沦。

㉞益：加上，和。阃（kǔn，音捆）：指城门或国门。

㉟取：收取。

㊱约日齐备：约定日期同时奋起。

㊲彼备多力分：敌方多方防备分散兵力。

㊳断其指：用刀砍断扒在船帮上的手指。

㊴使如军中：使臣到军中。

㊵罝（bā，音巴。

㊶亡：逃。

㊷特：只是、但是。

㊸彼必悉力以捍：敌方必然用全力来抵抗。

㊹脆兵：脆弱之兵。

㊺要：扼守险要。

㊻坐致：坐等到达。

㊼遗（wèi，音卫）：送给。

㊽约结：相约集结。

㊾脱归：逃脱回来。

㊿说降：劝说投降。

(51)亟（jí，音急）：急切。

(52)觇（chān，音搀）：窥视。

(53)樵（qiáo，音乔）者：打柴人。糁羹（shēn gēng，音申耕）：一种粥。糁：谷类磨成的碎粒。羹：通常用蒸煮等方法做成的糊状食物。

(54)与卒：送给士兵。

(55)募二樵者以蒉荷：招募了两名打柴的人用草包扛。蒉（kùi，音愧）：盛土用的草包。

(56)泛（fàn，音饭）：漂浮。

(57)缚：捆绑。缢：用绳子勒死或吊死。

(58)跋扈（bá hù，音拔户）：专横暴戾，欺上压下。徇：示众。

(59)瀛（yíng，音营）。盛兵：大军。薄（bó，音伯）：逼近；迫近。

(60)复：收复。

(61)惟：单单；只。

(62)何时：地名。

(63)如军中受约束：指豪杰们自愿到军中接受指挥。如：入。约束：规约。

(64)猝：突然。

(65)空坑：地名。

(66)见执：被提。

(67)肩舆：用人力抬扛的代步工具。

(68)禽：擒。

(69)逸：逃跑。

(70)栗（lì），音立。

(71)系累（jì lěi，音记磊）：捆绑，拘囚。

(72)辄麾（zhé huī，音折灰）：仍然拿着指挥作战的旌旗。

(73)殂（cú，音徂）：死亡。

(74)自劾：自认有罪。劾（hé，音合）：揭发罪状。

(75)奭（shì），音士。

(76)索之固：执意索取。

(77)义之：被他的正义精神感动。

(78)共张（gōng zhāng，音公张）：供应设置各种器物。

(79)坐达旦：坐到天亮。

(80)宽假：宽恕；宽贷。

(81)黄冠：农夫之冠。出自杜甫诗句：上疏乞骸骨，黄冠归故乡。

(82)方外：世俗之外。

(83)遽（jù，音巨）：仓猝。

(84)遂已：于是作罢。

(85)不果释：没有释放。

(86)末几：没有多长时间。

(87)蒯城：以草衣城。蒯（suō，音缩）。文中指以芦苇作城墙的覆盖物。即"蒯城苇"。

(88)安事二姓：怎能忠心事奉不同姓的两个主子呢。

(89)殊从容：极其从容。

(90)南向拜而死：面向南拜别后才就义。意为向过去建立在南方的宋室拜别。

(91)庶几无愧：无愧于子孙后代。

(92)利钝：指顺境和逆境。

㊾盟津：今称"孟津"在河南。周武王伐纣，东观兵于此，诸候不期而会者八百，故称"盟津"。
㊺孱（chán，音缠）：软弱。
㊻兕（sì，音四）：雌犀牛。
㊼伦魁：指进士中的第一名。

朱熹列传

朱熹，字元晦，一字仲晦，徽州婺源人。父松字乔年，中进士第。胡世将、谢克家荐之，除秘书省正字。赵鼎都督川、陕、荆、襄军马，招松为属，辞。鼎再相，除校书郎，迁著作郎。以御史中丞常同荐，除度支员外郎，史馆校勘，历司勋、吏部郎。秦桧决策议和，松与同列上章，极言其不可。桧怒，风御史论松怀异自贤①，出知饶州，未上卒。

熹幼颖悟，甫能言②，父指天示之曰："天也"。熹问曰："天之上何物？"松异之。就傅，授以《孝经》，一阅题其上曰："不若是，非人也。"尝从群儿戏沙上，独端坐以指画沙，视之，八卦也。年十八贡于乡，中绍兴十八年进士第。主泉州同安簿，选邑秀民充弟子员，日与讲说圣贤修己治人之道，禁女妇之为僧道者。罢归请祠，监潭州南岳庙。明年，以辅臣荐，与徐度、吕广问、韩元吉同召，以疾辞。

孝宗即位，诏求直言，熹上封事言："圣躬虽未有过失，而帝王之学不可以不熟讲。朝政虽未有阙遗，而修攘之计不可以不早定。利害休戚虽不偏举，而本原之地不可以不加意。陛下毓德之初③，亲御简策，不过风诵文辞，吟咏情性，又颇留意于老子、释氏之书。夫记诵词藻，非所以探渊源而出治道；虚无寂灭，非所以贯本末而立大中④。帝王之学，必先格物致知，以极夫事物之变，使义理所存，纤悉毕照，则自然意诚心正，而可以应天下之务。"次言："修攘之计不时定者，讲和之说误之也。夫金人于我有不共戴天之仇，则不可和也明矣。愿断以义理之公，闭关绝约，任贤使能，立纪纲，厉风俗。数年之后，国富兵强，视吾力之强弱，观彼衅之浅深，徐起而图之。"次言："四海利病，系斯民之休戚⑤，斯民休戚，系守令之贤否。监司者守令之纲，朝廷者监司之本也。欲斯民之得其所，本原之地亦在朝廷而已。今之监司，奸赃狼籍、肆虐以病民者⑥，莫非宰执、台谏之亲旧宾客⑦。其已失势者，既按见其交私之状而斥去之；尚在势者，岂无其人，顾陛下无自而知之耳。"

隆兴元年，复召。入对，其一言："大学之道在乎格物以致其知，陛下虽有生知之性，高世之行，而未尝随事以观理，即理以应事。是以举措之间动涉疑贰，听纳之际未免蔽欺；平治之效所以未著。"其二言："君父之仇不与共戴天。今日所当为者，非战无以复仇，非守无以制胜。"且陈古先圣王所以强本折冲、威制远人之道⑧。时相汤思退方倡和议，除熹武学博士，待次⑨。乾道元年，促就职，既至而洪适为相，复主和，论不合，归。

三年，陈俊卿、刘珙荐为枢密院编修官，待次。五年，丁内艰。六年，工部侍郎胡铨以诗人荐，与王庭珪同召，以未终丧辞。七年，既免，丧复召，以禄不及养辞。九年，梁克家相，申前命，又辞。克家奏熹屡召不起，宜蒙褒录，执政俱称之，上曰："熹安贫守道，廉退可嘉。"特改合人官，主管台州崇道观。熹以求退得进，于义未安，再辞。淳熙元年，始拜命。二年，上欲奖用廉退，以励风俗，龚茂良行丞相事，以熹名进，除秘书郎，力辞，且以手书遗茂良，言一时权幸。群小乘间谗毁，乃因熹再辞，即从其请，主管武夷山冲佑观。

五年，史浩再相，除知南康军，降旨便道之官，熹再辞，不许。至郡，兴利除害，值岁不雨，讲求荒政[⑩]，多所全活[⑪]。讫事，奏乞依格推赏纳粟人。间诣郡学，引进士子与之讲论。访白鹿洞书院遗址，奏复其旧，为学规俾守之。明年夏，大旱，诏监司、郡守条具民间利病，遂上疏言：

"天下之务莫大于恤民，而恤民之本，在人君正心术以立纪纲。盖天下之纪纲不能以自立，必人主之心术公平正大，无偏党反侧之私，然后有所系而立。君心不能以自正，必亲贤臣，远小人，讲明义理之归，闭塞私邪之路，然后乃可得而正。

今宰相、台省、师傅、宾友、谏诤之臣皆失其职，而陛下所与亲密谋议者，不过一二近习之臣[⑫]。上以蛊惑陛下之心志，使陛下不信先王之大道，而悦于功利之卑说，不乐壮士之谠言[⑬]，而安于私嬖之鄙态。下则招集天下士大夫之嗜利无耻者，文武汇[⑭]分，各入其门。所喜则阴为引援，擢寘清显。所恶则密行訾毁[⑮]，公肆挤排。交通货赂，所盗者皆陛下之财。命卿置将，所窃者皆陛下之柄。陛下所谓宰相、师傅、宾友、谏诤之臣，或反出其门墙，承望其风旨[⑯]；其幸能自立者，亦不过龊龊自守，而未尝敢一言以斥之；其甚畏公论者，乃能略警逐其徒党之一二，既不能深有所伤，而终亦不敢正言以捣其囊橐窟穴之所在[⑰]。势成威立，中外靡然向之[⑱]，使陛下之号令黜陟不复出于朝廷[⑲]，而出于一二人之门，名为陛下独断，而实此一二人者阴执其柄。"

且云：莫大之祸，必至之忧，近在朝夕，而陛下独未之知。"上读之，大怒曰："是以我为亡也。"熹以疾请祠，不报。

陈俊卿以旧相守金陵，过阙入见，荐熹甚力。宰相赵雄言于上曰："士之好名，陛下疾之愈甚，则人之誉之愈众，无乃适所以高之。不若因其长而用之，彼渐当事任，能否自见矣。"上以为然，乃除熹提举江西常平茶盐公事。旋录救荒之劳，除直秘阁，以前所奏纳粟人未推赏，辞。

会浙东大饥，宰相王淮奏改熹提举浙东常平茶盐公事，即日单车就道，复以纳粟人未推赏；辞职名。纳粟赏行，遂受职名。入对，首陈灾异之由与修德任人之说，次言："陛下即政之初，盖尝选建英豪，任以政事，不幸其间不能尽得其人，是以不复广求贤哲，而姑取软熟易制之人以充其位。于是左右私亵使令之贱，始得以奉燕间[㉑]，备驱使，而宰相之权日轻。又虑其势有所偏，而因重以壅己也，则时听外廷之论，将以阴察此辈之负犯而操切之。陛下既未能循天理，公圣心，以正朝廷之大体，则固已失其本矣，而又欲兼听士大夫之言，以为驾驭之术，则士大夫之进见有时，而近习之从容无间。士大夫之礼貌既庄而难亲，其议论又苦而难入，近习便嬖侧媚之态既足以蛊心志，在胥吏狡狯之术又足以眩聪明。是以虽欲微抑此辈，而此辈之势日重，虽欲兼采公论，而士大夫之势日轻。重者既挟其重，以窃陛下之权，轻者又借力于所重，以为窃位固宠之计。日往月来，浸淫耗蚀，使陛下之德业日隳[㉒]，纪纲日坏，邪佞充塞，货赂公行，兵愁民怨，盗贼间作，灾异数见，饥馑荐臻[㉓]。群小相挺，人人皆得满其所欲，惟有陛下了无所得，而愿乃独受其弊。"上为动容。所奏凡七事，其一二事手书以防宣泄。

熹始拜命，即移书他郡，募米商，蠲其征[㉔]，及至，则客舟之米已辐辏[㉕]。熹日钩访民隐[㉖]，按行境内，单车屏徒从，所至人不及知。郡县官吏惮其风采，至自引去，所部肃然。凡丁钱、和买、役法、榷酤之政[㉗]，有不便于民者，悉厘而革之。于救荒之余，随事处画，必为经久之计。有短熹者，谓其疏于为政，上谓王淮曰："朱熹政事却有可观。"

熹以前后奏请多所见抑，幸而从者，率稽缓后时，蝗旱相仍，不胜忧愤，复奏言："为今之计，独有断自圣心，沛然发号[㉘]，责躬求言，然后君臣相戒，痛自省改。其次惟有尽出内库之钱，以供大礼之费为收籴之本，诏户部免征旧负，诏漕臣依条检放租税，诏宰臣沙汰被灾路分州军监司、守臣之无状者，遴选贤能，责以荒政，庶几犹足下结人心，消其乘时作乱之意。不然，臣恐所忧者不止于饥殍，而将在于盗贼，蒙其害者不止于官吏，而上及于国家也。"

知台州唐仲友与王淮同里为姻家，吏部尚书郑丙、侍御史张大经交荐之，迁江西提刑，未行。熹行部至台，讼仲友者纷然，按得其实，章三上，淮匿不以闻。熹论愈力，仲友亦自辩，淮乃以熹章进呈，上令宰属看详，都司陈庸等乞令浙西提刑委清强官究实，仍令熹速往旱伤州郡相视。熹时留台未行，既奉诏，益上章论，前后六上，淮不得已，夺仲友江西新命以授熹，辞不拜，遂归，且乞奉祠。

时郑丙上疏诋程氏之学且以沮熹，淮又擢大府寺丞陈贾为监察御史。贾面对，首论近日缙绅有所谓"道学"者，大率假名以济伪，愿考察其人，摈弃勿用。盖指熹也。十年，诏以熹累乞奉祠，可差主管台州崇道观，既而连奉云台、鸿庆之祠者五年。十四年，周必大相，除熹提点江西刑狱公事，以疾辞，不许，遂行。

十五年，淮罢相，遂入奏，首言近年刑狱失当，狱官当择其人。次言经总制钱之病民，及江西诸州科罚之弊。而其末言："陛下即位二十七年，因循苟苒㉚，无尺寸之效可以仰酬圣志。尝反复思之，无乃燕间蠖濩之中，虚明应物之地，天理有所未纯，人欲有所未尽，是以为善不能克其量，除恶不能去其根，一念之顷，公私邪正、是非得失之机，交战于其中。故体貌大臣非不厚，而便嬖侧媚得以深被腹心之寄㉝；宠眷英豪非不切，而柔邪庸谬得以久窃廊庙之权㉝。非不乐闻公议正论，而有时不容；非不圣谗说殄行㉜，而未免误听；非不欲报复陵庙仇耻，而未免畏怯苟安；非不爱养生灵财力，而未免叹息愁怨。愿陛下自今以往，一念之顷必谨而察之：此为天理耶？人欲耶？果天理也，则敬以充之，而不使其少有壅阏；果人欲也，则敬以克之，而不使其少有凝滞。推而至于言语动作之间，用人处事之际，无不以是裁之，则圣心洞然，中外融彻，无一毫之私欲得以介乎其间，而天下之事将惟陛下所欲为，无不如志矣。"是行也，有要之于路，以为"正心诚意"之论上所厌闻，戒勿以为言。熹曰："吾平生所学，惟此四字，岂可隐默以欺吾君乎？"及奏，上曰："久不见卿，浙东之事，朕自知之，今当处卿清要，不复以州县为烦也。"

时曾觌已死，王抃亦逐，独内侍甘升尚在，熹力以为言。上曰："升乃德寿所荐，为其有才耳。"熹曰："小人无才，安能动人主。"翌日，除兵部郎官，以足疾丐祠。本部侍郎林栗尝与熹论易、西铭不合，劾熹："本无学术，徒窃张载、程颐绪余，谓之'道学'。所至辄携门生数十人，妄希孔、孟历聘之风，邀索高价，不肯供职，其伪不可掩。"上曰："林栗言似过。"周必大言熹上殿之日，足疾未瘳；勉强登对。上曰："朕亦见其跛曳。"左补阙薛叔似亦奏援熹，乃令依旧职江西提刑。太常博士叶适上疏与栗辩，谓其言无一实者，"谓之道学"一语，无实尤甚，往日王淮表里台谏，阴废正人，盖用此术。诏："熹，昨入对，所论皆新任职事，朕亦谅其诚，复从所请，可疾速之任。"会胡晋臣除侍御史，首论栗执拗不通，喜同恶异，无事而指学者为党，乃黜栗知泉州。熹再辞免，除直宝文阁，主管西京嵩山崇福宫。未逾月再召，熹又辞。

始，熹尝以为口陈之说有所未尽，乞具封事以闻，至是投匦进封事曰："今天下大势，如人有重病，内自心腹，外达四支㉝，无一毛一发不受病者。且天下之大本与今日之急务，为陛下言之，大本者，陛下之心；急务则辅翼太子，选任大臣，振举纲纪，变化风俗，爱养民力，修明军政，六者是也。

古先圣王兢兢业业，持守此心，是以建师保之官，列谏诤之职，凡饮食、酒浆、衣服、次舍、器用、财贿与夫宦官、宫妾之政，无一不领于冢宰㉞。使其左右前后，一动一静，无不制以有司之法，而无纤芥之隙㉟，瞬息之顷，得以隐其毫发之私。陛下所以精一克复而持守其心，果有如此之功乎？所以修身齐家而正其左右，果有如此之效乎？宫省事禁，臣固不得而知，然爵赏之滥，货赂之流，闾巷窃言，久已不胜其籍籍㉟，则陛下所以修之家者，恐其未有以及古之圣王也。

至于左右便嬖之私，恩遇过当，往者渊、觌、说、抃之徒势焰熏灼，倾动一时，今已无可言矣。独有前日臣所面陈者，虽蒙圣慈委曲开譬，然臣之愚，窃以为此辈但当使之守门传命，供扫除之役，不当假借崇长；使得逞邪媚、作淫巧于内，以荡上心，立门庭、招权势于外，以累圣政。臣闻之道路㊱，自王抃既逐之后，诸将差除㊲，多出此人之手。陛下竭生灵膏血以奉军旅，顾乃未尝得一温饱，是皆将帅巧为名色，夺取其粮，肆行货赂于近习，以图进用，出入禁闼腹心之臣㊳；外交将帅，共为欺蔽，以至于此。而陛下不悟，反宠昵之，以是为我之私人，至使宰相不得议其制置之得失，给谏不得论其除授之是非，则陛下所以正其左右者，未能及古之圣王又明矣。

至于辅翼太子，则自王十朋、陈良翰之后，宫僚之选号为得人，而能称其职者，盖已鲜矣。而又时使邪佞儇薄、阘冗庸妄之辈，或得参错于其间，所谓讲读，亦姑以应文备数，而未闻其有箴规之效㊴。至于从容朝夕，陪侍游燕者，又不过使臣宦者数辈而已。师傅、宾客既不复置，而詹事、庶子有名无实，其左右春坊遂直以使臣掌之㊵，既无以发其隆师亲友、尊德乐义之心，又无以防其戏慢媟狎、奇邪杂进之害。宜讨论前典，置师傅、宾客之官，罢去春坊使臣，而使詹事、庶子各复其职。

至于选任大臣，则以陛下之聪明，岂不知天下之事，必得刚明公正之人而后可以任哉？其所以常不得如此之人，而反容鄙夫之窃位者，直以一念之间，未能彻其私邪之蔽。而燕私之好，便嬖之流，不能尽由于法度，若用刚明公正之人以为辅相，则恐其有以妨吾之事，害吾之人，而不得肆。是以选择之际，常先排摈此等，而后取凡疲懦软熟、平日不敢直言正色之人而揣摩之，又于其中得其至庸极陋，决可保其不至于有所妨者，然后而加之于位。是以除书未出㊷，而物色先定，姓名未显，而中外已逆知其决非天下第一流矣。

至于振肃纪纲，变化风俗，则今日宫省之间，禁密之地，而天下不公之道，不正之人，顾乃得以窟穴盘据于其间。而陛下目见耳闻，无非不公不正之事，则其所以薰蒸销铄，使陛下好善之心不著，疾恶之意不深，其害已有所不可胜言者矣。及其作奸犯法，则陛下又未能深割私爱，而付诸外廷之议，论以有司之法，是以纪纲不正于上，风俗颓弊于下，其为患之日久矣。而浙中为尤甚。大率习为软美之态、依阿之言，以不分是非、不辨曲直为得计，甚者以金珠为脯醢㊸，以契券为诗文，宰相可唉则唉宰相，近习可通则通近习，惟得之求，无复廉耻。一有刚毅正直、守道循理之士出乎其间，则群议众排，指为'道学'而加以矫激之罪。十数年来，以此二字禁锢天下之贤人君子，复如昔时所谓元祐学术者，排摈诋辱，必使无所容其身而后已，此岂治世之事哉？

至于爱养民力，修明军政，则自虞允文之为相也，尽取版曹岁入窠名之必可指拟者㊹，号为岁终羡余之数，而输之内帑。顾以其有名无实、积累挂欠、空载簿籍、不可催理者，拨还版曹，以为内帑之积，将以备他日用兵进取不时之须。然自是以来，二十余年，内帑岁入不知几何，而认为私贮，典以私人，宰相不得以式贡均节其出入，版曹不得以簿书勾考其在亡㊺，日销月耗，以奉燕私之费者，盖不知其几何矣，而何尝闻其能用此钱以易敌人之首，如太祖之言哉。徒使版曹经费缺乏日甚，督促日峻，以至废去祖宗以来破分良法，而必以十分登足为限；以为未足，则又造为比较监司、郡守殿最之法，以诱胁之。于是中外承风㊻，竞为苛急，此民力之所以重困也。

诸将之求进也，必先掊剋士卒㊼，以殖私利，然后以此自结于陛下之私人，而薪以姓名达于陛下之贵将㊽。贵将得其姓名，即以付之军中，使自十五以上节次保明㊾，称其材武堪任将帅，然后具奏牍而言之陛下之前。陛下但见等级推先，案牍具备，则诚以为公荐而可以得人矣，而岂知其论价输钱，已若晚唐之债帅哉？夫将者，三军之司命，而其选置之方乖剌如此，则彼智勇材略之人，孰肯抑心下首于宦官、宫妾之门，而陛下之所得以为将帅者，皆庸夫走卒，而犹望其修明军政，激劝士卒，以强国势，岂不误哉！

凡此六事，皆不可缓，而本在于陛下之一心。一心正则六事无有不正，一有人心私欲以介乎其间，则虽欲愈精劳力，以求正夫六事者，亦将徒为文具，而天下之事愈至于不可为矣。"

疏入，夜漏下七刻㊿，上已就寝，亟起秉烛，读之终篇。明日，除主管太一宫，兼崇政殿说书。熹力辞，除秘阁修撰，奉外祠。

光宗即位，再辞职名，仍旧直宝文阁，降诏奖谕。居数月，除江东转运副使，以疾辞，改知漳州。奏除属县无名之赋七百万，减经总制钱四百万。以习俗未知礼，采古丧葬嫁娶之仪，揭以示之，命父老解说，以教子弟。土俗崇信释氏，男女聚僧庐为传经会，女不嫁者为庵舍以居，熹悉禁之。常病经界不行之害㊿，会朝论欲行泉、汀、漳三州经界，熹乃访事宜，择人物及方量之法上之。而土居豪右浸渔贫弱者以为不便，沮之。宰相留正，泉人也，其里党亦多以为不可行。布衣吴禹圭上书讼其扰人，诏且需后，有旨先行漳州经界。明年，以子丧请祠。

时史浩入见，请收天下人望，乃除熹秘阁修撰，主管南京鸿庆宫。熹再辞，诏："论撰之职，以宠名儒。"乃拜命。除荆湖南路转运副使，辞。漳州经界竟报罢，以言不用自劾。除知静江府，辞主管南京鸿庆宫。未几，差知潭州，力辞。黄裳为嘉王府翊善，自以学不及熹，乞召为宫僚，王府直讲彭龟年亦为大臣言之。留正曰："正非不知熹，但其性刚，恐到此不合，反为累耳。"熹方再辞，有旨："长沙巨屏，得贤为重。"遂拜命。会洞獠扰属郡，熹遣人谕以祸福，皆降之。申敕令，严武备，戢奸吏，抑豪民。所至兴学校，明教化，四方学者毕至。

宁宗即位，赵汝愚首荐熹及陈傅良，有旨赴行在奏事。熹行且辞，除焕章阁待制、侍讲，辞，不许。入对，首言："乃者，太皇太后躬定大策，陛下寅绍丕图，可谓处之以权，而庶几不失其正。自顷至今三月矣，或反不能无疑于逆顺名实之际，窃谓陛下忧之。犹有可诿者，亦曰陛下之心，前日未尝有求位之计，今日未尝忘思亲之怀，此其所以行权而不失其正之根本也。充未尝求位之心，以尽负罪引慝之诚，充未尝忘亲之心，以致温清定省之礼，而大伦正，大本立矣。"复面辞待制、侍讲，上手札："卿经术渊源，正资劝讲，次对之职，勿复劳辞，以副朕崇儒重道之意。"遂拜命。

会赵彦逾按视孝宗山陵，以为土肉浅薄，下有水石。孙逢吉覆按，乞别求吉兆。有旨集议，台史惮之，议中辍。熹竟上议状言："寿皇圣德，衣冠之藏，当博访名山，不宜偏信台史，委之水泉沙砾之中。"不报。时论者以为上未还大内，则名体不正而疑议生；金使且来，或有窥伺。有旨修葺旧东宫，为屋至数百间，欲徙居之。熹奏疏言：

"此必左右近习倡为此说以误陛下，而欲因以遂其奸心。臣恐不惟上帝震怒，灾异数出，正当恐惧修省之时，不当与此大役，以弗遑告警动之意；亦恐畿甸百姓饥饿流离，阽于死亡之际，或能怨望忿切，以生他变。不惟无以感格太上皇帝之心，以致未有进见之期，亦恐寿皇在殡，因山未卜，几筵之奉不容少驰，太皇太后、皇太后皆以尊老之年，茕然在忧苦之中，晨昏之养尤不可缺，而四方之人，但见陛下亟欲大治宫室，速得成就，一旦翻然委而去之，以就安便，六军万民之心将有扼腕不平者矣。前鉴未远，甚可惧也。

又闻太上皇后惧忤太上皇帝圣意，不欲其闻太上之称，又不欲其闻内禅之说，此又虑之过者。殊不知若但如此，而不为宛转方便，则父子之间，上怨怒而下忧恐，将何时而已。父子大伦，三纲所系，久而不图，亦将有借其名以造谤生事者，此又臣之所大惧也。愿陛下明诏大臣，首罢修葺东宫之役，而以其工料回就慈福、重华之间，草创寝殿一二十间，使粗可居。若夫过宫之计，则臣又愿陛下下诏自责，减省舆卫，入宫之后，暂变服色，如唐肃宗之改服紫袍、执控马前者，以伸负罪引慝之诚，则太上皇帝虽有忿怒之情，亦且霍然消散，而欢意浃洽矣。

至若朝廷之纪纲，则臣又愿陛下深诏左右，勿预朝政。其实有勋庸而所得褒赏未惬众论者，亦诏大臣公议其事，稽考令典，厚报其劳。而凡号令之弛张，人才之进退，则一委之二三大臣，使之反复较量，勿循已见，酌取公论；奏而行之。有不当者，缴驳论难。择其善者称制临决，则不惟近习不得干预朝权，大臣不得专任己私，而陛下亦得以益明习天下之事，而无所疑于得失之算矣。若夫山陵之卜，则愿黜台史之说，别求草泽，以营新宫，使寿皇之遗体得安于内，而宗社生灵皆蒙福于外矣。"

疏入不报，然上亦未有怒熹意也。每以所讲编次成帙以进，上亦开怀容纳。

熹又奏勉上进德云："愿陛下日用之间，以求放心为之本，而于玩经观史，亲近儒学，益用力焉。数召大臣，切劘治道④，群臣进对，亦赐温颜，反复询访，以求政事之得失、民情之休戚，而又因以察其人才之邪正短长，庶于天下之事各得其理。"熹奏："礼经敕令，子为父、嫡孙承重为祖父，皆斩衰三年⑤；嫡子当为其父后，不能袭位执丧，则嫡孙继统而代之执丧。自汉文短丧，历代因之，天子遂无三年之丧。为父且然，则嫡孙承重可知。人纪废坏，三纲不明，千有余年，莫能厘正。寿皇圣帝至性自天，易月之外，犹执通丧，朝衣朝冠皆用大布，所宜著在方册，为万世法程。间者，遗诏初颁，太上皇帝偶违康豫，不能躬就丧次。陛下以世嫡承大统，则承重之服著在礼律，所宜遵寿皇已行之法。一时仓猝，不及详议，遂用漆纱浅黄之服，不惟上违礼律，且使寿皇已行之礼举而复坠，臣窃痛之。然既往之失不及追改，有将来启殡发引，礼当复用初丧之服。"

会孝宗祔庙⑤，议宗庙迭毁之制⑤，孙逢吉、曾三复首请并祧僖、宣二祖，奉太祖居第一室，祫祭则正东向之位。有旨集议。僖、顺、翼、宣四祖祧主，宜有所归。自太祖皇帝首尊四祖之庙，治平间，议者以世数浸远⑥，请迁僖祖于夹室。后王安石等奏，僖祖有庙，与稷、契无异，请复其旧。时相赵汝愚雅不以复祀僖祖为然，侍从多从其说。吏部尚书郑侨欲且祧宣祖而祔孝宗。熹以为藏之夹室，则是以祖宗之主下藏于子孙之夹室，神宗复奉以为始祖，已为得礼之主，而合于人心，所谓有举之而莫敢废者乎？又拟为庙制以辨，以为物岂有无本而生者。庙堂不以闻，即毁撤僖、宣庙室，更创别庙以奉四祖。

始宁宗之立，韩侂胄自谓有定策功，居中用事。熹忧其害政，数以为言，且约吏部侍郎彭龟年共论之。会龟年出护使客，熹乃上疏斥言左右窃柄之失，在讲筵复申言之。御批云："悯卿耆艾⑨，恐难立讲，已除卿宫观。"汝愚袖御笔还上，且谏且拜。内侍王德谦径以御笔付熹，台谏争留，不可。楼钥、陈傅良旋封还录黄⑩，修注官刘光祖、邓驲封章交上。熹行，被命除宝文阁待制，与州郡差遣，辞。寻除知江陵府，辞，仍乞遣还新旧职名，诏依旧焕章阁待制，提举南京鸿庆宫。庆元元年初，赵汝愚既相，收召四方知名之士，中外引领望治⑥，熹独惕然以侂胄用事为虑。既屡为上言，又数以手书启汝愚，当用厚赏酬其劳，勿使得预朝政，有"防微杜渐，谨不可忽"之语。汝愚方谓其易制，不以为意。及是，汝愚亦以诬逐，而朝廷大权悉归侂胄矣。

熹始以庙议自劾，不许。以疾再乞休致，诏："辞职谢事，非朕优贤之意，依旧秘阁修撰。"二年，沈继祖为监察御史，诬熹十罪，诏落职罢祠，门人蔡元定亦送道州编管。四年，熹以年近七十，申乞致仕，五年，依所请。明年卒，年七十一。疾且革，手书嘱其子在及门人范念德、黄幹，拳拳以勉学及修正遗书为言。翌日，正坐整衣冠，就枕而逝。

熹登第五十年，仕于外者仅九考，立朝才四十日。家故贫，少依父友刘子羽，寓建之崇安，后徙建阳之考亭，箪瓢屡空，晏如也㉒。诸生之自远而至者，豆饭藜羹，率与之共。往往称贷于人以给用，而非其道义则一介不取也。

自熹去国，侂胄势益张。何澹为中司，首论专门之学，文诈沽名，乞辨真伪。刘德秀仕长沙，不为张杖之徒所礼，及为谏官，首论留正引伪学之罪。"伪学"之称，盖自此始。太常少卿胡纮言："比年伪学猖獗，图为不轨，望宣谕大臣，权住进拟㉓。"遂召陈贾为兵部侍郎。未几，熹有夺职之命。刘三杰以前御史论熹、汝愚、刘光祖、徐谊之徒，前日之伪党，至此又变而为逆党。即日除三杰右正言。右谏议大夫姚愈论道学权臣结为死党，窥伺神器，乃命直学士院，高文虎草诏谕天下。于是攻伪学日急，选人余嘉至上书乞斩熹㉔。

方是时，士之绳趋尺步、稍以儒名者，无所容其身。从游之士，特立不顾者，屏伏丘壑，依阿异懦者，更名他师，过门不入，甚至变易衣冠，狎游市肆，以自别其非党。而熹日与诸生讲学不休，或劝其谢遣生徒者，笑而不答。有籍田令陈景思者，故相康伯之孙也，与侂胄有姻连，劝侂胄勿为已甚，侂胄意亦渐悔。熹既没，将葬，言者谓："四方伪徒期会，送伪师之葬，会聚之间，非妄谈时人短长，则谬议时政得失，望令守臣约束。"从之。

嘉泰初，学禁稍弛。二年，诏："熹以致仕，除华文阁待制，与致仕恩泽。"后侂胄死，诏赐熹遗表恩泽，谥曰文。寻赠中大夫，特赠宝谟阁直学士。理宗宝庆三年，赠太师，追封信国公，改徽国。

始，熹少时，慨然有求道之志。父松病亟，尝嘱熹曰："籍溪胡原仲、白水刘致中、屏山刘彦冲三人，学有渊源，吾所敬畏，吾即死，汝往事之，而惟其言之听。"三人，谓胡宪、刘勉之、刘子翚也。故熹之学既博求之经传，复偏交当世有识之士。延平李侗老矣，尝学于罗从彦，熹归自同安，不远数百里，徒步往从之。

其为学，大抵穷理以致其知，反躬以践其实，而以居敬为主。尝谓圣贤道统之传散在方册㉟，圣经之旨不明，而道统之传始晦。于是竭其精力，以研究圣贤之经训。所著书有：《易本义》、《启蒙》、《蓍卦考误》、《诗集传》、《大学中庸章句》、《或问》，《论语、孟子集注》，《太极图》、《通书》、《西铭解》、《楚辞集注辨证》、《韩文考异》；所编次有：《论孟集议》、《孟子指要》、《中庸辑略》、《孝经刊误》、《小学书》、《通鉴纲目》、《宋名臣言行录》、《家礼》、《近思录》、《河南程氏遗书》、《伊洛渊源录》，皆行于世。熹没，朝廷以其大学、语、孟、中庸训说立于学宫。又有《仪礼经传通解》未脱稿，亦在学宫。平生为文凡一百卷，生徒问答凡八十卷，别录十卷。

理宗绍定末，秘书郎李心传乞以司马光、周敦颐、邵雍、张载、程颢、程颐、朱熹七人列于从祀，不报。淳祐元年正月，上视学，手诏以张、周、二程及熹从祀孔子庙。

黄幹曰："道之正统待人而后传，自周以来，任传道之责者不过数人，而能使斯道章章较著者，一二人而止耳。由孔子而后，曾子、子思继其微，至孟子而始著。由孟子而后，周、程、张子继其绝，至熹而始著。"识者以为知言。

熹子在，绍定中为吏部侍郎。

---

①风：此处指"唆使"的意思。

②甫：此处指刚刚、开始之意。

③毓德：指修养德性。

④大中：古指以居中为大，宋天政之道，后以"人中"指无过与不及的中正之道。

⑤休戚：指喜悦与忧虑。泛指有利的与不利的遭遇。

⑥狼籍：指纵横、散乱之状。
⑦宰执：指宰相等执掌国家政事的重臣。　　台谏：指御史、言官之类。
⑧折冲：此处指交涉、谈判之意，　　远人：指远方的人、外族人或外国人。
⑨待次：依照次序之意。旧时指官吏受职后一次按资历补缺。
⑩荒政：指赈济灾荒的事务。
⑪全活：指保全、救活之意。
⑫近习：指君主宠爱亲信之人。
⑬谠言：指正直的言论，直言之意。
⑭汇：指类、族类之意。
⑮訾毁：指非议诋毁之意。
⑯风旨：指君主的旨意、意图。
⑰囊橐：此处指窝藏、包庇之意。
⑱中外：此处指中央与地方，全国各地之意。
⑲黜陟：指人才的进退，官吏的升降。
⑳祠：此处通“辞”。
㉑燕闲：指安闲、闲暇、休闲之意。
㉒隳：指毁坏、废弃的意思。
㉓荐臻：指接连地来到，一再遇到之意。
㉔蠲：指除去、减免之意。
㉕辐辏：指集中、聚集的意思。
㉖钩访：搜求察访之意。
㉗榷酤：是指汉朝以后，历代政府所实行的酒专卖制度。也泛指一切管制酒业、取得酒利的措施。
㉘沛然：此处指感动的意思。
㉙荏苒：指迅速、很快之意。
㉚便嬖：指君主左右受宠信的小臣。
㉛廊庙：原指殿下屋及太庙。泛指朝廷之意。
㉜殄：灭绝之意。
㉝支：同“肢”。
㉞冢宰：周官名，为六卿之首，也称太宰。
㉟纤芥：指细微的意思。
㊱籍籍：指众口喧腾貌。
㊲道路：此处指众人之意。
㊳差除：指官职的任命。
㊴禁闼：宫廷门户，亦指宫廷、朝廷。
㊵箴规：劝戒、规谏之意。
㊶春坊：魏晋以来称太子宫为“春坊”。
㊷除书：此处指拜官授职的文书。
㊸脯醢：指佐酒的菜肴。
㊹版曹：宋朝户部左曹的别称，因执掌版记，故称。也借指户部。
㊺勾考：指检查，考核。
㊻承风：指迎合上官的意图。
㊼掊剋：指聚敛、搜括之意。
㊽蕲：此处作祈求之意解。
㊾节次：指逐次、逐一之意。
㊿夜漏：古代滴水计时的器具。指夜间的时刻。
(51)经界：指土地疆域的分界。
(52)温清：指冬温夏清的省称。即冬天温被使之暖，夏天扇席使之凉，此乃侍奉父母之礼。借指在生活起居之中温存体贴之意。

(53)畿甸：指京城地区。

(54)切劘：指切磨、切磋相正之意。

(55)斩衰：旧时五种丧服中最重的一种，用粗麻布制成，左、右及下边不缝，服制三年。

(56)祔庙：指祔祭后死者于先祖之庙之意。

(57)迭毁：古宗庙制度。天子设七庙，供奉七代祖先；诸侯设五庙，供奉五代祖先。其中始封之君，开国帝王之庙世世不毁，余则亲过高祖而毁其庙，迁其神主于太庙中，亲庙依次而毁，故称“迭毁”。

(58)浸远：指渐远之意。

(59)耆艾：指尊长、师长，泛指老年人。

(60)录黄：宋朝中书省承旨起草的一种文件。

(61)引领：指伸颈远望，多以形容期望、殷切之意。

(62)晏如：指安定、安宁、恬适之意。

(63)进拟：犹奏呈之意。

(64)选人：唐代称候补、候选的官员。后沿用之。

(65)方册：指简牍、典籍。

蔡京列传

蔡京，字元长，兴化仙游人。登熙宁三年进士第，调钱塘尉、舒州推官，累迁起居郎。使辽还，拜中书舍人。时弟卞已为舍人，故事，入官以先后为序，卞乞班京下。兄弟同掌书命，朝廷荣之。改龙图阁待制，知开封府。

元丰末，大臣议所立，京附蔡確，将害王珪以贪定策之功，不克。司马光秉政，复差役法，为期五日，同列病太迫，京独如约，悉改畿县雇役，无一违者。诣政事堂白光，光喜曰：“使人人奉法如君，何不可行之有！”已而台、谏言京挟邪坏法，出知成德军，改瀛州，徙成都。谏官范祖禹论京不可用，乃改江、淮、荆、浙发运使，又改知扬州。历郓、永兴军，迁龙图阁直学士，复知成都。

绍圣初，入权户部尚书。章惇复变役法，置司讲议，久不决。京谓惇曰：“取熙宁成法施行之尔，何以讲为？”惇然之，雇役遂定。差雇两法，光、惇不同。十年间京再莅其事，成于反掌，两人相倚以济，识者有以见其奸。

卞拜右丞，以京为翰林学士兼侍读，修国史。文及甫狱起，命京穷治。京捕内侍张士良，令述陈衍事状，即以大逆不道论诛，并刘挚、梁焘劾之。衍死，二人亦贬死，皆锢其子孙。王岩叟、范祖禹、刘安世复远窜。京觊执政，曾布知枢密院，忌之，密言卞备位承辖，京不可以同升，但进承旨。

徽宗即位，罢为端明、龙图两学士，知太原。皇太后命帝留京毕史事。逾数月，谏官陈瓘论其交通近侍。瓘坐斥，京亦出知江宁，颇怏怏，迁延不之官。御史陈次升、龚夬、陈师锡交论其恶。夺职，提举洞霄宫，居杭州。

童贯以供奉官诣三吴访书画奇巧，留杭累月，京与游，不舍昼夜。凡所画屏幛、扇带之属，贯日以达禁中，且附语言论奏至帝所，由是帝属意京。又太学博士范致虚素与左街道录徐知常善，知常以符水出入元符后殿，致虚深结之，道其平日趣向，谓非相京不足以有为。已而宫妾、宦官合为一词誉京，遂擢致虚右正言，起京知定州。

崇宁元年，徙大名府。韩忠彦与曾布交恶，谋引京自助，复用为学士承旨。徽宗有意修熙、丰政事，起居舍人邓洵武党京，撰《爱莫助之图》以献，徽宗遂决意用京。忠彦罢，拜尚书左丞，俄代曾布为右仆射。制下之日，赐坐延和殿，命之曰："神宗创法立制，先帝继之，两遭变更，国是未定。朕欲上述父兄之志，卿何以教之？"京顿首谢，愿尽死。二年正月，进左仆射。

京起于逐臣，一旦得志，天下拭目所为，而京阴托"绍述"之柄，钳制天子，用条例故事①，即都省置讲议司，自为提举，以其党吴居厚、王汉之十余人为僚属，取政事之大者，如宗室、冗官、国用、商旅、盐泽、赋调、尹牧，每一事以三人主之，凡所设施，皆由是出。用冯澥、钱遹之议，复废元祐皇后。罢科举法，令州县悉仿太学三舍考选，建辟雍外学于城南，以待四方之士。推方田于天下。榷江、淮七路茶，官自为市。尽更盐钞法，凡旧钞皆弗用，富商巨贾尝赍持数十万缗，一旦化为流丐，甚者至赴水及缢死。提点淮东刑狱章綷见而哀之，奏改法误民，京怒夺其官；因铸当十大钱，尽陷綷诸弟。御史沈畸等用治狱失意，羁削者六人。陈瓘子汇以上书黥置海岛②。

南开黔中，筑靖州。辰溪猺叛，杀溆浦令。京重为赏，募杀一首领者赐之绢三百，官以班行，且不令质究本末。荆南守马瑊言："有生猺，有省地猺，今未知叛者为何种族，若计级行赏，惧不能无枉滥。"蒋之奇知枢密院，恐忤京意，白言瑊不体国。京罢瑊，命舒亶代之，以剿绝群猺为期。西收湟川、鄯、廓，取牂牁、夜郎地。

擢童贯领节度使，其后杨戬、蓝从熙、谭稹、梁师成皆踵之。凡寄资一切转行，祖宗之法荡然无余矣。又欲兵柄士心皆师己，建澶、郑、曹、拱州为四辅，各屯兵二万，而用其姻昵宋乔年、胡师文为郡守。禁卒干掫月给钱五百，骤增十倍以固结之。威福在手，中外莫敢议。累转司空，封嘉国公。

京既贵而贪益甚，已受仆射奉，复创取司空寄禄钱，如粟、豆、柴薪与傔从粮赐如故，时皆折支，亦悉从真给，但人熟状奏行，帝不知也。

时元祐群臣贬窜死徙略尽，京犹未惬意，命等其罪状，首以司马光，目曰奸党，刻石文德殿门；又自书为大碑，遍班郡国。初，元符末以日食求言，言者多及熙宁、绍圣之政，则又籍范柔中以下为邪等。凡名在两籍者三百九人，皆锢其子孙，不得官京师及近甸。五年，进司空、开府仪同三司、安远军节度使，改封魏国。

时承平既久，帑庾盈溢，京倡为丰、亨、豫、大之说，视官爵财物如粪土，累朝所储扫地矣。帝尝大宴，出玉盏、玉卮示辅臣曰："欲用此，恐人以为太华。"京曰："臣昔使契丹，见玉盘盏，皆石晋时物，持以夸臣，谓南朝无此。今用之上寿，于礼无嫌。"帝曰："先帝作一小台财数尺，上封者甚众，朕甚畏其言。此器已就久矣，倘人言复兴，久当莫辨。"京曰："事苟当于理，多言不足畏也。陛下当享天下之奉，区区玉器，何足计哉！"

五年正月，彗出西方，其长竟天。帝以言者毁党碑，凡其所建置，一切罢之。京免为开府仪同三司、中太乙宫使。其党阴援于上。大观元年，复拜左仆射。以南丹纳土，蹴拜太尉；受八宝，拜太师。

三年，台谏交论其恶，遂致仕。犹提举修《哲宗实录》，改封楚国，朝朔望。太学生陈朝老追疏京恶十四事，曰：渎上帝，罔君父，结奥援，轻爵禄，广费用，变法度，妄制作，喜导谀钳台谏，炽亲党，长奔竞，崇释老，穷土木，矜远略。乞投畀远方，以御魑魅。其书出，士人争相传写，以为实录。

四年五月，彗复出奎、娄间，御史张克公论京辅政八年，权震海内，轻锡予以蠹国用，托爵禄以市私恩，役将作以葺居第，用漕船以运花石。名为祝圣而修塔，以壮临平之山；托言灌田而决水，以符"兴化"之谶。法名退送，门号朝京。方田扰安业之民圈土聚徙郡之恶。不轨不忠，凡数十事。先是，御史中丞石公弼、侍御史毛注数劾京，未允，至是，贬太子少保，出居杭。

政和二年，召还京师，复辅政，徙封鲁国，三日一至都堂治事。京之去也，中外学官颇有以时政为题策士者。提举淮西学士苏棫欲自售③，献议请索五年间策问，校其所询，以观向背，于是坐停替者三十余人。

初，国制，凡诏令皆中书门下议，而后命学士为之。至熙宁间，有内降手诏不由中书门下共议，盖大臣有阴从中而为之者。至京则又患言者议己，故作御笔密进，而乞徽宗亲书以降，谓之御笔手诏，违者以违制坐之。事无巨细，皆托而行，至有不类帝札者，群下皆莫敢言。繇是贵戚、近臣争相请求，至使中人杨球代书，号曰"书杨"，京复病之而亦不能止矣。

既又更定官名，以仆射为太、少宰，自称公相，总治三省。追封王安石、蔡确皆为王，省吏不复立额，至五品阶以百数，有身兼十余奉者。侍御史黄葆光论之，立窜昭州。拔故吏魏伯刍领榷货，造料次钱券百万缗进入。徽宗大喜，持以示左右曰："此太师与我奉料也。"擢伯刍至徽猷阁待制。

京每为帝言：今泉币所积赢五千万，和足以广乐，富足以备礼。于是铸九鼎，建明堂，修方泽，立道观，作《大晟乐》，制定命宝。任孟昌龄为都水使者，凿大伾三山，创天成、圣功二桥，大兴工役，无虑四十万。两河之民，愁困不聊生，而京侭然自以为稷、契、周、召也。又欲广宫室求上宠媚，召童贯辈五人，风以禁中逼侧之状。贯俱听命，各视力所致，争以侈丽高广相夸尚，而延福宫、景龙江之役起，浸淫及于艮岳矣。

子攸、倏、翛、攸子行，皆至大学士，视执政。翛尚茂德帝姬。帝七幸其第，赉予无算。命坐传觞，略用家人礼。厮养居大官，媵妾封夫人，然公论益不与，帝亦厌薄之。

宣和二年，令致仕。六年，以朱勔为地，再起领三省。京至是四当国，目昏眊不能事事，悉决于季子绦。凡京所判，皆绦为之，且代京入奏。每造朝，侍从以下皆迎揖，呫嗫耳语，堂吏数十人，抱案后从。由是恣为奸利，窃弄威柄，骤引其妇兄韩梠为户部侍郎，媒蘖密谋，斥逐朝士，创宣和库式贡司，四方之金帛与府藏之所储，尽拘括以实之，为天子之私财。宰臣白时中、李邦彦惟奉行文书而已，既不能堪，兄攸亦发其事，上怒，欲窜之④，京力乞免，特勒停侍养，而安置韩梠黄州。未几，褫绦侍读，毁赐出身敕，而京亦致仕。方时中等白罢绦以撼京，京殊无去意。帝呼童贯使诣京，令上章谢事。贯至，京泣曰："上何不容京数年，当有相谗谮者。"贯曰："不知也。"京不得已，以章授贯。帝命词臣代为作三表请去，乃降制从之。

钦宗即位，边遽日急，京尽室南下，为自全计。天下罪京为六贼之首，侍御史孙觌等始极疏其奸恶，乃以秘书监分司西京，连贬崇信、庆远军节度副使，衡州安置，又徙韶、儋二州。行至潭州死，年八十。

京天资凶谲，舞智御人；在人主前，颛狙伺为固位计⑤，始终一说，谓当越拘挛之俗，竭四海九州之力以自奉。帝亦知其奸，屡罢屡起，且择与京不合者执政以柅之⑥。京每闻将退免，辄入见祈哀，蒲伏扣头，无复廉耻。燕山之役，京送攸以诗，阳寓不可之意，冀事不成得以自解。见利忘义，至于兄弟为参、商，父子如秦、越。暮年即家为府，营进之徒，举集其门，输货僮隶得美官，弃纪纲法度为虚器。患失之心无所不至，根株结盘，牢不可脱。卒致宗社之祸，虽谴死道路，天下犹以不正典刑为恨。

子八人，倏先死，攸、翛伏诛，绦流白州死，翛以尚帝姬免窜，余子及诸孙皆分徙远恶郡。

①用条例故事：当为"用条例司故事"。故事，先例；旧日的典章制度。

②陈瓘子汇：当为"陈瓘子正汇"。

③学士：疑为"学事"之误。

④窜：放逐；追究罪责。

⑤颛：同'专'。 狙：窥伺。

⑥柅（nǐ，音你）：牵制；遏制。

黄潜善列传

黄潜善，字茂和，邵武人。擢进士第①，宣和初，为左司郎。陕西、河东地大震，陵谷易处，徽宗命潜善察访陕西，因往视。潜善归，不以实闻，但言震而已。擢户部侍郎，坐事谪亳州，以徽猷阁待制知河间府。

靖康初，金人入攻，康王开大元帅府，檄潜善将兵入援。张邦昌僭位，潜善趋白于帅府，王承制拜潜善为副元帅。

二年，高宗即位，拜中书侍郎。时上从人望，擢李纲为右相，纲将奏逐潜善及汪伯彦，右丞吕好问止之。未几，潜善拜右仆射兼中书侍郎，纲遂罢。御史张所言潜善奸邪，恐害新政，左迁所尚书郎，寻谪江州。太学生陈东论李纲不可去，潜善、伯彦不可任。潜善恚。会欧阳澈上书诋时事，语侵宫掖，帝谓其言不实。潜善乘间启杀澈并东诛之，识与不识皆为之垂涕。帝悔焉。

明年，金人攻陕西，京东、山东盗起，潜善、伯彦匿不以闻。张遇焚真州，距行在六十里。内侍邵成章疏潜善、伯彦误国，成章坐除名。御史马伸亦以劾潜善、伯彦得罪，谪监濮州酒税，道卒。

潜善进左仆射兼门下侍郎。郓、濮相继陷没，宿、泗屡警，右丞许景衡以扈卫单弱，请帝避其锋。潜善以为不足虑，率同列听浮屠克勤说法。俄泗州奏金人且至，帝大惊，决策南渡。御舟已戒②，潜善、伯彦方共食，堂吏大呼曰："驾行矣。"乃相视苍黄鞭马南驰③。都人争门而出，死者相枕藉，人无不怨愤。会司农卿黄锷至江上，军士闻其姓以为潜善也，争数其罪，挥刃而前。锷方辩其非是，而首已断矣。

帝渡瓜洲，幸镇江，敌兵已蹑其后。潜善、伯彦联疏言艰难之时，不敢具文求退。中丞张澄劾之，乃罢潜善为观文殿大学士，知江宁府，落职居衡州。郑瑴又论潜善、伯彦均于误国，而潜善之恶居多，王廷秀继以为言，责置英州。谏官袁植乞斩之都市，帝不许。寻卒于梅州。

潜善狠持国柄，嫉害忠良。李纲既逐，张悫、宗泽、许景衡辈相继贬死；宪谏一言，随陷其祸，中外为之切齿。高宗末年有旨，潜善、余深、薛昂皆复官录后。谏官凌哲言深、昂朋附蔡京，潜善专恣误国，今尽复三人恩数，恐政刑失平，忠义解体。诏以潜善尝任副元帅，特复元官，录一子。

①擢：提升；提拔。

②戒：准备；具备。

③苍黄：同"仓皇"。

汪伯彦列传

　　汪伯彦，字廷俊，徽之祁门人。登进士第，积官为虞部郎官。靖康改元，召见，献河北边防十策，直龙图阁、知相州。是冬，金人陷真定，诏徙真定帅司于相，俾伯彦领之。

　　高宗以康王使金至磁。时金骑充斥，尝有甲马数百至城下，踪迹王所在。伯彦亟以帛书请王还相，躬服橐鞬①，部兵逆王于河上②。王劳之曰：“他日见上，当首以京兆荐公。”其受知自此始矣。未几，王奉蜡书，开天下兵马大元帅府，以伯彦为副将。王引兵渡河，谋所向，言人人殊，伯彦独曰：“非出北门济子城不可。”王喜曰：“廷俊言是也。”既济，繇大名历郓、济达于京③。奏为集英殿修撰。

　　北兵薄京城④，钦宗诏：“金人见议通和，康王将兵，毋得轻动。”伯彦以为然。宗泽曰：“女真狂谲，是欲款我师尔⑤。如即信之，后悔何及乎！宜亟进兵。”伯彦等难之。及城破，金人逼二帝北行，张邦昌僭立，王闻之涕泣。明年春，王承制除伯彦显谟阁待制，升元帅，进直学士。高宗即位，擢知枢密院事。未几，拜右仆射。

　　方高宗初政，天下望治。伯彦、潜善逾年在相位，专权自恣，不能有所经画。御史谏官，下至韦布内侍⑥，皆劾奏之。罢伯彦为观文殿大学士、知洪州，改提举崇福宫，寻落职居永州。绍兴初，复职，知池州、江东安抚大使。言者弗置，乃诏以旧职奉祠，寻知广州。四年，帝追赠陈东、欧阳澈。舍人王居正论伯彦、潜善不已，复褫前职。

　　七年，帝谓辅臣曰：“元帅旧僚，往往沦谢，惟汪伯彦实同艰难。朕之故人，所存无几，宜与牵复。”秦桧、张浚曰：“臣等已议曰郊恩取旨，更得天笔明其旧劳，庶几内外孚信。”始伯彦之未第也，受馆于王氏，桧尝从之学，而浚亦伯彦所引，故共赞焉。九年，知宣州，过阙，帝谓桧曰：“伯彦便令之官，庶免纷纭。”又曰：“伯彦潜藩旧僚，去国七年。汉之高、光不忘丰沛、南阳故旧，皆人情之常。”伯彦上所著《中兴日历》五卷，拜检校少傅、保信军节度使。十年，请祠，从之。明年五月，卒，赠少师，谥忠定。

　　初，伯彦既去相州，金人执其子军器监丞似，使割地以至相州，守臣赵不试固守不下，遂拘而北，久之乃还。或云似之得归，伯彦实使人赎之。似后更名召嗣。

---

①橐（gāo，音高）：弓衣；甲衣。收藏盔甲、弓箭的器具。　　鞬（jiān，音坚）：马上盛弓箭的器具。

②部：总领；统率。　　逆：迎接。

③达于京：似应为“达于南京”。

④薄：迫近。

⑤款：缓慢。

⑥韦：熟皮，加工过的皮子。

秦 桧 列 传

秦桧，字会之，江宁人。登政和五年第，补密州教授。继中词学兼茂科，历太学学正。

靖康元年，金兵攻汴京，遣使求三镇，桧上兵机四事：一言金人要请无厌，乞止许燕山一路；二言金人狙诈①，守御不可缓；三乞集百官详议，择其当者载之誓书；四乞馆金使于外，不可令入门及引上殿。不报。

除职方员外郎。寻属张邦昌为干当公事，桧言："是行专为割地，与臣初议矛盾，失臣本心。"三上章辞，许之。

时议割三镇以弭兵②，命桧借礼部侍郎与程瑀为割地使，奉肃王以往。金师退，桧、瑀至燕而还。御史中丞李回、翰林承旨吴开共荐桧，拜殿中侍御史，迁左司谏。王云、李若水见金二酋归，言金坚欲得地，不然，进兵取汴京。十一月，集百官议于延和殿，范宗尹等七十人请与之，桧等三十六人持不可。未几，除御史中丞。

闰十一月，汴京失守，二帝幸金营。二年二月，莫俦、吴开自金营来，传金帅命推立异姓。留守王时雍等召百官军民共议立张邦昌，皆失色不敢答。监察御史马伸言于众曰："吾曹职为争臣，岂容坐视不吐一辞？当共入议状，乞存赵氏。"时桧为台长，闻伸言以为然，即进状曰：

"桧荷国厚恩，甚愧无报。今金人拥重兵，临已拔之城，操生杀之柄，必欲易姓，桧尽死以辨，非特忠于主也，且明两国之利害尔。赵氏自祖宗以至嗣君，百七十余载，顷缘奸臣败盟，结怨邻国，谋臣失计，误主丧师，遂致生灵被祸，京都失守，主上出郊，求和军前。两元帅既允其议，布闻中外矣，且空竭帑藏，追取服御所用，割两河地，恭为臣子，今乃变易前议，人臣安忍畏死不论哉？

宋于中国，号令一统，绵地万里；德泽加于百姓，前古未有，虽兴亡之命在天有数，焉可以一城决废立哉？昔西汉绝于新室，光武以兴；东汉绝于曹氏，刘备帝蜀；唐为朱温篡夺，李克用犹推其世序而继之。盖基广则难倾，根深则难拔。

张邦昌在上皇时，附会权幸，共为蠹国之政。社稷倾危，生民涂炭，固非一人所致，亦邦昌为之也，天下方疾之如仇雠。若付以土地，使主人民，四方豪杰必共起而诛之，终不足为大金屏翰。必立邦昌，则京师之民可服，天下之民不可服；京师之宗子可灭，天下之宗子不可灭。桧不顾斧钺之诛，言两朝之利害，愿复嗣君位以安四方，非特大宋蒙福，亦大金万世利也。"

金人寻取桧诣军前。三月，金人立邦昌为伪楚。邦昌遗金书请还孙傅、张叔夜及桧。不许。初，二帝北迁，桧与傅、叔夜、何栗、司马朴从至燕山，又徙韩州。上皇闻康王即位，作书贻粘罕③，与约和议，俾桧润色之。桧以厚赂达粘罕。会金主吴乞买以桧赐其弟挞懒为任用。挞懒攻山阳，建炎四年十月甲辰，桧与妻王氏及婢仆一家，自军中取涟水军水寨航海归行在。丙午，桧入见。丁未，拜礼部尚书，赐以银帛。

桧之归也，自言杀金人监己者奔舟而来。朝士多谓桧与栗、傅、朴同拘，而桧独归；又自燕至楚二千八百里，逾河越海，岂无讥诃之者④，安得杀监而南？就令从军挞懒，金人纵之，必质妻属，安得与王氏偕？惟宰相范宗尹、同知枢密院李回与桧善，尽破群疑，力荐其忠。未对前一日，帝命先见宰执。桧首言"如欲天下无事，南自南，北自北"，及首奏所草与挞懒求和书。帝曰："桧朴忠过人，朕得之喜而不寐。盖闻二帝、母后消息，又得一佳士也。"宗尹欲处之经筵，帝曰："且与一事简尚书。"故有礼部之命。从行王安道、冯由义、水寨丁祀及参议官并改京秩，舟人孙靖亦补承信郎。始，朝廷虽数遣使，但且守且和，而专与金人解仇议和，实自桧始。盖桧在金庭首唱和议，故挞懒纵之使归也。

绍兴元年二月，除参知政事。七月，宗尹罢。先是，范宗尹建议讨论崇宁、大观以来滥赏，桧力赞其议，见帝意坚，反以此挤之。宗尹既去，相位久虚。桧扬言曰："我有二策，可耸动天下。"或问何以不言，桧曰："今无相，不可行也。"八月，拜右仆射、同中书门下平章事兼知枢密院事。九月，吕颐浩再相，桧同秉政，谋夺其柄，风其党建言："周宣王内修外攘，故能中兴，今二相宜分任内外。"颐浩遂建都督府于镇江。帝曰："颐浩专治军旅，桧专理庶务，如种、蠡之分职可也。"

二年，桧奏置修政局，自为提举。参知政事翟汝文同领之。未几，桧面劾汝文擅治堂吏，汝文求去；谏官方孟卿一再论之，汝文竟罢。监察御史刘一止，桧党也，言："宣王内修，修其所谓外攘之政而已。今簿书狱讼、官吏差除、土木营缮俱非所当急者。"屯田郎曾统亦谓桧曰："宰相事无不统，何以局为？"桧皆不听。既而有议废局以摇桧者，一止及检讨官林待聘皆上疏言不可废。七月，一止出台，除起居郎，盖自叛其说，识者笑之。

颐浩自江上还，谋逐桧，有教以引朱胜非为助者。诏以胜非同都督。给事中胡安国言胜非不可用，胜非遂以醴泉观使兼侍读。安国求去，桧三上章留之，不报。颐浩寻以黄龟年为殿中侍御史，刘棐为右司谏，盖将逐桧。于是江跻、吴表臣、程瑀、张焘、胡世将、刘一止、林待聘、楼炤并落职予祠，台省一空，皆桧党也。桧初欲倾颐浩，引一时名贤如安国、焘、瑀辈布列清要。颐浩问去桧之术于席益，益曰："目为党可也。今党魁胡安国在琐闼，宜先去之。"盖安国尝问人材于游酢，酢以桧为言，且比之荀文若。故安国力言桧贤于张浚诸人，桧亦力引安国。至是，安国等去，桧亦寻去。桧再相误国，安国已死矣。黄龟年始劾桧专主和议，沮止恢复，植党专权，渐不可长，至比桧为莽、卓。八月，桧罢，乃为观文殿学士，提举江州太平观。

前一日，上召直学士院綦崈礼入对，示以桧所陈二策，欲以河北人还金国，中原人还刘豫。帝曰："桧言'南人归南，北人归北'。朕北人，将安归？桧又言'为相数月，可耸动天下'，今无闻。"崈礼即以上意载训辞，播告中外，人始知桧之奸。龟年等论桧不已，诏落职，榜朝堂⑤，示不复用。三年，韩肖胄等使还，洎金使李永寿、王翊偕来⑥，求尽还北俘，与桧前议吻合⑦。识者益知桧与金人共谋，国家之辱未已也。

五年，金主既死，挞懒主议，卒成其和。二月，复资政殿学士，仍旧宫祠。六月，除观文殿学士、知温州。六年七月，改知绍兴府。寻除醴泉观使兼侍读，充行宫留守；孟庾同留守，并权赴尚书、枢密院参决庶事。时已降诏将行幸，桧乞扈从，不许。帝驻跸平江，召桧赴行在，用右相张浚荐也。十二月，桧以醴泉观兼侍读赴讲筵。七年正月，何藓使金还，得徽宗及宁德后讣，帝号恸发丧，即日授桧枢密使，恩数视宰臣。四月，命王伦使金国迎奉梓宫。

九月，浚求去，帝问："谁可代卿？"浚不对。帝曰："秦桧何如？"浚曰："与之共事，始知其暗⑧。"帝曰："然则用赵鼎。"鼎于是复相。台谏交章论浚，安置岭表。鼎约同列救解，与张守面奏，各数千百言，桧独无一语。浚遂谪永州。始，浚、鼎相得甚，浚先达，力引鼎。尝共论人才，浚剧谈桧善，鼎曰："此人得志，吾人无所措足矣！"浚不以为然，故引桧，共政方知其暗，不复再荐也。桧因此憾⑨浚，反谓鼎曰："上欲召公，而张相迟留。"盖怒鼎使挤浚也。桧在枢府惟听鼎，鼎素恶桧，由是反深信之，卒为所倾。鼎与凌晚遇于闽，言及此，始知皆为桧所卖。

十一月，奉使朱弁以书报粘罕死，帝曰："金人暴虐，不亡何待？"桧曰："陛下但积德，中兴固有时。"帝曰："此固有时，然亦须有所施为，然后可以得志。"

八年三月，拜右仆射、同中书门下平章事兼枢密使。吏部侍郎晏敦复有忧色，曰："奸人相矣。"五月，金遣乌陵思谋等来议和，与王伦偕至。思谋即宣和始通好海上者。议以吏部侍郎魏矼馆伴，矼辞曰："顷任御史，尝言和议之非，今不可专对。"桧问矼所以不主和，矼备言敌情。桧曰："公以智料敌，桧以诚待敌。"矼曰："第恐敌不以诚待相公尔。"桧乃改命。六月，思谋等入见。帝愀然谓宰相曰："先帝梓宫，果有还期，虽待二三年尚庶几。惟是太后春秋高，朕旦夕思念，欲早相见，此所以不惮屈己，冀和议之速成也。"桧曰："屈己议和，此人主之孝也。见主卑屈，怀愤不平，此人臣之忠也。"帝曰："虽然，有备无患，使和议可成，边备亦不可弛。"

十月，宰执入见，桧独留身，言："臣僚畏首尾，多持两端，此不足与断大事。若陛下决欲讲和，乞颛与臣议，勿许群臣预。"帝曰："朕独委卿。"桧曰："臣亦恐未便，望陛下更思三日，容臣别奏。"又三日，桧复留身奏事，帝意欲和甚坚，桧犹以为未也，曰："臣恐别有未便，欲望陛下更思三日，容臣别奏。"帝曰："然。"又三日，桧复留身奏事如初，知上意确不移，乃出文字乞决和议，勿许群臣预⑩。

鼎力求去位，以少傅出知绍兴府。初，帝无子。建炎末，范宗尹造膝有请，遂命宗室令懬择艺祖后，得伯琮、伯玖入宫，皆艺祖七世孙。伯琮改名瑗，伯玖改名璩。瑗先建节，封建国公。帝谕鼎专任其事。又请建资善堂。鼎罢，言者攻鼎，必以资善为口实。及鼎、桧再相，帝出御札，除璩节度使，封吴国公。执政聚议，枢密副使王庶见之，大呼曰："并后匹嫡，此不可行。"鼎以问桧，不答。桧更问鼎，鼎曰："自丙辰罢相，议者专以此藉口，今当避嫌。"约同奏面纳御笔，及至帝前，桧无一语。鼎曰："今建国在上，名虽未正，天下之人知陛下有子矣。今日礼数不得不异。"帝乃留御笔俟议。明日，桧留身奏事。后数日，参知政事刘大中参告，亦以此为言。故鼎与大中俱罢。明年，璩卒授保大军节度使，封崇国公。故鼎入辞，劝帝曰："臣去后，必有以孝弟之说胁制陛下者。"出见桧，一揖而去，桧亦憾之。

鼎既去，桧独专国，决意议和。中朝贤士以议论不合，相继而去。于是，中书舍人吕本中、礼部侍郎张九成皆不附和议，桧谕之使优游委曲，九成曰："未有枉己而能正人者。"桧深憾之。殿中侍御史张戒上疏乞留赵鼎，又陈十三事论和议之非，忤桧。王庶与桧尤不合，自淮西入枢庭，始终言和议非是，疏凡七上，且谓桧曰："而忘东都欲存赵氏时，何遗此敌邪？"桧方挟金人自重，尤恨庶言，故出之。

枢密院编修官胡铨上疏，愿斩桧与王伦以谢天下，于是上下汹汹。桧谬为解救，卒械送铨贬昭州。陈刚中以启贺铨，桧大怒，送刚中吏部，差知赣州安远县。赣有十二邑，安远滨岭，地恶瘴深，谚曰："龙南、安远，一去不转。"言必死也。刚中果死。寻以铨事戒谕中外。既而校书郎许忻、枢密院编修官赵雍同日上疏，犹祖铨意，力排和议。雍又欲正南北兄弟之名，桧亦不能罪。曾开见桧，言今日当论存亡，不当论安危。桧骇愕，遂出之。司勋员外郎朱松、馆职胡珵、张扩、凌景、夏常明、范如圭同上一疏言："金人以和之一字得志于我者十有二年，以覆我王室，以弛我边备，以竭我国力，以懈缓我不共戴天之仇，以绝望我中国讴吟思汉之赤子，以诏谕江南为名，要陛下以稽首之礼。自公卿大夫至六军万姓，莫不扼腕愤怒，岂肯听陛下北面为仇敌之臣哉！"后数日，权吏部尚书张焘、吏部侍郎晏敦复魏矼、户部侍郎李弥逊梁汝嘉、给事中楼炤、中书舍人苏符、工部侍郎萧振、起居舍人薛徽言同班入奏，极言屈己之礼非是。新除礼部侍郎尹焞独上疏，且移书切责桧，桧始大怒，焞于是固辞新命不拜。奉礼郎冯时行召对，言和议不可信，至引汉高祖分羹事为喻。帝曰："朕不忍闻。"蹙蹙而起。桧乃谪时行知万州，寻亦抵罪。中书舍人勾龙如渊抗言于桧曰："邪说横起，胡不择台官击去之。"桧遂奏如渊为御史中丞，首劾铨。

金使张通古、萧哲以诏谕江南为名，桧犹恐物论咎己，与哲等议，改江南为宋，诏谕为国信。京、淮宣抚处置使韩世忠凡四上疏力谏，有"金以刘豫相待"之语，且言兵势重处，愿以身当之。不许。哲等既至泗州，要所过州县迎以臣礼，至临安日，欲帝待以客礼。世忠益愤，再疏言："金以诏谕为名，暗致陛下归顺之义，此主辱臣死之时，愿效死战以决胜败。若其不克，委曲从之未晚。"亦不许。哲等既入境，接伴使范同再拜问金主起居，军民见者，往往流涕。过平江，守臣向子諲不拜，乞致仕。哲等至淮安，言先归河南地，且册上为帝，徐议余事。

桧至是欲上行屈己之礼，帝曰："朕嗣守太祖、太宗基业，岂可受金人封册？"会三衙帅杨沂中、解潜、韩世良相率见桧曰："军民汹汹，若之何？"退，又白之台谏。于是勾龙如渊、李谊数见桧议国书事，如渊谓得其书纳之禁中，则礼不行而事定。给事中楼照亦举"谅阴三年不言"事以告桧，于是定桧摄冢宰受书之议。帝亦切责王伦，伦谕金使，金使亦惧而从。帝命桧即馆中见哲等受其书。金使欲百官备礼，桧使省吏朝服导从，以书纳禁中。先一日，诏金使来，将尽割河南、陕西故地，又许还梓宫及母兄亲族，初无需索。以参知政事李光素有时望，俾押和议榜以镇浮言。又降御札赐三大将。

九年，金人归河南、陕西故地，以王伦签书枢密院事，充迎奉梓宫、奉还两宫、交割地界使，蓝公佐副之。判大宗正事士㒟、兵部侍郎张焘朝八陵。帝谓宰执曰："河南新复，宜命守臣专抚遗民，劝农桑，各因其地以食，因其人以守，不可移东南之财，虚内以事外。"帝虽听桧和而实疑金诈，未尝弛备也。

时张浚在永州，驰奏，力言以石晋、刘豫为戒，复遗书孙近，以"帝秦之祸，发迟而大"。徐俯守上饶，连南夫帅广东，岳飞宣抚淮西，皆因贺表寓讽。俯曰："祸福倚伏，情伪多端。"南夫曰："不信亦信，其然岂然？虽虞舜之十二州，皆归王化；然'商於之六百里'，当念尔欺！"飞曰："救暂急而解倒悬，犹之可也。欲长虑而尊中国，岂其然乎？"他如秘书省正字汪应辰樊光远、沣州推官韩纠、临安府司户参军毛叔庆，皆言金人叵测；迪功郎张行成献《询荛书》二十篇，大意言自古讲和，未有终不变者，条具者皆豫备之策。桧悉加黜责，纠贬循州。

七月，兀术杀其领三省事宗磐及左副元帅挞懒，拘王伦于中山府。盖兀术以归地为二人所主，将有他谋也。伦尝密奏于朝，桧不之备，但趣伦进。时韩世忠有乘懈掩击之请，桧言《春秋》不伐丧，与帝意合，遂已。

十年，金人果败盟，分四道入侵。兀术入东京，葛王褒取南京，李成取西京，撒离喝趋永兴军。河南诸郡相继陷没。帝始大怪，下诏罪状兀术。御史中丞王次翁奏曰："前日国是，初无主议。事有小变，则更用他相。后来者未必贤，而排黜异党，纷纷累月不能定，愿陛下以为至戒。"帝深然之。桧力排群言，始终以和议自任，而次翁谓无主议者，专为桧地也。于是桧位复安，据之凡十八年，公论不能撼摇矣。

六月，桧奏曰："德无常师，主善为师。臣昨见挞懒有割地讲和之议，故赞陛下取河南故疆。今兀术戕其叔挞懒，蓝公佐归，和议已变，故赞陛下定吊伐之计。愿至江上谕诸帅同力招讨。"卒不行。闰六月，贬赵鼎兴化军，以王次翁受桧旨，言其规图复用也。言者不已，寻窜潮州。

时张俊克亳州，魏胜克海州，岳飞克郾城，几获兀术。张浚战胜于长安①，韩世忠胜于泇口镇。诸将所向皆奏捷，而桧力主班师。九月，诏飞还行在，沂中还镇江，光世还池州，锜还太平。飞军闻诏，旗靡辙乱，飞口呿不能合②。于是淮宁、蔡、郑复为金人有。以明堂恩封桧莘国公。十一年，兀术再举，取寿春，入庐州。诸将邵隆、王德、关师古等连战皆捷。杨沂中战拓皋，又破之。桧忽谕沂中及张俊遽班师。韩世忠闻之，止濠州不进；刘锜闻之，弃寿春而归。自是不复出兵。

四月，桧欲尽收诸将兵权，给事中范同献策，桧纳之。密奏召三大将论功行赏，韩世忠、张俊并为枢密使，岳飞为副使；以宣抚司军隶枢密院。六月，拜左仆射、同中书门下平章事兼枢密使，进封庆国公。《徽宗实录》成，迁少保，加封冀国公。先是，莫将、韩恕使金，拘于涿州。至是，兀术有求和意，纵之归。桧复奏遣刘光远、曹勋使金，又以魏良臣为通问使。未几，良臣偕金使萧毅等来，议以淮水为界，求割唐、邓二州。寻遣何铸报聘，许之。

十月，兴岳飞之狱。桧使谏官万俟卨论其罪，张俊又诬飞旧将张宪谋反，于是飞及子云俱送大理寺，命御史中丞何铸、大理卿周三畏鞫之[13]。十一月，贬李光藤州，范同罢参知政事。同虽附和议，以自奏事，桧忌之也。十二月，杀岳飞。桧以飞屡言和议失计，且尝奏请定国本，俱与桧大异，必欲杀之。铸、三畏初鞫，久不伏；卨入台，狱遂上。诬飞尝自言"己与太祖皆三十岁建节"为指斥乘舆，受诏不救淮西罪，赐死狱中。子云及张宪杀于都市。天下冤之，闻者流涕。飞之死，张俊有力焉，语在《飞传》。

十二年，胡铨再编管新州。八月，徽宗及显肃、懿节二梓宫至行在。太后还慈宁宫。九月，加太师，进封魏国公。十月，进封秦、魏两国公。桧以封两国与蔡京、童贯同，请改封母为秦、魏国夫人。子熺举进士，馆客何溥赴南省，皆为第一。熺本王晚孽子，桧妻晚妹，无子，晚妻贵而妒，桧在金国，出熺为桧后。桧还，其家以熺见，桧喜甚。桧幸和议复成，益咎前日之异己者。先是，赵鼎贬潮州，王庶贬道州，胡铨再贬新州。至是，皆遇赦永不检举。曾开、李弥逊并落职。张俊本助和议，居位岁余无去意，桧讽江邈论罢之[14]。

十三年，贺瑞雪。贺雪自桧始。贺日食不见，是后日食多书不见。彗星常见，选人康倬上书言彗星不足畏，桧大喜，特改京秩。楚州奏盐城县海清，桧请贺，帝不许。知虔州薛弼言木内有文曰"天下太平年"，诏付史馆。于是修饰弥文，以粉饰治具，如乡饮、耕籍之类节节备举，为苟安余杭之计。自此不复巡幸江上，而祥瑞之奏日闻矣。

洪皓归自金国，名节独著，以致金酋室捻语，直翰苑不一月逐去。室捻者，粘罕之左右也。初，粘罕行军至淮上，桧尝为之草檄，为室捻所见，故因皓归寄声。桧意士大夫莫有知者，闻皓语，深以为憾，遂令李文会论之。胡舜陟以非笑朝政下狱死，张九成以鼓唱浮言贬，累及僧宗杲编配，皆以语忤桧也。张邵亦坐与桧言金人有归钦宗及诸王后妃意，斥为外祠。十四年，贬黄龟年，以前尝论桧也。闽、浙大水，右武大夫白锷有"燮理乖谬"语，刺配万安军。太学生张伯麟尝题壁曰"夫差，尔忘越王杀而父乎"，杖脊刺配吉阳军。故将解潜罢官闲居，辛永宗总戎外郡，亦坐不附和议，潜窜南安死[15]，永宗编置肇庆死。赵鼎、李光皆再窜过海。皓之罪由白锷延誉，光以在藤州唱和有讽刺及桧者，为守臣所告也。

先是，议建国公出阁，吏部尚书吴表臣、礼部尚书苏符等七人论礼与桧意异，于是表臣等以讨论不详、怀奸附鼎皆罢。始，桧为上言：赵鼎欲立皇太子，是待陛下终无子也，宜俟亲子乃立。遂嗾御史中丞詹大方言鼎邪谋密计，深不可测，与范冲等咸怀异意，以徼无妄之福。冲尝为资善翊善，故大方诬之。其后监察御史王铋言帝未有嗣，宜祠高禖，诏筑坛于圜丘东，皆桧意也。

台州曾惇献桧诗称"圣相"。凡投献者以皋、夔、稷、契为不足，必曰"元圣"。桧乞禁野史。又命子熺以秘书少监领国史，进建炎元年至绍兴十二年《日历》五百九十卷。熺因太后北还，自颂桧功德凡二千余言，使著作郎王扬英、周执高上之，皆迁秩。自桧再相，凡前罢相以来诏书章疏稍及桧者，率更易焚弃，日历、时政亡失已多，是后记录皆熺笔，无复有公是非矣。冬十月，右正言何溥指程颐、张载遗书为专门曲学，力加禁绝，人无敢以为非。

十五年，熺除翰林学士兼侍读。四月，赐桧甲第，命教坊乐导之入，赐缗钱金绵有差。六月，帝幸桧第，桧妻妇子孙皆加恩。桧先禁私史，七月，又对帝言私史害正道。时司马伋遂言《涑水记闻》非其曾祖光论著之书，其后李光家亦举光所藏书万卷焚之。十月，帝亲书"一德格天"扁其阁。十六年正月，桧立家庙。三月，赐祭器，将相赐祭器自桧始。

先是，帝以彗星见求言。张浚上疏，言今事势如养大疽于头目心腹之间，不决不止，愿谋为豫备。不然，异时以国与敌者，反归罪正义。桧久憾浚，至是大怒，即落浚节钺，贬连州，寻移永州。

十七年，改封桧益国公。五月，移贬洪皓于英州。八月，赵鼎死于吉阳军。是夏，先有赵鼎遇赦永不检举之旨⑯，又令月申存亡，鼎知之，不食而卒。自鼎之谪，门人故吏皆被罗织，虽闻其死而叹息者亦加以罪。又窜吕颐浩子摭于藤州。十二月，进士施锷上《中兴颂》、《行都赋》及《绍兴雅》十篇，永免文解。自此颂咏导谀愈多。赐百官喜雪御筵于桧第。

十八年，熺除知枢密院事，桧问胡寅曰："外议如何？"宁曰："以为公相必袭蔡京之迹。"五月，李显忠上恢复策，落军职，与祠。六月，迪功郎王廷珪编管辰州，以作诗送胡铨也。闰八月，福州言民采竹实万斛以济饥。十一月，胡铨自新州移贬吉阳军，以作颂谤讪也。

十九年，帝命绘桧像，自为赞。是岁，湖、广、江西、建康府皆言甘露降，诸郡奏狱空。帝尝语桧曰："自今有奏狱者⑰，当令监司验实。果妄诞，即按治，仍命御史台察之。苟不惩戒，则奏甘露瑞芝类。崇虚饰诞，无所不至。"帝虽眷桧，而不可蔽欺也如此。十二月，禁私作野史，许人告。

二十年正月，桧趋朝，殿司小校施全刺桧不中，磔于市。自是每出，列五十兵持长梃以自卫。是月，曹泳告李光子孟坚省记光所作私史，狱成。光窜已久，诏永不检举。孟坚编置峡州。朝士连坐者八人，皆落职贬秩。胡寅窜新州。泳由是骤用。五月，秘书少监汤思退奏以桧存赵氏本末付史馆。六月，熺加少保。郑炜告其乡人福建安抚司机宜吴元美作《夏二子传》，指蚊、蝇也；家有潜光亭、商隐堂，以亭号潜光，有心于党李，堂名商隐，无意于事秦。故桧尤恶之。编管右迪功郎安诚、布衣汪大圭，斩有荫人惠俊、进义副尉刘允中，黥径山僧清言，皆以讪谤也。时桧疾愈，朝参许肩舆，二孙扶掖，仍免拜。二十一年，朝散郎王扬英上书荐熺为相，桧奏扬英知泰州。

二十二年，又兴王庶二子之奇之荀、叶三省、杨炜、索敏求四大狱，皆坐谤讪。炜又以尝登李光、萧振之门，言时事也。于是光永不检举，振贬池州。二十三年，桧请下台州于谢伋家取綦崈礼所受御笔缴进。桧初罢相，上有责桧语，欲泯其迹焉。是岁，进士黄友龙坐谤讪，黥配岭南；内侍裴咏坐指斥，编管琼州。二十四年二月，王炬以弟炜旧累死宾州，炬编管邕州。何兑讼其师马伸发端上金人书乞存赵氏，为分桧功，兑编管英州。三月，桧孙敷文阁待制埙试进士举，省殿试皆第一，桧从子炜焞、姻党周夤沈兴杰皆登上第，士论为之不平。考官则魏师逊、汤思退、郑仲熊、沈虚中、董德元也。师逊等初知贡举，即语人曰："吾曹可以富贵矣。"及廷试，桧又奏思退为编排，师逊为详定。埙与第二人曹冠策皆攻专门之学，张孝祥策则主一德元老且及存赵事。帝读埙策，皆桧、熺语，于是擢孝祥为第一，降埙第三。未几，埙修撰实录院，宰相子孙同领史职，前所无也。

六月，以王循友前知建康尝罪桧族党，循友安置藤州。八月，王趯为李光求内徙，趯编管辰州。郑炜、贾子展以会中有嘲谑讲和之语，炜窜谷州，子展窜德庆府。方畴以与胡铨通书，编置永州。十二月，魏安行、洪兴祖以广传程瑀《论语解》，安行编置钦州，兴祖编置昭州。又窜程纬，以其慢上无礼也。

帝尝谕桧曰："近轮对者，多谒告避免。百官轮对，正欲闻所未闻。可令检举约束。"桧擅政以来，屏塞人言，蔽上耳目，凡一时献言者，非诵桧功德，则讦人语言以中伤善类。欲有言者恐触忌讳，畏言国事，仅论销金铺翠、乞禁鹿胎冠子之类，以塞责而已。故帝及之，盖亦防桧之壅蔽也。

衢州尝有盗起，桧遣殿前司将官辛立将千人捕之，不以闻。晋安郡王因入侍言之，帝大惊，问桧，桧曰："不足上烦圣虑，故不敢闻，盗平即奏矣。"退而求其故，知晋安言之，遂奏晋安居秀王丧不当给俸，月损二百缗。帝为出内帑给之。

二十五年二月，以沈长卿旧与李光启讥和议；又与芮烨共赋《牡丹诗》，有"宁令汉社稷，变作莽乾坤"之句，为邻人所告，长卿编置化州，烨武冈军。静江有驿名秦城，知府吕愿中率宾僚共赋《秦城王气诗》以媚桧，不赋者刘芮、李燮、罗博文三人而已。愿中由此得召。又张扶请桧乘金根车，又有乞置益国官属及议九锡者，桧闻之安然。十月，申禁专门之学。以太庙灵芝绘为华旗，凡郡国所奏瑞木、嘉禾、瑞瓜、双莲悉绘之。

赵令衿观桧《家庙记》，口诵"君子之泽，五世而斩"，为汪召锡所告。御史徐嚞又论赵鼎子汾与令衿饮别厚赆，必有奸谋。诏送大理，拘令衿南外宗正司。桧于一德格天阁书赵鼎、李光、胡铨姓名，必欲杀之而后已。鼎已死而憾之不置，遂欲孥戮汾。桧忌张浚尤甚，故令衿之狱，张宗元之罢，皆波及浚。浚在永州，桧又使其死党张柄知潭州，与郡丞汪召锡共伺察之。至是，使汾自诬与浚及李光、胡寅谋大逆，凡一时贤士五十三人皆与焉。狱成，而桧病不能书。

是月乙未，帝幸桧第问疾，桧无一语，惟流涕而已。熺奏请代居相位者，帝曰："此事卿不当与。"帝遂命直学士院沈虚中草桧父子致仕制[18]。熺犹遣其子埙与林一飞、郑枏夜见台谏徐嚞、张扶，谋奏请己为相。丙申，诏桧加封建康郡王，熺进少师，皆致仕；埙、堪并提举江州太平兴国宫。是夜，桧卒，年六十六。后赠申王，谥忠献。

桧两据相位，凡十九年，劫制君父，包藏祸心，倡和误国，忘仇敌伦。一时忠臣良将，诛锄略尽。其顽钝无耻者，率为桧用，争以诬陷善类为功。其矫诬也，无罪可状，不过曰谤讪，曰指斥，曰怨望，曰立党沽名，甚则曰有无君心。凡论人章疏，皆桧自操以授言者，识之者曰："此老秦笔也。"察事之卒，布满京城，小涉讥议，即捕治，中以深文。又阴结内侍及医师王继先，伺上动静。郡国事惟申省，无一至上前者。桧死，帝方与人言之。

桧立久任之说，士淹滞失职，有十年不解者。附己者，立与擢用。自其独相，至死之日，易执政二十八人，皆世无一誉。柔佞易制者，如孙近、韩肖胄、楼炤、王次翁、范同、万俟卨、程克俊、李文会、杨愿、李若谷、何若、段拂、汪勃、詹大方、余尧弼、巫伋、章夏、宋朴、史才、魏师逊、施钜、郑仲熊之徒，率拔之冗散，遽跻政地。既共政，则拱默而已。又多自言官听桧弹击，辄以政府报之，由中丞、谏议而升者凡十有二人，然甫入即出，或一阅月，或半年即罢去，惟王次翁阅四年，以金人败盟之初持不易相之论，桧德之深也。开门受赂，富敌于国，外国珍宝，死犹及门。人谓熺自桧秉政无日不锻酒具，治书画，特其细尔。

桧阴险如崖阱，深阻竟叵测。同列论事上前，未尝力辨，但以一二语倾挤之。李光尝与桧争论，言颇侵桧，桧不答，及光言毕，桧徐曰："李光无人臣礼。"帝始怒之。凡陷忠良，率用此术。晚年残忍尤甚，数兴大狱，而又喜谀佞，不避形迹。

然桧死熺废，其党祖述余说，力持和议，以窃据相位者尚数人，至孝宗始荡涤无余。开禧二年四月，追夺王爵，改谥谬丑。嘉定元年，史弥远奏复王爵、赠谥。

①徂诈：奸诈、狡猾。

②弭：消除；停止。

③贻：赠给；送给。

④讥诃：稽查；盘问。讥，查问。诃，呵斥。

⑤牓：同"榜"。公布名单；告示。

⑥洎（jì，音记）：与；和。

⑦脗：同"吻"。

⑧暗：愚昧。

⑨憾：不满意。

⑩预：参预。

⑪张浚：疑为"王浚"。

⑫呿（qù，音去）：张口貌。

⑬鞫：审讯；审问。

⑭讽：用含蓄的话暗示或劝告。

⑮窜：放逐。

⑯检举：荐拔。

⑰有奏狱者：疑为"有奏'狱空'者"。

⑱直学士院：疑为"权直学士院"。

万俟卨列传

万俟卨，字元忠，开封阳武县人。登政和二年上舍第。调相州、颍昌府教授，历太学录、枢密院编修官、尚书比部员外郎。

绍兴初，盗曹成掠荆湖间，卨时避乱沅、湘，帅臣程昌寓以便宜檄卨权沅州事。成奄至城下，卨召土豪，集丁壮以守。成食尽乃退。

除湖北转运判官，改提点湖北刑狱。岳飞宣抚荆湖，遇卨不以礼，卨憾之①。卨入觐，调湖南转运判官。陛辞，希秦桧意②，潜飞于朝。留为监察御史，擢右正言。时桧谋收诸将兵权，卨力助之，言诸大将起行伍，知利不知义，畏死不畏法，高官大职，子女玉帛，已极其欲，盍示以逗留之罚，败亡之诛，不用命之戮，使知所惧。

张俊归自楚州，与桧合谋挤飞，令卨劾飞对将佐言山阳不可守。命中丞何铸治飞狱。铸明其无辜，桧怒，以卨代治，遂诬飞与其子云致书张宪令虚申警报以动朝廷，及令宪措置使还飞军。狱不成，又诬以淮西逗留之事。飞父子与宪俱死，天下冤之。大理卿薛仁辅、寺丞李若朴、何彦猷言飞无罪，卨劾之，知宗正寺士㒟请以百口保飞，卨又劾之，士㒟瘐死建州。刘洪道与飞有旧，卨劾其足恭媚飞，闻飞罢宣抚，抵掌流涕。于是洪道抵罪，终身不复。参政范同为桧所引，或自奏事，桧忌之，卨劾罢，再论同罪，谪居筠州。又为桧劾李光鼓倡，孙近朋比，二人皆被窜谪。

和议成，卨请诏户部会计用兵之时与通和之后所费各几何，若减于前日，乞以羡财别贮御前激赏库，不许他用，蓄积稍实，可备缓急。梓宫还，以卨为攒宫按行使，内侍省副都知宋唐卿副之，卨请与唐卿同班上殿奏事，其无耻如此。张浚寓居长沙，卨妄劾浚卜宅逾制，至拟五凤楼。会吴秉信自长沙还朝，秦浚宅不过众人，常产可办，浚乃得免。

除参知政事，充金国报谢使。使还，桧假金人誉己数千言，嘱卤以闻，卤难之。他日奏事退，桧坐殿庐中批上旨，辄除所厚者官，吏钤纸尾进，卤曰："不闻圣语。"却不视③。桧大怒，自是不交一语。言官李文会、詹大方交章劾卤，卤遂求去。帝命出守，桧愈怒。给事中杨愿封还词头，遂罢去，寻谪居归州。遇赦，量移沅州。

二十五年，召还，除参知政事，寻拜尚书右仆射、同中书门下平章事。纂次太后回銮事实，上之。张浚以卤与沈该居相位不厌天下望，上书言其专欲受命于金。卤见书大怒，以为金人未有衅，而浚所奏乃若祸在年岁间。浚坐窜谪。卤提举刊修《贡举敕令格式》五十卷、《看详法意》四百八十七卷。书进，授金紫光禄大夫，致仕。卒，年七十五，谥忠靖。

卤始附桧，为言官，所言多出桧意；及登政府，不能受钳制，遂忤桧去。桧死，帝亲政，将反桧所为，首召卤还。卤主和固位，无异于桧，士论益薄之。

韩侂胄列传

韩侂胄，字节夫，魏忠献王琦曾孙也。父诚，娶高宗宪圣慈烈皇后女弟，仕至宝宁军承宣使。侂胄以父任入官，历阁门祗候、宣赞舍人、带御器械。淳熙末，以汝州防御使知阁门事。

孝宗崩，光宗以疾不能执丧，中外汹汹，赵汝愚议定策立皇子嘉王。时宪圣太后居慈福宫，而侂胄雅善慈福内侍张宗尹，汝愚乃使侂胄介宗尹以其议密启太后。侂胄两至宫门，不获命，彷徨欲退，遇重华宫提举关礼问故，入白宪圣，言甚恳切，宪圣可其议。礼以告侂胄，侂胄驰白汝愚。日已向夕，汝愚亟命殿帅郭杲以所部兵夜分卫南北内。翌日，宪圣太后即丧次垂帘，宰臣传旨，命嘉王即皇帝位。

宁宗既立，侂胄欲推定策恩，汝愚曰："吾，宗臣也；汝，外戚也，何可以言功？惟爪牙之臣，则当推赏。"乃加郭杲节钺，而侂胄但迁宜州观察使兼枢密都承旨。侂胄始觖望①，然以传导诏旨，浸见亲幸②，时时乘间窃弄威福。朱熹白汝愚当用厚赏酬其劳而疏远之，汝愚不以为意。右正言黄度欲劾侂胄，谋泄，斥去。朱熹奏其奸，侂胄怒，使优人峨冠阔袖象大儒戏于上前。熹遂去。彭龟年请留熹而逐侂胄。未几，龟年与郡。侂胄进保宁军承宣使，提举佑神观。自是，侂胄益用事，而以抑赏故，怨汝愚日深。

霅川刘敬者，曩与侂胄同知阁门事，颇以知书自负。方议内禅时，汝愚独与侂胄计议，敬弗得与闻，内怀不平。至是，谓侂胄曰："赵相欲专大功，君岂惟不得节度，将恐不免岭海之行矣。"侂胄愕然，因问计，敬曰："惟有用台谏尔。"侂胄问："若何而可？"敬曰："御笔批出是也。"侂胄悟，即以内批除所知刘德秀为监察御史，杨大法为殿中侍御史。罢吴猎监察御史，而用刘三杰代之。于是言路皆侂胄之党，汝愚之迹始危。

侂胄欲逐汝愚而难其名，谋于京镗，镗曰："彼宗姓，诬以谋危社稷可也。"庆元元年，侂胄引李沐为右正言。沐尝有求于汝愚不获，即奏汝愚以同姓居相位，将不利于社稷。汝愚罢相。始，侂胄之见汝愚，徐谊实荐之，汝愚既斥，遂并逐谊。朱熹、彭龟年、黄度、李祥、杨简、吕祖俭等以攻侂胄得罪，太学生杨宏中、张衜、徐范、蒋傅、林仲麟、周端朝等又以上书论侂胄编置③。朝士以言侂胄遭责者数十人。

已而侂胄拜保宁军节度使、提举佑神观。又设伪学之目，以网括汝愚、朱熹门下知名之士。用何澹、胡纮为言官。澹言伪学宜加风厉，或指汝愚为伪学罪首。纮条奏汝愚有十不逊，且及徐谊。汝愚谪永州，谊谪南安军。虑他日汝愚复用，密谕衡守钱鍪图之。汝愚抵衡暴薨。留正旧在都堂众辱侂胄，至是，刘德秀论正引用伪党，正坐罢斥。吏部尚书叶翥要侍郎倪思列疏论伪学，思不从，侂胄乃擢翥执政而免思官。侂胄加开府仪同三司。时台谏迎合侂胄意，以攻伪学为言，然惮清议，不欲显斥熹。侂胄意未快，以陈贾尝攻熹，召除贾兵部侍郎。未至，亟除沈继祖台察。继祖诬熹十罪，落职罢祠。三年，刘三杰入对，言前日伪党，今变而为逆党。侂胄大喜，即日除三杰为右正言，而坐伪学逆党得罪者五十有九人。王沈献言令省部籍记伪学姓名，姚愈请降诏严伪学之禁，二人皆得迁官。施康年、陈谠、邓友龙、林采皆以攻伪学久居言路，而张釜、张岩、程松率由此秉政。

四年，侂胄拜少保，封豫国公。有蔡琏者，尝得罪，汝愚执而黥之。五年，侂胄使琏告汝愚定策时有异谋，具其宾客所言七十纸。侂胄欲逮彭龟年、曾三聘、徐谊、沈有开，下大理鞫之，张仲艺力争乃止。其年迁太保，封平原郡王。六年，进太傅。婺州布衣吕祖泰上书言道学不可禁，请诛侂胄，以周必大为相。侂胄大怒，决杖流钦州。言者希侂胄意④，劾必大首植伪党，降为少保。一时善类悉罹党祸，虽本侂胄意，而谋实始京镗。逮镗死，侂胄亦稍厌前事，张孝伯以为不弛党禁，后恐不免报复之祸。侂胄以为然，追复汝愚、朱熹职名，留正、周必大亦复秩还政，徐谊等皆先后复官。伪党之禁寖解⑤。

三年，拜太师。监惠民局夏允中上书，请侂胄平章国政，侂胄缪为辞谢，乞致其仕，诏不许，允中放罢。时侂胄以势利盅士大夫之心，薛叔似、辛弃疾、陈谦皆起废显用，当时固有困于久斥，损晚节以规荣进者矣。若陈自强则以侂胄童子师，自选人不数年致位宰相，而苏师旦、周筠又侂胄厮役也，亦皆预闻国政，超取显仕。群小阿附，势焰熏灼。侂胄凡所欲为，宰执慑息不敢为异，自强至印空名敕札授之，惟所欲用，三省不预知也。言路厄塞，每月举论二三常事而已，谓之“月课”。

或劝侂胄立盖世功名以自固者，于是恢复之议兴。以殿前都指挥使吴曦为兴州都统，识者多言曦不可，主西师必叛，侂胄不省。安丰守厉仲方言淮北流民愿归附，会辛弃疾入见，言敌国必乱必亡，愿属元老大臣预为应变计。郑挺、邓友龙等又附和其言。开禧改元，进士毛自知廷对，言当乘机以定中原，侂胄大悦。诏中外诸将密为行军之计。先是，杨辅、傅伯成言兵不可动，抵罪。至是，武学生华岳叩阍乞斩侂胄、苏师旦、周筠以谢天下，谏议大夫李大异亦论止开边。岳下大理劾罪编置，大异斥去。

陈自强援故事乞命侂胄兼领平章，台谏邓友龙等继以为请，侂胄除平章军国事。萧逵、李壁时在太常，论定典礼，三日一朝，因至都堂，序班丞相之上，三省印并纳其第。侂胄昵苏师旦为腹心，除师旦安远军节度使。自置机速房于私第，甚者假作御笔，升黜将帅；事关机要，未尝奏禀，人莫敢言。

四年，以薛叔似为京湖宣谕使；邓友龙为两淮宣谕使；程松为四川宣抚使，吴曦副之。徐邦宪自处州召见，以弭兵为言⑥，忤侂胄意，削二秩。于是左司谏易袚、大理少卿陈景俊、太学博士钱廷玉皆起而言恢复之计矣。诏侂胄日一朝。友龙、叔似并升宣抚使。吴曦兼陕西、河东招抚使，皇甫斌副之。时镇江武锋军统制陈孝广复泗州及虹县，江州统制许进复新息县，光州孙成复褒信县。捷书闻，侂胄乃议降诏趣诸将进兵。

未几，皇甫斌兵败于唐州；秦世辅至城固军溃；郭倬、李汝翼败于宿州。敌追围倬，倬执统制田俊迈以遗敌，乃获免。事闻，邓友龙罢，以丘崈代为宣抚使。侂胄既丧师，始觉为师旦所误。侂胄招李壁饮酒，酒酣，语及师旦，壁微摘其过，侂胄以为然。壁乃悉数其罪，赞侂胄斥去之⑦。翌日，师旦谪韶州，斩郭倬于京口，流李汝翼、王大节、季爽于岭南。

已而金人渡淮，攻庐、和、真、扬，取安丰、濠，又攻襄阳，至枣阳，乃以丘崈金书枢密院事，督视江、淮军马。侂胄输家财二十万以助军，而谕丘崈募人持书币赴敌营，谓用兵乃苏师旦、邓友龙、皇甫斌所为，非朝廷意。金人答书辞甚倨⑧，且多所要索，谓：“侂胄无意用兵，师旦等安得专？”崈又遣书许还河北流民及今年岁币⑨，金人乃有许意。

会招抚使郭倪与金人战，败于六合。金人攻蜀，吴曦叛，受金命称蜀王。崈乞移书敌营伸前议，且谓金人指太师平章为首谋，宜免系衔。侂胄忿，崈坐罢。曦反状闻，举朝震骇。侂胄亟遗曦书，许以茅土之封⑩。书未达而安丙、杨巨源已率义士诛曦矣。侂胄连遣方信孺使北请和，以林拱辰为通谢使。金人欲责正隆以前礼赂，以侵疆为界，且索犒军银凡数千万，而缚送首议用兵之臣。信孺归，白事朝堂，不敢斥言⑪。侂胄穷其说，乃微及之。侂胄大怒，和议遂辍。起辛弃疾为枢密都承旨。会弃疾死，乃以殿前都指挥使赵淳为江、淮制置使，复锐意用兵。

自兵兴以来，蜀口、汉、淮之民死于兵戈者，不可胜计，公私之力大屈，而侂胄意犹未已，中外忧惧。礼部侍郎史弥远，时兼资善堂翊善，谋诛侂胄，议甚秘。皇子荣王入奏，杨皇后亦从中力请，乃得密旨。弥远以告参知政事钱象祖、李壁。御笔云：“韩侂胄久任国柄，轻启兵端，使南北生灵枉罹凶害，可罢平章军国事，与在外宫观。陈自强阿附充位，不恤国事，可罢右丞相。日下出国门。”仍令权主管殿前司公事夏震以兵三百防护。象祖欲奏审，壁谓事留恐泄，不可。翌日，侂胄入朝，震呵止于途，拥至玉津园侧殛杀之。

先一日，周筠谓侂胄，事将不善。侂胄与自强谋用林行可为谏议大夫，尽击谋侂胄者。是日，行可方请对，自强坐待漏院，语同列曰：“今日大成上殿⑫。”俄侂胄先驱至，象祖色变。寻报侂胄已押出，象祖乃入奏。有诏斩苏师旦于广东。嘉定元年，金人求函侂胄首，乃命临安府斫侂胄棺，取其首遗之。

侂胄用事十四年，威行宫省，权震寓内。尝凿山为园，下瞰宗庙。出入宫闱无度。孝宗畴昔思政之所，偃然居之，老宫人见之往往垂涕。颜械草制，言其得圣之清。易被撰答诏，以元圣褒之。四方投书献颂者，谓伊、霍、旦、奭不足以拟其勋，有称为“我王”者。余嶸请加九锡，赵师𥳑乞置平原郡王府官属，侂胄皆当之不辞。所嬖姜张、谭、王、陈皆封郡国夫人，号“四夫人”。每内宴，与妃嫔杂坐，恃势骄倨，掖庭皆恶之。其下，受封者尤众。至是，论四夫人罪，或杖或徒，余数十人纵遣之。有司籍其家，多乘舆服御之饰，其僭窃极矣。

始，侂胄以导达中外之言，遂见宠任。朱熹、彭龟年既以论侂胄去，贵戚吴琚语人曰：“帝初无固留侂胄意，使有一人继言之，去之易尔。”而一时台谏及执政大臣多其党与，故稔其恶以底大僇。开禧用兵，帝意弗善也。侂胄死，宁宗谕大臣曰：“恢复岂非美事，但不量力尔。”

侂胄娶宪圣吴皇后侄女，无子，取鲁訔子为后，名�，既诛侂胄，削籍流沙门岛云。

———

①觖望：失望；怨。

②浸：渐渐。

③编置：谓古代官吏被贬谪至边远地区编户安置，受地方官管束。

④希：迎和；迎奉。

⑤寖：同"浸"。逐渐。

⑥弭：消除。

⑦赞：鼓励。

⑧倨：傲慢无礼。

⑨河北：疑应为"淮北"。

⑩茅土之封：指封为诸侯王。

⑪斥：点明。

⑫大成：当为"大坡"。

丁大全列传

丁大全，字子万，镇江人。面蓝色。嘉熙二年举进士，调萧山尉。上谒帅阃①，安抚使史岩之俟众宾退，独留大全，款曲甚至，期以他日必大用。大全为戚里婢婿，夤缘以取宠位。事内侍卢允升、董宋臣。累官为大理司直、添差通判饶州。入为太府寺簿，调尚书茶盐所检阅江州分司，复兼枢密院编修官。拜右正言兼侍讲，辞。改右司谏，拜殿中侍御史。

升侍御史兼侍读。劾奏丞相董槐，章未下，大全夜半调隅兵百余人，露刃围槐第，以台牒驱迫之出，给令舆槐至大理寺，欲以此恐之。须臾，出北关，弃槐，叫呼而散。槐徐步入接待寺，罢相之命下矣。自是志气骄傲，道路以目。

寻为右谏议大夫，进端明殿学士、金书枢密院事，封丹阳郡侯，进同知枢密院事兼权参知政事。宝祐六年，拜参知政事。四月，拜右丞相兼枢密使，进封公。初，大全以袁玠为九江制置副使，玠贪且刻，逮系渔湖土豪，督促输钱甚急。土豪怒，尽以鱼舟济北来之兵。太学生陈宗、刘黻、黄唯、陈宜中、林则祖等六人，伏阙上书讼大全。台臣翁应弼、吴衍为大全鹰犬，钤制学校，贬逐宗等。

开庆元年九月，罢相，以观文殿大学士判镇江府。中书舍人洪芹缴言："大全鬼蜮之资，穿窬之行；引用凶恶，陷害忠良；遏塞言路，浊乱朝纲。乞追官远窜②，以伸国法，以谢天下。"侍御史沈炎、右正言曹永年相继论罢。监察御史朱貔孙复论："大全奸回险狡，狠毒贪残，假陛下之刑威以钳天下之口，挟陛下之爵禄以笼天下之财。"监察御史饶虎臣又论大全四罪：绝言路，坏人才，竭民力，误边防。再削其官。景定元年，诏守中奉大夫致仕。臣僚言："乞远窜使不失刑。"诏送南康军居住。台臣复以为言，追三官，移送南安军居住。

明年，监察御史刘应龙请加窜，追削两官，移窜贵州团练使。与州守游翁明失色杯酒间，翁明诉大全阴造弓矢，将通蛮为不轨。朱祀孙以闻于朝。又明年，移置新州。太常少卿兼权直舍人院刘震孙缴奏乞移徙海岛。四年正月，将官毕迁护送，舟过滕州，挤之于水而死。

大全知淮西，总领郑羽富甲吴门，始欲结姻，羽不从，遂令台臣卓梦卿弹之，籍其家。为子寿翁聘妇，见其艳，自取为妻，为世所丑。

---

①帅阃（kǔn，音捆）：统兵在外的将帅。

②窜：放逐。

贾似道列传

　　贾似道，字师宪，台州人，制置使涉之子也。少落魄，为游博，不事操行。以父荫补嘉兴司仓。会其姊入宫，有宠于理宗，为贵妃，遂诏赴廷对，妃于内中奉汤药以给之。擢太常丞、军器监。益恃宠不检，日纵游诸妓家，至夜即燕游湖上不反。理宗尝夜凭高，望西湖中灯火异常时，语左右曰："此必似道也。"明日询之，果然。使京尹史岩之戒敕之，岩之曰："似道虽有少年气习，然其材可大用也。"寻出知沣州。

　　淳祐元年，改湖广总领。三年，加户部侍郎。五年，以宝章阁直学士为沿江制置副使、知江州兼江西路安抚使。一岁中，再迁京湖制置使兼知江陵府，调度赏罚，得以便宜施行。九年，加宝文阁学士、京湖安抚制置大使。十年，以端明殿学士移镇两淮，年始三十余。宝祐二年，加同知枢密院事、临海郡开国公。威权日盛。台谏尝论其二部将，即毅然求去。孙子秀新除淮东总领，外人忽传似道已密奏不可矣。丞相董槐惧，留身请之，帝以为无有，槐终不敢遣子秀，以似道所善陆垫代之，其见惮已如此。四年，加参知政事。五年、加知枢密院事。六年，改两淮宣抚大使。

　　自端平初，孟珙帅师会大元兵共灭金，约以陈、蔡为界。师未还而用赵范谋，发兵据淆函，绝河津，取中原地，大元兵击败之，范仅以数千人遁归。追兵至，问曰："何为而败盟也？"遂纵攻淮、汉，自是兵端大启。

　　开庆初，宪宗皇帝自将征蜀，世祖皇帝时以皇弟攻鄂州，元帅兀良哈鲋由云南入交趾，自邕州蹂广西，破湖南，传檄数宋背盟之罪。理宗大惧，乃以赵葵军信州，御广兵；以似道军汉阳、援鄂，即军中拜右丞相。十月，鄂东南陬破，宋人再筑，再破之，赖高达率诸将力战。似道时自汉阳入督师。十一月，攻城急，城中死伤者至万三千人。似道乃密遣宋京诣军中请称臣，输岁币，不从。会宪宗皇帝晏驾于钓鱼山，合州守王坚使阮思聪踔急流走报鄂[①]，似道再遣京议岁币，遂许之。大元兵拔寨而北，留张杰、阎旺以偏师候湖南兵。明年正月，兵至，杰作浮梁新生矶，济师北归。似道用刘整计，攻断浮梁，杀殿兵百七十，遂上表以肃清闻。帝以其有再造功，以少傅、右丞相召入朝，百官郊劳如文彦博故事。

　　初，似道在汉阳，时丞相吴潜用监察御史饶应子言，移之黄州，而分曹世雄等兵以属江阃。黄虽下流，实兵冲。似道以为潜欲杀己，衔之。且闻潜事急时，每事先发后奏，帝欲立荣王子孟启为太子，潜又不可。帝已积怒潜，似道遂陈建储之策，令沈炎劾潜措置无方，致全、衡、永、桂皆破，大称旨。乃议立孟启，贬潜循州，尽逐其党人。高达在围中，恃其武勇，殊易似道，每见其督战，即戏之曰："巍巾者何能为哉！"每战，必须劳始出，否即使兵士哗于其门。吕文德诟似道，即使人呵曰："宣抚在，何敢尔邪！"曹世雄、向土璧在军中，事皆不关白似道，故似道皆恨之。以核诸兵费，世雄、士璧皆坐侵盗官钱，贬远州。每言于帝欲诛达，帝知其有功，不从。寻论功，以文德为第一，而达居其次。

　　明年，大元世祖皇帝登极，遣翰林侍读学士、国信使郝经等持书申好息兵，且征岁币。似道方使廖莹中辈撰《福华编》称颂鄂功，通国皆不知所谓和也。似道乃密令淮东制置司拘经等于真州忠勇军营。

时理宗在位久，内侍董宋臣、卢允升为之聚敛以媚之。引荐奔竞之士，交通贿赂，置诸通显，又用外戚子弟为监司、郡守。作芙蓉阁、香兰亭宫中，进倡优傀儡，以奉帝为游燕。窃弄权柄。台臣有言之者，帝宣谕去之，谓之"节贴"。

似道入，逐卢、董所荐林光世等，悉罢之，勒外戚不得为监司、郡守；子弟门客敛迹，不敢干朝政。由是权倾中外，进用群小。取先朝旧法，率意纷更，增吏部七司法。买公田以罢和籴，浙西田亩有直千缗者，似道均以四十缗买之。数稍多，予银绢，又多，予度牒告身。吏又恣为操切，浙中大扰。有奉行不至者，提领刘良贵劾之。有司争相迎合，务以买田多为功，皆缪以七八斗为石。其后，田少与硗瘠、亏租与佃人负租而逃者，率取偿田主。六郡之民，破家者多。包恢知平江，督买田，至以肉刑从事。复以楮贱作银关，以一准十八界会之三，自制其印文如"贾"字状行之，十七界废不用。银关行，物价益踊，楮益贱。秋七月，彗出柳，光烛天，长数十丈，自四更见东方，日高始灭。台谏、布韦皆上书，言此公田不便，民间愁怨所致。似道上书力辩之，且乞罢政。帝勉留之曰："公田不可行，卿建议之始，朕已沮之矣。今公私兼裕，一岁军饷，皆仰于此。使因人言而罢之，虽足以快一时之议，如国计何！"有太学生萧规、叶李等上书，言似道专政。命京尹刘良贵捃摭以罪[2]，悉黥配之。后又行推排法。江南之地，尺寸皆有税，而民力弊矣。

理宗崩，度宗又其所立，每朝必答拜，称之曰"师臣"而不名。朝臣皆称为"周公"。甫葬理宗[3]，即弃官去，使吕文德报北兵攻下沱急，朝中大骇，帝与太后手为诏起之。似道至，欲以经筵拜太师，以典故须建节，授镇东军节度使，似道怒曰"节度使，粗人之极致尔！"遂命出节，都人聚观。节已出，复曰："时日不利。"亟命返之。宋制：节出，有撤关坏屋，无倒节理，以示不屈。至是，人皆骇叹。然下沱之报实无兵也。三年，又乞归养。大臣、侍从传旨留之者日四五至，中使加赐赍者日十数至，夜即交卧第外以守之。除太师、平章军国重事，一月三赴经筵，三日一朝，赴中书堂治事。赐第葛岭，使迎养其中。吏抱文书就第署，大小朝政，一切决于馆客廖莹中、堂吏翁应龙，宰执充位署纸尾而已。

似道虽深居，凡台谏弹劾、诸司荐辟及京尹、畿漕一切事，不关白不敢行。李芾、文天祥、陈文龙、陆达、杜渊、张仲微、谢章辈，小忤意辄斥，重则屏弃之，终身不录。一时正人端士，为似道破坏殆尽。吏争纳赂求美职，其求为帅阃、监司、郡守者，贡献不可胜计。赵潜辈争献宝玉，陈奕至以兄事似道之玉工陈振民以求进，一时贪风大肆。五年，复称疾求去。帝泣涕留之，不从，令六日一朝，一月两赴经筵。六年，命入朝不拜。朝退，帝必起避席，目送之出殿廷始坐。继又令十日一入朝。

时襄阳围已急，似道日坐葛岭，起楼阁亭榭，取宫人娼尼有美色者为妾，日淫乐其中。惟故博徒日至纵博，人无敢窥其第者。其妾有兄来，立府门，若将入者，似道见之，缚，投火中。尝与群妾踞地斗蟋蟀，所狎客入，戏之曰："此军国重事邪？"酷嗜宝玩，建多宝阁，日一登玩。闻余玠有玉带，求之，已徇葬矣，发其冢取之。人有物，求不予，辄得罪。自是，或累月不朝，帝如景灵宫亦不从驾。八年，明堂礼成，祀景灵宫。天大雨，似道期帝雨止升辂。胡贵嫔之兄显祖为带御器械，请如开禧故事，却辂，乘逍遥辇还宫，帝曰平章云云，显祖绐曰："平章已允乘逍遥辇矣。"帝遂归。似道大怒曰："臣为大礼使，陛下举动不得预闻，乞罢政。"即日出嘉会门，帝留之不得，乃罢显祖，涕泣出贵嫔为尼，始还。

似道既专恣日甚，畏人议己，务以权术驾驭，不爱官爵，牢笼一时名士，又加太学餐钱，宽科场恩例，以小利啖之。由是言路断绝，威福肆行。

　　自围襄阳以来，每上书请行边，而阴使台谏上章留己。吕文焕以急告，似道复申请之，事下公卿杂议。监察御史陈坚等以为师臣出，顾襄未必能及淮，顾淮未必能及襄，不若居中以运天下为得。乃就中书置机速房以调边事。时物议多言高达可援襄阳者，监察御史李旺率朝士入言于似道。似道曰："吾用达，如吕氏何？"旺等出，叹曰："吕氏安则赵氏危矣！"文焕在襄，闻达且入援，亦不乐，以语其客。客曰："易耳！今朝廷以襄阳急，故遣达援之，吾以捷闻，则达必不成遣矣。"文焕大以为然。时襄兵出，获哨骑数人，即缪以大捷奏，然不知朝中实无援襄事也。襄阳降，似道曰："臣始屡请行边，先帝皆不之许，向使早听臣出，当不至此尔。"

　　十月，其母胡氏薨，诏以天子卤簿葬之④，起坟拟山陵。百官奉襄事⑤，立大雨中，终日无敢易位。寻起复入朝。

　　度宗崩。大兵破鄂，太学诸生亦群言非师臣亲出不可。似道不得已，始开都督府临安，然惮刘整，不行。明年正月，整死，似道欣然曰："吾得天助也！"乃上表出师，抽诸路精兵以行，金帛辎重之舟，舳舻相衔百余里。至安吉，似道所乘舟胶堰中，刘师勇以千人入水曳之不能动，乃易他舟而去。至芜湖，遣还军中所俘曾安抚，以荔子、黄甘遗丞相伯颜，俾宋京如军中，请输岁币称臣如开庆约，不从。夏贵自合肥以师来会，袖中出编书示似道曰："宋历三百二十年。"似道俯首而已。时一军七万余人，尽属孙虎臣，军丁家洲。似道与夏贵以少军军鲁港。二月庚申夜，虎臣以失利报，似道仓皇出，呼曰："虎臣败矣！"命召贵与计事。顷之，虎臣至，抚膺而泣曰："吾兵无一人用命也。"贵微笑曰："吾尝血战当之矣。"似道曰："计将安出？"贵曰："诸军已胆落，吾何以战？公惟入扬州，招溃兵，迎驾海上，吾特以死守淮西尔。"遂解舟去。似道亦与虎臣以单舸奔扬州。明日，败兵蔽江而下，似道使人登岸扬旗招之，皆不至，有为恶语慢骂之者。乃檄列郡如海上迎驾，上书请迁都。列郡守于是皆遁，遂入扬州。

　　陈宜中请诛似道，谢太后曰："似道勤劳三朝，安忍以一朝之罪失待大臣之礼。"止罢平章、都督，予祠官。三月，除似道诸不恤民之政，放还诸窜谪人⑥，复吴潜、向士璧等官，诛其幕官翁应龙。廖莹中、王庭皆自杀。潘文卿、季可、陈坚、徐卿孙皆似道鹰犬，至是交章劾之。四月，高斯得乞诛似道，不从。而似道亦自上表乞保全，乃命削三官，然尚居扬不归。五月，王熵论似道既不死忠，又不死孝，太皇太后乃诏似道归终丧。七月，黄镛、王应麟请移似道邻州，不从。王熵入见太后曰："本朝权臣稔祸，未有如似道之烈者。缙绅草茅不知几疏，陛下皆抑而不行，非惟付人言于不恤，何以谢天下！"始徙似道婺州。婺人闻似道将至，率众为露布逐之。监察御史孙嵘叟等皆以为罚轻，言之不已。又徙建宁府。翁合奏言："建宁乃名儒朱熹故里，虽三尺童子粗知向方，闻似道来呕恶，况见其人！"时国子司业方应发权直舍人院，封还录黄，乞窜似道广南；中书舍人王应麟、给事中黄镛亦言之。皆不从。侍御史陈文龙乞俯从众言，陈景行、徐直方、孙嵘叟及监察御史俞浙并上疏，于是始谪似道为高州团练使，循州安置，籍其家。

　　福王与芮素恨似道，募有能杀似道者使送之贬所，有县尉郑虎臣欣然请行。似道行时，侍妾尚数十人，虎臣悉屏去，夺其宝玉，彻轿盖，暴行秋日中，令舁轿夫唱杭州歌谑之，每名斥似道，辱之备至。似道至古寺中，壁有吴潜南行所题字，虎臣呼似道曰："贾团练，吴丞相何以至此？"似道惭不能对。嵘叟、应麟奏似道家畜乘舆服御物，有反状，乞斩之。诏遣鞠问⑦，未至。八月，似道至漳州木绵庵，虎臣屡讽之自杀，不听，曰："太皇许我不死，有诏即死。"虎臣曰："吾为天下杀似道，虽死何憾？"拉杀之⑧。

---

①踔：践踏。

②捃摭（jùn zhí，音郡直），挑剔；指责。

③甫：刚刚。

④卤簿：古代帝王驾出时扈从的仪仗队。

⑤襄事：指堆坟为山之事。襄，高举。

⑥窜：放逐。

⑦鞫：审讯。

⑧拉：扳断，摧折。

张邦昌列传

张邦昌，字子能，永静军东光人也。举进士，累官大司成，以训导失职，贬提举崇福宫，知光、汝二州。政和末，由知洪州改礼部侍郎。首请取崇宁、大观以来瑞应尤殊者增制旗物，从之。宣和元年，除尚书右丞，转左丞，迁中书侍郎。钦宗即位，拜少宰。

金人犯京师，朝廷议割三镇，俾康王及邦昌为质于金以求成。会姚平仲夜斫金人营，斡离不怒责邦昌，邦昌对以非出朝廷意。俄进太宰兼门下侍郎。既而康王还，金人复质肃王以行，仍命邦昌为河北路割地使。

初，邦昌力主和议，不意身自为质，及行，乃要钦宗署御批无变割地议，不许；又请以玺书付河北，亦不许。时粘罕兵又来侵，上书者攻邦昌私敌，社稷之贼也。遂黜邦昌为观文殿大学士、中太一宫使，罢割地议。其冬，金人陷京师，帝再出郊，留青城。

明年春，吴开、莫俦自金营持文书来，令推异姓堪为人主者从军前备礼册命①。留守孙傅等不奉命，表请立赵氏。金人怒，复遣开、俦促之，劫傅等召百官杂议。众莫敢出声，相视久之，计无所出，乃曰："今日当勉强应命，举在军前者一人。"适尚书员外郎宋齐愈至自外，众问金人意所主，齐愈书"张邦昌"三字示之，遂定议，以邦昌治国事。孙傅、张叔夜不署状②，金人执之置军中。

王时雍时为留守，再集百官诣秘书省，至即闭省门，以兵环之，俾范琼谕众以立邦昌，众意唯唯。有太学生难之，琼恐沮众，厉声折之，遣归学舍。时雍先署状，以率百官。御史中丞秦桧不书，抗言请立赵氏宗室，且言邦昌当上皇时、专事宴游，党附权奸，蠹国乱政，社稷倾危实由邦昌。金人怒，执桧。开、俦持状赴军前。

邦昌入居尚书省，金人趣劝进，邦昌始欲引决，或曰："相公不前死城外，今欲涂炭一城耶？"适金人奉册宝至，邦昌北向拜舞受册，即伪位，僭号大楚，拟都金陵。遂升文德殿，设位御床西受贺，遣阁门传令勿拜，时雍率百官遽拜，邦昌但东面拱立。

外统制官、宣赞舍人吴革耻屈节异姓，首率内亲事官数百人皆先杀其妻孥，焚所居，谋举义金水门外。范琼诈与合谋，令悉弃兵仗，乃从后袭杀百余人。捕革并其子，皆杀之，又擒斩十余人。

是日，风霾③，日晕无光。百官惨沮，邦昌亦变色。唯时雍、开、俦、琼等欣然鼓舞，若以为有佐命功云。即以时雍权知枢密院事领尚书省，开权同知枢密院事，俦权签书枢密院事，吕好问权领门下省，徐秉哲权领中书省。下令曰："比缘朝廷多故，百官有司皆失其职。自今各遵法度，御史台觉察以闻。"见百官称"予"，手诏曰"手书"。独时雍每言事邦昌前，辄称"臣启陛下”，邦昌斥之；劝邦昌坐紫宸、垂拱殿，吕好问争之，乃止。邦昌以嗣位之初，宜推恩四方，以道阻先赦京城，选郎官为四方密谕使。

金人将退师，邦昌诣金营祖别④，服柘袍，张红盖，所过设香案，起居悉如常仪，时雍、秉哲、开、俦皆从行，士庶观者无不感怆。二帝北迁，邦昌率百官遥辞于南薰门，众恸哭，有仆绝者。

金师既还，邦昌降手书赦天下。吕好问谓邦昌曰：“人情归公者劫于金人之威耳，金人既去，能复有今日乎？康王居外久，众所归心，曷不推戴之？”又谓曰：“为今计者，当迎元祐皇后，请康王早正大位，庶获保全。”监察御史马伸亦请奉迎康王。邦昌从之。王时雍曰：“夫骑虎者势不得下，所宜熟虑，他日噬脐⑤，悔无及已。”徐秉哲从旁赞之⑥。邦昌弗听，乃册元祐皇后曰宋太后，入御延福宫。遣蒋师愈赍书于康王自陈⑦：“所以勉循金人推戴者，欲权宜一时以纾国难也⑧，敢有他乎？”王询师愈等，具知所由，乃报书邦昌。邦昌寻遣谢克家献大宋受命宝，复降手书请元祐皇后垂帘听政，以俟复辟。书既下，中外大说⑨。太后始御内东门小殿，垂帘听政。邦昌以太宰退处内东门资善堂。寻遣使奉乘舆服御物至东京，既而邦昌亦至，伏地恸哭请死，王抚慰之。

王即皇帝位，相李纲，徙邦昌太保、奉国军节度使，封同安郡王。纲上书极论：“邦昌久与机政，擢冠宰司。国破而资之以为利，君辱而攘之以为荣。异姓建邦四十余日，逮金人之既退⑩，方降赦以收恩。是宜肆诸市朝，以为乱臣贼子之戒。”时黄潜善犹左右之。纲又力言：“邦昌已僭逆，岂可留之朝廷，使道路目为故天子哉？”高宗乃降御批曰：“邦昌僭逆，理合诛夷，原其初心，出于迫胁，可特与免贷，责授昭化军节度使，潭州安置。”

初，邦昌僭居内庭，华国靖恭夫人李氏数以果实奉邦昌，邦昌亦厚答之。一夕，邦昌被酒，李氏拥之曰：“大家，事已至此，尚何言？”因以赭色半臂加邦昌身，披入福宁殿，夜饰养女陈氏以进。及邦昌还东府，李氏私送之，语斥乘舆。帝闻，下李氏狱，词服。诏数邦昌罪，赐死潭州；李氏杖脊配车营务。时雍、秉哲、开、俦等先已远窜⑪，至是，并诛时雍。

①堪：胜任。

②署：签名。

③霾（mái，音埋）：大气混浊的天象。

④祖：古人出行时祭祀路神。

⑤噬脐：比喻后悔已迟。

⑥赞：佐助。

⑦赍：以物送人。

⑧纾：解除。

⑨说：通“悦”。

⑩逮：等到。

⑪窜：放逐。